ullstein

Das Buch

Als »Abenteuer meiner Jugend« beschreibt Gerhart Hauptmann die ersten 26 Jahre seines Lebens. Seine Erinnerungen an diese Zeit entstanden 1929 bis 1935 und umspannen die Erfahrungen der bedrückenden Schul- und Pensionszeit in Breslau, die erzwungene Landwirtschaftsausbildung, verschiedene Bildungsreisen zu den Stätten der Antike und wissenschaftliche und künstlerische Studien. Am Ende seiner Suche stehen die ersten literarischen Erfolge des naturalistischen Dramatikers in Berlin, der mit *Vor Sonnenaufgang* (1889) das Theater revolutionierte.
Das sich zeitlich anschließende »Buch der Leidenschaft« zeigt den Dichter als Mann, der zwischen zwei Frauen steht. Mitreißend schildert er die Freuden und Qualen seiner Liebe zu Marie Thienemann und Margarete Marschalk. Ergänzt wird dieser Bericht durch die erst posthum veröffentliche Beichte »Neue Leidenschaft«, die seine Beziehung zu der blutjungen Schauspielerin Ida Orloff beschreibt – das entlarvende Psychogramm eines Mannes und Autors, der die Fähigkeit besitzt, »zugleich Darsteller in der rätselhaften Dichtung des Lebens und der Zuschauer dieses Dramas zu sein«.

Der Autor

Gerhart Hauptmann wurde am 15. November 1862 in Obersalzbrunn/Schlesien geboren. Nach Studien der bildenden Kunst, der Naturwissenschaften und der Philosophie in Breslau, Jena, Rom und Dresden zog Hauptmann nach Berlin, um sich dem Schreiben zu widmen. Mit seinen frühen Dramen und Erzählungen etablierte er sich als bedeutendster deutschsprachiger Vertreter des Naturalismus. 1912 wurde ihm der Nobelpreis für Literatur verliehen. Gerhart Hauptmann starb am 6. Juni 1946 in seinem Haus in Agnetendorf/Schlesien.

In unserem Hause sind von Gerhart Hauptmann bereits erschienen:

Bahnwärter Thiel und andere frühe Meistererzählungen
Der Biberpelz
Der Ketzer von Soana
Die Ratten
Rose Bernd
Vor Sonnenaufgang
Vor Sonnenuntergang
Die Weber

GERHART HAUPTMANN

Das Abenteuer meiner Jugend
Buch der Leidenschaft

AUTOBIOGAPHISCHE ROMANE

Ullstein

Besuchen Sie uns im Internet:
www.ullstein-taschenbuch.de

Umwelthinweis:
Dieses Buch wurde auf chlor- und säurefreiem Papier gedruckt.

Ungekürzte Ausgabe im Ullstein Taschenbuch
1. Auflage Juli 2007

Das Abenteuer meiner Jugend und
Buch der Leidenschaft folgen der im
Propyläen Verlag erschienenen Centenar-Ausgabe:

Umschlaggestaltung: HildenDesign, München, und Büro Hamburg
Titelabbildung: picture-alliance/dpa
Satz: Pinkuin Satz und Datentechnik, Berlin
Druck und Bindearbeiten: Ebner & Spiegel, Ulm
Printed in Germany
ISBN 978-3-548-26717-3

Inhalt

DAS ABENTEUER MEINER JUGEND

Entstehungszeit: 1929–1935
Erstveröffentlichung: Teildrucke in Zeitschriften und Zeitungen seit 1932.
Erste Einzelausgabe: Berlin, S. Fischer 1937.

»Wen du nicht verlässest, Genius!«

ERSTES BUCH

Erstes Kapitel

Anfang und Ende des Lebens, heißt es, sind dem Lebenden selbst in Dunkel gehüllt. Niemand kann sein geistiges Dasein vom Tage seiner Geburt datieren. So bin ich erst am Beginn meines zweiten Lebensjahres zum Bewußtsein erweckt worden und bewahre davon bis heute die Erinnerung.

Ich konnte weder sitzen noch liegen, weil mein Rücken und mein Gesäß, wie man mir später erklärt hat, zerprügelt und zerschunden war. Mein eigener Gedanke und deutlicher Lichtblitz aber war: Was soll aus mir werden, wenn ich beim Sitzen und Liegen maßlose Schmerzen habe?

Es ist meine Amme gewesen, die mich so mißhandelt hat. An die Prügelprozedur selbst habe ich jedoch keine Erinnerung.

Schmerz also hat meinen Geist erweckt, Leiden mich zum Bewußtsein gebracht.

Ich saß auf dem Arm der Kinderfrau und schrie, durch irgend etwas aufs schwerste beleidigt. Die Brave trug mich durch einen dunklen Korridor, der auf den Hof unsres Anwesens führte. Dort brüllte mich eine Stimme an, die mich stumm machte. Das war meine erste Begegnung mit dem preußischen Unteroffizier und die zweite Phase meines Bewußtwerdens.

Der ganze Hof lag voll Militär.

Eines Tages saß ich, von meinem Kindermädchen gehalten, auf dem Fensterbrett eines offenen Fensters und guckte auf den Vorplatz hinab. Dort wurden beim Toben der Regimentsmusik Remontepferde zugeritten. Sie stiegen kerzengrade in die Luft, sie bockten und keilten hinten aus, besonders die wütend geführten Schläge der Pauker machten sie unsinnig.

Es war, wie ich später erfahren habe, kurz vor der Schlacht bei Königgrätz.

Berührungen zwischen den Sinnen und Objekten, heißt es, veranlassen die Bewegung im Geiste des Neugeborenen, die ihn nach allen Dingen greifen läßt. Dies geschieht etwa bis zum dritten Lebensjahr.

Mit dem vierten Jahr ist es in mir bereits überraschend hell geworden.

Eines Tages erschienen fremde Soldaten, Österreicher, auf der Dorfstraße. Es waren Gefangene und Verwundete, hatte ich aufgefaßt. Der eine trug ein weißes, blutiges Tuch um den Hals. Ich nahm an, ihm sei der Kopf vom Rumpfe geschnitten und werde daran durch das Tuch festgehalten. Ein Gefangener hieß Boaba. Er war Tscheche und sprach nicht Deutsch.

Um jene Zeit hatten sich bereits die Gestalten zweier Knaben, meiner Brüder, in meine Seele eingeprägt. Die verwundeten Feinde in den Lazaretten empfingen von ihnen alle möglichen Wohltaten. Georg, der ältere, schrieb von früh bis abends Briefe für sie. Von ihm und dem jüngeren Bruder Carl wurde täglich die Speisekammer der Mutter ausgeplündert und der Raub den kranken Soldaten zugesteckt.

Ich teilte mit Bruder Carl ein Schlafzimmer. Er war, was in diesem Alter viel bedeutet, vier und ein halbes Jahr älter als ich. Er hatte damals schon, ohne es zu ahnen, in mir seinen stillen Beobachter. Ich wunderte mich, ich freute mich, ich machte mich lustig über ihn. Heute ein seltsamer Umstand für mich, ein solches Verhalten in frühester Jugend.

Carl war ein großer Enthusiast. Ich war geneigt, das für Schwäche zu halten. Von Zeit zu Zeit wurde, ebenfalls im Jahre 66, der Durchmarsch der Truppen für eine gewisse Nachtstunde angesagt. In solchen Fällen stellte sich Carl einen großen Korb, gefüllt mit Blumen, unter das Bett, um sie aus dem Fenster über die Marschkolonne auszuschütten. Ich erinnere mich, wie er einmal völlig traumbefangen nach dem Korbe griff, als von der Straße der dumpfe Marschtritt zu uns heraufschallte, wie er schlafend, geschlossenen Auges, damit zum Fenster lief, den Korb entleerte und, ohne ganz erwacht zu sein, ins Bett zurück taumelte. Ich nahm dies nicht erschreckt, sondern kichernd als etwas überaus Komisches auf.

Natürlicherweise waren mir um diese Zeit bereits Vater und Mutter und mein Verhältnis zu ihnen bewußt geworden, ebenso mein Elternhaus, dessen Namen ich kannte wie den des Ortes, in dem es stand. Wie war die Kenntnis unzähliger kleiner Beziehungen, in denen ich zu alledem stand, in mich gekommen? Ich hätte es damals nicht sagen können und kann es auch heute nicht. Diese Mutter, dieser Vater, dieses Haus, seine Räume und seine Umgebung, dieser ganze kleine Ort,

Ober-Salzbrunn genannt, waren da wie von Ewigkeit. Und eben der Vater, die Mutter, das Haus, der Ort waren alles in allem für mich: es gab nur das, es gab nichts anderes.

Waisenkinder leben ohne Mütter, sie leben und entwickeln sich. Die Seeleneinheit, die mich mit meiner Mutter verband, machte mir das unbegreiflich. Durch das Herz meiner Mutter, durch ihre Liebe bin ich im Verlaufe des ersten Dezenniums erst sozusagen ausgetragen worden. Mein Vater war der mächtige Gott, in dessen Schutz wir beide standen. Nichts in der Welt konnte wider ihn etwas ausrichten. Wie stolz, wie dankbar macht mich das, wie genoß ich das Glück eines solchen Schutzes im Gefühl glückseliger Sicherheit. Aber eine innige, eine trennungslose Beziehung und Verbindung bestand zu meinem Vater nicht.

Wie kann man in die so überaus komplizierten Verhältnisse einer Familie, eines weitläuftigen Anwesens, einer Ortschaft mit dreieinhalb Jahren, kommend aus dem Nichts, wissend hineingewachsen sein? Entweder auf Grund einer geistigen Leistung ohnegleichen oder einer Erbschaftssumme, die mitgeboren ist.

Salzbrunn, wußte ich, ist ein Badeort. Hier quillt ein Brunnen, der Kranke gesund machen kann. Deshalb kommen im Sommer so viele hierher. Sie werden in den Häusern der Ortsangesessenen untergebracht. Auch in unserm Haus, das der Gasthof zur Preußischen Krone ist.

Aber was ist ein Gesunder, was ist ein Kranker? Wieso und woher wußte ich das? Wieso wußte ich tausende, abertausende Dinge, nach denen ich kaum irgend jemanden gefragt hatte? Die unendliche Vielfalt der Erscheinungen schenkte sich mir mit Leichtigkeit, es war allenthalben ein heiteres Aufnehmen.

Ich hatte am Dasein ununterbrochen leidenschaftliche Freude wie an einer über alle Begriffe herrlichen Festlichkeit. Ich sträubte mich, wenn ich sie abends durch den Schlaf unterbrechen sollte. Im Einschlafen packte mich Freude und Ungeduld in Gedanken an den kommenden Morgen.

Freilich, das Haus war traulich und nestartig wohltuend. Aber das Schönste daran waren die Fluglöcher. Ich genoß sie vollauf, als ich einer schnellen und selbständig freien Bewegung fähig geworden war. Ich stürzte des Morgens mit einem Sprung und Freudenschrei ins Freie; manchmal wurde der

Schrei nicht laut, sondern lag nur im überschäumenden Gefühl meines ganzen Wesens. Alles in der Natur schenkte sich mir: der Grashalm, die Blume, der Baum, der Strauch, die Berberitze, die rote Mehlbeere, der Holzapfel, alles und alles wurde mir damals zur Kostbarkeit. Dabei hatten sich bereits Höhepunkte des Erlebens meinem Geiste unverlierbar eingeprägt. Das Herumkrabbeln auf einem sonnenbeschienenen Abhang mit gelbem Laub und Leberblümchen unter kahlen Bäumen war ein solcher Höhepunkt. Ich hätte ihn gern zur Ewigkeit ausgedehnt, so wunschlos, so paradiesisch fühlte ich mich. Aber er blieb eine Einmaligkeit, ich suchte vergebens, ihn zu erneuern.

Einmal, ich kann nicht über zwei Jahre alt gewesen sein, überkam mich eine an Verzweiflung grenzende Traurigkeit, die sich in unaufhaltsamem Weinen äußerte und die meine Umgebung sich nicht zu erklären vermochte. Die Erinnerung auch daran befestigte sich in mir. Durch eine mit milchigem Wiesenschaumkraut durchsetzte Wiese angelockt, begab ich mich an das Blumenpflücken. Immer tiefer und tiefer, mich ganz vergessend, geriet ich in die Wiese hinein. Ich weiß nicht, wieso man mich ohne Aufsicht gelassen hatte, so daß ich wohl eine Stunde und länger meiner verträumten Beschäftigung nachgehen konnte. Ein Berg von Cardamine pratensis häufte sich. Ich hatte ihn unermüdlich fleißig am Rande der Wiese zusammengetragen.

Und nun auf einmal überkam mich diese allgemeine, ich möchte fast sagen kosmische Traurigkeit. Ich hatte alle diese Blüten, die da tot und welk übereinander lagen, tot gemacht. Wieso aber konnte ich das getan haben? War ich mir doch bewußt, daß ich aus Liebe zu ihnen gehandelt hatte und nicht in der Absicht, ihr Leben zu zerstören oder auch nur ihnen wehe zu tun. Ich wollte mir eben doch nur ihre Schönheit aneignen.

Der Befehl eines menschlichen Gottes war meines Vaters Gebot.

Eine Mutter wird ihre Kleinen täglich viele Male vergeblich mit den Worten ermahnen: »Bettle nicht!« Die ersten Worte der Kleinsten sind: »Haben, haben!« Mein Vater aber wollte unbedingt vermieden sehen, daß unsere Begehrlichkeit etwa gar den Kurgästen zur Last fiele. Ich, ein besserer kleiner Adam, hielt mich mit bebendem Gehorsam an sein Bettelverbot. Eines Tages kam jedoch einem alten Kurgast, Ökonomierat Huhn, der Gedanke, mich mit einem Spielzeug zu beschenken, das ich mir selber beim Händler aussuchen sollte. Ich wählte einen herrlichen blauen Rollwagen mit Fässern darauf und vier Pferden davor, drückte das Riesengeschenk mit ausgebreiteten Armen an meine Brust und vermochte es kaum fortzuschleppen. Unterwegs nach Hause fiel mir des Vaters Verbot aufs Herz. Zwar gebettelt hatte ich nicht, aber man konnte es leicht voraussetzen, und schließlich sollten wir überhaupt von Fremden nichts annehmen. Bei dieser Erinnerung schrie ich sofort aus Leibeskräften, als ob mich das größte Unglück betroffen hätte. Eine solche tragikomische Mischung des Gefühls in der Brust eines Kindes ist vielleicht eine Seltenheit. Ungeheure Freude über den völlig märchenhaften Neubesitz ward von Entsetzen über den Bruch des Gehorsams überwogen. Ununterbrochen schreiend trat ich mit meinem Schatz ins Haus und vor meine verblüfften Eltern hin, die den scheinbaren Widersinn meines Betragens nicht durchschauen konnten.

Den gartenmäßigen Ausbau der Kurpromenade nannte man Anlage. In diese Anlagen führte mich täglich meine Kinderfrau, wobei uns ein kleines Hündchen begleitete. Ich liebte es, wie natürlich, sehr. Noch eben hatte ich mit ihm schöngetan, als es in ein Boskett schlüpfte. Völlig verändert kam es heraus. Mit heller Kehle und langer Zunge Laut gebend, umkreiste es rasend in weitem Bogen mich und die Kinderfrau, die mich auf die Arme nahm und das Haus zu erreichen suchte. Das Hündchen aber in seiner kreisenden Raserei behielt uns als Mittelpunkt. Alles wurde auf den gefährlichen Vorgang aufmerksam, wer konnte, floh, auch mein Vater wurde benachrichtigt und zog uns schließlich durch eine Glastür ins innere Haus, wo wir vor dem wahrscheinlich von Tollwut befallenen Tier sicher waren.

Es war uns bis auf den Hausflur nachgefolgt, wo man es glücklicherweise abschließen und also unschädlich machen konnte. Ich sah durch die Scheiben seinen fortgesetzten, wütenden Todeslauf, immer im Kreis, über Stühle, Tische und Fensterbretter hinweg, ich weiß nicht wie lange, eh man es durch den Tod erlöste.

Ich bin diesen tiefen und grausigen Eindruck bis heut nicht losgeworden. Und immer, wenn später einer meiner Hunde in einem Boskett verschwunden ist, wurde ich unruhig und habe die Zwangsvorstellung zu bekämpfen gehabt, er werde schäumend und rasend herausstürzen.

Ich weiß nicht, wann mir der immerwährende Wechsel von Tag und Nacht, ihre Gegensätzlichkeit im Bereich der Sinne, des Empfindens und der Vorstellung deutlich ins Bewußtsein gedrungen ist und wann sie mir zu bewußter Gewohnheit wurde. Nicht der Tag, aber der Abend und die Nacht sowie alles Dunkel waren mit Furcht verknüpft. Ein solcher Ausdruck der Furcht war schon das Abendgebet, das meine Mutter mich täglich im Bett sprechen ließ:

Müde bin ich, geh' zur Ruh',
schließe beide Äuglein zu.
Vater, laß die Augen dein
über meinem Bette sein!
Alle, die mir sind verwandt,
Gott, laß ruhn in deiner Hand ...

und so fort.

Die Furcht des Kindes ist Gespensterfurcht. Sein Tag kennt sie nicht, aber nachts, wenn es wach oder halbwach ist, umgeben es überall Dämonen. Da sie, woran das Kind nicht zweifelt, bösartig sind, gibt man dem geängstigten Knaben, dem furchtsamen Mädchen die Vorstellung eines Schutzengels. Man sprach auch mir von meinem Schutzengel, aber er wurde mir nie überzeugend gegenwärtig. Er gab mir nie ein Gefühl der Geborgenheit etwa in dem Grade, wie mir die Geister der Finsternis Furcht machten.

Eine Zeitlang teilte ich mit den Eltern das Schlafzimmer. Wenn ich, was vorkam, schlaflos lag und beim Scheine des Nachtlichtchens Vater und Mutter bewußtlos schnarchend in ihren Betten sah, waren sie mir wie atmende Leichname. Daß sie vom Tode wieder erwachen würden, ja daß ich sie wecken konnte, wußte ich. Aber ebenso war mir bekannt, daß man dies nicht darf, weil jemand, der weiterleben will, allnächtlich diesen Tod erleiden muß. Und so mußte ich denn das Gefühl einer grenzenlosen Verlassenheit auskosten.

Wenn das Um und An der Nacht mir peinlich war, so sah ich den Schlaf an sich als eine störende Unterbrechung des Tages an und schüttelte ihn des Morgens mit dem Glücksgefühl des Befreiten wie eine gesprengte Fessel ab. Nun konnte ich wieder in himmlischer Betäubung rastlos in der Sonne umherflattern und mich dem überall Selig-Neuen, den Genüssen des Gesichts, des Gehörs, des Geruchs, des Getasts und des Geschmacks hingeben. Ich konnte überall umherfahren, suchend und findend, alles um und um wendend, von der frohen Bezauberung meines Staunens erfüllt.

Vom Morgen gelangte ich so im Rausch des Spiels bis zum Abend hinauf, von dem man mich, und das war die gute Seite der Nacht, bewußtlos wie in einem lautlosen Lift zum Morgen herunterließ, wo das Spiel von neuem beginnen konnte.

An meinem Geburtstage brannten vier Lichter um den Kuchen, in der Mitte das längere Lebenslicht. Die Feier wurde alljährlich mit Geschenken, Kuchen, Lichtern und Blumen gewissenhaft eingehalten. Der Geburtstag fiel glücklicherweise in den Monat November, in die stille, dem Familienleben gehörende Winterzeit. Im turbulenten Gästebetrieb des Sommers würde man seiner kaum oder nur nebenher gedacht haben. So war es ein Tag der Freude, aber auch der Einkehr für mich, da die Mutter mit ernsten Reden des menschlichen Wachsens und Werdens und des menschlichen Schicksals im ganzen gedachte.

Über Spiel und Spielzeug ist viel gesagt und geschrieben worden. Wer den Spieltrieb kennt, weiß, welcher Zauber ihm innewohnt. Echtes Spielzeug kann sogar im Erwachsenen, besonders in Gegenwart von Kindern, das Kind erwecken. Aus dem Spieltrieb erwächst die Kunst. Der Knabe vom vierten, wenn er das Schaukelpferd hinter sich gelassen hat, bis zum achten, neunten Jahr ist ein Universalkünstler. Er hat mit Bauklötzen Dome aufgeführt, er hat sich geübt mit seinem Tuschkasten, er hat allerlei Tiergebilde aus Wachs modelliert, er hat sich zeichnerisch an den Menschen gewagt. Vor allem aber ist er ein Schauspieler ohne Eitelkeit, einer, der keinen Zuschauer braucht, wenn er sich als kommandierender General, als mutiges Pferd oder gar als Lokomotive gebärdet.

Es ist Neigung, niemals Gebot, niemals Pflicht, was zum Spiele treibt. Das Kind ist sein eigener Lehrer und Schüler. Ein Verhältnis von solcher Harmonie und Fruchtbarkeit wird ihm später schwerlich wieder zuteil werden. Es fühlt kein Ziel, es fühlt keinen Zweck. Alles ist, sei es versonnen oder wild, immerwährende Heiterkeit.

Wohl scheint die Natur dabei einen Zweck zu verfolgen: aber selbst die Erwachsenen sehen ihr Walten im Kinde meistens nicht. Deshalb halten sie sich für verpflichtet, schon früh und bei gegebener Gelegenheit, wie meine Mutter an meinen Geburtstagen tat, auf den kommenden Ernst des Lebens in Gestalt des Schulbesuchs hinzuweisen. Ich wollte lange nichts wissen davon, endlich aber wurde ich nachdenklich und sah die Unschuld meines Dahinlebens durch den Gedanken der Mutter gestört, daß dieses so glückliche Leben ein nutzloses wäre und abgelöst werden müsse von einem nützlichen. Seine Berechtigung habe es gleichsam nur als Gnadenfrist. Überschreite es diese Frist, so sei der Mensch, der es weiterführe, ein Taugenichts.

Nun, ein Fohlen, das einen Wasserguß erhält, schüttelt sich und galoppiert dann doppelt schnell und vergnügt in die Koppel.

Wenn ich, etwa als Vierjähriger, mit aufgestützten Ellbogen in einem der Frontfenster meines Elternhauses lag, wurde mein Blick bei klarem Wetter durch einen schöngeformten Berg, den Hochwald, angezogen. Er war dann nicht nur die Grenze meiner Welt, sondern der ganzen Welt. Und ich setzte mit stiller, zweifelsfreier Gewißheit voraus, man könne, auf seine Spitze gelangt, in den Himmel steigen. Oft und oft, wenn wieder und wieder die träumerische Stimmung im Angesicht des heiligen Berges über mich kam, habe ich diesen Fall erwogen und alle möglichen Arten, in denen der Plan auszuführen sei. Den Herrgott selber hatte ich auf einem dunklen Treppenabsatz unseres Hauses inzwischen kennengelernt, wo ein Ehrfurcht gebietendes goldgerahmtes Bild des weißgelockten, bärtigen Greises die Wand zierte. Ich hatte ihn zum Erstaunen der Meinen sogleich erkannt.

Waren die Lichter meines Geburtstages erloschen, so tauchte gleich eine andere Ballung von Licht, eine zunächst nur innerliche Sonne auf. Diese Sonne war Weihnachten. Unter der Lichtflut dieses Festes hat sich wohl der Familienkreis mir am frühesten und deutlichsten eingeprägt: mein Vater, der einen martialischen Schnurrbart und Brillen trug, meine Mutter mit ihrem Wellenscheitel, mein Bruder Carl, Johanna, die Schwester. An meinen ältesten Bruder Georg habe ich aus dieser Frühzeit keine Erinnerung.

Uns Deutschen kann der volle Begriff eines Festes nur noch an diesem Feste klarwerden. Es erhebt sich aus unabsehbaren Tiefen der Vergangenheit, und seine lebendige, oberirdische Tradition wird von Generation auf Generation in der gleichen Empfängnis entgegengenommen.

Die Freude dieses Festes war nicht die unmittelbare gesunde, irdische, sondern sie war eine mystische. Sie erhob sich in überirdischer Steigerung. Über ihr stand eine immergrüne Tanne, ein Nadelbaum, aus dessen Zweigen Kerzen emporwuchsen und ihn zu einer Pyramide von Flämmchen machten. Der Baum war gesunde Waldnatur, die Kerzen auf ihm und er als ihr Träger Mysterium.

O Tannenbaum, o Tannenbaum,
wie grün sind deine Blätter!
Du grünst nicht nur zur Sommerzeit,
nein, auch im Winter, wenn es schneit.
O Tannenbaum, o Tannenbaum,
wie grün sind deine Blätter!

Welche widersinnige Einfalt beseelt dieses kleine Lied, und welche Tiefen des Entzückens werden durch es im Gemüt des Kindes ausgelöst.

Geschenke, Gaben brachte wohl das ganze Jahr hie und da, aber sie waren nicht von dem Zauber berührt und erfüllt wie die Bescherung unterm Weihnachtsbaum. »Vom Himmel hoch, da komm' ich her.« Nicht die Eltern hatten uns mit Geschenken beglückt, sondern sie waren diesmal wirklich vom Himmel gekommen. Der Vater, die Mutter waren Treuhänder, die sie uns übermittelt hatten.

Darum war die Freude, die Spannung zu Weihnachten übergroß, mitunter so groß, daß mein Organismus sich in der Folge durch eine kurze Krankheit wiederherstellen mußte.

Trotzdem stellte man sogleich Berechnungen über das kommende Weihnachten an, über die Monate, Wochen, Tage, die man bis dahin noch zu bestehen hatte.

Zweites Kapitel

Mein Elternhaus hatte zwei Daseinsformen, die so voneinander verschieden waren wie voll und leer, Wärme und Kälte, Lärm und Stille, Leben und Tod. Damit ist nur das Gebäude, der Gasthof zur Preußischen Krone gemeint, der dem Verkehr nur im Sommer geöffnet war und im Winter geschlossen blieb.

Ende April bezog ihn zunächst ein recht zahlreiches Personal: Köche, Küchenmädchen, Hausmamsell, sogenannte Schleußerinnen, Oberkellner, Kellner und einige Hausdiener. Dann füllten sich bald alle Zimmer mit Kurgästen.

Für den Gasthof also war das die lebendige, der Winter die tote Zeit, für die Familie dagegen war der Sommer die tote, der Winter die lebendige. Vater und Mutter gehörten sommers der Öffentlichkeit, sie waren den Winter über Privatleute.

Die zweite Daseinsform meines Geburtshauses verband sich am tiefsten mit meinem Wesen und prägte es in frühen, entscheidenden Zeiten aus. In dieser stillen, leeren Verfassung gehörte das Haus uns, im Sommer war es uns gänzlich entzogen und uns Kindern auch Vater und Mutter. Sie gehörten mit allem, in allem der Öffentlichkeit.

Die Quelle, der Brunnen war eines der ewigen Themen am winterlichen Familientisch. In einem Umkreis, dessen Radius ungefähr hundert Meter betragen mochte, traten die Heilquellen Ober-Salzbrunns, also die Salzbrunnen Salzbrunns, ans Tageslicht. Als der erste der Oberbrunnen. Gegenüber der Fassade unsres Gasthofs lag der prächtige Saal, den man über seiner Mündung errichtet hatte. An der Salzbach verborgen, zu erreichen auf einem nahen, schwankenden Brettersteg, lag der Mühlbrunnen. Er wurde zu Kurzwecken nicht benutzt und war der Bevölkerung freigegeben. Und, o Wunder! die dritte der Quellen gehörte uns. Ihr ummauerter Spiegel lag innerhalb der Fundamente unsres Gasthofs. An Heilkraft dem weltbekannten Oberbrunnen gleich, war doch ihr Dasein damals unbeachtet und ruhmlos. Ihr Wasser wurde durch eine Pumpe aus Gußeisen von den gleichgültigen Fäusten der Kutscher und Knechte für den Bedarf der Pferdeställe heraufgeholt. Auch wurde der Abwasch davon bestritten. Noch im Bereich meiner Knabenjahre ist dann eine vierte Quelle auf unserm Nachbargrundstück entdeckt worden.

Ich danke es meinem Vater, daß er mir, dem Flüggegewordenen, weder einen Faden ans Bein gebunden, noch mich einem Aufpasser, einem Präzeptor, überantwortet hat. Unbehindert durfte ich ausschwärmen. Das Erste und Nächste, etwa im späten Herbst, war ein ausgestorbener tempelartiger Bau, der sommers als Wandelhalle diente. Dort freute ich mich an dem Hallen meiner Tritte, wenn ich aus Freude an der Wiedergeburt nach dem Schlaf auf und ab rannte. Diese offene dorische Architektur, schlechthin die Kolonnade genannt, gewährte mir auch bei schlechtem Wetter freie Bewegungsmöglichkeit, wie sommers bei plötzlichen Regengüssen den Kurgästen. Einen besseren, schöneren und auch gesünderen Spielplatz als diesen, der mir zudem ganz allein gehörte, gab es nicht.

Vom Spiel lief ich in den anstoßenden Brunnensaal hinab, der immer offen war, und ließ mir an einer langen Stange von einem der Brunnenschöpfer ein Glas in die kreisrund ummauerte Tiefe tauchen, den prickelnden Brunnen schöpfen und heraufholen. Sie taten es immer mit Freundlichkeit und Bereitwilligkeit.

Mit der Zeit erst begriff ich, daß ich einigermaßen bevorzugt war.

Der Vater meiner Mutter war oberster Leiter des Badeorts. Er führte den Titel Brunneninspektor, so daß auch von dieser Seite der Begriff des Brunnens seine schicksalhafte Bedeutung in unserm Hause behauptete. Übrigens hieß ein herrschaftliches Gebäude in den Promenaden der Brunnenhof, ein Haus, das mein Vater gepachtet hatte.

Der Platz zwischen dem Gasthof zur Preußischen Krone und der Kolonnade, genannt Elisenhalle, war Zentrum des Orts. Er wurde außerdem noch begrenzt vom Badeverwaltungsgebäude, in dem mein Großvater Ferdinand Straehler, eben der Brunneninspektor, amtierte. Auf diesem Platze hatten sich einst meine militärischen Eindrücke wesentlich zusammengedrängt: der Österreicher mit dem blutigen Tuch um den Hals, Gefangene, rastende Truppen und ihre zusammengestellten Gewehre. Hier handelten meine Brüder gegen allerlei Tauschobjekte Kommißbrot ein, von hier aus führte der grade Weg bis zu einem Ausflugsort, der Schweizerei, den meine Brüder im Jahre 66 unzählige Male zurücklegten, um, wie schon gesagt, jene Gefangenen und Verwundeten zu betreuen, die man dorthin gelegt hatte. Hier, neben der breiten Freitreppe, vor dem Giebel der Elisenhalle, vor und unter den Basen der dorischen Säulen, saß auch im Winter eine alte knusperhexenartige Kuchenfrau, die aus vielen Gründen, auch dem der unumgänglichen kindlichen Näscherei, nicht aus meiner Kindheit hinwegzudenken ist. Von diesem Platz trat man in die Kurpromenaden und in den Brunnensaal, hier mündete der sogenannte Pappelberg, eine steigende Pappelallee, die nach Wilhelmshöh führte, einem romantischen Burgbau, dem hauptsächlichsten Ausflugsort.

Der durch Jahre vorausgeworfene Schatten des ersten Schultags verdichtete sich. Eines Tages nach Weihnachten sagte meine Mutter zu mir: »Wenn das Frühjahr kommt, mußt du in die Schule. Ein ernster Schritt, der getan werden muß. Du mußt einmal stillsitzen lernen. Und überhaupt mußt du lernen und lernen, weil auf andere Weise nur ein Taugenichts aus dir werden kann.«

Also du mußt! du mußt! du mußt!

Ich war sehr bestürzt, als mir diese Eröffnung gemacht wurde. Daß ich erst etwas werden solle, da ich doch etwas war, begriff ich nicht. War ich doch völlig eins mit mir! Nur immer so weiter zu sein und zu leben war der einzige, noch fast unbewußte Wunsch, in dem ich beruhte. Freiheit, Stille, Freude, Selbstherrlichkeit: warum sollte man etwas anderes wollen? Die kleinen Gängelungen der Eltern störten diesen Zustand nicht. Wollte man mir dieses Leben wegnehmen und dafür ein Sollen und Müssen setzen? Wollte man mich verstoßen aus einer so vollkommen schönen, mir so vollkommen angemessenen Daseinsform?

Ich begriff diese Sache im Grunde nicht.

Etwas auf andere Weise zu lernen als die, welche mir halb bewußt geläufig war, hatte ich weder Lust, noch fand ich es zweckmäßig. War ich doch durch und durch Energie und Heiterkeit. Ich beherrschte den Dialekt der Straße, so wie ich das Hochdeutsch der Eltern beherrschte. Erst heute weiß ich, welch eine gigantische Geistesleistung hierin beschlossen ist und daß sie, geschweige von einem Kinde, nicht zu ermessen ist. Spielend und ohne bewußt gelernt zu haben, hantierte ich mit allen Worten und Begriffen eines umfassenden Lexikons und der dazugehörigen Vorstellungswelt.

Ob ich mich nicht wirklich vielleicht ohne Schule schneller, besser und reicher entwickelt hätte?

Vielleicht aber war das Schlimmste ein Seelenschmerz, den ich empfand. Meine Eltern mußten doch wissen, was sie mir antaten. Ich hatte an ihre unendliche, uferlose Liebe geglaubt, und nun lieferten sie mich an etwas aus, ein Fremdes, das mir Grauen erzeugte. Glich das nicht einem wirklichen

Ausstoßen? Sie gaben zu, sie befürworteten es, daß man mich in ein Zimmer sperrte, mich, der nur in freier Luft und freier Bewegung zu leben fähig war, – daß man mich einem bösen alten Mann auslieferte, von dem man mir erzählt hatte, was ich später genugsam erlebte: daß er die Kinder mit der Hand ins Gesicht, mit dem Stock auf die Handteller oder, so daß rote Schwielen zurückblieben, auf den entblößten Hintern schlug!

Der erste Schultag kam heran. Der erste Gang zur Schule, den ich, an wessen Hand weiß ich nicht mehr, unter Furcht und Zagen zurücklegte. Es schien mir damals ein unendlich langer Weg, und so war ich denn recht erstaunt, als ich ein halbes Jahrhundert später das alte Schulhaus suchte und nur deshalb nicht fand, weil es aus dem Fenster der alten Preußischen Krone sozusagen mit der Hand zu greifen war.

Unterwegs gab es Verzweiflungsauftritte, die nach vielem gutem Zureden meiner Begleiterin, und nachdem sie mich an der Schultür unter den dort versammelten Kindern allein gelassen hatte, dumpfe Ergebung ablöste.

Es gab eine kurze Wartezeit, in der sich die kleinen Leidensgenossen tastend miteinander bekannt machten. Im Hausflur der Schule zusammengepfercht, pirschte sich ein kleiner Pix an mich heran und konnte sich gar nicht genug tun in Versuchen, die Angst zu steigern, die er bei mir mit Recht voraussetzte. Diese kleine schmutzige Milbe und Rotznase hatte mich zum Opfer ihres sadistischen Instinktes ausgewählt. Sie schilderte mir das Schulverfahren, das sie ebensowenig kannte wie ich, indem sie den Lehrer als einen Folterknecht darstellte und sich an dem gläubigen Ausdruck meines angstvoll verweinten Gesichts weidete. »Er haut, wenn du sprichst«, sagte der kleine Lausekerl. »Er haut, wenn du schweigst, wenn du niesen mußt. Er haut dich, wenn du die Nase wischst. Wenn er dich ruft, so haut er schon. Paß auf, er haut, wenn du in die Stube trittst.«

So ging es, ich weiß nicht wie lange, fort, mit den Worten und Wendungen des Volksdialekts, in dem man sich auf der Straße ausdrückt.

Eine Stunde danach war ich wieder zu Haus, aß mit den Eltern vergnügt und renommistisch das Mittagbrot und stürzte mich mit verdoppelter Lust ins Freie, in die noch lange nicht verlorene Welt meiner kindlichen Ungebundenheit.

Nein, die Dorfschule mit dem alten, immer mißgelaunten Lehrer Brendel zerbrach mich nicht. Kaum wurde mir etwas von meinem Lebensraum und meiner Freiheit weggenommen und gar nichts von meiner Lebenslust.

Drittes Kapitel

Der Gebäudekomplex des Gasthofs zur Preußischen Krone war im Laufe der Zeiten durch Anbauten entstanden. Schwer zu sagen, welcher seiner Teile mir zuerst zu Bewußtsein gekommen ist. Ich hatte wohl erst ein allgemeines Gefühl seiner Unergründlichkeit. Insoweit blieb er mir lange unheimlich. Ich denke auch hier an die Winterzeit. Da war zunächst unser Winterquartier im ersten Stock. Es waren die Säle: der sogenannte Große Saal und der sogenannte Kleine Saal und endlich der sogenannte Blaue Saal, der in Wahrheit der kleinste war. Da war ferner das Erdgeschoß: ein Schnittwarenladen lag darin, eine verpachtete, dem Straßenbetrieb offene Bierstube, die Wohnung des Fuhrwerksbesitzers Krause und die Kronenquelle, von der schon gesprochen wurde. Das Haupthaus, der Kleine Saal, die Stallungen bildeten und umfaßten dreiseitig einen Hof, dessen vierte Seite nach der Straße offen war. Der Kleine Saal aber wurde von granitenen Pfeilern, sogenannten »Saulen«, getragen. Den unter ihm verfügbaren Wirtschaftsraum bezeichnete man schlechthin als Unterm Saal. Über unserm Winterquartier lag ein zweiter Stock, wo wir Kinder, sommers vom Fremdenbetrieb zurückgedrängt, in kleinen Schlafräumen unser vergessenes Dasein fristeten. Schließlich war das Bodengeschoß mit den Dachkammern ein besonderes Mysterium.

Unter diesen war eine, die sogenannte Siebenkammer, die für uns Kinder einen unheimlich-heimlichen Reiz besaß, obgleich sie in Wahrheit nichts anderes als die sattsam bekannte Rumpelkammer sein wollte. Wir hätten uns schwerlich im Dunkeln hineingetraut. Sonst aber übertraf ihre Anziehungskraft bei weitem die Furcht, die uns im Gedanken an sie anwandelte. Auch war diese Furcht selber anziehend, gleich jenem Gruseln, das der Handwerksbursche im Märchen durchaus lernen wollte.

Altes zerbrochenes oder weggeworfenes Spielzeug von Generationen war darin in unentwirrbarer, verstaubter Menge aufgehäuft: Gummibälle, Puppen, Hausrat von Puppenstuben, Hampelmänner, Pferde und Frachtwagen, Teile von Schäfereien und Menagerien, Schaukelpferde, und so fort und so fort.

Alledem hauchte der kindliche Geist besonders im langen Dunkel der Wintertage phantastisches Leben ein. So war denn die Siebenkammer – und ist es mir in gewissem Sinne noch heute – der Ort, wo auf geheimnisvolle Weise Kobolde, Feen, Knusperhexen und Zauberer, Helden und Menschenfresser sich Rendezvous gaben und durch die Dachluke nachts beim Mondschein aus und ein flogen. Ich brauchte nur an sie zu denken, um ihrem Märchenzauber, ihrer grenzenlosen Magie mit der unendlichen, bunten Vielfalt ihrer Gestalten anheimzufallen. Gehe ich fehl, wenn ich in ihr eine der wichtigsten Rätselquellen meiner späteren Fabulierlust sehe?

Das Winterquartier im ersten Stock bestand aus fünf zusammenhängenden Stuben, welche die Nummern drei bis sieben als Türschilder hatten. So sprachen wir Kinder von der Drei, der Vier, der Fünf, der Sechs und der Sieben. Und mit jeder dieser Zahlen verbindet sich noch heut für mich die Vorstellung eines besonders beseelten Raums. Von allen strahlte die Vier vielleicht die meiste herzliche Wärme aus, die Fünf und die Sechs waren nicht so traulich. Der Charakter der kleinen Sieben hatte seine Besonderheit. Es waren darin Rouleaus, auf denen bunte Spanierinnen mit Fruchtkörben auf den Köpfen zu sehen waren.

Die Seelen dieser fünf Räume tauchen noch heut gelegentlich in meinen Träumen auf, mit mancherlei anderen Elementen verbunden.

Die Tür der Sieben war der Abschluß eines längeren Gangs, dem Fenster nach dem Hofe Licht gaben. Dagegen hatte ein kleiner Alkoven, in dem winters Vater, Mutter und ich schliefen, nur ein Fenster nach diesem Flur hinaus.

Ein oder zwei Winter ausgenommen, hat sich das Leben der Familie hauptsächlich in diesem Teil des Hauses abgespielt.

Ich sagte schon, daß mein sonst strenger Vater mir eine außergewöhnliche Bewegungsfreiheit zubilligte, was von Verwandten und Freunden vielfach gerügt wurde. Ungebunden und überall neugierig ging ich demnach auf Entdeckungsfahrten aus und wußte bald über jeden Winkel des Hauses Bescheid. Fast täglich durchstreifte ich alle Stockwerke, war daheim in Garten und Hof, kannte die entlegensten Räume, von denen einige seltsam genug und hinreichend unheimlich waren.

Das leidenschaftliche Leben, dem ich damals unterlag und das meinen zarten Organismus wie ein überstarker elektrischer Strom bewegt haben muß, erklärt sich nur durch eine ungeduldige Lebensgier, die überall etwas zu versäumen fürchtete. »Gerhart, renne doch nicht so!« sagte meine Mutter. – »Rase doch nicht immer so!« sagte mein Vater. – »Du rennst dir die Schwindsucht an den Hals!« mahnte mein Onkel Straehler, der schöne, von den Damen vergötterte Badearzt, wo er im Freien meiner ansichtig wurde. Frau Krause, Frau des Fuhrwerksbesitzers im Erdgeschoß, die robuste Bauersfrau, hielt sich wieder und wieder die Ohren zu und sagte dabei: »Hör auf, hör auf, dein Schreien macht mich verrückt, Junge!«

Der Wahrheit gemäß wäre vielleicht zu sagen, daß ich um jene Zeit immerhin ein wohlgearteter, aber kein wohlerzogener Junge gewesen hin, dazu war ich zu wild und zu frei aufgewachsen. Wie manchem mag ich durch lärmiges Gebaren, Rennen, Schreien und Ansprüche aller Art lästig geworden sein! Ich bin auch nicht allzu sauber gewesen. Die künstlichen Sitten der elterlichen Bürgerzimmer konnten den natürlichen Unsitten der Straße und des sogenannten niederen Volkes nicht standhalten. Ein nordisches Kind ohne Schnupfen im Winter gibt es nicht, und der Straßenjunge, der mein bewundertes Muster war, wird sich die Nase nur mit dem Ärmel putzen, wenn er es nicht technisch vollkommen mit Daumen und Zeigefinger niesend tut. Daher hatte ich meinen blanken Ärmel, zunächst den rechten, den andern erst, wenn dieser nicht ausreichte.

Frau Greulich hieß eine alte Weißnähterin, die winters über bei uns arbeitete. Die gute Frau war entsetzt und herrschte mich manchmal heimlich entrüstet an, wenn ich ohne Ärmel und Taschentuch den FIuß der Nase durch ununterbrochenes Lufteinziehen erfolglos zu hemmen suchte.

Erkner, ein Vorort von Berlin, wo ihr verstorbener Mann Bahnbeamter gewesen war, hatte übrigens die beste Zeit im Leben dieser Frau gesehen. Immer, fast täglich, sprach sie davon. Sie ahnte nicht, und ich ahnte nicht, welche Bedeutung dieser Ort etwa fünfzehn Jahre danach auch für mein Leben erhalten sollte.

Wenn Sommer und Winter zwei ganz verschiedene Lebensformen des Gasthofs zur Preußischen Krone bedeuteten, freilich nicht ohne Zusammenhang, so kann ich noch heute wie als Kind völlig getrennte Welten unterscheiden, innerhalb seiner Mauern sowohl als auf dem dazugehörigen Grund.

Die Bürgerzimmer erstens umschlossen winters das Familienleben und damit die Wohlerzogenheit. Die Säle im gleichen Stockwerk wiesen gewissermaßen feierlich in eine fremde Welt höherer Lebensform. Im Blauen Saal stand das Klavier. Gelbe Mahagonipolstermöbel schmückten diesen Raum und die lebensgroßen, goldgerahmten Ölbildnisse König Wilhelms und seiner Gemahlin Augusta in ganzer Figur. Hier hatten die monarchischen Gefühle meines Vaters ihren Ausdruck gefunden. Eine Kopie der Sixtinischen Madonna in Originalgröße beherrschte den anderen, den Großen Saal, dessen noch verfügbare zweite Wand eine Kopie der Kreuzabnahme Rembrandts trug, den mein Vater, nach der Fülle der Rembrandtkopien im Kleinen Saal zu schließen, besonders geschätzt haben muß.

Ich begreife noch heute schwer, wie man in der sakralen Atmosphäre des Großen Saales speisen und harmlos plaudern konnte.

Dicht an die Säle stießen dann Küche, Waschküche und Hinterhof, die eine ganz andere Welt darstellten und die im wesentlichen den unabweisbaren Bedürfnissen des Magens und des Bauches zu dienen hatten. Es kam hernach die Welt Unterm Saal, die zwar als ein Teil des Hofes anzusehen ist, aber eigene Funktionen hatte. So lag die Kutscherstube dort und die Putzstube der Hausknechte, besonders aber wirkte sich hier der Betrieb des Weinkellers mit Flaschenwaschen, Fässerreinigen und dergleichen regensicher aus.

Von den Sälen zur Kutscherstube war ein großer Schritt. In einem fensterlosen Raum blakte allzeit eine Ölfunzel, es herrschte keine Sauberkeit, es roch nach Bier, Fusel und Speiseresten. Diese Kutscherstube war eine Dreckbude, wo aber doch viel Behagen, Gelächter, derbes Fluchen und Karten-auf-den-Tisch-Hauen in jenem niederländischen Stil laut wurde, der sich auf manchem Ostade des Kleinen Saals erschloß. Im Giebel des Hauses ebenerdig nach der Straße hinaus lag noch die Bierstube, die Schwemme, wie man in Österreich sagt, deren Tür auf die Gasse ging und die zeitweilig Schauspieler Ermler gepachtet hatte. Sie war ein manierlich volkstümlicher Aufenthalt, der gelegentlich auch wohl von den Honoratioren des Orts besucht wurde.

Der Hintergarten war das Gebiet, wo man sich in der ungebundensten Wildheit austobte. Der große Düngerhaufen der Pferdeställe befand sich dort, der Eiskeller, um den herum es sehr übel nach Schlachthaus roch, aber auch ein Warmhaus, dessen Palmen, Lorbeer- und Feigenbäume und seltene Blumen mir die erste Botschaft einer schönen südlichen Welt brachten.

Der Schnittwarenladen aber von Sandberg, in der Front des Hotels, atmete eine vornehme Stille. Der graubehaarte Scheitel des alten Inhabers, auf dem allezeit ein gesticktes Käppchen saß, sein milder Ernst, seine seltsame Sprache und manches, was man mir von ihm erzählt hatte, da er Vorsteher der Salzbrunner jüdischen Gemeinde war, erfüllten mich mit einem Respekt, in dem sich Befremden und Neugier mischten.

Viertes Kapitel

So ungefähr boten sich zunächst die Schauplätze dar, auf welchen ich mich im Vollgenuß meines Lebenstriebes – im gesunden Kinde ist Freude und Leben ein und dasselbe – in dauerndem Wechsel täglich bewegte. Sie lagen auf zwei verschiedenen Hauptebenen, von denen die eine die bürgerliche, die andere zwar nicht die durchum proletarische, aber jedenfalls die der breiten Masse des Volkes war. Ich kann nicht bestreiten, daß ich mich im Bürgerbereich und in der Hut meiner Eltern geborgen fühlte. Aber nichtsdestoweniger tauchte ich Tag für Tag, meiner Neigung überlassen, in den Bereich des Hofes, der Straße, des Volkslebens. Nach unten zu wächst nun einmal die Natürlichkeit, nach oben die Künstlichkeit. Nach unten wächst die Gemeinsamkeit, von unten nach oben die Einsamkeit. Die Freiheit nimmt zu von oben nach unten, von unten nach oben die Gebundenheit. Ein gesundes Kind, das von unten nach oben wächst, ist zunächst wesenhaft volkstümlich, vorausgesetzt, daß es nicht durch Generationen verkünstelten Bürgertums verdorben ist. Das Kind steht dem bäuerlichen Kindermädchen näher als seiner Mutter, wenn diese eine Salondame ist: und die Mutter, wenn sie es ist, weiß mit dem Kinde, das sie gebar, nichts anzufangen. Fuhrhalter

Krause, der im Hofe die Herrschaft führte, sprach mit seinem Sohne Gustav und mit mir, wie man mit seinesgleichen spricht. Nie wurde ihm oder mir von Krause klargemacht, daß wir dumme Jungens seien und uns als minderwertige Wesen anzusehen hätten. Auch von Vater und Mutter erlitten wir keine moralische Erniedrigung, außer wo wir mit Recht oder Unrecht gescholten wurden. Aber es lag nun einmal im Geiste des oberen Bereichs, daß man sich nicht natürlich betragen konnte. Der Unterschied zwischen unten und oben war so groß, wie der zwischen dem sinnlich-seelenvollen Dialekt und dem sinnlich-armen, nahezu entseelten Schriftdeutsch ist, das als Hochdeutsch gesprochen wird. Unten im Hof erzog die Natur, oben wurde man, wie man fühlte, nach einem bewußten menschlichen Plan für irgendeine kommende Aufgabe zugerichtet. Kochen, Essen, Schlafen, das alles ging vor sich in einem einzigen Zimmer des Krausebereichs.

Jegliches Ding darin hatte seine Aufgabe. Oben war eine Zimmerflucht, die zum großen Teil nur von Glasschränken mit Büchern und Nippes, von Spiegeln, unbenützten Kommoden, Tischen und Sesseln und von einigen schweigsamen Fliegen bewohnt wurde. Die stumme Sprache dieser Dinge, Uhren, Porzellane, Ziergläser, Teppiche, Tischdecken und dergleichen, wiederholte immerzu: Mache hier keinen Riß, dort keinen Fleck, stoß mich nicht an, stoß mich nicht um, und so fort. Unten gab es dergleichen Rücksichten nicht.

Und oben, nicht unten, wohnt auch die Eitelkeit. Da sind ihre großen und kleinen Spiegel, die über das Unten keine Macht haben. Dort prüft der gekünstelte Mensch und schon das Kind tagtäglich sein Aussehen. Bei solcher Gelegenheit hat mich das meine nie befriedigt. Auch dem Gecken mag übrigens etwas anhaften von dergleichen Unzufriedenheit, er würde sonst im Ausputz seiner Person nicht so ruhelos wechseln. Der wohlgekleidete Mensch wird gesehen. Er vergißt nicht, darf nicht vergessen, daß es so ist. Wenn er ausgeht, ist er sein eigener Spiegel. Der einfache Mensch sieht nur um sich her.

Wenn der einfache Mann müde ist, macht er Feierabend, oder er macht eine Arbeitspause, die er sich, wie er kann, versüßt. Der gesunde Mann aus dem Volke ist durch und durch wesentlich: leeres Gerede kennt er nicht. Wenn er spricht, wird es Hand und Fuß haben. Das macht zunächst der immer naheliegende Gegenstand, der seine tägliche Arbeit und deren

Fehlschlagen oder Gelingen ist. Jedes Wort dieser Rede ist kraftvoll und vollgültig. Sie gestaltet die Sprache neu und in jedem Augenblick, weshalb schon Martin Luther sagt: »Man muß dem gemeinen Mann aufs Maul schauen, wenn man wissen will, was Sprache ist.« Sokrates sagt ungefähr dasselbe.

Das Speisen am wohlgedeckten Tische meiner Eltern in Nummer Drei verlor für längere Zeit seinen Reiz, als ich einmal bei Krauses gegessen hatte. Ich saß mit Krause, seiner Frau, Gustav und Ida sowie einem alten Knecht um den gescheuerten Tisch. In der Mitte stand eine große, braune, tiefe Schüssel aus Bunzlauer Ton, in die wir, jeder mit seiner Gabel, hineinlangten. Wir griffen zu den Zinnlöffeln, als nur noch Brühe darin vorhanden war. Messer und Teller gab es nicht.

Es ging bei dieser schlichten Bauernmahlzeit schweigsam und manierlich zu. Daß man mit vollem Munde nicht spricht, sollte sich ja von selbst verstehen. Es kommen dabei, selbst in hohen und höchsten Kreisen, Sprudeleien und andere unappetitliche Dinge vor. Trotzdem wir mit ausgestrecktem Arm zulangen und den Bissen durch die Luft führen mußten, ehe wir ihn in den Mund steckten, wies die Tischplatte am Schluß keine Flecken auf. Was Frau Krause gekocht hatte, war ein Gemisch von Klößen und Sauerkraut in einer Brühe aus Schweinefleisch. Dieses Gericht war delikat. Niemals später genoß ich wiederum solches Sauerkraut. Es wurde von dem alten Knecht und von Krause, nachdem sie bedachtsam die Gabel darin gedreht und so die langen, dünnen Fäden wie auf einen Wocken gewickelt hatten, aus der Tunke herausgeholt. Daß sie dieselbe Gabel, die sie in den Mund gesteckt hatten, wieder in die gemeinsame Schüssel tauchten, fiel mir nicht auf. Die langsame Sorgfalt des Vorgangs ließ den Gedanken an etwas Unappetitliches gar nicht aufkommen.

Tischgebete sprach man bei den Mahlzeiten des Fuhrherrn nicht. Aber die ganze Prozedur dieser gelassenen Nahrungsaufnahme, bei der niemand, auch nicht die Kinder, im geringsten Ungeduld, Hast oder Gier zeigte, war feierlich. Sie war beinahe selbst ein Gebet. Hier wußte man, was das tägliche Brot bedeutete, und der Instinkt entschied, welche Würde ihm zuzusprechen war.

Übrigens war durch die schwere, sommersprossige Hand und den heraklischen Arm des Fuhrherrn der Rhythmus dieses Familienmahles angezeigt. Niemand hatte sich unterfangen und seine Gabel oder den Löffel, während er es einmal tat, zweimal in die Schüssel getaucht.

Fuhrmann Krause war eine Art Spediteur. Der Transport des Brunnenversandes zur Bahnstation lag in seiner Hand. Ebenso holte er regelmäßig mit seinem Omnibus von ebender Bahnstation Freiburg die ankommenden Fremden ab und brachte dorthin die Abreisenden. Der Omnibus, wenn er nicht unterwegs war, stand in unserm Hof, wo seine Polster geklopft, seine Achsen geschmiert und das ganze Monstrum mehrmals die Woche von oben bis unten geputzt und gewaschen wurde. Das Klirren der hölzernen Eimer mit den eisernen Tragbogen, das Lärmen der Pferdeknechte machte die Musik dazu.

Ich denke dabei an die Sommerzeit, wo ich überall und nirgend zu Hause war. Die kurze Schulzeit ausgenommen, trieb ich mich in den Ställen zwischen den Pferden, in der Kutscherstube, im Hintergarten, vielfach auch auf den flachen, bemoosten Dächern der Saalbauten herum.

Fast nie erfüllte ich das Gebot meines Vaters: ohne Kopfbedeckung nicht auszugehen. Da ich also, ungehorsam, immer mit bloßem Kopfe herumrannte, vermied ich nach Möglichkeit, von meinem Vater gesehen zu werden. Auch setzte er gewiß nicht voraus, bis zu welchem Grade ich mich in die Gepflogenheiten der Straßenjungen einleben würde. Ich fing zum Beispiel, mit ihnen in einem Rudel vereint, den Omnibus, wenn er von der Bahn kam, vor dem Ziele ab und verfolgte ihn, ebenfalls mitten im Rudel, gehüllt in eine dichte Staubwolke. Der Zweck war, den anlangenden Kurgästen Handgepäck zu entreißen, um es gegen Entgelt hinter ihnen drein in das Logis zu schleppen. Ich habe das nur einmal getan, denn die Behandlung, die ich dabei erfuhr, die Last, die ich zu tragen hatte, und die Entlohnung durch einen Kupferdreier, den ich empfing, all das war angetan, mich von dieser Art Broterwerb abzubringen.

Fünftes Kapitel

Der Gasthof hatte im Winter etwas Vergeistertes. Das Leben seiner sommerlichen Daseinsform durchspensterte seine winterliche. Die Korridore, die einzelnen Logierzimmer, die Säle, die Küche, die Waschküche waren von den Schatten der Gestalten belebt, die im Sommer darin gehaust hatten. Manchmal, etwa wenn nächtlicher Novembersturm das Haus umbrauste, stand ich plötzlich wie angewurzelt in einem der ausgestorbenen, finsteren Flure still, weil, wie in einem hellen Blitz, das Sommerleben des Hauses auflärmte: Wagengerumpel, Eimergeklirr, Kinder- und Kutschergeschrei im Hof, in den Sälen Tellergeklapper und dumpfes Gesumm, Menschengewimmel auf der Straße, polnische Juden mit Pajes und Rokkelor, Lärm, Lärm und wieder Lärm! Alles nur einen Augenblick: dann heulte Finsternis um die Mauern.

Wie furchtsame Schafe drängten wir Kinder uns zusammen: wir hatten etwa in Numero Neun ein fürchterliches Husten gehört. Es war das Logierzimmer, in dem ein Lungenkranker vor Jahren gestorben war. Oder von irgendeiner leeren Stube aus wurde nachts die Schelle gezogen: Furcht und Grausen schüttelte uns. Solche Vorfälle wurden meist nicht aufgeklärt.

Mein Vater liebte Nachtlichte. Ein solches kleines, knisterndes Lichtwesen, das auf einer Ölschicht in einem Glas Wasser schwamm, hatte die trostlose Aufgabe, den Weg durch den eisigen Kleinen Saal zur Privatküche sichtbar zu machen. »Gerhart, geh doch mal! Gerhart, hole doch mal!« hieß es in den behaglich durchheizten Wohnzimmern. Dann mußte ich wohl oder übel in den Bereich des Nachtlichts hinaus, der hohen Fenster, erblindet durch Eisblumen, des Saals mit den frierenden Rembrandtbildern an der Wand, mußte mir Mut machen, mußte hindurchjagen, mußte durch die leere Hotelküche, die nach rostigem Eisen roch und wo der Wind Häufchen Schnee auf den kalten Herdplatten jagte, drehte und wirbelte.

Aber wir wären nicht Kinder gewesen, wenn nicht der Kobold in uns auch dieser Drangsal eine lustige Seite abgewonnen hätte. Meine Schwester Johanna ging uns hierin voran. Es handelte sich um das von Kindern so gern geübte Erschrekken. Einer von uns überwand seine Furcht und versteckte sich in der Finsternis. Kam der Beauftragte dann in Sicht, etwa langsam oder furchtsam vorschreitend, so schlug der Versteckte wohl mit einem Stock auf ein Möbelstück, was der Furchtsame mit einem Schrei und Flucht beantwortete. Oder der Beauftragte flog wie gehetzt von Eingangstür zu Ausgangstür, und diese wurde von außen zugehalten. Er rannte zurück, fand, daß auch die Eingangstür verriegelt war, und sah sich den grinsenden Bilddämonen an der Wand und allen möglichen Ängsten preisgegeben.

Fast möchte ich es als Glück meiner Jugend bezeichnen, daß sich unser Dasein nur im Winter zu einem echten Familienleben einengte: im Sommer trat an seine Stelle für mich eine überaus glänzende Vielfalt immerwährender Festlichkeit.

In der zweiten Hälfte des Monats April zogen Hausdiener und Zimmermädchen auf. Das große Reinemachen begann. Die hohen Glastüren des Großen Saals, durch die man eine Terrasse betrat, wurden weit aufgesperrt, desgleichen die Fenster des Kleinen Saals und aller Logierzimmer. Man trug die Matratzen an regenfreien Tagen vor das Haus, wo alsbald Schleußerinnen und Hausknechte unter lauten Späßen und Gelächter die Ausklopfer schwangen. Der ganze Ort widerhallte davon. Es wurden dabei manche Namen gerufen von Leuten, die nicht durchaus beliebt waren, wodurch die Schläge schneller und kräftiger niederknallten.

Des Ungeziefers wegen wurden inzwischen die Fugen der Bettstellen mit Petroleum abgepinselt. In den Fenstern standen die Mädchen halsbrecherisch, wuschen die Scheiben und rieben sie trocken. Oder der Schrubber herrschte, und die Dielen schwammen in schmutzigem Wasser. Überall roch es nach Seife und nassen Hadern, und die milden Lüfte des Frühlings drangen ins innerste Innere des Hauses ein.

Ich empfand dies alles als etwas Beglückendes, wälzte mich auf den Matratzen herum oder berauschte mich zwischen den allerlei Polstermöbeln, die man ebenfalls, um sie auszuklopfen, in den vorderen Ziergarten gebracht hatte. Der Reiz des Ungewöhnlichen, Sessel und Sofas zwischen Gartenbeeten zu finden, versetzte mich in Begeisterung.

Eines Tages hatte dann der Gasthof zur Preußischen Krone zu seiner eigentlichen Bestimmung zurückgefunden. Die Lungen seiner Fenster bewirkten gesundes Ein- und Ausatmen. Durch seine hellen, wiederum sehenden Augen ergoß sich Licht und spülte aus allen Winkeln die Finsternis. Die Zimmer glänzten vor Wohnlichkeit. Die Kerzen in den silbernen Leuchtern trugen frische Manschetten. Von Kellnern wurden Gläser geputzt. Frau Riedl, genannt die Mamsell, war eingetroffen. Sie hatte hinter einem Büfett vor der Küche ihren Stand, um, wenn es so weit war, die Speisen von dort den Kellnern weiterzureichen. Die Küche, in die nun der Koch eingezogen war, erschien heiter, hell und gar nicht mehr fürchterlich. Lorbeer, Palme, Zypresse und Feigenbaum, alles in Kübeln, schmückten die Außenwand und so die Terrasse vor dem Großen Saal. Die Vögel lärmten in den Anlagen. Einige gedeckte Tische waren im Garten aufgestellt.

Krause wusch seinen Omnibus, während um ihn die Schwalben schrillten, die in den Ställen und Unterm Saal zu Neste trugen. Sandberg stand vor der offenen Ladentür und weidete sich an seinem Schaufenster, in dem er die Schnittwaren neu geordnet hatte. Im Eingangsraum des Gasthofes hatte ein Bijouteriehändler seine Auslage.

So war die Krone aus ihrem Winterschlaf erwacht, hatte ihre Wiedergeburt, ja ihre Auferstehung gefeiert, sich gewaschen, geputzt und Festkleider angelegt. Und nun mußten die Kurgäste kommen, die den Vorteil von alledem haben und bringen sollten. Denn die alte Krone war nicht nur eine Glukke, die winters ihre Flügel über uns hielt, sondern sie legte auch goldene Eier.

Eine Persönlichkeit, die immer wieder besonderen Eindruck machte, war der jeweilige Koch. Man nannte ihn allgemein den Chef. Ein solcher Chef nahm mich, solange ich klein genug dazu war, sooft er konnte, auf den Arm, und ein Name, den er mir gab, Pflaumenfritze, ist mir in Erinnerung. Er trug mich nämlich jedesmal in die Speisekammer und ließ mich in einen Sack gedörrter Pflaumen hineinlangen.

Ein andrer Koch, ein junger Mensch, der mich ebenfalls auf den Arm genommen hatte, ist mir erinnerlich und ein niedlicher Vorgang, der die ganze Küche erheiterte: der lustige Chef nahm mit den Fingern frisch gekochte Spargel von einer Platte, tauchte die Spitzen in Butter und ließ sie mich abbeißen, der übriggebliebene Stengel flog zum offenen Fenster hinaus.

Frau Milo hieß eine Kochköchin, die neben dem Chef wirkte. Auch sie nahm mich eines Tages – etwa dreijährig mochte ich gewesen sein – auf den Arm. Da fiel mir auf, daß irgend etwas an ihr befremdlich hervorragte. Ich hatte den Begriff einer weiblichen Brust noch nicht, so klopfte ich mit der Hand auf den unbegreiflichen Gegenstand und stellte die Frage, was das wäre, worauf die ganze Küche vor Lachen fast außer sich geriet und Frau Milo dunkelrot im Gesicht wurde.

Vom Arme irgend jemandes aus sah ich zum erstenmal die wohlgeordnete Speisekammer vom Dachrödenshof. Das war ein benachbartes Haus, das mein Großvater Straehler, der Brunneninspektor, gebaut hatte und in dem er mit zwei unverheirateten Töchtern wohnte.

Das Interesse der Köche und ähnlicher kinderlieber Menschen setzte aus, als ich älter geworden war und zur Schule ging. Es wäre mir auch nur lästig gewesen.

Ein Wildling wie ich fürchtete Zwang von allen Erwachsenen. Wo ich nur konnte, mied ich sie. Die bloße Berührung durch einen von ihnen war mir unleidlich.

Sechstes Kapitel

Den Zwang und Kerker der Schule konnte man freilich nicht ausschalten.

Im Winter war der Schulweg bis auf Prügeleien und Schneeballschlachten ohne Belang. Im Sommer wurde er dadurch gewürzt, daß wir am geöffneten Kurtheater vorbei mußten. Es war ein Holzbau, äußerlich eine verwitterte Bretterbaracke, die mein Großvater, wie auch Brunnen- und Elisenhalle, Annaturm und anderes, durch seinen Freund und Maler-Architekten Josef Friedrich Raabe, der zu Goethe in engen Beziehungen stand, hatte errichten lassen. Wenn wir zur Schule gingen, waren meist Proben, und vor den Eingängen standen die Schauspieler. Was im Theater selbst vorgehen mochte, blieb uns Kindern lange ein Mysterium; um so wilder wucherten die Gerüchte. Einst wurde mir ein Jüngling gezeigt, der heute sein Benefiz hatte. Was sollte das sein: Benefiz? Etwas Furchtbares sicherlich. Ohne es zu ahnen, kamen wir der altgriechischen Ritualbühne und den Gepflogenheiten des römischen Kolosseums in unsren Gedanken sehr nahe, denn uns war der Jüngling todgeweiht. Es hieß, er müsse am Abend zum Schluß des Stückes sich selber erstechen, oder er werde hingerichtet.

Diese Sache erschien mir selbstverständlich. Von einem flüchtigen Gruseln abgesehen, nahm ich sie hin, als ob man gesagt hätte, morgen werden uns in der Schule Bibelsprüche abgehört.

Der alte Lehrer Brendel, der seine Fingerkniebel gewöhnlich auf die erste Schulbank stützte und darum eine dicke Hornhaut auf ihnen hatte, war der fleischgewordene Zorn. Zorn war Anfang, Mitte und Ende seines Unterrichts. Er würde sich nichts vergeben haben, wenn er unversehens einmal gelacht hätte. Als er gelegentlich mit seinem gelben Rohrstock, um einen Schüler abzustrafen, in die Bank langte, erhielt ich, nicht der Gemeinte, den wuchtigen Schlag, worauf er denn doch betretene Worte stammelte.

Am Schluß der Stunde sang man: »Nun danket alle Gott mit Herzen, Mund und Händen!« Wir setzten stillschweigend hinzu: dafür, daß die Schule zu Ende ist. Nie jauchzte ein tiefer gefühlter Dank zum Himmel. Mit dem letzten Ton brausten wir auf die Straße.

Daß wir in den Kurgästen und in ihren wohlgekleideten, wohlgeputzten Kindern höhere Wesen sehen mußten, war eine Unvermeidlichkeit: kamen sie doch aus Hamburg, Bremen, Berlin, Danzig, ja aus Sankt Petersburg oder Warschau, Städten, von denen ich wenig wußte, deren Namen jedoch wie Sonnen glänzten. Es waren durchaus nicht nur Lungenkranke, die Salzbrunn aufsuchten, wenn auch der hustende, krächzende, Schleim auswerfende Schwindsuchtskandidat zum Bilde des Bades gehörte. Er bewegte sich aber in den Wogen einer ihn nicht beachtenden, heiterbunten Lebewelt, die sich auf der Brunnenpromenade und in der dorischen Tempelhalle täglich mehrmals zusammenfand. Man übte damals noch eine selbstverständliche Duldsamkeit. Der Gesunde, der Leicht-, der Schwerererkrankte wurden überall und so auch in der Preußischen Krone unbedenklich und wahllos aufgenommen.

Wie gesagt, die Fremden waren uns Kindern Halbgötter. Um ihretwillen wurden Berge von Fleisch verarbeitet, Frachtkisten mit Seefisch kamen, die besten Gemüse wurden für sie geputzt, die auserlesensten Früchte verarbeitet. Im Innern des Brunnenhofes, eines Logierhauses, das zum Bade gehörte und das mein Vater gepachtet hatte, war ein großes Steinbassin, aus dem man jederzeit mit dem Netz lebende Bachforellen fischen konnte. Daß des Abends Champagnerpfropfen im Saale knallten, war keine Seltenheit.

Alles dies ward von den Fremden beansprucht und, was mehr ist, von ihnen bezahlt. Sie kamen und lebten aus vollen Säckeln. So habe ich wohl sicherlich den Begriff von Geld und Geldeswert schon um jene Zeit gehabt und gewußt, daß es darauf ankam, möglichst viel davon in den Kassenbehältern des Gasthofs zurückzubehalten.

In Beziehung auf die Kinder von Kurgästen kommt mir

ein sehr frühes Erlebnis mit Carl in Erinnerung. Man hatte im Vordergarten einen Baum gefällt, der kahle Stamm lag auf der Erde. Eng aneinander gequetscht wie Sperlinge, hatten wir Kleinen darauf Platz genommen. Vornan, allerdings hinter einem weißgekleideten Mägdlein mit bunten Bändern im offenen Haar, das er aus irgendeinem Grunde von rückwärts umarmt halten mußte, saß Carl. Ich kam zuletzt als der Kleinste der Kleinen. Meine Ohnmacht brannte vor Scham und Eifersucht, mein Elend aber war darum so groß, weil ich meine Gefühle verschweigen mußte. Ich erkannte deutlich die Lächerlichkeit, der ich Knirps sonst verfallen wäre.

Wir hatten anfänglich nicht die gleiche Schulzeit, Carl und ich, so machte jeder den Schulweg allein. Später, als ich in seine Klasse aufstieg, legten wir ihn gemeinsam zurück. Ich erkläre es mir als naiv-sadistischen Zug, daß mein Bruder mich manchmal hinten beim Kragen packte, wenn wir die Schule verlassen hatten, und mich, zu meiner Qual, wie einen Arretierten vor sich her nach Hause beförderte. Ich vermehrte dabei meine Leiden durch nutzlosen Widerstand.

Eines Tages auf dem Nachhausewege wurde mir Carls Betragen überaus wunderlich. Aus der Schule getreten, suchte er sogleich einen Ruheplatz, dann einen zweiten. Der Posthof, ein Kastanienhain, war mit hängenden Ketten zwischen niedrigen Granitpfeilern eingefaßt: Carl suchte auf einer der Ketten Ruhe. Dann kam die Straße mit mehreren Prellsteinen: er schleppte sich von Prellstein zu Prellstein fort. So sind wir allmählich nach Hause gelangt. Eine halbe Stunde später erfuhr ich, daß meinen Bruder eine schwere Krankheit befallen habe.

Die Mutter weinte und stellte sich den denkbar schlimmsten Ausgang vor. Der Vater war ernst: man müsse sich auf alles gefaßt machen, nur Gott könne wissen, ob wir Carl behalten würden oder nicht. Aber dennoch: er hoffe zu Gott.

Ich erlebte nun eine Reihe sorgenvoller Tage und auch Nächte mit, da ich zuweilen von meiner Schwester Johanna, als gelte es, von meinem Bruder Abschied zu nehmen, geweckt wurde oder auch von den Geräuschen erwachte, die, da eigentlich niemand im Hause schlief, die ganze Nacht nicht aufhörten. Mein Vater zog außer meinem Onkel, Doktor Straehler, noch einen älteren Arzt, Doktor Richter, ein ortsbekanntes

Original, hinzu. Wenn mein Bruder die Krankheit – es handelte sich um eine Lungenentzündung – dann überstand, so retteten ihn, wie mein Vater wenigstens annahm, seine Ratschläge.

Tagelang verbrachte Carl im Zustand der Bewußtlosigkeit. Barbier Krause, ein zweiter Krause, zugleich Heilgehilfe, wie es damals üblich war, der seine Stube in einem kleinen Anbau schrägüber von der Schenkstube hatte, setzte Schröpfköpfe und operierte mit Blutegeln. Die Krankenstube betrat ich nicht.

Meine Schwester und meine Mutter müssen mich von dem, was dort geschah, unterrichtet haben. Der Kranke, von schrecklichen Phantasien geplagt, sah Reihen von Leichnamen, die unter dem Gasthof zur Krone bestattet waren. Als der brave Barbier ihm Schröpfköpfe setzte, rang er seine Hände zum Himmel, und indem er sich beklagte, in was für Hände er gefallen sei, gab er sich selbst die tragikomische Antwort: in Bierhände. Es kam die Krisis und damit der große und befreiende Augenblick, als plötzlich das Fieber gesunken war und Doktor Richter erklären konnte, die Gefahr sei nach Menschenermessen vorüber.

Es ist natürlich, daß meine Mutter mich unter Freudentränen in die Arme schloß. Aber auch mein Vater, von dem ich bis dahin ebensowenig glaubte, daß er lachen wie daß er weinen könne, nahm seine Brille ab und tupfte sich mit dem Tuche die Augen. Als man den Kranken, der mit seltsamer Klarheit seinen eigenen Zustand verfolgt hatte, von dem glücklichen Umschwung verständigte, ergriff ihn eine glückselige Erschütterung. Wir mußten alle zu ihm hineinkommen: »Vater, Vater, ich bin gerettet! Gerhart, denk doch, ich bin gerettet! Mutter, Mutter, ich bin gerettet! Hannchen, hörst du, ich bin gerettet!« wiederholte er, uns die Hände, so gut es gehen wollte, entgegenstreckend, in einem fort. Es hieß so viel: ich darf wieder bei euch bleiben.

Bei diesem Anlaß, der mich wohl zum erstenmal in ein andres als mein eignes Schicksal verwickelte, wurde mir deutlich, welche Fülle verborgener Liebe unter dem so gleichmäßig nüchternen Wesen eines Vaters, einer Mutter beschlossen liegen kann. Von diesen unsichtbaren Kräften und Verbundenheiten hatte ich bis dahin nichts gewußt. Fast befremdeten sie mich, als sie zutage traten, da sie scheinbar über mich hinweggingen, meinem Bruder und nicht mir galten.

Und so wurde mir nicht ohne eine gelinde Bestürzung klar, daß mein Bruder nicht nur mein Bruder, sondern der Sohn meiner Eltern war und wie groß der Anteil werden konnte, den ich ihm von ihrer Liebe abtreten mußte.

Dieses Ereignis muß in die Zeiten der Familienenge gefallen sein, wo dann das leere und doch wohl einigermaßen öde Haus den verdüsternden Rahmen bildete. Fieberphantasien des Knaben fanden so auch in uns Gesunden geeignetsten Boden für ihr Fortwuchern, so die von den in langer Reihe unter den Fundamenten des Gasthofs zur Preußischen Krone eingesargten Toten. Noch bis in die Tage der Rekonvaleszenz hinein wollte Carls Glaube an dieses Gesicht nicht nachlassen, so daß man allen Ernstes erwog, der Sache durch Grabungen nachzugehen.

Siebentes Kapitel

Mein Großvater, wurde gesagt, war Bade- oder Brunneninspektor. Er war also gleichsam ein souveräner Herr des Kurbetriebes mit allen seinen vorhandenen Anstalten: voran dem Brunnen, seiner Bedienung, seinem Ausschank und seinem Versand, der Pflege der Elisenhalle und der Vermietung ihrer Verkaufsläden, dem Kursaal, seiner Verpachtung und seinem Betrieb, den gärtnerischen Anlagen der Promenaden und der Pflege des Parks, der Kurkapelle und dem Theater. Wo er nicht ganz befahl, war dennoch sein Einfluß maßgebend. Ich glaube, er besaß auf dem fürstlich-plessischen Kurgebiet sogar Polizeigewalt.

Alle diese eben genannten Betriebszweige charakterisieren den Badeort, und ich bin dankbar, in seiner reizvollen Verbindung von Kultur und Natur aufgewachsen zu sein.

Ich glaube nicht, daß ich immer ein liebenswürdiges Kind gewesen bin. Aber inwiefern ich mir die völlige Nichtbeachtung meines Großvaters zugezogen habe, weiß ich nicht. Wenn ich ihm, wie es wohl geschah, auf dem Wege vom Dachrödenshof zur Kurinspektion begegnete, war er entweder so stolz, gleichgültig oder in sich gekehrt, daß er meinen Gruß nicht erwidern konnte und nur kalt über mich hinwegblickte. Das gleiche geschah, wenn ich etwa auf der Promenade im Grase lag.

Hatte ich also für ihn nichts Anziehendes, so ebensowenig für seine ältelnden Töchter, Tante Auguste und Tante Elisabeth, die allerdings auch für mich nicht die geringste Anziehungskraft besaßen.

Ein Raum im Küchenbau war die Büfettstube. Sie hatte ein breites Fenster nach dem Hintergarten hinaus, wo immer Völker von Hühnern, Enten, Gänsen, ja Truthähnen – Schlachtvieh für die Tafel – herumliefen. Eine Eisenstange in Handhöhe, woran nachts die Läden verfestigt wurden, diente uns Kindern als Reck, an dem wir uns leicht über die Fensterbrüstung hinaus und von außen ins Zimmer zurückschwangen. Häßliche graue Tapeten, welche Steinquadern darstellen sollten, verunstalteten den modrig feuchten, dumpfen Raum, zumal sie da und dort ihre vergilbte und zerfressene Kehrseite zeigten und als Papierfetzen herabhingen.

Dieses versteckte Gemach ist aus meiner frühen Jugend nicht fortzudenken. Wäsche- und Weinschränke standen darin. Der Lärm der Kasserollen, Pfannen und Stimmen der Küche verband sich mit dem Gekräh und Gekoller der Hähne und Truthähne, Entengeschnatter und Gänsegegack. Hier fand ich des Sommers mein bißchen Essen, wenn ich es mir, meist unbeachtet im Lärm des Betriebs, an den Küchentüren erschlichen hatte.

Hier habe ich meinen würdigen Großvater in halblautem Gespräch mit meiner Mutter zuerst genauer ins Auge gefaßt. Der hochgewachsene alte Mann in einem langen, schwarzen Schoßrock hatte Zylinder und spanisches Rohr abgelegt und saß meiner Mutter am Tisch gegenüber. Sie redete flüsternd auf ihn ein, während er seinen Kaffee schlürfte.

Meine Mutter gefiel mir nicht, wenn sie so, was sich wiederholte, mit dem Alten im verborgenen verhandelte, zumal sie mich, seltsam entfremdet, als gehöre ich gar nicht zu ihr, fortschickte, wenn ich nur auftauchte.

Mein Vater – es war nach der Table d'hôte – hielt um diese Zeit seinen Mittagsschlaf, und ich hatte es im Gefühl, daß er von den hier geführten Gesprächen nichts wissen sollte.

Beklagte sich Mutter über ihn? Ähnliches muß ich vermutet haben, denn der Vorgang nahm mich gegen sie und mehr noch gegen den Alten ein. Nun erst begriff ich, daß er nicht nur mein Großvater, sondern auch zugleich der Vater meiner Mutter war. Ich erkannte, wie meine Mutter vor ihm sich demütigte und diese für mich autoritativste unter den Frauen vor ihm zum gehorsamen Kinde wurde. Gegen diese Erniedrigung meiner großen Allmutter empörte ich mich, zugleich bewegte mich Eifersucht, und endlich sah ich die Einheit von Vater und Mutter gefährdet: Gefühle, die sich, gelinde gesagt, in Abneigung gegen den Alten verwandelten. Woher hatte ich dieses instinkthafte Mißtrauen?

Ein immer wiederkehrendes Wort bei ihm war: »Der Fürst, der Fürst.« Er meinte den, dem das Bad gehörte, dessen Beamter und dessen Vertreter er war. Das Substantivum »der Fürst, der Fürst« war überhaupt im ganzen Ober-Salzbrunn das meist gebrauchte, und auch bei uns verging kein Tag, wo es nicht am Familientische gefallen wäre.

Eine Zarin von Rußland hatte die Heilquelle gebraucht, und mein Großvater mußte der hohen Dame alltäglich morgens und abends den Brunnen kredenzen. Bei festlichen Anlässen trug er die schöne Brillantnadel, die er zum Dank dafür erhalten hatte. Ich war wohl immerhin auf ihn stolz.

So bekam zwar nicht dieser Stolz, aber mein Begriff von dem ehernen Bau der Gesellschaft einen erschütternden Stoß, als mich der Zufall zum Zeugen eines gewissen Vorgangs machte.

Wie täglich strich ich einmal wieder in den Anlagen um das Gebäude der Kurverwaltung herum und sah meines Großvaters stattlich hohe Gestalt hinter der Bürotür verschwinden. Er war versonnen an mir vorübergeschritten, auch diesmal, ohne mich zu beachten. Der ehrfurchtgebietende Greis wurde allseitig gegrüßt, auch von den Rollknechten, die eben dabei waren, schön gehobelte Brunnenkisten versandfertig auf Frachtwagen zu verstauen. Als der Ortsgewaltige aber ihren Blicken entschwunden war, ergingen sie sich in rohen Beschimpfungen, die ich auf ihn deuten mußte. Ich war noch zu klein, um mich einzumischen. Bei dem Gedanken der bloßen Möglichkeit einer solchen Gotteslästerung wäre mir das Herz stillgestanden, hier aber wurde sie auf eine rücksichtslos entehrende Art und Weise Wirklichkeit. Das Erlebte begrub ich in mir, weil mir war, die bloße Erwähnung mache mich mitschuldig.

Achtes Kapitel

Die Jahre bis zur Vollendung des zehnten sind Schöpfungsjahre in jedem Sinn, und sie enthalten Schöpfungstage. Das Kind ist in dieser Spanne Zeit sein eigener geistiger Schöpfer und Weltschöpfer. So war denn auch ich der Demiurg meiner selbst und der Welt.

Aber wie gesagt, sieben Tage genügten mir nicht, denn ich hatte deren bis zum Beginn des siebenten Jahres bereits zweitausendeinhundertneunzig nötig gehabt.

Die Sonne ging auf, und ein neuer Schöpfungstag meiner selbst und der Welt begann. Vielfach ging ich darin wie ein Künstler vor, der sich durch provisorische Formgebung dem vollendeten Ganzen annähert.

Die immer wiederkehrende Mahnung meines Vaters sowie meiner Mutter lautete: »Gerhart, träumere nicht!« oder: »Träume nicht!« Es betraf dies natürlich die Zeiten des Ausruhens, wenn mein Bewegungsdrang in der freien Luft nicht mehr weiterzutreiben war. In der Tat, ich versann mich bei jeder Gelegenheit, so daß man die Frage immer wieder mit Recht an mich richten konnte: »Komm zu dir! Wo bist du denn?!« Ich versann mich etwa, wenn ich vor der Zeit meines ersten Schulgangs, das Kinn in die Hände gestützt, am Fenster lag und auf den fernen Hochwald starrte, den heiligen Berg, hinter dem die Welt zu Ende war und von dessen Spitze aus man in den Himmel stieg. Dieser Berg und seine Bestimmung waren mir immer wieder anziehend. Wenn nicht ich selbst, so ist mein Geist von dort aus unzähligemal in den selbstgeschaffenen Himmel gestiegen und hat sich mit der Rätselfrage der Weltbegrenzung abgemüht.

Dabei erwog ich die menschliche und meine eigene Einsamkeit, die ich schon sehr früh erkannt habe. Die unbegreifliche Größe des Schicksals erfüllte mich, solange ich ihr nachhing, mit einer schauervollen Beklommenheit.

Ich fragte mich: Wie rettet man sich aus der eigenen Verlassenheit? Halte dich an Vater und Mutter! – Vater und Mutter teilen dieselbe Verlassenheit und Verlorenheit! – Wende dich an Bruder und Schwester, die Tausende und Tausende deiner Mitmenschen! Und nun gab ich die Antwort mir selber mit einem Bilde aus meiner bildgenährten Traumes- und Vorstellungswelt: die Gesamtheit der Menschen sah ich als Schiffbrüchige auf einer Eisscholle ausgesetzt, die von einer Sintflut umgeben war. Kinder in den frühesten Bewußtseinsjahren nach der Geburt fühlen vielleicht stärker als Erwachsene das Rätsel, in das sie versetzt worden sind, und bringen vielleicht von dort, wo sie kurze Zeit vorher noch gewesen sind, Ahnungen mit.

Ich hatte die Masern. Ich war glücklich darüber, denn ich brauchte ja nicht zur Schule zu gehen. Es war winters, etwa vier Wochen vor Weihnachten. Mein Krankenbett überstrahlte bereits der kommende Glanz. Aber es gab recht trostlose schlaflose Nächte. In einer habe ich am Zifferblatt der Uhr, die von Vaters Nachtlicht beleuchtet wurde, eine ganze Stunde lang die Sekunden aus verzweifelter Langerweile abgezählt.

Einmal dann gegen Morgen hatte ich einen kosmischen Traum. Es waren Größenverhältnisse der allerungeheuersten Art, die mir dabei anschaulich wurden. Nicht weniger sah ich als die im Raume rollende Weltkugel. Ich selber aber war hoffnungslos wie ein schwindelndes, todgeweihtes, minimales Leben darangeklebt, jeden Augenblick in Gefahr, in unendliche Räume abzustürzen.

Ich war erwacht, das Dienstmädchen kam, das Feuer im Ofen anzumachen. Ich glaubte, es müßte ebenfalls sehen und gesehen haben, was mir im Wachen fast noch wirklich vorschwebte, und fragte sie mehrmals in diesem Sinne. Ich glaubte, es werde mit mir in das gleiche, nicht endenwollende Staunen ausbrechen. Aber die Schleußerin hatte nur einen leichten Schreck davon.

Die Sonne ging auf, sie ging täglich auf. Sie brachte Farbe und Form und erweckte das Auge, beides zu sehen. Sie bildete beides in mich ein. Immer reicher und von immer größerer Vielfalt wurde auch meine nachtgeborene Traumeswelt. Auch der Wachtraum in seiner bewußten Form malt sich, entsteht auch wohl auf dem Urgrund der Nacht. Materie und Leere offenbarten sich mir zugleich in einer nie wieder gesehenen Furchtbarkeit.

Es wurde bereits gesagt, daß ich sowohl in der bürgerlichen Welt wie in der des damals so genannten niederen Volkes zu Hause war. In dieser Beziehung glich ich entfernt dem Euphorion, da ich mich immer wieder von der einen zur anderen hinab- und von jener zu dieser emporbewegte. In gewissem Sinne ging dies Auf und Ab immer höher hinauf, immer tiefer hinunter: etwa von der Réunion im kleinen Blauen Saal, wo sich die Elite der Badegesellschaft, Adel, Schönheit, Reichtum, Jugend, zusammenfand, irgendein namhafter Pianist sich hören ließ, von Beethoven, Liszt, Chopin und andern großen Künstlern gesprochen und dabei Champagner, Mandelmilch, Sorbet und anderes getrunken wurde, bis zu einer gewissen Treppe Unterm Saal, wo arme Frauen, Töpfe im

Arm, stundenlang anstanden bis zur Küchentür und auf Abfälle warteten. Und was die Breite meiner Euphorionbewegung betrifft und die Antäuspunkte ihrer Absprünge, so lagen diese bald in der vorderen, bald in der hinteren Welt, die durch den Hauptbau des Gasthofs getrennt wurden und von denen die eine die der glücklich Genießenden, die andere die der Arbeit, der Sorge, des Verzichtes, der Verzweiflung war.

Ohne die Sonnenseite des Daseins vor der Fassade des Hauses scheel anzusehen, rechnete ich mich doch durchaus zur andern Partei, die gewissermaßen im Schatten lebte. Wieder und wieder stürzte ich mich ins Licht, doch nie, ohne bald in den Schatten zurückzukehren.

Meine Träumereien, wachend wie schlafend, tags wie nachts, mochten vom Niederschlag meiner Erfahrungen gespeist werden, aber sie gingen weit darüber hinaus. Jägerszenen, Kämpfe mit Bären, Gegenwärtigsein bei sterbenden und gestorbenen Menschen, meine Eltern als Geister wiederkehrend, Fliegen ohne Flügel, wie ich oft im Traume tat, das konnte mit keiner meiner Erfahrungen irgend etwas zu tun haben.

Wer mir die ersten Märchen erzählt hat, weiß ich nicht, ich nehme an, meine Mutter. Ich selbst aber habe sehr früh den Kindern des Fuhrmanns Krause, Gustav und Ida, Märchen erzählt, und zwar in der Stube der Krauseleute, winters, zur Zeit der Dämmerung. Wir hockten auf Fußbänkchen in der »Helle«. Das war ein gemütlich beschienener warmer Winkel zwischen Ofen und Wand.

Ida und Gustav wurden nicht müde, mir zuzuhören, selbst wenn ich Erfindungen auf Erfindungen stundenlang gehäuft hatte. Ich wurde von ihrem Hunger nach dem Wunderbaren ohne Gnade weitergepeitscht, bis meine Geisteskräfte den Dienst versagten, übermüdet und mißbraucht.

Neuntes Kapitel

Vom Hof aus einige Sprünge schräg über die Straße wohnte in einem hübschen, villenartigen Hause der ältliche Apotheker Linke mit seiner jungen, schönen Frau. Alfred, ihr Sohn, war jünger als ich, und ich bin wohl noch nicht zur Schule gegangen, als er zum erstenmal in meinen Gesichtskreis trat. Sein Gehabe erschreckte mich. Dinge, die schlechterdings nur imaginiert sein konnten, behandelte er als Wirklichkeit. Er habe, sagte er, eine Apotheke in Weißstein und eine Apotheke im Niederdorf. Sein Provisor in Weißstein mache ihm Sorge, sein Provisor im Niederdorf sei ein tüchtiger Mensch und arbeite zu seiner Zufriedenheit.

Diese krankhafte Art zu imaginieren hatte mit der meinen, wenn ich Märchen erzählte, durchaus nichts zu tun. Sie war mir ebenso neu wie unheimlich. Wirklichkeit blieb in meinem geistigen Haushalt Wirklichkeit, und Vorstellungen der Einbildungskraft wurden von mir nur als solche gewertet.

Alfred Linke war ein Knabe, den man mit jeder erdenklichen Sorgfalt betreute. Ausgesuchte Lehrkräfte leiteten seinen häuslichen Unterricht, der sich auch auf Musik erstreckte. Er erwies sich besonders klavieristisch als ein hochbegabtes Kind. Aber die Behauptung der Dorfjugend in solchen Fällen »Der ist ja aus Glas!« hatte auf ihn bezogen seine Richtigkeit. Ein natürliches Wort, ein Stoß vor die Brust, eine Prügelei hätte ihn, wie mir vorkam, in Scherben zerfallen zurückgelassen.

Alfred war gegen mich nicht abweisend. Seine Eltern erzeigten mir allenthalben viel Freundlichkeit, und doch hatte ich ihm gegenüber die Empfindung, wie man heute sagen würde, half-caste zu sein.

Dabei lag es durchaus nicht an meiner Mutter, wenn ich mit grauen, schlechten, fleckigen Kleiderfetzen und durchweichten Stiefeln vagabundierte. Sie sann sich die hübschesten Kittel aus, die ich jedoch, außer am Sonntag, mit Entrüstung ablehnte. Aber selbst sonntags, weil ich sie schonen mußte und weil sie mich von meinen Kameraden, den Gassenjungen, unterschieden und von ihnen glossiert wurden, litt ich sie nur mit gemischten Gefühlen kurze Zeit.

Es wird gesagt, daß die meisten Jugendspiele den Kampf nachahmen. Von einem gewissen Alter an vielleicht. Das Kapitel Kinderspiele verlangt ein Buch, das trotz einzelner Anläufe noch nicht geschrieben ist. In gewissen Jahren strebt das Kind, etwas anderes als es selbst zu sein. Es ist Hund, Pferd oder Dampfmaschine. Es kommt das einfache Fangespiel, worin sich Jäger und Wild nachahmen. Mit dem Versteckspiel mag es das gleiche sein. Wochenlang, besonders im Herbst, spielte die proletarische Unterwelt »Räuber und Gendarm«. Und nicht nur hierbei, sondern im ganzen hatte ich mich unter den Banditen der Straße, so zart ich war, zu einem Räuberhauptmann aufgeschwungen. Sie folgten mir, ich führte sie an. Das war beinahe mehr als ein Spiel, weil man eigentlich war, was man vorstellen wollte. Mit wie mancher Schwiele, Beule und Kratzwunde bin ich in mein Bürgerbereich zurückgekehrt. Von meinem siebenten Jahre aufwärts gewannen diese Spiele an Ernsthaftigkeit, und sie lehrten mich Menschen kennen.

Eine Gefolgschaft von zwanzig bis dreißig Jungens brachte ich wohl mitunter zusammen. Im allgemeinen standen sie bei größeren Unternehmungen hinter mir. Hie und da aber wurden sie aufsässig, konspirierten zum Teil oder in ihrer Gesamtheit gegen mich. Gelegentlich ging das so weit, daß man die Acht über mich verhängte. Wenn ich dann eine Zeitlang gemieden worden war und keiner der Anführer mit mir gesprochen hatte, bahnten sich meist Verhandlungen an. Dann wurden von mir Offiziere ernannt, ich gebrauchte meine Überredungskunst und brachte, wo das nichts half, Widerspenstige durch Geschenke auf meine Seite.

In Fällen von dauernder Widersetzlichkeit griff ich zur Exekution. Ich ging zum persönlichen Angriff über; dann kam es darauf an, daß ich obsiegte. War das der Fall, so entfernte sich meist der Unterlegene schimpfend, heulend, unter Drohungen. Trotzdem ich mein Bürgertum nie hervorkehrte, spürte ich doch bei diesem und jenem den Klassenhaß. Ich wurde mit Schimpfnamen traktiert. Ich erinnere mich, wie bei einer solchen Gelegenheit sich ein Kampf zwischen mir und meinem Verlästerer entspann, der wohl eine Viertelstunde dauerte. Er ging beinah auf Leben und Tod. Erwachsene rissen uns auseinander.

Die Jungen von Hinterhartau bei Salzbrunn waren damals berüchtigt. Sie belästigten Kinder und Erwachsene. Da organisierte ich eines Tages eine Strafexpedition. Es entstand eine Steinschlacht, die lange hin und her tobte. Die Hinterhartauer waren im Vorteil, denn wir mußten zu ihnen den Berg hinanstürmen. Aber wir taten es, ich voran, umsaust von einem gefährlichen Steinhagel. Die Hartauer räumten das Feld und verflüchtigten sich.

Ich selbst trug eine schwarzblaue, blutunterlaufene Zehe davon, und zwar trotz des Schuhleders, das die Wucht des Steinwurfes nicht wesentlich abschwächte. Wenn dies an der großen Zehe geschah dachte ich mir, so kannst du von Glück sagen, daß deine Nase, dein Auge, deine Stirn heil geblieben sind.

Immer nach solchen Ausbrüchen meldete sich jedoch der Hang zur Träumerei und in seiner Folge zur Einsamkeit. Dieses Träumen war ein freies Schalten mit Vorstellungen, wie sie mir meine Sinne bisher vermittelt hatten. Es war zugleich eine innerliche Betrachtertätigkeit.

Dabei drängte sich mir eines Tages die Frage nach der Herkunft der Materie auf, als ich das Fensterbrett, die Steinwand daneben, die Marmorplatte unter dem Spiegel und allerlei Gegenstände forschend anfaßte. Wieso seid ihr da? Wo kommt ihr her? fragte ich mich. Ich geriet über das Etwas in Verwunderung, während ich das Nichts als selbstverständlich voraussetzte.

Einmal verlor ich mich in Meditationen über ein grünes Blatt. Ich wurde nicht müde, es zu betrachten: das Blattgerippe, die Farbe, die Form. Die unendliche Feinheit und Zartheit des Gebildes versetzte mich in staunende Bewunderung. Ich tat die Frage nach dem Zusammenhalt, ich dachte das unlösliche Rätsel der Kohäsion.

Meine Betrachtungen endeten wunderlich. Könntest du dieses kleine, unscheinbare Blatt irgendwie manuell konstruieren und herstellen, sagte ich zu mir, so würdest du trotz deiner Jugend der berühmteste unter den Menschen sein.

Als Knabe, ja wohl noch als Kind kam ich dem Begriff des Kantischen Dinges an sich nahe. Ich betrachtete einen Baum, ich beroch und berührte seinen Stamm. Ich stellte mit meiner Stirn dessen Härte fest. Ich sagte: Nun ja, ich nenne dich Baum, ich weiß, du bestehst aus Holz, das brennbar ist, doch was du eigentlich bist, weiß ich nicht.

Ich ging auch weiter und machte mich selbst zum Objekt. Was bist du ursprünglich selbst? Was ist ursprünglich dein eigenstes Wesen? Diese beiden Fragen stellte ich an mich. In einem solchen Augenblick vermochte ich hinter mich selbst zu dringen und als Einzelwesen mich aufzugeben.

Ich war im Sommer viel allein, und das wurde mir, wohl auch durch Gewöhnung, mehr und mehr angenehm, aber doch nicht so, daß ich Einsamkeit und Zurückgezogenheit nicht immer wieder gern durch einen Sprung ins bewegte Leben unterbrochen gesehen hätte. In weiten Streifen bewegte ich mich während meiner einsamen Stunden in entlegenen Teilen der Anlagen umher, saß in Wipfeln von Bäumen, den promenierenden Kurgästen unsichtbar, oder lag auf den grünen Rasen gestreckt an den Kieswegen.

Verschollen ist heute der Typus des Bonvivants. Sanitätsrat Doktor Valentiner konnte damals als solcher genommen werden. Er machte im Winter als Schiffsarzt Weltreisen und war bei den Damen allbeliebt.

»Wilhelm von Oranien!« sagte er einmal mit einem Blick auf mich in einem Tone, der Friedrich Haase Ehre gemacht haben würde, als er mich im Grase liegend erblickt hatte und pathetisch heiter seinen Zylinder schwingend vorüberschritt. Ich schließe daraus, daß ich vielleicht einen nicht ganz so schlimmen Eindruck gemacht hatte, als ich von mir selbst vermutete, und daß meine Mutter mich kleidsam ausstattete.

Die Salzbach, im Dialekt kurzweg Baache genannt, teilte den Ort, der als Ober-, Mittel- und Nieder-Salzbrunn die Erstreckung von mindestens einer deutschen Meile hatte, in zwei Teile. Ober-Salzbrunn begann mit dem Kurländischen Hof, der einem Fräulein von Randow gehörte. Nieder-Salzbrunn dagegen schloß mit den beiden Ortskirchen, der katholischen und der evangelischen, ab, die sich zu beiden Seiten der Chaussee, wenn sie gewollt hätten, die Hand reichen konnten. Der eigentliche Ort lag seiner ganzen Länge nach an der Westseite der Baache, aber es gab, wie in vielen Dörfern des nahen Böhmens und selbst in Prag, eine Kleine Seite. Ich war auf der Großen und Kleinen zu Hause. Ich ging nicht nur in den Weberhütten, sondern auch in den übrigen Werkstätten der Kleinen als ein Dazugehöriger ungehindert, ja unbeachtet aus und ein, ebenso auch in den einzelnen, bis dahin versprengten Elendsquartieren der Bergleute aus dem nahen Industrie- und Kohlenbezirk. Dem Schmiede sah ich zu, wenn er Hufeisen auflegte, dem von Tuchfetzen umgebenen Schneider auf seinem niederen Tisch bei der Stichelei, dem Schuhmacher auf seinem Schemel vor dem Arbeitstisch, wo hinter den wassergefüllten Glaskugeln die Ölfunse brannte.

In diesen engen Schuhmacherwerkstätten sah ich zuerst mit Verwunderung, inwieweit sich kleine Vögel, hier meist Rotkehlchen und Rotschwänzchen, mit den Menschen vertraut machen können. Ohne durch Familien- und Werkstattlärm der eng zusammengedrängten Lebens- und Arbeitsgemeinschaften gestört zu sein, stelzten und flatterten sie herum und behaupteten furchtlos die seltsamsten Plätze: den Kopf der Katze oder den Arm des Handwerksmeisters, während er den Hammer schwang.

Meist gab man diesen bedrängten Tierchen winters Unterkunft und ließ sie beim ersten Hauch des Frühlings ungehindert davonfliegen.

Als ich irgendwann eines Morgens eine solche mir bekannte Werkstatt betrat, wußte ich nicht sogleich, wo ich war. Alles zum Handwerk gehörige Mobiliar und Gerät war fortgeräumt. Ich kam vom Spiel, hatte mich im Brunnensaal mit Salzbrunnen erquickt, das Leben dankbar in mich gesogen. Es hätte für mich keinen Himmel gegeben, der mich hätte mehr anlokken können als dieses bloße, gesunde Sein.

Ich weiß nun nicht, wie ich plötzlich in die Schusterwerkstatt geraten bin, ein Dorfjunge mag mich dahin verschleppt haben, um mich mit etwas zu überraschen, was das Ereignis des Tages war.

Der Schuhmachermeister nämlich hatte den Schusterschemel mit einem Sarge und die sitzende Stellung mit der waagrecht-ausgestreckten vertauscht. Ich begriff nicht sogleich, daß es so war und wen ich in dem hier aufgebahrten Toten vor mir hatte.

Er lag da mit geöltem, sorgsam frisiertem Scheitel, das Gesicht wachsgelb und wohlrasiert, Hemd- und Halskragen blütenweiß, einen schwarzen Schlips um den Hals, im schwarzen Rock, weißer Weste und schwarzer Hose, weiße Glacéhandschuhe an den über dem Magen gefalteten Händen und, wahrscheinlich ein Werk des Toten selbst, zwei nagelneue Schuhe an den Füßen.

Das weiße, abgeschabte Sohlenleder, das noch nie den Beden berührt hatte, ist mir in Erinnerung, und ich sehe bis heut nie dergleichen Sohlen, ohne an den Handwerksmeister im Sarge zu denken.

Zehntes Kapitel

Lesen habe ich nicht in der Schule gelernt, sondern am Robinson Defoes und Coopers Lederstrumpf. Gott, dem ich dafür dankbar bin, hat sich einer Frau Metzig bedient, um mir beide Bücher als Geschenke ins Haus zu tragen. Sie war mit den Straehlers als geborene Schubert verwandt, weil ihr Bruder die zweitjüngste Tochter des alten Brunneninspektors, Julie Straehler, geheiratet hatte. Er war als Oberamtmann Schubert, in der Familie als Onkel Gustav bekannt.

Durch Robinson und Lederstrumpf haben meine Träume und meine Spiele richtunggebende Nahrung erhalten. Erzählungen bedeuten Träume, mündlich oder schriftlich in Worte gefaßt. Von da ab, als ich am Robinson lesen lernte, wurde ein wesentlicher Teil meiner Träumereien durch Bücher genährt. Wie kommt es, daß ich, der ein mir völlig gemäßes Leben führte, Robinson und Lederstrumpf mit Gier entzifferte und die Lebensform bald des einen, bald des andern Helden leidenschaftlich herbeiwünschte, und weshalb verfallen diesen Gestalten alle gesunden Knaben so wie ich?

Auch hier ist Kampf, aber nicht mit Buchstaben, Bibelsprüchen und Rechenexempeln, sondern mit der Natur und in der Natur. Und nach der Vervollkommnung, nach der Vollendung dieses natürlichen Zustands sehnte ich mich trotz allem, was mich an meine Umgebung fesselte.

Und jeder gesunde Knabe sehnt sich danach.

So weit, daß ich wirklich geflohen, eine Seestadt zu erreichen gesucht und mich auf ein Schiff geschlichen hätte, trieb ich es nicht. Aber ich habe es oft erwogen. Dabei bestand zwischen mir, meinen Eltern und meinem Elternhause die allerinnigste Verbundenheit.

Und nicht nur das, sondern ich konnte mir manchmal gar nicht denken, daß es etwas andres als Salzbrunn mit seiner Säulenhalle, seiner Heilquelle, seinen paradiesischen Kuranlagen und dem Gasthof zur Krone mitten darin in der Welt überhaupt noch geben könne.

Das Verlockende an Robinson war sein völlig verlassenes, völlig einsames Leben in der Natur, ohne Menschen oder Ansprache, wo niemand ihn belehren, zurechtweisen, seinen Willen und seine Schritte irgendwie gängeln konnte. Lag darin die höchste Erfüllung einer Wesensneigung in mir, so sah ich ein anderes Vorbild in der Gestalt des Lederstrumpfs: seine milde Menschlichkeit, verbunden mit ruhiger Furchtlosigkeit, seine nie fehlende lange Büchse dazu, sein passiver Mut während der indianischen Folterung. Zähigkeit im Erdulden von Strapazen und überall, auch im Essen und Trinken, Anspruchslosigkeit: ich liebte ihn bis zur Begeisterung.

Trotzdem versetzte ich mich bei unseren Knabenspielen,

und auch wenn ich allein war, seltener in seine Person hinein als in die seines Freundes, des edlen Häuptlings der Delawaren, Chingachgook. Immer wieder durch Jahre identifizierte ich mich mit dieser Gestalt. Auf Federschmuck und auf äußerliche Fixfaxereien habe ich dabei keinen Wert gelegt, aber ich schwang einen hölzernen Tomahawk.

Mein ältester Bruder Georg nannte mich, wenn er von Breslau in die Ferien kam, nie anders als Chingachgook, wobei allerdings auch doppelte Ironien und Humore, nämlich bei ihm und bei mir, zutage kamen.

Gleichsetzungen wie die meinen mit Chingachgook würde ein moderner Forscher dämonisch nennen: das Dämonische stelle im Gegensatz zu den durch geistige Erfassung gewonnenen Tatsachen das aufbauende Leben dar. Nach eigener Erfahrung glaube ich, daß es so ist. Und so darf man es nicht mit dem Verstande störend schädigen, da es, wie weiter gesagt wird, nur in seinen Auswirkungen zugänglich sei. Es war bei mir mit stürmischen Ausbrüchen der Affekte verbunden. Und ein solcher Affekt, heißt es weiter, sei eine naturnotwendige Erschütterung, um das Dämonisch-Geniale zu wecken. Bekämpfe man im Knaben das Dämonische, schließt der einsichtsvolle Mann, so bekämpft man zugleich das Geniale im Kinde, das auch getötet werden kann.

Nun also, der göttliche Wahnsinn des Dämonischen hat mich damals berauscht, ich lebte im Zustand einer gesunden Besessenheit. Meine Seele hätte sich überhaupt nie entbrannt und ins Leben gerufen, wenn nicht eben dieses Dämonische die Natur und mich ununterbrochen verwandelt hätte. Ohne bewußte Metamorphose meiner selbst und meiner Umgebung gab es um jene Zeit für mich kein höheres, also kein eigentliches Sein. Ein Junge, der meinen Namen trug, bedeutete nichts. Aber da stand ich als Inkarnation meiner eigenen Idee, als Chingachgook: alles andere an mir hatte ich wie eine überflüssige Schale weggeworfen. Ein so beseelter und betätigter Traum, sagt der Philosoph, habe das große Ganze nur zum Hintergrund.

Selbstverständlich, daß es aus solchen Träumereien hie und da ein Erwachen gab. Schon die Dorfschule sorgte dafür. »Ihr Bösewichter!« war Lehrer Brendels tägliche Anrede, wobei ihm die Augen übergingen vor Wut. »Ihr Bösewichter! Ihr Taugenichtse!« klingt es mir noch heut im Ohr.

Und wirklich, diese Bezeichnung als Taugenichts war bei mir in bezug auf die Schule gerechtfertigt. Ich konnte nicht leben ohne Licht, Luft und freie Natur und ohne das einsame, robinsonale Leben und Selbstbestimmungsrecht in alledem. Schularbeiten haßte ich.

Hie und da kam, wie gesagt, ein Tag des Erwachens, der Besinnlichkeit. Eines solchen erinnere ich mich.

Einmal war Alfred Linke, der Apothekerssohn, nach seiner wohlerzogenen Art mit mir spazierengegangen. Am Gartentor seines Elternhauses schlug er mir vor, auf ihn zu warten, er habe Klavierstunde. Mit Vergnügen sagte ich zu.

Hingestreckt lag ich am Gartenzaun, nichtstuerisch, meinen Grashalm kauend, als das Klavierspiel Alfreds, der ein virtuoses Talent besaß, und die korrigierende Stimme des Lehrers herausschallten. Da fiel mir die eigene Zeitvergeudung aufs Herz. Was tat ich, während er sich so eifrig fortbildete?

Ich rechne es unter die Träumereien, wenn ich mir wieder und wieder im Büro meines Vaters einige Bogen weißen Papiers erbat, um sie mit Bleistiftstrichen nach und nach zu bedecken und zu verderben. Ich hatte am Schluß der Bemühung jedesmal ein Gefühl des Mißmuts, ja der Enttäuschung zu überwinden, dem ähnlich, das ich als kleines Kind vor dem Berge welken Wiesenschaumkrauts gehabt, das ich in Menge ausgerupft hatte.

Das trübe Ende war zu einem seltsam gespannten, seltsam erregten Anfang die Kehrseite. Irgendwie wußte ich, daß man die verlockende weiße Fläche des Papiers mit sinnvollen und bedeutsamen Zeichen, sei es in Bild oder Buchstabe, bereichern kann. Und so hoffte und wünschte ich, sie zu bereichern. Den Gedanken, meine Umgebung, voran meine Eltern, in Staunen zu versetzen, kann ich gehabt haben, aber der eigentlich erste Beweggrund war er nicht, vielmehr wollte sich, wie ich glaube, ein noch dumpfer künstlerischer Trieb, der übergroße Ziele hatte, vorzeitig Genüge tun.

Ich muß einer kleinen Unbill gedenken, die ich von meinem Vater erfuhr, als ich wieder einmal in sein Schreibzimmer kam und um schöne weiße Papierbogen bettelte. Hingenommen und grübelnd über Geschäftsbüchern, gab er mir allerdings das Gewünschte, aber als ich es aus Versehen fallen ließ, mir dann auch der Bleistift entfiel, weil ich ängstlich und unruhig wurde, ward ich unsanft beim Kragen gepackt und mit einigen Klapsen hinausgeworfen.

Im großen ganzen habe ich den Schauplatz meines Lebens immer genauer in meinen Geist träumend und meditierend eingebaut, ihn unbewußt-bewußt, ich glaube in einem überraschend schnellen Tempo, erweitert. Die Himmelskuppel mit Gottvater wölbte sich über mir, der dreieinige Olymp hatte aber darin noch keine Stätte.

Wo ist nun dieser Olymp? Wie ist die religiöse Welt überhaupt in meine Träume und Meditationen eingedrungen? Von den beiden Schwestern meiner Mutter, Tante Auguste und Tante Elisabeth im Dachrödenshof, ging ein weltverneinendes Wesen aus, etwas Kryptenhaftes von ihren Wohnräumen. War ich in ihre Nähe geraten und überhaupt in den Dachrödenshof, so riß es mich fast immer fluchtartig in die Sonne hinaus. Tholuck, Strachwitz, Thomas a Kempis und der Geist des Grafen von Zinzendorf, die hier herrschten, müssen eine Aura verbreitet haben, in der für mich nicht zu atmen war.

Im Gasthof zur Krone, insonderheit in der Familie, also bei uns, herrschte ein andrer Geist. Kein Wort von einer Verstoßung aus dem Paradies, von Erbsünde oder Sünde überhaupt, von drohendem Fegefeuer, nun gar einer Hölle, ging je aus dem Munde von Vater und Mutter hervor. Es waren nur wesentlich irdische Dinge, mit denen sie sich ernsthaft abgaben.

Dabei war in meinem Vater, in meiner Mutter eine tiefe Frömmigkeit. »Geh mit Gott!« oder »Mit Gottes Hilfe!« hieß es bei allerlei Unternehmungen, deren guten Ausgang man wünschte.

Es blieb meiner Schwester Johanna vorbehalten, ihre reine und gute Absicht vorausgesetzt, mich mit dem Gedanken an Sünde und Sündenschuld zunächst zu belasten. Sie wandte zum Beispiel den Ausdruck Lüge auf die meisten meiner heiteren Phantastereien an und behauptete dann, daß, wenn ich wirklich gelogen hätte, mich der Blitz beim nächsten Gewitter erschlagen würde. Dadurch hat sie mir eine lang quälende Gewitterfurcht ins Blut gebracht, denn daran, daß es eigenwillig strafende Götter geben konnte, zweifelte ich als dämonischer Schöpfer vieler Dämonen nicht.

Als ich die Fülle meiner Sünden in meinem Gewissen unendlich vermehrt hatte, tröstete mich Johanna wieder in meiner Gewissensnot, indem sie erklärte, daß Jesus Christus, Gottes Sohn, sofern man bereue, alle Sünden auf einmal vergebe, am Konfirmationstage im Genuß des Abendmahls.

Durch den unverantwortlichen, kindisch-mutwilligen Erziehungsversuch einer kindhaften Schwester wurde ich so in das kirchliche Wesen gleichsam beiläufig eingeführt.

Wenn man mich also gelegentlich in Grübeleien versunken sah, konnte es sein, daß ich grade mein Sündenregister nachprüfte.

Das Kind bedarf keines Heilandes, damit ihm Steine zu Brot werden. Ihm wird auch ohne die König Midas gewährte Begabung alles, was es anfaßt, zu Gold. Aber mein leidenschaftliches Leben, meine seligen Energien, in denen sich ein ernster Werdeprozeß doch stets halb bewußt machte, erlitten durch solche Eingriffe bedeutsame Trübungen. Fortan lebte ich gleichsam nur noch in einer sorgenvollen Glückseligkeit.

So, wie sie jedoch war, entsprach sie mir, und ich dachte nicht anders, als daß sie mir durch das Leben treu bleiben würde.

Habe ich darin recht gehabt?

Elftes Kapitel

Nach seiner schweren Krankheit dem Leben wiedergewonnen, genoß mein Bruder Carl eine lange Zeit die Hauptanteilnahme der Familie. Auch den Dachrödenshof – der Großvater lebte noch – hatte Carl längst durch sein gesellig-offenes, lernfreudig-begabtes Wesen für sich eingenommen. Er übertraf mich damals und immer hierin.

Ein Kindergeschichtchen, das sich mit ihm im Dachrödenshof zugetragen hatte, wurde wieder und wieder erzählt. Der Großvater Straehler, der würdige Brunneninspektor, hatte sich mit Schlafrock und langer Pfeife, um ihn zu amüsieren, vor dem Dreikäsehoch tanzend in ganzer Größe herumgedreht, was dieser mit kühlem Phlegma beobachtete. Schließlich hat er mit den Worten »Nee, 's is doch ein verflischter Kerl!« seiner Bewunderung Ausdruck gegeben, womit er nach mundartlicher Gepflogenheit in gemilderter Form einen verfluchten Kerl bezeichnen wollte.

Das kühle Phlegma meines Bruders ist freilich später in sein Gegenteil umgeschlagen.

Ebenso wurde im Familiengedächtnis aufbewahrt, wie Carl dem Großvater ein Liedchen zum Geburtstag vortragen mußte, das die Stelle enthielt:

Auf einer Flur, wo fetter Klee
und Gänseblümchen stand...

und wie er sie ungewollt veränderte:

auf einer Lur, wo Wetterklee
und Gänseliemchen stand...

und so zum Vergnügen des siebzigjährigen Geburtstagskindes tapfer gesungen hatte.

Um die Zeit aber nach Carls Wiedergenesung wurden, besonders von Johanna, Heldenstücke über Heldenstücke von ihm erzählt, die den Familienstolz aufs höchste steigerten. So sollte er eines unserer Kutschpferde, das er zur Schwemme geritten hatte und das mit ihm durchgegangen war, auf eine ebenso gewandte wie todesmutige Art und Weise zum Stehen gebracht haben. Von oben habe er seinen Hals umfaßt und sich dann heruntergelassen, bis er vor der Brust des Pferdes hing, so daß es beim besten Willen nicht weiterkonnte. Carl selbst hat nie von der Sache erzählt, und man denkt nicht ohne unwillkürliche Heiterkeit einer Vorstellungswelt, die dergleichen für möglich hielt.

Immerhin hatte Carl eine Liebe zu Pferden, eine gewisse Gewandtheit mit ihnen umzugehen und auch Furchtlosigkeit. Tauben und einen Taubenschlag hatte mein Bruder nach seiner Wiedergenesung gleichsam als Schmerzensgeld von meinem Vater geschenkt erhalten. Das Flugloch dieses Schlages, der über dem Kleinen Saal hergerichtet war, ging auf dessen grünbemoostes Dach hinaus, das wir Brüder auf einer Leiter ersteigen mußten. Der Sinn für Tauben und Taubenzucht mag sich durch einen gewissen Taubennarren, nicht den damaligen Bauern Rudolf in Salzbrunn, sondern dessen Vater, bei den Meinen festgesetzt haben. Man erzählte viele Geschichten von ihm.

Das Gut des Alten, damals in der Hand des Sohnes, hieß noch immer das Rudolfgut, aber es ruhte nicht mehr auf dem Grunde der alten Wohlhabenheit, denn der Inhaber war ein Trinker.

Eines Tages war der protzige Gutsbesitzer und Taubennarr in dem nahen Städtchen Freiburg erschienen, wohlgenährte Pferde vor die reichgepolsterte Kutsche gespannt, weil er eine Ausstellung von fünfzig und mehr seltenen Taubenarten besuchen wollte. Zu seinem größten Erstaunen wußte man dort nichts von einer dergleichen Veranstaltung. Da zog er eine gedruckte Anzeige aus der Tasche heraus, auf der in der Tat eine solche Ausstellung angekündigt und Phantastisches auf dem Gebiete der Taubenzucht versprochen wurde. Es sollten da alle bekannten und viele nie gesehene Rassen sein: nicht nur Trommel-, Schleier-, Hauben- oder Perückentauben, Pfauentauben, Tümmler, Möwchen und andere, sondern auch afrikanische und ostasiatische Arten, die man bisher noch nicht in Europa gesehen hatte.

Der Großbauer war einer Mystifikation zum Opfer gefallen, man hatte ihn aufsitzen lassen, ihn angeführt. Wochen hindurch war der Spaß von dem geselligen Kreise, mit dem er im Honoratiorenstübchen zusammenkam, vorbereitet worden, und man hatte den fanatischen Taubenfreund mit Schilderungen der zu erwartenden Wunder in immer größere Spannung versetzt und aufgeregt. Der gewagte, aber gelungene Scherz, der die Schwäche einer Tugend ausnützte, wurde von dem Ortsoriginal Doktor Richter angeführt. Man hatte sich dabei weidlich auf Kosten des armen Gefoppten amüsiert.

Auch der Taubennarr ist nicht immer nüchtern gewesen. Als ein Teil seiner Gutsgebäude und auch der mit den Taubenschlägen abbrannte, holte man ihn aus dem Wirtshause. Und als er vor dem brennenden Gehöft umhertaumelte und seine Tauben teils fliegend entkamen, teils mit brennenden Federn in die Flammen zurück oder tot auf die Erde schlugen, soll er nur immer empört gerufen haben: »Nu da saht ersch, nu da saht ersch, wo meine Tauba sein.«

Mein Vater, der für die Eigenart seiner Mitmenschen viel Interesse besaß, war Zeuge dieses Vorganges und erzählte ihn oft sowie auch die Fopperei mit der Taubenausstellung.

Nun überkam meinen Bruder Carl in gemilderter Form eine ähnliche Taubenleidenschaft. Er wünschte sich immer neue Sorten, die er auch nach und nach erhielt, schließlich besaß er auch in besonderen Käfigen Lachtauben. Er hatte die Besorgung des großen Taubenschlages unter sich, und ich habe ihm öfters dabei geholfen. Er trieb eine regelrechte

Bewirtschaftung, deren materieller Ertrag ihm ausdrücklich gewährleistet wurde. Eier seltener Sorten wurden verkauft, junge einfacher Rassen desgleichen, wo etwa Krankensuppen verlangt wurden. Wir stellten verwilderten Katzen nach, die sich mitunter an jungen Tieren vergriffen. Ein besonderes Kapitel der Taubenzucht waren die in andre Schläge Verirrten oder Verflogenen, die mein Bruder oft nur nach Kämpfen mit Bauern, Bauernknechten und Bauernweibern zurückerobern konnte, und Klagen über den Flurschaden, den Carls Tauben unter der Winter- und Frühjahrssaat wie gewöhnlich anrichteten. Es wurden sogar, weil sich die Flüge immer vergrößerten, Beschwerden bei der Ortsbehörde eingereicht.

Vielfach habe ich meinen Bruder begleitet, wenn es galt, verflogene Exemplare zurückzuholen, und bei dieser Gelegenheit die entferntesten Teile des Ortes kennengelernt, überhaupt meinen Vorstellungskreis bedeutend erweitert. Späher und Denunzianten, befreundete Jungens, die sich in Carls Dienst stellten, berichteten aller Augenblicke, wie sie beim Bauern Tschersich in Weißstein, beim Maurermeister Schmidt im Flammenden Stern, im Warschauer Hof, beim Gutsbesitzer Soundso im Niederdorf einen Mohrenkopf, einen Tümmler oder eine sonstige Seltenheit aus seinem Schlage unter den gewöhnlichen Tauben erkannt hätten. Dann brach Carl allein oder in meiner Gesellschaft auf, um der Sache mit Spannung nachzuspüren. Unser Beginnen, das wir mit Vorsicht und Umsicht, öfters mit Schleichen, Horchen und Auf-der-Lauer-Liegen durchführen mußten, hatte seinen besonderen Reiz. Naturhaftes an Instinkt wurde aufgerufen. Und schließlich war der Mut des offenen Hervortretens nötig, der Mitteilung unter den Augen des Bauern, daß ein fremdes Eigentum unter seine Tauben geraten sei. Bestritt er es, was fast immer geschah, so mußte man in der meist immer heftiger werdenden Auseinandersetzung von Bitte zu Forderung aufsteigen.

Auch kleine Leute hielten Tauben, sogar die Bewohner vom Deutschen Haus, wie sich das Armenasyl von Salzbrunn bezeichnete, und dort konnten wir oft nur noch an den blutigen Federn das Schicksal einer Verflogenen feststellen.

In der Familie entstand eine üppige Legendenbildung über die unerschrockenen und sieghaften Rückeroberungszüge meines Bruders Carl, die besonders von Johanna gepflegt wurde, aber auch meines Vaters, ich glaube befriedigtes, Ohr gewann.

Meine Mutter war gar nicht kriegerisch, sie sah von dem allem nur die Kehrseite. »Weshalb«, sagte sie, »binden wir mit den Enkes an?« – Es waren unsere nächsten Nachbarn im Haus Elisenhof auf dem Kronenberg. – »Wir haben sie so schon oft genug auf dem Halse. Der Säufer Rudolf, mit dem sich Carl wegen einer lumpigen Taube gezankt hat, vergißt eine Kränkung nicht. Carl soll sich in acht nehmen, daß nicht die Leute vom Deutschen Haus ihm einmal im Dunkel übel mitspielen! Der Bauer Demuth hat gesagt: Ihr Junge nimmt den Mund sehr voll« – sein Gutshof war vom Gasthof zur Krone nur durch die Straße getrennt –, »Ihr Junge nimmt den Mund sehr voll, wir haben nicht nötig, Tauben zu stehlen«

Die Tauben Carls machten große Aus- und Umflüge, denen wir gern mit den Augen nachfolgten, und nicht nur das, sondern auch mit den Füßen bei der erwähnten Suche nach Flüchtlingen. Einen weiteren Umkreis des Dorfes Salzbrunn genauer kennenzulernen, war das die beste Gelegenheit. So gerieten wir nach Adelsbach, nach dem nahen Konradstal, in dieses und jenes der Weißsteiner Bauerngüter, gerieten nach dem Ausflugsort Wilhelmshöh, ja einmal bis in den sogenannten Zips, ein liebliches Tal, das in den Fürstensteiner Grund mündete. In diesen Grund blickte von seiner felsichten Höhe das Schloß Fürstenstein, wo zuweilen der Fürst residierte, dem das Bad Salzbrunn gehörte und von dem so viel als dem Fürsten schlechthin die Rede war.

Wenn das Taubeninteresse mich mit Carl in Berührung brachte, eine Spielgemeinschaft hatten wir nicht. Er besaß seinen eigenen Jungenskreis, und ich weiß nicht, was sie gemeinsam trieben. Daß es Spiele waren, wie ich sie liebte, glaube ich nicht. Wir haben uns, scheint mir, instinktiv voneinander ferngehalten, wobei allerdings der Unterschied im Alter, es waren vier Jahre, was in der Jugend viel bedeutet, mitgesprochen hat.

Schenken, nicht empfangen, war Carls höchster Genuß. Es mochte dabei schon damals ein Werben um Menschenseelen mitspielen. Mutter bekämpfte gelegentlich seine Freigebigkeit, aber er hatte eine schöne, eigenwillig moralische Art, abzuwehren. Er machte auf alle, die ihn hörten, auch Vater und Mutter, Eindruck damit.

Sehr weit in meine Jugend zurückgehen müssen seine Tiraden gegen den Eigennutz, die er nach kaum vollendetem zehnten Jahr im Gespräch mit den frommen Tanten im Dachrödenshof, sogar gegen die kirchliche Lehre von der Belohnung des gläubigen Christen durch die ewige Seligkeit, mutig ins Feld führte. Er sagte, wer Gott nur wegen einer zu erwartenden Belohnung liebe, der sei noch nicht anders als ein Hund, der die Zuckerdose anbete. So jung ich war, stand ich bei solchen Behauptungen hinter ihm.

Er war im allgemeinen leicht aufgeregt, meist aber, ähnlich einem gewissen spanischen Ritter, aus Rechtsgefühl und aus Mitgefühl.

Tierquälerei riß ihn zu rücksichtslosen Protesten hin, bei denen er vor den rüdesten Bauernknechten nicht zurückschreckte.

Es mochte im Jahre 68 sein, als auf einmal Georg Schubert, der Sohn meiner Tante Julie und des Oberamtmanns Schubert, in meinem Bewußsein vorhanden war. Man erfuhr und besprach jede Kleinigkeit aus dem Entwicklungsgange des damals Dreijährigen. Die Gespräche der gesamten Verwandtschaft kreisten um ihn, der, in einer kinderlosen Ehe sehnlichst erwartet, endlich erschienen war.

Aus der Ehe des Brunneninspektors Straehler waren sieben Kinder, vier Töchter und drei Söhne, hervorgegangen. Unter den Töchtern war meine Mutter die zweitälteste, Tante Julie das zweitjüngste Kind. Ich muß heute sagen, sie hatte mit ihren Geschwistern wenig Ähnlichkeit.

Sie war außergewöhnlich begabt als Schauspielerin, Pianistin und Sängerin, Fähigkeiten, die sie beruflich nie ausübte. Nachdem sich eine Verbindung mit einem jungen Kavalier angebahnt und zerschlagen hatte, gab sie auch auf Drängen der Eltern der Werbung des Oberamtmanns Gehör, eines äußerst gediegenen Mannes, der aber sonst, Sohn eines Schullehrers, nicht grad ein glanzvolles Äußeres aufweisen konnte.

Tante Julie machte bald auf dem Rittergut Lohnig, das Schubert gepachtet hatte, ein großes Haus. Sie umgab sich mit den besten Elementen des schlesischen Landadels und der Geistlichkeit. Die von ihr auf dem Grunde einer Resignation aufgebaute Ehe konnte kaum glücklich genannt werden, bevor der Sohn geboren war, und die junge, mit gesellschaftlichen Talenten, durch Kunst und Geist ausgestattete Frau hat wohl in der Pflege ihrer Gaben Ersatz gesucht.

Nun aber hatte sich in Gestalt des kleinen Georg der Segen Gottes, das Glück in seiner höchsten Fülle auf die Schuberts, zur unendlichen Freude des Großvaters Straehler und seiner Kinder, herniedergesenkt.

Die glückliche Mutter, Tante Julchen, kam gelegentlich mit Georg zu Besuch in den Dachrödenshof und tat dann auch mit ihm die zwei Schritte bis zum Gasthof zur Preußischen Krone. Der Kleine war wirklich ein Wunderkind. Vierjährig löste er mathematische Aufgaben. Bruder Carl, der, zehn- oder elfjährig, schon eine gewisse Frühreife zeigte, prüfte ihn und lobte ihn so, daß ich im stillen an mir selbst und meinen Anlagen verzweifelte.

Der Liebling aller war aber in der Tat ein liebenswertes und herzensgutes Kind. Alle Welt beeiferte sich, an Wünschen zu erfüllen, was man ihm nur an den Augen absehen konnte. Um auf das Dach zu den Tauben zu steigen, war er noch zu klein, und man hätte ihn auch im späteren Alter einer solchen Gefahr unter keinen Umständen ausgesetzt. Von den Fenstern gewisser Zimmer der Krone, ja schon von den Fensterbrettern wurde er aus Furcht, er könne abstürzen, ferngehalten. Carl zeigte dem Kleinen seine Lachtauben, seine milchweißen Pfauentauben, die äußerst zahm waren, zeigte ihm Stahlstiche aus des Vaters Bücherschrank, alles, um sich an der Art seines Eingehens zu entzücken. Im Alter stand er Carl ferner als ich, weshalb er sich auf eine ungezwungenere Art und Weise mir anschließen konnte.

Mein Großvater hatte auch den Warschauer Hof, einen zum Bade gehörigen Gutsbetrieb, unter sich. In weiten Stallungen wurden hier, wegen der Eselinnenmilch zu Kurzwecken, Esel gehalten. Man hatte allmorgendlich Gelegenheit, sich an der Herde schöner Tiere zu erfreuen, wenn man sie auf die Weide trieb. Sie wurden auch zum Reiten benutzt. Alte, schwere Damen, Kranke, die nicht gut zu Fuß waren, aber auch übermütige Gesellschaften lebenslustiger junger Herren und Damen ließen sich nach der Schweizerei oder nach Wilhelmshöh hinauftragen. Es war keine kleine Angelegenheit, als der hochmögende fürstliche Brunneninspektor einen solchen Esel als Geburtstagsgeschenk für seinen geliebten Enkel Georg nach Rittergut Lohnig schickte.

Auf den Gedanken, daß auch ich mich über einen kleinen Esel unbändig gefreut hätte, kam er nicht.

»Gerse« nannte mich Tante Julie damals, wenn sie nach Salzbrunn kam. Es entsprach ihrer männlichen Art, wenn sie kein Diminutivum anwandte. Ihr »Gerse« klang gut und hatte durchaus meine Billigung. Ich fühlte, daß diese Frau, trotz einer grenzenlosen Mutterliebe, mich nie mit scheelen Augen sah und mich überall ebenso kräftig wie wohlwollend anfaßte.

Mit Tante Auguste und Tante Elisabeth vom Dachrödenshof stand es, wie angedeutet, nicht so. Obgleich der kleine Georg Schubert auch nur ihr Neffe war, betonten sie doch ihre überwiegende Liebe zu ihm unverkennbar auf jede Weise. Meine Minderwertigkeit ihm gegenüber wurde mir eines Tages oder Abends recht deutlich zu Gemüte geführt.

Adolf, ein Sohn des Brunneninspektors, war fürstlich-plessischer Förster in Görbersdorf, und es wurde im Herbst eine Wagenfahrt dorthin unternommen, die mehrere Stunden dauerte. Nur Auguste und Elisabeth, der kleine Georg und ich waren von der Partie, ich höchstwahrscheinlich nur, weil der kleine Vetter und liebe Spielkamerad es gewünscht hatte. Beim Schlafengehen in den zugigen Dachkammern des Försterhauses waren nicht genug Decken da, so daß man Erkältungen befürchten konnte. Als ich aber einnicken wollte, sah ich plötzlich das mephistophelische Gesichtchen des buckligen Täntchens Auguste über mir, die mir, mit einigen zwar liebenswürdigen, aber hämisch klingenden entschuldigenden Worten, eine Decke, die mich wärmte, entzog und sie über das Kleinod, den Vetter Georg, sorgsam breitete.

Zwölftes Kapitel

Nicht nur durch das Taubensuchen, sondern auch durch die altüberkommenen Sitten mancher Jahrestage erweiterten sich mit meiner Kenntnis des Orts die der Bewohner, die der Menschen im allgemeinen und meine Kenntnisse überhaupt. Vier Tage vor Ostern, am Gründonnerstag, war die ganze Jugend Ober-, Mittel- und Niedersalzbrunns in Bewegung. In kleinen oder größeren Scharen zogen sie, Bettelsäcke umgehängt, von Gehöft zu Gehöft, von Haus zu Haus, um durch einen überaus kurzen Gesang Gaben von den Bewohnern herauszulocken.

Das unisono gesungene Liedchen hieß im Dialekt: »Sein Se gebata, sein Se gebata im a grina Donstig.« Hochdeutsch: »Seien Sie gebeten um den Gründonnerstag.«

Noch allgemeiner war am sogenannten Sommersonntag das bettelnde Herumziehen. Die hierbei gesungenen Lieder waren etwas umfangreicher, und eines lautete:

Ich bin a kleener Pummer,
ich kumme zum Summer,
lußt mich ni zu lange stiehn,
ich muß a Häusla weiter giehn.

Noch an ein zweites erinnere ich mich:

Rote Rosen, rote Rosen
bliehn uf eeem Stengel.
Der Herr ist scheen, der Herr ist scheen,
de Frau is wie a Engel.

Der Herr, der hat 'ne huche Mitze,
er hat se voll Dukaten sitze,
er werd sich woll bedenken,
zum Summer uns was schenken.

Ich und auch Carl schlossen uns, von den Eltern ungehindert, meist jeder einer andern Gruppe an und zogen stundenlang mit. Wir sangen vor dem Hause des Fräuleins von Randow, dem Flammenden Stern des Maurermeisters Schmidt, wir heimsten Geschenke von dem Gasthof Zur Sonne, dem Gasthof Zum Schwert, beim Demuthbauer, beim Rudolfbauer, beim Porzellanwarenhändler Gertitschke ein. Wir sangen aber nur einmal vor dem Hause der Enkes nebenan, dem Elisenhof, weil der Empfang kein guter war. Im ersten Stock ward ein Fenster geöffnet, und der Besitzer brüllte uns an, er werde seinen Hund auf uns hetzen, wenn wir nicht machten, daß wir fortkämen. Unsere zahmen Raubzüge gingen bis ins Niederdorf, wo wir fast überall, aber besonders in kleinen Leuten, willige Geber fanden. Zuweilen lud man uns ins Haus, um uns mit Butterbroten und Milch zu traktieren. Hauptsächlich aber waren es nach der Tradition Eier, die man uns gab und die wir in ziemlichen Mengen heimbrachten. Erst bei dieser Gelegenheit habe ich eigentlich mit leichtem Befremden das Ei und seinen Nahrungswert kennengelernt.

Um den Gehorsam deutlich zu machen, den wir ihm zu leisten gewohnt waren, erzählte mein Vater später oft und mit Heiterkeit, wie Carl mit einem Korb voll Eier, seiner Gründonnerstagsbeute, ins Zimmer getreten war und er ihn prompt und ohne zu überlegen zur Erde warf, als mein Vater ihn im Scherz mit den Worten »Schmeiß sie weg!« angeherrscht hatte.

Der Erlös unsrer Bettelei wurde von meiner Mutter in Eierspeisen nach unserm Wunsch verwandelt. Ich kann mich erinnern, daß Rührei mir aus irgendeinem Grund widerlich war, während mir Eierkuchen weniger widerstanden. Ich brachte wohl zum erstenmal mit den fertigen Speisen ihr Rohmaterial in Zusammenhang.

Der Taubenkult konnte im wesentlichen als Spiel gelten, obgleich auch sachlicher Ernst damit verbunden war. Ich habe von der Liebe zu diesen Tieren eine Art Abneigung, Taubenfleisch zu genießen, zurückbehalten. Auch entrüstete ich mich mit Carl über das von den Weißsteiner reichen Bauern vielfach ausgeübte Vergnügen des Taubenschießens. Die Tierchen wurden in Käfigen auf den Schießplatz gebracht und zu Aberhunderten aus der Luft geschossen, wenn man sie freigelassen.

Am Robinson und am Lederstrumpf, wie schon gesagt, habe ich lesen gelernt. Dagegen ist mein Ehrgeiz durch eine Geschichte, »Das Steppenroß«, besonders entfacht worden. Ich nahm dieses schnellste der Rosse in meine Träume auf; bestieg es selbst und besiegte damit alle Renner der Erde. Ob es damals in Deutschland Pferderennen gegeben hat, weiß ich nicht. Einst brachte jedoch mein Vater ein Spiel nach Hause, wo in Blei gegossene Reiter, ventre à terre, bemalte Jockeis auf Rennpferden, auf eine als Rennplatz graduierte Karte gestellt wurden. Nach der Entscheidung von Würfen aus dem Würfelbecher wurde mit ihnen vorgerückt. Ein nie gesehenes Schauspiel war mir dadurch nahegebracht und meine Vorstellungswelt bereichert.

Motive aller Art schoben sich durcheinander und ineinander – unmöglich, ihre Fülle aufzuzählen. Man darf immer wieder voraussetzen, daß ich ein Wildling war, zwar heimlich von meinen Eltern gelenkt und geführt, aber von dem naturgegebenen Wunsch dauernd beseelt, nichts von der Ursprungswesenheit aufzugeben. Selbst scheinbar im Schlepptau von Carl, verfolgte ich immer noch eigenste Wege.

Die großen Rundflüge der Tauben im Blau, ihre blitzenden Schwenkungen machten mich unzufrieden mit meiner Erdgebundenheit. Ein Zauberkasten mit Zauberstab, den ich geschenkt erhalten hatte, Erzählungen von Hexen und Hexern, die das Geheimnis besaßen, wie man durch die Luft fliegen kann, brachten mich auf das Flugproblem und seine möglichen Lösungen. Besonders da ich immer wieder des Nachts im Traum mich in Gegenwart aller ohne alle Schwere und Schwierigkeit in die Luft erhob mit einem so überzeugenden Empfinden von vertikaler Beherrschung des Raums, daß ich an eine Vergangenheit, ein Vorleben denken mußte, wo mir diese Bewegung ohne Schwere natürlich gewesen war.

An ein Vorleben dachte ich oft. Wie vielen, war mir gelegentlich so zumut, als ob ich alles mit und um den Gasthof zur Krone, mit und um meine Geschwister, Salzbrunn und seine Heilquellen schon einmal in der Tiefe der Zeiten Punkt für Punkt genau erlebt hätte. Das war nun der Gedanke einer ewigen Wiederkunft, den ich auch später naiverweise im Sinne des Lucretius Carus und seiner beschränkten Zahl von Atomen und ihren möglichen Kombinationen gedacht habe.

Der Zauberkasten machte mich vorübergehend zum Scharlatan. Ich übertrug die Versuche, Wunder mit dem Nimbus eines Zauberers vorzutäuschen, in mein Leben auf der Straße. Folgendes Stückchen, das ich vergessen hatte, wurde von Onkel Gustav Schubert auf Rittergut Lohnig beobachtet und mir später nicht ohne herzliches Vergnügen wiedererzählt.

Der Vorgang hatte sich, wie ich mich selbst entsinne, so abgespielt: Eine kleine Armee von Hofekindern wurde von Vetter Georg, der gewöhnlich mein Feldwebel war, und mir zu allerhand militärischen Aufzügen und sonstigen Übungen angeleitet und angeführt. Lebte man doch seit 1866 merklich zugleich in einer Nachkriegszeit und Vorkriegszeit. So vermehrte sich an jedem Geburtstag und jedem Weihnachten meine österreichisch-preußische Zinnsoldatenarmee. Schließlich war uns einmal das Militärische übergeworden, und wir dachten auf andere Unterhaltungen. Plötzlich aber, ich weiß nicht wie, behauptete ich, ich könne fliegen. Die Hofekinder sahen in uns beiden, dem Sohne des Gutsherrn und mir, Halbgötter. Sie zweifelten, aber waren glaubensbereit und forderten nun das Wunder zu sehen. Ich schämte mich innerlich meiner eitlen Aufschneiderei, ließ mich aber in ein Verfahren hineindrängen, von dem ich hoffte, es werde mir Gelegenheit geben, vor der Schlußprobe auszubrechen. Wenn das Wunder gelingen solle, behauptete ich, müsse vorher einer Reihe von mystischen Gebräuchen, und zwar aufs genaueste, entsprochen werden. Würden hierbei Fehler gemacht, so könne das Experiment nicht gelingen.

Gespannt, ein solches Wunder zu erleben, zeigte sich nun die Kinderschar von einer mich auf eine beunruhigendeWeise ehrenden Willfährigkeit. Es wuchs meine Scham mit ihrem Glauben. Da es ein Zurück nicht gab, fing ich den traurigen Hokuspokus an.

Jedes Kind mußte einen Stein gegen ein Scheunentor werfen, nach einiger Zeit mußte es dreimal die Worte »Fliege, fliege, fliege!« ausrufen. War dies geschehen, ging es zur Pumpe, wo jeder der Teilnehmer ein Glas Wasser, ohne etwas davon zu verschütten, zu trinken hatte. Da ich einer großen Entlarvung entgegenging, zog ich diese angeblich unumgängliche Vorbereitung so lange wie möglich hin, ohne auf den Gedanken zu kommen, wegen eines angeblich gemachten Fehlers, den Versuch als gescheitert anzusagen. Endlich stieg ich fast verzweifelnd auf irgendeinen Vorbau der Gutsställe hinauf und sprang mit den wenig überzeugenden Worten »Ich fliege, ich fliege!« herunter.

Bei alledem hatte mich Onkel Schubert heimlich beobachtet.

Ein solcher Trieb, wenn er herrschend wird, macht den Hochstapler. Was ich tat, geschah zwar im Spiel, war aber schließlich auf einem übertriebenen Geltungsbedürfnis aufgebaut und dem Mißbrauch der Unwissenheit meiner Gespielen: ich übte Betrug, wobei ich außerhalb der zwar ungeschriebenen, aber unverbrüchlichen kindlichen Spielregeln geriet, das Vertrauen brach und Verrat übte.

Nach dem Eselgeschenk an den kleinen Georg, noch zu Lebzeiten des Großvaters, verbrachte ich auf Einladung der Verwandten meine Sommerferienzeit in Lohnig, in der ich mich außer durch das peinlich mißratene Flugexperiment durch allerlei andere Heldentaten auszeichnete.

Nicht aber das ist bei dieser jugendlichen Loslösung meiner

Person vom bisherigen Schauplatz meines Lebens und Verpflanzung auf einen anderen die Hauptsache, sondern eine damit verbundene allgemeine Erfrischung, Erholung und Erneuerung.

Es war Juli, ich kam in die Erntezeit. Tagein, tagaus schwankten die hochgetürmten Erntewagen über den Hof, wurden auf die lehmgestampften Tennen gerückt und rechts und links in die Bansen abgeladen. Ununterbrochen rauschten und zischten die Garben. Hühner in ungezählten Mengen machten sich über die Weizenkörner, die ausfielen, her, und ebenso zahlreiche Flüge weißer Tauben wußten bei der Fülle des Segens allenthalben nicht, wo sie zuerst die Kröpfe füllen sollten.

Tante Julie und Onkel Gustav residierten im kleinen Herrenhaus, wo Vetter Georg und ich abends von der resoluten Gutsfrau im gemeinsamen Zimmer zu Bett gebracht und morgens wieder daraus erlöst wurden, denn zu schlafen in dieser allbeglückenden Sommerszeit war für uns keine leichte Aufgabe. Man bedenke, daß uns beiden Knaben nicht nur ein Esel, sondern auch ein Wagen mit schöngeschirrten Ziegenböcken zur Verfügung stand, – daß wir draußen auf den Stoppeln, wo die Leiterwagen mit vollen Garben beladen wurden, langsam fortrückend, auf den Pferden saßen und schließlich oben, in luftiger Höhe der Ladung, und auf ihrem bequemen Bett heimschwankten, – daß wir uns überall als Kinder des Herrenhauses wohlgelitten tummeln durften nach Herzenslust. Wir jagten uns auf den Weizenmassen der Scheunen, durch die endlosen Stallungen der Rinder und Pferde, zwischen der nach vielen Hunderten zählenden Bevölkerung der großen Schäferei herum. Wir wußten, daß unserem Kommando die ganze Jugend der Gesindehäuser jederzeit folgte, und wir genossen eine Verpflegung, die mich, verglich ich sie mit der sowohl sommerlichen als winterlichen des Elternhauses, märchenhaft anmuten mußte: Sogleich nach dem Aufwachen Kaffee mit dicker Sahne, frische Milch, mit Klumpen von Butter und Honig belegtes Weizengebäck; mittags Braten, Gemüse, Kompotte in Mengen und frische Früchte, frische Salate mit saurer Sahne angemacht, Käse, Butter und selbstgebackenes Roggenbrot. Zu alledem wieder Milch, soviel man wollte. Butter, Honig, Sahne wiederum zum Nachmittagskaffee. Nun, ich darf mir den Abend ersparen, er schloß sich den übrigen Mahlzeiten würdig an.

Was war dagegen daheim selbst im Sommer die trockene Semmel und ein mühsam erkämpfter Morgenkaffee, mein mühsam erkämpftes, lieblos auf einem Teller zusammengekleckstes Mittagessen, zur Vesper mein Glas Wasser und etwas Himbeersaft, des Abends die dünnbestrichene Butterschnitte, eine Ernährungsweise, die ich, solange ich daheim war, als gottgewollt und selbstverständlich ohne alles Murren empfand.

Herrlich blüht noch heut die Erinnerung an eine solche Schlaraffenzeit, aus der ich gänzlich verändert, kerngesund und nicht ohne leises Bedauern nach Salzbrunn zurückkehrte. Zum erstenmal empfand ich in dem ganzen Badebetrieb, inbegriffen mein Elternhaus, eine gewisse, mir eigentlich nicht entsprechende Künstlichkeit: noch konnte mir nicht zum Bewußtsein kommen, daß ich eigentlich immer von ihr fort mit unstillbarem Drang zur Natur strebte, wo sie unverbildet, ursprünglich und einfach ist.

Dreizehntes Kapitel

Motive aller Art schoben sich durcheinander und ineinander, wurde gesagt. Wer dürfte versuchen, so innig Verwirrtes zu sondern!

Neben Feldzügen und Schlachten, die ich weitläufig in leeren Zimmern unter Benützung von Fußboden, Stühlen und Tischen mit meinen Zinnsoldaten durchführte, war ich immer noch Chingachgook, ritt das windschnelle Steppenroß und hatte außerdem Hamlet, den Dänen, in meinen Wachtraum aufgenommen. Der Bühneneindruck, durch den es geschah, steht in keinem Verhältnis zu seiner unauslöschlichen Dauer.

Ich lag krank an Mumps oder sonst einer Kinderkrankheit im Zimmer Numero Sieben am Ende des Flurs. Es war Winter, in einer Zeit, wo man um vier Uhr die Kerzen anzündet. Es brannte eine an meinem Bett. Da hatten Carl und Johanna den Gedanken gefaßt, mir die Zeit zu vertreiben. Sie brachten ein kleines Kistchen herein, aus dem sie allerhand Dinge herausholten. Es waren kleine Kulissen aus Pappdekkel, die einen feierlich-gotischen Raum, das Innere eines Domes, vorzauberten. Was Prinz Hamlet mit diesem Dom zu tun hatte, wußte ich nicht. Er war eben da! In schöner Rüstung, mit gelbem Haar, ausgeschnitten aus Pappdeckel, unten mit einem Klötzchen versehen. Mir von Johanna und

Carl als Prinz Hamlet vorgestellt und durch ihren Mund allerlei Worte hersagend, stand er jedoch nur kurze Zeit auf dem Holzklötzchen. Dann wurde er auf zwei Puppenstühlchen gelegt und lag dort, ich weiß nicht zu welchem Zweck, eine Weile ausgestreckt.

So blieb er mir in Erinnerung. Die Antwort auf die Frage weshalb wird nie erschöpfend zu geben sein. Eine Pappfigur, ein Theaterchen, das gewiß nicht mehr als acht Groschen kostete, und doch kam das Ganze der feierlichen Grundsteinlegung eines Baues gleich, der durch siebzig Jahre gewachsen ist. Das bedeutet der frühen Jugend Innengewalt, es bedeutet Voraussicht des Unbewußten, es bedeutet Wirksamwerden der Vorsehung, es bedeutet schöpferische Entwicklung.

Mag sein, bei dem einzigen Zuschauer, der ich war, haben einige Fiebergrade mitgespielt. Es hat die nächtliche, vielleicht auch stürmische Stunde der Äquinoktialtage mitgespielt. Das ganze Haus mit den langen Fluren übereinander, seinen kalten, leeren, gespensterbewohnten Zimmern – auch Hamlets Geist erlebte ich einen Augenblick – hat mitgespielt. Die weiten, leeren, eisigen Säle mit ihren Bildern, dem Leichnam, den man vom Kreuze nimmt, haben mitgespielt. Sie waren mit Nacht gleichsam vollgestopft und haben vielleicht im Sturme gezittert. Mit Finsternis vollgestopft waren die Küchen, die Vorräume, die Büfettstube. Die verlassenen Galerien des großen Saals waren mit Finsternis vollgestopft. Durch all das seufzte vielleicht der Wind. Er fauchte, er ächzte, er krächzte und rasselte. Gegen alles das, was einem schwarzen Universum vergleichbar mich einkerkerte, kämpfte der kleine Schein eines Lichts, das ein Achtgroschentheater mit einem gotischen Dom beleuchtete, der nicht mehr als zwei Pfennige gekostet haben kann.

Aber was wurde mir dieser Dom, diese unterirdische, in die Schwärze des Nichts versenkte Kathedrale! Ich muß an Westminster Abbey denken, wenn ich einen schwächeren Abglanz davon haben will. Sie war gehüllt in schwarzes Nichts als leuchtendes Mysterium. Wo hatte man freilich bei späterem Wiedersehen mit diesem düsteren Dichterwerk die gleiche Begleitmusik?

Welch ein groteskes Nebeneinander beherbergt ein Knabenhirn! Neben dem Hamlet, der in einer Art von Heiligenschrein aufbewahrt wurde, rumorte in mir die Gestalt eines anthropoiden Affen. Ein andres Theater, das Kurtheater, war die Ursache. Manches hatte es mich inzwischen gelehrt, dieses Haus.

Wenn ich nun auf dem Heimgang von der Schule verstohlen, wie oft geschah, ins dunkle Parterre schlüpfte, hatte ich längst begriffen, daß hier, selbst am Schluß eines Trauerspiels, niemand getötet und auch der Tod nur gespielt wurde. Das gesprochene Wort wurde im Freien kaum gehört, meist war es daher Musik, die uns Kinder in die Sperrsitze lockte, mitunter aus überheller, glühender Sonnenwelt in den kühlen Dämmer einer von künstlichem Licht beschienenen künstlichen.

Ja, die Griechen, die sind klassisch,
doch so klassisch nicht wie wir!

war der Refrain, den eine Soubrette immer wieder, ackompagniert von der Kurkapelle, herausschmetterte, wobei sie sich fesch auf den Schenkel schlug.

Eines Abends hatte mich dann meine Mutter in eine Gastvorstellung mitgenommen. Der Gast war ein Akrobat, der, in braunen Filz eingenäht, einen Menschenaffen darstellte. Er hatte sich, oder man hatte ihn, in einer Pflanzerfamilie, vielleicht auf Borneo, heimisch gemacht. Es war ein mißverstandenes Tier, glaube ich, das wegen unguter Eigenschaften, hauptsächlich wohl von dem Pflanzer, rauh behandelt wurde. Aber da kam der den Orang-Utan glorifizierende Augenblick. Die einsame Farm geriet in Brand, die Flammen loderten um ein Schlafzimmer, in dem hoffnungslos verloren ein Säugling und, ich glaube, noch ein kleines Mädchen zurückgeblieben waren. Man hörte die Farmersleute vergeblich jammern. Da aber, im Augenblick der höchsten Gefahr, erschien mit leichtem Schwunge der Affe, der Retter, im Qualm der bengalischen Flammen auf der Fensterbank. Sorgfältig hob er den Säugling aus dem Bett und entfernte sich mit ihm durch das Fenster, kam wieder und entriß auch das Mädchen den Flammen. Ich glaube, er trug sie huckepack, als er sie wiederum durch das Fenster mit sich nahm, um sie den Eltern zu übergeben. Sogleich bewies auch ihr Freudengeschrei, daß es geschehen war.

Dieser Affe bewegte sich dann noch zwei- und vierhändig auf der Balustrade des ersten Ranges außerhalb der Bühne herum, ja machte auf einem hölzernen Zweirad, wie dem des Kapellmeisters, zuletzt unglaubliche Kunststücke.

Dies machte ich ihm in der Folge nicht nach, dafür aber war sein gesamtes äffisches Gebaren zwangsläufig auf mich übergegangen: die eigentümlichen Kehllaute des Tieres, die nach Innen gebogenen Fingerspitzen, die ein Gehen auf den Kniebeln ermöglichten, und schließlich seine eigentümliche Beweglichkeit. Der Erfolg meines Nachahmungstriebs lockte selbst meinem Vater, der damals noch kaum aus dem Rahmen seines steifen Ernstes trat, eine Art Beifall ab, der sich allerdings nur durch ein Herblicken und eine kaum merkliche Veränderung des beherrschten Gesichts ausdrückte.

Die im Stile der Birch-Peiffer gedachte theatralische Affengestalt übertrug sich also, ähnlich wie Chingachgook, von innerer in äußerliche Wirklichkeit, und zum erstenmal war dabei Kunst als neuerworbenes Können im Spiele.

Eine andre Kunst hatte sich damals ohne mein Zutun in mir ausgebildet. Mein dauerndes Leben in freier Natur, besonders vom frühen Frühjahr bis zum späten Herbst, Jahreszeiten, die ich vom ersten Leberblümchen, Himmelsschlüssel und Maiglöckchen bis zur letzten Aster auskostete, machte mich zum Schüler der Singvögel. Seltsamerweise gab es Nachtigallen in Salzbrunn nicht, aber sonst alle möglichen Arten. Um ein Rotkehlchen oder sonst einen Sänger nachzuahmen, bedurfte ich keines Instruments als einer Membrane von Birkenrinde. Langgezogene Laute, Geschmetter und endlose Triller brachte ich mit der Kehle hervor, so täuschend, daß eine Gruppe von Badegästen hin und wieder andächtig stehenblieb, wenn ich meine mich selbst beglückende Kunst im Dämmer des Abends, in einem Gebüsch versteckt, ausübte. Ich hatte damit, wo ich mich herauswagte, bei einfachen Leuten des Orts, auch bei Apotheker Linkes, nicht in der eigenen Familie, eine Art Berühmtheit erlangt und wurde nicht selten gebeten, mich hören zu lassen.

Sinn für die Welt der Vögel und Liebe zu ihr hatte ich allenthalben gewonnen. Mochten es die Scharen von Sperlingen sein, die damals weit zahlreicher als heut Höfe und Straßen mit ihrem lustig frechen Wesen bevölkerten, oder in der Schusterwerkstatt die sprechende Dohle und das Rotkehlchen oder die Stare, die frühjahrs pfeifend ihre alten Starkästen in Besitz nahmen, oder die sommerlichen Singvögel oder bei Fräulein von Randow im Kurländischen Hof der Papagei. Oder in den Glasschränken des Müllers von Wilhelmshöh ausgestopft alle erdenklichen, selten gesehenen heimischen Arten. Oder die Rebhuhnfamilie, die ebenso wie ein balzender Auerhahn, in großen Glaskästen untergebracht, den Eingangsraum unseres Gasthofs schmückte.

Wer war dieser Müller von Wilhelmshöh? Ein älterer, schweigsamer Mann in grünem Rock, der Wilhelmshöh, einen Ausflugsort, von der Badeverwaltung gepachtet hatte. Wer den Müller von Wilhelmshöh erwähnte, meinte einen geheimnisumwobenen Mann, dem man mancherlei ungewöhnliche Dinge zutraute. Wilhelmshöh war umgeben von Wald. Nie anders als im grünen Rock, die kurze Pfeife im Munde, traf ihn, wer nachmittags dort seinen Kaffee trank. In dem romanisch-gotischen Bau des Vergnügungslokals war seine ornithologische Sammlung untergebracht, auch eine Eiersammlung war dabei, und man konnte modernste Jagdflinten in einem Glasschrank bewundern.

War er ein Freischütz, der Müller von Wilhelmshöh? Gerüchte um ihn, Gemunkel, Geflüster wollten nicht aufhören. Wo kam er her? Wahrscheinlich hatte er eine Farmer- und Pelzjägerschule in der Neuen Welt hinter sich. Auch auf uns Kinder wirkte er als ein Mensch, der in den kleinen Rahmen von Salzbrunn nicht hineinpaßte.

Vierzehntes Kapitel

Die Augen meines Vaters blickten durch doppelte Brillengläser. Sie waren hellblau. Er nahm außer des Nachts Brille und Pincenez niemals ab.

Sein Gesicht in der Ruhe war ganz Strenge und Ernst, tief eingegraben die senkrechten Stirnfalten, buschig die Brauen, üppig auf der Oberlippe der den Mund verdeckende Bart.

Für Körperpflege brauchte mein Vater Tag für Tag lange Zeit. Seine Anzüge waren vom besten englischen Tuch und beim ersten Schneider in Breslau gefertigt. Eine Sammlung von Schuhwerk wurde von ihm selbst gereinigt und blank geputzt, er hätte sie nie fremder Hand überantwortet.

Den damals üblichen Schlafrock verachtete er. Beim ersten Frühstück bereits war er bis auf die Busennadel tadellos angekleidet.

Jeden Morgen rieb er sich selbst mit einem in kaltes Wasser getauchten, rohen und rauhen Leinentuch, in das er sich dabei völlig einwickelte, von oben bis unten ab.

Dagegen war meine Mutter, seit ich sie kannte, gegen ihr Äußeres völlig gleichgültig. Sie nannte den Körper mit Luther einen elenden Madensack, der ja doch schließlich den Würmern anheimfiele.

Die schöne goldene Uhrkette auf meines Vaters Weste und die Berlocken daran sind mir von früh erinnerlich.

Schon sehr zeitig, scheint mir, ist der Scheitel meines Vaters gelichtet gewesen, er ging an den Schläfen in ganz kleine natürliche Löckchen aus.

Ich artete zunächst mehr der Mutter nach. Mich viel zu waschen oder viel gewaschen zu werden liebte ich nicht, ebensowenig mochte ich, wie schon gesagt, schöne Kleider. Sie bedeuteten Rücksicht auf Flecke, Beengung, ja gewissermaßen Gefangenschaft. In dieser Hinsicht ließ mich der Vater meiner Wege gehen, wogegen er auf meine Wasserscheu keine Rücksicht nahm und mich mit seiner Kaltwasserkur eigenhändig betreute.

Es wurden morgens Schwämme voll eiskalten Wassers über meinen gebeugten Nacken und Kopf ausgedrückt. Manchmal machte mich der Schmerz halb wahnsinnig, aber ich durfte nicht schreien, und auch sonstigen Widerstand gab es nicht, ebensowenig, wenn der Vater mich in das eigens für mich geschnittene naßkalte Abreibtuch wickelte und mich mit kräftigen Fäusten abschrumpelte. Hier war das schlimmste der erste Augenblick.

Der Protest meiner Mutter, die von alledem nichts hielt, half ebensowenig wie die zitternde Ergebung meiner zarten Kindlichkeit. Schön und erquickend war die von meinem Vater beliebte Art des Abtrocknens. Mir wurde ein weiches Bettlaken umgelegt, womit ich mich vor dem offenen Fenster gleichwie mit Flügeln plädern durfte.

Neues Schuhwerk ließ mir mein Vater in der Werkstatt des Schusters Bliemel zu Hinterhartau, neue Anzüge in der Werkstatt des Schneiders Leo am Ende der Promenade persönlich anmessen. Leo, ein Zwerg, der eine Zwergin geheiratet hatte, saß immer mit gekreuzten Beinen, stichelnd und von Tuchlappen umgeben, in einem winzigen Schaufenster. Heute scheint mir, daß dieses Männchen, sein Betragen und seine Werkstatt noch dem Mittelalter angehört haben.

Mit besonderer Sorgfalt nahm sich der Vater meines Schuhwerks an. Er selber hatte verbildete Füße, wovor er uns Kinder bewahren wollte. Ohne Rücksicht auf die Mode des spitzen Schuhs bestand er auf Breite und Weite.

Mein Vater handelte oder schwieg, Redensarten machte er nicht. Auf seinem Arm habe ich nolens volens mit viel Geschrei im Lehmteich hinter der Gasanstalt das erste Bad im Freien genommen. Noch sehe ich das bedrohliche, schwindelerregende Glitzern der kleinen Wellen um mich her.

Dieser Lehmteich hat mir später einen empfindlichen Streich gespielt. Ich trieb mich wie stets auf der Straße in der Nähe des Gasthofs herum, die Saison war in vollem Gange. Da sprach mich ein Junge, ein geborener Hanswurst namens Geisler, an, der einen herrlichen Apfel in der Hand hatte. Der etwa zehn Jahre alte Armenhäusler langweilte sich. Er mußte im Auftrag einen weiten Weg machen und verfiel darauf, mich zur Gesellschaft mitzulocken.

Der Geislerjunge hatte mich gern. Nur um mir eine Freude zu machen, biß er Maikäfern die Köpfe ab, zerkaute Glas, stach sich Nadeln durch die Finger und machte den wilden Mann. Jetzt kaufte er mir die Begleitung bis zu einem Haus in Richtung des Niederdorfs gegen einen ersten Biß in den Apfel ab. Als ich den Apfel bis zum Griebsch in mir hatte, waren wir unversehens bei der Gasanstalt und dem dahinterliegenden Lehmteich angelangt. Ich war mehr als eine halbe deutsche Meile weit von unserm Hause verschleppt worden.

Das nun aber, was im Augenblick hier am Teiche geschah, brachte den zurückgelegten Weg, den Gasthof zur Krone, die Geschwister, die Eltern, ja mich selbst völlig in Vergessenheit. Der Lehmteich wurde abgelassen, und zu Aberhunderten sprangen, schnalzten und panschten in dem immer seichter werdenden Wasser große Karpfen und kleine Forellen herum. Sie wurden von Männern in aufgestreiften Hosen aus dem gelben Schlamm herausgegriffen, am Ufer in Wannen und Fässern zusammengehäuft. Krebse wurden aus ihren Löchern hervorgezogen und zum allgemeinen Vergnügen und Entsetzen herumgereicht.

Alles dieses nahm mich gefangen. Die großen und kleinen Fische, die ich zum erstenmal lebend und nahe sah, ihre glotzenden und verzweifelnden Augen, die Fanglust, die mich ergriff, und zugleich die bittere Erkenntnis des todesnahen Zustandes, in den alle diese Wesen, noch eben frei und glücklich, geraten waren: die packende Gegenwart von alledem betäubte mich. Ich hatte noch nicht Mittag gegessen, und als ich den Heimweg antrat, um, wie ich glaubte, dazu noch rechtzeitig vor der Mahlzeit einzutreffen, war es nahezu Abend geworden.

Meine Eltern müssen verzweifelt gewesen sein. Die Polizei war verständigt worden, nach allen Himmelsrichtungen hatte man Boten ausgeschickt, die dann unverrichteter Dinge zurückkamen. Es waren Zigeuner gesichtet worden, der Demuthteich wurde abgesucht, ich konnte zum Baden verführt und ertrunken sein.

Nun, die ungeheure Spannung und Angst hat sich bei meinem Vater, als er mich wieder an der Hand hatte, in die Form einer ziemlich harten Züchtigung aufgelöst.

Es war natürlich, daß ich aus den Schulbänken, wo ich mit den zerlumpten Armenhäuslern Seite an Seite saß, einmal Krätze und Läuse heimbrachte. Ein anderes Übel, eine Hautflechte, die meinen ganzen Körper überzog, war ernsterer Art: Krankheit und Versuche zu ihrer Heilung wurden Martern für mich. Mein Vater hatte wie bei Carls Lungenentzündung den Chirurgus Richter und meinen Onkel, Doktor Straehler, herangezogen. Dieser, Badearzt und ein schöner, humorvoller Mann, verordnete Pinselung mit Petroleum. Hätte man es angezündet, der Schmerz hätte nicht können größer sein. Da sich auch diese Qual als nutzlos erwies, ging mein Vater mit mir zu einem Schäfer, der den Ruf eines Wundertäters besaß. Leider tat er diesmal kein Wunder, und da die Flechte nur immer greulicher wucherte, trat mein Vater mit mir eine Reise nach der Provinzialhauptstadt an. Es scheint, daß die Konsultation eines Dermatologen dann das quälende Übel behob.

Die Fahrt nach Breslau geschah auf der kaum fertiggewordenen Strecke der Breslau-Freiburger Eisenbahn. Man erreichte den Zug in Freiburg oder Altwasser. Ich vermochte, nach Hause zurückgekehrt, in Schilderungen des Wunderbaren, das ich erlebt hatte, besonders in der Schule, mir nicht genug zu tun.

In Wahrheit nahm ich das heulende, zischende, donnernde

Dampfroß, das mit dem Zuge schwerer Wagen blitzschnell dahinstürmte, als eine Gegebenheit. Schließlich war es kein größeres Wunder als irgend etwas von dem, was meinem Hineinschreiten in die Welt in endloser Fülle überall entgegenkam. Die Maschine pfiff, wenn wir uns einer Station annäherten, worauf der Schaffner, den jeder Wagen hatte, mit allen Kräften bis zum Kreischen der Schienen die Bremse zog. Während der Fahrt beschäftigte mich am meisten das Spiel der Telegraphendrähte, ihr Auf und Ab vor den Fenstern. Ich wußte nicht, wie ihre Bewegung zustande kam. Peinlich empfand ich die Ohnmacht unsrer Gefangenschaft und war befreit, als wir in Breslau aussteigen konnten. Mein Vater selbst aber war vielleicht die wesentliche Entdeckung, die ich bei dieser Bahnfahrt gemacht habe.

Er war auf einmal mein Kamerad und nicht mehr die steife Respektsperson. Das intime Verhältnis von gleich und gleich übertraf noch den Zustand, wie er bei Fuhrmann Krause herrschte. Auf jede meiner Bemerkungen ging er mit schalkhafter Miene ein, mitunter lachend, so daß ihm unter den scharfen, goldgerahmten Brillengläsern die Tränen herunterrollten. Was sich dann im ganzen außer der ärztlichen Konsultation begab, war für meinen zarten Organismus zuviel. So warf mich nachts mein rebellierendes Hirn aus dem Bett, und als mich mein Vater mitten im Zimmer fand und aufweckte, überfiel mich ein unaufhaltsamer, hemmungsloser Heimwehkrampf.

Der städtische Lärm, der Tabaksqualm einer alten Weinstube und schließlich der Besuch eines großen Theaters, den ich erzwang, waren schuld daran.

Ich sah in diesem für mich gewaltigen Hause »Orpheus in der Unterwelt«, wobei die Musik mir störend war. Ich konnte es kaum erwarten, bis wieder gesprochen wurde. Eine Rakete, die beim Hinabsteigen des Orpheus in die Unterwelt durch die Versenkung emporzischte und platzte, bedeutete für mich einen Höhepunkt.

Bei Vaters Rückkehr in den häuslichen Pflichtenkreis und den der Familie trat sogleich die alte Entfremdung wieder ein. Mein Vater übte eine große Selbstdisziplin, mitunter aber übermannte ihn die der ganzen Familie eigene leichte Erregbarkeit. Irgend etwas mochte von uns Kindern verfehlt worden sein, sei es, daß wir ein längeres Ausbleiben durch eine Flunkerei entschuldigt oder etwas, das er wissen mußte, verheimlicht hatten. Er begann dann etwa mit den Worten:

Wer lügt, der trügt;
wer trügt, der stiehlt;
wer stiehlt, der kommt an den Galgen.

Und nun wurde mit der Wucht drohender Worte die Möglichkeit, ja die Wahrscheinlichkeit einer schrecklichen Zukunft im Gefängnis, im Zuchthaus und eines grausigen Endes unter dem Galgen oder auf dem Block ausgemalt. Man kann einen solchen Aufwand, wie mein Vater ihn zu unserem Schrecken manchmal trieb, unmöglich als proportional der Geringfügigkeit unserer Vergehen bezeichnen.

Mein Vater bekämpfte in uns die Furchtsamkeit und besonders auch die Gespensterfurcht. Wenn winters Geistergeschichten erzählt wurden, was damals allgemein üblich war, warf er meist nur sarkastische Brocken ein. Die Korridore alter Schlösser mit ihren kettenschleppenden weißen Frauen, die Erscheinung Sterbender bei Verwandten, die hunderte Meilen entfernt wohnten, im Augenblick des Todes genossen bei ihm keine Glaubhaftigkeit. Ein bestimmter Fall aber, den er selber erlebt hatte, blieb auch für ihn unaufgeklärt.

Nachts bei Mondschein im Herbst kam er nach Hause. Auf dem Platz zwischen Elisenhalle und Elternhaus angelangt, hörte er seinen Namen rufen. Als er mit »Hier bin ich!« geantwortet hatte, trat eine kurze Stille ein. Die Stimme kam – oder schien zu kommen – aus einem düsteren Wäldchen auf dem Kronenberg, der unseren Vorgarten fortsetzte. Diesem Wäldchen gegenüber lag der Elisenhof, einer Familie Enke gehörig, Unsere Hintergärten grenzten aneinander Zaun an Zaun.

Ein junger und leider kranker Mensch aus dieser Familie hatte mit meinem Vater Freundschaft geschlossen. Ich denke, das Ganze muß, als noch meines Vaters Vater, Großvater Hauptmann, lebte, vorgefallen sein. Nun also, der Ruf wiederholte sich, mein Vater empfand ihn als Hilferuf, und als er wiederum mit »Hier bin ich!« geantwortet hatte, rannte er, wie um Hilfe zu bringen, gegen das Wäldchen hinauf.

Eine Weile vergeblichen Suchens überzeugte ihn, daß er einer Gehörtäuschung unterlegen sei, in der Stille der Nacht nicht ungewöhnlich. So war er bis vor das Kronenportal zurückgekehrt und wollte soeben den schweren Schlüssel im Schloß umdrehen, als es abermals klar und deutlich »Robert!«, seinen Vornamen, rief. Mit leichtem Schauder betrat er das Haus, ohne weiter Rücksicht zu nehmen.

Am nächsten Morgen wurde die Nachricht gebracht, daß der junge Enke gestorben sei. Und zwar in der Tat um die gleiche Zeit, in der mein Vater das Rufen gehört hatte.

Auch diesen Fall entkleidete mein Vater nach und nach des Wunderbaren. »Gespenster, die sich allzu mausig machen, soll man einfach beim Kragen nehmen«, sagte er, »oder ihnen mit einem tüchtigen Stock zuleibe gehen.« Hie und da, besonders im Herbst, wo er Zeit fand, sich uns zu widmen, wurden entsprechende Mutproben mit uns angestellt. An den späteren Nachmittagen, wenn die Nacht bereits hereingebrochen war und Mondschein sie zu schwachem Dämmer aufhellte, traten wir etwa aus dem Kleinen Saal auf die Terrasse hinaus, um noch ein wenig Luft zu atmen. Die Elisenhalle, mit ihrem dorischen Giebelbau, warf ihren Schatten auf den Platz, kein Mensch war zu sehen weit und breit und ebensowenig ein Laut zu hören.

Da konnte mein Vater plötzlich behaupten, daß er da und da, weit hinten auf einer Bank der Elisenhalle, seinen Hut vergessen habe, und den Wunsch äußern, ich möge sehen, ob er noch dort liege, und ihn womöglich zurückbringen. Es wäre ein Panamahut oder irgendso, und er würde ihn sehr ungern einbüßen.

Die Halle war offen nach Osten gegen den Park und gegen Westen geschlossen. An dieser Seite, hinter der unmittelbar die kupferfarbene Salzbach rauschte, hatte man nach Art eines Basars Verkaufsläden eingebaut.

Wenn man über die große Freitreppe auf den lehmgestampften Boden des Tempelbaues trat, weckte man lauten Widerhall. Am Ende des Raumes traf man, nachdem man über hölzerne Stufen einen Holzpodest erstiegen hatte, auf große Glastüren, die zum Kurhaus gehörten und dessen Gesellschaftssäle abschlossen. Rechts davor eine niedrige Tür führte in einen kleinen, meist übelriechenden Raum, der auf der andern Seite durch ein gleiches Türchen verschlossen war. Nicht einmal am Tage war es uns Kindern angenehm, durch diesen »Sichdichfür«, dieses lichtlose Loch, hindurchzuschlüpfen. Es lief auf eine Brücke über die Salzbach aus.

Im Familienkreis galt ich als das verhätschelte, zutunlich

weiche Nesthäkchen. Man wußte hier nichts – und nicht einmal ich selber wußte es – von dem Ruf, den ich auf der Gasse genoß, wo ich als ein verwegener, durchtriebener, gänzlich furchtloser Bursche genommen wurde. Wie oft war die Nacht über unserer wilden Spielerei hereingebrochen: der finsterste Winkel im Eifer des Kriegsspiels schreckte mich nicht.

Jetzt, im andern Seelenkostüm, war ich scheu, ängstlich, furchtsam, verzärtelt, zimperlich. Nur mit heroischer Überwindung konnte ich dem Wunsche des Vaters nachkommen. Schon die Überquerung des Platzes, wo sommers die Droschken standen, war keine Kleinigkeit. Es kam dann das Ersteigen der Freitreppe mit dem tiefen, düstern Raume als Hintergrund. Kaum daß ich den hallenden Boden betrat, auf dem die dicken Schatten der Säulen lagen, fing ich auch schon zu laufen an, worauf sogleich vom Schall meiner Sohlen Tausende dämonischer Stimmen laut wurden. Sie schrien und peitschten allseitig auf mich ein. Und nun kamen die blinden Glastüren der Kursäle, die, eisige und leere Höhlen, dahinter lauerten. Das Kurhaus war im Winter geschlossen. Die Scheiben klirrten von meinem Schritt, und unter mir tönte hohl die Holzdiele. Zur Rechten hatte ich den scheußlichen Sichdichfür, worin ich mir etwas wie lauernde mörderische Erinnyen vorstellte. Wenn ich den Hut nun durchaus nicht entdecken konnte, lief ich, vielleicht mich anders besinnend, nicht wie gehetzt davon und zurück, sondern bewegte mich steif und auf lautlos-furchtsame Weise. Und nun traten wohl vor die vernagelten Läden die sommerlichen Inhaber: das Gespenst Gertischkes, des Porzellanmalers, des Glaswarenhändlers Krebs, von dem bekannt war, daß er überall seinen Sarg mit sich führte. Das alles war mehr als gruselig.

Damals war Beleuchtung durch Gas eben aufgekommen. Mein Vater neigte zu jeder Art von Modernität, so legte man auch in der Preußischen Krone Gasröhren. Die Brenner mit der in einer Explosion sich entzündenden fächerförmigen Flamme waren primitiv. Unsere verhältnismäßig kleinen Wohnzimmer erfüllten winters an langen Abenden giftige Rückstände. Das rügte die allen Neuheiten abgeneigte Mutter. Den Stolz des Vaters auf diese Art Beleuchtung beugte das nicht.

Eines Tages nahm er mich mit in die Gasanstalt. Nun wurde mir deutlich, daß die Gasbeleuchtung von Ober-Salzbrunn überhaupt unter seiner Leitung stand und von ihm eingerichtet worden war. Die Heizung der Retorten und die Bedienung des Gasometers lag in der Hand eines Werkmeisters namens Salomon. Er, den selbst ich sofort als Lungenkranken erkennen konnte, hatte vielleicht die Salzbrunner Stellung in der Hoffnung, an den Heilquellen zu genesen, angenommen. Dieser Salomon mit seinem Ernst, seiner hohlen Stimme, seinem blauen Kittel, mit der Kohlenschaufel vor der zitternden Weißglut seiner Retorten hat mir einen tiefen Eindruck gemacht. Ich sah zum erstenmal den modernen Arbeiter, eine Menschenart, die mir einen ganz andern Respekt abnötigte als jede, die mir sonst vor die Augen gekommen war. Ein neuer Adel, schien mir, umgab diesen Mann, der hier seine Höllenschlünde in Brand setzte, in ihrer gefährlichen Nähe hantierte mit gelassener Selbstverständlichkeit und einem unbeirrbaren Pflichtgefühl. Er erklärte mir, wie man den Gasometer auffüllte, und mein Vater deutete an, daß ein einziger hineinverirrter Funke eine Explosion verursachen könne, die uns alle in Stäubchen zerreißen würde.

Welche Atmosphäre von schlichtem Mut, Opferbereitschaft in jedem Augenblick, ernstem Willen zur Verantwortung umwitterte diesen Mann, über den ich von Stund an immer wieder nachdenken mußte.

Der respektvollen Art meines Vaters diesem Manne gegenüber konnte ich anmerken, daß er ähnlich wie ich zu ihm stand.

Fünfzehntes Kapitel

Mein Vater war Jäger, hatte selbst eine Jagd gepachtet und wurde vielfach, so auch von der fürstlich-plessischen Jägerei, zu Jagden geladen. Seine Heldentaten, die ich ihn selbst nicht erzählen hörte, belebten immer aufs neue den Familienstolz. Eine Doublette in Hirschen, die er bei einer Verlappjagd in den Görbersdorfer Bergen, dem Revier Onkel Adolfs, im wahren Sinne des Wortes erzielt hatte, war der Höhepunkt. Dann kam ein erlegtes Hermelin, in der Nähe von Salzbrunn als Wunder empfunden. Mein Vater hatte geglaubt, ein Stück Papier zu sehen, das der Wind bald so, bald so hin und her bewegte. Eigentlich mehr aus Schießlust hielt er mit der Doppelflinte darauf, worauf der Papierfetzen seine Tänze einstellte. Was er aufnahm und als Trophäe heimbrachte, war, wie gesagt, ein Hermelin.

Zufällig eines Nachts war ich wach, als mein Vater sich für den Pirschgang zurechtmachte. Als er mit seinen Verrichtungen fertig war, zog es ihn in seiner vollen winterlichen Vermummung zum Abschied noch einmal an mein Bett, und er wollte mir zärtlich mit den Fingern durchs Haar fahren. Beim Dämmer des Nachtlichtchens aber geriet unversehens ein Finger mit heftigem Stoß in mein linkes Auge. Die Funken stoben aus meinen Wimpern.

Ich habe meinen Vater kaum je lieber gehabt als in diesem Augenblick. Noch größeren Schmerz hätte ich auf mich genommen, wenn ich den seinen und seinen Schreck damit hätte zu mildern vermocht. Er legte sogleich alle Jagdutensilien ab, und er und die Mutter machten mir nasse Umschläge. Erst als der Schmerz sich beruhigte und mein Auge sich als unbeschädigt erwiesen hatte, trat er, und zwar nur auf Zureden meiner Mutter, den Pirschgang doch noch an.

Ein ähnlicher Vorfall hat, wie ich fürchte, eine kleine Folge zurückgelassen. Eines Tages im Herbst erlaubte mein Vater mir, ihn zu begleiten, als er mit der Flinte ein wenig das Gelände absuchen wollte. Ich war erstaunt, wie er ohne Weg und Steg in jeder gewünschten Richtung über die Felder von Hinz und Kunz mit mir stapfen durfte. Ein Dutzend Schritte abseits von ihm, hörte ich ihn dann das Kommando »Duck dich!« rufen. Ich tat es, wobei ich das rechte Ohr nach oben wendete. An diesem ging sein Schuß, der leider den Hasen, auf den er zielte, fehlte, ich weiß nicht in welcher Entfernung vorbei.

Ob ich glaubte, getroffen zu sein? Das Ohr war jedenfalls taub geworden. Mein Vater muß keinen geringen Schreck gehabt haben, denn meine Benommenheit, die man auf alle mögliche Weise deuten konnte, dauerte eine lange Zeit. Selbst die schlimmste Vermutung war nicht ganz von der Hand zu weisen, nämlich daß mir ein Schrotkorn irgendwo eingedrungen sei.

Ein Rätsel ist mir bis heut meines Vaters pädagogische Fähigkeit. Hätte er sie mir regelmäßig und dauernd zugewendet, die Anfangsgründe meiner Bildung wären solider ausgefallen. So lehrte er mich zum Beispiel durch eine kurze, einleuchtende Erörterung die Zeit von der Uhr ablesen, und so fort.

Eines Tages war ich verzweifelt, weil ich als der Kleinste

eine Schlittenpartie zu Onkel Adolf nach Görbersdorf wieder einmal nicht mitmachen sollte. Ich ließ mich empört über diese Zurücksetzung und überhaupt meine Lage als Jüngster aus. »Gerhart«, sagte mein Vater, »sei ruhig, wir wollen uns schon amüsieren auf unsere Art!«

Worin bestand dieses Amüsement?

Wir saßen ein Stündchen in der Vier, und am Ende eines Geplauders, das mir Aufmerksamkeit und Spannung abnötigte, sagte ich Schillers Ballade »Der Taucher« von Anfang bis Ende her und habe sie bis heut im Kopfe behalten.

Mein Vater schätzte Freimut als eine hohe menschliche Eigenschaft. Wenn das Eingeständnis einer Verfehlung aus Liebe zur Wahrheit geschah, konnte es die Schuld in seinen Augen aufheben. Von Beispielen solcher Handlungen brachte er immer dieses oder jenes vor, wenn er im gleichen Sinn auf uns einwirken wollte.

Groß war der Respekt, den mein Vater als Leiter des Gasthofs bei den Angestellten genoß, man darf sogar von der Furcht des Herrn reden, die überall von Kutscherstube zu Küche, von dort zu den Sälen und Zimmern vorhanden war. Hielt er seinen Nachmittagsschlaf, so trat eine Atempause ein. Aber alles war sogleich elektrisiert bei dem energischen Klingelzeichen aus seinem Zimmer, das sein Wiedererwachtsein ankündigte.

Seine Reserviertheit war den meisten Hotelgästen unheimlich. In der Tat besaß er nichts von der so vielen Gasthofbesitzern eigenen liebenswürdig-unterwürfigen Wesenheit, sondern trat selbst den Salzbrunn besuchenden hohen Persönlichkeiten nicht anders als gleich und gleich gegenüber.

Da mein Vater lange Zeit der einzige Sohn des Großvaters Hauptmann, eines vermögenden Mannes, gewesen ist, der mit Vorliebe alles an ihn wendete, ist er an eine gewisse Lebenshaltung gewöhnt worden. Niemals war er verschwenderisch, aber neben der Jagd, die er pachten durfte, billigte ihm der Vater ein Reitpferd zu und redete ihm ebensowenig drein, als er seine sportliche Liebhaberei mit Ein- und Zweispännern fortsetzte.

Alles dieses verbot sich eigentlich, als der Großvater nochmals heiratete und, im Alter schon über die Sechzig hinaus, den Segen eines Zuwachses von drei Töchtern und einem Sohn genoß. Es scheint jedoch, daß mein Vater sich von seinen noblen Passionen nicht sogleich trennen konnte. Er setzte sie sogar noch während meiner Kindheit fort und schob den ständigen Einspruch meiner sparsamen Mutter mit Achselzucken beiseite.

Unsere Pferde waren die schönsten im Ort. Der livrierte Kutscher und die modernen Wagen waren die Ursache, daß man den Vater hin und wieder bei Ausflügen mit »Herr Graf« oder wenigstens »Herr Baron« anredete. Die wunderliche Differenzierung meiner Wesenheit brachte es mit sich, daß mich, den leidenschaftlichen Straßenjungen, wenn wir in der Equipage saßen, ein Vornehmheitsdünkel überkam und ich den lauten Gesang der Geschwister, womit sie sich die Zeit vertrieben, mit Qualen verletzter Eitelkeit als unseren vornehmen Aufzug widerlegend und entlarvend empfand.

Wie ich richtig geahnt hatte, liebte Großvater Straehler meinen Vater nicht, und dieser, zurückhaltend von Natur, brauchte sich keine Mühe zu geben, gegenüber dem Schwiegervater den gleichen Mangel zu beschönigen. Und doch hatte mein Vater ein warmes Herz, was sich nicht nur uns Kindern gegenüber hie und da offenbarte, sondern vielfach an seinen Halbgeschwistern und neuerlich noch an Freunden erwies.

Seinen Freund Beninde, den er mit einem gewissen Enthusiasmus liebte, hatte er sich als Kurhausdirektor herangeholt, als er dieses Hotel durch Vermittlung des Schwiegervaters vom Fürsten gepachtet hatte. Von diesem Onkel Beninde, wie wir Kinder ihn nannten, mag hier kurz die Rede sein.

Es war tiefer Winter, als ich kleiner Junge unvermittelt Beninde in einem Zimmer des Kurhauses gegenüberstand. Das Hotel war geschlossen und bis auf die Zimmer Benindes unbewohnt. Wer diese aufräumte und seine Verpflegung in der Hand hatte, weiß ich nicht. Ich weiß nur, daß ich einen schönen und vornehmen Mann wie ihn und Wohnräume wie die seinen nicht gekannt hatte. Vor allem aber setzte mich seine Beschäftigung in Verwunderung, da sie mir mit einem solchen Kavalier unvereinbar schien. Er stichelte nämlich an einer Stickerei, die mit schönen Farben und Bildern, soweit sie vollendet war, seine Knie bedeckend zur Erde fiel.

Die warmen Räume aber und zunächst der, in dem er saß, wurden von mir sofort in ihrer wohligen Eigenart und als Neuheit gefühlt. Der eigensinnig-feine Geschmack eines künstlerisch begabten und verwöhnten Junggesellen hatte sie eingerichtet. Den Boden bedeckten Teppiche, ausgesuchte orientalische Stücke, wie ich später erfuhr. Das Meublement vor den mit weinroten Brokaten verkleideten Wänden, Spiegel, Vitrinen, Tisch und Fauteuils, hatte ein Sammler und Kenner zusammengestimmt. Ich spürte genau, daß bei dem allem eine mir neue Fähigkeit im Spiele war und der Ausdruck besonderer Ansprüche.

Da er Carls und meine Gesellschaft in seiner von ihm bevorzugten, fast völligen Zurückgezogenheit gelegentlich nicht als störend zu empfinden schien und sich manchmal mit uns befaßte, verdanken wir ihm allerlei Spielwerk, das, weil er es selbst ersann und auch herstellte, mit dem sonst üblichen nicht vergleichbar war. So schnitzte er uns einen Fitschepfeil, den wir mittels einer Art Peitsche in unendliche Höhe schießen konnten. Er fertigte kunstgerechte Wurfspieße, die einem Polynesier Ehre gemacht hätten. Und immer wieder von Zeit zu Zeit beschenkte uns unter dem Wohlklang seiner weichen, gutturalen Stimme des schönen Einsiedlers kunstreiche Hand.

Onkel Beninde schwand, wie er auftauchte. Der immerhin wohl kleine Sommerhotelbetrieb bedeutete für einen Mann seines Schlages keinen genügenden Wirkungskreis. Er wurde später bei dem großen Borsig Privatsekretär und ist es bis an sein Ende gewesen.

Die Vorstellung Benindes ist für mich mit den nackten, wintersturmbewegten Bäumen auf den Promenaden verknüpft, auf die man durch seine Fenster blickte. Seine Zimmer waren gleichsam der stille Sieg über Öde und Schnee. So ist mir dies Nest intimen Daseins, intimer Kunst eine Erinnerung.

Eines Tages wurde ein zweiter Onkel Gustav, der Halbbruder meines Vaters, unser Hausgenosse. Die Namen Gustav und Adolf, die wohl auf Gustav Adolf, König von Schweden, zurückgehen, waren damals unter den Protestanten besonders beliebt. Der neue Onkel – er zählte wohl schon über dreißig Jahr – wurde von seinem Bruder, meinem Vater, wie ein Angestellter behandelt, also mehr sachlich als brüderlich. Unser, der Kinder, Herzen flogen ihm zu.

Es hatte sich die Ansicht verbreitet, daß er ein schwacher Charakter sei. Seine Einstellung in den Hotelbetrieb war wiederum ein Versuch, ihn zu einem brauchbaren Menschen zu machen. Er war dicklich und trug sich gern in karierten Wollstoffen. Sein Auge, glaub' ich, war etwas fad. Rötliche Brauen und rötliches Haar machten ihn Onkel Gustav Schubert ähnlich, trotzdem eine Blutsverwandtschaft nicht bestand.

Unser Gustav war ein Stotterer. Seine Schwäche, die wir Kinder ihm mit Liebe vergalten, war unüberwindliche Gutmütigkeit. So konnte er seinerseits als Vizewirt und Personalchef sich nur schwer in Respekt setzen. Uns Kindern etwas abzuschlagen, was wir sehnlich begehrten, vermochte er nicht. Fünf Silbergroschen, zehn Silbergroschen, die er von ihm erhalten hatte, zeigte mir Carl aller Augenblicke.

Unser Vater war ihm weit mehr als irgend jemandem im Hotel Achtungsperson. Man kann wohl sagen, er fürchtete ihn und ging, wo er konnte, ihm aus dem Weg.

Er führte die Bücher, hatte die Lohnauszahlung und den Keller unter sich, ging gelegentlich mit dem Vater auf Jagd oder fuhr mit ihm, wohl auch allein, nach der Kreisstadt Waldenburg, um einzukaufen oder Lieferungsabkommen für den Gasthof zu treffen.

Daß er gern in den kleinen Bierstuben allzu seßhaft war, trug ihm Rüffel und manchmal die heftigsten Vorwürfe meines Vaters ein, der gelegentlich drohte, ihn vor die Tür zu setzen, wie es hieß, und sich nicht mehr um ihn zu kümmern.

Mein Vater liebte seinen Halbbruder und hatte sich löblicherweise in den Kopf gesetzt, ihn aus der Gefahrenzone des Verlodderns herauszureißen.

Eines Tages drückte mir Onkel Gustav, der mich Framper nannte, ein Fünfgroschenstück in die Hand, eine Summe, wie ich sie nie besessen hatte. Ich war völlig berauscht, als ich sie plötzlich in der Hand fühlte. Ich ließ sie mir fünf Minuten später im kleinen Kramladen der Witwe Müller, mit deren Sohn ich oft stundenlang Tüten klebte, in Kupferdreier umwechseln. Was zwanzig Stück dieser Geldsorte ausmachten! Nun erst war ich befriedigt mit meinem, wie ich glaubte, unerschöpflichen Reichtum in der Faust.

Eine Stunde später hatte ich Zeit und Veranlassung, über die Vergänglichkeit eines so ungeheuerlichen Schatzes nachzudenken. Ich hatte vor meinen Myrmidonen und Spielkameraden damit herumgeprahlt und mir schließlich Dreier für Dreier abbetteln lassen.

Sechzehntes Kapitel

Doktor Straehler, ein Vetter meiner Mutter, dessen Vater also der Bruder meines Großvaters Straehler war, bewohnte im Grünen, nicht fern von uns, ein selbstgebautes hübsches Haus, das er seltsamerweise Zum Kometen genannt hatte. Ein Bauer, der ihn als Arzt konsultieren wollte, hatte mit den Worten nach ihm gefragt: »Wu gieht's denn hie zum Dukter Strehlinger eis Komitee?«, was immer wieder erzählt und belacht wurde.

Ich könnte nicht sagen, wie es mit seinem ärztlichen Wissen beschaffen gewesen ist, aber er war ein schöner und eleganter Mann, der schönste vielleicht unter den Badeärzten.

In seinem Hause herrschte, von meiner Tante Straehler ausgehend, eine beinah schemenhafte, kühle Gütigkeit. Die Natur meines Onkels war voll guter Laune und Lebenslust. Beides in seinen vier Wänden auszutoben, hatte er keine Gelegenheit, nicht weil es ihm seine Gattin verbot, sondern weil er es um ihretwillen sich selbst versagte. Anders war dies in unserm Kreise, wo Vater und Mutter seinen Humoren alles Verständnis entgegenbrachten und sich von ihnen belebt fühlten.

Diesem Onkel, der wie mein Großvater mit dem Vornamen Hermann hieß, konnte man anmerken, daß er sich wohlfühlte. Man verzieh dem eleganten und schönen Mann, wenn er selbst in Gesellschaft von vornehmen Damen gelegentlich Schwarz schwarz, Weiß weiß und gewisse physiologische Funktionen mit lutherisch-deutschen Kernworten nannte. Mit einem liebenswürdigen Lachen der Unschuld wurden desfalls erteilte Rügen von ihm überhört.

Das Hauswesen dieses Onkels ruhte auf einem Grunde gesicherten Wohlstandes, den er der Gattin zu verdanken hatte.

Die Kinder des Doktor Straehlerschen Ehepaares – damals sind nur Arthur und Gertrud in mein Bewußtsein getreten – wurden nach ganz andern Grundsätzen aufgezogen als wir kleinen Hauptleute: hier Abhärtung, dort Verzärtelung. Es war nicht zu denken, daß Arthur im Winter etwa mit mir stundenlang oder überhaupt den Pappelberg hätte hinunterrodeln dürfen. Solche allfältig gefährlichen Unternehmungen, und noch dazu unter lärmenden und krakeelenden Gassenjungen, konnten für ihn nicht in Betracht kommen.

Es kamen bei diesem Wintervergnügen gelegentlich wirklich Unfälle vor. Ein Knabe, der bei vereister Bahn, den Kopf voran, auf dem Schlitten lag, fuhr gegen einen Pappelstamm und wurde bewußtlos fortgetragen.

Vielleicht war Gertrud wirklich ein zu schönes und zartes Kind, um robusten Vergnügungen dieser Art geneigt und gewachsen zu sein, und bedurfte eben der Pflege, wie sie ihr von den Eltern zuteil wurde. Bei Arthur schien es uns und meinem Vater und meiner Mutter, man ginge in ängstlicher Sorgfalt zu weit.

Wir Kinder besuchten einander gelegentlich, nicht aber so, daß wir im Kometen und sie im Gasthof zur Krone ungemeldet aus und ein gingen. Die Vorbesprechungen zwischen den Eltern dauerten tagelang. Man mußte nicht nur im Kometen auf unser Erscheinen vorbereitet sein, sondern Arthur und Gertrud kosteten noch weit größere Umstände, wenn sie zu uns herübergebracht werden sollten. Was sie tun und nicht tun durften, wurde angesagt, was sie essen und vermeiden, welche Wärme die Zimmer brauchten und so fort.

Pünktlich wurden sie dann vom Hausdiener des Kometen, vermummt bis über die Augen, mit Fußsäcken ausgestattet und im reichverzierten Stuhlschlitten, angebracht. Und doch war der Weg vom Kometen bis zu uns in zwei Minuten zurückzulegen.

Im späten Herbst und zeitigen Frühjahr, wenn keine Gäste mehr oder noch keine da waren, fand gelegentlich ein größerer Kreis von Verwandten den Weg zu uns und genoß die freie und herzliche Gastlichkeit meines Vaters.

Ich kann mich erinnern, wie bei einer solchen Gelegenheit ein entfernter Onkel und älterer Mann wie ein Hanswurst mit den Worten »Der Matschker kommt!« ins Zimmer sprang und mich kleinen Jungen, ohne davon eine Ahnung zu haben, für ihn gleichsam erröten machte. Mein Gefühl für Würde, am Beispiel meines Vaters gereift, konnte ein solches Betragen nur mit innerlichem Entsetzen hinnehmen.

Der Jüngste unter den Söhnen des Brunneninspektors war Onkel Karl, in Kaufungen Gutsinspektor. Er und sein Bruder, Onkel Paul, waren die Humoristen der Familie, aber Gott sei Dank nicht im Sinne von »Der Matschker kommt!«

Ein solcher improvisierter Familientag, um Ostern, konnte köstlich sein. Tante Julie sang im Blauen Saal, vom Organisten des Orts begleitet. Nach dem Garten standen die Glastüren offen, und mit der erwärmten sonnigen Luft drang das Pfeifen und Schnabelklappern der Stare herein. Das bucklige Täntchen Auguste war da, Onkel Paul aus Breslau, der seine Braut, die Tochter eines Juweliers, die dazu noch Gold in der Kehle hatte, mitbrachte. Zwischen ihren Koloraturen und dem herrlichen Alt der Oberamtmännin Schubert gab es einen Sängerstreit. Mein Bruder Georg und sein Freund Waldemar Goldstein waren da, die den losgebundenen Feriengeist von Sekundanern mitbrachten. Selbst meine Mutter war aufgeräumt. Kalte Küche wurde herumgereicht. Eigenhändig entkorkte mein Vater Weinflaschen. Indem sich mir ein bestimmter Ostermorgen wieder enthüllt, erinnere ich mich allerdings auch einer beinahe unappetitlichen Zärtlichkeit Onkel Pauls gegenüber seiner Braut, die später mit Recht allseitig gerügt wurde.

Ward im Herbst von meinem Vater und Onkel Gustav Wein abgezogen, so mußte ich wohl behilflich sein. Es war nicht ganz leicht, volle Flaschen auf dem unebenen Steinboden des Kellers aufzustellen, die ich dem vor dem Fasse sitzenden Onkel abzunehmen hatte. Mein Vater ging dabei ab und zu und mahnte mich zu Sorgfalt und Ruhe. Obgleich ich nicht ohne Geschick und mit wahrem Vergnügen bei der Sache war, passierte es einmal, daß ich oder besser eine der Flaschen das Gleichgewicht nicht mehr halten konnte und eine ganze Reihe anderer Flaschen mit sich riß. Ich wurde ausgescholten und, was die größte Strafe war, als noch zu dumm und zu klein für ein solches Geschäft fortgeschickt.

Unterm Saal wurden Flaschen gewaschen. Die Reinigung geschah durch Wasser und Schrot. In Löchern auf langen Brettern wurden dann die Flaschen, Mündung nach unten, hingestellt.

Irgendwie hatte das Weinabfüllen auch für uns Kinder etwas Festliches, und mitunter ging es, wie durch Zufall, auch für die Erwachsenen in etwas dergleichen, nämlich eine Weinprobe, aus. Einmal hatten sich dazu ein Dutzend Menschen im Keller und um die Kellertür zusammengefunden. Man trank, wo man gerade ging und stand, im dämmrigen Vorflur oder im Raume hinter der Eingangstür, wo frühjahrs der Mann mit den Muscheln erschien und wo das rasende Hündchen sein Ende gefunden hatte. Ein Postsekretär, ein altes Fräulein, der Polizeiverwalter des Ortes, ein hinkender Prokurist aus dem

Industriebezirk, Doktor Straehler, meine Mutter und Schwester und dieser und jener aus den gebildeten Kreisen Ober-Salzbrunns waren darunter. Es scheint, daß mein Vater mit viel eigenem Vergnügen eine solche Gelegenheit beim Schopfe nahm.

Damals trugen die Postsekretäre noch Uniform und den Degen an der Seite. Der unsre galt als Original und mag vielleicht ein den Jugendfreunden Goethes, Merck oder Behrisch, verwandter Typus gewesen sein. Ich vergesse nicht, wie er, als endlich seine Amtsstunde schlug, den Rembrandthut des alten Fräuleins und Blaustrumpfs auf dem Kopf, mit gezogenem Degen hinaus, über den Platz, in die leere Elisenhalle und seinem Büro entgegen stiefelte.

Gemeinsame Schlittenpartien waren ein schönes Vergnügen der guten alten Zeit. Ich habe sie noch mit Augen gesehen und mitgemacht. Herrlich, wenn einige Dutzend Schlitten, die Pferde mit nickenden bunten Federbüschen, mit tosendem Schellengeläute hintereinander herfuhren. Man landete über der böhmischen Grenze irgendwo, wo man mit Kaffee, Kuchen und Tokaier das Tanzvergnügen eröffnete. So hielt es das alte übermütige Schlesien, das nicht mehr vorhanden ist.

Zwischen Weihnachten und Neujahr lud mein Vater befreundete Jugend Salzbrunns zu einer Veranstaltung, die er selbst erfunden hatte. Chinesische Lampions beleuchteten in kalter Mondnacht von oben bis unten und zu beiden Seiten den Kronenberg. Dreißig bis vierzig Handschlitten waren zusammengeborgt worden und wurden an ebenso viele Paare junger Herren und Damen verteilt. Auf der Steinterrasse vor dem Großen Saal, an der die Schlitten, jeder mit einem vergnügten Paar, vorbeirutschten, wurden heiße Getränke, Grog, Glühwein, Tee und Kaffee, bereitgehalten und an die immer lustiger werdenden Rodler gereicht. Ein Teil der Vorbereitungen zu solch einem Fest, nämlich das Zusammenholen der Handschlitten, wurde uns Kindern überlassen. Auch das bereicherte vielfach meinen Vorstellungskreis.

Siebzehntes Kapitel

Freuden, die uns mein Vater machen wollte, liebte er durch Überraschung zu steigern. Einst wurden mir – es war im beginnenden Herbst – allerlei neue Kleider, Schuhe, Mützen und dergleichen anprobiert. Mein Vater sagte, was meine Mutter lächelnd bestätigte, daß ein Knabe in Bremen, der ganz genau meine Figur habe, alle diese schönen Hosen, Westen, Jacken, Mützen und Schuhe bekommen solle. Sein Vater habe darum gebeten, weil der Zwerg, Meister Leo, der beste und billigste unter den Schneidern sei. Als meine Tätigkeit im Dienste des Bremer Kaufmannssöhnchens beendet war, holte man mich eines Tages aus der Schule. Man sagte mir heiter, daß alle die angeblich für den Bremer angefertigten Sachen mein wären und daß ich sogleich eine Badereise mit meinem Vater antreten würde. Das versetzte mich nach meiner angeborenen Art, als ich es ganz begriffen hatte, in einen kleinen Koller von Glückseligkeit.

Die Reise fand dann auch wirklich statt. Ich durfte die Schule hinter mir lassen, was allein schon ein Glück bedeutete. Im übrigen wußte ich schon von der Reise nach Breslau, wie durchweg heiter und angenehm ein solches Unternehmen in der Gesellschaft des Vaters sein konnte. Er selber schien bei solchen Gelegenheiten ein anderer Mensch geworden zu sein. Wir fuhren bis nach der altertümlich-reizvollen Bergstadt Hirschberg auf der Eisenbahn und von dort nach dem Bade Warmbrunn am Fuße des Riesengebirges mit einem wackligen Omnibus, der damals noch Journalière genannt wurde. Mein Vater suchte eines rheumatischen Leidens wegen die heißen Quellen von Warmbrunn auf, und mir waren sie ebenfalls verordnet, obgleich mein Flechtenleiden nur manchmal noch aufflackerte.

Drei Wochen war ich mit meinem Vater allein. Früh, nach dem gemeinsamen Bad, nahmen wir in der Villa Jungnitz, wo wir wohnten, das erste Frühstück ein, wobei ich nach Herzenslust in dick mit Butter bestrichene Hörnchen beißen durfte. Nachdem wir uns eine Weile ausgeruht, begannen wir unsere tägliche Wanderung. Ich bewies dabei Zähigkeit und Ausdauer, denn ich hatte mich ja dafür in den wilden Spielen mit meinen Straßenjungen hinreichend tauglich gemacht. Einigemal aber wurde doch das Ziel allzu weit gesteckt, so daß meine Kräfte, wenn nicht versagten, so doch Schonung verlangten.

Wir machten Wege nach Stonsdorf, nach Buchwald, Erdmannsdorf, ja Schmiedeberg hin und zurück. Ebenfalls hin und zurück auf die Bibersteine. Selten nahmen wir in Warmbrunn selbst unser Mittagsmahl, sondern in nahen und fernen Dörfern. So einmal in einem Gasthof Kynwasser am Fuße der Berge, wo ich das erste schwimmende Ruderboot auf einem Teiche mit höchstem Staunen beobachten konnte.

Sicherlich hat mein Vater insgeheim bei diesen Wanderungen in seinen Gesprächen, Fragen, Erörterungen und Hinweisen meine Weiterbildung im Auge gehabt, aber nie in der Weise, daß ich es merken und irgendein Gedanke an Schulunterricht mich verstimmen konnte: seiner wurde nicht einmal Erwähnung getan. So war mein Vater auch weit entfernt davon, mich durch Rechenexempel und diese und jene heimliche Frage zu ängstigen, welche meist nur die Unwissenheit des Kindes an den Pranger stellt.

Ein Bedürfnis nach irgendeiner andern Gesellschaft als der meinen hatte mein Vater nicht, ein Beweis, wie sehr ihn eine Sommersaison in Salzbrunn mit ihrer Verpflichtung, sich tausendfach im Umgang mit Menschen und wieder Menschen abzumüden, damit übersättigt hatte.

Anna Jungnitz, die Tochter unsrer Wirte freilich, ein schönes, achtzehnjähriges Bürgermädchen, das seiner Hochzeit entgegensah, bildete eine erfreuliche Ausnahme. Ich fühlte, mein Vater huldigte ihr, und ich selber genoß das Glück ihrer Neigung, die sie mir, als einem Kinde, durch allerlei Zärtlichkeiten erweisen durfte.

Viel würde ich darum geben, wenn ich des Vaters Gespräche mit mir noch im Gedächtnis hätte. Mit Bestimmtheit kann ich nur sagen, was alles darin nicht vorgekommen ist. Nichts zum Beispiel, was einem Aushorchen irgendwelcher Art ähnlich gewesen wäre, wie etwa Fragen über meine Erlebnisse mit dem Großvater und den Tanten im Dachrödenshof oder nach meinem Verhältnis zu den Geschwistern oder nach dem, was ich in der Schule oder im Kometen erlebt hatte. Er hatte es allerdings auch damals vermieden, von seinem Vater mir zu erzählen, ebenso auch von seinem Großvater, der hier in Herischdorf-Warmbrunn ein Weber und Dorfmusikant gewesen war. Er selbst ist in Warmbrunn zur Schule gegangen. Ein Schulhaus, das ihn als Knaben sah, ist heut noch vorhanden. Kurz, ich lebte damals, trotzdem ich mit Vater allein war, eine wunschlos geborgene Zeit, am frühen Morgen heiter von ihm begrüßt und abends – er ging kaum später als ich zu Bett – unter seiner väterlich warmen Hand entschlummernd.

Die schöne Episode ging in ein wundervolles, aber ganz andersartiges, lautes Finale aus. Es wurde wiederum auf Grund der Liebhaberei meines Vaters durch eine Überraschung eingeleitet. Für mich eine Überrumpelung, und zwar eine, wie ich sie ähnlich wirkungsvoll in meinem Dasein nicht wieder erlebt habe.

Die neuen, mächtigen Eindrücke aus dieser landschaftlich die Salzbrunner Gegend weit überbietenden Natur, verbunden bei immer köstlichem Wetter mit einem stillen, mich liebevoll umhegenden heiteren Sein, hatten mich Salzbrunn beinahe vergessen lassen. Wäre es damals wirklich versunken, es hätte nicht können versunkener sein. Ich weiß nicht, wann ich die Mutter, meine Geschwister, mein Wildlingsleben, den Gasthof zur Preußischen Krone und was noch sonst – und ob ich das alles überhaupt je vermißt hätte. In einem Sinne war es versunken, in einem andern ferngerückt; denn Eisenbahnfahrt über eine lange Kette von Stationen, endlich die Fahrt auf der Journalière hatten eine nach meinen Begriffen ungeheure Entfernung zwischen mich und Salzbrunn gelegt.

Wir hatten gebadet, wir hatten gefrühstückt, es war ein Tag wie alle Tage. Mein Vater schlug eine Wanderung nach Fischbach oder Buchwald vor. Ich konnte auch andere Wünsche äußern, die mit der gleichen Achtung wie von einem Erwachsenen entgegengenommen und diskutiert wurden. Es blieb bei Buchwald, weil uns die Seen und berühmten Parkanlagen anzogen. Wenigstens machte alles auf mich den Eindruck, als ob wir uns aus keinem andern Grund für dieses Ziel entschieden hätten.

Unweit Buchwald saß eine alte Tiroler Bäuerin, Emigrantin aus Zillertal, vor ihrem nach Tiroler Muster sauber erbauten Haus, und mein Vater fragte sie nach dem Wege. In Tiroler Mundart gab sie Bescheid, wobei sie meinen Vater mit du anredete, was für mich bei der Gegensätzlichkeit beider Gestalten eine höchst befremdliche Überraschung war. Der Umstand wurde dann zwischen Vater und mir sehr belacht, und so waren wir, von der Alten richtig gewiesen, in eine Allee hinter dem Buchwalder Schloß gelangt, wo mein Vater hinwollte. Einige Schritte erst hatten wir in dieser Allee zurückgelegt, als in ihrer sich mehr und mehr verjüngenden Tiefe ein Punkt erschien, in dem meine scharfen Augen einen Wagen mit zwei Pferden davor erkannten. Mein Vater, der ja kurzsichtig war, wollte wissen, wie der Wagen aussähe, was ich ihm aber genau nicht sagen konnte, da selbst für meine Augen die Entfernung zu groß war. Jedenfalls kam der Wagen auf uns zu, und man hatte ja dann Gelegenheit, sich über die Art des Gefährtes klarzuwerden.

Nach zwei Minuten konnte ich meinem Vater versichern, daß es sich um eine recht elegante Equipage handelte, einen der damals neuen Landauer. Der Kutscher auf dem Bock trug Livree, und jemand, ein Diener höchstwahrscheinlich, saß in steifer Haltung neben ihm. Es lag nah, an den Grafen X., den Besitzer von Buchwald, zu denken, da die schöne, mit alten Bäumen umsäumte herrschaftliche Zufahrt eine private war.

Kaum hatte ich dies bei mir selbst gedacht, als mein Vater mit einer gewissen Hast ebenderselben Meinung Ausdruck gab. »Gerhart«, hieß es, »raff dich zusammen, geh grade und grüße, wenn der Wagen vorbeifährt, es ist Graf X., und wir sind hier auf seinem Grund und Boden.« Das sah ich ein. Und als nun mein Vater noch das bei ihm übliche kurze Kommando »Brust raus, Bauch rein!« ertönen ließ, schritt ich, als ob ich einen Ladestock verschluckt hätte, neben ihm.

Inzwischen, als die Equipage mit zwei lebhaften Pferden näher und näher kam, wurde mir etwas an diesem Gefährt auf eine Weise, die ich mir nicht erklären konnte, wundersam. Das Befremden lag nun aber wieder darin, daß mir etwas daran bekannt erscheinen wollte. In diesem Augenblick wußte ich noch nicht, daß ich im nächsten den glücklichsten meiner Jugend erleben sollte: schon aber fing er sich im Dunkeln zu regen, zu grauen, zu dämmern und in einer plötzlichen Bestürzung übergrell blendend zu leuchten an. Und so, als ob man mit einem Blick mitten in die Sonne erblindete und aus dieser Blindheit trete ein gottgesandter Engel hervor, so sah ich plötzlich den Diener neben dem Kutscher in meinen ältesten Bruder Georg verwandelt, erkannte aber unseren eigenen Kutscher Friedrich immer noch nicht, unsere Pferde und unsern Wagen ebensowenig, bis ich, das Innere des offenen Landauers überblickend, immer noch meinen Augen nicht traute, als ich im Fond meine Mutter, meine Schwester Johanna und meinen Bruder Carl sitzen sah.

Es hätte damals wirklich nicht viel gefehlt, und ich wäre vor Freude närrisch geworden. Niemals hatte mich, wie erwähnt, Heimweh geplagt. Weder nach Mutter noch Geschwistern hatte ich Sehnsucht empfunden. Aber nun, wie ich mich selbst noch ganz genau zu erinnern vermag und wie Erzählungen in der Familie wieder und wieder bestätigten, sprang ich immer nur mit beiden Beinen in die Luft und war eine Viertelstunde lang nicht zu beruhigen.

Der psychische Prozeß dieser Überraschung ist mit all seinem Drum und Dran in mein Inneres geprägt und noch heute wieder hervorzurufen. Er hat mir, wo es Überraschungen darzustellen galt, immer die gleichen guten Dienste geleistet.

Vielleicht waren die nun folgenden vier oder fünf Tage die am meisten harmonischen und die glücklichsten, die der Familie je beschieden gewesen sind.

Wir machten Fahrten statt Fußwanderungen, da wir ja nun unsere Equipage hatten, unter anderm auch nach der Josephinenhütte in Schreiberhau, wo mehrere Glasöfen in Betrieb waren und man die Glasbläser beobachten konnte. Wie wir Knaben an Strohhalmen unsere Seifenblasen, so bliesen sie durch metallene Röhren die in Weißglut brennenden Glasmassen auf und gestalteten sie zu allerlei Formen. Wenn ich von diesem Eindruck absehe, der sehr tief und nachhaltig war, blieb mir aus diesen Tagen wenig zurück. Gewiß, sie waren von ungetrübter Heiterkeit, außer daß ich allmählich begriff, die beste Zeit war trotzdem vorüber. Das innige Einvernehmen mit meinem Vater hatte sich in ein allgemeines verflacht, bei dem ich zwar ausgezeichnet und verwöhnt wurde, das mir aber den Vater und Freund eben doch entfremdete.

Bei alledem hatte ich meinen unterbrochenen dionysischen Rausch wieder aufgenommen, war wiederum Chingachgook, siegte in allen Wettrennen mit dem Steppenroß, war wiederum Wildtöter, Affe, Singvogel und führte morgens beim ersten Frühstück, wo mitunter die ganze Familie ein Geist des Übermuts ergriff, Solotänze aus, eine Kunst, von der nur meine Schwester gewußt hatte. Ich hatte mir eine Art Nijinski-Tanz selbst ausgedacht, oder besser: er war als instinktives Bedürfnis aus mir hervorgetreten. Dabei bewegte ich mich in rasanten Fußwirbeln, Sprüngen und dergleichen, wie ich glaube, mit ungewöhnlicher Vielfalt und Leichtigkeit. So ist diese Badereise zu Ende gegangen.

Aus einer zweiten Badereise im Jahr darauf, die mich und den Vater nach Teplitz führte, würde, was unsre psychische Verfassung anlangt, nur eben das gleiche zu berichten sein.

Ein Punkt vielleicht ist nicht ganz bedeutungslos, um als neu und besonders erwähnt zu werden, wenn man die Folgen durch ein ganzes Leben ins Auge faßt. Mein Vater gewöhnte mich ans Biertrinken.

Dem schönen böhmischen Bier, besonders dem aus Pilsen, ist die Schuld daran beizumessen. Überall wurde es serviert. Es leuchtete allzu freundlich kristallen-hell, schmeckte allzu edel und rein, um sich als ungesund zu erweisen.

Am dritten Tage verlangte ich schon mit Ungeduld, was mir am ersten noch widerstanden hatte. So kam es, daß neben Vaters vollem Glas immer das meine, ein ebenso großes, stand. Der Eigensinn meines Vaters ging darauf hinaus, mich auch gegen den Alkohol beizeiten fest zu machen.

Daraufhin sprach ihn eines Abends im Restaurant, wo wir saßen, ein Fremder an. Ob es für mich kleinen Knaben wohl gut sein könne, ein ganzes Glas Bier zu trinken. Ja, sagte mein Vater, ich wäre ein etwas blutarmes Kind, und dieses Gemisch von Malz, Hopfen und Alkohol sei als Medizin zu betrachten. Der Fremde schwieg und zuckte die Achseln. Mein Vater war ein zu streng aussehender, ernster Mann und benahm ihm den Mut, sich nach einer solchen Erklärung noch mit ihm einzulassen.

Achtzehntes Kapitel

Am 13. Juli 1870 reiste mein Vater für einen Tag nach Dominium Lohnig und nahm mich mit. Aus welchem Grunde er diesen für ihn ungewöhnlichen Besuch machte, weiß ich nicht. Das Verhältnis zwischen ihm und Onkel Gustav Schubert war achtungsvoll, aber man hatte sich nicht sehr viel zu sagen. Grade darum muß die Ursache von Bedeutung gewesen sein.

Die langen Gespräche zwischen Vater und Onkel hinter verschlossenen Türen, die kurz bemessene Frist des Aufenthalts und der Ernst, der auch beim Abendessen nicht aus den Mienen der Männer wich, ließen die alte Spielfreude zwischen Vetter Georg und mir diesmal nicht aufkommen. Morgens darauf brachte uns Onkel in der üblichen Landkutsche nach Striegau zur Bahn, eine Fahrt, die mehrere Stunden verlangte. Ich weiß nicht, wer es war, der uns in einer gleichen Kutsche entgegenkam, sie halten ließ und uns zuwinkte.

Das Dumpfe, das über der ganzen Reise gelegen hatte, löste, wie Gewitterschwüle ein erster Blitz, die Nachricht, die der Winkende mitbrachte. »Meine Herren«, rief er, »wir haben den Krieg! Gestern hat König Wilhelm in Bad Ems den Gesandten Napoleons, der ihn wie einen Lakaien Frankreichs behandeln wollte, einfach auf die Straße geworfen. Die gesamte norddeutsche Armee mobilisiert, auch die süddeutschen Fürsten machen mit, Bayern, Baden, Württemberg. Es braust ein Ruf wie Donnerhall!«

Mein Vater und Onkel Schubert waren bleich geworden. Damals stand ich noch vor Vollendung des achten Lebensjahres, aber es war nicht schwer zu begreifen, daß sich etwas ganz Ungeheures, Grundstürzendes ereignen sollte. Und nun wurde im Weiterfahren zum erstenmal zwischen Vater und Onkel der Name Bismarck laut, ein Name, den mein Bewußtsein bis dahin nicht registriert hatte. »Bismarck«, sagte der Onkel, »stürzt uns in ein sehr schlimmes und sehr gefährliches Abenteuer hinein. Der Allmächtige sei uns gnädig! Weder sind wir gerüstet genug, aber wenn wir es wirklich wären, wie wollen wir den überlegenen Waffen und Massen Frankreichs widerstehen?«

Dem weichen und gütigen Onkel Gustav Schubert gegenüber schien mein Vater ein ebenso sanftes und wiederum gänzlich verändertes Wesen zu sein, aber er wollte doch nicht in die Verzagtheit des lieben Verwandten einstimmen. Mit ruhigen und bestimmten Worten trat er für Bismarck und seine Haltung ein: er habe immer gewußt, was er wolle, und es immer zum guten Ende geführt. Er nannte dann Moltke, Roon, Vogel von Falckenstein und erklärte, wenn wirklich Bayern, Württemberg, Baden und Sachsen mitgingen, hätte der Sieg eine große Wahrscheinlichkeit.

Man schrieb den 25. November 1870, als der Brunneninspektor Ferdinand Straehler, mein Großvater, starb. Die Depeschen König Wilhelms, die Nachrichten glänzender Siege und wieder Siege waren noch an sein Ohr geschlagen: die Erstürmung von Weißenburg, die der Spicherer Höhen, die Siege bei Wörth, Gravelotte und St. Privat, schließlich die Kapitulation von Sedan.

Das bedeutete die Heraufkunft einer neuen Zeit. Er stand vor dem Abschluß einer alten, die zugleich mit dem seines Lebens vollendet war.

Einigermaßen feierlich pilgerte ich mit meiner Mutter in

das Sterbehaus. Tante Gustel und Tante Liesel hatten verweinte Augen. Schweigend begaben wir uns in ein hinteres Zimmer des Dachrödenshofs, das nach meiner Erinnerung nur durch ein Guckloch oben in der Wand Licht erhielt. Es war Ende November, aber ein sonnenheiterer, frischer Tag.

Etwas unter einem leinenen Bettuch Verborgenes hatte für mich eine schauerliche Anziehungskraft. Man deckte es ab, und ich sah eine mir zunächst unverständliche Masse, die langsam durch einen Fuß, durch eine gelbe runzlige Hand, durch etwas Haupthaar und Ohr als menschliche Form zu erkennen war. Es waren die irdischen Reste meines Großvaters.

Man hatte den Toten mit großen Blöcken Eises umlegt. Ich war nicht gerührt. Hätte meine Empfindung Ausdruck gefunden, vielleicht würde es durch ein befremdetes Kopfschütteln geschehen sein. Ich war wirklich ganz ein befremdetes Kopfschütteln.

Die tote Masse, die da lag, zwischen Eisstücken – konnte sie mein Großvater sein und gewesen sein? Das war er gewesen, er, dessen stolze Gleichgültigkeit mich verletzt, dessen ganze Erscheinung mir aber doch Ehrfurcht erweckt hatte? Also das war unser aller Los! Man hatte wohl Grund, sich das gegenwärtig zu halten.

Die Stunden darauf vereinigten äußerste Aktivität im Spiel und verschwiegene Meditationen, wie denn vielleicht überhaupt Träumerei und Aktivität vielfach verbunden sind.

Es gab einen rötlich gestrichenen hohen Karren mit zwei Rädern in unserm Hof. Ich bespannte ihn mit etwa acht Jungens zu vier und vier und stand, eine Peitsche schwingend, darauf. Ein Wirrsal von Zuckerschnüren ersetzte die Zügel. So rasten wir polternd über die Dorfstraße, rasten in den Posthof hinein, wo die Roßkastanien mit dem Gold ihrer Blätter den Boden verdeckt hatten und braune Früchte in Menge herumlagen. Dort beluden wir, von Sonnenschein und Herbstfrische belebt, unsern Karren mit Laub, um ich weiß nicht was damit auszurichten. Und nun rasten wir wieder dorthin, wo wir herkamen. Äußerlich war es für mich ein herrlicher Rausch. Im Innern jedoch hatte sich eine ungesuchte Erkenntnis wie ein Pfeil eingebohrt, ein Zustand, der sich nicht ändern konnte. Den Pfeil zu entfernen, die Wunde zu heilen, gab es keine Möglichkeit.

Eigentlich zum erstenmal hatte ich den Gedanken des unabwendbaren Todes mit mir selbst in Verbindung gebracht. Du entrinnst, stelle dich, wie du willst, so sprach eine Stimme in mir, dem Ende deines hochmögenden Großvaters nicht: er reichte einer Zarin den Mundbecher, aber das rettete ihn keineswegs vor dem Schicksal, das eben das allgemeine ist. Schiebe es noch so lange hinaus, suche es noch so sehr zu vergessen, lenke dich tausendfältig in die Fülle und den Reichtum des Lebens ab: eines Tages wird es auch dir unabwendbare Gegenwart. Du kannst es keinem andern zuschieben, du mußt dabeisein, du ganz persönlich. Und wenn du auch hundert Jahre alt würdest, geht es am Ende nicht ohne dich. Du wirst atmen, leben und leben wollen wie jetzt, dann wird es heißen: leg weg, was du in Händen hast, ein Stück Brot, eine Handvoll Zuckerschnüre, oder was es auch immer sei, es ist aus, du mußt fort – mußt sterben. Und das Sterben wie das Leben wirst du hinnehmen müssen als Gegenwart.

An meinem letzten Geburtstag, den ich vor wenigen Tagen gefeiert hatte, standen acht brennende Jahreslichter um den obligaten Streuselkuchen herum. Alles in diesen Blättern Erzählte lag hinter mir, ja unendlich viel mehr, was einigermaßen erschöpfend mitzuteilen Menschenkraft übersteigen würde. Durch fünf von diesen acht Jahren war ich gleichsam mit fliegendem Haar hindurchgestürmt, hatte gelacht, geweint, gerast, gelitten, gekämpft, und was noch sonst. Aber über alles siegte der innere, fließende Strom von Lebenslust. Unbequemes und Unangenehmes wurde mit einer Bewegung ähnlich der eines Fohlens, wenn es, die Mähne um sich werfend, eigensinnig davongaloppiert, abgeschüttelt.

Nun aber, seit Großvaters Tode, gelang dies mitunter so ganz nicht mehr.

Wenn sich meine Mutter im Sommer nach den Strapazen in der glühenden und lärmenden Hotelküche, nachdem einige hundert Menschen abgefüttert waren, todmüde in ihr Schlafzimmer geflüchtet hatte und, schwer aufseufzend und halblaut gegen alles und alles protestierend, auf dem Bett lag, ließ ich mir von ihr ängstlich bestätigen, daß sie doch nicht etwa sterben werde. Eine solche Befürchtung lag gar nicht so fern. »Gerhart, ich bin so lebensmüde!« war ja immer wieder ihr Stoßseufzer. Allerlei, wie ich fühlte, nagte an ihr. Es entdeckte sich nicht nur in den mancherlei Klagen, besonders im Sommer über Hitze, Arbeitsüberhäufung, Küchenärger, Hotelbetrieb.

In Wahrheit stand eine unsichtbare Mauer zwischen dem Gasthof zur Preußischen Krone und dem benachbarten Dachrödenshof, ihrem Elternhaus. Die Heirat mit meinem Vater war dort schließlich verziehen, aber niemals gebilligt worden. Da meine Mutter nun keineswegs in dem erwarteten Sinne glücklich geworden war, ging ein Zwiespalt durch ihre Seele.

Ich ahnte das alles in manchem drückenden Augenblick, wenn ich in Mutters Nähe weilte, aber dann tat ich eben wieder dem Fohlen gleich und galoppierte davon, ins Freie.

Die wirtschaftlichste unter den Töchtern des Brunneninspektors war meine Mutter. Heut weiß ich, daß sie auch die klügste gewesen ist. Rein äußerlich wäre vielleicht eine größere Harmonie erzielt worden, wenn die geniale und sehnige Tante Julie mit ihren gesellschaftlichen Talenten in den Gasthof, meine Mutter in das Dominium Lohnig eingeheiratet hätte. Auf einem Gutshof, sagte sie immer, sei ihr wahres Wirkungsfeld. Auch ist es ein Gutsbesitzer in Quolsdorf gewesen, dem sie um meines Vaters willen einen Korb gegeben hat.

Nicht beim Tode des Brunneninspektors, aber bei Verteilung der Erbmasse brachen alle verharschten Wunden in den Seelen meiner Eltern wiederum auf.

Mich mit den Angelegenheiten der Erwachsenen ernstlich zu beschäftigen, bestand bisher keine Notwendigkeit. Es war selbstverständlich, daß meine Eltern, menschliche Götter, in jeder Beziehung für mich sorgten. Zweifel an der gesicherten Macht und Kraft, aus der sie es taten und tun mußten, bestanden nicht. Auf dem Wege von Lohnig nach Striegau, in der Landkutsche, ging mir zum erstenmal meine Verbundenheit mit einer großen Volksgemeinschaft auf, von deren Wohl und Wehe mein eigenes nicht zu trennen war. Und mehr als das: nämlich so weit verbreitet, so zahlreich, so stark und wehrhaft diese Volksgemeinschaft war, sie war verletzlich, sie konnte in Frage gestellt, ja zerstört werden.

Die gewohnheitsmäßigen, fortlaufenden Knabensorgen störten mich nicht, sie gehörten zu meiner Persönlichkeit. Nun aber wurde ich in die allgemeine Sorge um Volk und Vaterland hineingezogen, und etwas mir bisher ganz Fernes und Fremdes belastete mich.

Diese befremdlichen Düsternisse im Raume meines Gemüts wurden bald vom Fanfarengeschmetter der Siege aufgelöst. Feuerwerke, Raketen, Leuchtkugeln, Sonnen stiegen immerwährend, sogar am hellichten Tage, empor, als gälte es, der natürlichen Sonne am Himmel den Rang abzulaufen.

Jetzt aber, nach dem Tode des Großvaters, erwies sich ein anderer Boden, dessen unantastbare Festigkeit ich als selbstverständlich vorausgesetzt hatte, als nicht ganz so fest und nicht ganz so tragfähig. Und ich sah mich abermals gezwungen, fremde Angelegenheiten, solche erwachsener Menschen, meiner eigenen Eltern sogar, in gewissem Betracht zu den meinen zu machen.

Vom Begräbnis des Großvaters weiß ich nichts, verständigermaßen wurde ich ganz und gar davon ferngehalten. Auch weinte sich meine Mutter nicht vor uns Kindern aus. Dann kam die Eröffnung des Testaments, von der wir erfuhren und über die wir Geschwister uns allerlei spannende Dinge zutuschelten. Wir fühlten bald, daß zugleich zwischen Vater und Mutter eine Spannung eingetreten war, die sich bei meinem Vater als Zurückhaltung, ja als Kälte äußerte. Er verabscheute Heuchelei. Die Trauer aber um den alten, steifen, unversöhnlichen Schwiegervater kann bei ihm nicht sehr tief gewesen sein.

Der Eröffnung des Testaments beizuwohnen, hatte mein Vater, wie ich im Nebenzimmer hören konnte, erregt und beinahe mit Verachtung abgelehnt, worauf meine Mutter weinend allerlei, was ich nicht verstehen konnte, antwortete. Es fielen Ausdrücke wie Leichenfledderei, die der Krieg populär gemacht hatte. Er treibe sie nicht, so sagte mein Vater, er entwürdige sich nicht durch Leichenfledderei. Kurz, meine Mutter mußte allein gehen, da sie doch ihre Interessen nicht unvertreten lassen konnte.

Ich verhielt mich mäuschenstill in der Vier, als die Mutter am späten Nachmittag aus dem Dachrödenshof zurückkehrte und in der Drei auf den Vater traf. Sie hatte ihm, wie sie uns später einmal erzählte, eine Schürze voll Gold im Werte von tausend Talern nicht ohne einige Freude und einigen Stolz mitgebracht. Ich hörte zunächst, wie mein Vater äußerst erregt die Worte »Behaltet euch euren Mammon« der Mutter entgegenschleuderte, und dann das Fallen, Klingen und Rollen von Geld.

Ich weiß nicht, was meine Mutter, verwundet und verletzt, wie sie sein mußte, geantwortet hat, sie muß aber auch bei ihm eine wunde Stelle berührt haben. Vielleicht schob sie ihm unter, daß ihm die Summe zu gering wäre.

Jedenfalls brach die Entrüstung meines Vaters ungehemmt und in einer nie gehörten Weise aus, die mich zittern machte. Man fühlte, wie sich jahrzehntelang verletzter Stolz aufbäumte und in Machtlosigkeit der Empörung überschlug. Eine unüberbrückbare Kluft zwischen meiner Mutter und meinem Vater tat sich auf, von deren Vorhandensein in meine glückliche Daseinsform kaum der Schatten einer Vermutung gefallen war. Das Ganze war in einer langen Reihe von Punkten eine Anklage gegen die Familie meiner Mutter. Hauptsächlich warf er ihr Hochmut, Dünkel in jeder Form, Herzenskälte und was nicht noch alles vor. Am Ende des sich furchtbar steigernden Wortwechsels brach meine Mutter wieder in Tränen aus. Weinend warf sie dem Vater vor, er habe ihr vor der Hochzeit fest versprochen, den Gasthof zur Krone binnen höchstens zwei Jahren zu verkaufen. Er habe dieses Versprechen nicht eingelöst und sie diesem Moloch geopfert. Sie hasse das Haus, sie verfluche das Haus. Sie habe ihren Abscheu vor dem ganzen Gasthauswesen klar und deutlich ohne jeden Rückhalt ihm immer und lange vor der Ehe zum Ausdruck gebracht. Sie habe es sich aber lange nicht schlimm genug gedacht, es sei alles noch sehr viel schlimmer gekommen. Es habe ihre Liebe zerstört, ihre Ehe zerstört. Das wolle heißen: ihr Glück zerstört. »Oder«, fuhr sie dann immer weinend fort, »willst du behaupten, daß ein Familienleben in diesem Marterkasten möglich ist? Im Sommer stecke ich die Nase nicht aus der Küche heraus; sehe ich dich oder höre ich dich, ist es höchstens, wenn du mich oder jemand anders runterkanzelst. Du machst im Büro oder Salon den vornehmen Mann, und ich, angezogen wie eine Schlumpe, schäle in der Küche Kartoffeln oder pelle Schoten aus. Und wenn ich auf Ordnung halten will und die Leute, voran der Chef, mich angrobsen, gibst du nicht mir, sondern ihnen recht. Du speisest im Saal, Gerhart und Carl kriegen ihre Teller voll Essen in der Büfettstube. Ich sehe den ganzen Sommer keinen gedeckten Tisch« – meine Schwester Johanna war damals in einem Pensionat, mein Bruder Georg in Bunzlau auf der Realschule – »und im Winter ist es wie eben jetzt. Man hat sich den Sommer hindurch nicht einen Augenblick Ruhe gegönnt, bei dreißig Grad Hitze unter dem Glasdach der Küche halb tot geschunden, damit man im Winter schlaflose Nächte in Sorgen und Ängsten hat. Du sitzt mit Gustav im Büro, ihr schreibt, ihr rechnet, ihr rechnet und schreibt, und wenn ihr noch so sehr rechnet und schreibt, ihr rechnet und schreibt die Schulden, die uns drücken, nicht weg und könnt die fälligen Zinsen nicht aufbringen. Dann nimmst du verstimmt mit mir und den Kindern dein bißchen Abendbrot und gehst mit Gustav in die Schenkstube. Du brauchst Zerstreuung, wie du sagst, ich bleibe allein in dem großen, zugigen, kalten Haus und mag sehen, wie ich mich mit meinen Gedanken, meinen Sorgen, meinen berechtigten Zukunftsängsten abfinde. Wenn du mich wenigstens einweihtest, aber du schweigst, du sagst mir nichts. Ich will deine Sorgen mit dir tragen, das Leben würde für mich viel leichter sein.«

Ich könnte von diesen Dingen nicht mehr sprechen, wie ich es heute kann, wenn ich sie damals nicht registriert hätte. Wie alt ein achtjähriger Knabe sein kann, ahnen im allgemeinen erwachsene Menschen nicht. Was mich zunächst am tiefsten überraschte und schmerzte, war das Verhältnis der Mutter zu dem Hause, ohne das ich mich und die Welt nicht zu denken vermochte. Diese schönen Säle, Bilder und Zimmer, diese rätselhaften Kammern unterm Dach, diese Treppen, Korridore und tausendfältigen Schlupfwinkel, die Welt Unterm Saal, der hallende Tunnel, der von dort in den Hintergarten ging, die bemoosten Dächer, der Taubenschlag: der geradezu einzigartige, unübertreffliche Schauplatz meines Werdens, meiner Spiele, meines Lebens überhaupt sollte in Wahrheit ein wohl auch kinderfressender, glühender Moloch sein, der das Lebensglück meiner Mutter vernichtet hatte? Meine Mutter selber behauptete das.

Ihr das zu glauben, ihren unbegreiflichen Irrtum, ihre Blindheit diesem Paradiese gegenüber auch nur zu entschuldigen, war für mich ein Ding der Unmöglichkeit. Und so stand ich auf Vaters Seite, als er sagte, daß nun einmal sein seliger Vater ihm dies Haus hinterlassen habe und er, selbst die Pietät gegen den mühsam errungenen Besitz seiner Eltern beiseitegesetzt, es keinesfalls gegen ein Butterbrot verschleudern könne.

Die peinliche Auseinandersetzung und ihre leidenschaftliche Maßlosigkeit kamen einem lokalen Erdbeben gleich, das den familiären Boden erschütterte. Niemals erlangte er mehr seine alte Festigkeit.

Mit diesen Erfahrungen war die Erkenntnis verknüpft, daß die selbstverständlichen Voraussetzungen meines bisherigen Daseins nicht durchaus standhielten. Mir gingen bestimmte Sätze und Worte meiner Mutter immer aufs neue durch den Sinn: »Du sitzt mit Gustav im Büro, ihr schreibt, ihr rechnet, ihr rechnet und schreibt, und wenn ihr noch so sehr rechnet und schreibt, ihr rechnet und schreibt die Schulden, die uns drücken, nicht weg und könnt die fälligen Zinsen nicht aufbringen.«

Auch meinen Geschwistern waren die schweren Krisen zwischen Vater und Mutter nicht verborgen geblieben. Seltsamerweise nahmen wir für den Vater und gegen den Dachrödenshof Partei. Aus dem erregten Gemunkel von Johanna und Carl und gelegentlich hingeworfenen Worten der Mutter ging mir nach und nach, gegen mein Widerstreben, auf, daß noch andere Menschen als wir Eigentumsrechte auf den Gasthof zur Krone hatten, was mich aufs schmerzlichste traf und entrüstete.

Neunzehntes Kapitel

Im grellen und peinlichen Lichte dieser Tage erklärte sich mir ein Besuch im vergangenen Jahr, der mich damals eitel Freude und Wonne dünkte. Ein reizendes Mädchen, Toni, siebzehnjährig, Halbschwester meines Vaters und Schwester Onkel Gustavs, der im Hause war, tauchte plötzlich bei uns auf, sie und ihre ältere Schwester. Sie hatte ein großes Glück gemacht, wie es hieß, da ein reicher Industrieller aus Remscheid um sie geworben und ihr Jawort erhalten hatte. Ich war sogleich in Toni verliebt und genoß eine Menge Zärtlichkeiten von ihr, wie sie ein übermütiges und glückberauschtes Kind an einen Siebenjährigen ohne Gefahr verschwenden kann. Als nach einigen Tagen der Bräutigam erschien, war die Stimmung gedämpfter geworden. Und kurz und gut, Mijnheer Soundso – er trug sich wie ein Holländer –, ein Eisen- und Stahlwarenfabrikant, hatte beschlossen, den Vermögensanteil seiner Braut und im Auftrag den der andern Halbschwestern um jeden Preis aus dem Gasthof herauszuziehen, und ließ sich durchaus nicht davon abbringen.

In diesem Besuch wirkten sich die Folgen der späten Heirat meines Großvaters Hauptmann aus, und mit ihm begann der stille Verzweiflungskampf meines Vaters, der den Verlust unsres Gasthofs und unseres Vermögens schließlich und endlich nicht abwenden konnte.

Gustav Hauptmann blieb im Haus, nie aber hat mein Vater eine seiner Halbschwestern von jener Zeit an wiedergesehen. Als die verwitwete Toni mit ihrem Sohn fast dreißig Jahre darauf vor der Tür seiner kleinen Villa in Warmbrunn stand, wurde sie nicht hereingelassen.

Beim Tode meines Großvaters müssen meinem Vater die geschäftlichen Schwierigkeiten beinahe über den Kopf gewachsen sein. Es war ihm anscheinend noch nicht gelungen, die Hypotheken aufzutreiben, durch die er die Auszahlung seiner Halbgeschwister ermöglichen konnte. Sie alle drei, das heißt ihre Männer, bestanden auf ihrem Schein. Wir ahnten nicht, und auch meine Mutter ahnte wohl nicht, wie es um uns stand, als sie sich darüber aufregte, daß Vater ihr nicht genügend Vertrauen schenke. Wenn er die zum Ausgleich und zur Rettung nötigen Hypotheken nicht auftreiben konnte, so lagen wir mitten im Winter auf der Straße, und es brach ein Elend ohne Maß über uns herein. Er hatte recht, wenn er das verschwieg.

Der Brunneninspektor hatte bei der Verteilung seines nicht kleinen Barvermögens fast ausschließlich seine zwei unverheirateten Töchter, Elisabeth und Auguste, bedacht. Kein Wunder, daß der Gatte meiner Mutter Marie, dessen Schiff im Sturm auf Leben und Tod kämpfte, in einen Zustand geriet, in dem sich Erbitterung und Verzweiflung mischten, da ja eine gerechte Verteilung die Rettung seines Schiffes bewirkt hätte.

Nun, mein Vater rettete diesmal noch selbst sein Schiff. Und daß dies geschah und wir von da ab noch fast ein Jahrzehnt an Bord bleiben durften, war für die Entwicklung unsrer Familie von nicht zu überschätzender Wichtigkeit.

Was ich von allen diesen Verhältnissen mehr ahnungsweise als wirklich wissend aufnahm, veränderte die äußeren Formen meines Betragens und meines Lebens nicht. Die neuen Beschwerungen konnten der Leichtigkeit und dem Schwunge meiner Bewegungen nichts anhaben. Ich habe erzählt, wie ich trotz allem und allem auf dem Karren voll goldenen Laubs im Posthof meine Jungens kutschierte, und zwar in vollendet heiterem Übermut, trotzdem mir der Stachel, daß ich dem

Tode nicht entgehen könne, im Gemüte saß. Auch das neue Erlebnis, konnte ich es gleich nie endgültig abschütteln, trat während langer Zeiten, von neuesten Eindrücken überdeckt, in das Unterbewußtsein zurück.

Die Hilfe, die mein Vater um Neujahr erhalten haben mußte, brachte ihm also Beruhigung; unser Leben konnte in alter Weise fortgehen. Die nationalen Vorgänge aber waren so unwiderstehlich aufschwunghaft, daß sich ihr Geist allem, auch unserm Vater, mitteilte. Am 18. Januar unvergeßlichen Angedenkens wurde im Schloß zu Versailles König Wilhelm von Preußen zum Kaiser gekrönt.

Bismarck und Moltke, Moltke und Bismarck waren in aller Munde. In der Schule sangen wir »Die Wacht am Rhein«, der alte Brendel selbst war festlich erregt. Die Hornhaut an den Kniebeln seiner Finger, die den Takt auf der Bank klopften, wurde immer dicker. Er holte sogar in jeder Gesangsstunde seine Schulmeistergeige hervor, was er früher nie getan hatte. Sozusagen mit Ächzen und Krächzen verjüngte er sich. Zwar noch immer fielen die Worte: »Ihr Bösewichter! Du Bösewicht!«, aber dann hörte man ihn auch wohl hinausseufzen: »Kinder, es ist eine große, gewaltige Zeit« – »Es braust ein Ruf wie Donnerhall, wie Schwertgeklirr und Wogenprall!« sangen wir auf der Straße. Und überhaupt schwelgten wir Jungens in nationaler Begeisterung. Einen Spielkameraden hatten wir schon zu Anfang des Krieges rücksichtslos als Franzosen verfolgt, weil er mit einer Stürmermütze erschienen war, die an die Kopfbedeckung der Rothosen erinnerte. Wir kannten ihn und die Eltern des Jungen genau, wußten, daß es ein ebensoguter Deutscher war wie wir andern. Wir stießen ihn trotzdem einstimmig aus und verfolgten ihn, wo er auftauchte.

Die Tatkraft meines Vaters setzte nicht aus. Er war irgendwo mit Roon, dem Kriegsminister, in Verbindung gekommen. Der General hatte zu ihm gesagt: »Wenden Sie sich an mich, wenn Sie glauben, daß ich Ihnen einmal in irgendeiner Sache dienen könnte!« Das hatte mein Vater nun getan. Ober-Salzbrunn, hat er ihm geschrieben, ist ein hübscher und leistungsfähiger Badeort und besonders geeignet, Gefangene unterzubringen, Rekonvaleszenten oder Gesunde. Das Eintreffen eines Franzosentransportes wurde daraufhin vom Kriegsministerium meinem Vater für Februar angesagt.

Leider wurde nicht Wort gehalten. Mitten im Winter hob sich in den Logierhäusern ein Kehren, Waschen und Putzen an, das gleichsam die Zeit auf den Kopf stellte. Nachdem sich dies alles als überflüssig herausstellte und die Hoffnung auf Staatsvergütung und mancherlei sonstige Sensation zu Wasser geworden war, fiel der ganze Ort über meinen Vater her, als den, der das Unheil verursacht habe.

Trotz des Einspruchs meiner Mutter wurde im Hause wieder melioriert. Primitive Wasserspülungen wurden angelegt, ferner eine Luftheizung im Kleinen Saal. Im Orte wuchs der Mut und die Lust zur Geselligkeit, und mein Vater dachte daran, den Kleinen Saal auch im Winter für Kränzchen, Bälle, Hochzeiten der Eingesessenen auszunützen. Der die Luft erwärmende Ofen stand in der Kutscherstube Unterm Saal, und ich hatte immer schon als Knabe den Verdacht, daß die Luft, die ebenfalls von Unterm Saal durch den Schacht in die Höhe stieg, nicht die beste sein könne.

Um Ostern war wieder ein Familientag, der sich, wie alle Feste in jener Zeit, zu einer Art Siegesfeier gestaltete. Onkel und Tanten, die wieder im Blauen und Großen Saal durcheinanderwimmelten, musizierend, schwatzend, lachend und patriotische Reden haltend, während wiederum draußen die Stare pfiffen, waren berauscht ohne Wein: aber dann tat auch er noch das Seine.

Bismarck, Bismarck, Bismarck war das Losungswort. Am 21. März war in Berlin der erste deutsche Reichstag eröffnet worden, wobei Bismarck den Fürstentitel erhielt. Er war der Schmied, er hatte auf seinem Amboß Pinkepank die deutsche Einheit zusammengeschweißt. Er war der Heros, er hatte die Kaiserkrone geschmiedet und König Wilhelm in die schon ergrauten Locken gedrückt.

Der Wein meines Vaters machte die Zungen der Onkels freigebig. Sie schworen, er habe mit Otto von Bismarck eine überraschende, frappante Ähnlichkeit. Vielleicht war etwas Wahres dran, besonders wenn man den gleichen Schnurrbart berücksichtigte. Nach seiner ganzen Art interessierte sich mein Vater gar nicht für eine solche Ähnlichkeit. Man stieß aber trotzdem begeistert auf ihn, gleichsam den Bismarck von Salzbrunn, an und ließ ihn mehrere Male hochleben.

Er war kein Spielverderber und nahm es hin.

Die Bismarckverehrung meines Vaters selbst war rückhaltlos, hatte er doch seine eigenen, vielfach zurückgestellten und verborgen gehaltenen Ideale von 1848 verwirklicht. Es lag aber auch ein Sieg des Gasthofs zur Preußischen Krone über den Dachrödenshof darin, der, inbegriffen den Oberamtmann Gustav Schubert auf Lohnig, die neue Zeit nicht von Herzen begrüßen konnte. Hie Bismarck, Deutsches Reich und deutscher Reichstag obendrein, dort Enge, Partikularismus, Konservativismus, kurz Dachrödenshof. In Bismarcks Größe und Erfolg lag meines Vaters Erfolg, Sieg und Rechtfertigung.

Der Frühling kam, und er wurde es in einem noch ganz andern Sinne als bisher. Die Nation war auf einmal da, die bis dahin trotz Krieg und Kriegsgeschrei keine wesentliche Substanz hatte. Ich selber wäre wohl noch zu jung gewesen, um national zu sein, aber auch Erwachsene zogen vor, dieses Gefühl, sofern es großdeutsch oder alldeutsch war, für sich zu behalten. Mit einem Male brach es nun aus und hervor und wurde zum frischtönenden, lebenspendenden Element, drin wir alle schwammen.

Für Deutschland hatte die Kaiserkrönung in Versailles den Wert eines Schöpfungsakts. Es kam über unser Volk ein Bewußtsein von sich selbst. Es hatte sich selbst sich selber bewiesen, denn es hatte eine Reihe großer Männer, mit Bismarck an der Spitze, hervorgebracht, auf denen die Augen der Welt mit Staunen und Grauen, vor allem jedoch mit Bewunderung ruhten. Der Stolz auf sie, auf ihre Siege, die Siege des Volkes, teilte sich jedem, auch mir kleinem Jungen, mit, und ich stand nicht an, meinem Blute einen Anteil, ein Mitverdienst an solchen Erfolgen zuzuschreiben. Es hatte das durchaus nichts mit dem Zupfen der Scharpie zu tun, eines Verbandstoffes für die Verwundeten, das ich unter der Aufsicht meiner Mutter in Gemeinschaft der sonstigen Hausgenossen geübt hatte.

Jedermann ahnte die nun kommende, ungeheure deutsche Aufschwungzeit, wenn er auch das Gnadengeschenk des kommenden, mehr als vierzigjährigen Friedens nicht voraussehen konnte.

Die Schweizerei mit ihren Wiesen und ihren Himmelsschlüsseln hatte ein ganz anderes Gesicht. Sie bestand aus einem Holzhaus im Berner oder Schwarzwälder Stil mit hölzernen Umgängen und dazugehörigem Weideland. Die Schafferin, eine saubere Frau, die der Fürst, wie gesagt, hineingesetzt hatte, war fröhlich aufgeregt, als wir eines Tages bei ihr einkehrten.

Mich traf auf dem Rückwege von dort ein Mißgeschick, dessen Narbe ich noch am Finger trage, das aber nicht meinen Himmel verdüsterte.

Mein Bruder Carl rief einen kleinen Hund, den wir freigelassen hatten und dessen Leine mir überantwortet war, und er kam, zurückgeblieben, an mir vorbeigerast. Da warf ich ihm seine Leine über. Diese Dummheit, womit ich unbedacht das Tier fangen und aufhalten wollte, jagte mir den Karabiner, den Haken der Leine, in den rechten Zeigefinger hinein.

Den Karabiner aus dem Finger zu lösen war nicht leicht, und man sagte mir, daß ich immer wieder von den Fingergedärmeln gesprochen hätte, die herausquöllen. Es war auf dem Rückweg, und so mußten wir wieder zur Schweizerei zurückkehren.

Mein Instinkt, was die Wundbehandlung betraf, beriet mich gut. Ich habe wohl eine Stunde lang den Finger am Trog der Schweizerei unter den Strahl des immer fließenden Bergwassers gehalten. Von der hilfreichen Schafferin dann verbunden, ist er in wenigen Tagen zugeheilt.

Am Annenturm blühten wie immer die Leberblümchen. Wenn schon im Frühling alles Tote lebendig wird, diesmal zeigte sich all dieses Leben noch festlicher. Die Gartenarbeiter in den Anlagen riefen einander laute Scherze zu, die Gartenweiber mit ihren Karren und Besen desgleichen. Die Brunnenschöpfer mit ihren Bässen und Tenören dudelten »Die Wacht am Rhein« und andere Kriegslieder vor sich hin, wenn sie mit großen Gläsern an langen Stangen den Heilquell aus der Tiefe der granitenen Brunnenumfassung heraufholten. Kutschke mit seinem »Was kraucht dort in dem Busch herum, ich glaub', es ist Napolium« war eine allbeliebte Figur. Und Benedetti, des Kaisers Gesandter an König Wilhelm in Ems, nicht minder:

Da trat in sein Kabinette
eines Morgens Benedette,
den gesandt Napoleon.
Der fing zornig an zu kollern,
weil ein Prinz von Hohenzollern
sollt' auf Spaniens Königsthron.

Aus diesen heiteren Elaboraten des Krieges schwirrten Zitate überall umher, im Sprachschatz der Menschen heimisch geworden.

Man war bei allergrößtem Humor und wußte kaum, wo man ihn lassen sollte.

Zwanzigstes Kapitel

In der Festlichkeit dieses Frühjahrs und Frühsommers geschah alles Wiederbegegnen auf neue Art. So das im Stall mit einem feurigen Rotschimmel, den mein Vater bei Beginn des Krieges hatte hergeben müssen. Er war aus dem Todesritt der Brigade Bredow, Ulanen und Kürassiere, bei Vionville/Mars-la-Tour lebend hervorgegangen und wieder in unsern Stall gelangt. Er war für mich nun kein bloßes Pferd, sondern höchstens das eines Gottes oder eines Sankt Georgs, von heldischem Heroismus umwittert. Und besonders die Bilder im Großen Saal gewannen durch die allgemeine Festlichkeit an Festlichkeit. »Er blickt hinauf in Himmelsaun, wo Heldenväter niederschaun.« Die liebliche Raffaelische Madonna Sixtina gehörte ja dorthin. Und in dem andern Bilde, der großen Kreuzabnahme von Rembrandt van Rijn, stellte sich mir irgend etwas von göttlich-menschlichem Opfertode des Krieges dar, dem ich minutenlang nachhängen konnte.

Eines Tages war dann die Kurkapelle aufgezogen und weckte mich zum ersten Male wieder um sieben Uhr früh mit ihrem Choral. Der Krause-Omnibus holte Menschen von der Bahnstation und schüttete sie im Hofe der Krone aus. Andere, nämlich die reicheren Leute, benützten Droschken und Lohnwagen. Nicht so sehr die von Osten kommenden als die von Nordosten, Norden, Nordwesten und Westen her eintreffenden Gäste waren erfüllt von dem neuen Geist, womöglich stärker erfüllt als wir.

Meine Mutter war und blieb Dachrödenshof. Nicht, daß sie irgendwie meinen oder irgendeinen Enthusiasmus gestört hätte, sie sah und hörte nur lächelnd zu. Sie stand noch immer, wenig berührt, in der alten Zeit und sah in der neuen etwas, das einen gesicherten, stillen Verlauf des Lebens durch einen dramatischen ersetzte, dessen Ende nicht abzusehen war.

Die Vorgänge um die Testamentseröffnung hatten mich unter anderem gelehrt, wie wichtig es war, daß der Gasthof gut besucht wurde. Seltsam und nicht ganz menschenwürdig erschien es mir schon als Kind, wenn überall vor den Speisehäusern mit lautem Glockengeschell sozusagen zur Fütterung gerufen wurde. Eine solche Glocke führte die Krone nicht. Die Sorge aber, die ich jetzt für den Bestand der geliebten Krone hatte, bewog mich, auf der Lauer, die Gäste zu zählen, die trotz des fehlenden Rufes eintraten.

Es schienen mir immer zu wenig zu sein: kleine Gruppen und Grüppchen, die vom Kronenberg über die Freitreppe der Terrasse an den Arrangements südlicher Pflanzen vorüber in den Großen und Kleinen Saal einbogen. Wehe, wer hier vorüberging und den Berg weiterstieg, um im Elisenhof einzukehren!

Meine Mutter konnte nicht um Geld bitten, was überhaupt immer eine peinliche Sache ist. Sie erzog sich lieber zu einer fast sträflichen Anspruchslosigkeit. Nach der Erbschaft jedoch wurde ihr von meinem Vater der Erlös aus dem Verkauf des ausgekochten Suppenfleisches zugebilligt. In Würfel geschnitten, wurde es von meiner Mutter an arme Leute für ein Geringes weggegeben.

Das solchermaßen verdiente Taschengeld meiner Mutter eröffnete ihr und mir wieder und wieder das Kurtheater. Ob sie im Todesjahr ihres Vaters hineingegangen ist, weiß ich nicht, ich möchte es aber für möglich halten, da sie Äußerlichkeiten, also zur Schau getragener Trauer, abhold war, und außerdem trieb sie, wenn sie ins Theater ging, einen ihrer Mutter geltenden Erinnerungskult: sie war eine geborene Stentzel, diese Mutter, in Breslau gebürtig und von Kind an auferzogen im Hause eines Fräuleins von Stutterheim. Vieles wurde von ihr erzählt und ihrer Theaterleidenschaft, besonders in einer Zeit, wo das Theater in Breslau florierte und alle Welt aus der Provinz tagelange Wagenfahrten nicht scheute, um einer Vorstellung beizuwohnen.

Meine Großmutter Straehler muß eine freie, lebenslustige und keineswegs frömmelnde Persönlichkeit gewesen sein. Ein kluger, weltlicher, reger Geist mag bei ihr überwogen haben.

»Die schöne Galathea«, im Sperrsitz neben meiner Mutter genossen, machte einen großen Eindruck auf mich: ein phantastisches Bildwerk, ein Weib, in das sich sein Meister verliebt, das lebendig wird und das er verzweifelt wieder zerschlägt, weil es ihn durch Untreue unglücklich macht. Vielleicht geht meine spätere Liebe zur Plastik in etwas auf dieses Werk von Suppé zurück.

Ein anderes Stück, das ich sah, hieß »Der alte Dessauer«, »Der Landwehrmann und die Pikarde« ein drittes, wo die gemütliche Art jener Zeit, welche die Kampfhandlung wesentlich auf den Soldaten beschränkte, anschaulich wurde. Auch an »Die Geier-Wally«, die unter dem Namen der Birch-Pfeiffer lief, erinnere ich mich; wenn sie, angeseilt und den Abgrund hinuntergelassen, dem Lämmergeier das geraubte Kind aus dem Neste nimmt, so war dies wohl heldenhaft und aufregend.

Ein Fragment vom Faust, zum Benefiz des Direktors Stegemann, der den Mephisto spielte, ist mir ebenfalls durch das Taschengeld der Mutter, stammend aus in Würfel geschnittenem Suppenfleisch, eröffnet worden. Welche Ursache, welche Wirkung!

Täglich nahm der Direktor Stegemann im Hotel zur Krone, also im ersten des Orts, meistens am Tisch meines Vaters, den Frühschoppen, der in je einer halben Flasche Bordeaux vor der andern oder nach ihr bestand. Dieser schlanke Bonvivant, der ein halbes Jahrhundert und mehr auf dem Kerbholz hatte, sah ohne Maske bereits wie Mephisto aus. Er wußte genau, wenn Kaviar oder Hummer hereingekommen war, und es lag dann für ihn nicht fern, von diesen Delikatessen zu einer Flasche Champagner – es gab damals keinen deutschen Sekt – fortzuschreiten. Wenn er bei meinem Vater saß und sich Doktor Straehler aus dem Kometen dazugesellte, war es ein Kleeblatt, auf das ich nicht ohne Stolz und Neid hinblickte.

Irgendwann einmal mochte die Sitzung des Trios so gut gelaunt sein, daß mich mein Vater rief und an die Frau Direktor abordnete. Sie wohnte ein wenig entfernt im Niederdorf, und Mephisto selbst beschrieb mir genau den Weg; dabei hatte er mit einer bestrickenden Väterlichkeit die Hand auf meinen Scheitel gelegt und dankte mir freundlich im voraus, wie ein Gentleman dem andern, für meine Bemühung. Er käme, sollte ich melden, durch etwas Wichtiges aufgehalten, später als sonst nach Haus, man möge nicht mit dem Essen auf ihn warten.

Als ich die besten Häuser im beginnenden Niederdorf abgesucht hatte und von keiner Direktorin Stegemann etwas zu erfahren war, gab man mir endlich einen Fingerzeig, den ich indes nicht für Ernst nehmen wollte. Man wies mich in ein nach meinen Begriffen nur von besonders ärmlichen Proletariern bewohntes Hinterhaus, an dessen Tür ich ungläubig anklopfte. Es schollen streitende Stimmen, Kindergeschrei, Klatschgeräusche und jederart Lärm heraus. Vielleicht daß das Innere des Gebäudes ein wenig besser erschien, als das Äußere vermuten ließ, sowie sich die Tür öffnete. Aber die Frau ohne Busentuch, in der Nachtjacke, mit zerzaustem Haar, der ich gegenüberstand, alle Sorten von schmutzigen Kindern um sie, darunter einige, die auf Nachtgeschirren herumflennten, waren nicht von der Art, daß ich den Anhang des direktorialen Bonvivants in ihnen vermuten konnte. Eine solche Häuslichkeit mit Speiseresten, Milchflaschen, Spülicht und ungewaschenem Küchengeschirr, und was dem Geruchssinn geboten wurde, brauchte ich nicht weiter auszumalen, wenn sich mir nicht alles und schließlich noch das wegwerfende Geschrei der Frau über ihren Mann im Gegensatz zu dem Bilde in der Preußischen Krone so tief eingeprägt hätte. Dort sprach man von Bismarck, Moltke, Roon, von Napoleon, der in Kassel gefangen saß, vom Frieden zu Frankfurt, von Straßburg, das wieder deutsch geworden war, von den fünf Milliarden Franken, die Frankreich an Deutschland zu zahlen hatte. Von alledem war hier nichts hingedrungen.

Der Elisenhof über uns, dem ich keine Tischgäste gönnen wollte, gehörte einer Madame Enke, die verwitwet war und dort mit ihren Söhnen und deren Erzieher, Diakonus Spahner, hauste. Die Hintergärten der Krone und des Elisenhofs grenzten aneinander, aber trotzdem oder gerade deshalb bestand ein Verkehr zwischen uns und den Enkes nicht. Vielleicht war es früher anders gewesen. Die Spukgeschichte meines Vaters mit dem unaufgeklärten Rufe »Robert! Robert!«, die sich auf einen jungen Enke bezog, sprach dafür. Den Abbruch der Beziehungen hatte ein Volk von Enten bewirkt, das durch Zaunlücken in den Enkeschen Garten gewechselt war, dort als gute Prise genommen und im Keller vom Hausknecht geschlachtet wurde. Nur unter dem alten Enke, der damals noch lebte, konnte etwas dergleichen vorkommen. Als er sich aber kurze Zeit darauf mit dem Hausknecht veruneinte und ihn aus dem Hause warf, erschien dieser bei meinem Vater und verriet den Sachverhalt.

Mein Vater ließ alles zu Protokoll nehmen und übergab dieses dem öffentlichen Ankläger.

Nachdem die erste Verhandlung vorüber war, mit dem beharrlich leugnenden Enke auf der Anklagebank, legten sich Waldenburger Kreise ins Mittel und mit ihnen mein Vater und meine Mutter selbst, worauf die Sache im Sande verlief.

Enkes waren im Ort nicht beliebt. Ob sie selbst die Gesellschaft mieden oder ob sie gemieden wurden, war nicht ohne weiteres festzustellen. Aber es schwebte immer eine Düsternis um den Elisenhof, die ihn in eine Art Verruf brachte.

Die Suppenfleischwürfel meiner Mutter erlaubten ihr, mich gelegentlich im nächtlichen Dunkel der Promenaden mit einer Portion Vanilleeis zu beglücken. Wir saßen dann lange an einem versteckten Tisch der Konditorei und redeten allerlei miteinander. Da sie von Kind auf in Salzbrunn gelebt hatte, wußte sie über die Chronik des Ortes Bescheid und so auch über gewisse dunkle Punkte, von welchen die seltsame Isolierung der Enkes sich herschreiben mochte.

Der mysteriöse Elisenhof gehörte früher einem Herrn Hindemith. Er war ein reicher Hagestolz, der die spätere Madame Enke, ursprünglich die Tochter einer Grünzeugfrau, im Backfischalter adoptiert hatte. Er verliebte sich in das Kind, erwies ihm öffentlich eine viel belachte, aber mehr noch Anstoß erregende Zärtlichkeit und quälte sie außerdem durch Eifersucht.

Er machte das von ihm und seiner Adoptivtochter bewohnte vornehm düstere alte Haus zum Hotel Elisenhof. Ein gewisser Enke wurde als Leiter, als Maître d'hôtel und Oberkellner eingesetzt. Es fand sich die von ihm und der Tochter des Hauses bald gemeinsam und heiß ersehnte Gelegenheit. Sie waren hinter dem Rücken des Alten einig geworden.

Der alte Hindemith wurde krank. Er lag zu Bett und konnte nicht aufstehen. Im gleichen Zimmer schlief auch die Adoptivtochter. Er beanspruchte ihre Pflege und wachte tyrannisch über sie.

Aber wann wäre eine noch so scharfe Bewachung und Trennung von Liebesleuten erfolgreich gewesen? Niemand vermag ohne Schlaf zu leben, und so war es mit dem alten Hindemith. Gegen schlechten Schlaf aber gibt es Schlafmittel. Von Krankheit und Eifersucht geplagt, trotzdem er in ihm die geschäftliche Stütze hatte, jagte er Enke eines Tages Knall und Fall auf die Straße hinaus.

Der so Getroffene heuchelte Gleichgültigkeit. Unter den

Fenstern des Kranken wurden seine Koffer verladen, der Kutscher schlug auf die Gäule ein, und die quälende Episode schien abgetan. In Wahrheit saßen Enke und das nun wohl schon um die Dreißig alte Fräulein Hindemith am Abend wie immer in einer abgelegenen Kammer des Elisenhofs beieinander. So blieb es bis zu des Alten Tod.

Ich habe vergessen, wie lange Enke als verborgener Hausgenosse auf den Tod des alten Hindemith lauern mußte. Kaum war er gestorben, als Elise Hindemith mit dem einstigen Oberkellner Hochzeit feierte: ein wüstes Fest, das immer wieder von meiner Mutter geschildert wurde.

Das Unerlaubte dieser Vorgänge überlagerte den Elisenhof. Schließlich starb dann auch Enke, während Diakonus Spahner schon im Hause war. Die Salzbrunner setzten keinen Zweifel in die Art des Verhältnisses, das Madame Enke, eine Erscheinung jetzt wie Maria Theresia, mit dem jungen und schönen Theologen verband.

Man muß nicht glauben, daß Maria-Theresia-Enke schüchtern oder gar furchtsam gewesen wäre, eher das Gegenteil war der Fall. Sie hatte sich aufgeschwungen zur Vorsteherin des Vaterländischen Frauenvereins und war als solche während des Krieges besonders hervorgetreten. Die ganze Gegend mußte Scharpie zupfen und Verbandstoffe sammeln, die sie waggonweise an die Heeresverwaltung ablieferte.

Sie erhielt, was den Neid, die Scheelsucht, ja die Entrüstung des ganzen Waldenburger Kreises entfesselte, den Luisenorden dafür.

Einundzwanzigstes Kapitel

Meine Mutter hatte um jene Zeit, nach dem Tode ihres Vaters, wohl allerlei zu verwinden, was den Dachrödenshof betraf. Das kleine Anwesen und sein Geist hatten aufgehört, der Mittelpunkt Ober-Salzbrunns zu sein. An ihrem Teil spürte das auch meine Mutter. Wer wurde der neue Brunneninspektor? Diese Frage ward viel erörtert.

Öfter als sonst erschien in Salzbrunn der Fürst.

Auch die Fürstin kam in diesem Sommer mehrere Male mit ihrem Viererzug von dem nahen Fürstenstein. Niemals begleitete sie der Gatte, sie hatte meist nur eine Hofdame neben sich. Es war jedesmal ein Ereignis für den Badeort.

Schon die Erscheinung des Juckergespanns, dieser vier

braunen, sich gehorsam zierlich tragenden Blutpferde mit dem nickenden Federschmuck über der Stirn, die leichte niedrige Halbchaise, durch Gummireifen lautlos gemacht, mit den Glanzlederschmutzflügeln und der graudamastenen Polsterung, war überaus eindrucksvoll, am meisten jedoch die hohe Frau.

Noch habe ich die Erscheinung dieser Fürstin in Erinnerung, wenn sie von dem niedrigen Trittbrett des Wagens die erste, nicht höhere Stufe der Freitreppe betrat, die zur Giebelfront der dorischen Wandelhalle emporführte. In leichte graubraune Foulardseide mit farbengleichen Brüsseler Kanten gehüllt, das verschleierte Haupt von einem ebenso garnierten großen Hut bedeckt, schritt sie dann in der Halle selbst aufmerksam von Auslage zu Auslage. Kein Kurgast, mochte er noch so aufdringlich sein, konnte von ihr auch nur einen Blick erhaschen.

Nie vergesse ich ihren Gang. Edel und gerade die hohe Gestalt emporgerichtet, fühlte sie langsam gelassenen Schrittes vor, Oberkörper und Haupt mit einer vornehmen Nickbewegung pfauenartig nachholend.

Die Verbindung zwischen dem Fürstenhaus Hochberg-Pleß und der Familie Straehler war Menschenalter hindurch schicksalhaft. Diese hatte Dienstleute und Beamte aller Art gestellt. Eine der schönsten Auswirkungen dieses Verhältnisses war die Stellung, die Ferdinand Straehler als Brunneninspektor einnehmen durfte. Damals war ich noch weit entfernt, die Wehmut der Mutter zu begreifen, darüber, daß dieses harmonische Leben und Wirken eines Mannes und seiner Familie, in dem auch sie wurzelte, nun doch zu Ende gegangen war.

Meinetwegen, es war ein Wirken im kleinen Kreis, aber der Großvater hatte doch in Freundschaft mit hochgebildeten Männern, unter anderen Geheimrat Zemplin und dem Maler Joseph Friedrich Raabe, einem zeitweiligen Hausgenossen und Berater Goethes, das Bad Ober-Salzbrunn fast aus dem Nichts aufbauen können. Die Elisenhalle, das Kurhaus, der Brunnensaal, der Annaturm, das Theater und die gesamten Parkanlagen zeugten davon.

Im Saale des Hotels Zur Sonne in Salzbrunn gab es nach Schluß der Sommersaison eine Veranstaltung mit musikalischen Vorträgen. Besucher waren vornehmlich die Salzbrunner selbst und einige Familien der Nachbarschaft. Als meine Mutter mit mir und meiner Schwester den Saal betrat, waren alle Plätze besetzt außer den Stühlen der ersten Reihe, auf denen Zettel mit dem Wort »Reserviert« lagen. Meine Mutter schob ganz einfach drei der Zettel hinweg, nahm selber Platz und hieß uns Platz nehmen. Was sollte das heißen? Wem sollten die Honoratiorenplätze zustehen, wenn nicht der Familie des Brunneninspektors?

Wir brachten den Winter von Einundsiebzig auf Zweiundsiebzig nicht im Gasthof zur Krone, sondern im Kursaal zu. Diese Zeit ist für mich überaus denkwürdig.

Mein Vater hatte, wie ich schon sagte, den Kursaal gepachtet. Ich nehme an, der Brunneninspektor hatte ihm das so benannte, dem Fürsten gehörige Badehotel, das mit dem Kurpark zusammenhing, seinerzeit in die Hand gespielt. Warum wir dahin für den Winter übergesiedelt sind? Es hatte wohl darin seinen Grund, daß mein Vater nun, durch die hohen Zinsen der neuen Hypotheken gedrängt, jede Möglichkeit, zu verdienen, ausnützen wollte, weshalb auch der Kursaal im Winter geöffnet blieb.

Die Kursaalexistenz war von einer gewissen Behaglichkeit, die jene in der Krone übertraf. Die Gasträume, die eigentlich nur sonnabends und sonntags von Schlittengästen besucht wurden, bestanden aus drei freundlichen Stuben im Parterre, die nur bei starkem Verkehr durch Öffnung eines der beiden Gesellschaftssäle ergänzt wurden.

Mochten wir nun aber auch die ganze Woche allein bleiben und der kleine Apparat nur für uns selber vorhanden sein, so waren wir doch nicht, wie in der Krone, von der Öffentlichkeit abgeschlossen, sondern mußten mit Überraschungen rechnen. Hatte doch jedermann grundsätzlich das Recht, bei uns einzukehren.

In der Schule war unter einem ehemaligen Feldwebel, Großmann, Exerzieren eingeführt: Rechts um, links um! Augen rechts, Augen links! Vorwärts marsch! Eins, zwei, eins, zwei! Ganzes Bataillon halt! Kehrt! Stillgestanden! Rührt euch! Großmann war Kinderfreund und überaus gutmütig.

Die Dorfschule hatte sechs Trommeln gekauft: alles Martialische kam nach dem Kriege und Siege in Aufnahme. Das Glück war mir hold, und ich wurde einer der Trommler. Wir durften dreiviertel Stunden vor dem Ende des Unterrichts unsere Trommeln umschnallen, um uns zunächst für den Schulspaziergang einzuüben. Wer faßt es wohl heut, was dies uns Jungen bedeutet hat?

Uns führte immer der gleiche Weg hinter der Schule hügelan bis zu einem alten Birnbaum ins Feld hinaus. Dort erscholl das Kommando des Tambourmajors, der seinen betroddelten Stab mit sich führte. Und dann schlugen wir auf die Kalbfelle.

Das Trommeln machte uns Freude, ganz gewiß, aber wie es nun einmal bei Jungens nicht anders ist, wir vergaßen es auch zuweilen. Wir entfernten uns gelegentlich weiter vom Ort und trafen einmal auf eine große Kröte. Plötzlich hatten wir alle den einen Gedanken, daß in ihr ein Feind, etwa der Feind Deutschlands, inkarniert wäre, und da man auf dem Gelände überall faustgroße Steine aufnehmen konnte, kam es sogleich zur Steinigung. Wir warfen die Steine mit einer Wut auf das häßliche Tier, die es in wenigen Augenblicken nach seinem letzten, menschlich erstaunten, menschlich protestierenden Gequiek zu Mus machte. Aber zu schleudern und immer wieder in sinnlosem Rasen Steine über Steine zu schleudern, hörten wir darum noch lange nicht auf. Am Ende ist von dem armen verwunschenen Gottesgeschöpf nichts irgend Kenntliches übriggeblieben.

Wie kamen wir nur zu diesem Ausbruch besinnungslos mörderischer Leidenschaft?

Ein Flügel wurde die Woche über aus dem kleinen Kurhaussaal, damit er nicht von der Kälte leide, im Wirtschaftszimmer aufgestellt. Mein Vater spielte öfter als sonst seine gedämpfte Erinnerungsmarseillaise und Partien aus der von ihm besonders geliebten Lortzingschen Oper »Zar und Zimmermann«. Sogar meine Mutter saß mitunter, mich zur Seite, gleichsam verstohlen am Klavier und entschloß sich schamhaft, das »Gebet einer Jungfrau« halblaut anzuschlagen. Ich glaube nicht, daß aus den Musikstunden ihrer Mädchenjahre mehr übriggeblieben war.

Johanna spielte recht hübsch Klavier. Sie war aber diesen Winter nicht da, sondern in der schlesischen Kreisstadt Striegau in einer von adeligen Damen gehaltenen Pension untergebracht, wo sie den letzten gesellschaftlichen Schliff einer »höheren Tochter« bekommen sollte. Und was mich betraf, so waren Versuche eines Klavierunterrichts durch Lehrer Irrgang fehlgeschlagen.

Allein dieser Umstand verhinderte nicht, daß gerade ich die elfenbeinerne Klaviatur am meisten beanspruchte. Ich hatte mir »Die Wacht am Rhein« auf den Tasten zusammengesucht, dann aber auch eine Anzahl Choräle. Solche vor allem, die wie »Laßt mich gehen, laßt mich gehen, daß ich Jesum möge sehen!« an offenen Gräbern gesungen wurden. »Meine Seel ist voll Verlangen, ihn auf ewig zu umfangen«, so wiederholte ich im Geiste unzählige Male dies von frommer Inbrunst getragene Jenseits-Liebeslied, meine innere Stimme mühsam auf dem Klavier begleitend.

Und ich ging darüber hinaus.

Es war eine produktive Lust in mir, mich und gewisse dramatische Vorgänge aus dem Ringen des Menschen mit der Natur darzustellen. Ein Motiv dieser Art war der hoffnungslose Kampf, den ein Schiff im Seesturm kämpfte, in dem es dann schließlich mit Mann und Maus unterging. Der Sturm, der Orkan wurde mit Hilfe der Bässe ausgemalt, verlorene Hilferufe, Klänge rettungsloser Verlassenheit drückten sich aus im hohen Diskant. Es dauerte manchmal eine Stunde und länger, bis im Gewühle von Woge und Luft das Schifflein versank.

Nicht immer aber kam es so weit, oft hatte meine Mutter schon früher den endlosen Lärm überbekommen, und ein »Um Gottes willen, hör auf, Gerhart!« weckte mich unsanft und schloß meine Träumereien ab.

Die Hirschjagd war ein anderes Motiv, das ich immer wieder durchkomponierte. Hierbei malte ich den zwischen Bergen gelegenen rauschenden Forst, die Kavalkade der Herren und Damen, das Hallen und Widerhallen der Jagdhörner, Prinz und Prinzessin, ein junges Paar, das sich liebte und die Liebe verschweigt, die Angst des gehetzten Tieres, das mit herrlichem Schwunge den Bach und den umgestürzten Baum überspringt, das Rasen der Hunde, das brechende Auge des Wildes voller Anklage, sein Verenden und schließlich das Halali. Diesen »Hirschtod« genannten Hornruf der Jägerei konnte ich mir nie genug zu Gehör bringen.

Freilich spielte ich auch gelegentlich »O du lieber Augustin, alles ist hin!« oder »Lott' ist tot, Lott' ist tot, Jule liegt im Sterben!« oder weniger harmlose Gassenhauer, die ich auf der Straßenseite meines Doppellebens kennengelernt hatte.

Tag für Tag begegnete ich meinem Bilde in einem ovalen Wandspiegel mit breitem Mahagonirahmen. Er hing ziemlich hoch, aber vornübergebeugt, so daß ich mich darin sehen konnte. Kam ich von meinen Streifereien durch alle Winkel der Anlagen des Ortes zurück, so stellte ich mich meist unter ihn, und jedesmal stieg mir die Frage auf, ob ich das gestern auch schon getan, mich im Spiegel wie heute erblickt habe und das mir beweisen könne. Dann schien es mir immer, ich könne das nicht. Wenn ich es aber wirklich nicht konnte, so war es nicht sicher, ob ich am gestrigen Tage gelebt hatte. Heute aber, so schloß ich, lebte ich ganz gewiß.

Es war jedenfalls die Magie des Daseins, die mir damals ins Bewußtsein trat.

Zweiundzwanzigstes Kapitel

Der Gasthof Zur Sonne, dem Kurhausportal schräg gegenüber, wurde geführt von einem ehemaligen Schullehrer, der die Tochter des Pastors Booß an der evangelischen Kirche zu Nieder-Salzbrunn geheiratet hatte. Dieser Pastor Booß war ein älterer, kluger Mann und sehr wohlhabend. »Hörn Sie nur, hörn Sie nur!« war seine immer wiederkehrende, unvermeidliche Redensart.

Wenn er meine Eltern besuchte, geschah es auf einen Augenblick: »Hörn Sie nur, ich habe nur eine Sekunde Zeit, hörn Sie nur. Die Arbeit wächst mir über den Kopf, hörn Sie nur. Der Oberkirchenrat, hörn Sie nur, und, hörn Sie nur, alle die neuen Zustände! Wir bekommen auch noch die Zivilehe, hörn Sie nur! Es wird ja alles jetzt auf den Kopf gestellt.«

Aus der Sekunde, die Pastor Booß sich gestatten wollte, wurde erst eine viertel, dann eine halbe Stunde, zuletzt wurde eine Stunde, wurden zwei, drei, vier daraus: so gut hatte sich der alte Herr jedesmal mit meinem Vater und meiner Mutter auseinandergesetzt. Dabei hörte er weniger ihnen als sie ihm die Beichte ab.

Ich weiß nicht, aus welchem Grunde der damalige Wirt der Sonne, Rudolf Beier, seinen Lehrberuf an den Nagel gehängt hatte. »Ich war nun nicht gerade ganz einverstanden, hörn Sie nur, hörn Sie nur«, erklärte des öftern der Pastor, »aber es war nicht recht zu machen mit ihm. Meine Tochter hat ihn geheiratet. Was sollte ich tun? Ich habe ihm also den Gasthof gekauft. Einverstanden war ich nicht gerade mit der Wahl meiner Tochter, hörn Sie nur, aber in solchen Fällen ist guter Rat teuer.«

Am Ende eines pastörlichen Kurhausbesuches waren oft manche leere Weinflaschen beiseite gestellt.

Carl und ich teilten mit der Mutter ein Schlafzimmer. Fenster und Glastüren gingen auf eine breite Veranda hinaus. Darunter lag eine winters gespenstisch verödete Terrasse, an welche die Kurpromenaden und -anlagen grenzten. Wir Jungens besonders stellten uns vor, daß Einbrüche von der Terrasse über die Veranda in den niedrigen ersten Stock nicht umständlich sein müßten, wenn auch hie und da der Nachtwächter mit der Pfeife durch die Anlagen ging.

So freundlich die an der Straße gelegene Vorderseite des Kursaals war, um so grusliger war des Nachts die Rückseite. Wenn der Sturm von den klappernden Gabeln der alten Bäume heulend oder wie eine Katze greinend die letzten Blätter riß und Gewölke über den Mond jagten, wäre niemand unter den Salzbrunnern ein Gang durch den Kurpark ratsam erschienen, der sommers tagtäglich ein bunter Festsaal war.

Entlegene Tanzlokale sind in Schlesien volkstümlich, in Wäldern und auf Höhen gelegen doppelt beliebt. Da der Pächter von Wilhelmshöh wohl schwerlich hätte die Pacht zahlen können, wenn er nur mit dem Sommer und den Kaffeegästen des Bades zu rechnen gehabt hätte, besaß er die Konzession, zu gewissen Zeiten Tanzmusiken abzuhalten. Der von Maler Raabe im Geiste der Romantik burgartig errichtete Bau und Ausflugsort, schwebend über dem Industriebezirk, hatte die größte Eignung dafür. Das Publikum aber, das in den Sommer- und Winternächten auf und ab strömte, erforderte einen furchtlosen Wirt, wie den Müller von Wilhelmshöh, der nötigenfalls zu boxen entschlossen, ja unter Umständen zu noch anderm fähig war. Er ist einmal, wie man sagte, in einen Zweikampf mit einem Kohlenarbeiter, der blutig ausging, verwickelt worden.

Kein Wunder, daß solches und ähnliches unsere jungen Gemüter aufregte. Ich muß der Wahrheit gemäß erklären, weniger mich als den Bruder Carl. Nie ging er zu Bett, bevor er nicht alles abgeleuchtet und insonderheit festgestellt hatte, daß kein Einbrecher etwa versteckt unter einer Bettstelle lag. Man ließ ihn gewähren, da ja eine gewisse Vorsicht an sich nicht verwerflich ist, und suchte nur, ihr Übermaß abzudämpfen. Ich aber habe Carl einmal einen Schabernack gespielt. Ich machte, da ich gewöhnlich früher als er zu Bett geschickt wurde, aus Hose, Weste, Rock und Hut meines Vaters einen Popanz zurecht, den ich unter sein Bett legte. Ich hielt einen mit den Armen der Puppe verbundenen Bindfaden in der Hand, wachte in meinem Bette und wartete. Endlich kam mein Bruder herein, während ich mich schlafend stellte, und leuchtete mit einer Kerze alles ab.

Als er unter seine Bettstelle geblickt hatte, tat er es zum zweiten Male, worauf ich an meiner Schnur zupfte. Er stand erstarrt, hielt das Licht und regte sich nicht, bis er damit auf den Zehen gegen die Tür und aus dem Zimmer schlich.

Mit Doktor Straehler, meinem Vater und meiner Mutter kam er nach einiger Zeit zurück. Die Herren trugen jeder sein Billardqueue, meine Mutter lachte und nannte Carl einen dummen Kerl. Und nun ging's an ein Unter-die-Betten-Gucken.

Ich hatte die Puppe fortgeräumt, als mein Bruder aus dem Zimmer war. Jetzt, bei der wachsenden Helle, spielte ich Aufwachen. Der Vater, die Mutter, der Onkel hatten jeder ein Licht in der Hand, und der Onkel glossierte die Handlung: »Nein, hier liegt der Halunke nicht! Hier ist die Canaille auch nicht vorhanden! Der Bube hat sich in Luft aufgelöst. Hier steht ein Gefäß aus Porzellan, gegen dessen Gegenwart nichts zu sagen ist.«

Das Billardzimmer, aus dem die Herren und meine Mutter herkamen, bildete in seiner Wärme und durchleuchteten Behaglichkeit, seinem grünen Billardtuch und seinem Ecksofa einen Gegensatz zu dem ungemütlichen Schlafzimmer. Hier ahnte man von der wüsten Öde der hinterwärtigen Anlagen nichts. Wenn sich mein Vater mit dem Onkel Doktor bei einem Glase Grog im Billardspiele maß, saß meine Mutter in der Sofaecke und stichelte gemütlich an einer Weißnähterei.

Es bildete sich bei diesem Zusammensein ein heiter-familiärer Ton. Es erwärmte uns, daß der joviale, lebensfrohe und elegante Mann sich bei uns wohlfühlte. Aber es kam doch vor, daß mein Vater ihn zur Ordnung rief, weil er sich auf burschikose Art und Weise, wenn auch nicht ohne Humor, gehen ließ.

Man weiß, welche Art von Lustigkeit bei Billardspielern, die keine Berufsspieler sind, üblich ist. Sind die Elfenbeinbälle zu langsam, so wird ihnen zugeredet. Wenn sie zu schnell laufen, ruft man: »Halthalt!« Man schiebt gleichsam ächzend einen schweren Wagen durch die Luft, wenn sie, im Begriff, ihr Ziel zu erreichen, kraftlos werden. Eine durch Zufall geglückte Karambolage entfesselt den der Spannung entfahrenden Aufschrei: »Fuchs!«, oder man sagt: »Mehr Glück als Verstand.«

Der elegante Badearzt machte sich lang, er zog sich wie ein Fernrohr aus, wenn er die Bahn eines Balles verlängern wollte. Mein Vater, dessen gelassene Überlegenheit wir Kinder bewunderten, hatte seine Freude daran. Der Onkel Doktor hob das rechte, das linke Bein, wenn er sich über die Bande des Billards legte, er schnitt Grimassen, und so kam es einmal bis zu einer von ihm nicht gerade gewollten Steigerung, wo die Spaßhaftigkeit durch Detonation von unerlaubter Stelle durch ihn überschritten wurde.

Da er Vorwürfe meines Vaters im Hinblick auf meine gegenwärtige Mutter nur mit einem jungenshaften Lachen quittierte, blieb schließlich auch seiner Base nichts übrig, als einem solchen Vorfall mit dem auch ihr angeborenen Straehlerschen Humor zu begegnen.

Das Offenhalten des Kurhauses den Winter über war dem pastörlichen Schwiegersohn und Sonnenwirt ganz gewiß nicht angenehm, wurde doch ein Gutteil seiner sonstigen Ausflugsgäste dahin abgelenkt. Er war meinem Vater überhaupt nicht grün, und dieser stand mitunter nicht an, sich über sein Käppi und seine Dienereien um die Schlitten und Wagen lustig zu machen.

Trotzdem fuhr ich die kleinen Beiers im Stuhlschlitten wohl verpackt herum und betreute sie wie ein Kindermädchen. Dieser Zug, der sich schon bei den Märchenerzählungen am Fuhrmann Krauseschen Ofen angemeldet hatte, wo Gustav und Ida Krause die Nutznießer waren, und der sich nun auf Agnes und Rudolf Beier übertrug, sollte mich lange durchs Leben begleiten.

Eigentlich wurden weniger die einstigen Gäste der Sonne als eine andere, neue Schicht von Gästen in den Kursaal gezogen. Bei einer Art Klub, der sich zwanglos gebildet hatte, stand zum Beispiel der Weißsteiner Gentleman-Bauer Karl Tschersich im Mittelpunkt. Sein Bedürfnis nach bäuerlichem Luxus richtete sich auf kostbare Pferde, Wagen und Schlitten, Pelze in Form von Jacketts, Mänteln und Pelzmützen, auf Schmuck und Stoffe für die Frau, auf luxuriöse Pferde- und Kuhställe, alle Sorten der teuersten und neuesten Jagdgewehre im Büchsenschrank, auf silberbeschlagene Geschirre und prächtiges Sattelzeug, dann aber auf reichliche und ausgesuchte Speisen und Getränke.

Wo er auftauchte – und er war Tag für Tag unterwegs –, wußte man: Karl Tschersich spart mit dem Gelde nicht! So mußte sich auch mein Vater für den Tschersich-Kreis ganz besonders vorbereiten. Fäßchen mit Austern kamen aus den Seestädten, lebende Hummer und Kaviar, und der Champagner durfte nicht ausgehen.

Ungeheuer war für mich und Carl die Sensation, als es hieß, daß die Auster lebendig gegessen würde. Wir trugen diese unglaubliche Neuigkeit unter die Schuljugend und sprachen mehrere Wochen nur immer davon. Auch war der Versuch, eine Auster zu essen, mit uns Jungen gemacht worden, aber mit dem bekannten Erfolge, den man Erbrechen nennt.

Dagegen wurden über Karl Tschersich Wunderdinge in dieser Beziehung berichtet: er schluckte Dutzende dieser Tiere hinunter und hörte nur ungern auf, weil er unersättlich war.

Ich zweifle nicht, daß in diesem Kreise bei geschlossenen Türen gejeut wurde. Irgendwie an die Bildfläche traten wir Brüder bei solchen Gelegenheiten nicht. Wir waren gebannt in unsere Privatzimmer. Dort steckten wir die Köpfe zusammen und tuschelten über die unter uns in den Gasträumen sich begebenden spannenden Dinge. Ein Kaufmann Lachs, der sein Schnittwarengeschäft am Ringe der Kreisstadt Waldenburg hatte, hielt meistens die Bank. Was das bedeutete, wußten wir, wir hatten es längst aus den Gesellschaftsspielen gelernt und aus dem Hantieren mit Spielmarken. Der märchenhafte Reichtum des Bauern beschäftigte uns, und wir glaubten, die Goldstücke klingeln zu hören.

Eines Nachts oder Abends, gegen halb elf, wurde es plötzlich sehr laut unter uns. Stühle wurden gerückt, Tische fielen um, und irgend etwas Gläsernes ging mit Geschmetter in tausend Scherben. Da sich nun etwas mit Gebrüll von Zimmer zu Zimmer gegen den Ausgang bewegte, traten wir an die Fenster, die grade überm Portale lagen, und sahen nun jemand – es war der Kaufmann Lachs – wie aus der Pistole geschossen ins Freie stürzen. Hinter ihm drein Tschersich mit einem Billardqueue – man weiß, sie sind unten mit Blei gefüllt –, das er mit dem Schwung seiner ganzen Bärenkraft hinter dem Flüchtigen herschleuderte. Er fehlte ihn, Gott sei Dank traf er ihn nicht, sonst wären wir vielleicht Zeugen eines Totschlags geworden.

Hatte nun Lachs vorher zuviel Geld gewonnen? Jedenfalls war die Katastrophe nur durch eine kleine Unachtsamkeit ausgelöst worden. Er schmeckte eine große Bowle ab und goß sein Glas, nachdem er gekostet hatte, in das Bowlengefäß zurück. Hierauf wurde Tschersich blaurot im Gesicht, stieß einige Tische und Stühle um, ergriff mit beiden Händen die Bowle und schmetterte sie auf die Erde, dann rannte er nach dem Billardqueue, zugleich aber Lachs nach der andern Seite, so daß ein Abstand zwischen ihn und den Großbauern kam, als dieser das Queue wie eine Keule gepackt hatte.

Das Weihnachtsfest rückte wiederum näher. Es kündigte sich an in dem Beschlusse des Vaterländischen Frauenvereins, die Armenbescherung des Jahres im Kursaal abzuhalten. Da Madame Enke Vorsitzende des Vereins war, so hatte mein Vater mit ihr und Diakonus Spahner Besprechungen.

Zwei gewaltige Christbäume, von deren obersten Lichtern die Decke sich anschwärzte, waren im kleineren Kurhaussaal aufgestellt. Auf weißgedeckter Hufeisentafel lagen die Geschenke portionsweise. Während der Festlichkeit stand jeder der armen Menschen, alte Weibchen, alte Männchen, verhärmte Frauen, vor seiner Portion. Sie standen da und schämten sich. Sie getrauten sich kaum, zum Gesang den Mund zu öffnen, zumal die beiden strahlenden Bäume ihren leibhaftigen Jammer ins grellste Licht setzten.

Wir, mein Vater und meine Mutter, sahen dieses uns neue Schauspiel mit Abneigung. Die alte Menzel, eine verschämte Arme, war bei uns untergekrochen; das Weibchen kam aus dem Zittern nicht heraus.

Diakonus Spahner ergriff die für ihn seltene Gelegenheit, seine Predigergabe leuchten zu lassen, wobei die Beschenkten ihre Portionen immer noch nicht berühren, sondern nur mit den Augen verschlingen durften. Die Predigt dauerte doppelt so lange als nötig war. Dann aber, endlich, schien man zur Sache zu kommen.

Madame Enke erhob sich, auf der pompösen Brust den Luisenorden, jeder Zoll Maria-Theresia.

Ihr bedeutender Kopf mit der runden Nase und zwei

schwarzen, feurigen Augen gehörte eher der slawischen als der deutschen Rasse an. Sie hatte die schönsten Stücke, Ohrgehänge, Broschen, Halsketten, aus dem Familienschmuck der Hindemith angelegt, ganz dem festlichen Abend angemessen. Und, wie gesagt: den Luisenorden, eine Dekoration, die von ihr am meisten geschätzt und von allen am meisten beneidet wurde.

Hatten das Kindlein in der Krippe, Maria und Joseph, Ochs und Eselein aber je solche Worte gehört und in solchem Ton, wie sie aus dem Munde der Trägerin des Luisenordens nun hervorgingen? Schon die ersten Verlautbarungen der wohltätigen Dame schienen den Bartflaum, den sie auf der Oberlippe trug, gewissermaßen zu rechtfertigen.

»Ihr wißt, daß ihr von mildtätigen Menschen hier beschenkt werdet«, hieß es ungefähr, »und ich setze voraus, daß ihr das anerkennt und dankbar seid.« Es klang resolut, und man wußte sofort, mit Frau Enke anbinden würde viel Energie erfordern. Sie schüttete dann, sich mehrfach bis zu Kommandotönen steigernd, eine Fülle moralischer Forderungen aus, die nun noch von den verwirrten Gästen des Christkindes verarbeitet werden mußten, bevor sie ihre Portionen ergreifen durften.

Und plötzlich vernahm man zu allgemeinem Erstaunen und Befremden etwas wie einen wütenden Wortwechsel. Man erkannte dann, daß er einseitig war, daß nämlich Madame Enke ein hohlwangiges Bergarbeiterweib aufs schrecklichste öffentlich abkanzelte: man hatte ihm, hieß es, im vorigen Jahr Kinderkleider und dergleichen einbeschert, die sie nicht verwendet, sondern verkauft habe. »Eigentlich gehören Sie gar nicht hierher, Sie verdienen gar nicht, aufs neue beschenkt zu werden. Aber merken Sie sich: es ist heute das letztemal, falls Sie sich wiederum solcher Begünstigung unwürdig zeigen!«

Es war wohl der äußerste Tiefstand, auf den die gemütischen Eigenschaften der Madame Enke je gesunken waren.

Dieses Erlebnis, im hohen Grade roh, entrüstend und anstößig, ist mir als ein Paradigma solcher Veranstaltungen, wie sie nicht sein sollen, bis heute nachgegangen. Madame Enke hatte auf meiner Bühne ausgespielt.

Dreiundzwanzigstes Kapitel

Die Familie feierte in diesem Jahr ein sehr anspruchsloses Weihnachtsfest, das mir allerdings eine Dreiviertelgeige als Geschenk brachte. Ich hatte mir eingeredet, es schlummre in mir vielleicht ein Musiker. Allein der Grund, weshalb ich mir eine Geige gewünscht hatte, war nicht der. Durch zwei Umstände ist er wahrscheinlich gelegt worden. Meinem Vater war eine Geige gestohlen worden, die er von seinem Großvater überkommen hatte, einem Weber und Dorfmusikus, der als solcher auch im Kirchendienst der Stadt Hirschberg mitwirkte. Die Geige in ihrem Kasten hatte im Großen Saale der Krone gestanden, Einbrecher hatten zur Winterzeit die Scheiben der großen Glastüren eingedrückt und die Geige vielleicht nur deshalb geraubt, weil der glänzende Messingbeschlag des Kastens sie anlockte. Es mag ein gutes, altes Tiroler Instrument gewesen sein, beileibe kein Stradivarius, aber die Pietät, die mein Vater dafür besaß, ferner die Phantasie von uns Kindern und schließlich die unbegrenzten Möglichkeiten, die bei alten Geigen gegeben sind, machten sie am Ende dazu.

Diese Geige lag mir im Sinn und desgleichen der musikalische Urgroßvater. Und überdies lebte in Salzbrunn Doktor Oliviero, ein vielbeschäftigter praktischer Arzt, der ausgebildeter Geiger war und seine berufsfreien Stunden der Geigenkunst widmete. Während des Kursaalwinters entstand das phantastische Gerücht, daß er wegen einer Geige in Unterhandlungen stehe, die fünf-, sechs- oder achttausend Taler kosten solle. Es war ein begründetes Gerücht, die Geige gelangte in seine Hände.

Irgendwie hatte sich im Anschluß an diese Umstände eine fanatische Geigensehnsucht in mir festgesetzt. Es kam wohl auch Eitelkeit dazu, Eindrücke der Gepflogenheiten des eleganten Kapellmeisters von der Kurkapelle. Wenn diese, wie öfters, Straußsche Walzer spielte, nahm er die Geige selbst in die Hand, um die Spieler zu höherem Schwunge fortzureißen.

So zog mein Vater denn Doktor Oliviero zu Rat, als mein Wunsch immer brennender wurde. Man möge mir, sagte der Doktor, ruhig willfahren, man bekomme ja schon für einige Taler ein für den Anfang genügendes Instrument, und was solle ein Versuch, geigen zu lernen, dem Knaben schaden?

Und schließlich bot Oliviero sich an, mich, selbstverständlich ohne Entgelt, zu unterweisen.

Worauf denn auch wirklich der Unterricht nach Neujahr begann.

Doktor Oliviero hatte die gepflegteste und behaglichste Häuslichkeit. In den Zimmern hörte man keinen Tritt, weil die Fußböden mit einer dünnen Schicht Stroh überdeckt und mit Teppichen überspannt waren. Das Ehepaar Oliviero war kinderlos. Er, ein nicht großer Mann mit einem beethovenähnlichen, aber gelassen-gütigen Musikerkopf, sie, eine stattliche, schöne Frau, die erheblich jünger als er sein mußte. Ich fühlte mich wohl in diesem Hause, dessen Kultur eine in Salzbrunn ungewöhnliche war und in dem ich mit einem stillen Gleichmaß von Güte behandelt wurde.

Doktor Oliviero ging während der Unterrichtsstunde, immer mit ausgesuchtester Akkuratesse gekleidet, die Geige an der Schulter, mit bequemen Schritten hin und her, jede Pause meiner jämmerlichen Kratzerei benutzend, um sich mit Läufen, Trillern, Doppelgriffen, Oktavgängen und Flageoletts schadlos zu halten.

Mitunter blickte oder trat die schöne Arztfrau herein, an vornehmer Haltung und Kleidung ein Typ, nach dem man heut im Hause eines Landarztes ebensolange wie damals suchen müßte. Manchmal erhielt ich dann eine Süßigkeit, oder es wurde uns, wenn es draußen sehr kalt war, in den stets überheizten Zimmern Tee serviert. Man spürte in allem, Tapeten, Möbeln, Bildern und Vorhängen, eine besondere Wohlhabenheit, die in der Tat hier zugrunde lag und nicht aus der Bergmanns-Praxis stammte.

Nie übrigens sah man Doktor Oliviero in irgendeiner Gaststube noch in der Restauration irgendeines Hotels oder gar seine Frau und ihn bei winterlichen Ressourcebällen oder den sommerlichen Soireen für Badegäste. Fürstlich privilegierter Badearzt war Doktor Oliviero nicht.

Eine Drei-Kaiser-Zusammenkunft stand vor der Tür. Bismarck hatte sie im Interesse des Friedens – der Sieger will immer den Frieden! – angeregt. Alexander II. von Rußland, Franz Joseph von Österreich und Wilhelm I. einigten sich zur Aufrechterhaltung des Friedens und des Status quo. Kurz, alles traf alle möglichen Anstalten, um dem neuen Reich und der neuen Welt eine Friedensepoche zu gewährleisten, in der sich ein friedlicher Wettstreit, dessen Kräfte wie ungeduldige Rosse in den Gebissen schäumten, grenzenlos entfalten konnte und sollte.

In diese erwartungsvolle, von nah erfüllbaren Hoffnungen aller Art gesättigte, freudigerregte Epoche fiel plötzlich und gänzlich unerwartet der kalte, finstere Schatten des Thanatos. Ich weiß nicht, wo zuerst: in Deutschland waren die Schwarzen Pocken, war die Schwarze Pest ausgebrochen und raffte, durch ärztliche Kunst nicht aufzuhalten, aber und aber tausende Menschen hinweg. Endlich fiel auch in Salzbrunn der erste Schlag. Man hörte am ersten Tage von einem, von zwei, von drei Fällen im Niederdorf, die schon am zweiten, mit zehn anderen, tödlich endeten, während am dritten Tage die Zahl der Toten auf zwanzig, am vierten auf dreißig, vierzig stieg, Opfer, von denen uns die meisten bekannt waren. Man schloß die Schulen, und wir Kinder durften nur unter Wahrung strengster Vorsichtsmaßregeln aus dem Haus.

War ich nun eigentlich angst- und furchtgequält oder sonst tiefer bewegt, als die unsichtbare Hand immer mehr Leute aus dem Leben riß, fast in jede bekannte Familie griff und sich dem Oberdorf und dem Kursaal bedrohlich annäherte?

Soweit war ich durchaus noch Kind, daß ich die Schließung der Schule als einen Glücksfall begrüßte.

So hafteten auch keineswegs die Warnungen meiner Eltern und des Doktors Straehler vor möglicher Ansteckung: war ich wie immer dem Hause entsprungen, so hatte ich an sie keine Erinnerung. Ich schlug die strengen Gebote, keinen Menschen zu sprechen, noch gar zu berühren, beileibe kein Haus zu betreten, nicht eigentlich in den Wind, sondern dachte immer erst dann an sie, wenn ich dies alles nach alter Gewohnheit getan hatte. Doktor Straehler riet davon ab, mich einzusperren, da ich, an freies Herumtollen doch gewöhnt, durch Stubenarrest am Ende noch ärger gefährdet würde.

Ich tummelte mich im Dorf umher und betrat denn auch Zimmer, in denen Leute zu Bett lagen. War es ein Pockenkranker oder nicht, an den ich in einem modrigen Gartengelaß durch irgendeinen Zufall geriet? Jedenfalls ist ein Eindruck damit verknüpft, der sich mir ins Gemüt ätzte. Im gleichen Zimmer befand sich ein wenig bekleidetes, schlumpiges Weib. »Wasser!« flehte der Kranke sie an. – »Wasser?!«

schrie sie, »hol dir doch Wasser!« – »Ich kann nicht, ich bin zu schwach«, sagte er. – »Faul bist du, du bist faul!« war die Antwort. – »Merkst du denn nicht, wie es mit mir steht? Ich bin hin. Ich werde von diesem Bett nicht mehr aufstehen.« – »Dann bleibe doch liegen, Lumpenhund!« – »Frau«, klang es zurück, »denk daran, daß es eine Gerechtigkeit auf Erden, und wenn nicht auf Erden, dann im Himmel gibt. Du sollst die Strafen Gottes nicht so herausfordern!« – Sie brach in ein häßliches, wildes Lachen aus. »Du redest von Strafen Gottes, du Schuft, gehörst du nicht zehnmal an den Galgen?!« – »Wasser!« flehte aufs neue der Kranke. »Reich mir doch mal die Medizin!« – »Hol dir das Wasser, nimm dir die Medizin!« – »O Gott, wenn es doch endlich schon aus wäre!« – »Ich mache drei Kreuze: ja, wenn es doch aus wäre! Wenn es doch aus wäre! Ich spränge ellenhoch in die Luft! Ein Faulenzer weniger auf der Welt, eine schlechte Lumpencanaille weniger!«

Ich verschloß diese schreckliche Offenbarung in mein Knabengemüt, wo ich manche ähnliche Mitgift in meinem späteren Leben entdeckt habe.

Hatte ich die Schließung der Brendel-Schule als den Beginn einer freien Ferienzeit begrüßt, bald sollte ich mich nach ihr zurücksehnen. Denn wieder hatte die Pädagogik meines Vaters eingesetzt. Heiter durchgreifend aber war sie diesmal nicht, sondern auf einfache Weise zwar, aber auch auf überaus strenge durchgreifend. Vater machte mir höchst persönlich am Fenster des Billardzimmers einen Tisch zurecht, gab mir einen von seinen dutzendweise vorrätig gehaltenen neuen Federhaltern, mit einer englischen Stahlfeder frisch versehen, und stellte ein entkorktes sauberes Tintenfläschchen vor mich hin; köstliche weiße Quartbogen wurden von uns beiden zusammengeheftet, ich erhielt Bleistift und Lineal und mußte sie unter seiner Anleitung liniieren.

Von da ab hatte ich nichts zu tun, als die vor mir aufgeschlagene »Weltgeschichte für das deutsche Volk« von Friedrich Christoph Schlosser abzuschreiben. »Auf diese Weise«, sagte mein Vater, »lernst du lesen, schreiben und Weltgeschichte zu gleicher Zeit.«

So weit wäre dies nun ganz gut gewesen, hätte nicht mein Vater ein tägliches Pensum von mir verlangt, gegen das meine früheren Schulaufgaben einfach nicht in Betracht kamen. Mit zwei bekritzelten und bekleckslen Seiten meines Schulheftes erklärte Brendel seine Zufriedenheit, jetzt mußte ich sitzen wie angenagelt und wurde nicht eher losgelassen, bis das mir unmöglich Scheinende Wahrheit geworden war und ich sechs bis acht Druckseiten sauber kopiert hatte.

Vierundzwanzigstes Kapitel

Eines Morgens wachte meine Mutter, mit der ich, wie schon gesagt, das nicht sehr anheimelnde Schlafzimmer teilte, auf eine seltsame Weise auf. »Gerhart, gehe doch mal«, sagte sie, im Bett sich aufrichtend, »Gerhart, gehe doch mal ...« Weiter kam sie nicht. »Gerhart, willst du so gut sein und ...« Aber auch diesmal kam sie nicht weiter. »Gerhart, mir ist nämlich, mußt du wissen ...«Abermals trat die Stockung ein.

Ich erkannte sogleich, daß meine Mutter nur halb bei Besinnung war und hilflos um sich her tastete. »Gerhart, willst du nicht Vater sagen ...«

Ich sprang aus dem Bett und rief ihn herbei.

Doktor Straehler, Doktor Oliviero und Doktor Richter wurden gerufen. Nach ihrem gemeinsamen Ausspruch bestand kein Zweifel, daß die furchtbare Hand der herrschenden Pest in unser Haus und nach meiner Mutter gegriffen hatte. Sie war da, unter unserm Dach, mitten unter uns. Keiner wußte, ob er ihr noch entgehen konnte.

Die Kranke wurde sogleich im Hause isoliert, so gut oder schlecht, wie es damals üblich war. Aber infolge der Energie meines Vaters wurden alle Vorsichtsmaßregeln, Ansteckung zu vermeiden, durchgeführt. Immerhin lag der Eingang zum Krankenzimmer nur vier oder fünf Schritt von dem unserer Wohnstube. Carl und ich wurden sogleich geimpft, alle Hausgenossen desgleichen, und es hat denn auch eine Übertragung der Krankheit im Kurhaus nicht stattgefunden.

Daß mein Vater und wie mein Vater die Mutter liebte, erwies sich bei dieser Gelegenheit.

Der Kursaal war nun also ein Blatternhaus. Er mußte als Gasthof geschlossen werden und wurde – ich weiß nicht durch welche äußere Zeichen – als verseucht kenntlich gemacht.

Wochenlang sah meine Mutter nur ihre »graue Schwester« und den Arzt, selbst mein Vater durfte sie nicht besuchen.

Als er uns mitteilte, was die Mutter betroffen habe, war seinem sonst so unbeweglich ernsten Gesicht alle Strenge verlorengegangen. Seine sonst so bestimmte Ausdrucksweise war fast tonlos und bebte vor Unsicherheit: »Die arme Mutter ist krank, sehr krank. Wir müssen zu Gott beten, daß er die gute Mutter erhalte: die arme Mutter, die gute Mutter«, sagte er, zwei Eigenschaftsworte, die er bisher, wenn er von ihr sprach, nie gebraucht hatte.

Sorgenvolle Wochen vergingen nun, in denen wir auf das Befinden der Mutter aus dem Verhalten des Vaters schließen konnten, auch wenn er keine Berichte gab. Stieg im Krankenzimmer die Gefahr, so war der Vater schweigsam und unruhig, waren die Ärzte hoffnungsvoll, so spürten wir das an einer gewissen Zärtlichkeit, mit der uns der Vater behandelte.

Es kam dann ein Tag, an dem er nach dem Besuch der Ärzte zu uns trat, die goldene Brille abnahm und putzte und mit feuchten Augen sprach: »Unser lieber himmlischer Vater scheint beschlossen zu haben, daß wir unsere gute Mutter behalten sollen. Sorgt nun, daß ihr selber gesund bleibt, macht euch fort an die Luft, springt im Posthof herum, aber meidet die andern Menschen!«

Die Ärzte behielten recht. Bald bezogen sich die Krankenberichte nur noch auf einzelne Phasen der Rekonvaleszenz, den Rückgang des Fiebers und sein Ende, die Art und Menge der Nahrungsaufnahme, die man der Kranken zubilligte, die Mittel, die man gegen die zu befürchtenden Blatternarben anwandte, Mittel, welche die Hoffnung rechtfertigten, es werde im Antlitz meiner Mutter keine entstellende Spur der überstandenen Krankheit zurückbleiben.

Mit der Natur über Frühlingsanfang hinweg wuchs meine Mutter wiederum mehr und mehr ins Leben hinein, und eines Tages hieß es, sie könne nun bald aufstehen.

An diesem Tage, morgens, wurde mir in Gegenwart meines Vaters bei dem Zwergschneider Leo, dem Löwen, ein eben fertiggestelltes neues Gewand, Jackett, Hose, Weste, angezogen. Ich war vor Entzücken außer mir. Leider mußte ich es wieder ausziehen, durfte es aber an der Seite des Vaters nach Hause tragen. Daß mein Vater zu überraschen liebte, weiß man schon. Eine solche Überraschung stand mir bevor, ehe wir am Portal des Kurhauses wieder anlangten. Mein Vater fragte mich, wer denn wohl jene Dame sein möge, die hinter dem Fenster rechts über der Tür sitze. Ich blickte hinauf und sah eine lächelnde, bleiche Frau, die mir zunächst Befremden erregte, bis ich dann plötzlich begriff, daß es meine wiedererstandene Mutter war.

Dies bedeutete einen unaussprechlich glückseligen Augenblick, der ein überschwenglich freudiges Rasen in mir auslöste. Ich hatte die Mutter Wochen und Wochen lang nicht gesehen. Auch ohne sie hatte ich freilich gelebt, aber nun erst begriff ich, daß dies ein vergleichsweise armes, kaltes, mechanisches Leben gewesen war: im Innern die Ungeduld und das Abwarten. Nun aber traf mich der Strahl ihrer kreatürlichen Mutterliebe, alles erneuernd durch und durch.

Noch konnte ich nicht hinauf zu ihr und ihr um den Hals fliegen, noch nicht einmal ihre Stimme zu hören vermochte ich. Aber sie sollte doch wissen, sie mußte doch wissen, wie sehr ihr bloßer Anblick hinter den Fensterscheiben mich beschenkt und mich glücklich gemacht hatte. Deshalb riß ich wie toll die Hose, die Weste, die Jacke des Schneiders Leo aus der Umhüllung heraus. Ich zeigte sie ihr, ich schwenkte die Kleidungsstücke hoch in den Händen, ich tanzte mit ihnen einen losgelassenen, grotesken Indianertanz.

In den nächsten Wochen sah ich meine Mutter immer nur auf die gleiche Weise Tag für Tag, bis sich beim ersten weichen Frühlingslüftchen das Fenster öffnete und das Wort meiner Mutter wieder an mein Ohr, wie meines an das ihre schlug.

Die Epidemie war abgeklungen. Ihre Opfer waren dahin, die Toten tot. Aber der Frühling war wie immer lebendig. Die Stare trugen zu Nest mit Pfeifen und großer Geschäftigkeit. Ich pflückte für meine Mutter Krokus und Himmelsschlüssel. Noch blieb die Brendel-Schule geschlossen, aber wir durften die Trommeln abholen und zogen damit, geführt vom Tambourmajor, wiederum zum alten Birnbaum hinaus und hinauf. Die Welt und mit ihr der Patriotismus und alle guten Hoffnungen der neuen Zeit waren wiederum gleichsam aufgetaut. Begeistert rührten wir unsere Trommeln.

Eines Morgens zogen wir feierlich unter dem Fenster meiner Mutter auf. Ich hatte den Tambourmajor unschwer dazu bewogen. Wir nahmen Stellung und führten in höchst exakter Weise, die Kalbsfelle mit den Schlägeln bearbeitend, der nahezu gesundeten Kurhauswirtin unsre Künste vor. Es war ein reguläres Trommelständchen, was wir ihr damals gebracht haben. Auch sollte sie sehen, daß sie nicht einen Nichtsnutz zum Sohne hatte, sondern einen, der eine Stellung einzunehmen und zu behaupten verstand.

Fünfundzwanzigstes Kapitel

Die Saison war im Gang, das Hotel zur Krone, wie immer um diese Zeit, glich einem Bienenhaus. Ankommende Gäste, Kutscher und allerlei Leute lärmten im Hof.

»Hauffe, sullst assa kumma!« schrie die kleine, jetzt siebenjährige Ida Krause mit durchdringender Stimme täglich um zwölf Uhr vom Haus hinüber zu den Stallungen. Den derben, kleinen, resoluten Strunk hatte man gern, und mein Vater freute sich jedesmal, wenn er Idas »Hauffe, sullst assa kumma!« vernahm. Sagte man ihm, daß er ihr das Geschrei verbieten sollte, lehnte mein Vater lachend ab.

Plötzlich, nachdem ich sie tags zuvor noch ihren pflichtgetreuen Ruf hatte ausstoßen hören, wurde bekannt, Ida Krause sei tot. Sie war an Diphtheritis gestorben.

Der Ruf also, der den alten Pferdeknecht Hauffe zu jenem Mittagessen aufforderte, das ich selbst einmal als Gast am Krausetisch unvergeßlichen Angedenkens eingenommen hatte, erscholl von nun an in Ewigkeit nicht mehr. Ein scheinbar unsterbliches Etwas, ein tüchtiges, bei all seiner Jugend bereits arbeitswütiges Bauernmädel hatte sich ins Nichts aufgelöst. Ich habe weder die Leiche gesehen, noch habe ich den kleinen Sarg begleitet, als man Ida unter Vorantritt der Schule und des Lehrers Brendel vom Oberdorf nach dem Niederdorf, parallel dem Flusse der Salzbach, zu Grabe trug.

Dieser Tod, unzeitig bis zum Widersinn, gab mir zwar immer wieder zu denken, nahm mir jedoch selber nichts von meiner knabenhaften Lebenssicherheit.

Ich weiß nicht, wie ein neuer Brunneninspektor namens Manser zu seinem Posten gekommen und Nachfolger meines Großvaters geworden ist. Er hatte den Krieg als Feldwebel mitgemacht und war mit dem Eisernen Kreuz I. Klasse für besondere Verdienste belohnt worden. Ein barscher und militärischer Ton machte ihn anfangs unbeliebt. Er unterlag hierin der Zeitmode. Auch mit meinem Vater geriet er deswegen sehr bald in Kollision. »Ich verbitte mir diesen Unteroffizierston!« waren die Worte, mit denen mein Vater eines Tages den Verkehr zwischen sich und dem neuen Manne geregelt hatte.

Ob es ihn wohl milder stimmte und ob er überhaupt daran dachte, daß die Karriere seines verstorbenen Vaters, wie die Mansers im Siebziger Krieg, in den Freiheitskriegen ihre Wurzel hatte, aus denen er ebenfalls als Feldwebel und mit Auszeichnung hervorgegangen war?

Ich erinnere mich eines Vorgangs auf der Promenade, der eine Seite des neuen Geistes besonders sichtbar machte. Schon früher waren in Salzbrunn Tiroler aufgetaucht, durch die grüne, kniefreie Tracht und derbes genageltes Schuhwerk kenntlich. Einer von ihnen hatte sogar eine lebende Gemse mitgebracht. Er schob sie in einer Kiste, über die ihr Rücken und Kopf nur eben hinausragte, auf seinem Karren von Ort zu Ort: »Willst du nicht das Lämmlein hüten?« Die Ballade Friedrich Schillers vom Gemsenjäger steckte mir bereits im Kopf:

...
Plötzlich aus der Felsenspalte
tritt der Geist, der Bergesalte.
Und mit seinen Götterhänden
schützt er das gequälte Tier.
›Mußt du Tod und Jammer senden‹,
ruft er, ›bis herauf zu mir?
Raum für alle hat die Erde –
was verfolgst du meine Herde?‹

Man mag ermessen, welchen Eindruck mir nun die Gegenwart einer wirklichen Gemse hätte machen sollen. Aber eigentlich war ich ein wenig enttäuscht, denn das friedliche Tierchen, das sich durchaus und durchum, aber besonders durch seine Hörnchen, als wirkliche Gemse erweisen konnte, stellte sich doch auch als naher Verwandter unsrer gewöhnlichen Ziege heraus, nur schien es mir gütiger, reiner, herzlicher. Daß es sich, gewohnt an den Glanz und die Freiheit alpiner Schneegipfel, in seiner Kiste wohlfühlte, glaubte ich nicht, obgleich es sich für gereichte Grasbüschel und Blätter dankbar erzeigte.

Ein anderer Tiroler, zwar ohne Gemse, erschien auf der überfüllten Promenade eines Julinachmittags. Die Kurkapelle musizierte mit besonderer Verve in ihrem Pavillon. Mein Onkel Hermann, der Badearzt, im grauen Gehrock und grauen Zylinder, sowie seine Kollegen, Doktor Valentiner und Sanitätsrat Biefel, nicht minder elegant, lagen wie immer vor dem Portal des Brunnenhauses peripatetisch ihrer Praxis ob. Schwindsüchtige und Gesunde promenierten durcheinander, jeder das Glas mit kaltem oder gewärmtem Brunnen oder einem Gemisch von Eselsmolken und Brunnen in der Hand.

Der sauber und stilecht kostümierte Tiroler war ein schöner, zwischen sechzig und siebzig stehender alter Mann mit kraftvoll gebräunten Knien und prächtigen Schultern. Sein gewaltiger Schnurrbart, der kein dunkles Haar zeigte, war wohlgewachsen und wohlgewichst, sein dichtes, schneeweißes Haupthaar desgleichen. Wie eine glänzende, bürstenartige Kappe stand es um seinen Kopf.

Das Wohlgefallen war groß, wo immer dies Musterexemplar eines Steiermärkers, Kärntners oder Pinzgauers vorüberkam. Man wurde dann allgemein auf ihn aufmerksam, als er sich vor dem Musiktempel unter den Augen der Kurkapelle und ihres Dirigenten zu tun machte.

Seine Vorkehrungen, die ich wie alle, die sie sahen, mit einer Art heiteren Spannung verfolgte, zeigten eine gewissermaßen humoristische Seltsamkeit. Er rückte zunächst eine kleine, quadratische, frisch gehobelte Kiste im Gartenkies zurecht, die er mit einem roten Tuch überdeckte. Es löste allgemeines Gelächter aus, als er mit seinen Nagelschuhen diesen farbigen Sockel betrat und krachend eindrückte.

Der kernige Mann ging nun ohne sein Piedestal dazu über, die Darbietung der Kurkapelle mit schrillem Vogelgeschmetter zu begleiten, was, wäre es nicht so rührend naiv gewesen, ohne Zweifel ein Unfug war. Als er seine Kunst eine Weile zum Ergötzen der Promenade ausgeübt hatte, sah man drei Brunnenschöpfer in schlesischer Bauerntracht, mit langen Schaftstiefeln an den Füßen, durch das bunte Gewühle schwer herantrapsen. Das Trio packte den weißhaarigen Mann, nahm ihn, nolens volens, teils am Kragen, teils bei den Händen und führte ihn trotz seinem Widerstande, seinem eigenen Proteste und dem der Kurgäste in das Kellergefängnis des Polizeigewahrsams ab. Manser, der neue Brunneninspektor, hatte, seine Kompetenz überschreitend, diese sinnlose Arretierung verfügt.

Die Empörung war allgemein. Wochenlang müssen dem neuen Manne die Ohren von keineswegs schmeichelhaften Urteilen über die Brutalität seines widersinnig-antideutschen Eingriffs geklungen haben.

Meine Schwester Johanna war aus der Pension zurückgekehrt, zu einem schönen Mädchen herangewachsen und ein wahres Musterbeispiel von Wohlerzogenheit. Sie wohnte in einem Zimmerchen des Hotels, hielt sich aber tagsüber meist im Kurländischen Hof, dem Hause des Fräuleins von Randow, auf, deren Pflegetochter, Fräulein Jaschke, eine geprüfte Lehrerin, ihr Unterricht im Französischen gab und überhaupt ihre Erziehung fortsetzte.

Wie Johanna jetzt mit Messer und Gabel bei Tisch verfuhr, erregte mir staunende Bewunderung. Die englische Art und Weise zu essen, bei der man um nichts in der Welt das Messer zwischen die Lippen bringen durfte, war damals aufgekommen. Selbstverständlich, daß Johanna geschmackvoll gekleidet war und daß ihr gesamtes Auftreten nunmehr dem einer Tochter aus gutem Hause entsprach. So war ich überaus stolz auf sie, obgleich ich mich zu ähnlich abgezirkelten Formen, was mich selbst betraf, keineswegs verstehen konnte.

Wenn ich mich mit meiner schönen Schwester damals in den Promenaden zeigen konnte, fand sich dagegen mein Familienstolz aufs höchste befriedigt.

Beständig schien sie Geburtstag zu haben, wenn man die Huldigungen durch Konfekt und Blumen berücksichtigte, mit denen tagaus, tagein ihr Zimmer bedacht wurde.

Ein besonderer Verehrer Johannas war der alte Ostelbier Huhn, derselbe, der mir einmal das Danaergeschenk des Rollwagens mit vier Pferden in einem Verkaufsstand der Elisenhalle aufgedrängt hatte. Auch Gustav Hauptmann, wie selbstverständlich, huldigte ihr. Es war nicht das erstemal, daß einer hübschen Nichte gegenüber der Onkel in den Courmacher überging.

Durch Johannas Erfolge wurde damals Tante Elisabeth Straehler, eine der nun verwaisten Schwestern vom Dachrödenshof, aus ihrem Versteck hervorgelockt. Daß sie bereits zweiunddreißig zählte, die Nichte Johanna aber kaum siebzehn, konnte sie dieser schwer vergeben. Noch ist mir ihr Antlitz erinnerlich, dessen Nase und Mund eine gewisse Scheelsucht nicht verbergen konnten, wenn sie Johannas ansichtig ward. Da trug meine Schwester etwa ein zu kurzes Kleid, oder es war zu tief ausgeschnitten. Sie nannte es auch einen Skandal, wenn es sich durch lebhafte Farben und hübschen Schnitt auszeichnete, und stand nicht an, auf gewisse provokante Damen der Straße dabei anzuspielen. Ihr Mundwerk brachte es manchmal so weit, daß sich Hannchens Zorn in wütenden Tränen austobte.

Die Reste des Geistes vom Dachrödenshof standen nicht mehr im Zentrum des Orts, sondern waren gleichsam irgendwo ins Dunkel der Peripherie gerückt, besonders seit Manser erschienen war und eine angeblich ziemlich pomphafte Residenz in den langen Dienstgebäuden hinter dem Brunnenhof errichtet hatte. Für das bucklige Täntchen Auguste gilt dies indessen nur bedingt. Fromm und resigniert wie sie immer war, wurde sie nur durch das bittere Aufbäumen ihrer Schwester gegen die veränderten Umstände aufgestört und in deren seelische Miseren wieder und wieder gegen ihre Neigung hineingezogen. Gemeinsam freilich war beiden Schwestern die entschiedene Absage an die neue Zeit, die sie durchaus nicht verstehen konnten, nur daß Tante Auguste sich nicht erst jetzt von der Welt abzuwenden brauchte, da sie schon seit langem ihr Genügen in der Bibel, in Thomas a Kempis, in frommen Poesien und Musik gesucht und gefunden hatte.

Um jene Zeit schloß ich mich auf eine fast seltsame Weise an meine Schwester an. Liebte ich sie? War es Eifersucht? Ich maßte mir jedenfalls an, sie auf mancherlei Weise zu tyrannisieren.

Ich hatte Freude an jedem heimlichen Schabernack. Hatte meine Schwester sich in den heißen Nachmittagsstunden, um zu schreiben, zu lesen oder zu ruhen, in ihr Zimmer zurückgezogen und eingeschlossen, was bei dem Gasthofbetrieb nur natürlich war, so schlich ich heran, klopfte bescheiden an die Tür und war, wenn Johanna öffnete, nicht zu sehen. Ich wiederholte diesen Streich mehrmals am Nachmittag und wurde von ihr niemals entdeckt. Blieb begreiflicherweise das bescheidene Klopfen mit der Zeit wirkungslos, so führte ich Faustschläge gegen die Tür, ein Unfug, den meine Schwester nicht überhören konnte.

Die Verkaufsstände des Badeortes reizten um diese Zeit mehr und mehr meine Begehrlichkeit. Bald war es ein Bergkristall, eine weiße oder rote Koralle, ein Achatschälchen, das ich besitzen wollte, ein großer oder kleiner Gummiball. Einmal war ich versessen auf ein braunes ledernes Portemonnaie, das die Sonne eigenartig gebleicht hatte. Es übte eine beinahe krankhafte Anziehungskraft auf mich aus. Ich hatte mir pfennigweise, ich weiß nicht wo, Geld zusammengeschnorrt, so daß ich nahezu Dreiviertel des Preises beisammen hatte. Mit der wachsenden Summe war ich wieder und wieder zum Tische des fliegenden Händlers zurückgekehrt, aber er ließ sich durchaus nichts abmarkten. Bis zur Verzweiflung ausgehöhlt von der durch dieses Portemonnaie und seine Patina erregten Zwangsidee, pochte ich an Johannas Zimmer. Ich pochte und tobte, bis sie öffnete. Aber ich traf sie ebenso unerbittlich hart, wie der unerbittlich harte Verkäufer war.

Wenn ich von dieser kleinen Geschichte absehe, so muß ich gestehen, ich habe vielfach nur aus Freude am Ärgern meine Schwester gequält. Schwer zu sagen, welch ein letztes Gefühl von Unbefriedigtsein zugrunde lag. Vielleicht war irgendein dumpfes Hadern mit einem unverstandenen Geschick die Ursache, auf Grund eines rastlosen Unbehagens, das mich damals wohl gelegentlich überkommen hat, einer Empfindung von Sinnlosigkeit meiner Existenz. Ein häßlicher Dämon, viel ärger als Puck, hatte mich in Besitz genommen.

Was für ein Neues wollte damals in mir aufstehen und wühlte in mir? Habe ich mich vielleicht im Spiegel der Schönheit erblickt und mißbilligt? Am Ende wollte sich damals das Ende meiner unbewußten Kindhaftigkeit leise ankündigen, aber: »Suche nicht alles zu verstehen, damit dir nicht alles unverständlich bleibe«, sagt ein Philosoph. Und so lasse ich denn den Umstand auf sich beruhen, der das Rohe in mir gegen das Veredelte, das Wilde gegen das Gesetzte, das Thersiteshafte gegen das Gute, das Häßliche gegen das Schöne aufzurufen schien.

Vielleicht sah meine Schwester in meinem Verhalten mit Besorgnis Zeichen der Verwahrlosung und hatte sich mit ihrer Lehrerin Mathilde Jaschke darüber ausgesprochen. Sie nahm mich jedenfalls eines Tages zu dieser Dame und deren Pflegemutter, dem Fräulein von Randow, mit.

Beide Persönlichkeiten neigten sich mit einer großen Zartheit und Wärme zu mir. Ich durfte Tee trinken, Kuchen essen und mich in den Räumen des Hauses, genannt Kurländischer Hof, nach Belieben umsehen. Wohlfühlen konnte sich hier ein zügelloses Naturkind zunächst freilich nicht, aber es überkam mich ein heimliches Staunen, eine stille Bewunderung. Die

Zimmer mit ihren antiken Möbelstücken und ihren Parkettfußböden rochen nach poliertem Holz und nach Bohnerwachs und waren mit Reseda und Goldlack in Vasen und Schalen parfümiert.

Fräulein von Randow war wohlhabend. Ich habe die hohe, würdevolle Erscheinung mit der weißen Rüschenhaube und dem schlichten grauen Habit deutlich in Erinnerung. In ihrem Besitz befand sich eine alte Vitrine, die von vier Mohren getragen wurde. Ein anderer Schrank mit vielen kleinen Schüben war mit Olivenholz fourniert und das Äußere jedes Faches mit sogenanntem Landschaftsmarmor ausgelegt. Jedes der beiden Stücke war eine Seltenheit. Aber auch alles übrige der gesamten Einrichtung war kostbar und von erlesenem Geschmack. Das Ganze, als es später durch Erbschaft an Mathilde Jaschke, hernach auf meine Schwester überging, blieb jahrzehntelang eine Fundgrube und ist trotz mancher Verkäufe und Schenkungen bis zum heutigen Tag noch nicht erschöpft.

Die selbstverständliche Freiheit und Sicherheit, mit der meine Schwester sich im Hause der adligen Dame bewegte und wie sie hier gleichsam als dazugehörig betrachtet wurde, steigerte meinen Respekt vor ihr. Und in der Tat hatte schon damals das Verhältnis des weißgelockten Fräuleins von Randow zu ihr einen mütterlichen Charakter angenommen. Ähnlich stand es mit Fräulein Jaschke, der Pflegetochter.

Ein resoluter Geist und ein goldenes Herz waren vereinigt in ihr, Eigenschaften, womit sie sich überall durchsetzte.

»Das größte Zartgefühl schulden wir dem Knaben«, sagt Juvenal. Es war auch der Grundsatz, nach dem ich im Kurländischen Hof behandelt wurde. Hier erschloß sich mir ahnungsweise ein bis dahin unbekanntes Bildungsgebiet, wenn es mich vorerst auch nur sehr gelegentlich und sehr flüchtig berühren mochte. Eine gewisse Verwandtschaft bestand allerdings zwischen diesem Hause und Dachrödenshof als den letzten Ausläufern einer Kultur, die im großen ganzen versunken war.

In der Umgebung des Fräuleins von Randow herrschte der Geist heiter-ernster Weltlichkeit, der keine moralische Schärfe zeigte und es einem ganz anders als in der scharfen Atmosphäre um das bucklig-fromme Täntchen Auguste wohlwerden ließ, deren spitze Blicke und spitzere Worte fortwährend

Kritik übten. Welche der beiden Geistessphären an sich tiefer und bedeutsamer war, entscheide ich nicht.

Es war der Kummer meiner Mutter, daß mein Vater zu seiner Tochter Johanna, solange sie Kind war, kein freundliches Verhältnis gewinnen konnte. Er schien sie immer zurückzusetzen. Es war nicht zu ergründen, ob dies nun nach Hannchens gleichsam triumphaler Rückkehr aus der Pension anders geworden war. Immerhin schien sich mein Vater zurückzuhalten, und wahrscheinlich hatte meine Schwester im Kurländischen Hof mit der imponierenden adligen Dame und ihrer resoluten und gebildeten Pflegetochter einen neuen und starken Rückhalt gefunden.

Dieser Rückhalt verstärkte sich.

Er führte alsbald im Dachrödenshof und sogar bei meiner Mutter zu Eifersucht.

Tante Auguste und Fräulein Jaschke hatten einander nichts zu sagen und mieden sich. Elisabeth stand Fräulein Jaschke näher, da sie immer noch Hoffnungen weltlicher Art nährte, aber das Verhältnis war kriegerisch. Nie ist zwischen beiden das Kriegsbeil vergraben worden. Meistens war es die Seele Johannas, um die man auf beiden Seiten stritt, Elisabeth im zelotischen Sinn, Mathilde ihren Zögling verteidigend.

Sechsundzwanzigstes Kapitel

Anders und tiefer war der Kampf, den meine Mutter damals, durch Jahre, um die Seele der Tochter kämpfte, die ihrer Meinung nach ihre kindliche Pflicht vergaß und in ein fremdes Lager überging.

Wie meine Mutter fühlte und nicht fühlte, lebte sie in einer Art Aschenputtelexistenz. Gram und Kummer deswegen waren vielfach auch mir gegenüber zum Ausdruck gekommen. Sie setzte instinktiv bei Johanna ein ähnliches Fühlen voraus. Vielleicht schwebte ihr von dieser Seite eine Entlastung vor, die sie anderwärts nicht erhoffen konnte.

Johanna ging einen andern Weg. Obgleich sie, wie mein Vater es nannte, als Siebenmonatskind nur ein kleines Leben war, bestand ein starker Wille in ihr, den auch ich nicht selten zu spüren bekam. Sie schwieg, wo sie anderer Meinung war, verharrte jedoch um so fester auf ihrer. Das Beispiel der Mutter, die in den Sorgen und der Mühsal des Haushaltes ertrunken war, glich einer immerwährenden Warnung, aus Willensschwäche einem ähnlichen Schicksal anheimzufallen. Nein! Eier quirlen, Bouillon abraumen, Knochenbänder durchhauen, Hühner und Fische schlachten, Pfannen reinigen, scharfen Fettdunst einatmen, Bohnen schneiden, Schoten auspahlen, Kirschen entkernen, Strümpfe stricken und Strümpfe stopfen lag meiner Schwester nicht.

Unwiderstehlich fühlte sie sich vielmehr durch die vornehme Geistigkeit des von Randowschen Kreises angezogen, wo man Englisch und Französisch trieb, deutsche Dichter las und am Klavier Mozart, Schubert und Beethoven pflegte.

Die Auseinandersetzungen zwischen meiner Mutter und meiner Schwester, die nicht selten in meiner Gegenwart stattfanden, steigerten sich mitunter zu großer Heftigkeit. Meine Mutter war hierin kurzsichtig. Wäre Johanna ihr gefolgt, warscheinlich wäre sie zeitig zugrunde gegangen, denn eine Entwicklung, wie die hier für sie erstrebte, war für sie bei der Zartheit ihrer Anlage Unnatur.

Eine Art Lebenstaumel beherrschte den Badeort, der in dieser Saison den Zustrom von Gästen kaum bewältigen konnte. Während des Trubels inmitten der Julihitze hieß es plötzlich, daß das Fräulein von Randow gestorben sei. Ich schlang gerade wieder einmal mein Mittagessen in der Büfettstube, als mir die Mitteilung gebracht wurde. Im Vorraum kamen und gingen die Kellner und machten mit lauter Stimme ihre Bestellungen. Ich war nicht wenig überrascht, als in meinem abgelegenen öden Raum eine vornehme Dame in tiefer Trauer erschien, die mich nach meinen Eltern fragte. Die Erscheinung war nicht nur wegen der schwarzen Tracht auffällig. Ein blasses, edles Gesicht mit brennenden Augen ward sichtbar, als die Dame den Schleier zurücklegte. Voll Ungeduld ging sie hin und her.

Endlich, als ob sie die Fremde gesucht hätte, trat meine Schwester Johanna ein, entschuldigte die leider unabkömmlich beschäftigten Eltern und entfernte sich mit der Besucherin.

Es sei eine Baronin Maria von Liebig, sagte man mir, eine Freundin von Fräulein Jaschke, die zum Begräbnis von deren Pflegemama eingetroffen war.

Johanna nahm mich mit in den Kurländischen Hof. Hier war das Fräulein aufgebahrt; ein schweres Brokatkleid ist mir erinnerlich, dessen Schleppe man über den Rand des metallenen Sarges bis zur Erde drapiert hatte.

Ich habe vermöge meiner offenen und anschmiegsamen Natur vielen einfachen Leuten, Kutschern, Hausdienern, Dienstmädchen und Kellnern, wie meinesgleichen nahegestanden. Ich hatte mich in diesem Sommer an einen lustigen, liebenswürdigen Sachsen besonders angeschlossen, der als Kellner auch von meinem Vater bevorzugt wurde und sehr tüchtig war. Überraschend hatte sich dieser bis dahin so eifrig tätige Mensch aus dem Dienst entfernt, kam nicht zurück und wurde da und dort in den Kneipen des Orts gesichtet, wo er, ohne grad im Trinken auszuschweifen, seiner Umgebung Reden hielt.

Dieser junge George oder Fritz oder Jean, mit Strohhut, Stöckchen und elegantem Sommerpaletot, stand eines Tages, während ich speiste, vor mir in der Büfettstube. Er schwenkte sein Stöckchen, hob den Hut, wischte mit einem seidenen Taschentuch seine Stirn und fragte mit einer mir an ihm fremden Ungeniertheit: »Sagen Sie, Gerhart, wo ist Ihr Vater?« Ich war erschreckt, denn ich merkte, daß etwas bei ihm nicht in Ordnung war. Als ich zunächst durch Schweigen antwortete, fiel ihm das, wie mir schien, nicht auf. Er pflanzte sich vor den Spiegel und bürstete sorgfältig seinen Scheitel, der tadellos von der Stirn bis zum Nacken ging. Er müsse meinen Vater sprechen, erklärte er, weil er ein Geheimnis entdeckt habe. Er sagte das aber nicht zu mir, sondern führte ein Selbstgespräch, währenddessen er meine Gegenwart, wie ich fühlte, vergessen hatte. »Ich habe ein Geheimnis entdeckt!« war der Schluß, der sich wohl zwanzigmal wiederholte.

Es hieß am gleichen Nachmittag, der arme hübsche Junge sei auf der Promenade einer Generalin buchstäblich aufgehuckt, also auf den Rücken gesprungen, und sei, arretiert, in Tobsucht verfallen. Unheilbar geistesgestört, steckte er wenige Tage später hinter den Gitterstangen einer Irrenanstalt.

Es war das erstemal, daß ich die Zerstörung eines Geistes aus der Nähe beobachten konnte. Ein mir vertrauter, liebenswerter Mensch erlitt plötzlich lebendigen Leibes den geistigen Tod. Daß etwas dergleichen schon in diesem Leben möglich ist, erschwert die Antwort auf die Frage nach geistiger Unsterblichkeit und macht den Glauben daran beinah unmöglich.

Ich befand mich damals im zehnten Jahr, genoß nach wie vor bei Brendel den Schulunterricht, erhielt von Doktor Oliviero in dessen Wohnung Geigenstunde und trieb mich die meiste

Zeit in Feld, Wald, Wiese sowie noch immer auf der Kleinen Seite von Ober-, Mittel- und Nieder-Salzbrunn herum. Immer noch spukte die Indianerromantik, Robinson und das Steppenroß. Unter dem alten Birnbaum rührten wir Jungens noch immer die Trommel, machten rechtsum, linksumkehrt unter dem Befehle Grossers, des einstigen Feldwebels, und sangen: »Heil dir im Siegerkranz« – nicht mehr mit dem Schluß »Heil, König ...« sondern »Heil, Kaiser, dir!« Im Herbste, als sich der Kurort geleert hatte und der eingesessene Salzbrunner zu sich selber kam, wachten die Kriegervereine auf, Feste wurden gefeiert, patriotische Reden gehalten, und besonders das Pflanzen von Friedenseichen war im Deutschen Reich allgemein. Auch in Ober-Salzbrunn wurde die Wurzel eines Eichenbäumchens nach feierlichem Aufmarsch der Schule und der Kriegsteilnehmer dem Boden anvertraut. Man gedachte dabei der Gefallenen. Durch die berühmte Waldenburger Bergkapelle wurde mezzo-forte »Ich hatt' einen Kameraden ...« intoniert und der Gesang von »Deutschland, Deutschland über alles« begleitet.

Diese Zeremonie wurde von mir eine Woche später in Gemeinschaft mit vielen Dorfjungens abermals mit einem besonderen Bäumchen auf einem besonderen Platz ausgeführt. Wir ahmten alles getreulich nach, nur daß wir keine Kapelle hatten. Als wir das Bäumchen gepflanzt und tüchtig begossen hatten, hielt ich mit lauter Stimme die Festrede. Ich sagte: der Krieg sei gut und noch besser der Sieg, am allerbesten aber der Friede. Um seinetwillen werde ja schließlich Krieg geführt – und ich weiß genau, welche wohlige Empfindung heiterer Sicherheit sich dabei um meine Brust legte. Konnten wir damals ahnen, daß eine Friedensepoche fast ohnegleichen, von mehr als vier Jahrzehnten, vor uns und dem deutschen Volke stand?

Beim Pflanzen der Friedenseiche, das versteckt hinter dichten Hecken in einem Garten geschah, sind wir trotzdem belauscht worden. Es hatten sich außerhalb Menschen angesammelt. Als ich meine Rede beschloß, wurde mir von dort aus durch Händeklatschen und Bravorufe der erste Beifall meines Lebens bezeigt.

Immer tiefer gerieten wir in den Herbst hinein, und am 15. November brannten zehn Lichter um meinen Geburtstagskuchen. In meinem Gedächtnis ist dieser Tag verzeichnet gleichsam als epochaler Augenblick. Höchstens drei- oder viermal hat es einen solchen gegeben im ersten Vierteljahrhundert meines Daseinskampfs.

Was war es? Was verlieh dem Zehnlichtertag diese Wichtigkeit? Die Frage ist heut nicht mehr leicht zu beantworten. Gewiß ist, sie lag in meinem Geiste, denn hier fand eine bishin unmögliche Art von Einkehr statt. Es war, als wenn ich jetzt erst zum Denken erweckt würde.

Eine Erfahrung, die ich gemacht hatte, war das immer schnellere Entschwinden der Zeit. Ein Tag, der mir früher endlos erschienen war, wurde jetzt, in unendlicher Kette, vom nächsten im Handumdrehen abgelöst. Hatte ich in diesem einen Jahrzehnt meine bodenständige Welt so durch und durch kennengelernt, daß sie mir nichts Neues bieten konnte und etwas wie stumpfe Gleichgültigkeit bei mir herrschend ward, wodurch sich dann der Tag ohne neue Erkenntniswerte schnell und gleichgültig abgehaspelt hätte? Eine gewisse kindlich-selbstverständliche, fast gedankenlose Art der Lebensführung hatte sich in der Tat zum größten Teil ausgelebt.

Eine Art Reue kam mich an, als ob ich eine unendliche Reihe vorüberfliehender Tage nicht genügend benützt hätte; beileibe nicht etwa im Sinne Brendels oder sonst eines Schulmeisters. Ich erkannte vielmehr in dem Geschenk eines Tages, in der Darbietung einer solchen Sonnenfrist eine ungeheure Kostbarkeit. Wollte ich ihren Verlust überhaupt nicht wahrhaben, so erst recht nicht ihre Verschleuderung.

Andrerseits strebte mein innerer Blick plötzlich in die Zukunft hinaus: nicht das Morgen, das Übermorgen, das Weihnachtsfest oder sonst eines im Jahreslauf war mehr sein Ziel, sondern er verlor sich im Unergründlichen. Anhaltspunkte für kosmische oder transzendente Erkenntnis suchte er diesmal nicht, sondern solche, die Aufschlüsse über mein eigenes wartendes Schicksal bringen konnten. Dieser neue, ausdrucksvolle Blick jedoch wurde zugleich von einer Mauer gehemmt, die er zu meiner Pein nicht durchdringen konnte.

Hatte ich dereinst meine Einmaligkeit und damit mein unverbrüchliches Alleinsein erkannt, so sah ich mich heut zum erstenmal einem neblichten Schicksal gegenübergestellt, das ich allein zu tragen hatte. Wie würde es nach der Enthüllung aussehen? Welche Lasten lud es mir auf?

Das große Fragezeichen blieb fortan vor meiner Seele wie ein Memento aufgerichtet. Dahinter war eine wolkenhafte Finsternis, in welcher Drohungen wetterleuchteten. Gott sei Dank war das Ganze mit einer Himmelsrichtung verknüpft, während die übrigen und die dazwischenliegenden Punkte meines Gesichtskreises frei waren. Durch einen dieser Punkte fand sich ein Radius vom Zentrum hinausgeführt. Er glich einem silbernen Strahl, der sich allerdings auch im Raume verlor, aber gleichsam in einem silbernen Nebel.

Nie eigentlich gab es in unserm Hause private Gesellschaft. Sommers konnte davon nicht die Rede sein, und da meine Mutter sich im allgemeinen an Kaffeekränzchen und dergleichen nicht beteiligte, fehlte auch im Winter die Veranlassung. Vater und Mutter pflegten im Ort keinerlei Geselligkeit, eher mit Bewußtsein das Gegenteil.

Einmal aber wurden doch die Gemächer des ersten Stockes für den Empfang einer größeren Abendgesellschaft hergerichtet, und zwar die ganze Zimmerflucht. Alles wurde sorgsam durchwärmt. Im ersten Raume stand das Büfett mit Leckerbissen, Gläsern und geöffneten Weinflaschen, im zweiten und dritten waren Eßtischchen aufgestellt, das vierte Zimmer aber hatte mein Vater zu einem Lesekabinett ausersehen, wo man allerlei Bücher und Zeitschriften durchblättern konnte, aus den sonst wenig benützten Schätzen seines Bücherschranks: Meyers Universum mit seinen schönen Illustrationen, ein dikkes Prachtwerk, das, in Kupferstich reproduziert, einen großen Teil der Schätze des Berliner Museums enthielt, ein französisches Werk mit farbigen Lithographien, »Muses et fées«, und Illustrationen zur Ilias, die in einen deutschen Prosatext des Werkes eingefügt waren.

Selbstverständlich, daß ich vor dem Eintritt der Gäste alle diese Werke eifrig durchmusterte.

Besonders »Muses et fées« mit seinen durch Gazekleidchen lose verhüllten rosigen Mädchenkörpern entzückte mich. Dann kam die Ilias an die Reihe. Als ich lange das Buch durchblättert und Prosastücke entziffert hatte, ging mir jäh wie ein helles Licht der Gedanke auf, man müßte diese Prosa in Verse umwandeln. Wenn du diese Aufgabe lösen könntest, dachte ich – der Ruhm eines großen Dichters würde damit gewonnen sein.

Ich habe damals weder vom Vorhandensein der Ilias noch der Odyssee noch eines Dichters namens Homer gewußt.

Diese Erkenntnis, der Gedanke, die Ilias zu dichten, die, ohne daß ich es wußte, als Dichtung bereits vorhanden war, die damit verknüpfte Hoffnung des Dichterruhms war eben der silberne Strahl, der keine Mauer zu durchdringen brauchte und sich in freier Ferne in einem silbern-lockenden Nebel verlor.

Irgendeinen Versuch, die gefaßte Idee zu verwirklichen, habe ich damals nicht unternommen. Keinerlei Überlegung, sondern höchstens ein unbewußtes Wissen meiner knabenhaften Unzulänglichkeit hielt mich davon zurück.

Von großer Bedeutung wurde für mich der dicke Band, der Malereien und plastische Bildwerke Berlins, insonderheit seines Museums, wiedergab. Ich habe zu bekennen, daß mich Murillos »Semele hingegeben dem wolkenhaften Zeus« auf eine rätselhafte Weise angezogen hat, gesünder die Amazone von Kiß, jenes plastische Bildwerk, das noch heut auf der Treppenwange des alten Museums zu sehen ist: in Erz gegossen ein bäumender Gaul, ein nacktes Weib zum Speerwurf ausholend, um einen Panther zu durchbohren, der seine Pranken um die Brust des Pferdes geschlagen hat.

Auch das Denkmal Friedrichs des Großen von Rauch mit seinem Gewirre kleiner Figuren erregte mir Bewunderung, und ich setzte als selbstverständlich voraus, daß nur Halbgöttern, nicht gewöhnlichen Menschen, wie wir es waren, Werke wie das von Kiß und das von Rauch gelingen könnten. Es war eine kindliche Annahme, die ich lange belächelt habe. Heute weiß ich, daß sie zu Recht bestand.

Außer diesen plastischen Bildwerken hatte sich mir von irgendwoher die Ariadne von Dannecker eingeprägt, und ich trug sie als eines von drei Wundern der Kunst im Geiste mit mir herum.

Scheinbare Zufälle sind es meist, durch die folgenschwere Wirkungen ausgelöst werden. Hätte mein Vater nicht wider seine Gepflogenheit eine Gesellschaft gegeben und, um sie anzuregen, den Inhalt seines Bücherschranks ausgelegt, so würde ich weder die Konzeption des großen Homerischen Gedichts haben fassen können, noch hätten sich jene berühmten plastischen Kunstwerke in meiner Vorstellungswelt festgesetzt. An ihnen lernte ich die Wahrheit des Satzes kennen, den Demokritos gesprochen hat, wonach die großen Freuden aus der Betrachtung schöner Werke abzuleiten sind. Hatte die von mir entdeckten eine übermenschliche Kraft geschaffen, so erfüllte sie selber in meinen Augen außer- und übermenschliche Wesenheit. Sie wurden mir in sich und an sich Kultbilder, wie es mir die Kreuzabnahme geworden war und die Raffaelische Madonna im Großen Saal.

Siebenundzwanzigstes Kapitel

Im Februar erlebte ich einen Faschingsball. Im Maskengewimmel bewegte sich jemand unter einem riesigen schwarzen Dreimaster. Diese ins Gigantische gesteigerte Kopfbedeckung war eigentlich ein Tintenfaß, in dem eine Gänsefeder steckte. Das monströse Gebilde zog meine Augen vor allem an und erregte in mir unendliches Staunen. Und mein Staunen steigerte sich, als ich einige Tage später dieses Pappdeckel-Tintenfaß in einem Zimmer der Krone entdeckte und erfuhr, daß beim Balle der Kopf meines Vaters darunter gesteckt hatte.

Das Vorspiel des Balles innerhalb der Familie zeigte meine Schwester Johanna zugleich als Hauptakteurin und als Unschuldslamm. Es ist insofern merkwürdig, als es wieder Gegensätze und Unstimmigkeiten im Wesen meiner Eltern bloßlegte. Meine Mutter frönte der Tradition, wonach man eine heiratsfähige Tochter ausführte. Diese Gepflogenheit aber, die meine Mutter als schöne Pflicht auffaßte, widerte meinen Vater an. Bei der Besprechung zwischen Vater und Mutter, ob man Johanna auf den Ball bringen solle oder nicht, hörte ich meinen Vater sagen: »Tue, was du willst, ich gehe nicht mit; ich müßte mich schämen in Grund und Boden, wenn ich meine Tochter wie ein Pferd auf dem Viehmarkt ausbieten sollte.«

Tante Elisabeth wühlte aus andern Gründen, nämlich aus Eifersucht, gegen den Ball. Das alternde Mädchen war ziemlich üppig und vollblütig, die Faschingsbelustigung zog sie wie die allersüßeste Lockung der Hölle an, aber sie hätte den Ballbesuch weder vor ihrer Schwester Auguste noch vor ihren pietistischen Freunden verantworten können. Sie fing ihren Feldzug gegen den drohenden Mummenschanz mit Einwänden gegen die zu erwartende gemischte Gesellschaft, gegen die Unsittlichkeit der Maskenfreiheit und ähnliches an, bemäkelte dann die Kostüme, an denen Mutter und Tochter stichelten, und wandte sich gegen die Tanzsünde. Trotzdem sie im Endziel aber mit meinem Vater übereinstimmte, zog sie meistens vor zu verschwinden, sobald er in die Nähe kam.

Tante Elisabeth, deren impertinente Gegenwart meinen Vater allein schon aufreizte, fuhr in diesen Wochen wie eine aufgestörte Hummel zwischen Dachrödenshof und Krone hin und her, beladen mit immer neuen Einwänden, wodurch die Reizbarkeit aller Beteiligten gesteigert wurde. Eines Tages verbot mein Vater dann geradezu Tante Elisabeth das Haus, sprach aber zugleich von Mädchen- und Menschenhandel, an dem er sich keinesfalls beteiligen werde.

Auch meinem Bruder Carl und mir schien das Getue um meine Schwester vor dem Ball etwas Fremdartiges. Musterknaben waren wir nicht. Als wir sie nun von meiner Mutter, der Schneiderin, Tante Elisabeth und den Hausmädchen feierlich wie ein Opferlamm behandelt sahen, ergingen wir uns in allerhand Neckereien, auf die sie je nachdem mit Lachen, mit Erregung oder mit Entrüstung antwortete. Sogar bis zu Tränen brachte sie unsere Unbarmherzigkeit.

Johanna Katharina Rosa nannten wir sie mit den Namen, die sie bei der Taufe erhalten hatte, und fügten einen wahrhaft Rabelaisschen Reim daran. Der Respekt vor der »höheren Tochter« hielt sich nun einmal im häuslichen Kreise nicht. Auch fühlten wir keinen Respekt vor Ballkleidern. Wir malten aus, wie sie ihr zartes Pensionsköpfchen beim Tanz an die Brust des betrunkenen Bauers Rudolf legen würde oder an die des schwindsuchtkranken Briefträgers oder an Glasmalermeister Gertitschkes Kopf, der sich nach Hermann des Cheruskers bei den Römern üblichem Namen Armin nannte.

Es scheint, daß auch Fräulein Mathilde Jaschke, das nun verwaiste von Randowsche Pflegekind, bei dieser Unternehmung abseits blieb. Auch ohne das Trauerjahr, in dem sie stand, würde es kaum anders gewesen sein. Ihr Einfluß war, wie ich glaube, sowohl durch eigenen Entschluß wie durch den meiner Mutter ausgeschaltet, die noch einmal mütterliche Gewalt über ihre Tochter mit letzter Entschiedenheit ausübte.

Der Abend ist schließlich herangekommen. Unser geschlossener Landauer stand vor der Tür. Meine geputzte, mit grünem Tüll drapierte Schwester wurde dem Vater vorgeführt.

Er schien entsetzt. Mit einem so aufgedonnerten Frauenzimmer zu erscheinen, sei für ihn ein Ding der Unmöglichkeit. Man kann sich denken, welche Wirkung ein solches Urteil eine Viertelstunde vor Beginn des Balles bei Schwester und Mutter hatte.

Wie es in solchen Fällen üblich ist, wurde zunächst das ganze Fest in Bausch und Bogen aufgegeben. Meine Schwester schloß sich in ihrem Zimmer ein und erklärte, sie wolle zu Bette gehn. Meine Mutter, in ihren Bemühungen, mit wenig Geld etwas Kleidsames herzustellen, nach Ansicht ihres Gatten gescheitert, war außer sich. Es entspann sich ein heftiger Wortwechsel, bei dem nach und nach wieder einmal alles das zutage kam, was sie gegen ihren Mann auf dem Herzen hatte.

»Das ist es eben: du ziehst dich zurück, du bist ein einsamer Sonderling«, sagte sie. »Du magst es nicht, wenn man fröhlich ist. In unserer Familie war Fröhlichkeit und Gottesfurcht. Wir gönnten einander ein Vergnügen. Mein Vater hatte ein kleines Gehalt, er mußte mit seinen Pfennigen haushalten. Aber wenn er meiner Mutter oder uns Kindern ein Vergnügen machen konnte, so gab er mit vollen Händen. Ich habe dir doch wahrhaftig zeit meines Lebens keine Kosten gemacht. Die paar seidenen Kleider, die ich besitze, und auch das, das ich anhabe, hat meine Mutter schon getragen. Ehe ich dich um einen Groschen zu bitten wage, beiße ich mir lieber die Zunge ab. Was liegt mir denn schließlich an dem Ball? Warum aber soll Hannchen nicht einmal ihr Vergnügen haben? Warum mußt du uns denn alles und alles vergällen mit deiner Bitterkeit, deiner schlechten Laune, deiner Menschenfeindlichkeit? Da will ich doch lieber gar nicht leben, als immer und ewig unter einem solchen Drucke zu sein. Wenn ich denke, mein guter Vater … Wenn ich an meine liebe, gute, immer heitere Mutter denke! Aber das ist es, es herrscht hier kein Glaube, kein Gottvertrauen. In diesem Hause herrscht keine Gottesfurcht …« Und so ging es fort.

Mein Vater machte diesem überstürzten Redefluß auch dadurch kein Ende, daß er ihn wie eine Litanei behandelte, die er längst von Anfang bis zu Ende auswendig wisse. Es war nicht abzusehen, wie man nach einem solchen Präludium doch noch auf den Ball kommen könne.

Aber da griff der Halbbruder meines Vaters, der herzensgute, stotternde Onkel Gustav Hauptmann, ein, der einmal einen französischen Gast mit den Worten empfangen hatte: »Une chambre, une chambre, wenn ich fragen darf?« – Es gelang ihm, Johanna umzustimmen. Sie wurde von ihm stillschweigend in den Wagen und auf den Ball gebracht, was die Eltern zu ihrem Erstaunen erfuhren, als der Landauer, um auch sie abzuholen, wiederum vor der Krone stand. Und wirklich, nach alledem stak dann das Haupt meines Vaters unter dem riesigen Dreimaster-Tintenfaß, was einen recht jähen Sprung von der Tragik zur Komik bedeutete.

Über dem Abend stand jedoch überhaupt kein guter Stern. Ein Provisor des Apothekers Linke fühlte sich durch die grüne Farbe des Stoffes beunruhigt, den meine Schwester trug. Er stellte fest, nachdem er eine kleine Probe des Stoffes an einem Streichholz verbrannt hatte, daß er nach Knoblauch roch, also arsenikhaltig war. Der Jüngling wollte wahrscheinlich auffallen. Meine Mutter und meine Schwester lachten ihn aus. Aber er konnte nicht dafür stehen, daß meine Schwester, wenn sie tanze und transpiriere, ohne eine schwere Vergiftung davonkomme. Das war für meinen Vater zuviel. In einem Zimmer der Mendeschen Brauerei hatte er bereits ganz in der Stille sein Tintenfaß und seinen Domino abgelegt. Es war noch nicht elf. Das Vergnügen hatte eigentlich noch nicht recht angefangen, als man schon wieder die Gummischuhe in der Garderobe überzog und, in Pelze vermummt, sich in verbitterter und enttäuschter Stimmung davonmachte.

Um die Osterzeit etwa wurde für mich mein ältester Bruder Georg geboren. Allerlei kleine Begegnungen und Neckereien der vorhergehenden Jahre hatten mir ihn nicht eigentlich gegenwärtig und lebendig gemacht. Das geschah nun, da er als Oberprimaner in die Ferien kam.

Mir sind von da zwei Seiten seines Wesens erinnerlich: die eine war gleichsam ein letztes, knabenhaftes, körperliches Austoben, während die andere in einer sich reif und erwachsen gebenden Art bestand und einer damit verknüpften Neigung zu Diskussionen, die ja übrigens in der Familie lag. Und wiederum waren es religiöse Fragen, die er hauptsächlich zur Sprache brachte, was ebenso mit der Familientradition zusammenhing.

Das expansive körperliche Ausleben des Bruders, das sich

gleich anfangs in einem Akt des Übermuts gegen mich richtete, hätte mich beinah ums Leben gebracht. Er zeigte mir Boxerkunststücke. Erst schlug er mich auf die oberen Armmuskeln, und ich kleiner Pix boxte weidlich zurück. Dann sagte er: »Stell dich vor mich hin!«, was ich sogleich gehorsam ausführte. Er ballte die Faust, er beugte und streckte den gestrafften Arm, wobei er mir spielerisch gegen den Magen zielte. Dann stieß er vor, mit der Absicht natürlich, noch vor der Berührung meines Körpers innezuhalten. Aber er hatte sich nicht in der Gewalt und die Entfernung falsch berechnet. So geschah es, daß mir die Faust in den Magen fuhr, mir den Atem raubte und mich stracks auf die Erde warf, wo ich mich, mit Erstickung ringend, lautlos umherwälzte.

Georg war damals übrigens ganz besonders kämpferisch aufgelegt und fand in mir den begeisterten Partner und Gegner. Mit langen, biegsamen Weidengerten schlugen wir aufeinander ein. Das Kampfspiel war nach Art einer Jagd arrangiert, bei der Georg das Wild, Bruder Carl, ich und einige bevorzugte Dorfjungen die Meute waren. Der Kraftüberschwang des vom vielen Sitzen und Büffeln übersättigten Primaners führte bei dieser Hetz über Treppen, Korridore und Dachböden, durch Säle, Küchen, Ställe und Gärten, über Zäune, Leitern und flache Dächer hinweg, wohin wir ihm überall unentwegt nachstürmten. Gnade in der Verteidigung kannte er nicht. Und ich, wie ich wahrheitsgemäß zu berichten habe, keine Furcht. Es war ein Mut, der damit rechnete, daß nur Schmerz, nicht aber der Tod in Frage kam. Und Schmerz zu erleiden schreckte mich nicht. Die Schläge der Weidengerte sausten umsonst in mein Gesicht und ließen große Schwielen darauf zurück. Keinen Augenblick hemmten sie mein entschlossenes Vorgehen. So trug auch Georg seine Schwielen davon.

Dieses Ostervergnügen war eine tolle und wilde Raserei, alles Bisherige dieser Art übersteigend.

Ich hatte den Eindruck, daß mein ältester Bruder mir ein besonderes Interesse zuwandte. Vielleicht war es ihm überraschend, zu erkennen, welch seltsames Früchtchen in mir herangewachsen war, von dem er so gut wie nichts wußte. Er hatte wohl anderes zu tun gehabt in den kurzen Ferienzeiten der Vergangenheit, als sich mit einem kleinen Bruder zu beschäftigen, der übrigens selbst keinen Anschluß suchte und überall eigene Wege ging. Nun aber, da Georg selber die männliche Reife erlangt hatte und ihm der für sein Alter noch kindliche Bruder ferner gerückt und fremder geworden war, schien es ihm einen Reiz zu gewähren, ihn womöglich allseitig zu ergründen.

Oder hatte er vielleicht von meinem Vater den heimlichen Auftrag dazu?

Es war nicht leicht, mich vertraulich zu machen, solange das wohlerzogene Bürgerkind dem Proletarierjungen von der Straße den Platz geräumt hatte. Denn dieser hatte in sich die Abneigung seiner Klasse gegen die höhere, ihre Verstecktheit, ihr Mißtrauen und eine Scheu, man könne in die ihm liebgewordene Sphäre individueller Freiheit eingreifen.

Der für seine zehn Jahre noch überaus zarte und kindliche Knabe, der ich gewesen sein muß, hat wohl dem erwachsenen Bruder mehr als einmal Entsetzen erregt, wenn er ihn, vertraulich gemacht, in gewisse Abgründe weniger seiner Gassen- als seiner Gossenerfahrung blicken ließ. Um mich nicht kopfscheu zu machen, stellte er sich bei meinen Eröffnungen harmlos amüsiert. In Wirklichkeit, wie er mir später sagte, sind ihm die Haare zu Berge gestiegen.

Üble und schmutzige Handlungen gab es nicht zu beichten oder sonst mitzuteilen. Dagegen hatten sich um so mehr häßliche Reimereien wandernder Straßenbarden meinem Gedächtnis eingeprägt. Sie sind von einer so ausgesucht Rabelaisschen und auch zweideutigen Art, daß ich nicht daran denken kann, sie mitzuteilen. Ich hatte sie trotz aller Roheit und Gemeinheit wie etwas ganz Selbstverständliches hingenommen, allerdings auch mit einer im Grunde unbeteiligten Sachlichkeit.

Nicht ohne deutliches Unbehagen spürte ich damals, daß ich nicht mehr allenthalben so unbeachtet und ungehemmt dahinleben konnte wie bisher. Überraschende Fragen und Mahnungen meiner Mutter, eine strengere Festlegung dessen, was ich außer dem Hause tun durfte, durch den Vater und schließlich sowohl Rügen als Unterrichtsversuche meiner Schwester Johanna belästigten mich. Besonders an meiner Schwester habe ich die Empörung über den neuen Zustand immer wieder bis zur Raserei ausgelassen.

Im übrigen war durch Bruder Georg, der von der Familie mehr und mehr als Erwachsener behandelt wurde, ein frischer Luftzug ins Haus gekommen. Nicht nur hatte er allerlei lustige Schulgeschichten mitgebracht, er war auch erfüllt von Erlebnissen der Tanzstunde, einem Kursus, den mitzumachen ihm der Vater erlaubt hatte. Mit meiner Schwester als Dame tanzte Georg uns Polka und Wiener Walzer vor und den schweren Masurek, dessen schwierige Pas wir mit Mühe nachahmten. Der Tanzmeister mit seinen komischen Kommandos, seinen Anweisungen, die hübschen jungen Damen resolut anzufassen, wurde gleichsam leibhaftig durch seine Schilderung, und endlich wurde durch ihn unter Billigung und Genugtuung meines Vaters die Diskussion von allerlei Fragen am Familientisch in Gang gebracht.

Mein Vater schien seinen Söhnen schweigend entgegenzuleben. Er wartete gleichsam darauf, sie erwachsen zu sehen, um Stützen und Freunde an ihnen zu haben. Mit meiner Mutter gab es Meinungsverschiedenheiten, wir kannten sie gleichsam als tägliches Brot.

Mit dem Auftreten des Primaners Georg fing die Erörterung allgemeiner Fragen an, in die sich mein Vater, als ob ihn danach gehungert hätte, gern verwickelte. Sie enthoben ihn einer Isolierung, wie mir scheint, zu der er sich selbst für Jahrzehnte verurteilt hatte. Sein Wesen während dieser Zeit war wie das gegen jedermann: Schweigsamkeit, ja Unnahbarkeit. Seine Äußerungen gingen nirgend über das im sozialen Verkehr unbedingt Erforderliche hinaus; selbst meine Mutter ist vergebens immer wieder gegen die Burgmauern seiner Verschlossenheit Sturm gelaufen. Nun aber, Georg gegenüber, und somit auch Carl und mir gegenüber, trat er offen aus sich heraus.

Es gab in unserer Familie »Auftritte«. Mein und besonders Carls Temperament konnte ohne dergleichen Höhepunkte nicht auskommen. Schwester Johanna reizte uns durch geheuchelte Kälte. Sie verarbeitete ihre Auftritte innerlich. Beispiele, welche das Temperament meiner Mutter und meines Vaters durch heftige Auftritte bestätigten, sind in diesen Blättern schon angeführt. Spätere Vorfälle werden beweisen, daß mein Bruder Georg in dieser Beziehung vielleicht am stärksten belastet war und gelegentlich von einem maßlosen, höchst gefährlichen Jähzorn übermannt wurde.

Um jene Ostern trug sich dieser tragikomische Auftritt zu:

Das neugebackene Denken Georgs hatte für sich die Frage entschieden, ob Jesus von Nazareth ein Mensch oder ein Gott gewesen sei. Georg hatte behauptet, er sei zwar der edelste und reinste der Menschen, die je gelebt hätten, aber doch nur ein Mensch. Wäre Jesus ein Gott gewesen und hätte er sich als eingeborener einziger Sohn Gottes gefühlt, so wäre sein Opfer kein Opfer gewesen. Wie solle auch ein Mensch den Tod erleiden, der selber von sich wisse, daß er ein Gott und daß er unsterblich sei. Und so war denn das A und O der Darlegung meines Bruders Georg am Familientisch, der auch Carl beiwohnte, daß Jesus ein Mensch und nicht Gottes Sohn wäre.

Niemand versah sich des Eindrucks, den diese Eröffnung auf den damals wohl dreizehnjährigen Bruder Carl machte. Er sprang vom Stuhl, er weinte fast vor Entrüstung und Wut. Aus seinem Munde sprudelten einige Minuten lang die heftigsten Vorwürfe: »Du wirst es büßen! Du wirst es zu büßen haben!« schrie er seinen älteren Bruder an. Was er sage, sei Blasphemie, sei Gotteslästerung, sei verbrecherischer Unglaube. Die Mutter, der Vater waren verdutzt. Dem Vertreter aufgeklärter Ideen blieb die Sprache weg. Schwester Johanna war verzückt wie bei allem, was Carl in den Augenblicken seiner idealistischen Aufschwünge äußerte. Dieser aber schloß, sich in weinender Heftigkeit überschlagend, indem er vor Georg aufstampfte, in einer Wiederholung, die nicht seine Überzeugung, sondern sein heiligstes Wissen verriet: »Ich sage dir, Jesus ist Gottes Sohn!«

Carl wurde allseitig besänftigt und durch die übliche Unwahrhaftigkeit beruhigt, es sei nicht so gemeint.

Was mich betraf, so existierte die Frage damals für mich noch nicht. Ich wußte von ihr sowie auch davon, daß es ein protestantisches und ein katholisches Glaubensbekenntnis gab, aber ich nahm alle diese Tatsachen als das und nichts anderes hin. Alles, was mit Kirche und Religion zusammenhing, ließ mich gleichgültig, außer in einem abergläubischen Sinne. In diesem quälte mich, wie ich schon berichtet, manchmal Furcht vor irdischen Strafen und Höllenfurcht. Meine heimlich summierten Sünden, besonders was Unwahrhaftigkeit betraf, waren zu unübersehbaren Mengen angewachsen. Ich hatte aber die Gewißheit durch das Wort meiner Schwester Johanna, daß sie alle mit einem Male am Tage der Konfirmation mit dem Genuß des Abendmahles hinweggenommen würden.

Ich nahm also in der Frage selbst zwischen Georg und Carl nicht Partei. Persönlich dagegen fand ich mich von dem erwachsenen und denkerischen Wesen Georgs mehr als von Carls Betroffenheit und Entrüstung angezogen. Carls verzweifelte Wehleidigkeit konnte gegen die gesunde, angriffslustige Frische des Bruders Georg nicht aufkommen. Carl rührte mich irgendwie, Georg bewunderte ich.

Es scheint mir, daß nach dem Abzug Georgs Johanna mit der Aufsicht über mich in Schuldingen betraut worden ist. Das war eine undankbare Aufgabe, der sie außerdem nicht gewachsen war. Nicht nur hat sie hier auf lange hinaus meine Neigung verscherzt, sondern sie hatte auch allerlei üble Eigenschaften meiner Natur kennenzulernen, mit denen ich mich zur Wehr setzte. Meine Mutter wagte sich nicht an mich, weil ich das Nesthäkchen war, mein Vater schien sich versteckt zu haben oder war von eigenen wachsenden Sorgen um den Bestand des Hauses in Anspruch genommen.

Ich schwanke nicht, mir für diese Zeit alle häßlichen Eigenschaften der werdenden Flegeljahre zuzuschreiben. In dem Bestreben, mich aus der autoritativen Umklammerung meiner zähen Schwester frei zu machen, war mir jedes Mittel willkommen. Manchmal muß ich ein Unhold gewesen sein, was niemand, der mich von ungefähr erblickte, meinem sanften und zarten Wesen zutraute. Ich warf Bücher und Tintenfaß an die Wand, sprang vom Stuhl und lief davon, gleich nachdem meine Schwester mich durch ein Gemisch von Drohungen und Überredungen zur Erledigung meiner Schularbeiten willig gemacht hatte. »Was willst du mich lehren«, schrie ich ihr ins Gesicht, »du bist dümmer als ich!« Mehr als einmal bedrohte ich sie, ging gegen sie vor und drängte die Lehrerin aus dem Zimmer.

Es war mein Dasein, das ich gut fand, mit dem ich so lange zufrieden gewesen und das ich im Grunde bis an mein Lebensende beizubehalten wünschte, das ich mit dem Mut der Verzweiflung verteidigte. Es war die Wut gegen den Zaum, die Kandare, das Kumt, die Zugstricke und den Wagen, die mich zu einem um sich beißenden, bäumenden, ausschlagenden jungen Pferde machte.

Es waren mir noch zwei Jahre bestimmt, bis sich die völlige Zähmung durchsetzen konnte.

Achtundzwanzigstes Kapitel

Wie vieles wird uns vorgelebt, wie viele Schicksale verfolgen wir, wie viele Belehrungen erfahren wir dadurch unbewußt. Das eigene Schicksal findet zunächst am wenigsten Beachtung bei uns selbst. Es einigermaßen genau zu sehen ist daher nur in späteren, reifen Jahren möglich. Die Schicksale andrer aber sind es, die uns von früh an belehren, bereichern und bilden.

Es ist vom Elisenhof schon die Rede gewesen, von Frau Enke, ihrem Hauslehrer, Diakonus Spahner, und ihren Söhnen. Wenn ich mich recht erinnere, waren es drei. Daß Frau Enke zu Fuß sich irgendwohin außerhalb ihres Hauses bewegt hätte, glaube ich nicht; dagegen gingen Diakonus Spahner sowie die Brüder Enke gemeinsam oder einzeln täglich unter unserm Fenster vorüber.

Im Elisenhof herrschte Verfall. Durch Beobachtungen und Gerüchte allgemeiner Art mußte sich diese Erkenntnis aufdrängen. Die heranwachsenden Zöglinge Spahners entzogen sich seiner Zucht, betrugen sich im Sinne des Familiengeistes abweisend und hochmütig, trieben sich aber zugleich mit dem eigenen Kutscher und Hausdiener in Bierlokalen herum, wo sie sich die Zeit um die Ohren schlugen und Geld durchbrachten.

An die offene Seite unseres Hofes grenzten Hof und Gebäude des Demuthguts. Die Besitzer waren zwei Brüder, junge Männer, die sich nicht mehr wie der verstorbene Vater bäuerisch trugen, sondern wie junge Landedelleute im grünen Habit, den Hut mit der Spielhahnfeder auf dem Kopf, meist eine Doppelflinte über der Schulter.

Ob die beiden nun in der Wirtschaft nicht zugriffen, weil es nutzlos war und das Gut keinesfalls rentieren konnte, oder ob es sich mehr und mehr verschuldete, weil die beiden nur auf Jagd gingen und in Wirtshäusern herumsaßen, wüßte ich nicht.

Jedenfalls tauchte in diesem Gut eines Tages ein Fremdling auf, der sich mit seiner Frau in einem der Gebäude festsetzte. Doktor Goular war Arzt und war aus Amerika zurückgekehrt, wohl weil ihn der zu erwartende allgemeine Aufschwung in das sieggekrönte Deutschland zurückgelockt hatte. Er war eine Abenteurernatur und mittellos, was er Jahre hindurch zu verschleiern wußte. Die Brüder Demuth, bei denen er sich nach und nach schmarotzerhaft einnistete, wurden mehr und mehr von ihm abhängig und verfielen, von ihm verführt, dem damals allgemein hervortretenden Gründergeist. Sie taten, wozu sich mein Vater nie entschließen konnte: sie ließen die Heilquellen, die auch auf ihrem Grundstück zutage traten, fassen, suchten Geld und erhielten es und führten schließlich eine Menge von Anlagen, Badehäusern und Inhaliersälen auf, die das fürstliche Bad überbieten sollten.

Es war amüsant zu sehen, wenn die Fürstin von Pleß offen mit dem tänzelnden Viererzug an den werdenden Bauten vorüberfuhr, sie beiläufig von oben herab, als würden da Maulwurfshäufchen aufgestoßen, lorgnettierend.

Polizeiverwalter Keßler, der mit meinem Vater in guten Beziehungen stand, hatte seine Frau durch den Tod verloren und bald zum zweiten Male geheiratet. Seine Tochter aus erster Ehe, Eveline, die im Alter Johannas war, litt schwer unter ihm und der Stiefmutter. Es schien, daß die amtliche Brutalität des Polizeiverwalters sich vollständig hinter die Auffassung seiner zweiten Frau stellte, wonach die Tochter aus erster Ehe verpflichtet war, von Sonnenaufgang bis Sonnenuntergang und darüber hinaus für die Stiefgeschwister aus zweiter Ehe zu arbeiten. Wie ein Sklavenvogt, hart und gnadenlos, war Keßler hinter Eveline her, die sich mit seinem Wissen eine Erholung nicht gönnen durfte. Ohne sein und der Stiefmutter Wissen kam sie zu uns und weinte sich aus.

Der Fall enthüllte mir damals eine der düstersten Seiten der Menschennatur. Das schöne, liebenswerte, vielleicht ein wenig einfältige Mädchen war ganz hilfreiche Güte, Fügsamkeit und Schmiegsamkeit, was aber nur jene Folge hatte, daß man sie ohne jede Erkenntlichkeit gnadenlos überbürdete. Einmal wurde mein Vater deswegen bei Keßler vorstellig, was eine lange Verfeindung ergab. Ein andermal wäre der harte Mann, der vor Züchtigungen der erwachsenen Tochter nicht zurückschreckte, beinahe in ein gerichtliches Nachspiel verwickelt worden, als Eveline einen Selbstmordversuch gemacht hatte. Ich habe später auf einen besonderen Fall zurückzukommen, der seinen Sohn aus zweiter Ehe, Albrecht Keßler, betraf.

Fünfundfünfzig Jahre nach dieser Zeit sah ich Eveline überraschenderweise in Berlin, nachdem sie fast ebensolange meinem Gesichtskreis und meinem Gedächtnis entschwunden war. Der Schriftsteller Julius Bab schrieb mir, daß eine Weißnähterin bei ihm arbeite, die eine genaue Kenntnis meiner Person und meiner Familie aus Jugendtagen her behaupte. Es war erschütternd für mich, als Eveline, verwitwete Lippe, geborene Keßler, mir als Nähterin gegenübertrat und mit jedem Wort auf rührende und ehrenvollste Weise all der Stunden gedachte, die meines Vaters, meiner Mutter, meiner Schwester Johanna sie liebevoll umhegender Trost ihr gewährt hatte. In dieser bezaubernden, beinah jenseit-heiteren Frau, die einen Lebenskampf ohnegleichen mit einem schweigenden Heroismus durchgekämpft hatte, war ein Spiegel vorhanden, der den humanen Geist unserer Familie fast zu meiner Beschämung aufbewahrt hatte.

Mit zärtlicher Liebe sprach Frau Lippe von meiner Mutter, als ob es die eigene wäre, von Johanna als von ihrer Schwester, von Carl, von mir, den sie noch immer mit der Koseform des Vornamens nannte. Im goldenen Gemüt dieser Weißnähterin wurde das mehr als ein halbes Jahrhundert in der Vergangenheit Liegende volle Gegenwart, der auch ich, in einen Jungen verwandelt, auf einmal wieder anzugehören schien.

Antonie Brendel, die Brendeltoni, Tochter des alten Schullehrers, wie Eveline Freundin meiner Schwester und im gleichen Alter, wurde zwar nicht im Stile Keßler brutalisiert, aber überaus streng gehalten. Diese Strenge war mir entsetzenerregend. Niemals, wenn ich von meinen Geschwistern mit Autorisation meiner Mutter abgeschickt wurde, um das wenig hübsche, aber liebe und herzliche Mädchen zu uns ins Haus zu laden, habe ich Erfolg gehabt. Mit einem scheinbaren Ingrimm in den Zügen, wobei seltsamerweise immer Wasser in seine Augen trat, betonte Brendel jedesmal, Toni erfülle so wenig ihre Pflicht, habe deshalb so viel gutzumachen und nachzuholen, daß sie an Vergnügen nicht denken dürfe. Ließ ich mich dann nicht sogleich abweisen, so bewirkte das, mochte ich noch so herzlich und dringlich bitten, in Brendels abweisendem Diktum nicht die geringste Änderung. Kam mir am Mittwoch der Gedanke, Toni vielleicht für den kommenden Sonntagnachmittag frei zu bekommen, so wurde das mit der gleichen Miene ächzenden Ingrimms und der gleichen Träne im Auge abgelehnt. Toni schien in Ewigkeit zur Pönitenz verurteilt zu sein.

Unter den Freundinnen meiner Schwester war Helene, die Tochter des Maurermeisters Schmidt, ein hübsches, ja schönes Mädchen, das gleich wie ihr einziger Bruder den Mitteln des reichgewordenen Vaters entsprechend gehalten wurde. Man erfuhr eines Tages, daß Schmidt dem Orden der Freimaurer beigetreten war, und es wurde dann allgemein gemißbilligt, daß er sein neugebautes pompöses Wohnhaus nach der Loge Zum flammenden Stern nannte.

Nur ein sehr kühles Verhältnis bestand zwischen dem Gasthof zur Preußischen Krone und dem Flammenden Stern. Zwischen dem neugebackenen Freimaurer und meinem Vater hatte bis zu dem Augenblick ein freundschaftliches Verhältnis bestanden, als die Saalbauten Blauer, Großer und Kleiner Saal unter Leitung des Maurermeisters fertiggestellt und die Rechnungen vorgelegt worden waren. Der Bauherr erklärte sie mit Recht oder Unrecht für ungenau.

Es war eine kühle Atmosphäre im Flammenden Stern, die ich als gelegentlicher Spielkamerad des Haussöhnchens kennenlernte. Alles, wovon man hier umgeben war, konnte man als kalte Pracht bezeichnen. Ich habe mich unter den kostbaren Spielsachen meines kleinen Kameraden und überhaupt im Flammenden Stern weder wohl noch unwohl gefühlt. Irgend etwas, das mit gemütischer Wärme verwandt gewesen wäre, gab es in seinen gleichsam unbewohnten Räumen nicht. Und wo nichts war, wo nur Leere war, konnte sich auch nur der Eindruck von Leere mitteilen, wie denn auch nichts andres als das von meinem Gedächtnis festgehalten worden ist.

Der Name Nixdorf, Dorf der Nixen, kam in Ober-Salzbrunn mehrmals vor. So hieß nicht nur der Dorfpolizist, der ein Lamm an Güte mit einem Teufelsantlitz war, sondern auch eine wohlgeborene Bürgerfamilie, Vater, Mutter, Tochter und Sohn, die ein altertümliches, hübsches Haus bewohnten. Herr Nixdorf hatte sich der Kunst des Photographierens zugewandt und später auf seinem Anwesen ein Atelier eröffnet, endlich ein anderes in der nahen Kreisstadt Waldenburg. Bei Nixdorf bin ich unbewußt auf dem Arm meiner Amme photographiert worden und dann bewußt in einem Alter, als ich groß genug war, um, neben meinem sitzenden Vater stehend, meine Ärmchen auf seine Knie zu stützen.

Diese Aufnahme anlangend, erinnere ich mich eines Kniffs,

den der Photograph anwandte, um mich im entscheidenden Augenblick bewegungslos vor dem Apparat zu haben. Er werde die Hülse von einer gewissen messingnen Tube nehmen, und ein Eichhörnchen werde sogleich herausspringen. Ich erwähne den Scherz nicht um seiner selbst willen, da er ja keineswegs ungewöhnlich ist, sondern nur deshalb, weil mich die Unbegreiflichkeit dieser Behauptung starr machte. Während der Zeit, in der ich still hielt, suchte ich meinen festen Glauben an die Wahrhaftigkeit des Erwachsenen mit der Unmöglichkeit der Behauptung – aber ganz vergeblich – in Einklang zu bringen. Eine Bemühung, die mir noch heut gleich einer unauslöschlichen Prägung im Geiste gegenwärtig ist.

Ich spielte gern mit den Nixdorfkindern, soweit mein antibürgerlicher Betätigungsdrang es zuließ.

Plötzlich schied der kleine, freundliche Max Nixdorf, Nixdorfmaxel genannt, aus dem Kreis der Gespielen für immer aus. Man hatte den Knaben eine Zeitlang vermißt, und alles war nach ihm auf der Suche. Auch wir, meine Rotte Korah von Dorfschlingeln und ich, beteiligten uns daran, indem wir natürlich die Sache zu einem Spiel machten und mit Pfadfindertricks und dergleichen verbanden. Man fand den Vermißten nicht fern dem Hause im ortsbekannten, wohlkultivierten Nixdorfschen Gemüsegarten, wo er irgend etwas auf dem Grund einer Regentonne hatte fischen wollen, sich dabei zu weit über ihren Rand gebeugt, das Übergewicht bekommen hatte und so kläglich ertrunken war.

Wie vieles wird uns vorgelebt, wie viele Schicksale verfolgen wir, sagte ich zu Anfang des Kapitels, und ich füge hinzu: wie viele Schicksale überleben wir! Ich verfolgte noch immer alles in den näher und ferner gelegenen konzentrischen Kreisen meines Wirkungs- und Gesichtsfeldes mit großer Aufmerksamkeit.

Noch immer reihte sich in den Akten, die ich unwillkürlich über jede menschliche Einzelerscheinung oder Familie führte, Zug an Zug, Beobachtung an Beobachtung, wodurch sich der immanente Besitz an Erfahrungen fortwährend bereicherte.

Um jene Zeit begann bereits eine Verletzlichkeit mich zu quälen wegen der herablassenden Geringschätzung, die man im allgemeinen einem Knaben von zehn Jahren entgegenbringt. Zehn Jahre Lebens und das darin Errungene an Erfahrungen und Kenntnissen sind durchaus keine Kleinigkeit.

Ich darf mir auch keineswegs schmeicheln, einen erheblichen Teil davon mit meinem bisherigen Bemühen erfaßt zu haben. Der Besitz des Gewonnenen belastete mich indes noch nicht. Es war, als wäre ich frei davon und hätte ihn irgendwo aufgehoben.

Mein Leben im großen ganzen sowie im besonderen setzte sich gewohnheitsmäßig fort. In der Brendel-Schule gab es allerdings eine Neuerung. Der alte Schultyrann sammelte einen kleinen, auserwählten Kreis, darunter Carl und mich, zur Lateinstunde. ›Mensa, mensae, mensae, mensam‹ wurde dekliniert, und ich fand Gefallen daran. Der Erfolg, stellte sich später heraus, war geringfügig.

Vielleicht war er es aber nur im Sinne meiner späteren Nurlateinlehrer, denn es wurde dabei doch manches Neue von dem über seinen Rahmen hinaus sich bewegenden alten Lehrer zur Sprache gebracht. Man fühlte ihm an, daß hier eine Liebhaberei im Spiele war, der er gerne frönte, weil sie ihn über sich selber hob.

»Dieses Latein«, erklärte er uns, »einst von den alten Römern gesprochen, blieb die allgemeine Kirchen- und Gelehrtensprache bis zu Luthers Zeit. Dann trat die Kirchenspaltung ein. Aber während die Protestanten aller Länder fortan in ihren Landessprachen den Gottesdienst abhielten, wurde das im übrigen degradierte Latein von der katholischen Kirche und ihrem obersten Priester, dem Papst zu Rom, festgehalten.«

Man dürfe aber Latein nicht vernachlässigen, fuhr Brendel fort, und ebensowenig die griechische Sprache. Nicht nur weil die Bibel in dieser auf uns gekommen sei, sondern weil in ihr sowie in Latein unerreichbar große Dichter, Philosophen und Schriftsteller sich ausgedrückt hätten. Es gebe da einen Schatz von Literatur, der, obgleich nur ein traurig verbliebener Rest, immer noch solche Schätze enthalte, daß nichts in der neueren Zeit dagegen aufkomme.

Brendel zeigte sich in seinen ungezwungenen Vorträgen auch erfüllt von dem großen historischen Augenblick. Dr. Martin Luther, sagte er, würde sein innigstes deutsches Wünschen und Wollen heut durch die Einigung des Reiches erfüllt sehen, sie sei aber keine Freude für den Papst und den Geist von Rom. Und nun ging er auf die Gründung des Altkatholizismus unter Führung Döllingers ein, der sich wie jeder denkende Mensch über die Lehre von der Unfehlbarkeit des Papstes, die jüngst dekretiert worden sei, empört habe. Diese

Lehre von der Unfehlbarkeit des Papstes sei von unsrer Regierung, der preußischen, abgelehnt, und am 19. Juni des vorigen Jahres, 1872, habe man beschlossen, den Jesuitenorden aus dem Lande zu weisen. Damit sei ein heftiger Kampf entbrannt, der alte Kampf, der sich leider seit einem Jahrtausend und länger, zuletzt im Dreißigjährigen Kriege, immer wieder auf dem deutschen Boden abgespielt habe.

Solche Eröffnungen, die ich immerhin hungrig aufschnappte, waren wohl mehr für meinen Bruder und einen noch älteren Knaben bestimmt, die binnen kurzem in höhere Schulen zu Waldenburg und zu Breslau abwandern sollten. Solchen jungen Menschen deutsche Gesinnung einzuprägen, war wohl die Lehrerschaft ganz allgemein beauftragt worden.

Ich hatte in der Frage, ob Christus Gottes Sohn sei, weder die Partei Carls noch die Georgs genommen.

Alle schönen Berichte des Neuen und einige des Alten Testaments hatten die Schule und eine Anzahl Kirchgänge mir einverleibt, nur daß ich sie nicht mit irgendwelchen dogmatischen Spitzfindigkeiten, die mir fernlagen, in Verbindung brachte. Ich nahm die Dinge ähnlich wie Grimms Märchen hin, wenn ich auch hier an der Wirklichkeit des Geschehens nicht zweifelte. Der zwölfjährige Jesus im Tempel, die Rettung der Jünger auf dem See Genezareth, die Speisung der Fünftausend mit fünf Broten und zwei Fischen, die Auferweckung des Jünglings zu Nain, der Tochter Jairi und des Lazarus von den Toten hatten sich meinem gläubig beglückten Kindergemüt eingeprägt und mein Verhältnis zur Drohung des Todes tröstlich gemildert. Gethsemane, der Judasverrat, Geißelung, Kreuztragung und Kreuzigung fanden ein weniger offenes Ohr. Ich mochte ja auch Donner und Blitz, Wolken und Wetter nicht, die meinen Jugendhimmel verdüsterten. Ebensowenig zog mich die Auferstehungsgeschichte an, der zerrissene Tempelvorhang und das Erdbeben, weil ich ein Verständnis dafür nicht suchte. Schließlich war ich doch ein Kind und hatte das Recht, nur das zu begreifen, was der lebende Gottesmensch Jesus, der die Kinder liebte und gesagt hat: »Lasset die Kindlein zu mir kommen, denn ihrer ist das Himmelreich«, ebendiesen Kindern eröffnet hatte. Ich bin gewiß, von seinem kommenden Kreuz und Leiden erfuhren sie nichts. Er hätte ihr Himmelreich nie damit verdüstert.

Es war bukolische Schönheit des Griechentums, die mich zum erstenmal in der Geschichte Jesu, vor dem Beginn seines Leidens, anwehte. Die Hirtengestalt des Heilands – »Ich bin ein guter Hirte« – hatte in all ihrer sanften Schönheit Wohnung genommen in mir. Ich hatte vielfach Umgang mit ihr, obgleich ich, so oder so wie jeder Knabe allfältig mißverstanden, weder Eltern, Geschwistern noch sonst irgend jemand davon redete. Aber was hätte die Entscheidung der Frage, ob dieser mein treuer Kinderfreund und älterer Bruder einen Gott oder einen Menschen zum Vater, ja überhaupt einen Vater hatte, meiner Liebe und meinem tiefen Vertrauen zu ihm noch hinzusetzen sollen?

War mein Verhältnis zu Jesu nun doch vielleicht Religion, dann gehörte es in den tiefgeheimen, esoterischen Teil derselben. Eine Verbindung mit dem Aberglauben, von dem ich sprach, hatte sich – sage ich: glücklicherweise? – noch nicht angebahnt.

In den Lateinstunden Brendels lag für mich etwas Festliches, das mit einem großen und allgemeinen Fortschrittsgefühl zusammenhing.

Neunundzwanzigstes Kapitel

Bevor die ernste Stunde erschien, in der Carl uns verlassen sollte, um in Breslau die Realschule zu beziehen, ereignete sich ein Vorfall, der für die Nächstbeteiligten ein niemals aufgeklärtes Mysterium geblieben ist. Darüber sind mein Vater, meine Mutter, Tante Auguste und Tante Elisabeth, ohne die Wahrheit zu erfahren, hingestorben.

Irgendwie kam es einmal in diesem Spätherbst zu einer Landpartie, die in unsrer Kutsche und einem Mietswagen unternommen wurde. Nach stundenlanger Fahrt kamen wir am Ziel, einem entlegenen Dorfe, an, in dessen Kretscham wir einkehrten. Außer meiner Mutter und meinem Vater waren Tante Auguste und Tante Elisabeth sowie Onkel Gustav und Tante Julie von der Partie. Das Ganze gewann an heiterer Lebhaftigkeit, da man Johanna, Carl und mich sowie den kleinen Georg Schubert mitgenommen hatte.

Während die Alten beim Kaffee saßen, hatten wir Jungen in Gärten, Hof und Ställen des bäurischen Anwesens herumgetollt, wobei auch Schwester Johanna wie öfter ihr steifes Pensionswesen fallen ließ. Plötzlich, im Stalle hinter den Pferden, bückte sie sich und nahm einen Gegenstand von der Erde, den sie unterm Stroh entdeckt hatte. Wir andern scharten uns um sie und mußten nun mit Erstaunen und Jubel feststellen, daß sie nichts weniger als einen goldenen Ring gefunden hatte. Er wurde im Triumph dem sich lebhaft unterhaltenden Verwandtenkreise vorgelegt.

Das Kleinod ging von Hand zu Hand, und man stellte fest, daß man einen Trauring vor sich hatte. Man lachte, beglückwünschte meine Schwester mit unschuldvoller Anzüglichkeit, bis plötzlich das verwachsene Täntchen Auguste, die das Ringelchen um und um wandte, ernst wurde. Sie hatte nämlich das Innere des Ringes entziffert und sowohl ein F und ein S wie das Hochzeitsdatum ihrer Eltern, meiner Großeltern, festgestellt. FS konnte Ferdinand Straehler bedeuten, und nach Tag und Jahreszahl wäre es möglich gewesen, den Ring vor sich zu haben, den der Geistliche vor dem Altar meiner Großmutter an den Finger gesteckt hatte.

Aber dies war, wie beide Schwestern vom Dachrödenshof beteuerten, wiederum ein Ding der Unmöglichkeit.

Den in Frage kommenden Trauring hatte der jüngst verstorbene Brunneninspektor seiner im Sarge liegenden Frau vom Finger gezogen. Er wurde von ihm in einer Kassette als Heiligtum aufbewahrt. In feierlicher Gemeinsamkeit hatten dann Elisabeth und Auguste den Trauring des Großvaters, den sie dem Toten ebenfalls abgezogen, zu dem ihrer Mutter gelegt, so gleichsam die Eltern für den Himmel vermählend. Sie hatten das Kästchen mit Sorgfalt verschlossen und bei den anderen geheiligten Werten des Hauses in einem verschlossenen Schrank untergebracht. Niemals in der Zwischenzeit war der Schrank oder gar die Kassette geöffnet worden, niemandem hatte man die Ringe auch nur gezeigt.

Es war ja nun klar, wie die Sache sich aufklären mußte. Fand man die Ringe an alter Stelle vor, so war der gefundene ein fremder Ring. Fehlte dagegen jener, den der Gatte der Gattin geschenkt hatte, so war dieser Fund meiner Schwester Johanna einem Wunder nicht unähnlich, denn dann hatte der doch wohl gestohlene Ring den Weg zu dem verlassenen gesucht und auf mystische Weise zurückgefunden: das würde einen Schluß auf die überirdische und außerirdische Unzertrennlichkeit dieser Ehe zugelassen haben.

Und in der Tat, die in Gegenwart von Zeugen vorgenommene Öffnung des verschlossenen Schranks und der ebenfalls verschlossenen Kassette ergab den Verlust des mütterlichen Rings, wodurch sich für meine Mutter, deren Schwestern und Onkel Schubert das liebliche Wunder bestätigte. Mein Vater war nicht wenig erstaunt, suchte jedoch im Geiste nach irgend etwas, was den Fall natürlich erklären konnte. Ich brachte diese Episode mit der Übersiedlung Carls nach Breslau in Zusammenhang, und zwar nicht allein wegen der zeitlichen Nähe, sondern weil Carl daraus nicht wegzudenken ist. Inwiefern dies der Fall war, hat mir mein Bruder etwa in seinem sechzigsten Lebensjahre gestanden. Er hatte sich nämlich spielerischer Weise den Ring im Dachrödenshof angeeignet, was auf ihm lastete und ihn veranlaßte, den Ring im Stall wegzuwerfen und meine Schwester ihn finden zu lassen.

Wir brachten Carl auf den Bahnhof von Altwasser, als er Salzbrunn als dauernden Wohnort aufgeben mußte. Dieser damals häßliche, kleine Bahnhof des Industriegebietes war Zeuge der allertrübseligsten Augenblicke meiner frühen Jugendzeit: er sah das immer erneute Abschiednehmen von ihr, das diesmal im Entschwinden des Bruders den ersten tiefen Schatten warf. »Nun«, sagte die Mutter, als der Zug davongerollt und das Keuchen der Maschine nicht mehr zu hören war, »nun, Gerhart, bist du mit Vater und mir allein.« – Es war wirklich so, denn Johanna hatte auf Einladung von Mathilde Jaschke im Kurländischen Hof Quartier bezogen. Es dauerte einige Zeit, bis ich das Gefühl der Vereinsamung überwand und eine gewisse Trostlosigkeit, die mich damit überkommen wollte. Dann aber mündete mein wiederaufgenommener Laufschritt in das bunte und köstliche Labyrinth meines blühenden Knabendaseins wiederum ein.

Von seiten der Eltern empfand ich deutlich eine größere Wärme und Zärtlichkeit. Freilich daß dabei der Blick meines Vaters und meiner Mutter, wenn sie, wie öfters geschah, mir die Hand auf den Kopf legten, ein sorgenvolles Nachdenken ausdrückte. Ihre Augen schienen zu sagen: Nun wirst auch du, unser Letzter, bald nicht mehr bei uns sein! – oder auch: Was soll, was wird dereinst aus dir werden?

Ich möchte glauben, daß die letzten beiden nun bevorstehenden Salzbrunner Kinderjahre vielleicht doch nicht mehr ganz den Unschuldsgeist der Freude geatmet haben wie die vorhergehenden. Das Alleinsein des Menschen, das ich theoretisch erfaßt hatte, war doch etwas anderes als diese praktische, neue Art der Vereinsamung, die mich zwang, gleichsam ohne Ventil zu leben und geistige Ausscheidungsstoffe innerlich zu verarbeiten.

Unter den Knaben eines Ortes kommen, wie man weiß, jedes Jahr neue Moden auf. Seit dem Erscheinen des Zwitscher-Tirolers war das Nachahmen von Singvögeln mittels eines kleinen Apparates aus Birkenrinde, den man auf die Zunge nahm, üblich geworden. Einmal kam das sogenannte Cri-cri, einmal die Kastagnette auf, dann die gefährliche Schrotkugelschleuder, die aus Gummischnur und Zigarrenkistenbrettchen gefertigt wurde. Eine Zeitlang galt nur das Blaserohr, mit dem ein zugezogener Knabe geradezu Unglaubliches leistete. Seine Lehmkugeln fehlten nie ihr Ziel, ob es ein Sperling oder nur ein Schmetterling im Fluge war, und wenn er den Lasso warf, war der, dem es galt, unfehlbar gefangen.

Mit Leidenschaft treiben Knaben Glücksspiele. Sie wurden bei uns mit Puffbohnen und mit Murmeln oder Marmeln ausgeübt, und besonders im Spiel mit diesen bunten Kugeln habe ich in einem durch viele Monate dauernden Hang alle Zustände eines Monte-Carlo-Spielers durchgemacht.

Das auf der Erde markierte Ziel war ein Loch und ein konzentrischer Kreis. Man setzte je nach Übereinkunft eine, zwei, auch zehn, auch zwanzig Kugeln ein, wenn einen die Leidenschaft übermannte. Hatte jemand aus einer gewissen Entfernung die überwiegende Zahl in Kreis und Loch geworfen und auch die übrigen außenstehenden Kugeln früher als der Partner nach der Regel des Spiels ins Zentrum gebracht, so konnte er alle Kugeln einheimsen.

Ich gestehe, daß ich beim Spiel einen abergläubischen Kniff hatte. Ich pflegte bei jedem Wurf insgeheim Gott anzurufen, was meinem Eindruck gemäß von beinah unfehlbarer Wirkung war. Auf diese Weise war ich zu einer bestimmten Zeit ein Krösus geworden. In kleinen Körben, wie dieser Gold in gewaltigen Amphoren seiner Schatzkeller, bewahrte ich meinen Gewinn an bunten Kugeln auf. Es sind ihrer einige Tausend gewesen. Aber dann kam der Moment, der immer dem Spieler sicher ist: der Spielteufel hatte mir alle bis auf zwei oder drei wieder abgenommen. Meine Verzweiflung war fürchterlich.

Ich habe mich niemandem anvertraut, sondern alles in mich hineinwürgen müssen. Ich bestand aus Trostlosigkeit und Ärger und Wut, die mich schrecklich anfielen. Reue, weil ich mir zuschrieb, an den Verlusten schuld zu sein, wollte mir Selbstvernichtung als einzig möglichen Ausweg anraten.

Zur Zeit der großen Ferien durfte ich nochmals, eingeladen von Tante Julie, einige Wochen auf Rittergut Lohnig zubringen. Mein Verhältnis zu Vetter Georg sowie zum großen Ganzen des Familienkreises und Gutsbetriebes war gesetzter geworden. Haben sich, was ich nicht weiß, damals in den Salzbrunner Lebensumständen die Flegeljahre unliebsam ausgeprägt, so war dies gewiß im Umkreis der Schuberts ausgeschlossen.

Gotthold Fuchs, dessen Vater das Dominium Gutschdorf besaß, war ebenfalls bei Georg zu Gast, ein drolliger Junge, von dem allerlei Anekdoten erzählt wurden. Er fand, daß die Teller in Lohnig zu klein seien, und erklärte das mit völligem Freimut bei Tisch. »Könnt ihr über das Scheunendach springen?« hatte er einst beim Spiel die Jungens gefragt. Natürlich erklärten sie das für unmöglich. – »Der liebe Gott springt darüber wie nischt!« belehrte er sie mit Begeisterung. Ich war mit Gotthold viel allein, da Vetter Georg, selbst nun, in den Ferien, uns durch allerlei Unterrichtsstunden entzogen wurde. Später, als Gotthold Fuchs uns verlassen hatte, habe ich Georg mit dem Eselwagen auf das benachbarte Kirchdorf gekutscht, wo er durch den Pastor in Latein, ja in Griechisch unterrichtet wurde. Während ich außerhalb des Pfarrhauses wartete, wie einst bei Apotheker Linke am Gartenzaun, wenn Alfred Musikunterricht bekam, fiel mir nun wieder mein Nichtstun auf die Seele. Auch zu Krause, Lehrer in Dromsdorf, kutschte ich Georg, wo allerhand Unterrichtsgegenstände auf ihn warteten.

Ein junger Baron von Liebig hatte sich um jene Zeit als landwirtschaftlicher Volontär bei den Schuberts einquartiert, Bruder jener Marie von Liebig, die mich in der Büfettstube am Begräbnistage des Fräuleins von Randow überrascht hatte und mir so bedeutsam auffällig geworden war. Der Reichtum, den man der einstigen, nun geadelten Weberfamilie zuschrieb, obgleich er durchaus kein Märchen war, machte den jungen Baron zum Märchenprinzen. Ich stellte mir allen Ernstes vor, er könne mich mit einem Griff in die Tasche dermaßen mächtig und reich machen, daß ich aller kommenden Schulsorgen enthoben sei.

Schwer zu sagen, wie der lange, vornehme junge Sonderling zu den Schuberts gekommen war, der Sproß einer überaus streng katholischen Familie in die ebenso streng protestantische. Mathilde Jaschke, die Freundin Mariens von Liebig, in der schon damals heimliche Wahlverwandtschaft zu unseren Familien tätig sein mochte, mag im stillen dahin gewirkt haben. Man hoffte wohl, eine gewisse Wunderlichkeit des jungen Mannes, die in Spleen ausarten konnte, werde in der friedsam religiösen Atmosphäre der Schuberts ausheilen.

Mir schien das Gutshaus für diesen Gast, der meine Gedanken nicht losließ, viel zu klein, nicht seiner physischen Größe wegen, vielmehr weil seinem eigentümlichen Wesen anzumerken war, daß er die umgebende Enge nicht einmal sah, geschweige denn anerkannte. Der kaum Zwanzigjährige, der die wichtigen europäischen Sprachen beherrschte, sah bei weitem älter und reifer aus. Er hatte in London gelebt, in Paris, Wien und Rom und mehrere Winter hindurch am Rande der Wüste in Ägypten, die Sphinx und die Pyramiden vor Augen. Von diesen Wundern erzählte er Georg und mir, da er sich gern und lange mit uns unterhielt, auf eine ironisch überlegene Weise: Da werdet ihr staunen, da werdet ihr Mund und Augen aufreißen!

»Wenn ihr übrigens wollt«, sagte er einst, »so werde ich euch ganz einfach mitnehmen, ich bitte euch von den Eltern aus. Alle Reiseeffekten, Hüte, Anzüge, Koffer, kaufe ich euch. Bis Genua reisen wir per Bahn, dort aber gehen wir auf ein Schiff, sehen Neapel, Messina, Syrakus, steigen im Hafen von Alexandrien aus, gehen auf eine Dahabije, die ich miete, was so viel wie ein Wohnschiff heißen will, und fahren damit den Nil hinauf. Dabei essen, trinken und schlafen wir gut, denn wir haben Köche und Diener an Bord, die uns herrlich verpflegen. Glaubt mir, Jungens, dabei lernt ihr mehr als bei der ganzen verdammten Paukerei und dem ewigen Hocken auf den Schulbänken!«

Der Junge von Liebig hatte den Weg zu unseren Knabenseelen gefunden.

Man konnte aber auch sehen, daß ihn mit Tante Julie eine Art Freundschaft oder Kameradschaft verband. Sie sang ihm vor, sie spielten vierhändig, sie lasen gemeinsam Bücher und besprachen sie. Von meiner Schwester Johanna ist über diese Beziehung später bedeutsam gemunkelt worden.

Zu munkeln gab es jedoch hier nichts.

Aus den Erzählungen meiner Mutter wußte ich, daß ihre Schwester Julie Schubert als junges Mädchen eine Zeitlang von der Gesellschaft sowohl der Kreisstadt Waldenburg wie des Bades Salzbrunn vergöttert wurde, und zwar weil die Theaterfreudigkeit ihrer Mutter, meiner Großmutter, gegen die Neigung des Großvaters durchsetzte, daß die offensichtlich talentvolle Julie bei den Veranstaltungen der Gesellschaft ihr Licht nicht unter den Scheffel zu stellen brauchte. So wirkte sie bei Liebhabervorstellungen in verschiedenen Roderich-Benedix- und anderen Rollen mit, ja sie schreckte davor nicht zurück, in ausgesprochenen Virtuosenpartien aufzutreten.

»Eine Stunde vor dem Ball« hieß ein Stück, das sie ganz allein zu bestreiten hatte. Wenn meine Mutter von diesem Abend erzählte, konnte sie gar nicht müde werden, den Zauber Juliens auszumalen, wie sie, immer allein auf der Bühne, sich in Selbstgesprächen erging, in Erwartung des Wagens, der sie auf den Ball bringen sollte, wie sie sich im Spiegel bewunderte, dies und das an der Toilette vervollständigte, wie die ungeduldige Vorfreude aus ihr schlug – bis dann die Kutsche gemeldet wird, sie ihr Ballkleid zusammenrafft und mit einem köstlichen kleinen Schrei des Glücks durch die Tür entspringt.

Dies und eine Verlobung Juliens mit einem jungen Baron oder Grafen, die dann auseinandergegangen war – meine Mutter hatte davon erzählt –, mußte mir nun in den Sinn kommen, als ich die Kameradschaft Juliens mit dem Baron zu bemerken hatte. Ich sann über Juliens Schicksal nach, das in die Welt des Theaters, der Kunst überhaupt, und somit der Schönheit, des Glanzes, des Ruhmes hätte einbiegen können und nun diese ganz andere Wendung genommen hatte. Ausdrücklich hatte mein Großvater seiner Tochter diesen anderen Weg ins Leben versperrt. Nun beschlich mich die Ahnung, daß irgendwie durch die Gegenwart des Barons aufgegebene Möglichkeiten in meiner Tante wieder lebendig wurden.

Bei alledem wurden wir Knaben von ihr nicht vernachlässigt, körperlich nicht und geistig nicht. Oft kam es vor, in der Dämmerung, daß sie uns an den Flügel zog, Georg und mich zur Rechten und Linken, die Klaviatur öffnete, um dann Lied auf Lied in herrlicher Folge vorzutragen. So habe ich zuerst von ihr allerlei lustige Weisen, aber auch »Der Tod und das Mädchen« von Schubert gehört, das uns natürlich in Tränen ertränkte.

Dreißigstes Kapitel

Der Gegensatz zwischen dem Erntetreiben des Gutshofs und dem, was mich zu Hause erwartete, war diesmal besonders groß. Carl brachte zum erstenmal Sommerferien in Salzbrunn zu und hatte davon noch eine Frist von zwei Wochen. Auch er, sowie meine Eltern und Geschwister, ja eigentlich alle, die mich umgaben, gehörten zu denen, die mir ihr Schicksal vorlebten. Ja, gerade er hat während einer langen Lebenszeit in dieser Hinsicht meine Aufmerksamkeit fast am meisten gefesselt.

Schon seine Krankheit beanspruchte meine Teilnahme. Nun war er mir nach Breslau vorangegangen und, wie ich erkennen mußte, als ein anderer zurückgekehrt. Der Abstand zwischen ihm und mir war größer geworden. Ich liebte noch immer abgenützte Kleider, mit denen ich mich in Ställen, Kutscherstuben, in Regen und Wind herumtreiben, in Gräben liegen und auf Bäume klettern konnte. Er hatte sich dem großstädtischen Leben angepaßt, trug Kragen und Schlips sowie wohlgebürstete Anzüge: er konnte mit jedem Kurgast wetteifern.

So hatte er denn auch mit dem Sohn eines Bremer Handelsherrn, einem vierzehnjährigen jungen Menschen, Paul Mestern, Freundschaft geschlossen. Und diese beiden, Carl und Paul, wurden fast immer mit einem schönen, ebenfalls bremensischen Kinde von zwölf Jahren, namens Anna Hausmann, zusammen gesehen. Auch für mich war Annas Erscheinung märchenhaft. Fast ein Jahrzehnt hat ihr bloßes Bild, das unser Familienalbum schmückt, eine verwirrende Macht über mich ausgeübt. Aber das immer entzückend gekleidete Geschöpf mit dem offenen, bis über den Gürtel wallenden goldenen Haar machte mich gleichsam in Ehrfurcht verstummen, wo ich seiner ansichtig wurde, und was mich leidenschaftlich anzog, ließ mich in Wahrheit scheu zurückweichen. Diesem Engel gegenüber empfand ich mich selbst als häßlichen, schmutzigen Paria und war gewiß, daß ich von ihm nur mit Abscheu betrachtet wurde.

Ich führe den erbärmlichen Zustand meines Gemütes auf die bekannte Spaltung meines Wesens zurück. Ich steckte wohl tiefer als je im Proletariertum, an das ich mich nochmals krampfhaft geklammert hatte. War es, weil ich in ihm den Bereich meiner freien, seligen Kindheit sah, den ich nun bald mit einem mir unbekannten vertauschen sollte? Und betonte ich etwa aus bitterem Trotz meinen Gassen- und Gossenjargon? Ganz gewiß ist etwas daran. Aber ob ich nun auch alles etwa Kommende von mir wies, alles Geleckte, Gedrillte, Gutbürgerliche zu verachten mir den Anschein gab, ward ich doch allbereits auch von ihm angezogen und betrachtete den darin gänzlich aufgenommenen Carl mit Neid. Mich durchwühlte damals, möchte ich glauben, zum ersten Male das echtblütige proletarische Ressentiment, das mich erniedrigte und in quälende Wut gegen das Bürgertum versetzte, von dem es mir schien, es stoße mich aus, indem ich vergaß, daß ich ihm angehörte.

Paul Mestern und mein Bruder Carl hatten mit der kleinen Anna Hausmann einen stilgerechten Flirt. Der Übermut, mit dem sie beide um die bezaubernde Kleine warben, machte unter den Kurgästen heiteres Aufsehen. Ich erinnere mich des Befremdens und des Staunens, das mich beschlich, als die beiden Freunde, Anna Arm in Arm zwischen sich, ungeniert heiter und ohne Eifersucht den Kronenberg zur Terrasse emporschritten.

Dort aber, auf der Terrasse, stand ein glänzendes Publikum. Sommerlich gekleidete hübsche Frauen mit farbigen Schirmchen, die sich um einen exotischen Herrn im Tropenhelm gruppierten. Man hatte viele kleine gesattelte Esel vor die Terrasse geführt, und die Herrschaften gingen daran, sie zu besteigen. Geplant war ein übermütiger Ritt wie üblich nach Wilhelmshöh oder der Schweizerei. Dies alles schob man nun für Minuten auf, als Anna zwischen den beiden hübschen Jungens erschien, um diesen und Anna lustig zu gratulieren.

»Sie fangen früh an«, hatte der Herr mit dem Tropenhelm zu den Damen gesagt, »sie fangen gut an und werden es weit bringen.«

Nicht nur die Erscheinung Anna Hausmanns, sondern auch dieser Weltreisende mit dem Emin-Pascha-Bart nährte mein Minderwertigkeitsgefühl. Aber was ich von ihm wußte und in ihn hineinsah, ohne daß er auch nur ein Wort mit mir gesprochen hätte, beschäftigte meine Phantasie und erweiterte meine Vorstellungswelt.

Noch in ganz anderer Weise als den jungen Baron von Liebig umwitterte ihn die Aura der Weltweiten. Man hörte ihn etwa im Vorübergehen vom Fujijama, dem Feuerberg Japans, reden oder von den weißen Elefanten Indiens oder von der neu eröffneten Pazifikbahn, auf der man eine Woche lang Tag und Nacht von New York bis San Franzisko fuhr, auch wohl mitten durch brennende Wälder. Oder er malte lachend seiner Umgebung die Annehmlichkeit eines Taifuns, eines Wirbelsturmes, aus, den er im Stillen Ozean miterlebt hatte. Gelegentlich sprach er vom Suezkanal, dessen Erbauer, Lesseps, er persönlich kannte und mit dem er, wenn er die Wahrheit sprach, als einer der ersten vor wenigen Jahren gemeinsam von Port Said bis Suez gefahren war.

Nicht auf direktem Wege konnte ich an all diesen Ereignissen teilnehmen. Da der Erzähler, der übrigens Drucker hieß, wochenlang ganz Ober-Salzbrunn in Atem hielt, wurden einem seine Erlebnisse und Abenteuer von allen Seiten nahegebracht, auch in vielerlei Übertreibungen. Mein Vater, der sich einigermaßen in den Bremer Globetrotter verliebt hatte, zog sogar seine Reiserouten mit uns auf der Karte nach. Ich müßte lange erzählen, wenn ich auch nur einen Teil der neuen Begriffe und Vorstellungen mitteilen wollte, die ich mir damals zu eigen machte. Solche wie Harakiri und Opiumhöllen waren darunter, auch Hinrichtungen mit dem Schwert, die zu Hongkong auf einem kleinen, entlegenen Stadtplatz vom Scharfrichter jederzeit gegen klingende Münze arrangiert wurden.

Vielleicht waren die Jahre, die ich allein noch im Elternhause zubrachte, nicht allzu gut angewandt. Es war in mir etwas Abwartendes, das sich nicht selten mit dem Gefühl einer Stockung verband. Meine Schulkenntnisse wurden in dieser Zeit nicht vermehrt, und so hätte ich ebensogut in die Sexta der Realschule eintreten können wie zwei Jahre später. Meine Wildheit wurde in diesen Jahren mehr als sonst durch Perioden stillen Sinnens und Betrachtens abgelöst. Die Lateinstunden wurden fortgesetzt, außerdem erbat ich mir die Erlaubnis, im Schulzimmer, das nur halb gefüllt war, wenn Brendel die Kleinsten unterrichtete, meiner Privatlektüre obliegen zu dürfen. Ich verfiel darauf während der Sommerzeit, weil der Gasthofbetrieb mir zum Lesen und Grübeln kein Plätzchen einräumte.

Es müssen mir damals allerlei märchenhafte Rittergeschichten in die Hände gefallen sein, in deren Vorstellungswelt ich unterging. Zauberer, junge Königssöhne, Prinzessinnen auf milchweißen Rossen, ein Magnetberg, ein Glasberg mit einem verzauberten, von Gold, Silber und Juwelen starrenden Schloß sind darin vorgekommen. Ich weiß noch heut von einem Garten, in dem die köstlichen musikalischen Wunder der Natur gesammelt wurden, darunter ein Trompetenbaum und ein Harfenbaum, die dem König, der sie besaß, begleitet von Kehlen himmlischer Vögel, auf überirdische Weise Musik machten.

Es lag zum erstenmal etwas von Weltflucht in den Stunden, die ich im Schutze des Schulzimmers lesend zubrachte, unbeteiligt an Lehrer Brendels Kleinkinderunterricht. Ich bedauerte, wenn ich die Schule verlassen und erträumte Himmel mit der immerhin lärmenden Wahrheit eines Ober-Salzbrunner Sommernachmittags vertauschen mußte.

Was eigentlich die Flegeljahre sind, weiß ich nicht, auch nicht, inwieweit ich in Flegeljahre hineingeriet. Jedenfalls war ich in der Zeit, als von den Geschwistern niemand als ich zu Hause war, mehr als früher unkontrolliert und mir selbst überlassen. Die Erinnerung an etwas Unbefriedigend-Zielloses ist mir aus jenen Tagen zurückgeblieben. Es war eine Leere da, die halb bewußt wieder und wieder empfunden wurde. Ich sei nicht schwer zu behandeln gewesen, hat mir meine Mutter gesagt; vielleicht kannte sie nicht meine wahre Natur, nicht meine disharmonischen Zustände, weil sie sich ihr gegenüber nicht auswirkten. Ein Geltungsbedürfnis, verbunden mit lebhafter Phantasie, muß mir damals Streiche gespielt haben. Ich ergab mich der Aufschneiderei.

Von seinem Großvater, Weber und gelegentlich Hirschberger Stadtmusikant, war eine brave Tiroler Geige an meinen Vater gekommen. Bei einem winterlichen Einbruch durch die Glastüren des Großen Saals, wo sie im messingbeschlagenen Kasten auf dem Flügel gestanden hatte, war sie, wie schon erzählt, gestohlen worden. Ich machte sie Alfred Linke, Rudolf Beier und andern Bürgersöhnen gegenüber zum Stradivarius, angeregt durch jenes Instrument, das Doktor Oliviero gekauft hatte.

Diesen Geigendiebstahl im Sinne des Mythos auszustatten, gehörte vielleicht in das Gebiet erlaubter Phantasie, nicht aber, wenn ich später behauptete, daß meine eigene Geige als echter Stradivarius anzusprechen sei. Einmal wurde ich fast offiziell von einem Kreise meiner Gespielen deshalb zur Rede gestellt, und ich glaube, mich, in die Enge getrieben, nicht sehr gut verteidigt zu haben. Den Lügner mied man hernach einige Zeit.

Halte ich aus den beiden ersten Jahren meines zweiten Jahrzehnts etwa noch eine Nachlese, so kämen bei aller Krisenhaftigkeit mancherlei lehrreiche Hinweise und Erweiterungen des Gesichtsfeldes in Betracht, die vom Kreise des Doktors Straehler ausgingen. Es waren, glaube ich, diese ersten Jahre, in denen er mit einer Gruppe von Patienten den Winter in San Remo zubrachte, ein Unternehmen, an dem meine eigene Familie durch Briefe und Berichte beteiligt wurde. Der ewige Frühling, die Palmen und Blumen der Riviera, wovon ich damals zuerst erfuhr, mögen wohl jene unüberwindliche Sehnsucht geweckt haben, die mich seitdem nicht mehr verlassen hat.

Im Kometen, dem Straehlerschen Hause, stand man übrigens damals mit einem Fuß in Amerika. Ein Verwandter der Tante Straehler war nach jahrzehntelangem vergeblichem Ringen enttäuscht aus den Vereinigten Staaten zurückgekehrt und irgendwie im Kometen untergekommen. Seine Schilderungen des amerikanischen Lebens, die auch zu mir drangen, waren von belehrender Bitterkeit.

Wenn ich nun noch einer Bühne Erwähnung tue, die man winters im Kleinen Saal zusammengezimmert hatte, und daß ich mir auf ihr allerlei in der Stille zu schaffen machte mit Mimik, Bewegung und Deklamation, Vorhangaufziehen, Vorhangherablassen, so ist wohl das Bild meines zwecklosen Treibens vollständig.

Während der letzten Wochen vor Ostern wurde diesem Zustand der Garaus gemacht. Mit dem bestandenen Abitur war Bruder Georg nach Hause gekommen. Er betrug sich wie ein Mensch, der einen langen, mühsamen Aufstieg von Stufe zu Stufe mit einer immer schwerer werdenden Last auf dem Buckel endlich, endlich hinter sich hat. Der Gipfel des Berges war erreicht und zugleich auch die Last vom Rücken geworfen. Ich begriff seinen Zustand ganz und durchaus und im Vergleich damit auf tief verbitternde, tief entmutigende Art den völlig entgegengesetzten meinen. Dem heiter Erlösten, ans schwer errungene Ziel Gelangten stand ich als einer gegenüber, der um die unterste Stufe der unendlich langen, unendlich steilen Treppe rang.

Die ins Auge fallende Gegensätzlichkeit unsrer Lage brachte mich der Verzweiflung nahe und entpreßte mir wieder und wieder Tränen. Und als nun, da die Aufnahme in die Breslauer Lehranstalt mit einem Examen verbunden war, die verlangten Kenntnisse Hals über Kopf noch im letzten Augenblick in mich hineingepumpt werden sollten, was man dem Mulus Georg übertrug, trieb man mich in eine Verfassung hinein, an die ich nur mit Schaudern zurückdenke.

Gegen diesen Übergangszustand gehalten, war es eine Erlösung, als ich mich bald darauf an der Seite meines Vaters in Breslau befand. Wie schon das erste Mal auf der gleichen Reise und ebenso in Warmbrunn und Teplitz entpuppte sich auch diesmal der Freund aus einer Respektsperson. Die ruhige und vertrauliche Art, mit der er über die kommenden Dinge sprach, linderte die Verwirrung, in der ich war, und das Neue, das sich überall meinen Sinnen bot, tat das Seine, um mich zu beruhigen.

Der Tag des Examens kam heran. Mein Vater begleitete mich bis ans Portal der Realschule, durch das ich dann, von ihm allein gelassen, mit einem Strome andrer Knaben in das drohende Innere drang. Aber obgleich ich während der Bahnfahrt innig gewünscht hatte, mein Vater möge mich wieder mit heimnehmen, zitterte ich nunmehr bereits davor, die Aufnahmeprüfung nicht zu bestehen. Diese Wandlung war unbemerkt eingetreten, als mich, gehoben durch das Gewimmel der Knabenschar, die dem gleichen Ziele zustrebte, eine Empfindung meiner Wichtigkeit durchdrang und ein Stolz, der sich in Schmach des Minderwertigen, des Ausgestoßenen verwandeln mußte, wenn ich aus dem Schulhaus und aus der Kameradschaft dieser Knaben verwiesen würde. Nein, mit einem solchen Makel behaftet, waren die verlassenen Paradiese Salzbrunns keine mehr.

Einunddreißigstes Kapitel

Bald saß ich mit andern Prüflingen Seite an Seite gequetscht hinter den zerkerbten Pulten einer Schulstube. Wir hatten Feder und Schreibheft mitgebracht. Auf dem Katheder saß ein baumlanger, mißgelaunter Mann, der mit kurzen, bellenden, unverständlichen Lauten Befehle austeilte. Er schien uns weniger als brave Jungens und Kinder deutscher Eltern, sondern mehr – der Mensch ist böse von Jugend auf! – als geborene Verbrecher zu betrachten. Wir begriffen noch kaum, was geschehen sollte, als er nach dem Kommando »Aufschreiben!« bereits eine Menge Aufgaben wie aus einem Schnellfeuergeschütz über uns Dummköpfe geschleudert hatte. Die meisten hatten nicht folgen können. Man half sich, indem man sich gegenseitig um Auskunft bat.

Plötzlich bekam der lange Mensch einen Wutanfall. Oh, dachte ich, wer mag wohl der arme Junge sein, dem wahrscheinlich jetzt der Kopf abgerissen wird? Indem ich aber nach dem armen Opfer Ausschau hielt, wurde ich selbst am Kragen gepackt, aus der Bank gerissen und an die Wand geschleudert, wo ich zum erstenmal in meinem Leben, und zwar ohne eine Ahnung zu haben warum, vor allen diesen fremden Jungens am Pranger stand.

So litt ich nicht nur aus diesem Grunde, sondern weil ich zur Untätigkeit verurteilt war, während die andern für ihre Aufnahme fieberhaft arbeiteten.

In einem von Eltern und Schülern dicht gefüllten Raum wurde ich nach Schluß des Examens aufgerufen und von Schuldirektor Klettke mit den allgemein hörbaren Worten »Du bist noch ein sehr, sehr schwacher Sextaner!« in die Realschule aufgenommen. Ich schämte mich dieser öffentlichen Rüge, die ja, wo sie gerechtfertigt war, einen unverschuldeten Zustand betroffen hätte, aber zugleich triumphierte ich, weil ich dem Vater eben doch das »Angenommen« melden konnte.

In Wirklichkeit war es ein falsches Bild, das man vom Stande meines Wissens und meiner allgemeinen Reife gewonnen hatte. Die neuen Eindrücke der großen Stadt, der gewaltig drohenden Schulanstalt dezentrierten mich. Der Wirrwarr der Massen ließ mich nicht zur Besinnung kommen. Die Verprellung aber durch Doktor Jurisch in der ersten Schulviertelstunde nahm mir zwei Drittel meiner Kraft. Sie hat bewirkt, daß ich in der Schulmaschinerie, solange ich ihr überliefert war, nur eine feindlich zermalmende Macht und durchaus keine Alma mater sehen konnte.

Die ersten Jahre meines Breslauer Daseins kamen einer Verbannung gleich. Wenn ich aber auch bei meiner übernormalen Heimat- und Elternliebe, in einen Zustand der Ausgestoßenheit versetzt, in einer lieblosen Atmosphäre an alledem darbte, was mir Lebenslust bedeutete, so nahm ich doch, bitter leidend, nicht im Sinne der Schule, sondern meistens außerhalb der Schule, auf Schritt und Tritt neu belehrende und die Vorstellungswelt bereichernde Eindrücke auf.

Die Haupt- und Residenzstadt Breslau traf eben Anstalten zu jenem gewaltigen Aufschwung nach dem Kriege 70/71, der ihre damals schon große Einwohnerzahl vervielfältigen sollte.

Widerwillig und langsam wuchs ich in sie hinein. Aber nach und nach mußte ich doch ihre Merkwürdigkeiten und altertümlichen Schönheiten empfinden lernen. Mein überall lebhaft suchendes Auge und mein doch selbstverständlich geweckter Geist konnten daran nicht dauernd vorübergehen.

Da waren zunächst die herrlichen Kirchen von St. Magdalenen und St. Elisabeth, die mehr als der Dom auf der Oderinsel das Wahrzeichen der Stadt bildeten. Sie drängten sich nahe an den Ring, das uralte Zentrum der Stadt, der den schönsten gotischen Profanbau, das berühmte Rathaus, umgibt. Von hier gingen viele enge Gäßchen aus, darunter die von jüdischen Trödlern bewohnte Stockgasse. Das jüdische Leben war weder vom Ringe noch von der Schweidnitzer Straße hinwegzudenken. Weniger trat es in den Stadtteilen zwischen Ring und Oder hervor, wo sich parallel zu dem Fluß die Kupferschmiedestraße erstreckte. In diesen Stadtteilen, die am meisten noch Mittelalter atmeten, beim Gabeljürgen oder den alten Fleischbänken, hielt ich mich am liebsten auf. Sie waren mir etwas Heimisches, während ich, eben doch wohl der Gotik irgendwie verwandt, schon durch einen Barockbau wie die Universität mich erkältet fühlte.

Ich habe mich oft gefragt, warum ich mir in der ersten Breslauer Periode so verlassen erschienen bin und bis zur Verzweiflung unglücklich war. Ohne hierauf besonders zu antworten, weiß ich heut, daß ich in einem katholischen Breslau es niemals gewesen wäre. Mir fehlte die Seelsorge. Was in mir darbte und bis zum Verschmachten ohne Nahrung blieb, war das Gemüt. Offene Kirchen mit ihrer heiligen Messe und ihrem Olymp von Halbgöttern wären den Bedürfnissen meiner Phantasie entgegengekommen. Die Priesterschaft mit ihrem Kult der unsterblichen Seele hätte mich vor dem späteren völligen Niederbruch meines Selbstbewußtseins wahrscheinlich bewahrt.

Der deutsche Sieg durch das preußisch-potsdamsche Prinzip führte dazu, in ihm das einzige Heil zu sehen und es möglichst überall zu verstärken. Die Schulen mit ihren Reserveoffizieren als Lehrern spürten die erste Wirkung davon. Der Schüler mußte sich darauf einstellen.

Wenn der Lehrer die Klasse betrat, schnellten die Knaben von den Bänken und standen so lange steif und stramm, bis das Kommando »Setzen!« in schneidigem Tone erklungen war. Die Art, wie vom Katheder herunter gelehrt wurde, glich genau der Instruktionsstunde beim Militär; und wenn Jurisch mit bellender Stimme Religionsunterricht erteilte und über dies und das aus den Evangelien Fragen tat – »Wie sagt Paulus? Was spricht der Jünger Johannes? Was lehrt Jesus in der Bergpredigt?« –, so zog er den Schüler gleichzeitig, falls dieser um eine Antwort verlegen war, an der zartesten Stelle des Ohrläppchens in die Höhe, so weit, wie es grade noch gehen wollte, ehe es riß. Einfache Worte, gütiges Wesen, freundliche Unterstützung des Schülers waren als Sentimentalität verpönt. Sie galten als weichlich, sie galten als unmännlich. Der hinter den Pädagogen Stehende, unsichtbar Maßgebende war nicht Lessing, Herder, Goethe oder Sokrates, sondern der preußische Unteroffizier.

Hier, in der Schule, sah ich mich einem Etwas gegenüber, das man vielleicht mit einer sprechenden Wand vergleichen könnte.

Aber diese Wand, gleichsam mit Schießscharten ausgestattet, war jederzeit gefahrdrohend. Eine Übermacht, gegen die es keine Berufung gab, war verschanzt dahinter. So sah ich damals die Situation.

Carl und ich bewohnten ein gemeinsames Zimmer in einer Schülerpension der Kleinen Feldstraße. Sie lag im dritten Stock eines verwahrlosten Mietshauses. In einigen Tagen wurde es klar: aus Dielenritzen, Tapetenlöchern krochen, rannten, sprangen Flöhe, Schwaben und Wanzen hervor. Von zerquetschtem Ungeziefer und eigenem Blut sprenkelte sich mein Bettlaken. Schwaben und Wanzen schwammen im Waschwasser. Ich begreife noch heute nicht, wie der ehemalige Oberamtmann, der die Pension unterhielt, mit seinen gebildeten, klugen Töchtern zusehen konnte, wie sich diese Schülerunterkunft in eine Brutanstalt für jede Art Ungeziefer verwandelte.

Etwa dreißig Schüler, vom Sextaner bis zum Primaner, waren in den Zimmern der Pension zusammengepfercht, manche der kleinen, niedrigen Räume mit fünf Betten bestellt, so daß Carls und meine klägliche Unterkunft geradezu eine große Begünstigung darstellte. Ein zweisitziges Schreibpult am Fenster und zwei uns gehörende eiserne Bettstellen waren neben einem Waschständer ihre Ausstattung.

Das Dasein hier, wie das ganze Breslauer Dasein überhaupt um jene Zeit, war für Leib und Seele gleich ungesund: Pensionslärm, Hader der Schüler nach dem Aufwachen, bei hygienisch unmöglichen Zuständen und dem Ungeziefer, verdorbener Luft, Ausdünstungen zusammengedrängter Körper.

Hiernach der Weg mit dem Bücherpack durch die lärmige Stadt in die lärmige Schule, wo man unter Spannungen aller Art fünf Stunden meist sitzend und angstschwitzend zubrachte; der Heimweg wiederum unter der Bücherlast. Zwei Stunden für Mittagessen und Schularbeiten: Lärm, Gespräche, Neckereien, Prügeleien, allerlei Schabernack. Abermals Schulweg, lärmige Schule; Heimweg, Abendessen und bei der blakenden Petroleumlampe unter Wanzen und Schwaben Schularbeiten.

Noch ist zu bedenken, daß Breslau im Sommer ein tropisches, im Winter ein sibirisches Klima hat.

Was Wunder, wenn ich im Schlaf nunmehr die einzige Wohltat des Lebens sah und die ärgste Marter im Aufwachen! Ich hatte zunächst keinen Sinn für das Leben mehr, weil die Bedingung meiner Wesensentfaltung und damit mein Wesen selbst mir genommen war. Ich fühlte mich sinnlos und willenlos in einem so oder so hin und her bewegten Strome von Menschen treibend, von Wirbel zu Wirbel fortgerissen. Mir sausten die Ohren, schmerzte der Kopf, und ich wußte in meiner Bestürzung nicht, wo das hinauswollte.

Mein eigenwilliges, glückliches Naturell, das sich im großen ganzen anspruchslos in Licht und Luft unter freiem Himmel entfaltet und bewahrt hatte, würde man damals vergeblich in mir gesucht haben. Nicht einmal ich selber wußte noch etwas davon. Womit ich zu ringen hatte, ununterbrochen zu ringen hatte, war das mir überall unentsprechend Häßliche, das sich sintflutartig an- und aufdrängende exaltierte Menschentum unter den Zöglingen und den von Affekt zu Affekt fortgerissenen Männern, denen alle Macht über uns gegeben war.

Früher konnte ich mich meiner Mutter und meinen Freunden mitteilen, stundenlang war mir vergönnt, mit mir allein zu sein. Ich hatte wohl eine Sorge hie und da, behob sie und durfte mich wieder frei fühlen. Hier aber kamen zehn Bissen Sorge auf einen Bissen Brot, und das war wohl keine erziehliche Tatsache.

Am ärgsten fiel ins Gewicht, daß es weder eine leibliche noch eine geistige Ruhe gab. Die freien Stunden füllte die Befriedigung der unumgänglichen Notdurft des Körpers aus, Schularbeiten und Schulwege, und was davon übrigblieb, entbehrte bei meiner seelischen Gebrochenheit des Aufschwungs durchaus.

Die Eltern glaubten das Rechte zu tun, wenn sie uns beide zusammen und mich gleichsam in die Hut meines älteren Bruders taten. Carl saß bereits in der Tertia. Er war herzensgut, er war brüderlich, übrigens aber ein Nervenbündel, das unter denselben erregenden und ständig aufpeitschenden Umständen wie ich selber litt.

Er hatte es sicherlich schwer mit mir, der ich es ganz gewiß nicht leicht mit ihm hatte.

Zu Anfang gab er sich alle Mühe, mir Mut zu machen, mir soviel wie möglich beizustehen. Doch er hatte mit sich selbst zu tun, seinen eigenen Aufgaben, seinem eigenen Fortkommen. Bereits in die lichteren Regionen der Schule aufgerückt, konnte er sich von dem Inferno keinen Begriff mehr machen. Ich kann es mir heute nicht vorstellen noch erklären, daß ich den Aufgaben meiner beschämend jugendlichen, beschämend läppischen Mitschüler nicht gewachsen war, angeblich selbst das Sextanerpensum in einem ganzen Jahr, auch nicht in zweien bewältigen konnte. Aber nach den Ansichten meiner Lehrer war es so. Ich durfte mein Leben in dieser Zeit, so war ihr Beschluß, immer nur in der letzten oder vorletzten Bank zubringen.

Die dauernde Erniedrigung dieses Zustands, den ich zunächst nur als einen kläglichen Mangel meiner Natur hinnehmen mußte, hing ähnlich einem unsichtbaren Grabtuch über mir, durch das die Sonne nur manchmal hindurchdringen konnte. Es lag eine ähnliche Verschleierung über meinem Gemüt wie sommers bei klarem Himmel und glühender Sonne über der Stadt, wenn der Essenrauch der Fabriken unbeweglich darüber lagerte.

Ich sah in den mir aufgedrängten Verhältnissen eine Nutzlosigkeit, eine Sinnlosigkeit, die mich heimlich zu einem einzigen, einem verstockten Protest machten.

Bald gab mein Bruder es auf, mir zu helfen. Unser Zusammenleben nahm für uns beide quälende Formen an. Fragte ich ihn bei der Schularbeit, so leistete er, bei der eigenen gestört, widerstrebend und ungeduldig Beistand, was mich wiederum reizte und aufbrachte. Immer wieder brach ich in weinenden Jähzorn der Verzweiflung aus, und es kam nicht selten vor, daß ich seine und meine Schreibhefte, Tintenfaß, Feder, und was immer von dem verhaßten Schulmaterial zu fassen war, in die Ecke schleuderte.

Lag ich übermüdet abends zu Bett, störte mich seine brennende Lampe, und ich tobte dawider, um nicht auch noch um die wenigen Stunden des Vergessens betrogen zu sein, während ich mich am Morgen, wenn er mich weckte und zum Schulgang mahnte, eigensinnig und wütend gegen das Aufstehen wehrte. Unser Zusammenleben nahm immer ärgere Formen an, wobei Prügeleien, die sich in den Salzbrunner Jahren nie zwischen uns ereigneten, gewöhnlich wie das tägliche Brot wurden.

Weder unter Lehrern noch unter Schülern genoß ich damals Sympathie oder hatte gar einen Freund. Unter den Insassen der Pension ebensowenig. Weder der Oberamtmann noch seine Töchter würdigten mich eines freundlichen Worts oder Blicks.

Die Sonntage brachten Lichtpunkte und ein kleines wöchentliches Taschengeld, das sie verschönen konnte.

Man verließ etwa um neun Uhr früh mit einigen Kameraden das Haus in der Kleinen Feldstraße, bewegte sich ein Stück durch die Große Feldstraße, überquerte den Stadtgraben, bog schlenderndenweise in die Promenade – sie lief neben dem Stadtgraben unter schattenspendenden Bäumen her –, erreichte den durch den festlichen Kuppelbau gekrönten Hügel der Liebichshöhe, einen städtischen Aussichtspunkt und Vergnügungsort, und erquickte sich in dem Atrium, wo ein Springbrunnen plätscherte, an einem Glas Selterwasser mit Himbeersaft. So genoß man das dolce far niente, sonntäglich ausstaffiert, um später bei Fleischermeister Pietsch zu landen und sich an den damals berühmten Pietsch-Würstchen zu delektieren, von denen das Paar zehn Pfennige kostete. Uns den Appetit für das Mittagessen zu verlegen, fürchteten unsere immer hungrigen Mägen nicht.

Hätte man an die Schularbeiten gedacht, man würde auch diese bescheidene Morgenfreude nicht ohne Gewissensskrupel und Sorge genossen haben. Aber der Schularbeit und der Sorge gehörte schon wieder der Nachmittag.

Immerhin enthüllte sich das Breslauer Stadtbild mehr und mehr an solchen Sonntagen und prägte sich mit Bauten, Plätzen, Straßen und Gassen und deren Namen dem Gedächtnis ein. Auch das landschaftlich Schöne entpuppte sich: so die Oder, der schöne Strom, stille Gegenden an der Ohle, in der ich mit Carl zuweilen badete.

Auf der Oder unter der Ziegelbastion zogen die dort verankerten Flöße mich an mit den an Wespennester gemahnenden Hütten der sogenannten Wasserpolacken. Stundenlang konnte ich sie beobachten. Wie sie die beinahe ins Wasser gebauten Schlafstellen auf ihren aneinandergekoppelten Baumstämmen trocken hielten, begriff ich nicht, ebensowenig, wie sie das Reisigfeuer, über dem sie ihre Suppe kochten, ermöglichten.

Hier konnte ich das Elend meines mir nun einmal widersinnig erscheinenden Daseins, ähnlich wie im Schlafe, vergessen. Ich wurde einer der Ihren, wenn ich den Hantierungen dieser Flößer zuschaute, und wandte mich seufzend sozusagen ins eigene Schicksal zurück, wenn ich, aus der Versenkung erwachend, leider wieder ich selbst wurde.

Zweiunddreißigstes Kapitel

Die Besuche, die mein Vater der Hauptstadt zuweilen abstattete, gingen durch den Glücksrausch, den sie jeweilen bei mir erzeugten, über den Wert solcher Muße- und Freistunden weit hinaus. Er pflegte sich niemals anzumelden. Wir stießen ganz einfach, Carl und ich, nach Schluß der Schule auf ihn am

Schulportal. Dann stiegen wir meist gemeinsam in eine der klapprigen Breslauer Droschken, und nachdem wir die Bücher in der Feldstraße abgeladen hatten, landeten wir in einer Weinstube. Es traf wiederum zu, was ich schon gelegentlich der Warmbrunner und Teplitzer Reise an meinem Vater gerühmt habe, nämlich, daß er mit keinem Wort von der Schule sprach, uns ausfragte, rügte oder anspornte. Es war ein völlig erlöstes, heiter beglücktes familiäres Zusammensein, bei dem sich der Vater, der uns in der Speisekarte frei wählen ließ, an unserer Genußfreude weidete.

Selige Inseln auf den stygischen Wassern meines Breslauer Zwangslebens waren die Ferien.

Wie der Frierende, der die Wärme, der Übermüdete, der die Ruhe, der im lichtlosen Raume Existierende, der das Licht, der Verschmachtende, der das Wasser sucht, strebte ich jeden Augenblick darauf zu. Ich, dessen schwächste Seite das Rechnen war, hörte nicht auf, Wochen, Tage, Stunden, Sekunden nachzuzählen, die mich vom Beginn der Ferien trennten, und durch Abstreichen mir zu tröstlichem Bewußtsein zu bringen, um wieviel geringer die Zeitspanne bis dahin geworden war. Der Ariadnefaden leitete den berühmten Helden Theseus glücklich aus dem Labyrinth. Nun, ich war keineswegs ein Held, aber das Labyrinth, zu dem ich verdammt war, eine Tatsache. Und dieses mein Drängen aus der Unterwelt dem oberen Lichte der Ferien zu hatte mit dem Segen eines selbstleuchtenden Ariadnefadens Ähnlichkeit, der also auch mir von den Mächten gewährt wurde.

Ich ließ ihn nicht aus den Augen, wo immer ich war. Er war mein sicherer Trost in den Wechselfällen verschiedener Grade von Dunkelheit. Legte ich mich des Abends in mein von Ungeziefer wimmelndes Bett, so gab der Gedanke mir Trost, daß ich beim morgendlichen Erwachen dem Besuch in der Heimat um acht Stunden näher gekommen sei. Jede zurückgelegte Schulstunde wurde im gleichen Sinne betrachtet und erfüllte mich mit Genugtuung.

Ich versuche nicht, die Mannigfaltigkeit der Arten und Weisen zu erschöpfen, unter denen ich mir immer wieder aus der Vergänglichkeit ein und denselben Trost zu verschaffen wußte.

Sollte ich aber eines Tages erwachen in der ewigen Seligkeit, so kann das Glück nicht größer sein als am ersten Ferienmorgen im Elternhause. Noch im Halbschlaf, wenn der

Frühchoral der Kurkapelle gedämpft zu mir drang, faltete ich – warum soll ich es leugnen? – unter Freudentränen die Hände.

Es gibt Weise, die leugnen, je eigentlich Glück empfunden zu haben, ja die meisten erklären, nicht einmal zu wissen, was es sei. Ich, der Unweise, weiß, was es ist, und habe es oft beseligt empfunden.

Die ersten Sommerferien waren herangekommen. Wir Brüder verließen Breslau im überfüllten Zug unter Familien, welche die Sommerfrische aufsuchten. Es gibt keine Flucht, die fröhlicher sein könnte. Eine Bahnfahrt von zwei Stunden kam damals den Leuten wie eine Strapaze vor, für die man sich, um ihr gewachsen zu sein, möglichst auf jeder Station mit ein Paar Wiener Würstchen und einem Glas Bier kräftigen mußte. Königszelt, etwa in einer Stunde erreicht, war die eigentliche Erfrischungsstation, wo auch Carl und ich in den zehn Minuten des Aufenthalts uns regelmäßig mit Bier, belegten Brötchen und Soleiern für die zweite und letzte Reisestunde tüchtig machten.

Carl war ein reizbarer junger Mensch. Fast immer gab es auf einer solchen Heimreise in der dritten Klasse, besonders wegen des Öffnens und Schließens der Fenster, Zank. »Das Fenster bleibt zu!« sagte ein Herr, augenscheinlich ein Lehrer, der mit Kind und Kegel reiste, und schloß mit einem Ruck das Fenster, das Carl geöffnet hatte. – »Das Fenster bleibt offen!« Carl darauf, worauf es von ihm mit dem gleichen energischen Ruck heruntergezogen wurde. Obgleich die Luft im Abteil erstickend war, wurde doch allgemein gegen Carl Partei genommen, und allerlei Ausdrücke wie »Bengel« oder »dummer Junge« flogen umher. Wenn ich nicht irre, drohte ein Mann, er werde ihn unter die Bank prügeln, wenn er noch einen Mucks sage.

Aber die Dialektik Carls, die nicht umzubringen war, hatte schon damals etwas Dominierendes. Ostentativ verließen wir auf der nächsten Station das Coupé, in dem es vor ungesunden Dünsten, wie wir erklärten, nicht auszuhalten sei, und ließen uns vom Schaffner ein andres anweisen.

Schon als ich in unserem alten Schlafraum aufwachte, lagen die Schule und Breslau wie ein überstandener Alpdruck hinter mir. Ich war aber doch insoweit ein andrer geworden, als meine Welt nicht mehr Büfettstube, Hintergarten, Hof und Straße war. Wir speisten nach der Table d'hôte mit Vater im Großen Saal, ich verkehrte mit gleichaltrigen Söhnen von Kurgästen, ich lud sie zu einem Glas Pilsner ein, kurz ich war, ganz anders als früher, unter die sogenannte gute Gesellschaft und in den Kreis des noch vor kurzem verhaßten Bürgertums aufgenommen.

In die erste Ferienwoche fällt ein Ereignis, das mir beinahe das Leben gekostet hätte. Polizeiverwalter Keßler hatte aus seiner zweiten Ehe einen Sohn, ein bis zwei Jahre jünger als ich, der, ich glaube aus Bunzlau, in die Ferien heimgekommen war. Albrecht Keßler und ich waren befreundet, und wir gingen gemeinsam ins Feld, um im sogenannten Demuthteich zu baden. Ich hatte mich in einer Breslauer Badeanstalt am Ende eines Kursus, wie man sagt, freigeschwommen, und Albrechts Ehrgeiz veranlaßte ihn, zu behaupten, er stünde hierin mir nicht nach. Der Teich war klein, aber man hatte in seiner Mitte keinen Grund. Albrecht hatte sich ausgezogen. Er war über und über mit blauen Flecken besät, da ihn sein Vater, wohl eines mangelhaften Schulzeugnisses wegen, mit Fäusten mißhandelt hatte. Danach befragt, gestand er es zu.

Er paddelte nun, um zu renommieren, bis in die Mitte des Teiches hinein, wo er untersank und sogleich wieder auftauchte. Es war wohl ein Scherz, so sagte ich mir, aber das Unter- und Auftauchen wiederholte sich, bis er schließlich ganz unter Wasser blieb.

Ich schwamm bis in die Mitte des Teichs und bekam den kämpfenden, um sich schlagenden Schulkameraden glücklich zu fassen. Er aber freilich mich noch viel mehr. Er umschlang mich in verzweifeltem Todeskampf, und zwar dermaßen, daß ich meine Arme nicht rühren konnte. Ich verlor die Besinnung nicht. Wir sanken natürlich mit unseren Füßen, untergehend, tief in den Schlamm, wo es mir aber doch gelang, mich wieder über den Wasserspiegel mit meiner Last emporzustoßen. Diese Prozedur wiederholte ich, immer die Richtung des Teiches im Auge, wo das Wasser flacher und flacher wurde. Nach sechs oder sieben gymnastischen Übungen hatten wir Grund und fielen danach bis zum Tode ermattet auf den Ufersand.

Es soll einem in den letzten Augenblicken vor dem Ertrinken, so sagt man, das ganze bishin geführte Leben lebendig vor Augen stehen. Diese Behauptung muß ich bestätigen.

Es fehlte nur wenig, so hätte man die Leichname zweier Knaben aus dem Demuthteich herausgefischt. Und man würde geschlossen haben, aus dem braun und blau geschlagenen Körper des einen, daß sie beide aus Schulgram den Tod gesucht hätten.

Mein Rücken schmerzte mich, als ich nach Hause kam. Auch schien mir, er wollte nicht trocken werden. Auf meinen Wunsch stellte Schwester Johanna eine Untersuchung an. Es zeigte sich, daß die Nägel Albrechts mir von oben bis unten gehende blutende Striemen über die Rückseite gekratzt hatten.

Ich erzählte Johanna, was geschehen war, sie mußte versprechen, stillzuschweigen. Ich habe mir später oft gesagt, welche Wendung mein Sextanerschicksal genommen hätte, wenn ich in der Klasse mit der voll und ganz verdienten Rettungsmedaille erschienen wäre.

In der weiteren Ferienzeit beglückte mich die einstige Lebensfreude und Sorglosigkeit. Mein städtischer Anzug verhinderte den Rückfall in den ehemaligen kindlichen Spielgeist keineswegs, nur waren es jetzt gutgekleidete Knaben, die ich für meine Spiele heranholte. Aber nicht allein hierdurch erhielten diese festlichen Sommerwochen ihr Kennzeichen, sondern durch eine geheime Liebe, die mir eine Kurgästin, Liddy Dukart, eingeflößt hatte.

Die junge Dame war neunzehn Jahre. Sie wohnte mit ihrem Vater – ich glaube, einem Bremer wiederum wie Drucker, der Weltreisende – in unserm Haus. Sie hatte immer ein gütiges Lächeln für mich und immer ein himmelblaues Tuch um die Schultern. Georg als Mulus war noch im Haus. Er schien sich wie ich in Liddy verliebt zu haben. Als er mich eines Tages als Postillon d'amour benützen wollte, zerschlug sich der hübsche Plan sowohl an meiner Schüchternheit wie an meiner geheimen Leidenschaft. Ich sollte gleichsam als Papagei vor sie hintreten und Worte sagen, die ich mir in der Tat von ihm einprägen ließ: »Mon frère vous salue.«

Nein, ich habe die Sendung nicht ausgeführt, nicht diese Worte zu ihr gesprochen. Ich würde übrigens weder diese noch andre haben aussprechen können, ohne unter ihren strahlend blauen Augen zur kläglichen Figur geworden zu sein.

Ich sprach nie zu ihr und sie nie zu mir. Aber ich bewegte mich mit meiner Liebe meist ungesehen um sie auf den Promenaden und den sonstigen Anlagen. Ich kreiste von morgens bis abends im Freien um ihre Erscheinung, sogleich beseligt, wo das himmelblaue Tuch unter den Kurgästen auftauchte, unbefriedigt, verwirrt und verzweifelt, wenn ich es aus den Augen verlor.

Meine Spielkameraden wurden von mir, ohne daß sie wußten weshalb, mit der Parole »Blaues Tuch!« als Kundschafter angestellt. Sie meldeten mir, wenn und wo sie irgendein Blau an einer Dame bemerkt hatten. Wir verfolgten die Spur, pirschten von Baum zu Baum, und ich teilte Belohnungen aus in Gestalt von Titeln, wahrhaft erlöst, wenn wirklich das rechte Tuch und damit seine Trägerin gefunden war.

Zauber, elektrische Schläge, Erschütterungen mit schwerem Herzklopfen sind damals von diesem schlichten Schultertuch ausgegangen, das zum Glück für mich die Besitzerin immer trug. Wie stark muß damals die Faszination gewesen sein, da ich noch heut, sechzig und mehr Jahre später, von jedem blauen Tuch, das mir irgendwo von fern in die Augen fällt, seltsam erregt und flüchtig beglückt werde.

Die Liebeserfahrung und der eigentümliche Liebeskult waren eine tief erneuernde Wohltat für mich. Mein unbewußter Durst nach Schönheit, der mich auch immer und immer wieder in den Großen Saal vor Raffaels Madonna führte, fand Genüge darin.

Wie aber am makellos reinen Sommerhimmel sich eine kleine Wolke zeigt, so verdichtete sich das Bewußtsein der Breslauer Düsternis, der ich ja doch nun bald wieder verfallen mußte, nach der zweiten Ferienwoche. Hatte die Berührung mit der Heimatscholle mich nun wieder einigermaßen zu mir selbst gebracht, mir Selbstbewußtsein, Selbstachtung und Initiative wiedergegeben, mich dem embryonalen Froschlaichwesen des Sextanersümpfchens enthoben und es vergessen lassen, so stieg dies alles jetzt – Pension, Ungeziefer, Lärm, Hatz, Zankerei und Prügelei, Klassenangeberei und Streberei, Zwang und Sorge, Sorge und Zwang – in immer schwärzeren, dichteren Ballungen wieder auf. Auch das wieder in Aussicht stehende enge Zusammenleben mit Carl hatte nichts Tröstliches.

Wir sahen uns während der Ferien nicht. Es war ein Instinkt, der uns in dieser Zeit ohne Verabredung trennte. Jeder ging seinen eigenen Weg.

Wenn ich in der letzten Ferienzeit mit meiner Mutter – sie liebte diese Erholung – in den nächtlich ausgestorbenen Promenaden langsam wandelte, kam es zu mancherlei stillen Aussprachen. Wir ruhten dann auf einer Bank oder löffelten Eis im Garten einer Konditorei. Einer der letzten dieser Abende ist mir aus dem Grunde besonders erinnerlich, weil ich meiner Mutter meine äußerlich wie innerlich gleich verzweifelte Lage eröffnete. Eine Beichte war das nicht. Ich sprach zu ihr weder de- noch wehmütig; ich erinnere mich, daß ich mit einem klaren, unbeirrbaren Ernst, der männlich, nicht kindlich war, meine Lage darlegte.

Was ich ihr sagte, war etwa dies:

»Mutter, ich muß dir meine Lage aufschließen. Es gibt keinen andern Menschen, dem gegenüber ich das tun könnte oder tun möchte. Es darf dich nicht traurig machen, denn du kannst es ebensowenig ändern wie ich. Aber dich als Mitwisserin zu haben, tut mir wohl, es erleichtert mich.

Mir ist zumut, als sei mein wahres Leben irgendwo, wie ein Kleidungsstück, an den Nagel gehängt. Man hat es mir ausgezogen und weggenommen und hinter festen Verschluß gebracht. In diesen Ferien ist es mir wieder einmal zu kurzem Gebrauch geliehen worden. Man fordert es in den nächsten Tagen wieder zurück.

Wenn du an mich denkst, Mutter, denke an einen lebendig Begrabenen, der die Sonne selten zu sehen bekommt und im steinernen, fensterlosen Gewölbe seine Tage verbringen muß. Ich bin vielleicht nicht so hoffnungslos, daß ich ein Wunder ganz ausschlösse, wodurch mein trauriges, unnatürliches Los sich wieder in ein gesundes verwandeln könnte. Allem meinem Nachdenken allerdings gelingt es nicht, eine Möglichkeit der Befreiung zu sehen, etwas, das mir die Tür ins Licht öffnen könnte. Dagegen seh' ich vor mir acht bis neun im Finstern zuzubringende Jahre.«

Ich bewies es der Mutter, indem ich ihr die Zeit vorrechnete, die von Sexta zu Oberprima aufzuwenden war. Dort aber, fiel man durchs Abitur, konnte noch alles nutzloser Aufwand gewesen sein.

»Sieh mal, Mutter«, fuhr ich fort, »neulich hat sich wieder einmal ein Junge, ein Quartaner, wegen einer schlechten Zensur ums Leben gebracht. Du magst sicher sein, daß ich das niemals tun werde. Wir haben ja mit Vater oft Gespräche über den Selbstmord gehabt. Er nennt ihn feig und empört sich darüber; man müsse dem Leben gegenüber tapfer und standhaft sein. Obgleich ich ihm widersprochen habe und den entscheidenden Schritt vom Leben zum Tode nicht für feig halten kann, weiß ich doch, daß uns Vater durch seine Ansicht vor Gefahren dieser Art bewahren und standhaft machen will. Nein, Mutter, das verspreche ich dir: ich werde niemals Hand an mich legen.«

»Aber Junge! ...« Ich fühlte, wie meine Mutter überrascht und aufs tiefste erschrocken war.

»Mutter, es ist da nichts zu erschrecken. Es ist ja vielleicht eine allgemeine Sache, die jeder junge Mensch erdulden muß und von der gar kein Wesens zu machen ist. Ich mache davon ja auch kein Wesens. Nur hätte ich in allen diesen mir gänzlich unverständlichen, gänzlich widersinnigen neuen Erfordernissen vielleicht mehr Hilfe gehabt, hättet ihr mich in der alten Umgebung belassen. Vielleicht sähe ich alles nicht so an, wenn ihr mich jeden Tag nach Waldenburg auf das Gymnasium geschickt hättet, vom Boden der alten Heimat und im Elternhaus.«

Man ginge fehl, wenn man an dem Ernst, der Bedeutsamkeit und der tiefen Gemütserkenntnis dieser Konfessionen aus Gründen meiner Jugend zweifeln wollte. Es wäre mir lieber, hatte ich noch zu meiner Mutter gesagt, wenn ich wie der verlorene Sohn Kühe, Schweine oder Schafe hüten müßte, als dieser Art von Schulwesen ausgesetzt zu sein. Der Weg durch die Schule, den ja mancher, Gott sei Dank, mit Lust und Vergnügen geht, war eben nichts für mich. Ich wäre nie an sein Ende gekommen. Und daß dem eben so und nicht anders war, wurde schon damals klare Erkenntnis für mich.

Mir steht die Unterredung mit meiner Mutter bis diese Stunde in ernster Erinnerung, und sie selber ist wieder und wieder darauf zurückgekommen. Das Breslauer Leben setzte sich bald in der alten Weise fort. In der Klasse wurde ich weiter und weiter gedemütigt.

Ähnlich muß einem bürgerlich Toten zumute sein wie mir damals unter Lehrern und Mitschülern. Allem ging ich – ich spürte es klar – als fünftes, unnützes Rad am Wagen so nebenher oder wurde als Ballast mitgeschleppt. Man schien übereingekommen, mich laufen zu lassen, mich nicht zu beachten, als ob ich nicht da wäre. Von Nichtbeachtung zur Verachtung ist nur ein Schritt, und so habe ich mich denn auch in der ersten Breslauer Zeit dauernd und mit Recht verachtet gefühlt. Es wird mir heut schwer, mir die marternde Empfindung von damals zurückzurufen. Aber ich sah in der Verachtung eines Mitmenschen die größte Schuld, die jemand auf sich nehmen kann. Noch in meiner Jugenddichtung »Promethidenlos« lebt der Nachhall dieses besonderen Leidens.

Vielleicht, daß ich nach und nach gegen das Parialeben, das ich neben den Dingen führte, abstumpfte. Immerhin scheint es, daß Gram darüber und nutzlose Mühen, ihm abzuhelfen, meine Gesundheit zu unterminieren begannen. Es würde wahrscheinlich bald sehr jäh und entschieden mit mir abwärtsgegangen sein, wäre nicht eine Wendung zum Besseren nach Ablauf des ersten Schuljahres eingetreten. Einstweilen aber drangen Gram, Sorgen, Ängste mit all ihren Ratlosigkeiten, Träume bildend, in den Frieden meiner Nächte ein, verbunden mit einem widerwärtigen Krankheitssymptome, das, wo es dauert, allein für sich einen Menschen in der Gesellschaft unmöglich machen kann.

Es war eine Krise, die schließlich wie die gesamte erste Breslauer Periode ohne tieferen Schaden vorüberging. Die herbstlichen Ferien, die inzwischen herankamen, hatten, wie die früheren und späteren, die Wirkung eines Kuraufenthaltes, so daß Bad Salzbrunn mir wirklich zu einem Gesundbrunnen wurde.

Zu Anfang des Winters trat etwas ein, das wie eine unerwartete blendende Wundererscheinung in meinem nutzlosen und verzweifelten Dasein zu bewerten ist. Im Rückblick betrachtet, handelt es sich um ein Phänomen, an Umfang so riesenhaft, daß es fast unbegreiflich bleibt, wie es in der Enge und Schwäche meiner geistigen Zustände Platz finden konnte.

Die Realschule lag am Zwingerplatz, dessen offener Seite sich die Schweidnitzer Straße und jenseits das Stadttheater wie ein Riegel vorlegte. Eines Tages wurde bekannt, daß die Schauspielertruppe des Herzogs von Meiningen dort Gastvorstellungen geben werde.

Ewigen Dank meinem Bruder Carl! Er sorgte mit Energie dafür, daß nicht nur für ihn, sondern auch für mich die Mittel zum Theaterbesuch bewilligt wurden.

Die Theatergeschichte weiß von den Meiningern. Es wurde in einem bis dahin ungekannten, ganz großen Stile Theater gespielt. Und so mag man ermessen, was für eine total geknechtete, aller Illusionen beraubte, in ihrem dunklen Drange nach großen Eindrücken lechzende Knabenseele die Erlebnisse Macbeth, Julius Cäsar, die Wallenstein-Trilogie und Kleists Hermannsschlacht von dieser Bühne bedeuten mußten.

Es war ein ungeheures, ein blitzhaftes Aufleuchten. Alles wurde freilich vom Leerlauf des klappernden Alltags wieder zurückgedrängt, aber es war doch im Innersten zum Besitz geworden und trug eines Tages seine Frucht.

Der neue, pompöse Theaterbau der Stadt Breslau lag gegenüber der Realschule, wie das Salzbrunner Kurtheater zehn Schritte vor der Ortsschule. Ob man aus oder in die Schule trat, man konnte daran nicht vorbeisehen. Und demnach wirkte es auch mit seinen Schauspielern, seinen großen Opern, Operetten und sonstigen Darbietungen, seinen Erfolgen und Mißerfolgen in die Schule und die Schülergespräche hinein.

Eine der widerwärtigsten Erscheinungen der sechsten und später auch der fünften Klasse war der Hang und die Bereitschaft zur Denunziation. Ihn zu entfesseln oder zu dämpfen, hing natürlich vom Lehrer ab. Bei einem sehr grimmigen, zum Jähzorn neigenden Mann, der, wie man munkelte, ein Bändchen Gedichte verfaßt hatte, waren Bankaufseher eingeführt. Sie hatten zu untersuchen, ob auch jeder Schüler der Bank die vorschriftsmäßigen Materialien, Hefte, Gummi, Feder, Bleistifte, mitgebracht hatte. Der Vergeßliche mußte aus der Bank treten. Zehn oder zwölf solcher Schwerverbrecher wurden gewöhnlich ausgesondert und von dem Dichter ans Katheder gewinkt.

Dort wand er sich in Zornesausbrüchen.

Einmal wurde ich bei solcher Gelegenheit plötzlich von ihm gefragt: »Nun, Hauptmann, was soll ich mit dieser Bande anfangen?«

Über den Grund dieser befremdlichen Frage wurde ich von Carl aufgeklärt.

Der gleiche Lehrer hatte früher Worte wie »Canaillen«, »Hunde«, »Lumpenhunde«, »Schweinebande«, »Saupack« gebraucht. Lachend hatte dies Carl gelegentlich Onkel Paul erzählt, dem Bruder der Mutter, der eine Auskunftei in Breslau betreute, und dieser beim Biere einem Professor, der am Zwinger Lehrer war. Er wollte die Sache nicht glauben und war empört. Auch hielt er für nötig, Schritte zu tun, damit der Fall untersucht würde. Das Zeugnis der Schule bestätigte unwiderleglich den Sachverhalt.

»Hauptmann, was soll ich mit dieser Bande tun?« Der Lehrer, der einen Rüffel des Direktors davongetragen hatte, setzte voraus, daß mir Carl von der Sache gesprochen habe.

Da ich zu den Vergeßlichsten in der Klasse gehörte, mußte ich oft vor dem Unhold und den Mitschülern Pranger stehen. Übrigens hat er mir nichts getan, nicht einmal in dem entsetzlichen Fall, als sich der Bankaufseher mit den Worten erhoben hatte: »Hauptmann hat mich bestechen wollen.«

Ich hatte in der Tat gebeten, eine vergessene Stahlfeder oder dergleichen zu verschweigen, und ihm irgendeine Belohnung in Aussicht gestellt.

Gefängnis oder Zuchthaus stehe auf Bestechung, kam mir in den Sinn. Und ich wurde beinahe zur Salzsäule, als mich mein Mitschüler laut vor der Klasse dieses Verbrechens anklagte. Seltsamerweise, wie gesagt, kam ich ohne Gefängnis, Zuchthaus oder sonst eine Strafe davon.

Die Jungens, die mich umgaben, liefen einander den Rang im Gehorsam ab. Sie sahen einander kaum ins Auge, gaben einander kaum die Hand. Sie gebrauchten nur ihre Ellbogen.

In den Freiviertelstunden fand eine Jagd über Tische und Bänke statt. Als ich einmal memorierend, die Füße auf der Schulbank, auf dem Pulte saß, wurde ich von vorn überrannt, so daß ich mit dem Hinterkopf gegen die Kante des nächsten Pultes schmetterte. Ich hatte sekundenlang die Besinnung verloren, mehrere Tage dröhnte mein Kopf davon.

Die Weihnachtsferien bedeuteten diesmal keine Aufmunterung. Der Vater war krank, und Mutter wie Vater nicht nur von dieser Sorge belastet. Mein Vater erhob sich kaum vom Großvaterstuhl, den man dicht an den Ofen gerückt hatte. Seine Beine waren in Binden und Watte gewickelt. Doktor Straehler, mein Onkel, und Doktor Oliviero, mein einstiger Geigenlehrer, hatten Gelenkrheumatismus festgestellt. Gustav Hauptmann vertrat meinen Vater im Haus. Der Halbbruder meines Vaters war verlobt. Er werde, so hieß es, im Sommer oder Herbst nächsten Jahres Bertha Sagner heiraten, eine wirtschaftliche Person, die ein halbes Jahrzehnt den Haushalt des Kohlenbauern Karl Tschersich geleitet hatte. Man erwartete eine Ausstattung, ja es wurde gesagt, daß der ehemalige Dienstherr Berthas, Onkel Gustav, das Geld zum Kauf des Gasthofs Zum schwarzen Roß in Waldenburg vorstrecken werde, was wirklich im kommenden Herbst geschah.

Unsere Mutter begann uns ins Vertrauen zu ziehen und uns zu Mitwissern ihrer Sorgen zu machen. Vater fröne noch immer, obgleich das Vermögen zurückgehe, seiner Pferdeleidenschaft. Er wolle darin mit Karl Tschersich konkurrieren. Auch stürze er sich in neue, gewagte Unternehmungen, was er trotz allfällig schlechter Erfahrungen immer wieder nicht lassen könne. Er habe nur Geld verloren bei der Gasanstalt. Der Kursaal habe ihn Geld gekostet. Das Rentamt des Fürsten habe die hohe Pacht des Brunnenhofs eingesackt, der Vater auch nur Arbeit und Verluste gebracht habe. Nun denke er an ein Kohlengeschäft am Juliusschacht, das er zusammen mit Tschersich aufmachen wolle. Dabei sitze er unbeweglich mit schrecklichen Schmerzen im Großvaterstuhl.

Trübe Eindrücke, trübe Aussichten, sofern Mutter recht hatte, nahmen wir diesmal bei der Rückkehr nach Breslau mit. Vater quälte sich monatelang. Der Rheumatismus wollte nicht weichen. Die Mittel der Ärzte schlugen nicht an. Man wandte sich schließlich an einen Quacksalber, so sehr mein Vater auch solche Leute geringschätzte. Endlich im Frühjahr kam dann die Besserung.

Dreiunddreißigstes Kapitel

Es war nicht lange vor Ostern, als wir für drei oder vier Tage von der Schule befreit wurden, um in Salzbrunn die Hochzeit meines Onkels Gustav Hauptmann mitzufeiern. Sie wurde von Karl Tschersich und meinem Vater im Gasthof zur Krone ausgerichtet. Seit Wochen war das kommende Fest bei Carl und mir Tagesgespräch und vergoldete unseren düsteren Schulhimmel. Zwar mein Vater war mit einer so anspruchsvollen Vermählungsfeier seines Halbbruders nicht einverstanden. »Nehmt, was sie kostet«, hatte er zu dem nicht mehr ganz jungen Brautpaar gesagt, »und benützt es zu einer schönen Reise!« Aber dagegen stand der Wille der Braut.

Der Festtag kam endlich heran. Im Großen Saal unter den großen Kopien nach Rembrandt und Raffael stand eine Tafel in Hufeisenform für etwa achtzig Personen gedeckt und mit farbigem Blumenschmuck überladen. Das Wetter war bereits frühlingshaft.

Alle Einzelheiten der kommenden Veranstaltung waren von Johanna, Carl und mir lebhaft durchgesprochen worden, und ich kann mich erinnern, daß ich bei der Speisenfolge auf Spargel, von sehr vielen etwa der vierte Gang, und auf die Eisbombe am Schluß im voraus großen Wert legte. Nicht aber das Materielle war es, dem ich mit Spannung und Erwartung entgegensah, sondern eine lange Reihe von Vorführungen, die gegen den Schluß der Tafel geplant waren. Der Blaue Saal sollte als Theatergarderobe dienen. Seine beiden Eingangstüren schlossen Vorhänge.

Meine Schwester Johanna sollte auftreten. Das geradezu bezaubernd hübsche Ernstinchen Sagner, die Schwester der Braut, war als Marketenderin zu erwarten, weil doch die Marketenderin nicht fehlen durfte, wo einmal ein Hauptmann Hochzeit feierte. Onkel Paul wollte als Hausierer alle seine Straehlerischen Humore springen lassen. Reden sollten gehalten werden, und der Bräutigam selbst hatte mit vieler Mühe die seinige auswendig gelernt, die er trotz schwerer Stottergefahr zu halten entschlossen war. Der Lehrer Irrgang sollte hinterher Schubertsche Lieder vortragen. Auf alles freute ich mich wie ein Kind vor verschlossener Tür auf die Geschenke von Weihnachten.

Das Fest begann. Ich war irgendwo unter die Erwachsenen eingereiht. Ich löffelte meine Suppe und trank den Wein, der dazu gereicht wurde. Es kamen Pasteten, ich ließ mich auch zu dem dazugehörigen Wein nicht nötigen. Es kam der Spargel, von dem ich unmäßig aß. Und als ich auch den Spargel-Wein noch getrunken hatte, merkten ich und meine Umgebung, daß mir schlecht wurde. Von diesem Augenblick weiß ich nur noch, daß liebreiche Hände mich zu Bett brachten, mir aber auf meinen ausdrücklichen Wunsch das Versprechen gageben wurde, mich nach spätestens einer Stunde wieder zu wecken, damit ich bei Beginn der Vorstellung dabei sei.

Ich erwachte und wußte zunächst nicht, was mit mir geschehen war. Auch konnte ich nicht sogleich ergründen, wo ich mich eigentlich befand. Ich war zu Hause, nicht in Breslau, das erkannte ich. Die Sonne lag blendend auf meiner Bettdecke. Also konnte wohl die Zeit der großen Ferien sein. Mein befremdender Zustand und das fehlende Wohlbehagen machten die Sache unwahrscheinlich. Plötzlich ging mir der Grund meines Hierseins auf, und ich wollte mir einreden, ich sei am Tag der Hochzeit, die gegen Mittag beginnen würde, aufgewacht. Der Selbstbetrug aber hielt nicht Stich. Mehr und mehr Einzelheiten von gestern kamen mir in Erinnerung. Es war etwas Unbegreifliches und jedenfalls Unerhörtes eingetreten. Ich rief meinen Bruder, rief meine Schwester, rief mit großer Heftigkeit meine Mutter herbei, denen das Mitleid die Sprache verschlug, als ich sie wegen der Hochzeit und was denn eigentlich los sei, fragte. Schließlich mußten sie zugestehen, das Fest habe ohne mich stattgefunden. Warum man mich nicht geweckt habe, fragte ich. Sie erklärten, was auch der Wahrheit entsprach, daß man es eine Weile vergebens versucht habe, dann aber zu dem Entschluß gekommen sei, meinen gesunden Schlaf nicht zu stören.

Nun zog ich sie, völlig wild und sinnlos geworden, zur Verantwortung. Sie hatten mir das Fest gestohlen, auf das ich mich so unsäglich gefreut hatte, und sollten es mir nun wieder herausgeben. Indem ich mich aber weinend austobte, wußte ich, daß es unwiederbringlich für mich verloren war. Nun, ich war jung, meine Verzweiflung legte sich. Ich konnte das aus köstlichen Resten des Hochzeitsmahles bestehende Frühstück in leidlicher Fassung einnehmen. Und nachdem die Tröstungen meiner Umgebung und die Humore Onkel Pauls ihre Wirkung getan hatten, war ich wieder leidlich vergnügt mit einzelnen Gruppen der Hochzeitsgäste. Gegen Mittag hatte ich das Gefühl – so lebhaft schwirrten die Erinnerungen des vergangenen Abends durch die Luft –, als sei ich bis zum Schlusse bei der Hochzeit gewesen.

Bevor ich diesmal Salzbrunn verließ, mußte ich mir gestehen, daß mir noch immer dieser und jener Winkel meines Elternhauses unbekannt geblieben war, da ich das Zimmer, in dem die jungen Eheleute Unterschlupf gefunden hatten, beim Abschied von ihnen zum ersten Male sah. Dieses düstere Zimmer in seiner beinah unmöglichen Seltsamkeit war von den übrigen Teilen des Hauses völlig abgeschlossen und wurde durch die Küche und eine erbärmliche Hühnerstiege von Treppe erreicht.

Man betrat zunächst ein finster-muffiges Kammergeschoß über der Decke des Blauen Saales und von da das Gemach, ebenfalls über dem Blauen Saal, es hatte zwei Fenster, aber nicht ins Freie. Man öffnete sie und erreichte die obere Rundung der Saalfenster, die man nicht öffnen konnte. Und wenn man sich hinauslehnte, blickte man hinab in den Blauen Saal. Man hätte von hier aus ungesehen eine Verschwörung in diesem Raum aufs genaueste behorchen können.

Die Lage des neuen Ehepaares schien mir, wenn ich den verkrochenen Winkel mit dem Prunk des gestrigen Festes verglich, nicht verheißungsvoll.

Gewöhnung brachte naturgemäß schon im ersten Breslauer Jahr eine bedingte Linderung meiner Zustände. Zwar wurde ich Ostern nicht versetzt, und das traf mich bitter. Alle sagten mir, was ich mir selber nicht verheimlichte, daß ich ein volles Lebensjahr nutzlos verbracht und verloren habe. Dennoch fand sich mein Leben endlich durch einen Pensionswechsel wesentlich aufgehellt.

Wenn Carl und ich bei Rückkehr aus den Ferien längs des Stadtgrabens in einer wackligen Droschke oder zu Fuß an der Elfer-Kaserne und dem drohenden Backsteinbau des Inquisitoriats vorüber der inneren Stadt zustrebten, sahen wir ein gewaltiges Mietshaus unter den Händen der Maurer nach und nach aufwachsen. Gewaltige Buchstaben einer Reklame bedeckten die Brandmauer, als es fertig war. Noch ahnte ich nicht, daß dieses moderne Gebäude, schrägüber eben dem Inquisitoriat in der Graupenstraße, bald auf Jahre hin unser Asyl werden sollte. Als wir aber nach Ostern aus den Ferien kamen, gingen wir nicht mehr in das Knaben- und Ungeziefergeniste der Feldstraßenpension zurück, sondern konnten dem Droschkenkutscher eine andere Adresse sagen, die uns der Vater aufgeschrieben hatte.

Zu unserem Erstaunen hielt dann der Wagen vor jenem nagelneuen und blitzblanken Hause der Graupenstraße, wo wir im dritten Stock von dem masurischen Kraftmenschen Pastor Gauda und seiner blutjungen Frau auf eine unvergeßliche Weise herzlich willkommen geheißen wurden.

Nachdem man uns in unserem hübschen, blitzblanken Zimmer fünf Minuten allein gelassen, sauste der Pastor im Schlafrock herein. Er rang die Hände, er zeigte auf unsere Betten und Bettstellen: »Erbarm' sich!« sagte er in einer gewissen Hilflosigkeit ein übers andre Mal, »habt ihr wohl eine Ahnung, Jungens, von all dem Ungeziefer, das in euren Bettstellen, euren Matratzen, euren Bettdecken eingefilzt war und das wir mit unendlicher Mühe vertilgt haben?! Wir haben drei volle Tage gearbeitet, Insektenpulver, Petroleum angewandt, und schließlich sind wir ja noch all dieser Wanzen, Flöhe und Schwaben Herr geworden. Aber das war keine leichte Sache, glaubt es mir! Es hätte das ganze Haus verseuchen können.«

Wir waren bereits so abgestumpft, das Dasein des Ungeziefers schien uns so selbstverständlich, daß wir von dem Entsetzen des Pastors beinah überrascht waren.

»Nun, Jungens«, schloß er, »grüne Seife, kochendes Wasser, brennender Spiritus! Zwanzig Mark, wenn ihr noch eine Schwabe, eine Wanze, einen Floh findet!«

In der Tat, wir waren aus der Hölle in den Himmel geraten. In dieser luftigen und geräumigen Pastorwohnung herrschte ein gesunder, gutbürgerlicher Lebensstil, der sich besonders durch peinliche Sauberkeit auszeichnete.

Die Gattin des Pastors war neunzehn Jahre. Er hatte zum zweitenmal geheiratet, nachdem seine erste Frau, Mutter von drei Mädchen, im letzten Kindbett gestorben war.

Eine neue Breslauer Phase war angebrochen. Wenn ich an sie zurückdenke und sie abgeschlossen vor mir sehe, drängt sich eine Fülle von überwiegend freundlichen Erlebnissen auf.

Mein Mißverhältnis zur Schule erfuhr damit keine Änderung, mein Heimweh konnte dadurch nicht gestillt werden. In beiden Beziehungen war ich unverbesserlich. Allein ich hatte nun im Pastorhause ein Refugium, in das ich aus den Schulmauern mit Vergnügen zurückstrebte.

Es war nicht so, daß sich uns Brüdern die Seelen der Pastorsleute gemütisch genähert oder geöffnet hätten; übrigens hätte mich ein Versuch dazu wahrscheinlich um so verschlossener gemacht, wäre er nicht mit der allergrößten Vorsicht ausgeführt worden. Die Liebe der Eltern ersetzen zu wollen, hätte mich gereizt und verwundet. Es erschien mir wie eine Usurpation.

Erst viel später, aber noch in Breslau, lernte ich als wohlwollende Schmerzensmutter Tante Radeck kennen; sie stand mit uns ich weiß nicht in welchem Verwandtschaftsgrad. Ihr verstorbener Mann war fürstlich-plessischer Oberförster. An ihr entdeckte ich, was mir in Breslau immer gefehlt hatte: in ihr vereinigte sich natürliche Güte und Menschlichkeit, so daß es mich fast wie ein Wunder dünkte. Vor dieser klugen, stillen und mütterlich wissenden Frau lag mein Herz offen da und wurde gleichsam eins mit dem ihren.

Nein, etwas dergleichen konnte man bei dem jungen Pastorsehepaar nicht voraussetzen. Es war vielmehr eine deutliche Fremdheit da. Sie hat trotz guten Willens von beiden Seiten mit der Zeit nur zugenommen.

Der derbe Masure gab mir Nachhilfeunterricht, mitunter zu Hause in seinem Studierzimmer, manchmal, da er Gefängnisgeistlicher war, in seiner Amtsstube. Sie lag im Innern des Inquisitoriats. Ich wurde, als wohlbekannter Knabe, durch ich weiß nicht wieviel rasselnde Eisengittertüren eingelassen und von einem der Aufseher durch die Gänge, Treppen und Hallen des gewaltigen Zuchthauses zu ihm geführt. Ich sah die Gefangenen in der Anstaltstracht, wie sie das Mittagessen in großen Kesseln auf Rädern heranbrachten, die Zellensträflinge zum Fassen ihrer Portionen antraten, und nicht nur einmal erbaten und erhielten auch der Pastor und ich einen Teller voll Graupensuppe. Das Leben hier innen mißfiel mir nicht, da ich ja ungehindert ein und aus gehen durfte.

Es kam vor, daß die Audienz eines Sträflings in der Amtstube bei meinem Eintreten noch nicht vorüber war. Ich durfte ihr dann bis zu Ende beiwohnen. So hatte ich Gelegenheit, die hier üblichen Umgangsformen kennenzulernen. Es berührte mich seltsam, wenn der Pastor weißbärtige Männer mit du anredete. Meist kam es mir vor, als ob er ihnen die Bibel auf eine recht derbe, lutherische Weise auslegte. Mir schien es zudem, daß er dem großen Reformator ähnlich sah. In der Tat, er sprang sehr derb mit den Leuten um, und ich sah deren manche, vom Aufseher abgeführt, wie begossene Pudel fortschleichen.

Um Kriminalfälle, Gerichtsverhandlungen, vor allem aber um das große Gefängnis und seine Sträflinge drehte sich begreiflicherweise meistens das Tischgespräch. Da war der Chef einer großen Firma, der die Unterschrift seines Schwagers unter einen Wechsel gesetzt und darauf Geld empfangen hatte. Hätte man dem Schwager gesagt, von wem der präsentierte Wechsel stammte, er würde sich ohne Bedenken dazu bekannt haben. Aber man verschwieg ihm das, und so konnte er eben nur feststellen, daß jemand seinen Namen mißbraucht habe.

Man sah von den Fenstern des vorderen Wohnzimmers aus einen Flügel des Inquisitoriats und reihenweise die vergitterten Fenster der Zellen. Oft stellten wir fest, daß in einem von diesen länger als in den übrigen Licht brannte. Das bedeutete eine Vergünstigung, die man dem vornehmen Wechselfälscher gewährt hatte. So lebte man viel in Gedanken mit ihm, nahm Anteil an dem Schwinden der Zeit und dem schließlich gekommenen Augenblick, da der verarmte und bürgerlich tote Mann wieder in Freiheit gesetzt wurde.

Oft regte der Pastor sich über die Abschaffung der Prügelstrafe auf. Da seien zum Beispiel jene Verbrecher, die regelmäßig im Herbst Delikte begingen, auf denen eine ungefähr fünf Monate dauernde Freiheitsstrafe lag. Sie wollten dem kalten Winter entgehen und betrachteten das Gefängnis gleichsam als Sanatorium, eine Verpflegungsanstalt auf Staatskosten. Sie würden das Kommen vergessen, sagte der Pastor, wenn sie mit fünfzig Stockschlägen auf den Bloßen empfangen würden.

Gauda wurde von vielen unterstützungsbedürftigen entlassenen Sträflingen heimgesucht. Ich kam eines Tages aus der Schule und befand mich im Treppenhaus, als ein Kerl vom dritten Stock bis zum ersten Treppenabsatz herunter und mir entgegenflog. Ich ergriff die Flucht und erreichte die Wohnung durchs Hinterhaus.

Die Pastorin hatte dem Stromer geöffnet und dieser sogleich seinen Fuß in das Entree gesteckt, so daß sie die Glastür nicht schließen konnte. Sie verbat sich das, es half aber nichts. Da war auch schon der Pastor zur Stelle. Er hatte den Menschen mit seinen herkulischen Fäusten beim Kragen gepackt und mir nichts dir nichts die Treppe hinuntergeschleudert. Ein Wunder, daß er nicht Hals und Beine gebrochen hat.

Der Pastor war meist recht aufgeräumt. Selbst in Gegenwart seiner jungen Frau, die im Begriff war, Mutter zu werden, legte er sich keinen Zwang im Reden auf.

Pauline hieß unser schönes Dienstmädchen. Er sang ihr Lob in allen Tonarten. Gut angezogen und im Salon, stäche sie jede Fürstin aus. Vielleicht hatte er recht, ihr war ein schönes, feines Wesen zu eigen. Einmal packte ihn in Gegenwart seiner Frau und Schwiegermutter der Übermut. Er sprang auf vom Tisch, nahm das verdutzte Mädchen in beide Arme und flog mit ihr wirbelnd im Tanz zwei-, dreimal um den Eßtisch herum.

Die Pastorstöchter aus erster Ehe mögen damals zwei, fünf und sieben Jahr gewesen sein. Sie waren nicht hübsch und für mich kaum anziehend, aber sie hingen sich an mich an. Von der blutjungen Stiefmutter keineswegs übel behandelt, fehlte ihnen doch das, was nur eine Mutter geben kann.

Es war, wie immer in solchen Fällen, verkehrt, sogenannte Lieblosigkeiten der jungen Stiefmutter aufzumutzen, die ja nur auf einem Mangel beruhten, dem auf keine Weise zu steuern war. Mittags wurden die Kinder neben der Tafel am Kindertischchen abgespeist. Ich fand dabei das Verhalten der Pastorin ruhig und gleichmäßig, ihr Gatte schien nicht zufrieden damit. Es fielen manchmal scharfe Bemerkungen.

Waren die Mädchen nun vernachlässigt oder nicht, die Pastorin, die der Geburt eines eigenen Kindes entgegensah, hatte jedenfalls viel mit sich selber zu tun, und so konnte niemand es ungern sehen, wenn ich mich mit den kleinen Halbwaisen beschäftigte.

Mit der Zeit brachte ich täglich Stunden im Kinderzimmer zu, ein seltsamer Zug, über den der Pastor den Kopf schüttelte. Mir selber kam mein Verhalten meinem Alter nicht ganz entsprechend und seltsam vor. Ich leugne nicht, daß ich mich manchmal während all der kindlichen Unternehmungen, die ich anführte, einen Augenblick lang in mich hineinschämte.

Was war das für eine Beschäftigung: Püppchen anziehen, Stühlchen in Puppenstuben zurechtrücken, mit kleinen, blechernen Bestecken und Tellern herumhantieren, Kinderreime aus läppischen Bilderbüchern vorlesen, Bauklötze übereinander aufschichten und mit dem farbigen Gummiball die entstandenen Gebäude einwerfen? Nun ja, die Freude, das Lachen der Kinder war um mich her. Ich versah die Geschäfte des Kindermädchens. Ich steigerte mich zu dem gewiß höchst löblichen Dienst einer Kindergärtnerin. Und das war der Grund, warum auch der Pastor meine seltsame Neigung und Zeitvergeudung duldete.

Wiederum war das Geschichtenerzählen im Kinderzimmer ein wesentlicher Teil meiner Tätigkeit. Ich knüpfte gleichsam dort an, wo ich vor acht Jahren im Zimmer und am Ofen des Fuhrmanns Wilhelm Krause geendet hatte, als ich mich den unersättlichen Ohren des kleinen Gustav und der nun längst verstorbenen Ida Krause gegenüber befand. Die Namen der kleinen Mädchen außer der Ältesten, Milka, weiß ich nicht mehr, aber auch sie hingen gierig an meinem Munde und duldeten nicht, daß eine Geschichte zu Ende ging.

Ich glaube, dieses Geschichtenerzählen war mein wesentliches Narkotikum. Ich weiß, daß ich dabei die ganze verlorene Welt meines ersten Jahrzehnts immer wieder erneuert und variiert habe. Ich selbst war der Knabe, dessen natürlich heldenhafte Geschichte immer wieder zur Sprache kam. Der Gasthof zur Krone, sein Hof, sein Vorder- und Hintergarten, seine Säle, Zimmer und Bodenkammern, war der Schauplatz seiner Wirksamkeit, nur daß ich ihn bald in ein mystisches Schloß oder eine Zauberburg umwandelte, darin eine Liebes-, Hexen- und Räuberromantik, von Dornröschen über Rotkäppchen bis zum Menschenfresser und Blaubart, sich auslebte. Auch Lederstrumpf und Robinson Crusoe spielten wieder hinein und das weiße mexikanische Steppenroß, dessen imaginierte Windesschnelle ich dem Helden, der ich selbst war, dienstbar machte und das mich jedes Pferderennen gewinnen ließ.

Vierunddreißigstes Kapitel

Selbst im Sommer an schönen Tagen lockte mich nichts auf die Straße hinaus. Ich mochte den Lärm und die Menschen nicht. Unser Zimmer ging auf den stillen Hof und ebenso auch das Kinderzimmer. Das war wie ein Bad, in dem ich Unrat und Wunden des ersten Pensionspferches und seines Ungeziefers abspülte. Hatte mich doch dort eines Tages der allgemeine Wirrwarr so weit gebracht, daß ich Federhalter und Tintenfaß mit aller Gewalt unter die mich hänselnden und verhöhnenden Pensionskameraden schleuderte.

Welche Wohltat dagegen die Ruhe, der Frieden, den ich im Gaudaschen Kinderzimmer genoß!

Mein Verhältnis zu Carl muß sich um jene Zeit wohl gebessert haben. Der Unterricht, den mir der Pastor gab, scheint meinen Bruder entlastet zu haben. Schließlich war uns beiden in der neuen Umgebung ganz erheblich wohler geworden.

Man nahm im Pastorhaus wenig Notiz von der neuen Zeit. Nun aber drang doch eines Tages diese mit einer gewaltigen Woge in die unpolitische Welt des Masuren ein. Kronprinzenbesuch war angesagt. Die Haupt- und Residenzstadt Breslau traf ihre Anstalten. Handwerker arbeiteten außen und innen am königlichen Schloß, an dessen Fassade und Rampe ich täglich, wenn ich über den Exerzierplatz zur Schule ging, vorbei mußte. Eine Via triumphalis mit Fahnenmasten und Girlanden wurde vom Freiburger Bahnhof, der die Ehre des Empfanges hatte, längs des Stadtgrabens bis zur Schweidnitzer Straße gelegt und mit ihr bis zum Theater und meiner Realschule weitergeführt, um vor der Rampe des Schlosses zu enden. Die ganze Stadt war hohe Erwartung und Festlichkeit.

Das Ereignis fand mich neben Carl und dem pastörlichen Ehepaar an einem Bogenfenster des Inquisitoriats, das über dem Eingangsportal gelegen war. Wir konnten die Straße bis zum Bahnhof hinauf übersehen und den Zug der Equipagen, der die hohen Herrschaften heranführte. Hinter Soldaten, die Spalier bildeten, stand eingekeilt Kopf an Kopf die Bevölkerung. Wir waren alle aufs tiefste erregt und riefen begeistert unser »Hurra!«, aber ich wurde ein wenig gestört, da mir plötzlich die flinke und sichere Tätigkeit eines Taschendiebes, der grade während der hohen Momente mit einer Gewandtheit ohnegleichen die Taschen der Patrioten von rückwärts ausplünderte, ins Auge fiel. Ich wollte schreien, die Leute warnen, bis mir meine völlige Ohnmacht zu Bewußtsein kam und ich dem Verbrecher unter den Fenstern des Zuchthauses nur noch fasziniert zuschaute.

Ich kroch in mein Kinderzimmer zu meiner Milka, Paula, oder wie die Kinderchen hießen, zurück. Vergessenheit schlug über mir zusammen. Ich kaute sozusagen mein Haschisch, rauchte meine Art Opium. Es war abermals eine Weltflucht, ein Stillstand, darin ich mich einhegte.

Die Schule nahm keine Rücksicht darauf. Mit Widerwillen, am Ende lethargisch, trat ich jeden Morgen den Schulweg an.

Wenn ich in den Bänken saß – mir schliefen die Glieder vom Sitzen ein, und mein Hirn versagte die Aufmerksamkeit –, konnte wohl keiner der Lehrer ahnen, mit welcher Reife ich über meine Lage, über die einzelner meiner Mitschüler, über die Krankheit meines Vaters, über die wachsenden ökonomischen Schwierigkeiten, über die Ehe meiner Eltern, über die Frömmigkeit meiner Tante Auguste, über mein ganzes vergangenes Leben und über das Richtige oder Falsche der Unterrichtsmethoden meiner Lehrer nachdachte. Was hatte die

Strenge für einen Sinn, die finstere, drohende, immer wieder erschreckende Art, mit der man dem Schüler das Wissen einpaukte? Warum appellierte man nicht an die Kraft des Verstandes, die in mir schon zur Reife gekommen war, und setzte sich mit ihr auseinander? Warum hielt man nicht mit mir Rat, wie man gemeinsam die in mir vorhandenen vielfachen Vermögen entbinden und nützen könnte? Aber da waren nur Larven – keine Wärme und keine Kameradschaftlichkeit.

»Hauptmann, du fliegst in Arrest, paß auf! Ich habe dich zweimal angerufen!« – Wenn ich aufwachte, kam ich wirklich jedesmal von weither ins Schulzimmer. Die Entrückung führte meine Seele zumeist ins Elternhaus. Dort lebte und schwebte sie überall gleichzeitig. Augenblicke verbanden Zeiten und Räume. Einen Begriff zu geben von der Vielfalt und Fülle der Gesichte, ginge weit über das hinaus, was Schrift und Wort ausdrücken können. Manchmal befand ich mich, wenn der Lehrer anrief, mitten in Spielen mit den Dorfjungens, zu denen ich die Ideen gab. Bemooste Dächer, Hintergärten mit Glashaus und Eiskeller, Hof und Ställe, Unterm Saal waren die Schauplätze unseres Herumrasens. Ich sah die Hunderte junger Hühner sommers im leeren Glashause untergebracht und mich als Kind, wie ich den mit dem Messer erscheinenden Koch anflehte, wenigstens doch das Kücken leben zu lassen, das ich zärtlich im Arme hielt. Ich sah mich um die Baracke des Eiskellers mit indianischem Federschmuck umherstreifen, einsam indianischen Phantasien verfallen. Diese verwitterte Bretterhütte, die innen in einer tiefen Grube zusammengefrorene Eisblöcke über den Sommer konservierte, konnte recht wohl die Bretterhütte eines Trappers im nordamerikanischen Urwald darstellen, zumal sie, geöffnet und mit der Laterne beleuchtet, in der Hauptsache Jagdbeute zeigte: ausgeweidete Rehböcke, Hasen und sonstiges Wildbret, sickernd von schwarzem Blut; die Grube selbst mit ihren spiegelnden und schimmernden Eisblöcken und dem ihr entsteigenden Eiseshauch mitten im glühenden Sommer versetzte in fremdes, fernes Land. Ohne Gesellschaft, für mich allein, frönte ich meiner Sucht, mich in eine imaginierte Existenz hineinzuverlieren, die ich auf Grund der gegebenen Motive, Jagd, Frost, Hitze, Gefahr, Blut, Kampf mit feindlichen Menschen und Mächten, ausbaute.

Aber soviel auch das Abenteuer in mir rumorte und der Abenteuerdrang, so verweilte doch meine Seele mit der stärkeren Sehnsucht nur in dem Bereich der Säle, das für mich durch den sakralen Schimmer der Madonna Sixtina und der Kreuzabnahme seine Weihe erhielt. Es war das Darben nach Schönheit, das Darben nach schöner Festlichkeit in einer Umgebung, in der man davon keinen Hauch verspürte. Oft waren Konzerte im Großen Saal. Ein Pianist, Flötist oder Geiger ließ sich hören, der den Raum und die Bilder gleichsam erblühen machte. Wenn der Lehrer mich anrief und weckte, war vielleicht Reunion im Blauen Saal. Der polnische Adel, die schönen Polinnen tanzten Mazurka, oder man hörte ein Konzert, wobei ich mich über die Galerie lehnte. Selbstverständlich, daß diese Art Träumerei in der Schulstube nicht gesund und auch ungehörig war. Aber ob sie nicht doch vielleicht einen Ausweg bedeutete, den die Natur mir in meinem sonst vielleicht bis zur Erstickung gehemmten Zustand zu eröffnen für notwendig hielt?

Dein Charakter ist eben dein Schicksal, wie dein Schicksal dein Charakter ist.

Die Familienverhältnisse der Gaudas strahlten eine auch mir zugute kommende Wärme aus. Der neue Bau, in dem wir wohnten, war nach einem damals aufgekommenen Berliner Schema ausgeführt. Er zerfiel in Vorderhaus und Hinterhaus. Das sogenannte Berliner Zimmer mit seinem einzigen Fenster nach dem Hof war das Verbindende. Flügeltüren eröffneten nach vorn den großen Salon, gegenüber die einfache Tür die Wirtschaftsräume und Schlafzimmer. Ich durfte mich überall herumtummeln.

Meine Funktion im Kinderzimmer gewann an Bedeutsamkeit, als dem Pastor von der jungen Gattin der Stammhalter geschenkt wurde. Man mußte die Kinder und ihre Neugierde von all den mystischen Vorgängen im Geburtszimmer fernhalten. – Alles verlief ohne Zwischenfall, und drei Wochen darauf hatte man bereits den Säugling im Kinderwagen mit seinem Geschrei und seinem Schnuller als selbstverständlichen Hausgenossen.

Die junge Mutter war freundlich zu mir, und ich durfte nun immer beim Trockenlegen, beim Baden und bei sonstigen Prozeduren zuschauen, die mir vor Augen führten, welche Mühe einst meine Mutter mit mir gehabt hatte. Ich habe der Pastorin jezuweilen mit Überreichung trockener Windeln, Talkum und dergleichen gern assistiert.

Übrigens war dafür gesorgt, daß mein Kinderstubeninteresse lebendig erhalten wurde, da etwa vier Wochen später als der Neffe sein Onkel ins Leben trat. Der Gatte der Schwiegermama war als Polizeiinspektor drüben im Inquisitoriat, wie der Pastor, angestellt. Sie selbst war schön, sie konnte es mit der Tochter aufnehmen. War diese Tochter jetzt neunzehn Jahr, so durfte man wohl das eben geborene Kind einen Spätling nennen. Soviel ich mich dessen erinnern kann, waren ihre beiden außerdem noch vorhandenen Söhne zehn- und zwölfjährig.

Lustig war es, wenn die beiden Damen, Tochter und Mutter, den älteren Neffen und den jüngeren Onkel auf dem gleichen Tisch säuberten, puderten und wickelten. Wir genossen gemeinsam die harmlose Komik der Situation.

Bruder Carl war bei den Damen besonders beliebt, weniger dagegen bei dem Pastor, was eine gewisse Rechthaberei, die uns Hauptleuten eigen war, verständlich machte. Die Gepflogenheit Carls, außer den Schulbüchern andere zu lesen und überhaupt über das Pensum der Schule hinaus geistigen Bildungsbedürfnissen nachzugehen, kam hinzu. Sie wurde von Gauda durchaus mißbilligt. Besonders erschwerend war es zuletzt, daß eine Lektüre, wie sie Carl trieb und verteidigte, im Pastorhause Konterbande war und als atheistisch empfunden wurde.

Marquis Posa mit seinem Schrei nach Gedankenfreiheit mochte noch hingehen. Aber da war Ludwig Büchner mit seinen Angriffen gegen die Religion. Da war Carus Sternes »Werden und Vergehen«, ein Buch, das das gesamte neue naturwissenschaftliche Weltbild auf populäre Weise darstellte. Da waren Zitate aus Goethe, wie: »Was wär' ein Gott, der nur von außen stieße«, und Bruchstücke aus Spinoza, den Carl vermöge seiner philosophischen Anlagen, nicht zwar infolge gründlichen Studiums, aber witterungsweise, mehr ergriffen als begriffen hatte.

Dem Pastor war dies alles nicht nur auf Grund seines eingefleischten Dogmas, woraus er am Ende wohl kaum viel machte, unangenehm, sondern weil er sich nicht sehr beschlagen fühlte. In den Duellen bei Tisch mit Carl unter den Augen der beiden verehrten Damen kam es vor, daß er statt mit Gründen den Gegner mit einem »Das verstehst du nicht – dazu bist du noch viel zu jung!« abtun wollte, was die Damen mit niedergeschlagenen Augen, innerlich auf der Seite Carls, hinnahmen.

Fünfunddreißigstes Kapitel

Die großen Ferien dieses Jahres brachten viel jähen Glanz und zugleich so jähes, verzweifeltes Herzeleid. Ich habe eine für Salzbrunn besonders festliche Zeit in Erinnerung. Im Brunnenhof wohnten der russische Fürst Gagarin und der General von Boguschewski mit Frau und Tochter in unsrer Krone. Einige prominente Namen des schlesischen Adels standen in der Kurliste. Ebenfalls im Brunnenhof war der preußische Kultusminister abgestiegen, neben uns im Elisenhof ein Prinz von Kurland einlogiert. Wie immer hatten Bremer und Hamburger Reeder und sonstige Kaufleute ihre eleganten Frauen mit oder ohne Kinder nach Salzbrunn geschickt, die meistens bei uns, im ersten Hotel des Ortes, wohnten. Es lag wohl etwas in der Luft von dem scheinbaren Aufschwung der Gründerzeit, der ja doch der Vorläufer eines wirklichen war.

Mein Vater sprach zuweilen von Turgenjew, Hoffmann von Fallersleben und anderen, die Gäste der Krone gewesen waren. Ich sah eines Tages in diesen Ferien den Maler Thumann und seine erwachsenen Töchter in den Saal treten. Er war ein schöner, mit künstlerischer Freiheit und höchster Eleganz gekleideter Mann, die Töchter in meinen Augen Schönheiten. Sie trugen sich nicht modern, sondern à la Gainsborough, mit Handschuhen bis zum Ellbogen und großen Strohhüten.

Vor dem Brunnenportale, wie immer, gab sich die elegante Welt, zu der die Badeärzte gehörten, täglich zweimal ihr Rendezvous. Sanitätsrat Biefel, Doktor Valentiner und mein Onkel, Doktor Hermann Straehler, vertraten den Typus des Bonvivant. Sie waren witzig, elegant und galant.

Natürlich, daß ich in dem sommerlichen Gewimmel von Salzbrunn wieder ein ganz anderer als in Breslau war. Wäre nicht alles am Menschen wunderbar, diese Verwandlung müßte als Wunder gelten. Nichts von Kleinmut, nichts von dem bloßen Breslauer Vegetieren, nichts von Willenlosigkeit und Stillstand war mehr in mir: alles Bewegung, Wille, Bejahung des Lebens! Elegant gekleidete Söhne reicher Kurgäste waren mein Verkehr. Der Sinn für gute Kleidung, der meinen Vater auszeichnete, bewirkte, daß er sie auch mir zubilligte und ich mich also keineswegs von denen, mit denen ich umging, unterschied. Die elegante, die gebildete, sagen wir ruhig, die schönere Welt, in der viel Seife verbraucht wurde, gute Manieren, Künste und Wissenschaften zu Hause waren, gab mir erst jetzt ihre Reize preis. Ich fühlte, man brauchte die untere nicht zu verlieren, wenn man die obere Welt besaß. Aber wer die untere nicht mit Vorsicht genoß, dem konnte die obere ewig verschlossen bleiben.

Unendlich wohl tat mir bei meinen flüchtig gewonnenen hiesigen Ferienkameraden die Abwesenheit alles Rüden, ihre Wohlerzogenheit und Wohlanständigkeit, ihr feines Zuhören, ihr warmes Eingehen und bei Zweifeln, die sich ihnen etwa aufdrängten, wenn ich allzusehr ins Reden kam, ihre Zurückhaltung, aus der Furcht, mich zu verletzen. Ich war dankbar für alles das und wurde dadurch unmerklich auf all diese Tugenden hingewiesen. Vielleicht war die Strömung ganz allgemein, die mich fortspülte. Allenthalben, auch hier in Salzbrunn unter den Alteingesessenen, regte sich ein neuer Geist, der den alten nicht anders als eine drückende Last abwerfen wollte.

Das Herzeleid dieser Ferien entwuchs meiner ersten wirklichen Liebesleidenschaft, die durch Anna, die Tochter des Generals und der Generalin Boguschewski, entzündet wurde. Es war ein Feuer, das, ungesehen von andern außer von meiner Mutter, in mir aufging und mich gleichsam leerbrannte. Ich habe das Sexualleben, das ja überall auch im Kinde wirksam ist, nur mit flüchtigen Strichen berührt, es dargestellt in einigen Sublimierungen. Auch diese Neigung zu Annuschka Boguschewskaja, wennschon sie mich hart angriff und im tiefsten Wesen erschütterte, ist aus der Sphäre des Lautersten nicht herausgetreten. Die Erfahrung, die ich damals durch die vierzehnjährige Russin an mir machte, war allerdings einer späteren als Wunder nicht gleich, weil der Gott in mir sich noch nicht völlig geboren hatte. Diese hätte sich nicht durch eine Vita nuova aussprechen lassen, während die darauffolgende allerdings in die Sphäre Dantes und Petrarcas fiel.

Meine Schwester Johanna stand damals in ihrer Mädchenblüte. Annuschka, einige Jahre jünger und noch Kind, schloß sich ihr leidenschaftlich an. Von beiden wurde Französisch gesprochen. Daß Annuschka kein Deutsch sprach, war für mich schon ein Hindernis. Sie sah mich aus gütigen Augen mit einem offenen Lächeln an, als meine Schwester mich ihr vorstellte. In der Anmut dieses, wie ich schon damals begriff, im herkömmlichen Sinne gar nicht schönen Geschöpfs lag etwas, das widerstandslos überwand. Wie kam das: meine Schwester stand neben ihr, sprach mit ihr und verkehrte in einem so natürlichen Ton mit ihr, als ob sie gar nicht wüßte, wer diese Annuschka sei, welche Himmelsgnade ihr zuteil wurde. Wenn sie mir aus den Augen kam, war es, als ob das ganze grell beleuchtete Sommergetriebe des Kurorts grau würde.

Leider wuchs auch hier wieder meine Schüchternheit mit den Graden meiner Leidenschaft. Ich sah mich einem höheren Wesen aus adligen Kreisen, einer Generalstochter, hoffnungslos gegenübergestellt. Denn nun mußte sich auch meine Breslauer Nichtigkeit wiederum aufdrängen. Ich drückte mich dort an der alleruntersten Stufe unter läppischen Hosenmatzen, nicht einmal von diesen beachtet und geachtet, herum und wußte natürlich, daß man dieses vornehme Kind höchstens als glänzender und beneideter Kavalier heimführen konnte.

Das Ehepaar Boguschewski war nicht zum ersten Male da, aber zum ersten Male in Begleitung der Tochter. Der General, zwei Meter hoch, mit seinem kurzen, dichten, bürstenartigen schlohweißen Haar und seinem gewaltigen, wohlgepflegten Kinnbart war imponierend als Grandseigneur, voll menschlicher Güte. Die Beziehung zu meinen Eltern war freundschaftlich. Das wurde nach russischer Sitte beim Wiedersehen und Scheiden durch Küsse besiegelt.

Meine heimliche Liebe nahm mit der Zeit verzweifelte Formen an. Ich offenbarte mich meiner Mutter. Bei verschlossenem Zimmer, allein mit ihr, zerbiß ich, mich auf das Bett werfend, heulend, schluchzend und Tränen vergießend, die Bettdecke. Meine Mutter war manches von mir gewöhnt, aber ein solcher Anfall machte sie stutzig. Allmählich brachte sie die Ursache meiner Raserei heraus.

Ich stürbe, behauptete ich, oder ich müsse Annuschka heiraten.

»Schlag dir das nur aus dem Sinn, dummer Junge«, sagte die Mutter. Ihr Ton war keineswegs schroff, sondern gutmütig. »Diese Annuschka ist nicht für dich. Erstens bist du ein Kind. Kein Standesbeamter kann euch trauen. Und überhaupt kannst du, wenn du dich verrätst, nur allgemeines Gelächter einheimsen.«

Als ob ich dies alles nicht selbst gewußt hätte!

Da sagte ich: »Mutter, ich muß berühmt werden!« Und ich drang in sie, doch nachzudenken, wie das am allerschnellsten durchzuführen sei. Wenn ich zum Beispiel ein Bild malen würde wie die Sixtinische Madonna, die im Saale hing, und alles bräche in Staunen aus: könne ich da Annuschka heiraten?

»Dummer Junge, das könnte wohl dann in einigen Jahren möglich sein.«

»Oder wenn ich ein großes und langes Gedicht schriebe, wo, wie im Trojanischen Krieg, Kämpfe von Helden geschildert würden? Es ist doch gewiß, daß mein Ruhm, besonders weil ich so jung bin, sich über die ganze Welt verbreiten würde. Würde mir dann nicht Annuschka um den Hals fliegen?«

»Vielleicht, o ja, warum denn nicht?«

Gott sei Dank fand ich mich immer erleichtert, wenn der Paroxysmus vorüber war. Aber ich fragte mich oft: wüßte Annuschka von der schweren Krankheit, der ich um ihretwillen verfallen bin, und wie einfach es sei, mich gesund zu machen, würde sie nicht kommen, sich liebreich über mich beugen, mir übers Haar streichen, es womöglich mit einem Kuß auf die Stirne tun?

Mein Wesen um jene Zeit muß beherrscht gewesen sein von einem merkwürdig klaren Vordringen und kindhafter Rückständigkeit. Die Entwicklung blonder, nordischer Menschen vollzieht sich im allgemeinen wohl langsamer als die südlicher. Die große Maschinerie des Staates, der Schule und sonstiger Einrichtungen nahm ich als unabänderliche Gegebenheit. In dem Bilde Salzbrunns mit seiner dorischen Wandelhalle, seinem Theater, seinen Häusern und Anlagen sah ich nicht das Gewordene, sondern das Seiende. Da waren die vielen Schwindsuchtkranken, die das mitunter glänzende Gesellschaftsbild untermalten; die polnischen Juden mit ihren schwarzen Kaftans und roten Bärten, die in Quartieren mit koscherer Küche wohnten, ihre Frauen unter ihren rituellen Perücken: über alles dies habe ich kaum nachgedacht, ebensowenig wie über Armut, Proletariat und Armenhaus, Tatsachen, die ich als unabänderlich betrachtete.

Als ich diesmal Salzbrunn allein verließ, ahnte ich nicht, welcher seltsamen Zwischenepoche ich entgegenging. Doktor Straehler hatte bei Bruder Carl einen Lungenspitzenkatarrh festgestellt; er wurde, um eine Kur zu gebrauchen, daheim behalten. Doppelt schwer hätte es mich nun ankommen müssen, allein nach Breslau zurückzugehen, aber der Zufall war mir angenehm. Es war eine kleine Sensation, die mir bewies, es gebe Dinge – sie könnten auch mir eines Tages zugute kommen –, die Kraft besäßen, das eiserne Lebensprogramm zu zerbrechen, dessen Sklave ich war. Nach einigen Wochen trat das Wunderliche ein, daß meine Schwester Johanna meine Zimmergenossin wurde. Es sei darin kein Arg zu sehen, hierin waren Pastor und Vater sich einig, und man wollte die nun einmal bezahlte Pension ausnutzen.

Meine Schwester, ungefähr sieben Jahre älter als ich, verhielt sich zu mir wie eine Tante oder eine Pflegerin. Ich mußte vorschriftsgemäß um neun zu Bett liegen, während sie sich im Berliner Zimmer mit den Pensionseltern, insonderheit mit dem Pastor, der gern lange bei Tisch saß, bis elf Uhr und länger unterhielt.

Es ist von ihr öfters die Rede gewesen, von ihrer Beziehung zu Fräulein Jaschke, dem Pflegekind Fräulein von Randows im Kurländischen Hof; auch davon, wie ich dort nach dem Grundsatz Juvenals »Das größte Zartgefühl schulden wir dem Knaben!« ganz anders als in der Schule behandelt wurde. Die feine Kultur, die der Haushalt des Fräuleins von Randow atmete, der Unterricht von Mathilde Jaschke, die Französisch und Englisch beherrschte und mit dem Afrikareisenden Nachtigal in Briefwechsel stand, die Belesenheit und die Neigung der Damen zur Wissenschaft, Kunst, Musik und Poesie, alles das hatte auf Johanna erziehlich gewirkt, so daß selbst ihr ungezwungenes Gespräch eine nicht gewöhnliche Bildungshöhe behauptete. Was aber unter dem allem sich geltend machte, war ein festumrissener Charakter, den sie vom Vater geerbt hatte. Einige seiner Eigenschaften waren Freimut, Furchtlosigkeit, ja Unbeugsamkeit. Es kam hinzu ein Familiensinn, den man wohl übertrieben nennen müßte, wäre er nicht ausgeglichen worden durch ein allgemeines hilfreiches, menschliches Wohlwollen. Sonst aber freilich schien es zuzeiten, als habe sich die übrige Welt nur um unsere Familie als Mittelpunkt und Höhepunkt arrangiert.

Es ging im Berliner Zimmer – ich konnte es vor dem Einschlafen durch die Wand hören – meist sehr lustig zu, seit Johanna da war. Meine Schwester war weit besser als ich finanziert, und der Pastor in seinem Übermut forderte sie mitunter auf, einen Krug Bier zu spendieren, den man, da sie natürlich ja sagte, aus einem Bierlokal im Parterre heraufholte. I-o-hanna nannte er sie.

Nach und nach aber kam meine Schwester in ein Kreuzfeuer. Johanna war sehr gut zu mir. Sie brachte mir allerlei Leckereien und nahm mich des öfteren mit sich in eine Konditorei. Aber als ich nun mehr und mehr einer wirklichen Lethargie verfiel und wieder und wieder, statt morgens mich vom Bett zu erheben, mich krank meldete, geriet sie mit mir in Konflikt und ebenso mit dem Pastor, der Simulation behauptete, was sie nicht wahrhaben wollte.

Johanna fühlte das psychische Leiden, dem ich verfallen war. Sie bedauerte es, verschwendete aber vergebens alle ihre moralisch suggestiven Heilmittel. Ich war ein störrischer Esel geworden, ob ich nun zu schwer beladen war oder nicht: ich lag wie ein überladenes Kamel und hätte mich lieber totprügeln lassen als aufzustehen.

Mein Verhalten muß widerwärtig gewesen sein. Ich muß böse und häßliche Züge offenbart haben. Außerdem hatten unsere Geschwisterdispute Tradition. Es wäre mir interessant, die raffinierte Dialektik und boshafte Schärfe unserer Wortkämpfe phonographisch fixiert zu sehen. Eine schlimme – oder war es eine gute? – Eigenschaft unserer Familie lag darin.

Es war ein deutlich schicksalhafter Charakterzug, wenn unsere bis zur Erschöpfung geführten Gesprächskämpfe erst lange nach Mitternacht endeten. Nie wurde ein Resultat erzielt. In jedem von uns blieb ein endloses, unbefriedigtes geistiges Fortwühlen.

Trotzdem verteidigte mich Johanna vor dem Pastor, bis ihr gutes Verhältnis darunter litt und sie geradezu auseinanderkamen. Meine Krankheit nannte der Pastor Pigriz. Er schickte mir sachgemäß einen Arzt, der keinerlei Krankheit feststellen konnte. Ich aber war dermaßen überreizt und verbost, daß ich einst bei hellichtem Tag meiner Schwester, die ausging, im vorderen Treppenhaus von oben wütend Bettkissen nachschleuderte.

Die Nachricht kam, daß mein Bruder Carl zum zweitenmal an Lungen- und Rippenfellentzündung lebensgefährlich darniederliege. Ich wurde ins Zimmer des Pastors gerufen, und er sagte: »Dein Bruder ist sehr schwer erkrankt. Man muß zu Gott um Genesung beten, aber sich auf das Schlimmste gefaßt machen.«

»Ist Carl schon gestorben?« fragte ich.

»Nein, Gott sei Dank, nein, er ist nicht gestorben. Du brauchst nicht glauben, daß ich dir vielleicht aus Rücksicht die Wahrheit verheimliche. Aber die erste Erkrankung deines Bruders vor Jahren war leichter als die, der er diesmal verfallen ist.«

Der Schreck, der mich bei der Eröffnung des Pastors traf, die Lähmung, die ich empfand, belehrte mich, wie sehr ich trotz mancher Unstimmigkeit mit meinem Bruder verbunden war. Als ich mich in der Stille ausweinte, wirkte eine jähe Erkenntnis mit, die mir zeigte, welche unheilbare Wunde der Tod Carls unserem Familienleben reißen müßte. Schon seine erste Erkrankung hatte allerlei bestürzte Fragen chaotisch in mir aufgeregt. Damals hatte ich meine Mutter einmal gefragt, ob sie, falls ich stürbe, fortleben könne. Hätte sie mir mit ja geantwortet, es würden viele Fäden meiner Verbindung mit ihr zerrissen sein. Sie wußte der Frage auszuweichen. Auch andere stellte ich ihr sadistisch-spielerisch: wen von uns beiden sie lieber habe, ob Carl oder mich? »Ihr seid mir alle gleich lieb«, sagte sie. Mir steht heute fest, daß sie dieser Behauptung gemäß immer gehandelt hat und keines ihrer Kinder sichtbar bevorzugte. Trotzdem wußte ich, welchen Posten Carl im Familienhaushalt bedeutete. Gewiß, der Älteste, Georg, würde die Kosten lohnen, die man an ihn gewandt hatte. Er diente augenblicklich in Schweidnitz sein Militärjahr ab. Er war klug, feurig, humorig, ohne daß seine Begabung zunächst entschieden über den Kreis des Normalmenschen hervortrat. Geniale Züge, blendende Eigenschaften, Geist, der mit Anerzogenem und Erlebtem nicht zu erklären war, verrieten in Carl den höheren Menschen. Zugleich bemächtigte er sich aller Fächer des Schulwissens mit Leichtigkeit.

Carl war in dem ganzen Straehler-Hauptmannschen Verwandtenkreis Gegenstand der Bewunderung, ein Knabe, nun fast schon Jüngling, von dem man mit Spannung Gutes erwartete.

Nun, während des Schluchzens, wurde mir klar, daß die Eltern und schließlich auch ich ihn im gleichen Sinne gesehen haben. Wäre Carl dahingegangen, so war der alten »Krone« der schönste Edelstein ausgebrochen.

Weil ich das fühlte, und daß Carls Tod meiner Mutter und meinem Vater den Sinn ihres Lebens genommen hätte und damit auch mir, konnte ich mit Weinen nicht aufhören. Denn schließlich war meine Liebe zu ihnen beiden so, daß ich mich, hätte ihr Wohl es erfordert, heiteren Sinnes durch meinen Vater, wie Isaak durch Abraham, hätte opfern lassen.

Bruder Carl wurde wieder gesund. Wir hatten uns wieder in den Herbstferien.

Georg war reitender Artillerist. Als er um diese Zeit einen kurzen Urlaub zu Hause verlebte, war das Gefühl des Stolzes auf den jungen Soldaten des Kaisers in der Familie allgemein. Wer meinen Vater kannte, spürte die ihm, bei scheinbar unbeweglichem Ernst, aus den Augen durch die Brillengläser sprühende Genugtuung. Wir hatten im Stall unter anderem ein ziemlich junges, feuriges Pferd, das mein Vater selbst eine Zeitlang geritten hatte. Es wurde gesattelt. Es half nichts, der reitende Artillerist mußte sich wohl oder übel hinaufschwingen. Mein ältester Bruder hatte bis zu seinem Militärdienst eine Neigung zur Reitkunst niemals gezeigt und trieb sie auch jetzt nur notgedrungen.

Als er mit leidlichem Anstand den Sitz im Sattel genommen hatte, wollte das Pferd in den Stall zurück, wobei es den Reiter vom Rücken gestreift hätte, wenn nichts Ärgeres passiert wäre. Ich schloß, die Lage erkennend, im letzten Augenblick noch die Tür, wodurch das Unglück vermieden wurde.

Meine Mutter war außer sich.

Der Schwarzbraune stieg, der Hafer stach ihn, er hatte wohl lange im Stall gestanden, hatte vergessen, was ein Sattel, was ein Reiter ist. Aber mein Vater verstand keinen Spaß. Mit der langen Peitsche mußte der Kutscher das Pferd in Gang bringen, so daß es sich sogleich in Galopp und Karriere setzte. Eine Zeitlang schwankte der Reiter bedenklich hin und her, aber dann sah man, bevor er den Blicken entschwand, auf der Dorfstraße, er war seines Tieres Herr geworden.

Selbstverständlich vergingen keine Ferien, ohne daß die Tanten im Dachrödenshof besucht wurden, natürlich auch Fräulein Jaschke im Kurländischen Hof, wie denn überhaupt das Gesamte des Salzbrunner Lebenskreises neu überblickt, nach Möglichkeit persönlich berührt und vergegenwärtigt wurde. Von meinem Vorbild, Georg Schubert, erzählte Tante Elisabeth wieder wunder was. Es sollte mich demütigen und auch anspornen. Man hatte den Vetter auf das Gymnasium in Jauer gebracht, er war in die Tertia aufgenommen. Wie man weiß, war er jünger als ich. Nicht genug aber, daß es sich so verhielt; während ich, der ältere Freund, in der Sexta saß, hieß es, er sei sogar für sekundareif erklärt und nur seiner Jugend wegen in diese Klasse nicht aufgenommen worden.

Sechsunddreißigstes Kapitel

Das schiefe Täntchen Auguste mit ihrer langen Hexennase und ihrem kleinen Rückenverdruß fing damals an, sich für mich stärker zu interessieren. Es wich, wie mir schien, jene Abneigung, die wir früher einer gegen den anderen gespürt hatten, wenn sie auch nicht für mich die gleiche Wärme wie für Carl, geschweige Vetter Georg, aufbringen konnte. Ich wurde durch sie ohne Aufdringlichkeit – denn sie fürchtete meinen Vater – auf das herrnhutische Wesen im Sinne des Grafen Zinzendorf, die aufopfernde Tätigkeit christlicher Missionare unter den Völkern des dunklen Erdteiles und auf die Poesien des Grafen Moritz Strachwitz hingewiesen. Ich hatte auch nichts dagegen, wenn sie mich aus kleinen bedruckten Blättchen biblische Leitsprüche und Orakel stechen ließ.

Auch deutete sie mir an, man müsse Gott danken, daß Carl gesund geworden sei; es sei aber auch in den Brüdergemeinden, dank Onkel Schubert, für ihn gebetet worden.

Meine Schwester Johanna – sie war diesmal aus irgendwelchen Gründen in Breslau geblieben – war immer noch besonders für Tante Elisabeth ein nicht zu vermeidendes Gesprächsthema. Wie sie lebe? Was sie in Breslau zu tun habe? Wahrscheinlich Theater, Tanz, Weltlichkeit wäre das, was sie ausfülle, einem jungen Mädchen verderbliche Dinge, die zu Putz, Eitelkeit, Lebensgenuß und Gott weiß was noch verführen müßten. Hier war ich nicht ohne Schalkhaftigkeit, übertrieb und schnitt in alledem auf, was Johanna angeblich Sündhaftes ausführte. Das staunende »Ach! Nein! Unmöglich!« der Tanten ergötzte mich.

»Siehst du, Auguste«, sagte die Jüngere, »das ist der weltliche Geist vom Kurländischen Hof. Ich habe es dir immer gesagt, der Einfluß von Mathilde Jaschke auf Johanna ist unverantwortlich.«

Auch diese beiden Damen, die um Johannas Seele rangen, vermochten sie ebensowenig wie meine Mutter von ihrer Freundin Mathilde abzuziehen.

Fräulein Mathilde Jaschke war mir gegenüber diesmal wie immer die Güte selbst. Sie stellte mich einigen Damen vor, die inzwischen den Kurländischen Hof bezogen hatten. Fräulein von Randow hatte ihr zwar einen Teil ihres Barvermögens hinterlassen und das Wohnrecht im Kurländischen Hof, den sie zu einem Damenstift bestimmt hatte, so daß allerdings Fräulein Mathilde Jaschke lebenslang auch Oberin dieses Stiftes sein sollte. Dies bedeutete eine Regelung, die dem Drange der Pflegetochter nach unabhängiger Tätigkeit keineswegs entsprach. Unter vier Augen hatte auch ich die Ehre, von ihr mit Klagen darüber ins Vertrauen gezogen zu werden.

Eine kleine Summe aus ihrer Hand versüßte mir auch diesmal, wie meist, ein wenig die Rückreise.

Während dann mein Körper in der Hauptstadt war, befand meine Seele sich noch in Salzbrunn und bewegte sich um mein Elternhaus. Der Prozeß des Losreißens von meiner Heimat und meiner Jugend war eben schmerzlich und langwierig. Man wird die Zuflüsse, die schließlich das Gesamtbewußtsein eines Menschen bilden, nie erschöpfend nachweisen. Ich will nun wenigstens einiger gedenken, die man wohl äußerst trübe nennen kann. Zwar lag der Tempel Thaliens, darin ich mit meinem Vater als Kind den »Orpheus« von Offenbach gehört und gesehen und später dann die feierlich edlen Eindrücke des Meiningischen Theaters genossen hatte, am Zwingerplatz dominierend vor der Realschule; doch andre, ganz andre Institute zeigte ihre andere Umgebung. Ihr Widerschein und ihr Widerhall spielten in die Schulklassen, und auch in die niedrigsten, hinein.

In der engen Zwingerstraße durften die öffentlichen Dirnen ihr Quartier haben. Damals wohnten sie noch in kleinen Häuschen und trieben in Parterreräumen ihr Geschäft. Es verging kein Tag, besonders als ich noch von der Feldstraßen-Pension aus die Zwingerstraße mitunter viermal täglich passieren mußte, wo ich nicht eines von den frechen Weibern zu sehen bekam. Und ebensowenig verging auch jetzt noch ein Tag, wo nicht ekelhafte und wüste Geschichten aus diesem Gebiet im Schulzimmer kolportiert wurden: Prügeleien, Verstümmelungen und Mordgeschichten, die zum Teil auf Erfindungen einer schmutzigen Phantasie zurückgingen.

Seitlich an die Schule grenzte ein Hof, im Volksmund genannt: der Sichdichfür. Es war damals eine Unterkunft für allerlei dunkles Gesindel und Fuhrwerke. Der Gebäudekomplex, der den Hof und Gassendurchgang umgab, war uralt, dem Zerfalle nah und bestand aus dumpfen Höhlen und Wohnlöchern. Ich durchquerte oft diesen Sichdichfür, wo ich mit Stroh verbarrikadierte Fenster, zum Trocknen ausgehängte Wäschelumpen sah, aber mir ist nichts zugestoßen.

Übler war die Quergasse hinter der Realschule und dem Sichdichfür. Hier befand sich das berüchtigtste aller Lokale, der »Musentempel«. Leider muß gesagt werden, daß von diesem in den unteren Klassenzimmern mehr als vom Stadttheater die Rede war. An Weibern, welche – Apoll verzeihe! – als Musen geführt wurden, waren mehr als neun in Dienst gestellt. Dieser Dienst hatte Formen, die an Schamlosigkeit nichts zu wünschen ließen, wie ich selber nach Jahren feststellen konnte. So drängte sich die Subura Breslaus überall mit ihren ärgsten Kloaken dicht an die reine Stätte der Bildung heran.

Seit wir bei Pastor Gauda wohnten, hatte ich den großen Exerzierplatz zwischen dem Königlichen Schloß und Stadtgraben, Theater und Ständehaus täglich zu überqueren. Der Drill von damals, der hier in aller Öffentlichkeit sich auslebte, konnte eine Liebe zum Militärdienst schwer aufkommen lassen. Wie der Unteroffizier jener Zeit mit seinem Rekrutenmaterial verfuhr, davon ist heut nichts mehr übriggeblieben. Manchmal gab es eine Empörung des Publikums, das sich am Platzrand auf der Promenade bewegte. Manchmal war eine allgemeine Arretierung deshalb nicht fern. Bald sind dann die Exerzitien mit den grünen Neulingen in die geschlossenen Kasernenhöfe verlegt worden.

Mein Verhältnis zur Familie meiner Pensionsgeber erfuhr keine Veränderung, ebensowenig das zur Schule. Die Frauen im Gaudahause wollten mir wohl. Ich will noch eine Erfahrung berichten, aus der ein Lebensbesitz für mich geworden ist. Das Lächeln auf dem Gesichtchen des kleinen, drei Wochen alten, schlafenden pastörlichen Stammhalters erregte in mir eine unvergängliche, entzückte Betroffenheit.

Wie konnte dieses Wesen, das noch ohne alle Erfahrung im Leben war, so glückselig lächeln? Es mußte in Himmeln gelebt haben, deren es sich, jetzt noch ihrer sicher, im Schlaf erinnerte.

Wie einen Edelstein lege ich diesen Besitz, ohne mehr darüber zu sagen, in den Behälter meiner Seele zurück.

Wir nahmen teil an dem Gottesdienst, den der Pastor in der Kirche des Inquisitoriats vor den Insassen hielt. Ich habe niemals einen Pastor seine Predigt so langsam, so tropfenweise, mühsam Wort für Wort gebärend, halten hören. So zu sprechen hielt ich, selbst bei meinem damaligen Geisteszustand, für keine Schwierigkeit. Die Sitze der sonderbaren Gemeinde waren amphitheatralisch aufgebaut, in einer Anordnung, nach der keiner der Hörer den andern zu sehen vermochte. Etwas Ähnliches wie bei der öffentlichen Weihnachtsbescherung im Kurhaus zu Salzbrunn, als die Feierlichkeit durch das Geschimpfe von Frau Enke entweiht wurde, geschah in einer der letzterlebten Andachten. Der Pastor unterbrach sich, er griff mit heftigen Worten einen von den Hörern heraus, der geschlafen oder sich sonst etwas Ungehöriges erlaubt hatte, und kanzelte ihn gehörig ab. Während er dann wieder Wort um Wort langsam und mühsam von sich gab, fragte ich mich, wie dieses überschäumende Temperament mit all seiner derben Kraft auf diese Methode gekommen sein konnte und welcher Defekt zugrunde lag.

Ich weiß überhaupt nicht, was der Pastor als Mensch gewesen ist. »G. H. hat angeblich wegen Krankheit drei Tage die Schule versäumen müssen.« So lautete ein Entschuldigungszettel, den er mir mitgab und den ich dem Ordinarius vorlegen mußte. Zur Ehre des Mannes darf ich sagen, daß er den Zettel besah, dann mich, dann nochmals den Zettel und ihn achselzuckend und schweigend weglegte.

Dies war eine Denunziation. Es folgte späterhin gegen Carl eine andere.

Eines Tages, mit zwei bis drei Mark in der Tasche, kam mir plötzlich auf dem Großen Ring der Wunsch, irgendein Buch zu besitzen, das nicht Schulbuch war. Ein Appetit oder Hunger nach Süßigkeit führt zur Konditorei, mich führte ein ähnlicher Hunger nach dem Buchladen. Gesegnet sei der junge Mann hinterm Ladentisch, der für mich die Wahl übernahm und die Gedichte Adelbert von Chamissos aus dem Regal herunterholte.

Sogleich vertiefte ich mich hinein und hatte auf einmal einen Freund, dessen Trost nie versagte. Es war die Not, war die geistige Not und Verlassenheit, durch die ich zu Dichtung und Dichtern geführt wurde. Kein anderer Dichter hätte um jene Zeit mir so viel bedeuten können. Das Balladeske, das Gegenständliche, das Goetheverwandte entsprach damals meinem Wesen. Der vielfach abenteuerliche Stoffkreis, der ins Mittelalterliche hinunterreicht, sich über Europa, ja über die ganze Erde verbreitet, vermöge der Weltreise, die Chamisso mit dem russischen Kriegsschiff »Rurik« ausgeführt hatte, beglückte und bereicherte mich. »Frauen-Liebe und -Leben«, durch Thumann versüßlicht, tat ebenfalls seine Wirkung auf mich, wie die Humore der spanischen Balladen, schließlich vor allem »Salas y Gomez«:

Salas y Gomez raget aus den Fluten
des stillen Meers, ein Felsen kahl und bloß,
verbrannt von scheitelrechter Sonne Gluten...

Hier bringt ein Gestrandeter einsam viele Lebensjahre zu, nährt sich von Vogeleiern und zeichnet sein Schicksal auf Schiefertafeln, die er vom Felsen bricht. Aber immer und allezeit gegenwärtig war mir das Gedicht »Schloß Boncourt«, das beginnt:

Ich träum' als Kind mich zurücke
und schüttle mein greises Haupt;
wie sucht ihr mich heim, ihr Bilder,
die lang ich vergessen geglaubt?

Hoch ragt aus schatt'gen Gehegen
ein schimmerndes Schloß hervor;
ich kenne die Türme, die Zinnen,
die steinerne Brücke, das Tor...

Chamisso ist der deutscheste Dichter, dabei französischer Emigrant, und dieses Gedicht betrifft das Stammschloß in Frankreich.

Zwischen meiner dem Spiel und der Einbildungskraft hingegebenen Kindheit, mit ihrer Vermischung der wirklichen und der Bücherwelt Defoes und Coopers, und diesen Dichtungen bestand ein folgerechter Zusammenhang. Die Enden des gewaltsam zerrissenen goldenen Fadens, der durch mein ganzes Leben gehen sollte, hatten sich wieder zusammengefunden. Ich wußte zunächst nicht, daß es so war. Ich nahm diese Schicksalsgabe hin wie etwas ganz Neues in meinem Leben, das ich vor jedermann zu verbergen für notwendig fand. Es führte mich unterirdisch weiter.

Die Vorstellungen, mit denen sich vom Elternhause her mein Bewußtsein erfüllte, gewannen einerseits an Dramatik, andrerseits verdüsterten sie sich. Zwischen Sorgau und Salzbrunn krachten jetzt täglich die Sprengschüsse. Feldbahnen mit kleinen Lokomotiven schleppten Sand und Geröll hin und her. Eine Armee von fremden Arbeitern, teils Italienern, machte abends und nachts die Gegend unsicher. Das Gestein aus einem tiefen Durchstich bei Sorgau wurde zu einem Damm verwendet, auf dem der Bahnzug das Mitteldorf überqueren sollte. In Salzbrunn wurde ein Bahnhof gebaut. Der Zug nach Breslau, mit dem ich jeweilig fuhr, ging nun an dem künftigen Bahnhof Sorgau vorbei, der mitten im Feld im Entstehen begriffen war. Aufschüttungen gewaltiger Art ließen eine Plattform für viele Gleise erkennen. Das aus seinen Fundamenten mehr und mehr wachsende Gebäude war ein roter Backsteinbau.

In überstiegenen Hoffnungen und Erwartungen wurde der gewaltige Aufschwung des Badeorts vorausgesehen, und auch die ehemaligen Bauernbrüder Demuth mit ihren verschuldeten Unternehmungen zählten darauf.

Gerade um diese Zeit trat in den Geschäften meines Vaters eine schwere Krise ein, darin sich der Kapitalsverlust durch Auszahlungen an die Halbgeschwister zum erstenmal im Sinne von Sein oder Nichtsein auswirkte. Es gab keine andere Möglichkeit, als meine Mutter zu veranlassen, ihre bei der Familienerbschaft so sehr bevorzugten Schwestern um ein größeres Darlehen anzugehen. Mit Entrüstung wurde von den frommen Damen das Ansinnen der Schwester, dem Schwager hilfreich beizustehen, abgelehnt.

War es nun, daß mein Vater keine weitere Wahl hatte als dieses Darlehen oder Untergang: es wurde mit Drängen nicht nachgelassen. Und alle konvulsivischen Zuckungen der Damen vom Dachrödenshof konnten sie schließlich nicht vor Preisgabe einer nicht unerheblichen Summe bewahren.

Die Zähigkeit von Tante Elisabeth in dem Bestreben, Sicherheiten zu schaffen, ging so weit, die ganze Familie für den Betrag bürgen zu lassen. Außer der Mutter zogen die Damen Carl und mich, den Knaben, als Bürgen heran. Ich sollte mich, erwachsen, falls das Darlehen noch nicht zurückerstattet sei, als Schuldner verpflichtet halten. Tante Elisabeth machte mir klar, daß ich ja schließlich einer der Nutznießer sei.

Wie seltsam, daß in einer der letzten Bänke der Sexta ein verachteter, zarter Junge saß, der wie ein Erwachsener für eine große Geldsumme gutsagen sollte.

Im heftigen Hin und Wider jener Tage und jener Verhandlungen habe ich manche neue Seite der Menschennatur kennengelernt. Bibelsprüche auswendig zu wissen, und zwar in einer fast erdrückenden Fülle, wurde auf der Realschule ebenso wie in der Dorfschule von uns verlangt. Somit kannte ich auch die Lehren der Bibel, unter anderem die: »Wer zween Röcke hat, der gebe dem, der keinen hat!« Ich wußte auch, was der Heiland zum reichen Jüngling sagt, kannte das Beispiel vom Kamel und dem Nadelöhr, dem reichen Mann und dem armen Lazarus. Und so war mir klar, daß die Frömmigkeit meiner lieben Tanten, so fromm sie auch sein mochten, vor dem Gottessohn nicht bestehen konnte.

Um jene Zeit herum müssen auch die Pensionsraten an Pastor Gauda unregelmäßig geflossen sein. Zu seiner Ehre sei es gesagt, er hat es uns niemals merken lassen. Aber er tauchte im folgenden Jahr, und zwar während der großen Ferien, plötzlich in der Krone auf, und ich erfuhr, daß er während dreier Wochen im Genuß aller guten Dinge des Hotels als privater Gast der Familie gehalten wurde. Ich gehe sicher nicht fehl, wenn ich annehme, daß mein Vater auf diese Weise eine restliche Schuld abtragen wollte.

Auf meinen Wunsch erhielt ich in Breslau Geigenunterricht. Das bewog meinen Bruder Carl, sich ein Cello zu wünschen, ein Instrument, das obenhin genommen seinen etwas sentimentalen Neigungen entgegenkam. Ich hatte den Eindruck, daß er mir sehr bald musikalisch überlegen war und mit seinem Instrument organischer und besser als ich mit dem meinen zusammenwuchs.

Ein alter Orchestergeiger, dessen Können mit dem des Doktors Oliviero nicht zu vergleichen war, kam zweimal die

Woche zu mir ins Pastorhaus. Er versteckte die Geige auf der Straße unter den Rockflügeln. Späterhin zog es mich in ein Privatinstitut, das ein aktiver Konzertmeister leitete. Ich fühlte mich im Gelärm der Violinen wohl, durch das der Konzertmeister schritt, Etüden spielend und phantasierend. Und übrigens wurde ich hier von groß und klein als berechtigter Mitmensch geachtet, was mir eine besondere Wohltat war.

In dieser Umgebung spielte mir wiederum der Geigenmythos einen Streich, der mit dem ererbten Instrument zusammenhing, das eines Nachts aus dem Großen Saale des Gasthofs zur Krone gestohlen worden war. Ein messingbeschlagener Kasten hatte, wie schon erzählt, die Einbrecher angezogen. Ich hatte meinen kindlichen Kameraden, wie man weiß, allerlei flunkerhaftes Zeug vorphantasiert, aber auch in der Familie wurde das alte, verlorengegangene Instrument mehr und mehr als unersetzlich in seiner Art betrachtet. Mein Vater würde es jederzeit wiedererkennen, behauptete er, und zwar an einer Reparatur, die an der Schnecke ein eingesetztes Dreieck von hellerem Lack zeige.

Der nächtliche Einbruch bei Schneegestöber, das Instrument mit dem eingesetzten Keil, eine krankhaft-romantische Sucht, es wiederzufinden, blieben auch in Breslau Inventarstücke meiner Einbildungskraft. Nun wollte der Zufall, daß ich eine Geige mit genau derselben Reparatur in der Hand eines älteren Schülers bemerkte.

Zu Hause sprach ich dem Vater davon.

Als ich einmal wiederum schulkrank zu Bette lag, trat ein würdiger Herr bei mir ein, der mich über die Geige mit dem in der Schnecke eingefügten Teil ausfragte: Wo ich das Instrument gesehen habe? wem es gehöre? und so fort. Dieser Mann war ein Detektiv, den mein Vater wahrscheinlich durch Onkel Paul zur genaueren Untersuchung bestellt hatte. Natürlich kam nichts bei der Sache heraus. Der Konzertmeister, ohne seine Läufe und Triller zu unterbrechen, sagte zu mir, er könne schon verstehen, daß man einer gestohlenen guten Geige nachspioniere. Der Besitzer der Schnecke mit dem Keil sei ein hiesiger Patriziersohn. Vielfach sehe man gerade diese Reparatur, sie sei deshalb kaum ein Erkennungszeichen. Und übrigens habe die Familie des jungen Geigers die fragliche, in der Tat sehr schöne, und zwar von Stainer gebaute Tiroler Geige schon vom Großvater her im Besitz.

Der würdige Detektiv hatte das gleiche an meinen Vater

berichtet, und so war dieser überaus kindliche Versuch, eine phantastische Wolke sich verdichten zu lassen, unter der Hand still abgetan.

Möge aber schon jetzt gesagt werden, daß diese Wolke sich später verdichtet hat: ist doch im Jahre 1898 eine Meistergeige des Stradivarius mein Hausgenosse geworden.

Siebenunddreißigstes Kapitel

Ich komme nun zu dem größten Ereignis während meiner Realschulzeit, das allerdings wie die meisten, die damals mein geistiges Sein heranbildeten, nicht mit der Schule zusammenhing. Pastor Gauda kam zu mir herein, als ich wieder einmal während der Schulstunden zu Bette lag. Er sagte abrupt: »Dein Vetter Georg ist gestorben.« Dies war mir eine Undenkbarkeit. Es ist erzählt worden, welchen Anteil die ganze Verwandtschaft an diesem Wunderkinde nahm, das als eine ausdrückliche Belohnung für exemplarische Frömmigkeit des Schubertschen Hauses von den Tanten aufgefaßt wurde.

»Zieh dich an, pack deine Sachen, in einer Stunde geht dein Zug! Du sollst nach dem Wunsche deiner Eltern dem Begräbnis beiwohnen!«

Einen Zweifel gab es nicht mehr.

Nun aber, als der staunende Schreck überwunden war, mußte ich mit fernerem, heimlichem Staunen feststellen, daß meine nun folgende Erregung überwiegend freudig war. Mit heiterer und befreiter Seele, wie ein Vogel, der Flugwind unter den Flügeln hat, fuhr ich in meinem Abteil dritter Klasse der Heimat entgegen, in die Landschaft hinein.

Es ist schwer, die Art der Gefühle, die mich bewegten, auch nur andeutungsweise wiederzugeben. Einerseits war es wieder das Große, Regelwidrige, dem menschlichen Schematismus Spottende, das ich trostreich empfunden habe; andrerseits das Aufspringen aller verschlossenen Quellen des Gefühls, daran ich teilhatte und das ich bei allen Verwandten voraussetzte. Ferner: ich lebte noch, und der kleine Georg war tot. Das Geschenk des Lebens an sich erhielt einen neuen, höheren Wert für mich, und diese Erkenntnis machte meine Schulsorgen geringfügig.

Schließlich, ich durfte heut die Schule im Rücken lassen und genoß in tiefen Zügen das Leben und den Augenblick.

Gottes Wege sind wunderbar: dieses Wort, das wohl den meisten weniger ein Trost als eine Anklage oder Klage ist, heut war es für mich ein beglückender Trost. Die Entscheidung über das Geschick eines Menschen, dachte ich, ihr superklugen Schulmeister, Tanten und Verwandten! steht nicht bei euch. Welcher Fürwitz, welche Torheit, welcher Hochmut lag, von dieser fürchterlichen Belehrung aus gesehen, in dem Verhalten Tante Augustens und Elisabeths gegen mich! in dem kleinen Ereignis mit der Bettdecke in Görbersdorf! in ihren zur Schau getragenen Vergleichen zwischen meiner Niedrigkeit und der Höhe Georgs und der mir gewidmeten leidvollen Geringschätzung! Man glaube nicht, daß es mir möglich gewesen wäre, so sehr mich der Tod des wahrhaft geliebten Spielkameraden erschütterte, eine Empfindung ganz zu unterdrücken, die allen solchen Zeichen feindlicher Entwertung gegenüber einer Genugtuung ähnlich sah.

Pastor Gauda war gar nicht ironisch auf meine Krankheit zu sprechen gekommen, die ich, auf die Füße springend, wie einen abgetragenen Rock beiseitegeworfen hatte. Ich glaube, er gönnte mir diese Seite der tragischen Tatsache und bewertete sie als Zufallstherapie. Und wirklich, durch den Funken, den das Ereignis in den Marasmus meines Geistes warf, hatte ein neues Leben sich entzündet, das mich fortan in die Tiefe des früheren nicht mehr absinken ließ.

Meine Mutter hatte bereits Trauer angelegt. Sie sagte wenig, denn ihr Schmerz war tief. Auch mein Vater schwieg über den Todesfall. Ein schweigender Druck lag über der Familie, während das Hotel belebt und voller Gäste war.

Ich habe die lieben, zärtlichen Blicke meiner Mutter in Erinnerung. Sie war voller Glück, daß sie mich noch besaß. Tante Auguste und Tante Elisabeth, mit denen wir gemeinsam nach Lohnig fuhren, schienen mir tief bedauernswert. Beide waren so tief gebeugt, daß keinerlei Groll in mir aufkommen konnte. Dennoch fing ich heimliche Blicke auf, die über Gottes Ratschluß zu grübeln schienen. Die von Tante Auguste hatten den Ausdruck ehrfurchtsvoller Belehrbarkeit. Ob sie an Jesus Sirach dachte: »Aber ein andrer ist schwach, der Hilfe bedürftig, arm an Kraft und reich an Armut, doch das Auge Gottes schauet gütig auf ihn herab und erhebt ihn aus seiner Niedrigkeit.«

Der kleine Georg war an Meningitis gestorben. Innerhalb

weniger Stunden war er gesund, krank und tot. Es blieb nicht aus, daß auch hier böse Menschen allerlei munkelten. Man hätte, hieß es, seine sowieso abnorme Gehirntätigkeit durch vieles Lernen überspannt. Es war nicht nötig, ihn zu einem dreizehnjährigen Sekundaner zu machen, man hätte ihn geistig sollen zurückhalten und Sorge tragen für die gesunde Entwicklung seiner Körperlichkeit.

Auf dem Bahnhof Striegau erwartete uns eine mit Ackergäulen bespannte Kutsche. Im langsamen Trabe wurde der endlose Weg durch lange, langweilige Dörfer zurückgelegt. Die Stimmung wurde um so bedrückter, je mehr der Streitberg, der ein Kreuz auf der Spitze trägt, mit seinen Granitbrüchen hinter uns blieb und Rittergut Lohnig sich annäherte.

Es wuchs der Ernst. Und nicht nur meiner Mutter und meinen Tanten, die unter einem steigenden Drucke standen, sondern auch mir wurde es jetzt eine schwere Fahrt. Die Majestät der Trauer, die Majestät des Todes, die harte Unabwendbarkeit des Ereignisses schlugen nun auch mich in ihren düsteren, atembeklemmenden Bann. Bei der Einfahrt in den weiten Gutshof, die mich stets mit selig überschwenglicher Ungeduld erfüllt hatte, konnte ich es mir kaum erklären, wieso sich hier alles in eine wüstenhafte Öde und Leere verwandelt hatte. Denn an und für sich bestand eigentlich keine Veränderung. Auf den Tennen der Scheunen lud man gewaltige Weizenfuder ab, rückte mit leeren Wagen heraus und mit vollen hinein, ritt Pferde und trieb Ochsen zur Schwemme und Tränke; Mägde, Gutsschaffer und Eleven bewegten sich durch die Pforten der Ställe, Schwärme von Tauben flogen auf, die sich mit Scharen von Hühnern an dem Ausfall der Ähren erletzt hatten.

Unser Wagen hielt vor dem Herrenhaus.

Onkel Schubert, der uns, lebhaft beschäftigt, empfing und aus dem Wagen half, tauschte mit uns Küsse aus. Es wurden nur wenige halbverständliche Worte gewechselt, die bei den Damen von unaufhaltsamen Tränen und mit Schneuzen und Augentrocknen begleitet wurden. Das Haus war voll und in der großen Küche rechts vom Eingang mit Kochen, Braten, Kaffeemahlen ein großer Betrieb.

Ich mußte bewundern, wie der Onkel sich aufrecht hielt. Er ließ nicht ab, für die Gäste zu sorgen.

Der Haushalt, soweit er das Gebiet der Hausfrau war, wurde von Frau Apotheker Brauser besorgt. Die Brausers von Großbaudiß besaßen eine hübsche, verwöhnte Tochter und waren in der besten Gesellschaft des Kreises beliebt.

Natürlich wurden die Schwestern Straehler zu Tante Julien, die sonst niemand zu Gesicht bekam, hineingeführt. Ich begriff, daß sie mich nicht sehen konnte, und bin auch, ohne mit ihr zu sprechen, abgereist.

Der Gedanke an dieses Begräbnis mit seinem Um und An beanspruchte in der Übergangszeit meiner Jugend von der knabenhaften zur jünglingshaften Daseinsform einen großen Raum. Das ganze Erlebnis mit seinem unerwarteten Eintritt, seiner gleichsam explosiven Gewaltsamkeit hatte bei mir ein jähes Erwachen zur Folge. Ich fing nun an, schon in Lohnig während der Trauertage, mich in dem neuen Gebiet still und befremdet umzusehen und in ihm die ersten Schritte zu tun.

Alles begünstigte mein stilles Forschen und drängte mich gleichsam zu beobachten. Es waren noch ein oder zwei Jungens von ähnlichem Alter da, aber es gelang mir meistens, sie loszuwerden. So den kleinen, harmlosen Metzig-Karl, der ein Sohn von Onkel Gustavs Schwester war. Der Junge hatte Beziehungen zu dem kleinen Georg nicht gehabt, und ich mochte mit ihm nicht über ihn reden. Im übrigen ließ man mich allein. Die vielen Trauergäste, die unablässig meist in eigener Equipage von nahen und fernen Gütern eintrafen, kannten mich meistens nicht, und eigentlich niemand in diesem Gewirre hatte ein Auge für mich.

Wie der Siegellacktropfen auf der Herzgrube eines Scheintoten hatte mich die jähe Schicksalserfahrung zu einer neuen, stärkeren Form des Bewußtseins erweckt. An diesem Bewußtsein ließ ich nun in der aufgewühlten Stille dieser Tage, in der trauervoll belebten Einsamkeit mein ganzes bisheriges Leben und im besonderen den mit dem kleinen Georg verbrachten Teil vorüberziehn. Da war gewiß niemand außer Tante Julie und Onkel Gustav Schubert, der dem Toten eine so eigentümliche Andacht gewidmet hätte.

Scheinbar vergessen, jedenfalls unbeachtet, trieb ich mich müßig in Hof, Garten und Feld herum, mich alles dessen lebhaft erinnernd, was ich hier mit dem Vetter erlebt hatte, wobei ich auch die Klassengenossen des Frühverstorbenen mied, die zu seinem Begräbnis gekommen waren.

Diese steifen und kalten Gesellen waren mir unangenehm, zumal ich ihnen irgendeine Berechtigung, in diesen schweren Stunden hierzusein, nicht zubilligte.

Das Schicksal hatte, als es das Ehepaar Schubert traf, die denkbar härteste Form gewählt. Georg mit ebendiesen Klassengenossen wurde am Wochenende erwartet. Das Wetter war herrlich, es sollte mit dem geliebten Sohne ein heiterer Sonntag gefeiert werden. Statt seiner folgten einander auf dem Fuße die Nachrichten von seiner Erkrankung und seinem Tod.

Man hielt die Gesundheit meines Bruders Carl noch nicht für gefestigt genug, um ihn den Erregungen des Begräbnisses auszusetzen. Das war insofern ein Glück für mich, als ich auch durch seinen lebhaft dominierenden Geist in meinen Sinnereien nicht gestört werden konnte. So durfte ich auch meinen Weg durch die gerade Obstbaumallee nach Dromsdorf allein zurücklegen, wo in der Privatkapelle der Barone von Tschammer der verstorbene Vetter aufgebahrt worden war. Ich sprach in der Lehrerfamilie Krause vor und wurde von dem originellen, glattrasierten Lehrer selbst in die kleine Kirche eingelassen. Ich sah nichts weiter als auf einem Gebirge von Blumen den geschlossenen metallenen Sarg, in dem man die, wie es hieß, durch die Furchtbarkeit des Leidens entstellte Leiche meines Gespielen geborgen hatte. Dies war geschehen, um ihn den Blicken aller zu entziehen und besonders seiner Mutter und seinem Vater ein furchtbares Wiedersehen zu ersparen.

In den Gutshof Lohnig zurückgekehrt, war ich im tiefsten aufgewühlt. Ich konnte mir das Nichtsein des Toten nicht überzeugend vorstellen. Was in dem geschlossenen Sarge lag, interessierte mich nicht. Ich lebte nur in dem Wesen des kleinen Georg, das überall um mich, überall nahe war.

Am Begräbnismorgen sah ich Tante Julie von fern einen Augenblick, als ihr drei Kameraden Georgs vorgestellt wurden. Ich war verletzt. Was hatten diese Burschen, deren pausbäckige Gesichter außer einer gewissen Verlegenheit keinen Anteil zeigten, mit meinem lieben Vetter zu tun? Wie konnte die Tante sie dermaßen auszeichnen? Aber sie waren mit ihrem geliebten Kinde bis zum Ausbruch der Krankheit zusammen gewesen, hatten vor zwei oder drei Tagen noch die Worte des Sohnes gehört, und so sah man die Mutter ihre leeren Mienen verzweifelt nach einem Schatten des verlorenen Kindes absuchen.

Es gab, wie bei jeder Beerdigung, viele Mitläufer. Nicht nur aus dem weiten Freundeskreis, sondern auch unter engen Verwandten. Ich sah Leute, die sich, als hätten sie sich seit Wochen nicht satt gegessen, mit widerlicher Gier die Tafel zunutze machten, für die Frau Apotheker Brauser unablässig zu sorgen hatte. Ich sah einen undurchdringlichen Panzer gegen die Schläge des Schicksals und insofern etwas Staunenswertes in dieser Art Unverfrorenheit. Es gab also wirklich diese Dickhäuter, die von den furchtbarsten, tödlichen Manifestationen der unsichtbaren Gewalt nur oberflächlich gestreift wurden! Sie lachten, aßen mit unnatürlichem Appetit, priesen die Sahnensoße, lobten Klöße und Sauerkraut und fragten sich, wo der gute Schwager, der gute Schubert oder der gute Oberamtmann diesen oder jenen köstlichen Tropfen herhätte.

Die Feier der Grablegung kam heran. Ungefähr ein Dutzend Pastoren hielten am Altar der kleinen Kapelle über dem Blumenberge Ansprachen. »Aber der Gerechte, ob er gleich zeitlich stirbt, so ist er doch in der Ruhe.« Dieser und ähnliche Sprüche waren ihnen zugrunde gelegt. Einmal hieß es, man solle nicht klagen, Gott werde wohl wissen, was er getan habe. Heute gehöre dieser Knabe dem Himmelreich. Was aber aus ihm geworden wäre, wenn Gott ihn am Leben erhalten hätte und vor welchen Übeln er ihn durch den Tod bewahrt habe, das wisse nur Gott. Ich aber fragte mich innerlich, ob Gott nicht allmächtig sei und ob nicht sein Wille genügt hätte, meinem Vetter ein glückliches Leben zur Freude der Eltern zu gewähren.

Nachdem das altertümliche kleine Kirchenschiff mit dem schalen Dunste menschlich unzulänglichen, ganz ohnmächtigen Trostes erfüllt worden war, wurde der schwere metallene Sarg, ich weiß nicht mehr wie, in Bewegung gesetzt, und ich sehe ihn über die Hügel des Kirchhofs schwanken.

Julie Schubert, von ihrem Mann und Baron Tschammer mehr getragen als geführt, sank am offenen Grabe des Sohnes als eine wahre Schmerzensmutter zusammen und konnte kaum bei Bewußtsein erhalten werden.

Mit diesem Erlebnis beladen, kehrte ich nach Breslau zurück.

Achtunddreißigstes Kapitel

Im Tagebuch Leo Tolstois finde ich: »Die wahre Wissenschaft ist die Erforschung des Verhältnisses unseres geistigen Ich, das Sinnesorgane besitzt und sie gebraucht, zu den äußeren Sinneswahrnehmungen oder, was dasselbe ist, zu der Außenwelt.«

Dieses einfache Erinnerungsbuch verdankt seine Entstehung keiner solchen Anmaßung: aber handelt es sich auch um keine Wissenschaft, so doch um ein geistiges Ich, sein Wachstum und seine Entwicklung, soweit sich dies, wenn auch unzulänglich, meinem Bewußtsein darbietet.

Und da es sich eben nur darum handelt, so liegt es mir fern, eine andere Wirklichkeit zu erstreben und darzustellen. Weder Daten noch Dokumente ziehe ich an. Mir genügt und muß genügen der natürliche Fluß, die natürliche Kontinuität meiner Erinnerung.

Man könnte einwerfen, da ich für andere schriebe, hätte ich die Verpflichtung objektiver Zuverlässigkeit. Aber ich setze kaum voraus, daß die objektiven Mitteilungen eines gewöhnlichen Knabenlebens für andere den Wert besitzen können, den die Teilnahme an einer bloßen Selbstbesinnung zum mindesten haben kann. Ich denke und schreibe dies also im wesentlichen für mich selbst, sozusagen aus der Lauge meines Wesens eine Art Seelenkristall ausscheidend. Und wie Lotze im »Mikrokosmos« sagt: »Völlig verständlich ist uns doch nur das volle, bewußte, geistige Leben, das wir in uns selbst erfahren.«

Mit der Schulkrankheit war es vorbei. Um so mehr litt ich zunächst unter der erstickenden Beengung und Banalisierung des Klassenzimmers. Die alten, fürchterlichen, von Federmessern zerkerbten Pultbänke mit ihren Reihen von Tintenfässern waren wieder da, die meiner ausgesprochenen Tintenscheu noch besondere Qualen verursachten. Das polternde und verrohte Leben der Klasse und das der Schulmaschinerie ging gleichgültig über mein Erlebnis hinweg, und ich würde auch nicht daran gedacht haben, mich jemandem mitzuteilen. Aber irgendwie waren die Wände des stickigen Schulzimmers undicht für mich geworden. Etwas, das sich fortan durch nichts mehr ausschließen ließ, drang herein. Ich hatte die über uns waltenden Mächte in ihrer unberührbaren

Furchtbarkeit oder furchtbaren Unberührbarkeit kennengelernt und, seltsam genug, in meiner Begegnung mit ihnen Trost gefunden, Trost und eine vom engen Getriebe menschlicher, allzu menschlicher Dinge befreiende Sicherheit.

Die möglichen Schläge dieser Schicksalsmacht, der ich doch nun einmal fühlend und denkend nahegetreten war, erregten mir nicht die geringste Furcht. Ihren Entscheidungen gegenüber sind mir die des lieben Direktors Klettke, seiner Lehrer und seiner Schüler verhältnismäßig belanglos geworden. Je ungeheurer die Macht, die über uns waltet, je stärker der Mensch, der sich unter sie beugt, und je weniger erniedrigt.

Im übrigen kam in der Folgezeit etwas Bewegung in mein Leben. Ich wurde in die Quinta und dann in die Oberquinta versetzt. Ich besuchte bei Oberdiakonus Klühm, Prediger an St. Magdalenen, den Konfirmationsunterricht. Und endlich verließ ich die Gaudasche Pension, weil der Pensionssatz für die Vermögenslage meines Vaters untragbar geworden war, und siedelte in die Familie des Kunstschlossermeisters Mehnert über, der neben ausgedehnten Werkstätten ein eigenes Haus besaß.

Der junge Fritz Mehnert war in der Untersekunda Carls Mitschüler. Carl hatte sich seiner angenommen, da er zwar Fleiß, aber wenig Begabung für die Schule mitbrachte. Dringend von ihm eingeladen, hatte er den jungen Menschen auch zu Hause aufgesucht. Hier war ihm von Fritz der beste Leumund gemacht worden.

Frau Mehnert, eine noch junge, hübsche, strebsame Handwerkersfrau, die auf Grund der Tüchtigkeit ihres Gatten und seines zunehmenden Wohlstandes höher hinaus wollte, bewunderte meinen Bruder Carl. Was den eigenen, einzigen, angebeteten Sohn betraf, so wünschte sie, daß er, wenn nicht Carl gleich, ihm doch ähnlich werden und, wo das nicht möglich war, Carl zum mindesten ein wenig abfärben möchte. Dieser Gedanke, da sie mit klugen Augen die Mängel ihres Sprößlings sah, nistete sich fester und fester bei ihr ein, bis er in dem Vorschlag, Carl und mich ins Haus zu nehmen, Gestalt gewann.

Da nun eben um diese Zeit das Verhältnis zu Gauda sich gelockert hatte, schien dies wie Walten der Vorsehung, und wir waren im Handumdrehen umgesiedelt.

Hier hatte ich keine gute Zeit, erstens weil ich von vornherein nur ein Anhängsel war, das man wohl oder übel in Kauf nehmen mußte, ferner weil die Frau Meisterin, die Carl eine ausgesprochene Neigung entgegenbrachte, für mich das Gegenteil, ausgesprochenen Widerwillen, empfand. Und schließlich konnte ich mich in den Stil dieses kleinbürgerlichen Parvenütums nur schwer hineinfinden.

Außer Fritz Mehnert waren zwei unerwachsene Töchter im Haus, gutgehaltene, hübsche Dingerchen. Eine alte Großmutter war noch da, die Mutter des Meisters, die nichts weiter sein konnte und brauchte als Großmutter. Sie lief in der Wohnung, bald hier, bald da auftauchend, zwecklos herum.

Wir wurden im Hause Mehnert aufs beste verpflegt, und doch konnte ich hier nie heimisch werden. Ich war dazu noch nicht reif genug, wenngleich es vieles gab, was mich gegen die darin verlebte Zeit dankbar stimmt. Ich hätte sie, richtig geführt und geweckt, noch weit besser für meine Bildung ausnützen können.

Der Rhythmus des Hauses, der Geruch des Hauses, die Gepflogenheiten und Manieren der Familienmitglieder, die jederzeit in Flicken und Flecken eingepackte, jederzeit ungekämmte Großmutter, die Art, wie das Mittagessen verteilt wurde – die Hausfrau legte allen auf –, dabei die Etepetetigkeit, mit der Frau Mehnert es tat, die bei Tische herrschende, wohl durch Carl und mich bedingte Beklommenheit, das völlige Ausschalten des kleinen, runden, wortlosen Hausherrn, der in Hemdsärmeln tafelte und dabei einen gehemmten und verlegenen Eindruck machte: dies alles ließ kein natürliches, freies Befinden aufkommen.

Außerdem wurde ich durch die Beschränktheit des jungen Mehnert immerwährend gereizt und verdarb es durch scharfe Bemerkungen gegen ihn vollends mit der Meisterin.

Die alte Großmutter haßte mich.

Ich weiß nicht, welche meiner Äußerungen sie eines Tages der Schwiegertochter gesteckt hatte; denn ich wurde von ihr bei Tisch zur Rede gestellt und erhielt zur Strafe ein kleines, hartes Stück Fleisch aufgeworfen. Dieses Verfahren mit der Voraussetzung, daß etwas dergleichen auf einen wohlerzogenen jungen Menschen anders als lächerlich wirken könne, war mir eine völlige Neuigkeit.

Die kleine, herrische, dünkelhafte Handwerkersfrau, die

sich höchst appetitlich kleidete und ein feines, ovales Gesichtchen besaß, das nie lächelte, anerkannte im Hinblick auf ihren Sohn Carls Überlegenheit. Aber die meine, der ich gegen den Sekundaner Fritz Abc-Schütze war, um so weniger. Mehr und mehr geriet sie in Zorn, weil sie ihr inneres Eingeständnis fürchtete, ich möchte ihm wirklich überlegen sein, und weil sie mich auch nur zu einer leidlich respektvollen Haltung ihm gegenüber nicht bringen konnte.

Der brave Jüngling, der mir in der Debatte, wie wir sie seit früher Jugend im Familienkreise geübt hatten, nicht gewachsen war, hatte die Neigung, Bücher zu kaufen, was seine Mutter lebhaft begrüßte und reichlich mit Geld unterstützte. Leider war ihm der Inhalt der Bücher gleichgültig. Er hätte dafür ein Interesse an der äußeren Form des Buches, Einband, Papier, Druck und Format, haben können, wie es der Buchbinder, der Papierfabrikant, der Drucker, der Bibliophile hat, aber das lag ihm ebenso fern. Ich hatte erkannt, er kaufte die Bücher wie Spielzeug ein, aber kaum, um damit zu spielen, denn sie wurden in Schüben magaziniert und weder gelesen noch verliehen. So suchte ich ihm begreiflich zu machen, besonders wenn er mir wieder einmal ein Buch verweigert hatte, er hänge da seine Seele an ein vollkommen nutzloses, totes Kapital, und es würde für seine Bildung ebenso wertvoll sein, wenn er seine Schübe mit Sand oder Sägespänen vollfülle.

Wer ahnt nicht, welcher Vorwurf mir daraufhin in empörtem Ton von seiner Mutter gemacht wurde: ich hätte den Wert von guten Büchern geleugnet und sie auf die gleiche Stufe mit Sand und Sägespänen herabgedrückt!

Frau Mehnerts Stolz war die gute Stube. Ich konnte mich nicht enthalten, eines Tages im Gespräch zu erklären, ich könne den Sinn von hübschen Möbelstücken mit seidenen Polstern nicht begreifen, wenn man sie doch nicht sähe und sie unter Schutzüberzügen von roher Leinwand verborgen seien. Ebenso ginge es mir mit einem Zimmer, das hinter verhangenen Fenstern stets finster sei, dessen Spiegel und Kronleuchter überdies gegen Fliegenschmutz mit Mull verhängt wären. Das war durchaus nicht boshaft von mir.

Ob meine Bemerkung nun aber durch die Absicht zu reformieren veranlaßt wurde oder nicht, sie wirkte in jedem Falle aufreizend.

Daß man eine gute Stube benützen solle und könne, mußte

für Frau Mehnert undenkbar sein. Keinesfalls wollte sie aber zugeben, mit dieser Ansicht hinter dem höheren Bürgertum zurückzustehen. Darum fand sie meine Kritik verletzend und anstößig. Weiter litt ihre ungemeine Eitelkeit, als sie deutlich empfand, ich hätte für die Einrichtung der guten Stube überhaupt nichts übrig, nicht für den Blumentisch mit den Gummibäumen, nicht für die entsetzlichen Nippessachen noch für das Goldfischaquarium.

Die Meisterin hatte ein Pianino angeschafft, das an der Stirn im Medaillon den Kopf Beethovens zeigte, ein billiges Instrument, dessen aufgedonnerte Außenseite für den Geschmack des Kleinbürgers berechnet war. Frau Mehnert war sehr stolz darauf. Sie verstieg sich zu der Behauptung, es sei das Kostbarste und Beste, was man haben könne. Ihr albernes Renommieren ärgerte mich, ich beging den Fehler, zu widersprechen. Die Firma, die das Klavier gebaut habe, sagte ich, sei ziemlich unbekannt. Die teuersten und besten Klaviere und Flügel würden in Deutschland von Bechstein hergestellt, ein Instrument dieser Firma hätte mindestens einen drei- und vierfach höheren Preis, trotzdem es ganz einfach aussähe und nicht einmal ein Beethovenmedaillon aufwiese. Diese Behauptung, die von ihr auf das allerheftigste bestritten wurde, war in jedem Falle für die Meisterin eine Ungeheuerlichkeit. Ich bekam Dinge zu hören, Worte zu kosten, aus denen mir klar wurde, sie vergaß, daß ich nicht einer der Lehrjungen ihres Mannes war.

Übrigens neigte der Meister selbst im Gegensatz zu seiner Frau nicht zur Heftigkeit. Gesellen und Lehrlinge hatten es gut bei ihm. Er lebte und wirkte ausschließlich in seinen Werkstätten. Im Hausstand trat er völlig zurück und ließ seine Frau beliebig schalten. Der dauernde Friede zwischen ihr und ihm, den er somit begründet hatte, war vielleicht trotz aller seiner ausgezeichneten feuer- und diebessicheren Geldschränke sein Meisterstück.

Vielleicht hatte er seine Freude daran, wenn er sah, wie der durch seine stille Tüchtigkeit wachsende Wohlstand seiner Frau zu Kopfe stieg. Weniger genehm mochte ihm die Erziehung seines einzigen Sohnes sein, die er ebenfalls schweigend duldete. Er hätte ihn sicher lieber als künftigen Fortsetzer seines Lebenswerkes in die Lehre genommen. Aber die Affenliebe seiner Gattin zu Fritz und die überspannten Vorstellungen, die sie sich von seinen Anlagen und seiner Zukunft machte, litten das nicht.

Das Betragen und Schweigen des Meisters bei Tisch gegenüber seiner Frau, seinem Sohn und seinen Töchtern grenzte an Gleichgültigkeit. Auch in die Unstimmigkeiten zwischen mir und der Meisterin, wegen des Büchersammelns, der guten Stube und des Klaviers, mischte er sich nicht. Ebensowenig hat er sich, was ich ihm heute noch dankbar nachtrage, das üble Vorurteil seiner Frau gegen mich zu eigen gemacht.

Im Hof, vor den Fenstern der Werkstätten, war ein kleines Rosengärtchen, in dem eine Laube stand, ausgespart. Daß man sich darin aufhalten, im Freien seinen Schmöker lesen konnte, war in der großen Stadt während der drückenden Sommerzeit eine Annehmlichkeit. Hier kam es vor, daß der kleine, runde, zurückhaltende Mann, wenn er vor den Werkstätten Luft schöpfte, über den Zaun hinweg ein Wort an mich richtete und mich, da mich die Entstehung der feuersicheren Schränke beschäftigte, schließlich mit in die Werkstatt nahm. Wie er mich dort belehrte, meiner Anteilnahme entgegenkam, meinen Fragen umständliche Antworten widmete, die mit Erklärungen am Objekt verbunden waren, das legte mir die Empfindung nahe, er hege ein gewisses Interesse für mich.

Ich jedenfalls empfand starke Sympathie für ihn.

So glaube ich nicht, bei der tiefen Achtung, die mir sein schlichtes Wesen abnötigte, mich je gegen ihn vorlaut, widerspenstig oder irgendwie anders als ehrerbietig betragen zu haben.

Seltsam, mein Heimweh nahm in dieser Familie wieder fast unerträgliche Formen an. Bei den Gaudas und der geistigen Atmosphäre des Pastorhauses verbunden zu sein würde Erlösung bedeutet haben.

Das Mehnerthaus, in dessen erstem Stock wir wohnten, lag gegenüber einem Zimmerplatz in einem Arbeiter- und Fabrikviertel. Das Hämmern, Sägen und Behauen von Stämmen riß den ganzen Tag nicht ab. Auf der schlecht gepflasterten Straße dicht unter mir verkehrten nur Lastwagen, die unser Zimmer dauernd mit donnerndem Lärm erfüllten und erschütterten.

Ich nehme an, da die Nabelschnur noch nicht zerrissen war, die mich an den häuslichen Kreis meiner Eltern band, daß ich unbewußt seine feinsten Zuckungen mitmachte. Und hier ist der Ort, wieder von der Kindesliebe zu sprechen, die ich vielleicht in einem überstarken Maße besaß und der ich das tiefste Glück und das tiefste Leid meiner Jugend zuschreibe.

Eines Tages, um eine Erinnerung aus den geliebten Kindertagen und dem geliebten Elternhause besonders lebendig zu gestalten, verfiel ich auf den Gedanken, mir einen festlichen Geburtstagvormittag von einst vorzutäuschen. Beim Konditor kaufte ich für mein Taschengeld etwas Gebäck und beim Materialwarenhändler eine Flasche weißen Wein. Ich wollte die grüne Flasche auf meinem Tisch sehen, die Farbe des Weins im Glase, wollte sein Aroma einziehen, höchstens die Lippen benetzen, etwas Makrone knabbern und damit eine lange nicht mehr empfundene, glücklich festliche Stunde hervorzaubern.

Während ich diesen Kultus einer schönen Vergangenheit einsam zelebrierte, tauchte für einen Augenblick die überall herumspionierende Großmutter auf. Sie brummelte etwas und ging hinaus.

Bei Tische wurde ich dann von der Meisterin auf die Flasche Wein hin, von der selbst mein Bruder Carl nichts wußte, angesprochen. Ich hätte ja wohl sehr vornehme Gewohnheiten, sagte sie, die weit über das hinausgingen, was in ihrer Familie üblich sei. Ich könnte mich wohl kaum in einer so einfachen Familie wohlfühlen, und es wäre ja dann auch besser, wenn ich zu vornehmen Leuten übersiedelte. Wahrscheinlich würde ich ja dann mit Wein und Lampreten gestopft werden und entsprechend zufriedener sein.

Wenn sie bis hierher ironisch war, wurde sie im folgenden deutlicher. Ein Junge, ein Quintaner, der sich eine Flasche Wein kaufe, das sei eine Ungeheuerlichkeit, das dürfe in ihrem Hause nicht vorkommen. Sie verbitte sich eine solche Protzerei. Sie und die Ihren tränken Wasser und einfaches Bier: wem das nicht passe, der solle es sein lassen. Wo der Zimmermann das Loch gelassen habe, wisse man ja.

Die Entrüstung nahm außergewöhnliche Formen an. Die Großmutter, die nicht bei Tische mitessen durfte, keifte hinter der Tür. Selbst der Meister wurde hineingerissen. Mein Vater sollte verständigt werden.

Noch am gleichen Tage wurde meinem Bruder Carl von der Meisterin eröffnet, daß sie zwar ihn als Pensionär gern behalten würde, aber da dies nur in meiner Gesellschaft sein könne, so möchte es doch wohl besser sein, wenn wir uns für Michaeli eine andere Unterkunft suchten.

Meine Nerven waren um jene Zeit wieder sehr heruntergekommen. Ich weinte viel und bei jeder Gelegenheit. Es liegt nahe, an Hysterie zu denken. Hysterische Menschen leiden viel und sind für ihre Umgebung unangenehm. Wenn ich das erste für mich in Anspruch nehme, so will ich auch das zweite nicht ableugnen. Meine Tränenseligkeit, die sich in Augenblicken des Ärgers, der Wut, der Verzweiflung immer wieder äußerte, hielt bis zum letzten Breslauer Schultage an, den ich übrigens bald erleben sollte. Mein Bruder Carl hatte allmählich nur noch beißenden Spott und Hohn dafür. Da diese Art der Rückwirkung aber meist mit einem heftigen Meinungskampfe zusammenhing und ich ihm wohl wirklich mit meinen Tränen lästig wurde, kann man seinen bitteren Sarkasmus vielleicht als eine Art Ultima ratio ansprechen.

Als ich aus den Ferien in das Mehnerthaus zurückgekehrt war, überkam mich in den ersten Stunden ein wahres, tiefes, verzweifeltes Weh, so daß ich mich in unaufhaltsamen Tränen gleichsam austobte. Als mich die allenthalben überflüssige Großmutter eines Tages in Tränen sah, sagte sie: »Weene man, denn brauchste nich pissen!«

Neununddreißigstes Kapitel

Wie ich schon sagte, hatte die Schule um jene Zeit manche von ihren allzu drückenden Momenten eingebüßt. Neben den unangenehmen waren nun auch andere, ja sogar einige prächtige Lehrergestalten aufgetaucht, für die man Vertrauen und Neigung empfinden konnte. Doktor Schmidt, ein kleiner, gedrungener Mann, der wie Jurisch den Krieg als Offizier mitgemacht hatte, brachte Wärme und Leben in seinen Unterricht. Er machte uns glauben, daß wir das künftige Deutschland auf unseren Schultern tragen und etwas von der Verantwortung schon jetzt fühlen müßten. Die Achtung, die sich in seinen Worten aussprach, hatte Selbstachtung bei uns im Gefolge, nicht, wie im allgemeinen das Verhalten anderer Lehrer, Erniedrigung.

Sein Vortrag war lebendig und hinreißend. In seinen Kriegserzählungen offenbarte er die höchste Achtung vor dem Feind. Er bebte, und wir bebten, wenn er mit dem Wohllaut seiner männlich gutturalen Stimme die Attacke des französischen Kürassierregimentes Bonnemain schilderte, wie der übriggebliebene General dem dritten Napoleon Bericht erstattete: »Sire, das Kürassierregiment Bonnemain existiert nicht mehr.«

Wir wären für Schmidt durchs Feuer gegangen. Merkwürdig war sein Religionsunterricht. »Kann jemand«, fragte er zum Beispiel, »der wie Judas so sehr das Vertrauen des Heilands besaß, daß er die gemeinsame Kasse zu verwalten hatte, eigentlich ein ganz schlechter Mensch gewesen sein?« Und wenn wir das nach einigem Sinnen verneint hatten, so führte er uns durch eine Art sokratischen Frage-und-Antwort-Spieles zu unbefangenen, freieren und selbständigeren Urteilen über Einzelheiten der Evangelien. So hat der verehrungswürdige Doktor Schmidt in meine Seele einen Keim gelegt, dessen Wachstum durch mein Leben ging und Früchte getragen hat.

Ein lebhafter, polternder und gutmütiger Mann namens Auras ist mir erinnerlich. Es war bekannt, daß er gelegentlich küßte, und so hat er auch mich, als ich aus den Ferien kam, umarmt und geküßt. Aber es kann zu nichts dienen, im weiteren auf Gerechte und Ungerechte unter den Schulmonarchen einzugehen, über die Gott weiter – Gewesene, Seiende und Kommende – seine Sonne gleichmäßig scheinen lassen soll und wird.

Um diese Zeit wurde mir durch einen Klassengenossen Carls, einen Jüngling namens Dominik, tragisch zu Gemüte geführt, wohin ein fortgesetztes Mißverhältnis zur Schule führen kann. Es war nicht schwer, dem schönen, dürftig gekleideten Jüngling den Zug von Genialität anzusehen, der ihn auszeichnete. In der Mehnertzeit verkehrte er viel bei uns.

Ein Zug von Schwermut lag über ihm. Er fühlte sich wie viele bedeutende Naturen von meinem Bruder Carl angezogen. Dominik las uns Gedichte vor. Während der Michaelisferien erschoß er sich, weil sein unbemittelter Vater mit seiner Versetzung gerechnet hatte, er aber in der alten Klasse sitzenblieb.

Eines Tages – ich war in meinem Zimmer allein – wurde mir von einem Dienstmann ein Briefchen überbracht, das seltsamerweise von meiner Mutter kam, die also in Breslau sein mußte, wo sie, soweit ich denken konnte, nie gewesen war. Sie berief mich in eine Konditorei. Ich war gemeinsam mit meiner Mutter gelegentlich im Salzbrunner Kurtheater, in der Salzbrunner Kirche, auf Wilhelmshöh, in Fürstenstein oder auf der Salzbrunner Promenade, sonst aber nur im Elternhaus, im Gasthof zur Krone, zusammen gewesen. Meine Mutter allein in der großen Stadt – das war eine Vorstellung, die mich in ihrer Neuheit befremdete.

Als ich sie in der Konditorei zu Gesicht bekam, war es mir beinahe noch befremdlicher.

Hier war das liebe, hochverehrte Wesen, um das sich meine Jugend gedreht hatte, eine Frau unter vielen geworden.

Daß meine Mutter sich nie aus dem Zentrum ihres Wirkungskreises eigentlich herausbewegt hatte, steigerte das Mysterium und erhöhte das Gewicht ihrer Mütterlichkeit. Wie mir nicht nur aus diesem Breslauer Erlebnis, sondern aus meiner Erinnerung überhaupt deutlich wird, stand meine ganze Kindheit, soweit sie mir bewußt wurde, unter dem Matriarchat. Daran konnte die Autorität meines Vaters, seine Führer- und Herrscherstellung, nichts ändern. Er hatte sich doch immer nur mit uns zusammen um die Mutter wie um die Gottheit des Hauses herumbewegt. Es nahm ihr auch nichts von ihrer übergeordneten Wesenheit, wenn sie ihre Kräfte in niedrigen Arbeiten der Küche einsetzte, die Einfachheit ihrer Kleidung bis ins Ärmliche trieb und äußere Repräsentation ablehnte. Um so mehr wurde ihr Wesen ausschließlich Innerlichkeit. Es war das Element, in dem ich allein zu leben, beruhigt, froh und glücklich zu sein vermochte. Es war die Bedingung, ohne die alles andere undenkbar war.

Ihr mildes Lächeln, als sie mich sah, schien mir wie ihr Hiersein überhaupt geheimnisvoll. Sie wußte – man sah es ihr an –, daß ihre Gegenwart mir wunderlich vorkommen mußte. Als aber meine Neugier in dem Glück, sie zu sehen und bei ihr zu sein, unterging, nahm sie keinen Anlaß, mich aufzuklären.

Mein ältester Bruder, Georg, erzählte sie mir, sei vom Vater aus seiner Stellung in Hamburg abberufen worden; er solle die Leitung des Gasthofs übernehmen, was sie mißbillige. Leider könne sich Vater von der alten Krone immer noch nicht trennen, was nach ihrer Ansicht ein großes Unglück sei.

Nach Jahren erfuhr ich: meine Mutter ist damals in Breslau gewesen, um den Pachtvertrag der Bahnhofswirtschaft

Sorgau, der aus Gründen auf ihren Namen lautete, vor dem Notar zu unterschreiben.

So ward sie plötzlich aus Not des Augenblicks von meinem Vater unter eigener Demütigung in dem Kampf ums Brot als verantwortliche Geschäftsfrau vorgeschoben.

Aber ich ahnte, als sie mich im lauten Getriebe des Lokals Kaffee und Kuchen bestellen ließ, von alledem nichts. Was ich an ihr bemerkte, war der mir neue Ausdruck von Selbständigkeit. Irgend etwas lag über ihr wie Befriedigung. In Wirklichkeit war es die Genugtuung darüber, daß sie nun doch einmal meinem Vater auch in seinen geschäftlichen Kämpfen nützen konnte.

Ich schüttete der Mutter mein Herz aus und führte ihr mein Leben bei den Mehnerts zu Gemüte. Zu meiner Überraschung und Freude erfuhr ich von ihr, wir würden möglicherweise zu Michaelis wieder bei Gaudas einziehen. Der Pastor erweitere und verbillige seinen Pensionsbetrieb und werde zu diesem Zwecke die Wohnung wechseln.

Mutter entließ mich vor der Konditorei, sie wollte auf ihren weiteren Wegen in Breslau von mir nicht begleitet sein. Auch sollte ich nicht auf die Bahn kommen, da die Stunde der Abreise unsicher sei. Ich war erstaunt darüber, wie bestimmt und sicher sie sich außerhalb ihres Gebietes im Lärm und Durcheinander der großen Welt zu bewegen vermochte.

Ihr Besuch ließ mich in einer eigentümlich unbestimmbaren, doch spannenden Verfassung zurück. Alles verlor seine festen Umrisse. Ich selbst, mein Schicksal, meine Zukunft standen gleichsam in der Luft. Die Vergangenheit, der Badeort Salzbrunn, das Elternhaus verloren den Charakter einer unbewegten Wirklichkeit und verschwammen, wenn ich den Blick auf sie richtete. Meine Mutter hatte auch allerlei angedeutet, was mir erst später zu Bewußtsein kam. Sie war von sich aus auf meine Beichten vor dem Aquarium auf der nächtlichen Promenade zurückgekommen. Ob mir die Schule noch immer so widerwärtig sei, fragte sie. Dann schwärmte sie – und das war ich seit Jahren an ihr gewöhnt – vom Gärtnerberuf und betonte wie immer, daß sie sich etwas Idealeres nicht denken könne. Aber auch der Landwirtsberuf mit seinem Säen und Ernten, seinem gesunden Leben in frischer Luft sei schön. Sie kam auf die Schuberts, behauptete bei Onkel Schubert einen Zusammenhang zwischen seinem Beruf und seinem Wesen und stellte ihn als ein menschliches Muster hin. Was wäre aus Julie nach dem Tode ihres einzigen Kindes geworden, wenn sie nicht gerade diesen Mann zur Seite gehabt hätte! Wie er diesen Schicksalsschlag, diese Prüfung Gottes ertragen habe und seiner Frau überdies noch eine feste Stütze gewesen sei, das könne man nicht genug bewundern.

Die Pacht des Rittergutes Lohnig, erzählte die Mutter, laufe ab, und Schwager Gustav werde sie nicht erneuern. Er habe ein Bauerngut nicht fern davon gekauft und wolle sich mit Tante Julie dahin zurückziehen. Für irgend etwas außer sich selbst zu sorgen brauchten die beiden ja nicht mehr; seit dem Tode Georgs fanden sie nur noch in dem Gedanken der Weltflucht einige Befriedigung.

Wenn ich, hatte meine Mutter geschlossen, mich nach meiner bevorstehenden Konfirmation immer noch nicht in die Schule finden könne und die Landwirtschaft mich anzöge, so könne man ja mit Onkel Gustav Schubert in dieser Frage zu Rate gehn.

Sie hatte ein Tor ins Freie gezeigt, das ich, sofern ich wollte, öffnen konnte. Dadurch wurden Schwankungen, Erwägungen, Hoffnungen, Befürchtungen, kurz alle Seelenregungen eines Zwischenzustandes in mein Dasein gebracht.

Bei den Mehnerts schäumte meine Kindheitsphantastik noch einmal, zum letzten Male, auf. Man muß sich wundern, bis zu welchem Grade bei verhältnismäßiger Reife ich hinter verschlossenen Türen wieder zum Kinde wurde. Ich fing Pferde – es waren Stühle – mit dem Lasso auf einem windschnellen Steppenroß, das ebenfalls durch einen Stuhl vertreten wurde. Ich verfaßte ein überirdisches Märchen, in dem ich die Sonne, der ich die Fähigkeit zu denken zutraute, von menschlich gearteten Übermenschen bewohnt sein ließ. Durchdrungen von der höheren Einsicht ihres Gestirns, versprachen sie mir, sie würden mich dermaleinst in ihre Göttergemeinschaft aufnehmen. Beinah ging ich im Verwandeln der Gegenstände meines Zimmers so weit wie Alfred Linke, der Apothekerssohn, als Kind, als er ganze Apotheken, Provisoren und Geschäftsbeziehungen aller Art als volle Wirklichkeit imaginierte.

Noch bei den Gaudas reimte ich in mein Diarium einen Schiffsuntergang. Ein feiner Knabe, Heimann mit Namen, kein Mitschüler, war der einzige, der mir glaubte, daß ich der Verfasser sei, und mich zum Weiterschreiben ermutigte.

Dominik und sein Ingenium regten zu tieferem Ausdruck an, und so wurde diese und jene düster-melancholische Kleinigkeit dichterisch improvisiert.

Dominik ist in eines meiner Werke übergegangen und ebenso diese vier Zeilen, die auch hier nicht zu übersehen sind. Sie zeigen den ganzen furchtbaren Ernst, dem ein Knabe, ein werdender Jüngling, sich einsam gegenüber befinden kann:

> Und wie man einst am Anfang deines Lebens
> nur mit Verachtung sah auf dich herab,
> so ist auch jetzt das Endziel deines Strebens
> und deiner Tatkraft ein verachtet Grab!

Wie es immer ist: seit die Familie Mehnert und wir unsere baldige Trennung vor Augen sahen, fingen wir an, uns zu vertragen, ja unser Verhältnis wurde recht angenehm. Die freundlichen Eigenheiten der Familie haben überhaupt herzlich versöhnende Spuren zurückgelassen. Der Kunstschlossermeister bestand aus Güte und Tüchtigkeit, die Frau bewies durch die Erziehungsversuche an ihrem Sohn und auch sonst ein höheres geistiges Streben. Ich habe ihre Liebe zu Blumen und allerlei Topfpflanzen, die sie auf mich übertrug, dankbar in Erinnerung. Wenn sie mit ihrem Einspännerchen den Wochenmarkt besuchte, kehrte sie jedesmal mit Alpenveilchen und anderen exotischen Gewächsen in Töpfen zurück und mit Mengen von Blumen der Jahreszeit. Ich erhielt dieses oder jenes Gewächs für die immer wachsende Blumenanlage in meinem Zimmer als Geschenk.

Was aber ihre drei Kinder betraf, so habe ich weder von ihrem Sohn noch von ihren beiden Töchtern irgend etwas zu leiden gehabt.

Die Sonntagsausflüge der Familie führten über das Weichbild in die uns unbekannte Landschaft hinein. Man traf sich an einem Gasthaus an der stillen Ohle, bei einem guten, allgemein beliebten Angelplatz, oder besuchte ein entferntes Dorf mit Karussell. Den Neigungen des Meisters eignete ein romantischer Zug. Manchen Sonnabend gegen Abend stiegen er, Carl, ich und sein Sohn in sein Einspännerchen und fuhren die ganze Mondnacht hindurch gegen Süden, bis wir unter dem Zobtenberg im Städtchen Zobten ankamen. Ging dort ein Ressourcenball gerade zu Ende, so lud man uns freundlich ein, an den letzten Tänzen noch teilzunehmen. Nicht ich zwar, aber Carl und der junge Mehnert machten wohl auch Gebrauch davon.

Etwas von Heimweh hatte den Gedanken an die Rückkehr in das pastörliche Hauswesen eingegeben. Ich kann es heute nicht mehr genau sagen, glaube aber, daß Gaudas noch die frühere Wohnung im dritten Stock der Graupenstraße innehatten. Jedenfalls glich sie genau der alten, nur daß ein Trakt im Hinterhause dazugekommen war. Carl und ich teilten ein Zimmer; neben uns in einem anderen waren die Sekundaner Gürke und Hickethier untergebracht. Da sie der Pastorsfamilie noch fremd waren, war unsere Stellung im Hause die bevorzugte. Die Wiedervereinigung nach der Trennung erzeugte Vertraulichkeit. Es war, als gehörten wir zur Familie.

Gott weiß nun, wie es gekommen war, Carl wollte in mir den Dichter entdeckt haben: ein Umstand, den er mit dem ihm eigenen Enthusiasmus sogleich den Damen des Hauses, der Pastorin und ihrer Mutter, mitteilte.

Es war brüderlich, mehr als brüderlich, wie sich damals Carl für mich einsetzte. Die schöne, magdliche Pastorin, die im Alter nur zwei bis drei Jahre von der jungen Feuerseele unterschieden war, nebst ihrer schlanken und klugen Mama mögen sonach seine und meine ersten Proselyten gewesen sein.

Was die dichterischen Produkte betrifft, so wird Carls Liebe zu mir, mehr als poetische Urteilskraft, seine Stellung dazu bedingt haben. Oder lag in ihm das Vermögen einer feinen geistigen Witterung, die hinter kindlichen Versuchen eine zukunftsreiche Kraft wahrnehmen wollte?

Ich erlaubte mir eines Tages, wie ich denn überhaupt zu dergleichen neige, eine Mystifikation. Die gewaltigen Eindrükke der Meininger mit den Werken von Shakespeare, Schiller und Kleist hatten mich nicht von den meinem jugendlichen Wesen nahestehenden Gedichten und Dramen Theodor Körners zurückgehalten. Eines seiner Gedichte, die ziemlich lange Ballade »Kynast«, las ich eines Tages Carl als soeben vollendete eigene Dichtung vor und weidete mich daran, wie seine Augen sich immer größer und größer auftaten. Schließlich brach er in die gläubig stammelnden Worte aus: »Was?! Das hast du gemacht? Wahrhaftig? Nun, Gerhart, dann bist du schon jetzt ein großer Dichter.«

Ich lachte herzlich und klärte ihn auf.

Man sieht, ich spielte bereits mit dem Ehrgeiz, und der Ehrgeiz spielte mit mir.

Dem Pastor schien die freie Art, in der Carl mit seinen Damen verkehrte, nicht recht zu sein, wie er denn schon früher wenig Verständnis für sein Wesen gezeigt hatte. Wenn meine Mutter freundlich sagte: »Carl, du bist zu ideal!«, so verursachte diese Idealität dem derben Masuren Ärger.

Als der Rausch der Wiedervereinigung eine Weile hinter uns lag, hielt es Pastor Gauda für wichtig, gegen den Wildwachs in unserem Geiste einzuschreiten. Und besonders was mich betraf, konnte er wohl nur der in den meisten Fällen berechtigten Meinung sein, daß Kritzeleien und Reimereien als vertane Müh' und vertane Zeit zu bewerten sind. Es kam bei mir nicht auf törichte Verschen an, sondern darauf, daß ich in eine höhere Klasse versetzt würde.

Dies brachte er denn auch zum Ausdruck, als er eines Tages, um zu revidieren, in unser Zimmer kam und mich – horribile dictu – in »Kritische Wälder« von Herder lesend fand. Wenn er mir sagte: »Das magst du in fünfzehn bis zwanzig Jahren lesen, dann bist du vielleicht langsam reif geworden dazu!«, hatte er recht, und wer wird ihm nicht recht geben? Und doch las ich in diesem Buch und hatte einen Genuß davon. Durchdrang ich nicht den dichten Gedankenwald, nicht das Gestrüpp und das Unterholz, drin die Vögel sangen, so konnte ich doch an alledem eine irrationale Freude haben, ähnlich jener an der Natur, die ja auch nicht an verstandesmäßiges Begreifen gebunden ist.

Aber freilich, ungenügender Sextaner oder Unterquintaner sein und Herders »Kritische Wälder« lesen ist ein schwer zu überbrückender Gegensatz.

Anders war es nun freilich mit Herders »Stimmen der Völker in Liedern« und etwa dem Liede vom nußbraunen Mädchen: »vom Mädchen braun, die fest und traun! liebt, wie man lieben kann.« Hier ging jede Zeile, ohne Widerstand zu finden, in mich ein. Das nußbraune Mädchen war jahrelang überallhin meine Begleiterin.

Diese imaginierte ist vielleicht meine erste glückliche Liebe gewesen.

Überall war damals plötzlich, beinah unerwartet, geistiges Wachsen und Werden in mir, was der Flügelschlag meines geistig immer lebendigen, immer vorwärtsdringenden Bruders anfachte. Bei seinem Alter mit Geldmitteln besser ausgestattet als ich, erwarb er alle paar Tage ein neues Buch. Auch der Bücherschrank meines Vaters, von dem schon die Rede gewesen ist, steuerte vieles zu unserer Bildung bei. Von daher stammte, was Carl von Goethe zitieren konnte. Zum ersten Male hörte ich damals jenes Evangelium, das freilich Ärgernis bei dem Pastor erregen mußte:

Was wär' ein Gott, der nur von außen stieße,
im Kreis das All am Finger laufen ließe!
Ihm ziemt's, die Welt im Innern zu bewegen,
Natur in Sich, Sich in Natur zu hegen,
so daß, was in Ihm lebt und webt und ist,
nie Seine Kraft, nie Seinen Geist vermißt.

Aber auch Carus Sternes »Werden und Vergehen« lag auf unserm Tisch, und ich konnte mir allerlei, so die Kant-Laplacische Weltentstehungstheorie, aus dem Folianten zu eigen machen.

Das Motto des Buches schlug mir ein. Es schien mir ein Wort, das von jemandem, der hinter und außer allen Worten und hinter aller Erscheinung stand, dennoch gesprochen wurde. Es war in Form des Gedankens eine Befreiungs-, eine Erlösertat. Nie mehr verließ es mich seitdem, und oft in dem quälenden Treiben gewisser Tage und Wochen habe ich damit die mich umgebende Welt annulliert.

Ist einer Welt Besitz für dich gewonnen,
sei nicht erfreut darüber: es ist nichts.
Ist einer Welt Besitz für dich zerronnen,
sei nicht im Leid darüber: es ist nichts.
Vorübergehn die Schmerzen und die Wonnen!
Geh an der Welt vorüber: sie ist nichts.

In ganz andre Sphären wurde ich um diese Zeit eines schönen Tages durch die Schule hinabgerissen. Der alte Schuldirektor Klettke war durch den jungen Direktor Meffert ersetzt worden. Neue Besen kehren gut. Er kam mit dem Drang, zu reformieren, mit dem er auch eines Morgens bei uns in der Unterquinta erschien.

Der Pedell unserer Schule hieß Bartsch. Er war groß und dick und stand sich gut mit uns Schülern. Zum zweiten Frühstück gab er belegte Semmeln, das Stück zu zehn Pfennig, sogenannte Bartschbrötchen aus.

Wir wußten, daß gewisse Exekutionen, Prügelstrafe auf den Hintern, sine ira et studio sachgemäß durch ihn ausgeführt wurden. War es geschehen, so hieß es, der Schüler sei gebartscht worden. Er tat seine Pflicht, und seine Beliebtheit litt darunter nicht. Ich habe einer solchen Szene nie beigewohnt.

Direktor Meffert, mit seinem Vollbart, rötlich wie der Asathors, ließ sich vom Klassenlehrer einen Jungen bezeichnen, zog ihn persönlich aus der Bank und vor das Katheder hinaus, griff den zurechtgelegten Stock, warf den Knaben, Gesicht nach unten, über das erste Pult und vollzog nun ebenfalls kunstgerecht höchstpersönlich die Prügelstrafe. Dieses Dreschen in seiner abstoßenden, groß und klein entwürdigenden Ekelhaftigkeit bedeutete allen einen widerwärtigen Augenblick.

Mag sein, daß der stattliche, kraftstrotzende Meffert sich opferte. Er dachte vielleicht, man dürfe einen ihm anvertrauten Zögling nicht dem Hausdiener Bartsch zur körperlichen Bestrafung überantworten. Von der Hand des Direktors geprügelt zu werden möchte nicht so entehrend sein. Hätte mich aber das gleiche betroffen, ich wäre von der Schule hinweg, ohne noch jemand zu sehen oder zu sprechen, ganz gewiß in den Tod gegangen. Ein Leben zu leben mit einem solchen Schandfleck als Erinnerung wäre mir nicht gegeben gewesen.

Vierzigstes Kapitel

Unsere Mitpensionäre, wie gesagt, hießen Gürke und Hikkethier. Man vertrug sich mit ihnen, weil man nichts mit ihnen gemein hatte. Hickethier, ein dunkeläugiger, dunkelhaariger slawischer Typ, konnte trotz seiner achtzehn Jahre als ein kleiner Gutsinspektor gelten. Woher er kam, was er auf seiner Schule wollte und was aus dem keineswegs unsympathischen Mann geworden ist, weiß ich nicht. Gürkes unfreiwilliger Humor forderte förmlich zu Neckereien heraus. »Da wärn Sie ja a Unikum!« war, wenn man irgend etwas von sich selbst behauptete, seine ständige Redensart. Er war selber ein kleines Unikum. Abends ging er mit einem Hechtsprung vom Fußende der Bettstelle aus zu Bett, was uns einmal dazu verführte, ihm einen Stiefelknecht unter die Matratze zu stecken. Es passierte ihm nichts, ja er hatte sein Amüsement dabei.

Von der Belanglosigkeit dieser Stubennachbarn für uns Brüder hob sich als um so bedeutsamer und folgenreicher eine Beziehung ab, in die Carl zu seinem Klassengenossen Alfred Ploetz getreten war. Er besuchte uns wiederholt in der Stadt, da die Familie in einer Fabrik außerhalb des Weichbildes wohnte. Nicht nur Carl, sondern auch ich fand mich jedesmal in besonderem Grade wohltätig berührt durch seine Gegenwart, wie sich denn überhaupt eine Art der Empfindung herausbildete, als ob wir aufeinander gewartet hätten, irgendwie füreinander da wären.

Wer ergründet das Rätsel menschlicher Sympathie? Sie war da zwischen uns, und sie war die Hauptsache. Völlig anders geartet als wir, hatte Ploetz Sinn für unsere Zustände, während eine instinktive Bewunderung seines Wesens uns an ihn band. Will man dies Wesen einigermaßen andeuten, so war es vielleicht eine gleichsam holzschnittmäßig umrissene, phrasenlose Tüchtigkeit, ohne Spur unserer vielfach dramatischen Geistigkeit, die nicht selten an Hysterie grenzte.

Denn wie sehr wir auch aneinander hingen, ich und Carl, wie sehr er auch seltsamerweise an meine Begabung zum Dichter glaubte, hörten doch Reibereien nicht auf. Und einmal, als Ploetz in die Stube trat, fochten wir grade einen verzweifelten Ringkampf an der Erde aus, der schließlich zu meinen Gunsten endete. Das rechte Knie triumphierend auf die Brust des älteren Bruders gedrückt, erklärte ich, daß nun die Zeit meiner Hörigkeit unter seiner körperlichen Übermacht vorüber sei und er mich von jetzt ab nun doch wohl nicht mehr tätlich mißhandeln werde.

Wenn wir einander nun wirklich in Ruhe ließen, war wohl einer der Gründe dafür das erreichte Kräftegleichgewicht, ebenso aber der Einfluß von Ploetz, dessen fester und ausgewogener Charakter sowohl kalmierend wie vorbildlich wirkte.

Ploetzens Vater war Siedemeister in einer Seifenfabrik. Bei gelegentlichen Besuchen wurden wir still und herzlich aufgenommen und durch Frau Ploetz mütterlich verpflegt. Die

Familie Mehnert war äußerst wohlhabend, die Familie Ploetz lebte von einem gewiß nicht allzu reichlich bemessenen Gehalt, das der Vater als angestellter Fabrikleiter bezog. Aber in diesem sehr einfachen Hauswesen und seiner Atmosphäre gab es nichts, was unsere Naturen fremd und frostig anmutete. Hier war keine Enge der Geistigkeit. Der Siedemeister und sein Sohn standen zueinander wie Kameraden. Wir wurden in ihre Gemeinschaft aufgenommen.

Man konnte erkennen, wie hier ein Vater sich den Bildungsweg seines Sohnes zunutze machte. Aber schließlich war der Vater es gewesen, der den Sohn auf die hohe Schule geschickt und seine Erziehung geleitet hatte. Sein Gesichtskreis trat wohl von Anfang an über seinen Beruf weit hinaus. Eine große Bedeutung in seinem Denken und seiner Vorstellung hatte Amerika. Kanada, die Vereinigten Staaten, Mexiko, Brasilien und Argentinien lebten in seiner Phantasie, wie denn auch Alfred Ploetz schon damals, als auch sonst gut orientierter Geograph, in diesen Gebieten genau Bescheid wußte. So sind Carl und ich zu jener Zeit ihm viel schuldig geworden.

Was war es also, was dieses Werkmeisterhauswesen von dem Mehnertschen unterschied? Das Unbeengte, das über sich Hinausweisende, die Ahnung, der Geruch von Meer, fernen Inseln und Fruchtgefilden, Kolonistenromantik, neuen Welten und Neuer Welt, Abenteuern, Dorado und was weiß Gott: worin ich meine Lederstrumpf-, Steppenroß- und Robinsonromantik auf einer höheren Ebene fortsetzen konnte. Wie ich dem schweigsamen Siedemeister anmerken mußte, waren wir hierin durchaus verwandt.

Wahrscheinlich verdankt Carl Alfred Ploetz die Richtung zur Naturwissenschaft. Was ich ihm verdanke, dürfte schwerer zu formulieren sein. Seine Belehrungen waren vielseitig, sein gutmütiges Belachen meiner Unwissenheiten spornte an. Er ist mir für wichtige Jugendjahre mehr als mein Bruder ein Halt geworden. Es soll später davon die Rede sein.

Eines Tages geriet die Haupt- und Residenzstadt Breslau in eine nicht geringe Aufregung. In der Nähe des Freiburger Bahnhofs wurde ein gewaltiger Zelt- und Barackenbau – Zuschauerraum, Manege und Stallungen des angekündigten Zirkus Renz – errichtet. In den Kreisen der Aristokratie, des Bürgertums bis herunter ins Proletariat, in den Offizierskorps der Garnison, in den hohen Schulen und Klippschulen wurde von nichts anderem gesprochen als den Wundern, die man dort zu erwarten hatte. Vorfreude, Spannung war allgemein. Geschichten von staunenswerten, lebensgefährlichen Leistungen wurden unter uns Schülern kolportiert. Man erzählte von vierundzwanzig milchweißen Hengsten, die ein Mitglied der Familie Renz in Freiheit dressiert vorführte, von tollkühnen Kunststücken an Reck und Trapez, von einem Jockei, der auf ungesattelt galoppierendem Pferde, stehend, sitzend, liegend, bald auf-, bald abspringend, Unglaubliches ausführte. Von Ozeana, einer Drahtseiltänzerin, von Schulreiterinnen und Schulreitern, von lustigen musikalischen Clowns, die niemals, selbst wenn sie den Salto mortale ausführten, zu geigen aufhörten, vom dummen August, der überall frenetischen Beifall findenden Volksfigur, aber vor allem von wilden Hetzjagden zu Pferde hinter Hirschen, Gazellen und anderem Wilde her.

Und wirklich, die Gerüchte entsprachen nicht nur der Wirklichkeit, sondern wurden von ihr übertroffen.

Es war eine Ballung von Glanz, Leben, Natur, todesverachtender Kühnheit, berückender und betörender Schönheit und Kunst, die alles in ihren Wirbel zog und in Rausch versetzte. Natürlich, daß auch Carl und ich, und mehr als andere, dieses Rausches teilhaftig zu werden suchten.

Es handelt sich hier um ein Phänomen, das mit allem Ernste zu würdigen ist: eine traditionelle, eine fast erbliche Form der Kunst, und zwar fast die einzige noch wahrhaft volkstümliche.

Eine Zeitlang wurden durch die Erlebnisse in der Manege des Zirkus Renz die Erinnerungen an die Meininger Truppe und ihr Theater zurückgedrängt. Sie vermochten sich auch bei Vergleichen, die ich anstellte, nicht durchzusetzen. Ihr Scheinwesen löste sich gleichsam auf vor dieser kompakten Wirklichkeit. Fast ein jeder dieser Artisten von unvergleichlichem Können regte meinen Ehrgeiz zu ähnlichen Leistungen auf. Noch staunenerregender, noch unnachahmlicher, noch gefährlicher sollten sie womöglich sein. Die knabenhaften Träumereien um die unfehlbare Büchse Wildtöters, das nicht zu ereilende Steppenroß wurden durch eine kaum geahnte Wirklichkeit zu neuem Aufflammen gebracht. Auf diesem zornig blickenden, schwarzen arabischen Hengst sah ich mich, um die Schloßherrin zu gewinnen, den Mauerkranz des Kynast umreiten. Kunigunde war Ozeana Renz. Die wahrhaft aphrodisische Frau in ihrer wunderbaren Anmut strömte, wenn sie als Sylphide der Luft auf dem Drahtseil stand, den Schönheitsglanz einer Göttin aus. Dem berückenden Reiz dieses Anblicks vermochte sich niemand zu entziehen. Ich habe in meinem späteren Leben ihresgleichen nicht wieder gesehen. Da war ein Clown, der mit zwei, mit drei, mit vier, mit fünf, mit sechs und mit mehr Bällen Ball spielte. Ich habe diese Kunst, durch ihn angeregt, immer wieder gelegentlich ausgeübt, brachte es aber nur zu drei Bällen. An Trapez und Reck führte ich, leider nur als Objekt meiner eigenen Phantasie, alles überbietende Leistungen aus.

Wo Carl das Geld für die Plätze herbekam, weiß ich nicht, sicher ist, daß wir durch seine Bemühung den Zirkus vier- oder fünfmal besuchen konnten; wir, das heißt: er und auch ich, was seiner brüderlichen Liebe und Fürsorge noch heut mit Dank zu vergelten ist. Was unser Instinkt, unser Bildungstrieb – Schaulust ist ja im Grunde nichts anderes – uns erzwang, dazu hätte man uns vielmehr zwingen sollen; gehört doch jenem Zirkuserlebnis noch heut ein weiter Raum in meiner Erinnerung. Zugleich umhüllte uns eine Festivitas, ohne die ein höheres menschliches Sein nicht zu denken ist. Sie war für die Seelen ein feuriges Bad. Wir konnten es brauchen.

Wer kennt nicht im Gebiete der Erziehung den Ehrgeiz und seine Wichtigkeit. Ein Knabe, ein Jüngling, der keinen besitzt, ist einem Ball, der nicht springt, zu vergleichen. Wie unter einem Regen aus Feuer wurde im Humus unserer Seelen ein Wachstum zahlloser Keime und Triebe dieser edeldurchglühenden, freilich auch gefährlichen Eigenschaft hervorgerufen. Wie oft in meinem langen Leben habe ich mit innerer Dankbarkeit und Heiterkeit, wenn sie zu erlöschen drohte, die Kerze der schönen Illusion, die Fackel des Ehrgeizes an dieser Erinnerung neu belebt und lodern gemacht!

Auch das Um und An der Zirkuswelt war nicht bedeutungslos und gewährte den Knabengemütern besondere Einblicke. Gerüchte bewegten sich mit Werden und Vergehen um das gewaltige Zelt herum. Sie betrafen in der Hauptsache allerlei Liebeshändel, die sich zwischen den Leibkürassieroffizieren der Breslauer Garnison und den Zirkusdamen entwickelten. Wenn bei diesen säbel- und sporenklirrenden, imposanten Reitergestalten das Interesse für Pferde, Pferdedressur und Reitkunst natürlich war, so war auch das andre für die schönen Kunstreiterinnen und sonstigen Artistinnen keine Unnatur.

In Ozeana, die Sylphide der Luft, war das gesamte Offizierskorps bis über die Ohren verliebt, und die Kameraden suchten einander bei ihr den Rang abzulaufen. Die Konkurrenz dieser meist nahezu zwei Meter langen, schönen und reichen Männer, Mitglieder alter und begüterter Adelsfamilien, war für den Ehemann keineswegs angenehm. Er galt ihren Kreisen, in seinem Beruf als Kunstreiter, nicht einmal für satisfaktionsfähig. Das hielt ihn jedoch nicht ab, durchtrainiert und furchtlos wie er nun einmal war, mit der Reitpeitsche statt des Säbels irgendeinem Gräfchen für seine Ungehörigkeit, die es sich gegen die schöne Ozeana in Gegenwart des Gatten erlaubt hatte, die Strafe ins Gesicht zu zeichnen. Da ein werdender junger Mensch überall wesentlich aus der Erfahrung lernt, so hat auch das Gebiet der Skandale, mögen sie noch so schmutzig sein, eine lehrreiche Seite.

Meine Lage in der Schule wurde schlimmer, denn sie erfuhr keine Besserung. Man hatte mich in die Quinta verschoben, wo die französische Sprache gelehrt wurde. Einiges blieb mir im Kopfe davon. Als ich jedoch erkannte, daß ich immer noch nicht eigentlich im Zuge sei, verfiel ich darauf, durch Wohlverhalten gegen Gott seinen Beistand herabzurufen.

Ich zelebrierte abends, wenn ich im Bett lag und Carl nicht zugegen war, einen Gottesdienst. Er war ungefähr wie die Morgenandacht bei den Schuberts eingeteilt. Es wirkten auch Eindrücke aus der Kirche zu Nieder-Salzbrunn mit, die ich doch wohl ein halbdutzendmal mit meinen unkirchlichen Eltern besucht hatte. Ich sprach zunächst einen der Choräle, die mir aus der Brendel-Schule geläufig waren. Ich schlug dann die Bibel auf, las, was ich stach, und spintisierte dabei eine Bedeutung für mein künftiges Schicksal heraus. Hernach sprach ich ein freies Gebet, in dem ich Gott meine unbegreiflichen Schulnöte darlegte. Das Vaterunser beschloß diesen Akt religiöser Hoffnung und Gläubigkeit.

Ich bin in der Kirche von St. Magdalenen zu Breslau konfirmiert worden und nahm also dort zum ersten Male, ich sage zum ersten und letzten Male, das Abendmahl.

In der Zeit, bei der ich augenblicklich verweile, begann der auf dieses hohe Ereignis vorbereitende religiöse Unterricht. Er war eine sehr willkommene Abwechslung, da wir, um ihn zu genießen, die Zwingerschule verlassen durften, einen hübschen Gang durch die Schweidnitzer Straße und über den Ring hatten und schließlich in einem Hause neben der Kirche mit Schülern aller Klassen und aller höheren Schulanstalten gemeinsam belehrt wurden. Gott weiß wieso, aber ich fand mich auch hier in der Vorbereitung für das höhere Leben im Jenseits auf der letzten Bank eingereiht.

Auf der ersten saßen die jungen schlesischen Adeligen. Der folgende Dialog oder Monolog, den Diakonus Klühm, der uns vorbereitende Theologe, mit einem Schüler der ersten Bank allwöchentlich führte, ist mir bis zum heutigen Tage erinnerlich.

»Können Sie mir sagen, Graf Schwerin, wieviel Bücher Moses in unserer Heiligen Bibel, und zwar im Alten Testament, zu finden sind?« – Die Antwort des Grafen war ein Schweigen. – »Es sind die fünf Bücher Moses, ganz recht, Graf Schwerin! Und wissen Sie, wie das erste Buch beginnt, Graf Schwerin?« – Schweigen! Wiederum keine Antwort. – »Sie wollen sagen: Am Anfang schuf Gott Himmel und Erde, und die Erde war wüst und leer. Vollkommen richtig, Graf Schwerin! Wir wollen hier nun nicht weiter verweilen. Sie werden wissen, was Moses von der Schöpfung des Himmels und der Erde erzählt. Wie lauten nun seine ersten Worte?« – Standhaftes Schweigen des Grafen Schwerin. – »Am Anfang schuf Gott Himmel und Erde, ganz recht, Graf Schwerin, und die Erde war wüst und leer, und der Geist Gottes schwebte über den Wassern.« – Aber bis heute nicht über dir, dachte ich, lieber Graf Schwerin! – »Sie wissen von Adam und Eva, Graf Schwerin?«- Eine Frage Klühms, auf die der junge Myste mit einem hörbaren ja antwortete. – »Und natürlich wissen Sie auch die Namen ihrer Söhne?« – Mag sein, daß Graf Schwerin mit dem Kopf nickte. -»Natürlich, Kain und Abel hießen sie. Die Söhne Adams und Evas: Kain und Abel. Wir wissen alle, daß Kain der erste Brudermörder gewesen ist.« – Klühm warf einen Blick über seine Gemeinde, der aber nicht bis zu mir reichte.

»Wir kommen nunmehr zum Neuen Testament, Graf Schwerin. Worin besteht denn dies in der Hauptsache? In der Hauptsache, wie Sie sicherlich wissen werden, Graf Schwerin« – er hatte recht, Beweis war das Schweigen des jungen

Grafen –, »aus den vier Evangelien, die von Matthäus, Markus, Lukas und Johannes herrühren. Und was käme wohl noch hinzu? Wie Sie das letztemal ganz richtig bemerkt haben, Graf Schwerin, die Episteln.«

Ich meine, Diakonus Klühm nahm an, daß wir alle uns an dieser gelinden, weichen Art des Lehrens erbauen und – selig die Unmündigen! – zur Unwissenheit der Einfalt unter dem Beispiel seines Lieblingsschülers Mut schöpfen würden.

Trotzdem war ich dankbar für den Konfirmationsunterricht, an dessen Ende mir durch den Genuß der Hostie Vergebung aller meiner Mängel, Fehler und sündhaften Unzulänglichkeiten zuteil werden sollte. Die Entwertungen und Mißachtungen durch die Schule, die mich, soweit ihr Einfluß reichte, auch außerhalb überall annullierten, drangen in diese Sphäre nicht ein. Es würde mir, hieß es, und ich fühlte es, am Ende des Unterrichts eine Art Ritterschlag, eine Satisfaktion höchster Art zuteil werden. Gleichviel, ob ich tüchtig oder untüchtig in der Schule sei, würde man mich als Mitglied von gleichem Werte wie alle – Kaiser und Bettler waren hier gleich – in die Gemeinschaft der Heiligen aufnehmen.

Was ich dagegen in religiösen Beziehungen aus der Belehrung Klühms davongetragen hätte, wüßte ich nicht. Eine einzige Morgenandacht im Hause von Onkel und Tante Schubert ließ tiefere Spuren. Nur die Grafenbank schien für ihn dazusein. Niemals hat er an mich eine Frage gerichtet in dem Gedanken, die Ersten werden in meinem Reich zu den Letzten werden, die Letzten werden die Ersten sein. Es schien ihm aber durchaus nicht zu lohnen, mehr als die erste Bank für das Himmelreich vorzubereiten.

Einundvierzigstes Kapitel

Ein über mir wachender guter Geist schien die Erlaubnis erhalten zu haben, mir Stufe um Stufe für einen unmerklichen Aufstieg unter den Fuß zu schieben.

Erwachsenen aus dem Bekannten- und Verwandtenkreise meiner Eltern zu begegnen konnte mir meist nur geschehen, wenn ich sie nicht rechtzeitig genug erblickt hatte, um mich zu verstecken. Die erste Frage, die ich in diesem Falle und auch bei neuen Bekanntschaften immer zu hören bekam, war die, in welcher Klasse ich sei. Da ich, wenn auch mit Überwindung, immer die Wahrheit redete, hatte ich jedesmal mit der Antwort mein Urteil gesprochen, weil ja das Mißverhältnis zwischen meinem Alter und der niedrigen Sprosse der Schulleiter deutlich zutage trat.

So stand es um mich, als ich eines Tages auf der Schweidnitzer Straße gänzlich ungewohnterweise durch eine vornehme Dame gestellt wurde. Sie hatte eine hübsche, ebenfalls elegante Zwölfjährige neben sich, die, wie sich ergab, ihr Töchterchen war.

Ob ich der kleine Hauptmann sei?

Da ich dies nicht verneinen konnte, bejahte ich es und setzte hinzu, ich wäre der jüngste in der Familie.

Die Tochter sagte: »Du siehst, Mama, daß ich mich nicht getäuscht habe.«

»Je mehr ich Sie ansehe«, darauf die Dame, »um so unverkennbarer wird mir ja nun die Familienähnlichkeit.« Und in längerer Rede fuhr sie fort, meinen Vater und meine Mutter zu loben, die allgemeine Achtung herauszuheben, der sich die Familie zu erfreuen habe, insonderheit die musterhafte Erziehung, die uns Kindern zuteil wurde. Es bestand da ein unerwartetes Wohlwollen, das mich überaus angenehm berührte, dessen Quelle mir jedoch dunkel war. Denn der Name der neuen Bekannten, einer Frau Konsistorialrat Weigelt und ihrer Familie, war in der Krone niemals genannt worden.

Zum ersten Male in meinem Leben durchdrang mich damals das Wunder über mir schwebender Huld.

Soll ich bei dieser Begegnung verweilen, in der sich die überstiegene Träumerei eines unverstandenen, verachteten, herumgestoßenen Jungen, eines Pariakindes, eines Halfcaste-Buben zu verwirklichen scheint? Ist es nicht so, wenn die vater- und mutterlose Waise, die ich ja in den Breslauer Straßen damals war, sich in die Vorstellung verträumt, daß eine verkleidete Königin ihm begegne oder gar die Mutter Maria selbst, um nicht nur die Niedrigkeit von ihm zu nehmen, sondern ihn vielmehr in ein Schloß, einen irdischen Himmel einzuladen, damit er dort nach Gebühr und Verdienst geachtet, geliebt, ja bewundert sei?

Ward ich nicht wirklich, als die Dame mich einlud, ihr Haus zu besuchen, womöglich am nächsten Sonntag bereits mit der Familie das Mittagsmahl einzunehmen, und als die Tochter diese Einladung voller Anmut herzlich und dringlich unterstützte, plötzlich unter die Götter aufgenommen?

Ich sah mich von oben bis unten ungläubig an, als sich die beiden Damen entfernt hatten.

Die Familie Weigelt gehörte den ersten Breslauer Kreisen an. Für die höchsten Spitzen des schlesischen Adels war der Konsistorialrat Respekts- und Vertrauensperson. Er hatte den jetzt regierenden Fürsten von Pleß, Hans Heinrich VII., den damals reichsten unter den Magnaten der Provinz, erzogen, und das Verhältnis zwischen Erzieher und Zögling war zur Freundschaft geworden. Weigelt blieb naher Berater, Mentor und Freund der Familie Pleß. Und demzufolge war seinem Hause der junge Graf und Erbe des Fürstentums, Hans Heinrich VIII., anvertraut, solange er die oberen Klassen des Gymnasiums zu St. Magdalenen besuchte.

Pastor Gauda begriff nicht recht, was ich ihm mitteilte. Die Einladung sei wohl nicht ernst zu nehmen. Bald kam indessen ein Brief an ihn, eigenhändig vom Konsistorialrat geschrieben, der die Einladung wiederholte und ihn ersuchte, mich für den Sonntag freizugeben.

Ich brachte nun fast jeden Sonntag bei Weigelts zu und wurde in einem immer gleichen herzlichen Geiste willkommen geheißen.

Es war der ungefähr mit mir gleichaltrige Konrad Weigelt, neben der einzigen Tochter der einzige Sohn, dem man mich zum Kameraden erwählt hatte. In welcher Klasse ich sei, fragte man nicht. Niemand fragte danach im Weigeltschen Hause. So nebensächlich war dieser Punkt geworden, daß ich nicht einmal weiß, die Bänke welcher Klasse zu drücken damals Konrad beschieden war.

Was wir im ganzen taten, ist schwer zu sagen. Wir schaukelten, wir turnten an Ringen oder Trapez, ich glaube, in einem hinteren Entree. Manchmal produzierte ich wiederum meine primitive Erzählerkunst, wobei meist Bruder und Schwester zuhörten. Der junge Graf Hans Heinrich lud uns zuweilen in sein Zimmer ein, dessen Wände man vor Jagdtrophäen nicht sehen konnte. Der Primaner betrug sich gegen uns Knaben schlicht und wohlwollend.

An Kenntnis der Welt und besonders der höchsten Kreise war Konrad Weigelt mir weit voraus. Er erzählte, der junge Graf sei unfähig, zu leben ohne einen Komfort, den Pensionen gewöhnlichen Sterblichen keineswegs bieten können.

Den Höhepunkt unserer Sonntagsnachmittagsunterhaltung

bildete das Theaterspiel. Es ist mir entschwunden, welche Ideen ich damals gehabt und auf der hübschen Puppenbühne, die Konrad besaß, verwirklicht habe. Ich weiß nur, daß manchmal auch die Erwachsenen, und wie mir vorkam, nicht zwangsweise, zusahen und zuhörten.

Nach Jahren erzählten mir einmal die Damen Weigelt mit übertriebenem Lob manche Einzelheiten davon.

Ich werde nicht fehlgehen, wenn ich mein Anregungsmaterial mit den Eindrücken der Meininger, mit Chamisso, mit Theodor Körner, Herders »Stimmen der Völker in Liederne in Zusammenhang bringe. Ich werde den »Taucher«,. werde »Salas y Gomez« und »Das nußbraune Mädchen« deklamiert haben, wie ich denn jetzt meist den Protagonisten vorstellte.

Mit einer Reisetasche, die er selber trug, erschien eines Sonntagabends ein hochgewachsener vornehmer Herr. Es war Graf Bolko von Hochberg, Bruder des Fürsten Pleß, der auf der Herrschaft Rohnstock unweit Striegau residierte. Von dieser Persönlichkeit wußte ich damals schon mancherlei. Er war leidenschaftlicher Freund der Musik und hielt ein Quartett, die damals berühmten Hochbergschen Geiger. Die Familie zierte, ich möchte sagen, eine innige Geistigkeit, die sich auch im Religiösen auswirkte. Man rühmte ihre evangelisch-lutherische Gläubigkeit und Frömmigkeit. Graf Bolko von Hochberg galt als überaus wohltätig. Er schenkte zum Beispiel einem armen musikalischen Schullehrer ein Klavier. Sein Gesicht aber wirkte im höchsten Grade abweisend und hochmütig.

Später setzte ihn Kaiser Wilhelm II. über die Hofbühnen. Ich war weit entfernt, zu ahnen, als ich mit ihm am Weigeltschen Abendtisch sitzen durfte, daß wir beide es einmal in tiefem Ernst miteinander zu tun bekommen sollten. Er hatte ein Werk von mir, »Hannele Matterns Himmelfahrt«, im Königlichen Schauspielhaus zu Berlin aufgeführt und dadurch seine Stellung erschüttert.

Dieser besonderen Breslauer Zeit entsprach ein Unterstrom von Ereignissen, der in den Ferien jeweilig an die Oberfläche trat. Sie beschäftigten meine Phantasie und bildeten die Objekte meiner Sorgen, solange ich selbst nicht von ihnen mitgerissen wurde.

Es handelt sich hier um Schicksale, Versuche, Aufschwünge und Fehlschläge, die den Endkampf meines Vaters in Ober-Salzbrunn ausmachten. Sie stellten sich mir im großen und ganzen als eine unverständliche Wirrnis dar.

Ich empfand die Epoche als Übergangszeit. Erfolge, die sie mit sich zu bringen schien, stießen bei mir meist auf ein graues, trübes Unbeteiligtsein. Es war, als ob sich mein Schicksal bereits absentiert und von dem der Salzbrunner Scholle gelöst hätte.

Die von mir verschlafene Hochzeit meines guten Onkels Gustav Hauptmann leitete nicht, wie erwartet wurde, eine Epoche gesunden Fortschritts für den armen Stotterer ein. Von dem traurigen Wohnzimmer überm Blauen Saal, das man durch die Küche und über eine Hühnerstiege erreichte, ist die Rede gewesen. Das Ehepaar wohnte nicht lange darin. Das Geld Karl Tschersichs, des Kohlenbauern, setzte den mit dem Gastwirtsgewerbe vertrauten Onkel als Besitzer in den ersten Gasthof der nahen Kreisstadt ein. Er führte den Namen Zum schwarzen Roß und galt allgemein als Goldgrube.

Von Kind auf kannte auch ich das Schwarze Roß in Waldenburg. Bei Schlittenpartien, besonders zu Onkel Adolf nach Görbersdorf, wurde dort Station gemacht und ebenso, wenn die Eltern bei festlichen Gelegenheiten, besonders zu Weihnachten, in den Pfefferküchlereien, Bäckereien und berühmten Wurstläden am Markt, wo ja auch das Schwarze Roß gelegen war, ihre Einkäufe machten. Die Läden in Waldenburg waren berühmt. Die Auslagen der Konfektionäre konnten sich sehen lassen, da es in der Stadt und ringsum außer einer lebhaft konsumierenden Arbeiterbevölkerung viele gutbezahlte Beamte und eine Menge reicher Leute gab.

Der grundgütige Onkel Gustav, lange Jugendjahre hindurch unser Hausgenosse, der uns Jungens, Carl und mir, keine Bitte abschlagen konnte, Besitzer des Gasthofs Zum schwarzen Roß – das war eine Tatsache, die ein junges Gemüt wohl mit einer freudevollen Bestürzung erfüllen konnte. Sie erweckte den Anschein, als ob der Halbbruder meines Vaters sein Glück gemacht, eine gediegene Grundlage für sein Leben erhalten und in ökonomischer Hinsicht ausgesorgt habe.

Für uns lag der stets von Gästen wimmelnde, an Markttagen überfüllte Gasthof, seitdem er dem Onkel gehörte, im Schlaraffenland, was wir selbstverständlich sogleich erkannt hatten. Hatten wir früher, um zwei Paar Würstchen zu essen und einen Schnitt Bier zu trinken, den Vater um ein Markstück ersucht, so durften wir es uns jetzt unter den glücklich ermunternden Augen des freundlichen Wirtes ganz nach Belieben wohl sein lassen, ohne ans Bezahlen zu denken.

Im Schwarzen Roß zu sitzen und, durch gelegentliche Schlucke aus dem vor mir stehenden Glase leicht illuminiert, das Gewimmel um mich zu sehen, das Gewirr der Stimmen zu hören, das Auge durchs Fenster über den belebten Markt schweifen zu lassen war der größte Genuß für mich. Wie der arme Hausierer, das Marktweib, der kleine Kätner, der eine Kuh gekauft oder verkauft hatte, der Referendar oder Amtsrichter, der reiche Weißsteiner Herrenbauer, der wie ein Fürst geachtete Großfabrikant aus Waldenburg oder Altwasser, der Bergmann, der Obersteiger, der berühmte Großschlächtermeister – wie, sage ich, alle diese verschiedenartigen Funktionäre des Kreises in Stadt und Land sich hier durcheinanderschoben, begrüßten, berührten und wieder trennten, konnte ich nicht genug beobachten. Ich empfand und genoß zudem die Spannung, die über allem lag. Das ganze Getriebe war irgendwie gesetzmäßig. Man spürte das Drama, das sich darunter auswirkte, an verstohlenen Blicken, Bemerkungen, heimlichem Lachen und einer Grimasse hier und da hinter dem Rücken eines Eintretenden, kleine verräterische Zeichen, auf die man Jagd machte. Dieses Schwarze Roß war ein natürliches, notwendiges, gesundes gesellschaftliches Organ in höherem Sinne, als die Krone mit ihrem Sommerleben und ihrem Winterschlaf sein konnte. Und darum wurde ich zu jener Zeit von dem derb robusten Leben des Hauses stärker als von dem doch immerhin etwas gekünstelten und flaueren der Krone angezogen.

Zwanzig Minuten entfernt vom Zentrum der Stadt und vom Schwarzen Roß liegt der Julius-Schacht.

Mein Vater, der, wie gesagt, in Salzbrunn die Gasanstalt eingerichtet, zeitweilig im Gasthof zur Krone auch ein Leinengeschäft betrieben, den Elisenhof und das Kurhaus gepachtet hatte, griff am Ende sozusagen nach dem Strohhalm eines Kohlengeschäftes, dessen Büro, dicht am Julius-Schacht, täglich von ihm besucht wurde. In den Ferien sah er es gern, wenn ich ihn – er fuhr seinen Zweisitzer mit dem Rotschimmel selbst – dorthin begleitete.

Von diesem Rotschimmel war schon die Rede. Es ist derselbe, den der Zufall wohlbehalten nach dem Kriege wiederum in unsern Stall zurückbrachte, von dem er ausgezogen war. Das mächtige Tier war nun nicht mehr so feurig wie vor dem Kriege, als es mehrmals mit meinem Vater durchgegangen war, der nur zur Not sein Leben gerettet hatte. Ich mußte mit Vater die Post öffnen und war weit mehr als er deprimiert, wenn keine Bestellungen eingingen, mehr als er selbst erfreut, wenn ein oder zwei Waggons von der und der Kohle verlangt wurden.

Bei diesen Fahrten und diesen Aufenthalten am Julius-Schacht war ich sozusagen ins Herz des Industriebezirkes gedrungen. Es ist mir eigentlich rätselhaft, daß ich den mir so vertrauten Bergmann und alles dort Gesehene und Gefühlte nie dargestellt habe.

Frau Enke im benachbarten Elisenhof, die Besitzerin des Luisenordens, war gestorben. Diakonus Spahner, der Erzieher der Söhne und während eines Jahrzehnts Faktotum im Haus, hatte bald darauf eine Pfarre bezogen und sich verheiratet. Die Söhne wurden in alle Welt zerstreut, da ihr überschuldetes Elternhaus unter den Hammer gekommen war und bereits fremden Leuten gehörte. Die neuerrichteten Gurgel- und Trinkhallen der Demuthquellen gingen dem gleichen Schicksal entgegen, wie es hieß, und da eben dies Schwert des Damokles auch über der alten Glucke, dem Gasthof zur Krone, hing, lag hier viel innerlich Morsches, dem Verfall Geweihtes, zusammengedrängt.

Die Sprengungen zum Zwecke des Bahnbaus hatten aufgehört, die Arbeiter waren abgezogen, der Bahndamm und die Bahnhöfe Ober-Salzbrunn und Sorgau standen fertig da, und eines Tages kam die Nachricht, der Restaurationsbetrieb dieses letzteren sei, auf den Namen meiner Mutter, meinem Vater übertragen worden. Da nun aber die Krone nominell noch immer im Besitz meines Vaters und da Gustav Hauptmann nicht mehr verfügbar war, mußte für einen Leiter gesorgt werden. Also hatte mein Vater meinen ältesten Bruder Georg aus Hamburg zurückgerufen, die Leitung der Krone in seine Hand gelegt. Verwaltungsaufgaben, Abschlüsse, Abwicklungen und Verwicklungen, Aussichten und Beengungen, Einigungen und Unstimmigkeiten lagen in der Luft.

Tante Auguste und Tante Liesel im Dachrödenshof waren

voll Bitterkeit. Sie hatten nur Gift und Galle für meinen Vater. Sie buchten ihr hergeliehenes Geld bereits als Verlust. Über uns hing der Untergang. Sie hatten alles vorausgesehen. Es schrie nun einmal zum Himmel, wie mein Vater all diese Jahre gewirtschaftet hatte: Pferde, Badereisen, teure Schulen und Pensionen für die Kinder, in der Kleidung sinnlose Eleganz und bei alledem in Sachen der Religion, wenn nicht Unglauben, dann doch sträfliche Lässigkeit.

Dagegen strahlte immer das gleiche menschlich wärmende Licht vom Kurländischen Hof, wo Tante Mathilde Jaschke wohnte: so nannten wir sie seit einiger Zeit. Sie hatte es selbst mit den Worten begründet, sie gehöre ja doch zu unserer Familie. Die Neigung, der Beistand eines so lieben und starken Charakters gerade in dieser Zeit für alle Mitglieder unserer Familie muß als ein unschätzbares Gut gebucht werden. Liebe, Glaube, starke Hoffnung, Gewißheit einer schönen Zukunft für uns alle, selbst für mich, gingen von ihr aus und weckten in uns denselben Glauben. War sie bei uns, so atmete alles heitere Beruhigung. Die kleine, rundliche, weitgereiste, anmutig-heitere Dame schien mir die sichere Bürgschaft kommender schönerer Welten zu sein und eine von guten Geistern Beauftragte.

In Breslau näherte sich mit sachtem die Osterzeit und der Tag meiner Konfirmation. Die Art, wie mein Vater, wenn er in Geschäften die Hauptstadt besuchte, über die Möglichkeit meines Abgangs von der Schule sprach, ließ mich ernsthaft darüber nachdenken. Beim Kaffee, etwa in der Konditorei von Brunies oder Perini, beide berühmt seit alter Zeit, lenkte er das Gespräch darauf und meinte, daß Onkel Schubert auf Dominium Lohnig mich sehr gern als Landwirtschaftseleven einstellen würde, falls ich geneigt wäre. Den Vorschlag habe er selbst gemacht, und er sei von Tante Julie unterstützt worden.

Es war nicht schwer, zu ergründen, wie dieser Plan entstanden war und welche Umstände, von allen Seiten zusammenschießend, ihn zur völligen Reife gebracht hatten. Der kleine Georg Schubert war gestorben und hatte die Eltern vereinsamt zurückgelassen. Der Verstorbene und ich waren Schwesterkinder und ich, als er lebte, sein bester Freund. Da lag es nahe, mich ins Haus zu nehmen, gleichsam als ein Stück von ihm. Als diese Idee geäußert wurde, mochte mein Vater sie aus zwei Ursachen gutheißen, wovon die eine meine unüberwindliche Abneigung gegen die Schule war, die andere der Umstand, daß ihn mein unentgeltlicher Aufenthalt bei den Schuberts pekuniär entlastete. Ein oder zwei Jahre Landleben, sagte er sich wohl außerdem, würden mich körperlich so kräftigen, daß ich dann vielleicht das auf der Schule Versäumte nachholen könne.

Ich war nach der Oberquinta aufgestiegen, ich war nach der Unterquarta versetzt. In der Magdalenenkirche, zu Ostern, nahm ich in Gegenwart meiner Eltern das Abendmahl und wurde mit dreißig, vierzig anderen kindhaften Menschen konfirmiert. Ich habe nun freie Hand, eröffnete mir mein Vater, ich könne die Schule weiter besuchen oder, falls das meiner Natur so gar nicht entspräche, als Eleve auf Rittergut Lohnig gehen.

Ich wählte sogleich mit Bestimmtheit das letztere.

Ich mußte ins Freie, ich mußte atmen, ich mußte Luft schöpfen. Das war eine Notwendigkeit. Und was hätte mir schließlich verlockender sein können als die Möglichkeit, die sich bot, in die Familie Schubert, die meiner liebsten Verwandten, einzutreten?

Kober, der Schreiblehrer, von den Schülern in Umkehrung seines Namens allgemein Rehbock genannt, trat am letzten Schultage, den ich zu bestehen hatte, in die Funktionen ein, die Dr. Jurisch am ersten ausgeübt hatte. Damals wurde ich niedergedonnert und schmachvoll an die Wand gestellt, also nur moralisch vernichtet. Heute wurde ich aus der Bank an das Katheder zitiert, und Herr Kober schlug mir mit der flachen Hand ins Gesicht. Natürlich blieb mir diese Maulschelle in Erinnerung, war sie doch die erste, letzte und einzige, die ich im Zwinger erhalten habe.

Mein Verbrechen aber, das so gesühnt wurde, bestand in einer Mitteilung, die ich dem Lehrer, nachdem ich mich dazu gemeldet, gemacht hatte. Als er die Schüler für das kommende halbe Jahr nach irgendwelchen Grundsätzen in die Bänke verteilte und bald so, bald so rücken ließ, sagte ich ihm, daß er der Einfachheit wegen mich dabei unberücksichtigt lassen und ausschalten könne, da ich den letzten Tag in der Schule sei.

Er rief mich am Schlusse der Stunde nochmals zu sich, weil er ein schlechtes Gewissen hatte, und fragte mich, ob ich mein Unrecht einsähe. Als ich nein sagte, fügte er eine zweite Frage an: ob er mir einen Klecks in die Zensur machen solle. Das möge er meinetwegen ruhig tun, antwortete ich. Es ist zu bedauern, daß Knaben in solchen Fällen fast immer nobler und klüger als diese Art gernegroßer Schultyrannen sind und, statt Anzeige zu erstatten und sich Genugtuung zu verschaffen, sich mit überlegenem Achselzucken zur Duldung entschließen.

Zweiundvierzigstes Kapitel

Manches Seltsame brachte die nun kommende Zwischenzeit. Ich verlebte sie im Elternhaus. Indessen war es, als ob die alte Krone ihre mütterlich beglückende und befriedende Kraft verloren hätte. Das Bewußtsein, nun nicht mehr von Schritt zu Schritt auf vorgeschriebener Bahn zu schreiten, nicht eingesperrt, nicht kommandiert zu sein, konnte nicht gleich an Stelle der Willenlosigkeit jenen verlorenen Willen wiederum aufrichten, der mir auf der Schule ausgetrieben worden war.

So fällt den entlassenen Sträfling auf der Straße Schwindel an. Er weiß nicht, wohin er sich wenden soll.

Mir war, als sei ich in eine fremde Natur verstoßen, in der ich mich nicht mehr zurechtfinden könne. Ich schwankte, nach Stützen suchend, gleichsam in einer Leere herum. Was sollte ich, oder was wollte ich denn? Aus jeder Himmelsrichtung, in der zu schreiten ich erwog, grinste mich eine Art Platzangst an. Wie lange war ich nicht mehr meinen natürlichen Erhaltungsinstinkten gefolgt oder hatte über die unmittelbaren Angelegenheiten meines praktischen Daseins nachgesonnen!

In mir war ein schwindelerregendes, der Bergkrankheit ähnlich wirkendes Vakuum, das selbst aus meinen Träumen nicht wich, die mir überall gestaltlose Hindernisse, verdichtete Leere sozusagen, entgegenstellten.

Sie versetzten mich meistens in meinen kommenden Wirkungskreis, in dem ich jedoch durchaus und durchum nichts zu tun wußte.

Der Empfang in Lohnig war steif. Onkel und Tante schienen übereingekommen zu sein, den alten, unbefangenen Ton aus pädagogischen Gründen durch einen formellen zu ersetzen. Auch wurde durch meinen Eintritt ins Haus die schwach vernarbte Seelenwunde der verwaisten Mutter wieder zum Bluten gebracht, was eine Beherrschung notwendig machte, die, weil sie gelang, wie Kälte wirkte. Im anderen Falle wäre Tante Julie mir vielleicht krampfhaft um den Hals gefallen und hätte sich ausgeweint.

Die Lage war ernster, als ich gedacht hatte. Das liebe Gutshaus, in dem ich die heitersten Wochen meiner Jugend verlebt hatte, zog auf einmal ein fremdes Gesicht. Augenscheinlich wollten die Verwandten nicht mehr als Verwandte genommen sein, Gutsherr und Gutsherrin sollten ihre Stelle einnehmen. Nicht nur das Haus, sondern das ganze Dominium Lohnig erlitt dadurch eine tiefe Veränderung. Es war das gleiche Quadrat von Gebäuden, Speichern, Ställen und Scheunen, das ich kannte. Nun rückte es förmlich von mir ab und schien das Gewesene zu verleugnen.

Ich aß zur Nacht nicht mit Onkel und Tante zusammen, sondern mit dem kleinen, jungen Gutsschreiber Brinke in der dumpfigen Kanzlei. Die tiefe Nacht des ebenerdigen, modrigen Raumes wurde nur durch ein kleines Petroleumlämpchen um Brot, Butter und Milchkanne her ein wenig zurückgedrängt.

So fing also das Wunder an, auf das ich gehofft und nicht gehofft, das ich immer ersehnt, das ich von Gott inständig erbeten, ja fast zu ertrotzen versucht hatte.

Gegen viereinhalb Uhr des Morgens, in tiefer Nacht, wurde ich von Brinke geweckt. Gegen fünf Uhr klopfte der Onkel an meine Tür, um mich an irgendeinen mir unbekannten Ort zu führen und so in das Gutsgetriebe einzuordnen. Es war eine finstere Tenne, wo wir schließlich landeten, auf der mit lautem Geratter eine handbediente Worfelmaschine arbeitete. Von einem kümmerlichen Lämpchen ging die Beleuchtung aus. Es war recht kalt, der ganze Raum aber bis zur Undurchsichtigkeit von Staub erfüllt. Vier oder fünf Personen, alte Männer und Weiber, eine jüngere auch wohl darunter, hatten bei dem lärmenden Apparate zu tun. Hier hatte ich nun auf Geheiß des Onkels zunächst bis sieben Uhr auszuhalten.

Eine leichte Aufgabe war das nicht.

Man pflegt ja in der Tat einen solchen zugig-kalten, staub- und lärmerfüllten Raum nicht zum Vergnügen, und zwar um fünf Uhr früh, aufzusuchen. Also brachte mich eine unumgängliche Pflicht dahin. Worin sie aber bestand, welchen Inhalt sie hatte, begriff ich nicht. Ich war hier vollständig überflüssig.

Diese Maschine und ihre Bedienung hätte mich ja wohl interessiert, aber mich zu belehren war keine Zeit, da die Arbeit pausenlos vor sich ging. Ich würde sie aufgehalten und Verwirrung hineingebracht haben, wenn ich versucht hätte, mich in das Getriebe einzuordnen. Selbst der Versuch aber war ein Ding der Unmöglichkeit, ich hätte nur Gelächter, rohe Späße und Püffe der Arbeitsleute eingeheimst. In zwei Stunden, also um sieben Uhr, sollte ich das Frühstück ansagen. Wenn ich um drei Viertel sieben statt um fünf geweckt worden wäre, hätte ich das ebensogut und ohne die Folter zweistündigen Wartens in Staub und Kälte tun können. Was gewann ich und was der Onkel durch meine pflichtgemäße Tätigkeit? Der Onkel nichts, während ich nicht nur nichts gewann, sondern von vornherein der Geringschätzung der Gutsleute überantwortet wurde.

Und diese Geringschätzung blieb nicht aus.

Da hatte ihnen der Oberamtmann einen kleinen städtischen Zierbengel als Aufpasser hingestellt. Denn welchen Zweck hatte sonst wohl seine nichtsnutzige Gegenwart? Sie waren dagegen alteingesessene Hofeleute, deren Väter, Großväter und Urgroßväter bereits auf Dominium Lohnig gedient hatten. Während sie Staub schluckten, husteten, krächzten, spuckten und einander im Lärm Späße, Flüche und allerlei Bemerkungen zuriefen, erkannte ich wohl, da ich, was sie vielleicht nicht wußten, ja von Jugend auf ihres Dialektes mächtig war, daß sie sich auf meine Kosten belustigten. Es geschah nicht auf unverhüllte Art, so daß selbst mit dem Falle, ich könnte sie verstehen, gerechnet wurde. Die Dialektik dieser Leute voll beißender Schärfe, treffender Bosheit, nicht zu fassender Hinterhältigkeit und Zweideutigkeit steht keiner noch so geistvollen Polemik eines gebildeten Menschen nach und übertrifft sie an Wucht der Ursprünglichkeit.

Während zweier Stunden, in denen der Staub mir auf den Lungen lag, meine Zähne vor Kälte klapperten, hatte ich, ohne mich wehren zu können, einen durchaus erniedrigenden Hohn über mich ergehen lassen. Das geschah so lange, bis diese Unholde mit einem Male wie auf Kommando die Arbeit wegwarfen und, ohne meine Frühstücksansage abzuwarten, davonrannten. Man mag entscheiden, ob ich mit Recht beschämt und wütend war.

Nicht mit Onkel und Tante, sondern mit Brinke in der Kanzlei nahm ich das aus Kaffee, Brot und Butter bestehende Frühstück ein. Das war mir, da Brinke ein hübscher, freundlich bescheidener Jüngling war, nur angenehm. Er und ich verstanden einander. Ich kannte ihn bereits flüchtig von den Tagen des Begräbnisses her, und ich konnte fühlen, daß ich ihm, dem augenblicklich einzigen sogenannten Gutsschreiber auf dem Dominium, als Gesellschaft willkommen war. Ich erzählte von Breslau. Wir besprachen die näheren Umstände von meines kleinen Vetters Tod. Aber ich hütete mich, etwas von meiner üblen Erfahrung auf der Scheunentenne verlauten zu lassen, schon deshalb, weil sie für mich nicht besonders rühmlich war.

Ich erwog, welche Wirkung meine ersten landwirtschaftlichen Pflicht- und Dienststunden auf mich gemacht hatten. Niedergeschlagen wie die ersten Schulstunden hatten sie mich jedenfalls nicht, da die Gegnerschaft, die ich gespürt hatte, nicht eine von vornherein unüberwindliche, ein für allemal organisierte, autoritativ allmächtige wie die der Schule war. Vielmehr war ich in diesem Falle der Vertreter der Autorität. Ich hatte sie, koste es, was es wolle, durchzusetzen, wenn ich auch heute noch wie ihr bloßer Popanz, eine gleichsam entlarvte Vogelscheuche, mißhandelt worden war.

Das Frühstück hatte mich einigermaßen wiederhergestellt. Nicht daß ich, des Frühaufstehens ungewohnt, meine sonstige Morgenfrische gefühlt hätte, aber das allzu Grämliche, allzu Übernächtige meines Zustandes verflüchtigte sich.

Der Onkel trat, einen Strohhalm kauend, in die Kanzlei, um das Tagesprogramm durchzusprechen. Er werde mich dann zu einem erklärenden Rundgang auffordern, dachte ich. Ich wurde aber nur nebenhin instruiert, daß ich mich wiederum auf die Scheunentenne an meine Worfelmaschine zu verfügen hätte.

Der Tag war da, wenn auch grau und regnerisch, das Scheunentor konnte geöffnet werden, wodurch der Gesichtskreis größer und bei reiner Luft und einiger Bewegung der Zustand weniger langweilig und im ganzen erträglich war. Die Bosheit der Arbeitsleute an der Maschine schien sich vor dem Frühstück erschöpft zu haben. Beachtung fand ich bei ihnen zwar noch immer nicht, ich konnte jedoch um so ungestörter darüber nachdenken, wie ich sie mir nach und nach verschaffen könnte.

Bei solchem Grübeln ging mir der ganze Gutsbetrieb in einem neuen, durchdringenden Lichte auf. Ich sah den verborgenen Kampf, der ihm zugrunde lag. Alle diese Gutsleute, Ochsen- und Pferdeknechte, Stallmägde, Tagelöhnerinnen und Tagelöhner, die in der Küche des Gesindehauses oder in ihren engen, halbverfallenen Katen ihre Kartoffeln kochten, verschlossen einen Ingrimm bei sich, den ihre scheinbar naturgegebene und selbstverständliche Lage, die sie nur widerwillig trugen, ihnen aufnötigte. Ich hatte heut morgen etwas davon zu fühlen bekommen und spürte ihn plötzlich überall.

Am ersten Tage so durch meinen Lehrherrn auf dem Lehmboden der von betäubenden Rattergeräuschen erfüllten Scheunentenne angenagelt zu sein war insofern wertvoll für mich, als es mir sogleich das harte und schwere Muß landwirtschaftlicher Arbeit erschloß. Im Faulbett meiner Schulkrankheit schwand ein Vormittag gleichsam zeitlos im Nu dahin, der hier wie ein endloser, mühsamer Weg hinter und vor mir lag. Während alles in mir selbst Stockung war, wurde ich ganz allein durch den Rhythmus der Arbeit abhängig von ihm und nach seiner Maßgabe mitgeführt: Zwang und Hörigkeit, die mich den Arbeitern gleichstellten und davon es kein Entrinnen gab.

Das war – zum ersten Male empfand ich es – die wirkliche, eiserne Fron, die sich mir sichtbar, hörbar und fühlbar machte und mir zu erkennen gab, daß ich von den Grundlagen unserer Zivilisation bisher nichts gewußt hatte.

Die höchste Glückseligkeit meiner Knabenjahre war das Spiel. Als ich hier auf dem gleichen Hofe gemeinsam mit dem kleinen Vetter spielte, ist mir das ganze weite Anwesen als Spielplatz erschienen. Arbeiter, Knechte und Mägde, Schafe, Rinder und Pferde mit ihren Formen und ihren Bewegungen waren die gemütlich behagliche Dekoration darin. Als ich mich Landwirt zu werden und hierher in die Lehre zu gehen entschloß, bewog mich doch wohl zu einem guten Teil diese Auffassung, die nun plötzlich durch eine andere ersetzt wurde, eine, die sich in drohender Nähe mit unberührbarer Härte und Größe vor mir aufrichtete. In der neuen Erkenntnis, wenigstens in der Art ihrer jähen Gegenwart, war etwas, das an eine eiserne Mauer erinnerte, die dem, der im Dunkel dagegenstößt, Feuerfunken aus Stirn und Augen treibt.

Man meine nicht, ich hätte nun etwa Reue empfunden und mich in die Unwirklichkeiten eines abgekapselten Schuldaseins zurückgesehnt, wo eine im großen ganzen für mich welke Geistigkeit, hinter gepolsterten Wänden gesät, nur in wenigen Körnern Keimkraft zeigt und Halme und Früchte zu bleichsüchtigem Dasein treibt. Im Gegenteil war mir bewußt, wie unumgänglich notwendig das neue Erlebnis für jeden Menschen ist und wie wichtig es also auch für mich sein mußte. Ich dachte weiter, wie ganz anders als die Schule doch die elementare Natur mit ihren Belehrungen zu Werke ging und welche Aufschlüsse sie wortlos erteilte. Hier wehte ein ganz anderer, gesunder Wind, aber freilich, wen er nicht wegfegen sollte, der mußte fest stehen.

Ich war damals etwas über fünfzehn Jahre. Eine fast unübersehbare Fülle von Menschengestalten und Erlebnissen, von der nur ein ganz kleiner Teil hier festgehalten werden kann, bevölkerte bereits meine Vorstellungswelt. Die Gestalten und Erlebnisse auf den beiden Gütern Lohnig und Lederose und ihren Umgebungen standen wartend vor der Tür. Das wußte ich und war nicht wenig gespannt auf sie.

Brinke brachte in dem nun beginnenden Sommerhalbjahr seine Lehrzeit hinter sich. Ich beneidete ihn um sein Wissen und seine Kenntnisse, die es ihm ermöglichten, allerdings unter der Oberleitung des Onkels, den gesamten Gutsbetrieb fast allein zu organisieren. Wie weit war dagegen ich noch davon entfernt! Aber der kleine, hübsche Mensch ging mir überall hilfreich zur Hand, unterrichtete mich auf Schritt und Tritt, und ich hatte im voraus zu bedauern, daß er uns um Michaeli verlassen und ich seiner fördersamen Gegenwart von da ab zu entraten haben würde. Um dieselbe Zeit lief auch die Gutspacht des Onkels ab und konnte nicht erneuert werden.

Uns erwartete dann ein kleines, von Onkel Schubert erworbenes Bauernanwesen, das in seiner Enge mit den schönen und weiten Möglichkeiten auf Dominium Lohnig nicht zu vergleichen war.

Während der ersten Wochen meiner neuen Tätigkeit gab ich dem hämisch verfolgenden Blick des Gesindehauses nicht selten Anlaß zur Schadenfreude. Am Giebel des Kuhstalls hing eine Glocke, die Brinke läutete und deren Zunge die Tagelöhner zur Arbeit rief. Eines Tages – ich hatte das lange vorgehabt – erbot ich mich, Brinke das Läuten abzunehmen, was er mit Vergnügen bewilligte. Als ich jedoch am Ende der Mittagspause pünktlich um drei Viertel zwei den Glockenstrang ergriffen hatte, um den ersten von zwei Rufen zur Arbeit ertönen zu lassen, machte ich mich auf eine mich völlig überraschende Weise lächerlich. So viel ich auch zog, ich brachte die Glocke kaum hie und da zu einem kläglichen Anschlagen und sah mich genötigt, von meinen Bemühungen in einer scheinbar so einfachen Angelegenheit hilflos und zum Gelächter aller, die es sahen und hörten, abzustehen.

Es war bei dem Läuten ein Kniff, den man kennen mußte, ohne den man nichts ausrichten konnte. Nachdem ihn Brinke gezeigt und erklärt hatte, bereitete mir die Glocke weiter kein Hindernis.

Auf dem Dominium Dromsdorf befindet sich ein See, durch den die Schafe zum Zweck der Wäsche vor der Schur zwischen Holzstegen getrieben werden. Wir brachten unsere Herden dahin, weil eine entsprechende Anstalt in Lohnig nicht vorhanden war. Mit grüner Seife und harten Bürsten, die Röcke hinaufgekrempt, knieten die Weiber überm Wasser auf den Stegen, die nur die Breite eines gewöhnlichen Brettes hatten. Schaf um Schaf wurde ihnen zugetrieben und zugeführt und während der Wäsche von je einem Mann, der neben jedem Weibe den Steg belastete, mittels einer Art Krücke an langer Stange unterm Kopf über Wasser gehalten. Zu dieser letzten Tätigkeit hatte man auch mich angestellt, und als ich einmal mit einem der Schafe und meiner langen Stange einen besonders schweren Kampf auf dem schmalen Brett auszukämpfen hatte, verlor ich plötzlich das Gleichgewicht und stürzte, beinahe kopfüber, ins Wasser.

Es fehlte nicht viel, als dieses geschehen war und ich triefend mit bleischweren Kleidern auf das Brett zurückkrabbelte, und alle Weiber und Männer wären ihrerseits vor zurückgehaltenem Lachen ins Wasser gefallen.

Heldenstücke dieser Art habe ich noch eine Menge verübt, bevor mir die Bewegung auf Tenne und Bansen, in Ställen und Böden natürlich wurde.

Der tägliche Dienst war für meine städtisch geschwächten, noch unentwickelten Kräfte schwer. Der Gedanke des Ausschlafens zum Beispiel gehörte in das Gebiet der Utopie. Von fünf Uhr morgens stand ich gestiefelt und gespornt irgendwo auf der zugigen Tenne, kroch auf dem Heuboden oder Schüttboden herum, gab Hafer heraus oder das Deputat an Brotgetreide, Butter etcetera für die Leute, kontrollierte das Melken, maß die Milch, die gemolken wurde, und gab acht, daß nichts davon entwendet ward. Einige Ruhe und Erholung brachte dann die Frühstückszeit, der gewöhnlich eine Andacht folgte, die etwa zwanzig Minuten dauerte, bei der man betete, sang und ein Kapitel aus der Bibel zu Gehör brachte. Hernach begab man sich aufs Feld, zuweilen an Orte, die eine halbe Wegstunde entfernt lagen, um die Arbeiten zu beaufsichtigen.

Das ganze Dominium Lohnig trat nun nach und nach in den Vordergrund meiner Vorstellungswelt. Große Gewende mit Raps, weite Rüben- und Kartoffeläcker, grüne Flächen mit Wintersaat, Sommerroggen- und Weizenfelder, alles erst nach und nach verständlich und erkenntlich für mich durch Brinkes Kameradschaftsgeist. Gelegentlich sagte zwar auch der Onkel mit den Sommersprossen und den roten Bartkoteletten im Gesicht in seiner harmlos selbstgefälligen Weise etwas Unterrichtendes, aber von wesentlicher Bedeutung war das nicht. Die Versuche, mich von den Tagelöhnern oder den Knechten bei den Gespannen über dies oder jenes aufklären zu lassen, gab ich auf, nachdem ich sie einige Male, allerdings mit dem Vorgefühl ihres Fehlschlages, gemacht hatte: die Leute bestätigten mir höchstens mit einer groben Bemerkung meine Unwissenheit.

Es ging mit Hilfe von Brinke, wie gesagt, und schließlich auch meines unwillkürlichen Auffassungsinstinktes auch ohne diese versagenden Hilfsmittel, und jeder Tag, jede Stunde, möchte ich sagen, machte mich mehr und tiefer mit dieser großen landbaulichen und Bodenausnützungsgenossenschaft vertraut.

Wenn die Schule in ihren Äußerlichkeiten eine klappernde Monotonie bedeutet, ihren wechselnden und wachsenden Reichtum aber im Unrealen, Intellegiblen hat, so bietet der organisierte und rhythmische Kampf mit der Natur einen unerschöpflichen Reichtum an großer und überwältigender Wirklichkeit. Man kann das stille, zähe, erfolgreiche Ringen, das uns die Natur dienstbar macht, als das eigentliche Drama der Menschheit bezeichnen. Dieses Drama geht hart auf hart. In ihm wird zunächst der Mensch vom Menschen versklavt. Es wird das Tier vom Menschen versklavt. Es wird die Pflanze und schließlich der Boden vom Menschen versklavt. Und alle diese Sklaven müssen ihr Letztes und Bestes hergeben. Ein solcher Betrieb beruht ganz und gar auf Usurpation und bietet, abgesehen von den Werten, die er schafft, immerwährenden und immer erneuten unendlichen Stoff des Betrachtens, Denkens und Handelns.

Dreiundvierzigstes Kapitel

Mein neuer Beruf ließ mir viel Zeit zum Nachdenken. Und da ich von Ostern bis Michaeli, von Frühlingsbeginn bis Herbstende, von Saat zu Ernte und zum Ausdreschen der Frucht eine Zelle dieses großen Gutsorganismus war, wurde mein Nachdenken von einer Erfahrungsfülle ohnegleichen gespeist. Unmöglich das Unternehmen, einen Begriff von alledem zu geben, was während dieser Zeitspanne durch mein Bewußtsein ging.

Es waren vielleicht die Bilder, die im Großen und Kleinen Saal der Krone hingen, die mir eine Freude am bildhaften Sehen zurückgelassen hatten, wozu jetzt Gelegenheit sich in Hülle und Fülle bot. Im Dämmer des Morgens der Auszug der Ochsengespanne, ebendieselben in langer Reihe knirschende Pflüge langsam durch die braunviolette Krume ziehend, über die der erste Blitz einer gnadenlosen Arbeitssonne ging. Die Linie gebückter Gestalten, alte Weiber und Männer, die Kartoffeln legten oder Rübenpflänzchen setzten, der alte Knecht, der, mit der Hand das Kumt schief ziehend, den lehmigen Stiefel im Zugblatt, ächzend und fluchend den messerscharfen Rücken seines Ackergaules zu besteigen versuchte, was ihm schließlich mühsam gelang. Der Schäfer mit seinen Schafen auf der Brache, die hochgeschürzte Magd, die das Gras mähte, und wieder die gleiche, wenn sie auf dem hochgetürmten Grasfuder stand und mit kräftigen nackten Armen große Massen Grünfutter vor die Stalltüre warf. Und nochmals die gleiche, wenn sie sich mit den Grasmassen fluchend, stoßend und tretend zwischen den empfindungslosen Kühen durchdrängte, um das Futter in die Krippen zu schleudern: das alles waren Erscheinungen, die den Zeichner und Maler förmlich herausforderten, und eines Tages auf dem Felde, fast ohne Bewußtsein, hatte ich eine Art Skizzenbuch und einen Bleistift in der Hand und zu meinem eigenen Staunen einige charakteristische Linien zu Papier gebracht.

Das gegen den Sommer fortschreitende Jahr, eines der früchtereichsten und köstlichsten, klärte das Scheunendüster, mit dem meine Lehrzeit begonnen hatte, gründlich auf.

Der erste festliche Auftakt war die Heuernte. Und in der Heuernte wiederum war es die besondere Aufgabe, die man mir übertragen hatte, nämlich als Anführer von sechzig bis siebzig noch schulpflichtigen Kindern mit ihnen Heu zu wenden oder bei drohendem Regen in Haufen zu rechen. Die Wiesen lagen weit entfernt an der Grenze des Gutes, so daß wir ein Lager für den ganzen Tag errichten mußten, wo wir an kleinen Feuerchen mitgebrachte Suppe oder Kaffee wärmten und Kartoffeln rösteten.

In diesem Lager und nicht anders bei der Arbeit herrschte unbändige Lustigkeit. Diesen Jungen und Mädels gegenüber, die von Anfang an keinen Groll gegen mich zeigten, fand ich immer den rechten Ton. Während die Alten, nämlich Väter und Großväter dieser Schar, weniger die Mütter, immer noch eine heftige Abneigung zeigten, war dieses Kinderbataillon bereit, gesondert oder im ganzen, nötigenfalls für mich tätlich einzutreten.

Ich hatte meine Beliebtheit auf sehr einfache Weise erreicht. Meine alte Neigung, jüngere Kinder gewissermaßen zu betreuen, auf die Bedürfnisse ihrer Seelen einzugehen, half mir dabei. Wie ich vor dem Ofenloch in der Stube des Fuhrherrn Krause gespielt und ihnen Geschichten erzählt hatte und später die kleinen Gaudatöchter unterhielt, so machte es mir Vergnügen und wurde mir leicht, auf die Bedürfnisse dieser Hofekinder einzugehen, indem ich ihre Phantasie, wenn sie in den Arbeitspausen um mich im Grase saßen, mit Wahrheit und Dichtung nährte. Ich erzählte ihnen vieles, und nach Kräften ausgeschmückt, aus dem Bereiche der ihnen unbekannten Welt und Wirklichkeit, freute mich an ihrem Erstaunen, mischte, um ihnen Spaß zu machen, mitunter groteske Übertreibungen ein, die sie dann mit vielem Vergnügen entlarven konnten. Wildtöter mit seiner niemals fehlenden Büchse und Chingachgook, der Delaware, tauchten wieder auf und selbstverständlich das Steppenroß – Personen, Dinge und Abenteuer, die sie mit meinen Worten durstig eintranken.

Nie habe ich wohl im Leben eine reinere Freude gehabt, als wenn ich in dem parkartigen Weidegelände unweit des Schilfrandes eines kleinen, von uralten Pappeln, Eichen und Rüstern umstandenen Sees all diese neugierigen, gläubigen Augen auf mich gerichtet sah: es war wirklich ein Seelenhunger, der hier gestillt wurde.

Damals war ein großer Vogelreichtum in der Gegend um Lohnig herum und natürlich besonders in den Gras-, Baum- und Seegebieten. Man hörte und sah den Pirol den ganzen Tag, am Seeufer bekam man Rohrdommeln zu Gesicht, im Schilfe lärmten Schwärme von Rohrspatzen. Brinke und ich hatten Nester von großen Raubvögeln in einsam stehenden alten Eichen entdeckt. Die herrliche Schleiereule drückte sich abends an das Fenster der Kanzlei, wenn ich und Brinke, todmüde von einem langen Arbeitstage, unsere Funse brannten und dabei, was ich von ihm gelernt hatte, eine Partie Schach spielten.

Als die Hofejungen bemerkt hatten, daß ich Vögel liebte, und ich ihnen schließlich auch von der Sammlung ausgestopfter Vögel und Vogeleier des alten Müllers von Wilhelmshöh erzählt hatte, hatte ich binnen acht Tagen einige hundert Vogeleier beisammen, die ich, von Brinke belehrt, ausblies und in Kästen mit Häcksel legte. Als ich sah, daß die Jungen im Zutragen solcher Naturobjekte dauernd unaufgefordert wetteiferten, nahm ich ihnen das Versprechen ab, jedes Nest nur um ein Ei ärmer zu machen. Mehr als zwei Exemplare von einer Vogelart nahm ich nicht. So hatte ich in ganz kurzer Zeit eine schöne Sammlung zustandegebracht, in der vom winzigen Ei der Grasmücke und des Rohrsperlings bis zu dem des Pirols und der Rohrdommel, des Storches und so weiter so ziemlich die ganze lokale Vogelwelt vertreten war.

Man brachte mir auch lebendige Vögel. Ich hielt in der Kanzlei zwei Dohlen und einen frei herumfliegenden kleinen Kauz, der ganz zahm wurde und mir bei der Abendmahlzeit schnabelklappend auf dem Kopfe saß.

Brinke war durch mich in das geradezu aufgedrungene Verhältnis zur Ornithologie ebenfalls verwickelt worden, es zog ihn, nicht ohne mein Verschulden, etwas von seinen bis dahin so genau erfüllten Verwaltungspflichten ab. Schließlich war er doch nur zwei Jahre älter als ich, Knabe und Jüngling kämpften in ihm wie in mir.

Ich hatte ihn mit der kleinen Dichtung »Otto der Schütz«

von Kinkel bekannt gemacht, von der auch sein Sinn, wie der meine, betört wurde, und so gingen wir denn auf den Fang von Falken aus, die wir, um die Falkenjagd wiederum zu beleben, zu zähmen gedachten.

Das waren nun freilich Pläne, die mit der Nüchternheit und Trockenheit einer Gutsinspektorskarriere nichts zu tun hatten.

Plötzlich waren nun also die unwahrscheinlichsten künstlichen Vogelgestalten aus dem Museum des Müllers von Wilhelmshöh zu lebendigen Wundern geworden und begleiteten jeden Schritt, den ich ging, vom Morgengrauen bis in die Nächte ... Ich fühlte voll innerer Freude oft und oft, welchen Fortschritt, welchen Gewinn das für mich bedeutete.

Mein Umgang mit Brinke führte mich in das Bereich der Freundschaft ein. Bruder Carl war eine Gegebenheit. Es konnte vielleicht eine Freundschaft aus unserem Verhältnis werden; was uns aber bis jetzt zusammenhielt, war das Familienband. Der Zufall hatte mich und Brinke zusammengeführt. Äußerliche Nähe jedoch braucht die innere nicht immer herbeizuführen. Aber das vielfältig Gemeinsame unseres Gefühlslebens einigte uns. Diese junge, leider sehr flüchtige Freundschaft baute sich in einer höheren Ebene auf, unter der um jene Zeit mein unbewußtes oder halbbewußtes Kindheitsglück, inmitten meiner Spielkameradschaften, fast vergessen lag.

Dieses Vergessen ist als ein Zeichen der Gesundheit zu buchen. Die Dämonen der alten Krone besuchten mich nicht mehr, kaum noch hatte ich unter Heimweh zu leiden. Bei mehr und mehr erneuter Sinnenfreude waren auch Glaube und Hoffnung da.

Glaube, das ist das Gegenteil von allem, was lähmen und töten will. Hoffnung, das ist die Illusionskraft der Seele, die in ihrer Illusion neun Zehntel des Glückes, das sie erwartet, vorweg genießt. Liebe aber und Freude sind ein und dasselbe.

Brinke und ich, wir nahmen uns vor, zusammenzubleiben und womöglich auf unserer Freundesgemeinschaft ein ganzes tätiges Leben aufzubauen. Das war es, was diese Beziehung in der Idee von allen früheren unterschied.

Der Sommer auf einem großen Landgut hat starke Akzente. Der klassische Sämann, der, die Körner vor sich im Tuch, über den Acker schreitet – es wurde bei uns neben der Maschinensaat auch noch diese uralte Form angewandt –, ist der stille und schlichte Anfang einer mächtigen Symphonie. Der gebückte Zukunftsdienst mit der Hacke über der Erde, über den Zuckerrübenpflänzchen, gleichsam ein Dienst am Unterirdischen, wird in der hurtig-lebendigen, froh-berauschten Heuernte von einem oberirdisch leichten abgelöst. Wir ernteten dann auf weiten Geländen die Ölfrucht, den Raps. Er wurde in schwankenden Riesenfudern eingefahren. Zum Mähen, Binden, Auf- und Abladen waren viele fremde sogenannte Gärtner und Tagelöhner eingestellt. Ein zähes Ringen unter glühender Sonne, ein Rauschen der großen Sensen, ein Rauschen des trocknen Rapsgestrüpps, dessen schwarzer Same aus knackender Schote sprang, das Rauschen der Garben, die hohe Kraftentfaltung aller im Schweiße, nicht nur des Angesichts, schwoll mächtig auf. Die Ernteleiterwagen kreischten und wollten zerbrechen. Vierspännig, mitunter sechsspännig, wurden sie mit tief versinkenden Rädern über die Stoppeln gebracht, Knechte fluchten, brüllten, schlugen, Pferde gaben ihr Letztes an Kraft.

Es wurde dann der Roggen, schließlich der Weizen von Sonnenlicht und Wärme unter Donner, Regen und Blitz reifgesotten und -gebacken, bis auch hier diese unbarmherzigen Reihen von Sensenblättern die Halme durchschnitten, Felder und Felder niederwarfen und diese Armee von menschlichen Räubern den gesamten Raub mit zähem, kurzem, gewaltigem Angriff in die Speicher brachte. Hier steigerte sich alles zum Brio, zum Fortissimo, bis es dann in der Atempause des Herbstes zusammenfiel.

In diesem glanzvoll glühenden, heißen und rastlosen Durcheinander, das zuweilen bis zum späten Abend ging, wurden Brinke und ich auf lange Zeitspannen auseinandergerissen. Gelegentlich aber fanden wir uns. Wir hatten uns etwa, immerhin einigermaßen pflichtvergessen, aus der allgemeinen Hetze hinweggestohlen, um in seinem oder meinem Schlafzimmer, auf der Bettkante sitzend, Schach zu spielen. Einmal ertappte uns Onkel Gustav bei dieser Beschäftigung, und wir bekamen sein mildes Entsetzen auf eine beschämende Weise zu spüren.

Die wachsende Neigung, ins Zimmer zu flüchten, war die Ankündigung einer Umstellung, die sich mit mir während meiner Landwirtszeit allmählich vollzog. Nicht mehr wie auf der Schule, ja selbst im Elternhaus, herrschte die Neigung, so schnell wie möglich im Freien zu sein, sondern die große Verlockung war jetzt das Haus. Der freie Himmel, die freie Natur war die gnadenlose, harte Fron, das Haus, das Zimmer dagegen Schutz, Ruhe, Sicherheit.

Ich sah den Onkel, die Tante natürlich oft, meist aber nur, wenn wir uns im Betriebe begegneten.

Immerhin flochten sich auch intime Stunden ein. So wenn Tante Julie – eigentlich war ich darüber erstaunt – mich mitten aus der Arbeit heraus zu einem Gange auf den Dromsdorfer Kirchhof abholte, wo wir dann am Grabe des kleinen Georg saßen und uns schweigend des Toten erinnerten.

Aber ich tat das auch öfters allein.

Bei solchen Gelegenheiten überkam mich immer wieder eine Zwangsidee. Die Worte »Wenn ihr Glauben habt als ein Senfkorn, werdet ihr Berge versetzen!« hatten sich mir besonders eingeprägt. Ich wollte ihre Wahrheit erproben.

Der kleine Kirchhof von Dromsdorf mit seinen verwitterten Erbbegräbnissen und verblichenen Grabtafeln, seinen Scharen roter Käfer, die Totengräber genannt werden, seinen drei oder vier uralten Bäumen, unter deren Riesenwipfeln das bemooste Dach des Kirchleins lag, war ein Ort, der seelenhaft schweigend zu sprechen wußte. Die hohen, schwankenden Gräser, die alles bedeckten, schienen mit immerwährenden zarten Gesten und auf und ab schwellenden Flüsterhauchen von dem zu reden, was unter ihnen verborgen lag. Überall trösteten Kreuze mit Gottes Kreuzestod. Ein sehr altes Epitaph zeigte einen Säulenstumpf, den oberen Teil mit dem Kapitell zu Boden gebrochen.

Vielleicht auch waren die Gräser mystische Zungen von Generationen gebrochener Herzen, von toten Seelen, die einander verstanden. Sie waren vielleicht in einer anderen Welt auf diese Hilfsmittel, wie wir in der unseren auf andere, hingewiesen. Der Ort, wie gesagt, verführte zu mystischer Träumerei.

Daß etwas, was so vielfältig reich gelebt hatte, nicht mehr sein könne, begriff ich in dieser Kirchhofstille nicht. Der Tod erschien mir als eine Scheinbarkeit, die zu entlarven die Worte der Schrift mir helfen sollten. So wiederholte ich denn mit aller mir möglichen inneren Glaubenskraft jene anderen Worte, mit denen Jesus von Nazareth den Jüngling zu Nain vom sogenannten Tode erweckt hatte. Nicht nötig zu sagen, mit welchem Erfolg.

Ich darf nicht behaupten, ich sei durch die äußere Machtlosigkeit meines Auferstehungsbefehls von dem Gedanken einer Fortexistenz nach dem Tode geheilt worden. »Niemals war ich nicht, noch du, noch diese Fürsten, noch werden wir alle in Zukunft jemals nicht sein?« Diese Sätze der Bhagavadgîta, die Krischna zu König Arjuna spricht, und ihr Inhalt sind in mir lange, bevor ich die Gîta kennenlernte, in luziden Momenten lebendig gewesen. Besonders in den später zu schildernden, ich möchte sagen: heiligen Stunden einer gewissen Hohenhauser Zeit.

So habe ich denn auch nach meinen Dromsdorfer Totenfeiern das verrostete Gitter der Kirchhofstür nie anders als seltsam getröstet hinter mir ins Schloß gedrückt.

Mit dem Tode des kleinen Georg und durch dieses Ereignis freigelegt, fing ein mystischer Quell zu strömen an. Seine dunkle und rätselhafte Flut hat durch den Kult, den Tante Julie mit dem toten Sohne trieb, mehr und mehr zugenommen. Die Grabstätte und der seltsame, selbst gleichsam verstorbene Kirchhof haben das unterirdische Strömen im Unbewußten, Halbbewußten und Bewußten weiter genährt.

So wachte ich eines Morgens mit der Erinnerung eines beglückenden Traumes auf. Ich sah eine wunderbar schöne Frau. Ihr Haar, ihre Augen und ihr Gewand waren braun. Ein Knabe stand vor ihr, ein holdes Geschöpf, dessen Schulter sie gütig berührte. Es lag so ungefähr etwas in alledem, als ob eine himmlische Mutter einen Neuling willkommen heiße, ihm ihren Schutz und alles Köstliche verspreche, das Gärten, Tempel und Paläste des Himmelreiches dem Unschuldsalter zu bieten vermöchten.

Ich erzählte diesen Traum Tante Julie und war erstaunt, mit welcher Spannung sie zuhörte. Besonders beschäftigte sie das Kleid der Himmelsfrau und die braune Farbe, die in der ganzen Erscheinung vorherrschte. So, sagte sie, habe sich die Mutter Maria dem frommen Jung-Stilling zuweilen gezeigt.

Vierundvierzigstes Kapitel

Von Zeit zu Zeit ging ich mit Onkel Gustav in das nahe Dorf Lederose. Dort, an der Straße, gegenüber dem Hoftor seines neuerworbenen Bauerngutes, wurde für ihn und die Tante ein Wohnhaus errichtet. Der Maurermeister aus Großbaudiß, der es baute, stand Onkel und Tante nahe durch schlichte Güte und Frömmigkeit. Mit einer gewissen innerlichen Feierlichkeit bemühte er sich um ihr Refugium. Es war ein solches, in das sie sich, jedes mit seiner unheilbaren Seelenwunde, verbergen wollten. Aber Gustav Schubert tat es in dem unabwendbaren Frieden seines Glaubens mit einer bewundernswerten Heiterkeit. Er lebe gern, sagte er, da jede Stunde, jeder Tag ihn seinem in Gottes Hut befindlichen Kinde näher bringe.

Es war nicht ganz ohne Humor, wenn der Onkel irgendeine persönliche Handarbeit unternahm, um mir ein derbes Zugreifen nahezulegen, wozu er selbst nicht die geringste Eignung besaß. So wendete er gelegentlich Heu mit dem Rechen, verweilte aber allerhöchstens zwei bis drei Minuten bei dieser Tätigkeit. Etwa die gleiche Zeit hantierte er mit der Rübenhacke, womit man den Boden um die Pflänzchen auflockerte. Am Bau in Lederose stellte er sich und mich unter die Handlanger, die sich Ziegel zuwarfen, das sogenannte Ziegelpaschen wurde geübt, in wiederum zwei Minuten entzog er sich dieser Tätigkeit und ließ mich allein zurück unter den Arbeitern.

Der Vater von Onkel Gustav war Schullehrer, er selbst ein unendlich gütiger, untadelig rechtlicher Mann, dessen Wesen keiner Härte und keiner Brutalität fähig war. Gegen Ochsen, Kühe, Pferde, Hunde benahm er sich gleichsam völlig abstrakt, immer den gleichen Abstand von ihnen beobachtend. Fahren, Reiten, Jagen reizten ihn nicht. Er hatte nie ein Stück Wild zur Strecke gebracht. Er schien der Natur und dem Landwirtsberufe fernzustehen, obgleich er seine Erfordernisse beherrschte. Mit den eigentlichen Agrariern der Umgegend – und am wenigsten mit dem ins Brutale gesteigerten Typ dieser Art – hatte er keine Ähnlichkeit. Nie wurde er laut, nie habe ich meinen Onkel schelten hören, und doch genoß er überall unter den Arbeitsleuten Autorität.

Die Aussicht auf das Refugium, an dem ich in der Kette der Ziegelpascher bauen half, war für mich keine verlockende. Was dem Ehepaar Schubert Erlösung bedeutete, empfand ich dumpf wie drohende Enge, wie eine Art künftiger Abkapselung, im besten Falle als etwas, dem ich ohne Verständnis entgegenging.

Mittlerweile setzte sich meine Entwicklung innerhalb des Dominiums Lohnig im Verhältnis zur Vielfalt seiner Anforderungen und Erscheinungen fort auf eine vielleicht zu sprunghafte Weise. War ich einmal in den Organismus des Gutes hineingerissen und hatte ich überall keine nur dienende, vielfach eine übergeordnete Stellung inne, so konnte ich auf die Dauer kein bloßer Popanz sein. Mein Selbstbewußtsein hatte sich an der Seite Brinkes mit dem wachsenden Verständnis für meine Arbeit und allerlei kleinen Erfolgen darin wiederhergestellt. Ein unterbundener Zug meines Wesens, die Neigung, auf andere bestimmend einzuwirken, wie es mir als Knaben gegenüber meinen Gespielen gewöhnlich war, trat wieder hervor. Was damals aber gegeben war, erwuchs hier in einem aufgezwungenen Kampf, in dem es die härtesten aller Widerstände zu überwinden galt. Ich hatte, unreif wie ich mit sechzehn Jahren sein mußte, dieses ungleiche Ringen herausgefordert. Nicht ohne alles Rüstzeug, aber ohne alle Erfahrung ging ich gegen die Mächte der Gewohnheit, des Hasses der Unterdrückten und der Trägheit an: Mächte, die ich so nur gegen mich aufstachelte.

Ich glaubte zu erkennen, daß man gewisse Verrichtungen, wenn man sie anders angriffe, in einem Bruchteil der sonst darauf verwendeten Zeit durchführen könne. Es gelang mir zum dumpfen Ärger der alten Arbeiter durch Anfeuern meiner Kinderarmee mit überraschender Schnelligkeit noch vor Ausbruch eines Gewitters Heu in Haufen zu bringen, ich gewöhnte mir das Kommandieren an und wußte meinen Willen, oft einen gewiß recht dilettantischen, allmählich rücksichtslos durchzusetzen. Der Anfänger wollte bereits Reformer sein, wie denn Voreiligkeit in dieser Beziehung meine Schwäche geblieben ist.

Dieser Sommer, in dem sich übrigens bei mir der Stimmbruch vollzog und der mich in allen meinen Wesensteilen um und um gekehrt und fast gewaltsam erneuert hatte, endete im Herbst mit einer achttägigen Urlaubszeit. Und diese acht Tage überraschten mich wieder mit einer Fülle verschiedenartig aufwühlender Eindrücke.

Am Morgen meines Urlaubsantritts stand ich um vier Uhr auf, denn ich hatte beschlossen, den ganzen Weg bis Salzbrunn per pedes apostolorum zurückzulegen. Einer von den Hofejungens, über das schulpflichtige Alter hinaus, der sich besonders an mich angeschlossen hatte, erwartete mich, um mich zu begleiten. Der Junge war klug, und ich hatte den Wunsch, ihm bei seinem Fortkommen nützlich zu werden. Es gefiel mir, daß er aus dem Druck und Trott des Hörigendaseins heraus wollte. Wir wanderten viele Stunden lang erst im Dunkel und dann, bis die Sonne im Mittag stand, und Geisler, wie mein Begleiter hieß, mußte mir einen Käfig mit mehreren jungen Elstern nachtragen.

Wir pilgerten über Striegau, wo ich Geisler und mir Kaffee und Kuchen in einer Konditorei gönnte und am Staunen des Jungen mich erletzen konnte, der weder bisher eine Stadt gesehen noch von der Einrichtung einer Konditorei und ihren Leckerbissen einen Begriff hatte. Er kam aus dem Lachen nicht heraus, als er sich Apfelkuchen mit Schlagsahne schmekken ließ, eine Himmelsspeise, an die der kühnste Traum seiner Jugend nicht heranreichte.

Im weiteren ließen wir unter dem klaren Licht der Herbstsonne Dörfer um Dörfer hinter uns; über abgeerntete Felder der weiten Ebene flogen die Herbstfäden. Hatten wir vor Striegau den Streitberg mit seinem Kreuz und seinen Granitbrüchen im Blick, so sahen wir jetzt überall den Zobten, diesen aus dem flachen Gelände steigenden, sagenumwobenen Berg, der mich, in Erinnerung an die mit Schlossermeister Mehnert unternommenen nächtlichen Wagenfahrten, bewog, meine Fabulierkunst vor Geisler glänzen zu lassen: daß im Innern des Berges alte Männer seit Jahrtausenden um einen runden, steinernen Tisch säßen, durch den ihre Bärte gewachsen seien, wurde mir mit Staunen wortwörtlich geglaubt, wenn auch über die Art und Weise, wie das möglich sei, zögernd schüchterne Fragen laut wurden.

Am meisten war ich auf die Wirkung einer großen landschaftlichen Überraschung gespannt, die ich dem empfänglichen Gemüte des Dorfjungen zugedacht hatte. Bei der Stadt Freiburg fangen die Vorberge des Waldenburger Gebirges an. Von dort aus kann man die beiden Kirchen von Nieder-Salzbrunn auf einer langweiligen Chaussee erreichen, die den Freiburger Berg übersteigt, oder aber durch den herrlichen Fürstensteiner Grund.

Wenige Schritte, bevor es beginnt, ahnt man dieses wild und groß geartete Felsental noch nicht, das mit seinem ununterbrochenen Flußrauschen dann plötzlich wie durch Zauber erscheint und mit sagenhafter Großartigkeit überwältigt.

Geisler war, ich fühlte es, im Anblick all dieser ans Unwirkliche grenzenden Naturwunder, insonderheit des aus schwindelnder Höhe herniedergrüßenden Schlosses mit seinen Türmen und Söllern, ganz klein geworden. Ihm verschlug es das Sprechen, ihm und mir. Ja, es überkam uns etwas wie Furcht am Rande des durch Blöcke heftig brausenden und schäumenden Bachs im Dunkel der Felsenenge und andererseits etwas von den Gefühlen heiliger Scheu, wie sie der Eintritt in einen Dom verursacht.

Nicht nur von Natur hatte ich den Geist der Romantik in mir, sondern ihn auch aus Uhland, Chamisso, Körner eingesogen. Und jenes Schloß, das sich über die Tiefe der wilden Waldesschlucht erhob, hatte, noch eh ich es kennenlernte, in meiner Vorstellungswelt seinen Platz gefunden. Vorfahren meiner Mutter und zuletzt noch mein Großvater waren, wie schon gesagt, bei den hier residierenden Grafen Hochberg, nun Fürsten Pleß, in allerlei Ämtern tätig gewesen, mein Onkel Adolf war es noch.

Die Burg dieser Herren von Fürstenstein war für mich eine Art Götterburg, und natürlich diente der Mensch den Göttern. Was dort mit Türmen, Erkern, Giebeln und Terrassen heruntergrüßte, war Walhall. An diesem Anblick wollte ich den armen Dorfjungen teilnehmen lassen. Er sollte Walhall sehen. Ich enthob ihn damit, wie ich dachte, seiner dumpfen Niedrigkeit.

Eine Stunde später erreichten wir durch einen langen Fußgängertunnel das Plateau des Bahnhofs Sorgau mit seinem Schienennetz. Mitten darin erhob sich ein roter Backsteinbau, der Wartesäle, Verwaltungsräume und Beamtenwohnungen in sich schloß. Dies alles war mir nicht unbekannt, ich hatte es beim Vorüberfahren vom Coupéfenster auch nach und nach entstehen sehen. Hier wohnten nun meine Eltern, hier war ihr neuer Wirkungskreis.

Ich traf meinen Vater hinter einem langen, mit einer schwarzen Marmortafel belegten Büfett, meine Mutter in einer mit Gas beleuchteten, unterirdischen Küche an, in besserer Stimmung als seit Jahren. Die Heimkehr, die neue Umgebung, das mir innewohnende eigene Aufschwunggefühl, das hier unerwartet in einen verwandten Zustand des Familienschicksals münden konnte, gipfelten in einer Art Freudenrausch. Dieses immerwährende Schmettern der Eisenschienen, Zischen, Fauchen und Jagen der Dämpfe aus den Schloten und Ventilen dieser Eisenkolosse von Lokomotiven, das Schreien der Schaffner, Schlagen der Coupétüren, ohrenzerreißende Läuten der Perronglocke rissen mit sich fort und jagten die Trägheit aus dem Blut. Der Gutshof Lohnig und die unabwendbare gewaltige Rhythmik dieses Verkehrsknotenpunktes: Verschiedeneres war nicht auszudenken!

Meine Mutter, während sie mich in der Küche fütterte, äußerte sich über die Annehmlichkeiten des neuen Geschäftsbetriebs. Erstens gehe er in wesentlich gleicher Art durch das ganze Jahr und kenne, anders als diese verwünschten Badehotels, keine tote Zeit. Zu bestimmten Zeiten kämen bestimmte Züge mit ungefähr immer der gleichen Zahl Reisender, die hier soundso lange Aufenthalt hätten und etwa immer den gleichen Konsum. Soundsoviel koste, soundsoviel bringe ein Tag, dabei bleibe es ohne erhebliche Schwankungen, und so brauche man nicht mit Hoffen und Bangen dem Ausfall jeder neuen Saison, jedes neuen Monats, jeder neuen Woche entgegenzuzittern. »Hier kommen wir vorwärts«, sagte sie, »und vor allem, es ist nicht ausgeschlossen, daß wir einmal einen ganz großen Bahnhof bekommen, wo dann wirklich ein Vermögen zu erwerben ist.«

Die einsame Lage des Bahnhofs hatte den Nachteil, der auch der Vorteil war, daß als Gäste nur jenes Publikum in Betracht kam, das die Züge auswarfen. Der Vorteil dieses geschäftlichen Nachteils lag in der ungestörten Stille, die mittlerweile in den Wartesälen herrschte und sie gleichsam zu Privaträumen machte. Noch am selben Tage stellte mich der Vater dem stattlichen, jungen Bahnhofsinspektor Morawe vor, der sich abends an unsern Tisch setzte, wo, wie ich erfuhr, bald dieser, bald jener der vielen Beamten erschien, die immer dies oder das aus ihrem Verkehrsbereich zu berichten wußten.

Der Vater ließ sich von Lohnig berichten. Meine Erzählungen interessierten ihn. Beinah war ich über mich selbst erstaunt, über meine unaufhaltsame Redseligkeit, über die Fülle von Erlebnissen, die sich in mir gestaut hatten und nun sturzbachartig den Damm durchbrachen. Ich kritisierte den schläfrigen, althergebrachten, wie mir vorkam, verrotteten Gutsbetrieb, die Schlaffheit des übergütigen Onkels, dem nie ein hartes Wort über die Lippen kam und der vor seinem

Gesinde, vor seinen Taglöhnern eher klein wurde und zu kuschen schien. Ich renommierte, wie ich mir bei den Arbeitern Respekt verschafft, einem gewissen Schlendrian entgegengewirkt habe, leider aber in diesem Bestreben von Onkel Schubert nicht unterstützt würde.

Am zweiten Tage meines Sorgauer Aufenthaltes, einem Sonntag, kam Schwester Johanna mit Tante Mathilde zu Besuch. Wir saßen im kleinen Wartesaal um den Kaffeetisch. Die Sonne schien auf das Porzellan, und wir waren alle recht guter Laune.

Ich erzählte viel, wir lachten viel, und übrigens war ich Hahn im Korbe. Vater hielt den Nachmittagsschlaf.

Es war ein beglückender Kaffeeklatsch, bei dem selbst die ernsten und sorgenvollen Ereignisse der Familie in einem heiteren, hoffnungsfrohen Sinne erörtert wurden.

Tante Mathilde kam auf ihr Lieblingsthema Ägypten und den Afrikareisenden Nachtigal, auf den Kreis der Liebigs in Reichenberg, auf die Stellung, die ihre Freundin Marie von Liebig für sie bereitgehalten hatte, falls sie zum Katholizismus übertrete. Nein! Da geriet sie in heitere Wut: sie hatte ihr gründlich Bescheid gegeben, aber noch mehr, noch weit mehr jenen Patres und Fratres, die das arme Geschöpf in der Hand hatten.

Es wurden viele Pläne gemacht. Man sah sich bereits in irgendeiner schönen, größeren Stadt, Johanna und Tante Mathilde waren zusammengezogen, wir fühlten uns bereits als die glücklichen Inhaber einer neuen Bahnhofspacht an dem gleichen Ort, wozu uns der Staatsanzeiger mit seinen Ausschreibungen helfen sollte, der, zu diesem Zwecke gehalten, zwischen den Kaffeetassen lag. Dieser Bahnhof Sorgau also, diese Plattform mitten im Feld, mit ihren blanken Schienengleisen, die nach Osten, Westen und Nordwesten ins Weite hinausführten, war mehr eine Hoffnung, als er eine Erfüllung darstellte. Die Übersiedlung hatte unsere allzu festen Wurzeln zunächst einmal aus dem Boden gehoben und gleichsam auf die Bahn gebracht. Aber mehr auf den Bahnhof als auf die Bahn. Es war nur eine Zeitfrage, wann uns auf Wartezeit gestellte Wanderbereite ein Zug mit sich nehmen würde. Besonders Johanna, die immer den Himmel voller Geigen sah oder sich so stellte und fortgesetzt die überheblichsten Begriffe vom Werte unserer Familie hatte, erklärte immer wieder, daß dieses Sorgau für uns nur ein Sprungbrett sei, von wo aus wir mit einem gewaltigen Satz mitten in unabsehbare Felder voll großer Rosinen springen würden.

Wenige Tage danach war diese berauschende Kaffeestunde leider wieder zu einem verblassenden Märchen geworden, und das entlegene, gänzlich andersgeartete Landwirtsdasein auf Lohnig hatte mich wieder eingeschluckt.

Mit dem Verlassen des Rittergutes und der Übersiedlung in das neue Haus und Bauernanwesen in Lederose begann eine Zeit, die mich derart in mich selbst zurückdrängte, daß ich sozusagen mein einziger Umgang war. Ich war und wurde ganz Innerlichkeit, wobei in Betracht zu ziehen ist, daß ich, in den Zustand männlicher Reife übergehend, zur Verschwiegenheit gedrängt, Entdeckungen über Entdeckungen an und in mir machen mußte.

Brinke, mein Freund und Berufskollege, verließ mit uns allen das Rittergut, aber nur, um irgendwo eine Stellung anzutreten, die der Onkel dem tüchtigen Menschen verschafft hatte. Es war kein kleiner Schlag für mich, diesen reinen und kindlichen Kameraden zu verlieren. Seine freundschaftliche Nähe würde mich vor manchem bewahrt haben, was sich in der Folge auf mein Gemüt legte.

Immerhin, ich bedaure nichts, hat doch das seltsame, dumpfe Wesen, in das ich versank, eine gefährliche Form von Einsamkeit, ja Weltabgeschiedenheit, unzweifelhaft Zukunftswerte besessen.

Fünfundvierzigstes Kapitel

Lederose schluckte mich also für ein Jahr gleichsam ein. Man sah das Dorf, obgleich es Lohnig benachbart war, da es eine Bodenfalte verbarg, von dort aus nicht. Seine Lage an einem von Erlen verhüllten, still fließenden Wasser war recht anmutig. An einem Ende der geraden Dorfstraße lag der Kretscham, am andern der Hof des Dominiums. Ihn wieder beherrschte ein Herrenhaus, das rückwärts in einen alten, gepflegten Park blickte, in dem sogar ein kleiner See mit Schwänen vorhanden war. Am lehmigen Dorfteich, einer besseren Pfütze, auf der sich die Enten und Gänse der Ortschaft zu treffen pflegten, erhob sich ein zerfallener Turm, der Rest einer Kirche, die im Dreißigjährigen Krieg zerstört worden war. Der ganze Ort war in Bäume und Büsche gebettet, so daß vor dem Lärm aller Arten von Vögeln manchmal das eigene Wort nicht zu hören war.

Aber nun gerade, hier in Lederose, bedeckte mich allmählich irgend etwas ähnlich einem Leichentuch. Es fehlte Brinke, es fehlte das weitverzweigte Gutsleben.

Wir hatten zwei Gespanne auf dem Gut, in Lohnig waren des Morgens wohl dreißig ausgezogen. Acht Kühe und ein Bulle standen im Stall, die von einer Magd bedient wurden. Zwei Pferdeknechte waren da, ein reichlich besetzter Taubenschlag, einige Hühner, Enten und Gänse. Das war alles und bot keine große Abwechslung.

Mein einziger Kamerad war ein Hund, der Pudel Fido, der meinem verstorbenen Vetter gehört hatte. Er schloß sich hingebend an mich an, hatte aber die Räude und war ziemlich abstoßend.

Ein Stamm von einem Dutzend Tagelöhnern und Tagelöhnerfrauen kam hinzu, die, wo es not tat, in Arbeit genommen wurden.

Das neue Dasein schien mir anfangs idyllisch und recht angenehm. Ich unterdrückte das Gefühl der Beängstigung, sooft es in mir aufsteigen wollte. Gewiß, um mich in die neue Lage zu finden, mußte ich mir einen kleinen Ruck geben. Unausgesprochen, nur halb bewußt, war irgendein Widerstreben in mir, verbunden mit einer Empfindung von Sinnlosigkeit.

Der Sohn eines Bauern war ich nicht, ebensowenig wie Onkel Schubert ein Bauer. Und doch war dies Gütchen, das erkannte ich selbst sofort, nur von einem Bauern und seinem Sohne, Leuten, die selber zugriffen, zu bewirtschaften. Und ebendiese Erkenntnis mit dem Schluß, daß wir beide nun wirkliche Bauern werden müßten, wurde mir eines Tages von Onkel Schubert vorgetragen. Dabei mußte ich merken, wie wenig er mit mir zufrieden war. »Wenn du nicht das und das und das und das und das und das gelegentlich verrichtest«, sagte er, »muß ich mir einen Großknecht anschaffen.«

Seltsam fiel es mir in den Sinn, daß ich nun nach den Ausblicken des Dominialbetriebes, den ornithologischen Anfängen, den Bestrebungen zur Wiedererweckung der Reiherbeize und Falkenjagd als höchstes Ziel den vollendeten Großknecht in mir sehen sollte, eine Möglichkeit, die mir zu keiner Zeit ins Bewußtsein getreten war. Aber um ernsthaft über die Torheit einer solchen Bestimmung bei meiner knabenhaft zarten Konstitution nachzudenken und dagegen zu protestieren, ruhte ich noch zu sehr im Gefühl blinder Anhänglichkeit. Es dauerte noch geraume Zeit, bevor ich das Selbstbestimmungsrecht des Menschen erkannte und mir zubilligte.

Ich versuchte zu einem Großknecht heranzureifen. Um Onkel und Vater nicht zu enttäuschen und mich womöglich untauglich zu erweisen für einen Beruf, an den ich mich nun für immer gebunden glaubte, unterzog ich mich einer strengen, selbstgesetzten Disziplin: einer Regel, die einzuhalten nicht weniger anstrengend war als die irgendeines Mönchsklosters. Überm Bett meines ebenerdigen Schlafzimmers, eines dumpfen Raumes des alten bäuerlichen Wohnhauses – der Neubau war noch nicht ausgetrocknet –, brachte ich eine Schelle an, deren Schnur durchs Fenster auf die Straße ging, wo sie, und zwar um dreiviertel drei des Nachts, der Nachtwächter, um mich zu wecken, ziehen mußte. Dann stand ich auf – es war Spätherbst und kalt –, in welcher Verfassung ist leicht zu ermessen, und machte mich durch das Wecken von Knechten und Mägden unbeliebt. Nun gab ich im Dunkel fröstelnd und frierend Heu und Hafer in vorgeschriebenen Mengen heraus und mußte mich von den mißgelaunten und geärgerten Leuten angrobsen lassen. Um fünf Uhr waren die Pferde angeschirrt, die Gespanne begannen ihre Tätigkeit. Die Knechte bestiegen jeder sein Sattelpferd und ritten auf die Felder, um zu pflügen, oder es wurde Dünger geladen und hinausgebracht. Jetzt begann das Melken, dem ich gelangweilt beiwohnte. Die Mägde zogen im Halbschlaf die Zitzen oder brachen, wenn die Kuh sich unangemessen bewegte, in unflätiges Schimpfen aus. Der Stall war dunkel bis auf das Licht einer kleinen Ölfunsel. Diese Frühstunden waren überhaupt in Nacht getaucht. Aber im Kuhstall war es warm, und man konnte womöglich ein kleines Nickerchen nachholen.

Die Rinder hatten klassische Namen, der gewaltige Bulle zum Beispiel hieß Jupiter. Man las es von einer Holztafel, die vor und über ihm an der triefenden Mauer hing. »Venus«, »Juno«, »Minerva« und so weiter stand in weißen Lettern über den Häuptern der Milchkühe. Das alles und das monotone Rauschen der Milch in die Blechgelten, dazu die wohlige tierische Wärme, regte zu Träumereien an. Ich gewöhnte mir außerdem an, hier, wo ich die Mägde bewachen und das Unterschlagen von Milch verhüten sollte, selbst eine Milchkur zu gebrauchen, aus eigener Machtvollkommenheit.

Das Aufstehen war keine Kleinigkeit, und doch liebte ich diese Frühstunden. Sie nahmen dem Leben ein gut Teil seiner Reizlosigkeit. Es war eine Art Mysterium, in dessen Tiefen ich vor Tagesanbruch mit einer Art Wollust herumtastete. Im Morgengrauen und Tagwerden, das mich ernüchterte, freute ich mich schon auf den Abend und wieder auf die dunklen Morgenstunden des kommenden Tages. Der Onkel schlief, die Tante schlief, ich war geborgen in Nacht und Einsamkeit.

Meine Stimme veränderte sich, ich war nicht wenig erstaunt darüber. Mein ganzer Körper unterlag einer Umwandlung. Es war in mir eine seltsame Unruhe, die mit vielen sonderbaren Symptomen befremdend in mein Leben trat. Eine gewisse Scheu stieg in mir auf. Es zog mich überall ins Verborgene. Hatte ich ein schlechtes Gewissen, oder wurde mir halb bewußt, daß der eigene Körper in seinen heimlichen Tiefen schöpferisch ward? Noch war nichts Denken, alles Instinkt, alles Gären, Drängen und Werden im Dunkeln. Das vielleicht größte Wunder des Lebens kam in schwülen Spannungen, irdisch-überirdischen Ahnungen, Süchten und Sehnsüchten über mich. Zugleich eine Furcht, eine Angst, der Ansturm des Neuen könne meine Kraft übersteigen. Natürlich litt ich an heftigem Herzpochen. Diese Zustände hatten ihre Gefährlichkeit. Sie konnten den Sinn des Lebens einleiten, aber ebensogut den Tod.

Was da vorging, in mir rang, ich spürte das, war keine Geringfügigkeit. Ich behielt es für mich, ich hätte es niemand verraten mögen. Auf den Gedanken, mein Zustand könne nach außen bemerkbar sein, kam ich nicht. Ich sah überall Dinge, die mir neu waren: die Waden und nackten Arme der Mägde, wenn sie mit Gabeln an langen Stielen das Grünfutter abluden, seltsam reizende Formen in der Natur, betörende Münder, lockende Augen; Kühe wurden zum Stiere gebracht, ein landwirtschaftlicher Akt, dem ich beiwohnen mußte. Er hatte jedesmal etwas Spannendes. Schwüle Träume kamen des Nachts. Es herrschte darin eine im Anfang bestürzende Zuchtlosigkeit. Morgens tauchte die Frage auf, ob das, woran ich mich klar erinnerte, wirklich geschehen sein konnte und wie es überhaupt möglich war. Dem Teufel diese frappanten Ereignisse zuzuschreiben, darauf verfiel ich nicht. Aber ich hatte Gewissensbisse.

Körperliche Arbeit ging nebenher. Da ich mir schon in Lohnig die meisten technischen Handgriffe im Bereich des Hof- und Feldbetriebs angeeignet hatte, konnte ich sie auf dem Gütchen ausüben. Ich verstand mit dem Pfluge, der Sense, der Zuckerrübenhacke umzugehen, konnte dreschen und Garben binden und übte nach Maßgabe meiner allerdings schwachen Kräfte dies alles je nach Bedürfnis aus. Ein wirkliches Eingreifen in den Betrieb des Gütchens war das nicht. Und da Knechte, Mägde und Gutsarbeiter das Ihre gewohnheitsmäßig taten, quälte mich allenthalben ein Gefühl der eigenen Überflüssigkeit.

Zum Großknecht konnte ich mich nicht entwickeln. Ich hätte nötig gehabt, es als Schwerarbeiter allen voran zu tun. Aber wie hätte ich können einen Sack voll Weizen, der etwa zwei Zentner wog, auf den Oberboden hinaufbuckeln? Das halbe Gewicht hatte mich eines Tages zum Straucheln gebracht. Ich kämpfte gegen die Schwäche an, ich suchte trotzdem meinen Mann zu stehen, half Dünger laden und Ställe ausmisten, übernahm ein Gespann, bediente den Pflug einen halben Tag oder führte die Egge über den Acker. Am liebsten war mir das entlegenste und einsamste Arbeitsgebiet.

Die Jahreszeit wurde immer unwirtlicher. Wir kamen in den Dezember hinein. Onkel Schubert hatte eine Dreschmaschine mit Dampfbetrieb angeschafft, die im ganzen Striegauer Kreise herumreiste. Zuweilen, was eine Art Fest bedeutete, arbeitete die Maschine bei uns. Da war das eiserne Schwungrad, da war der Treibriemen, da war das Geratter und Geklapper, das alle erregte, die Leute schreien und lachen machte, und nicht zuletzt der Lokomotivenpfiff, der die große Welt des Verkehrs vortäuschte.

Ich drängte mich zu der wichtigen Arbeit des Einlegens und übte sie eine Weile aus. Eine vom Bunde frei gemachte Garbe wird einem in die Arme gelegt, und man muß sie dem brausenden Maul der Maschine, auf bestimmte Weise gelockert, einschütten. Wieviel die Maschinentrommel in einer Stunde verarbeitet, das hängt von der Schnelligkeit, der Ausdauer und Geschicklichkeit des Einlegers ab. Die Arbeit strengt an, man muß viel Staub schlucken, und da man sie nicht lange hintereinander ausüben kann, wird nach einer mehr oder weniger langen Zeit der Ersatzmann nötig. Aber die Stellung auf dem Maschinendach, der Reiz des Vorgangs und seine Wichtigkeit machten die Arbeit begehrenswert.

Nachdem wir das neue Wohnhaus bezogen hatten, wurde es durch eine kleine Feier eingeweiht. Zugegen war der fromme Maurermeister, der es gebaut hatte, mit seiner Frau sowie Pastor Vetter mit seiner Hausdame. Damit begann die im Vergleich zu Lohnig allerdings sehr erheblich eingeschränkte Geselligkeit. Im übrigen war das Haus recht trübselig.

Der Onkel, wie er gesagt hatte, freute sich über jeden Tag, der vorüber war, weil ihn das dem Wiedersehen mit seinem Sohne näher brachte. Das Leben von Tante Julie aber war ein einziger Totenkult. Niemals sang sie ein Lied, das nicht ein Choral war, spielte sie ein Musikstück auf dem Klavier oder Harmonium, das nicht kirchlichen Charakter gehabt hätte.

Damals fingen die Beratungen über den Grabstein an, den man dem kleinen Georg setzen wollte. Sie gingen anderthalb Jahre fort, bis dann das Kreuz aus dem schwarzen Granit des nahen Streitbergs mit der goldenen Inschrift »Dein, Herr Jesu!« im Eingangsraum des Hauses lag. Dieses schwarze Kreuz als Wunsch, Idee, materieller Beratungsgegenstand, zuletzt als Wirklichkeit war die geistige Dominante dieser Zeit.

In diese dem Tode zu-, dem Leben abgewandte Gemütsverfassung wurde ich, ohne es zu merken, mehr und mehr eingelullt. Zuweilen sträubte ich mich dagegen, schloß mich sonntags von den Kirchgängen und von den Wallfahrten zum Grabe aus, die mehrmals wöchentlich stattfanden und zu denen mich die Tante schließlich nicht mehr aufforderte. Das hinderte meine wachsende Abkehr vom äußeren Leben nicht und die Zunahme meiner Verdüsterung.

Das wachsende Dunkel war in seiner Wirkung recht vielfältig und ebenso mein Verhältnis dazu. Es machte mich traurig einerseits und hatte doch auch mit jenem fruchtbaren Dunkel zu tun, in dem sich Keime aus Samen entwickeln. So sehnte ich mich immer mehr aus dem Dunkel zum Licht, noch mehr aber aus dem Licht zum Dunkel, so daß der Tag und besonders jegliche Art von Geselligkeit als Störung, ja manchmal als Raub empfunden wurden.

Die Essenz und der Kern meines Lebens war Heimlichkeit. Das wahre große Ereignis, in dem ich stand, war das Erwachen des Geschlechtslebens. Eros nistet sich in uns ein.

Er nimmt Quartier, gestaltet sich seine neue Wohnung. Der Jüngling fühlt und erkennt und begreift schließlich seine unabwendbare Gegenwart. Er parlamentiert, er verhandelt mit ihm, muß aber schließlich fühlen, daß er diesem Gast gegenüber ohnmächtig ist. Er sieht sich zu unbedingtem Gehorsam gezwungen, zum willenlosen Sklaven gemacht. Nun beugt sich der Sklave und huldigt dem Gott. Und wie er in seinen Mysterien fortschreitet, verachtet er endlich jedes andere irgendwie geartete Glück in der Welt.

Ich tat meine Arbeit, versah meinen Dienst. Ich striegelte Pferde, eine kleine braune Stute – sie war dreijährig –, die weder geritten noch gefahren war. Ich stand im ammoniakbeizenden Stall und mistete aus. Ich reinigte den Taubenschlag. Uns fiel ein Pferd an Kolik. Es litt entsetzlich. Wir dokterten vergeblich eine ganze Nacht an ihm herum. Ich half es vergraben, als es am Morgen zusammengebrochen war. Ich sah das Leiden der Kreatur: der Kühe, wenn das Kalb seine Hinterhufe wie zwei Stöcke aus der Mutter hervorstreckte. Daß ein ganzes, großes, vierbeiniges Tier durch eine so kleine Öffnung nachdringen sollte, schien ein Ding der Unmöglichkeit. Einige Stunden später war es da, lag neben der Mutter und wurde von ihr zärtlich und eifrig abgeleckt. Dann stand es auf, dann wurde es an das Euter gelegt und wieder einige Tage später vom Fleischergesellen abgeholt und zur Schlachtbank geführt. Der ganze Kuhstall geriet außer sich. Die verwaiste Mutter tobte, riß an der Kette und brüllte verzweifelt tagelang.

Ich konnte beobachten, ich hatte Zeit, über die Mysterien der Zeugung, der Geburt und des Todes nachzudenken, da mir der ganze Tag dafür zu Gebote stand. Natürlich bewegte sich mein Denken nicht über den mir zugewiesenen Raum. Dagegen sah ich mich eines Tages auf dem Wege meiner Beobachtungen wiederum dahin gedrängt, Eindrücke, die sich mir immer wiederholten, mit Papier und Bleistift festzuhalten, was mir mit den Kühen sowie den übrigen landwirtschaftlichen Haustieren über alles Erwarten gelang.

Das Zeichnen brachte meinen dumpfen Stunden Erleichterung. Es kam mir vor, als könne diese mir in den Schoß gefallene Tätigkeit irgendwie und -wann ein Glück für mich sein, ganz abgesehen von der Freude, die mir schon jetzt dadurch zuteil wurde.

Eine schwache Regung von Ehrgeiz mochte dabei im Spiele sein. Er würde sich dann auf meine Zukunft als Landwirt nicht bezogen haben, und schon darum gehörte das Zeichnen ins Gebiet meiner Heimlichkeit. In ihrem Schutze habe ich auch meine ersten Gedichte gemacht, die gleich den Zeichnungen unerwartet und plötzlich da waren. Ich sage deshalb, daß es meine ersten gewesen sind, weil ich die früheren nicht dafür halte.

Lederose war für mich eine Sackgasse. Ich empfand es dumpf, ohne mir dessen bewußt zu sein. Sicher ist, daß der kurze Vorstoß von Rittergut Lohnig ins Große, Freie in sie mündete. Leider brachen in ihrem Halblicht, ihrer Aussichtslosigkeit alle überwunden geglaubten hemmenden Mächte, die Erbschaft der Schule, wieder herein. Der Schlag, den mir die ersten Breslauer Schulstunden versetzt hatten, brachte sich durch eine Schwäche des Rückgrats in Erinnerung. Ich unterlag, womöglich verstärkt, meinem Kleinheitswahn. Ich hielt nichts von mir. Und wann hätte ich mir auch während der Breslauer Schulzeit irgend etwas diese Überzeugung Entkräftendes beweisen können? Noch sah ich die Schule als etwas Gottgegebenes, Infallibles, etwas furchtbar Vollkommenes an, dessen Anforderungen ich ganz einfach nicht gewachsen war. Ich wurde mit Recht deshalb ausgeschieden. Ich war, wie der Ausdruck lautet, in jeder Beziehung untauglich. Und schon wieder, ganz im Innern, meldete sich oder schien sich zu melden, auch diesem neuen Beruf gegenüber, dumpfes Bewußtwerden von Untauglichkeit.

Ich litt unter dem Gedanken, Onkel und Tante könnten Vergleiche zwischen mir und ihrem verstorbenen Sohn anstellen. Äußeren Anhalt für die Befürchtung hatte ich nicht. Aber die bloße Vermutung nahm mich gegen die Schuberts ein. Bald war es keine Vermutung mehr, sondern es hatten sich Vermutung und Befürchtung aus meinem Minderwertigkeitsgefühl als eine schmerzliche Beule zusammengezogen. Nach nicht allzulanger Zeit trug ich meiner Mutter diese Sache bereits als bestimmte Anklage gegen ihre Lieblingsschwester und ihren Lieblingsschwager vor.

Eine andere hypochondrische Idee nahm gelegentlich Besitz von mir: die Furcht vor der Verwirklichung des irgendwie in der Luft hängenden Gerüchts, daß ich von Onkel und Tante an Sohnes Statt angenommen werden sollte. Der Gedanke, meine Eltern könnten in einen derart unnatürlichen Handel einwilligen, also mich loswerden wollen, kränkte mich. Und weil ich sie damals noch mit einer ungeteilten, grenzenlosen Liebe liebte, empfand ich gegen meine möglichen Adoptiveltern wachsende Abneigung. Mehr und mehr kühlte das einstmals so warme Verhältnis zu ihnen ab.

Ganz aus der Luft gegriffen, war meine Befürchtung sicherlich nicht. Die Arbeitsleute zum Beispiel sahen in mir den zukünftigen Gutserben, und vielleicht erschien meinem Vater und meiner Mutter meine Zukunft so aussichtslos, daß sie die Möglichkeit dieses sicheren Unterschlupfs nicht durchaus von der Hand weisen wollten. Aber der bloße Gedanke empörte mich. Ich hatte seltsamerweise einen gewaltigen Namensstolz: den Familiennamen aufzugeben wäre für mich dasselbe gewesen, als ob ich, seiner unwürdig, von den Meinen vor die Türe geworfen, das heißt, ausgestoßen worden sei.

Es konnte in dieser Sache ohne mich nichts geschehen, aber daran dachte ich nicht. Ich war vor mir selbst zu klein, mein Dasein zu aussichtslos, und ich steckte, wie schon gesagt, in einer Sackgasse: mich rückwärts und vor den Eingang zurückzuziehen kam nicht in Betracht. Es hätte mich und voran meine Eltern nur von meiner wirklichen und völligen Unfähigkeit zu jedem ernsten Beruf überzeugt. Wo hätte dann ich und wo hätte man mit mir hin sollen?

Da ich, auch wenn ich gewollt hätte – einen Freund oder Kameraden hatte ich nicht –, mich niemand eröffnen konnte, wühlte ich mich immer tiefer in mich selbst hinein, in dem gefährlichsten Zeitraum zwischen Knaben- und Jünglingsalter allen Zwiespältigkeiten seelisch-sinnlicher Regungen preisgegeben. Dem natürlichen Zustand der Vereinsamung folgte die Verfinsterung.

Sechsundvierzigstes Kapitel

Ein harter Winter brach herein. Da mein Zimmer ohne Ofen war, gefror das Wasser in der Waschschüssel. Ein übler Husten quälte mich, der aber von den Verwandten nicht beachtet wurde. Der Beruf eines Landwirts duldet keine Verweichlichung. Infolge der Überreizung durch das nächtliche Aufstehen war mein Geist dauernd in einem Zustand peinlicher Luzidität, während zugleich ein Gefühl von Dumpfheit und Leere im Kopf und seine Begleiterscheinungen mich beängstigten. Zwölf Jahre alt, hatte ich ohne Mühe dicke Bände durchgelesen, während ich mich jetzt zuweilen vergeblich bemühte, den Sinn einer halben Seite zusammenzubringen. Ich vergaß bei der vierten Zeile die dritte, bei der fünften die vierte, und so fort. Ich hatte wirklich ein Brett vor dem Kopf.

Einer meiner Träume von damals bleibt mir besonders merkwürdig und, weil er die Aufgestörtheit meines Seelenlebens zeigt, erwähnenswert.

Da ich mich um drei des Morgens wecken ließ, schlief ich sehr unruhig. Das alte Gutshaus, in dem ich noch immer aushalten mußte, war recht unheimlich. Der Bauer und letzte Besitzer des Hauses sollte sich an einem Balken des Oberbodens aufgehängt haben. Bei der Arbeit wurde davon erzählt, wie denn überhaupt die alten Tagelöhnerweiber die lebende Chronik des ganzen Landbezirkes sind. Ratten und Mäuse sind von Ställen, Scheunen, Getreideböden und Milchkellern nicht auszuschließen. Sie sprangen, tanzten, quiekten des Nachts auf der niedrigen Decke über meinem Kopf.

Es ist von der Schelle die Rede gewesen, die ich mir übers Bett gehängt hatte, um mich von der Dorfstraße aus durch den Nachtwächter wecken zu lassen. Das geschah wie immer eines Nachts. Ich warf wieder die Beine aus dem Bett, während die Schelle noch schrie und schepperte. Mit den Phosphorhölzern zündete ich meine Kerze an. Ich fror, ich zog mir die Beinkleider über, zwängte die Füße in die Schaftstiefel, die noch vom vorigen Tage naß und beschmutzt waren, und erhob mich, die übliche Katzenwäsche zu bewerkstelligen.

Als das getan war, noch das klägliche Läppchen Handtuch in der Hand, bemerkte ich in dem herzförmig ausgeschnittenen Loch des Fensterlädchens ein schwaches Licht. Gleich darauf war mir, ich hörte entferntes Singen. Das alles überraschte mich, denn schließlich war es ja draußen tiefe, mondlose Nacht, und ein solcher Gesang – es schien kindlicher Chorgesang – war selbst am Tage in diesem entlegenen Ackerdörfchen kaum je gehört worden.

Ich zog die Weste, die Jacke und eine zweite, dickere darüber an, umwickelte meinen Hals mit einem Schal, stülpte mir eine Baschlikmütze auf den Kopf und wollte dann sehen, was draußen los wäre. Ich machte das Lädchen, das Fensterchen auf und sah zu meinem wirklichen Staunen, wie sich ein Kinderfestzug, wie sie bei Schulspaziergängen üblich sind, von der Kretschamseite aus die Dorfstraße heraufbewegte. Das Unwahrscheinliche dieser Tatsache konnte nicht hindern, daß sie eine war.

Ich fragte den Wächter, der in altertümlicher Weise mit Horn, Spieß, Schaffell und Schaffellmütze ausgerüstet war und noch wartend vor meinem Fenster stand, wie er sich diesen Aufzug erklären könne. Er fand nichts Sonderbares darin. Ich selbst aber ward durch die Begrüßung eines Salzbrunner Jugendgespielen in unbefangener Weise in eine natürliche Verbindung mit dem seltsamen Vorgang gebracht. Wie kommst du hierher? fragte ich, als mir der Freund in schalkhafter Wiedersehensfreude durchs Fenster die Hand reichte. Es schien, die Sache war, etwa um mir eine Freude zu bereiten, abgekartet. Denn nun erkannte ich Alfred Linke, Gustav Krause, den Fuhrmannssohn; Ida Krause, die längst Verstorbene, schritt unter den Schulkindern, und diese führte, es war kein Zweifel, wie ein Hirt die Herde, der alte Salzbrunner Schullehrer Brendel an, während Julius Gruner, der von uns Schulkindern seine tägliche Apfelsteuer nahm, einen Apfel schälend, um dessen Schale man sich riß, die Masse der Kinder zusammenhielt. Mich überschlich bei diesem Anblick eine innere Wonne und Wärme, die ich nicht beschreiben kann. Ein Jugendfesttag innigsten Glücks kam heraufgezogen und verbreitete über Straßen und Häuser von Lederose eine süß vergoldende, magische Helligkeit. Das Glück meiner Jugend kam daher und lud mich ein, aus dem finsteren Hause meiner Verbannung heraus und mitten hinein zu treten. Die Heimat, die mich verstoßen hatte, kam zu mir. Die Treue, die sie mir hielt, hatte etwas Erschütterndes.

Ich zog mit den Kindern vor das Dorf hinaus, wo der große Wiesenplan mit hurtig zusammengeschlagenen Tischen und Bänken uns als Spielplatz erwartete. Als wären wir beim Müller von Wilhelmshöh, traf ich meine Mutter, Tante Liesel und das bucklige Täntchen Auguste, die Knusperhexe, in lächelnd versöhnter Stimmung beim Kaffee. Der Müller von Wilhelmshöh stand mit der kurzen Pfeife daneben, schmauchte und schien sich wie die andern Erwachsenen über den Streich zu vergnügen, den man mir gespielt hatte.

Wie steht's in der Krone? fragte ich meine Mutter.

Oh, sagte sie, es wird alles gut. Der hauptsächlichste Gläubiger, Fabrikant M. in Waldenburg, wünscht, daß der alte Gasthof in Vaters Hand bleibe. Er verzichtet auf seine Hypothek.

Das war eine herrliche Neuigkeit, die eine Welt der Freude in mir aufregte. Es war, als erhielte ich die Versicherung, ich würde noch im hohen Alter die geheiligten Räume des alten Hauses, die ehrwürdigen Gänge, Säle, Winkel und Gartenverstecke durchwandeln und von seiner Seele umgeben sein.

Nun fingen unter der Leitung von Brendel die Spiele an. Nie hätte ich geglaubt, daß der alte Krauter so heiter sein könne. Er bog sich vor Lachen, als einer der Jungen nach dem andern kurz unter der Spitze einer Stange, auf der eine Wurst hing, die Kraft verlor und herunterrutschte. Nicht weniger lustig war das Sackhüpfen. Die Kinder wurden in Säcke gesteckt, so daß sie nur den Kopf frei hatten, und durften so nach leckeren Würstchen hüpfen, die man in mäßiger Höhe über ihnen an Bindfäden aufgereiht hatte.

Da legte mir jemand die Hand auf den Arm. Es war Herr Beninde, der, wie immer penibel gekleidet, das Halstuch mit einer blitzenden Busennadel geziert, mir einen eben geschnitzten neuen Fitschepfeil übergab. Er hatte schon viele Kinder damit versorgt und schien hier in seinem Element zu sein. Bereits wurde der Himmel von Pfeilen verdunkelt.

Beninde bestätigte mir, was die Mutter erzählt hatte. Es käme nur noch auf ein kleines, leicht zu lösendes Rechenexempel an. Übrigens wolle der Vater deswegen noch meinen Rat haben. Und richtig, der Vater, außerhalb des Spielplatzes – er liebte diese Art Kinderspiele nicht –, gab mir einen geheimen Wink, der mich an seine Seite brachte.

Wenn es dir recht ist, sagte er, und du nicht etwa den Trubel lieber hast, könnten wir einen kleinen Spaziergang machen. Diese Sache hier wird ja so bald nicht zu Ende sein.

Selbstverständlich war ich mit Freuden bereit.

Was alles mir der Vater auf dem langen Spaziergang anvertraute, weiß ich nicht. Manchmal hörte ich deutliche Worte, manchmal war es nur wie sein Seelendunst, der mich umgab. Darin schwammen die Bilder des Mendeschen Maskenballes. Mein Inneres nahm Partei für den Vater, obgleich er allen das Fest gestört hatte. Es schwebten Gefühle durch mich hin, die der dunkle Faschingsabend erweckt hatte, und ebenso Visionen: meine Schwester im grünen Arsenikkleid und das Dreimastertintenfaß meines Vaters. Einer der Demuths, die nun

Kurdirektoren waren, begegnete uns. Das Jagdgewehr hing ihm an der Schulter. Er sagte, es sei ein schlechtes Geschäft mit der Landwirtschaft, und riet mir, Kurdirektor zu werden. Er selber war es ja schließlich geworden an der eigenen Kuranstalt. – Denken Sie doch an Ihren Großvater! Der alte Straehler, das war doch ein Mann! Der Beruf liegt ja doch schließlich in Ihrer Familie.

Mit diesen Worten entfernte er sich.

In wenigen Tagen, sagte der Vater, kommt das ganze Demuth-Anwesen zur Versteigerung. Dein Großvater hat mich nicht geliebt, fuhr er fort. Erstlich sah der fürstliche Brunneninspektor sehr von oben herab auf den Gastwirtssohn und die Gastwirtsfamilie. Auch paßten ihm meine Ansichten nicht. Ich hielt den Leuchtturm, Meyers Universum und ähnliche Schriften. Ich liebte Gottfried Kinkel, Hoffmann von Fallersleben und Karl Schurz. Er sträubte sich mit Entschiedenheit, seine Tochter einem Gastwirt und einem roten Demokraten zu geben. Auch daß ich kein Kirchgänger war, paßte ihm nicht.

Ich fragte: Was ist aus den Enkes geworden? Vater sagte: Sie sind in die Welt verstreut. Der Elisenhof ist in andern Händen. Mit unsrer Krone wird es ja nun bald ähnlich gehn. Übrigens ist Onkel Gustav, mein Halbbruder, nicht mehr Besitzer vom Schwarzen Roß. Er ist mit der Frau nach Breslau übergesiedelt, Onkel Paul hat ihn bei einem Anwalt als Schreiber untergebracht.

Ich fragte nach dem Rechenexempel.

Ihr Kinder hättet das Geld sammeln sollen, das Gustav euch im Laufe der Jahre gegeben hat, dann wären wir heute reiche Leute, und es läge kein Grund vor, dich an die Schuberts abzutreten.

Abzutreten?

Du weißt ja. Durch Adoption.

Nach diesen Worten, die der Vater mit trüber Stimme sprach, stieg in mir eine Woge von Traurigkeit. Ich weinte. Wie ein unwiderruflich Verurteilter wollte ich wissen, ob mein Schicksal nicht irgendwie noch zu wenden sei.

Nein! Und ich und mein Vater weinten zusammen. Wirklich, er weinte, der strenge Mann, dessen Augen ich nur einmal, als der Tod meines Bruders Carl jeden Augenblick erwartet wurde, voll Wasser gesehen hatte.

Wie geht es dir übrigens? fragte er, wie fühlst du dich?

Oh, ich hätte schon viel gelernt, ich sei überzeugt, daß ich bald einen Großknecht ersetzen könne.

Jetzt waren wir allmählich bis in den Fürstensteiner Grund gelangt und betraten die Wirtschaft Zur alten Burg, wo uns Frau Kirchner, die Wirtin, begrüßte. Sie sagte, ich sähe nicht wie ein Landwirt aus.

Wir bestellten Kaffee, bestellten Bier und erinnerten uns an den Warmbrunner, an den Teplitzer Aufenthalt, wo wir beide, allein aufeinander angewiesen, oft so wie jetzt kameradschaftlich beieinander gesessen und geplaudert hatten. Frau Kirchner erzählte manches vom neuen Schloß und von den fürstlich-plessischen Herrschaften, wobei wir bedachten, daß unsere alte Burg die neue, nämlich ein Kunstprodukt der Romantik, war und das neue Schloß das echte alte.

Frau Kirchner fragte, ob ich nicht doch die historischen Räume besichtigen wolle. Aber es war in mir eine Unruhe, als ob wir nun doch zu dem Kinderfeste zurück müßten. Mit Vater zu wandern, mit Vater zu sprechen war schön. Aber es führte doch nach und nach in einen allzu großen Ernst und damit in eine gewisse Verdunkelung. Ich dachte an Onkel Gustavs Hochzeit, auf die ich mich so lange gefreut und um die mich unvorsichtiger Weingenuß zum größten Teil betrogen hatte. Ich würde mit einer Art Verzweiflung zu kämpfen haben, gestand ich mir, wenn ich bei meiner Rückkehr die Festwiese verödet anträfe.

Aber Frau Kirchner wollte nicht nachlassen. Sie müssen unbedingt das Paradebett sehen, sagte sie, in dem die Kaiserin von Rußland, der Ihr Großvater seinerzeit als Brunneninspektor den Kurbrunnen kredenzen mußte, zwei Nächte geschlafen hat.

Ich sprach Frau Kirchner von dem Kinderfest, von dem weiten Weg dahin, den wir zurücklegen müßten, und daß ich noch ein bißchen davon genießen möchte. Da meinte sie, es sei ja noch früh, und wie sie den alten Brendel kenne, der schwer in Gang zu bringen sei, treibe er, erst einmal in Schuß, die Sache womöglich bis nach Sonnenuntergang. Ich mußte der alten Dame recht geben, und Vater erzählte, in welche Sorge er eines Abends geraten sei, als ich, mit der Brendelschule unterwegs, lange nach Eintritt der Dunkelheit zu Hause noch vermißt wurde.

Übrigens erzählte die alte Kirchner sehr spannend von dem kaiserlichen Hofhalt auf dem neuen Schloß. Wie es da zugegangen sei und welche ungeheure Verschwendung geherrscht hätte. Man habe nach Abzug der Russen zu Aberhunderten ganze gebratene Hühner, Enten und Gänse in den Abzugsröhren des Schlosses gefunden.

Bei alledem wuchs meine Ungeduld. Es war mir, als ob ich, noch weiter hier festgehalten, etwas Unwiederbringliches, das sich mir vielleicht jetzt und nie mehr wieder darbieten würde, versäumen müßte, als ob ich die Jugend, die Seligkeit meiner Kindheit zum zweiten Male verlieren sollte. Was ging mich das Bett der Kaiserin an, wenn es mir den Verlust einer paradiesischen Stunde eintragen sollte?

Vater sagte: Es hilft nichts, wir wollen es ansehen. Diese Frau ist energisch. Sträuben wir uns, so müssen wir stundenlang parlamentieren. Werfen wir einen Blick auf das Bett, zahlen die Taxe und machen uns eilig auf und davon!

So wurden wir denn von Frau Kirchner außen herum um die alte Burg geführt. Der Anblick des Felsentales, auf dessen Klippe sie thronte, war großartig. Wir erreichten eine kleine, versteckte Spitzbogentür, wo Frau Kirchner mit knochigen Händen anpochte. Eine Antwort von innen erfolgte nicht. Da schrie sie mehrmals: Kastellan! Kastellan!, während ich fast verzweifelt erklärte, daß ich auf das Bett der Kaiserin nicht den allergeringsten Wert lege. Ich fühlte, wie ich heftiger wurde. Mich ginge die Kaiserin gar nichts an, die Kaiserin sei mir mehr als gleichgültig, ich hätte wahrhaft anderes zu tun, als das Bett einer Kaiserin anzuglotzen. Ich raste, ich schrie: einer der albernen, kläglichen Gaffer, wie sie Frau Kirchner gewöhnt sei, wäre ich nicht! Ich müsse zu meinem Kinderfest, und wenn sie mich jetzt in Dreiteufelsnamen nicht loslasse – bei diesen Worten entdeckte ich plötzlich einen alten, verrosteten, kunstreich geschmiedeten Klingelzug, der mir eine Erlösung deuchte. Ich hängte mich daran, ich riß daran, um wenigstens den Kastellan zu wecken, um wenigstens zu dem verdammten Bett zu gelangen und dann im Laufschritt davonzustürmen. Ein Donner erscholl, die Schelle schallte durch die Räume der alten Burg, daß der Kalk von den Wänden rieselte. Nie habe ich eine Schelle so ohrenzerreißend schmettern hören ...

Und, bei Gott! es war keine andere Schelle als die über meinem Bett, die der Nachtwächter auf der Dorfstraße zog und die mich eben jetzt erst wirklich aufweckte.

Unter den Traumerlebnissen, die ich gehabt habe, ist dies wohl das seltsamste. Es unterschied sich zunächst kaum von einer greifbaren Wirklichkeit. Die Schelle des Wächters weckte mich, wie verabredet. Ich erwachte dort, wo ich wirklich lag, machte Licht, stand auf, befand mich in meinem eigenen Zimmer, trat ans Fenster, das ich geöffnet hatte, sprach mit dem Nachtwächter und sah, hörte und fühlte nun alles ganz wie im Leben, was ich geträumt habe. Aber bis ich die Schelle des alten Burgturmes zog, waren höchstens fünf oder sechs Sekunden vergangen. So lange hatte der Wächter gelauscht, ob ich antworte, bevor er die Schelle zum zweiten Male in Bewegung setzte, wo ich denn mit einem lauten »jawohl!« diesmal wirklich erwachte und aus dem Bette sprang.

Siebenundvierzigstes Kapitel

Es war wie der Sturz in eine eisige Gruft. Ich tastete um mich, griff die Zündhölzer, erlebte, was ich schon einmal erlebt hatte, indem es in meinem Grabe Licht wurde. Und nun hielt ich ein langes, erstauntes, mit Flüsterstimme geführtes Selbstgespräch. Das war mir denn doch noch nicht vorgekommen!

Ich habe in den folgenden Wochen immer wieder über dies Ereignis nachgedacht, von dem ich natürlich Onkel und Tante, denen ich davon sprach, keinen Begriff geben konnte. Sie sahen in der Sache nichts Merkwürdiges. Überhaupt: wir verstanden uns nicht. Auch was ich sonst hie und da von meinen Gedanken merken ließ, verschwand ohne Widerhall. Ja, die in ihrem männlichen Freimut musterhafte Tante Julie schüttelte meist ganz offen den Kopf und erklärte, sie verstehe mich nicht.

Mir selbst ist die Frage bis heut ohne Antwort geblieben, wie man in drei Sekunden oder in kürzerer Zeit einen ganzen, beschaulichen, reichen Tag erleben kann, mit Begrüßungen, Sackhüpfen, Unterredungen, weiten Ausflügen, die im einzelnen schriftlich wiederzugeben viel Arbeit erfordern würde, – wie das Verweilende, höchst Bequeme in diesem Augenblick seine Stätte finden kann und wie also dem uns eigenen Zeitgefühl eine objektive Zeit, wie sie von dem Zifferblatt einer Uhr mechanisch gegeben wird, nicht entspricht.

Etwa so aber deutete ich mir den Sinn der wunderbaren nächtlichen Kinderprozession: Schon der Chorgesang, mit dem sie in der Ferne einsetzte, war ein Gemisch von Wonne und Traurigkeit. So ziehen Schulkinder singend hinter dem Kreuz vor dem Sarge eines Verstorbenen her, ähnlich bei Schulfesten hinter der Fahne. Das Begräbnis des kleinen Vetters Georg und der nahe Kirchhof von Dromsdorf mochten wohl hier hereinspielen. Sooft ich mir die Empfindungen, die ich bei Annäherung des Zuges gehabt hatte, ins Bewußtsein rief, fand ich in ihnen ebenfalls eine Verbindung von Wonne und Weh.

In einer Beziehung war die Prozession ganz gewiß ein Trauerzug. Etwas wurde zu Grabe getragen, ohne daß ein Sarg sichtbar ward. Aber das Tote, das Verstorbene, von dem es Abschied zu nehmen galt, war trotzdem da. Es war jetzt noch da ohne Form und Gestalt, und ich konnte darauf hinabsehen. Der Begriff der Kindheit deckt sich vielleicht damit. Allein diese Kindheit war eine Welt, die mit vielen kleinen, trappelnden Unschuldsfüßen sich selbst zu Grabe trug und vorher zum letzten Abschied schritt.

Ich erlebte im Traum ein Totenfest. Im Totenbett dieser Nachtvision lag ein abgeschlossenes, in sich ganz vollkommenes Sein, und ich blieb auf ein anderes, ewig unvollständiges angewiesen. Die Bürger dieser vollkommenen Welt fanden sich auf der Plattform oder Bühne meines Inneren noch einmal zu einem gleichsam improvisierten Ziel zusammen. Das Todgeweihte begrüßte mich und ließ mich dann, verstoßen ins Unvollkommene, zurück. Der tote Knabe in seinem metallenem Sarg und ich trugen in dieser Beziehung den gleichen Verlust. Freilich konnte er in seinem erloschenen Zustand nicht einmal wünschen, das Verlorene zurückzugewinnen, was ich fortan, wie ich glaubte, ein Leben lang wünschen würde.

Ich danke euch, all ihr Lieben, die ihr mir diese Abschiedsfeier bereitet habt! Ich vergesse es nie, wie der hymnischheiter-ernste Choral einsetzte, vergesse alle die verklärten und geeinten Geister nicht, Vater, Mutter, Tanten, Onkel, getreue und ungetreue Nachbarn und dergleichen. Sie spürten, ich stand an einem Wendepunkt, und die Stunde des Abschieds war gekommen. In der Dorfschule, ja selbst in Breslau auf der Realschule schlug sie nicht. Diese Welt der Vollkommenheit war nur in mich zurückgedrängt. Trotz aller Störungen war sie in den Ferien und am Heimatort immer wieder ganz gegenwärtig.

Aber nun rang sich die Forderung des Geschlechts in mir auf. Gewölke bewegten sich durcheinander. Wege, Steige, Zugänge, Ziele wurden gesucht und tauchten auf. Das Unvollkommene verlangte Ergänzungen. Das große Darben begehrte Linderung und Beschwichtigung.

Dies alles drückte sich jedoch nur unbestimmt in einer dunstigen Enge aus. Der Wachtraum, der mein Tagesleben fast ganz erfüllte, war ein Pandämonium. Der zum Durchbruch gelangte Trieb mischte immer wieder Bilder hinein, die mein Gewissen belasteten, weil ich sie für sündhaft hielt. Die christliche Erziehung, die ich genossen hatte, durch das kirchlich fromme Haus, mit dem ich verbunden war, duldete keine natürliche Auffassung. So wurde ich in den allbekannten aussichtslosen Kampf mit mir selbst rettungslos verwikkelt, in dem, wie ich glauben mußte, mein bestes Teil meist unterlag.

Onkel und Tante Schubert umgab eine kühle Atmosphäre von Geschlechtslosigkeit. So nahm mein Wesen etwas Verstecktes, Hinterhältiges, Insichgekehrtes an. Meine Verschlossenheit, die auf den herzensguten Onkel Gustav und auf das lebhafte Temperament von Tante Julie peinlich wirken mußte, ließ die Entfremdung zwischen uns zunehmen. Ich bin überzeugt, daß mein Lehrherr den Gedanken, es könne aus mir ein tüchtiger Ökonom werden, längst aufgegeben hatte, trotzdem er mir Pflichtvergessenheit nicht mehr nachsagen konnte. Immerhin hatte die Art, wie ich den ewig gleichen Tageskreislauf vollendete, etwas Schleppendes. Was ich tat, geschah ohne Plan und halbbewußt. Ich glaube, ich wirkte wie ein Nachtwandler.

Bekehrungsversuche machten meine Verwandten eigentlich nicht. Sie schienen ihnen bei dem Geiste meines Elternhauses wohl aussichtslos. Ich war eben ein verlorenes Schaf, kann mich aber nicht erinnern, daß einer der behäbigen Pastoren, der Seelenhirten, die oft und oft zu Besuch kamen, sich nach mir umgesehen hätte. Auch hätte ich bei der Gleichgültigkeit, die ich gegen sie empfand, ganz gewiß jeden Versuch, in mein Gemütsleben einzugreifen, abgelehnt. Aber während sie mich für verstockt und verloren hielten, hatte ich mir ein Taschenexemplar des Neuen Testamentes gekauft, das ich überall mit mir führte. Gott weiß, wie sehr ich eines lebenden Psychagogen bedurft hätte! Nun sollte es dies Büchelchen sein.

Ich war ein Sünder, ich wollte zu Gott. Ich wollte Gott meine Sünden beichten und meine Erlösung von ihnen verlangen. Er solle mich erleuchten, betete ich, da ich aus dem labyrinthischen Dunkel meiner Zustände keinen Ausweg sah. Vergeblich hoffte ich Tag für Tag, er werde mich dieser Gabe teilhaftig machen. Dazu sollte der heilige Talisman, das heilige Buch mit den Erzählungen von Jesu Christo, dem Gottessohn, das Beste tun.

Sein Inhalt wirkte wenig auf mich, darum wollte ich an mir selbst verzweifeln. Um so abergläubischer hielt ich an dem mit der Hand zu umspannenden heiligen Büchelchen selber fest, als ob seine Gegenwart endlich dennoch zur Erlösung von allem Übel führen müßte. Ich trug es am Herzen und leugne nicht, daß ich durch seine ständige Nähe einigermaßen beruhigt wurde.

Eines Tages – es war schon im neuen Haus, ich bewohnte bereits mein Zimmer in der Frontspitze – suchte der Onkel nach dem Kaffee ein Gespräch mit mir. Ich war betroffen. Er sagte das Folgende:

»Mein lieber Gerhart, ich möchte dir etwas in allem Guten anheimgeben. Du mußt dich auf den nun einmal ergriffenen Beruf beschränken. Es gibt da unendlich viel zu lernen und zu tun, und du mußt es lernen und mußt es tun, wenn du die Hoffnung hast, einmal ein großes Gut etwa als Verwalter oder Inspektor leiten zu können. Ich mache aber gewisse Bemerkungen, die mich befürchten lassen, du zerstreust, du zersplitterst dich.« – Er griff in die Tasche und holte eine große Menge kleiner Zettel heraus, deren Charakter und Bestimmung ich zunächst nicht verstehen konnte. – »Kennst du diese Zettel? Kannst du dir denken, welcher Art diese Zettel sind? und weshalb ich sie nach und nach gesammelt habe?«

Nein, wahrhaftig, das wußte ich nicht.

Er wiederholte: »Du weißt das wirklich nicht?«

Ich konnte das abermals versichern.

»Nun, so laß dir sagen«, fuhr er fort, »wo überall wir diese Zettel gefunden haben. Denn auch Julchen, die Tante, hat ihrer fünf oder sechs an den allerverschiedensten Orten entdeckt: in der Mangelkammer, unter der schmutzigen Bettwäsche, im Kehricht, wenn das Mädchen aufräumte. Ich fand den ersten im Futterkasten unter dem Hafer für die Pferde, wo er Gott weiß wie hingekommen ist.«

Es dauerte noch eine gute Weile, bevor der Onkel zur Sache kam. Das tat er etwa mit diesen Worten: »Die Kunst des Dichtens ist eine Gnadengabe von Gott. Ein Dichter, der einer ist, ist immer von Gottes Gnaden. Auf allen diesen Papierschnitzeln sind mit Bleistift Verschen geschrieben, deren Autorschaft du gewiß nicht leugnen wirst.« – Ja, nun wußte ich Bescheid, und wahrscheinlich bin ich nicht wenig erschrocken und über und über rot geworden.

»Ach, das sind so Scherze, das sind so Späßchen«, sagte ich.

»Nein, das sind keine Scherze, das sind keine Späßchen, das ist eine äußerst ernste Sache, die mit dir äußerst ernsthaft durchzusprechen ich mich für verpflichtet halte. Wären in diesen Gedichtchen Talentproben, ich wäre der erste, dich zu ermuntern, auf diesem Wege weiterzugehn. Andernfalls ist dies ein falscher Weg, durch den viel Zeit vertan werden kann und der nicht selten dazu führt, daß der, der ihn geht, in die schlimmste Selbsttäuschung hineingerät, dem Dünkel verfällt und als nutzloses Glied der menschlichen Gesellschaft durch Müßiggang im Elend endet.«

Diese Drohung des Onkels ließ mich gleichgültig. Das Weitere ließ mich ebenso gleichgültig. Er könne es mir nicht vorenthalten, erklärte er, daß in diesem Geschreibsel nicht das geringste, nicht das allergeringste Zeichen von Begabung festzustellen sei. Vielmehr springe das Gegenteil in die Augen ..., und so fort, weshalb er mir dringend rate, lieber Berechnungen anzustellen über den und den und diesen und diesen Zweig der Landwirtschaft. Damit ging die Besprechung zu Ende.

Der Eingriff und die Ermahnung des Onkels hatten mir darum nicht den geringsten Eindruck gemacht, weil ich mit seiner Ansicht durchaus übereinstimmte. Daß meine Verschen Belanglosigkeiten darstellten, wußte ich. Die Anläufe, die ich immer wieder nahm, ließen mich immer das gleiche voraussehen. Aber ich hatte bei meinen Versuchen den verzweifelten Eigensinn eines Blinden, der sehen, eines Gelähmten, der gehen will. Schon der Anflug von Hoffnung schenkte mir jedesmal einen lindernden Augenblick, wenn auch ebensooft das traurige Verstummen mir bewies, daß für meine Schmerzenserfahrungen, meinen Erlösungsdrang eine Sprache noch nicht vorhanden war. Das jedesmalige Versuchen und Scheitern war mein einziger Trost. Hier ebenso wie im Verkehr mit dem Neuen Testament, von dem ich stündlich das Wunder erwartete, das mir einen Ausweg öffnen sollte, nicht nur aus meiner Sackgasse, sondern etwas wie einen Durchbruch in ein anderes Sein.

Verlust der Kindesunschuld, vermeintliche Sünde, Heimlichkeiten weckten den Wunsch nach Läuterung, nach einem Element, in das sich die Seele werfen, in dem sie sich wie der Körper in einem Bergwasser baden und reinigen konnte. Ohne Sokrates-Platon zu kennen, verlegte ich dieses Element in außer- und überweltliche Räume, sagen wir: in den reinen Äther ewigen Seins. Nicht anders, als wäre dort der Verbannten Heimat.

Mit der Einfachheit und Selbstverständlichkeit des höheren Sinns, der belanglose Eingriffsversuche aus unebenbürtiger Sphäre keiner ernsten Beachtung würdigen kann, ging ich über den überflüssigen Vorstoß des Onkels hinweg und las Tante Julien ein Gedicht vor, das ich nicht lange danach gemacht hatte. Das Poem war lang. Nur wenige Zeilen, nämlich die Schlußzeilen, hat mein Gedächtnis aufbewahrt. Es sprach, soviel ist gewiß, Sehnsucht nach der ewigen Heimat aus, wo verklärte Seelen in Liebe vereint in unendlichen Wonnen dahinleben, wo der Kampf, der Schmerz, das Trennende, das häßlich Sündhafte sich in Reinheit, wie Gewölk im Blau des Himmels, verflüchtigt hatte. Dort ist das Nichterkennen in reine Erkenntnis, die Betäubung und Verwirrung in wache Freude, träge Mühe in alldurchdringende glückselige Kraft aufgelöst. Davon heißt es dann:

...
wo aus dem Dumpfen, Hohlen, Leeren
der reinste Harfenton ersteht,
in jener Schöpfung herrlicher Fülle,
wo liebend alles sich umschlingt
und nur ein einziger hoher Wille
mit Donnerton das All durchdringt.

Auch in diesem Gedicht erkannte Frau Julie Schubert, geborene Straehler, nicht das religiöse Gefühl, aus dem es entsprungen war; die so durch und durch musikalische Natur mit der göttlichen Stimme ward von der sehnsuchtsvollen Musik dieser Verse nicht berührt, die sie für unverständlich und überstiegen erklärte.

Ich füge das folgende arme Elaborat dazu, das mit anderen der Konfiskation meines Lehrherrn verfallen war. Es zeigte mich auf dem Wege zu einer allen Philosophen gemeinsamen letzten und höchsten Vorstellung, woraus erhellt, daß schon in jungen Jahren ein Menschenwesen aus sich an der irdischen Zerschiedenheit leiden und den Rückweg zur All-Einheit mit Hilfe einer zunächst irdischen Synthese suchen kann.

Es ist da von einem Gott die Rede, von dem gesagt worden ist:

> ...
> daß, als er Wahrheit schuf, das Götterganze,
> sie in Myriaden Splitter ihm zersprungen,
> die sich zerstreueten im Wirbeltanze.

Und schließlich heißt es:

> ›Wenn, Menschen, ihr des Werkes Splitter findet‹,
> so sprach der Gott, ›sorgt, daß ihr sie verbindet!‹

Achtundvierzigstes Kapitel

Der harte Winter ging vorüber. Meine Milchkur und manche hypochondrische Gegenmaßnahme kamen nicht gegen den Husten auf, der mich quälte. Das Frühjahr brachte eine Linderung. Mit den Besuchen von den näheren und ferneren Pastoreien und Gütern kamen jetzt helle Sommerkleider und große Schäferhüte mit Bändern in Sicht, hübsche Mädchen, die sich in Hof, Haus und Garten lachend tummelten. Ich erschrak vor ihnen, ich wich ihnen aus. Ihrem Übermut hatte ich nur die Beängstigungen einer krankhaften Schüchternheit entgegenzusetzen. Sie würden, dachte ich, einen Menschen wie mich verachten, dem seine Verdorbenheit, im Sinne von Untauglichkeit, bis zur Nichtsnutzigkeit, will heißen: seine Jämmerlichkeit, auf der Stirn geschrieben stand.

Man hat mir später gesagt, daß die Mädchen ihrerseits sich nicht an den sich seltsam isolierenden Träumer heranwagten. Ich wäre gestorben in ihrer Gegenwart. Der überschäumende, allenthalben frei und selbstsicher auftretende Knabe von einst hatte allen heiteren Freimut verloren, das Lachen verlernt und die Fähigkeit, sich in Unschuld zu freuen.

Da kam etwa zwischen Ostern und Pfingsten das Ehepaar Schütz mit seinem wohl noch nicht siebenjährigen Töchterchen, Annchen Schütz, zu Besuch. Sie waren zwei Wochen unsere Hausgäste. Das Kind erweckte in mir eine heimliche, tief verschlossene Leidenschaft. Gut gehalten und hübsch herausgeputzt, war das Bergratstöchterchen immer von einer würdigen Frau begleitet, mit der ich in gutem Vernehmen stand.

Von meinem Zustand ahnte sie nichts und konnte natürlich davon nichts ahnen. Ich sah in dieser Siebenjährigen den lichten Boten aus einer anderen Welt, aus jener, auf die meine Verse hindeuteten. Ich genoß ihren Anblick mit ganz gewiß nicht geringerem Staunen, als Dante den der kleinen Beatrice genossen hat. Ich konnte sie öfter und immer wieder sehen, im Schutze meiner erheuchelten Gleichgültigkeit, die mich hinreichend deckte, wie ich vermuten durfte. Dabei vermochte ich nicht zu begreifen, wie alle, die Eltern, die Wärterin, Onkel und Tante, nicht bemerkten, wer sie war, und mit ihr, wenn auch freundlich, so doch wie mit einem gewöhnlichen kleinen Mädchen umgingen. Denn da sie sichtbar und fühlbar aus himmlischem Stoff bestand, gehörte sie nicht unter niedere Menschen. Man mußte ihr einen Tempel errichten und ihr mit Gesängen, Tänzen und heiligem Altarfeuer huldigen.

Im Grunde war ich dann wieder froh, ihre wahre Natur unerkannt zu wissen. Wenn sie ihr gnadenvoll beseligendes Auge mit zuwandte, überredete ich mich, es wäre der heimliche Sinn ihrer Sendung, mir allein erkennbar zu sein. Dies war vielleicht ihr eigener göttlicher Wille. Und so blieb es ihr auch wohl nicht verborgen, welche Hymnen in mir klangen, und ebensowenig die Opferfeuer, die unablässig in mir loderten.

Nein, sie war gewiß keine Sterbliche. Dagegen sprach die unwiderstehliche Macht, die sie auf mein ganzes Wesen ausübte. Trotz mancher Erfahrung ähnlicher Art hatte dieses Erlebnis eine mir bis dahin unbekannte Größe und Wunderbarkeit. »Ecce deus fortior me, qui veniens dominabitur mihi.« Hier war das Wunder, hier war der Gott, dessen Berührung die feinsten Ätherteilchen der Seele erbeben machte, die große Epiphanie, die mir weder das heilige Büchelchen noch die Versuche, höhere Intuitionen zu erzwingen, zuteil werden lassen konnten.

Das engelhafte Kind, das mit irgendeinem bürgerlichen Vor- und Familiennamen zu benennen in meinen Augen schon anstößig war, schien niemand in seiner Umgebung, und so auch nicht mich, eigentlich zu beachten. Es zeigte keinerlei Lebhaftigkeit. Von den Drolerien anmutig zutraulicher Erscheinungen gleichen Alters haftete ihm nichts an. Es war zu schön, um eitel, aus zu reinem Stoff gebildet, um selbst stolz zu sein. Man konnte sein liebliches Antlitz weder heiter noch ernst nennen. Es war wie ein überirdisches Licht, das dem vergleichsweise blinden irdischen Auge das außerirdische Schöne erschloß und dabei den Betrachter auf eine unnennbare Weise beseligte.

Man sprach kaum von ihm. Geschichten wurden von ihm nicht zum besten gegeben. Wenn auch nicht mit dem tiefen Wissen, das ich besaß, wurde es von seinen Eltern sowie von Onkel und Tante mit einer Art Zurückhaltung, nicht eigentlich wie ein Kind behandelt, sondern wie etwas, dessen besondere Würde nicht unberücksichtigt bleiben kann.

Dante sah das Kind Beatrice schlafend in Amors Arm. Der Gott hielt dabei ein flammendes Herz in der Hand und sagte zu Dante: »Vide cor tuum!« Ich zögere nicht, diesen altgeheiligten Vorgang auch auf diese Kleine, mich einst Beseligende, und mich selbst umzudeuten. Hätte ich wie Dante vollinnerlich damals im Mysterium einer großen Kirche gestanden, ich hätte dieses Kind, wie er die Tochter Folco Portinaris, zur Tochter Gottes gemacht.

Ich lebte in einer Betäubung, in einer Bestürzung dahin und wußte kaum, was ich aus dieser Begnadung machen sollte. Sicher ist, eine Vita nuova hob damit ebenfalls in mir an. War ich einer solchen Begnadung gewürdigt worden, so hatte das ganz gewiß den Sinn, daß ich im Schlamme des Finsteren und des Gewöhnlichen nicht versinken solle, und selbst die Verdammnis, von der in den religiösen Gesprächen der Verwandten viel die Rede war, konnte mich nicht mehr unglücklich machen.

Das hier Angeführte gibt ganz gewiß gefühlsmäßig Richtiges jener himmlischen Liebeserfahrung wieder, die mich mitten in meinen Fegefeuersnöten beglückte. Nur daß ich den Namen Dante weder gehört hatte, noch also mir aus einem ähnlichen altgeheiligten Fall den meinigen zu erklären vermochte. So versuchte ich überhaupt irgendeine Erklärung nicht, hätte sie auch niemand, nicht einmal mir selbst zu geben vermocht. Mir würde dazu jedes Mittel gefehlt haben. Die bloße Beschreibung meiner Zustände ging über mein damaliges Mitteilungsvermögen weit hinaus.

Im Gefolge dieser Vita nuova, die allerdings eine unstillbar verzehrende Sehnsucht in sich schloß, richtete sich mein Ehrgeiz auf. Er war immer da, aber nach seinem halben Erwachen auf Lohnig wiederum, wie nach dem ersten Breslauer Schultag, ohnmächtig. Eine Abart davon freilich, wenn auch in verkümmertem Zustand, lebte noch. Eine Art Ingrimm war seine Grundlage. Ich hätte gewünscht und wünschte es brennend, doch hoffnungslos, besonders Tante Auguste und Tante Elisabeth die Geringschätzung heimzuzahlen, die Verachtung zu vergelten, die sie immer noch mir gegenüber an den Tag legten. Hatte ich doch noch beim Begräbnis des kleinen Vetters Georg gespürt, wie ihre Augen mit Kopfschütteln auf mir ruhten, weil sie sich nicht enthalten konnten, den Ratschluß Gottes unbegreiflich zu finden, der jenem den Lebensfaden abgeschnitten und mich, den Hoffnungslosen, am Leben erhielt.

Um sie zu demütigen, immer tiefer und tiefst zu demütigen, geriet ich in wahrhaft ausschweifende Vorstellungen von Glanz und Erfolg hinein.

Der Zustand war peinlich, war ungesund. Der neue, in dem sich ein anderer Ehrgeiz freilich auch nur in Wünschen und Träumen auslebte, hatte den kindlichen Engel und mein Liebeswerben um ihn zum Gegenstand: ein göttliches Ziel, das unzählige Male in der blühenden Märchenwelt meines Innern erreicht wurde.

Bald ritt ich als fahrender Ritter in goldener, bald in schwarzer Rüstung aus, um jeden niederzuwerfen, der meiner glorreichen Herrin nicht huldigen wollte. Auch Bilder aus verflossenen Kriegszeiten tauchten auf, glänzende Reiterregimenter, wobei die Gardekürassiere, deren stolze Umzüge ich in Breslau erlebt hatte, obenan standen. Ich gehörte dazu nicht gerade als Regimentskommandeur, aber doch als Rittmeister, der sich im Kriege besonders mit Ruhm bedeckt hatte. So ritt ich am Hause der Geliebten vorbei, die mir beglückt, ja begeistert zunickte und deren ja mir nun sicher war. Weil ich mich so ganz einem Zustand der Schwäche verfallen wußte, war es Kraft und wiederum Kraft, was ich mir andichtete. Etwas, das ich nicht überwand und der Gebenedeiten zu Füßen legen konnte, gab es nicht: Königreiche, Juwelen, Gold, Schlösser, Sklaven, fremde Vögel, Gewänder aus Scharlach und Hermelin.

Es war eine schwere Prüfung für mich, als eines Tages mein gnädig-gnadenloses Idol entschwunden war. Doch erhielt sie bald in meinem Innern eine zweite Gegenwart, die ihre wirkliche Abwesenheit verbarg. Das Gnadenbildchen herrschte in mir. Sie mußte ja schließlich doch heranwachsen. Ich überredete mich, zu glauben, daß ich nach höchstens zehn Jahren um sie werben und sie zu der Meinigen machen würde. Wieso ich etwas so Unwahrscheinliches annehmen konnte, weiß ich nicht. Mein augenblicklicher Zustand bot weniger Aussichten als mancher frühere, den ich durchlebt hatte. Mein geistiges Vermögen reichte nicht an die Zeit meiner Kindheit hinan oder an jene, in der ich die Meininger Truppe gesehen und hernach vieles von Shakespeare, Schiller und Kleist in mich aufgenommen hatte. Als mir Pastor Gauda den Herder gleichsam aus den Händen nahm und ich Chamisso lieben gelernt hatte, war ich, verglichen mit heut, ein ganz anderer gewesen: geweckt und hell und nicht von schläfrigen Dünsten verfinstert.

Gewissermaßen von Vergangenheit und von Zukunft losgerissen, lebte ich ohne Zusammenhang. Breslau, die Schule, die Familie Gauda, die Familie Mehnert, die Familie Weigelt waren nicht mehr. Mit allen Lichtern und Schatten des Breslauer Lebens waren Shakespeare, Kleist, Schiller, Chamisso, der Zirkus und was sonst unter die Schwelle des Bewußtseins gesunken, gleichsam begraben von einer undurchdringlichen Erdenschicht. Nicht einmal mein Bruder Carl war für mich noch unter den Lebenden. Wie ein Nachtwandler schlich ich dahin.

In diesen fieberhaften Wechsellichtern meiner Aprilzeit, darin Regen, Hagel und Finsternis mit blauem Aufleuchten und stechenden Sonnenblicken abwechselten, wurde meinem Gemüt durch ein gänzlich unerwartetes Erlebnis noch überdies ein harter Stoß versetzt. Eines Sonntags hatte mich mein Weg in die Felder zwischen Lohnig und Dromsdorf geführt, wo mir einige junge Burschen begegneten. Ich traute meinen Ohren nicht, als sie mir klar und deutlich die Worte »Das ist der verfluchte Menschenschinder!« nachschrien. Einen Zweifel, daß sie mich meinten, gab es nicht, da weit und breit außer uns niemand zu sehen war. Dem Anruf folgten die üblichen Drohungen.

Es waren Verheerungen, die dieser mir zunächst unbegreifliche Schimpf bei meiner Zerflossenheit und meinem Kleinmut in mir anrichtete. Ich hatte mich zu fragen, wie ich zu einem so schrecklichen Ruf unter der ländlichen Bevölkerung kommen, so viel Haß auf mich ziehen konnte. Und wenn ich fand, daß ich eine solche Schande wirklich verdient hatte, so blieb mir nur noch übrig, auf den Rest von Selbstachtung zu verzichten, der mir noch geblieben war, und, trotzdem mein Vater Feigheit darin sah, aus der Welt zu gehen.

Nun wurde mir freilich klar, daß mein übler Ruf mit meinen Versuchen, einem gewissen Schlendrian auf Dominium Lohnig zu steuern, und mit meinem Frühaufstehen in Lederose zusammenhing. Was in Lohnig geschah, entsprang schließlich einer gesunden Tatkraft auf dem naiven Grunde von Unerfahrenheit. Meine Lederoser Praxis, die vor allem doch wohl über meine eigenen Kräfte ging, war Folge eines von meinem Lehrherrn geschürten übereifrigen Pflichtgefühls, da ich ja doch einen Großknecht ersetzen sollte.

Der »Menschenschinder« wurmte mich. So stark war der Schrecken, der Schmerz und der Gram, den ich empfand, daß ich aus keiner noch so reinen Absicht heraus mich je wieder im Leben einer solchen Verkennung aussetzen wollte. Ich wollte kein Fronvogt, wollte kein Arbeitstreiber, kein Aufpasser und kein Großknecht ferner sein, und wenn ich noch so sehr darüber meine Pflicht versäumen sollte. Kein schroffes befehlendes Wort sollte fortan über meine Lippen gehen.

Es war ein Damaskus, was ich erlebt hatte. Es riß mir einen Abgrund auf. Es genüge nicht, dachte ich, einen Gedanken einseitig zu verfolgen, man müsse ihn möglichst allseitig berücksichtigen. Zugleich erkannte ich die empfindlichste Seite meiner Natur, besann mich auf die Hauptmannsche Menschlichkeit, deren Lob manches einfache Weiblein und Männlein in Salzbrunn vor die Ohren von uns Brüdern gebracht und uns somit im Wohltun befeuert hatte. Das natürliche Großknechtideal war ja übrigens auch in der ehrgeizträchtigen, glanzvollen Traumwelt um Beatrice Schütz fast verblaßt und konnte in peinlich ernüchterten Augenblicken höchstens noch als Popanz auftauchen.

Noch vor Pfingsten kamen Tante Auguste und Tante Elisabeth zu Besuch.

Das mit ihnen in Lederose Erlebte hat zwei sehr verschiedene Höhepunkte, von denen der eine immerhin bewies, daß ich noch über Reste gesunder Kräfte verfügen konnte, während der andere eine rätselhafte Erfahrung war, die mir in dem buckligen Täntchen Auguste mit der langen, spitzen Nase, dieser Leserin von Thomas a Kempis und Tholuck, einen diabolischen Zug offenbarte.

Der erste Höhepunkt war ein Streit, der entstehen mußte, als die Damen bei Tisch auf das Darlehen zu sprechen kamen, das sie meinem Vater gewährt hatten. Sie seien, sagten sie – und der Gedanke ging von Tante Elisabeth, der jüngeren, aus –, damit überrumpelt worden. Diese Überrumpelung käme einer Erpressung gleich, mein Vater habe schlecht an ihnen gehandelt.

Daß sie ungefähr so dachten, wie sie sprachen, vermutete ich, daß sie aber diese empörende Rücksichtslosigkeit besaßen, einen abwesenden Vater in Gegenwart seines anwesenden Sohnes dermaßen anzugreifen, empörte mich. Wie konnten sie glauben, ich sei erbärmlich genug, das stillschweigend einzustecken, den Anwurf auf meinem Vater sitzen zu lassen?! Mit heftigen Worten sprang ich auf und verließ mitten während der Mahlzeit den Tisch, ohne dahin zurückzukehren.

Ich glaube, Auguste hatte sich eine recht selbständige Art von Frömmigkeit zurechtgemacht. Bei Menschen suchte ihr männlicher Geist, wie mir vorkam, keinen Halt, während Tante Julie die Verbindung mit einer apostolischen Autorität, einem Superintendenten, Pastor oder Zinzendorfschen Heiligen, immer nötig hatte. Eher war es bei ihr umgekehrt. Man suchte ihren Bannkreis, ihr Gespräch in diesen Kreisen, weil man für die Belehrungen des sonderbaren alten Mädchens nicht unempfänglich war.

Es muß eines Sonntags gewesen sein, die Morgenandacht lag hinter uns, in welcher irgendein Kapitel der Heiligen Schrift vorgelesen, ein Gesangbuchlied gemeinsam gesungen, das Vaterunser gebetet und schließlich vom Onkel der Segen gesprochen worden war. Das Lied begleitete Tante Julie auf dem Harmonium. Mit Tante Auguste allein im Zimmer, brachte ich das Gespräch auf einen gewissen Umstand, den ich bedauerte, daß nämlich Tante Julie nur noch Harmonium und nie mehr Klavier spielte. Ich hätte leider seit jener Zeit, als Georg gestorben und ich im Schubertschen Hause sei, nur Choräle und wieder Choräle gehört.

Tante Auguste saß mit einer Handarbeit nicht weit vom Klavier. Sie trug das immer noch dunkle Haar zurückgestrichen, mit einem schwarzen Samtband überm Scheitel und von einem Netz gerafft. Ihr Kleid aus braunem Seidenstoff war überdeckt mit kleinen Blumen, die Röschen sein konnten. Ein schwarzer Herrenschlips schloß es oben an der Halsgrube ab über vielen geraden Fältchen, die überm schwarzen Gürtel zusammenliefen. Sie verdeckten ihre brettflache Brust. Selbstverständlich, daß der Rock, wie bei diesem Zeitkostüm üblich ist, bis auf die Erde ging und bei großer Stoffülle Falten zeigte.

Auf ihrem schiefen, zurückgebliebenen und, wie gesagt, mit einem kleinen Verdruß behafteten Körper saß ein unverhältnismäßig großer, ausdrucksvoller Kopf, der nicht durch die lange, spitze Nase, sondern durch unter der Brille scharf prüfende Augen und geprägte Züge bedeutsam wurde. Schmale Lippen hatte der im Schweigen stets fest geschlossene Mund, dessen herabgezogene Winkel plötzlich aus tiefstem Ernst in tausend Schärfen, bittere Ironien, ja sogar in alle erdenklichen Humore überspringen konnten.

Tante Auguste sah niemals wie ein Engel aus. Sie konnte an eine Knusperhexe erinnern. Das tat sie jetzt, als sie mit den langen Fingern ihrer rechten Hand die Brille hob und mich forschend anstarrte. Ich sagte: »Tante, du spielst ja doch auch Klavier. Würdest du mir nicht das Vergnügen machen und mir – ich hungere darnach – etwas vorspielen?«

Sie konnte ein Lachen hören lassen, das wie »Häääähäää!« und durchaus nicht gerade melodisch klang. Mit diesen Lauten erhob sie sich, tat den Schritt ans Klavier, befreite die Klaviatur, nahm Platz und sagte: »Ich will's versuchen.«

Musikalische Naturen, die außerdem einen produktiven Sinn haben, verlieren sich am Klavier. Auguste geriet ins Phantasieren, aber, um gleichsam die Weihe des dem Totenkultus gewidmeten Hauses nicht zu verletzen, benutzte sie von den Pedalen nur das dämpfende. Ich weiß, daß ich von ihren Läufen, ihren Harmonien und sich auflösenden Disharmonien, ihren Melodien und Rhythmen hingerissen war. Meine Augen wurden durch ihre beseelten dürren Hände mit den Spinnenfingern festgehalten.

Sie bemerkte das, wie es schien, und plötzlich gab sie mir einen fast unmerklichen Wink mit dem Kopf, der mich veranlassen sollte und auch veranlaßte, meinen Stuhl an ihre rechte Seite und dicht an die Klaviatur zu rücken. So sah ich, wie ihre Finger noch einige Zeit in den Bässen und mittleren Lagen herumhuschten und dann zu mir in den Diskant flatterten. Und hier wurden plötzlich geradezu betörende Klänge laut, deren Wirkung auf mich die Hexe mit dämonisch schillernden Augen von meinem bestürzten Antlitz zu lesen nicht müde wurde. Ich lauschte und schaute, schaute die Tante, schaute noch mehr ihre verzauberten Hände an, die wie Geister in ihrem Dienst diese verführerische Musik ausführten.

Das Erlebnis war groß trotz äußerer Geringfügigkeit. Ebenso die drei Entdeckungen: jene, die ich an Tante Auguste machte, jene, die ich an der Musik machte, und die an mir. Unmöglich das Wunder zu beschreiben, dessen Zeuge ich sein durfte und das mir als solches, wenn auch nicht seinem Gefühlsinhalt nach, während eines langen Lebens unverloren geblieben ist.

Eine ähnliche Erschließung eines Bereiches seelisch-sinnlicher Wonnen, unerwartet und jäh wie diese, ist mir nie wieder zuteil geworden. Eine Erklärung dafür habe ich nicht. Meine Mutter erzählte mir einmal die Legende von dem jungen Mönch Petrus Forschegrund, einem Novizen, der eines Tages aus seinem Kloster verschwand und nicht zurückkehrte. Hundert Jahre später pochte an die Klosterpforte ein fremder, junger Novize des gleichen Mönchsordens, der, eingelassen, sich vor Staunen und Befremden nicht zu fassen wußte, weil er weder den Abt noch irgendeinen der Patres und Fratres mehr antraf, die vor hundert Jahren gelebt hatten. Er heiße, sagte er, Petrus Forschegrund, habe vor kaum einer halben Stunde das Kloster verlassen und sich nur deshalb ein paar Minuten versäumt, weil ein kleiner Vogel im Walde so überaus köstlich gesungen habe. Der Abt überlegte, man forschte nach und fand, daß wirklich ein Petrus Forschegrund vor hundert Jahren verschollen war. Da wußte der Abt: Petrus war einer großen Gnade gewürdigt worden. Er hatte ein Vöglein aus dem Paradiese singen hören, dabei waren ihm hundert Jahre im Nu vergangen.

Diese Erfahrung würde keine sein, wenn in ihr nicht ein irrationales, völlig eigenartiges und völlig unerklärliches Element, ganz außerhalb der allgemeinen, ich möchte sagen legitimen Verzauberung durch Musik wäre. Sie trennt sich davon durchaus in meiner Erinnerung. Sie ist mehr, weit mehr, und hat, wie gesagt, sich nicht wiederholt.

Die Möglichkeit dieser Verzauberung wäre wohl ohne die innerlichen Gärungen der Epoche, in der ich stand, vor allen Dingen aber ohne meine kleine Beatrice als Vorstufe, nicht gegeben gewesen. Wie aber wußte das alte Knusperhexchen Auguste, die sich kaum um mich zu kümmern schien, daß es so und nicht anders mit mir stand?

Sie hatte mir mit einem hämischen Lachen mit der Schlüsselgewalt einer Päpstin Johanna die Pforte zum Paradiese aufgemacht und sie mit dem gleichen hämischen Lachen wieder zugeschlagen, so daß ich nun erst wie ein Verstoßener außen stand.

Neunundvierzigstes Kapitel

Ich hatte einen Blick in das Reich der ewigen Schönheit getan, hatte, wie der indische Weise, nicht nur irdische, sondern auch die himmlische Musik gehört, aber ich fiel trotzdem in die schleppenden, stockenden Düsternisse meines muffigen Alltags zurück. Mechanisch hielt ich eine Richtung ein, mechanisch ließ ich ihr Ziel gelten. Wohl dachte ich über manches nach, war aber doch weit entfernt davon, meinen Willen, mein Denken und meine Phantasie dem Aufbau meines eigenen Lebens unabhängig zu widmen. Ich hatte von vornherein, wie ich glaubte, dazu kein Recht.

Ein seltsames Wesen kam über mich. Die Welt um mich wurde immer unwirklicher, trotzdem ich äußerlich immer mehr den Ökonomen, wenn auch nicht mehr den Großknecht, herausbeißen wollte. Ich trug mächtige Schaftstiefel und gewöhnte mir unter peinlichen Übelkeiten das Tabakrauchen aus einer kurzen Pfeife an. Tante Julie lobte mich und fand, daß ich nun schon beinahe wie ein Landwirt aussähe. Ich vergröberte mich, ich verrohte mich. Dem allem widersprach meine Natur, die Unruhe meines Geistes, meine reizbare, überempfindliche Haut, die durchaus keine Großknechtshornhaut ansetzen wollte. Die Überlastung meiner Seele mit Träumen nahm mir schließlich besonders im Dunkeln das sichere Unterscheidungsvermögen zwischen eingebildeten Dingen und der Wirklichkeit. Ich glaubte an Gespenstergeschichten, an den Teufel in allerlei Gestalt, an Geister, die den Kopf unterm Arm tragen. An die Prophezeiungen eines Schäfers Thomas glaubte ich, an die nahen Schrecken der Apokalypse und, damit verbunden, den Weltuntergang.

Wanderprediger, innere Missionare Zinzendorfscher Observanz tauchten auf, die mit mir leichtes Spiel hatten. Sie machten uns allen die Hölle heiß. Die Schriften, Wunder und Gebetsheilungen einer Schweizerin, einer gewissen Dorothea Trudel in Männedorf am Zürichsee, wurden viel diskutiert. Sie heilte Krankheiten des Leibes sowie vor allem der Seele. Ihren Beistand zu brauchen war ich nahe daran.

Heut habe ich den Eindruck, daß damals der religiöse Wahnsinn an meine Tür klopfte. Den somatischen Vorgängen meines Reifens zur Vivipotenz ohne Rat und Beistand ausgeliefert, näherte sich mein Nervensystem einem Zusammenbruch. Ich hatte periodische Anfälle. Es stellte sich, wo ich auch war, ein kleiner, dunkler Punkt vor meinem rechten Auge ein. Ich konnte dann, wenn ich im Felde war, nichts weiter tun, als so schnell wie möglich heimzueilen. Inzwischen hatte sich auch vor dem linken Auge der dunkle Fleck eingestellt. Beide lösten sich in Wolken auf, die mir nur hie und da einen flüchtigen Blick, um mich zu orientieren, ins Freie gestatteten. Manchmal war die Erblindung eine völlige, bevor ich das Gutshaus erreicht hatte. Ich setzte mich dann gewöhnlich und wartete, bis ich Schritte hörte und jemand auf meinen Anruf zu mir kam und mich heimleitete. Ich machte dann im Zimmer völlige Dunkelheit oder bat das Hausmädchen, es zu tun, legte mich zu Bett und hatte einen wütenden Kopfschmerz zu bestehen, der mir den Kopf zu zerreißen drohte. Es folgte dann immer ein tiefer Schlaf, aus dem ich sehend und freien Hauptes erwachte.

Zu meinem Glück setzte ich durch, daß ich Pfingsten bei meinen Eltern verbringen durfte. Nicht Heimweh und Sehnsucht, sie wiederzusehen, war diesmal der alleinige Grund, sondern ich wurde von einer Seelenangst heimgetrieben, sie könnten, ohne sich vorher bekehrt zu haben, vom Weltuntergang überfallen werden. Ich hielt diesen wahren Grund meiner Reise geheim, weil ich auch jetzt noch den Zustand meines Gemütes den Verwandten nicht aufdeckte. Ich hatte also, und wies sie mir zu, die heilige Mission, die Meinigen vor der Verdammnis zu retten.

Als ich auf dem Bahnhof in Striegau die schwere Dampfmaschine mit ihrem Wagenzuge brausend herankommen sah, wurde mir meine Mission bereits zweifelhaft. Noch mehr, als unter der Menge sorglos heiterer, geschwätziger Passagiere meine eigene Freude, nach Hause zu kommen, immer stärker wurde. Es kam der Bahnhof von Königszelt, wo es wunderbares Bier zu trinken und köstliche Brötchen zu essen gab. Wiederum setzte die schnelle Bewegung ein, deren gesunde Aktivität jedes Weltunterganges zu spotten schien. Vor Sorgau war Freiburg die letzte Station, der Ort, an dem ich mit Geisler in den Fürstensteiner Grund abgebogen war. Diesmal saß ich im Zug und fuhr mit ihm eine der kurvenreichsten Strecken, deren Heimatnähe auf der Heimfahrt von Breslau mich immer überglücklich gemacht hatte. Es gab ein Geräusch, das mir wie Musik erschien, als wenn bei den Kehren durch die Räder lange Späne von den eisernen Gleisen geschält würden. Dies übte auch diesmal eine bezaubernde Wirkung aus, bis nach einem hohen Durchstich der Zug in den Bahnhof Sorgau hineinrollte.

Carl war zu Hause; ich hatte an ihn seit Monaten nicht gedacht. Er hatte Alfred Ploetz mitgebracht. Die Eltern machten vergnügte Gesichter. Der Vorfeiertagsbetrieb war im Gang. Man hörte das Gold im Kasten klingen. Pfingsten, das liebliche Fest, war gekommen: wer dachte noch an Weltuntergang?

In einer Sekunde hatte ein Frühlingssturm aus blauem Himmel allen Lederoser Druck, Muff, Qualm, alles himmlisch-irdische Brunstfieber und was an Ängsten und Nöten damit verbunden war, in alle Winde davongejagt.

Die Betten von Alfred Ploetz und Carl waren in einer Bodenkammer des Bahnhofs aufgeschlagen. Man hatte von hier aus eine Weite unter sich, einen Blick über Berg und Tal. Die beiden Freunde waren Naturforscher, ihr Schlafraum war zugleich ihr Laboratorium. Eine Fremdheit dem Freunde gegenüber konnte von Anfang an nicht aufkommen. Der knochige Pommer sprach mit mir, als wären wir, seit wir uns zuletzt gesehen, keine Stunde getrennt gewesen. Er zeigte mir Käfer und Schmetterlinge auf einer Korkplatte aufgespießt und das

Netz, mit dem er sie jüngst gefangen hatte. Er las mir ein Privatissimum. Man betäubte das Insekt mit Äther, bevor man es aufspießte. Den Staub der Flügel unverletzt zu erhalten, mußte man äußerst vorsichtig sein.

Carl betreute ein kleines Herbarium. Frisch gesammelte Pflanzenbündel lagen um eine grüne Botanisiertrommel. Das sah alles so gesund, frohgelaunt und zuversichtlich aus: es war Spiel, es war Jagd, es schmeckte nach prächtigen Wiesen und Sonnenschein, und man fühlte, wie sehr die beiden sich wohlfühlten.

Ich wurde sofort als der Dritte im Bunde eingereiht.

Diese Dachkammer, dieses Laboratorium, wir drei jungen Menschen im Glanz der Pfingsttage umschlossen das Höchste, was sich an Jugend und Werdeglück verwirklichen kann. Wir sprachen laut. Wollüstig wie der Schwimmer im lauen See kosteten wir unser Leben aus und bewegten uns lachend und unser Behagen nicht verbergend in seinen Fluten.

Mir selber war dies kaum so bewußt. Der Schritt aus der Lederoser Stagnation in diese Dachkammer als ein gänzlich verändertes Element erregte mir keine Verwunderung. Ebensowenig kam ich darauf, über den Unterschied nachzudenken, der zwischen ihm und dem Klima von Lederose bestand. Diese Primaner hatten den Teufel im Leib, und im Handumdrehen hatte das Feuer, dessen Meister er ist, mich ebenfalls ganz in Brand gesteckt.

Alles an diesen jungen Männern war ungeduldiger Mut, gleichsam von edlen Pferden, die darauf warteten, daß die Schranken zur Rennbahn geöffnet würden. Und alles an ihnen war Siegessicherheit. Es gab keine menschliche Autorität und ebensowenig eine Institution, vor der sie sich geduckt oder die Segel gestrichen hätten. Zu einem Staunen darüber kam ich nicht, denn ich wurde von diesem Sturm und Drang sogleich ohne allen Widerstand in derselben Richtung fortgerissen. So gab ich zunächst den Schäfer Thomas preis und entfesselte mit seinen Weltuntergangsprophezeiungen dröhnende Lachsalven. Ich selber lachte am lautesten mit. Ich sprach von den inneren Missionaren und der Höllenfurcht, die sie den Leuten einjagten, und es wurde gesagt, man solle sie ausstopfen, einmotten und als Monstra in einem Museum aufheben. Nein, hier wehte kein pietistischer Wind! Und derselbe Carl, der einstmals wutweinend aufgestampft und dabei geschworen hatte: »Jesus Christus ist Gottes Sohn!«, wurde jetzt nicht müde, Stellen aus Ludwig Büchners »Kraft und Stoff« und aus Schriften anderer Materialisten und Atheisten vorzutragen.

Ich hütete mich natürlich, auch nur anzudeuten, bis zu welchem Grade von Narrheit ich gesunken war und daß ich die Reise hierher eigentlich in der Absicht, unsere Eltern zu bekehren, unternommen hatte. Welcher absurde Gedanke, einen schlicht und gesund denkenden Vater veranlassen zu wollen, in Sack und Asche verzweifelt an seine Brust zu schlagen und den Versuch zu machen, Gott unter Reuetränen mit den Worten zu versöhnen: Ich bin nicht wert, daß ich dein Sohn heiße!

Was würde Vater zu mir gesagt haben? »Mein lieber Junge, ich habe hier meine Pflicht zu tun. Das lange Bahnhofsbüfett erfordert meine Gegenwart und meine Tätigkeit. Meinethalben mag man beten: ›Gib uns unser tägliches Brot...‹, aber nicht, ohne daß man dafür arbeitet. Meine Arbeit ist mein Gottesdienst!« – So oder ähnlich würde er sprechen: »Alles übrige liegt in Gottes Hand.«

Seltsam, wie diese Bahnhofsatmosphäre, das Wiedersehen mit Eltern, Bruder und Freund mich im Handumdrehen an Körper und Geist gesund machte. Die Züge donnerten aus der Ferne vor das Bahnhofsgebäude und schwanden mit ohrenzerreißendem Kreischen und Zischen wiederum in die lockende Ferne davon. Die Mauern erbebten, die Wartesäle erzitterten. Diese Geräusche gingen ins Blut, diese Bewegungen waren Kraftquellen. Leisetreterische Schwäche, selbstische Tatenlosigkeit, verbunden mit kopfhängerischem religiösem Grillenfang, wurde hier zur Erbärmlichkeit. Hier war der Geist einer neuen, war auch der Geist einer kommenden Zeit, die mit Weltuntergang und ähnlichem Unsinn nicht rechnete. Diese Maschinen, die in unermüdlichem Eifer mit gleichsam heiter wehenden Rauchfahnen kamen und gingen, die stolz und froh ihre Pflicht taten, die rannten und rannten, Entfernungen zwischen Menschen zunichte machend, würden vor keinem Faulpelz haltmachen. Sie würden ihn kurz und klein hacken. Sie würden, wenn sie nicht aus dem Wege gingen, alle Stillen im Lande, die nur immer von Vergeltung im Sinne von Rache an ihren Feinden und von Vergeltung durch ungeheuren Himmelsluxus faselten, wenn sie nicht aus dem

Wege gingen, zu Mus machen. Dem Mutigen war die Welt eine einzige Herrlichkeit. Der aber gehörte nicht hinein, der darauf bestünde, ihm müßten die gebratenen Tauben ins Maul fliegen.

Diese Pfingsttage blühten förmlich in einer unbeschwerten, kerngesunden Fröhlichkeit. Wir unternahmen nach allen Richtungen Fußpartien. Manchmal schloß sich der Vater uns an. Er hätte es gern öfter getan, was man ihm anmerkte, aber er befleißigte sich, in der Furcht, uns drei junge Menschen durch seine Gegenwart zu beengen, der Zurückhaltung. Man konnte spüren, nicht nur, daß er unser Treiben gerne sah, sondern daß er mit gelindem Schmerz empfand, nicht mehr so jung wie wir zu sein. Schadlos hielt er sich an den Abenden, wo wir, was den Genuß von Bier und Speisen betraf, freie Hand hatten und er mit uns und Mutter, durch unsere Humore erfrischt und belebt, oft über Mitternacht bei Tische saß.

Er war weise geworden, er stritt nicht mehr. Die seltsamsten Ansichten, wie sie Carl und Ploetz mit der Selbstsicherheit ihrer Jahre vertraten, ließ er ohne Einwand auf sich beruhen.

Vom Bahnhof Sorgau hatte man nicht weit bis in den Fürstensteiner Grund und die an seinem Ende gelegene Neue Schweizerei. Der erste flache Weg durch die Felder gestaltet sich immer genußreicher, bis man durch liebliche Tälchen die Felsenschlucht, den wunderbarsten Naturpark, betritt. Früh um fünf Uhr eines Tages erhoben wir uns, um mit Vater, von ihm dazu eingeladen, die Wanderung dorthin anzutreten.

Was hatte doch – ich mußte darüber staunen – die Natur für mich wieder ein so anderes Gesicht! Nicht nur, daß ich aus mystischer Neigung zum Dunkel den Tag in Lederose nicht gern hatte, ich hatte sogar die Sonne dort wie einen grausamen Fronvogt betrachten gelernt. Ich wandte mich ab, wenn sie im Osten auftauchte und durch eine bestimmte offene Durchfahrt mit grellem Licht in den Gutshof brach. Des Sonntags – es mochte der schönste Tag im Sommer sein – steckte ich nicht einmal die Nase freiwillig aus dem Fenster heraus und ließ sogar die Rouleaus herunter. Nun hatte der Sommer wieder sein Festliches. Das Grün der Wiesen und Erlen begleiteten Bäche; die mächtigen Baumgruppen, die sausenden Flüge der Schwalben, der Vogeljubel, das Himmelsblau und die frische, stählerne Morgenluft waren eine einzige Glückseligkeit.

Carl botanisierte, wie gesagt, Ploetz sammelte Käfer und Schmetterlinge. Was die Naturwissenschaften betraf, so war er in vielen Sätteln gerecht. Ich konnte zur Unterhaltung einiges beitragen durch meine in Lohnig gewonnenen ornithologischen Kenntnisse. Ich erzählte von meinem zahmen Kauz und inwieweit ich in eine freundschaftliche Beziehung zu ihm geraten war. Er kam auf den Ruf, flog im Dunkeln auf meinen Kopf, blieb in meiner Hand ruhig auf dem Rücken liegen und sprach mit mir, indem er wie eine Katze fauchte und dann mit dem Schnabel klappte. Ansätze zu selbständigem Forschen im Buch der Natur hatte also auch ich schon genommen. Daß sie in Lederose wieder verkümmert waren, hatte in der eigentümlichen Lethargie der dortigen Zustände seinen Grund.

Die Wanderung durch die tauige Morgenfrische war wundervoll. Von einer übermütigen Freude beherrscht, überboten wir uns in Hinweisen auf die immer neuen landschaftlichen Schönheiten, bis wir, im Garten der Neuen Schweizerei angelangt, von der Wirtin mit köstlichem Kaffee, köstlicher Milch, frisch gelegten, gekochten Eiern, köstlicher Butter gelabt wurden.

Den Rückweg zeichnete ein unvergessenes Gespräch mit dem Vater aus.

Er kam auf geschlechtliche Dinge zu sprechen. Wenn ein junger Mensch in die Jahre der Geschlechtsreife träte, müsse er doppelt auf sich achtgeben. Seine Beziehung zum Weibe erhalte dadurch ein anderes Gesicht. Die allgemeine Erfahrung lehre, daß ein gesunder junger Mann auf die Dauer ohne den körperlichen Verkehr mit dem andern Geschlecht nicht auskomme. Es sei besser, damit zu rechnen, als umgekehrt, da auf die sichere Wirkung von Tugendlehren kein Verlaß bestünde. Man könne nicht einmal sagen, ob im Hinblick auf eine gesunde körperliche Entwicklung Enthaltsamkeit zu empfehlen sei.

»Du hast einen Fall in nächster Nähe«, sagte mein Vater, »der immerhin lehrreich ist. Warum sollte ich davon gegen dich schweigen? Onkel Schubert in seiner Reinheit, seiner echten Frömmigkeit und Tugendhaftigkeit hat sich bis ins vierzigste Jahr jedes geschlechtlichen Umgangs enthalten und sich nach dem Urteil der Ärzte einen dauernden Schaden zugefügt. Als er die Schwester deiner Mutter heiratete, zeigte es sich, daß sein Sexualempfinden verkümmert war. Es mußten allerhand Kuren gebraucht werden, bevor dein verstorbener

Vetter Georg ins Leben treten konnte. Das Glück und Unglück dieser Ehe ist damit gekennzeichnet.

Du wirst, es kann nicht ausbleiben, eines Tages das getan haben, was die meisten, wenn sie dein Alter überschritten haben, eben tun. Bevor du dich aber zu einem solchen Entschluß hinreißen läßt, versichere dich nach Möglichkeit, daß du einen gesunden Menschen vor dir hast, denn ...« Und nun trat er in die Beschreibung jener beiden Krankheiten ein, die man als Geißel der Menschheit bezeichnet. Er sagte: »Zeigt sich einmal bei dir, was Gott verhüte, ein noch so leichtes, so und so geartetes Symptom, dann verfalle nicht etwa in den Fehler, es aus falscher Scham zu verheimlichen! Das ist der Grund, weshalb viele der gleichen Fälle sich schließlich als unheilbar erweisen. Also nichts verschleppen, verstehst du mich, sondern du wirst dich beim leisesten Verdacht mir oder, koste es, was es wolle, sofort dem bedeutendsten Spezialarzt, den du finden kannst, anvertrauen.«

Der so sprach, war nicht mehr nur mein Vater, er war mein Freund. Er betonte das auch, indem er sagte: »Du bist in ein Alter getreten, in dem ich dir nichts mehr befehlen oder verbieten, sondern nur noch als Freund nahe sein und dir aus dem Schatz meiner älteren Erfahrungen Ratschläge geben kann.«

Fünfzigstes Kapitel

Nach Lederose zurückgekehrt, war ich ein anderer Mensch. Ich lebte auf einer höheren Ebene, zu der mich der Verkehr mit Carl und Ploetz, das Gespräch mit meinem Vater erhoben hatten. Besonders dieses, durch das mir von dem auf Erden höchst verehrten Menschen die Lebensrechte eines Erwachsenen zugebilligt worden waren, wirkte auf meine innere, meine äußere Haltung ein. Als ich freilich in der gewohnten Weise mir selbst überlassen dahinlebte, mich die alte Tretmühle Woche um Woche mehr und mehr abgestumpft hatte, erwies sich die neue Ebene nicht immer als tragfähig. Wie auf einer zu dünnen Eisdecke brach ich wieder und wieder ein und mußte mir zu Gemüte führen, daß die Gefahr des Ertrinkens noch keineswegs überwunden war.

Zunächst trug ich meinen Kopf ziemlich hoch. Der Gedanke, eines Tages die landwirtschaftliche Akademie in Proskau zu beziehen, wurde in Sorgau erörtert. Sie sollte mich in das Gebiet tragen, das Carl und Ploetz mit so viel Genuß zu bearbeiten angefangen hatten. Eine Zeitlang hob mich diese Aussicht und ihre Betonung Onkel und Tante gegenüber über die maukige Atmosphäre hinaus. In der Betrachtung meiner Umgebung ward ich eifriger. Sie bekam einen sozusagen naturwissenschaftlichen Beigeschmack. Insbesondere war es der Landmann, dessen Wesensart und Lebensform mich lebhaft beschäftigten. Sein Vertrauen gewinnen war schwer, ja etwas im guten aus ihm herauszubringen, ein Ding der Unmöglichkeit. Die Frauen besaßen mehr Intelligenz, und ihre Freude am Reden bedeutete eine natürliche Aufgeschlossenheit. Was ich auf diese Weise erfuhr, überraschte mich und erweckte in mir einen Drang, auf die meiner Meinung nach verblendete Denkungsart der Dorfbewohner einzuwirken, die gegen so ziemlich alles und alles außer dem engen Kreise bäuerlicher Tätigkeit ablehnend war.

Die Verstrickung in eine Art Demagogie erregte und belebte mich. Ich, der ich vor allem der Belehrung bedürftig war, verfiel dem Zwang, belehren zu wollen. Aber docendo discimus – ich habe auch durch Lehren gelernt.

Ich brachte diesmal nach Lederose die Freude am neuen Deutschen Reich, übernommen von meinem Vater, in das ärmliche Gutsleben mit. Das Echo im besten Fall war Gleichgültigkeit. Wenn ich mit übernommenem Enthusiasmus von Bismarck, Moltke und anderen sprach, war entweder ein tückisches Schweigen die Antwort, oder Moltke wurde ein Feigling genannt, der sich immer wohlweislich hinterm Berge gehalten und andere ins höllische Feuer geschickt habe. Da war ein lebhafter, etwas stotternder Gutsarbeiter, der drei oder vier bildschöne Töchter hatte. Er besaß ein kleines Anwesen und stand in Arbeit auf unserem Hofe. Er sprach überstürzt, wenn er das Wort ergriff, und ebenso düster verbittert, wie seine schweigende Miene meist düster verbittert war.

Er hatte im Kriege von siebzig eine Enttäuschung gehabt, aber sie war es nicht, die seiner Feindschaft gegen alles und alles, den Kaiser, das Reich, die Regierung, das Parlament, zugrunde lag. Dazu war diese Feindschaft in dieser Gegend zu allgemein. Immerhin war es ein Fall, der ihn wurmen mußte. Daß dieser cholerische, im Grunde noble Mann nicht log, wenn er erzählte, er habe bei einem Sturm, sechzig und mehr Meter den andern voran, eine Kirchhofsmauer übersprungen, war selbstverständlich: erstens, weil ein solcher Furor ganz seinem Wesen entsprach, und dann, weil er sich übrigens nichts darauf einbildete. Er habe, sagte er, drei oder vier Rationen Schnaps in sich gehabt und sei ungeheuer erstaunt gewesen, als er plötzlich allein auf der Mauer stand. Aber nun hatte ein anderer, den man irrtümlich statt seiner mit dem Eisernen Kreuz dekoriert hatte, den Lohn für dieses heldenhafte Geschehnis eingeheimst.

Übrigens verbreitete sich die Lästerchronik über alles, was mit Regierung und Behörde, mit Kirche und Gerichtsbarkeit zusammenhing. Hier sei alles auf die Bedrückung und Beraubung des gemeinen Mannes angelegt. Ähnliche Urteile hörte man unter den Weibern beim Rübenhacken hin und her gehen. Die Arbeiter riefen sie einander beim Düngerladen oder Garbenreichen zu. Die Siegesfreude, die deutsche Einheit, durch die Reichsfahne dargestellt, der Taumel des Erfolges, kurz alles, was die Lehrer in den Schulen, das Bürgertum und einen Teil des Adels begeisterte, hatte hier nur stille Wut und dumpf entschlossenen Haß ausgelöst. Diese Volksseele ließ sich durch nichts erweichen.

Diese Paganen, denen man vielfach scharfen Verstand und durchdringenden Blick nicht absprechen konnte, waren auch religionsfeindlich, steckten im Heidentum. Man hätte ihnen, das spürte man instinktiv, mit Jesus Christus nicht kommen dürfen. Anteil nahmen sie höchstens insofern an ihm, als sie feststellten, wie wenig das Leben gewisser Pastoren seiner Lehre entsprach. Hier war ihnen besonders der Jenkauer Pfarrer, genannt Jenker Pforr, anstößig. Er war Witwer und hatte neben seiner Hausdame Liebschaften. Er lebte üppig, nicht nur, weil seine Pfarre eine der fetteren war, sondern weil er mit Glück spekulierte und so ein privates Vermögen erworben hatte. Dieser Mann ahnte nicht, daß abertausend Augen ihn scharf und feindlich beobachteten, vor denen ihn von morgens bis abends und noch mehr von abends bis morgens keine noch so dicke Mauer zu verbergen vermochte.

Dies alles, ich weiß nicht wieso, schmerzte mich. Von der erbitterten Feindschaft aller dieser Menschen gegen die andere Schicht, der auch der gütige Onkel Schubert und ich angehörten, hatte ich nichts gewußt. Da Knechte, Mägde, Tagelöhner und Tagelöhnerfrauen ihre Arbeit nicht freiwillig, sondern durch die Not gezwungen mit knirschendem Ingrimm verrichteten, lebten sie ja in Sklaverei. Die Sklaverei war nicht abgeschafft, ich wollte das aber im Grunde nicht Wort haben. Unzählige Fragen, die in mir aufstiegen und die ich zunächst nicht beantworten konnte, vermehrten meine innere Unruhe. Das große Unbehagen, in das mich meine Entdekkung versetzte, verlangte irgendeine Linderung. Ich glaubte sie darin zu finden, daß ich nach Kräften versöhnlich wirkte. Mein Bemühen, die verhaßte obere Schicht als notwendig, ja verdienstlich hinzustellen, fruchtete nichts. Diese sturen und harten Köpfe wollten im Grunde keine Wissenschaft, weder die niederen noch die höheren Schulen, ja überhaupt die Städte nicht gelten lassen. Da wohnten für sie nur unnütze Fresser und Faulenzer.

Bismarck, Moltke und der Kaiser, hieß es, täten für die armen Leute nichts. Den Eltern würden die Kinder, das heißt die Arbeitskräfte, genommen, und diese müßten sich drei Jahre lang um nichts und wieder nichts beim Militär kujonieren lassen und abrackern. Der Reichstag bestehe aus einem Haufen von Betrügern und Nichtstuern. In dieser Art, die Welt zu betrachten, die vaterländischen Dinge zu beurteilen, herrschte völlige Einigkeit, und niemand war davon abzubringen.

Man hatte mir »Menschenschinder!« nachgerufen. Ich mußte erkennen, daß in den Augen dieses Volkstums jeder Gutsbesitzer, jeder Bürger einer war, ohne daß eine solche Verblendung auf demagogische Umtriebe zurückzuführen gewesen wäre. Auch für Agitatoren, die sie ebenfalls für Betrüger erklärt hätten, waren sie völlig unzugänglich.

In dem Bestreben, sie in versöhnlichem Sinne zu beeinflussen, in der natürlichen Neigung für sie und in dem Wunsch, ihr Fassungsvermögen zu ergründen, sprach ich eines Tages einer Arbeitskolonne, die ich im Feld zu beaufsichtigen hatte – es waren ältere Männer, Weiber und Kinder darin vertreten –, den »Taucher« von Schiller vor. Hier endlich kam die Stunde zu Ehren, in der mir mein Vater vor Jahren diese Ballade eingeprägt hatte. Ich konnte mich überzeugen, daß sie von Anfang bis zu Ende mit Spannung gehört und verstanden wurde. Ihr Inhalt lief noch tagelang während der Arbeit von Mund zu Mund. Der Edelknecht war der Liebling aller geworden. Zur Beschimpfung des Königs, der den Becher zum zweitenmal ins Meer geworfen hatte, mußte der herrschende Dialekt die allerkräftigsten Ausdrücke hergeben. Es war schön, zu sehen, wie die Augen dieses oder jenes lebhaften alten Weibchens funkelten, und kluge Bemerkungen aller Art aufspringen zu hören, die bewiesen, welche Macht die unsterbliche Dichtung auf diese gesunden Gemüter ausübte.

Ich weiß seitdem, daß der Durst nach dem Schönen in den meisten unverbildeten Menschen verborgen ist.

Beiläufig sei gesagt, daß unter diesen Leuten, die täglich elf Stunden mit gekrümmten Rücken Rüben hackten oder eine andere Arbeit taten, die Weiber fünfzig Pfennige, die Männer eine Mark Tagelohn erhielten, einen Lohn, bei dem selbst die christliche Seele meines allgütigen Onkels Schubert nichts zu erinnern fand.

Einundfünfzigstes Kapitel

Die Sorgauer Pfingsttage brachten mir unter anderem Fördersamen auch die Erneuerung meiner ornithologischen Neigungen. Eines Tages fand ich auf der Post ein Paket, dessen Inhalt mich in einen kleinen Glückstaumel versetzte. Es enthielt ein mit schönen Illustrationen versehenes Buch, dessen Titel »Deutschlands Tierleben von Professor Gustav Jäger« lautete. Bruder Carl hatte es von seinem Taschengeld gekauft und mir zum Präsent gemacht.

An Hand dieses Werkes konnte ich mich nun auf eine gründlichere Weise als in Lohnig mit der reichen Vogelwelt dieser Gegend bekannt machen. Lederose, in einer Bodenvertiefung gelegen, mit seinem träge fließenden Wassergraben, war ziemlich feucht und hatte einen schönen Baumbestand. Das ganze Dorf auch außerhalb des herrschaftlichen Parkes war parkartig. Der Wasserlauf war von Erlen und Weiden verbuscht, und des Abends schloß man die Fenster, weil die Nachtigallen, die in den Büschen nisteten, Nacht für Nacht ihren Sängerstreit austrugen. Man sah den Pirol, den Wiedehopf, verschiedene Spechtarten, und was alles noch sonst. Das Dorf allein lohnte in dieser Beziehung das Studium.

Carl, der mich mit dem Buche erfreuen und fördern wollte, konnte unmöglich wissen, in welchem hohen Maße er es wirklich tat. In meinen Augen war dieses Buch ein Pfand, aus besseren Welten herabgefallen. Ich trieb mit ihm förmliche Abgötterei. Es war mein letzter Gedanke beim Einschlafen und mein erster, wenn ich, wie immer, morgens um drei aus dem Bette sprang. Schon lange bewohnte ich das Zimmer in der Frontspitze, das durch eine ausgestopfte Rebhuhnfamilie in einem Glaskasten einigermaßen wohnlich gemacht wurde. Wie auf einem Altar lag das Buch allein auf dem Tisch. Seiner dachte ich bei der Feldarbeit und freute mich jeder Minute, die ich dem Dienste abgewann, in der ich es zur Hand nehmen konnte.

Ich fragte mich, warum dieses Buch eine so wundervolle Wirkung haben und meine im großen ganzen so rat- und hilflose Einsamkeit aufhellen und beleben konnte. Der kernige, kluge, gesunde Mensch, der es verfaßt hatte und gleichsam leibhaftig als Führer neben mich trat, war die Ursache. Er wies meine Sinne auf die Natur. Er schien zu sagen: Niemand ist einsam, niemand verlassen, der wirklich sehen, hören, riechen, schmecken und fühlen kann, denn überall eröffnet sich einem solchen Menschen ebendie Natur mit ihren Wundern, ihren Geheimnissen. Kein Schritt auf der Straße, kein Schritt in Haus, Hof, Feld und Wald ist dann langweilig, weil nach und nach überall das Stumme eine Sprache gewinnt. Es entsteht eine Art Kameradschaftlichkeit mit allem, was kreucht und fleucht, und je genauer und reicher das Wissen von den Gepflogenheiten des einzelnen Mitgeschöpfes wird, um so lebhafter wird auch die Teilnahme, die sich in Freude, in Liebe verwandeln kann.

Ich erwähne von allen neuen Bekannten, die mir das Buch brachte, nur das weitverzweigte Geschlecht der Mäuse mit seinen zahllosen Abarten, das ja mit dem Landwirt in ewigem Kampfe liegt, und ich kam dahin, daß ich am Ende meiner Erkenntnisse den kleinen, zähen und gefährlichen Gegner nicht mehr verabscheuen konnte, sondern ihm meine ritterliche Achtung zuteil werden ließ.

Leider konnte auch dieser Einfluß gegen den Dämon in meinem Innern auf die Dauer nicht standhalten. Verworrenes kreiste in meinem Kopf, der nun einmal an der Wachstumsperiode, in der ich stand, teilnehmen mußte. Der gleiche Trieb, der den Körper mit brennenden Süchten nach dem andern Geschlecht beherrschte, füllte das Hirn bis zum Springen mit Problemen an, die der Verstand bewältigen sollte.

Bin ich nicht eigentlich damals der Verzweiflung nahe gewesen?

Gewiß ist, daß die Zukunft teils undurchsichtig vor mir, teils wie eine Last auf mir lag. Ich wußte nicht, wie ich sie klären, wußte nicht, wie ich sie tragen sollte. Dazu wirkten äußerliche Umstände mit. So hatte ich zu Militär und Militärdienst damals keinerlei Neigung. Drei lange militärische Dienstjahre als sogenannter Gemeiner standen mir bevor, wenn ich mir nicht die Berechtigung zum Einjährig-Freiwilligen-Dienst erwarb. Es mußte durch ein Examen geschehen, für das ich noch nicht die geringsten Anstalten getroffen hatte. Aber wenn auch nun diese äußere Drohung wie eine Gewitterwolke am Horizonte stand, half ich mir einesteils mit Wegblicken und überantwortete mich im ganzen der jederzeit naturgemäßen Vogelstraußpolitik. Vielleicht würde ein Wunder geschehen, Gott würde helfen. Schließlich versank diese düstere Sorge in eine tiefere Finsternis, die so voller unmittelbarer Gefahren war, daß die ferneren nicht in Betracht kamen.

Ich war ein Sünder, der Sünden beging. Von dieser Meinung konnte mein Gewissen nicht ablassen. Der Wunsch, der Wille, das Streben, ihrer Herr zu werden, erwies sich immer wieder als trügerisch. Das vernichtete mich vor mir selbst und vor Gott. Es ließ mich an mir selbst verzweifeln. Wo ich mich aber davon losmachen wollte, geriet ich nur immer tiefer ins Sündengestrüpp. Warum half mir nicht Gott, wo er doch sah, wie sehr ich litt! Also war er nicht gut, oder war er nur nicht allmächtig? So zweifeln hieß aber wiederum sündigen! Man mußte glauben! Konnte man aber den Glauben nicht finden, so mußte man wiederum Gott darum bitten. Da war wieder die Frage, ob er ihn geben wollte, konnte oder nicht.

Warum sollte er ihn nicht geben wollen, da er doch wollte, daß man ihn hat? Und da man doch andererseits wissen soll, der Mensch habe nichts, aber auch gar nichts aus sich selbst, er kann und vermag nichts aus eigener Macht, war es nicht seltsam, wenn selbst die Frömmsten der Frommen gegen die Anfechtungen des Unglaubens täglich zu ringen hatten? Selbst Tante Julie lebte in dieser Beziehung in einem dauernden inneren Kampf. Vielleicht war Onkel Schubert der einzige Mensch, der nie an den hauptsächlichsten christlichen Lehren zweifelte. Die übrigen schlugen sich stündlich mit dem Satan herum. Warum sage ich diese Worte: »Herr, führe uns nicht in Versuchung!« zu Gott? Wenn er das tut, so kann man nicht anders als meinen, er unternehme zuweilen etwas, was sonst nur des Teufels Sache ist. Und jemand in Versuchung zu führen, von einem selbst abzufallen, der einem aus ehrlichem Herzen treu bleiben will, ist das nicht, menschlich genommen, Bosheit und Tücke? Selbst der Frömmste, der täglich zugegebenermaßen um seinen Glauben an Jesum Christum und also um seine Seligkeit kämpfen muß, lebt also einen Teil seiner Zeit in Gottlosigkeit. Er ist zeitweise Atheist. Gott will es so, er würde sich sonst ihm nicht verbergen. Warum aber, fragt man, will er das? Soll man aber auf ein Wissen von Gott hoffen, wo selbst der Glaube erbeten werden muß und jederzeit hinfällig ist? Sind wir also vielleicht verdammt und suchen uns auf verzweifelte Weise durch Selbstbetrug zu trösten?

Ich weiß nicht, gingen solche Gedanken aus meinem Trübsinn hervor oder mein Trübsinn aus solchen Gedanken?

Mein Trübsinn breitete sich jedenfalls allmählich über alles und alles aus. Ihn als Weltschmerz zu bezeichnen würde so viel heißen, wie ihn durch ein Modewort herabsetzen. Überall sah ich Leiden und Tod. Mich traf das Gefühl, das ich ja schon als Kind zuweilen gehabt habe, als wäre ich ausgesetzt und allein. Jener Traum meiner Kindheit, der mir die ungeheure Größe des Weltkörpers zeigte, an dem ich unrettbar hing, bekam wiederum Gewalt über mich. Ich untersuchte mit eigensinniger Wahrheitswut, ob ich wirklich so verlassen und einsam war, und stellte fest, ich war es auf eine so furchtbare Art, wie ich es nie vermutet hatte. Denn Kommunikationen zwischen Menschen gab es wohl, sie konnten einander sehen, hören, riechen, fühlen und schmecken; vom innersten Wesen des einen zum andern führte das aber nicht. Es waren Signale, Symbole, Zeichen. Und auch die Sprache machte davon keine Ausnahme.

Gewiß, mein Zustand war Hypochondrie. Das machte ihn aber nicht leichter zu tragen. Ein häßlicher Umstand brachte es mit sich, daß meine wachen Träume von Verlassenheit, Gruft und Tod eines Tages sogar nach Verwesung dufteten. Ungefähr eine Woche lief ich, durch diese Erscheinung beängstigt, herum, ohne darüber schlüssig zu werden, ob Aas in der Nähe oder mir meine schwarze Einbildungskraft bis zu einer so täuschenden Vorspiegelung gediehen war. Schließlich kam der Geruch von Fido, dem Hund. Bald merkte ich, wie er immer einen und denselben Weg ins Feld machte. Ich folgte ihm nach und fand: der Kadaver eines an Kolik eingegangenen und vergrabenen Gaules hatte Mittel und Wege gefunden, mit seinem Aase die Luft zu vergiften.

Dies war wesentlich meine Lederoser Zeit. Nach der Ernte,

Ende August, stand es fest, ich würde zu Michaeli dem Orte Lederose ade sagen. Der Gedanke von irgend etwas Gescheitertem lag in der Luft. Er fand in einem sehr bestimmten Ereignis eine Bestätigung.

Eines Tages stiegen Onkel und Tante beim Morgengrauen in die Gutskutsche, um einen weiten Weg über Land zurückzulegen. Am späten Nachmittag kehrten sie heim und brachten ein verlaustes, kränklich blickendes, siebenjähriges kleines Mädchen mit. Sie hatten es, das Kind eines verwitweten Maurers, der dem Trunk ergeben war, seinem Vater abgekauft und, als es mit ihnen im Haus erschien, bereits adoptiert. Es war ein wildes und gutes Ding, das sich, dem allertiefsten Elend entrissen, in seiner Umgebung überaus wohlfühlte, aber seine Pflegeeltern nicht Vater und Mutter, sondern nur Onkel und Tante nennen durfte. Ich begriff, daß es mich ersetzen sollte.

Zweiundfünfzigstes Kapitel

Seltsam, ich hatte die Lehre verlassen, um in Proskau Ökonomie zu studieren. Die Schuberts, die Eltern, ich selber, wir hatten keinen anderen Gedanken. Kaum war ich in Sorgau, als von Landwirtschaft, die ich noch tags zuvor für meinen fest bestimmten Lebensberuf gehalten hatte, mit keinem Wort mehr die Rede war. Mein Vater, ich fühlte es, hatte mich freigegeben. Stillschweigend war die Berufswahl wieder in meine Hand gelegt.

Ich durchlebte zunächst eine Muluszeit, konnte mich nach Belieben bewegen, Ausflüge machen oder auch ruhen, ohne daß sich jemand um mich kümmerte. Es wurde kaum laut davon gesprochen, aber es fand gerade damals ein bedeutungsvolles Ereignis statt. Die alte Krone war unter den Hammer gekommen. Man spürte, daß mein Vater dadurch nicht überrascht worden war. Die vernichtende Wirkung auf die Familie war durch die Bahnhofspachtung, die auf den Namen der Mutter lief, einigermaßen paralysiert. Was Vater dachte, war schwer zu sagen. Die Mutter, wenn man ihr glauben wollte, war, getreu ihrer früheren Haltung, froh, daß es endlich so weit gekommen war. Was mir als Knabe ganz unfaßbar gewesen sein würde, konnte nun in mir keine Trauer, nicht einmal Bedauern auslösen. Es machte mir nicht das geringste aus, mich in Salzbrunn blicken zu lassen oder Georg und

Schwester Johanna zu besuchen, welche die peinliche Pflicht durchgeführt und dem Zerstörungswerk der Versteigerungen von Möbelstücken, Betten, Wäsche, Porzellan, Glas und Küchengeräten aller Art sowie der von mir so geliebten Bilder bis zum Schluß beigewohnt hatten, bis dann auch unser alter, lieber Gasthof selbst für wenig Geld einem Gläubiger zugeschlagen worden war.

Immerhin stieg ich noch ein letztes Mal in den verschiedenen Stockwerken umher, um von dem Gehäuse meiner Knabenseele Abschied zu nehmen, also doch mit dem ganz bestimmten Gefühl, daß es das Kleid meiner Jünglings- und Mannesseele nicht mehr sein konnte.

Bruder Georg war ein schöner, energischer Mann geworden. Sein feuriger Blick und besonders sein Schnurrbärtchen war sozusagen herzensknickerisch. Er konnte mir diesmal nicht viel Zeit widmen. Nachdem er sich auf eine bei ihm übliche, lustig schnodderige Weise nach dem Befinden des Stoppelhopsers, Klütentreters und Furchenscheißers, wie er mich nannte, erkundigt hatte, wollte er wissen, ob ich es noch immer nicht lassen könne, den Pegasus zu beklettern und von ihm abgeworfen zu werden. Schließlich entließ er mich huldvollst mit den Worten: »Tu, was du nicht lassen kannst, Dichterling! Dichte ruhig weiter, bis der Mastbaum bricht, aber hebe dich jetzt aus meinen Augen, denn ich habe leider im Augenblick weder zum Lesen noch zum Machen von Gedichten Zeit!«

Johanna und ich gingen zu Tante Mathilde Jaschke, bei der die Schwester Schutz und Asyl hatte. Thildchen empfing uns, wie mir schien, mit ganz besonders guter Laune und großer Herzlichkeit. Sie wollte wohl über das traurige Muß der Stunde hinwegtäuschen. Noch wohnte sie in einer Etage des Kurländischen Hofes, den das verstorbene Fräulein von Randow innegehabt, zwischen altertümlichen Möbeln, die sie von ihr geerbt hatte.

Ich hatte das ganz bestimmte Gefühl, daß diese Dame mit Gut und Blut im Kreise unserer Familie stand. Wir waren die Menschen ihrer Wahl, ihr Entschluß war gefaßt, um jeden Preis unser Schicksal zu teilen. Im Augenblick fühlte sie, wie sie mit ihrem Vermögen, ihrer Heiterkeit, nicht zu vergessen ihrer selbstverständlichen Lebenstapferkeit ganz besonders am Platze war.

Sie wollte wissen, ob ich vorhätte, nach Proskau zu gehen, oder was sonst? Ich war geneigt, mich durch Privatstunden in Breslau auf das Examen zum Einjährig-Freiwilligen-Dienst vorzubereiten. Ich gedachte, das Pensum in einem Jahr zu bewältigen. In diesem Gedanken bestärkte sie mich. Warum habe ich eigentlich nicht zu dieser so hilfreichen Dame, die sprachlich und pädagogisch begabt und gebildet war, gesagt: »Nimm du doch die Sache in die Hand und bereite mich vor für dies bißchen Examen!« Sie hätte das in einem halben Jahr mir spielend beigebracht.

Der Breslauer Plan wurde ausgeführt.

Bei der Ankunft in Breslau fand ich Carl, Ploetz und einen gewissen Schammel vor, der ehemaliger Klassengenosse der beiden, nun aber Kaufmannslehrling war. Der schwankende Zwischenzustand, in dem ich mich noch während der Fahrt befunden hatte, wurde schon durch den lauten und frohen Empfang ausgelöscht. Gleich zu Anfang wurde mir die Eröffnung gemacht, ich sei in den Bund der Freunde aufgenommen, und während wir gegen das Innere der Stadt pilgerten, bald mit Carl und Ploetz, bald mit Schammel und Ploetz Arm in Arm, wurden mir allerlei Dinge geheimnisvoll angedeutet, in die ich an einem der nächsten Tage eingeweiht werden sollte.

Wie aus einem Gefängnis befreit, dem Leben zurückgegeben, sah ich heute die Stadt, die ich wie ein Erlöster verlassen, wiederum als ein Erlöster an: hatte sie mich dereinst ersticken wollen, gab sie mir heut die Lebensluft, die ich entbehrt hatte. Es war ein Ruck, den ich plötzlich empfand, und wie ich eingehenkelt zwischen den Freunden ging, schien mir jeder meiner Schritte wie ein wirklicher Schritt nach vorwärts zu sein.

Es ging an der öden Fassade der Elfer-Kaserne entlang, das Inquisitoriat mit dem Kriminalgericht wurde passiert, dessen Inneres ich von den Gauda-Tagen her so gut im Gedächtnis hatte. Wir landeten bei einer Frau Hüsgen im zweiten Stock eines Hauses der Großen Feldstraße, wo ein kleines, eigenes Zimmer neben dem meines Bruders auf mich wartete. Es war ein schöner Oktobertag, der uns, nachdem ich mich etwas gesäubert hatte, wieder ins Freie zog, wo wir nach einem belebten Stadtbummel in einem der Biergärten an der Promenade endeten.

Es war für mich ein Tag von hoher Bedeutsamkeit, nicht nur durch den neuen Rhythmus, den er mir gab, sondern durch eine Erkenntnis, die plötzlich im Laufe des heiteren Disputierens in mir aufleuchtete. Sie hat mich zu einem neuen, einem selbstbewußten Menschen gemacht und ist mir bis heut nicht verlorengegangen. Es wurde mit ihr gewissermaßen das gesunde und gerade Wachstum meiner Knabenjahre wieder aufgenommen und nach jahrelangem Siechtum auf höherer Stufe fortgesetzt: eine Möglichkeit, an der ich noch jüngst in Salzbrunn verzweifeln wollte.

Vor meinem inneren Auge nämlich gebar sich, Athene mit Schild und Speer, die Urteilskraft. In der Zeit meines seelischen Siechtums hatte ich mich wie eine Fliege im Spinnennetz unentrinnbarer Abhängigkeiten herumgewälzt, nicht einmal bemüht, mich zu befreien. Nun war ich frei, denn ich wurde von der neugeborenen Göttin für frei erklärt. Es ist der Mensch, der den Staat, die Kirche, die Schule für seine Zwecke geschaffen hat. Ich bin solch ein Mensch, ich bin der Mensch. Und weil ich der Mensch bin, bin ich der Schöpfer. Feste Bildungen, im Sinne von ein für allemal gegebener, unveränderlicher Art, sind menschliche Institutionen nicht. Es sind veränderliche Gebilde. Nur dadurch sind sie wachstumsfähig, nur darin besteht die Möglichkeit, sie zu vervollkommnen, und ich bin berufen, ich möchte sagen mit jedem meiner Gedanken, daran mitzuarbeiten. Es gibt in dieser Beziehung nur Menschen gleichen Berufes neben mir, nicht über mir. Und so habe ich mich an jenem Tage, indem ich mir dies alles sagte, bewußt und klarzum Rittergeschlagen.

Die Stunde dieser Erkenntnis war der Zeitpunkt meiner Geburt als Persönlichkeit. Es ist selbstverständlich, daß auch diese Persönlichkeit noch lange knabenhaft unreif und fehlbar blieb. Das zeigte sich bald, als ich mit meinen Kameraden gemeinsam zwar in ein einigermaßen sinnvolles, aber doch kindliches Unternehmen verwickelt wurde. Ich empfand es als Spiel nach dem schönen Ernst der Lohniger und dem quälenden der Lederoser Zeit.

In einem verschlossenen Zimmer durch Ploetz, Schammel, Carl und einige andere junge Leute ins Gebet genommen, erfuhr ich, daß ich gewürdigt worden sei, in eine bestimmte Gemeinschaft einzutreten. Näheres könne mir aber nur eröffnet werden, wenn ich durch einen altgermanischen Schwur tiefstes Stillschweigen angelobe. Hochbeglückt, ja beseligt, tat ich das, und man wollte nun wissen, ob ich in einen Geheimbund einzutreten willens sei, der ein pangermanisches Ziel habe und die Vereinigung aller germanischen Stämme und Völker herbeiführen solle. Von Ploetz in diesem Sinne belehrt, wußte ich einigermaßen Bescheid über die nach seiner Ansicht unbedingte Notwendigkeit einer solchen Entwicklung. Ich trat ohne weiteres in den Bund und hatte nur noch die Aufnahme durch eine nächtliche Zeremonie zu gewärtigen, die am folgenden Sonntag stattfinden sollte.

Vom dumpfen Großknechtideal, dessen schmerzhafte Prägung ich noch vor kurzem wie ein Brandmal spürte, zum Gründer eines Weltstaatenbundes – welch ein Schritt! Es ging vorwärts mit Siebenmeilenstiefeln. Der Sonntag kam, der Abend, die Dunkelheit, und wir fanden uns, von Ploetz geführt, in den Einsamkeiten verdüsterter Landschaften, weiten vernebelten Wiesen der Ohleniederung, im schwach erhellenden Licht der Mondsichel unter einer großen Eiche. In der Ferne verriet sich der Gebäudekreis eines Landgutes durch Hundegebell und eine Häufung von Dunkelheit.

Etwas von schlechtem Gewissen kam in uns sowohl durch die Nacht wie die Geheimtuerei. Es bestand kein Verbot, einen pangermanischen Weltstaat zu gründen, ihn hätte ja doch Deutschland angeführt. Dennoch flüsterten wir, als ob wir uns vor Entdeckung zu fürchten hätten. Ganz ohne alle Gefahr war übrigens diese Sache nicht, die schließlich einen Geheimbund vorstellte, verdächtig in einer aufgeregten Zeit um das Jahr 78 herum, in dem nacheinander am 11. Mai und am 2. Juni die Attentate von Hödel und Nobiling auf Kaiser Wilhelm I. stattgefunden hatten.

Was auf der Ohlewiese vor sich gehen sollte, war nach altgermanischem Muster die Zeremonie der Blutsbrüderschaft. Schweigend wurde ein Rasenstreifen ausgehoben und mit vieler Mühe durch abgebrochene Zweiggabeln gestützt und in die Höhe gehalten. Unter ihn tretend, leisteten wir einander den Blutsbruderschwur. So waren wir denn verbunden, mit Gut und Blut und auf Lebenszeit, sowohl der Idee wie untereinander.

Der mystische Pate dieses mystischen Vorgangs war Felix Dahn, der besonders auf den tüchtigen, sonst so nüchternen Alfred Ploetz durch seine Romane »Odhins Trost«, »Kampf um Rom« und anderes den entscheidenden Einfluß ausübte. Bald danach und den ganzen Winter hindurch trat die Beschäftigung mit dem pangermanischen Ideal in den Hintergrund.

Die Blutsbrüder, in der Mehrzahl Primaner außer mir, büffelten für das Abiturium, das zu Ostern steigen sollte. Mich besuchte alle drei Tage ein Lehrer, der Dallwitz hieß, kaum das Ende der Stunde erwarten konnte und ebensowenig wußte wie ich, was zu meinem Examen notwendig war oder was er mit mir anfangen sollte. In diesem Betrachte war nun wieder der Winter, war der kommende Sommer zusammengenommen ein verlorenes Jahr.

Dreiundfünfzigstes Kapitel

Auch sonst war es eine tote Epoche, wie ich sie nach dem vielversprechenden Anfang nicht erwartet hätte. Vor meinen Fenstern hinter dem Stadtgraben lag das burgartig bekuppelte Gebäude der Liebichshöhe, und da ich die meiste Zeit mit pflichtgemäßem Nichtstun im Zimmer verbrachte, konnte ich mich an der immerhin schönen Aussicht erlaben bis zum Überdruß. Wieder kamen kleinliche Reibereien mit Carl. Unser Wechsel von Hause war so schwach, daß wir nicht einmal jeden Tag das Zehnpfennigstück für die Schlittschuhbahn aufbringen konnten. Zweimal wöchentlich quälte mich eine peinliche Aufgabe. Ich mußte zum Freiburger Bahnhof, um dort eine Reisetasche mit Eßwaren, die ein Schaffner von Sorgau mitgebracht hatte, in Empfang zu nehmen und heimzuschleppen. Daß wir damals regelmäßig zu Mittag gegessen hätten, wüßte ich nicht. Nicht gerade gesund, schlecht ernährt und schwach, an Lasttragen nicht gewöhnt, brach ich jedesmal fast zusammen vor Müdigkeit, bevor ich mit meiner Tasche die verhängte Glastür erreichte, auf deren Porzellanschild »Frau Anna Hüsgen« stand. Gewöhnlich fand ich dann schon Carl und eine Anzahl seiner ausgehungerten Primaner versammelt, die den Taschentag sehr wohl im Kopf hatten, und was uns eine halbe Woche ernähren sollte, kalter Braten, kalte Eier, Butter, Brot und so weiter, war gewöhnlich in einer halben Nachmittagsstunde verputzt.

Es war die alte Krise, in die ich eben nun wieder verfiel. Ganz einfach, weil mir ein Berater, ein Leiter, ein Mentor fehlte. Die Not, das Darben, die Armut verschärften sie. Die Fleischtöpfe des Hauses Schubert waren nun einmal nicht mehr. Ich lernte den Hunger und den Pfandleiher kennen.

Im Frühjahr, als Carl nach bestandenem Abiturientenexamen die Universität zu Jena bezog, verschärfte sich noch mein Zustand von Verlassenheit. Zwar trat Alfred Ploetz seine nationalökonomischen Studien auf der Breslauer Hochschule an, doch ich verlor ihn zunächst aus den Augen. Die Blutsbrüder, schien es, vergaßen mich. Keiner von denen war übriggeblieben, mit deren Blut ich unter dem Rasen das meine vermischt hatte.

Ein trauriger Tiefstand war erreicht. Irgendwie mußte das Wunder eintreten, wenn es nicht bald von mir heißen sollte: in jungen Jahren verdorben, gestorben dort und dort.

Ein runder, kleiner Herr, der Maler war und sich äußerlich auf Frans-Halssche Weise trug, hatte sich in Sorgau angebiedert, erschien auch zuweilen mit seiner feinen, ernsten jungen Frau und war von den Eltern gern gesehen. Um diese Zeit war sein Vater gestorben, der eine allgemein geachtete Persönlichkeit, Lehrer eines nahen Dorfes und, ungewöhnlicherweise bei seinem Stande, wohlhabend war. Der alte Vater Glitschmann hatte sein Testament über den Kopf seines einzigen Sohnes hinweg gemacht und seine beiden Enkel zu Erben berufen. Außer einem kleinen Erziehungsgeld, das die Eltern erhalten sollten, blieb das Vermögen den Kindern bis zur Mündigkeit aufbewahrt.

Die Sache gefiel dem Sohne schlecht, er besprach sie wieder und wieder mit meinem Vater.

Maler Glitschmann war ein witziger Mensch. Er wußte lebendig und fesselnd zu erzählen. De mortuis nil nisi bene – diesen Satz befolgte er im Hinblick auf den eigensinnigen Erblasser nicht. Es erleichterte ihn, ihn durchzuhecheln. »Der alte Geizhals hätte am liebsten sein Geld mit ins Grab genommen«, sagte er. Sein Horizont sei nicht über die Dorfgrenze hinausgegangen. »Da ich Maler und nicht Schulmeister werden wollte«, sagte er, »war ich für ihn der Verlorene Sohn.« Aber es wurde auch von Frau Glitschmann über den Vater ihrer Kinder im Vertrauen zu meiner Mutter Klage geführt. Er handle unverantwortlich. Um ein sogenannter freier Künstler zu sein, habe er eine schöne Stellung in Breslau, als Zeichenlehrer an einem Gymnasium, aufgegeben. Nun wisse sie meistens am Montag nicht, wovon sie am Dienstag einkaufen solle.

Diesen Zustand sah man der ordentlich gekleideten Frau, den gutgehaltenen Kindern nicht an. Auch Glitschmann mochte wohl einen Schneider haben, der die Zahlung stundete.

Mein Vater lud die Malerfamilie gelegentlich zu Tische ein, und da es in seiner Jugend üblich war, sich von reisenden Malern malen zu lassen, empfahl er Herrn Glitschmann hie und da einem der Honoratioren des Kreises Waldenburg, von denen er diesen und jenen kannte.

Glitschmann blickte mich, als ich im Sommer in Sorgau zu Besuch erschien, mit besonderen Augen an, und ich fühlte mich zu ihm hingezogen. Wie er schnell und sicher mit der Feder sprechende Züge auf einen Briefbogen warf, konnte ich gar nicht genug bestaunen. Diese Kunstübung sah ich zum erstenmal und gestand mir ein, daß meine Versuche in dieser Beziehung Stümperei seien.

Wochen nach unserer ersten Begegnung zeigte ich ihm trotzdem mein Lederoser Skizzenbuch, in dem er – mir lief es über den Rücken – Begabung feststellte.

In den Gesprächen mit diesem Manne konnte sich allmählich eine begrabene Welt nahezu vergessener Eindrücke meiner Kindheit wiederherstellen. Jene Bilder, die an den Wänden des Großen und Kleinen Saales hingen und jetzt in alle Winde verstreut waren, die Sixtinische Madonna des Raffael, Rembrandts Kreuzabnahme und dann die Wand mit den Niederländern, unter denen wiederum Rembrandt am stärksten vertreten war, hoben sich aus dem Unbewußten. Jenes Werk, das die Schätze des Berliner Museums in schönen Kupfern darstellte, tauchte in mir auf und mit ihm die Amazone von Kiß, die mir noch heut ein unnachahmliches Gebilde und Wahrzeichen ist.

Ich konnte merken, wie meine Brust wiederum jene Luft atmete, die sie schon, als ich noch Kind war, mit einem Kitzel des Glücks ausgedehnt und geweitet hatte.

Wie weit ich von dem höheren Sein der Kunst bereits etwas wußte, verriet ich dem Maler Glitschmann nicht. Auch hielt ich in scheuer Angst, er könne sogleich zerstört werden, einen sich leise meldenden, leise regenden, wie mir vorkam, an Wahnsinn grenzenden Gedanken zurück.

Noch war ich damals so rein, so unverdorben oder so unwissend, daß mir die Kunst als etwas Unerreichbares, schlechthin Göttliches vorschwebte. Kaiser, Könige, Fürsten sagten mir nichts, wogegen ich mir die Schöpfer der von mir genannten Kunstwerke ohne weiteres nur als Götter oder mindestens als im Besitz übernatürlicher Kräfte vorstellen konnte. Daran, daß die hohen Gebiete ihres Wirkens für einen niederen und gemeinen Sterblichen, der ich war, je in Betracht kommen könnten, bis zu diesem Gedanken hatte sich meine Seele nie und nimmer zu erheben gewagt.

Die Lederoser Verwandten beschäftigten sich mit der Utopie des Tausendjährigen Reichs bei der zweiten Erscheinung Jesu Christi in der Welt. Die Aussicht auf tausend glückselige Lebensjahre unter dem linden Szepter des Heilands auf einer zum Paradiese verwandelten Erde hatte auch auf mich Eindruck gemacht. Aber doch nur deshalb, das fühlte ich jetzt, weil ich damals meine Jugenderfahrungen nicht mehr gegenwärtig hatte, ebensowenig die mehr als einmal wenn auch flüchtig geschlagene Verbindung mit jenem himmlisch-irdischen Gebiet, wo das Ewig-Schöne Gestalt gewinnt, einem Gebiet, das ich jetzt, während meiner Kunstgespräche mit Glitschmann, der ersten, die ich geführt habe, mit einer Gloriole umgab.

Es war gewiß der Dichter in mir, dem ich einen so hohen Begriff von bildender Kunst verdanke. Er hatte mir aber seltsamerweise einstweilen noch nicht den gleichen Begriff von der eigenen Kunst zu geben vermocht. Wenn ich in Lederose Zettelchen mit gereimtem Unsinn beschrieb, so hätte ich ebensogut Kartenhäuser bauen, Männchen aus Zahnstochern und Rosinen machen oder Brotkügelchen drehen können. Und wenn ich jetzt daran dachte, in Zukunft vielleicht ein von mir geschriebenes Drama auf die Bühne zu bringen, so war mir das eine Selbstverständlichkeit, mit der sich eine tiefe Erregung nicht verband.

Wie ein vorsichtig schnüffelnder Hase um den Kohl, sicherte ich um Glitschmann herum, ich wollte erfahren, wie sich die Anfänge dieses oder jenes Künstlers gestaltet hätten. Man müsse Talent, man müsse Begabung haben, und dann sei es noch immer das beste, wenn man bei einem Meister als Lehrling eintreten könne: freilich ein Fall, der wie der Gewinn des Großen Loses ein Glücksfall sei. Die Meister seien ja stolze Herren, die auf gewöhnliche Sterbliche nur sehr von oben herabblickten. Verzagter, als ich schon war, machte mich diese Eröffnung nicht, weil ich sie eben nicht anders erwartet hatte.

Wie beiläufig sagte dann Glitschmann, es gäbe auch Akademien und Kunstschulen. Eine Kunst- oder Kunstgewerbeschule sei zum Beispiel vor kurzem in Breslau gegründet worden, sie liege am Augustaplatz. Der Aufnahme ginge jedoch eine Prüfung voraus, die ziemlich schwer zu bestehen sei. Vorbildung wäre eben notwendig. So werde man ja auch auf einer Universität nur nach bestandenem Abitur inskribiert.

Nun also gut, war mein innerer Schluß, die Sache kommt für dich nicht in Frage, und so dachte ich nicht weiter daran.

Aber Glitschmann kam wieder, die Kunstgespräche wiederholten sich, sie fanden im großen Wartesaal dritter Klasse statt, in einer Ecke, die der Vater für sich und die Seinen der Wärme wegen reserviert hatte. Winters stand ein großer eiserner Ofen dort. Ich tastete weiter und weiter vor, und Glitschmann erbot sich eines Tages, Näheres über die Kunstschule auszumitteln. Er tat es zwar nicht, da er – aus den Augen, aus dem Sinn! – ein Windhund war, mich aber ließ der Gedanke, meine Aussichten auf ein Kunststudium möglichst genau zu ergründen, nicht mehr los. Und so kam ich, allerdings erst nach Monaten, in Besitz der Statuten der Kunstschule und der Bedingungen, die sie stellte, bevor jemand aufgenommen werden konnte.

Obgleich ich sommersüber nur die Stunden mit Dallwitz fortführte, machte ich im Juli große Ferien. In Salzbrunn, das ich von Sorgau aus wie immer besuchte, tauchte die Familie Weigelt auf, die Konsistorialrätin, die freundliche Tochter und Konrad, der Sohn. War ich diesen Menschen in meiner Knabenzeit unauslöschlichen Dank schuldig geworden, als sie mich armen, unbeachteten, gleichsam vergessenen Jungen in ihren hochbürgerlichen Kreis zogen, so bewahrten sie mir jetzt eine unveränderte Anhänglichkeit und folgten meiner Entwicklung mit Teilnahme. Die Übernahme der Bahnhofswirtschaft durch den Vater und die Subhastation des Gasthofs zur Krone änderten nichts daran.

Nun ritt ich bereits mein Steckenpferd; Hoffnung, Freude und Eitelkeit bewirkten es, daß ich mich den Konsistorialratsdamen gegenüber bereits als werdender Künstler aufspielte. Sie sowohl wie Konrad Weigelt, mein Freund, schienen davon sehr angetan. Heute weiß ich nicht mehr, was ich ihnen, sicher in überstiegener Weise, damals vorfabelte.

Das große Ereignis um diese Zeit war ein kurzer Aufenthalt, den der spätere Kaiser Friedrich als Kronprinz mit seiner Gemahlin in Sorgau hatte. Wochenlang vorher sprach man auf dem Bahnhof davon. Der Vater borgte ein herrliches Teeservice aus irgendeiner Porzellanmanufaktur. Die Herrschaften konnten Tee verlangen, und er wollte gerüstet sein. Er vergaß, daß eine so wichtige Angelegenheit wie das Reichen einer Erfrischung, wenn sie hätte stattfinden sollen, vom Hofmarschallamte vorher hätte bestimmt werden müssen.

Die Fürstin Pleß, jene, deren hohe Gestalt ich im Wagen ihres Viererzugs als Knabe bewundert hatte, kam mit dem Grafen Hans Heinrich von Fürstenstein, um die hohen Reisenden zu begrüßen. Die vornehme Dame ging, bevor der Zug in den Bahnhof lief, mit ihrem Sprößling, in ihren Bewegungen an einen Pfau gemahnend, auf dem Perron langsam auf und ab. Der junge Graf und Majoratserbe war ebender, den ich bei den Weigelts kennengelernt, wo er uns Jungens Jagdtrophäen und anderes in seinem hübschen Zimmer gezeigt hatte. Ich dachte daran, welche Räubergeschichten mir der junge Konrad Weigelt über sein Liebesleben aufgetischt hatte.

Noch erinnere ich mich, welcher Glanz mit der Einfahrt des Zuges über den Bahnhof Sorgau kam, wovon jedermann, vom Inspektor bis zum Weichensteller und Wagenschieber herab, bis fast zur Erblindung getroffen wurde. Ich vergesse den schönen Mann, den Kronprinzen, nicht, wie er mit der Fürstin Pleß scherzte und Hans Heinrich, der damals mit seiner schlaksigen Länge und Unbeholfenheit keine gute Figur machte, jovial auf die Schulter schlug.

Der Zug fuhr davon, der Raum verschlang ihn, die Zeit ging über das Erlebnis hin, der Alltag schlug über ihm zusammen.

Noch wußte ich nicht, wie der Vater meine Absicht, Künstler, und zwar Bildhauer, zu werden, aufnehmen würde. Seit meiner Rückkehr von Lederose hatte er sich in Schweigen gehüllt. Ich wußte nicht einmal ganz genau, ob er nicht am Ende noch in der Voraussetzung, ich werde im Herbst mein Militärdienstexamen bestehen und hernach die landwirtschaftliche Schule in Proskau beziehen, befangen war. Er hatte meinen Bruder Georg nach bestandenem Abitur ins praktische Leben gedrängt. Das vage Gebiet naturwissenschaftlichen Studiums, das Carl erwählt hatte, begriff er nicht. Carl, sagte er, sei der geborene Arzt, er solle Medizin studieren. Über Glitschmann zuckte er nur die Achseln, obgleich er ihm persönlich gefiel.

Und dieser Maler und Mann war ganz gewiß kein gutes Beispiel für die Vorteile und Aussichten des Künstlerberufs. Die Mutter wünschte, ich möchte Gärtner werden. Sie schwärmte von Glashäusern und Baumschulen. Sie führte den Maler Raabe an als Paradigma dafür, daß selbst ein namhafter Maler Mühe habe, sich und die Seinen schlecht und recht durchs Leben zu bringen. Es handelte sich um jenen tüchtigen Künstler, der bei den Großeltern im Dachrödenshof für lange Zeit, wie vorher im Hause Goethes, Unterschlupf gefunden hatte und der ein Zeit- und Kunstgenosse von Philipp Otto Runge war.

Mir schienen die Aussichten, die mein Plan in den Augen des Vaters hatte, nicht sehr ermutigend. Aber ich konnte nicht ewig damit hinterm Berge halten. Die Gelegenheit, mich zu eröffnen, ergab sich bei einem unserer Gänge nach Fürstenstein, den ich mit ihm allein machte. Ich faßte Mut und rückte mit meiner Absicht heraus. Da er immer nur schwieg, stellte ich mich, als würde ich wärmer und wärmer, bis ich schließlich wirklich in Hitze geriet. Ich stellte Betrachtungen über die einstige Bildergalerie des Gasthofs zur Krone an, behauptete, wie sie den Gedanken, Künstler zu werden, schon im Kind angefacht habe, was eine ausgemachte Lüge war. Dann fing ich zu phantasieren an und schilderte allerlei große Werke und plastische Denkmäler, die ich ausführen wollte, obgleich ich noch den ersten Klumpen Lehm in die Hand nehmen sollte. Ich brachte die Vererbung ins Spiel, denn, sagte ich, wenn Vater ohne Liebe zur Kunst wäre, hätte er doch wohl die vielen schönen Kopien in den Kronesälen nicht aufgehängt.

Ich schwieg, als mein Latein zu Ende war, und war auf die kalte Dusche gefaßt, die mich abkühlen und mein Strohfeuer löschen sollte. Diesmal aber täuschte ich mich.

»Das ist ein guter Gedanke von dir«, sagte mein Vater, »dem ich vollkommen zustimme.«

Ich fragte: »Wie?« Und er wiederholte das schon Gesagte Wort für Wort. Dann fuhr er fort: »Es kommt darauf an, daß du das wirklich willst, wovon du gesprochen hast. Wenn du es wirklich willst, wenn ein Mensch wirklich etwas will, so erreicht er es, er mag sich sein Ziel noch so hoch stecken. Ich finde übrigens, daß man sich ein Ziel nicht zu hoch stecken kann. Nur, wie gesagt, man muß es erreichen wollen, muß einen festen Glauben daran behalten, darf nicht rechts und links abschweifen, sich durch keine Querschläge und Fehlschläge entmutigen lassen. Es ist immer ein Segen, wenn ein junger Mensch auf diese Art etwas will. Ich freue mich, daß dieser Wille so klar und bestimmt in dir aufgestiegen ist, und man kann dir dazu nur gratulieren.«

Damit klopfte er mir auf die Schulter. Ich aber schwieg. Ich war so bewegt, ich hätte kein Wort des Dankes, kein Wort der Freude hervorbringen können.

ZWEITES BUCH

Erstes Kapitel

Der äußerste Tiefstand meines Jugendringens war damit überwunden. Von Stund an bewegte mich innerlich ein ganz neues Sein. Der Auftrieb nahm beinahe bedenkliche Formen an. Wachend und schlafend träumte ich nur noch in marmornen Bildsäulen. Wenn ich aus Träumen ins wirkliche Leben erwachte, erschrak ich fast vor mir selbst, weil die Fülle und überwältigende Größe der inneren Gestaltungen nicht aus Eigenem zu stammen schien, sondern von einer fremden Macht, die mich unterjocht hatte.

Ich war ein Gefäß, das brechen konnte. Gesichte von ungeheurer Monumentalität dehnten mich bis zum Zerspringen aus. Denn wenn ich meine plastischen Orgien etwa meiner Schwester schildern wollte, spürte ich wohl, daß sie nichts begriff. Wären sie sichtbar zu machen gewesen, ich war überzeugt, man würde vor Staunen in die Knie gesunken sein.

Als mich dieser unaufhaltsame Bildnerrausch, wie der Dämon einen Besessenen, ausfüllte und meine Seele schmerzhaft blendete, war ich noch weit davon entfernt, zu wissen, welchen Weg man zu beschreiten hatte, welche Mittel man anwenden mußte, welche Stufen der Arbeitsfolge notwendig waren, um eingebildete Dinge sichtbar zu machen. Um so stärker, peinlicher, marternder war der eingebildete Trieb, es zu tun.

Abermals war ich eines Erlebnisses gewürdigt, in gewissem Sinne dem verwandt, das mich angesichts der kleinen Beatrice Schütz überkommen hatte. Und wiederum zitiere ich mit Fug das Dichterwort: »Ecce deus fortior me, qui veniens dominabitur mihi.«

Diesmal war das Göttliche von einer solchen Gewalt in mir, daß ich es nicht verkennen konnte. Ich selber, mein schweres irdisches Wesen war davon fast aufgezehrt und hinweggeglüht. Was übrigblieb, war bereit, sich in Verwechslung irdisch bedingten Seins mit der Gottheit selbst zu vergöttern. Es geschah, und so gebar sich der Größenwahn.

Damals schrieb ich nach Jena an meinen Bruder Carl Worte,

denen mein tatsächlicher äußerer Zustand so wenig entsprach, daß man sie für Zeichen schwerer Verrücktheit halten konnte. Und doch lag ihnen ein Gefühl zugrunde. In dem Briefe, der sie enthielt, war mein Entschluß, Bildhauer zu werden, mitgeteilt, und nachdem ich gesagt, was ich alles vorhätte, hieß es zum Schluß: »Aus dem ganzen Gebirge von Carrara will ich ein Monument meiner Größe meißeln.«

Glanz umgab mich, ich schwebte im Glanz, ich lebte im Glanz. Ich brauchte nicht zu beten: »Veni, creator spiritus!«, denn ich war bis zum Rande von ihm erfüllt. Von außen gesehen, mag ich den gewöhnlichen Eindruck eines Halbwüchsigen gemacht haben. Vielleicht daß ich auch, überschlank, durch mangelhafte Ernährung ausgemergelt, durch schlechte, schlaffe Haltung, die man mir nachsagte, und ein jung-altes Gesicht peinlich gewirkt habe.

Ich lebte wenig im Zimmer, sondern meist auf weiten Spaziergängen. Nicht eigentlich, um zu wandern, sondern mehr, um allein zu sein. Ich konnte so ohne Störung meinen Phantasmagorien nachhängen. Diese Neigung und Gewohnheit hing mir wahrscheinlich von meiner landwirtschaftlichen Lehrzeit an und hatte sich darin ausgebildet. Für gewöhnlich war ich so in mich gekehrt, daß ich manchmal im Scherz von einem Bekannten, den ich nicht bemerkt hatte, dicht unter den Augen mit einem lauten »Halt!« überrascht, erschreckt und gestellt werden konnte.

Es rumorten schon allerlei Bildungselemente in mir, ich wußte vom goldelfenbeinernen sitzenden Zeus in Olympia, und so konnte es sein, daß ein solcher Anruf mich aus Goldgewölken, von Göttererscheinungen fort, aus heiligen Lorbeerhainen mit goldenem Laub zur nackten, kalten Erde herunterriß. Es hatte damals kein Mensch Zugang zu dem, was sich in mir ereignete. Dazu fehlte in Sorgau wie in Breslau ein Sokrates. Irgendwie war ich reif für ihn. Er hätte in mir einen Jünger gefunden, der schon von Erfahrungen im Reich der ewigen Formen berichten und so dieses Reich bestätigen konnte.

Freilich, jene erhabene Idee großer Kunst, die wie der Morgenstern in mir aufgegangen war, konnte nach außen hin sich nicht manifestieren. Sie verschloß sich, ja sie widersetzte sich der äußeren Verwirklichung. Man glaubt eine Fata Morgana mit Händen zu greifen und verschmachtet vielleicht auf dem endlos weiten Wege zu ihr im Wüstensand.

Leider muß man die reine Idee vergessen, bevor man die ersten Schritte zu ihrer Verwirklichung unternehmen kann. Mit ihnen beginnt ein endloser Kampf. Die Kongruenz zwischen Idee und irdischem Abbild wird nie erreicht. Hier gähnt eine Kluft, und wir wollen sie überbrücken. Und wie ungeheuer erwies sich bald jener Abgrund, der zwischen meinen Visionen und ihrer Materialisierung lag! Hier nicht verzweifeln heißt sich bescheiden einerseits, andererseits das Unmögliche weiter wollen und weiter begehren. Tasten, versuchen und wieder versuchen, Stürze nicht fürchten, sich durch sie nicht entmutigen lassen, Wunden und Beulen als unumgänglich hinnehmen, ja als Ehrenmale betrachten. Ein Dichter und Denker nennt unter den Werkzeugen, die man bei diesem Brückenbauversuch gebrauchen muß: Vernunft, Verstand, Einbildungskraft, Glauben – Wahn und Albernheit nicht zu vergessen.

Ich begann, nach Breslau zurückgekehrt, mit der Albernheit. Ich überwand mich eines Tages so weit, wirklich in den Laden eines Gipsfigurenhändlers in der Taschenstraße, eines gewissen Tagliazoni, einzutreten, um Modellierton zu kaufen. Der unangenehme, schwarze, mit einem stechenden Blick behaftete bleiche Mensch brachte mir einen kindskopfgroßen Ballen feuchten Lehms so mit Gipsstückchen untermengt, daß es unmöglich war, ihn zu reinigen. Ich gab die geforderte unverschämte Summe dafür. Mit diesem Raub begab ich mich in das längliche Zimmer meiner neuen Pension, das ich mit einem andern jungen Menschen teilte, um mir in vollendeter Ratlosigkeit mit diesem unsinnigen Material zu schaffen zu machen: einem verunreinigten Erdenkloß, dem ich einen lebendigen Odem einblasen wollte und der aller meiner Bemühungen spottete.

Dieser Fehlschlag entmutigte mich für lange Zeit, wozu die Verhältnisse in der neuen Pension, mein Stubenkamerad, mein überflüssiger Lehrer Dallwitz, mein trauriger Geldmangel, mein schlechter Körperzustand das Ihrige beitrugen.

Ich hatte mich jetzt nicht etwa von meiner Idee abgekehrt, um das Handwerk blind zu beginnen, sondern ich war des heiligen Aufleuchtens meiner letzten Sorgauer Zeit hier nicht mehr gewürdigt worden. Wenn ich, wie oft, im Bierdunst lungernd hinter meinem Tische saß, beschäftigten mich ganz andere Gedanken, die mit göttlichen Dingen nichts zu tun hatten. Der Kunstschule konnte ich noch nicht sicher sein, da es fraglich geworden war, ob mein Vater das Schulgeld bezahlen konnte. Selbst dann, wenn ich aufgenommen würde, was ebenfalls fraglich blieb. Schließlich aber hatte dieses Hocken und Stocken, dieses Wollen und Nichtwollen, Nichtleben- und Nichtsterbenkönnen eines Tages doch sein Ende erreicht, und ich stand in dem hallenden Hausflur der Kunstschule, von wo wir zur Prüfung in die verschiedenen Klassenräume verteilt werden sollten.

So war ich denn in die Propyläen der Kunst eingetreten. Der Augenblick berührte mich ernst und feierlich. Der Widerhall, den die Tritte und Stimmen der halblaut redenden Gruppen junger Leute in dem steinernen Treppenhaus weckten, war anders als anderswo. Ich trat an diesen, trat an jenen Kreis nicht ohne Scheu heran, weil ich meinte, daß alle Anwesenden mit größerem Recht als ich hier waren. Namen wie Velazquez, Makart, Michelangelo, die in den Gesprächen fielen und mir neu waren, schienen das vollauf zu bestätigen.

Nicht nur junge, auch ältere Männer waren da. Meist trugen sie Mappen mit eigenen Arbeiten, die sie als reif für den Eintritt in die Schule legitimieren sollten. Ein Mensch mit Augen wie glühende Kohlen, kühn geschwungener Nase und einem Schwindsuchtshabitus wies kleine Kopien, nackte Frauen nach Makarts »Fünf Sinnen«, vor, die mich in Staunen und Schrecken versetzten. Sie schienen mir Wunder der Miniaturmalerei. Was hatte ich dem an die Seite zu stellen? Überall wurden nun Mappen geöffnet und Kunstblätter aller Art hervorgeholt, die von langer Übung und großem Fleiß zeugten. Wenn, um hier auch nur die unterste Stufe des Lehrgangs zu betreten, ein solches Können erforderlich war: woraufhin sollte man mich dann zulassen?

Es gab ungeschliffene Burschen, die mich grob mit »Sie sind wohl verrückt!« und dergleichen abfertigten, als ich sie törichterweise zu Mitwissern meiner Sorgen machte und ihnen eröffnete, wie ich weder etwas vorzulegen habe, noch auf irgendeine Vorbildung hinweisen könne. Dagegen stärkte und tröstete mich ein knabenhaft schöner junger Mensch mit hellen Augen und hellem Haar, der von den andern förmlich umbuhlt wurde.

Seine Stimme war angenehm guttural. Im Ausdruck seines Gesichtes lag Ruhe und kluges Wohlwollen. Ich hörte von ihm die Namen Lessing und Winckelmann. Da war eine ohne weiteres spürbare Überlegenheit, die sich ganz ohne Renommisterei sogleich durchsetzte. Welchen Kunstzweig ich erwählen wolle, fragte er. Und ich nannte monumentale Bildhauerei, was von dem und jenem mit einer plumpen Bemerkung oder mit Lachen quittiert wurde. »Was isn das, monumentale Bildhauerei?« hieß es. Ich erklärte mich dahin, daß ich mich mit kleinen Dingen nicht abgeben wolle, sondern nur mit ähnlichen wie der Amazone von Kiß oder mit Sachen wie dem Denkmal Friedrichs des Großen in Berlin von Rauch, das ich in vielen Reproduktionen gesehen hatte. – »Na«, sagte einer, »zeichnen Se mal eine Stuhllehne, oder warten Se wenigstens noch bis morgen oder bis übermorgen, wenn Se dann mit dem Zeichnenlernen fertig sind!«

Ohne eine Miene zu verziehen, ging mein blonder Freund hingegen auf mich ein. Ungefähr wie mein Vater bestätigte er: man müsse sich hohe Ziele setzen. Er selbst war Maler oder wollte es werden.

Er hieß Hugo Schmidt. Wir sind von jener Stunde bis zu seinem frühen Tode befreundet gewesen.

Ich wurde in die Kunstschule aufgenommen, obgleich die Probeblätter, die wir zu zeichnen hatten, mich als blutigen Anfänger zeigten und diesen Beschluß gewiß nicht rechtfertigten. So teilte mir Baurat Lüdecke, der Direktor, meine Aufnahme in ähnlichen Wendungen mit, wie mir Direktor Klettke vor Jahren die in die Sexta der Zwingerrealschule. Er sagte, ich sei noch ein sehr, sehr schwacher Kunstschüler, wie jener mich einen sehr, sehr schwachen Sextaner genannt hatte.

Die Leuchten der Kunstschule waren damals Professor Haertel, der Bildhauer, Professor James Marshall und Professor Bräuer, die Maler. Ich wurde keinem von ihnen zugeteilt, sondern kam in die Hände eines gewiß recht braven Handwerkers, der wohl ein mäßiger Stukkateur und sonst Gipsformer war. An Schulpulten sitzend, beschmierten wir Schüler schräggestellte Bretter mit feuchtem Ton und kopierten Flachreliefs von Mäanderbändern. Bei Baurat Stieler trieb man Bauzeichnen.

Als ich nach einigen Wochen mit der öden Verfertigung von Mäanderbändern genug Zeit vergeudet zu haben glaubte, revoltierte ich. Was ich brauchte und was mich anzog, war naturgemäß das Figürliche. Im Raum nebenan, bei Professor

Haertel, wurden antike Büsten in Ton kopiert: Körperteile schöner Statuen, ein männlicher oder weiblicher Arm, eine männliche oder weibliche Hand. Das war es, wozu mein Wesen hindrängte.

Erst besprach ich die Sache mit Hugo Schmidt, der bei Bräuer untergekommen war. Man wußte allgemein, daß man bei dem Stukkateur nicht viel profitieren konnte. Zudem war der alte Mann ziemlich bösartig. Merkte er, man wolle in die ihm verschlossenen höheren Gebiete der Kunst hinauf, so ritt ihn der Teufel, einem die Freude doppelt und dreifach zu versalzen. Schmidt gab den Rat, in das Privatatelier des Professors Haertel zu gehen und ihm einfach zu sagen, daß ich sein Schüler werden wolle.

Eines Tages unternahm ich das.

Er sagte, so einfach ginge das nicht, ich müsse zunächst bei dem Stukkateur bleiben. Er wolle mich aber im Auge behalten, und wenn sich Gelegenheit böte, es mit Erfolg zu tun, bei einer der nächsten Konferenzen auf meinen Wunsch zurückkommen. Es sei erst anderthalb Jahre her, daß man die schlichte Gewerbeschule zur Kunst- und Gewerbeschule gemacht habe, weshalb ihm die alten Knaben von einst nicht grün seien. Man müsse deshalb mit Vorsicht zu Werke gehn.

Trotzdem, wenn auch vielleicht nicht im wesentlichen Teil meines Studiums, blieb ich vom lebendigen Fortschritt nicht ausgeschlossen. Hauptsächlich fördernd war ein Kolleg, das Professor Schultz über Kunstgeschichte zweimal zweistündig jede Woche las und das von Hugo Schmidt und mir jedesmal wie ein Fest genossen wurde.

Und wie hätte das anders sein sollen! Tat sich doch das Italien des Cinquecento und des Secento vor unseren schönheitsgierigen jungen Augen auf und füllte unsere Seelen mit Feuer. Es waren gleichsam die ersten Trünke, die wir taten aus jenem olympischen Element, das Göttern ewige Jugend gewährleistet. Nüchterner gesprochen: wir traten irgendwie in die Gemeinschaft von Halbgöttern ein, die das begeisterte Wort von der Lehrkanzel nannte, schilderte und freilich als unerreichbare Beispiele aufstellte. Jung, wie wir waren, störte uns die Unerreichbarkeit nicht. Dazu riß der lebendige Vortrag uns zu stark mit sich fort, durchdrang uns mit Selbstvergessenheit, und in dem Schwung, der uns über uns selbst und in das Bereich der Großen erhob, erschien sich jeder von uns einer der Ihren.

Und wie hätte es uns arme Jungens, die die meiste Zeit ihres Lebens in einer kunstfremden, ärmlichen Welt gefroren und gedarbt hatten, nicht wie ein wilder Rausch, ein wildes Glück, ja Größenwahn überkommen sollen, als man uns die schweren Tore herrlicher Paläste öffnete, durch die wir schaudernd eintreten, auf breiten Marmorstufen aufwärtssteigen und uns nach Belieben bewegen durften! Bis vor kurzem ahnten wir nicht die Existenz eines solchen Bereichs, geschweige, daß man es unseren eingesperrten, einer trüben Verzweiflung nahen Seelen öffnen werde.

Es gab also Menschen, ebenso gewaltig an Körperkraft wie an Geisteskraft, Menschen gab es von Fleisch und Blut, welche die männliche Schönheit eines Gottes mit dessen erhabenen Gestaltungskräften verbanden! Es war nur ein Schatten des Schattens gewesen, was mich von den Saalwänden meines Elternhauses so mächtig berührt hatte! Zu Raffael trat ein Michelangelo, zu diesem Bramante und Brunelleschi, göttliche Baumeister, Leon Battista Alberti, ein Übermensch. Da war ein Olymp, auf dem nicht nur zwölf Götter thronten: den Berg bewohnte ein großes göttliches Volk, das Werke von alles Irdische hoch überragender Schönheit zu schaffen vermochte. Sollte uns diese Erkenntnis, die uns so jäh überkam, nicht überwältigen?

Diese Vorträge von Professor Alwin Schultz verbreiteten eine Art warmen Goldlichtes durch die steinernen Räume der Schule. Aber noch mehr: sie hüllten die Schule selbst von außen in diese golden leuchtende, südliche Wärme ein, so daß sie gleichsam ihr Klima für sich hatte. Es war mir leicht, das mit den Erinnerungen an die Feigenbäumchen, Lorbeer- und Zypressenbäumchen, Oleander und Magnolien unseres Salzbrunner Warmhauses zu verbinden. Die Kälte und der Nebelregen, die ganze nasse Düsternis des endenden Monats Oktober konnte diesem Bezirk nichts anhaben. Wir lebten, festlich geborgen, darin.

Drei werdende Werke in nächster Nähe gaben mir weitere Bildungsanhalte durch ihre plastische Gegenwart. Professor Haertel hatte eine Porträtstatue Michelangelos modelliert, sie war für das neue Museum bestimmt, dessen Fundamente ich sah, als mich Carl, Ploetz und Schammel bei meiner Rückkehr aus Lederose nach Breslau vom Freiburger Bahnhof abgeholt hatten. Dieses Bildwerk begeisterte mich. Ich benutzte jede

Gelegenheit, es wieder und wieder zu betrachten, etwa wenn der Schulpedell aufräumte und die Tür des Haertelschen Studios offenstand.

Der Maler James Marshall malte im ersten Stock und hatte eine Leinwand auf der Staffelei, die Mephisto als Faust mit dem Schüler darstellte. Ich kam in das prunkvolle Atelier, weil Marshall fand, daß ich ein gutes Modell für den Schüler abgeben würde, und mich um einige Sitzungen bitten ließ. Das brachte denn Schmidt und mich auf Goethes »Faust«, den wir dann zu lesen, uns gegenseitig vorzutragen und zu zitieren nicht müde wurden. Hugo Schmidt war ein Lessingfreund. »Hätte Lessing seinen ›Faust‹ fertiggemachte, sagte er, »er würde den Goethischen überragt haben.«

Professor Bräuer im zweiten Stock arbeitete in eine mystische Wolke gehüllt. Man sprach in den allerhöchsten Tönen, oder besser, man flüsterte ehrfurchtsvoll von einem großen Christusbild, das sich die Nationalgalerie in Berlin bereits gesichert habe. Aus diesem Bilde stieg Jesus von Nazareth gleichsam täglich zu uns herab und trat als dritter zu Faust und Michelangelo, im Geiste uns jederzeit gegenwärtig.

An diesen Werken von verehrten Meistern nahmen wir mit dem Enthusiasmus von liebenden Schülern teil, so zwar, daß ich den Michelangelo Haertels am höchsten, Hugo Schmidt aber ihn weit weniger bewunderte als das Bild, an dem Professor Bräuer arbeitete.

Es wurde natürlich beinahe Tag und Nacht über Kunst philosophiert. Die Studierenden untereinander traktierten sich mit Rechthaberei und Überheblichkeit, wovon allein der Kreis um Hugo Schmidt, zu dem ich gehörte, eine Ausnahme machte.

Mehrere Maler, Puschmann und Max Fleischer, hatten sich ebenfalls dieser Gruppe angeschlossen. Puschmann, ehemals herumziehender Photograph, trug schwarzes Gelock und stets eine Samtjacke. Es war jener etwa siebenundzwanzigjährige Mensch mit dem stechenden Blick und der hektischen Röte auf den Wangen, der Miniaturkopien nach weiblichen Akten von Makart am Tage der Prüfung vorzeigen konnte, die ihm denn auch die Pforten der Schule geöffnet hatten.

In corpore wohnten wir eines Tages dem Begräbnis Karl von Holteis bei. Ich hatte die schöne, auffällige Greisenerscheinung mit dem weißen, bis auf die Schultern hängenden, wohlgepflegten Haar einmal auf der Straße gesehen. Ein unauslöschlicher Eindruck ist mir davon zurückgeblieben. Nun lag er im Sarg und wurde zur letzten Ruhe getragen. Ich hatte den Eindruck, daß die ganze Stadt mit ihm zu Grabe zog. Abertausende Menschen, unter die wir hineingerieten, gaben ihm das letzte Geleit.

»Im Munde der Unmündigen hast du dir dein Lob zugerichtet!« Ich war gerührt, als ich einen Jungen, der auf einem Lattenzaune saß, immer wieder sagen hörte: »Das ist der größte deutsche Dichter gewesen! Das ist der größte deutsche Dichter gewesen!« wiederholte er, unter eigener Rührung lehrhaft umherblickend.

Zweites Kapitel

Ich wohnte bei einem Ehepaar – der Mann war Schuster – im dritten Stock eines alten Mietshauses der Seminargasse. Die Wohnung bestand aus einem zum Schlafzimmer umgewandelten hübschen Salon, den ich innehatte, aus einem Schlitz, der Werkstatt und Wohnraum der schusterlichen Vermieter war, außerdem aus Küche und Schlafzimmer. Meinen Monatswechsel von dreißig Mark gab ich für Miete und Frühstück aus, bezeichnend für die mir damals eigene, dem Leichtsinn recht nahe Sorglosigkeit. Schließlich jedoch, ohne Borg und Bettel wäre ich auch sonst mit diesem Wechsel nicht ausgekommen. Jedenfalls, es bleibt ein Rätsel, wie sich mein Vater, der früher, wenn es um unsere Erziehung ging, so freigebig war, meinen Unterhalt vorstellen mochte. Noch holte ich allerdings zweimal die Woche die mit Proviant gefüllte Reisetasche vom Freiburger Bahnhof ab, aber weder das Brot noch das kalte Fleisch war immer das frischeste. Die Soleier wurden erst dann an mich gesandt, wenn sie die Salzlake nicht mehr vertrugen und hart wie Stein waren. Einen Vorwurf mache ich meiner guten Mutter nicht, die mir gewiß auch manchen guten Bissen beipackte. Im übrigen ging es hier wie in der Feldstraße: aßen dort Primaner meistens gleich nach der Ankunft die ganze Bescherung auf, so tat es hier die kleine, geschlossene Kunstgruppe, von der die Rede gewesen ist.

Hier sei eine kleine, schicksalhafte, schmerzliche Episode eingeschaltet.

Ich brauchte seit einiger Zeit den Weg vom Freiburger Bahnhof bis zur Seminargasse mit der nahrungsmittelhaltigen Reisetasche nicht mehr per pedes apostolorum zu machen. Eines Tages hatte man Schienen gelegt und die erste Breslauer Pferdebahn eingerichtet. Sie beförderte gegen ein Zehnpfennigstück nunmehr meine Tasche sowie mich.

Als ich dieses Zehnpfennigstück eines Tages wieder einmal an den Schaffner ablieferte, sagte jemand: »Nun, Framper, wie geht's?«

Der Stotterer Gustav Hauptmann, Halbbruder meines Vaters, der in der Krone gelebt, dort seine pomphafte Hochzeit gehalten und endlich Wirt und Besitzer des Gasthofs Zum schwarzen Roß in Waldenburg war, hatte mich immer so genannt.

Ich begriff nicht sogleich, daß der Schaffner die Worte gesprochen hatte, noch schwerer, daß dieser kein anderer als eben Onkel Gustav selber war.

»Ich bin's, mein Junge!« bestätigte er. »Du siehst, so k... kann m... man allmählich emp...p...pork...kommen!« Der Arme hatte alles verloren, bewohnte mit seiner Frau ein Bodengelaß; sie verdang sich als Wäscherin.

Onkel Gustav, der gute, der Kinderfreund, ist nicht lange danach von seinem verfehlten Leben und einer widersinnigen glücklosen Ehe durch den Tod erlöst worden.

Die Vita nuova, in der ich stand, der endliche Durchbruch in mein wahres und eigentliches Lebenselement, machte mich nahezu unempfindlich für die Gefahren, denen ich im übrigen ausgeliefert war. In einem Bierlokal nahe der Kunstschule hatten wir Schüler unsere Stammkneipe. Es war ein Winkel niedrigster Art, ein finsteres Loch, in dem wir von zwei richtigen Menschern bedient wurden. Mir war das stundenlange Hocken, Bierhinunterschütten, heftige Debattieren und Kneipliedergrölen unbekannt, und ich fand einen großen Reiz darin, mich mit meinen Genossen auszutoben.

Wie kam es, daß bei dem hohen Ideal, das mich damals beherrschte, das, jung, rein und hell, mein sicherer Leitstern war, mich gleichzeitig ein so schlechter Instinkt unterjochen konnte? Oder unterlag man nur einer plötzlich freigewordenen, gesunden Gier, die, losgelassen, lechzend, soviel nur immer möglich Leben an sich raffen wollte und die man, unerfahren, noch nicht beherrschen gelernt hatte? Nein, daran, daß man sie beherrschen solle und könne, dachte ich damals nicht. Es war das Glück der Kameradschaft, das neue Erlebnis, unter gleichen ein gleicher zu sein, es war der Stolz, in eine Gilde aufgenommen zu sein, was irgendwie die gemeine Umgebung heiligte. Wie viele Nächte wurden hier um die Ohren geschlagen! Man mag erwägen, wie das meine zarte Konstitution ertragen sollte und wie es mit meiner Mittellosigkeit zu vereinen war.

In diesen Nächten war ich der am meisten verbummelte Anfänger. Um ihre Kosten zu bestreiten, mußten Bettelbriefe an meinen ältesten Bruder Georg, der krank in Sorgau lag, nach Jena an Carl und vor allem an Tante Mathilde Jaschke herhalten. Ich habe mich nicht entblödet, auch den frommen Onkel Schubert mit einer Bitte um Geld brieflich anzugehen. Was nur immer einlief, wurde auf den Schenktisch der Frau Müller geschüttet, der Kellnerin in den Busen gesteckt oder sonst mit Freunden vertan. So kam denn sehr schnell der Augenblick, wo ich in meinen Zahlungen an Frau Müller mit einer für meine Verhältnisse übermäßig großen Summe in Rückstand war.

Wunderlicherweise machte ich meinen Freunden den Eindruck, als ob ich viel Geld hätte. Sicher hatten Hugo Schmidt, Max Fleischer und Puschmann, trotz seiner Samtjacke, kaum so viel Mittel und übrigens weniger Hilfsquellen als ich. Puschmann bewohnte ein Elendsquartier. Er schlief des Nachts im selben engen Gelaß mit einer Bahnschaffnersfrau. Jede dritte Nacht kam ihr Mann dazu, wo er dann in das Bett zu Puschmann kletterte. Die fünf aphrodisischen Gestalten von Makart, die er kopiert hatte, und diese Wohnhöhle, die ich gesehen habe: welch ein Gegensatz!

Wahr ist, ich habe, solange ich selbst nicht gänzlich ausgeplündert war, immer gern mit meinen Freunden geteilt. Nach und nach gingen meine Uhr, mein Winter- und Sommerüberzieher, meine goldenen Manschettenknöpfe den Weg zum Versatzamte. Ich fand, daß sich alles außer einem Hemde, einem Jackett, einer Weste, einem Paar Hosen und einem Paar Stiefel entbehren lasse. Die Folge war, daß, als ich monatelang bei Kälte und Wärme, Nässe und Schnee, bei der Arbeit und beim Vergnügen ein und denselben Anzug getragen hatte, mich mein Äußeres nicht gerade empfahl.

Ich möchte trotzdem nicht annehmen, daß sich etwas wie der Stempel der Gemeinheit auf meinem Gesicht ausprägte. Aber ich mag einen sonderbaren Eindruck gemacht haben. Bis auf die Schultern fiel mein blondes Haar: das allein schon machte mich auffällig. Da ich Kragen nicht mehr besaß, ließ ich mein Hemd am Halse offen und umgab es mit einer mir gebliebenen seidenen Lavallière auf Matrosenart. Meine schäbige Hose stieß auf blanke Schnallen schiefgetretener Halbschuhe, der ganze Aufbau aber wurde von einem Kalabreser gekrönt, den ich mir, wie ich glaubte, als Künstler schuldete.

In diesem Aufzug, der nur mir selbst nicht ungewöhnlich erschien, traf ich eines Tages meinen Onkel, den Sanitätsrat Straehler, auf der Schweidnitzer Straße. Es waren Jahre vergangen, seit ich ihn zuletzt gesehen hatte. Der stets elegant gekleidete schöne Mann war, wie immer, auch diesmal nicht unfreundlich, aber er machte große Augen und fragte mich über das Was, Wie und Wo meines jetzigen Daseins aus. Meine Erscheinung gefiel ihm nicht; ich erfuhr das später von meiner Mutter, die er aus verwandtschaftlichem Pflichtgefühl davon unterrichtet hatte.

Mit Alfred Ploetz hatte ich eine gleiche Begegnung. Als er wie Onkel Straehler merkte, daß mit mir nicht alles im Lote war, hat er Carl in Jena verständigt. Das brachte mir Briefe mit Ermahnungen, aber auch Geldunterstützungen ein; denn wie hätte ich Ploetz verbergen können, daß ich unter Hunger zu leiden hatte.

Der erste Winter auf der Kunstschule war, in Betrachtung meiner äußeren Lebensumstände, wohl das übelste halbe Jahr, das ich je durchgemacht habe. Mitunter stand ich frierend, ohne Paletot, von oben bis unten durchnäßt, mit durchgelaufenen Sohlen im Straßenschlamm vor dem Schaufenster eines Wurstladens, die halberfrorenen Hände in die Taschen meines fadenscheinigen Röckchens vergraben, und überlegte, ob mir die Schlachterfrau wohl für zehn Pfennig Knoblauchwurst mit Semmel auf Borg geben würde. Gab ich dann meiner Seele einen Ruck und wagte mich unter die Menge der Käufer, so bin ich seltsamerweise nie enttäuscht worden. Aber das ergatterte Stückchen Wurst war durch den schweren Akt der Opferung meines Stolzes und die Gefahr einer schweren Demütigung ziemlich hoch bezahlt.

Unsere Gesellschaft in der Stammkneipe war allmählich in eine ziemlich wüste Kumpanei ausgeartet, in deren Mittelpunkt schließlich der durch Trunk damals ziemlich heruntergekommene Professor James Marshall saß. Er sah betont italienisch aus, hatte düstere Augen, einen irgendwie indiskreten, faunisch aufgeworfenen Mund und drapierte sich stets mit einem italienisch-spanischen Radmantel.

Durch einen nächtlichen Vorgang wird erwiesen, zu welchem Tiefstand, welchem Grade von Roheit wir damals gesunken waren und welche niedrigen Elemente sich bei uns aufhielten.

Wir hatten bis nach ein Uhr diskutierend, lärmend, saufend, rauchend um James Marshall herumgesessen und beschlossen einen Lokalwechsel. Ein Kunstschüler namens W., der Seminarbildung hinter sich hatte und mit dem ich kaum je ins Gespräch gekommen war, ging in der Prozession durch die nächtlich verödeten Gassen hinter mir her. Da sah ich Feuer, fühlte mich taub und hörte im rechten Ohr ein feines Klingen. Aber ich hatte blitzschnell begriffen, daß dieser mir nahezu fremde Mensch von rückwärts mit aller möglichen Wucht mir einen Schlag gegen den Kopf versetzt hatte.

Den Augenblick später hatte ich ihn zu Boden geworfen und wälzte mich mit ihm im Rinnstein herum. Schließlich wurde er still, aber ich war nicht brutal genug, um ihm in gleicher Münze heimzuzahlen.

Tausend Schritte weiter, vor dem Vinzenzhaus, fiel er abermals über mich her, da die stille Wut über seine Demütigung sich in Raserei umsetzte. Ich war gezwungen, mich zu verteidigen, und so geschah ihm dasselbe wie das erstemal: er lag im Kot, und ich kniete auf seinem Brustkasten.

Dieser sinnlos tückische Mensch war viel stärker als ich. Aber auf meiner Seite war Intelligenz, schnelles Denken und augenblickliche, rückhaltlose Entschlossenheit. Ewig konnte ich nicht auf der Brust dieses hinterhältigen Feiglings knien, und als sich die Kameraden einmischten und erklärten, er habe nun seine Lektion, schwor er auf ihre Veranlassung sozusagen Urfehde und gab, daß alle es hörten, sein Ehrenwort, von nun ab friedlich zu sein. Er bat um Verzeihung – was man von ihm verlangte –, und als es geschehen war, gab ich seine Gelenke frei.

Sofort hatte ich einen mit aller Kraft geführten Faustschlag im Gesicht und glaubte, mein Auge sei verloren.

Wer war von uns beiden nun der Besiegte? Ganz genau entscheiden könnte ich die Frage noch heute nicht. Er hatte den

Sieg der Brutalität, den Sieg des Wortbruchs, den Sieg des Unrechts in jedem Betracht, kurz, er hatte den Sieg der Niederträchtigkeit. Ich dagegen war schuldlos überfallen worden, hatte den Sieg der Kraft, den Sieg der Ritterlichkeit, den Sieg der Milde, den Sieg der Versöhnlichkeit. Aber ich war für drei Wochen einäugig, da ich das andere Auge unter der Binde tragen mußte, und vor der Kunstschule doch der Gezeichnete.

Was war der Grund dafür, daß sich in diesem Menschen ein solcher Haß bilden konnte und losbrechen mußte? Man bleibt auf Vermutungen angewiesen.

Es ist gesagt worden, in wie hohem Maße Kritik im Elternhaus geübt wurde. Nannte mein Vater jemand einen Menschen, der denkt, so erteilte er ihm sein höchstes Lob. Irgendwie neigten wir alle zu Wortkämpfen und waren nicht willens, uns eine Ansicht aufzwingen zu lassen. Vielleicht hatte die Erkenntnis, wonach der Richterstuhl der eigenen, gottgegebenen Vernunft der höchste ist, es mit sich gebracht, daß ich frisch, frei, fromm und froh in den Tag hinein redete, was ganz allgemein meine Gegner gereizt haben mag.

Hänge ich diesem Erlebnis tiefer nach und hebt sich mein Wesen von damals deutlicher in die Erinnerung, so tritt ein Zug besonders hervor, der, wenn nicht zur Rechtfertigung, so doch zur Erklärung der rüden Tat unseres Saufkumpans ebenfalls beitragen kann. Ich war zum Desperado geworden. Nicht nur forderte ich zum Beispiel durch mein langes Haar überall ohne Absicht den öffentlichen Hohn heraus, sondern ich wollte ihn herausfordern. Das seit dem ersten Breslauer Schultag ausgeübte Dauerattentat zur Vernichtung meiner Persönlichkeit hatte schließlich ihre Auferstehung von den Toten nicht zu hindern vermocht. Und nun das neue Leben mich überkam, betonte ich sie auf jede Weise, mitunter vielleicht recht ungebärdig.

Die Schüchternheit meiner Lederoser Tage war also abgestreift. In Gesprächen beherrschte mich eher eine oft gefährlichen Freimut in sich schließende Furchtlosigkeit. Sollte ich aber etwas wie ein Krakeeler gewesen sein, so sah ich keineswegs danach aus. Denn als ich einst im Café unter meinen Kameraden saß, kam ein älterer Herr bescheiden an mich heran und wollte wissen, ob ich es übelnehmen würde, wenn er mir eine Frage vorlegte. Ich sagte nein. Er wies auf einen Tisch von bürgerlichen Damen und Herren hin, die verstohlen herüberblickten, und erklärte, es sei eine Wette gemacht worden, weil einige seiner Freunde behaupteten, daß ich ein junger Mann, andere, daß ich ein verkleidetes junges Mädchen sei.

Drittes Kapitel

Vielfach war es jedoch berechtigte Notwehr, wodurch ich unbeliebt wurde. Ein häßlicher Gemeingeist des rettungslos Mittelmäßigen in der Schule wirkte sich in dem Bestreben aus, nach Möglichkeit alles zu entmutigen, herabzustimmen, zu hindern, zu lähmen, was einen höherstrebenden Zug mit Hoffnung zu verbinden schien. Man konnte sich seiner nur schwer erwehren. Da hieß es: »Sie wollen ein Rauch, Sie wollen ein Hähnel werden! Bilden Sie sich nur das nicht ein! Sagen Sie nur gleich Michelangelo!« Immer wieder vernahm man die Worte: »Sie werden sich schön in die Nesseln setzen!« oder: »Bilden Sie sich nur das nicht ein! Machen Sie sich nur keine Hoffnungen!« – Die Nesseln aber, sie waren das Eingeständnis der eigenen Unfähigkeit. Das, was man sich nicht einbilden sollte, war: ein großer Künstler zu werden, will heißen, überhaupt ein Künstler zu werden, da doch, genaugenommen, man entweder ein großer Künstler oder gar keiner ist. »Sagen Sie nur gleich Michelangelo!« sollte eine allgemeine Höhe bezeichnen, in die hinaufzustreben erwiesener- und anerkanntermaßen für einen Menschen unserer Tage Irrsinn sei. »Machen Sie sich nur keine Hoffnungen«: »Lasciate ogni speranza!« Dante hat diese Worte über dem Eingang zur Hölle gefunden.

Da war ein halbgebildeter Mensch, der irgendeine der vielen Literaturgeschichten durchgebüffelt hatte und nun mit einer unverrückbaren Zähigkeit immer wieder behauptete, daß eine literarische Blüte wie die um Goethe frühestens nach einigen hundert Jahren wieder eintreten könne, vermöge eines Gesetzes, an dem nicht zu rütteln sei. Alle diese widerlichen Unkennaturen, die ihr niedriges Denken auf die Stelzen der Scheelsucht und Mißgunst stellten, inbegriffen der Literaturblütepessimist, erregten mir täglich Ärger und Übelkeit, und ich habe immer wieder mein durch sie schwer und trübe gemachtes Blut manchmal recht mühsam entgiften müssen.

Oft bewirkten sie eine lange Niedergeschlagenheit.

Ich ahnte damals nicht, und wer ahnte es, der mich sah, daß ich einen heroischen Kampf um die höchsten moralischen Güter des Lebens, und noch dazu in Elend, Armut und Verlumpung, zu kämpfen hatte! Von allen Seiten sprangen die dämonischen Mächte der Zerstörung meine ringende Seele und meinen ringenden Körper an, und ich dachte nicht einmal darüber nach, ob ich Aussicht hatte, mit ihnen fertig zu werden.

Damals kam ich mir verbummelt vor. Aber ich rechnete mir nicht an, was ich tat, was mein Ehrgeiz an Plänen schmiedete, wohin sich mein Wille, meine Hoffnung verstieg, ebensowenig, daß ich bei aller Unordentlichkeit meines Lebens außer Dickens und Thackeray Wilhelm Jordans »Nibelungen« in mich aufgenommen und zwei Gesänge eines »Hermannsliedes« in Stabreimen nach seinem Vorbild gedichtet hatte.

Die beinah aussichtslose Ungunst meiner Lage in Kälte, Regen, Eis, Schnee und Sturm vor dem dichtverschlossenen eisernen Tor, hinter dem, mit der niedrigsten Stufe, erst jenes mühsam atemlose Pyramidenklettern zu den Höhen aller Erfolge beginnen kann, entmutigte mich nicht. Als die Schustersfrau, meine Wirtin, die einigen Anteil an mir nahm, mit der Frage »Was soll denn um Gottes willen aus Ihnen werden?!« die Hände rang und mir andere Mieter als Beispiel nannte, Referendare, die bei ihr den Assessor erbüffelt hatten, erwiderte ich, sie möge das mir und Gott überlassen. Dabei hatte ich, ich weiß nicht wieso, eine geradezu frevelhafte Sicherheit.

Es sprach damals gar nichts, aber auch gar nichts für, sondern alles gegen mich. Auch war ich mir völlig selbst überlassen. Zu Hause hatte man mich in diesem Winter vergessen, wie es schien, man mußte wohl mit sich selbst genug zu tun haben. Irgendwie schritt ich vorwärts, wobei mich aber ein Etwas – nenne ich es Morast? – immer tiefer in sich zog. Das Hemmende stieg mir bis an die Kehle. Hätte ich noch das Bewußtsein eines kleinen Fortschritts in der Bildhauerkunst gehabt! Aber das Handwerk, das ich bei Michaelis trieb, war nicht einmal ein Abc-Schützentum, höchstens ein Zwang, die Zeit zu vergeuden.

Hypochondrien aller Art kamen hinzu, deren Grund die immerwährende, aber berechtigte Sorge war, mein Körper möchte diesen Überlastungen auf die Dauer nicht gewachsen sein und einmal plötzlich zusammenbrechen. Nicht nur der nie geschwundene Lederoser Husten gemahnte daran.

Zwar hatte ich mich zu einer Art Hungerkünstler ausgebildet, genoß nur ausnahmsweise ein warmes Mittagbrot und konnte mehrere Tage von nichts leben. Aber wer sollte das ewig durchhalten! Schon auf die Straße zu treten, in der Stadt umherzulungern wurde zur Qual. Man sah zu, wie die Leute in Restaurants sich vollstopften. Männer, Weiber, gutgekleidete Bürgersleute, saubere Dienstmädchen, Greise, Kinder rissen gleichsam Würste, Schinken, Rauchwaren, pommersche Gänsebrüste aus den Läden heraus und suchten damit das Weite. Es schien, als ob man alles geschenkt bekäme. Aber es wurde gewiß nichts verschenkt. Es war nur teuflische Vorspiegelung, den doppelt und dreifach zu martern, der kein Geld in der Tasche hatte.

Ich lag nachts auf einer Roßhaarmatratze, einem Urväterhausrat, der mich vor Jahren nach Breslau in die Wanzen-, Schwaben- und Flohpension begleitet hatte. Als mich wieder einmal der Hunger nicht schlafen ließ, brachte mir der Stich eines Roßhaars das alte Familienstück in Erinnerung und ließ zugleich den Doppelgedanken aufblitzen, daß es eigentlich überflüssig und daß es verkäuflich sei. Mein Entschluß war sogleich gefaßt. Aber als bereits am nächsten Morgen mein Vertrauensmann, ein Packträger, die Matratze auf dem Kopf, durch die Straße schritt, von mir in gemessener Entfernung begleitet, glaubte ich, im Verkehr des Bürgersteiges verborgen, daß alle Welt sich gegen einen öffentlichen Skandal entrüsten müßte.

Übte ich nicht an meiner Mutter Verrat? War es nicht Mutterliebe, die ich, ein zweiter Judas, für dreißig Silberlinge zu verkaufen mich erniedrigte?

Meine Wirtin war außer sich, als sie von der Sache erfuhr und von dem Trinkgeld, das man mir für das große Wertobjekt hingeworfen hatte. Ihr Mann, der Schuster, sah sich seit Jahren nach einer solchen Unterlage um, da sein Arzt ihm auf Roßhaar zu liegen als Mittel gegen die Gicht empfohlen hatte. Vielleicht hatte mir die Matratze allein bei den Schustersleuten Kredit verschafft, weil sie ihnen als ein dereinst verfallenes Pfand vorschwebte. Die Schustersfrau war also außer sich. Alle meine Schulden bei ihr, sagte sie, wären durch die Matratze beglichen gewesen, und ich hätte noch Geld herausgekriegt.

Damit war ich am Ende meiner geldlichen Auskünfte angelangt. Beinahe jeden Tag lief ich zur Post, in der unsinnigen Annahme, es könne eine Geldsendung vernachlässigt und dort liegengeblieben sein. Meine Erwartungen grenzten ans Krankhafte. Als ich einmal den Hunger nicht mehr ertragen zu können glaubte, stieg ich die wacklige Treppe des altersschwachen Häuschens hinauf, in dem die Steuereinnehmerswitwe Schmidt mit einer Tochter und ihrem Sohn Hugo lebte. Als ich mit Überwindung die blecherne Klingel zog, wußte ich, ich war zum Bettler geworden. Nachdem die Schwester geöffnet und ich sie gebeten hatte, den Bruder zu rufen, wußte ich, daß auch die Schwester es wußte. Der Freund erschien und brachte nach längerer Zeit das erbetene Geldstück heraus, eine halbe Mark, die für das Mittagessen in einem gewissen Speisehaus bezahlt werden mußte. Er war bleich, und ich sah ihm an, es war ihm nicht leicht geworden, seiner greisen Mutter die gewaltige Summe abzuringen.

Dagegen empfand ich das Geldstück wie ein Gottesgeschenk in der Hand und dabei ein unaussprechliches Glücksgefühl.

Am folgenden Morgen nach dem so eroberten Mittagessen war die Lage nicht anders geworden. Es bleibt unklar, wie ich eigentlich fortleben, oft sorglos und heiter sein und schließlich noch Nächte auf Bierreisen von Kneipe zu Kneipe durchlumpen konnte. Körper und Seele besitzen eben erstaunliche Anpassungsfähigkeit. Kreide, Pump, Bettelbriefe und Gütergemeinschaft jugendlicher Naturen haben wohl auf eine fast wunderbare Weise die Mittel zu allem flüssig gemacht.

Eines Tages war ich im Gespräch mit Puschmann bis in die Nähe der Kleinen Feldstraße gelangt. Bevor wir uns trennten, blieben wir stehen, weil Puschmann mit Tiraden über sein Lieblingsthema, die Französische Revolution, nicht zum Schluß kommen konnte. Es war wenige Schritte entfernt von meiner alten Wanzen- und Flohpension. Das schwarze Gelock des mit einem Wagnerbarett bedeckten Puschmannschen Hauptes flatterte malerisch im naßkalten Winde, der uns Regen und Schnee um die Ohren blies. »Robspirrr, Hauptmann, ich sage Ihnen: Robspirrr!« Er glaubte, er habe die richtige Aussprache. Ich weiß nicht mehr, was er von »Robspirr« sagte, den er immer im Munde führte, obgleich dies damals gefährlich war. Er war mir über, denn er protzte noch außer der Samtjacke mit dem darübergezogenen Düffelpaletot, während ich nichts weiter als meine Schnallenschühchen,

Sommerhöschen, Sommerweste und ein zerschlissenes Jackett am Leibe hatte. Dabei trug ich noch immer meine Lavallière auf Matrosenart. Allen Leuten, die mich deshalb erstaunt zur Rede stellten, diente ich mit allerlei Theorien über Abhärtung, die ich mir, aus der Not eine Tugend machend, in den Kopf gesetzt hatte.

Wir hatten uns Lebewohl gesagt an dem schwarzen, nassen, mit grünem Schimmel bedeckten Lattenzaun eines Kirchhofs, und Maler Puschmann konnte kaum hinter mir um die Ecke dieses Zaunes verschwunden sein, als sich, wie mir vorkam, die Pranke eines Tigers mit erheblicher Wucht von vorne in meinen Brustkasten schlug. Ich konnte mich nur noch nach vornüber beugen und dachte, daß es mein Ende sei. Ich klammerte mich an den Lattenzaun. Aber die Absicht, Puschmann zu rufen, ging über das Vermögen meiner Stimmittel und endete in Tonlosigkeit.

Es ist kein angenehmes Gefühl, sich vorzustellen, daß man sich hilflos aus dem Straßenschmutz aufnehmen lassen muß. So wehrte ich mich aus allen Kräften dagegen. Wie lange ich, an die Latte geklammert, gestanden habe, weiß ich nicht. Der erzwungene Stillstand gab mir Gelegenheit, über ein Was nun? nachzudenken. Da fiel mir ein, daß seit einigen Jahren Onkel Straehler, der Sanitätsrat, sein Domizil für den Winter von Salzbrunn nach Breslau verlegt hatte und daß seine Wohnung in der Nähe war.

Bei einigem Nachlassen meiner Schmerzen gelang es mir, mich bis zu dieser fortzutasten und die Treppe hinaufzuquälen. Ich hatte das Glück, den Onkel daheim zu finden. Aber nicht er, sondern erst ein Sanitätsrat Ascher, den ich am folgenden Tage aufsuchen konnte, stellte eine Rippenfellentzündung fest, die, wie er sagte, sehr ernst zu nehmen sei, aber doch wohl behoben sein würde, wenn ich einige Wochen das Bett hütete.

Weder dieser Sanitätsrat Ascher jedoch noch mein braver Onkel Straehler haben es dann für nötig befunden, mich am Krankenbett zu besuchen und sich von meinem Befinden zu unterrichten.

Das aber tat eines Tages, von Schmidt benachrichtigt, Alfred Ploetz. Nachdem wir uns eine Weile ausgesprochen, ging er fort und brachte Büchsen Corned beef. Dieses Corned beef vergesse ich nicht, ebensowenig wie das Fünfzigpfennigstück, das mir seinerzeit Hugo Schmidt in die Hand drückte.

Alfred Ploetz blieb mein Rabe, bis ich wieder auf den Beinen war.

Bevor das Kunstsemester endete, gab es noch eine große Schulrevolution, bei der ich eine tätige Rolle spielte. Studierende aller Klassen wogten erregt und sich gegenseitig anfeuernd auf den Korridoren des Schulgebäudes am Augustaplatz hin und her und zogen sich dann im Parterre zusammen gegen die Wohnung des Pedells, den man exemplarisch abstrafen wollte. Er treibe Spionage, sagte man, und erstatte dem Direktor Berichte.

Ich sehe noch den langen, bleichen Kerl, der einen polnischen Namen trug, wie er, ohne sich zu wehren, drohende Schülerfäuste unter der Nase, sich wilde Beschimpfungen ins Gesicht schreien lassen mußte. Er nährte einen besonderen Haß auf mich.

Von Jena fiel noch zuletzt ein Licht in die gefährlichen Wirbel dieser wüsten und fruchtbaren Zeit in Gestalt eines photographischen Bildchens, das Bruder Carl von sich hatte machen lassen und mir sandte. Es war eines unter vielen Zeichen seiner Liebe und Anhänglichkeit, die mir sagten, daß er sich nach mir sehne, und die einen festen Glauben an meine Berufung zu etwas Höherem ausdrückten.

Das Bildchen beglückte mich und entflammte mich.

Der Bruder war in einer kühnen, feurigen Attitüde festgehalten, die seine enthusiastische Geisteskraft in einer neuen Phase ausdrückte. Ich trug das Bildchen überall mit mir herum, wies es mit großem Stolz den Freunden und ward beseelt und beseligt, da unsere nahe Verwandtschaft, ein gewisser Parallelismus unserer Naturen, mich gleichsam bestätigte und den baldigen Fortschritt in die gereinigte und höhere Sphäre des Bruders hoffen ließ.

Das zeitige Frühjahr um Ostern brachte ich bei den Eltern in Sorgau zu, ich konnte mich hier erholen und auffüttern. Dabei machte ich mich an ein erstes Drama, »Konradin«. Der tragische Hohenstaufer zog damals wie heute junge Dichterlinge ins Verderben. Arglos dehnte ich meinen Sorgauer Aufenthalt um etwa acht Tage über den Endtermin der Ferien aus, was mein Körper im Grunde sehr nötig hatte. Hierdurch ward ich in einen neuen, gefährlichen Wirbel hineingedreht, wie sich bei meiner Rückkehr nach Breslau erweisen sollte.

Nach dem von fruchtbaren und gefährlichen Gärungen trächtigen Winter kündigte sich der ereignisreichste Sommer mit einer dramatischen Katastrophe an, als ich auf meinem Tisch bei den Schustersleuten einen großen Brief mit staatlichem Stempel entdecken mußte, in dem man mir meine Verweisung aus der Kunstschule mitteilte. Man nannte als Ursache dieser harten Maßnahme schlechtes Betragen, unzureichenden Fleiß und Schulbesuch. Mein Ausbleiben nach Ferienschluß hatte dem Faß den Boden ausgestoßen.

Ich war erschrocken und ziemlich erregt. Aber da ich die Sache wesentlich mit mir selbst auszumachen hatte und meinen Vater, der mich aus seiner Vormundschaft entlassen hatte, nicht hineinzuziehen brauchte, machte es keinen niederschmetternden Eindruck auf mich.

Es zeigte sich, daß mein Ausschluß von der alten Partei im Lehrerkollegium durchgesetzt, von der neuen nicht gebilligt war und bei klugem Vorgehen möglicherweise rückgängig gemacht werden konnte. Brave Freunde, Hugo Schmidt, Max Fleischer und Puschmann, hinterbrachten mir das.

Professor Haertel sei empört. Er habe geäußert, ich möge ihn aufsuchen. Möglicherweise laufe diese ganze sinnlose Angelegenheit auf einen Glücksfall für mich hinaus. Wahrscheinlich nehme mich Haertel als Privatschüler. Und in der Tat würde damit mein leidenschaftlich gehegter Wunsch erfüllt worden sein.

Schon am Tage darauf war diese Vermutung Wirklichkeit.

Es war eine Zeit, wo ich dem, was ich suchte, wünschte und wollte, schon einigermaßen Ausdruck zu geben verstand. Nicht umsonst hatte jener Erkenntnisblitz zum Vernunftwillen in mir aufgeleuchtet, als ich wieder nach Breslau kam und von Carl, Ploetz und Schammel vom Freiburger Bahnhof zur Stadt geleitet wurde. So mag ich wohl dem werten Künstler und Meister Haertel gegenüber an den hemmenden Pedanterien der Schule Kritik geübt haben. Man liefere mich einem Pedanten aus, einem weniger als mittelmäßigen Handwerker. Dazu, sagte ich, wäre ich nicht auf der Kunstschule. Ich hätte zu ihm, zu Haertel, gewollt, weil sein Name und seine Werke mich anzogen.

Haertel, ein gut proportionierter, lebhaft blickender Mann mit rotem Bart und geprägten Gesichtszügen, machte immer nur stockend kurze Bemerkungen. Er winkte mir mehrmals beschwichtigend ab, was die sehr berechtigte Mahnung an meine Jugend war, die Zunge gefälligst im Zaum zu halten. Aber ich hatte eben doch in seinem Studio Fuß gefaßt.

Es war damit für mich eine neue Ära auf der Kunstschule angebrochen. Die Werkstatt des ausgezeichneten Bildhauers wurde das Fundament, auf das mein Wachstum sich stützen konnte. Eine große Dürerstatue, daran der Meister jetzt arbeitete, wurde von mir naßgehalten, aus ihren Lappen gewikkelt, wenn der Professor erschien, und sorgfältig wieder damit bedeckt, wenn er die Werkstatt verlassen hatte. Auf diese Art war ich, was ich mit Stolz empfand, ein Gehilfe und eines Meisters Lehrling geworden.

Viertes Kapitel

Ich wurde der ganzen Schule merkwürdig. Es war ein Kampf um mich entbrannt und eine Spaltung sichtbar geworden. Viele, die mich früher verhöhnt und gemieden hatten, drängten sich nunmehr an mich heran. Auf alle Fälle hatte ich ja, wie sie sahen, mich durchgesetzt, wenn es auch fraglich war, ob man mich in den Schulkonzern wieder aufnehmen würde.

Ausgeschlossen, durfte ich auch den Vorlesungen von Professor Schultz nicht mehr beiwohnen. Die Pause zwischen der ersten und zweiten Stunde pflegte der Kunsthistoriker bei Haertel im Atelier zuzubringen. Um diese Zeit fanden sich gewöhnlich James Marshall und Architekt Rhenius, Junggeselle und eleganter Lebemann, bei uns ein, auch wohl dieser und jener mit Haertel befreundete Breslauer Künstler. Es wurde geraucht und debattiert.

Eines Tages, als sich diese Gesellschaft besonders zahlreich versammelt hatte, sagte Haertel plötzlich zu mir: »Man hat mir gesagt, daß Sie eine recht nette kleine Dichtung verfaßt hätten. Lesen Sie uns doch mal was vor!«

Mein Erstaunen war groß, denn ich hatte wirklich nicht angenommen, daß sich etwas dergleichen ereignen könne. Noch heute wüßte ich nicht zu sagen, wer Haertel diesen Gedanken gesteckt haben mochte. Möglicherweise mein Mitschüler Max Fleischer, der sich in letzter Zeit dem Kreise um Hugo Schmidt angeschlossen und einer Vorlesung der zwei oder drei Gesänge meines »Hermannsliedes« beigewohnt hatte. Er war wohl der einzige, dem man es zutrauen kann.

Auf der Drehscheibe meines dreibeinigen Modellierstuhles

stand ein Muskelmann. Ich hatte die Hände sinken lassen, das Modellierholz weggelegt, fühlte wie immer den harten Einband meines Oktavbüchelchens in der Brusttasche und war entschlossen, mich nicht zu zieren, falls Haertel seinen Wunsch, meinen poetischen Versuch zu hören, wiederholen sollte. Ungefähr drückte ich ihm das aus.

Die Herren waren sehr aufgeräumt. Ein heiter-ironisches Zwischenspiel wurde von Schultz mit erhabenen Vergleichungen, in denen der Name Tasso fiel, von James Marshall durch Witzeleien bestritten. Rhenius fügte besänftigende Äußerungen des Mitleids ein und nahm Anlaß, mir ermutigend auf die Schulter zu klopfen. »Ut desint vires, tamen est laudanda voluntas!« sagte er.

Nun trotzdem, es kam plötzlich etwas Musisches in den Raum. Die Vögel sangen im kleinen Vorgarten. Die Statue Dürers war enthüllt und blickte geruhig auf mich herunter. Das war, ich begriff es sofort, ein vielleicht gottgesandter Augenblick, ganz ausdrücklich für mich beschlossen. Die hochmögenden Herren und Richter aber waren wohl auch für die glücklichen Gegebenheiten an Raum, Stunde und schöner Identität mit großen musischen Ereignissen der Vergangenheit nicht unempfindlich. Sie fügten sich gern dem schönen Schein, ob er auch bald durch das Fiasko eines blutigen Anfängertums, einer Versündigung am Geiste der Poesie, zerstört werden mochte.

Nimm alle Kraft zusammen, die Lust und auch den Schmerz!
Es gilt uns heut, zu rühren des Königs steinern Herz!

Dies ungefähr drückt mein Empfinden aus, als ich mein Oktavbüchelchen aufgeschlagen in der Linken hielt, mit der Rechten die Platte des Modellierstuhls gefaßt hatte, mich räusperte und zu lesen begann.

Da wurde es still, stiller und blieb auch still, nachdem der letzte Hall meines letzten Wortes, von den Wänden des hohen Ateliers zurückgeworfen, verklungen war.

War ich selber der Urheber dessen, was jetzt vor sich ging? War meine Dichtung der Begeisterung würdig, die sie auslöste? Möglich, daß sie nur der Art meines Vortrags galt. Möglich auch, daß schon ein Mittelmäßiges unerwartet und also überraschend kam, weil man ein Nichts oder eine Lächerlichkeit voraussetzte. Dann hätte ich den Beifall, der mich umgab, einer Urteilsüberrumpelung zu verdanken. Eine andere Erklärung schwebt mir vor. Meine menschliche Gegenwart, mein Vortrag, mein Gedicht, die außergewöhnliche Art, die mich in einen Wirbel von Konflikten gezogen hatte: dies alles hat zusammengewirkt, um meinen Hörern im Nu einen Begriff meines Wesens zu geben. Mein ganzes Sein wurde aufgeschlossen, die Zukunft wie die Vergangenheit. Und so war ich allerdings von dem Verhalten der Herren der wahre Urheber. Aber eben in meiner Ganzheit war ich es und nicht durch Dichtung und Vortrag allein.

Es war mehr als eine bloße Erfahrung, deren die Herren gewürdigt wurden. Was sie erlebten – veni, creator spiritus! –, war ein schöpferischer, ein genialer Augenblick.

Ich aber erlebte die mir unumgänglich nötige große Bestätigung, gleichsam des Gottes unsichtbar bejahendes Kopfnikken.

Platoniker, als der ich geboren bin – man wird als das auch geboren, sagt ein Philosoph –, ward ich an diesem Tage zusammen mit meinen Hörern in das Bereich der reinen Formen emporgehoben. Dort trafen wir uns und reinigten uns. Aber die Kraft, meine Protektoren von der Erde zu lösen und dort hinanzubringen, lag in mir. Das war die Erkenntnis, die mir geschenkt wurde.

Haertel und Marshall rannten umher. Der Kunsthistoriker Schultz war der ruhigste. Er nickte nur mit dem Kopf. Rhenius tobte vor meinen Ohren: »Und solch einen Menschen wollen die Esel hinausschmeißen!« – »Ein Dichter von Gottes Gnaden! Ein Dichter von Gottes Gnaden! Ein Dichter von Gottes Gnaden!« wiederholte Marshall immerzu. Haertel aber, dessen unbegreifliches Vertrauen zu meinen dichterischen Gaben keinerlei Unterlagen gehabt hatte, schritt wie ein Triumphator, brummelnd und Zigaretten qualmend, in seinem Studio hin und her oder stand wohl auch still und schüttelte die Faust gegen die Decke, als ob er über irgendwen, vielleicht den Direktor, das Jüngste Gericht herabrufen wolle.

Am folgenden Tage war ich zum ersten Male ein berühmter Mann. Die Kunstschülerinnen – es gab auch solche – umschwärmten mich. Ich mußte in ihre Stammbücher einschreiben. Einige unter ihnen waren schön. Man fragte mich, wann und um welche Tageszeit ich am besten dichte, ob ich rauche, Tee oder Kaffee trinke, kurz, die Kunstschule hatte in diesen Tagen keinen Schüler, berühmt wie ich.

So hatten wir uns denn viel zu erzählen, Carl und ich, als wir um Pfingsten in Sorgau zusammentrafen. Er war, wie ihn sein Bild gezeigt hatte. Alma mater, die ernährende, segenspendende Mutter der Weisheit, hatte ihn an die Brust genommen und mit olympischem Feuer gesäugt. Seine Augen sprühten davon, Begeisterungsflammen brachen gleichsam aus seinem Munde.

Wir schwelgten im Glück des Zusammenseins. Die Verschiedenheit unserer Naturen, die uns manche Stunde der Breslauer Zeit getrübt, ja verfinstert hatte, war in einer glühenden Bruderliebe, einer enthusiastischen Gemeinsamkeit untergegangen. So ganz anders mein Erlebnis auf der Kunstschule auch war als das des Bruders auf der Jenenser Universität, beide Erlebnisse wurden durch begeisterte Schönfärberei fast in ein und dasselbe zusammengeschmolzen.

Es fiel mir nicht ein, den Bruder in mein Leiden und Ringen einzuweihen, ihm von den schweren Verwirrungen und Verirrungen, von den tiefen Schatten zu sprechen, die meinen Weg manchmal bis zur Ungangbarkeit verfinstert hatten: hätte ich doch damit nur das herrlich leuchtende Phänomen getrübt, von dessen überschwenglichen Wirbeln ich mich ja doch mit tausend Freuden fortreißen ließ.

Carl hatte nur Frohes zu berichten.

Da war erstens ein neuer Freundesbund. Johannes Walther, Duisberg, Plarre – Plarre, Duisberg, Johannes Walther: diese Namen wurden, unzählige Male gesprochen, meiner Seele eingeprägt. Was Plarre studierte, weiß ich nicht; Walther war Geolog und Duisberg Chemiker. Die Gestalt Ernst Haeckels tauchte zum erstenmal vor mir auf und damit das, was die Legende von Adam und Eva umgestoßen hat und unter dem Namen des Darwinismus noch heut die christliche Welt skandalisiert. Rudolf Eucken, der Philosoph, wurde nicht ohne kritische Glossen geschildert, obgleich er als Redner und Freund der Studenten die Jugend entzückte und an sich zog. Das alles kam aus einer glücklichen Welt, in der man weitaus unbeschwerter atmen konnte, als es in dem Ringen mit der Materie um die künstlerische Gestaltung möglich war.

Carl hatte in Jena ebenfalls mancherlei Kämpfe gehabt,

aber nur solche, bei denen er Beweise von geistiger Überlegenheit geben konnte. Dem Präsiden eines Korps, das ihn anwerben wollte, hatte er auf der Kneipe in längerer Rede deutlich zu Gemüte geführt, warum er in eine solche Verbindung nicht eintreten könne. Das Haupt sei der Träger der Vernunft. Es beherberge alles, was den Menschen über das Tier erhebe, ja noch über sich selbst hinaus, und er denke nicht daran, sein Gesicht und seine Gehirnschale auf Zwangsmensuren den Hieben von Schlägern und Säbeln auszusetzen. Ebensowenig lasse er sich zum Fuchsen eines Burschen erniedrigen: an der hohen Stätte, wo sich Geist zur Freiheit erheben solle, sei eine solche Knechtschaft Widersinn. Ebenso das zwangsweise Trinken, das auf Kommando Bierhinabstürzen, wodurch der Geist, statt befreit, gelähmt werde und der Körper, in ähnlicher Weise wie der Kopf durch Säbel und Rapier, ruiniert.

Das mutige Bekenntnis zur eigenen Wesensart, wie es den Bruder immer auszeichnete, machte ihn in Jena auffällig, erwarb ihm Feinde, mehr aber noch Anhänger. Diese hatten sich zwanglos mehrmals um ihn zusammengefunden und über allerhand Themen der Philosophie und Naturwissenschaft diskutiert. Daraus war ein Verein geworden, in dem er den größten Einfluß besaß, obgleich er das Präsidium ablehnte. So begann er mit Protest und Reformation. Er bewegte sich auf dem fremden Boden, als ob er von je dort zu Hause sei.

Welches Ziel sich der Bruder gesteckt hatte, ergab sich noch nicht. Ebensowenig war ihm ein Ringen anzumerken, sondern nur Wohlgefühl, Lebensfreude und Glaube an stürmischen Aufstieg und herrlichen Sieg.

Er liebte und verehrte bereits alle berühmten, besonders die älteren Lehrer der Hochschule. Er kannte genau ihre Lebensgewohnheiten, regelmäßigen Spaziergänge, ihre Eigenheiten und Seltsamkeiten. Karl von Hase, der freie wissenschaftliche Theologe, wurde genannt, den Carl ganz besonders verehrte, und mancher andere. Die damals noch altväterisch bequemen Verhältnisse Jenas kamen zur Sprache, die Gasthäuser, in denen ein braver Student sich buchstäblich ohne Geld durchfüttern konnte, wenn er sich nur verpflichtete, seine Schulden zu bezahlen, sobald er erst einmal in Amt und Würden sei.

Natürlich schlug auch die Nähe Weimars in Carls Berichte hinein, da von dort aus noch die fortlebende Seelenwärme Goethes in die berühmte Universitätsstadt herüberdrang. Hatte sich doch überdies ein sehr wesentlicher Teil seines Lebens und Wirkens in Jena vollzogen.

Der hohe Flug unserer brüderlichen Geister wurde durch den mächtigen Saal, Wartesaal dritter Klasse, unterstützt, der uns fast ganz allein zur Verfügung stand und darin wir stundenlang auf und ab schritten. Keiner der Züge hatte ja mehr als zehn Minuten Aufenthalt, und die kurze Menschenüberschwemmung, die jeder brachte, wurde sofort wieder eingesogen.

Damals waren wir beide die innigsten Freunde. Ich glaube nicht, daß von vielen eine so beglückende Gemeinschaft der Seelen erlebt worden ist. Obgleich mein Streben scheinbar anders gerichtet war, trafen wir in dem Ziel zusammen. Und hier, bei den hallenden Gängen längs des spiegelblanken, schwarzen Marmorbüfetts, auf dem eine rote, bauchige Porzellanlampe stand, war es, wo ich zum ersten Male den Namen Platon vernommen habe. »Platon! Platon! Platon!« wiederholte immer wieder das Echo im Saal, und ich weiß noch genau, wie mich bei Carls bedeutsamem Privatissimum olympischfeuriges Leben durchrieselte.

Der junge Jenenser Ordinarius Rudolf Eucken spielte für Carl gewissermaßen die Rolle des Sokrates. Ich selbst habe später Eucken gehört. Wenn er auf dem Katheder stand, so konnte er wie Sokrates von sich sagen: er sei von Dithyramben nicht sehr entfernt. Und was uns, Carl und mich, betrifft, so paßte auf uns ein anderes Wort des Sokrates, wonach der Satz, daß Wahnsinn schlechthin ein Übel sei, nicht zutreffe; denn unsere größten Güter seien einem Wahnsinn, freilich einem von den Göttern verliehenen, zu verdanken.

Etwas von diesem göttlichen Wahnsinn hatte sich in der Bahnhofshalle, diesem symbolischen Wartesaal, auf uns niedergesenkt.

Sokrates würde in uns zwei echte Schüler erkannt haben. Wir spürten seine Aura um uns. Es hätte uns kaum gewundert, wäre er durch eine der scheppernden und donnernden Glastüren eingetreten. Er würde sich an das schwarze Büfett gelehnt und sofort mit Fragen begonnen haben. »Nun also, mein lieber Phaidros, nun also, mein lieber Charmides ...« Kurz, wir waren nicht in Sorgau, wir waren in Griechenland. Der Eros zum Schönen war in uns lebendig geworden.

Irgendwie nahmen auch meine Eltern teil an unserer fortreißenden Euphorie und Eudämonie. Sie hatten uns lieb, spürten den Aufschwung in uns und wurden von unserer festlich frohen Erregung mitgenommen. Die lächelnd erwärmte Teilnahme meiner Mutter verlor dennoch nicht ganz einen nachdenklich sorgenvollen Zug.

Während diese heißen und goldglänzenden Böen der Jugend über uns hingingen, lag über dem Schicksal meines ältesten Bruders, Georgs, Dunkelheit. Carl und ich wußten nur ungefähr, daß er krank gewesen, aber nicht, wo er danach geblieben war. In Wahrheit wurde insgeheim von Mathilde Jaschke an seiner Zukunft gearbeitet, da sich das goldene Herz nun einmal das Glück der ganzen Familie Hauptmann zu begründen in den Kopf gesetzt hatte. Wieder war es das gleiche Vergnügen, wenn die Adoptivtante und Schwester Johanna für ein Kaffeestündchen von Salzbrunn herüberkamen, wo denn auch Carl und ich uns ganz ins Familiäre zusammenzogen und um die Wette mit Johanna und Thildchen Jaschke Seifenblasen steigen ließen. Da hieß es etwa: »In vier Wochen ist die letzte Ziehung der Sächsischen Lotterie, oder auch der Preußischen Lotterie. Wenn wir nun mit dem Großen Lose herauskommen?« Oder Mathilde sagte: »Einem Manne wie Georg muß geholfen werden. Jedes Mädchen, das ihn bekommt, kann sich gratulieren!«

Hier konnte sich unsere Freundin aufregen.

Wie wäre auch nur die Qualität der meisten Männer mit seinem Temperament, seiner Klugheit, seinem Humor und seiner Herzensgüte zu vergleichen gewesen! Dieser Männer, dieser, dieser ... – Es fehlten ihrer Verachtung die Ausdrükke.

Und Vater! Was für ein Mann doch Vater war! Hier war es Johanna, die sich wiederum nicht zu lassen wußte. Dieser Respekt, den er allen einflößte, wenn er mit seinem weißen Bismarck-Schnurrbart hinter der schwarzen Marmorplatte stand! Überhaupt diese Bismarck-Ähnlichkeit ... Es brauchte nicht viel, um Carl und mich in den Familienverhimmelungsrausch hineinzureißen.

Wenn Vater da war, verbot es sich.

Hielt ich das Wintererlebnis in seiner verwickelten Ganzheit sogar vor Carl geheim, so natürlich erst recht in diesem Kreis. Es würde wahrscheinlich Entsetzen erregt haben.

Man hatte mich am letzten Tage vor den Ferien wiederum feierlich in die Kunstschule aufgenommen. Ein kurzes, von beiden Seiten freundlich geführtes Gespräch mit dem Direktor, Baurat Lüdecke, war vorausgegangen. Er freue sich, waren seine Worte, daß die Berichte, die zu meinem Ausschluß geführt hätten, sich zu seiner Genugtuung zum Teil als mißverständlich, zum andern als übertrieben erwiesen hätten. Nicht ganz ohne Rührung schüttelten wir uns zur Versöhnung die Hand.

Da nun einmal dieses glückliche Ende erzielt worden war, konnte man am Ende dem Kitzel nachgeben, wenigstens den Gipfel dieser einigermaßen peinlichen Umstände zum besten zu geben mit dem Triumphe als Krönung, den mir der Vortrag des »Hermannsliedes« im Atelier des Professors Haertel gebracht hatte.

Fünftes Kapitel

Aber Carls und meine brüderliche Verstiegenheit konnte sich nicht lange damit aufhalten. Die geistige Atmosphäre, in der wir atmeten und die wir uns selbst geschaffen hatten, schloß uns nach dergleichen freundlichen Familienkaffeestunden sogleich wieder ab. In den Äther dieser unserer Sphäre konnten die Damen ja doch nicht eindringen.

So zu leben, in einer intelligiblen Welt mehr zu leben als im Wirklichen, war damals schon Carls Eigenheit. In jenen Tagen wurde ich, der ich sehr reale Dinge, Ausschweifungen, Hunger, körperliche Kämpfe und das Bemühen mit dem Sohn des Wassers und der Erde, dem nassen Ton, hinter mir hatte, hinaufgehoben. Dieses Schweben im Äther war mir wohltätig. Ich verlor die Schwere meiner Glieder und meiner Wesensart. Da ich die Befreiung und Erlösung von allem grob Stofflichen auf die Alma mater in Jena als ihren Ursprung schob, wurde ich mehr und mehr von ihr angezogen. Ihr Joch schien mir leicht, verglichen mit dem, das ich trug.

Carl, der gern beeinflußte, Seelen aus Liebe fing und mit sich zog, Hindernisse in solchen Fällen nicht zu sehen schien, malte mir nicht nur weiter das verlockende Leben in Jena aus, sondern berauschte sich in dem Gedanken, ich solle ebenfalls daran teilnehmen. Die Frage, wie das möglich gemacht werden könne bei jemand, der nur bis zur Quarta gekommen war und an der Möglichkeit, das Examen zum Einjährig-Freiwilligen-Dienst zu bestehen, kleinmütig zweifelte, berührte er nicht.

Um jene Zeit hatte sich ein kräftiger, schwarzhaariger und wunderlicher Mann, namens Weber-Rumpe, eine halbe Stunde von Sorgau im sogenannten Zips niedergelassen. Er lebte dort mit Weib und Kind in bescheidenen Umständen. Carl und ich kannten ihn von Breslau her, wo er in den Aulen verschiedener Schulen Vorträge über Mnemotechnik gehalten hatte. Seine Methode, das Gedächtnis zu schulen, befähigte ihn zu erstaunlichen Leistungen.

Man konnte ihm beliebig viel unzusammenhängende Worte sagen, die man vorher notiert hatte. Schnell und fehlerlos und in richtiger Reihenfolge wurden sie wiederholt. Er hatte die Logarithmentafeln im Kopf und hantierte mit ihnen im Geist, als ob er sie ablese. Eine Zeitlang habe auch ich seinen Hauptkniff angewandt, nämlich heterogene Merkworte zu Gedächtniskomplexen in der Vorstellung zu verbinden. Hatte man etwa zu merken: Schlüssel, Hase, Kalk, Diplomatendiner, Sterben, Spucken, Kahlkopf, Kreuz, so tat man das blitzschnell so: ein Schlüssel wird von einem Hasen im Maul getragen, der sich in Kalk gewälzt hat. So trägt man ihn auf beim Diplomatendiner, weil er wahrscheinlich durch den Kalk sterben mußte. Natürlich bekamen die Diplomaten das Spukken, besonders ein Kardinal, der ein Kahlkopf war und ein Kreuz am Halse trug.

Weber-Rumpe war ein lebhafter, in seiner Weise tüchtiger Einzelgänger, der sich auch noch mit Physiognomik, Gallscher Schädellehre und Charakterologie befaßte, ein Mensch von gesundem Verstand und Mutterwitz, mit dem sich mein Vater gern unterhielt.

Etwas an unserem, Carls und meinem Wesen gefiel meinem Vater immer noch nicht, was meine Mutter mit den Worten »Ihr seid zu ideal!« zu rügen pflegte. Er fühlte die Pflicht, uns immer wieder auf die Erde, die uns unter den Füßen zu entgleiten drohte, herunterzuholen. So kam ihm ein Urteil nicht ungelegen, das Weber-Rumpe, an das Büfett gelehnt, orakelhaft über uns Brüder geäußert hatte. »Ihre beiden Söhne«, hatte er zu Vater gesagt, »sind in gewisser Beziehung nicht uninteressant, nur fehlt ihnen leider der praktische Sinn.«

Besaß Weber-Rumpe den praktischen Sinn? Sicher ist, daß er sich trotz aller seiner Künste und seines originellen Menschenverstandes mit den Seinen recht mühsam und kümmerlich durchschlagen mußte.

Vaters Absichten mit Carl waren ganz andere, als sie Carl

mit sich selbst hatte. Er hätte, wie gesagt, gern aus dem Sohn einen Arzt gemacht. Aber Carl brauchte nur einen leisen Verdacht zu haben, daß irgendein Ratschlag auf Broterwerb abziele, so geriet er in Raserei und tobte gegen das Brotstudium. Weder werde man ihn je dazu bringen, Naturwissenschaften und Philosophie aus anderen Gründen als um ihrer selbst willen zu betreiben, sagte er, noch ihn bestimmen, sich selbst durch gemeine und niedrige Ziele zu entwürdigen.

Was er aber nun eigentlich wollte, wußte er damals sicherlich nicht. Er schwebte nur wohlig im Geiste des Unbestimmten: ein Zustand, der, von meiner Mutter instinktiv, von meinem Vater deutlich erkannt, trotz seiner glänzenden Außenseite in beiden Besorgnis erregen mußte. Was mich anging, so war ich ja von jeher das Sorgenkind.

Um jene Zeit tauchte ein Salzbrunner Kind, Bergmannssohn – sein Vater war Steiger –, bei uns auf, der es bis zum Fuchs bei den Raczeks in Breslau gebracht hatte. Wir hatten uns als Kinder wenig beachtet. Plötzlich stand er mit dem schwarzrotgoldenen Band und der Studentenmütze vor uns da.

Ein Frühschoppen wurde sogleich verabredet.

Wir trafen uns am Tage darauf im Biergärtchen eines Ober-Salzbrunner Gasthofs Zum Anker, den der Fuhrherr Krause käuflich erworben hatte. Ihm waren die Jahrzehnte beruflicher Tätigkeit im Gasthof zur Preußischen Krone besser angeschlagen als uns. So begann beim Gesange der Vögel der Frühschoppen, und da konnten wir freilich wohl sagen, daß es eine Lust zu leben war.

Carl und Schindler, der Raczek und Bergmannssohn, nahmen Gelegenheit, mich in den studentischen Trinkkomment einzuweihen. Es wurden mir Halbe zugetrunken, ich mußte Bescheid geben, will sagen: nachkommen. »Ich komm' dir ein Stück!« – »Prosit, ich komme nach!« – »Auf dein Spezielles, Schindler!« – »Prost, ich löffle mich!« – »Auf dein Spezielles, Gerhart, Löffelung ausgeschlossen!« – »Prost!« – So und ähnlich ging es fort.

Schließlich wurde von uns dreien ein Salamander gerieben, wodurch wir im Biergärtchen lebhaftes Aufsehen machten.

Diese erste Begegnung mit den Trinksitten sollte für mich eine lange Periode meiner Gesundheit nicht gerade zuträglicher Zechereien einleiten.

Gustav Krause, mein Jugendgespiele, hatte den Kutschbock eines Droschkenführers bestiegen. Seine Natur hatte ihn nicht zum Raczek bestimmt. Er mochte die Märchen vergessen haben, die er und seine Schwester vor dem knackenden Ofenloch dereinst immer wieder von mir verlangten und die ich immer neu beginnen mußte, wenn sie ihr Ende erreicht hatten. Meine Bemühungen, seine Verlegenheit zu beheben und die alten Freundschaftsformen durchzusetzen, prallten von ihm wie von einem Klotze ab. Dagegen blickte seine Mutter, gegen früher bedeutend verjüngt, stark, üppig, kühnen Blicks aus dem Küchenfenster, freute sich unserer Lustigkeit und schien Neigung zu haben, mitzutun.

Ich empfand es angenehm regelwidrig, daß sie uns Brüdern jeden respektvoll freundlichen Anteil bewies, obgleich wir doch einer Familie angehörten, die erst kürzlich von Haus und Hof hatte gehen müssen.

Als wir am Ende der Ferienzeit auseinandergingen, brach Carl nach Jena, ich zu einem kurzen Aufenthalt bei den Schuberts nach Lederose auf. Was sich hier ereignete, hat vielleicht keine allzu große Bedeutung für meinen schöpferischen Entwicklungsgang, aber es wurden dabei die gesamten Strahlungen meines Wesens in einem Brennpunkt gesammelt.

Im gleichen Zimmer des neuen Hauses, das ich bewohnt hatte – der Glaskasten mit der Rebhuhnfamilie hing noch darin –, war jetzt Anna Grundmann untergebracht. Sie war nun unter anderm dazu bestimmt, das Bild von Ännchen Schütz – der Name Anna deutet bei mir überall auf unglücklich-glückliche Liebe hin – auszulöschen. Das Liebesidyll, das mir hier in tragikomischer Weise zu erleiden beschieden war, gedenke ich nicht zu schildern. Genug, daß es mich bis in die Grundfesten meines Wesens angegriffen und in mancher Beziehung verändert hat.

Welch ungeheure, rücksichtslose Macht ist doch Gegenwart!

Als ich aus den Fenstern des Zimmers, in dem noch immer Harmonium und Flügel ihren Ort hatten, eine weibliche Gestalt, braun gekleidet wie das Marienbild meines Traumes vor Jahren, den ansteigenden Hof herabkommen sah, hätte ich wieder, tief und tiefer als je erschüttert, das Bekenntnis ablegen können: »Ecce deus fortior me, qui veniens dominabitur mihi!«

Durch diese noch ferne Erscheinung, den rätselhaften Zauber so und nicht anders bewegter Form wurde ich von aller Vergangenheit und Zukunft losgerissen und diesem sich nähernden Wesen allein überantwortet.

Wie sah Anna Grundmann aus? Ich weiß es nicht. Und doch ist, was noch heute von ihr als reine Form in mir lebt, einer unwiderstehlich sinnlichen Schönheit mächtigster Inbegriff. Die Wunde des Entbehrens, des Unerfüllten, des Verlustes für Ewigkeit, unstillbarer Sehnsucht ist heute, am Abend eines langen, langen Lebens, noch unverheilt.

Das schöne Mädchen von damals war später, im Alter, nicht viel mehr als eine arme, kranke, bettelhafte Weibsperson, die unverheiratet, im Stande äußerster Dürftigkeit, in einem Breslauer Hinterstübchen aus dem Leben gegangen ist. Wußte sie noch, wer sie damals war und welcher Gott in ihr Wohnung genommen hatte?

Ich vermute, sie wußte es nicht!

War sie denn also wirklich das, was sie war und was ich als eine Epiphanie in mir aufbewahrte? Und wie kommt es, daß mein ganzes Wesen noch immer um diesen Schatten eines Schattens wie die Motte ums Licht sich herumbewegt: um dieses Nichts, dieses Weniger-als-Nichts?

Überall drängt sich Platon auf, wo von Schönheit und dem Erinnern an sie die Rede ist. Wir wissen, welches heilige Amt der Dichter-Philosoph dem Erinnern an die Bereiche des Ewig-Schönen zugesteht, und damit scheint denn auch wirklich das Lederoser Idyll und die Prägung seines Gegenstandes in meinem Geist unsterblich verknüpft.

Die Begrüßung war kurz, als ich zum erstenmal ihre Hand berührte. Sie trug einen Korb und einen Schlüsselbund und übersah meine Gegenwart. Erscheinungen solcher Art und Einmaligkeit sind nicht zu schildern. Viele Mädchen zum Beispiel tragen wie sie glatt zurückgekämmtes Haar und einen von Zöpfen geflochtenen Knoten im Nacken. Man kann von Glück sagen, wenn, wie hier, das schlichte braune Kleid ohne Abzeichen ist und schöne Formen knapp umschließt. Aber auch das ist oft zu beobachten: in Anna Grundmann lag etwas von rustikaler Kraft. Es würde näher gelegen haben vorauszusetzen, sie sei mitten in Wäldern, etwa in einem Försterhause, zur Welt gekommen, statt als Tochter eines Liegnitzer Rechnungsrats, sei in Einsamkeit und als Wildling zwischen bemoosten Stämmen, Farnkraut und Bitterklee aufgewachsen, habe ihren Durst mit dem kalten und klaren Wasser reißender Bergbäche gestillt und sei, nun Jungfrau geworden, fremd, stolz und verschlossen hervorgetreten.

Vom Wesen eines sogenannten Backfisches war in Anna Grundmann nichts. Hatte sich Natur ein Weib, eine Männin zu bilden vorgesetzt, so war ihr Vorsatz bis zur letzten Vollendung durchgeführt, und das opaleszierende Auge ihres Geschöpfes wußte von dem Rätsel seiner Vollkommenheit – und auch von dem andern: seiner Bestimmung. Dieses dunkel verborgene Doppelwissen aber war in Annas meist niedergeschlagenen Augen und in den Bewegungen zweier überfeiner Nasenflügelchen ausgedrückt, die wie zarte Kiemen verräterisch auf und ab gingen.

Ich habe dieses schöne, unbewegliche, ernste ovale Gesicht oft und lange, in einen stillen Schrecken verloren, angestaunt: diesen resignierenden, ironischen Mund, diese gerade, kleine, griechische Nase, deren schmaler Rücken mit der Stirn eine Senkrechte bildete, und dieses Berenikekinn.

Wo kommst du her? Wo gehörst du hin? waren Fragen, die ich mir immer wieder vorlegte.

In dem gefährlichen Graus des vergangenen Winters war vieles in meinem Wesen aufgebrochen, und so war mir durch meine Bemühungen am nassen Ton die Freude am Sehen bewußt geworden, durch sie Sinn, Gefühl und Begeisterung für die Form. Es war keine Übertreibung, wenn mich angesichts eines schönen Armes eines Gipstorsos, eines weiblichen oder männlichen Hauptes Verzweiflung ergriff, weil ich zugleich mit einer fast schmerzlichen Schönheitsempfindung die Ohnmacht empfand, es nachzubilden. Beides, die Ohnmacht und das schmerzliche Schönheitsempfinden, hat mich auch hier überkommen und der damit verbundene Widerstreit. Etwas Wildfanghaftes, Wildes lag in Annas äußerem Wesen nicht: ihre Bewegungen waren gemessen. Niemals zeigte sie Eile oder Hast, ob Tante Julie Schubert auch mit noch so schnellen und langen Schritten durch Haus und Hof fegte.

Sie wandelte eher, in sich beruhend wie eine bewegte Statue, ohne Verbindung mit der Umwelt dahin.

Der Jüngste unter den Geschwistern Straehler, Onkel Carl, war um jene Zeit wieder einmal bei den Schuberts untergeschlüpft, weil er eine Stellung verloren hatte, die er den Bemühungen meines Vaters verdankte. Als er mich listig fragte, wie mir Anna Grundmann gefalle, durchschaute ich ihn, zuckte die Achseln, als ob ich an ihr kaum Anteil nähme und nichts Besonderes an ihr fände. Aber ich kam so leicht nicht davon. Der ältelnde Mensch stand ebenso wie die meisten Männer, die sie sahen, unter Annas Bann und sah in mir den Rivalen, der ihn durch dies und das, und besonders durch seine Jugend, bei Anna ausstechen mußte.

Auf der Wanderung von Striegau nach Lederose hatte mich ein kleines Erlebnis belustigt und mir auch ein klein wenig geschmeichelt, wenn ich ehrlich bin.

Ich war am Ende eines Dorfes auf einen Trupp Tagelöhner, Männer, Frauen und junge Mädchen, gestoßen, die dicht an der Straße arbeiteten. Ich erregte mit meinem langen, blonden Pagenhaar, meinem offenen Hals, meiner Lavallière und, nicht zu vergessen, den Schnallenschuhen unter ihnen Aufsehen. An Verhöhnung gewöhnt, wollte ich mich eben darauf gefaßt machen, als ein älterer Mann zu einem hübschen Landmädchen sagte: »Dan koanst d'r oaschoffa!«, was soviel heißen will als: den schaffe dir als Liebsten an! Und das Mädchen sagte: »Nu ja, das wär a Hibscher!«, wobei sie mich, über und über errötend, anblickte. Die kleine Anekdote beweist, wieweit die Eifersucht meines braven Onkels Carl einen Grund haben konnte.

Es verstrichen mehrere Tage. Fräulein Anna, wie sie im Hause genannt wurde, ging ihren Obliegenheiten nach. Es schien wirklich so, als ob ich ihr Luft wäre. Und doch war ich beinah der Verzweiflung nah, wenn ich von Onkel Schubert ans Schachbrett gebannt wurde und die Geliebte nicht einmal mit den Augen verfolgen durfte. Ich hielt meine, wie ich glaubte, tief verborgen gehaltene Neigung für hoffnungslos.

Natürlich nahmen die Verwandten Anteil an meinem neuen Weg. Der Sprung in eine ganz andere, ihnen völlig fremde Welt, den ich getan hatte, beschäftigte sie. Als ich Abschied nahm, als ich wiederkam – das ergab einen großen Unterschied. Ich habe wohl den Mund recht voll genommen. Ich werde Pläne entwickelt haben, deren Schlingen und Kurven über Dresden und München, Florenz und Rom geführt haben mögen. Daß ich bald dorthin kommen würde, wußte ich, trotzdem die Wahrscheinlichkeit dazu durch den nötigen Pfennig Geld nicht gestützt wurde. Selbstverständlich schöpfte ich auch hier von meinem Wintererlebnis nur die Sahne ab, nicht nur aus Furcht, mich bloßzustellen, sondern weil wirklich der Glanz meines sommerlichen Glückes und – Ende gut, alles gut! – das Erlebnis in Haertels Atelier die ganze Zeit übergoldet hatten.

Sechstes Kapitel

Am Abend etwa des dritten Tages war die Neugier von Onkel und Tante durch die Erzählung meines Triumphes so rege geworden, daß sie nun auch mein Dichtwerk hören wollten, dieses so vielbesprochene »Hermannslied«. Und so zog ich es wiederum aus der Brusttasche. Nicht anders als das erstemal, ja mit größerer Inbrunst, da Anna Grundmann zugegen war, sagte ich mir das »Nimm alle Kraft zusammen, die Lust und auch den Schmerz! Es gilt uns heut, zu rühren ...« Ich wußte, welches Herz!

Mein Epos hatte es mit den Marsen zu tun, die mir gerade recht waren. Wo der Volksstamm gelebt haben mochte, wußte ich nicht. Auch war es mir gleichgültig. Ich hatte ihn jedenfalls irgendwohin in den deutschen Urwald verlegt, als in seinen Höhen und Tiefen noch der Wisent gejagt wurde. Möglich, daß Coopers Lederstrumpflandschaft bei meinem dichterischen Versuch Patenstelle vertreten hat. Hermann oder Arminius selbst war in den ersten Gesängen noch nicht aufgetreten. Ich hatte mit einer jungen Marsin begonnen, was mir näher lag. Diese Marsin wurde von mir auf eine, sagen wir Fürstensteiner Felsklippe über den Wipfeln hingestellt und war, es ist nicht zu leugnen, vorgeahnt ziemlich genau, was sich in Anna Grundmann nun inkarniert hatte: Ernst, Würde, berückende Schönheit der Gestalt.

Bei der Schilderung der Marsin hatte mich zum erstenmal jene kühne Freiheit überkommen, die der griechische ebenso wie der Renaissancekünstler dem verkörperten Nackten gegenüber hat. Diese Marsin, gleichsam mein Eigentum, durfte nicht prüde sein, mußte es sich gefallen lassen, daß ich es nicht bei der Schilderung ihrer Gewänder bewenden ließ, sondern diese von unten bedeutend kürzte, oben ziemlich tief von Schultern und Armen herunterzog. Das Gebiet meines mehr und mehr gefestigten Selbstbestimmungsrechts hatte sich nun bereits über meine frommen Verwandten ausgedehnt, und ich schreckte nicht im geringsten davor zurück, sie zum Beispiel die hochaufatmende, stürmisch wogende Brust meiner Marsin sehen zu lassen, desgleichen den herrlichen nackten Arm, der nach oben um den Speer geschlungen war, ihre Waffe und Stütze, und neben ihrem meergrün schillernden Auge ihren purpurschwellenden Mund.

Onkel Carl erhob sich, bevor ich zu lesen begann; er habe noch drüben im Hofe zu tun. Die Sache schien ihm peinlich zu sein, und wenn er sie so beiläufig nahm und nicht die geringste Neugier zeigte, mochte er hoffen, die mögliche Wirkung besonders auf die Elevin Anna abzuschwächen. Er entfernte sich also und war nicht gerade sympathisch in diesem Augenblick. Ich ließ mich diesen Versuch einer Kränkung nicht anfechten.

Mein Vortrag verlief in gewohnter Art, und ich hatte im großen ganzen denselben Erfolg, den ich zuerst im Kreise Hugo Schmidts, alsdann vor den Professoren, später vor Carl, noch später bei Tante Jaschke im Kurländischen Hof einheimsen durfte. Die dichterischen Freiheiten, die ich mir genommen hatte, lockten Onkel Schubert ein freundliches Schmunzeln ab, während der Ausdruck in Tante Juliens Antlitz seinen unveränderten Ernst behielt. Beide wollten nicht leugnen, daß sie das Gelesene schön fänden und mir nicht zugetraut hätten, wie Onkel, in ein Lachen ausbrechend, Tante in aller Ruhe äußerte.

Anna schwieg. Aber ich spürte, daß sie die wahrhaft Ergriffene war. Magnetische Fühlungen sagten mir mehr. Gebeugt über ihre Weißnähterei, wie ich sie verstohlenen Blicks auffaßte, hatte sie eine Bewegung zu bemeistern.

Und wie hätte sie sollen gleichgültig bleiben, als sich mein Vortrag mehr und mehr an sie richtete und das begeisterte Lob der Marsin meiner Dichtung recht eigentlich auf sie übertrug?

Meine Liebe zu Anna Grundmann wurde erwidert. Von Stund an spürte ich das. Der letzte Tag brachte es ganz an den Tag: denn weshalb wäre Anna sonst an Tante Juliens Brust in Tränen ausgebrochen, als ich in dem zur Abfahrt bereiten Wagen saß?

Was zwischen jenem Anfang und diesem Ende liegt, beschäftigt noch heute zuweilen mein Nachdenken.

Zwanzig Jahre später hat mir mein Onkel Carl gesagt, er habe in der Sache Anna schlecht an mir gehandelt. Ich habe nicht nach dem Wieso gefragt. Er wollte sein Gewissen entlasten, und ich gab ihm – was sollte mir seine Beichte noch? – meine Absolution.

Heute weiß ich, welcher Versuchung er unterlegen ist.

Ich hatte, nach dem Bahnhof Sorgau zurückgekehrt, Anna Grundmann brieflich mein Herz eröffnet, was eigentlich nicht mehr nötig war, und meine achtzehn Jahre so sehr verkannt, sie um ihre Hand zu bitten. Eine Antwort erhielt ich nicht. Da aber keine Antwort in diesem Falle auch eine Antwort ist, sagte ich mir, ich sei abgewiesen, und bekehrte mich zu der Ansicht, die ja wahrscheinlich Annas Schweigen bewirkt hatte: der Antrag eines Schlingels von meinen Jahren, der nichts habe und vorstelle, sei lächerlich.

In Wirklichkeit war mein Schreiben nie an seine Adresse gelangt, sondern von Onkel Carl unterschlagen worden. Er konnte das ohne Mühe tun, da er die tägliche Post regelmäßig in einem Nachbardorfe abholte, das mehr als eine Stunde Wegs entfernt von Lederose lag.

Es war eine kleine große Schurkerei, die seine eigene Leidenschaft für Anna nicht entschuldigen kann. Hoffte der alte Knabe, sie für sich zu gewinnen, ist er auch so nicht zum Ziele gelangt. Wenn ich aber die Dinge überblicke, die ich nie gelebt und genossen haben würde, falls diese kleine große Schurkerei nicht eingegriffen hätte, so bin ich geneigt, für die kleine verwandtschaftliche Unterschlagung dankbar zu sein.

Daß sie der Onkel für notwendig hielt, läßt mich vermuten, er habe einen guten Erfolg meines Briefes für möglich gehalten. Wären wir aber wirklich ein Paar geworden, Anna und ich, ich würde wahrscheinlich von einer dicken, undurchdringlichen Mauer, vor die ich geraten wäre, rückwärts gewiesen und von meiner wahren Zukunft abgeschnitten worden sein.

Es lag in Anna Grundmann mir gegenüber eine Übermacht: wenn sie sich meiner erbarmt hätte, wenn sie sich zu einem gemeinsamen Leben bereit gefunden hätte, wenn dieses Leben wirklich begonnen hätte, so hätte ich in den Ketten einer mir Gott sei Dank fremd gebliebenen Hörigkeit gelegen. Erwog ich doch allen Ernstes und war entschlossen dazu, in der kleinsten Kätnerhütte mit ihr zu leben, falls sie ja sagte, wie ein Tagelöhner zu arbeiten, jedem höheren Streben zu entsagen und alle Beziehungen zu den Künsten abzubrechen.

Ich dachte nicht anders, in einer unsinnig vorweggenommenen Eifersucht, als dieses Mädchen, das mit dem hölzernen Namen eines Mädchens nicht zu bezeichnen ist, dieses Weibswunder, das den Sinnen übermenschliche Freude versprach, gleichsam einzusperren, zu verbergen, zu verstecken, um mich ganz allein daran zu ersättigen. Etwas anderes als diesen Kultus wollte ich nicht in der Welt. Dazu war ich zur Welt gekommen. Etwas, das daneben irgendeinen Wert hatte, gab es nicht. Wozu brauchte man Bildhauerei, wenn man diesen Körper sein nannte? Wozu brauchte man griechische Kunst, steinerne Musen, steinerne Grazien angesichts dieses bebenden Fleisches, das göttliche Schönheit und göttliche Macht ausstrahlte? Wozu brauchte man Rembrandt, Raffael, Tizian, wenn vor dem Grün der kleinen Wiese im Eingangstor des kleinen Häuschens Anna stand, vielleicht unter einem Blütenbaume bei irgendeiner ländlichen Beschäftigung? Kunst, Wissenschaft, Dichtung, Philosophie und was sonst, das alles war ja nur Surrogat, ein Zeitvergeuden, ein Lebenvertun, ein Sichabfinden, weil man nichts Besseres hatte! Ich aber, der ich gewürdigt war, konnte auf dies alles nur mehr mit Hohn herabblicken.

In dieser Art Sucht und Süchten lag ganz gewiß nichts Platonisches; ich würde an den Feuern des Gottes, dem hier gehuldigt wurde, bald, zu bald zerschmolzen sein.

Vom Bahnhofsgebäude in Sorgau führt ein Fußgängertunnel durch den Bahnkörper. An seinem Ausgang steht unvermittelt im Feld ein vier Stock hohes, häßliches Arbeiter- und Beamtenhaus. In einigen Zimmern des ersten Stocks waren Möbel, Matratzen, Wäsche, Hausrat aller Art, den meine Mutter seinerzeit mit in die Ehe gebracht hatte, magaziniert. Ich verkroch mich sogleich dorthin, als ich von Lederose kommend aus dem Zug gestiegen war und meine Eltern flüchtig begrüßt hatte. Ich ertrug ihren Anblick nicht. Das Unmöglichste war plötzlich zu meinem tiefen Entsetzen Wirklichkeit. Diese beiden, unter allen Menschen auf Erden mir bisher die liebsten, der beste Vater, die beste Mutter, ohne die für mich eine Welt überhaupt nicht sein konnte, waren mir plötzlich fremd geworden. Die magnetische Kraft im Lederoser Gutshause sog und zog selbst aus der Ferne mein ganzes Wesen in sich ein. Schon der Gedanke schien mir Raub, daß irgend etwas anderes auch nur im geringsten Liebe von mir beanspruchen sollte. Es fiel nun auf meine Eltern etwas von jenem Haß, der gegen die Schuberts in mir aufgekommen war, als ich glaubte, daß sie mich adoptieren wollten. Zwischen Kommoden und Matratzen, Häufungen von Porzellan und Glas, alten Bildern und Wandspiegeln, Stapeln von Wäsche und verstaubten Gardinen und ähnlichem, hinter verriegelter und verschlossener Tür raste ich mich im wahren Sinne des Wortes aus. Ich ballte die Fäuste, ich rannte umher, warf mich auf Matratzen und Tischtücher, heulte, schluchzte, fluchte, biß mich, um durch körperlichen Schmerz erleichtert zu werden, in die Hand. Ein Gefühl wie Hunger eines Verhungernden marterte mich, ich befand mich im Leeren, suchte Atem zu holen in einem Vakuum. Ich wußte nicht, wo ich mit mir hinauswollte, viel ärger gestraft als ein Morphinist, wenn das Gift ihm entzogen ist. Ich sah keine Möglichkeit, ohne Anna Grundmann fortzuleben.

Dann, wie gesagt, kam der Brief. Schon das Schreiben des Briefes beruhigte mich. Ich habe vergeblich auf Antwort gewartet.

Die Büfettdame von Sorgau, die mit langen, knochigen Fingern auf der schwarzen Marmorplatte hantierte, war ein altes Mädchen, hatte strohgelbes Haar und hieß Fräulein Rausch. Es war am Ende nicht schwer, zu sehen, daß ich unter irgendeinem Erlebnis zu leiden hatte. Ich schrieb wütend an meinem »Konradin«, weil ich nun eher heut als morgen zu Geltung und Reichtum kommen wollte. Wie man schnell, über Nacht und im Handumdrehen, reich werden könne, fragte ich wiederum Fräulein Rausch. Ich hatte mich ihr zwar nicht entdeckt. Sie konnte trotzdem von der Sache erfahren haben.

Die Gute verstand sich auf Kartenlegen. Eines Tages schlug sie mir vor, es für mich zu tun, wohl um mich wieder einmal zu beruhigen. Ich stimmte zu, und sie las aus den Karten ungefähr dieses heraus: Ich hätte eine große Liebe hinter mir, die mich in einen untröstlichen Zustand versetzt habe. Was ich heut glaube und worauf ich hinaus wolle, das geschehe nicht: die Geliebte und ich würden kein Paar. Nicht einmal auf ein Wiedersehen könne sie mich vertrösten. Dagegen – hier blickte sie mich bedeutsam aus ihren wäßrigen, geröteten Augen im sommersprossigen Gesichtchen an –, dagegen werde nicht viel mehr als ein Jahr vergehen bis zu meiner Verlobung mit einem schönen und reichen Mädchen, das in diesem Augenblick ebensowenig von mir wisse wie ich von ihm.

Siebentes Kapitel

Mit dem unauslöschlich schmerzhaft geprägten Bilde Anna Grundmanns im Herzen ging ich dann nach Breslau zurück. Meine Vorstellungswelt hatte einen neuen, unsterblichen Gast bekommen.

Ich war nun der allgemeinen Haertelschen Bildhauerklasse zugeteilt und hatte mit drei anderen Schülern, Litt, Sabler und Basse, ein und denselben Raum inne. Das Zusammenleben mit diesen drei Kunstjüngern, die mir von Anfang an Mißgunst bis zur offenen Feindschaft entgegenbrachten, war in keiner Beziehung leicht. Litt, ein kleiner verwachsener Mensch, überragte die anderen nicht nur an handwerklicher Tüchtigkeit, sondern auch an Intelligenz. Das machte ihn mir gegenüber damals um so boshafter. Da Haertel von ihm am meisten hielt und ihn mehrfach im eigenen Atelier als Gehilfen verwendete, was wohl nicht mehr so häufig geschah, seit der Professor seine Gunst mir zuwandte, hielt er sich für verdrängt und war gewillt, sich an mir zu rächen. Zunächst geschah dies in allen Formen von Unfreundlichkeit. Er glossierte, was ich auch immer sprach, wies mich ab, wenn ich ihn um Rat fragte, verhöhnte und verspottete mich, aber dachte nicht daran, mich zu belehren, wenn ich etwas im Sinne des Handwerks unrichtig anfaßte.

Er redete mit Basse und Sabler in einer Geheimsprache, die ich verstehen sollte, weil es auf diese Weise leicht wurde, mich in einer immerwährenden Kette von Beleidigungen durch den Schmutz zu ziehen. Die gröbsten Schimpfworte, Erniedrigungen, ja Drohungen mußte ich mir nach dem Grundsatz »Wen's juckt, der kratze sich!« in die Tasche stecken. In diesem Trio gor der Neid. Natürlich war es für mich nicht leicht, in seinem giftigen Dunstkreis zu atmen, am wenigsten jetzt, wo mich das Erlebnis in Lederose einen Blick in andere Bereiche hatte tun lassen.

Wie schauerlich war der Gegensatz! Wenn ich mich in mich selbst verschließen, in meiner Arbeit vergessen wollte, verstummten die Hecheleien und Sticheleien keinen Augenblick, wobei die Absicht, mich hinauszuekeln, nicht zu verkennen war.

War dieser Zustand an sich wenig anheimelnd, so steigerten ihn die Zutaten, die Basse ihm vermöge seiner Natur beimischte, bis zur Unerträglichkeit. Wenn man auf zwei oder drei Seiten gemeinste Worte für gemeinste Dinge zusammenträgt, so hat man das Musikstück, das Basse ohne Aufhören spielte. Was ging es mich an, wenn er Nacht für Nacht bei einer Prostituierten endete? Aber ich mußte den ganzen Morgen über anhören, wie diese »Sau«, dieses »Schwein« sich benommen, was dieses »Aas« gefordert hätte oder wie er sie geprellt hatte. Der Vorgang selbst, in nicht wiederzugebenden Ausdrücken und mit den letzten Intimitäten vorgetragen, von den Hörern mit wieherndem Lachen begleitet, wurde breitgetreten, und zwar um so mehr, wenn ich nur im allergeringsten merken ließ, daß mich das peinigte.

Basse leistete, abgesehen von seiner nicht zu ermessenden Zotigkeit, das Äußerste an persönlicher Schamlosigkeit. Der vielleicht nicht häßliche junge Mensch gähnte, rülpste, nahm keinen Anstand, laut oder leise die Luft zu verpesten, und demonstrierte womöglich ad oculos, wo und wie er sich krank gemacht hatte. Es war nicht leicht, nach den Tagen mit Carl und nach denen in Lederose, in dieser Kothölle auszuhalten. Natürlich sprachen die drei Unflatspezialisten nicht nur von den Prostituierten als von unsauberen Tieren, sondern sie dehnten dieses Urteil auf alle Frauen aus. Ja, wie die dunklen Burschen sich mitunter in ihre Besudelungsphantasien hineinsteigerten, konnten sie ohne Zögern behaupten, daß nicht der geringste Unterschied zwischen irgendeinem Weibe und einem gewissen Orte sei.

Als es wieder einmal bis zu diesem Ausspruch gekommen war, konnte ich mich nicht enthalten, einem dieser Musterknaben gegenüber die Frage zu tun, ob er vielleicht eine Mutter habe, und auf die etwas verdutzte Antwort »Warum nicht? Jawohl!« die Versicherung abzulegen, ich hätte niemals auch nur den geringsten Zweifel gehegt, daß er sie bei dem eben Behaupteten stillschweigend ausnehme.

Aber das Treffende eines Einwurfs und das Eintreten für das Anständige, für das Menschliche steigert bei dieser Art Leuten nur die Erbitterung. Und so kam denn auch hier bald der Augenblick, wo ich wiederum einen Ausbruch von Roheit in das Buch meines Lebens verzeichnen mußte. Alle drei Banditen stürzten plötzlich über mich her, der ich nichtsahnend an meiner Arbeit bosselte, und es gab eine wilde Prügelei.

Litt suchte mir einen blechernen Behälter mit schmutzigem Wasser über den Kopf zu stülpen, die beiden anderen fielen mich von vorn und hinten an.

Aber als der Lärm des Gefechtes seinen Gipfel erreicht hatte, pochte es lauter und lauter an die von den Verschworenen verschlossene Tür, bis geöffnet wurde und Haertel plötzlich mit seinem roten Barte unter uns stand.

Er begriff, was vor sich gegangen war, gab es den dreien mit scharfen und klaren Worten zu hören, drohte mit Relegation, und der Friede war plötzlich hergestellt, seltsamerweise für die ganze Folgezeit meines Breslauer Aufenthaltes.

Es war allerdings nichts weiter als ein äußerliches Auskommen. Menschen, mit denen sich reden ließ, hatte ich ja außerhalb der Schule an Hugo Schmidt, Max Fleischer, Josef Block. In der Kunstschule sah man sich nicht, da sie in anderen Stockwerken arbeiteten. Das Kleeblatt in meinem Klassenraum hielt sich von nun ab etwas zurück. Ich hatte mir eine Hornhaut zugelegt, und es war mir gelungen, mein Allerheiligstes einzukapseln und zu verlöten.

Das Wörtchen »Stuß« schwebte damals in der Luft. Wie oft wohl würde ich es gehört haben, hätte ich den mitgeborenen Platonismus in mir nicht zum Schweigen gebracht: ihn und den wirkenden Geist, von dem ich auf dem Wege über Carl aus den begeisternden Vorlesungen Euckens einen Hauch verspürt hatte. Wenn ich das Modellierholz an den Ton setzte oder seinen Flächen mit dem Daumen Leben zu geben versuchte, fühlte ich etwas vom Dienst an der ewigen Form in mir. Viel später erst, als ich Winckelmann kennenlernte, konnte ich mich hierin bestätigen. Auch hier im sinnlich Gegebenen ist es das Ewig-Schöne, dem wir nachstreben, indem wir, in der Grenze zugleich die Form findend, sie vom Chaos ablösen.

In jenen Meditationen, die während der Arbeit nicht abreißen, konnte ich auch vergessen, daß ich nur nachbildete. Nach dem Mythos hat Gott den Menschen aus Ton gemacht. Und wer wollte den Sinn davon verkennen? Da war es mir manchmal, als wäre dies immer noch der göttliche Ton, an dem ich bosselte, und zwar mit nichts Geringerem als des Herrgotts Schöpferhand.

Hätte Basse oder Sabler oder auch Litt von meinen Meditationen gewußt, sie würden sie unter »Stuß« rubriziert haben.

Es ist erstaunlich, welchem Zudrang von Ideen ein junger Mensch in gewissen Jahren standhalten muß und schließlich auch wirklich gewachsen ist. Während ich am nassen Ton den Kultus der Formen trieb, darüber mit meinen Freunden diskutierte, mit dem wenigen, was ich hatte, weiter schlechte Wirtschaft trieb, schwelgerische Hungervisionen ausbaute, meiner Armut irgendwie steuern wollte, die ich nunmehr als Schmach und als unerträgliches Hemmnis empfand, während ich meinen gebrechlichen Körper mit kaltem Wasser zu stärken versuchte, einer Nacktkultur das Wort redete und das Schamgefühl als Unmoral brandmarkte – während ich ein Schauspiel »Germanen und Römer« im Kopf trug, das mir Ruhm, Geld und vor allem Anna Grundmann als Frau verschaffen sollte, fand ich mich auf einmal in den Wirbel politischen Wesens neu hineingestellt.

Alfred Ploetz diente sein Militärjahr ab und studierte zugleich Nationalökonomie. Er stand in einem Kreis, in den er auch mich autoritativ einführte. Der Pangermanist war der Gründer einer harmlosen – aber was ist harmlos in der Politik? – alldeutsch-sozialen Gesellschaft geworden.

Dies und was nicht noch sonst lag verborgen in mir, als ich im Herbst von Tante Jaschke nach Ober-Salzbrunn eingeladen und plötzlich der Mittelpunkt einer kleinen Damengesellschaft im Garten des Kurländischen Hofes wurde.

Es lag etwas Seltsames in der Luft, ich konnte das Tante Jaschke und meiner Schwester Johanna anmerken. Ihre bezugreichen Worte und sprechenden Augen deuteten auf eine Verschwörung hin. Etwas wie ein lustiger Krieg um ein öffentliches Geheimnis schien ausgebrochen. Was für eine Rolle ich dabei zu übernehmen hätte oder schon übernommen hatte, wußte ich nicht. Man behandelte mich wie ein Wundertier, und bald begriff ich, daß mir Tante Jaschke und Schwester Johanna in diesem Kreise einen Ruf als Dichter gemacht hatten.

Freilich kam es mir vor, man sehe in mir nicht einen Erwachsenen, sondern etwas wie ein Wunderkind.

Die Schwester eines Arztes aus Kötzschenbroda, Helene Loß, die bei Tante Jaschke zu Besuch weilte, tat sich darin besonders hervor. Ihr Auge ruhte mit Liebe auf mir, und was sie auch immer sagte und tat, wenn es mich betraf, so fühlte ich mich mit der zartesten Zartheit angefaßt.

Die Septembersonne gab dem kleinen gepflegten Vorgärtchen des Kurländischen Hofes einen köstlichen Reiz. Auf dem buchsbaumumgebenen Rondell mit der riesigen Glaskugel in der Mitte hatten die Rosenbäumchen noch nicht abgeblüht. Reseden und herbstliche Veilchen dufteten, Astern traten ihre sterbensnahe Herrschaft an. In dem hübschen, von Fliegengesumm und Sonnenschein erfüllten Gartentempelchen klapperten silberne Löffel und klirrten Teetassen.

Plötzlich trat da ein behäbiger, älterer imposanter Herr aus dem Hause hervor, der die Geselligkeit der Damen sichtlich steigerte. Sein Mund und Kinn waren ausrasiert, dagegen trug er zwei Bartstreifen nach der längst überlebten Mode der Biedermeierzeit.

Es war der Chef eines ehemaligen Handelshauses, Berthold Thienemann, der sich seit einigen Jahren auf seinen Landsitz in der Lößnitz zurückgezogen hatte.

Nun fiel mir ein, wovon man in Sorgau gemunkelt hatte: den jovialen alten Herrn habe ein Johannistriebchen angewandelt, und das heitere, gebildete, lustige Tantchen Jaschke hätte es ihm angetan. Wirklich war ihr – ein in Ober-Salzbrunn unerhörter Fall – von der Kurkapelle auf Veranlassung eines unbekannten Verehrers eines Sonntags ein Morgenständchen gebracht worden.

Man wollte mich also Herrn Berthold Thienemann vorführen; ohne zu wissen warum, fühlte ich das. Der gutgelaunte, ja lustige Herr war kein Typus gewöhnlicher Art, er hatte durchaus etwas Imponierendes. Den gewöhnlichen Weg gewöhnlicher Menschen, um sich mit mir auf guten Fuß zu setzen, ergriff er nicht, fragte nicht, wie ich denn, achtzehnjährig, schon Hauptmann sein könne, ebensowenig entglitt ihm eine Anspielung auf mein langes Haar. Er hörte gern, daß ich Künstler zu werden willens sei und mich der Bildhauerei befleißige.

»Dann müssen Sie bald nach Berlin kommen«, sagte er, »ich kenne Schaper, ich kenne Begas; Anton von Werner ist mein Freund, und wenn Sie fleißig sind und, was ich glaube, talentvoll, wird ein Wort von mir bei diesen Herren für Ihr Fortkommen nützlich sein!«

Als die Teestunde ihrem Ende entgegenging, fragte mich Helene Loß – sicher war dies abgekartet –, ob ich nicht etwas aus meinem Epos, dem »Hermannsliede«, vorlesen wolle.

»Oh, so haben wir also einen Dichter vor uns«, sagte

Berthold Thienemann. »Ich muß gestehen, da bin ich doch neugierig.«

Zum dritten Male stand ich mit meinem Opusculum, meinem »Hermannslied«, vor einem Wendepunkt. Ich muß mir sagen, daß es auch hier schicksalhaften Einfluß ausübte.

Mein Vortrag unter der Fassade des Kurländischen Hofes, nahe der gewaltigen Glaskugel, in der sich Himmel und Erde spiegelten, führte auch diesmal zum Erfolg. Mein Gedicht erregte, wie überall, besonders unter den Damen Begeisterung. Für mein Erinnern ist aber mit diesen Tagen ein Umstand verknüpft, der sich meinen achtzehn Jahren wohl einprägen mußte. Helene Loß hatte sich, bevor die Woge des Entzückens zurückgetreten war, in den Besitz einiger Lorbeerzweiglein zu setzen gewußt, die sie, zum Kranze gewunden, mit schalkhaftem Ernst unter dem Beifall aller mir ins Haar drückte.

Einige Tage später hatten sich Frida und Adele, unter Berthold Thienemanns Töchtern die erste und dritte, zu ihrem Vater gesellt. Er hatte sich, so bekannte er, lange nicht so wohl wie im Kurländischen Hof gefühlt, aber durchaus nicht das Bedürfnis empfunden, seine Töchter bei sich zu haben. Ein geheimes Komplott, wie ich annehme, zwischen Mathilde Jaschke, meiner Schwester und Helene Loß, hatte diese Wendung herbeigeführt.

Um diese Zeit tauchte mein Bruder Georg plötzlich auf. Er war in jenem häßlichen Beamten- und Arbeitergebäude an der öden, von Pappeln bestandenen Chaussee untergebracht, wo man das Heiratsgut meiner Mutter verstaut hatte. Wo er inzwischen gewesen sein mochte, hatte mich nicht im geringsten gekümmert. Er sah stattlich und männlich aus und war aufs beste als Gentleman ausgerüstet.

Georg zeichnete sich in intimen Stunden durch die Neigung zu Rabelaisschen Humoren aus. Auch meine Person zog er dabei gelegentlich in Mitleidenschaft. Kein Zweifel, daß ich mich nach Kräften gerächt habe. In jenen Tagen – wir teilten das gleiche Quartier – forderte er meine heitere Angriffslust durch entgegengesetzte Züge heraus.

Ich entdeckte das »Buch der Lieder« in seiner Rocktasche. Er wurde über und über rot und erklärte, in einer übermütigen Verlegenheit mit einem »Oh, was du wohl denkst!«, daß er auch nicht von schlechten Eltern sei.

Bald erfuhr ich, er ging auf Freiersfüßen.

Die Auserwählte war Adele, Tochter von Berthold Thienemann.

Er besuchte sie täglich, man machte Ausflüge. Es dauerte eine Woche und länger, bevor ich dahinterkam.

Tante Jaschke hatte die Abreise von Vater und Töchtern Thienemann nach Bahnhof Sorgau verlegt, wo die Begegnung mit meinen Eltern nicht zu vermeiden war.

Meine Mutter zeigte sich unbefangen, mein Vater eher teilnahmlos. Zwischen ihm und dem möglichen Schwiegervater seines Sohnes Georg wurden wenige belanglose Worte gewechselt. Georg selber, der sonst wahrhaftig nicht auf den Mund gefallen war, schien einem Schweigegebote verfallen. Seine Nasenspitze war schneeweiß.

Er hatte die Erlaubnis erhalten, die Reisenden im Zug einige Stationen weit zu begleiten. Und so bewegte er sich mit Schwiegervater und Gattin in spe sowie seiner Schwägerin auf den Bahnsteig hinaus. Die Gruppe war interessant, ja auffällig. Adele war eine zwanzigjährige, feurige Italienerin, in die auch ich mich sogleich verliebt hatte. Sie und die Schwester waren Erscheinungen aus der großen Welt.

Der stattliche Bahnhofsinspektor Morawe und der breite und gediegene alte Lokomotivführer Fischer, der den Schnellzug zu fahren hatte, wurden Berthold Thienemann wie einem regierenden Fürsten vorgestellt. Der Heizer des braven Fischer war gerade dabei, die gewaltige Schnellzugsmaschine mit grünen Haselreisern zu schmücken. Fischer sagte schmunzelnd: »Man weiß doch, was sich gehört!« Berthold Thienemann konnte sehen, in welcher Achtung die Familie seines möglichen Schwiegersohnes bei ihrer Umgebung stand, und das gewisse Wohlwollen spüren, das man ihr allgemein entgegenbrachte.

Das dritte Glockenzeichen erscholl, wie es damals üblich war, alsdann der erste Triller des Zugführers, worauf Freund Fischer den Dampf durch die Pfeife der Lokomotive heulen ließ, den Hebel faßte und nach einigen Rucken den Zug in Bewegung brachte.

So glitt der festlich bekränzte Schicksalszug in eine unbestimmte Ferne hinaus, in Wahrheit in eine lange, wechselvolle, heiter-tragische Zukunft, welche die Familien Thienemann und Hauptmann verband.

Achtes Kapitel

In Breslau, wohin ich zurückkehrte, traten diese Ereignisse bald zurück. Das Zentrum meiner Teilnahme lag wiederum in mir, statt außer mir. Mein eigenes Wesen, Werden und nebelhaftes Wollen wurde wieder die Hauptsache, ich mir selber der einzig wahre Besitz. Trotzdem blieb ich ins Leben verstrickt.

Nicht nur, daß meine manuellen Übungen am nassen Ton ihren Fortgang nahmen, das Drama »Germanen und Römer« mich beschäftigte, es bestand auch der alte Freundeskreis, zu dem sich ein junger, wohlerzogener Mensch aus Wien namens Thilo zuweilen gesellte. Er war nicht ohne Bedeutung für mich.

Thilo, um weniges älter als ich, in Wien, einer mit Bildungselementen überladenen Atmosphäre, aufgewachsen, war mir an sicherer Bildung und Reife voraus. Er schloß sich mir an, weil er von meinen Seltsamkeiten gehört, mein suchendes Wesen erkannt und den Gedanken gefaßt hatte, daß er mir etwas nützen könne. Er wies mich auf eine Dichtung »Der entfesselte Prometheus« von Lipiner hin, die er mir nachher dedizierte und die mich lange beschäftigt hat.

Er aber war es, und das ist mehr, von dem ich die Namen der großen Drei: Turgenjew, Dostojewski und Tolstoi, zuerst gehört habe.

Professor James Marshall war seines Lehramtes an der Kunstschule enthoben worden: ein Fall, wie er einem genialen Menschen und Maler gegenüber sich heut wohl kaum ereignen würde. Er hatte Schulden, er trank eine Menge Bier und Wein, aber ich möchte doch glauben, daß er nicht nur im Kreise der Schule eine hochbedeutende künstlerische Erscheinung war.

Ein Teil seiner Bilder war aus E. T. A. Hoffmannschem Geiste hervorgegangen. Ein Deckengemälde im Dresdner Opernhaus und einige Wandmalereien der Meißener Albrechtsburg stammten von ihm. Er war ein Meister in Miniaturen. Einige seiner Fächer mit figurenreichen Historienbildern befanden sich im Besitz der russischen Kaiserin. Das Atelier dieses Mannes war eine hochromantische Seltsamkeit, vor allem er selbst, der nicht in Breslau, sondern in der Atmosphäre des Musikus Kreisler, der »Elixiere des Teufels« und, mit seiner feinen, geistvoll stechenden Sinnlichkeit, in der Boccaccios zu Hause war.

Marshall war im Hinterstübchen einer Kneipe untergekommen; dort bildeten junge Desperados, zu denen auch ich wiederum gehörte, immer noch einen Kreis um ihn. Zigaretten rauchend und trinkend, hielt der faunische Mann mit dem faunischen Mund seine Vorträge. Ich habe nicht wenig von ihnen gelernt. Er wies uns auf E.T.A. Hoffmann hin. Er knüpfte daran Vasarigeschichten, mit denen er die kunstgeschichtlichen Vorlesungen des Professors Schultz gleichsam privatim weiterführte. Die weimarische Liszt-Epoche spukte in ihm. Vom Meister selbst und seinem Fürstentum wußte er allerlei hübsche Geschichten, die vom Himmel durch die Welt zur Hölle führten und wieder zurück. Er ließ uns erkennen, inwieweit der Gespenster-Hoffmann auch in Liszt steckte.

Cornelius, Carstens, Genelli wurden von ihm oft genannt, obgleich er andere Wege ging. Kurz, mancher lebendige Funke gleichsam unbekannter Sonnen ist in der Höhle dieses Exmittierten, Ausgestoßenen, neben die Gesellschaft gesetzten genialen Verbannten auf mich übergesprungen.

Eine Vorliebe für die Stunden vor Tagesanbruch war mir aus den Lederoser Zeiten treu geblieben. Was dort aus Zwang zur Neigung sich entwickelt hatte, trat nunmehr als Neigung auf. Ich erhob mich öfters, auch im Winter, des Morgens um vier, um die verlassenen Straßen bei schlechtem, bei gutem Wetter zu durchwandern.

In dieser Zeit, wenn der Schlaf die Großen und Kleinen der Welt umfing, war die Seele eine ganz andere geworden. Ganz anders als unter den Spannungen und harten sinnlichen Eindrücken des Tages konnte sie sich ausweiten: die Abertausende von fixen und trivialen Gegenständen waren nicht mehr. Über die Verstorbenheiten dieser weiten, köstlichen, nächtlichen Öde dehnte sich und gebot nun Phantasie. Tiefen Genüssen war ich da hingegeben. Und mehr noch fremdem und großem Fühlen, wunderlich tiefen Gedanken und Erlebnissen, die man wohl Erleuchtungen nennen mag.

Überdies frönte ich neben dem Hange, durch Einsamkeit mich selbst zu besitzen, dem zur Beobachtung. Ich gebrauchte meine Augen, meine Ohren bewußt und mit Leidenschaft. Von der ersten Regung des städtischen Lebens an verfolgte ich es, bis seine tägliche Lärmsinfonie voll im Gange war. Die Einzelvorgänge boten mir, einander ablösend, großen Reiz, von dem ich mich jedesmal nur ungern trennte. Immer wieder faßte ich mir an den Kopf in dem Gedanken, wie köstlich es sein würde, wenn man sie festhalten und künstlerisch gestalten könnte, aber zugleich auch in dem andern, daß der Versuch, es zu tun, mir nur meine Ohnmacht beweisen mußte.

Der ewige Dialog hinter meiner Stirn verdichtete sich nicht selten bis zum geflüsterten Selbstgespräch, darin nach so oder so gearteten staunenden Ausrufen schwierigste Fragen der nachgestaltenden Kunst erörtert wurden. Das Verhandeln mit mir selbst hatte ich mir ebenfalls in Lederose angewöhnt.

Diese Vigilien trieben mich in allen Teilen der Stadt herum, deren altertümliche Schönheiten ich so erst lieben lernte. Die wunderbare Gotik des Rathauses fesselte mich halbe Stunden lang: gleichviel, ob es als Ganzes unterm kalten Licht des Mondes stand oder nur dies oder das aus der Fülle seiner Einzelheiten durch die Gaslaternen des Ringes herausgehoben wurde. Hier wurde mein Sinn für Baukunst geboren, hier trieb ich, wenn ich von den Bauklötzen meiner Kindheit absehe, autodidaktisch mein frühestes Architekturstudium.

Von der Begegnung mit den letzten Nachtschwärmern, die trunken und schläfrig heimtaumelten, bis zu dem Augenblick, wo sich die städtischen Nachtwächter gut gelaunt voneinander verabschiedeten, weil sie nun einen heißen Kaffee und ein warmes Bett witterten, von dem ersten fröhlich pfeifenden Bäckerjungen, der mit einem Korb warmer Semmeln vorüberduftete, bis zum ersten Bäckerladen, dessen Läden geöffnet wurden, vom ersten Dienstmädchen, das in diesen Laden trat und mit der sauberen Meisterin plauderte, bis zum ersten Schlachterwagen, der durch die Straßen rumpelte, von der ersten Gepäckdroschke, die mit einem frühen Reisenden zum Bahnhof schlich, bis zur hübschen Kalesche, die den reichen Geschäftsmann in sein Kontor brachte – was war da nicht alles zu bemerken! Und wie spannend und erregend war da die Fülle der Gesichte, die wie ein Strom bei Hochwasser stieg und schließlich jeder Bewältigung spottete.

Ein imaginäres Erlebnis kam um jene Zeit hinzu, das meine Seele verzauberte und sie in schwärmerischen Trug verflocht.

Zwar hatte das Bild Anna Grundmanns im hellen Licht des Tages, des nüchternen Wachseins, ungeschwächt seine alte Macht über mich, aber in gewissen dämmrigen Regionen der Seele war es durch ein anderes verdrängt worden: das eines schönen Mädchens namens Lou. Ich liebte es, liebte die schöne Lou mit einer schwermütig süßen Entsagung, einer Empfindung so traumhaft zart, wie sie mir niemals wieder geschenkt worden ist. Diese Lou, diese schöne Lou wurde von zwei Brüdern geliebt und liebte zwei Brüder. Für welchen sie sich entscheiden sollte, wußte sie nicht, und an diesem Dilemma ging sie zugrunde.

Also die schöne Lou war nicht mehr am Leben, sie war tot. Aber das war meiner Liebe nicht abträglich, um so näher war mir ihr trauriger, holder, verzweifelter Geist. War ich in einem früheren Leben einer von den zwei Brüdern gewesen? Mir kam es vor, als habe sie mich gesucht und gefunden, um in der Wärme meiner Seele, wenn auch noch so kurze Zeit, von den Schmerzen ihrer unheilbaren Wunde auszuruhen. Aber fast zum Wunder erhebt sich das Wunderliche solcher irrationalen Umstände, wenn ich nun weiter bekennen muß, diese unglückselige Lou hat überhaupt nie anders als so gelebt. Sie ist in einer Seele entstanden, in einem Haupte gestaltet, von einem Geiste ins Leben gesetzt worden, wodurch ihr Leben, ihr Schicksal, ihr Leiden unsterblich geworden ist.

Wie aber kommt etwas, das nie gelebt hat, zu Unsterblichkeit, zu der physischen Macht, die es über mich ausübte?

Es war, trocken gesagt, ein Roman von Charles Dickens, »Harte Zeiten«, der mich damals in seinem Bann hielt.

Überall war sie mit mir auf meinen nächtlichen Gängen, die schöne Lou. Und seltsamerweise brachte sie etwas vom außerirdischen Wesen jener Töne mit, die mich das bucklige Täntchen Auguste am Flügel bei den Schuberts eines Tags hatte hören lassen. Ein weher Himmel summte mir immer gleichsam im Ohr, eine weiche, flehende Hand lag mir am Herzen. Und irgendwie war es mir, als hätte ich keine Erdenschwere mehr und wäre mit allen lebenden Wesen innerlich eins geworden.

Wir wissen alle aus den begnadeten Augenblicken unseres Mozart, unseres Beethoven, daß die Mischungen aus Schmerz und Lust zu den innigsten Erschließungen unaussprechlichen Fühlens führen können. Das tat mir der Geist der zarten, der stummverzweifelten Lou, die in ihrer blumenhaft zarten Seele, von allem Gewaltsamen ewig fern, dennoch Hand an sich selbst legen mußte. Ich flüsterte: »Lou!«, wo ich ging und stand, ich schrieb den Namen wieder und wieder in den Hauch des Fensters, nie aber in den Sand oder gar mit Stift oder Feder in ein Buch.

War ich reich, hatte ich fünfzig Pfennig in der Tasche, so schloß ich gleichsam mein unterirdisches Abenteuer mit einer Tasse Kaffee ab, die ich in einer entlegenen kleinen Konditorei zu mir nahm. Meistens war die Magd noch beim Auskehren, und ich konnte als einziger Gast dem Erlebten nachhängen, bis es das Licht des Tages begrub.

Meine Beziehungen zu einer Freien Wissenschaftlichen Studentenvereinigung, deren Kneipe ich regelmäßig besuchte, hatten auf den Schüler der Kunstschule noch gleichsam einen irregulären Studenten gepfropft. Meine Gelehrigkeit und Fähigkeit in den Trinksitten konnte meiner Gesundheit nicht zuträglich sein. Es war mir ein leichtes, auf einen Zug ein Halblitermaß Bier in den Schlund zu stürzen. Es fing damit jenes schauerliche Gesäufe an, ohne das ich mir bald die Welt nicht mehr vorstellen konnte.

Der Winter war hart, der Hunger pochte nicht selten an meine Tür, alles nicht Niet- und Nagelfeste lag beim Pfandleiher. Hätten nicht meine Bettel- und Borgbriefe hie und da Erfolg gehabt, würde dies Leben wohl kaum weiterzuführen gewesen sein.

Es scheint fast unglaublich, daß ich bei dieser Lage noch das Lobetheater besuchen und – allerdings von der Galerie – gemeinsam mit Hugo Schmidt den Hamlet, gespielt von Barnay, sehen konnte und daß meine Stimmung im großen und ganzen zuversichtlich und ohne Trübsinn war. Auf Professor Haertels Empfehlung und auf Grund der künstlerischen Begabung, die er mir attestiert hatte, wurde mir das Examen für den Einjährig-Freiwilligen-Dienst gleichsam erlassen. Damit hatte sich die schwarze Wolkenwand eines dreijährigen Militärdienstes denn verteilt.

Georg hatte, wie ich von Hause erfuhr, ein Kaffeegeschäft unter der Firma Gläser & Co. in Hamburg gekauft. Mit wessen Geld, ist leicht zu erraten: natürlich bot Tante Mathilde die Mittel dazu. Wenn Georg im Frühjahr in aller Form um die Hand Adelens anhielte, was beabsichtigt war, so brauchte er nicht mehr in der kläglichen Rolle des stellungslosen Kaufmanns aufzutreten.

Es wurde viel von Hamburg und Kötzschenbroda gesprochen, als ich zu Ostern wieder bei den Meinen im Bahnhof zu Sorgau war. Nach Hamburg war besonders der Blick meines Vaters gerichtet. Dort hatte nun also ein Pionier der Familie

Fuß gefaßt. Mit Verlangen blickte der nun wohl sechzigjährige Mann auf die Handelsempore hin, wo ein Leben pulsierte, nach dem er sich seit der Rückkehr aus Paris gesehnt hatte.

Er hatte nutzlos sein Leben in einem Winkel vertun müssen, wo ihm alle Versuche, mit einer lebendig werdenden Zeit Schritt zu halten, fehlschlugen: das Leinengeschäft, das Kohlengeschäft, die Gasanstalt waren in andere Hände übergegangen. Freilich an die eine Möglichkeit, den Brunnen im Hause, die Kronenquelle, zu fruktifizieren, was die neuen Besitzer des Gasthofs sogleich mit Erfolg taten, hatte er nicht gedacht.

Die Begegnung mit Berthold Thienemann in der Eigenschaft eines Bahnhofsrestaurateurs muß meinem Vater nicht ganz leicht geworden sein. Fast möchte ich glauben, daß mit dem Auftauchen dieses Mannes meinem Vater der Bahnhof verleidet wurde. Denn bald danach fing meine Mutter, die das sichere Brot liebte, über seine neuen Ideen und Pläne zu klagen an. Ihr Gesicht wurde wieder sorgenvoll, und sie beteuerte uns Kindern immer wieder, sie sei leider gewiß, der Vater tue sehr bald – sie sah es voraus – wiederum den Schritt ins Ungewisse.

Der Augenblick kam schneller, als wir gedacht haben. Der Bahnhofsbetrieb wurde fortgeführt, zugleich aber eine Wohnung in Nieder-Salzbrunn gemietet und Kellereien für einen Bierverlag. Beziehungen zu Christian Pertsch in Kulmbach wurden angeknüpft. Der reiche Großbrauer, ein stattlicher, gütig behäbiger Mann, erschien eines Tages selbst, hernach kamen dann die gewaltigen Bierfässer.

Kaum, daß ich von allen diesen Dingen noch ernstlich berührt wurde. Man sagt, jemand sei auf den Hund gekommen: und wirklich war es ein großer, grauer Leonberger Hund, der, neben eine Bassermannsche Gestalt gespannt, das Wägelchen mit den Bierflaschen zu den Kunden beförderte.

Das sprechende Symbol auf der Straße, wenn ich in seiner nächsten Nähe war, störte mich nicht. Der seltsame Kerl, der mit dem Hund an der Deichsel ging, war mir merkwürdig, und ich unterhielt mich, wo ich ihn antraf, gern mit ihm.

Wenn ich mit meinem langen Haar, meinem Kalabreser, meinem offenen Hemd und meinen Schnallenschuhen an den Fenstern der Salzbrunner Häuser, die unsere guten Tage kannten, mit dem Hundekarren vorüberzog, muß dies ein wahres Spießrutenlaufen gewesen sein, obgleich ich davon, Gott sei Dank, nicht verwundet wurde.

Ober-Salzbrunn, Nieder-Salzbrunn: schon der Name scheint zu sagen, daß man in Ober-Salzbrunn den oberen Schichten des Ortes, den tieferliegenden aber in Nieder-Salzbrunn nah war. Zwar standen dort, wie erzählt, die beiden Kirchen, die katholische und evangelische, zu beiden Seiten der Straße sich gegenüber, es wohnten also die protestantische und katholische Gottheit hier, ebenda waren aber auch die Kirchhöfe, auf denen die unnützen Reste toter Menschen begraben wurden.

Wenn mich dies nun nicht niederzuschlagen vermochte, so liegt das daran, daß alles in mir von dem Gedanken eines persönlichen Aufstiegs in ganz andere Provinzen des Geistes bewegt wurde und daß ich auch mit dem landschaftlichen Bereich der Heimatwelt vor endgültigem Abschied nur gleichsam die letzten Grüße tauschte.

Nicht zum wenigsten deshalb nahmen mich ihre Wiesen, Äcker, erlenbestandenen Bäche, ihre mir altgewohnten Häusergruppen jetzt, wie mir schien, mit so besonderer Liebe in sich auf und ebenso wiederum ich dies alles in meinem Innern.

Neuntes Kapitel

In nächster Nähe unseres Quartiers lagen nicht nur die Kirchhöfe, sondern auch das Wunder von Fürstenstein, so daß ich den gewaltig rauschenden Fürstensteiner Felsengrund mit der Götterburg in den Wolken täglich besuchen konnte. Natürlich war der Aufenthalt bei den Eltern, wo ich regelmäßig zu essen bekam, mich zeitig erhob und zur rechten Zeit schlafen ging, mir jedesmal eine Erholung und eine Erneuerung. Ich streifte endlos in der Gegend herum.

Wer die frischen Wonnen, die einen jungen Menschen durchdringen, der an einem Frühlingsmorgen eine Tagespartie unternimmt, nicht begreifen könnte, der hätte vom Schönsten des Lebens wenig empfunden. Noch heute liegt mir im Wandern der höchste Reiz, den kein Beförderungsmittel, welches auch immer, erreichen kann. Es ist eigene, nicht erborgte Aktivität, mit der man die Überwindung des Raumes bestreitet. Viel inniger wird man so ein Teil der Natur, man taucht immer tiefer in sie ein und erfüllt sich mit ihrer Produktivität. Es gibt keine zweite Art, zu sein, wie ich schon damals begriff, in der sich Naturgenuß und geistiger Selbstgenuß so verbinden lassen.

Aus dem Versteck meiner Innerlichkeit tauchten, während solcher Wanderungen, wunderlich bajazzohafte Züge auf, die der Entfremdung entsprachen, die dem nun leeren Schauplatz meiner Kindheit gegenüber eingetreten war. Ich spielte mich als ein Fremder auf. Es machte mir Spaß, das dumme Gesicht eines Kutschers oder Bauern zu sehen, wenn ich ihn auf französisch anredete und hartnäckig dabei blieb, nicht Deutsch zu verstehen.

Eine sogenannte kohlensaure Jungfrau, bei der ich mir das Gläschen Selters mit Himbeer einschenken ließ, wollte behaupten, daß ich doch der wäre, der ich wirklich war. Aber ich ging von meinem Französisch nicht ab, und so wurde schließlich nicht klar, ob sie mich wirklich für einen Franzosen hielt oder nur für einen Verrückten: in beiden Fällen war mein skurriler Zweck erreicht.

Wandern, wandern! Was habe ich nicht alles erwandert im Leben! Mich dabei gereinigt, geklärt im gesunden inneren Widerstreit! Und mehr als das! Da nach Herakleitos alles durch Streit und Widerstreit zum Leben kommt: wieviel Disharmonien haben sich während des Wanderns in Harmonie aufgelöst!

Eines Tages saßen mein Vater und ich im Gasthof zur Preußischen Krone, dessen Pächter von ihm Kulmbacher Bier bezog. Dies war nun das Haus, nach dem ich mich in den Tagen der Feldstraßen-Pension mit verzweifelter Seele gesehnt hatte, das Paradies, aus dem ich von rohen, erbarmungslosen Fäusten vertrieben worden war! Nun erschrak ich beinah, weil ich weder in einem beglückenden noch in einem traurigen Sinne irgend etwas empfinden konnte. Ein gewisses Bedauern war vielleicht da, wie es einen wohl anwandelt, wenn man ein edles Pferd in der Droschkendeichsel sieht – dies im Hinblick auf den jetzigen Hausleiter.

Nein, nein, und nochmals nein! Nichts von alledem wollte ich noch! Alles, was mit dem mir einst so mütterlich lieben Hause zusammenhing, mußte mein Geist zusammenfalten, in eine Kommode legen, die in einem entlegenen, selten betretenen Zimmer stand: mochten es auch die Motten verzehrt haben, falls es mich eines Tages reizen sollte, wieder einmal danach zu sehen!

Tante Mathilde Jaschke und meine Schwester Johanna verbrachten den Winter und das Frühjahr in einer Dresdner Pension. Mathilde erklärte zum soundsovielten Mal, daß sie nicht in Salzbrunn unter den steifleinenen Stiftsdamen versauern wolle. Der Gedanke ist nicht ganz abzuweisen, daß sie in Wahrheit eine Art Beobachtungsposten bezogen hatte, da Hohenhaus, die Besitzung Berthold Thienemanns, in der nächsten Nähe von Dresden lag.

Etwa zu Anfang Juli, mitten in meiner sommerlichen Kunstschultätigkeit, wurde ich von der Nachricht überrascht, Berthold Thienemann sei erkrankt und aus Westerland auf der Insel Sylt über Hamburg nach Kötzschenbroda zurückgebracht worden. Er war mit seiner ältesten Tochter Frida und nicht mit Adele gereist; Georg hatte den kranken Mann unterwegs am Bahnhof in Hamburg empfangen und ins Hotel überführt. Es hieß, bei dieser Gelegenheit habe der alte Herr dem künftigen Schwiegersohn gegenüber zum ersten Male in der Anrede das vertrauliche Du angewandt.

Andere Ereignisse waren vorausgegangen, die ich erst nach und nach bei einem neuen Besuch der Eltern von meiner Mutter erfuhr. Vater sprach niemals über die Sache. Georg hatte im Frühjahr auf Hohenhaus um Adele angehalten; die Antwort des Vaters war kein Ja und kein Nein. Mein Bruder, in eine große Geburtstags- und Gartengesellschaft hineingeschneit, wurde indes mit allen Ehren empfangen. Er mußte das Fest bis zu Ende mitmachen, und da er der Treue Adelens sicher war, konnte wohl von einem völligen Mißerfolg nicht die Rede sein.

Eine Woche nach seiner Heimkehr schloß der alte Kaufherr, Vater von fünf Töchtern und einem Sohn, seine Augen für immer.

Carl, in Jena, hatte übrigens eine der Töchter Thienemann, Marie, die in einer gynäkologischen Klinik Jenas behandelt wurde, noch zu Lebzeiten des Papas, also im jüngsten Frühjahr, kennengelernt. Das achtzehnjährige Mädchen litt an Bleichsucht, sagte man. Die Verbindung mit Carl war von ihr gesucht worden. Adele hatte der Schwester geschrieben, ein Bruder ihres heimlich Verlobten studiere an der Jenenser Universität. Es war nicht schwer, ihn auszumitteln, und so wurde er von Marie, unter den Geschwistern Mimi genannt, eines Tags in die Klinik bestellt.

Er gefiel ihr sehr, wie man sagte, was mich durchaus nicht

verwunderte. Er hatte im Umgang mit Damen eine natürlich-freie Art. Ich blieb darin weit hinter ihm. Dabei war er überaus ritterlich. Ein hübsches Mädchen fühlte ihm an, daß er, ohne persönlich zu werden, der Schönheit im allgemeinen huldigte.

»Kennen Sie Haeckel? Kennen Sie Eucken? Kennen Sie den und den?« hatte er Mimi sogleich gefragt und sie dann bei Ausgängen, die ihr erlaubt waren, diesen Leuchten der Alma mater vorgestellt.

Was man von dieser Mimi hörte, nahm für sie ein, besonders der klare Zug von Selbständigkeit. Sie wußte, schien es, genau, was sie wollte. Man mußte nach ihrem Verhalten zu Carl mit der Möglichkeit einer zweiten Verlobung rechnen, was ja eine märchenhafte Entwicklung bedeutete.

Nach dem Tode des Papas lebten die Schwestern vereint unter der Hut eines alten Onkels auf Hohenhaus, und es wurde gesagt, Georgs und Adelens Hochzeit solle im Herbst dort stattfinden.

Von nun an fing Hohenhaus, fingen die Mädchen von Hohenhaus, fing die kommende Hochzeit an, auch mich zu beschäftigen, zumal Georg bei einem Besuch in Nieder-Salzbrunn zum Lobe seiner künftigen Schwägerinnen, ihrer Schönheit, ihres Humors, ihrer entschiedenen Charaktere, nicht genug Worte fand: »Ich sage euch, ein Nest von Paradiesvögeln!« – Ich dachte daran, mich bei den Schwestern durch ein Porträt ihres verstorbenen Vaters einzuheben, dessen Erscheinung ich ziemlich genau vom Garten des Kurländischen Hofes im Kopfe hatte. Durch Tante Mathilde kam ich zudem in Besitz einer guten Photographie. Als ich jedoch Meister Haertel davon sprach, gab es ein kurzes, entschiedenes Kopfschütteln. An eine solche Aufgabe mich zu wagen, sei es noch viel zu früh. Ob er recht hatte, weiß ich nicht, der Plan jedoch wurde aufgegeben.

Gegen Herbst geschah nun der große Schritt aus der Nacht zum Licht. Die Hochzeit warf ihren Glanz voraus. Ich schrieb ein kleines gereimtes Gedicht, das den Polterabend beleben sollte, und sah mich zum erstenmal gedruckt. Denn es war mir mit Hilfe von Tante Jaschke gelungen, das Werkchen in einer nahen Druckerei und Buchbinderei, mit dem Titel »Liebesfrühling« auf dem ersten Blatt, in einer recht angenehmen Form vervielfältigen zu lassen.

Mir war, wie wenn ich, an die Schwelle eines Tempels gebannt, mich sammeln müßte, bevor ich sein geheiligtes Innere zu betreten würdig wäre. Wir stehen gleichsam noch in einer von Vorfreude durchzitterten Halbhelle, an einem großen Tor, durch dessen Fugen nur einzelne durchbrechende Strahlungen einer neuen Sonne zu uns dringen. Nachdem es sich geöffnet haben wird, werden wir von einer Region des Lebens in eine andere eingetreten sein und werden der vergangenen, mehr und mehr verblassenden nicht mehr nachtrauern.

Ein Verweilen wird hier notwendig. Was hinter mir lag und was vor mir lag, verhielt sich wie Suchen und Finden zueinander. Nehmen wir eine sinnliche und eine übersinnliche Richtung des Suchens an, so war zunächst das schöne sinnliche, irdisch-festliche Ziel gefunden.

In dieser Beziehung bot sich von außen her sehr bald den darbenden Einzelsinnen ein großer Reichtum dar. Der Pfirsich war nicht mehr nur eine Idee, er hing wirklich am Spalier. Ebenso war es mit der Weintraube, die ich bisher fast nur als Bild kannte: sie hing in Klumpen von den Leitern der Gartenlaube über mich herab und wurde im Weinberg von Winzern geerntet. Die Krönung aber war das, was bald genug alle Sinne gemeinsam beglückend in Anspruch nahm und was man mit Recht als die schönste Blume irdischen Seins bezeichnet.

Wie im Traum war ich mit Carl in einen Garten getreten, wo mich einige von den jungen Schwestern erwarteten. Ihre Kleidung war hell und sommerlich. Sie hatten die großen Schäferhüte aus Stroh an den Arm gehängt. Ich weiß nicht mehr, wie ich von ihnen begrüßt wurde, aber es geschah jedenfalls auf eine zwanglose und natürliche Art, durch die alle Fremdheit sogleich verscheucht wurde. Marie und Martha, die Zweitjüngste und Jüngste der Thienemann-Töchter, sind es gewesen, die uns einholten.

Der Weg durch den Garten, besser: durch den Park, stieg zwischen Bäumen und dichten Büschen langsam bergan. Die Nähe Mariens, deren Gang und Wesen ich magnetisch empfand, warf mich in nie gefühlte Spannungen. Sie nahmen mit jedem Schritte zu und sollten nun lange nicht mehr nachlassen.

Carl hatte mir unterwegs auf der Bahn ein Geständnis abgelegt. Er war seltsamerweise mit Martha und nicht mit Marie verlobt, was man eher erwartet hätte. Schließlich hatte Marie ihn in Jena kennengelernt, und auf ihre Einladung hatte er seinen ersten Besuch auf Hohenhaus vor Wochen gemacht. Man wollte wissen, daß Marie enttäuscht gewesen sei, als Martha und Carl sich gefunden hatten. Aber es war ihr nichts anzumerken.

Das schöne Mädchen war sehr bleichsüchtig, was dem weiblichen Reiz ihres Wesens und der gütigen Anmut ihres Betragens keinen Abbruch tat. Bevor wir nach einigen Minuten das alte, schöne Landhaus erreicht hatten, wußte ich, daß ich es nur entweder mit einer tödlichen Wunde oder als der allerglücklichste unter den Menschen wieder verlassen konnte.

Das war also nun Hohenhaus oder das Hohe Haus, von dem Mathilde Jaschke und Georg mit soviel Begeisterung gesprochen hatten: meterdicke Mauern, hohe und ernste Räumlichkeiten, enge Stiegen, eine fast lichtlose Eingangshalle, die geräumigste Küche, tiefe Keller, in denen der alte Bischof, der Hohenhaus errichtet hatte, seine Stückfässer eigengebauten und -gekelterten Weines aufbewahrte.

Papa Thienemann hatte im ersten Stock einen roten Damastsalon, ein Jagdzimmer, ein blaues Boudoir, eine Bibliothek, ein Billardzimmer und anderes eingerichtet. Das Speisezimmer, ein gewölbter, hellerer Raum, lag im Parterre. Das an sich eher düster als heiter wirkende Haus, das allerlei dunklen, sagenhaften Gerüchten Nahrung gab, war nun gleichsam von bunten Schmetterlingen in Besitz genommen, die durch seine steinernen Höhlungen, seine Türen und Fenster ein und aus flogen.

Adelens und Georgs Hochzeit wurde, weil das Trauerjahr noch nicht vorüber war, im Rahmen des Hauses vorbereitet. An Tanz durfte nicht gedacht werden, auch bestand kaum Neigung dazu. Georg zwar tanzte sehr elegant, beinah affektiert, wie ich irgendwann beobachten konnte, Carl hatte im Blauen oder Damensaal im Hotel zur Preußischen Krone den Polen sogar Krakowiak und Masurek abgelernt, aber es fehlte beiden die echte Tanzleidenschaft. Den Mädchen von Hohenhaus ging es nicht anders.

Das immer gefährlich hoch klopfende Herz Mariens oder Mimis, die erst jüngst aus der Klinik des Jenenser Frauenarztes entlassen worden war, verbot ihr natürlich Tanzen durchaus.

Carl und ich waren in einem Lößnitzer altertümlichen Bürgerhäuschen untergebracht.

Die lebenslustige Witwe, der es gehörte, hatte sich durch ihre Verlobung mit einem bekannten jungen Dresdner Schauspieler der Gegend interessant gemacht. Wir wurden von ihr aufs beste gepflegt. Wenn ich in mein Zimmerchen war, wo alles nach frisch gewaschener Wäsche roch, vier oder fünf mullverhängte Fensterchen, nicht viel größer als mein Kopf, meinen ausgestreckten Armen fast gleichzeitig erreichbar waren, mein Scheitel an die Decke stieß, kam ich mir vor wie in einer Spielschachtel. Diese fast unwahrscheinlich kleinen häuslichen Unterkünfte mit ihren niedlichen Möbeln und niedlichen Nippes haben noch heute für mich einen großen Reiz der Traulichkeit.

Schon das erste Frühstück nahmen wir auf Hohenhaus. Daß wir pünktlich zur Stelle waren, wird niemand bezweifeln, da Carl und ich, aus der gleichen Ursache alle Zeit als verloren ansahen, die wir nicht unter den Schwestern zubrachten. Selbstverständlich verbarg ich vor dem Bruder peinlich, welche Flamme in mir entglommen war.

Er und Martha hatten anderes zu tun. Mit Frida, Olga und Mimi aber zog ich schon am ersten Morgen nach dem Frühstück in den Park hinaus, wo das Polterabendfestspiel vorgelesen und dann einstudiert werden sollte. Dieser gemeinsame Zweck, der von allen mit heiterem Eifer verfolgt wurde, band uns sogleich verwandtschaftlich, so daß ein Gefühl der Fremdheit nicht aufkommen konnte.

Man mag erwägen, was ich empfand, als ich inmitten dieser jungen, schönen Kinder Hahn im Korbe war. Schon durch den verstorbenen Papa, vom Garten des Kurländischen Hofes her, durch Georg, der aus guten Gründen übertrieb, und schließlich durch Carl als Medium war mir der Ruf eines werdenden Dichters hierher vorausgeeilt. Man fand ihn, als ich gelesen hatte, bestätigt. Mit großem Entzücken wurden die Aufgaben, die das harmlose Spiel stellte, wurden die Rollen entgegengenommen.

Noch vor gar nicht langer Zeit jungen weiblichen Wesen gegenüber von einer fast unüberwindlichen Schüchternheit, wahrte ich hier plötzlich die volle Autorität eines Spielleiters, belobte die jungen Damen oder korrigierte sie, als wir gemeinsam und mit verteilten Rollen lasen. Meine Stellung in ihrem Kreis war gefestigt.

Zu ihrem Schutz hatten die jungen Damen von Hohenhaus einen alten Onkel zu sich genommen und Barry, den großen

Bernhardinerhund. Aber sie waren beide für diesen Zweck zu gutmütig und aßen darum auf dem Landsitz der Thienemanns recht eigentlich das Gnadenbrot.

Von Onkel Hermann, der vom Tischlerhandwerk kam, eine größere Möbelhandlung und auch Hohenhaus in verwahrlostem Zustande vor Zeiten besessen hatte, war dieser Besitz durch Kauf an Berthold, seinen Vetter, übergegangen, so daß er jetzt auf seinem eigenen Grund und Boden saß, zwar verhätschelt, aber doch nur geduldet. Er erregte mir Furcht, weil er Mariens Vormund war und weil ich mich von seiner völligen Einflußlosigkeit nicht überzeugen konnte. Und Onkel Hermann liebte mich nicht und hat diese seine Abneigung eines Tages seiner Nichte Marie, als sie sich Rats bei ihm erholte, auch unverhohlen ausgedrückt.

Es wurden bedeutsame Gäste erwartet: von Naumburg die Schwester des verstorbenen Papa Thienemann, eine begüterte Witwe, deren Sohn das angeerbte Naumburger Bankhaus leitete. Sie hatte ihren Geburtsnamen beibehalten, da sie wiederum mit einem Thienemann verheiratet gewesen war. Vetter Max, der Bankier, Vormund Marthas und Vermögensverwalter der Geschwister, war bei ihnen in einem unantastbaren Grade Vertrauensperson.

Andre Hochzeitsteilnehmer waren noch wichtiger: die alte, reiche Großmutter der Mädchen mütterlicherseits, einer Patrizierfamilie in Augsburg angehörend, hatte zugesagt. Sie brachte ihre Tochter, eine geschiedene Baronin Süßkind, mit, Schwester der früh verstorbenen Gattin Berthold Thienemanns, deren lebensgroßes Jugendbildnis, von Piloty gemalt, in dem roten Damastzimmer hing.

Der Druck, unter den mich die Schule seinerzeit gebracht, den schon früher Tante Gustel und Liesel vorbereitet hatten, war moralisch. Minderwertigkeitsgefühle aus Geldgründen waren dagegen meinem Wesen ungemäß. Überdies hatte ich ja in den Vorhallen der Kunst den Ritterschlag eines neuen Adels erhalten, der mich in meinem stillen Bewußtsein über jede Umgebung von Uneingeweihten erhob. Der Gedanke, daß hier ein Aufwand alten, gediegenen Reichtums gegen Besitzlosigkeit aufmarschieren sollte, berührte mich nicht. Auch fürchtete ich die zu erwartenden kalten und kritischen Blicke nicht, die wir im großen und ganzen doch noch grünen Jünglinge zu gewärtigen hatten.

Auch nachdem das Haus sich bis unters Dach mit Gästen

gefüllt hatte, wurden die Proben des lyrischen Polterabendspieles, nur mit größter Heimlichkeit, fortgesetzt. Wir hielten sie ab in der Muschelgrotte, einem unterirdischen Kuppelraum, der Mysterien des Weins und der Venus geweiht sein konnte. Ein gemalter Fries von männlichen und von weiblichen Puttos, Panthergespannen, Trauben- und Weinschalen atmete eine Sinnlichkeit, die mit dem Dresdner Barock zusammenhing. Natürlich wurde das Vergnügen unserer kleinen Theatertruppe erhöht durch die Heimlichkeit, zumal da die schönen Schwestern sich augenscheinlich lieber mit Carl und mir als mit ihren Verwandten zu schaffen machten.

Ich studierte wohl auch mit Marie allein in dem schmalen, hohen, mit blauseidenen Rokokomöbeln ausgestatteten sogenannten Boudoir. Die Schmalwand war von dem seltsamsten Kamin, den ich je gesehen habe, eingenommen. Seine Krönung, eine Gipsstukkatur, bedeckte die ganze Wand. Ein Ungeheuer war dargestellt, ein höchst unangenehmes Fabeltier oder mehrere Fabeltiere zusammengenommen, die auf dicken Schlangenhälsen hydraartig breite, häßliche Köpfe hatten und mit offenen, schnabelartigen Rachen umherglotzten.

Mimis eigenartige Schönheit fiel unter den Schwestern am meisten auf. Wenn sie mit dem Blauschwarz ihres Haares, den dunklen Augen im weißen Oval des Gesichts, mit ihren jugendlich vollen Formen im Weiß und Blau dieses Raumes stand, steigerte sich bei mir das Gefühl ihres wundervollen Reizes bis zur Schmerzhaftigkeit. Eines Tages stellte sie sich in dem Boudoir, dessen beide Türen sie vorher verschloß, im Kostüm ihrer Rolle vor, das sie sich bei dem Chef der Schneiderwerkstätten des Opernhauses zu Dresden hatte machen lassen. Das Haus war um diese Stunde ziemlich leer, da die Schwestern ihre Logierbesuche bei einem Ausflug nach dem nahen Dresden hatten begleiten müssen.

Als Mimi unter der Hydra ein langes, befranstes, phantastisch besticktes Umschlagetuch, Erbstück der Mutter, von sich geworfen hatte, stand sie, ein griechischer Götterjüngling, da.

Sie liebte Schmuck: talergroße, gehöhlte Ringe von Gold hingen ihr jetzt wie immer in den Ohrläppchen, einen goldenen Reif hatte sie über die schmale Stirn, Spangen von Gold um den nackten Arm gelegt, einen breiten Reif vom gleichen Metall um das linke Handgelenk. Schöngefaßte Juwelen blitzten an ihren weiblichen Fingern. Der weiße Chiton, der ihren Körper durchscheinen ließ, wurde von einem goldenen Gürtel zusammengehalten und hatte oben wie unten einen goldenen Saum: er gab die vollen und runden Knie, den schönen Hals und die schönen Schultern preis: Herrlichkeiten, von denen Mimi zu wissen und auch nicht zu wissen schien, da sie mit der einfachsten Anmut und Natur zu wissen wünschte, ob sich das Ganze meiner Idee einigermaßen annähere.

Irgendwie bebte etwas in mir wie ein unbewußtes Wissen dem andern unbewußten Wissen entgegen: Dies alles wird dein! Bald gehört es dir!

Zehntes Kapitel

Man kann sich denken, welcher innere Schrecken mich lähmte, als Carl mir erzählte, daß Mimi heimlich verlobt wäre. Es handelte sich um einen Kandidaten der Theologie, der binnen wenigen Monaten in die Pfarre eingesetzt werden sollte, die durch den Tod seines Vaters vakant geworden war. Er hatte sein letztes Examen zu machen. Die Gemeinde, hieß es, warte auf ihn.

Ich konnte trotzdem den Kampf nicht aufgeben. Dazu waren Gefühl und Ahnung in mir zu elementar.

Mein Dämon, oder wer es sein mochte, sagte mir, daß ich in Mariens Seele schon ein für meinen Rivalen nicht ungefährliches Dasein gewonnen hatte, – er stimmte mir zu, wenn alles in mir entschlossen war, an diese Sache das Letzte zu setzen: was ja freilich bei meinen achtzehn Jahren mehr als Kühnheit war.

Mein Verhältnis zu Carl in diesen Tagen, so harmonisch es immer genannt werden kann, erlitt doch eine Veränderung. Die aufgeschlossenen Tage von Bahnhof Sorgau, unsere Seelenhochzeit gleichsam, lagen in der Vergangenheit. Ein gewisser Hang zur Verschlossenheit hatte über uns Macht gewonnen. Carl war ja glücklich, da er in einer jungen, glücklichen Liebe stand. Wer wüßte nicht, daß ein solcher Zustand den Befallenen ganz und gar wie nichts vorher beansprucht. Platon, Haeckel, Eucken waren bei ihm zurückgetreten, geradeso wie in allen meinen inneren und äußeren Bestrebungen ein Stillstand eingetreten war.

Mein Wünschen, mein Streben hieß Marie, mein Abend, mein Morgen hieß Marie, mein Tag, meine Nacht Marie! Marie! In diesem Namen war meine Kunst, mein Wissen und Wollen, meine Vergangenheit, meine Gegenwart, meine Zukunft untergegangen.

Beinah empfand ich etwas wie Haß, als ich eines Morgens, auf dem Gange von unserer Liliputdependance zum Hochzeitshause, mich Carl wohl doch ein wenig verriet und er mich mit einer vernichtenden Handbewegung abspeiste. Danach war in mir das Recht noch nicht geboren, um in diesem Spiele irgendwie mitzutun. Der Gedanke schien geradezu lächerlich. Um Gottes und Himmels willen: nein! Wer war ich? Was hatte ich denn für Aussichten? Kaum achtzehn Jahr, das würde ich doch wohl selber einsehen!

Nein, ich sah es durchaus nicht ein!

Was ich jedoch bei Carl zu bemerken glaubte, war Eifersucht. Zwar hatte er seinen Entschluß gefaßt und die Folgerung mit Martha gezogen, aber ein Spürsinn, durch meine Liebe zu Mimi geschärft, glaubte zu erkennen, daß Carl den Gedanken an Mimi, ihren Verlust noch nicht ganz verschmerzt hatte und daß der Gedanke, ich könne mein Auge zu ihr aufheben, das Bewußtsein des Verlustes verstärkte.

Mit dem unverwandten, geschärften Blick eines Detektivs nahm ich die schöne Marie unter Beobachtung. Ich vernachlässigte auch den Rahmen nicht, aber sie blieb die Hauptsache. Daß ich sie als die weitaus reizvollste unter den Schwestern erachtete, ist nicht verwunderlich. Ich sah in ihr aber auch die bedeutendste. Die Stellung, die sie unter den Geschwistern einnahm, bestätigte das.

Es hing ein Schicksal über ihr. Ihrem ruhigen, festen Willen gegenüber war selbst der des verstorbenen Vaters zunichte geworden.

Die Schwestern sprachen von ihr mit einem Geflüster. Was für Schwierigkeiten ihr stiller Eigensinn der Familie gemacht hatte und noch bereitete, war zunächst nicht auszumitteln. Marie war schwierig, das ist gewiß.

Sie neige, hieß es, zur Melancholie, was möglicherweise mit ihrer Bleichsucht zusammenhing. Sie aß fast nichts oder Verbotenes. Eines Tages erzählte sie mir einen Vorfall, dessen Erinnerung ihr immer noch Stunden verdüstern konnte.

Der früh verwitwete Vater gab sie, die ihre Mutter kaum gekannt hatte, in eine herrnhutische Erziehungsanstalt zu Neudietendorf. Dort wurde sie eines Nachts – sie war noch ein Kind – von einer alten als Pflegeschwester tätigen Herrnhuterin geweckt. Das graue Gespenst mit dem weißen Häubchen hieß sie aufstehen. Sie ließ das Kind im Hemdchen vor sich hergehen über zugige Flure des alten Gebäudes treppauf, treppab, bis sie die eigene Schlafkammer erreicht hatte. Hier ging sie händeringend, wirre Gebete sprechend, gleichsam nachtwandelnd hin und her, bis sie endlich den Schub einer alten Lade öffnete und ihm ein langes Hemd entnahm: ihr Totenhemd, wie sie dem Kinde sagte. Es wurde in Gegenwart der kleinen Marie Thienemann gestreichelt, geküßt und mit Vaterunsern geweiht, was alles die Kleine nachmachen mußte. Heut konnte Marie nicht mehr sagen, wie es geendet hatte, nur daß sie in eine wochenlange Krankheit verfiel.

Eine gewisse Gemütslage, mit der sie zu kämpfen hatte, führte die dunkeläugige, bleiche Marie auf dieses Erlebnis zurück. Aber sie hatte damit und überhaupt in dem herrnhutischen Kreise Neudietendorf eine unüberwindliche Abneigung gegen jede Art Frömmelei eingesogen. Es war zum zweitenmal, daß ich hier mit dem Geiste Herrnhuts, und zwar auf eine ganz neue Art, in Berührung kam. Ich stellte, vorsichtig tastend, fest, daß zwischen Marie und ihm eine ewig offene, ewig unüberbrückbare Kluft gähnte.

Das Areligiöse war in Marie infolge der Neudietendorfer Jugendeinflüsse geradezu zum Dogma geworden. Freude am Disputieren hatte sie nicht, dieses Kapitel war bei ihr ein für allemal abgeschlossen. Diese Folge einer durchkämpften und durchlittenen tiefen Innerlichkeit trug dazu bei, das Bedeutsame der Erscheinung zu steigern.

Schon bevor sie durch den Tod des Vaters ihre Unabhängigkeit erlangte, hatte sich Marie, wie ich überzeugt bin, »von den Narren, von den Weisen« für frei erklärt.

Es war mit mir etwas Ähnliches vorgegangen. Beide waren wir seit dem ersten Schultag mißhandelt worden. Wir hatten verwandte Kämpfe durchgemacht, uns zu ähnlicher Freiheit durchgerungen. Zwei, die sich für mißverstanden und unterdrückt gehalten hatten, trafen sich. Und beide wollten sie den zerrissenen goldenen Faden des Lebens wieder anknüpfen, wozu nun alles Äußerliche mit beinahe mehr als ahndevoller Deutlichkeit hinstrebte.

Anders war es mit Carl, weshalb seine und Mariens Begegnung in Jena mehr einen Ablauf als einen Verlauf gehabt hatte und keine engere Verbindung durch Vertiefung herbeiführen konnte. Von der Sicherheit seines Auftretens, von dem idealischen Schwung seiner Konversation war Marie, als er bei ihr auftauchte, naturgemäß überrascht und entzückt. Ähnliche Fähigkeiten sind überall, aber erst recht bei einem Studenten im zweiten Semester, ungewöhnlich. Der beschwingte Schritt seines hochgestimmten Geistes konnte bezaubern und fortreißen. Er besaß eine schöne Reizbarkeit, die ihn für Persönlichkeiten und Ideen entflammte. Mariens Vertrauen, das Fremdartige ihrer Erscheinung und Anmut mußten ihn auf beglückende Weise aufregen. Auch der Stolz, mit der schönen jungen Dame aufzutreten, steigerte ihn, entfaltete seine glanzvollsten Eigenschaften. Er war nicht ein Student, der ein Pensum in sich verarbeitete: sein Gegenstand war, von außen und innen genommen, viel eher die ganze Universität. Er schloß sie, als jugendlich feuriger Cicerone, Marien auf und hatte an ihr, die damals einsam und leidend war, eine dankbare Hörerin. Die besondere Schönheit an ihm war ein ethischer Zug. Mein Bruder Carl war der geborene Ethiker. Mit tiefer Verachtung lehnte er christliche Tugenden ab, weil sie im Jenseits belohnt werden wollten: ihm galt es, das Gute um seiner selbst willen zu tun Ebenso verhielt er sich zur Idee der Gerechtigkeit: ihr mußte man dienen auf Tod und Leben. Ihn empörte Menschen- und Tierquälerei. Und wieder und wieder, oftmals zu eigenem Schaden, tat er, infolge dieser Anlage, Dinge wie der Manchaner von der traurigen Gestalt; er kämpfte wie dieser oft gegen Windmühlen.

Ein solcher Mensch war Marien gewiß noch nicht vorgekommen.

Sie war hingenommen, war fast betäubt von ihm. Von allen ihren Gebundenheiten schien er das offenbare Gegenteil, weshalb sie ihn bestaunen mußte. Sie konnte sich in sein Wesen verlieren und so vielleicht von eigenen Belastungen frei werden.

Aber bald hat sie wohl instinktiv gefühlt, daß dies geistige Feuerwerk ganz sein Eigenwesen war und so mehr eine Art kalten griechischen Feuers, an dem sie teilnehmen konnte oder auch nicht und das ihr Gluten weder geben noch nehmen konnte.

Die dunkle, gleichsam luziferische Marie hatte, wie ich, mit den Gefahren der Verdüsterungen und des Tiefsinns zu ringen gehabt: Dingen, von denen Carl nichts wissen konnte, da er in den drei Abschnitten, Elternhaus, höhere Schule, Universität, gleich erfolgreich blieb, als Stolz der Eltern, Stolz der Schule und nun auch gewissermaßen Stolz der Universität. Bei diesem stürmischen Vordrang war für Seelenkämpfe nicht Zeit geblieben.

Mariens Trieb- und Wesenhaftigkeit stach von Marthas kluger, durch eine überlegte Zurückhaltung gedämpfter Art und Weise ab. Sie war elementar. Bei Martha trat der Verstand in den Vordergrund. Das war ihr zunächst nicht anzumerken. Die stille Anmut des blutjungen Mädchens deckte das. Ich glaube, daß sie Carl übersah. Daß sie ihn liebte, ist gewiß, wenn er in seiner bewunderungswürdigen Weise innerhalb der etwas abgestandenen Luft von Hohenhaus bei seinem ersten Besuch alle Register seines Geistes zog. Sie glaubte aber auch die eigene schöne Zukunft in ihm gewährleistet.

Einige ihrer Verwandten waren »Pförtner« gewesen, das heißt, hatten ihr Reifeexamen in Schulpforta gemacht. Solch ein Muster-Schulpfortamann schien vielleicht Carl ihr zu sein, der binnen kurzem ganz gewiß, vielleicht als ordentlicher Professor der Philosophie, unter den Universitätslehrern obenan stehen würde. Dann war sie eine Professorsfrau, was ganz ihren Wünschen entsprochen hätte.

Dank ihrem mitgebrachten Vermögen würde man dann in Jena, Heidelberg, Bonn oder sonst einer Universität ein angenehmes Haus machen und Carl das Sprungbrett geben können, das er benötigte.

Es war kein Kontakt zwischen Martha und mir. Ich gebrauche dies Fremdwort, weil kein deutsches es ersetzen kann. Sie wollte mir wohl, weil ich der Bruder ihres Geliebten war, aber selbstverständlich doch nicht so wohl wie ihm. Sie hätte es gern gesehen, wenn Marie in die wohlsituierte, thüringische Pastorendynastie der Leynberge eingeheiratet hätte, weil das stille, gesicherte Leben des Pastorhauses in reizender Gegend ihr gerade das Rechte für die etwas schwierige Schwester erschien und als das gegebene Sanatorium.

Immer noch zogen wir, unseren »Liebesfrühling« zu probieren, täglich aus. Es waren hier nicht die Rüpel wie im

Sommernachtstraum, sondern eher die Elfen, die das Hochzeitsspektakel vorbereiteten. Schließlich kam dann der Polterabend heran.

So wenig das kleine Gedicht bedeutete, hob es sich doch wohl über die üblichen Polterabendscherze durch den Mangel an abgeschmackten Späßen und durch eine gewisse Legitimation hinaus.

Die Schmalwand der Halle gegenüber dem Eingangsportal hatte ich für die Szene mit Hilfe des Gärtners hergerichtet. Oleander- und Lorbeerbäume sowie was sonst an Büschen und blühenden Blumen aus dem Glashaus verwendbar war, mußten herhalten. So standen wir wartend vor der Rückwand und hinter einer Wand von Grün, des Stichworts für unseren Auftritt gewärtig.

Man war entzückt. Es hieß allgemein, daß man sich nicht erinnere, etwas so Hübsches und Würdevolles bei einer Hochzeit erlebt zu haben.

Das Hochzeitsdiner wurde von einem Dresdner Stadtkoch bestritten. Es war derselbe Koch Siegel, der mich in meinem Elternhause oft auf dem Arme trug und mich in Erstaunen versetzt hatte, wenn er Spargel aus dem kochenden Wasser nahm, mich die Spitze abbeißen ließ und den Rest durch das Fenster auf den Hof schleuderte. Sein Geschäft ging gut, er war bereits wohlhabend.

Mein Bruder Georg, seine lachende Braut neben sich, erhob sich mit weißer Nase, um für die Ansprachen zu danken, mit denen man seine Braut und ihn gefeiert hatte. Seltsamerweise hatte auch er sich zu einer Antwort in Reimen aufgeschwungen:

Nur ein einz'ger Grundton klinget
mir durch alle diese Lieder:
Gib's ihr wieder! –

sagte er, womit er das Gelöbnis ablegen wollte, ihr all das zu ersetzen, was sie mit diesem Vaterhause zurücklasse.

Ein leiser Mißton wurde durch Carl in die Hochzeitsgesellschaft gebracht, da sich seine schöne Reizbarkeit, von der schon die Rede war, nach der Tischrede des armen Pastors entlud. Sein Redestrom war geradezu hinreißend. Er glossierte den Pastor, glossierte sein Thema: das Weib sei untertan dem Manne, denn Gott habe ihm Gewalt gegeben über sie. Er glossierte somit die Heilige Schrift, und schließlich glossierte er die pastörliche Exegese.

Der Mann habe ebenso dem Weib zu dienen, sagte er, die Ehe basiere auf Gleichberechtigung. Untertan und Gewalt, auf die Frau angewandt, entspräche dem modernen Fühlen und Denken nicht mehr. Einem Manne, der das nicht begreife, müsse man zurufen: Diene, Mann, der Einsicht ... und so weiter, wobei im Gleichklang der Name Thienemann hineinspielte. Das Verletzende für den Pastor gipfelte am Ende in dem Beifall, den die feurige Redegabe des begeisterten Jünglings erzwang. Nach diesem Zwischenfall hielt der Seelsorger mit einem ironisch bleichen Lächeln um die Lippen noch eben so lange aus, wie der Anstand erforderte.

Unter schluchzendem Abschiednehmen fand dann gegen fünf Uhr nachmittags der Aufbruch des Brautpaars statt, und so lag das bedeutsamste aller Feste, die ich bisher erlebt hatte, in der Vergangenheit.

Eine gewisse Ruhe kam über Hohenhaus, über seine herbstlichen Weinberge und Gärten, obgleich Madame Merz, die Großmama aus Augsburg, Baronin Süßkind und die Bedienung beider Damen noch einige Zeit verweilten. Sie wollten die Gelegenheit nicht vorübergehen lassen, Dresden, seine berühmte Oper und sonstigen Sehenswürdigkeiten zu genießen. Ausflüge wurden täglich gemacht. Marie und ich pflegten uns zu beteiligen, aber doch meist nur, um, in Dresden angelangt, eigene Wege zu gehen. Carl war nicht mehr da, er mußte an einem bestimmten Termin zur Eröffnung eines mikroskopischen Kursus im Haeckelschen Institut in Jena eintreffen.

Ich weiß nicht, wie oft Marie und ich die kurze Fahrt nach Dresden gemacht haben. Sie pflegte mir zu Beginn ihre perlengestickte Geldbörse einzuhändigen und mich zu bitten, die nötig werdenden Zahlungen daraus zu leisten. Ich weiß nicht: war mir das angenehm oder unangenehm? Ich mußte es tun, da ich keine Wahl, das heißt, da ich kein Geld hatte. Der niedrige, längliche Laden des Hofbäckers Adam in der Schloßstraße war meist unser erstes Ziel, wo Marie gewohnheitsgemäß ihre Tasse Bouillon und ein Franzbrötchen nahm. Sie war persönlich beliebt und wurde – die Thienemanns machten zu allen hohen Festen hier ihre Einkäufe – von den Inhabern deutlich ausgezeichnet.

Ich war sehr stolz, wenn ich neben ihr saß.

Oft kamen wir erst gegen Abend als letzte heim, da wir die Führung der älteren Damen Frida, Olga und Martha überließen. Unsere Beziehungen gingen über Gespräche nicht hinaus. Gewiß ist, daß uns die Zeit nicht lang wurde.

Mimi war unter den Schwestern als verschlossen bekannt. Nicht gerade gesprächig, war sie doch mir gegenüber aufgeschlossen. Ich glaube, der Austausch unserer Erlebnisse und Erfahrungen war so befreiend und beglückend, wie es im bloßen kameradschaftlichen Verkehr unter Freundinnen oder Freunden nicht möglich ist. Es war, als ob wir beide mit unseren Beichten unser ganzes Leben lang einer auf den anderen gewartet hätten. Marie fühlte sich von Kindheit an durch den Vater zurückgesetzt und empfand es bitter, keine Mutter gekannt zu haben. Ich war freilich von den Eltern nicht so benachteiligt, aber ich hatte doch auch, wie gesagt, Zurücksetzung aller Art erfahren, so daß ich zu gewissen Zeiten unter dem Druck der Geringschätzung fast zerbrach.

Aber dann nahm Marie auch an meinem Aufschwung und meiner Befreiung teil, deren Geschichte ich ihr mit der leidenschaftlichen Absicht, sie stark, gesund und froh zu machen, zu hören gab. Ich berichtete ihr von dem Augenblick, wo ich ein neuer, selbstbewußter Mensch wurde, wo sich mit der Geburt der Urteilskraft in mir der Druck anscheinend unentrinnbarer Abhängigkeiten mit ihnen selbst verflüchtigte.

»Der Mensch ist seines Schicksals Schmied!« sagte ich. »Der Mensch ist frei, und wär' er in Ketten geboren! Menschliche Institutionen sind unvollkommen, jeder einzelne ist berufen, an ihrer Vervollkommnung zu arbeiten!« In dieser Beziehung stünde niemand über, stünden alle neben mir, sagte ich. Und weiter: die Denkkraft in uns, nicht irgend etwas außer uns, also die hochgebietende Vernunft sei unsere einzige Autorität.

Ich weiß nicht, wie oft ich diese Behauptung bereits wiederholt hatte, bevor ich sie vor der heimlich Geliebten tat, und wie oft ich sie vor ihr wiederholt habe. Sie war eine Dominante, auf die ich mich immer wieder im Lebenskampfe zu stützen hatte.

Von hier aus riß ich Marie zur Kritik der meisten festen Werte unserer Gesellschaftsordnung mit. Eigene Gedanken, übernommene Gedanken vermischten sich. Es gab keine Institution, vor der mein Denken haltmachte. Und zwar in einer sieghaft ruhmreichen Zeit, wo Preußen Deutschland geeinigt hatte, wo der Glanz und die Kraft eines unerhörten Aufschwungs alle blendete, nicht nur die Deutschen, sondern die Welt.

Elftes Kapitel

Damals erschloß ich Marien, soweit es mir selbst erschlossen war, das Gebiet der bildenden Kunst. Wir besuchten gemeinsam die Galerie, wo ich zum erstenmal den Originalen größter Werke der Malerei gegenüberstand und ein fast schmerzlicher Rausch mit neuen, übermächtigen Eindrücken sich verband. Wie sie bekannte, hatte keiner der Lehrer, bei denen sie literarische und künstlerische Erkenntnisse gesucht hatte, ihr solche zu vermitteln vermocht. Ich machte sie frei, lehrte sie ohne Bedenken zugreifen. Die trennende Wand war im Handumdrehen weggeräumt, und die ganze Welt der dichtenden und bildenden Kunst stand ihr offen.

Man hatte ihr mit den Schwierigkeiten, die das Kunstverständnis habe, dermaßen Angst gemacht, daß sie den Wald vor Bäumen nicht sah und anfänglich gar nicht begreifen konnte, wie man so einfach schön und voraussetzungslos das Allergrößte genießen konnte.

Muß ich nicht sein in dem, was meines Vaters ist? Diese Worte werden dem Jesuskind in den Mund gelegt, als die Mutter, der es verlorengegangen ist, es im Tempel wiederfindet. Ein Gefühl, dieser Antwort verwandt, empfand ich in der Dresdener Galerie, wo mich alte hohe Bekannte aus dem Elternhaus von den Wänden grüßten, allen voran Raffaels Jungfrau-Mutter-Königin, die Vertraute von Jugend an, und wenn mich vor ihr in der Stille des Raumes, den sie beherrscht, ein inneres Weihegefühl überkam, dem sich tiefe Bewegung beimischte, so geschah dies nicht nur, weil ich nach dem Abglanz nun der Himmlischen selbst gegenüberstand, sondern wegen der Vertrautheit mit ihr.

Natürlich erfuhr das alles Marie.

Wir standen einander schon sehr nahe, als ich noch immer nicht den Mut finden konnte, die entscheidende Frage zu tun, bis sie eines Tages dann doch über meine Lippen gesprungen war.

Als ob man einen Nachtwandler aufwecke, warf es Marie,

die neben mir ging, auf dem Fuße herum, so daß ich umkehren und ihr folgen mußte. Wir durchschritten die Dresdner Bürgerwiese und hatten den Großen Garten zum Ziel. Nun strebten wir wieder nach der Stadtseite.

Wir sind, ohne weiter von dieser Sache zu sprechen, sehr wortkarg nach Hohenhaus heimgekehrt.

Es kam nun für mich eine schlaflose Nacht, hernach ein schrecklicher Vormittag, wo es mir war, als ob ich nicht leben, nicht sterben könne. Nach Tisch aber sagte dann Marie, sie wolle einmal versuchen, ob sie die Ruine, den höchsten Punkt des Parkes, ersteigen könne. Aber ich müsse ihr wohl meinen Arm bieten.

So reichte ich also Marien den Arm, und als wir ein wenig höher gelangt waren, schob ich den meinen unter den ihren, um sie besser stützen zu können. Da sah ich ihn wieder, den verräterischen dunklen Fleck, der die Grenze von Wange und Hals überzog. Marie war erregt und ich nicht minder. Langsam kamen wir höher und höher hinauf, schließlich in das verwilderte sogenannte Friedenstal, ohne daß irgendein mehr als beiläufiges Wort sich von ihren und meinen Lippen gelöst hatte. Ich sagte etwa: »Ein Stein!« oder »Ein bißchen mehr rechts!« – Oder: »Stehen wir lieber ein Weilchen still, wir haben ja Zeit, wir können ja ausruhen!« – Aber ich mußte sehen, wie sich ihre Brust immer höher und höher hob, sie mußte manchmal nach Atem ringen.

Wir erreichten den Turm, von dem aus man einen umfassenden Blick über das weite, herrliche Elbtal von Dresden im Osten bis Meißen im Westen hat. Von hier sieht man den Strom in sieben getrennten Windungen. Aller Augenblicke rauschen die Schnellzüge Dresden–Leipzig, Leipzig–Dresden, Berlin–Dresden, Dresden–Berlin. In jener Zeit hatten die sächsischen Lokomotiven noch seltsame, zwiebelartige Schornsteine, ihre Dampfpfeifen schrillten nicht, sie gaben einen heulenden Ton. Während solche Geräusche heraufdrangen, hatten wir uns auf einem steinernen Sitz in einer Nische des Turmes niedergelassen. Der Leidenden tat es not, zu ruhen.

Als wir dann eine Weile gerastet hatten, unsere Schultern berührten sich, bog sich plötzlich das schöne, süße und ach so bleiche Haupt zu mir hin, und ich fühlte in einem weichen Kuß jenes unausgesprochene, unwiderrufliche Wort, nach dem ich gelechzt hatte. Es war aus Marie meine Mary geworden.

Und nun kam eine der seltsamsten aller Erfahrungen, die ich zeit meines Lebens mit mir gemacht habe. Ich vernahm eine Stimme, die zu mir sagte: »Jetzt gehörst du mir, du gehörst nicht mehr dir.« Und zugleich empfand ich eine so überwältigende Traurigkeit, daß ich mir hätte mögen beide Hände vor die Stirn schlagen und davonlaufen.

Dieser Zustand schwand, wie er kam. Schon der folgende Tag und die drei oder vier nächsten waren reine Glückseligkeit. Es waren die Tage heimlicher Liebe, von der das Volkslied sagt: »Kein Feuer, keine Kohle kann brennen so heiß ...« Es war die Erfüllung angebrochen, mein Wesen ergriff, wonach es den größten Teil meines Lebens ahndevollen Ausblick gehalten hatte.

Mary war Schönheit durch und durch, nicht nur mehr für das äußere Auge: die Vermählung der Seele und Sinne war vor sich gegangen. Vermöge eines magischen Vorganges besaßen Mary, wie ich sie unwillkürlich nennen mußte, und ich einander ganz. Wie wenig ist von einem solchen Erlebnis deutlich zu machen dem, der es nicht kennt, und welche Kunst ist erforderlich, das größte der Wunder, das in uns vorgehen kann, zu beschreiben! Das ganze Leben gipfelt darin.

Ohne daß die alte Dame aus Augsburg ahnte, was mit uns beiden geschehen war, wurden wir von ihr in die »Afrikanerin« und bald darauf in »Aida« mitgenommen.

Ich hatte nie eine Oper gehört: man mag erwägen, welcher Rausch mich armen Hungerleider ergriff, als ich Schulter an Schulter neben dem schönsten Mädchen im Parkett saß und, unbemerkt mit ihm Hand in Hand, versunken im unsichtbaren Reich der Töne, dem Prunk und Glanz der Bühne und des Hauses hingegeben, mich wiederfand oder wenn ich, durch einen Blick belohnt, hinter dem Rücken der Großmama und der Baronin Süßkind, den pelzverbrämten Mantel um Marys herrliche Schultern legte. Konnte ich eines solchen Glückes, eines so märchenhaften Aufstieges in die festlichen Bereiche des Lebens und der Kunst noch vor wenigen Wochen gewärtig sein?

War es ein Wunder, wenn ich die schmetternden Fanfaren von Meyerbeer und Verdi auf mich deutete, wenn ein immerwährendes, jauchzendes Gewölk von Feuer und Gold um mich war? wenn die farbigen und brennenden Immaterialitäten der Musik, diese unaussprechlichen Fluiden, eigentlich nur zwischen Mary und mir zu kommunizieren schienen? Es waren gleichsam goldene Wetter von Musik, die Chöre von Seraphim, allein für Mary und mich veranstaltet, um das Ungeheure zu glorifizieren, das an uns geschehen war.

Binnen kurzem, an einem der ersten trüben und regnerischen Herbstabende, mußte dann geschieden sein.

Wie kommt es, daß man beim Abschied von einem Menschen, den man vierzehn Tage zuvor kaum dem Namen nach gekannt hat, ein Abschiedsweh ohnegleichen empfinden muß? Konnte ich es doch jetzt kaum noch verstehen, wie ohne Mary zu leben mir jemals möglich gewesen war.

Sie hatte sich an einer versteckten Stelle der langen Parkmauer aufgestellt. Sie trug ein grau und weiß gestreiftes kurzes wolliges Jäckchen, das von uns das Zebra genannt wurde. Ich verließ das untere Hohenhauser Tor zu Fuß und sah sogleich das Zebra winken. Noch einen Schritt, und ich war allein.

Es sind seltsame Augenblicke, wenn auf einmal ein lautes und reiches Erleben, in dessen Mitte man eben noch gestanden hat, nur noch ein Erinnern ist. Der ganze Körper spannt sich ab, unwillkürlich senkt sich der Kopf, man schreitet fort, ohne des Weges zu achten, schreitet, sinnend, gleichsam in sich hinein, bleibt stehen, faßt sich leicht an die Stirn und fragt sich, ob das Erlebte wirklich war oder nur einer der vielen Träume, die uns heimsuchen.

So ging es mir, als ich mit nichts weiter als einem Handtäschchen den hübschen Weg nach Kötzschenbroda hinunter zum Bahnhof ging. Ich mußte nach Dresden-Neustadt hinein, um von dort mit dem Nachtzug über Görlitz, Kohlfurt den Bahnhof Sorgau und Nieder-Salzbrunn zu erreichen.

Es ist etwas über die Maßen Glückseliges geschehen, sagte ich mir. Aber nun bist du gerade dadurch einem Gefühl des qualvollsten Darbens, des peinlichsten Entbehrens, ja fast der Verzweiflung ausgeliefert. Hattest du dich bisher nicht durch die Widerwärtigkeiten des Daseins wie durch übelriechende, unterirdische Gänge durchschlagen müssen? Wie willst du jetzt noch leben ohne Lebensluft? Ohne Mary war mir die Sonne fortan kein Licht. Mit ihr hatte die Nacht eine Sonne.

Von meiner Bedürftigkeit hatte Mary natürlich keine Vorstellung. Mein Geldmangel war für mich kein Gesprächsthema. Ich hatte behauptet, ich brauchte weder eine Reisedecke noch einen Paletot. Die Nacht aber wurde bitter kalt, Heizung, wie heut, in einem Coupé dritter Klasse gab es nicht, und so fror ich trotz meiner Glücksbeladenheit, zusammengekrümmt auf dem Sitzbrett liegend, die ganze Nacht durch gottsjämmerlich.

In Kohlfurt war eine Stunde Aufenthalt. Ich sah, wie die einfachsten Leute sich mit heißem Grog oder heißem Kaffee stärkten, besaß aber leider keinen Pfennig mehr, als das Billett gekostet hatte.

Der alte Jammer war somit wiederum angebrochen, was keinen geringen Kontrast zu den Fleischtöpfen von Hohenhaus und den olympischen Freuden der »Afrikanerin« und der »Aida« ausmachte.

Ich zitterte, hustete, fror, setzte mich dicht an den glühenden Ofen, sog die schlechte, verräucherte Luft des Wartesaals dritter Klasse ein und meditierte wachend fort, wie der Halbschlaf in mir meditiert hatte.

Das Wunder also war eingetreten. Ich hatte in meinem Selbstvertrauen der Schustersfrau, meiner Wirtin, gegenüber recht behalten. »Machen Sie sich keine Sorgen!« hatte ich ihr geantwortet, als sie mich fragte, was aus mir werden solle.

Auch die Karten von dem Sorgauer Büfettfräulein, die mir meine nahe Verlobung voraussagten, hatten recht behalten. Trotzdem, meine Lage war immer noch nicht beneidenswert.

Mary und ich hatten eine über mehrere Jahre gehende Wartezeit, bevor wir einander heiraten wollten, verabredet. Was konnte nicht alles geschehen in dieser Frist! Würde und konnte Mary mir treu bleiben? Schon indem ich dies fragte, in dem nächtlich erleuchteten Kohlfurter Wartesaal, kamen eifersüchtige, peinliche Ängste. Ich war nicht mehr da, war weit weg von ihr. Konnte sie nicht schon heut erschreckt, ernüchtert und reuigen Überlegungen hingegeben sein, wie sich die Torheit gutmachen lasse? Und würden nicht, wenn sie sich verriete, die Schwestern, der Bruder auf sie einstürmen? Würde ihr nicht die Großmama mit Enterbung drohen, der Bankier Thienemann ihr ins Gewissen reden? Und könnte sie all diesen Mächten standhalten?

Ich brachte das Glück, begraben unter einem Berge von Sorgen, heim.

Meiner Mutter verriet ich mich. Ich nehme an, daß sie sehr bald meinen Vater verständigt hat. Er war nicht der Mann, von Dingen, die so völlig außerhalb aller Regel standen, anders als obenhin Kenntnis zu nehmen. Er glaubte und glaubte nicht daran, bereitete mir keine Hindernisse, sprach aber nie von der Sache mit mir.

Die Wohnung der Eltern in einem Gutshaus kam mir recht ärmlich vor: ein Zimmerchen im Parterre ging nach vorn, eines nach rückwärts, auf einen durch einen großen Düngerhaufen gezierten, von Ställen und Scheunen umgebenen Hof. Meine Mutter kochte selbst, sie hatte zur Hilfe ein billiges Hausmädchen. Im Keller hantierte das Individuum, das alles in allem zu besorgen hatte und außerdem neben dem grauen Leonberger vor dem Bierwägelchen in den Sielen ging.

Zwar war nun Georg in der Tat verheiratet. Adele hatte ihm einige hunderttausend Mark zugebracht. Aber er saß in Hamburg und mußte viel Geld ins Geschäft stecken. Die Misere von Nieder-Salzbrunn erlitt also keine Veränderung.

Tante Mathildens Möbel waren im ersten Stock des Gutshauses magaziniert. Paperle hieß ihr Papagei, den die Eltern in Pension hatten. Weil ich mir seinen Ruf »Ida, koch Kaffee!« noch deutlich vorstellen kann, weiß ich, daß unser damaliges Dienstmädchen Ida geheißen hat. Ich verweilte diesmal nur wenige Tage in dieser Winkelexistenz, um dann nach der peinlichen Auseinandersetzung, die Geldsachen meist herbeiführen, mit vierzig Mark Monatswechsel plus Reisegeld in meinen Breslauer Wirrwarr zurückzukehren.

Das war wie der Sturz in ein Vakuum.

Ich war nicht gesund. Noch jüngst, in Marys Gegenwart, hatte sich bei verschiedenen Besuchen der Dresdener Galerie jener migräneartige Anfall wieder eingestellt, der mich zuerst in Lederose befallen hat. Ich hatte meinen Blick auf ein Bild konzentriert, da erschien in dessen Mitte jene Mouche, jener graue Punkt, mit dem auf den Äckern meines Onkels Schubert sich ein Zustand nervösen Erblindens einleitete.

Ein so geschwächtes Nervensystem konnte nicht ohne Gefahr das Chaos innerer Tendenzen wieder aufnehmen und zugleich mit den Sorgen der neuen Gebundenheit fortleben. Da aber kam Gott sei Dank endlich der lange, ersehnte, erlösende Brief, der Bild und Locke Marys enthielt und jeden Zweifel an der völligen Hingebung ihres Herzens zunichte machte.

Waren somit meine Ängste erstickt und Mary mir zum

zweiten Male geschenkt worden, so hatte ich in Locke und Bild zwei rasend verehrte Fetische, die mir über die Zeiten von Brief zu Brief hinweghalfen.

Außer ihrer Liebe war aber aus der Welt Marys nichts herübergedrungen, was mir den vulgären Kampf ums Dasein erleichtern konnte. Ich hatte mich weiter durchzuschlagen, so schlecht es ging, wenn auch nun mit besseren Aussichten.

Wie ich meine Schulden von einigen hundert Mark bezahlen sollte, wußte ich nicht.

Um diese Zeit schlug mein Freund Max Fleischer mir vor, ich solle zu ihm und seiner verwitweten Mutter übersiedeln, die für ein geringes das Mittagessen für mich besorgen werde. Ich könne bei ihnen leben, bis meine Schulden bezahlt seien, wenn ich mich nur verpflichten möchte, dann meinen Wechsel der Mutter auszuliefern. Ich sagte meinem Schuster sogleich Lebewohl.

Nie machte ein Umzug weniger Mühe: ich brauchte ja nur so, wie ich war, von einem Haus in das andere zu gehen. Mit diesem Gange jedoch – meinem Freunde und seiner Mutter sei Dank! – war eine Wendung zum Besseren eingeleitet.

Die Küche der alten Frau Fleischer in all ihrer ausgesuchten Einfachheit schlug bei mir an wie eine Kur. Das Essen: Linsen, Bohnen, Erbsen mit Speck, stand pünktlich auf dem Mittagstisch, so daß ich nun nicht mehr voll Neid und mit knurrendem Magen sehen mußte, wie etwa der Sohn des Pastors Primarius Späth von St. Magdalenen, die Freude auf die reichliche Mittagsmahlzeit im Gesicht, vor der Kunstschule einen Augenblick stille stand, das Hütchen lüftete und in Richtung der fetten Pfarrei davoneilte. Mein Tisch war so gut wie der seine gedeckt, ob mit weniger trefflichen Dingen, war mir gleichgültig.

Zwölftes Kapitel

Meine Bude wurde nun auf lange Zeit für Hugo Schmidt, Puschmann und den Sohn meiner Wirtin, Max, der Versammlungsort. Hier wurde ganze Nachmittage lang bis in die Nacht hinein disputiert, wobei uns die Witwe Fleischer mit heißem Grog labte, zu dem wir den Rum für wenige Pfennige aus der nächsten Destille geholt hatten. Puschmann erzählte

Boccacciogeschichten, die er als wandernder Photograph auf den schlesischen Gütern und Schlössern erlebt haben wollte. Manche Baronin, manche Gräfin hatte ihn, wenn er nicht log, zu sich bestellt und nachts durch ein Hinterpförtchen eingelassen.

Aber der junge Mensch und Makartkopist hatte wohl wirklich manches erlebt, da ihn bei allem Provinziellen ein unternehmendes Wesen auszeichnete.

Fleischer war Maler, aber Botanik war sein Steckenpferd. Sie ist es in späteren Jahren geblieben und hat ihm als Spezialisten für Tropenmoose einen Namen gemacht. Hier schlugen sich Brücken von Jena herüber.

Schmidt war unser Orakel in Kunstdingen. Sein Urteil, sein Geschmack wurden von uns als dem unseren überlegen anerkannt. Er führte den Namen Böcklin ständig im Munde. Und Arnold Böcklin, den er zuhöchst verehrte, hatte in diesen Wochen seinen Lehrer und Meister Bräuer persönlich besucht. Das konnte eine Mythe sein: die Wirkung war jedenfalls so, als wenn der Prophet Elias die Kunstschule am Augustaplatz mit seinem Besuche beehrt hätte. Böcklin habe sich, hieß es, an den Pappeln besonders erfreut, die sich vor der Kunstschule aufreihten. Er liebte den früher vielfach geschmähten Baum und brachte ihn gern auf seine Bilder.

Inzwischen war das schlesische Museum der bildenden Künste fertig geworden. Eine ziemlich zahlreiche Sammlung von Bildern war bereits an den Wänden aufgehängt. Daß wir es oft besuchten und bei unseren Zusammenkünften besprachen, versteht sich von selbst. Ich erinnere mich, daß mir trotz meiner hohen Weihen in der Dresdener Galerie hier mancherlei kleinere Geister einen recht erheblichen Eindruck machten. Man sprach damals noch von Historienmalerei. Mir gefiel das Bild, das Luther zeigt, wie er unter dem hellen Buchenlaub des Thüringer Waldes von vermummten Rittern überfallen wird, um auf das Wartburgversteck gebracht zu werden. Graf Harrach, ein Schlesier, hat es gemalt.

Anton von Werner mochten wir nicht.

Museumsdirektor war ein Professor Berg, ein bedeutender Graphiker, der lange in den Tropen gelebt hatte. Er hatte den Saal des Museums, in dem er direktoriale Geschäfte abwickelte, in einen bewundernswerten tropischen Hain umgewandelt. Viele Arten von Palmen, breitblätterige Bananen, Mimosen und Orchideen umgaben ihn. Diese Räumlichkeit mußte auch seinetwegen, nicht nur der Pflanzen wegen, bis zu tropischer Glut erwärmt werden. Man sah den Professor hinter Glas und empfand ihn selbst als eine Art Sehenswürdigkeit.

Dies alles und mehr wurde beim Grog der Mutter Fleischer durchgesprochen. Jedesmal abends nach neun, wenn der Zigarren- und Zigarettenqualm in meinem Zimmer schon, wie man sagt, mit Messern zu schneiden und unsere Illumination weit gediehen war, erhob sich ein wildes Geschieße aus dem Lobetheater, dem gegenüber die Fleischersche Wohnung lag. Man spielte dort seit Wochen »Die Reise um die Welt in achtzig Tagen«. Die Revolver- und Gewehrschüsse bedeuteten einen regelmäßig wiederkehrenden Überfall. So nahmen wir gleichsam teil an der Weltreise, wurden in die Weite geführt, wanderten in der Phantasie, ließen unsere Gedanken über alle Weltteile ausschwärmen.

Es ist schwer zu sagen, wie es möglich war, daß ich, mit dem Wunder von Hohenhaus in der Seele, in diesem tappenden und tapsigen Kreise, in einer Atmosphäre von Enge und Ärmlichkeit wiederum ein so großes Behagen finden konnte: dieses Bett, auf dem wir herumsaßen, der Fusel, den wir hinunterschütteten, die schmutzigen Abenteuer eines Proleten mit Schlafstelle bei einer Bahnschaffnersfrau, unser großspuriges Reden von Kunst, wobei wir Abc-Schützen uns als große Künstler voraussetzten. Es war meine alte Doppelnatur.

Warum setzte ich keine Zweifel in mich?

Wieso konnte ich, da ich doch nicht den geringsten Beweis von wahrhaft hoher Begabung in Händen hielt, mit solchem Selbstvertrauen einherprunken? Wieso überschlich mich keine Scham und dachte ich nicht daran, daß die allgegenwärtigen Augen Marys mich sehen könnten und wie sich ihre reine und hohe Seele enttäuscht von meinem unbegreiflich niederen Wohlbefinden abwenden würde?

Was ich auf Hohenhaus erlebt hatte, machte eine äußere und innere Pause notwendig. Das, was vor dem Ereignis lag und davon unterbrochen wurde, mußte ich nachher im Sinne des Beharrungsvermögens mechanisch fortsetzen. Auch wäre es mir nicht möglich gewesen, schon jetzt etwas anderes an seine Stelle zu tun.

Noch war ein staunendes Schweigen in mir. Mein ganzes vergangenes Leben lag mit all seinen Stufen durch eine Verhüllung verborgen unter und hinter mir. Es mußte sich erst herausstellen, was auf die neue Ebene mitzunehmen war, um es weiterzutragen. Und übrigens hob mich das große Ereignis über den Sturm und Drang meines Wesens, dem ich noch lang anheimgegeben sein sollte, nicht hinaus. Glücks genug, daß es diesen ruhelosen Zustand einigermaßen lindern, seine Gefahren beschwören konnte.

Ich fragte mich manchmal, ob es nicht besser für uns gewesen wäre, wenn die doch so mutige Mary mich vom Fleck weg geheiratet hätte, und was uns eigentlich den Gedanken einer so langen Wartezeit bei örtlicher Trennung eingegeben hat? Mary schuldete niemand Rechenschaft. Hätten wir nicht Seite an Seite den Weg, der für mich noch zu gehen war, schneller, sicherer und vor allem freudevoller zurückgelegt, statt daß wir uns damit abquälten, jahrelang selbstgeschaffene Hindernisse hinwegzuräumen?

Lagen die goldenen Äpfel nicht auf dem Tisch? Warum wollten wir denn nicht zugreifen?

Die Kunstschule empfand ich bald sowohl als physisches wie als geistiges Hindernis; ich fühlte bereits, daß hier meines Bleibens nicht lange mehr sein würde. Ohne daß es mir immer bewußt wurde, lastete dieses ganze Breslauer Erlebnis wie eine tote Haut über mir, die ich, nach geschehener Häutung, noch mit mir schleppte.

Die Briefe, die ich mit Carl und Jena wechselte, zogen mich dorthin. Jene, die fast täglich zwischen mir und Mary hin- und hergingen, waren nicht nur mit den Sehnsüchten der Liebe, sondern auch mit allerhand Plänen für ihre und meine Zukunft angefüllt. Solche Briefwechsel sind befreiend, fördernd und bildend.

Schon daß ich so oft und so viel zu schreiben gezwungen war, förderte mich. Ich war diesem Muß nicht sogleich gewachsen. Bald aber warf ich fliegend hervorgestoßene Sätze in endlosen Reihen aufs Papier. Zeichen und große Anfangsbuchstaben ließ ich fort, weil sie den Strom meines Geschwätzes nur hinderten. Oder wollte ich aus der Not eine Tugend machen und meine Unbildung als philologischen Eigensinn aufputzen? Gott sei Dank, daß diese Briefe verloren sind, sie würden mir möglicherweise ein Grausen verursachen.

Das Geheimnis des Werdens ist das des Lebens, und eine seiner Wesenheiten ist Unergründlichkeit. Ich besaß damals nicht die Fähigkeit, auch nur das geringste davon auszusprechen. Der Rausch, der mir die Worte in den Mund legte: »Aus dem ganzen Gebirge von Carrara will ich ein Monument meiner Größe meißeln!«, hatte mich noch nicht dazu geführt, den ersten Meißel an ein Stück Marmor zu setzen. Ebensowenig mochte ich mir aus meinen poetischen Scheinerfolgen echte Erfolge einreden. Hier wirkte Mary, wirkte das Wunder von Hohenhaus noch keineswegs schöpferisch.

So mußte man wieder geduldig zuwarten, dem anderen, zweiten, vielleicht größeren Wunder des Werdens entgegensehen, wo sich den halbbewußten Säftegärungen des Innern das reife Kunstwerk als Frucht entbindet und, allen sichtbar, zutage tritt. Und hier mußte eigenes und fremdes Vertrauen, eigener und fremder Glaube das Beste tun.

Schon meine Briefe an Mary wiederholten oft die Worte: Vertraue mir, glaube an mich! Wenn du mir vertraust und mir glaubst, so tust du die Arbeit der besten Gärtnerin ... und so immer fort.

Carl schwankte nie, er zweifelte nie daran, ich würde in nicht allzulanger Zeit die sicher erwartete Frucht hervorbringen. Er schrieb mir das. Er hielt seinen Kommilitonen Vorträge über mich. Er stärkte den Glauben meiner Geliebten, nachdem er sich mit der Tatsache unserer Verlobung ausgesöhnt hatte.

Ich habe der Wahrheit gemäß festzustellen, daß Carl damals mehr als je mein Freund, mein Mentor war. Hatte er mir Gustav Jägers »Deutsches Tierleben« nach Lederose gesandt, so versorgte er mich auch jetzt mit lehrreichen Büchern. Wenn ich das seltsame Motto des Buches »Werden und Vergehen« von Carus Sterne wie ein befreiendes und beglückendes Wort ergriff, mußte ein ihm verwandter Zustand in meiner Seele trotz allen irdischen Wollens, Ringens, Mißlingens und Gelingens darauf als auf seine Bestätigung gewartet haben:

Ist einer Welt Besitz für dich gewonnen,
sei nicht erfreut darüber: es ist nichts.
Ist einer Welt Besitz für dich zerronnen,
sei nicht im Leid darüber: es ist nichts.
Vorüber gehn die Schmerzen und die Wonnen!
Geh an der Welt vorüber: sie ist nichts!

Und so wurde die große und furchtbare Wahrheit mit ihrem kategorischen Imperativ am Schluß aus den Tiefen meiner Seele mit einem feierlich großen, erschütternden Echo beantwortet. Und überall war es die hochgestimmte Seele Carls, die aus der Ferne magisch in mich herüberwirkte. Ich zeigte noch immer enthusiastisch seine Photographie herum, stolz auf mein ihm verwandtes Blut und in der Gewißheit, es werde nur noch wenige Zeit vergehen, bis er die Welt mit dem Glanze seiner Gaben in Erstaunen versetzen würde.

Seine Verlobung und meine hatten unsere Seelenverbundenheit nur vorübergehend zu betäuben vermocht. Unser brüderliches Verhältnis blieb so eng, daß es die eine der Bräute, Martha, allmählich beunruhigte.

Auch der Verkehr mit Alfred Ploetz lebte wiederum auf. Er war natürlich binnen kurzem, ebenso wie Fleischer und Schmidt, in die große Veränderung meiner Umstände eingeweiht: wann hätte ein Liebender nicht Vertraute gebraucht?

Übrigens hatte ich Ploetz enttäuscht. In unseren pangermanischen Satzungen, denen wir durch die Blutsbrüderschaft auf der nächtlichen Ohlewiese Treue gelobt hatten, war die Verpflichtung aufgenommen, dereinst nur ein blondes, blaugeäugtes Mädchen zu heiraten. Mary, dieser dunkle, exotische Typ, machte mich zum Verräter. Immerhin zeigte der Freund sich nachsichtig: Mary könne recht wohl germanischen Blutes sein, da es auf blond und blau nicht ankäme. Hauptsache sei die Schädelform. Er werde sie messen, sobald sich dazu Gelegenheit fände.

Der Januar brachte eine neue Erleichterung. Tante Mathilde Jaschke und Schwester Johanna hatten sich in ein Hotel garni am Freiburger Bahnhof für einige Monate einlogiert. Johanna wollte sich im Klavierspiel vervollkommnen. Daß dies aber der einzige Grund der Anwesenheit Mathildes war, glaube ich nicht. Da gab es noch Gründe und Hintergründe. Drei Brüder waren nun mit drei Schwestern verbunden: ein seltener Fall, der an Vorherbestimmung denken ließ. Wenn eine solche wirksam war, so war Mathilde Jaschke aus ihr nicht hinwegzudenken. Hatte sie ein Stückchen Vorsehung gleichsam selber gespielt, so wünschte sie auch bis zum dreieinigen Ende, bis zu dem Tage, wo vor dem Altar unter zwei Familien das dritte Ringpaar gewechselt wurde, auszuharren.

Es war ein großes Glück für mich, mein oft übervolles Herz vor Schwester Johanna und ihrer Freundin ausschütten zu können, und ich machte reichlich Gebrauch davon. Immer wenn ich anklopfte, es mochte meist morgens im Finstern zwischen sieben und acht Uhr sein, wurde mir aufgetan, und ich durfte das behaglich servierte Frühstück mit den Damen einnehmen. Die frühen Besuche hingen mit meiner Neigung zu Frühspaziergängen zusammen. Ich schüttete dann den Damen jedesmal einen Sack voll kleiner, romantisch gefärbter Beobachtungen auf den Tisch, was sie belebte und amüsierte.

Mitunter muß mein Zustand leicht überspannt gewesen sein. Als ich eines Abends mit Alfred Ploetz, nach einem gemütlichen Abendbrot bei den Damen, nach Hause ging, gab ich zum Beispiel der Neigung nach, vor ihm eine Geistesstörung zu simulieren. Ich hatte die Sache sehr behutsam und nicht ohne Raffinement angelegt. Ich verlegte mit Hilfe meiner Phantasie Ort und Zeit, sprach, als ob wir auf einem Aussichtspunkte des Zobtenberges stünden, wobei ich meine Erlebnisse von der Fahrt mit Kunstschlossermeister Mehnert verwendete. Das kalte, nächtliche Schmutzwetter war mir wie nicht vorhanden, und ich spielte mit Bescheidenheit den beglückten Studenten der Sommerferien.

Ploetz hörte mir zu und ging, wie ich merkte, auf alles ein, um ein volles Bild meines vermeintlichen Irrsinns zu erhalten, was mich, als der Spaß nach meiner Meinung lange genug gedauert hatte, veranlaßte, meine Maske fallen zu lassen und ihm lachend zu erklären, ich hätte mir nur einen schlechten Scherz erlaubt.

Ploetz ging nun aber auch darauf ein, nicht so, wie man eine platzende Seifenblase belacht, sondern, was ich deutlich merkte, wie man einen Kranken behandelt, den man nicht aufregen will. Es entstand darauf eine nicht ungefährliche Verwicklung, die mich manchmal bis an den Rand der Geistesverwirrung brachte und mir einen Vorgeschmack jenes gräßlichen Zustandes gab, in den ein Gesunder gerät, wenn ein festes ärztliches Vorurteil ihn für unzurechnungsfähig hält.

Alle meine Beteuerungen, ich hätte einen bewußten Ulk simuliert, fanden bei Ploetz durchaus keinen Boden. Ich fühlte genau, er glaubte mir nicht, auch wenn er so tat und mich dann immer wieder bat, ich möge mich doch zunächst beruhigen. Aber gerade das konnte ich im Gefühl meiner jähen Entmündigung nicht. Ich wurde deutlich, ich wurde grob, ich erklärte meinerseits Ploetz für verrückt, und endlich lief ich rasend fort, um mich zu sammeln und nicht wirklich verzweifelten Unsinn zu reden.

Und sollte man es glauben: schon am folgenden Tage hatte Ploetz aus besorgtem Herzen den Vorfall in seiner Beleuchtung Mathilde Jaschke und Johanna mitgeteilt.

Die täglichen Briefe an Mary, Sehnsuchtsschreie eines Darbenden, eines Morphinisten ohne Morphium, das gespannte Erwarten ihrer Antworten, das unerträglich wurde, wenn ihr Brief sich um vierundzwanzig Stunden verzögerte, mußten Zustände der Erschöpfung zurücklassen. Die wilden Phantasien der Eifersucht, darin der Liebende seinen geliebten Gegenstand in die unwahrscheinlichsten Gefahren versetzt, höhlten mich aus. In dieser Verfassung hängt man sich dann mit endlosen Fragen wie »Glaubst du, daß sie ...? Meinst du, sie könnte ...? Wenn sie nun aber ...!« an eine vertraute Seele an. Man wünscht beruhigt, getröstet zu sein. Und wenn man dann auf die sehr verbreiteten Jago-Naturen trifft, so können sie einen mit leichter Mühe in die untersten Höllenbulgen hinabstoßen.

Aber nun hatte sich Mary für eine Woche zu Besuch angesagt. Die Heimlichkeit, die sie über unsere Beziehung aus guten Gründen noch bewahrte, stellte die Reise nach Breslau als einen Ausflug dar; Mary wollte als Dritte im Bunde mit Johanna und Mathilde Jaschke Land und Leute kennenlernen. Und hier, meine ich, hatten die beiden hilfreichen Menschen vorausgesehen und vorausgedacht.

Mehr als drei Monate waren dahingegangen, seit ich Mary zuletzt gesehen hatte.

Drei Monate sind eine lange Zeit. Ich hatte quälende Zustände, wenn ich Mary mir nicht mehr vorstellen konnte. Ich suchte das wahre Bild von ihr, das schließlich selbst die Photographie nicht mehr geben konnte. In all den verflossenen Tagen und Nächten hatte sie als Schemen um mich und in mir gelebt, und es schien ihrem Wesen Unwirklichkeit anzuhaften, während Wirklichkeit ihm beinah widersprach.

So war die Erwartung des Wirklichen nun in jeder Beziehung aufwühlend. Ein raumverdrängendes Gebilde, das man noch mehr ein traumverdrängendes nennen kann, würde als Mary, die in Wahrheit fast Vergessene, vor mich hintreten.

Ich zitterte vor dem Augenblick.

Würde ich vor dem neuen Wesen, in der neuen Umgebung noch derselbe sein, der Mary in dem herbstlichen Park von Hohenhaus unter rostrot fallenden Blättern an sich gepreßt hatte? Oder würde mich schüchterne Fremdheit überfallen, was bei meiner reizbaren und veränderlichen Seelenverfassung ebenfalls möglich war?

Und wenn ich nun gar in den schmutzigen Nebeln dieser kalten, unerfreulichen Winterzeit, in der feucht-kalten Finsternis bei ihrem vermummten Anblick einem unvorhergesehenen Schauder der Abneigung unterlag und mir vielleicht nicht möglich wurde, im Gefühl dort anzuknüpfen, wo Mary, mit dem Zebrajäckchen angetan, mir von der Mauer unter dem Goldrausch des Parkes nachwinkte? Dann würde ich mit einem Schlage aus vermeintlichem Glück in tiefes Unglück gestoßen sein.

Es konnte sein, daß unser Wiedersehen eine Enttäuschung für mich war. Mir blieb dann übrig, mein Leben zu opfern, es auf eine Lüge zu bauen oder andere zu enttäuschen.

Die Enttäuschung konnte jedoch auch bei Mary eintreten. Das mehr als Bescheidene, das geradezu Kümmerliche meiner Existenz konnte die umgekehrte Wirkung ausüben als jene des Hohenhauser Glanzes auf mich. Dann fiel ein Turmbau von Illusionen ein, den ich bereits errichtet hatte, und indem seine Trümmer über mich stürzten, konnte recht wohl wahr werden, was Ploetz für meinen Geisteszustand gefürchtet hatte.

Dreizehntes Kapitel

Die Begrüßung bei Marys Ankunft auf dem Freiburger Bahnhof war in der Tat nicht ohne Verlegenheit. Genauer gesagt: von ihrer Seite recht beiläufig. Mit ihr stieg ein junger Leutnant aus dem Coupé, irgendein Herr von Ichweißnichtwie, der sich mit zusammengeklappten Hacken umständlich von ihr verabschiedete. Sie habe sich recht gut mit ihm unterhalten, sagte sie.

Dann sprach sie lachend von Reiseerlebnissen, aber mit Tante Mathilde Jaschke und Johanna, nicht mit mir.

Ich kann nicht sagen, daß ich mich groß fühlte.

Für mein Gefühl etwas degradiert, stapfte ich hinter den Damen her. Ich war gekränkt, ich fühlte mich überflüssig. Bei meiner Reizbarkeit fehlte wenig, und ich hätte den drei Schicksalsschwestern durch jähe Flucht einen Streich gespielt.

Selbst beim Abendbrot im Zimmer des kleinen Logierhauses tauten die Eiszapfen, als die Mary und ich uns gegenseitig erscheinen mußten, nicht auf.

Die Wirtin kam und begrüßte uns. Sie war lange im Gasthof zur Preußischen Krone Wirtschafterin, bevor sie hier eingeheiratet hatte. Auf Grund ihrer Anhänglichkeit an unsere Familie genossen die Damen eine gewisse Preisvergünstigung.

Schließlich kam dann die Zeit, wo sich Johanna und Tante Mathilde diskret zurückzogen, und damit der entscheidende, ein wenig komische Augenblick.

Nun, Mary war die gleiche geblieben. Ich selbst vergaß meine Schüchternheit.

Schlag zwölf Uhr am folgenden Mittag ging Mary, mich erwartend, vor den Fenstern der Kunstschule auf und ab. Sie erregte ein großes Aufmerken. Man sah in Breslau kaum solche Erscheinungen. Sie wirkte reich, vornehm, fremdartig. Ihren Kopf bedeckte, kontrastierend zu seiner Dunkelheit, ein milchweißes Möwenbarett, ein ähnlicher Umhang ihre Schultern. Ihre weißbehandschuhten Hände waren manchmal beide in eine ebensolche Federmuffe gesteckt, oder die Linke ließ diese nachlässig hin und her schaukeln, während die Rechte frei herunterhing.

Wen sollte es wundern, daß ich bei meinen achtzehn Jahren vor meinen Werkstattgenossen, Sabler, Basse, Litt, mit geschwellter Brust meinen Arbeitskittel herunterzog und in die Ärmel meines Straßenjacketts fuhr, um zu der harrenden jungen Dame hinauszugehen? Es war kein kleiner und kein gemeiner Triumph, den ich da auskostete. Um ihn ganz und gründlich zu genießen, war ich Gott sei Dank noch kindisch genug.

Wohl hatte mein Glück – es wurde mit einem ganz bestimmten Ausdruck bezeichnet! – sich in der Schule herumgesprochen. Konnte es wahr sein, was man davon erfuhr, so blieb doch dem Gedanken an Aufschneiderei die weitaus größere Wahrscheinlichkeit. Man glaubte mich ja zu kennen und zu wissen, daß ich im Bauen von Luftschlössern und im Glauben daran unerreichlich war. Nun aber ging da ein Geschöpf, eine schöne, gleichsam in Hermelin gehüllte Dame, unter den Fenstern hin und her, und man mußte mit einigem Staunen sehen, wie ich sogleich mich ihr zugesellte.

Ich zeigte Mary meine Arbeitsstätte zu einer Zeit, als außer uns niemand zugegen war. Sie bewunderte ein Porträt, an dem ich bosselte und das ich von den feuchten Lappen befreit hatte.

Auf einem großen Brett war in feuchtem Ton eine Gewandstudie angelegt, deren Leinwandurbild Haertel angeordnet hatte. Was ich an brotlosen Künsten nebenbei gelernt hatte, mußte ebenfalls herhalten, und so konnte ich ihr, in den Tonkasten greifend, mit zwei Tonkugeln in einer Hand und mit dreien in zwei Händen auf die mannigfaltigste Weise jonglierend, Vergnügen machen.

Mary wußte nun, wo sie mich im Geiste zu suchen haben würde, wenn sie fern von mir war. Ich stahl dem lieben Gott seinen Tag nicht ab, ich suchte in regulärem Eifer und in einer regulären Umgebung vorwärtszukommen, ich hatte ein angemessenes Ziel, davon konnte sich Mary nun überzeugen, und das war wichtig für ihre und meine Beruhigung.

Mary führte Andersens »Bilderbuch ohne Bilder«, ein winziges grünes Leinwandbändchen, manchmal sogar in der Muffe mit. Vor der Abreise gab sie es mir, nachdem sie auf das erste Blatt die Worte geschrieben: »Zur Erinnerung an acht glückliche Tage.«

Das kleine Büchelchen lebt noch heut.

Immer wenn ich es in der Hand halte, weiß ich zwar, daß diese Tage wirklich unter die glücklichsten meines Lebens zu zählen, aber nicht, wie sie gewesen sind: und gerade hierdurch beweist sich ihr Glück. Diese Leere meines Gedächtnisses war durch eine wunschlose Gegenwart aufgefüllt. Sie war ein Sein, das weder ein Gestern noch Morgen hatte. Mary und ich und sonst nichts waren in der Welt, ja, auch die Welt war uns untergegangen.

Halbe Tage lang saßen wir im Versteck des kleinen Hotel garni und wußten nur, daß wir einander angehörten. In allem übrigen waren wir unwissend. Aber das schien uns vollauf genug. Diese Betäubung der Liebe, dieses Beruhen im Sein, dieses wache Schlummern im Sinn des Seins war eine tiefe Erholung für mich. Es war ein Rasthalten, war ein Ausruhen, eine tiefe, glückselige Ohnmacht gleichsam, aus der man als neuer Mensch erwacht.

Natürlich habe ich Mary Breslau gezeigt, das Rathaus, den Dom, die alten, malerischen Stadtteile. Ich habe mit ihr James Marshall besucht, der mich manchmal »Gerhart, mein Rabe« nannte. Sie drückte ihm ihre Bewunderung für seine Meißner Bilder, die sie inzwischen gesehen hatte, und sein Deckengemälde in der Dresdener Oper aus, nach dem wir uns fast die Hälse verrenkt hatten.

Als wir dann wieder auf der Straße gingen, griff sie plötzlich nach meiner Hand. Und ehe ich noch verstand, was Mary wollte, umschloß ich bereits eine Faust voll Gold. Ja, es war Gold, es war pures Gold. Sie war eine Fee, die es einer armen Rechten, der eines Bettlers, zuerst vereint hatte.

Sie schwieg – ich schwieg. Was sollten wir anders tun? Es war von der Sache nicht weiter die Rede.

Wie eines Wunders gedenke ich dieses Augenblicks.

Als diese bedeutsame Spanne Zeit ihr Ende erreicht hatte, stapfte ich eines finsteren Januarmorgens durch die naßkalten Straßen, um Mary noch einmal zu sehen und zur Bahn zu geleiten. Ich war wohl eine Stunde zu früh vor dem Hotel garni angelangt, das verschlossen war und darin alles im Schlafe lag. Es mochte höchstens vier Fenster Front haben. Hinter ihnen allen lag Finsternis.

Die erleuchtete Uhr des Freiburger Bahnhofs wollte, so schien es, ihre Zeiger nicht fortrücken, sie marterte meine Ungeduld. Ich lief durchnäßt und die Schuhe voll Wasser hin und her, die Augen auf Marys Zimmer im ersten Stockwerk gerichtet, immer wieder enttäuscht, wenn hinter den Scheiben das Licht nicht aufflackern wollte.

Da schlief sie nun, lag in ihrem Bett, einer Toten gleich, und ahnte nicht, mit welcher grimmigen Sehnsucht ich hier draußen, zähneklappernd in Kälte und Wind, auf ihr Erwachen wartete.

Wie konnte sie schlafen, da ich in dieser Nacht doch kein Auge geschlossen, sondern vom Zubettgehen an, wie jetzt, fast verschmachtend, peinvoll gewartet und nur gewartet hatte?!

Welches unbarmherzige, gnadenlose Gesicht hat die Liebe in einer solchen Nacht! Wie leidenschaftlich ringen die Herzschläge, welche stöhnenden Laute preßt sie aus und welch leidenschaftliches Flüstern, das beinahe Wahnsinn ist!

Eine Trennung ohne Raumfernen scheint dem Liebenden doppelt peinvoll, ja bis zur Empörung frevelhaft. Sie wird als unverzeihlicher Raub empfunden. So war ich wie ein Verzweifelnder aus dem Bett gejagt und durch die einsamen Straßen gehetzt. Nun war ich da, rannte auf und ab, bestürmte im Geist das verrammelte Haus, das mich stumm und tot wie ein Erbbegräbnis aus erblindeten Augen anstarrte.

Nie wiederkehrend vergeudete sich die Zeit, in der ich doch Mary hätte sehen, fühlen, umarmen können, bevor sie, in die Ferne entführt, mich und also die Welt verließ.

Nun kam noch ein Wächter, der Verdacht geschöpft hatte. Warum ich fortwährend hier hin und her renne, fragte er mich. Weil es mir kalt wäre, gab ich zurück. Dann solle ich heimgehen, mich zu Bett legen, wie sich das gehöre zu solcher Zeit. – Ich fragte, warum denn er nicht zu Bett ginge. Das nahm er als eine Verhöhnung auf, womit er gar nicht so unrecht hatte. Ich war gereizt, gequält, und ein kleiner Streit, der mich ablenken konnte, war mir willkommen. Der Wächter verbat sich jede Anzüglichkeit: »Entweder Sie machen, daß Sie hier fortkommen, oder Sie werden erfahren, weshalb ich hier wache. Auf der Nase rumtanzen laß ich mir nicht!« – »Schade, ich hatte mir das so schön gedacht«, sagte ich. – »Nun aber, allez! Oder aber kommen Sie mit!« sagte der Nachtwächter. Nun klärte ich den Beamten auf; es gelang mir jedoch nicht so vollständig, daß er mich aus den Augen gelassen hätte.

Da zuckte ein Licht in Marys Fenster, daß meine Hände ein Ameisenkribbeln befiel und Kälte mir über den Rücken lief. Aber schließlich mußte ich einsehen, daß der Reflex einer Gasflamme mich getäuscht hatte. Das stieß mich in alle Höllen hinab. Es war, als ob die Geliebte tot wäre und kein Gott das »Es werde Licht!« und »Ich sage dir, stehe auf!« zu gebieten imstande sei.

Lange wollte ich nicht daran glauben, als es in dem Grabmal wirklich hell wurde. Das Licht einer Kerze ging hinter Marys Fenster hin und her, und ihr Schatten erschien auf der Mullgardine. Da war sie, wachte und wußte noch immer nichts von mir. Wie war es möglich, daß ich hier auf der Straße wie ein fremder Bettler verstoßen wartete und nicht immer, Tag und Nacht, und zum Beispiel jetzt, im warmen, behaglichen Zimmer bei ihr war?! Waren das Proben? Waren das Prüfungen? Und wenn sie es waren, konnten sie einen Sinn haben?

Meine Gedanken wurden kühner. Ich stellte mir Mary aus dem Bett gestiegen vor, mit all der unbekleideten Schönheit, die sie doch eigentlich mir bestimmt hatte. Warum schloß sie mich aus, und ich durfte sie nicht in Besitz nehmen?

Aber da wohnte die steife, unbewegliche bürgerliche Moral in ihr, verstärkt durch die Dietendorfer, die herrnhutische, durch die bestimmt wurde, daß wir die Glut, die uns heut durchdrang, ungenutzt lassen und erst nach drei Jahren, am Hochzeitstage, aufwärmen sollten.

Würden wir nach drei Jahren noch am Leben sein? Mary, deren Gesundheitszustand sich seit der Verlobung allerdings erstaunlich gebessert hatte, konnte bei ihrem schwachen Herzen etwas zustoßen. Und was mich betraf: ein sicheres Zutrauen in meine Lebenskraft hatte ich nicht. Warten also hieß alles gefährden. Eine Sicherheit hatten wir nicht.

Während es mir in den Schuhen vor Nässe quietschte, Regen und Schnee mein Gesicht mit Nadeln stach, drang alles das in Gedanken auf mich ein und häufte sich mir wie Blei auf die Seele.

Ich klopfte vergeblich an die Tür, es zeigte sich niemand, mir aufzuschließen. Immer wieder erschienen, so und so, langsame Bewegungen ausführend, die Formen Marys als Schatten hinter den Vorhängen. Der nahe Abschied, das Bewußtsein, sie in weniger als einer Stunde verloren zu haben, erzeugte eine schmerzhafte Inbrunst in mir. Es war mir, als wenn ich, betört und betäubt, hätte müssen mit beiden Fäusten die Haustür einschlagen. Ging es nicht über Menschenkraft, einen marternden Widersinn, einen menschenmörderischen Unsinn ohne Widerstand zu erdulden?

Endlich stand ich vor Marys Tür. Ich flüsterte, sie möge mir aufmachen.

Man schlief noch im Hause. Nur am Quartier Mathilde Jaschkes und Johannas glühte das Schlüsselloch. Man hörte Tassen- und Löffelgeklimper.

Mary wollte sehen, wer da sei, und öffnete einen Finger breit. Da war ich auch schon in ihrem Zimmer.

Dann nahmen wir am freundlich gedeckten Tisch mit den Damen unter Tante Mathildens eigener Petroleumlampe das schmerzlich-gemütliche Frühstück ein.

Durch die acht glücklichen Tage ward eine neue Epoche begründet und eingeleitet. Aus dem vorwiegend triebhaften Wachstum in mir erhob sich eine auf das Äußerliche gerichtete, praktisch vordringende Geistestätigkeit. Daß zwischen ihr und mir fortan Gütergemeinschaft bestehen sollte, hatte Mary deutlich genug durch das goldene Geschenk erklärt. Mein Bildungsgang war damit gesichert.

Den Rest des Winters und den kommenden Sommer wollte ich noch in Breslau zubringen, im Herbst auf mehrere Semester nach Jena gehen, wo ich auf Empfehlung des Professors Haertel, der das Weimarer Kriegerdenkmal geschaffen und zu dem kleinen Hofe Beziehungen hatte, immatrikuliert zu werden hoffte. Zwar wollte ich auch dort Gelegenheit suchen, in Ton zu arbeiten, um meine Bildhauerei nicht zu vernachlässigen, aber meine literarischen Neigungen hatten beinahe das Übergewicht, mit ihnen war ein heißer Durst, aus den Quellen höheren Wissens und höherer Weisheit zu trinken, über mich gekommen.

Immer noch blieb ich knabenhaft, obgleich ich mein neunzehntes Jahr vollendet hatte. Ich hatte noch immer, nach Photographien zu urteilen, ein ovales, lockenumrahmtes Mädchengesicht, in dessen Wangen jene »Eindrücke des Fingers der Liebe« waren, die man Grübchen nennt und die Johann Joachim Winckelmann in Paragraph siebenundzwanzig im fünften Kapitel des fünften Buches seiner Geschichte der Kunst ausführlich behandelt.

Ich bin dieser Grübchen wegen oft geneckt worden.

Wie ich im Spiegel bemerkte, hatte ich, weiter im Winckelmannschen Sinne gesprochen, kein kleinliches Kinn, sondern eher eines, wie man es »an allen Figuren würdiger Werke des Altertums beobachtete. Auch in ihm war der »Eindruck des Fingers der Liebe« festzustellen.

Aber wehe, wenn jemand auf solche Dinge anspielte! Nichts reizte mich so, als wenn man mich nicht als Charakter sah und Äußerlichkeiten berührte, die ich nicht kannte und, wenn ich sie gekannt hätte, verwünscht haben würde.

Heut sage ich mir, daß ich ein versprengter Grieche bin und also auch damals einer war.

Dabei blieb meine ganze Erscheinung kümmerlich. Ich hielt mich schlecht, schritt mit unangenehm geknickten Beinen, die kläglich flache Brust vornübergebeugt, in einer Haltung, auf deren Jämmerlichkeit mich die in einem Blumenladen beschäftigte apollinische Schwester Hugo Schmidts durch den Bruder aufmerksam machen ließ: ich möge doch etwas auf mich achten und nicht auf eine so skandalöse Weise wie ein Depp durch die Straßen trotten.

Ich gestehe gern, daß ich vor diesem meinem recht rücksichtslos enthüllten Spiegelbild erschrocken bin.

Aber der schlafende Grieche in mir regte sich. Es sproßten eigene Empfindungen und Gedanken in mir auf, die weder im Elternhaus noch im Gutshause von Lederose noch im Geiste Ploetzens oder Carls ihre Wurzeln hatten. Verwandt jenem Jüngling Eudemos, der in Platons Akademie einen Altar der Freundschaft gestiftet hatte, bildete sich, trotz meiner Verbindung mit Mary, in meiner Seele der höchste Begriff von ihr. Dort in meiner Seele stand unsichtbar ein ähnlich würdiger Altar, den ich der Freundschaft errichtet hatte. Carl, Ploetz, Hugo Schmidt, Max Fleischer hießen die Namen, denen in erster Reihe gehuldigt wurde.

Ich bekämpfte immer wieder das naturwidrige christliche Schamgefühl; die Auffassung des göttlich-menschlichen Körpers – selbst nach christlicher Ansicht Gottes Ebenbild – als eines Madensackes quälte und entrüstete mich. Auf ihr beruhe, sagte ich, die allgemeine Verderbtheit und Verkommenheit des Menschengeschlechts.

Ich redete einer Nacktkultur das Wort und tue es heute noch. Denn alle die Nachteile, die man etwa gesehen hat, sind nichts gegen ihre gewaltigen Vorzüge. Einmal stellte ich mich, zu ihrem Entsetzen, meiner Schwester in völliger Nacktheit dar und schwor, wenn sie es mir befehle, würde ich ohne eine Spur von Schamgefühl dreimal um den Breslauer Ring laufen.

Sich seines Körpers schämen, der man doch selber ist, heiße ja nichts anderes, als sich seiner selbst schämen.

Die Kneipereien mit Ploetzens Kommilitonen gingen leider fort, und der junge, mit Grübchen behaftete Eudemos, oder wie ich mich nennen mag, war ein gefürchteter Held an der Kneiptafel. Im Rückerinnern erschrecke ich, denn nur durch ein Wunder konnte meine zarte Natur all diesen selbstmörderischen Mißhandlungen überlegen geblieben sein.

Ahnte Mary, was sie tat, als sie mich diesem zerrüttenden, stumpfsinnig-rohen Treiben überließ, über dem sie mir nur wie der Stern über Graus und Wüstheit leuchtete?

Vierzehntes Kapitel

Die wilden studentischen Trinkexzesse dieser Zeit fanden in dem sogenannten Zobtenkommers ihren Höhepunkt.

Ich glaube, im Juli begann die ganze Studentenschaft von Breslau geeinigt dieses große Trink- und Sommerfest mit einem Umzug durch die Stadt. Die Chargierten in vollem Wichs führten, in Landauern sitzend, ihre Verbindungen an, die ihre Fahnen entfaltet hatten. Auch Alfred Ploetz trug ein gesticktes Käppi, Samtpekesche und Kanonenstiefel. Er hatte mich als bloßen Konkneipanten zu sich in den Wagen genommen.

Es war der herrlichste Sommertag, die Bläue des Himmels wolkenlos – und auch unsere Seelen, muß gesagt werden.

Alles atmete Jugend, Freude, festliches Glück, Kameradschaft und Burschenherrlichkeit.

Ich erfuhr hernach, wie manche, die mich kannten, erstaunt waren, mich unter den Studenten zu sehen und überdies an bevorzugter Stelle. Mir ist sogar etwas wie neidischer Spott erinnerlich.

Die endlose Prozession bewegte sich, von Musik begleitet, gegen den Freiburger Bahnhof hin, von wo die kürzeste Fahrt im Extrazug die Studentenschaft nach Kanth brachte. Hier standen bekränzte Leiterwagen bereit, die wiederum in endlosem, buntem Zuge Korps, Burschenschaftler, freie Studentenschaft und einen großen Teil der Finkenschaft gegen das Städtchen Zobten abrollten.

Dem Bier wurde schon in Kanth durstig zugesprochen, was nicht allein auf die Julihitze zu schieben war.

Vor manchen der Wagen waren vier schwere Pferde gespannt. Schon unterwegs kam es vor, daß Übermut seine Blüten trieb und sich die Chargierten mit Schlägern und Kanonenstiefeln auf ihren Sattelpferden beritten machten. Das Ganze ließ mit seinem Gesang, Jubel und wildfröhlichen Lärm an den Zug Alexanders durch die Provinz Karmanien denken, wo ebenfalls auf den langsam fahrenden, bekränzten Wagen von bekränzten Menschen geschmaust, getrunken, gesungen, gejauchzt und jubiliert wurde, nur daß man dort keine Waffe sah, während hier die Chargierten im Wagen und auf den Zugpferden mit dem Schläger in der Rechten herumfuchtelten, während die Linke das Bierglas hielt.

Jedenfalls wurde auch diesem Bakchoszug frisches Getränk in schäumenden Gläsern gereicht, überall, wo er einen Augenblick haltmachte.

Die Ausgelassenheit wuchs und wuchs.

Mitten auf dem vergrasten Markt des gleichsam vergessenen Städtchens Zobten lagerte sich an flüchtig zusammengeschlagenen Tischen und Bänken die Studentenschaft. Ihr erwählter Präside bezog einen kanzelartig erhöhten Platz, und als er auf das Holzbrett seines Tisches den Schläger niederknallen ließ, taten es ihm alle Einzelpräsiden nach, welche die Kneiptafeln ihrer Verbindungen leiteten.

Es saust ein Schlag – es saust ein Hagel von Schlägen nach. Der Präside brüllt: »Der Kommers ist eröffnet!« Es saust ein Schlag – ein Hagel von Schlägen nach.

Das erste Allgemeine steigt: und sofort wird das »Gaudeamus« von fünfhundert wilden Kehlen angestimmt.

Es saust ein Schlag und ein Hagel von Schlägen nach, so daß Schwalben, Tauben, Sperlinge und andere Vögel nicht zu wissen scheinen, wohin, und voll Entsetzen hin und her jagen.

Ein Salamander wird gerieben: »Exercitium salamandris incipit!« Eine Schlägersalve kracht wie Gewehrfeuer!

Wie nahm sich nun das Städtchen aus, das Carl und ich, nach nächtlicher Fahrt, mit dem Schlossermeister Mehnert besucht hatten! Pechfackeln lohten, als es dunkel ward. Die Philister lagen in ihren Fenstern. Straße, wie wunderlich siehst du mir aus …! Marktplatz, wie wunderlich siehst du mir aus …! Welt, wie wunderlich siehst du mir aus …!

Am Himmel treten die Sterne hervor. Dort glüht der Mars. Drüben neigt sich der Große Bär mit dem Reiterlein über der Deichsel.

Ich stürze Halbe und Ganze hinab … Alle Schwere ist von mir genommen … Ich löse mich in die Allheit auf …

Da sehe ich unseren Präsiden Ploetz. Eben hat er mit dem Rapier auf den Tisch gehauen. Er beugt sich beiseite, ihm schießt ein dunkler Strom aus dem Mund.

Aber nichts ist geschehen.

Zum zweiten, zum dritten knallt das Rapier. »Ich komme der Korona einen Ganzen!« brüllt Ploetz und gießt den schäumenden Inhalt eines Bierglases in die gleiche Öffnung, durch die er sich eben entleert hatte.

Und weiter geht die Trinkraserei …

Es ist wahr, daß hinter dem allem etwas steckt, wovon sich der bürgerliche Moralist, der Prediger weiser Mäßigung, der gesundheitshungrige und gesundheitsgeizige Hypochonder nichts träumen läßt. Hier ist ganz gewiß ein alter Kult elementar ursprünglicher Religiosität, der sich Luft schaffen muß und zum Durchbruch kommt. Ein ins Grenzenlose getriebener Rausch hebt das Enge, Persönliche auf, er entkörpert die Seele durch einen Prozeß, der den Körper ohne Gnade und rücksichtslos vergewaltigt.

Ich glaube, es ist Richard Wagner, der sagt: durch die Offenbarungen der Musik werde Kultur aufgehoben wie Lampenschein durch Tageslicht.

Was hier hervorbricht, ist terrestrischer Art, ist eine seherische Nacht, die in den Hirnen der Trinker scheinbar allwissende Zustände schafft, wie in dem Hirn der Pythia die verzückenden Kräfte der Dunstspalte.

Es wirkte, wie der sozial-pangermanische Ploetz hätte sagen können, das Bier, das Asen und Wanen, entzweite Gottheiten des fruchtbaren Erdbodens, beim Friedensschluß mit Hilfe ihres gemeinsamen Speichels brauten.

Noch heute erzeugt man das sogenannte Steinbier in Kärnten, indem man Gerste im Munde kaut, in Gefäße spuckt und so die darin enthaltene Stärke in gärungsfähigen Zucker verwandelt.

Jedenfalls ist es der Erdboden, aus dem die in immer-währender Wandlung befindlichen Säfte und Kräfte zu rätselhafter Machtentfaltung in die Köpfe der Menschen aufsteigen und sie belehren, daß sie nicht nur Müller und Schulze, sondern durchaus nicht abgenabelte Kinder der Erdmutter sind und außerdem nichts und alles als kosmische Wesen.

Für diese Kräfte sind nicht alte, sondern junge Leute, in denen, so wie damals in mir, alles in Gärung ist, die Medien. Ein solcher Kommers gleicht einem chthonischen Schleusenbruch, alles bewegt sich in ihm und unter ihm wie von Erdbeben, plutonische Mächte dringen auf mit immerwährenden Schlägen und Stößen. Doch sie erregen hier keine Angst, da sie mit dem Getöse der bakchischen Raserei untrennbar verbunden sind.

Es ist hier der Ausbruch eines Vulkans, wo immer neue Krater Qualm und blutige Flammen emporschleudern. Aber diese glühenden Wolken ersticken nicht, und dieses Feuer kann nur zum Jauchzen hinreißen. »Sprich furchtbar Weisheit um dich her, Mund, schwarz von Rebenblut ...«, singt Klopstock. Es kommt vor, daß dem Trinker alles in Schwärze erlischt, alles Getöse plötzlich verstummt, die Weltkatastrophe nur noch in ihm ist. Dann fühlt er sich in einem verlöteten Sarg begraben und hört nur noch das Knirschen des wogenden Erdbodens. Er selbst ist ein hautbedecktes Skelett, zwischen dessen lederfarben verschrumpften Lippen die Zähne bloßliegen. Das ist der Wahnsinn und zugleich in seinen letzten Tiefen das Mysterium.

Äußerlich entwickelte sich mehr und mehr ein Brueghelbild. Wie wird der saubere Marktplatz bei Anbruch des Tages aussehen? Die Verunreinigung in jeder Form geschieht schließlich ohne alle Rücksichtnahme öffentlich.

Endlich ist dann die Stunde da, wo der letzte Bakchant im Stroh niedergebrochen oder unter den Tisch gesunken ist. Aber als die reinigende und beglückende Sonne sich um drei Uhr morgens erhoben hat, springt alles wiederum auf die Beine, die frischen Stadtbrunnen waschen Dunst und Schmutz aus den Köpfen fort.

Vor uns steht der Zobtenberg. In heiter bewegten Gruppen beginnt nach dem Kultus dämonischer Tiefen das Aufsteigen ins neugeborene, hohe und reine Licht.

Vorher schrien wir noch den Kommilitonen und Chargierten Drechsler aus dem Schlaf, der ein Bürgerquartier bewohnte: er erschien sogleich im bloßen Hemd, das Zereviskäppi auf den Scheitel geklebt, das Rapier in der Hand, über der Holzstiege, wobei er aussah wie Don Quijote.

Wir bändigten ihn, da er noch halb betrunken war, wir gossen ihm Wasser über den Kopf, bis auch er dem Morgen, der reinen Luft, dem reinen Licht und der Jugend wiedergewonnen war.

Mit diesem großen Finale wird meine zweite Breslauer Zeit abgeschlossen. Sie versinkt hinter diesem allgemeinen jugendlichen Rausch, der sie wie eine zuckende Wand sommerlicher Gewölke verbirgt.

Fünfzehntes Kapitel

Nach einer Ausschweifung so gewaltiger Art kehrte ich nach Nieder-Salzbrunn zurück – somit ins Besinnliche, eng Begrenzte.

Bahnhof Sorgau, den man eine Weile nebenher bewirtschaftet hatte, war längst einem anderen Pächter überantwortet. Der Bierverlag warf inzwischen schon etwas ab, das Kulmbacher Pertsch-Bier hatte sich eingeführt. Aber die Beratungen mit Hamburg gingen brieflich hin und her: Georg wünschte das Kaffeegeschäft zu vergrößern und dachte daran, Vater als kaufmännisch zuverlässige Kraft nach Hamburg zu ziehen. Ob diese Erwägung oder Georgs Familiensinn und Vaters Wunsch den Ausschlag gab, vermag ich nicht zu entscheiden.

Immer noch waren Vater und Mutter in der alten, ihnen überdrüssig gewordenen Umgebung festgehalten. Das lebendige Adersystem des Bahnhofs Sorgau hatte sie nicht fortgeschwemmt. Den Papagei und die Möbel von Tante Jaschke zu bewachen, während Schwester Johanna und sie frei in der Welt herumflatterten, war kein Lebensberuf. Aber man mußte, wenn man beweglich werden wollte, den Bierverlag abstoßen, das hineingesteckte Kapital herausholen.

Unter den Interessenten zur Übernahme des Bierverlags war auch der Vater von Alfred Ploetz. Er hatte sich etwas erspart und wollte seinen Posten in der Seifenfabrik aufgeben. Sein Sohn Alfred, der ungezwungen ein und aus ging bei uns, brachte ihn eines Tages mit.

Man spürte damals überall Unternehmungslust.

Der alte Siedemeister Ploetz, jünger als mein Vater, hatte, wie dieser, sein Leben lang an einem Fleck oder jedenfalls in ein und demselben Beruf zugebracht. Nun kam über ihn der Bewegungsdrang. Er wollte den Wechsel in Ort und Beruf. Er wollte den Kampf, das Wagnis, das Abenteuer. Es waren belebte Stunden, die wir mit ihm und Alfred am Tische des Vaters zubrachten. Dieser verstand sich gut mit ihm.

Das Biergeschäft, Gott sei Dank, übernahm er nicht. Er würde wahrscheinlich, wenn er es getan hätte, sein Erspartes verloren haben. Hätte er aber auch gute Geschäfte gemacht, der Wind der großen Reisen, den er suchte, wehte hier nicht. Er ging hernach nach Amerika und hat dort sein Grab gefunden.

Im August und September dieses Jahres habe ich einem alten beschäftigungslosen Turnlehrer Grosser das Drama »Germanen und Römer« in die Feder diktiert. Der Möbelunterstand Tante Jaschkes sah den alten Herrn über das Papier gebeugt und mich ruhelos auf und ab schreiten. Der Bund mit Mary hatte meine Kräfte gesammelt, meinen Willen gestärkt und meinen Ehrgeiz entscheidend angefacht. Im gleichen Herbst, wiederum zu Beginn einer Reihe glücklicher Tage, habe ich ihr eine schöne Abschrift des Jugendwerks, mit dem ich Kleist übertreffen wollte, zu Füßen gelegt. Außer der unbeirrbaren Stimme in mir war trotzdem, weder an Urteilskraft noch an Leistung, etwas bei mir vorhanden, worauf sich eine gesunde Aussicht begründen ließ.

Aber die Liebe glaubet alles, hoffet alles und duldet alles:

in diesem Falle sowohl Marys Liebe wie meine Selbstliebe. Mit Zweifeln brauchte ich mich nicht herumzuschlagen, und Mary hatte sich mutig zum Besuch in unserem Nieder-Salzbrunner Winkel angesagt. Ich glaube mich nicht zu täuschen, wenn ich annehme, daß sie sich mit meinen Eltern aussprechen, gefürchtete Verstimmungen aus dem Weg räumen, eigentlich in aller Form um mich anhalten wollte.

Ich stand auf dem Sorgauer Bahnhof, als der Zug einlief, mit dem sie zu erwarten war. Und nun, gleichsam noch im selben Atem, der das überzeugte Glauben, Hoffen, Dulden der Liebe ausgesprochen hat, muß ich in einem bestimmten Sinn widerrufen: als sie nämlich nicht aus dem Zug stieg, fühlte ich, ich hatte an ihrem Erscheinen gezweifelt. Und die deshalb gefühlten Ängste arteten, da sie bestätigt schienen, in Verzweiflung aus.

Marys Erscheinen im Elternhaus war ein Ereignis von grundlegender Wichtigkeit. Was sich bisher zwischen uns ereignet hatte, war eine heimliche Liebelei. Sie zu beenden, genügte, sie einfach nicht fortzusetzen. Wenn Mary kam und sich den Eltern als Tochter vorstellte, hatte sie eine Bindung geschaffen, die nicht mehr so leicht zu sprengen war. Sie wußte das ebensogut wie ich und konnte, auch noch im letzten Augenblick, vor diesem entscheidenden Schritt zurückschrekken. Blieb sie nun aus, wie geschehen war, und lag zu Hause ein Telegramm oder Brief, der Vetter aus Naumburg, die Großmama aus Augsburg oder sonst jemand sei auf Hohenhaus eingetroffen, so daß Mary die Reise habe verschieben müssen, so wußte man sicher, woran man war.

Es konnte sein, daß Mary nur zauderte. Aber Zaudern und Abfall war für mich einerlei.

Die schlimme Vermutung hatte bei mir sogleich die höchste Wahrscheinlichkeit: sie wolle unserem Verhältnis ein Ziel setzen.

Telegramm oder Brief war nicht eingetroffen, als ich nach Hause kam. Der Blick meiner Mutter war sorgenvoll. Ihr Trost, daß der Verlust eines schönen Mädchens durch hundert ebenso schöne gutzumachen sei, traf mich tief und trieb mich ins Freie hinaus. Ich bewegte mich gegen Ober-Salzbrunn hin, den grauen Zughund an der Seite.

Durch die Felder zu streifen, hätte bedeutet, jede Hoffnung aufzugeben. Darum hielt ich mich auf der Dorfstraße. Hier kamen Wagen hie und da, an die man sinnlose Hoffnungen knüpfen konnte. Das geschah auch bei einem Landauer mit zwei Pferden, der mir entgegenkam.

Als ich nun wirklich Mary darin entdeckte, erfuhr ich eine Bestürzung ganz anderer Art als jene, die mich dereinst bei Schloß Buchwald überkam, im Erkennen unseres eignen Gefährts, darin Mutter, Schwester und Brüder saßen. Erschüttert, meiner beinahe nicht mächtig, stieg ich zu Mary ein.

Sie war irrtümlicherweise vier Stationen vor Sorgau in Fellhammer ausgestiegen. Sie habe nur schwer ein Fuhrwerk gefunden, sagte sie, und sei in unendlich langer Fahrt fast daran verzweifelt, jemals ans Ziel zu gelangen.

Die Erinnerung an die nun folgenden Wochen ist mit den innigsten Intimitäten des Glücks gefüllt. Wem die Liebe nicht fremd ist, der mag sie sich vorstellen. Oft suchten wir Ober-Salzbrunn auf, wo ich der Geliebten mein Geburtshaus, Elisenhalle und Promenaden und die sonstigen Tummelplätze meiner Jugend zeigen konnte.

Selbstverständlich erregten wir Aufsehen. Auch will ich nicht leugnen, daß ein gewisser Stolz, ja Triumph mich überkam, als ich mich im belebten, gleichsam festlichen Zentrum des Orts mit meiner schönen Geliebten zeigen konnte.

Es überraschte mich selbstverständlich, wie sich Mary mit der Enge unseres dürftigen Haushalts vertraut machte. Es gleicht einem Wunder, wie diese nicht nur mutterlose, sondern eigentlich auch vaterlose Waise in meinen Eltern sogleich Vater und Mutter sah. Sie hatten, die Eltern, nach wenig Tagen in Wahrheit eine Tochter gewonnen.

In diesen glücklichen Wochen wurden zwischen Mary und mir Pläne gemacht, Entschlüsse gefaßt und danach sogleich durchgeführt. Zu Anfang Oktober ward ich dann bereits auf Grund von Empfehlungen Professor Haertels in die jenensische Alma mater aufgenommen.

Der Fall verdient im Reiche der Wunder Bürgerrecht. Den möchte ich sehen, der die eiserne Pedanterie jener Zeiten kennt und Luftsprünge über Abgründe vom Unterquartaner bis zu diesem Ziel für möglich gehalten oder gar angeraten hätte.

Nach Platon haben gewisse Orte dämonische Natur. Die ersten Wochen meines Aufenthaltes in Jena lehrten mich das. Ich war in eine dämonische Welt geraten.

Zuerst empfand ich etwas wie die Wirkung eines Jungbrunnens. In ungeahnter Weise erneut und verjüngt, merkte ich, wie alt und beschwert, ja gleichsam verholzt ich in Schlesien gewesen war. Hier umgab mich ein Licht, eine Luft, die das Atmen leicht, das Dasein froh machte. Ich war erstaunt, daß es einen Ort wie Jena gab, und bedauerte, so lange in ein finster-rauhes Klima des Geistes und Gemütes verstoßen gewesen zu sein. Ich war verwundert, wie sich äußere Enge, warmes Wohlbehagen und geistige Weite hier zu schöner Harmonie verbunden hatten, und fühlte sogleich ihre lind umfangenden Wirkungen.

Dieses Thüringer Städtchen war damals noch wie ein erweiterter Garten des Epikur, in den seine Häuser und Häuschen gebettet standen, in den man mit jedem Morgen trat, von einem zuinnerst lachenden Jugendglück überwältigt. Hier erst konnte ich auf höherer Ebene an die Unschuldstage meiner Knabenseele wieder anknüpfen: wie ein zweiter langer, ununterbrochener Lebensmorgen kam es über mich.

Auch mein Verhältnis zu Carl stand unter dem Zeichen des Jungbrunnens. Hier wurde er mehr als je mein Mentor. Einbezogen in die herrschende Harmonie, teilte er, im gelindeinnigen Sinne der Genien dieses Ortes, Geist, Herz und Seele mit mir.

Mit der Hand abzureichen nah stand die ehrwürdige Behausung von Geist und Geistern, Universität genannt, in der edle Lehrer dozierten. Von meinem Mentor wurde ich nach und nach mit ihnen bekannt gemacht. Es war Ernst Haeckel, der große Umstrittene, dessen Name unter allen den verbreitetsten Klang hatte, und der mit seinem hellen »Impavidi progrediamur!« – »Unerschrocken vorwärts!« oder »Unerschrokkene, schreiten wir vorwärts!« – unseren Herzen am nächsten stand. Dieser weltbewegende Ruf, diese weltbewegende Herausforderung, die mit weltbewegenden Gedanken verbunden war, ging von der scheinbar friedsamsten aller Gelehrtenkolonien aus, die, auf ihre Art klösterlich, das friedsamste aller Tälchen bewohnte. Eine Feuersäule des Geistes, die eine Art Weltbrand zur Folge hatte, schoß aus einem blumenübersäten, von Gras und Büschen überwucherten, stillen Krater und Kranz von Friedfertigkeit. Noch sehe ich meines Bruders Augen leuchten, wenn er mit Marquis-Posa-Pathos sein tägliches »Impavidi progrediamur!« allem vermeintlich Überlebten und Rückständigen in der Welt entgegenschleuderte.

Der Kühnste der Kühnen, Friedrich Schiller selbst, der

Schöpfer des Marquis Posa, war hier noch überall gegenwärtig: auch er wunderlich verbunden mit einem altväterisch friedfertigen Bürgertum, das traulich beengte Häuschen bewohnte und an lauschigen Fenstern in sorglich begossenen Blumentöpfen Fuchsien und Geranien zog.

Was war nicht alles in dieser landschaftlichen Enge traulich zusammengedrängt! Die schwarze, vielbesungene, schweigende Saale durchrinnt ein freundliches Geisterreich, darin die Lebenden mit den Abgeschiedenen in heiter innigem Verkehr stehen. Die Manen Goethes, Schillers, Alexander von Humboldts, Fichtes, Schellings, Hegels erscheinen hinter jedem Katheder, sitzen unter den Studenten in den Hörsälen, spazieren, Hände auf dem Rücken, unter den Lebenden im Paradies an der Saale auf und ab und machen einander den Raum nicht streitig.

Carl und sein Freund Ferdinand Simon waren bei einem Rat Wuttich untergekommen, ich gesellte mich als dritter dazu. Man hatte uns einen ziemlich vermorschten Flügel des Stockwerkes, das die Familie Wuttich bewohnte, eingeräumt: besser gesagt, man hatte ihn uns überlassen. Denn außer einer wackligen Feldbettstelle, einem wackligen Tisch und einem wackligen Stuhl enthielten unsere kahlen, aber irgendwie wohnlichen Räume nichts.

Wir hausten in einer Flucht von Zimmern nach dem Hofe hinaus, von denen einige nur noch vom Holzwurm bewohnt waren. Carl und Simon lebten auf eine seltsame Weise unbehelligt in diesem Quartier, das sie eigentlich wie ein Allgemeingut, etwa eine Promenadenbank, nach einem flüchtigen Zug an der verrosteten Schelle des Rats eingenommen hatten. Ob und wann und in welcher Höhe eine Miete gezahlt werden mußte, machte den beiden ebensowenig Kopfschmerzen, wie es die Familie Wuttich zu beschäftigen schien.

Außer dem Rat, der, wenn er ausging oder von seinem Ausgang zurückkehrte, einen sprachlos freundlichen Gruß mit uns wechselte, blieb die Familie hinter weißverhängten Glastüren unsichtbar. Auch dienstbare Geister gab es nicht. Wir machten uns unsere Betten selbst, was wenig Mühe verursachte, da Bettzeug eigentlich kaum vorhanden war, und ließen die Zimmer unausgekehrt. Die Semmeln hängte uns morgens der Bäckerjunge an die Tür, und abwechselnd mußte jeder von uns dreien den Frühstückskakao kochen.

Das Quartier wurde von uns am Tage wenig benutzt, zuweilen ebensowenig nachts, da nach einer feuchtfröhlichen Sitzung kaum Zeit zu schlafen übrigblieb. Wir verbrachten den Tag in den Hörsälen, auf Spaziergängen, bei Mittag- und Abendessen im Gasthaus Zum Löwen, oder wir zogen auf eines der Bierdörfer, Lichtenhain oder Ziegenhain, und fühlten uns bei bescheidenen Mahlzeiten selig. Dazu kam eine alte Konditorei, in der Leutrastraße gelegen, neben unserer wurmmehlgesegneten Unterkunft, wo wir regelmäßig zur Vesper Kaffee tranken.

Ferdinand Simon war ein kleiner, dicklicher Mensch mit kringligem Haupthaar, Sohn eines Stubenmalermeisters, der in der allergrößten Entbehrung lebte und schon mit siebzehn Jahren sein Abiturium hinter sich gebracht hatte. Er studierte, durch Carl beeinflußt, Philosophie, besaß Herz und Humor, war derb und geradsinnig, und wir verstanden einander vom ersten Tage unserer Begegnung an.

Der Betrag, den er aus Neumarkt in Schlesien von seinem Vater pro Monat bezog, reichte nicht für Kollegiengelder. So wurde denn das Stundungsprinzip, sowohl bei Rat Wuttich wie im Gasthaus Zum Löwen, auf radikale Weise angewandt. Alle, Schneider und Schuster inbegriffen, waren's zufrieden, daß Ferdinand Simon die Zahlung nach vollendetem Studium bei Antritt eines besoldeten Amtes in Aussicht stellte.

Der Schuster besonders, der auch Carls und meine Füße bekleidete, war in dieser und jeder Beziehung merkwürdig. Simon, Carl oder mir ein Paar Schuhe auf Stundung, das heißt umsonst, anzufertigen, war eine Sache, die ihm ein wahres Vergnügen bedeutete. Einen oder auch zwei Gesellen hatte er wohl und, wenn ich nicht irre, ein kleines Anwesen. Aber nur selten wird ein Handwerksmeister mit zehnfach so großen Einnahmen sich so zum allezeit hilfreichen Vater der Studenten entwickeln.

Spinoza, der Philosoph, war Glasschleifer. Wenn schon der Schuhmachermeister Riedel kein Spinoza war, so trieb er doch Philosophie. Unter den Philosophen war es Schopenhauer, den seltsamerweise der stets harmonisch heitere Mann bevorzugte. Man war sein Bruder, wenn man sich mit Riedel im gleichen Geiste über Schopenhauer unterhielt, und er war gleichsam bereit, seinen Bissen Brot mit dem Bruder zu teilen.

Da ich ein Kolleg über griechische Geschichte hörte und

eines über die Akropolis, konnte mir dieser weiche und feine Mensch manchmal vorkommen wie ein Zeitgenosse des Sokrates, des Hebammensohnes, der wohl gelegentlich an seinem Laden stehenblieb und von dem er das Wort gelernt hatte: »Philosophari necesse est, laborare et vivere non necesse.«

Warum erscheint mir eigentlich dieses liebe Jena, wenn ich daran denke, wie ein mehr unter griechischer als unter deutscher Sonne liegender Ort? Alles um Jena hatte für mich einen fremd-heimlichen Zug, den ich für südlich hielt. Der kahle Jenzig mit seinem bläulichen Muschelkalk breitete eine seltsame Helle aus, die sich leicht ins Geistige übertrug. Das Tälchen, wo Saale und Leutra einander begegnen, wirkte dünnluftig. Im Versteck dieser Siedlung von Gelehrten, zurückgezogenen Forschern und Lehrern bestand keine Atmungsschwierigkeit. Erscheinungen wie der philosophische Schuster wären ohne das kaum möglich gewesen und noch weniger ohne das geistig durchdringende Leuchtphänomen der Forscher- und Philosophenschule im Mittelpunkt.

Jena war für mich von der Seele des Griechenlandes belebt, die ich seit meiner Kindheit mit der eigenen Seele gesucht hatte. Der mit Bildern des Trojanischen Krieges versehene Prosahomer hatte mir das erste Verlangen eingeflößt. Lessings »Wie die Alten den Tod gebildet« und ähnliches vollendete in den Kunstschultagen meine Bezauberung. Hier in Jena las ich die »Griechische Geschichte« von Grote und die von Curtius. Mit Hilfe von Marys Monatswechsel kaufte ich den »Perikles« von Adolf Schmidt, die »Geschichte der griechischen Kunst« von Overbeck, Übersetzungen von Homer, Hesiod, Herodot. Ich kaufte die »Beschreibung von Griechenland« des Pausanias, einen deutschen Plutarch und alles Griechische, dessen ich habhaft werden konnte. Dazu kamen die entsprechenden Kollegs und besonders das über die Akropolis.

Mußte sich nicht durch dies allein schon vor meinem gleichsam trunkenen Auge die Umgebung in eine griechische Gegend, Jena in ein Athen verwandeln?

Professor Gaedechens las das Akropoliskolleg als Privatissimum in einem Raume seiner Privatwohnung. Er hatte eine längliche, ebenerdige, verglaste, laubenartige Halle anbauen lassen. Es durchlief sie der ganzen Länge nach in der Mitte ein Tisch, auf den der Dozent ein Gipsmodell der Akropolis mit allen ihren Bauten gestellt und Karten und Bilderrollen ausgebreitet hatte. Durch eine Menge kleiner Plastiken wurde der Bildnerschmuck des Tempelberges vorstellbar gemacht. Aus dem Kolleg des lieben begeisterten Mannes nahm ich, jedesmal verstärkt, die Sehnsucht mit, die Herrlichkeit dieser Götterhöhe unter dem andern Blau des griechischen Himmels lieber heut als morgen mit Augen zu sehen. Ich wußte kaum, wie ich ihr widerstehen sollte.

Der Vortrag von Gaedechens war der glanzvollste. Er sprach nicht vom Hörensagen, was beinah selbstverständlich ist, sondern schöpfte aus eigener Anschauung. Man mag sich vorstellen, in welche Bewegung seine Schilderungen des Landes der Götter mich versetzen mußten, seiner Häfen, Buchten und tempelgekrönten Vorgebirge, seiner alten Theater und Burgen und dessen, was man an marmornen Denkmälern der bildenden Kunst aus dem Innern der Erde und aus dem Meere hob.

Es ist mir ein Rätsel, wie trotzdem, in völliger Geschiedenheit, eine Richtung meines Wesens auf das Altgermanische sich fortsetzen konnte.

Die Blutsbrüderschaft unter dem Rasenstreifen und alle damit verbundenen Ideen und Ideale führten ihr Eigenleben weiter in mir. In Jena bin ich dazu geschritten, eine Gestalt aus meinem dramatischen Jugendgebilde »Germanen und Römer«, den blinden Sänger Sigwin, als Idealkopf in Ton zu formen, für welche Arbeit mir ein Steinmetz kostenlos einen Raum seiner Werkstätten einräumte.

Allerdings waren diese Bemühungen nur nebensächlich und spielerisch, weil die jenensischen Umstände dem Plastiker in mir allen Ton aus den Händen genommen hatten und beinahe nur noch geistiges Bilden gelten ließen.

Bezeichnend für die beiden Tendenzen in meinem Innern waren die Gestalten, die ich zu Helden meiner nächsten Dramen zu machen gedachte: Karl der Große und Perikles. Aber ich wollte dazu weit ausholen und nach ernsthaften und geduldigen Vorarbeiten endlich das Große hinstellen, das meine Träume mir vorgaukelten.

Die jenensische Dominante blieb der heilige Berg, die Akropolis, blieben Propyläen und Parthenon, blieben Perikles, Aspasia und Pheidias, dessen Bildnerhand für mich zur Hand eines Gottes ward, dessen goldelfenbeinerner olympischer Zeus meine Nächte beunruhigte.

Ich wurde von Carl dem Philosophen Eucken vorgestellt und hörte seine Vorträge. Wieder und wieder wurde noch immer von ihm der erlauchte Name Platon genannt, und der Schwung seiner Rede, die alles mit einem feurigen Element überflutete, drang natürlich auch als ein verwirrender Sturm in meine griechischen Träume ein.

Wir wußten noch nicht, bis zu welchem Grade es der Geist von Weimar war, der noch immer im jenensischen Geistesleben und seinen Persönlichkeiten, selbst in Ernst Haeckel wirkte, trotzdem die Großen von Weimar nicht nur ihrem Wesen nach, sondern fast noch leiblich unter uns wandelten. Hier in dem jenensischen, ästhetischen Staat, in diesem Kreise des schönen Umganges erschien der Mensch dem Menschen als Objekt des freien Spiels, und so standen wir alle uns gegenüber. Und um weiter mit Schiller zu reden: Freiheit zu geben durch Freiheit blieb das Grundgesetz dieses, auch unseres Reiches.

Sechzehntes Kapitel

»Ihre Söhne haben keinen praktischen Sinn!« hatte der Meister der Mnemotechnik, Weber-Rumpe, auf Bahnhof Sorgau zu meinem Vater gesagt. Praktischen Sinn hatten wir in Jena sicher nicht, wenn man nicht mein inneres Ringen nach allgemeinen Wirkungen durch Kunstwerke dafür gelten lassen will. Ich dachte wohl etwas realer als Carl, dessen hoher Sinn von irgendeinem Brotstudium nichts wissen wollte. Um der Wissenschaft willen und aus keinem anderen Grund betrieb man die Wissenschaft. So tat man das Gute um seiner selbst willen. Wir, und besonders Carl, wurden nicht müde, die Schalen unseres Zorns, unserer Verachtung über eine Gesinnung auszuschütten, die auf Erden das Gute tat, um im Jenseits belohnt zu sein. Wir gerieten in Wut, wenn man uns die geringste Handlung eines äußeren Vorteils wegen zutraute. Das Wort meiner Mutter: »Ihr seid zu ideal!« schien überboten zu sein. Wen sollte es wundern, wenn bei studierenden Jünglingen dergleichen Gesinnungen in einer putzigen, ja ärgerlichen Form zutage treten. Rechthaberei ist in jungen Jahren allgemein, ebenso Unduldsamkeit gegen andere Meinungen. Ich vermute, wir müssen nach unserer Anlage das Menschenmögliche darin geleistet haben. Was hätte aus all den Mittelmäßigkeiten werden sollen, von denen die Bänke der Hörsäle gedrückt wurden, wenn sie nur ideale Ziele gehabt hätten, was aus dem Staate, wenn es nur Leute wie wir gegeben hätte?

Wir bedachten nicht, wie die freien und freiesten Lehren der Philosophen zu verstehen waren: sie waren für die Mehrzahl der Hörer kaum ernstlich gemeint. Man brauchte sie nicht zu befolgen und weiterzubilden, sondern sie nur zu wissen, wenn man im Examen oder als Oberlehrer danach gefragt wurde. Hätten wir mehr von Platon gewußt, so würden wir zu unserem Entsetzen selbst bei ihm auf den Punkt gekommen sein, wo er im »Staat« und in den »Gesetzen« nur noch der Mittelmäßigkeit das Wort redete, nur noch die Gedankenlosigkeit, aber nicht mehr die Philosophie gelten ließ. Es war der Punkt, wo für Platon selbst in seiner eigenen, eingebildeten Welt kein Platz mehr war.

Der Typus des gewöhnlichen Brotstudenten ist ganz gewiß aufreizend. Er faßt mit breitem, behäbigem Zynismus alle Wissenschaft, alle Philosophie lediglich als Mittel zum Zwecke, wodurch ein Mißbrauch des Heiligen etwas Selbstverständliches wird. Wie anderwärts hohe Gesinnung, läuft hier platte Gesinnung in Dünkel aus, der seinerseits wieder, unähnlich dem bei hoher Gesinnung, meist mit Stumpfsinn und Roheit verbunden ist.

So gab es denn viele, allerdings harmlose Rempeleien, weil das gleiche, das uns bei wenigen beliebt machte, den Hohn der Mehrheit auf uns zog.

Ferdinand Simon hatte, wie sein Vater mit ihm selbst, von jung auf praktische Ziele im Auge gehabt. Er wurde von Carls extremem Idealismus und Individualismus ins Schlepptau genommen. Wohl war ich ebenfalls extremer Idealist, aber ich wollte doch wenigstens etwas in die Wirklichkeit stellen: Epos, Drama oder Bildsäule, und arbeitete stetig darauf hin. Carl schien nicht zu wissen, wo er hinwollte, wenigstens sprach er niemals davon.

Das philosophische Wesen zog mich nicht in dem Maße wie Carl und Simon an. Statt Sprünge zu machen, blieb ich dabei, meine eigene Maulwurfsarbeit im Denken fortzusetzen. Nicht Carl und Simon, wohl aber andere junge Hörer der Philosophie warfen auf eine peinliche Weise mit Spielmarken, nämlich Fachbegriffen, um sich herum, die man für echte Münzen halten sollte. Und dieser Betrieb, hinter dem kein erlebtes Denken stand, wurde mir, weil ich ihn durchschaute, abstoßend.

Freund und Bruder waren überzeugt von meinem Dichterberuf. Sie spornten mich an, sie förderten mich, indem sie an meinen Plänen teilnahmen. Was ich werden wollte, ein Dichter, war ich sogar in ihren Augen schon. Das verschwiegen sie niemand, mit dem sie etwas näher vertraut wurden. Bald sprach es sich allgemein herum, und wir erhielten Besuche von unbekannten Studierenden, die den Dichter kennenlernen und einen freundschaftlichen Verkehr mit ihm einleiten wollten.

Allein man hatte ihnen meist den feurigen Carl und nicht mich als den Dichter bezeichnet, und sie waren enttäuscht, daß er es nicht sein wollte.

Ich knüpfte keine Verbindungen an. Der normale Kommilitone würde den irregulären doch nicht verstanden haben. Sogar im Verkehr mit Simon und Carl berührte ich mein inneres Schicksal nicht, da es eigentlich nichts enthielt, wofür ich werben konnte und wollte. Auch hatte die glückliche Liebe, die ich in mir trug, verbunden mit dem leichten Wandel der Jenenser Zeit, die nächtlichen Tiefen meines Innern gleichsam in Licht eingesargt.

Was ich beim zweiten Einzug in Breslau erfahren hatte vom Recht auf die unbeugsame Souveränität der eigenen Vernunft, fand hier seine bisher höchste Entfaltung und Bestätigung. Wenn meine Seele damals im ersten Entschluß ihre schlafenden Flügel zu rütteln wagte, so flog sie in dieser freien, befreiten Sphäre frei dahin.

Mit einem »Impavidi progrediamur!« wachten wir auf und schwenkten die Beine aus dem Bett. Mit einem »Hier stehe ich, ich kann nicht anders. Gott helfe mir! Amen!« standen wir auf den Füßen. Die Morgenwanderung wurde mit einem »Eppur si muove!« eingeleitet. Jeder dieser Sätze war das erzen hingestellte Wort eines Verschworenen der Wahrheit, eines Bekenners, eines Märtyrers.

Der eine – und dies war etwas Ungeheures – lebte noch unter uns. Der zweite, Luther, hatte hier im alten Gasthof Zum Bären gewohnt, und übrigens war die Wartburg nahe. Der dritte, Galilei, hatte eine Wahrheit abschwören müssen und ebendiese Wahrheit unmittelbar darauf bekannt.

Auch das unverbürgte »Mehr Licht!« Goethes schwebte in der Luft, und zwar zum letzten Wunsch eines sterbenden Wahrheitssuchers umgedeutet.

Das Trinken wurde in der leichten jenensischen Luft nicht mit der düsteren Maßlosigkeit wie in Breslau geübt. Dafür sorgte schon das dünne Lichtenhainer Bier in den ausgepichten Holzkännchen. Von Kneipgelagen ähnlich den Breslauern weiß ich nichts. An den Hängen von Jena wuchs ein bekömmlicher Wein, der bei Ausflügen nach dem Fuchsturm oder nach Ziegenhain trefflich mundete. Auch weitere Wanderungen, so nach der Dornburg, wurden gemacht.

Eines Tages tauchte Max Müller in Jena auf und gesellte sich unserem Trifolium zu. Carl als der populärste Jenenser Student war der Anziehungspunkt. Man suchte in seinen Dunstkreis zu kommen. Auch Max Müller versuchte das. Er war immatrikuliert. Ob er Kollegs besuchte, weiß ich nicht. Seines Zeichens Musiker, hatte er damals schon den Grad seiner vollen Reife und seines höchsten Könnens erreicht. Die Gärung des jungen Mostes war nicht mehr in ihm, der bereits sechs Jahre länger als ich gelebt hatte.

Eine andere Art Gärung war in ihm freilich festzustellen. Ich erkannte es, als ich sein Vertrauter geworden war. Über philosophische Gegenstände sprachen wir nicht. Carls und Simons geistiger Kreis besaß für ihn keine Anziehungskraft. Aber auch musikalische Fragen schnitt er ab, weil er davon zuviel wußte, um sich für Dilettantengerede zu interessieren.

Wir trafen uns, abgesehen von der uns natürlich verbindenden Sympathie, in einem gewissen Außenseitertum, was wir auf langen Wanderungen in Gesprächen feststellten.

Sie drehten sich fast nur um unsere Vergangenheit. Widerstände, wie Müller sie innerhalb der eigenen Familie überwinden mußte, kannte ich nicht. Aber ich verfiel im Nu der gleichen Erbitterung, wenn sein Ingrimm von dort auf die Sünden der Erziehung überhaupt übersprang. Besonders die Gepflogenheiten der Schulen konnten uns aufregen.

Simon war durch die Schule in eine höhere Sphäre aufgerückt, er hätte uns nicht verstehen können, ebensowenig Carl, der wie ein feuriges Füllen mähneschüttelnd durch die Klassen aufwärts gesprungen war. Und augenscheinlich besaßen Müller und ich, verglichen mit Carl und Simon, den Schulgepflogenheiten gegenüber die größere Verletzlichkeit: unsere Seelen waren mit unvernarbten Striemen behaftet. Uns schien, die Schule habe den Versuch gemacht, unser geistiges Wachstum niederzuhalten, unser Rückgrat zu knicken, nicht stark zu machen. Und in der Tat kam es noch immer vor, daß ich nachts im Traum einem Lehrer bettelnd auf den Knien nachrutschte, einen meiner Mitschüler vor der ganzen Klasse vom Direktor durchprügeln sah und in Angstschweiß gebadet aufwachte.

In Max Müllers letztes Geheimnis konnte ich nicht vordringen, ich hatte auch kein Verlangen danach. Ebensowenig eröffnete ich ihm von einer gewissen Tiefenlage ab, was mir als mein eigenes Wesen ins Bewußtsein trat.

Müllers Wesen war Stillstand, Rückblick, aber nicht Vordringen. Ein »Impavidi progrediamur!« bestand für ihn nicht. Darum wurde durch ihn eher das Retardierende in mir unterstützt, nicht was »nach Flammentod sich sehnet«. Er bereicherte das jugendlich lebendige Wesen, das still umfriedete Griechenlicht von Jena nicht. Ich war jünger als je zuvor, Max Müller vertrat dagegen das reife Alter. Die Gedächtnislast meiner Leidenszeiten war abgeworfen. Die Stickluftschwaden meiner Vergangenheit, gegen die meine Lungen angstvoll gearbeitet hatten, fanden keinen Zugang hierher, und wo sie doch aufzudringen versuchten, wurden sie von dem Feuer, das sich in meiner Seele entzündet hatte, aufgezehrt.

Daran änderten auch all die düsteren Schatten nichts, die Max Müller heraufbeschwor: es war ihr Schicksal, sich in der Morgendlichkeit meiner Zustände aufzulösen.

Wie er mir gestand, trat Max Müller, als er Carl besuchen kam, nur mit Widerstreben aus seiner Vereinsamung. Er hatte sie gewählt, weil er vielfältig seelisch verwundet und außerdem durch eine Lähmung der Arme, die er durch rücksichtsloses Üben überspielt hatte, sich in seiner pianistischen Entwicklung unterbrochen sah. Es war, als ob er ängstlich bedacht wäre, über den Grad seiner Beziehung zu uns keine Täuschung aufkommen zu lassen und sich den Rückweg offenzuhalten.

Irgendwelche Idee, auch die der Freundschaft, hatte er nicht, sondern nur den Gedanken, sein Wesen der greifbaren Nähe anderer zu entziehen, um vor weiteren Verletzungen sicher zu sein.

Etwas dergleichen nun freilich hing auch mir noch an.

Eine mir heut unerklärliche Furcht drängte mir mitunter einen gänzlich unbegründeten Verteidigungszustand auf, der mich sogar veranlaßte, einen kleinen Revolver stets geladen bei mir zu tragen. Es war eine Waffe, die ich mir von Mary erbeten hatte und auf deren vernickeltem Schaft eingraviert ihr Name stand.

Aber das hinderte meinen Glauben und meine Menschenliebe im allgemeinen nicht, so daß ich einer furchtsamen Einsamkeit ebensowenig wie Carl das Wort redete. Wir brauchten Freundschaft und hielten sie hoch. Ich lebte, verglichen mit Lederose, eher in einer Veräußerlichung als einer Verinnerlichung. Ich, der ich Proben von einem banalen Leichtsinn genug gegeben hatte, steigerte mich nunmehr auf eine erkenntnishafte Weise in einen Kultus des Leichtsinns hinein. Er gebar sich aus der jenensischen Luft, die diesen Begriff alles Groben und Plumpen entkleidete, alle Gemeinheit von ihm nahm und ihn eher als einen geflügelten Genius denn als einen gemeinen Nichtsnutz erscheinen ließ.

Kein Zweifel, daß Platons Eudämonie aus Euckens Kolleg in diese Gedankensphäre herüberwirkte.

Kollegienhefte führte ich nicht, wie ich hier beiläufig einfüge. Dagegen hab' ich, sei hier erwähnt, die gehaltenen Vorträge der Gelehrten auf meine Art mit Notizen begleitet. Sie regten mich nämlich, solange sie dauerten, zu einem fast ununterbrochenen eigenen Denken an. Und wie – das Gleichnis sei gewagt – ein Blütenbaum im Frühlingswind den Boden mit Blütenblättern beschneit, so bedeckte sich mein Notizbuch mit Glossen, die mit der Materie des Kollegs meist nur bedingt zu tun hatten.

Nach wie vor stand auch der in Breslau studierende Ploetz fest im Freundeskreis. Ganz absichtslos ward der Platonismus auch von seiner Seite gefördert. Er predigte brieflich eine platonische Staatsutopie, für die man sich eine Kolonie suchen solle. Bald wurde Vancouver-Island, bald irgendein südamerikanisches Orangen- und Zitronenparadies ins Auge gefaßt, um sie zu verwirklichen, das heißt: zugleich in ihr die höchstmögliche irdische Glückseligkeit.

Müller hörte auch hier nur gelassen zu und ohne die geringste Teilnahme.

Im Ausbau dieser Kolonialutopie hat sich unser Freundschaftsbedürfnis und Freundschaftsglück ausgerast. Eigentlich wollten wir nur dieses Glück verewigen. Etienne Cabet mit seiner »Voyage en Icarie« war eine unserer Verlockungen. Wie dieser 1848 mit Freunden erst in Texas, hernach in Iowa Gemeinwesen nach seinen Grundsätzen gründete, sollten auch wir es tun, nachdem Ploetz sich in Iowa vom Stande der noch existierenden Kolonie überzeugt haben würde. Ikarien hieß die Kolonie, die Kolonisten also Ikarier. Der lichtbegierige Ikarus wollte mit Flügeln aus Wachs die Sonne erreichen. So verstanden, waren auch wir Ikarier.

Siebzehntes Kapitel

Am 13. Februar 1883 starb Richard Wagner in Venedig. Wir fühlten die starke Erschütterung. Den Abend des fünfzehnten hatten wir in der Gastwirtschaft am Fuchsturm zugebracht. Es war eine pechrabenschwarze Nacht, als wir nach Hause aufbrachen. Den Gästen wurden in solchen Fällen Kienspanfackeln ausgehändigt. Wir hatten sie eben in Brand gesteckt, um den steilen Abstieg nach Jena anzutreten, als Müller von einer Totenfeier für Wagner sprach, die am folgenden Abend in Weimar stattfinden sollte.

Da wurde ich wieder einmal von einem abenteuerlichen Gedanken heimgesucht: wir sollten sofort den Weg nach Weimar antreten, tagsüber alle historischen Stätten besuchen und abends im Theater der Feier beiwohnen.

Einige Konkneipanten zweigten ab, die übrigen waren einverstanden.

Mit meinen Kommilitonen zog ich bei Morgengrauen zum ersten Male in Weimar ein, zu Fuß nach einem mühsamen, einundzwanzig Kilometer langen Weg durch eine stockfinstere, kalte, von Regenschauern durchsetzte Finsternis: im Februar, wie nicht zu vergessen. Es war die Stunde, die ich liebte und um derentwillen es mich in Breslau oft frühzeitig aus den Federn getrieben hatte. Die Türen der Bäckerläden klangen, hinter den erleuchteten Fenstern sah man einfache Leute, die ihre Frühstückssemmeln einkauften. Bäckerjungen und Zeitungsfrauen eilten schattenhaft längs der Häuser, Hunde untersuchten die Prellsteine. Es begegneten uns Tagelöhner auf dem Weg nach den Arbeitsstätten. In einem kahlen Baum machten Sperlinge ungeheuren Lärm. Endlich nahm uns ein Vorstadtgasthaus mit großer Einfahrt auf, wir traten in ein erwärmtes Wirtszimmer, wo wir gegen Geld und gute Worte unsere Schuhe und Kleider trocknen und uns an einem reichlichen Frühstück mit heißem Kaffee erlaben durften.

Der Goethe von Weimar ist nicht der jenensische. Der

Kunstjünger, der das Weichbild von Weimar betritt, fühlt zunächst den Minister mit dem Ordensstern auf sich wirken. Der Goethe von Jena ist er selbst, allem Menschlichen nah und zugänglich. Es war nur ein Allgemeingefühl, das man von seinem Dasein hatte, ihm war aber alles Trauliche und Vertrauliche unseres kleinen Saale-Athen beigemischt. Man sah ihn hier nicht in Positur, im Schlafrock freilich ebensowenig, sondern vertieft, gedankenvoll und wesentlich. Ein Bruder Studio durfte ihn ansprechen. Man sah das Gasthäuschen, drin er sich eine Zeitlang verborgen hatte, besuchte den Garten, drin er verinnerlicht an seinen wissenschaftlichen und poetischen Plänen weiterspann, ging die Leutrawiesen entlang, deren Nebel ihm den Erlkönig gezeigt hatten.

Wir sahen das Haus am Frauenplan, wir sahen das Gartenhaus. Da wie dort hatten sich Goethes Enkel eingesargt, von denen der eine noch lebte, der andere vor etwa drei Wochen gestorben war.

Der Gedanke daran, und an diese welt- und menschenscheuen Sonderlinge überhaupt, in denen das Goetheblut verebbte, verhüllte Goethes lebendiges Andenken und machte die winterlich-graue Stadt nicht freundlicher. Es lagerte etwas darüber wie ein freudloses Mysterium.

Es kam dazu das Schillerhaus mit seiner lorbeerbedeckten Sterbebettstelle und schließlich die Fürstengruft, in der die beiden wahren Fürsten der Menschheit, Goethe und Schiller, bestattet sind, um unsere von der nächtlichen Wanderung ermüdeten Seelen mit dem Gedanken an die Vergänglichkeit und Hinfälligkeit alles Irdischen noch mehr zu belasten.

Die Totenfeier für Richard Wagner im Theater wurde durch einen Prolog eingeleitet, den eine der neun Musen sprach. Mir sind nur die Anfangsworte »Der Meister schied!« noch erinnerlich. Es wurde alsdann der letzte Akt der »Walküre« mit dem Walkürenritt und dazugehörigem Feuerzauber zur Darstellung gebracht. Ich hörte diese Musik zum ersten Male.

Da war sie nun wieder, die Linie, die von der meiningisch-kleistischen »Hermannsschlacht«, durch die Zeremonie der Blutsbrüderschaft unterm Rasenstreifen, zu Wilhelm Jordan und Felix Dahn, von dort zu meinem »Hermannslied« und meinem Drama »Germanen und Römer« sich fortgesetzt hatte, und zwar auf ihrem wirklichen, letzten Höhepunkt, über den hinaus sie nicht weitergeführt werden konnte, was mir ohne Bedauern an jenem Abend klar wurde.

Am nächsten Morgen waren wir wieder im hellen Reich platonischen Lichtes angelangt, in dem von Tod und Grüften, auch von der weimarischen Fürstengruft, einstweilen noch nicht das geringste zu spüren war. Im Wartesaal des Weimarer Bahnhofs nach zwölf Uhr nachts aus Übermüdung in Schlaf gesunken, habe ich noch ein wunderliches, bis heut unaufgeklärtes Erlebnis gehabt. Zwei Männer dicht bei mir sprachen miteinander und redeten Dinge, die ich, im Halbschlaf horchend, deutlich verstand. Der eine sagte: »Das ist doch der Mensch! Ich kann mich doch ganz deutlich erinnern!« – Der andere drauf: »Ich versichere dich, nein, er ist es nicht!« – »Ich habe den Menschen seit Wochen verfolgt«, vermaß sich der erste wiederum. »Ich habe ihm aufgelauert, als er in den Juwelierladen ging. Er pflegt in der und der Konditorei seinen Kaffee zu trinken. Vorgestern fiel er mir am Eingang des städtischen Leihhauses auf. Er war dabei, als man gestern morgen in einem Vorstadtgasthof die Beute teilte.« – »Ich sage dir, es ist ein Kunstschüler«, so wieder der andere. »Er geht auf die hiesige Akademie. Du siehst ja, er hat ja noch Farbe an den Fingern, und schließlich, so sieht doch kein Gauner aus!« – Der Atem des Mannes, der gesprochen hatte, berührte mich. Ich fühlte seine Hauche am Ohr, fühlte, wie die feinen Härchen bewegt wurden. Beinahe war ich ganz wach geworden. Aber ich wollte mehr hören und bewegte mich nicht. Wieder sagte der erste: »Die Meldungen von Berlin weisen auf einen bartlosen Jugendlichen hin mit blondem Haar und blauen Augen. Wenn er nur mal die Augen aufmachte! Die Beschreibung paßt, das Signalement paßt genau, sag' ich dir. Und ganz genau so beschreibt ihn der Nachtwächter von Umpferstädt. Der Rädelsführer war er, wie er sagt, als gestern nacht die Bande sich auffällig machte. Wir sollten den Burschen dingfest machen!« – »Wenn du mir doch glauben wolltest: er ist es nicht! Wo liegt denn übrigens Umpferstädt?« – »Halbwegs nach Jena ungefähr ...« So ging es noch eine Weile fort, bis die Stimmen schwächer und ferner klangen und ich wieder in tiefen Schlaf verfiel.

Kurz darauf kam der Bahnhofsportier mit der Glocke herein, Carl und wir andern fanden uns wieder zusammen. Ich erzählte, was mir begegnet war, und war immerhin einigermaßen beunruhigt, bevor wir Jena erreicht hatten. Dann aber, nach einem gesunden Schlaf, sagte ich mir, daß ich es wohl mit Geheimpolizisten auf einer falschen Spur zu tun gehabt habe und daß dies nicht weiter aufregend sei. Überdies hatten wir Burschen uns möglicherweise bei unserer nächtlichen Wanderung, als wir durch die Ortschaften zogen, auffällig gemacht. Wir johlten, sangen Studentenlieder, leuchteten mit unseren Fackeln etwa einem furchtsamen Nachtwächter ins Gesicht, pochten auch wohl, wenn der Regen zu stark strömte, einmal vergeblich an um Unterkunft.

So lag Weimar für lange Zeit hinter mir, und bald sollte auch Jena hinter mir liegen. Nur aber freilich in seiner Wirklichkeit, nicht in seiner Geistigkeit. Diese blieb mir und bleibt mir eine immerwährende, sich von Jahr zu Jahr bereichernde Gegenwart. Unmöglich, alle die Keime aufzuweisen, die schon das erste Semester in den Grund meiner Seele geworfen hat, Verbindungen, die es im Reiche des Intelligiblen für immer knüpfte, die entlastende Macht, die es besaß, den Anstoß, durch den die befreite Seele mutig weiterzuschreiten befähigt wurde. Von seinem musterhaften Vater wurde der Knabe Wolfgang Goethe der kleine Athenienser genannt: mag sein, daß sich meinem jenensischen Griechentum viel von meinem juvenilen, illusionistischen Wesen beimengte.

Ich habe noch heute nichts gegen die Kräfte der Illusion, ohne die, wie ich damals schon erkannte, geistiges Leben unmöglich ist. Ihre göttliche Schwester heißt Intuition. Und wenn ich mir glaubhaft machen könnte, daß es mir auch daran in Jena nicht mangelte, so würde es sich erst ganz erklären, wie diese kurze Jenenser Zeit sich mir im Erinnern zum Menschenalter ausweiten konnte.

Aus einem Professor der Geschichte, Böhtlingk, zwei Philologen, von Sabler und Holthaus, Max Müller, Carl und mir bestand unser kleiner, fast Abend für Abend geschlossener Kreis. Der junge Professor war schwerhörig, weshalb er ungestört über Napoleon sprechen konnte, wenn sich Carl ebenso ungestört über Amöben, Radiolarien und das biogenetische Grundgesetz Haeckels ausbreitete, Holthaus von der Etymologie eines Wortes sprach.

Meine Pläne als Dichter nahm Böhtlingk ernst. Meine Büste des blinden Sigwin, die noch immer in der Werkstatt des

Steinmetzen von den Gesellen feuchtgehalten wurde, sah er sich an.

Er nannte mir einen jungen thüringischen Bildhauer, der einen allgemein bewunderten schlafenden Knaben in Marmor von Florenz zur Ausstellung nach Berlin geschickt habe. Aber es sei denn doch nichts mit diesem Bildhauer, schon sein zweites Werk habe gründlich enttäuscht, und man dürfe von ihm nichts weiter erwarten. Er zuckte die Achseln, weil damit seine Überzeugung vom künstlerischen Unvermögen der Zeit bestätigt wurde.

Aber dieser Bildhauer war kein Geringerer als der große Adolf Hildebrand.

Eines Tages im März hatte sich plötzlich der ungeheure Gedanke in mir geboren und war sofort zum Entschluß gereift, den Schritt vom Saale-Athen ins wirkliche Griechenland zu tun: eine übermächtige Sehnsucht ermutigte und beflügelte mich. Außer ihr wirkte dazu die Idee meines Dramas »Perikles«, durch den also Karl der Große besiegt und die germanische Linie, trotz Wagner und »Walküre«, aufgegeben wurde.

So verließ ich am Schluß des Semesters das in einem Miniatur-Attika gelegene Miniatur-Athen, das mir so vieles und darunter die große Griechensehnsucht geschenkt hatte. Es war von dem deutschen Parnaß des nahen Weimar überragt und hatte in der Wartburg seine Akropolis, die Hochburg des rombefreiten deutschen Gedankens nach seiner doppelten Wiedergeburt.

Aus dem Gesicht verlieren konnte ich diese beiden erhabenen Gipfel nicht, sie mußten, vom echten Attika und vom heiligen Tempelberge Athens aus gesehen, nur um so stärkere Leuchtkraft gewinnen.

Die letzten meiner Jenenser Eindrücke waren wesentlich studentische.

Das Studentenleben hatte damals noch seine volle, allseitig garantierte Eigenart. Der Student war alles in der kleinen Stadt und konnte sich demgemäß alles gestatten. Mir scheint aber, der Jenenser Student ist höchst selten ins wirklich Rohe ausgeartet.

Es bestand eine Sitte, einen Kommilitonen, der die Universität und somit Jena verließ, in einer Art Sarg mit Trauergesängen in Nachahmung eines Begräbnisses aus der Stadt zu tragen. Weder Dozent noch Bürger noch Geistlichkeit stieß sich daran.

Diese immerhin zweifelhafte Ehre wurde mir nicht zuteil. Dagegen erinnere ich mich an einen solennen Doktorschmaus, den Ferdinand Simon, der seinen Doktor magna cum laude gemacht hatte, ausrichtete. Das tat er im Gasthof Zum Löwen, wo am Ende des Festes der deutsche Schaumwein in Strömen floß. Das Wunderliche an dieser Veranstaltung war, daß sie den Gastgeber zunächst keinen Pfennig kostete. Die Rechnung dafür hat er vier oder fünf Jahre später bezahlt.

Es war immerhin drollig, wie wir den dicken Löwenwirt an die Tafel holten und ihm huldvoll erlaubten, von seinem eigenen Sekt mitzutrinken. Er war sich der Ehre wohl bewußt.

Im Raume der Kneiperei stand ein Klavier. Und hier zeigte sich uns Max Müller zum ersten und einzigen Mal von der pianistischen Seite. Enthusiastisch sprang er empor, riß sich den schwarzen Rock von den Schultern, saß in Hemdsärmeln vor der Klaviatur und tat einige Läufe, um hernach die fünfte Lisztsche Rhapsodie zu beginnen und mit rasender Wucht bis zu Ende durchzuführen.

Nach dem Verklingen der letzten Töne erhob sich ein unaussprechlicher Jubel. Müller wußte sich kaum zu retten vor den Umarmungen der Begeisterung.

Mary und ich hatten zunächst eine Reise nach Hamburg zu den Geschwistern Georg und Adele verabredet. Ich wollte Berlin kennenlernen, und nach einigen dort verbrachten Tagen sollte Mary von Dresden aus zu mir stoßen, um die Reise nach Hamburg mit mir gemeinsam fortzusetzen.

Ich sah Berlin, und es machte den gewaltigsten Eindruck auf mich.

Max Fleischer war von Breslau auf die Berliner Akademie übergesiedelt. Wir trafen uns und verließen einander, solange ich in Berlin war, nicht. Zum erstenmal empfand ich Rhythmus, Rausch und Wogengärung der großen Stadt. Die Wirkung war sinnbetäubend und fortreißend. Ohne sich selbst aufzugeben, konnte man meinen, keine Eigenbewegung zu haben, sondern eine vom großen Ganzen bewegte Monade zu sein. Man wurde nicht müde, man redete laut, man war immerwährend aufgepeitscht. Fleischer hat mir, das ist gewiß, einmal sechsunddreißig Stunden hintereinander die öffentlichen und geheimen Sehenswürdigkeiten Berlins erschlossen.

Auf dem Anhalter Bahnhof wiederholte sich das Wunder, und ich durfte Mary, die in neuer Lieblichkeit aus dem Zuge stieg, in Empfang nehmen. Das Geheimnis, das wir törichterweise immer noch zu wahren wünschten, verbot mir, ihr meinen Freund Fleischer vorzustellen. Da er Mary jedoch um jeden Preis sehen wollte, nannte ich ihm den Wartesaal zweiter Klasse am Lehrter Bahnhof, wo wir einen halbstündigen Aufenthalt verbringen mußten. Mochte er dort erscheinen und sich an meiner Geliebten satt sehen, freilich mit der Bedingung, sich nicht als meinen alten Bekannten und Freund zu verraten. Selbstverständlich war für mich, falls Fleischer die kleine Mystifikation durchführte, etwas von Kandaules' Vergnügen damit verknüpft.

Mary und ich im Wirbel Berlins: das war etwas anderes als im Garten Eden um Hohenhaus oder im Nieder-Salzbrunner Gutswinkel. Aber auch hier war das seltsam schöne Mädchen mein und wurde nicht von meiner Seite hinweggespült.

Als wir nebeneinander in der Droschke saßen, vom Dienstmann mit einer wohlwollend wissenden Bemerkung bedacht, verschwand Berlin, und es war ganz stille um uns geworden.

Ich muß gestehen, daß mein Herz mehrmals aussetzte, als Fleischer wirklich im ziemlich leeren Wartesaal des Lehrter Bahnhofs erschien, durch keinen Blick und keine Bewegung unsere alte Freundschaft verriet, hin und her ging, Mary aus nächster Nähe anblickte und ebenso, wie er gekommen, verschwand.

Die Fahrt nach Hamburg war recht merkwürdig. Es hieß, der Salonwagen Bismarcks sei im Zug. Ich kämpfte mit einem Minderwertigkeitsgefühl und Eifersucht, als Mary, lebhaft erregt, mich zu vergessen schien.

Wir waren seltsamerweise allein im Coupé. Das und die Fahrt bei gutem Wetter durch das weite, flache, schon saatengrüne Land bedeutete eine endlose Glücksmöglichkeit.

In Friedrichsruh aber hielt der Zug.

Wir sahen die gewaltige Erscheinung des Fürsten mit Tyras, dem Reichshund, auf dem Perron. Hier war Mary, die stille und in sich beruhende Mary, kaum mehr zu bändigen. Wenn ich es nicht gehindert hätte, würde sie ausgestiegen sein und dem Recken die Hand geküßt haben. Er hätte ihr vielleicht sogar einen Kuß auf den Mund appliziert. In diesem

Augenblick war unsere Liebe nicht mehr. Der Recke Bismarck löschte sie aus.

Achtzehntes Kapitel

In Hamburg-Hohenfelde fanden wir Georg und Adele einquartiert. Sie bewohnten ein hübsches Parterre in der Uhlandstraße. Da wir der erste Verwandtenbesuch seit der Hochzeit waren, wurden wir vom Bahnhof mit allen Zeichen der Freude eingeholt. Zwei Gastzimmer waren bereitgestellt. Wir wurden über die Maßen verwöhnt mit allem, was man uns nur von den Augen absehen konnte.

Ich fand die Ehegatten und besonders meinen Bruder hingenommen von einer breiten Genußfreudigkeit. Die materielle Seite der großen Hansestadt hatte es Georg zuerst angetan. Er war stärker geworden. Dabei hatte das Rabelaissche in seiner Natur zugenommen. Nicht selten gingen seine Derbheiten über das erlaubte Maß und mußten, wollte man eine Verstimmung vermeiden, überhört werden.

Vor zehn Uhr früh stand niemand auf, der Frühstückstisch war mit leckeren Sachen überfüllt, Eiern, geräuchertem Lachs und anderen Rauchwaren, geöffneten Anchovis- und Sardinendosen, Spickaal, Gänseleberpastete, kurz mit allem, was ein hanseatisches Delikatessengeschäft zu liefern vermag. Georg, stolz auf seinen Straehlerschen Magen, stopfte sich voll damit.

Er war witzig, lebendig, zeigte unbändigen Übermut, dabei flammte sein rotbraunes Haar genialisch. Wir gerieten manchmal in ein Gelächter hinein, das uns für Minuten bis zur Hilflosigkeit schwach machte.

Mit Bolslikören, Allasch und ähnlichen Dingen wurde das Frühstück bis ans Mittagessen ausgedehnt.

Adele war mit dem derben Genußwesen einverstanden. Eheliche Unstimmigkeiten von Bedeutung zeigten sich nicht. Einige Zeit machten Mary und ich dieses Treiben mit. Auch trat es wohl ein wenig zurück, als die Freude des Wiedersehens abebbte. Endlich gingen wir dann unsere eigenen stilleren Bahnen.

Während der ersten Tage unserer Anwesenheit hielt es Georg nicht für nötig, seinem Kaffeegeschäft in der Steinstraße einen Besuch abzustatten. Dann gingen wir eines Tages gemeinsam hin, aber nur, um kurz hineinzublicken und uns mit den Damen zu treffen, weil wir in einem renommierten

Bierlokal frühstücken wollten. Die Steinstraße war damals noch Mittelalter: verfallene Häuser, Giebel nach der Straße gekehrt, Hunde, Kinder, Stadtmusikanten, Viehtreiber, fischverkaufende Ausrufer, schmutzige Rinnsteine, schlechtes Pflaster, Hühner, Strohhalme gaben ihr das Gepräge.

Zum Kaffeegeschäft von Gebrüder Gläser, das mein Bruder gekauft hatte, gelangte man über drei ausgetretene Steinstufen, durch einen Flur, den man mit beiden Schultern streifte, und eine ziemlich wacklige Tür. Es hatte ein Fenster nach der Straße, eins nach dem Hof hinaus. Am vorderen stand das doppelseitige Pult mit dem Angestellten Nielsen daran, hinten hatte der Hausknecht seinen Bereich, der Säcke trug und Postpakete mit Kaffee zum Versand fertig machte. Von den Gerüchen dieses Raums war der nach gebranntem Kaffee der beste.

Ich war erstaunt und ein wenig verblüfft über das, was meinem Bruder bei seinem kurzen Besuch des Geschäftes zumeist am Herzen lag. Anstatt sich nach den Eingängen, erledigten und unerledigten Lieferungen zu erkundigen, fuhr er wie wild in dem kleinen Büro herum und wollte wissen, wo eine Katze mit ihren Jungen hingekommen sei, samt dem Korbe, in dem sie gelegen habe.

Man hätte sie, sagte Nielsen, der Kommis, fortgegeben, weil sie die Jungen im ganzen Büro herumgeschleppt und der Makler Soundso eines beinah totgetreten habe.

»Was! Dieser Esel, dieser Schafskopf …!« Georg geriet außer sich. Er konnte sich erst beruhigen, als wir den muffigen Ort wieder hinter uns hatten.

»Ihre Söhne haben keinen praktischen Sinn!« hatte Weber-Rumpe zu unserem Vater gesagt. Damit meinte er mich und Carl. Sollte es auf Georg ebenfalls zutreffen? Der Gedanke fuhr mir nun durch den Sinn.

Die Wirkung Hamburgs auf mich überstieg, hauptsächlich durch den Eindruck seines Hafens, aber auch durch die Gegenden um die beiden Alsterbecken, die von Berlin.

So spazierte ich denn endlich mit Mary über den Jungfernstieg, dessen Name in seiner idyllischen Harmlosigkeit, seltsam anziehend, besonders in Nieder-Salzbrunn aller Augenblicke über unsere Lippen sprang.

Die salzige Luft der Nordsee und der ozeanischen Gewässer darüber hinaus schlug in diese Stadt, wodurch etwas Wetterhartes, Haltbares, Unverwüstliches in ihre Bewohner kommt. Hier wehte die Luft von fernen Erdteilen. Die Berechtigung idealer seelischer Ballungen, geistiger Schicksale schien angesichts der gewaltigen Eisenkrane und ihrer mächtigen Ladearbeit und angesichts der massigen Schiffsrümpfe im Hafen und der Leistungen, die sie hinter sich und vor sich hatten, zweifelhaft.

Hier war Format, Weltwacht, Schicksale von Erdteilen in verfrachteten Warenmassen aufgehäuft. Man spürte, daß hier mit erdumspannendem Kontakt eine Weltmaschinerie im Gange war und in lebendigen Gliedern, in lebendigem Zusammenhang die alten, nur ein wenig gestauten Sintflutgewässer der Welt, sie bändigend, überbrückte.

Hier drang eine übermächtige Größe auf mich ein, gegen die gehalten zunächst das Ganze meiner bisherigen Lebenserfahrung klein werden mußte. Hier, nur hier hatte die heroische Kraft des Menschengeschlechtes ihre unwiderlegliche Selbstbestätigung.

Das Wort aus Erz: »Navigare necesse est, vivere non necesse!« preßte sich hier unwiderstehlich dem Geiste ein.

Die Menschen hatten ja nicht nur feste Städte und Dörfer, die sie bewohnten, nicht nur Wälder, in denen sie jagten, Felder, die sie bebauten und auf denen sie Nutztiere hielten: aus der Arche Noah war eine ungeheure Stadt von schwimmend durcheinander bewegten Häusern geworden, die auf immer mit der schwankenden Oberfläche der Weltgewässer verbunden blieb. Nach bestimmten Gesetzen bewegten sich diese gewaltigen Magazine, keine Spuren hinter sich lassend, von unerschrockenen Menschenhänden gelenkt, über die endlosen Wasser der Erdoberfläche. Schwimmende, festlich erleuchtete Paläste, gewaltige Wohnhäuser für Menschen, die von einem Ufer der Erde zu dem Tausende von Meilen entfernten anderen hinüberrollten. Und es gab auch schwimmende Festungen mit Türmen und Schießscharten, schwimmende, Vernichtung drohende Symbole des unter Menschen unausrottbaren, ewigen Kriegs.

Nichts in der Welt gleicht einem solchen Hafen, wie es der Hamburger ist, an Schicksalhaftigkeit.

Was war nun wiederum Jena, als sich hier die gorgonenhafte Romantik des Lebens in ihrem unabwendbar-gewaltigen Ernst aufrichtete? Nun ja: der Garten des Epikur!

Da lagen die Schiffe in einer Ruhe und Selbstverständlichkeit, die von den unablässigen Kämpfen und Gefahren auf den Meereseinöden nichts verriet. Von wieviel Stürmen, Tornados, Taifunen, die von ihnen durchkämpft wurden, hätten sie zu berichten gewußt! Und diese wilde, unverschämte, todesverachtende Klasse von Seefahrern, diese Blaujacken, Stoiker von Natur mit der Pose von Bequemlichkeit, als ob das Leben ein schlechter Witz wäre! Sie machten wahrhaftig nicht viel aus sich. Wer hätte sie Besseres zu lehren vermocht? Solcherlei Heroismus befähigte sie, in die unwegsamen Gebiete hinauszustoßen, die seit dem ersten Schöpfungstage unverändert sind und wo auf die Gegenwart des Menschen noch nicht Rücksicht genommen ist: Leere, Nacht, Wüstenei mit den furchtbaren Nebeln des Gott-Geistes über den Wassern. War mein Leben, dagegen gehalten, nicht bloßes Gedankenspiel? Diese Matrosen, die nichts vom alten Ägypten, Griechenland, Karthago und Rom wußten, waren selbst noch unverändert Menschenwesen aus jener Zeit ohne überflüssige Religion, höchstens mit etwas Aberglauben.

Es schien, die Zeit vermochte gegen diese harten und notwendigen Prägungen nichts, die sich meinem Nachdenken als allen anderen Prägungen überlegen und gleichsam klassisch darstellten.

Die Hamburger Aufenthalte wiederholten sich. Ich konnte, und so auch Mary, bald sozusagen dort Fuß fassen, da inzwischen auch meine Eltern und so Mathilde Jaschke mit meiner Schwester ihren Wohnsitz dorthin verlegt hatten. Dies war ein ungeheurer Schritt.

Wie das gemeinsame Leben dieser Familienglieder sich in vielen, auch wohl dramatischen Einzelmomenten gestaltete, darzustellen, vermag ich nicht. Das Leben ist eben allzu reich, um anders als andeutungsweise rekapituliert werden zu können.

Mary hatte der Idee meiner Griechenlandreise zugestimmt. Aber doch nicht so, daß ich unmittelbar an die Ausführung gehen wollte. Bis endlich der Hamburger Hafen und der Geist des großen Abenteuers, der über ihm lag, eines Tages den Ausschlag gab. Fast unter unwiderstehlichem Zwang drängte sich der Entschluß mir auf, mit einem Frachtdampfer um Europa herum das Ziel meiner Sehnsucht zu erreichen. Dies war, wie wir damals dachten, Mary und ich, zwischen unseren Seelen beinahe ein Riß. Wollte ich nicht unser stillgefestigtes Glück freiwillig aufs Spiel setzen?

Mary machte schmerzliche Einwände.

Aber ich konnte sie überzeugen, daß gerade diese Seereise für meine Selbsterziehung nötig sei.

So wurde die Fahrt denn vorbereitet.

Professor Gaedechens war Hamburger Kind. Da er seine Ferien hier zubrachte, konnte ich ihn besuchen und ihn für meine Pilgerreise nach dem Lande der Griechen um Ratschläge bitten. Er stattete mich mit Empfehlungen aus.

Sein Akropoliskolleg war für meine Fahrt das Entscheidende. Aber er hat uns auch in mehreren Stunden wöchentlich mit dem Schicksal und den Wundern von Herkulanum und Pompeji bekannt gemacht, so daß ich im vorhinein dort wie zu Hause war und die von eruptiver Asche des Vesuvs verschütteten und wieder freigelegten Städte nun auch mit Augen zu sehen wünschte. So stimmte ich zu, als er mir riet, in Neapel für längere Zeit das Schiff zu verlassen und spätere Fahrtgelegenheit abzuwarten.

Neunzehntes Kapitel

Mary war dem schweren Abschied, der mich mit dem ungewissen Schicksal eines Schiffes verband, aus dem Wege gegangen und einige Tage früher von Hamburg nach Hohenhaus heimgereist.

Am Tage vor der Abfahrt hatte ich mit Georg einen Besuch in meinem schwimmenden Hause gemacht. Es war ein Stockfisch führender Dampfer der Sloman-Linie. Kapitän Sutor, schlank und mittleren Alters, hieß mich willkommen. Abends gab mir, wie ich es wünschte, Vater allein das Geleit zum Schiff.

So war ich bis zum Rande Europas gelangt, dessen Boden mein Fuß bisher nicht verlassen hatte. Ein kleines Brett vom Kai zum Deck löste mich davon los.

Mein Vater und ich erlebten zum ersten Male einen so gearteten Abschiedsaugenblick. Natürlich, daß wir ernst und bewegt waren.

Es ist eine Binsenwahrheit, daß es Leute gibt, die nur oberflächlich sehen, hören, fühlen, schmecken, riechen und denken können. Der Durchschnittsmensch sieht in meiner Reise eine Vergnügungsfahrt, um die man mich höchstens beneiden konnte. Ihm ist es nur lächerlich, von einem so gewöhnlichen Vorgang irgend Wesens zu machen.

Nein, er war nicht gewöhnlich für mich. Er war ein großes Erlebnis, vielleicht in meinem bisherigen Dasein das größte, weil zugleich mit dem kleinen Frachtdampfer mein eignes Lebensschiff vom festen, vom heimatlichen Ufer stieß und sich – so war mein bewußtes Gefühl – schicksalhafter, uferloser Unendlichkeit überlieferte.

Es sind neue Empfindungen, Urgefühle, die in solchen Stunden aufsteigen und alles seßhaft gestaltende, eingefriedete Wesen in Frage stellen. Schon die Gewalt des geahnten Eindruckes läßt die festesten Deiche vor dem Einbruch des Meeres zerschmelzen und spült sie hinweg. Wer wüßte nicht, daß eine einzige Flutwelle allem, was sich ihr entgegensetzt, sei es Elternhaus oder Stadtmauer, Straßburger Münster oder Parthenon, das gleiche Schicksal bereiten kann?

Es war unbestimmt, ob die »Livorno« schon diese Nacht ausfahren würde oder nicht. Der Vater nahm gegen zehn Uhr Abschied von mir, mit dem Versprechen, am Morgen wiederzukommen. Ein Gefühl des Alleinseins in der Welt, wie ich es nach dem kühlen Kuß in Vaters Schnurrbart gehabt habe, als er meinen Blicken entschwunden war, zeigte mir, welcher Steigerung selbst die Erfahrung von Einsamkeit fähig ist. Ich kroch in meine Kabine hinunter.

Natürlich, daß mich beim Glucksen der Wellchen an die Schiffswand jene Träume heimsuchten, die mit dem Halbschlaf verbunden sind.

Im Traum durchlief ein Knabe sein Vaterhaus. Plötzlich war es da wie ein wieder aufgetauchtes Vineta. Eigentlich war es nicht mehr vorhanden. Zuweilen war es mir in den letzten Jahren gewesen, als ob es niemals bestanden hätte. Jedenfalls schien es, als reiche kein Eimer an einem noch so langen Seil bis zum Grunde des schwarzen Brunnens, in dem es lag. Nun durchlief, durchschwebte ich wieder mein Vaterhaus; bei dem alten Gott Vater auf dem Absatz der Treppe, die zu den mystischen Quellen im Grunde des Hauses führt, machte ich halt. Dann strich ich im Traume die Böden ab und klopfte an die Bretter des Spielzeughimmels, der Siebenkammer. Das alte Gerümpel flüstert und knackt. Das Geschrill der Mäuse mischt sich darunter. Spiel, Spiel, oh, wie über alle Begriffe beglückend ist Spiel! Gott kann nur spielen, niemals arbeiten. Und nun steigt ein Knabe treppauf, treppab, ist eigentlich überall zugleich. Er liest die Nummer an jeder Zimmertür, um ohne zu öffnen einzutreten.

Dann ist mir, als läge ich gar nicht in eine dunkle Kabine der »Livorno« eingepfercht, sondern im ebenerdigen nächtlichen Zimmer des Lederoser Gutshauses. Wieder dröhnt die Schelle des Nachtwächters. Ich werde geweckt, trete ans lukenartige kleine Fenster. Ein seltsames Glucksen dringt von der Dorfstraße. Ist etwa das still fließende Wasser hinter den Gärten übergetreten, in dessen Weiden- und Erlenbüschen die Nachtigallen so schmelzend wetteiferten? Die Dorfstraße ist von Wasser bedeckt. Aber als wenn es nicht so wäre, kommt wieder der Lehrer Brendel mit seinen Schulkindern die Dorfstraße herauf. Sie singen, so scheint's; der Gesang ist herzbrechend. Ist es am Ende Tante Julie, die singt? Leb wohl, Geliebte! Geliebte, leb wohl!

Nun begann ein gewaltiges Kettengerassel, als ob die Giganten des alten Erdteils mir drohen wollten wegen meiner Fahnenflucht. Das Kettengerassel verstärkte sich. Ich hörte schreien und dicht über meinem Kopfe Füße trampsen. Rhythmische Rufe schollen durch die Nacht.

Da erwachte ich und begriff sogleich: man war dabei, den Anker an seinen mächtigen Ketten emporzuwinden.

Ade, Ade! Ich weiß nicht, von wieviel Menschen und Sachen, Hoffnungen und Befürchtungen, schönen wie trüben Erinnerungen ich in diesen Minuten Abschied nahm. Hatte ich nicht beinahe von meinem ganzen früheren Selbst Abschied genommen? Wie nie zuvor drängte das Gestern in seiner Irrealität sich auf und konnte fast nur als verloren gelten.

Ich zuckte die Achseln: dies ist im Dunklen, im Liegen, im Bette oft meine Art. Kein Anker hält! ist dabei mein Gedanke.

Die gewaltigen Ketten schlugen mit klirrendem Donner aufs Deck. In die glucksenden Rhythmen an der Schiffswand kam Veränderung. Ich brachte das Heulen kleinerer Dampfboote damit in Zusammenhang. Die »Livorno« hatte Vorspann bekommen, wurde aus dem Hafen geschleppt. Ich sagte zu mir: Du hast es gar nicht gewußt, wie gerne du das geliebte ernste Haupt deines Vaters am kommenden Morgen noch einmal erblickt hättest. Aber damit war es nun nichts. »Navigare necesse est« – und es hat seine eigenen, festen Gesetze.

Die »Livorno« ging bereits mit eigener Kraft, als ich nach einigen Stunden aufwachte. Ich zog mich an und stieg an Deck.

Ich glaubte bereits, auf dem Meere zu sein, da man die fernen Ufer der Elbe im Grau des Morgens kaum unterschied. Das weite Himmelsgewölbe stülpte sich mit wolkiger Trübe auf die endlose Erdfläche. Endlich traten wir in die mehr und mehr bewegte Nordsee hinaus.

So lange wie irgend möglich kämpfte ich gegen die Übelkeit, bis ich in die Koje zurück mußte. Das graue Elend des Neulings im Seefahren ist allgemein bekannt, es lohnt nicht, Wesens davon zu machen. Ein braver Steward, der einzige auf der »Livorno«, betreute mich.

Ich müßte etwas zu mir nehmen, behauptete er. Auf was ich wohl einen Appetit hätte? Aber ich brauchte nicht erst nachzudenken. Von Eßbarem nur zu sprechen machte mir Konvulsionen. Aber plötzlich inmitten des Jammers trat die Hünengestalt des Masuren Pastor Gauda vor mich hin, als Zuchthausgeistlicher im Talar. Er schien seine Schneckenpredigt zu halten, die jede Minute ein Wort gebar. Unwillkürlich mußte ich lachen: »Gottes Mühlen mahlen langsam ...«, schoß es mir durch den Sinn. Nun saß er bei Tisch, es mochte nach der Predigt sein. Krachend zerbrachen seine Zähne die Knochen eines Gänseschwarzsauers. Dabei rief er nach roten Rüben. So war es eines Tages gewesen, und ich bekam dabei zum erstenmal rote Rüben zu Gesicht. Sie erregten mir Abscheu, ich mochte sie nicht. Nun aber sprang mir die Frage aus dem Mund: Ist ein Engel vom Himmel an Bord? Nein, ich fragte nur: »Haben Sie rote Rüben?« Ich fühlte, wie aussichtslos diese Frage war und wie mich ein Nein vernichten mußte. – »Rote Rüben? Ich werde nachsehen.« –

Er ging, kam wieder und brachte mir eine frisch geöffnete große Büchse davon. Ich dankte Gott. Ich sah in dieser unwahrscheinlichen Tatsache ein Werk der Vorsehung. Ich aß und aß mit dem größten Genuß, mit einem Genuß, der zugleich Genesung bedeutete, behielt, was ich aß, und konnte nach einigen Stunden wieder an Deck gehen.

Nachdem Kapitän Sutor mit mir allein einige Male in der offiziellen Kajüte steif diniert hatte, fragte er mich, wie ich darüber dächte, mit seinen Leuten und ihm in der Messe zu essen. Mit Vergnügen nahm ich die Ehre an. Es war ein Beweis, daß ich dem Kapitän nicht mißfallen hatte.

Seltsamerweise – Systole nach Diastole – verengte sich nun meine Vorstellung des großen und weiten Seewesens zu einem kleinen, sehr gemütlichen, freilich schwimmenden Bürgerhaus. Kapitän Sutor, Maschinenmeister Wagner, der Erste Steuermann, der Bootsmann und ich bildeten sein Konvivium. Dazu kamen zwei Untermaschinisten, einige Matrosen und der immer behaglich am Herde beschäftigte Koch, dessen Ausruhen darin bestand, vor der Kambüse Rüben zu schaben oder Kartoffeln zu schälen. Über dem kleinen Kreis lag der Geist einer stillen Seßhaftigkeit, unbeschadet dessen, daß der Frachtdampfer seine zehn Knoten die Stunde zurücklegte.

Nach einigen Tagereisen war ich auf der »Livorno« eingelebt. Ich gehörte ganz zur Familie. Eigentlich war ich mehr ein lieber Besuch, der von allen verwöhnt wurde. Ich brachte die Tagesstunden bei jedem Wetter auf der Kommandobrükke zu, wo ich meist, während Kapitän und Erster Steuermann observierend auf und ab schritten, mit dem dicken, kleinen Maschinenmeister Schach spielte.

Wir brauchten acht Tage, bevor wir in Malaga anlegen konnten.

Wann hätte ich wohl während meines bewußten Lebens acht Tage in solcher Ruhe und solcher Harmonie zugebracht? Ich empfand das bald, und der Gedanke an ihren Abschluß war mir kein lieber. Herrliche Luft, Weitsicht ohnegleichen, Bewegung bei völliger Ruhe und Verantwortungslosigkeit. Küsten, Schiffe, die Goodwin-Sands, im werdenden Dunkel zuckende Leuchtfeuer, Schifferbarken, Lotsenkutter, Dreimaster, Fracht- und Passagierdampfer, als Punkte auftauchend und wieder verschwindend, manchmal in voller Größe da. Aber immer, ob größer, ob kleiner, unüberbrückbar eine Entfernung zwischen den Gegenständen und uns: uns, den stillgeeinten, ruhigen Menschen.

Außer uns wohlzufühlen, hatten wir keinen Beruf.

Nie kam eine Zeitung, nie ein Brief, keinerlei Nachrichten, nicht gute, nicht schlimme, erreichten uns, noch weniger hatten wir einen Besuch zu gewärtigen.

Das bedeutete ein tiefes Ausruhen, wie es in Zeiten der drahtlosen Telegraphie und des Radio kaum mehr möglich ist.

Ich brachte schlecht und recht unsere selbstgenügsame Schiffsfamilie in mein Skizzenbuch. Sutor, über die Barre gelehnt, Falstaff-Wagner, den Bootsmann, den Koch. Daran nahmen die einzelnen teil wie die Kinder.

Die Messe war das Innere eines Würfels mit eisernen Wänden. Man mußte sich zwischen Wandbank und Tisch hineinschieben, wenn man bei Frühstück und Abendbrot seinen Platz einnehmen wollte. Das Essen war gut. Es wurden nach Hamburger Sitte auf der »Livorno« nur immer gewaltige Fleischstücke, Kalbskeulen oder Roastbeefs, aufgetragen und dabei viel Tee, weniger Bier und Wein genossen.

Es ging nicht anders, ich hatte mich in diesem enggedrängten Kreis wieder als Erzähler aufzutun. Auf das Umgekehrte war ich gefaßt: nämlich Sindbadberichten meiner weitgereisten Seeleute mit offenem Munde zuzuhören. Aber sie wußten nichts und wollten nichts wissen von dem berühmten Fliegenden Holländer oder vom Klabautermann, und so konnten und wollten sie nichts erzählen, sondern nur hören wollten sie. Nie, außer dem kleinen Gustav und der kleinen Ida Krause vor dem Ofenloch im Souterrain des Gasthofs zur Krone und den Kindern von Lohnig im Heu, hatte ich ein so unersättliches Publikum.

An der kleinen Messetafel sprach außer mir nur der Kapitän. Der Erste Steuermann, Maschinist Wagner oder der Bootsmann taten den Mund nur auf, wenn der Kapitän das Wort an sie richtete. Aber dieser handelte nur im Sinne aller, wenn er nach und nach meine ganze Lebensgeschichte aus mir herausholte.

Meine Anmaßlichkeit störte diese begründet in sich beruhenden Menschen nicht. Das zusammengenaschte Wissen, das ich besaß, nahmen sie als ein gediegenes hin. Ich war ihnen ein Wundertier, das sie nirgendwo einordnen, sich überhaupt nicht verständlich machen konnten.

Ich glaube nicht, daß ich mich groß machen wollte, wenn ich von dem Glücksfall erzählte, der uns drei unbemittelten Brüdern drei jugendliche Schwestern beschert hatte, die ebenso schön wie gut waren und überdies die Macht besaßen und ausübten, uns aus bedürftiger Enge zu heben in eine gesicherte Unabhängigkeit. Aber gerade das war es, worüber diese einfachen Seelen immer ein langes und breites erfahren wollten.

Es ist nicht leicht, die psychischen Ursachen meiner Hingerissenheit von damals, mit der ich andere hinriß oder wenigstens in Staunen versetzte, manchmal zum Widerspruch reizte, auszumitteln: große Illusionen beherrschten mich, das wirkliche Glück, das wie ein grünes Meer den köstlichen Segler meines Lebens trug, ließ von ferne glückselige Inseln vor mir auftauchen. Es bleibt ein Wesenszug des Glücks, daß es immer noch höheres Glück erstrebt, dem Unglück darin sogar überlegen.

So sprach ich unserer schwimmenden Familie von der geplanten utopischen Kolonie. Ich kritisierte die deutschen Verhältnisse. In Europa ließe sich eine Idealgemeinschaft von Menschen nicht durchführen. Wir, sagte ich, meine Freunde und ich, litten an Kulturmüdigkeit; wir dächten nicht daran, uns in der seelenlosen Staatsmühle zermahlen und zermalmen zu lassen.

Wollte man diese und andere leidenschaftliche Äußerungen etwa als unbedacht oder unvorsichtig auffassen, so würde man ihnen nicht gerecht werden. Ich war ein Rebell, sie bedeuteten schlechtweg Rebellion. Nach dieser Ausfahrt, mit der Luft des Weltmeers in den Lungen und unter den Flügeln, statteten sich meine stillen Gedanken mit einer gleichsam piratenhaften Kühnheit aus. Salzluft, die, wie es mir beim Atmen schien, jede Zelle meines Inneren durchdrang, ließ mir jede Wahrheit natürlich, jeden Freimut selbstverständlich, jegliche Kühnheit als geboten erscheinen. »Der Mensch ist frei geschaffen, ist frei, und würd' er in Ketten geboren«, jauchzte es in mir, während die Schiffsschraube arbeitete und eine weiße Bahn aufgequirlten, prickelnden Wassers hinter uns ließ und vorn die Flut verdrängt und durchschnitten wurde.

Überhaupt der junge Schiller, ob er auch nie die See erblickte, hatte den kühnen Weltmeergeist, der sich mit den erregenden Salzen der Atmosphäre am reinsten verband.

Ich kritisierte das Christentum, seine Moral, seine Widernatur. Sein Kern, nämlich das, was es in der Bergpredigt lehre: »Wer dir auf die rechte Backe schlägt, dem halte auch die linke hin! Wer zwei Röcke hat, der gebe dem, der keinen hat!«, bleibe unverwirklicht, dagegen herrsche das »Auge um Auge, Zahn um Zahn« und der Grundsatz, dem, der keinen Rock hat, auch noch das Hemd zu nehmen. Ich kritisierte die Schule, die nicht auf eine harmonische Entwicklung von Körper und Geist hinauslaufe, sondern auf die Verstümmelung beider, um dem Staate Funktionäre zu geben, die gut in den Sielen gingen. Die Kirche sowohl wie das bürgerliche Gesetz habe die Frau entwürdigt und entmündigt, sagte ich. Das hieße aber: der Sohn entwürdige und entmündige seine Mutter. Noch heute gewähre das Gesetz dem Manne der Frau gegenüber das Recht zu einer mäßigen körperlichen Züchtigung.

Meine Reden an den einfachen Kreis in der Schiffsmesse waren ebensowenig von einem praktischen Sinn erfüllt wie die Reden und Handlungen eines Michael Kohlhaas oder eines Don Quijote. Aber diese beiden Gestalten liebte und verehrte ich, und besonders den Don Quijote umgab schon damals in meinen Augen ein Nimbus der Heiligkeit. Hatte ich doch bereits aus dem Roman, der ihn schildert, meine Devise herausgepickt, nämlich: Nimm Kraft aus deiner Schwäche! In der nicht nur ständig überheizten, sondern auch menschlich warmen Schiffsmesse stieß ich nirgend auf Widerspruch. Die Unterbrechung der Monotonie des Seelebens empfand man mit Dankbarkeit.

Wieso ich gerade, inmitten dieses Schiffsidylls und auch sonst unterwegs, statt schweigend zu lernen, mehr und mehr in Harnisch, und zwar in den donquijotischen Harnisch, hineingeriet, weiß ich eigentlich nicht. Ungerufen und ungewollt kamen mir allerlei neue Gedanken. Goethe und Schiller, sagte ich, zusammengenommen hätten zwar etwas wie eine neue Reformation in Deutschland eingeleitet, aber ein zweiter Luther fehle doch, und man müsse den Himmel um ihn angehen. Es käme gar nicht immer an auf die Leute mit praktischem Sinn – ich polemisierte noch immer gegen Weber-Rumpe innerlich –, selbst Luther, erklärte ich, habe zunächst keinen praktischen Sinn besessen, ebensowenig wie Don Quijote. Ja, selbst Jesus hatte keinen praktischen Sinn.

Halbe Nächte hindurch wurde in der Schiffsmesse zwischen dem Kapitän, Maschinenmeister Wagner und mir disputiert. Ich schüttete nach und nach alles aus, was sich an geistigen Elementen unverbunden in meinem Inneren eingenistet hatte. Der Pendel schlug vom extremsten Felix Dahn bis zu Perikles und Pheidias. Ich beschwor Karl den Großen herauf, mit dessen Schatten ich mich ja in Jena vertraut gemacht hatte.

Der Kapitän war ein Niedersachse, der Maschinenmeister ein Thüringer. Karl der Große, sagte ich, habe die germanische Kultur und somit auch die ihre zerstört.

Sie horchten auf, sie wollten mehr hören. Ich erzählte ihnen die Geschichte von der Vernichtung der Sachsen. Sie waren empört. Ja, Karl der Große hatte das römische Christentum mit Feuer und Schwert eingeführt. Wieviel er an deutschen Sprach- und Seelenwerten zerstört hatte, könnte man überall und zum Schluß bei den Brüdern Grimm bestätigt finden.

Übrigens las ich in der Messe einmal wieder das sehr stark verwelkte »Hermannslied«, trug auch wiederum das Vermächtnis meines Vaters, den »Taucher«, vor, was zuletzt in der Ackerfurche unter der Landarbeiterkolonne geschehen war.

Unter solchen Beschäftigungen und langen, mit Schachspiel verbrachten Mußezeiten auf der Kommandobrücke waren wir mit unserer Stockfischladung durch den Kanal gelangt, hatten mit ziemlicher Mühe den Golf von Biskaya überquert, waren, die portugiesische Küste in Sicht, längs der iberischen Halbinsel hingelaufen, sahen bei Lissabon die Schlösser Mafra und Cintra ganz nahe auf ihren Gipfeln im heitersten Sonnenlicht, erhielten Besuch von zwitschernden Singvögeln, gingen zwischen Ceuta und Gibraltar in das Mittelmeer, sahen bezaubernde Villen, die frühlingshafte afrikanische Küste entlang, mit schimmernd weißen Gebirgen dahinter, und eines Morgens fuhr ich aus dem Schlaf, vom Stillstand der Schiffsschraube aufgeweckt.

Ich zog mich an und ging an Deck. Im Morgengrauen, das kaum begonnen hatte, lagen wir wartend vor dem Hafen von Malaga, aber so nahe, daß wir die Stadt und die Hafen- und Küstenanlagen gut überblicken konnten. Bei klarem, noch sternbedecktem Himmel herrschte eine beinahe berauschend süße Wärme und Frühlingsluft. Langsam, langsam wuchs das Licht, und ich hatte Zeit, mit mir und meinem Schicksal allein zu sein.

Ist Erwachen tägliche Neugeburt, so ist der Tag nicht nur ein Sinnbild, sondern eine Zusammenfassung des Lebens, das Einschlafen abends der tägliche Tod. Über die Schwelle jedes Morgens aber tragen wir das Ganze unseres Lebens mit uns in den Tag hinein, um es abends, um den Inhalt eines neuen Lebens vermehrt, wie eine Last von uns zu werfen.

Dieses Ganze des Lebens, das jeder Tag enthält, wird uns nicht immer gleicherweise bewußt. Das, was wir Schlaf nennen, übt schließlich auch im Wachen, wie das Steigen und Fallen des Grundwassers im Erdboden, seine Macht.

Ich hatte in Hamburg das Land verlassen. Acht Tage Bewegung, Rüttelung und Schüttelung waren plötzlich zum Stillstand gelangt. Im Augenblick empfand ich nur Hamburg und Malaga, Anfang und Ende der Bahn. Das Ende aber war überaus neu und stellte mich in eine Welt, die ich nur aus romantischen Bildern und Träumen kannte.

Ich war gerührt. Obgleich meine Augen nicht tränten, nur brannten, saß mir – ich mußte schlucken – der harte Schmerz des Weinens unter der Halsgrube. Die schwindenden Sterne, das blasse Meer, der graue Duft über der orientalisch südlichen Stadt, verbunden mit den laulich duftenden Wonnen, die man atmete, prägten mir das stumme Staunen über ein Wahrgewordenes ein, an das ich eigentlich nicht geglaubt hatte. Warum würden mein Vater und meine Mutter sterben, ohne dies je erblickt und erlebt zu haben! Weshalb war Mary nicht an meiner Seite und genoß dieses wunderbare Erwachen nicht mit? Eine Art Verzweiflung, durch die Macht der Schönheit erzeugt, kam über mich. Könnte man wenigstens solche Offenbarungen festhalten und irgendwie mitteilen! Mary lag und schlief in dem fernen Hohenhaus: möchte sie etwas von meinem Wachtraum empfinden! wünschte ich.

Aber nein, sie verschlief die Zeit. Es ist furchtbar, wieviel Schönheit verschlafen wird!

Ich lachte, als sich der Strand wie das allerzierlichste, bunte Puppentheater zu beleben begann. Reihen von buntgezäumten Eseln trugen zwischen Gemüsekörben die farbig geschmückte spanische Bäuerin.

Ich kannte das von den Rouleaus im Gasthof zur Preußischen Krone, an denen ich mich jeden Morgen ergötzt hatte.

Die Eselchen hatten kleine Schellen umgehängt, deren feiner Ton über das nun mehr und mehr ergrünende Wasser hörbar ward.

Ich wüßte nicht, was mit diesem ersten Aufgehen des europäischen Südens in mein Leben sich vergleichen ließe.

Ich hatte lange Zeit, gerührt, ergriffen, bewegt, erschüttert zu sein, bevor wir in den Hafen der fremden Welt einfuhren, wo dann, kaum daß wir festgemacht hatten, das Deck von einer brüllenden Menschenmenge erobert ward.

Die nackten Kalkformationen der Ufer sowie das blinkende Wasser warfen blendende Helle aus, die dunkle Gläser wünschbar machte.

Die »Livorno« gab den olivenfarbenen Piraten keine Ausbeute, da der einzige Passagier, den sie mit sich führte, sie ohne Gepäck und an der Seite des Kapitäns verließ.

Zwanzigstes Kapitel

Unser Bootsführer, ein kleiner, halbnackter, sehniger und struppiger Kerl, wurde von einer schönen, mit schwarzer Mantilla bekleideten Dame empfangen. Es war, wie der Kapitän mir sagte, seine Frau.

Ich wartete auf dem Flur vor dem Büro des Konsulates, solange der Kapitän darin zu tun hatte. Da kam wiederum eine schwarzgekleidete, diesmal höchstens vierzehnjährige Schönheit, ebenfalls mit dem Spitzentuch um den Kopf, mit mehreren lachenden jungen Herren an mir vorbei, eine Begegnung, die mir Herzklopfen machte.

Ich eröffnete mich dem Kapitän. Er lachte und sagte, daß man allerdings hier in Malaga mehr als anderswo seine Brust verschanzen müßte.

Mittags zog ich mit Maschinenmeister Wagner aus, der Aufträge zu erledigen hatte und hier wie zu Hause war.

Mit dem widrig schmeckenden Manzanilla, den wir aus kleinen Gläsern hinabschütteten, bekämpfte ich eine seltsame Seekrankheit, die mir die Unbeweglichkeit des Erdbodens verursachte.

Wagner brachte, wie bei jeder Landung in Malaga, für einen deutschen Major, einen Sonderling, große Pakete von Zinnsoldaten mit, mit denen der ehemalige Generalstäbler den jüngsten Deutsch-Französischen Krieg in seinem Zimmer aufbaute und durchspielte. Er entwarf wohl auch bereits den nächsten. Aber ich sah weiter nichts von ihm.

Die Atmosphäre von Malaga, besonders die nächtliche, bedeutete für die Tugend eines neunzehnjährigen Menschen eine gewaltige Probe. Der kleine, runde Wagner entpuppte sich als eine Falstaff-Natur, die sich weder im Trinken noch mit Dortchen Lakenreißer genugtun konnte. Am ersten Tage wurde noch eine gewisse Form gewahrt. Wir endeten in einem Varieté und luden eine blutjunge, übermäßig schöne Andalusierin, die in ihren herrlichen Volkstänzen mit Kastagnetten brilliert hatte, auf den Balkon.

Die folgende Nacht war für das Studium der unterirdischen Stadt bestimmt. Ein deutscher Kaufmannsjüngling, den Malaga bereits schwer krank gemacht hatte, und noch ein vierter, dessen Namen und Art ich vergessen habe, schlossen sich der Unternehmung an.

Erst wurden wir in eine spanische Bürgerfamilie mit schönen Töchtern eingeführt, die sich ehrsam, fein und gastlich betrug, wo ich indes durch das Verhalten des von dem Stigma schwerer Ausschweifungen gezeichneten jungen Kaufmanns bis zur Empörung gereizt wurde. Während wir bei Zuckerwerk und einem Gläschen Manzanilla ein gesittetes Gespräch zu führen schienen, ließ er sich auf deutsch, weil es die Familie nicht verstand, auf die unflätigste Weise über die Haustöchter aus.

Meine zurückgestaute Wut über diese niedrige Gemeinheit bei einem Deutschen war so groß, daß ich mich auf der Straße um ein Haar in eine Rauferei mit ihm verwickelt hätte. Mit Mühe gelang es der Güte und dem Humor des Maschinenmeisters, den Frieden zwischen uns herzustellen.

Was ich weiter durchlebte, hatte die Atmosphäre von Tausendundeiner Nacht. Am Ende war dies nicht allzu verwunderlich bei einer Küste, über welche die maurische Woge mit am frühesten geflutet ist.

Seeleute, wenn sie im Hafen sind, suchen Gastwirtschaften und öffentliche Häuser auf. Es war eines der erbärmlichsten dieser Art, dem wir zunächst zustrebten. Unser Führer, der Kaufmann, uns um ein halb hundert Schritte voraus, war in ein baufällig enges Gäßchen eingedrungen, das nur von dem trüben Licht einiger seltsam verklebter Fensterlöcher wegbar gemacht wurde. Er mochte an ein Pförtchen gepocht haben, denn ich konnte bemerken, wie sein verlebtes Gesicht von einem schwachen Scheine erhellt wurde, der wohl von jemand stammen mochte, der innen öffnete.

Gleich darauf schwebte ein augenschmerzender Stern unter der Mauer hervor ins Dunkel des Gäßchens auf und gab nach und nach der lieblichsten Erscheinung Gestalt, die unter ihm schemenhaft aufblühte.

Sah ich eine vor dreitausend Jahren verstorbene Griechin oder Phönizierin? War es die ewige Lampe aus ihrem Gruftgewölbe, die sie mit sich genommen hatte und nun, um sich auf ihrem nächtlichen Umgang zurechtzufinden, mit dem nackten Arm hoch über sich hielt? War dies nicht die Braut von Korinth? »Ist's um den geschehn, muß nach andern gehn, und das junge Volk erliegt der Wut ...«

Wo wir hin wollten, erwartete uns die niedrigste Hefe der Prostitution, wo betrunkene Matrosen, Viehtreiber, Kloakenräumer, Lumpensammler, Gauner und verlauste Bettler für eine halbe Pesete ihr ekelhaftes Bedürfnis verrichteten.

Vor dem Eingang aber in diese Dreckhölle richtete sich ein göttlicher Schemen auf, an dessen durchsichtig zarter, überirdischer Schönheit ich mich nicht ersättigen konnte.

Die tönerne Lampe, die das höchstens vierzehnjährige Kind mit blassen Fingern über sich hielt, war die antike, klassische: ein tellerartiger Ölbehälter, an dem ein Henkel ist, in eine Art Schnabel auslaufend, aus dem sich der Docht und daran die spitze Flamme erhebt. Ein spinnwebgrauer, spinnwebzarter Chiton ließ das Nackte des schlanken Körpers hindurchscheinen, der an sich wiederum durchscheinend war.

Unvergessen und nie zu vergessen, wie ich auf diesem dunklen Wege von einem Abglanz des Ewig-Schönen getroffen wurde. Und wie auch, als das ängstlich Gefürchtete eingetreten und diese Bildung höchster Magie sich in nahe Bewegungen auflöste und durch Worte Leben verriet, zarteste Anmut mit ihr verbunden blieb.

Was schließlich das Mädchen, als wir gingen, mit einem geflüsterten Hauch erbat, war ein kleines Geschenk, um Blumen zu kaufen.

Ich hatte die Prostitution in Breslau kennengelernt, ohne mich von diesem Abschaum durch die übliche Berührung vergiften zu lassen. Die abstoßende Verkehrsform, die Roheit von Mann und Weib, weit mehr allerdings von Mann als von Weib, hat mir nicht selten mit eisigem Grausen vor dem Gorgonenhaupt der Menschheit die Haare zu Berge getrieben. Dagegen in diesem schauerlichen Lustwinkel Malagas, wie er in einer deutschen Stadt überhaupt seinesgleichen nicht hat, geschah in Gebärde und Wort nichts Anstößiges.

Durch die Haustür getreten, stolperte man ein wenig nach unten, wo bloßer, feuchter Erdboden war und eine Alte, ein Haufen Lumpen, irgendein Gemüse zurechtmachte. Das Griechenbild oder die Phönizierin hatte sich unten an einer Bretterleiter aufgestellt, die sie mit der immer noch hochgehaltenen ewigen Lampe beleuchtete.

Lachend und Witze reißend kletterte meine Kumpanei hinauf, und als ich schließlich oben war, hatten wir schwankende und knarrende Holzdielen unter uns auf einem durch einige weitere Öllämpchen in Dämmer getauchten Dachboden. Hier hockten auf maurisch-orientalische Weise dunkle Gestalten im Kreise herum, Dienerinnen der Venus vulgivaga, wie wir vorausgesetzt hatten. Neben der einen und anderen hatte ein Liebhaber dieser Ware, ein Mann der Straße, Platz genommen. Niemand redete laut. Die Unterhaltung vollzog sich schleppend und flüsternd.

Ein fader Geruch und schließlich bei langsam sich gewöhnendem Blick der Augenschein verrieten, daß Wasserpfeifen im Gange waren. Der Rauch, den die Priesterinnen der käuflichen Lust aus den Mundstücken ihrer Schläuche sogen, mochte jenen Duselzustand erzeugen, der gegen die strengen und scheußlichen Anforderungen des Gewerbes abstumpfte.

Sich hier zu vergessen, war für den nüchternen Menschen keine Gefahr. Irgend etwas Anreizendes bemerkte man nicht. Wer sich dennoch außer acht gelassen haben würde, hätte lebenslanges Siechtum davongebracht.

Wenn ich heute versuche, meiner Jugend eine schlichte Stimme zu leihen, einer Jugend, die stumm war oder irre redete, so finde ich, daß die Tatsache der Prostitution, die allenthalben nicht zu umgehen war, mir geradezu den allerbittersten Gram verursachte. Irgendwie hatte ich noch von dem übelsten Frauenzimmer eine Auffassung, wie sie der irrende Ritter von einer Dulcinea von Toboso haben würde, selbst wenn sie in den Sumpf des Lasters gesunken wäre. Nenne man es die unsterbliche Seele, was ich noch in der Hure sah. Diese Seele indes war entehrt und betäubt, und ihr bloßer Leichnam, den man mißbrauchte, ward wie ein Brocken Aas geachtet.

Kurze Zeit nachdem wir den von Lust und narkotischen Dämpfen geschwängerten Dachboden verlassen hatten, pochte der Kaufmann an die Pforte eines sauberen Häuschens in einer sauberen Gasse an, dessen Läden verschlossen waren. Man öffnete, als er sich legitimiert hatte, denn man nahm nur Bekannte und zuverlässige Freunde des Hauses auf.

Wir traten in ein hübsches Bürgerhaus. Der Eintrittsraum erinnerte mich an Dachrödenshof, als ihn nur noch Tante Auguste und ihre Schwester bewohnten. Er zeigte jene penible Ordnungsliebe, die bei älteren Damen üblich ist. Eine Hängelampe spendete Licht, ein grüner Schirm mit schwarz silhouettierten Figürchen dämpfte die Glocke, ein großer Wandspiegel in goldenem Rokokorahmen und Rokokountersatz zeigte diesen Beleuchtungskörper zum zweiten Male, spiegelte einen dunkel gebeizten Schrank, eine geschweifte Kommode, auf der eine vergoldete Pendüle stand: sie schlug die Zeiten mit spitzen Schlägen.

Das Hausmädchen, das geöffnet hatte und das eine blanke weiße Schürze und Haube trug, nahm uns die Hüte und Mäntel ab, trug alles in einen besonderen Raum, und indes wir uns flüsternd unterhielten, kam sie zurück und klopfte an eine zur Linken gelegene Zimmertür. Nun gab es noch eine kleine Wartezeit, bis aus der Tür eine überaus sympathisch wirkende Dame trat und uns, nachdem sie den Kaufmannsjüngling kaum merklich begrüßt hatte, willkommen hieß.

In das Zimmer, aus dem sie getreten war, eingeführt, fanden wir sechs oder sieben wohlerzogene junge Mädchen, mit Stickerei oder Weißnähterei beschäftigt, um einen Tisch sitzen.

Der Eindruck war überraschend und anheimelnd.

Wir wurden wie Freunde des Hauses begrüßt, aber ohne daß eines der sauber, aber einfach gekleideten Mädchen mehr getan hätte als eine wohlerzogene Haustochter.

Langsam kam ein Gespräch in Gang, es war aber in keiner Weise mit einem ungehörig aggressiven Wesen verbunden und verletzte ebensowenig den in einem guten Bürgerhause üblichen Ton.

Ein Uneingeweihter ahnte nicht, daß er es hier mit einer Bordellhalterin und mit öffentlichen Dirnen zu tun hatte.

Die Dame des Hauses und die Mädchen fragten meine Begleiter nach mir aus, und die spanisch Sprechenden unter ihnen mußten zwischen mir und den Damen dolmetschen. Ein neunzehnjähriger, bartloser junger Mensch, der sich zu rasieren noch keinen Anlaß hatte, selbständig und wohl ausgestattet mit Geld auf einer Weltreise, war doch wohl eine Merkwürdigkeit.

Ich gab mich als Künstler, gab mich als Bildhauer. Und wirklich nahmen meine Neigungen zur bildenden Kunst im Süden überhand.

Und da war ein noch nicht sechzehnjähriges Kind, das kaum erst vom Lande hereingebracht worden war, dessen Auge nicht von mir lassen wollte. Ich fühlte, daß in dem Lächeln dieses bezaubernden Landmädchens, in ihrer furchtsam-freundlichen Annäherung nicht Geschäft, sondern schnell entkeimte wirkliche Liebe waltete. So überraschte mich eine Gefahr, mit der ich im Hinblick auf Mary nicht rechnen durfte.

Es wurde Tee und Kuchen gereicht, und ich kam mir vor, als sei meine Aufgabe, um die jüngste Tochter des Hauses anzuhalten. Die Zartheit, die süße Scheu und Eile zugleich, mit der sich hier zwischen zwei blutjungen, unverdorbenen Menschen echte Liebe entspann, breitete, wie ich mich gut erinnere, einen Geist feiner Zurückhaltung über alle aus und ließ irgend etwas Vulgäres nicht aufkommen.

Mein Wesen ward bis ins innerste Herz aufgewühlt. Da saß dieses Landkind neben mir, das meine Sprache ebensowenig verstand wie ich die seine, eines der schönsten Gebilde spanischer Erde, das mich liebte und dessen Augen mit einer unwandelbaren Ergebenheit an mir hingen. Ihre ahnungslose stumme Seele, obgleich sie nicht wußte, wie sie in einem schrecklichen Dienst mißbraucht wurde, gab dem lebenshungrigen süßen Antlitz etwas Dringliches, etwas Flehendes.

Ich wußte genug vom Wesen der Prostitution, um mich über das Schicksal dieses todgeweihten Geschöpfes keiner Täuschung hinzugeben. Binnen höchstens zwei Jahren tödliche Vergiftung, dann das Spital, vielleicht noch ein Intermezzo auf dem Dachboden mit dem Opiumqualm, von dem wir herkamen, dann aber der Tod. Sie würde sterben, ich wußte es, würde verbraucht, auf den Müllhaufen geworfen sein, bevor sie auch nur mein Alter erreicht hatte.

Liebe ist Mitleid, Mitleid ist Liebe, behauptet Schopenhauer, mit Recht nur insoweit, als überhaupt ein so unergründliches Phänomen mit Worten zu vereinen ist. Und doch verurteilte ich mich als einen Hochverräter zum Tode durch das Schwert, im Gedanken an die ferne Mary, als ich die Finger des spanischen Mädchens mit den meinen eng verschlungen fühlte. Es bedeutete wenig, es ging vorüber. Aber wußte ich denn, wie weit mich die begonnene Bindung fesseln, zu welchen nicht wiedergutzumachenden, selbstverderberischen Schritten sie mich noch verleiten würde? Vielleicht telegraphierte ich an Mary, log, ich sei bestohlen worden oder so, ließ mir Geld senden, kaufte das Mädchen frei oder ging mit ihm durch, ohne es freizukaufen, wurde verfolgt, festgenommen, was weiß ich – und würde an Mary als Schurke gehandelt und sie mit Recht verloren haben.

Aber was ging mich das Gestern an?

Der Teetisch ward mehr und mehr vereinsamt, und ich und das Mädchen saßen schließlich als die letzten daran. Da sagte ich, daß ich sie zeichnen wolle, holte aus der Garderobe mein Skizzenbuch, und wir folgten einer alten Beschließerin, die uns dann in einem beinahe prunkvoll eingerichteten Schlafgemach, nachdem sie einige Lichter entzündet, verließ.

Treue in Dingen der Liebe erscheint heute manchem lächerlich. Hätte ich sie in jener Nacht Mary nicht zu halten vermocht, mein Leben wäre ganz anders verlaufen. Pilar, die Säule, hatte sich in reiner Nacktheit gehorsam vor mich aufgestellt. Ich betrog mich selbst, wenn ich meiner zitternden Hand, meinem ringenden Herzen, meiner faseligen Benommenheit die Möglichkeit andichtete, diese nahe Aphrodite zu zeichnen.

Die Nähe des Bettes, der leise befremdete, gehorsame Blick, das Ehrenrührige meiner Josephhaftigkeit steigerten mich in eine große Verwirrung hinein, indem ich Pilar zur Mitwisserin meines Kampfes machte. Ich legte allen Kummer und alle Liebe zu ihr, wie ich meinte, in meinen Blick, ich legte die Hände an die Schläfen, ich habe dann ihre Stirn leise geküßt, ebenso leise ihre Schultern berührt, ebenso leise und leiser ihren Busen. Und dann habe ich das Lichtbildchen meiner Braut aus der Brusttasche gezogen und geküßt.

Ich bin von Pilar verstanden worden.

Nie wird man einen gesünderen Körper sehen: straff, edel, ohne Hüften, mit festen, breit auslaufenden Brüsten, wie man sie an den schönsten griechischen Marmorbildern sieht. Alles gesund, straff, bodenwüchsig, und doch – Spital, Opium, Trunk, Untergang.

Sich opfern, um dies zu verhindern, sollte das am Ende nicht doch verdienstlich sein und einen Platz im Himmel verschaffen?

Der Abschied von Pilar, eine halbe Stunde später, war schwer. Kann ein Abschied für ewig auch anders sein? Die Kumpanei hatte sich wieder zusammengefunden, wir traten in die mondhelle Gasse hinaus. Ich küßte sie, küßte sie wiederum. Sie kam mir nach. Ich lief zurück. Sie winkte mit einem weißen Tuch ... sie winkte, sie winkte immer noch. Man sah sie winken, man sah das wallende weiße Tuch in einsamer Ferne der Gasse, als sie uns längst nicht mehr sehen konnte.

Eine Stunde später saß in einer geweißten Spelunke eine wilde Dortchen Lakenreißer auf des trunkenen Falstaff-Wagners Knie und spie, was er nicht merkte, jedes Glas Wein, das er kommen ließ und ihr einflößte, unverzüglich an die Wand. Die Orgie schloß der Maschinenmeister mit dem Genuß von zwölf harten Eiern.

Einundzwanzigstes Kapitel

Einen wirklichen Sturm, den einzigen unserer Reise, erlebten wir im Golfe du Lion. Die »Livorno« lief gleichsam in einen Graben von Wasser eingesenkt. Die kurzen springenden Wellen des Mittelmeeres gaben an jeder Seite des Schiffes die Illusion einer bewegten Glasmauer. Es bestand keine Gefahr, aber wir schienen verloren zu sein.

Ich ging in Marseille an Land, weil man mir riet, die schöne Strecke von dort nach Genua mit der Bahn zurückzulegen.

In Monaco nahm ich vierundzwanzig Stunden Aufenthalt, wollte das Kasino besuchen, um den Eindruck der Spielhölle mit mir zu nehmen, wurde jedoch am Eingang zurückgewiesen.

Ich sei noch zu jung, sagte man.

Wie alt man sein müsse, um die Spielsäle besuchen zu können? Man gab zur Antwort: Majorenn. Ich sei majorenn, behauptete ich, worauf man sogleich die Frage stellte, in welchem Jahre ich geboren sei. Überrascht und kopflos gab ich mein wahres Geburtsjahr an.

Der Herr am Eingang lächelte nur: »Sie haben in der Eile nicht richtig gerechnet«, sagte er, »Sie hätten ihrem Alter nicht nur zwei, sondern mindestens vier Jahre hinzusetzen müssen.«

Damit war die Sache abgetan. Ich habe den kleinen Vorfall erwähnt, weil er zeigt, wie ich im Gegensatz zu manchen andern nicht für älter, sondern für erheblich jünger, als ich wirklich war, gehalten wurde: schien mich doch der Spielbankkontrolleur auf siebzehn zu schätzen.

Daß ich mich noch auf dem alten Kontinent befand, hatte ich fast vergessen, als ich in der Dachstube eines Genueser Hotels mein Nachtessen mit einer halben Flasche Rotwein zu mir nahm. Es waren ja mehr als zwei Wochen verflossen, seit ich Hamburg verlassen hatte – es schienen einige Jahre zu sein, in Ansehung des Erlebten und meiner Wesensveränderung.

Allerdings wirkte Genua, verglichen mit Malaga und Barcelona, das wir ebenfalls angelaufen hatten, im europäischen Sinne nicht mehr fremdartig. Aber mein neues Wesen sah es nur als Durchgangspunkt. Morgen mußte die »Livorno« im Hafen sein, mich aufnehmen und weiter, mit dem Ziel Athen, in die Fremde forttragen.

Im übrigen, was das Hauptsächlichste war: seit ich in Hamburg den Schiffsbord betreten, lag der alte Kontinent meiner Seele hinter mir, und ich sah auf ihn von Malaga aus und wiederum aus dem Genueser Hotelzimmer als auf einen fern verschwimmenden Traum zurück.

Bruder Carl hatte einmal, als ich mit ihm meine Reise erörterte, die Worte beiläufig hingeworfen: »Vielleicht komme ich dir nach!« Er war dabei, seinen Doktor zu bauen, wie man sagt. Die Doktorarbeit fesselte ihn, das Mündliche sollte im Herbst als Abschluß der Studien in Jena stattfinden.

Eben wollte ich, ziemlich ermüdet, ins Bett steigen, als mir ein toller Gedanke aufblitzte: sollte Carl am Ende in Genua sein?

Eine solche Annahme hatte nicht die geringste Wahrscheinlichkeit. Oft aber ist es mir schon geschehen und so auch hier, daß ich eine Möglichkeit oder Wahrscheinlichkeit imaginierte, wo ein Wunsch, eine Sehnsucht sich nicht abweisen ließ. So hatte ich als Junge und junger Mensch auf dem Freiburger Bahnhof auf die Züge aus der Heimat gewartet und mich während des Wartens von aussichtsloser Hoffnung bis zur Gewißheit eingewiegt, es werde einer von meinen Angehörigen dem angekommenen Zuge entsteigen: was leider in keinem solchen Falle geschehen ist. Auch diesmal gab ich somit meiner Laune nach, bestellte jemand durch den Portier, der sich in eine Droschke setzen und in allen Hotels nach meinem Bruder herumfragen mußte.

Die Sache verlief ohne Resultat, wie ja wohl zu erwarten war. Ich ging zu Bett, um noch ein wenig im Curtius weiterzulesen, als einer der Hausdiener mir die negative Antwort gebracht hatte.

Ich hatte bereits das Licht gelöscht, als ich im Halbschlaf Lärm hörte. Ich wachte auf, ich setzte mich auf, hörte heftiges Atmen, hastiges Sprechen die enge Treppe zu meinem Zimmer heraufkommen. Als würden immer drei Stufen auf einmal genommen, klang es mir, auch irritierte mich eine Stimme und ließ mich zweifeln, ob ich noch träumte oder wach wäre.

Inzwischen pochte es heftig an.

Es war in der Tat mein Bruder Carl und so das Unmögliche wahr geworden.

Glücklicher ist niemand gewesen als wir in diesem Wiedersehensaugenblick. Uns packte ein förmlicher Wirbel von Glück und drehte uns blindlings umeinander.

Ich war im Hemd, ich zog mich an, wir hatten uns endlos zu erzählen, schlafen konnten wir selbstverständlich nicht. Man durfte die kostbare Zeit nicht totschlagen, und so zogen wir fröhlich, selig-voll eines losgelösten Übermuts, Arm in Arm in das grandiose Labyrinth von Genuas Plätzen, Gassen und Straßen.

Durch dieses Zusammentreffen, so schön es war, wurde ich in der Folge von meinem Ziel Griechenland abgelenkt. Das Wesen unserer brüderlichen Verbindung und Freundschaft ist nicht leicht zu erhellen. Sie besaß etwas Inniges, Unzertrennliches und, trotz aller schweren Krisen oder gerade infolge dieser Krisen, etwas Siamesisches. Es war in uns ein Zwillingsgeist, ein Zwillingswollen, ein Zwillingsschritt – aber ich war dabei jetzt der Führende.

Es lag daran, daß ich schon früh aus dem Pferch gebrochen war, daß ich für mich allein gerungen und gesucht hatte, während für Carl noch die Schule dachte und handelte. Auf sonderbaren Wildpfaden einsam kletternd, hatte ich weitgeschweifte Kehren der breiten Straße abgeschnitten. Carl hatte mir dann die Hand gereicht und mich im gegebenen Augenblick über den sonst unzugänglichen steinernen Unterbau auf die gesicherte Plattform hinaufgehoben. Wiederum aber hatte ich nur kurze Zeit auf der allgemeinen Poststraße verweilt, um abermals querfeldein und diesmal sogar aufs Meer auszubrechen.

Von Jena, dieser wundervollen Station, hatte ich mir allerdings neue Wegweiser und Ziele setzen lassen.

Die kluge Martha Thienemann, Carls Braut, ward durch die Anziehungskraft, die wir aufeinander ausübten, Carl weniger auf mich als ich auf Carl, mit Recht beunruhigt. Wer sollte ihr wohl verdenken, daß sie den Geliebten und seine Neigung für sich allein haben wollte? Aber nicht der Verlust an Liebe allein machte sie besorgt, ihr aufmerksam wacher Sinn sah Carls Wesen durch mich beunruhigt.

Was meine Zukunft und meine irreguläre Bahn betraf, so

hat Martha sich nie eingemischt, wünschte aber für Carl die reguläre. Sie sah mit Angst, wie Carls Interesse am Einzelgängertum meiner Natur zuzunehmen schien. Jetzt nun hatte ich einen Schritt getan, gleichsam mit Siebenmeilenstiefeln, an den Carl ernstlich wohl kaum je geglaubt hatte. Schritt ich nicht über ihn hinweg, und war dies nicht geradezu Verrat an unserem siamesischen Zwillingstum? Martha war es wohl kaum genehm, aber Carl konnte nicht anders: er mußte mich einholen.

Hinter allem, was mich nach dem Süden gezogen hatte, lag etwas Triebhaftes.

Etwas Triebhaftes war für Carl der Anlaß nicht. Es ist bezeichnend, daß er wohl nur dies eine Mal und niemals wieder im Süden gewesen ist.

Es mag so oder nur so ähnlich oder auch anders sein. Carl brachte jedenfalls die feurige geistige Atmosphäre mit, die vom Flügelschlag vieler Gedanken bewegt wurde.

Die »Livorno« war endlich im Hafen angelangt, und da ich weiter mit dem Schiffe zu reisen hatte, entschloß sich auch Carl dazu und ward freundlich aufgenommen, sozusagen als blinder Passagier.

Die See war bewegt, Carl wurde sehr elend unterwegs und verfluchte nach seiner Art den Augenblick, der ihm den Gedanken dieser Meerfahrt statt einer bequemen Eisenbahnreise untergeschoben hatte. Mit der Tafelrunde im Meßraum war es aus. Wir aßen, soweit wir es taten, bei steifer Bedienung im Salon, und es ist nicht viel mehr zu sagen, als daß wir unter gloriosem Licht und heiterstem Wetter zwischen Ischia und der Küste, im Anblick Capris und des Vesuvs, zwischen die Herrlichkeiten des Golfes von Neapel – sieh Neapel und stirb! – einliefen.

Mein eigenes Wesen, das die Rückstände vieler Jugendleiden immer noch färbten, prägte ich diesem mich zunächst erschreckenden Stadtbilde auf, und so sah ich es nicht im rechten Lichte. Weiter verdüstert ist es in einen frühen dichterischen Versuch, »Promethidenlos«, eingegangen. Aber es wäre falsch, anzunehmen, daß ich damals selbst verdüstert gewesen sei. Ich lebte vielmehr wirklich in dem, was ich ebenfalls im Süden gesucht hatte: in überquellender Eudämonie.

Carl und ich machten uns durch die damals von Professor Dr. Jäger erfundene Normalkleidung auffällig. Auch das gehörte zu unserem Kultus der Eudämonie. Ein doppelt geknöpfter, vorn geschlossener Rock war aus einem Gewebe tierischer Wolle angefertigt. Pflanzliche Wolle, also Baumwolle, würde nach Gustav Jäger, da der Mensch ja Säugetier-Charakter hat, als Hülle für ihn widernatürlich gewesen sein. Dagegen, wie der gleiche Reformer behauptete, würden dem Menschen durch die tierische Wolle Luststoffe zugeführt. Mit ihr bekleidet, hatte er Kraft, Freude, Übermut seiner Tiervergangenheit wiedergewonnen. Wir trugen kein Leinenhemd, gingen sogar in Wollschuhen.

So entbehrten denn unsere Reformbestrebungen keineswegs eines Anflugs von Lächerlichkeit. Man soll den Namen des großen Manchaners nicht unnütz führen, aber es ist gewiß, daß wir in unseren seltsamen Propagandaröcken, die von ihrem Erfinder sogar als Nationalkostüm der Deutschen bezeichnet wurden, einigermaßen wunderliche Gestalten verkörperten.

Peinlich wurde nicht selten hier in Neapel, wie schon in Genua, Carls Erregbarkeit. Da er jedermann in Neapel für unredlich hielt, stritt er mit jedem Kellner, jedem Portier, jedem Droschkenkutscher, so daß nicht selten durch einen Polizisten Friede gestiftet werden mußte.

Im Teatro Carlo Felice in Genua brach er zum Beispiel in Entrüstung aus, als das Parkett bei geöffnetem Vorhang während des Spiels ungeniert und laut seine Unterhaltung fortsetzte. Schließlich lief er davon, und ich folgte ihm, was im Publikum herzliches Lachen auslöste.

Wir fühlten uns in Neapel nicht wohl und beschlossen nach Capri überzusetzen, sobald die »Livorno« den Hafen verlassen hatte.

Ein letztes gegenwärtiges Stück der alten Heimat entschwand mit ihr.

Nach herzlichem Händedruck auf Nimmerwiedersehen mit Kapitän Sutor, Maschinenmeister Wagner und den meisten Gliedern der kleinen Schiffsfamilie kletterte ich von Bord ins Boot, wo Carl wartete. Es wurde in einem Abstand von der »Livorno« stillgelegt. Von hier sahen wir zu, wie der Anker hinaufgewunden wurde und dann langsam Bewegung in den Schiffsrumpf kam. Immer sichtbarer quirlte das Wasser hinter der Schiffsschraube. Von der Brücke winkte der Kapitän, und es dauerte gar nicht lange, bis das ferner und ferner entschwindende Schiff zum Spielzeug zusammenschrumpfte.

Zweiundzwanzigstes Kapitel

Ohne es noch zu ahnen, fuhren wir einem Paradiese zu. Capri glich dem echten sogar insoweit, als auch in ihm eine Schlange war. Ich bin ihr auf den Kopf getreten, aber die Vergiftung durch einen Fersenstich ist nicht ausgeblieben, und ich habe damit, solange ich in Italien war, zu schaffen gehabt.

Vom Dampfer aus wurden wir zunächst in die Blaue Grotte geführt, die, im Altertum bekannt, von den Deutschen Kopisch, dem Dichter-Maler, und dem Maler Fries neu entdeckt wurde. Kann es etwas geben, das auf eine abgeschlossene Welt des märchenhaft Schönen besser vorbereitet? Trotz häßlicher Nebengeräusche, seinerzeit hervorgerufen durch gewisse Landsleute, bleibt die Erinnerung zauberhaft.

Da ist zuerst die Capreserin.

Da sie aber erst in Erscheinung tritt, wenn man das Schiff verlassen hat und gelandet ist, so will ich zuvor jene durch Knabenrudel ausgeführten Schwimm- und Tauchszenen erwähnen, die sich damals um das angelangte Schiff abspielten. Mit der Gewandtheit von Seehunden wird von Knaben zwischen sieben und vierzehn Jahren nach kleiner, von Bord geworfener Münze getaucht. Die Wonne, der Jubel dieses glückseligen Gewerbes wirkt ansteckend.

Isola Capri, sagt man, wirke mit ihrer in der Mitte gesattelten Felsmasse wie ein antiker Sarkophag. Wenn das der Fall ist, so nicht zum wenigsten durch das Bildwerk darum und daran. Mich aber grüßte allerdings ein tragischer Schatten, bevor ich das Land betrat: der des Kaisers Tiberius, mit dessen großgeartetem, schwerem Schicksal ich mich hauptsächlich durch Adolf Stahr bekannt gemacht hatte.

In meiner Phantasie nahm seine Gestalt mythische Riesenmaße an. Und sooft ich von der Idee eines gigantischen Sarkophags getroffen wurde, war er es, der darin verschlossen war und der sich nächtlicherweile als drohender Geist darüber zeigte.

Eine junge, schöne, höchstens siebzehnjährige Capreserin ließ sich, als wir gelandet waren, meinen zentnerschweren, zur Hälfte mit Büchern angefüllten, gewölbten Holzkoffer auf den Scheitel heben und trug ihn, gerade schreitend und mit stolzem Nacken, eine steile Felsentreppe von tausend und mehr Stufen zu schwindelnder Höhe hinan, bis er ihr vor dem alten Hotel Pagano vom Haupte genommen wurde.

Ich sah zum erstenmal eine lebende Griechin, eine Karyatide der Akropolis.

Aber ein unabweisbares, meinethalben trügerisches Gefühl sagte mir: Hic Rhodos, hic salta! Hier war Griechenland: warum sollte ich weiterreisen?

Der alte italienische Gasthof des Signors Pagano war mit Deutschen gefüllt. Er bestand aus Haupthaus und Anbauten. Der Weg zu unserem Zimmer führte über ein flaches Dach. Es war wohl dasselbe, wo, auf und ab gehend, Viktor von Scheffel seinen »Trompeter von Säckingen« und den »Kater Hiddigeigei« gedichtet hatte. Katzen waren in der Tat sehr zahlreich hier und konnten sich wohl auch in Dichtungen eindrängen.

Von unseren beiden Zimmern war das eine fensterlos und erhielt sein Licht entweder von einer Kerze oder durch die Tür auf die Dachterrasse. Das andere ging auf ein Gäßchen hinaus, und man konnte, wenn man sich zum Fenster hinauslehnte, ganz gut einem Menschen die Hand reichen, der auf der gegenüberliegenden Seite im Fenster lag. Hier gefiel es uns überaus.

Kopf an Kopf standen und saßen unsere Landsleute in den Gesellschaftszimmern herum und erfüllten das Haus mit jener Lebendigkeit, die an deutsche Ausflugsorte erinnert. Das berührte behaglich, wohnlich und heimatlich und überdies um so überraschender, da wir es nicht erwartet hatten.

Der Pensionspreis war von unwahrscheinlicher Billigkeit, da er, tutto compreso, inbegriffen beliebige Mengen Weins, einige wenige Lire betrug. Hier konnte man sich's wohlsein lassen.

Carl und ich waren nur zu den Speisestunden daheim. Wir kletterten wie die Ziegen von früh bis spät an dem steinernen Sarkophag herum, Carl mit einer mich oft beängstigenden, schwindelfreien Verwegenheit, die ihn an irgendeinen Absturz, etwa an dem Monte Solaro, oftmals meinen Blicken entzog.

Fast vergaßen wir, daß wir verlobt waren und beide daheim unsere Bräute hatten: so naturhaft, so vergeßlich machte uns diese insulare Lebensform.

Mit Sorgen quälten wir uns in Capri nicht. Wenn wir des Morgens, umgeben von einem Rudel Capreser Jungens, zum köstlichsten Bade der Welt, zur Kleinen Marina, hinunterzogen, verloren wir uns in Wärme, Farbe und Glanz und bestanden nur noch aus lachender Seele. Von den zahllosen grünen Eidechsen, die über das Kalkgefels huschten, mußte sich aller Augenblicke eine, in einer Schlinge aus Gras, durch irgendeinen Narkissos, Charmides oder anderen Liebling der Götter fangen und mit Lachen vorweisen lassen. Dann wurde sie wieder in Freiheit gesetzt.

Unvergleichliche Wonnen des Bades in der grünen Flut unter den Faraglioni erwarteten uns. Sie dauerten fort, bis wir an Paganos gedeckter Tafel ein köstliches Frühstück einnehmen konnten.

Der Nachmittag und besonders die kühlere Zeit wurden wiederum durch Entdeckungsreisen in Form von Wander- und Kletterpartien ausgefüllt.

Es hätte mögen ewig so fortgehen, wir hätten nichts dagegen gehabt.

Wir gingen zuweilen verschiedene Wege. Da redete mich, als ich die Kleine Marina allein besucht hatte, ein Junge an, der mir deutlich machte, daß irgend jemand nahebei in den Felsen mich sprechen wolle. Ich schloß mich sogleich dem Knaben an, bis ich mich plötzlich einem seltsamen Menschen Auge in Auge gegenüberfand. Er war, wie ich heute sagen würde, eine Art Epiktet. So trug er sich barfuß und ohne Kopfbedeckung und wirkte im übrigen durch ein langes Gewand apostelhaft.

Ich weiß nicht mehr, wie der Mann, der sich als Deutscher entpuppte, geheißen hat. Er trug keinen außergewöhnlichen Namen. Er redete leise mit einer gewissen Tonlosigkeit, die sich wohl aus langem Alleinsein und bewußter Gewöhnung herleitete.

Dieser Sonderling, der, wie sich bald erwies, zwischen den Steinen als Einsiedler lebte, hatte den Deutsch-Französischen Krieg mitgemacht. Nach einer Verwundung hierhergeschickt, sei er in Capri hängengeblieben und werde sein Leben hier auch beenden, erklärte er. Dem ganzen verderbten Weltwesen habe er ein für allemal Valet gesagt.

Er war ein Asket, kein Robinson. Die Anachoreten der Thebais haben so ähnlich gewohnt. Anachoreten, das heißt: Zurücktretende. Auch dieser Mann war von allen Aussichten persönlicher und kultureller Art, und zwar im neuen, mächtig aufstrebenden Deutschen Reich, zurückgetreten. Glanz, Macht, Geltung, Luxus, Liebe vermochten ihn nicht mehr anzulocken. Er hatte sich dreiundeinehalbe Wand aus Steinplatten ohne Mörtel zusammengetragen, verrostete Bleche als Dach darübergelegt, nicht höher, als daß er sich von außen noch darauf lehnen konnte.

Unter diesen Blechen fand sich ein wetterdichter Kasten voller Schiffszwieback, daneben der tönerne Wasserkrug. Als ich ihn fragte, wovon er lebe, zeigte es mir der Sonderling, indem er einen harten Schiffszwieback gewaltsam über dem Knie zerschlug, über die Bruchstellen Wasser goß und dann an den weichen Teilen herumnagte.

Die Fischer achteten diesen Mann und ließen ihn ungestört gewähren. Ich konnte bemerken, wie gut er mit ihnen stand.

Nicht er allein, sondern auch andere Fremde waren in Capri hängengeblieben, was, wenn man den Dämon des Ortes gefühlt hatte, wohl zu verstehen ist. Ich glaube, es war ein Bayer, der die bella Margherita, eine schöne Wirtstochter in Anacapri, geheiratet hatte. Da ihre Eltern nicht mehr lebten, war er Besitzer und Wirt geworden. Es kam mir vor, als ob überhaupt deutsches und capresisches Blut, deutsche und capresische Art leicht ineinander überflossen.

Der junge Gatte der schönen Wirtin von Anacapri wirkte wie ein reicher, zum Leichtsinn neigender Bauernsohn. Ich wurde bei dem hübschen Schwerenöter und Tausendsassa an die Erben des Demuth-Gutes erinnert, das dem Gasthof zur Krone gegenüberlag. Wahrscheinlich hatten auch ihn die Umstände von der väterlichen Scholle hinweggespült, und es war ihm gelungen, hier am unwahrscheinlichsten Orte Anker zu werfen. Dieser immerhin interessante bayrische Hiesel streifte, das Gewehr und die Jagdtasche umgehängt, auf der ganzen Insel umher, ein Beruf, den er sich besser nicht wünschen konnte.

Während man die Bevölkerung Neapels als etwas Fremdes unbeteiligt sieht, wird man von den Bewohnern Capris sogleich angezogen.

Die Capreserin ist groß, schwer, dunkel und treuherzig. Ihr schwarzes Auge läßt an Falerner Wein denken oder solchen, der am Vesuv gewachsen ist. Ich sah später in den Bergen Korfus verwandte Erscheinungen ländlicher Griechinnen, und ich gab mich, wo ich einer der Capreserinnen ansichtig ward, dem Gedanken hin, es mit echten Großgriechen zu tun zu haben.

Von der Lage Capris und seiner Schönheit zu reden erübrigt sich. Der Blick nach Nordosten umfaßt den Vesuv, der damals tätig war und seinem Krater immerwährend Rauch entsteigen ließ. Weiß und in Pinienform, wie Professor Gaedechens uns in Jena geschildert hatte, erhob er sich tags auf seiner Spitze, während der Glutatem aus dem Innern des Berges ihn nächtlicherweile blutrot färbte. So zog der Vesuv nach Sonnenuntergang, wenn bei heißer, stillstehender Luft der Vollmond über der Insel hing, oft stundenlang unsere Blicke an.

In solchen Nächten meldete sich dann auch wieder der Gedanke an Tiberius. Die Reste seiner Villa liegen auf dem östlichen Rande der Insel, seine Bäder am nördlichen. Es gehen dunkle Sagen von ihm, seinen Schreckenstaten und düsteren Orgien. Wir hatten die Höhle besucht, von der gesagt wird, daß sie dem unbesiegbaren Sonnengott Mithra heilig war, welchem Tiberius seinen Lieblingsknaben durch Hinabstürzen von dem Felsen geopfert habe.

Es gehört nicht viel dazu, im Mondschein einer glühenden Nacht sich in das lustvolle Grausen solcher Mysterien zu verlieren, wo vor dem nahen Antlitz einer immer noch nahen Gottheit Tod und Wollust einander umschlangen und Verbrechen nicht mehr Verbrechen war.

Nach einer solchen Nacht warf sich wohl der kaiserliche Gott und Anbeter der Astarte mit Weibern und Jünglingen in die frischen Fluten der Blauen Grotte hinein, aber nur, um sich in neuen Wonnen zu wälzen und unersättlichen Lüsten weiter zu frönen. Wer dieses Treiben als das ungeheure, gottgewollte Geschehen sieht, das mit den Maßlosigkeiten priesterlicher Brunst des Orients zusammenhängt, wird sich mit der moralischen Elle unserer Zeit nicht daranwagen.

Ich aber, in meiner Unschuld Maienblüte, gedachte damals allen Ernstes, dem Un- und Übermenschen durch eine Dichtung gerecht zu werden, ein Bemühen, das später eine schwächliche Frucht zutage gefördert hat.

Jedenfalls hat der Gott-Kaiser das enge Bereich dieser wunderbaren Insel den Weiten des römischen Weltreichs vorgezogen. Auch auf diesen ganz Großen übte sie ihre Anziehungskraft. So dachte ich, einmal hier gelandet, zunächst nicht mehr an ein anderes Griechenland, das mich damals möglicherweise enttäuscht hätte, hing aber immer wieder den Erwägungen nach, die den Anachoreten bewogen hatten, sich und sein Leben für immer hier einzuschränken. Sollte ich wohl ein gleiches tun? Nicht nur war es die Insel an sich, sondern ebenso der hier heimische Menschenschlag, der den Wunsch rege machte.

Hier mußte man wachsen, werden, gedeihen und blühen an Körper und Geist. Wo anders als hier konnte man weise und glücklich sein? Dort flammte das Fanal des Vesuvs. Man wurde mit Feuer imprägniert. Der Duft von Milch, Honig und Wein stieg einem überall in die Nase. Und lag nicht Elea in der Nähe? Konnte ich nicht meine Philosophen studieren, meinen Platon lesen, den Körper einer Griechin in Marmor bilden? War es nicht gleichgültig, ob man dies in einer regelrechten Werkstatt oder in einem offenen Schuppen unter den Reben und schweren Trauben seines Weingartens tat?

Mariuc de Quaracin! Aus unserm zweiten Zimmer des Albergo Pagano konnte man sich, wie schon gesagt wurde, über ein kleines Gäßchen hinweg mit jemand beinahe die Hände reichen, der im gegenüberliegenden Fenster lag. Es war eine junge Capreserin, die eines Tages dort herauslehnte: Mariuc de Quaracin.

Wir grüßten, wir befreundeten uns, wir hatten öfters kleine Gespräche. Sie fuhr zurück, sie versteckte sich, wenn unten der Geistliche durch die Gasse ging. Weiteres ist nicht von ihr zu melden.

Sie war sehr arm, hatte außerdem eine schlimme Hand. Unter die schönen Capreserinnen gehörte sie nicht. Ich muß sie aber trotzdem erwähnen, da das arme Ding auf eine rührende Weise über die Gasse zu mir herüberwinkte und mir, trotzdem das Verständnis schwierig war, ihre Sorgen und Schmerzen anvertraute.

Sie ist mir bis heute im Gedächtnis geblieben, diese Mariuc de Quaracin, eine hilfsbedürftige arme Seele, die aber doch den vertraulichen und vertrauenden Inselgeist nicht verleugnete.

Dreiundzwanzigstes Kapitel

Wie nach einem metallenen Kruzifix, das auf den Grund des Meeres gesunken ist, hätte ich aussichtslose Tauchversuche unternehmen müssen, um die religiösen Zustände von Lederose wiederzufinden. Alle diese krankhaften Ängste und Selbstquälereien waren mir unzugänglich geworden. Stufe für Stufe war ich aus einer Welt ohne Kunst die Leiter der Schönheit emporgeklommen, bis mir das Glück in Gestalt Marys die Hand reichte und mir mit dem Zauberstabe der Liebe die Mauern meines Kerkers öffnete. Da war ich nun, mein Bruder mit mir in der gleichen Lage. Sieghaft standen wir hoch im Glanz. Aber war es nicht überaus seltsam, wenn wir, fast betäubt von schönen Erfüllungen, unsere Freunde und nicht unsere Bräute hierherwünschten?

Wir waren eben noch nicht so weit herangereift, daß uns der Jugendbund, von dem wir tragend getragen wurden, entlassen konnte. So war meine Liebe zu Mary elementar, die zu Hugo Schmidt, Alfred Ploetz, meinem Bruder Carl, Ferdinand Simon und Max Müller war ebenfalls von einer elementaren, zusammenhaltenden Kraft.

Ich schrieb an Max Müller, er könne hier billig leben, er möge herkommen.

Mein Freundesruf blieb unerhört – ich erkannte daraus, wie kühl sein Herz im Norden, verglichen mit dem unseren auf Capri, pulsieren mußte.

Wir waren noch nicht acht Tage in unserem Hotel, als wir bereits spürten, daß wir von unseren Landsleuten heimlich befehdet wurden. Wir waren naiv genug, nicht zu wissen, warum. Wir schlossen uns wenig an, da wir uns selbst genug waren, was bei der familiären Einheit des nur von Deutschen besetzten Hotels unerlaubt und verletzend gebucht wurde.

Das gab den Ausschlag indessen nicht.

Wir mögen in unvorsichtiger Weise unsere Ansichten über Reformbedürftigkeit der Gesellschaft und anderes mehr geäußert haben, wodurch wir mißliebig werden mußten.

In diesen Kreisen war die Siegesstimmung seit 1871 noch nicht einen Augenblick abgeflaut. Das ganze Jahr feierten sie Sedanfest. Sie betrachteten es als bedauerlichen Umstand, daß Kaisers Geburtstag nicht alle Tage sein konnte. Überall markierten sie Siegernation und wurden damit nicht nur den gesitteten Menschen anderer Völker, sondern auch denen im eigenen Lande peinlich. Die Grobheit, das präpotente Wesen, die Ungezogenheit und Unerzogenheit des Deutschen, der ins Ausland kam, war damals für viele ein Ärgernis: sie hat manchen Schaden gestiftet.

Bei Pagano blieben die Deutschen unter sich. Ihre Nationalfreude, ihre Überheblichkeit, ihr ewiges Hurra-hurra-Geschrei wirkten deshalb nach außen weniger aufreizend. Wenn

Carl und ich dieses Treiben auch nicht mitmachten, störte es uns im Grunde nicht. Aber es war nicht gerade das, wie man den früheren Seiten dieses Buches entnehmen wird, was zu suchen wir auszogen.

Toleranz für eigene, dem Parvenügeiste nicht entsprechende Meinungen kannte man in diesem Kreise nicht. Und daß Carl und ich, schon durch unser Nationalkostüm separatistischer Neigungen verdächtig, recht seltsame Ansichten zu vertreten uns nicht scheuten, hatte man in Erfahrung gebracht.

Ein Maler, deren es auf Capri immer unendlich viele gibt, hatte unsere Gesellschaft gesucht, sich uns auf Ausflügen angeschlossen. Bei diesen Gelegenheiten waren Carl und ich aufgetaut und hatten wieder einmal, töricht genug, unsere vollen Herzen nicht gewahrt. Heute bin ich fest überzeugt, man hatte diesen Menschen als Spion abgeordnet. Jedenfalls wurde der Inhalt unserer Gespräche von ihm jedesmal mit humoristisch bissigen Glossen der Hotelgesellschaft bekannt gemacht. Natürlich erhielt sie ein durch Mißverständnisse noch mehr verwirrtes Sammelsurium aufgetischt, aus dem aber doch, wie sie meinte, zu ersehen war, daß wir gefährliche Ansichten hegten.

Als wir am 22. März, Kaisers Geburtstag, das Festessen nicht mitmachten, wurden wir definitiv in die Acht getan. Am folgenden Tage wurden bei der Table d'hôte je zwei Plätze rechts und links von uns frei gelassen.

Es war um jene Zeit schon sehr heiß, und ich pflegte die Tür auf die Dachterrasse in den Mondnächten offenzulassen. Einmal fuhr ich jäh aus dem Schlaf. Ein Erdbeben, wie ich glaubte, war eingetreten. Es waren indessen nur einige Deutsche mit Nagelschuhen, die auf dem Dach einen rasenden Lärm machten: nur eine Episode aus dem Haberfeldtreiben, das gegen uns im Gange war.

Professor Brückner aus Dorpat, der in diesen Tagen in Begleitung seiner Tochter eintraf, hielt sich an die schwebende Achterklärung nicht. Vater und Tochter nahmen ihre Tischplätze mit einer gewissen Betonung links und rechts neben uns. Ich hatte Malja, die Tochter, zur Seite.

Malja und ich verstanden uns ebenso wie der Professor und Carl. Die beiden Herren kamen ins philosophische Fahrwasser, da Brückner Ordinarius für Philosophie in Dorpat war und Carl für das fachphilosophische Wesen viel übrig hatte.

Mit Malja und mir war es ein ander Ding, wir brachten einander Neigung entgegen.

Die junge Professorstochter war durch Schönheit nicht auffällig, aber ich hatte einen so lebendigen und gebildeten Geist bei einer Frau noch nicht kennengelernt. Ich erzählte ihr manches aus den Kämpfen meiner Vergangenheit, wie sie Zufallsaufblitzen mir ins Gedächtnis brachte, sprach von meiner Knabenzeit und von der Zeit, wo ich unter den Zwang der höheren Schule geriet und was ich an Lebenskraft, Lebensfreude und Lebensmut dabei eingebüßt hatte. Ich führte sie den Befreiungsweg bis zum gegenwärtigen Augenblick, ohne aber die äußeren Glücksumstände zu berühren. Ich redete naiv genug, aber auch schwärmerisch genug von unserem in Amerika zu gründenden neuen Staatswesen, was ihr nicht das geringste Befremden erregte.

Im angenehmsten und doch sachlichen Plauderton hielt sie mir vielmehr ein kleines Privatissimum über die Geschichte ähnlicher Bestrebungen, über die sie weit besser als ich Bescheid wußte. Die Namen Lykurg, Solon, Platon schwirrten zu den feindlichen Tischgenossen hinüber. Sie verbreitete sich über das griechische Kolonisationswesen und den mittelländischen Städtekranz Großgriechenlands, stützte mein Selbstvertrauen, indem sie entwickelte, daß die größten Geister aller Zeiten bis zu Goethe hinauf sich mit Plänen zur Gesellschaftsreform beschäftigt hätten, teils indem sie an neuzugründende Gemeinwesen dachten, teils indem sie die Zustände in den schon vorhandenen kritisierten und Verbesserungsvorschläge machten.

Sie nannte Thomas Morus und seine »Utopia«, Fourier und sein »Phalanstère«, schließlich Michael Bakunin und die neueren Sozialisten. Warum man sich über dergleichen aufregte, begriff sie nicht, da doch ohne ein immerwährendes Wirken solcher Ideen ein Menschheitsfortschritt unmöglich sei. Schon das Christentum mit seinem »Kindlein, liebet euch untereinander!« und seiner Bergpredigt lasse sie nicht zur Ruhe kommen.

Wenn sie mich nicht nur unterstützte, sondern auch belehrte, war Malja keineswegs blaustrümpfig: sie assistierte mir eigentlich nur. Die freundliche Zartheit, mit der sie es tat und Lücken meiner Bildung verschleierte, machte sie weiblich und anziehend und auf eine ungewöhnliche Art und Weise liebenswert. Ich gab ihr zu hören, welche Folgen die Mitteilung unseres amerikanischen Planes an einen Unberufenen gehabt hatte.

Kurz, ich konnte mein Herz einmal gründlich ausschütten. Das geschah mehrere Tage lang nicht nur bei Mahlzeiten, sondern auch auf Spaziergängen. Die geduldige und geistig nie ermüdende Malja wurde nach und nach auch in meine Pläne als Dichter und bildender Künstler eingeweiht. Auch diese waren zum Teil bereits in unserer Utopie zusammengeschlossen. Ihre Präsidentschaft blieb Alfred Ploetz zugedacht. Carl war der Minister für Wissenschaft, ich aber der Minister für Kunst, der die Arbeiten der Bauhütten unter sich hatte.

Ich hörte nicht auf, meine kostenlosen Illusionen vor Maljas staunenden Ohren auszubreiten.

Das Dichten in Marmor war ein innerer Zwang, der mich zuerst an jenem Tage ergriffen hatte, als der Gedanke, Plastiker zu werden, von meinem Vater gebilligt worden war. Und so sah ich denn auf dem imaginären Boden unserer fernen Kolonie eigentlich allen Nutzbauten voran ein Tempelgebäude aus Marmor errichtet, darin sich, ähnlich wie in Raffaels »Schule von Athen«, die Heroen aller Zeiten als Marmorbilder vereinigt fanden, nicht etwa in Nischen aufgestellt oder da und dort unorganisch auf Sockeln, sondern die großen Denker, Dichter, Maler und Bildhauer sollten in dem Heroon aus Marmor, das ich aufrichten wollte, gleichsam wohnen und sich bewegen.

Vor dem hohen Bogenfenster stand etwa ein grüblerisch versunkener Michelangelo. Raffael Santi, der Schöpfer der Sixtinischen Madonna meines Vaterhauses, stieg, nach dem Hähnelschen Vorbild gedacht, in göttlicher Jugendschöne, Marmor, die Marmorstufen herunter. Es waren Exzesse im Stil Canovas, eines Meisters, den ich damals nicht einmal dem Namen nach kannte. Aber selbst diese Schaumschlägereien konnten die Teilnahme Maljas nicht abschwächen.

Vielleicht war es gut, daß Professor Brückner trotz Maljas und meiner Bitten zu einer Verlängerung seines Aufenthaltes auf Capri nicht bewogen werden konnte. Er zeigte dabei einen beinahe unangenehmen Eigensinn.

Wäre Malja länger geblieben, sei es auch nur eine Woche lang, hätte sich ein letztes Verständnis zwischen uns kaum vermeiden lassen. Ich hätte dann zum mindesten eine schwere Gewissenslast Mary gegenüber zu tragen gehabt, auch wenn wir die Kraft besessen hätten, den schlimmsten Konflikt zu vermeiden.

Bevor wir Capri verließen, war ich leider so töricht, den Fremdenbuchunfug mitzumachen und in den bei Pagano aufgelegten Band eine lange Ballade einzuzeichnen. Sie kann unmöglich auch nur erträglich gewesen sein. Am nächsten Tage waren denn auch ziemlich derbe Spottverse daruntergesetzt, die einem damals berühmten deutsch-römischen Bildhauer zugeschrieben wurden. Er war erst jüngst mit zwei schönen Töchtern bei Pagano aufgetaucht. Meine Verse wurden barock genannt, und statt mit dem Plektrum hätte ich meine Laute mit einem knorrigen Stocke bearbeitet.

Übrigens hatte man Carl und mich in unseren Normalröcken, mit nach innen gewölbter Brust und geknickten Beinen hintereinander herschreitend, auf das allerkläglichste in einer Karikatur dargestellt, was uns ungeheuer empörte.

Daß auch ich damals ziemlich ungehobelt sein konnte, beweist die Antwort, die ich auf einer Seite des gleichen Fremdenbuches meinem unbekannten satirischen Glossator gab. Da ich sie leider noch im Gedächtnis habe, mag sie hier stehen – der Wahrheit die Ehre! –, so unsympathisch sie sich ausnehmen mag:

Du sagst, ich erscheine dir, Uhu, barock.
Auch schlüg' ich die Laute mit knorrigem Stock.
So laß dir dagegen, Nachtpfeiferlein, sagen:
Gehörtest du nicht zu unschädlichen Fröschen,
so würde mein Knorrstock zum Teufel dich dreschen,
zum mindesten aber dein Schandmaul zerschlagen!

Zu meiner Ehre sei gesagt, daß ich mich dieser Antwort sowie meiner Ballade bald danach schämte und die Blätter, worauf beides zu lesen war, aus dem Fremdenbuch herausgeschnitten habe.

Was Capri trotz dieser und anderer Verdrießlichkeiten uns war, empfanden wir erst ganz, als wir uns nach Wochen, schweren Herzens, selbst aus diesem Paradies verstoßen hatten.

Und doch waren wir nur in das wundervolle Sorrent übergesetzt.

Aber selbst hier spürte man überall den Einbruch einer fremden, einer feindlichen Welt, die so wenig wie das Meer über die Insel Macht hatte. Wirkliches Heimweh nach Capri überwältigte uns, und wir dachten daran, sogleich wieder umzukehren und alle noch verfügbare Zeit dem unvergleichlichen Orte zu schenken, wo wir, wie nirgend, unsere eigene Jugend gefühlt und in Schönheit genossen hatten.

Alles indessen hat seine Zeit, und so gehorchten wir einer anderen Stimme, die uns vor dem Gedanken, einmal Gewesenes erneuern zu wollen, abmahnte. Diese Stimme wollte auch wissen, daß uns ein solcher Versuch nur enttäuschen würde.

Vierundzwanzigstes Kapitel

Carls und mein Zusammensein stand von nun ab geradezu unter einem bösen Stern. Wir waren schon tief im Mai, die Wärme wuchs und mit ihr Carls Reizbarkeit. Ich wünschte Amalfi und Salerno zu sehen, die Tempel von Paestum zu besuchen, Pompeji und Herkulanum kennenzulernen, den Vesuv zu besteigen und anderes mehr. Gegen alles das sträubte er sich. Es gelang mir schließlich mit großer Mühe, ihn zu bewegen, wenigstens eine Fahrt nach Amalfi mitzumachen. Aber weder Carl noch ich hatten Freude davon.

Die Gluten des Himmels drückten auf Carl. Er ersehnte den Norden, er wollte heimreisen. Daß ich es aber nicht wollte, nahm ihm die Kraft zu diesem Entschluß. Konnte er sich als Schwächling preisgeben?

So saßen wir nebeneinander im Landauer, und mein Bruder betrug sich so, als würde er gegen seinen Willen fortgeschleppt. Was zu sehen war, Landschaft, Örtlichkeit und Menschen, wurde von ihm in Bausch und Bogen abgelehnt. Wenn ich auf Schritt und Tritt bewunderte, schwieg er gereizt oder versuchte, meine Empfindungen zu entwerten. Es kam ihm eben darauf an, mich zu überzeugen, daß es auch für mich das einzig Richtige sei, meinen südlichen Aufenthalt abzubrechen.

Ich kann mich an eine altertümliche, verschlafene Villa erinnern, die zum Gasthof geworden war. Die Goldtapeten hatten sich von den Wänden geschält, die kassettierte schwere Renaissancedecke lastete. Es wurde von einem einzigen Kellner, der wie der Diener des Hauses wirkte, auf dem feinen Porzellan und mit dem schweren Silber der einstigen Besitzer serviert. Es war kühl, denn man hatte die Läden geschlossen und einen silbernen Armleuchter mit brennenden Kerzen auf die Tafel gestellt.

Da wir nicht ewig hier sitzen und tafeln konnten, mußten wir leider wieder in die Glut hinaus, die den Bruder nun wirklich krankhaft aufregte. Er fürchtete einen Sonnenstich. Durch die herrische Art jedoch, in die sich sein sichtbares Leiden umsetzte, konnte bei mir ein Mitleid nicht aufkommen. Auch war mir nicht möglich, mir die Schuld beizumessen, da er ja die Freiheit gehabt hätte, von der Fahrt zurückzutreten, die ich dann eben allein unternommen hätte.

In einer geradezu höllischen Verärgerung kamen wir in Amalfi an, wo Carl sogleich einen italienischen Medizinmann kommen ließ, der Fieber feststellte und nasse Kompressen verordnete. Sie wurden die ganze Nacht durch einen dazu bestellten Pfleger aufgelegt.

Ich war befremdet über mich selbst, weil ich diesen Vorgängen kaum eine Teilnahme widmen konnte. Alle Worte Carls waren Vorwurf, Anklage, Forderung. Ich ließ ihn liegen, sich wild gebärden und räsonieren, nicht nur weil ich mir sagte, daß meine Abwesenheit ihn beruhigen würde, sondern weil ich die Glut, den Prunk und die Wonnen des nächtlichen Amalfi wenigstens einigermaßen genießen wollte.

Ich nahm ein Meerbad in tiefster, mondheller Einsamkeit. Die Milchstraße spiegelte sich im Wasser. Aber auch mein Körper bewegte eine Sternenflut: ich wühlte im Glanze eines Meerleuchtens, wie ich es damals weder kannte noch später wieder erlebt habe. Durch meine Finger glitten Strähnen von Licht, ich tauchte, ich wälzte mich in Licht.

Dies nächtliche Mysterium, dieses heilige, namenlos verzückende Bad war wohl einer gottesdienstlichen Handlung gleichzuachten.

Bald darauf, in Neapel, wo unsere krakeelerische Reizbarkeit zur Katastrophe drängte, traten endlich Umstände ein, die Carl veranlaßten, seine Rückreise ins Auge zu fassen. Unser Freund Ploetz war aus Gründen von Breslau nach Zürich übergesiedelt. Dort wollte er sich nach Abschluß seines nationalökonomischen Studiums mit dem philosophischen Doktor in der Tasche dem Studium der Medizin zuwenden. Er lud Carl zu einer Besprechung nach Zürich ein, um ihn womöglich zu ebendem Studium zu bewegen.

Zürich, die neue Parole, faszinierte Carl und auch mich, mich allerdings nicht in gleichem Maße.

Das Hotel in Neapel hatte uns in ein Zimmer des fünften Stockwerks gesteckt. Eine Glastür des Raumes legte, geöffnet, ein Eisengeländer frei, über das gelehnt man in die lärmige Kluft der Straße hinunterblickte. Hier wälzte sich durch Haupt- und Zustromkanäle ununterbrochen die Volksmenge, dabei tobten drei Straßenklaviere zu gleicher Zeit. Dies, verbunden mit der herrschenden Glut, steigerte unser Übelbefinden bis zur Unerträglichkeit. Leider wurde es von Carl nicht auf die natürlichen Ursachen, sondern auf mein Verhalten zurückgeführt. Der bösartigen Einzelheiten unserer Reibereien kann ich mich nicht erinnern. Sicher ist, daß ich Carl loswerden wollte, um noch eine Weile eigenen und eigensten Plänen nachzugehn.

Solche Selbständigkeit aber wollte Carl nicht zulassen. Die Kräfte, die Aufgaben, die mich hielten, verstand er nicht. Er begriff nicht, daß ich meine Studienreise, ohne auch nur den kleinsten ihrer Zwecke verwirklicht zu haben, nicht abbrechen konnte. Hätte ich ihm den Gefallen getan, ich würde mich selbst und auch Mary betrogen haben.

So organisch meine erste Italienreise für mich war, sie war für Carl durchaus unorganisch. Er fühlte das, wollte es aber nicht Wort haben, wodurch die Schwierigkeit des Verkehrs noch erhöht wurde.

Ob Carl die Hoffnung, doch noch in meiner Bahn heimisch zu werden, zu Grabe trug, ob er in dem Bestreben, zu retten, was zu retten war, noch einen letzten Versuch machen wollte, weiß ich heute nicht. Glaubte er, daß die Erlösung für ihn in meiner Hand liege und daß ich Bruder- und Freundschaftsverrat übe, wenn ich, ohne ihn einzuweihen oder überhaupt zu benötigen, in einer, wie es ihm vorkam, kraß egoistischen Weise Belehrung und Einsicht hamsterte?

Wie wir uns in der Wanzenpension und bei Gauda körperlich gebalgt hatten, so balgten sich unsere Geister in den Regionen der Dächer und Schornsteine dieser tobenden Stadt, bis es so weit kam, daß Carl besinnungslos gegen das Gitter der offenen Glastür rannte, das sich unter seinem Anlauf bedenklich bog.

Wenn es nicht standgehalten hätte, so würde er das gleiche Ende genommen haben wie jener Mann, der jüngst in Venedig vom Kampanile gesprungen und, einen Meter entfernt von Carl, auf den Steinen des Markusplatzes geendet war.

Der Ausbruch hatte ihn, als er zur Besinnung gekommen war, zu dem Entschluß geführt, gleichsam Knall und Fall gen Norden zu reisen.

Es blieben uns dann noch einige Stunden bis zur Abfahrtszeit.

Carl hatte gepackt, beim Portier lag bereits seine Fahrkarte, und nun, da der Würfel gefallen war, trat in unseren Seelen angesichts der nahen Abschiedsstunde der große Umschwung ein. Die gleichsam widernatürliche Eiskruste, die nicht Temperaturen unter Null hervorgebracht hatten, sondern im Gegenteil eine südlich stickige Luft, löste sich auf, und so schmolz das künstlich Getrennte ineinander.

Diese Wirkung wäre trotz allem vielleicht nicht erreicht worden, wenn wir nicht beim Abschiedsessen zum erstenmal auf der ganzen Reise einige Flaschen Champagner geleert hätten.

Wir waren erstaunt über die Wandlung, die während des Trinkens über uns kam. Was wollten wir eigentlich voneinander? Gönnte ich Carl nicht alles nur mögliche Gute und er mir? Die nächste Begegnung wurde für Zürich verabredet, wo wir dann die nun plötzlich ausgebrochene Freundschaftsorgie fortsetzen wollten. Auf dem Bahnhof trennten wir uns mit Bruderküssen und endlosem Winken.

Sogleich als der Zug mit meinem Bruder Neapel verlassen hatte, packte ich im Hotel meine Sachen zusammen, um die konventionelle Fremdenwelt der oberen Zehntausend zu verlassen und mit einem abenteuerlichen Sprung, nach alter Gepflogenheit, ins Volkstum unterzutauchen. Man hatte mir vor einiger Zeit auf der Straße die Adresse einer deutschen Gaststätte in die Hand gesteckt, und in diese wollte ich, auch aus Billigkeitsgründen, übersiedeln. Aber als ich sie endlich mit meiner bepackten Droschke in einem entlegenen Elendsviertel Neapels erreicht hatte, schollen unzweideutige Harmonikaklänge verbunden mit Klaviergepauk zu mir heraus, so daß ich bedenklich wurde. Doch trat ich ein, fand Alkoholdunst und Tabaksqualm, eine trällernde Hebe, die Bier verabreichte, ein paar Matrosen, die herumwalzten, Bettler und Dirnen, die ihren Raub durch die Gurgel jagten – aber weder Beachtung noch Platz, wo doch der bedruckte Empfehlungszettel, den ich bei mir trug, ruhige Lage, sauberes Logis und prompte Bedienung versprochen hatte.

Gern wäre ich augenblicklich umgekehrt, nur hatte ich doch rein mechanisch meinen Wunsch, ein Zimmer zu beziehen, am fuselduftenden Schenktisch kundgetan. Aber bis dies verstanden, bis man zur Erfüllung meines Begehrens die erforderlichen Schritte tat, hatte ich den rettenden Entschluß gefaßt, meinen bereits in der Glastür stehenden Riesenkoffer wieder aufladen zu lassen. Es war mir inzwischen klargeworden, daß ich diese Lasterhöhle vollständig ausgeraubt oder überhaupt nicht mehr lebend verlassen hätte, wenn es nicht augenblicklich geschah. Aufatmend und für immer belehrt, fuhr ich in mein Hotel zurück, wo ich mich aufs neue einrichtete.

Am folgenden Morgen begab ich mich mit meinen Empfehlungsbriefen in die Büros der Museen, wo ich von einem freundlichen Herrn mit Eintrittskarten für alle Sammlungen, ebenso für Herkulanum und Pompeji, ausgestattet wurde, deren Gültigkeit auf vier Wochen lautete. Gleichsam vom Flecke weg drang ich in die ungeheure antike Kunstwelt des Museo Nazionale ein, die mir fast den Atem verschlug.

Das war wohl die großartigste Auferstehung, die meine stark versandeten künstlerischen Ziele haben konnten. Mit einem Fortissimo ohnegleichen geschah diese Wiedergeburt. Professor Gaedechens' Gartenlaube in Ehren, ebenso die Belehrung des gütigen Mannes: beides konnte aber einen Begriff von der Macht des plastischen Bildnertriebs im Altertum nicht vermitteln. Die erste Viertelstunde im Nationalmuseum offenbarte mit einem Schlage diese Macht.

Ich hütete mich bei den ersten Besuchen, meinen Cicerone aufzuschlagen. Es sollte sich kein zeitgenössisches Vorurteil zwischen mich und diese stumme Schöpfung einschieben. Ich wollte warten, ich wollte schweigen, ich wollte mein Schweigen so lange vertiefen, bis es mit der schweigenden Sprache dieses Mysteriums eins wurde: eines Mysteriums, in dem menschlicher Gestaltungstrieb mit dem göttlichen Schöpfer, was er sich auch unter ihm vorstellen mochte, zu wetteifern unternahm. In diesem ungeheuren Bestreben lag die größte Huldigung. Es ist die erste und höchste Auswirkung der Vernunft, wenn sie das Amorphe formhaft zu bewältigen sucht, und für ihre Befähigung dazu ist die Kunst der Plastik vielleicht die beste Bestätigung.

Das Gottverwandte der plastischen Kunst zeigt sich ja auch allenthalben in ihrer Verbundenheit mit der Religion.

Eigenes Denken hatte mich schon in Breslau erkennen lassen, daß diese Gemeinsamkeit in der modernen Kunst, vielleicht zu ihrem Schaden, nicht mehr vorhanden war. Die Bilder aus Stein und Erz, zwischen denen ich als staunender Neuling wandelte, gaben noch fast einmütig Zeugnis davon. Alles war vergottet, was man an Menschengestalten, an Tiergestalten, an Gestalten, die halb Tier, halb Mensch waren, sah. Häupter des Zeus waren es, Bilder der Pallas Athene, der Aphrodite, der Hera und anderer Götter in Stein, eine Bestrafung der Dirke in dem Kolossalgebilde des Farnesischen Stiers, Apollo, Jupiter Ammon, Kämpfe von Giganten und Göttern, Meergottheiten, immer wieder Dionysos und Dionysos, die Dioskuren, der Farnesische Herakles, Adonis, Narkissos, Kentauren, Eroten, Karyatiden, Chariten und Nymphen, springende Satyrn, an denen mein Fuß mich vorübertrug. Selbst die kolossalen Häupter und Bildsäulen römischer Kaiser zeigten ihren Rang unter Göttern an. Profangebilde, etwa Homer, Sophokles, Euripides, Sokrates, schon durch ihren Gegenstand ideal, zeigten sich außerdem ins Ideal-Intelligible und somit Transzendente und Religiöse erhoben. Was an Profanem außerdem noch übrigblieb, war nicht das viele, sondern das wenige.

Mich ergriff eine große Trunkenheit. Und obgleich ich gute und schlechte Plastik schon mit angeborenem Unterscheidungsvermögen zu trennen wußte, war ich nicht geneigt oder befähigt, mich ins einzelne kritisch zu verlieren. Ich kenne einige große moderne Künstler, von denen der eine, wenn ein Kunstwerk seine besondere Schönheit verraten sollte, eine bestimmte physische Empfindung oberhalb des Nabels, der andere unterhalb des Nabels abwarten mußte, während ich, wenn ein Kunstwerk zu mir sprach, eine Art Gruseln, einen leichten Schreck oder Schauder empfand. Das geschah hie und da, vor welchen besonderen Objekten, kann ich mich heut nicht mehr erinnern.

Ich hielt es nicht lange aus unter diesem Katarakt von Marmor- und Erzbildern, es drängte mich zur Natur, vor allem an den Fuß des Vulkans, um endlich das Schreckenswunder, Pompeji, mit eigenen Augen zu begreifen.

Es war da an der brennend weißen, staubigen Landstraße das Gasthaus Zur Sonne, Albergo del Sole, an dessen Besitzer, Niccolò Erre, ich ebenfalls eine Empfehlung bei mir trug. Archäologen und Künstler, die seine lieben Kinder und Freunde waren, bevölkerten seine wohlfeile Herberge nicht gerade in Überzahl zu dieser Jahreszeit, so daß er mich leidlich unterbrachte. Wie man hier lebte und ernährt wurde, weiß ich nicht mehr, nur erinnere ich mich, daß die Butter, mit Fliegen vermischt, in Schüsseln voll Wasser schwamm und nicht selten darin zerfloß.

Viele der Maler hatten mit Wandgemälden und anderen Bildern recht kläglich gezahlt. Niccolò Erre war stolz darauf. Ich genoß nun während einiger Wochen den Vorteil, die Ruinen von Pompeji, das ganze Gebiet der Ausgrabungen zu jeder Tages- und Nachtzeit besuchen zu können, so daß ich ungestört mit den Toten der verschütteten Stadt und ihrem Schicksal verkehren konnte.

Von Pompeji hier zu sprechen ist überflüssig. Keiner fühlt sich mehr, wie Bulwer, veranlaßt, einen »Untergang von Pompeji« zu schreiben – ein Buch, das ich damals mit mir führte. Dem Durchschnittsgebildeten ist Pompeji banal geworden.

Ich betrat dieses Zerstörungsfeld, dieses Totenreich, das es den Besuchern überläßt, das belebende Schöpfungswort auszusprechen. Ich war mir bewußt, daß es meinem Eindruck keinen Abbruch tun konnte, wenn anderen dieses redende Trümmerfeld längst verstummt und gleichgültig war. Hier hatten in Schönheit und Todesnähe antike Menschen gelebt und waren dem Genuß und einer heiteren Tätigkeit nachgegangen, auf einem unzuverlässigen Erdboden, dessen Bewegungen nicht selten die ganze Stadt samt den Fundamenten zusammenwarfen.

Ich hatte nur kleines, sicheres, umfriedetes Dasein auf gesichertem Grunde gekannt. Hier waren Menschen übereingekommen, auf leichtsinnig-großartige Art und Weise Gefahr und Tod vorauszusetzen und im täglichen Leben als nicht vorhanden zu betrachten.

Dort aber stand der majestätische Verbrecher, der Vesuv, ein wenig Qualm gleichgültig um den Gipfel gehüllt, nicht im allergeringsten von dem Tatort und den Spuren seines Verbrechens berührt und ohne Gedanken daran, beides zu fliehen.

Dieses: den Verbrecher und seine Tat, den Mörder und seinen Mord noch nach fast zwei Jahrtausenden so nahe beieinander zu sehen, war ein Eindruck von befremdender Mächtigkeit. Selbst Tragik wurde zunichte vor ihm.

Tausend Jahre später, stellte ich mir vor, würde ein mir

gleichender junger Mensch hier wiederum Schauder eigener Kleinheit im Angesicht ewig fremder Größe empfinden. Er ist dann vielleicht, wie ich, eine Treppe mit vielen mühsamen Stufen, aus Kindesenge, Knabenglück, durch dämmrige Korridore von Kerkern, durch Angstträume und Träume von Glück, von Zweifeln gehemmt, von Zweifeln getragen, weiter und weiter emporgestiegen, bis er endlich in diesem ersten großen Freiheitsaugenblick dem nackten Rätsel des Daseins gegenüberstand. Auch ich genoß diesen Augenblick. Und eine gewisse tröstliche Regung in mir wollte wissen, daß wahrhaft Erlebtes unsterblich ist.

Die Ausbeute, die ich an wirklichem Wissen aus Pompeji mit mir nahm, war nicht groß. Wie ich Straßen und Häuser belebte, während ich einsam in ihnen verweilte, gehört nicht in diesen Zusammenhang. Tiefe Räderspuren haben sich in die Lavablöcke des Straßenpflasters scheinbar in Jahrhunderten eingedrückt. Die Hände der Menschen, die an den Brunnen tranken, haben durch einfaches Stützen auf die breiten Ränder der Lavatröge tiefe Sattelungen in ihnen zurückgelassen.

Wie diese Wirkung abgeschiedene, unzählige Generationen gleichsam gegenwärtig machte, das war gespensterhaft. Manchmal fühlte ich mich selbst zur abgeschiedenen Seele umgewandelt.

Aber von dem Kulturengemisch der ungeheuer-seltsamen Stadt und von dem psychologischen Rätsel ihres Wesens sah und empfand ich damals nichts. Es fehlten mir, um diesem Wunder gerecht zu werden, alle Grundlagen.

Ich zeichnete, dies sei erwähnt, Stümperhaftigkeiten in ein leider verlorengegangenes Skizzenbuch. Über den offenen Osten der Stadt drangen sehr bald Nachkommen der alten Osker, Griechen und Römer in Gestalt zerlumpter Knaben herein, die gern ihre Lumpen von sich warfen und in Erwartung einiger Soldi einzeln oder in Gruppen Modell standen. Mitunter schien ich, umgeben von einer Herde nackter Jungens, der Lehrer einer Palästra zu sein. Diese Erlebnisse wurden in den Briefen an Mary ausgemalt. Eine Vesuvbesteigung kam hinzu, deren Schilderung ihr wohl Gruseln erzeugen konnte.

Es standen Gewitter am Horizont, als wir bei stechender Sonnenglut vom Albergo del Sole abritten. Vor dem Aufbruch hatten wir lange geschwankt. Nach längerem Ritt, aber bevor wir Bosco Trecase erreicht hatten, sauste der erste Platzregen auf uns herab. Ich ritt ein gutes Pferd, ein hurtiges Schimmelchen, das ich in einen schlanken Galopp setzte. Es brachte mich lange vor der übrigen Karawane auf die leeren Straßen und Plätze von Bosco Trecase, auf deren Pflaster Regen und Hagel vermischt aufhüpften. Inmitten des Wolkenbruchs, als ich mein Pferd pariert hatte und nicht recht wußte, wohin, winkte mir plötzlich ein Mädchen zu, das im Rahmen einer offenen Türe stand. Sofort war ich bei ihr, sprang ab und trat in ihr kleines Weberstübchen ein, indessen der Schimmel vor der Tür das Naturereignis bestehen mußte.

Die Weberin, kaum fünfzehnjährig, war jung und schön.

Ich neigte dazu, den Gewitterschauer zu segnen, der mich in diesen Unterschlupf gejagt hatte. Das freundliche Kind mit dem ovalen Madonnengesicht bemühte sich still und hilfreich um mich, als ob ich ihr Bruder wäre. Mich bestrickte die Einfalt und Güte ihrer Wesensart.

Und wieder einmal war mir, als ob ich, ohne großen Verzicht, meine Art zu leben mit dem einfachen Dasein, meinethalb an einem zweiten Webstuhl ihr zur Seite, vertauschen könnte.

Wir legten Scheite in den Kamin, sie hing meinen durchnäßten Sommerpaletot im nahen Bereich der Flamme auf. Auf mein Begehren belehrte sie mich, wie man den Webstuhl handhabte, und ich sandte nur immer die Bitte gen Himmel, daß er mit Regnen nicht so bald aufhören möchte. Leider wurde ich nicht erhört, bald brannte die Sonne wiederum auf die Straße, die Mutter der Kleinen kam herein, und endlich, als die Hufschläge unserer Kavalkade hörbar wurden, war der Abschied nicht länger hinauszuschieben.

Es war notwendig, unsere Kleider zu trocknen, wenn unser kleiner Reisetrupp die Vesuvbesteigung durchsetzen wollte. Aber auch weil man bei dem ewigen Murren des Donners darüber noch beraten wollte, wurde in einer kleinen Osteria Station gemacht.

Auf den Steinen unserer Wirtsstube trugen die Führer, die wie Abruzzenräuber aussahen, Reisig zusammen und machten ein Feuer an. Was ich heute noch nicht begreife: wieso, bei der niedrigen Decke, ging nicht das Haus in Flammen auf? wie war es möglich, daß Menschen in dem weißen, beizenden

Qualme atmeten, der mich bereits nach Sekunden ins Freie trieb?

Ich drängte zum Aufbruch, nachdem der Entschluß, den Aufstieg fortzusetzen, gefaßt worden war, und bald saßen wir wieder in den Sätteln.

Es ging nun rücksichtslos bergan. Noch einige Häuser und Hütten wurden passiert. Auf halber Höhe des Berges herrschte bereits Dunkelheit. Groß war das Schauspiel, dem wir nun auf dem Rücken der mit Anspannung aller Kräfte ausgreifenden Pferde beiwohnten.

Wiederum hatte sich schweres Gewölk diesmal um den Gipfel des Berges gelegt, das murrte und grollte und aus dem Innern des Kraters rot beschienen wurde. Von dorther wurde außerdem ununterbrochen Glutgestein dawider emporgeschleudert. Höher hinauf nahm das Grollen und die Mächtigkeit der Blitze zu, sie folgten einander in kurzen Zwischenräumen. Endlich, als wir den glühenden und knisternden Rand eines Lavastromes erreicht hatten, war nur ein einziges ununterbrochenes Krachen in der Luft, und von Wolke zu Krater und Krater zu Wolke sprangen ununterbrochen die blauen Funken.

Bis zum Krater selbst zu gelangen, mußten wir wohl unter solchen Umständen aufgeben.

Ein Versuch dazu wurde trotzdem gemacht.

Wir saßen ab und traversierten mehrere Schlackenfelder, nur von Blitzen und vom Widerschein des Vesuvs erhellt, bis wir durch unsere beinah versengten Sohlen und einige furchtbare Einschläge in der Nähe zur Umkehr gezwungen wurden. Glühende Steine sausten herab.

An den Fuß des Vesuvs zurückgekehrt, wollte ich nicht in Trecase bleiben. Das Gasthaus war eine allzu bedenkliche Unterkunft. Als ich aber meine Absicht, weiterzureiten, um nachts noch Pompeji zu erreichen, den Führern und Pferdetreibern mitteilte, rieten sie einstimmig davon ab.

Als ich auf meinem Entschluß beharrte, ließen sie merken, daß die Straße nicht sicher sei. Um den Ort Castellamare herum sei in letzter Zeit allerlei vorgekommen. Keinesfalls wollte mich einer von ihnen begleiten.

Trotzdem galoppierte ich kurz darauf durch die stockschwarze Nacht, neben mir ein mutiger Junge, den ich mich zu begleiten bewogen hatte.

Wir jagten beinah in Karriere dahin. Noch erinnere ich

mich, wie mir bewußt wurde, daß ich verloren wäre, wenn irgendein kleines Hindernis das Pferd zum Stolpern gebracht hätte. Auch an die hallenden Geräusche der Hufe, wenn wir durch die Dörfer jagten, erinnere ich mich. Das Ganze in fremder, unsicherer Gegend, zwischen ziemlich verrufenen Ortschaften, war wohl geeignet, mich zu veranlassen, meine Seele Gott zu empfehlen.

Aus Torre Annunziata, wo unsere Pferde zu Hause waren, wollten sie nicht mehr heraus. Wir mußten fortwährend auf- und abspringen, da sie bäumten und dann sich leicht überwarfen. Mein kleiner Begleiter übte dieses Turnen mit Meisterschaft. Er hätte auch sonst schlimm enden mögen, da wir sein kleines, lebhaftes Pferd mehrmals aus einem tiefen Straßengraben herausholen mußten, wo es zappelnd auf dem Rücken lag. Nach alledem kamen wir aber doch wohlbehalten in Pompeji vor meinem Gasthof Zur Sonne an.

Noch immer lagen Gewitter um den ganzen Horizont. Bald näher, bald ferner grollte der Himmel, zuckten die Blitze. Aber nach dem, was auf der nächtlichen Höhe des Vesuvs auf meine Sinne eingedrungen war, schien mir dies kaum noch beachtenswert. Schon während des Rittes, wenn elektrische Entladungen zuweilen alles in Licht tauchten, hatten die Gewitterphänomene, wie ich bei mir feststellte, keine Schrecken, ja kaum noch ein Interesse für mich.

Fünfundzwanzigstes Kapitel

Ohne Carl würde Neapel nur ein Durchgangspunkt für mich gewesen sein. Capri würde ich nicht besucht haben. Ich hätte das große Museum in Neapel, hätte Herkulanum und Pompeji gesehen und wäre über Brindisi, Korfu, Patras nach Athen weitergereist. Dieser Plan war zunichte geworden, aber nicht allein wegen der fortgeschrittenen Jahreszeit: er hatte in einer Überfülle neuer Eindrücke ertrinken müssen.

Meine hauptsächlich für Griechenland bestimmte Kofferbibliothek: Overbeck, Curtius, Perikles von Adolf Schmidt, Pausanias, Hettners Reise durch Griechenland und andere Werke, lag unberührt, freilich auch – ich hatte den ganzen Crowe und Cavalcaselle mit –, was sich auf italienische Kunst bezog.

Aber nun, zum schönen Schluß, wurde mir doch noch das Glück zuteil, eines der schönsten Denkmäler Großgriechenlands zu erblicken: die dorischen Tempel von Poseidonia.

So hatte meine Reise denn doch auf griechischem Boden zwischen den Säulen griechischer Tempel ihre Weihen erhalten.

Vielleicht ist es gut, daß ich die Tempelburg und den Tempelberg der jungfräulichen Göttin Athene nicht erreicht habe, deren Trümmerwelt meine Seele damals vielleicht nicht mit so tiefer und fruchtbarer Trauer erfüllt haben würde wie diese verlassenen rostroten Säulentempel, durch die man das Blau des Mittelmeeres leuchten sieht. Sie heben sich aus einer dichten grünen Wildnis von Farnkraut und Akanthus empor, jener Distelart, die das klassische Blatt für das Kapitell der korinthischen Säule gegeben hat, das vor noch gar nicht langer Zeit im Zeichensaal meine Vorlage war. Als ich den Akanthus nun als lebendige Pflanze vor mir sah, hatte dies etwas Traumhaftes: es hätte können auch Asphodelos sein. War doch um mich trotz allem Brennen der Sonne eine Art Versunkenheit und Verstorbenheit.

Schon die Wagenfahrt durch die brennend heiße, menschenleere Fieberebene bis zu diesem gewesenen Poseidonia glich dem Eindringen in ein Totenreich.

Die Räder mahlten bis an die Achsen im Staub.

Ich kann mich erinnern, wie uns ein hoher schwankender Postwagen in einer Wolke von Staub, Pferde, Postillon und schlafende Reisende fingerdick mit Staub verklebt, entgegenkam. Selbst oben auf seinem Deck, wie es schien, lagen Tote gestreckt, Schlummernde, die jenen von Asche verkrusteten Mumien glichen, die man in Pompeji gefunden hat.

Die Gegend schweigt unter einem Fluch. Die Felder flammen, der Weizen, das Korn. Ebenso flammt und brennt die Luft. Aber wenn man das Wesen dieses Fluches ergründen will, so ist es kein anderer als der, welcher über der ganzen Menschheit liegt. Er ist weniger wirksam im Kampfe der Menschen mit der Natur als im Kampfe der Menschen untereinander. Es ist seltsam zu hören, daß die durch Überfälle verödete Stadt durch Robert Guiskard aller noch vorhandenen schönen Säulen und Bildwerke beraubt wurde.

Poseidonia war achäische Kolonie, aber nicht vom Mutterland, sondern von Sybariten gegründet, sechshundert Jahre etwa vor Christi Geburt. Sie hat Münzen geschlagen, die Poseidon zeigen, wie er den Dreizack schwingt: bis heute haben sie sich erhalten. Das Leben dieser Griechenstädte muß einst im höchsten Glanze geblüht haben, mit Götterfesten und Wettspielen, wo hochgezüchtete Pferde, Traber und Renner, Kaltblüter und Ponys, zur Verwendung kamen und Kunst der Bildner in Erz und Stein.

Wenn dieser ewig verlorenen Welt einst das »Bis hierher und nicht weiter!« erklang, so erklang es zwischen den Säulen des Poseidontempels von Paestum in einem harmlosen Sinne auch mir. Von diesem Punkt an begann meine Rückreise.

Ich nahm noch eine griechische Vase mit, die ich von einem Landmann erwarb, der unweit der Tempel einige Beete rodete. Er führte mich eine halbe Stunde weit auf einem schmalen Pfad durch Farne, Akanthus und hohes Gras bis zu einer Turmruine der römischen Stadtmauer, in deren regendichtem Untergeschoß er mit seiner Familie, wie Tiere des Feldes in ihrem Bau, Unterschlupf gefunden hatte. Das schwarzfigurige Väschen aus Ton wurde mit großer Feierlichkeit aus vielen Hüllen herausgeschält, und mir stockte das Herz, als ich es schließlich mein nennen durfte.

Direktor Brinckmann vom Kunstgewerbemuseum in Hamburg hat es später als moderne Fälschung festgestellt.

Ich gelangte nach Rom, weil es auf meinem Wege lag. Kaum aber war ich da, glaubte ich, daß ich nur diese und diese Stadt gesucht hätte. Ich fühlte nach wenigen Tagen, daß ich ihrer Atmosphäre erlegen und bereits darin heimisch war.

Ich sah den Moses des Michelangelo am Grabmal Julius des Zweiten. Die Pietà im Petersdom, die Bildhauermalereien der Sixtinischen Kapelle erschütterten mich. Ein männlicher Torso im Vatikan zog mich immer wieder an, das Reiterbild Mark Aurels auf dem Kapitol, die Dioskuren mit ihren Rossen und die Menge anderer Plastiken taten ihre Wirkung auf mich. Ich konnte zunächst nur noch eines denken: hier als Bildner neu zu beginnen, zu wachsen, zu reifen und womöglich zu enden.

In dem erneuten Entschluß, Bildhauer, nur Bildhauer zu sein, hatte sich, so schien mir, der geheime Sinn meiner Reise plötzlich offenbart. Wollte man aber diesem Gedanken dienen, so konnte man es nicht in Breslau, nicht in Berlin, selbst nicht in Dresden, überhaupt nicht im formenfeindlichen Klima des Nordens tun, ebensowenig wie man dort im Winter außerhalb des Treibhauses Orangen ernten konnte. Es mußte im rechten Klima, auf dem rechten Boden, im Zusammenhang mit einer treibenden, wachsenden, strömenden und tragenden Tradition geschehen: und ihr, deren Strömung ich mächtig um mich zu fühlen glaubte, wollte ich mich sobald wie möglich hingeben.

Ich sage nicht mehr von meinem ersten römischen Aufenthalt, der sich bis zur Mitte des Juni erstreckte. Ich bekam dann in Abständen Schüttelfröste: Anfälle der gefürchteten Malaria.

Und so war meines Bleibens nicht mehr. Moskitos, Hitze, stickige Zimmer der kleinen Pension taten das Ihre, mich zu vertreiben.

Zerzaust, ramponiert und äußerlich elend kam ich heim, aber im Innern aufs höchste bereichert.

Mary erschrak, als ich in Hohenhaus auftauchte. Aber nach kurzer Zeit haben mich die Hohenhauser Fleischtöpfe und das Hohenhauser Glück wieder instand gesetzt.

Es wollte mir freilich nicht mehr gelingen, in dem schönen Elbtal so viel Glanz und Farbe wie früher zu sehen. Nach der Farbenschwelgerei im Süden erschien mir die Landschaft wie ausgebleicht und abgeblaßt.

Das änderte sich, als eine, als die zweite Woche vorüber war; Auge und Seele hatten ihre angeborene Empfänglichkeit und Reizempfindlichkeit der schlichteren Heimatwelt gegenüber wiedergewonnen.

Ja, ein wahrer Heimatrausch kam dann über mich: es war etwas Fröhlich-Sinnenfrohes, Unbesorgt-Barbarisches! Schon in München bei der Durchreise hatte ich es gefühlt. Selbst der letzte Schüttelfrost, den ich dort im Hotel zu bestehen hatte, unterbrach ihn nicht.

Mit Max Fleischer, der inzwischen die Akademie in München bezogen hatte, brachte ich froheste Stunden in einem Biergarten zu und dachte nur mehr in Maßkrügen und Weißwürsten.

Zwar erzählte ich den Hohenhauser Schwestern von den Ereignissen meiner Reise mit Lebhaftigkeit. Ich hatte in ihnen gespannte Zuhörer. Aber irgend etwas in meinem Innern tauchte mit der leisen Frage auf, ob unter dem glücklichen Himmel Italiens das Dasein wirklich eine entsprechende und nicht vielmehr eine schwere, schicksalbelastete Form habe.

Schweres brütete über Capri: der düstere Geist des Tiberius! Drohend Schweres kündete der herrliche Anblick des Vesuvs: Pompeji und Herkulanum waren geöffnete Gräber!

Glühende Trauer zitterte über den Tempelresten in der vergifteten Luft von Poseidonia, entthrontes Leben, entthronte Götter füllten die Räume der Museen von Neapel an. Und in Rom: welche Sprache spricht Michelangelo! Da ist die ernste Gewalt des Moses, der Schmerz einer Pietà, der Höllensturz in der Kapelle des Vatikans.

Das alles atmete eine furchtbare Größe, die nicht leicht zu tragen war. In dem unmittelbaren, gesunden Heimatssein war jede Bürde dieser Art abgeworfen.

Natürlich gab es nichts, was ich Mary nicht beichtete. Sie erfuhr von allem, auch von meinen Erlebnissen in den öffentlichen Häusern von Malaga. Nun, in diesen gesegneten Juniwochen war unser Teil volles Genügen und reine Wunschlosigkeit.

Trotz einer gleichsam seligen Unverlierbarkeit mußte ein solcher Zustand doch nach einiger Zeit von anderen abgelöst werden. Schließlich waren die Flutungen des Innern und mit ihnen die Vernunft wieder aufgewacht. Wir standen in der Not des Lebens, hatten den Anforderungen, die die menschliche Gemeinschaft stellte, Genüge zu tun. Mein Fortkommen mußte beraten werden, und ich hatte vor allem meinen Romplan bei der Geliebten durchzusetzen. Ein Entschluß nämlich, im Herbst nach der Ewigen Stadt überzusiedeln, um fortan alle meine Kräfte auf die Bildhauerei zusammenzuziehen, hatte in mir Gestalt gewonnen.

Ich fand bei Mary kaum einen Widerstand.

Carl hatte Ploetz in Zürich besucht, arbeitete in Jena auf seinen Doktor hin, den er im Herbst zu bestehen gedachte; dann wollte er sein Militärjahr abdienen.

Max Müller kam öfters von Dresden und brachte seinen Freund Max Umlauft mit, und die beiden konzertierten auf zwei Klavieren. Sie beseelten die Hohenhauser sommerliche Geselligkeit.

Ich konnte plangemäß nach Italien aufbrechen, um die Vita nuova in Rom zu beginnen.

Er wurde der schicksalschwerste, dieser römische Winter, aber auch der beträchtlichsten einer, die ich erlebt habe, wenn ich auch am Schlusse in einem gewissen Sinne wieder gescheitert bin.

Ich traf bei der Ausreise in der Bahn jenen Maler Nonnenbruch, der sich in Capri Carl und mir durch Preisgabe unserer jugendlichen Ideen so übel empfohlen hatte.

Sein Weg führte ebenfalls nach Rom.

Da er ein böses Gewissen nicht zu haben schien, mir überaus freundlich und heiter entgegenkam, ließ ich Vergangenes vergangen sein.

Nonnenbruch war ein gewandter Mann. Die schöne Fahrt in den südlichen Herbst, der dunkle Wein, die herrliche Fruchtfülle, frische Trauben, Feigen und Nespoli ließen weder in Verona noch in Florenz, wo wir Station machten, Unstimmigkeiten aufkommen. Angelangt auf dem Boden Roms, gingen wir jeder seiner Wege.

Auf dem Monte Pincio fand ich ein kleines, nettes Gelaß, in dem eine Feldbettstelle, ein Stuhl, ein Waschtischchen und ein anderes kleines Tischchen gerade Platz hatten. Sein Fensterchen und ebenso seine Tür gingen auf einen verglasten Gang hinaus.

Die ganze Wohnung, die eine Witwe innehatte, war mit roten Ziegeln gedielt und gehörte zu einem alten Haus, das wohl schon Jahrhunderte erlebt hatte.

Als meine Schlafstelle gesichert war, suchte ich einen Arbeitsraum. Ich hatte keine glückliche Hand. Er lag in der Via degli Incurabili und hat mich beinah für ein halbes Jahr in eine sonnenlos-kellerige Atmosphäre gebannt.

Ich habe keinen Berater gesucht, und es trug sich auch keiner an. Die Wahl aber dieser überaus ungesunden Arbeitsgelegenheit hat meine spätere Abkehr von der Bildhauerei mitbestimmt. Einstweilen fühlte ich mich geborgen darin.

Ich wurde als »Gherardo Hauptmann, Scultore«, in das römische Geschäfts- und Berufsadreßbuch eingetragen und ließ mir außerdem Karten mit meinem Namen und dem Zusatz »Scultore, Via degli Incurabili, Roma« anfertigen.

Diese kleinen Anmaßungen waren ein durchaus nicht zu verachtender Schritt. Mein Selbstbewußtsein wurde durch sie gestärkt und mein Wesen zu jedem möglichen Aufwand von Fleiß und Mühe verpflichtet, um das zu sein, was zu sein ich behauptete.

Ich hatte mir einige gebrauchte Gerätschaften zusammengekauft, eine Staffelei, an die ich ein Tonrelief lehnen konnte, mehrere Drehstühle, auf denen man Büsten und kleinere Arbeiten in Ton ausführen konnte. Kisten ersetzten Tische. Ein Falegname hatte mir eine große, fichtene Platte zurechtgehobelt und zurechtgeleimt, die auf Böcken lag und den Tisch für alles darstellte. Hier wurden Briefe geschrieben, lagen Stifte, Zeichenkohle und Papierrollen, Gipsabgüsse, Hände, Arme, Füße, die ich nach und nach erwarb, und anderes mehr.

Auf einem Wandbrett lag und stand weiteres herum: Hämmer, Draht, ein kleines Beil, Wasserglas und Wasserflasche, Künstleranatomien und andere Bücher, vor allem der, ich glaube, von Cornelius herausgegebene »Polyklet«, ein Werk, in dem die Maßverhältnisse des idealen menschlichen Körperbaus mit Hilfe von Lineal und Zirkel erörtert werden.

Der große Kasten, in dem ich Ton vorrätig hatte und feucht halten mußte, fehlte nicht, ebensowenig ein Wasserhahn und schließlich auch nicht ein enger, scheußlicher Nebenraum mit dem kleinen, runden Loch in dem steinernen Fußboden.

Sechsundzwanzigstes Kapitel

»Hic Rhodus, hic salta!« hieß es nun.

Ich war jung, unerfahren und hatte noch keineswegs über das Wesen der Kunst, die ich ausüben wollte, genügend nachgedacht: ich hätte sonst mein unschätzbares Selbstbestimmungsrecht besser verwerten müssen. Denn statt nun mit Bewußtsein mein eigener Schüler zu sein, ungeduldige Hast, Sprunghaftigkeit, Wunderglauben und Ruhmesgier aus meinem Wesen zu tilgen, gab ich mich der Verblendung hin, ich könne das Große im ersten Anlauf hinstellen.

Ich weiß nicht, ob ein Wort, das mein Vater immer wieder als Warnung zu gebrauchen pflegte, von ihm richtig zitiert wurde: »Wer alles will, will nichts.«

Wäre ich dem, was es sagen will, damals getreulich nachgegangen, hätte ich mich in meinem jetzigen Falle mit dem l'art pour l'art begnügt. Ich würde mich, ohne anderes zu wollen, als nur zu lernen, am besten vor die Natur, das Modell gestellt haben. Alle Wucherungen der Phantasie, die ja überhaupt bei dieser Kunst, wie ich bald erkannte, nur mit Vorsicht zu verwenden ist, hätte ich gänzlich ausgeschaltet.

Statt also Phantasien beleben zu wollen und von innen nach außen zu bilden, hätte ich von außen nach innen gebildet als ein zwar lebendiger, aber fast unpersönlicher, fast willenloser Spiegel der Natur.

Weit entfernt davon, habe ich unreifes Wollen durch unreifes Hoffen zu manchmal übergroßen, nutzlosen Mühen aufgerufen.

Mein erster Versuch war der Kopf eines Königs Lear. Er zeigt, wie wenig ich mein literarisch-dramatisches Wesen überwunden hatte. Dagegen war ein Relief, das ich begann und förderte, die Darstellung einer Palästraszene, dem rein Bildnerischen nähergerückt. Daß ich aber im ganzen doch nur blind herumtappte, zeigte die überlebensgroße Figur einer heftig bewegten Mannesgestalt, in der ich mir einen germanischen Krieger als Hermann den Cherusker vorstellte, wie er von der Höhe eines Berges mit geschwungenem Speer gegen die Kohorten des Varus zu Tale stürmt.

Eine derartige Konzeption zeigte denn doch eine allzu zähe Lebenskraft meiner unreifen Jünglingsideen, nach den großen Belehrungen, die ich in Paestum, Pompeji und Neapel erfahren hatte und in einer Umgebung, deren Sprache eigentlich nicht zu überhören war.

Es war gleichsam eine unterirdische Tätigkeit, der ich in meinem Studio huldigte, zugleich aber war es ein schwerer und bitterer Kampf.

Nach außen hin merkte man nichts von ihm.

Aber dort gab es äußere Kämpfe, die durch Gegensätze zu fast meiner ganzen Umgebung bedingt waren.

Ich habe nach und nach in diesem römischen Winter eine große Menge Menschen kennengelernt. Unter ihnen hat mir ein junger deutscher Bakteriologe, Dietrich von Sehlen, am nächsten gestanden. Nach ihm kam der estnische Bildhauer Weizenberg, der größere Ateliers neben dem meinen seit Jahrzehnten mit estnisch-lettischen Marmorgöttern, Geuit, Amerik und anderen, gefüllt hatte. Aber er war bereits über fünfzig Jahre und blickte doch wohl nur mit Nachsicht auf meine Bemühungen.

Ich weiß nicht, wer mich in den deutschen Künstlerverein einführte. Der Mann, der dort alle Macht in seinen Händen vereinigte, war ein Kaufmann, mit Namen Wedekind. Ich habe Frank Wedekind, als ich später mit ihm in Berührung kam, nie gefragt, ob es ein Bruder oder ein Verwandter von ihm gewesen ist. Sie hatten untereinander Ähnlichkeiten.

Ohne diesen Kaufmann Wedekind, der schlank, groß und ohne viel Federlesens energisch war, hätte man mich in die Künstlergemeinschaft nicht aufgenommen. Den Grund verriet mir das ebenfalls neue Mitglied Nonnenbruch.

Er ging auf die Fremdenbuch-Kampeleien in Capri zurück, die mir den alten und berühmten Römer, Bildhauer Kopf, zum Feinde gemacht haben sollten.

Vielleicht weniger er selbst, sagte Nonnenbruch, als seine übereifrigen Anhänger hätten auf eine überraschende Weise gegen mich intrigiert.

Ich nehme nicht an, daß die Deutsche Botschaft sich um mich bekümmerte, immerhin kann es möglich sein. Professor Kopf verkehrte beim Botschafter, und der Zufall, der gewollt hatte, daß mein Studio in der Via degli Incurabili seinen von den Hämmern und Meißeln vieler Abbozzatoren belebten Werkstätten dicht gegenüber lag, hielt mich ihm in Erinnerung.

Es brauchte dann nicht mehr geschehen, als daß er Bemerkungen über gewisse Ideen fallenließ und des verrückten Planes gedachte, auf sozialistischer Grundlage in Amerika ein neues Gemeinwesen aufzubauen.

Mich zum mindesten in der deutschen Kolonie unmöglich zu machen, hätte das bei der herrschenden Strömung durchaus genügt.

Aber ich lasse das dahingestellt. Meine Gegner habe ich nie zu Gesicht bekommen.

Daß sie vorhanden waren, spürte ich. Ich merkte es an tausend kleinen Widerständen, Schweigen, ironischen Blikken, knappen Worten, die zu den harmlosen Dingen, die ich sagte, keinen Bezug hatten. Auch würdigte mich zunächst niemand unter den älteren Künstlern einer Ansprache oder machte Anstalten, etwas über meine künstlerischen Bestrebungen zu erfahren oder gar mit Rat und Tat hilfreich zu sein.

Mich umgab der Geist, vielleicht in etwas gemilderter Form, der in dem Albergo Pagano die Acht über Carl und mich verhängt hatte.

Man rückte nicht mehr physisch von mir ab, weil man das in der großen Stadt nicht brauchte – man vermied überhaupt die Annäherung.

Übrigens hatte man, ebenso wie in Capri, Freude an einer damals wirklich harmlosen Bespitzelung oder hielt sie für notwendig. Es beruhte ganz gewiß nicht auf Verfolgungswahn, wenn ich überall spürte, ich sei beobachtet. Nonnenbruch gab sich zu Helfershelferdiensten nicht mehr her, in seinen Augen erschien ich fortan nur als irregeleitet. Sooft wir uns trafen, verfehlte er nie, als der Ältere, in einem, wie er meinte, verständig beratenden Sinne auf mich einzuwirken, das heißt, meine Querköpfigkeit zu bekämpfen.

Andere mußten an seine Stelle treten, wenn es galt, mich auszuholen und auszuhorchen.

Das tat zum Beispiel ein gewisser Istler, ein Maler mit einem sächsischen Stipendium. Wir machten hie und da einen kurzen Mittagsspaziergang, etwa auf den Pincio, miteinander, dann besuchte er mich im Atelier. Dabei ist es mir wieder passiert, plastischen Visionen Worte zu geben, Gebilden einer ausschweifenden Phantasie, die ich hätte bekämpfen sollen. Aber sie kamen eben immer wieder wie Naturgewalt über mich auf eine beinahe schmerzhafte Weise.

Istler benahm sich ernst und zustimmend, aber wenige Tage später hatte ich den beizenden Spott einer Tafelrunde im Künstlerverein einzuheimsen, der mir zeigte, welchen Gebrauch Istler von meinem Vertrauen gemacht hatte. Ich erfuhr auch bald, daß und wie der Verrat geschehen war und welches wiehernde Gelächter der Staatsstipendiat durch die Karikatur meiner Person und meiner Phantasmagorie erzielt hatte.

Wie war es doch so leicht, mich zu verhöhnen,
als ich die Fülle meiner Brust euch zeigte,
euch, denen nicht wie mir der Gott sich neigte!
Ach, ihr vernahmet nichts von jenen Tönen,

die mir Apollens goldner Bogen geigte,
und blindgeboren dem Erhabenschönen,
gedachtet ihr das Schicksal zu versöhnen,
leugnend, was ein Hellsichtiger euch zeigte.

Euch gab es Trost, mit Starrheit festzustellen,
ich sei so klein, so blind, so ausgeschlossen
wie ihr von der Begnadung heiligen Quellen.

Und ob auch meine Lippen überflossen
von ihren seligreinsten Feuerwellen,
ihr saht in ihnen nur die Flut der Gossen.

Ein Ausgestoßener und Gemiedener war ich nicht. Ich hatte einige echte Freunde: unter ihnen allerdings einen, der ganz ohne Geld, meist in einem leichten Rausch und deshalb selbst allgemein ausgestoßen und gemieden war. Er gehörte zu jener Klasse von Malern, die, einmal in Rom, bis zum Tode wie paralysiert im Kreise herumgehen und nicht mehr herausfinden.

Der Umgang mit diesem armen Sonderling und Hungerleider wurde mir auf der Fehlseite angekreidet. Das erfuhr ich erst, nachdem ich einige Monate lang römische Luft geatmet hatte. Es würde mich nicht beeinflußt haben, hätte ich es auch früher gewußt. Für die Enterbten der Straße hatte sich mir nun einmal bereits auf der Küchentreppe des Gasthofs zur Krone Verständnis und Neigung eingeprägt. Und wo gibt es mehr wunderliche und seltsam geformte Charaktere als im sogenannten unteren Volk? Wo werden so viele Originale ausgeschieden?

Auf eine bewunderungswürdige Art und Weise hatte sich der Maler Klein als Maurergeselle, der für sich und seine alte Mutter zu sorgen hatte, das Schulgeld und einiges darüber abgespart, um Malerei studieren zu können. Er hatte das Studium aufgenommen und es eine Reihe von Jahren da und dort, auch in München und Düsseldorf, fortgesetzt. Sein Aufstieg in die Sphären der Kunst hatte ihm die Rückkehr zu Maurerkelle, Hammer und Mörtel unmöglich gemacht. Aber weder war er ein Maler geworden, der vom Verkauf seiner Bilder leben kann, noch durfte er sich sagen, etwas Großes, wenn auch im stillen, erreicht zu haben. Das Handwerk, das wenn auch keinen goldenen, so doch einen festen Boden gehabt hatte, war nicht mehr, und falls er nun nicht versinken wollte, mußte er Bildchen für kleine Beträge oder Kreideporträts nach Photographien herstellen.

Ein solches Los hatte Klein sich nicht erträumt, und mit einer so tiefen Enttäuschung weiterzuleben war nicht leicht. Vielleicht denkt man daran, seinem Leben ein Ende zu machen, aber schließlich schleppt man sich fort, hungert, friert, ist auf dem Versatzamt zu Haus, wovon ich ja auch zu reden wußte, hie und da springt eine kleine Geldquelle auf, man hat den Alkohol, hat Betäubungen, und wenn man in dem zweifelsohne beglückenden Rausch Erfüllungen aller Wünsche zu erleben glaubt, so raunt einem eine Stimme ins Ohr, es sei ein und dasselbe, ob etwas sei oder ob es nur scheine, daß etwas sei.

Der Maler Klein, der sich, Gott weiß wie, seine paar Soldi täglich verschaffte, mochte von einem Stromer äußerlich kaum verschieden sein, aber er hätte sich, wenn er das Trinken gelassen hätte, in einen kynischen Philosophen umwandeln können, wie sie vor anderthalbtausend Jahren auf Straßen und Plätzen Roms herumstromerten.

Der Maler Klein bettelte nicht und pumpte nicht. Man erfuhr nur, wenn man ihn mit sich nahm und seinen bescheidenen Imbiß bezahlte, daß er tagelang nichts gegessen hatte.

Also Klein war durchaus nicht demütig, seine Philosophie, nicht die Epiktets, gab ihm doch einen ähnlichen Stolz, eine ähnliche Überlegenheit. Er könne zwar nichts als Künstler, sagte er, aber die anderen, die im Fette herumschwämmen, könnten noch weniger; er sei wenigstens kein Betrüger, sei ehrlich, beuge sich, während die Scharlatane sich aufspielten.

Da meine Mittel zu einer ernsten Stützung dieses gescheiterten Künstleroriginals nicht ausreichten, nahm ich ihn öfters in einen Laden mit, wo man Milch in Gläsern verabreichte. Ich gab mich dabei der Hoffnung hin, ihn einer Lebensweise zuzuführen, die, indem sie ihn gesund machte, ihm vielleicht den Sinn für einen gesunden Beruf wiedergeben konnte.

Der Maler Nonnenbruch, der sich später als zweiter Nathanael Sichel entpuppte, sagte eines Tages zu mir: »Lieber Hauptmann, Sie müssen arbeiten, müssen sich auf die Hosen setzen, müssen fleißig sein.« Für diese Mahnung dankte ich ihm, fand mich aber veranlaßt, ihn zu fragen, wie er zu der Annahme, ich wäre faul, gekommen sei. – »Ja, Sie wollen nichts tun, Sie meinen, es wird Ihnen alles in den Schoß fallen.« – »Aber wo haben Sie Ihre Weisheit her?« fragte ich wiederum. »Wir sehen uns manchmal im Künstlerverein, in meinem Atelier sind Sie niemals gewesen; man stützt doch eine solche Behauptung auf Beobachtung.« – »Oh, mein Lieber«, gab er zurück, »glauben Sie nur nicht, Sie würden nicht beobachtet!« – Gewiß, das wußte ich. – »Man sieht Sie da, man sieht Sie dort«, fuhr er fort, »Sie werden mit seltsamen Leuten gesichtet, man hat Sie fast zu jeder Tageszeit irgendwo in einer Kneipe, in einem Café oder auf der Straße festgestellt, und da der Tag nur zwölf Stunden hat ...« Er schloß: »Ich mein' es gut mit Ihnen!« – Daß es so war, bestritt ich nicht, aber ich zuckte die Achseln und konnte nur sagen:

»Wenn Sie diese Meinung haben, so werde ich Sie davon nicht abbringen.«

Was war nun an diesem um die Weihnachtszeit gemachten Vorwurf zutreffend?

Ich lebte nach meiner Landwirtsgepflogenheit. Ich hatte sie, weil mir der Schlaf nach etwa neunzehn wachen Stunden genügte, wieder aufgenommen. Vor zwölf erreichte ich selten meine Schlafstätte; um fünf saß ich auf meinem Bett, hatte dicke Bücher auf mein Tischchen unter die Petroleumlampe gelegt, um meiner Bildung aufzuhelfen. Bis sieben Uhr schluckte ich Biographien großer Männer hinab, dann begab ich mich auf die dunklen Straßen, um der Messe nacheinander in verschiedenen Kirchen beizuwohnen. Es war der Hang, den ich von Lederose nach Breslau mitgenommen hatte: das morgendliche Erwachen einer Stadt bis Sonnenaufgang zu verfolgen. Es lag darin immer eine mystische Schwelgerei, aber hier gipfelte sie in dem Meßwunder; fast unersättlich drängte es mich in dieses hier allgemein als göttlich verehrte Mysterium.

Etwa um acht, also noch bei Gaslicht, nahm ich in einem kleinen Café, wo Arbeiter und Arbeiterfrauen frühstückten, das Umbra genannte Gemisch von Kakao und Kaffee ein, wovon ich mich mehr als von bloßem Kaffee gestärkt fühlte.

Mittlerweile hatte die Helligkeit den für meine Arbeit im Atelier erforderlichen Grad erreicht, so daß ich dahin aufbrechen konnte. Hier stand eine noch recht unförmige Kolossalfigur aus nassem Lehm, die ich in gründlicher Verkennung meines Könnens und meiner physischen Kräfte aufgebaut hatte. Ich bosselte mit oder ohne Modell, meist auf einer Steigeleiter stehend, daran herum. Etwas Leichtes ist das Ringen mit den viele Zentner schweren Stoffmassen eines amorphen Erdenkloßes nicht. Ich hätte den mit leichten Pinseln elegant hantierenden Nonnenbruch einmal mehrere Tage lang mögen meine Stelle vertreten lassen! Ich arbeitete mit Besessenheit – und mit Verbissenheit. Da ich mich in zäher Wut manchmal selbst im Dunkel von meinem den Barditus singenden germanischen Giganten nicht trennen konnte, nahm ich brennende Kerzen in die Hand und frönte bis zur Erschöpfung meinem Bildtriebe.

Danach war ich meistens in einem Café zu sehen, bis ich mit diesem oder jenem Deutschen in eine kleine Weinkneipe übersiedelte zu einem von Wein belebten Abendbrot.

Mitunter besuchte ich dann noch den Künstlerverein, der Räume im Palazzo Poli hatte.

»Sie wollen nichts tun! Sie meinen, es wird Ihnen alles in den Schoß fallen! ...« Es ist nun, denk' ich, ersichtlich geworden, wieviel Wahres an dieser Behauptung des Malers Nonnenbruch gewesen. Ich setze hinzu, daß ich mich auch an einigen Porträts meiner Freunde versucht habe.

Die Zeit nach der Arbeit bis Mitternacht gehörte der Geselligkeit, und es ist dabei keineswegs trübselig zugegangen.

Ich hatte von Breslau und Jena die Liebe zum deutschen Kommersbuch mit ins klassische Rom gebracht; daß die deutschen Studenten, besonders verglichen mit den Italienern, meist nur grölten, nicht sangen, störte mich nicht. So hatte ich denn ein großes Vergnügen, als ich eines Tages in den Räumen des Künstlervereins einen Wandschrank und darin Stöße von Kommersbüchern aufstöberte. Da gerade ein besuchter Abend war und Mitglieder sowie prominente Gäste um die lange Tafel des Hauptsaales hinterm Chianti saßen, erhob ich, erfreut über meinen Fund, ein großes Geschrei, und es vergingen kaum Minuten, bis ich den Schatz an der Tafel verteilt hatte.

Nun fing ich selber das »Gaudeamus« zu intonieren an und hatte die Freude, daß selbst die gelangweilten Geheimräte und frostigen Militärs in Zivil einstimmten. Stundenlang scholl dann der Hochgesang durch die hohen, weit offenen Bogenfenster der Südwand des Palazzo Poli über das Geräusch der Fontana Trevi, die ihr entspringt, auf die Straße hinunter. Dem »Gaudeamus« folgte die »Alte Burschenherrlichkeit«. »Am Brunnen vor dem Tore« wurde von »Ännchen von Tharau« abgelöst, dann »Jetzt weicht, jetzt flieht!«: das »Enderle von Ketsch«. Wie »Ein Hering liebt eine Auster«, wurde vielstimmig von Tenören und Bässen in Erinnerung gebracht, was im »Walfisch zu Askalon« geschah, ebenfalls. Und so fort.

Ich habe unvergeßliche Nächte im großen Saal des Palazzo Poli zugebracht, wenn die Fontana durch die offenen Fenster rauschte. Es ist die antike Aqua Virgo, die hier an der südlichen Travertinwand des Palastes ihre Wassermassen ausschüttet. Der weiche Süd sättigt seine feuchte Wärme, über den gewaltigen Neptunbrunnen hereinstreichend, zum Überfluß noch mit Wasserstaub, er bewegt das Haar des Trinkers und die Vorhänge. Es scheint absurd, in solchen Nächten zu Bett zu gehn.

In ebendiesem Saal des Palazzo Poli wurden am Weihnachtsabend die deutschen Christbäume angezündet. Vorher stellte man ein sogenanntes Krippel als lebendes Bild: Jesus, Maria, Joseph und die Hirten im Stall zu Bethlehem.

Ich glaube, es war die sehr schöne, blonde Palma-Vecchio-Tochter des Bildhauers Kopf, welche die Maria darstellte. Ich habe als einer der Hirten mitgewirkt. Als sich das Bild aufgelöst hatte, sagte ein Franzose, Lektor an der römischen Universität, mit Beifallsbewegungen seiner Handflächen mir die drei Worte im Vorbeigehen: »Le premier acteur!«

Er schmeichelte, was er nicht wußte, einem wachsenden Ehrgeiz in mir.

Siebenundzwanzigstes Kapitel

Noch heut ist das gleiche Exemplar des von Donner übersetzten Aischylos in meiner Hand, aus dem ich damals den »Gefesselten Prometheus« studierte. Es war mein Gedanke, in dieser Rolle aufzutreten. Und ich bin fest überzeugt, daß, wenn eine Liebhabervorstellung im Saal des Künstlervereins zustande gekommen wäre, ich keineswegs Fiasko damit gemacht hätte. Ich war mir dessen so sicher, wie ich mit dem Vortrag des »Tauchers« von Schiller alle meine Mitschüler sicher übertroffen hätte. Aber man rief mich dazu in der Klasse nicht auf, wo ich dann immer das selbstgefällige Gestümper der Mitschüler, innerlich knirschend, anhören mußte.

Was liegt jedoch im Grunde daran, ob ich in jenem kindlichen Falle oder in dem neuen, vielleicht ähnlich kindlichen meinen Willen durchsetzen konnte? Dagegen ist mein unlösliches Ergreifen der Aischyleischen Dichtung selbst in so jungen Jahren von Bedeutsamkeit. Der Doppelband, den ich immer mit mir trug und der den »Agamemnon«, »Das Todesopfer«, »Die Eumeniden«, »Die Sieben gegen Theben«, »Die Perser«, »Die Schutzflehenden« und den »Prometheus« enthält, ist bis auf diesen ungelesen, was die nur hier vorhandenen Marginalien zeigen, woraus erhellt, wie mich der »Prometheus«, immer wieder der »Prometheus«, an sich sog.

Meine Knabenzeit, so glücklich sie war, machte mich in

einem ungewöhnlichen Maße mit der angeborenen menschlichen Eristik vertraut. Wer wüßte nicht, daß Eristik das innerste Wesen des Dramas ist. Also war es das Drama, als das ich das Leben zu leben gewöhnt ward. Anders verstand ich das Leben nicht. Ob mich das glücklich machte oder nicht, zog ich nicht in Betracht.

Ich werde mich oft nach Ruhe, nach Frieden gesehnt haben. Aber das Drama, das ich später Urdrama nannte, lebte nun einmal in mir. Der Vater, die Mutter, die Geschwister, die engere und weitere Familie agierten zunächst darin. Wie schon einmal erwähnt, wurden auf das innere Forum, wo diese Schatten Eristik übten, alle wichtigen Fragen gebracht und unter Affekten ausgekämpft. Ich hatte meine Einmaligkeit gegen sie durchzusetzen.

Das war es, worin mir der »Gefesselte Prometheus« entgegenkam.

Wie er, war auch ich von Feinden umgeben, da sich mein inneres Forum und meine innere Menschenwelt inzwischen geweitet und vervielfältigt hatten. Ich spürte um mich »Kraft« und »Gewalt« am Werk und ihre von höchsten Stellen gestützte Überlegenheit.

Gern machte ich mich glauben, daß meine Gefangenschaft wie die des Prometheus, damit er »seiner Menschenlieb' Einhalt gebeut«, verhängt werde. Traurig sagte ein gütiger Hephaistos zu mir:

Dies war der Dank, den deine Menschenliebe fand:
du bot'st, ein Gott, von Götterzorne nicht geschreckt,
ehr als geziemend Ehre dar den Sterblichen ...

Die Idee, mich als Gott zu nehmen, schreckte mich nicht; Jehova selbst hatte den Menschen nach seinem Bilde geschaffen. Ich brauchte nur mein eigenes Gefühl und nicht einmal, was ich von Platon gelernt hatte, zur Anerkennung von etwas Göttlichem in mir heranzuziehen. Überdies war ich religiös, hatte Religion; und war sie nicht etwas Göttliches? Und braucht man denn an eine Gottheit zu glauben, um göttlich zu sein?

Aber gerade das Göttliche in mir wurde durch einen von »Kraft« angefeuerten charakterlosen Hephaistos an den Marterfelsen genagelt: »Den Hammer schwingend«, heißt es, »nagle es am Felsen fest.«

Hier wird Prometheus ein Jesus am Kreuz. Auch die einzige Sünde Jesu ist Menschenliebe, die er büßt.

Prometheus ruft:

> O seht in Fesseln mich, den unglücksel'gen Gott,
> mich, Zeus' Urfeind, der allen ein Greuel,
> den Unsterblichen, ward, soviel' im Olymp
> eingehn in Kronions Herrscherpalast,
> weil über Gebühr ich die Menschen geliebt!

Und auch das kann der andere Menschenheiland von sich sagen, der von Nazareth:

> Ich wagt' es mutig, ich errang's den Sterblichen,
> daß nicht zerschmettert Hades' Nacht sie niederschlang.
> Für diese Tat denn beugte mich so grause Qual ...
> Mitleid den Menschen bietend, ward ich dessen selbst
> nicht wert geachtet ...

Ich war gewiß nicht ans Kreuz geschlagen, aber ich hatte mein Kreuz redlich getragen bis zu diesem Augenblick, und das, was man Menschenliebe nennt, war ein schmerzhaft starkes Gefühl in mir, mit dem ich mich überall in der Wüste – ob Land, Meer oder Fels, ist gleichgültig – vereinsamt und verhöhnt fühlte. Wieviel Roheit, Gemeinheit, Nichtswürdigkeit der Gesinnung sah ich überall mit offenem Zynismus vom Stärkeren gegen den Schwächeren ausgeübt!

Ich genoß den Segen des gemarterten Gottes, der es sich anrechnet, die blinde Hoffnung in die Brust der Menschen gepflanzt zu haben, was auch wieder der Nazarener tat. Aber ich war auch ein Stück von ihm, ein Teil seiner Kraft. Ich liebte seinen unbändigen Trotz. Ich hätte ihn nicht geliebt, wenn ich den verwandten Affekt nicht in mir gehabt hätte. Ja, sogar seinen Größenwahn.

Man mißbraucht dieses Wort Größenwahn, wenn man es auf die erbärmliche Lafferei ehrgeiziger Dummköpfe anwendet. Die große Empfindung dieser Art, die ich damals hatte und die sich ins unaussprechlich Erhabene weitete, verführte mich zu irgendeinem äußeren Dünkel nicht. Meinethalben war es Wahn; aber ist dann nicht alles Wahn? Weiß man nicht, daß jede Empfindung nur ihre eigene Realität bedeutet und flüchtig ist, und hat nicht Immanuel Kant trocken festgestellt, das Ding an sich bleibe ewig von unserer Erkenntnis geschieden?

Ja mitunter, nicht immer, war ich beseelt von einem unbeugsamen Trotz gegen Zeus, weil er mich und die Menschen nicht genug lieben wollte, und von einem gigantischen Größenwahn: Bedecke deinen Himmel, Zeus, mit Wolkendunst! Mich vernichtest du nicht! Entweder du vergehst wie ich, oder du bist wahrhaftig wie ich, und dann können wir beide nicht vergehen. Die Götter sind Engel in deinem Dienst, meinethalben nenne man mich rebellisch, luziferisch! – Hatte ich nicht das wahnsinnige Wort gesagt, daß ich aus dem ganzen Gebirge von Carrara ein Monument meiner Größe meißeln werde?

Also nochmals, mich beherrschte, wenn mich der Geist berührte – veni, creator spiritus! –, Trotz und Größenwahn, so daß Prometheus für alles mein Symbol wurde. Zwar sagte er in stillen Stunden der Einkehr zu mir:

Nein, harre ruhig, halte dich der Sache fern.
Denn wenn ich selbst auch leide, möcht' ich darum nicht,
daß vielen gleiches Ungemach begegnete.
O nein! Des Bruders Schicksal schon betrübt mich tief,
des Atlas, der im fernen Abendlande steht
und auf den Schultern, eine schwergewalt'ge Last,
des Himmels und der Erde Säulen stützend trägt.

Und trug ich nicht auch des Himmels und der Erde Last? Und mußte diese Last nicht um so ungeheurer sein, als ich schwächer und kleiner als jener Bruder des Prometheus, Atlas, war?

Daß ich damals mit vielzuvielen, mit allen litt, ist für mich selbst eine Tatsache. Mein Denken mühte sich, ihren Leiden zu steuern, überall propagierte ich kohlhaashaft oder donquijotisch ein reines Rechtsgefühl und gab mich der Wut dumpfer Gesinnung und damit wie oft der eigenen Verzweiflung preis.

Doch wenn ein teilnahmvoller Sinn vorsorgt und wagt,
welch einen Nachteil siehst du da? Belehre mich.

So spricht Okeanos zu Prometheus, und dieser antwortet:

Verlorne Mühe, blöden Sinns Gutmütigkeit

Und Okeanos endet mit Worten, die aus seiner und aus der Seele des Prometheus gesprochen sind:

Verstatte mir, an dieser Krankheit krank zu sein ...

Nun also, um dieses prometheische Intermezzo abzuschließen: auch

... des Zeus
beschwingter Hund, sein blutigroter Adler ...
ein Gast, der ungeladen kommt an jedem Tag,
mit meiner Leber schwarzem Raub sich sättigend ...

fehlte mir nicht.

Und so wäre nur noch zu fragen, ob auch die Worte des Hermes auf mich zutreffen:

Du wärest unerträglich, wenn du glücklich wärst.

Für diese Gleichstellung meiner Wesenheit mit dem prometheischen Heilandsdrama mögen die Manen seines Dichters mich rechtfertigen, jenes fast mythischen Aischylos, der jedoch ein Mensch war, wie bezeugt wird, in dessen Haupt dieser Götterkampf geboren worden ist und also auch seine unsterblichen Götter:

Im Haupt des Menschen weht der endliche Äther im
unendlichen Raum.

Dort wollen wir einen Augenblick ausruhen:

in der heiligen Luft, wo der Adler sich sonnt...

Man tat es in Rom nicht ungestraft, falls es bekannt wurde.

Man mußte auf niederer Ebene leben, dann war man in den Augen der meisten vor Gott und Mensch angenehm. Man mußte unbedingt banal, platt, gewöhnlich sein, wollte man sich in die herrschende Kunstrichtung einfügen. Der Maler und Stipendiat Istler war das unübertreffliche Vorbild dafür.

Begreiflicherweise fiel es mir nicht immer leicht, mich aus meinen Verstiegenheiten auf diese allgemeine Heerstraße der Mittelmäßigkeit zurückzufinden und dort zu bewegen, was, alles in allem genommen, meine Lage als die einer fremden Ameise allmählich immer schwieriger machte.

Ich bin voll Bitterkeit, gedenk' ich eurer,
die mein berauschtes Herz zu Rom umstrickten
mit Seilen, wie sie Opfer oft erstickten
am Galgen: doch mit Qual weit ungeheurer.

Wir sahen Götter auf uns niederblicken!
War irgendein Olymp, ihr Herrn, uns teurer,
und schienen wir nicht, alle heilige Neurer,
zum Flug in seinen Glanz uns anzuschicken?

Aus platter Niederung hierher gerettet,
war nicht die Stunde da, uns zu beflügeln
und so, ein Adlerschwarm, hinanzubrausen?

Ihr habt mich hämisch lachend festgekettet
wie einen Rüden an den Siebenhügeln
und stelltet euch, als müßtet ihr mich lausen.

Prometheus wurde von Zeus um seiner Liebe zu den Menschen willen gekreuzigt; der andere Prometheus war schlimmer dran. Es war nicht Zeus, es waren die Menschen, durch die ihm die Liebe zu den Menschen dermaßen gedankt wurde. So ging es mir, dem Prometheus im Taschenformat. Meine Angriffslust, mein Trotz, mein Größenwahn mochten allerdings mitunter einen schwer erträglichen Grad erreichen. Aber man mußte doch vor den Ideen Achtung haben, die ich vertrat. Das prometheische Göttergeschenk der Kunst sollte als göttlich betrachtet werden. Ich vertrat die Heiligkeit der Natur, vor der jeder Ehrfurcht und Andacht empfinden müsse. Ich stellte paradoxe Behauptungen auf: ein schmutziger Kerl, der sich mit seinem Modell herumwische, könne etwas Großes und Reines nicht hervorbringen.

Dafür war ich jung und jugendlich radikal, von Kompromißlern nicht einzufangen. Es herrschte damals in Künstlerkreisen, wenigstens theoretisch, Verachtung der Frau. Das bewies allein schon die Herrschaft der niedrigsten Zote an Künstlertischen.

Zu meinem Erstaunen war eines Tages der etwas verwachsene, intelligente Bildhauer Litt in der Via degli Incurabili aufgetaucht, derselbe, der beim Überfall meiner Mitschüler auf mich in der Breslauer Kunstschule mir den blechernen

Schub voll Regenwasser über den Kopf gestülpt hatte. Er war sehr freundlich, sehr anschlußbedürftig, sehr klein. Sein geringer Wechsel erlaubte ihm nicht, auch nur annähernd so wie ich zu leben, das heißt, sich ein Atelier zu halten und in den Künstlerverein einzutreten.

Der Gedanke, ihn in meinem Studio zu haben, war mir nicht unangenehm, ich versprach mir davon sogar Förderung, und so schlug ich ihm vor, mit mir gemeinsam darin zu arbeiten: was auch, freilich ohne wesentlichen Vorteil für uns beide, eine Zeitlang geschah. Er ist mir dann wieder aus den Augen gekommen.

Da wir Wand an Wand unsere Ateliers hatten, verkehrte ich fast täglich mit dem estnischen Bildhauer Weizenberg. Wie weiland mein erster Lehrer, der Stukkateur Michaelis zu Breslau in der Kunstschule, bewegte er sich in den ausgetretenen Schlafschuhen schleifend auf den Fliesen seiner Räume umher, trug immer einen Paletot, der vor Alter die graue Farbe des Kalkstaubs angenommen hatte, und die bei Bildhauern übliche Papierkappe.

Er war seit dreißig Jahren in Rom und näherte sich dem fünfzigsten seines Alters. Er hatte den Bildhauer Professor Kopf, der alle kleinen Potentaten porträtierte, die nach Rom kamen, und von ihnen Standbilder und Brunnen in Auftrag erhielt, als Nachbarn. Der Eingang zu Kopfs, wie gesagt, immer lärmenden Werkstätten, drei Schritte von dem in die seinen, war belebt, während seit zwanzig Jahren kein Käufer oder Auftraggeber durch Weizenbergs Pforte getreten war.

Mit Rührung, Schmerz, ja mit ernster Ergriffenheit gedenke ich dieses Mannes ohne Glück und Stern, von dem ich heute nicht einmal weiß, ob er wirklich so talentlos war, wie es mir damals erscheinen wollte. War er vielleicht ein großer Bildhauer? Der estnisch-lettische Olymp, den er um sich geschaffen hatte und der aus vielen Marmorbildern bestand, zeigte, was Erfindung betrifft, eine sehr geringe Mannigfaltigkeit. Da war das übliche Standbein, das andere nur ein wenig bewegt; Geuit hatte den einen Arm im Rechteck erhoben, Amerik dagegen den anderen. So und nicht anders haben sich alle diese Marmore, Früchte von zwanzig Arbeitsjahren, meinem Gedächtnis eingeprägt.

Unter ihnen befand sich ein Hamlet aus Gips. Den Schädel Yoricks in seiner Rechten, meditierte er über Leben und

Tod. In Marmor ausgeführt, war dieses Modell seinem Meister zum Verhängnis geworden: ein Kommissar hatte das Werk, nachdem es unbeachtet ein halbes Jahrzehnt in Weizenbergs Atelier gestanden, für die Weltausstellung in Melbourne ausgewählt; dort ist es für eine beträchtliche Summe verkauft worden.

Nun holte der Meister, mutig und sicher gemacht, zu einer Serie großer Werke aus, indem er zunächst den erzielten Gewinn in carrarischen Marmorblöcken anlegte.

Mut und Sicherheit täuschten ihn.

Auch haben ihm seine heimischen Götter, die er liebte – er war ein fanatischer Este – nicht helfen können: vergebens rief er sie an und auf und verwandte sein Geld und all seinen Marmor, um ihre Wiedergeburt durchzusetzen. Indes sie sich mehrten, indes sie aufblühten, fehlte ihm das tägliche Brot. Ebensowenig standen die Musen ihm bei, die weiblichen Götter der schönen Künste, was sie doch unbedingt hätten tun müssen, da eben dieser Weizenberg als fünfzehnjähriger Bauernjunge in tiefer Begeisterung für die Kunst zu Fuß aus der Gegend von Riga nach Rom gepilgert war, um den Werken der großen Meister nachzueifern.

Noch seh' ich dich inmitten deiner Götter,
die niemand ehrte, du enttäuschter Schöpfer.
Du riefst: Oh, wär' ich doch ein schlechter Töpfer
statt Göttervater und zugleich ihr Spötter!

Ein Schwert, so mach' ich mich zum eignen Köpfer!
Ein Beil, so schmettr' ich meine Marmorwerke
zu Staub! Zerstörend bleibt mir jene Stärke,
die schaffend mich betrog. Gebt her den Klöpfer,

mit dem ich nutzlos auf den Meißel pochte
jahrzehntelang, durch mühevolle Tage
und schlaflos lange, martervolle Nächte!

Und wer den Stein zu wecken nicht vermochte,
dem öffnet wohl, mit einem Meisterschlage,
die eigne Gruft die stets betrogne Rechte.

Professor König aus Darmstadt besuchte mich; auch er war Bildhauer. Der joviale, breite, bärtige Mann ließ sich nicht gegen mich einnehmen, so bewahre ich ihm ein dankbares Andenken. Er sah, was ich machte, und gab mir Ratschläge. Er sah eine Menge kleiner Entwürfe in Ton, ringende Männer, Rufende, Tanzende und dergleichen, die er überraschend gut nannte. Bei einem seiner Besuche in meinem Studio sagte er mir, was gewiß eine schwere Übertreibung war, ich hätte mehr Talent als die Kollegen im Künstlerverein zusammengenommen.

Ein gutes Verhältnis hatte ich außer zu Dietrich von Sehlen zu einem jungen Geologen, Dr. Johannes Walther, dem Jenenser Freunde Carls. Mit Sehlen bin ich fast ein Jahrzehnt in einem nahen Verhältnis geblieben, bis er früh starb. Er war ein schöner, stattlicher Mensch mit feurigem Wesen und freimütiger Gesinnung. Um den bloßen Leib trug er stets einen breiten Gürtel geschnallt, zur Aufnahme von Reagenzgläschen für bakteriologische Kulturen. Sie brauchten Körperwärme zu ihrer Entwicklung. Und so waren es die berüchtigtsten Feinde der Menschheit, Malaria, Typhus, Cholera, Scharlach, Bubonenpest, die er in gebändigter Form unsichtbar immer bei sich führte. Es paßte zu ihm und seiner angeborenen Ritterlichkeit, die er mit vollem Einsatz seiner kühnen Natur in den Dienst der Forschung gestellt hatte.

Mit Dietrich von Sehlen und Johannes Walther habe ich manchen langen römischen Abend in heiter belebter und für mich belehrender Unterhaltung verbracht.

Zu kleinen, immerhin harmlosen Orgien wuchsen sich Silvester und Epiphania aus, die eine Zufallsgesellschaft von Deutschen in Liebe zur Heimat vereinigte.

Wir zogen dabei von einer Kantine zur anderen.

Durch die Tür der Osteria, in der wir endeten, wurde ich von Dietrich von Sehlen, Johannes Walther und einigen anderen der Kumpanei im Triumph, wie ein Balken, auf den Schultern hineingetragen.

Eine kleine Episode dabei ist mir erinnerlich. Da war ein geckenhaft aufgeputzter, nicht uninteressanter Lebemensch, der immer den Lustigmacher hervorkehrte. Auch zu Silvester machte er unsere Tollheiten nicht nur mit, sondern war zumeist ihr Anführer. Als ich ihn einmal wieder im Café Aragno traf und wir allerlei Dinge, so auch den Jesuitismus durchsprachen, entgleiste er plötzlich und entpuppte sich unversehens, als er eine meiner Fragen mißverstand. Er sagte nämlich, nachdem er das Lob des Jesuitismus gesungen hatte: »Jawohl, ich bin Priester, ich habe die Weihen.«

Ein gewisser Mandolinenspieler, ein großes Genie in seiner Kunst, von dem ich, charakteristisch für meine damalige Gesinnung, behauptete, er verdiene, nicht nur allgemein verehrt, sondern mit Gold überschüttet zu werden, wurde von mir, wo er in einem Lokal auftauchte, jedesmal mit fünfzig Centesimi, einer damals für mich ungewöhnlichen Summe, bedacht. Ich entging ihm aber fast nie, und schließlich pflegte ich, wegen meiner fälligen fünfzig Centesimi, leicht zu erschrecken, wenn er mit seiner gitarrespielenden Frau durch die Türe trat.

Der Besuch eines kleinen Prinzen aus regierendem Hause brachte eine Veranstaltung erster Ordnung im Palazzo Poli. Ball, Tombola, eine komische Menagerie, die Wahl einer Bohnenkönigin waren die Hauptpunkte. Der Prinz sah recht unbedeutend aus. An die Erscheinung der Botschafter, die zugegen waren, kann ich mich nicht mehr erinnern. Der schönste Mann des Abends war Professor Otto, unser Vereinsvorsitzender, der damals an seinem Lutherdenkmal für Berlin arbeitete. Er stach als Erscheinung mit seinem rötlichen Spitzbart und verworrenen Haar sogar meinen Professor Haertel in Breslau aus, war derb, geistreich und freimütig im Gespräch und beteiligte sich ganz gewiß nicht an dem heimlichen Kesseltreiben, mit dem man meine geringe Person beehrte. Er wußte wahrscheinlich nicht einmal davon.

Schöne Frauen und junge Damen waren plötzlich in großer Menge hereingeschneit. Den Preis erhielten zwei Schwestern Dohm aus Berlin, die mit ihrer Mutter, Hedwig Dohm, gekommen waren. Ihr Vater war Chefredakteur des »Kladderadatsch«.

Ich wurde vom Vorstand des Vereins an bevorzugter Stelle verwandt. Ich hielt einen großen, altertümlichen Messingteller, um am Eingang zur Menagerie das Eintrittsgeld zu empfangen, dessen Höhe jeder nach Belieben bemessen durfte. Es regnete Scheine, Silber und gutes Gold.

Einmal trat ich, von einem deutschen Musikmeister darum ersucht, mit sieben oder acht anderen stimmbegabten Malern und Bildhauern als Sänger auf, bei einem großen Empfang im Palazzo der Familie Dachröden. Ich weiß nicht, in welchem Verhältnis diese Dachröden zu jenen anderen gestanden haben, denen das kleine Haus meines Großvaters, der für mich so schicksalhaft bedeutsame Dachrödenshof, seinen Namen verdankt. Jedenfalls war mir die Namensgleichheit wunderlich, und ich hatte ebenso wunderliche Gedanken, als ich inmitten des ungeheuren Gewimmels von Gästen, ein Notenblatt in der Hand, auf den Taktstock des Dirigenten wartete, um im Dienst der Familie Dachröden ihre Gäste mit einem Chorgesang zu beglücken.

Bei alledem blieb ich ein eigensinniger Frühaufsteher, besuchte die Frühmessen und dabei im Halblicht immer wieder das Grabmal Julius des Zweiten, trank meinen Umbra im Arbeitercafé und eilte zu meiner Kolossalfigur des Germanenkriegers zurück, mit der ich mich unsäglich abquälte.

Ob diese Riesenfigur von jemand bestellt sei, fragte man mich, und wenn ich verneinend geantwortet hatte, so wollte man nicht begreifen, weshalb ich sie ausführte. Nun begriff ich wieder, als ein eigenen Ideen frei hingegebener Künstler, dieses Nichtbegreifen nicht und ließ mich's nicht im geringsten anfechten.

Achtundzwanzigstes Kapitel

Um die Mitte des Januar hatte ich bereits zehn Wochen heißer Arbeit daran gewendet. Es hingen viele Zentner nasser Ton an einem vom Schmied nach meinen dilettantischen Angaben hergestellten Eisengerüst, das ich mit Bleiröhren, Draht und Holzzwickeln zu einem Skelett gebildet hatte. Es dauerte Wochen, bevor ich die Tonmassen in ungefährem Verhältnis vom Scheitel bis zu den Sohlen festgemacht hatte und wenigstens eine Art menschlicher Popanz zu erkennen war. Schon allein physisch ging diese Arbeit beinah über meine Kraft. Einen Handlanger zu bezahlen, dazu reichte mein Wechsel nicht, den ich selbst zu gering bemessen hatte.

Nachdem die amorphe Masse nun insoweit bewältigt war, mußte die Bewegung fixiert werden, was wieder nur unter Mühe und Not, im Schweiße des Angesichts, bei unaufhörlichem Turnen an der Steigeleiter durchzusetzen war.

Ich blieb guten Mutes, denn ich wurde im ewigen Anschauen, Sinnen und Formgeben von einem zum andern geführt und schmeichelte mir in geflüsterten Selbstgesprächen, etwas zustande zu bringen, das sich gewaschen hatte.

Ich wußte nicht, daß ich mich nutzlos und zwecklos übernahm und daß ich auf falschem Wege war. Es hätte genügt, meinen Cherusker erst im kleinen auszuarbeiten. Ich wollte jedoch nun einmal einem Riesen das Leben geben. Wer ihn sah, sollte erkennen, daß der Schöpfer dieser athletischen Glieder von Nippesfigürchen nichts wissen wollte.

Dabei dachte ich aber auch Mary zu imponieren, die ich brieflich zu einer Winterreise nach Rom in Gesellschaft ihrer Schwestern bewogen hatte und für Anfang Februar erwartete.

Meine Arbeit beflügelte sich, wenn ich an diesen Besuch dachte. Ich hatte doch schließlich Boden gewonnen in der Ewigen Stadt und fühlte, obgleich ich kaum andere als abgezirkelte Wege ging, den Boden magisch in mich hineinwirken. Wenn ich mir ausmalte, wie ich die Schwestern am Bahnhof empfangen würde, mit den heimlich gedachten Worten: »Civis Romanus sum!«, zitterte ich.

Und dann wollte ich sie sobald wie möglich vor den Koloß führen. Die Geliebte würde dann vielleicht eine Ahnung davon bekommen, wer ich war.

Träume wie diese spornten mich an. Sie machten mich gegen mich rücksichtslos. Sie ließen mich das Allergrößte von meiner Arbeit hoffen, glauben, ja bestimmt voraussetzen.

Und meine Braut würde sehen, daß ich meine Zeit nicht nutzlos vertan hatte.

Meister sind Meister, aber die größten unter ihnen sind es weniger als die kleineren. Bei Michelangelo wird das Ringen fühlbarer als das Können. Was immer er plant, grenzt ans Unmögliche. Was er erreicht, steht außer und über der Meisterschaft.

Was ich bei meinem Koloß endlich doch erzielte, erzwang sich durch Dämonie. Im Praktischen fehlte fast jede Grundlage, da ich kein Meister, sondern ein Lehrling war. Im Fieber wurde ich vorwärtsgetrieben. Das lebendige, brüllende Haupt, der Nacken, der mächtige Brustkorb, die athletischen Arme, Hüften, Schenkel, Füße, kurz alles, was zu meinem eigenen Staunen nach und nach entstand, war das Werk einer blinden und tauben Besessenheit.

Manchmal kroch ich noch in der Nacht an meinem fürchterlichen Cherusker herum, dessen Antlitz mich immer wilder anstarrte und der auf eine verwirrende Weise lebendig zu werden begann.

Eine Gestalt, der man durch zehn Wochen hindurch mit allen Kräften des Körpers und des Geistes verhaftet ist, muß notwendigerweise allmählich eine drückende Tyrannei ausüben. Das angeblich tote Gebilde bekommt etwas Vampirisches. Es saugt einem gleichsam die Seele aus.

Nicht selten hat der schreckliche Mensch aus Ton mir nachts die Decke vom Bett gezogen, den Schlaf aus meinem Hirn verjagt und es sich darin bis zum Morgen wie ein brennender, verzehrender Alp bequem gemacht.

Der Zulall führte mir einen subsistenzlosen deutschen Athleten ins Studio, wodurch die Arbeit eine Zeitlang gefördert wurde, bis ich mich dann wieder frei zu machen genötigt war, um nicht an Pedanterie zu scheitern.

Zerschlagen und gerädert von meiner eigenen unbarmherzigen Kreatur, habe ich mich – wie oft! – zu Bett gelegt. Schöpferische Dämonie nimmt auf den Körper keine Rücksicht. Ist er nicht widerstandsfähig, wird er verbraucht. Hat sie ihn bis ins Letzte abgehetzt, so kann es kommen, daß sie ihn zur Verzweiflung treibt. Auch solche Zustände hab' ich gekannt.

Es kam eine Nacht, eine Dunkelheit, in der ich eine recht schwarze Stunde bestehen mußte.

Inmitten der Arbeit, als ich wieder einmal mit der Kerze vor meinem Riesengebilde aus nasser Erde auf und abkletterte, kam es mir vor, als ob es nicht mehr so genau wie nötig im Lote sei.

Aber es ist eben dunkel, und man sieht nicht genau, dachte ich.

Nach einer Weile aufs neue beunruhigt, umging ich mehrmals die Figur und faßte sie noch einmal ins Auge.

Da war ich gezwungen, mir zu gestehen, daß sie sich wohl ein wenig nach vorn neige.

Das Eisengerippe war schwer belastet, da aber Eisen Eisen ist, hatte das nichts weiter zu sagen. Immerhin: das Atelier zu verlassen, zögerte ich. Ich wollte mich vorher völlig beruhigen.

Ich hatte unter den Füßen des Kolosses nach und nach die sogenannte Plinthe entfernen müssen, die Beine wären mir sonst zu kurz geraten. Es mochte sein, daß die Basis dadurch geschwächt worden war, dann mußte man wohl den Schmied herbeischaffen.

Aber Weizenberg war sicher nicht mehr im Atelier. Ich selber wollte mein Werk nicht allein lassen. Ich fand eine Stange und machte eine Stütze daraus, in dem ich sie meinem Germanen unter die Brust bis gegen das eiserne Rückgrat stieß und ihren Schaft gegen den Boden stemmte.

Ich holte nun in der Tat den Schmied, der gewisse Bänder anbrachte.

Es mochte dann zwischen acht und neun Uhr abends sein, als ich mich wusch, bürstete, vom Staube reinigte und den Paletot überzog, um heimzugehen.

Plötzlich kam es mir vor, als erführen die Mienen meines Kriegers eine diabolische Veränderung. Sah ich richtig, so schwoll die Stirn, die Brauen senkten sich boshaft über die Augen, während der Mund sich zu schließen schien und sich zugleich wie grinsend verbreiterte.

Eilig schoß ich die Leiter heran, hatte mit der Gewandtheit eines Tapezierergesellen, die eine Folge täglicher Übung war, im Sprung die obersten Sprossen erreicht und starrte nun aus nächster Nähe mein grimassenschneidendes Unding an.

Jetzt war nicht mehr zu verkennen, daß in dieser geformten Lehmmasse, unabhängig von meinem Plan, etwas Eigenmächtiges vor sich ging.

Ein unregelmäßiger, zunächst nur messerrückenbreiter Riß zeigte sich, der von Ohr zu Ohr über den Scheitel ging und sich weiter nach unten über Hals und athletische Schultern selbsttätig fortsetzte.

Das war der Teufel, die Tücke des Objekts, die Auswirkung aller bösen Wünsche meiner geheimen Feinde: der böse Blick, den ein scheelsüchtiger Besucher auf das Werk geworfen hatte. Kurz: es war mein Ruin, der Zusammenbruch! Achtzig Tage schwerer Mühe drohten in dieser Minute zunichte zu werden.

Inwendig fluchend und jammernd, äußerlich keuchend, gab ich meiner Leiter einen anderen Stand. Im Handumdrehen war meine Schulter unter des plötzlich so hilflosen, den Barditus singenden Römerfeindes und Helden Kinn. Wie ein Verwundeter mit der bleiernen Schwere eines Sterbenden lehnte sich der Koloß nun mehr und mehr an mich an, bis ich, die Katastrophe als unvermeidlich fühlend, einsehen mußte, wie jeder Aufwand von Kräften nutzlos war.

Trotzdem tat ich noch immer das Zwecklose. Ich kämpfte, ich rang mit dem blöden Koloß. Ich nannte ihn Luder, Kanaille, Hundsfott, schnauzte ihn immer wieder an, fragte ihn, ob er sich dies herausnehmen dürfte, ob er mich foppen, verhöhnen, um Zeit, Schweiß, Geld und Erfolg bringen wolle.

Dabei stieß ich Rufe nach Hilfe aus und brüllte Weizenberg herbei, von dem ich doch wußte, daß er um diese Zeit in seiner versteckten Trattoria die Mahlzeit verzehrte.

Unaufhaltsam erschien dann der Augenblick, wo es geschehen war. »Zur Rechten sieht man wie zur Linken einen halben Türken heruntersinken …«, nur daß der Riß nicht von vorn, sondern von der Seite durch den Germanenkrieger ging.

Mit dem Gesicht voran klatschten zehn Zentner Ton auf die Steinfliesen.

Die hintere Seite, wie zum Hohn, zeigte noch einige Festigkeit. Das Eisengestell war bloßgelegt, die leidlich geformten Hände hingen noch an den Zwickeln.

Der Zustand, in den mich dieses schwere Unglück versetzte, war nicht beneidenswert. Ich war um den Lohn einer Arbeit gebracht, die mich durch Tausende von Handgriffen, Gedanken, Erregungen der Hoffnung und Verzweiflung fast aufgezehrt hatte. Sie war mein alles, nun war ich nichts!

Meine Gegner hatten nun leichtes Spiel. Nonnenbruch konnte nun seine These meiner Faulheit aufrechterhalten. Auch der Selbstbeweis meines Könnens war mißglückt. Die Katastrophe hatte mich der Schadenfreude, dem Hohn, dem Spott und der Geringschätzung der ganzen deutschen Kolonie ausgeliefert. Das, worin Mary die Rechtfertigung meines selbständigen Wirkens in Rom hätte sehen sollen, war nicht mehr. Ihr davon erzählen hatte keinen höheren Wahrheitswert als irgendeine Renommisterei. Es fehlte nicht viel, so hätte mich meine Verzweiflung zermürbt und ermattet, und ich hätte es meinem Koloß nachgemacht, wäre hingefallen und liegengeblieben.

Ich hielt mein Unglück geheim. Es wird mich verbittert und reizbar gemacht, meinen Ingrimm gegen mich selbst und die anderen vermehrt haben. Die freudige Ungeduld war getrübt, mit der ich bisher der Ankunft Marys und ihrer Schwestern entgegengesehen hatte. Ich fand mich darein, meiner Braut den Erweis meines Fleißes nicht bringen zu können, kannte ja auch die Herzensgüte meiner Braut. Aber den Gram zu verscheuchen, den ich bei diesem erzwungenen Verzicht empfand, vermochte ich nicht. Vertraue auf mich, setze Vertrauen auf meine Kraft, hatte ich bereits oft zu Mary gesagt, wenn ihr ein und die andere Maßnahme, die ich für meinen Werdegang notwendig hielt, nicht sogleich einleuchten wollte. Ich weiß, welchen Eindruck ihrer jugendlichen Empfänglichkeit der Koloß gemacht haben würde und wie der Augenschein des nur physisch Geleisteten ihr Vertrauen gestärkt hätte. Dagegen blieb mir nur wieder die leere Vertröstung: Vertraue mir, vertraue auf meine Kraft!

In diesem Zustand des Mißvergnügens, des verhehlten Grames und der inneren Mutlosigkeit – denn wie sollte ich den Verlust an Zeit und Kraft wieder einholen? – traf mich die peinlichste Widerwärtigkeit meiner römischen Zeit.

Der Februar war herangekommen. Pünktlich am ersten, wie meistens, traf mein Wechsel ein. Am Schalter der Hauptpost hatte ich ihn in Empfang genommen. Er war die Summe, von der ich die Miete für meine Schlafstelle und mein Atelier pränumerando zu decken und die gesamten Ausgaben des laufenden Monats zu bestreiten hatte. Selbstverständlich, daß auch noch dies und das vom vergangenen zu begleichen war.

Ich weiß nicht, mit welchem von meinen Bekannten ich dann einen langen Spaziergang unternommen habe, der im Café Aragno am Korso endete. Ich trank dort wie oft meine Schale Kaffee und zahlte sie aus den Resten der seidenen Börse, die Mary mir verehrt hatte. Die Gesellschaft war diesmal besonders angeregt, auch der verkleidete Jesuit befand sich darunter.

Auf dem Korso, nachher, vermißte ich meine Brieftasche. Noch befand sich in meiner Gesellschaft derselbe Bekannte, mit dem ich den Spaziergang gemacht hatte. Heute spricht man von einer Pechsträhne. Das neue Unglück, so kurz nach dem alten, an dem ich noch kaute, traf mich mit einer verwirrenden Wucht. Bestürzt und außer Fassung, suchte ich zunächst immer wieder vergeblich meine Taschen ab, wobei mein Bekannter mir Beistand leistete. Wir gingen ins Café Aragno zurück, allerdings mit dem sicheren Gefühl, daß, falls mir die Brieftasche dort entglitten war, keine Hoffnung bestand, sie wiederzusehen. Es wurde denn auch nur ein wenig an unseren verlassenen Plätzen herumgesucht und durch die Kellner beinahe bewiesen, ich müsse das Gesuchte woanders verloren haben.

Es war nach Anbruch der Dunkelheit. Mit meinem ungenannten Freunde, der mich in meiner Not nicht verließ, machten wir langsam und forschend zum zweitenmal den Weg, den wir vorhin zurückgelegt hatten. Immer noch war für einen jungen Menschen wie mich, der trotz allem mit ängstlich bemessenen Summen rechnete, der Monatswechsel ein ganz gewaltiger Gegenstand. Um so mehr, als ich, blieb er verloren, die gleiche Summe unweigerlich einfordern mußte. Der Gedanke peinigte mich.

Als nun doch das Verlorene verloren blieb, war ich genötigt, mich irgend jemandem, ich weiß nicht mehr wem, im Künstlerverein anzuvertrauen und ihn zu ersuchen, mir fürs erste einen Betrag vorzustrecken. Ich erzählte schließlich mein Pech einer kleinen Gesellschaft, die dort beim Chianti noch heiter zusammensaß, Istler und Nonnenbruch waren darunter.

Während ich nun mein Unglück, so gut es gehen wollte, zu verdauen suchte und mir mit Wein neuen Mut machte, spürte ich nach und nach etwas in der Luft des Tischgesprächs, das ich zwar nicht begriff, das mich aber eben deshalb befremdete. Schließlich erzählte Istler eine Geschichte. Einmal hätte die Köchin seiner Mutter Geld verloren, weil sie sich einen neuen Mantel kaufen wollte. Seine Mutter sei auch richtig darauf hineingefallen und habe ihr das Monatsgehalt nochmals ausgezahlt. Ein anderer sagte, das sei ein bekannter Trick: man spiele den Beraubten oder Bestohlenen und fordere so das Mitleid heraus. Fände man dann einen Dummen, so könne man ihn gehörig anpumpen.

Man mag sich vorstellen, wie einem Menschen meiner Art, der sich herumzuborgen schon längst nicht mehr nötig hatte, zumute sein mußte: diese Gemeinheit ging aber über meinen Verstand, und ich brauchte Zeit, sie für möglich zu halten.

Diese Leute also glaubten oder stellten sich so, als ob sie es glaubten, was noch schlimmer war, die Geschichte meines verlorenen Wechsels beruhe auf einer Hochstapelei. Sie sagten es mir nicht ins Gesicht, benutzten aber die roheste Form der Verschleierung, um gegen Rückschlag gesichert zu sein.

Aber wie kann man sich von der die Haut zerfressenden Gift- und Schmutzlauge reinwaschen, mit der man übergossen worden ist? Wasser und Seife helfen da nicht. Soll man sich entehren, indem man sich erhebt, sich an die Brust schlägt und mit Emphase ruft: »Was denken Sie von mir?« Zur Verteidigung nur den Mund öffnen ist ja schon Erniedrigung.

Sollte ich gehen? Sollte ich bleiben? Weder das eine noch das andere nahm mir die Besudelung. Aber wenigstens konnte ich, wenn ich blieb, meinen Ehrabscheidern jene lutherischen

Ausdrücke, die ihre Person und ihr Beginnen unzweifelhaft treffend kennzeichneten, ins Gesicht schleudern. Sie haben es sich gefallen lassen und mich wegen Beleidigung nicht verklagt.

Am nächsten Tage wurde von dieser nun doppelt aufgebrachten Kumpanei wiederum ein Teil des Vereins und sogar Dietrich von Sehlen infiziert.

Er galt mir zu viel, als daß ich ihn nicht gestellt haben sollte. Er deckte mir nach und nach die ganze Intrige der Hasser auf.

Bald hatte ich nun mit Vorbereitungen für den Empfang der Hohenhauser Schwestern zu tun. Ich wünschte sie nicht in einem Hotel, sondern in einem Privatquartier unterzubringen. Ein solches hatte ich auf einem kleinen, sauberen Platz in der Nähe der Post ausgemittelt. Der Vermieter schien ein kluger, sympathischer Mann, die Zimmer waren gut und sauber gehalten, deshalb schloß ich mit ihm auf eine Zeit von vier Wochen ab.

Bald darauf erzählte ich einem Bekannten, als ich mit ihm an dem Hause vorüberging, daß ich im ersten Stock hübsche Gelasse für meine Braut und ihre Schwestern gemietet habe. Als er sich nochmals versichert hatte, welches Haus ich meinte, erklärte er halb ernst, halb schmunzelnd: das ginge nicht. Dieses Haus sei nämlich eine bekannte Casa pubblica, die auch von den Anbetern der Venus vulgivaga benutzt werde.

Nun, es war gut, daß sich die Sache schon jetzt und nicht erst nach Ankunft der Schwestern aufklärte. Auch nicht einmal die Miete konnte ich zu verlieren fürchten, soweit ich sie schon vorausbezahlt hatte. Ich begab mich sogleich zur Polizei und dann, begleitet von einem Wachmann der Guardia, in die Casa pubblica, wo mir der vorgezahlte Betrag, allerdings nicht ohne einen giftigen Blick des eigenartigen Zimmervermieters, auf den Tisch gezählt wurde.

Mit dem Eintreffen der Schwestern, etwa am zehnten Februar, war es mit meiner Arbeit im Studio aus. Die Mädchen waren in einem möblierten Quartier gut untergebracht. Sie standen unter dem Schutz und der Sorge einer alten Haushälterin. Ich holte sie Morgen für Morgen ab, um mit ihnen in Rom herumzustreifen, das ich selbst nun erst kennenlernte. Ich führte die Schwestern vor meine Lieblingskunstwerke, aß mit ihnen zu Mittag, nicht in meiner ärmlichen Trattoria, sondern in besseren Restaurants, besuchte mit ihnen Schauspiel und Oper, stellte die Damen Professor Otto vor, machte sie mit Dietrich von Sehlen bekannt, kurz, es war eine heiter angeregte, fast glückliche Zeit, in die der große, im Palazzo Poli von den Künstlern geplante Faschingsball seine belebenden Lichter warf.

Natürlich beglückte die Nähe Marys, der ich mich endlich ohne Rückhalt mitteilen konnte. So erfuhr sie denn, was alles ich unternommen, halb oder ganz durchgeführt, was mir gelungen und mißlungen war, was ich aber trotzdem, wie ich glaubte, gelernt hatte. Sie erfuhr von den Machenschaften meiner Kunstgenossen, unter denen ich zu leiden gehabt hatte, auch die letzte Nichtswürdigkeit, kurz alles, was ich an Gutem und Argem seit unserer Trennung erlebt hatte.

Noch standen wir in den Vorbereitungen für den großen Künstlermaskenball, als ich mich leicht unwohl fühlte. Ich suchte dem – immer noch Anhänger des Jägerschen Wollregimes und seiner Vorschriften – durch Dauerläufe abzuhelfen, meist abends, nachdem ich die Schwestern in ihrem Quartier abgesetzt hatte.

So schleppte ich mich eine Woche hin.

Wir krochen bei Maskenverleihern herum, da ich mir, vielleicht schon infolge leichten Fiebers, einen König Lear in den Kopf gesetzt hatte, mit dem ich auf der Redoute Eindruck machen wollte.

In der Wohnung der Schwestern war ein Kamin, an dem ich mich fast versengen ließ, um eines ewigen Fröstelns Herr zu werden. Ich hatte gehört, daß die Flamme Fieberdünste ansöge. Ich ließ es mir gern gefallen, wenn Mary und die Schwestern das Hypochondrie nannten, da ich selbst die Hoffnung, sie hätten recht, nicht aufgeben wollte. In der Familie Thienemann war der Versuch üblich, Krankheiten zu bekämpfen, indem man sie einfach nicht gelten ließ.

Neunundzwanzigstes Kapitel

Eigentlich war mir recht schlimm zumute.

Gerade jetzt krank zu werden, sträubte ich mich. Ich hatte geschuftet, hatte gedarbt, hatte die Geliebte entbehrt, hatte fast gar nichts von Rom gesehen. Und nun, als etwas wie Lohn, Aufatmen, Lebenslust, Befreiung, beglückende Erfüllung, göttliche Pflichtpause eingetreten war, sollte an mir

Raub geschehen und mich womöglich der kläglichste Niederbruch überkommen? Nein, ich kämpfte dagegen, ich steifte, ich sträubte mich gegen das, ich ging nicht darauf ein, ich mochte das nicht.

Ein wirklich kindlicher, übermütiger Geist hatte die Schwestern erfaßt. Sie sprühten von guter Laune und Lustigkeit. Ich war Hahn im Korbe, wurde von ihnen als Stütze und Stab, Vater und Mutter, Bruder und Geliebter, kurz alles in allem angesehen. Jeder Schritt, den sie taten, den ich sie führte, brachte ihnen und mir die gleiche Bezauberung und mir überdies ihre Erkenntlichkeit.

Es war unmöglich, diesen schönen Aufschwung, diesen herrlichen Übergang ins Frühlingshaft-Unbeschwerte hinein plötzlich ins Gegenteil verwandelt zu sehen. Ich fiel mit meinen reizenden vier Schwestern überall auf. Die Gespenster des Hasses und der Verfolgung verflüchtigten sich. Auch sahen Leute aus den Kreisen, die sich anpirschten, zu ihrem Erstaunen, wie mein Einfluß im Kreise der liebenswerten Schönen nicht zu brechen war.

In Florenz hatte diese ein argentinischer Krösus attackiert. Er hatte im Theater, wo Salvini spielte, eine Loge genommen, die ein kleines Vermögen kostete. Aber die Damen hatten nicht genügend Humor, seine Einladung anzunehmen. Da drang der lebhafte Spanier in ihre Zimmer ein und beschwor sie, sich den Genuß doch nicht entgehen zu lassen. Er lege allen zusammen und jeder einzelnen sein Herz und sein Vermögen zu Füßen, sagte er.

Vom Hoteldirektor hinauskomplimentiert, machte er dann nach kurzem einen neuen Ansturm, wobei der enttäuschte feurige Witwer an verschlossenen Türen rüttelte und seine lauteren Absichten wiederum lange und leider vergeblich beteuerte.

Wir hatten eine Loge zu »Carmen« genommen. Während der Vorstellung wuchs mein Übelbefinden und meine Müdigkeit, ich wurde oft von Frost geschüttelt.

Als das Theater vorüber war, klingelte ich meinen Freund, einen jungen Apotheker, heraus, dem ich mein Leid klagte und der mir einen wahrscheinlich Chinin enthaltenden Apothekerschnaps einflößte. Ich beschloß hierauf, gegen ein Uhr nachts, mich selbst zu kurieren, und zwar durch einen willensstarken, mindestens eine halbe Stunde währenden Dauerlauf.

Ich ließ nicht nach, als ich in Schweiß geriet und vom oberen Ende der Spanischen Treppe bis zum Bahnhof gelaufen war. Ich rannte den gleichen Weg zurück, worauf ich stärker ins Transpirieren kam. Ich hörte mich atmen, ich hörte mich keuchen. An der Spanischen Treppe kehrte ich abermals um.

Wieder lief ich durch die ausgestorbene Via del Babuino bis zum Bahnhof zurück.

Ich machte kehrt, bog dann in Capo le Case ein, fand mein Haus, tastete mich die Treppe empor und fiel buchstäblich tropfend auf meine Feldbettstelle.

Am Morgen wachte ich mit Höllenschmerzen im Kopf und in der Kopfhaut auf. Ich rief nach Hilfe. Meine Wirtin wußte nicht, was sie beginnen sollte. Schließlich wurde Mary verständigt.

Ich hatte sie und die Schwestern mit einem jungen, untersetzten Architekten namens Nußbaum bekannt gemacht. Er hob sich aus seiner Umgebung heraus und war bei den Damen gern gesehen. Mary hatte sich in ihrer Bestürzung an ihn gewandt, als sie von der Nachricht meiner schweren Erkrankung erreicht worden war. So erschien er bei mir an ihrer Seite. Der Typhus ging damals um in Rom, und meine Wirtin verlor ihre Liebenswürdigkeit aus Furcht vor Anstekkung. Sie schrie, sie wolle mich aus dem Haus haben. Ihr Wunsch war mit Hilfe des Architekten sogleich erfüllt. Ihm sei nicht vergessen, wie er damals meiner Braut und mir beigestanden hat. Beide zogen mich an, eine Droschke wurde bestellt, und der kräftige brave Nußbaum hat mich buchstäblich auf seinen Armen die Treppe hinunter und in den Wagen getragen. So erreichte ich dann mit Mary und ihm an der Seite das Krankenhaus.

Als wäre es heut, erinnere ich mich, wie der Wagen sich langsam durch die Masken des Korso Platz schaffen mußte. Allerlei Larven guckten durch die Fenster herein, und Lapilli regneten ständig dagegen. Meine einzige Sorge, die ich fortwährend äußerte, war, den kommenden Maskenball zu versäumen und meinen geplanten König Lear.

Das hohe Fieber raubte mir das Bewußtsein nicht. Als mich die graue Schwester in dem anheimelnden Raume des Krankenhauses mit freundlichem Zuspruch entkleidete, dachte ich auch hier nur an König Lear. Daß ich krank war, störte mich nur: von der Schwere des Übels, dem ich verfallen war, wußte ich nichts. Auch während der Untersuchung betonte ich gegenüber dem Arzt, ich müsse dem kommenden Maskenball im Künstlerverein durchaus beiwohnen. Der Medikus widersprach mir nicht.

Schon als ich in das Zimmer gebracht wurde und die Hände der Nonnen um mich beschäftigt waren, hatte ich seltsamerweise ein lange entbehrtes Gefühl von Geborgenheit. Wenn nicht der Maskenball, meine Braut und die Schwestern gewesen wären, hätte ich mich zufrieden und glücklich gefühlt. Aber die Sehnsucht nach außen ließ bald nach, und ich empfand nur noch etwas Wohliges, wie wenn einem alle Last der Verantwortung von den Schultern genommen ist.

Meine Krankheit wurde als Typhus erkannt. Der verständige Arzt, Doktor Faber, ein nerviger, schlanker, etwa fünfundvierzigjähriger Mann, verhehlte es nicht. Er sagte, es sei ein leichterer Fall, was ich ihm ohne weiteres glaubte, denn ich fand nicht, daß mir schwer zumute war.

Trotzdem war es ein schwerer Fall.

Die Geliebte besuchte mich jeden Tag. Ich bat sie, sich doch den Maskenball nicht entgehen zu lassen, denn ich war nun weder auf ihre möglichen Tänzer noch auf das Vergnügen an sich mehr eifersüchtig. Aber sie schlug es ruhig ab. Ich glaube dagegen, daß die Schwestern auf meine durch Mary übermittelten Bitten hin sich für das Fest entschieden hatten.

Als ich einige Tage meistens schweigend, manchmal mit der Schwester einige Worte wechselnd, nur von einigen Löffeln Rotwein ernährt, im Bett zugebracht hatte, war ein großer Friede in mir. Ich war nicht verlobt, ich wollte nicht heiraten. Ich hatte keinen alten Germanen aufgebaut, und er war auch nicht zusammengestürzt. Keine Bildnerwut hatte mich je unterjocht, noch war ich durch klägliche Intrigen meiner Kunstgenossen geärgert oder gepeinigt worden. Niemand hatte mich weder erkannt noch verkannt, wo ich doch so oft unter Verkennung gelitten hatte. Der enge Weg zwischen hohen Mauern, die keine Aussicht nach rechts und links verstatteten, war in eine freie Ebene ausgelaufen, die Auge, Seele und Herz beschränkenden Mauern waren nicht mehr. Bei alledem war eine herrliche, heilige Ohnmacht in mir, in der ich mich unsäglich wohlfühlte.

Vielleicht war diese Krankheit eine Maßnahme der Natur und nicht allein von den Bakterien meines Freundes Dietrich von Sehlen hervorgerufen. Vielleicht war sie eine Notwendigkeit, die mein ferneres Dasein möglich machte.

Die Geliebte sah, wie ich vermute, das römische Intermezzo als einen Fehlschlag an: ich ebenfalls – und auch wieder nicht. Ich war ein Narr, der sich selbst bei weitem überforderte. Es fing mir aber langsam zu dämmern an, daß man ohne alle Hast einer Kunst Jahre und Jahrzehnte opfern muß, wenn man ihr wahrhaft dienen will.

Es war viel erreicht, wenn allein nur diese Erkenntnis erreicht wurde.

Erwägungen dieser Art wurden von mir erst längere Zeit nach meiner Gesundung angestellt. Den Weg zum Krankenbett fanden sie nicht. Es war, als wenn ich vor ihnen durch eine Wache von Engeln geschützt wäre. Anscheinend hatten diese Engel keine weitere Macht über mich, sie waren unfähig, einen liebenswerten Patienten aus mir zu machen. Nach dem Schlußzeugnis von Schwester Balbine, einem pausbäckigen Tiroler Bauernmädchen, war ich das nicht.

Man kann nicht sagen, sie war intelligent. Über diese und jene unkluge Nachlässigkeit in der Pflege mag ich mich beklagt haben. Ein Gesunder von derber Natur weiß nicht, wie der Kranke leidet, der in seinen quälenden Bedürfnissen ohne Echo bleibt. Ansprüche, Klagen haben jedoch der höchstens neunzehnjährigen Nonne das Leben nicht eigentlich schwer gemacht. Sie leicht zu nehmen, hatte sie Schulung genug: ein Kranker ist ja nur teilweise zurechnungsfähig.

Es war etwas da, womit ich sie peinigte.

Es mochte meine eigene, lazarushafte Sehnsucht sein, wenn ich mir beim Anblick Schwester Balbinens immer Hochgebirge, enzianbestandene Bergwiesen und Sennhütten vorstellen mußte. Die Kleidervermummung der Nonne hinderte nicht, in ihr die Sennerin zu sehen, die in stählerner Luft die Milchkuh molk und mit den stolz auf die Schultern erhobenen gefüllten Eimern nach der Hütte ging, während von der Talwand gegenüber durchdringend der Jodler des Liebsten erscholl. Ich sagte ihr das, und das machte sie unruhig.

Aber noch mehr: ich sagte ihr, daß sie mir leid tue. Ob sie sich nicht manchmal nach dem naturgemäßen, herrlichen und gesunden Leben auf Bergeshöhen zurücksehne, fragte ich sie. Ich könne sie eigentlich nicht begreifen, bekannte ich ihr: aber dies alles nicht etwa in einem Zug, sondern im Laufe der langen Pflege.

Weil ich krank, weil ich selbst vom Leben ausgeschlossen war, das mir nun keineswegs mehr im Kneten von Tonpuppen bestand, begriff ich nicht, wie man die Sünde begehen konnte, sich freiwillig seiner zu begeben. Wie konnte man dieses köstliche Dasein schnöde fortwerfen, in das man hineingeboren war! Ich malte ihr, dem Bauernkinde, und mir alle die Freuden, die es aufgegeben hatte, wieder aus: das klare und kalte Wasser des Baches, der über Steine herabgurgelt, das Grün der Matten, das der Morgentau mit dem blitzenden Grau von Myriaden Diamanten überzieht. Vom Schrei des Falken, vom Schrei des Adlers sprach ich ihr. Kurz, diese nach Heu und Lavendel duftende, durch Gelübde gebundene, ihrer wahren Bestimmung entzogene Sennerin konnte sich meinen immerwährenden Paraphrasen über das Leben nicht entziehen:

»In der heiligen Luft, wo der Adler sich sonnt ...«

Eine gewisse Hast und Unruhe an ihr war nicht zu verkennen, wenn sie morgens und abends zur Messe ging. Ich bin gewiß, sie in Anfechtungen verwickelt zu haben. Ich wußte, sie beichtete alles ihrem Seelsorger. Liebte sie mich vielleicht, und hörte sie es am Ende gern, mein Verführerlied auf der Hirtenflöte?

Währenddessen wurde vom Arzt, auf Veranlassung Marys, das erste, das zweite, das dritte, das vierte Bulletin an meine Eltern gesandt, da er das Schlimmste zu befürchten Grund hatte. Da hieß es, daß der Zustand besorgniserregend sei. Es hieß, er sei weiter besorgniserregend. Es hieß, man müsse sich auf das Schlimmste gefaßt machen, und so wurde zuletzt meinen Eltern nahegelegt, sie müßten sich eilen, falls sie mich noch am Leben antreffen wollten.

Dieser Lage, von der ich nichts ahnte, entsprach bei mir nicht die geringste Beängstigung. Ich fühlte mich selten so sicher und gleichmäßig.

Ich lebe noch, also ist es von einem gewissen Punkt an wiederum mit mir aufwärtsgegangen. Eines Tages hieß es, ich sei aus der Gefahrenzone heraus.

Dietrich von Sehlen fand als Arzt mit dem behandelnden Kollegen Zutritt zu mir. An meinem Unterleib wurden noch einmal die äußeren Zeichen des Typhus geprüft, die im Schwinden waren. Nun kam eine lange, durch Schwäche, aber allmählich auch durch Hunger peinvolle Zeit. Nur in äußerst geringen Dosen durfte mir Nahrung verabreicht werden. Aus dieser Zeit ist mir der eigensinnige, wütende Kampf mit der Schwester um einen Bissen mehr oder weniger erinnerlich; sie wußte sich manchmal kaum zu helfen.

Wenn sie mir von dem plötzlichen Tod eines genesenden Typhuskranken erzählte, weil Verwandte ihm ein Stückchen Wurst zugesteckt hatten, so beschwichtigte das weder meinen nagenden Hunger, noch belehrte es mich. Ich brachte sie eines Tages so weit, daß sie selbst ihrem Mitleid nicht mehr gebieten konnte und mir, statt eines, zwei weiche Eier bewilligte.

Nun erst, seit die Krise hinter mir lag und ich mich nur noch durch Schonung zu stärken hatte, begriff ich langsam, was mit mir vorgefallen war. Und nun erst kam mich im Rückblick auf die Todesnähe, in der ich gestanden, Schaudern an.

Meine Gedanken umkreisten den Tod. Es war, als habe er mich besucht und, nachdem er gegangen, irgend etwas, sagen wir: einen Strauß von Asphodelosblüten, im Krankenzimmer zurückgelassen.

Alles, was ich vom Tode wußte, fiel mir ein. Jener geschmückte Tischler in schwarzem Rock und weißer Binde, die Sohlen der neuen Schuhe mit der Glasscherbe abgeschabt, den ich im Sarge erblickt hatte, die mit einem Tuche verdeckte Masse des Großvaters, umgeben von Eisblöcken, in einem Hintergemach vom Dachrödenshof. Alles, was sich um den kleinen Georg Schubert herumbewegt hatte, kam über mich. Und ich sah wieder das schwarze Kreuz aus Streitberggranit mit den Worten »Dein, Herr Jesu!«, das wie ein düsteres Symbol über meiner Lederoser Landwirtszeit gelegen hatte, dieser Epoche, wo dumpfe, ins Bewußtsein dringende Triebhaftigkeit des Liebeslebens immer bereit war, in Weltverneinung und Tod umzuschlagen.

Aber auch die Kupfer aus Lessings »Wie die Alten den Tod gebildet« fielen mir ein: ein nackter, geflügelter Knabe, der seine brennende Fackel gesenkt hatte. Und alles glättete sich in der Schönheitsstille Hölderlins, dessen »Hyperion« mir meist nur der Schlaf aus den Händen nahm.

In jenen Wochen der Einsamkeit auf dem Kapitol, dessen Geister mich damals nicht besuchten, habe ich über den Tod viel nachgedacht. Die christliche Auffassung von dem Tod als dem schrecklichsten der Schrecken deckte sich mit meiner Erfahrung nicht. Ohne die allergeringste Todesfurcht war ich dem Tode ganz nahe gewesen. Es gibt Krankheiten, die mit grauenvollen Schmerzen dennoch ins Leben zurückführen, woraus erhellt, daß Tod und Schmerz zwei getrennte Dinge sind. So würde ich diesmal, wäre es für mich bestimmt gewesen, ahnungslos und schmerzlos verschieden sein. Und von einer qualvollen Krankheit mit schrecklichster Todesangst hätte ich trotzdem wieder genesen können. Der schmerzlos heitere Zustand ebenso wie der qualvoll beängstigte gehören ganz und gar dem Leben an, und sie werden beide erlöschend vom Tode abgelöst.

Ich wandte mich immer wieder in nie versiegender Griechensehnsucht den reinen Gefilden der Schönheit zu, nach denen meine Seele auch schon in Lederose gedrängt hatte. Das kleine Jugendgedicht, von »jener Schöpfung herrlicher Fülle, wo liebend alles sich umschlingt und nur ein einziger hoher Wille mit Donnerton das All durchdringt«, ist ein Zeugnis dafür. Und wenn ich im Äther von Hölderlins »Hyperion« lebte, so war ich bereits in jenem Element, das ungeschieden das hohe Diesseits mit dem hohen Jenseits verband. Der Tod war nicht einmal als dunkles oder goldenes Tor stehengeblieben.

Von den Ereignissen des vergangenen Winters hatte mich die Hand des Schicksals durch meine Krankheit losgelöst. Ohne Freud und Leid konnte ich auf sie zurückblicken. Was ich dabei gewonnen, was verloren hatte, berührte mich weiter nicht. Weder war ich niedergedrückt, noch durch eine ideelle Bilanz befriedigt. Ich hätte jetzt nicht begriffen, weshalb man den Koloß eines alten Germanen aufbauen sollte, ebensowenig, wie der Sturz eines solchen Kolosses jemand aufregen kann.

Ich war auch eigentlich nicht mehr in Rom, die heimischen Penaten gewannen Macht über mich.

Ich träumte vom Gasthof zur Preußischen Krone, ich flog in den Nächten treppauf und treppab, die Korridore hin und her, die überirdisch gewaltige Ausmaße annahmen.

Ich wollte den Norden, ich gierte förmlich nach Frische, Kälte, Eis und Schnee.

Und ich hatte Sehnsucht nach meinen Eltern.

Es schien, als ob meine ganze Kindheit wieder auferstanden sei und als ob ich mit einem leichten Verzicht alles andere aufgeben könnte, wenn es möglich wäre, das alte Leben bei Vater und Mutter einzutauschen.

Die Geliebte befremdete das. Ihre Schwestern waren nach Capri übergesiedelt. Sie befürchtete, da die Eltern nun dauernd in Hamburg lebten und ich dahin zu gehen beabsichtigte, mit Recht, das dort noch herrschende Winterklima könne mich schädigen. Aber ich war nicht umzustimmen, zumal der Arzt sich auf meine Seite schlug. Er sagte Mary, wenn die Natur in einem Kranken einen so starken und bestimmten Wunsch erzeuge wie in mir den, Schneeluft zu atmen, den Norden und meine Eltern wiederzusehen, so sei es gut, ihn zu respektieren.

Der Klimawechsel werde mir denn auch heilsam sein.

Während meiner letzten Phase im Krankenhaus war der Frühling, dann der Frühsommer mit einer großen Schwüle eingetreten.

Dieselben Geräusche, die ich, an mein Bett gefesselt, täglich zu hören bekam, dasselbe Geschrei derselben spielenden Kinder unter den Fenstern waren von unerträglicher Monotonie. Zwar wurde ich immer wieder durch die Lektüre des »Titan« von Jean Paul weit entrückt, lebte in und mit seiner göttlichen Seele und Schöne, aber schließlich wurde auch dieses Buch, das ich damals an die Seite von Goethes »Faust« stellte, zugeklappt. Ich habe es nie mehr aufgeschlagen.

Eine Tür meines Zimmers führte auf eine große Loggia hinaus, die sich nach und nach in Lasten von blauben Glyzinen hüllte. Als man mich dort auf einen Liegestuhl betten konnte, vernahm ich das schwere, schwelgende Bienengesumm den ganzen Tag, zumal noch ein herrlicher Apfelbaum, von dicken, mattrosigen Blütenschichten verdunkelt, einen Teil der Loggia verhüllte. Vom Garten herauf drang Leuchten von tausend grellen Blüten und mit dem Anhauch vieler wechselnder Lüfte starker Blumenduft. Nun lag ich dort, immer noch von äußerster Schwäche heimgesucht, jeder Eigenbewegung fast noch unfähig, in erzwungener Hingabe an die heiße Frühlingsnatur, immer noch von der verkleideten Hirtin, Schwester Balbine, betreut.

Endlich kam ich doch auf die Beine und konnte sogar in das Gärtchen hinab. Von seinem Rande, wahrscheinlich dem Rande des Tarpejischen Felsen, konnte ich auf das Forum Romanum hinunterblicken und Römerphantasien nachhängen. Es war nur natürlich, wenn der Schatten des Kaisers Tiberius mich wieder heimsuchte. Er stellte sich mir als der große gescheiterte Reformator dar, den ebendieses Scheitern verdüsterte und vergiftete.

Es kam dann der Tag, wo ich, geführt von Mary und Nußbaum, das kapitolinische Krankenhaus verließ und so in die Welt zurückkehrte.

Professor Otto, der römische, nach Haertel zweite Asathor, von dem ich in seinen Werkstätten Abschied nahm, riet mir dringend, in Rom zu bleiben. Auch er habe seine Akklimatisationskrankheit zu bestehen gehabt. Nun sei ihm das römische Klima durchaus nur wohltätig. Aber der arme, schöne und ganz persönliche Mensch war, wie man wußte, lungenkrank. Er starb sehr bald und hat nicht einmal sein Lutherdenkmal, dessen Gestalten in Gips und Ton ihn damals umgaben, vollenden können.

Dreißigstes Kapitel

Den ersten wahrhaft erneuernden und beglückenden Atemzug sog ich, vor dem Waggon auf und ab schreitend, in der Schneeluft des Brenner ein. Nun wollte ich erst mein Leben anfangen. Wollte es anfangen, von ganzem Herzen, von ganzer Seele, von ganzem Gemüt der Heimat und nur der Heimat gehörend.

Außerdem gelobte ich mir, meine Krallen ganz einzuziehen. Du bist zu klein und die Welt zu groß, sagte ich mir. Wie willst du entscheidend auf sie einwirken? Wer es versucht, hat den Schaden davon. Ich wollte von nun an meine Zunge im Zaum halten, schweigend lernen, den anderen das Reden überlassen. Wie eine Offenbarung kam diese Erneuerung damals über mich. Es ist keine Übertreibung, wenn ich dabei an das Damaskus des Saulus denken mußte. Die große Besinnung war eingetreten.

Wer nicht alles hatte an mir herumerzogen in Rom! Ich ließ es zunächst dahingestellt, inwieweit mein Betragen dazu den Anlaß gab. Im wesentlichen lief es freilich nur darauf hinaus, daß ich mein volles Herz nicht zu wahren wußte. Daß dies fortan zu geschehen habe, hämmerte ich während des Promenierens bei der Rückkehr nach Deutschland auf der Höhe des Alpenpasses in mich ein.

Der Gedanke der Pflicht gegen andere, also der des sozialen

Verhaltens blieb. Allein ich verwarf die bisherigen Mittel, also das Weltverbesserertum. Und außerdem stellte ich diesem Gedanken das Recht und die Pflicht gegen mich selbst an die Seite. Zu welchem Ende und wem zuliebe, fragte ich mich, verschwendet man seine Persönlichkeit?

Die Krankheit hatte mich innerlich älter, wenn nicht alt gemacht. In meinen besten Stimmungen wollte ich weder Italien noch auch mehr Griechenland, sondern einen stillen deutschen Winkel, wo Wiese und Wald dominierten und ich mit Mary eigentlich nur um des Lebens willen leben konnte. Das Schweifen ins Uferlose war nicht mehr, das Illusionen gebärende Organ, es war nicht mehr oder war steril geworden.

Hatte ich durch eine Überspannung meiner Kräfte mich erschöpft?

Es kam mir vor, wenn ich an Rom dachte, als hätte ich dort in einem Tunnel gearbeitet. »Es freue sich, wer da atmet im rosigten Licht! Da unten aber ist's fürchterlich ...« Und bei der Schwäche, in der ich lag, bei dem Verlust meines Illusionsorgans war mir auch meine Neigung zur Bildhauerei abhanden gekommen.

Es ist eben etwas in der Seele, das da und dort wie ein Licht aufflammt und ebenso erlischt.

Nicht enttäuscht, nicht besiegt, nicht geschlagen noch an irgend etwas verzweifelnd, kroch ich zunächst nach instinktivem Gebot unter die Hut meiner Eltern zurück. Sie bewohnten in Hamburg ein kleines, düsteres Quartier, das mich trotzdem mit der Nesthaftigkeit, die ich suchte, umgab. Der Mensch von gestern war nicht mehr, man mußte mich gleichsam von neuem ausbrüten.

Alfred Ploetz befand sich, um die Kolonie Cabets, die längst ein anderer leitete, zu studieren, in Amerika. Er wußte nicht, daß auch die Idee unserer utopischen Kolonie bei mir nicht mehr zündete. Die Verengung meines Wesens nach der Weitung hatte während jener Hamburger Zeit, in der kaltes, nasses und stürmisches Wetter vorherrschte, beinah nur noch einen ängstlichen Hypochonder zurückgelassen. So war, allerdings unter den merkbaren Nachwehen meiner Typhuserkrankung, mein Wesen zusammengeschrumpft.

Es sollte sich langsam wieder ausweiten.

Carl stand in Dresden beim Militär. Nachdem seine Dienstzeit vorüber war, zu Ende des Sommers, wollte er heiraten.

Die Schwestern waren nach Hohenhaus zurückgekehrt, und bald wurde ich in ihren Bannkreis gezogen.

Dresden war damals die berühmte Bildhauerstadt. Schilling arbeitete an seiner für den Niederwald bestimmten Germania, und der in seiner Weise hochbedeutende Meister Ernst Hähnel lebte noch.

Er hat Jahrzehnte darüber zugebracht, seiner Statue des Raffaello Santi die letzte, klassische Harmonie und vollendete Form zu geben.

Mit einer Empfehlung von meinem alten Meister Haertel in Breslau besuchte ich ihn. Ich sah einen alten Mann, nicht mehr.

Hätte als Bildhauer etwas aus mir werden sollen, so hätte ich von Jugend an in eines solchen strengen Meisters Lehre hineinwachsen müssen. Das Dümmste von allem aber, was ich mir zufügen konnte, tat ich nun: ich verdammte mich dazu, in der Zeichenklasse der Königlichen Akademie auf der Brühlschen Terrasse nochmals von Grund auf anzufangen.

Es war dies ein Schritt, wie er törichter nicht zu denken ist. Daß meine Braut ihn wünschte, erklärt ihn nicht. Nie wäre ich vor meiner Krankheit zu bewegen gewesen, in den Selbstmord meiner Begabung einzuwilligen: mit der Weite meines Gesichtskreises und meinem Wissen von großer Kunst in die Blindenanstalt dieser Strichelklasse unterzutauchen!

Nein, es war der Zusammenbruch des den Barditus singenden Kolosses, war mein eigener Zusammenbruch, war der zerbrochene Wille auf diesem Gebiet, der mich gegen Ja oder Nein in dieser Sache gleichgültig machte.

Der bildende Künstler in mir wäre damals noch zu retten gewesen. Wäre die Geliebte während des Aufenthaltes in Capri nicht das Opfer der Schulmeisterei eines Nonnenbruch geworden, hätte sie seinen platten Ratschlägen nicht allzu willig geglaubt, sondern mit vollem Vertrauen zu mir gestanden, was ich immer wieder leidenschaftlich von ihr erbat, so hätte sie mich besser bevormundet. Denn da es mir wirklich ein wenig den Atem verschlagen hatte, war mir eine gewisse Bevormundung nicht unangenehm.

So aber gab ihres guten Willens Ungeschick meinem geschwächten Willen zur bildenden Kunst den geschicktesten Todesstoß.

Richtig beraten, hätte sie gerade jetzt mein Selbstvertrauen durch einen rückhaltlosen Glauben wiederherstellen müssen. Sie hätte begreifen und es mir zu Gemüte führen müssen, welche ungeheure Leistung in Rom hinter mir lag, da mir die Erinnerung daran fast entschwunden war. Sie hätte mir sagen müssen: Ruhe aus und dann beginne in deiner Art, auf die ich allein vertraue, neu! Hast du Bedenken, dein Körper könnte dem nicht gewachsen sein – wirklich hatte ich die Bedenken! –, so wollen wir uns die Bedingungen schaffen, die du mir oft als die besten für deine Arbeit bezeichnet hast. Wir werden heiraten, erwerben ein Gartengrundstück auf den Elbhöhen bei Blasewitz mit einem der alten sächsischen Landhäuschen und bauen im Garten ein Atelier, in dem du gesund und bei offenen Portalen arbeitest.

So hast du Ruhe, hast die Natur, eine gesunde Wohnung, eine gesunde Ernährung und schließlich mich!

Statt dessen landete ich bei den Klippschülern.

Dort hielt ich es freilich nicht lange aus. Allmählich wuchs auch wieder mein Haar, und ich kam in Besitz eines Teiles meiner alten Kraft, obgleich ich mich ganz gewiß nicht als Simson betrachtete.

So erhob ich mich denn eines Tages mitten im Unterricht, trat auf die Brühlsche Terrasse hinaus und hatte die Freiheit wiedergewonnen.

Und nun begann, recht unerwartet, ein bis zum Herbst währendes Sommeridyll, eine herrliche, unbeschwerte Gegenwart, ein Stück Jugend, das ich mir oftmals zurückwünsche.

Ich bezog in der Neustadt eine Mansarde. Sie war mit irgendeinem blaubemalten, schon teilweise raschelnden Papier tapeziert: ein kleines, seelenvolles Philosophen- und Dichternest, das romantischer nicht zu denken ist. Es befand sich nicht weit vom Linkeschen Bad, dem bekannten Vergnügungsetablissement, also in dem geweihten Gebiet am Elbufer, dem Schauplatz von E. T. A. Hoffmanns Meisternovelle »Der goldene Topf«. Und außerdem würde ich nicht wissen, wie eine Hexe aussehen muß, wenn meine Vermieterin nicht gewesen wäre. Zwischen der Spitze ihrer Nase und der Spitze ihres Kinns hätte sie, wie in einer Zuckerzange, gut ein Stück Zucker halten können.

Diese Witwe, Frau Pickert, die eine hübsche Enkelin bei sich hatte, hat sich mir gegen allen äußeren Schein als die wandelnde Seelengüte eingeprägt. Sie sorgte für mich, als ob ich ihr einziger Sohn wäre.

Unter dem klassischen Fenster dieser deutschen Poetendachstube schlug ich nun in aller Form meine Werkstatt auf. Ein länglicher, ungedeckter Tisch wurde mit einigen Büchern, Konzeptpapier, mit neuen Schreibfedern, Federhaltern, Faberbleistiften und einem entkorkten Fläschchen Tinte ausgestattet. Andere Bücher, darunter das Neue Testament von Lederose, nahm eine mit Plüschtroddeln verzierte Etagere auf. An der Wand hing ein Buntdruck: Mazeppa auf ein wildes Roß, einen Apfelschimmel, gebunden.

»Hic Rhodos, hic salta!« hieß es nun wiederum.

Ich begann das Drama »Tiberius«.

Bruder Carl, der damals bereits Gefreiter geworden war und dessen Kaserne in der Nähe lag, wohnte im Hause nebenan. Wir sahen uns, wenn er keinen Dienst hatte, verbrachten manchen Sommerabend im Gartengewühle des Linkeschen Bades und fuhren des Sonnabends meist zu unseren Bräuten nach Hohenhaus. Damals haben wir ohne allen Mißklang aneinander nur Freude gefunden.

Auch Max Müller, der Musiker, dessen Mutter in Dresden ansässig war, tauchte wiederum auf. Er führte uns seinen jüngeren Bruder Oskar zu, der damals Medizin studierte, einen schönen Jüngling, an Theodor Körner erinnernd. Auch auf Hohenhaus stellte er ihn vor, und es gab dort musikalisch belebte Sonntage.

Das Einsiedlerwesen meiner Mansarde behagte mir. Der Geist des innigen Kleinmeistertums, wie es Ludwig Richter hat, verbunden mit seiner kindlichen Frömmigkeit, kam über mich. In dem, was ich schrieb, hat er jedoch keinen Ausdruck gefunden. Selbsttätig, gleichsam unbewußt, drängte alles in mir nach Enge, Beschränkung, Konzentration. Meine seit Jahren von Eindrücken, jähen Schicksalswechseln überlastete und überweitete Seele zog sich zusammen in einem Prozeß, in dem sie ihre noch vorhandene Elastizität bewies.

Mir war zumute wie Hans im Glück, nachdem er seinen Mühlstein in den Brunnen geworfen hat. Ich war nicht mehr der ächzende Lastträger, der einen fast unerreichbaren Gipfel zu ersteigen sich vorgenommen hat.

Die liebe Mansarde bewies mir, daß eine Seele selbst in frei gewählter Enge nicht gefangen ist, sondern ein fast schwereloses Dasein erreichen kann. Nun erst begriff ich das Übermenschentum eines Michelangelo, auch in seinem übermenschlichen Arbeitsmysterium. Man ist ein Gott, und dann hat die Arbeit kein Gewicht, oder ist ein Mensch wie er, und dann steht man in einem lebenslangen, unlösbaren Galeerenzwang, den man wohl mit den Wehen einer Kreißenden vergleichen kann, nur daß sie in diesem Falle nie, außer mit dem Tode, aufhören.

War es Schwäche, war es Trägheit oder Feigheit, daß ich mich so bald von meiner Last entbunden, den Ehrgeiz, mit den Größten in der bildenden Kunst zu wetteifern, von mir getan hatte? Ich konnte darüber im Zustand meiner Erlösung nicht nachdenken.

In der Mansarde, nahe dem Linkeschen Bade, wurde von mir in Ruhe und Stille das winzige Saatkorn in die Erde gelegt, das ich fortan allein zu begießen und zu pflegen wünschte. Das war eine Gärtnertätigkeit, bei der die Ungeduld nichts zu tun hatte. Es kam da weniger auf ein Tun als ein Lassen an, weniger auf ein Eilen als ein Warten, da hier äußerlich nichts zu erzwingen, sondern nur ein Wachsen und Werden von möglichen Hemmungen zu befreien und zu fördern war. Glauben und Vertrauen, Harren und Hoffen mußten dabei das Beste tun.

Meine Empfindungen sind dabei doch wohl zu den engen, häuslichen Blumentopfgefühlen zurückgekehrt. Die Philosophie meiner Mutter, die in Hamburg wieder auf mich eingewirkt hatte, vertrat ja immer eine fast bedürfnislose Einfachheit. Eine Topfpflanze konnte man hin und her tragen, man konnte mit ihr von dem einen Ort an den anderen, von einem Quartier in ein anderes übersiedeln, aber nur im Sommer und in bestimmten Wetterverhältnissen durfte man sie an die freie Luft tragen.

Den Gedanken, es würde das Topfgewächs eines Tages zu groß für ein Zimmer sein und dann, ins Freie ausgesetzt, überhaupt kaum noch wissen, was eine Bürgerwohnung ist, hatte ich damals nicht. Und so sind ja auch sogar tragische Naturen wie Otto Ludwig über Kachelofen- und Bratapfelzustände äußerlich nicht hinausgekommen.

Meine gute Mutter hielt ein stilles, gesichertes Pflichtleben für die glücklichste Lebensform. Und ich hatte ein Beispiel in nächster Nähe, wie heilsam ein strenger Pflichtenkreis auf einen geistig übertätigen Menschen wirken konnte. Der Militärdienst hatte aus Carl einen gar nicht mehr reizbaren, kerngesunden jungen Mann gemacht. Er, der sich zu Leibesübungen nie berufen gefühlt hatte, stürzte sich mit wahrer Lust in die gebotenen körperlichen Strapazen hinein. Seine Müdigkeit war die gesunde, der ein totenähnlicher Schlaf beschieden ist, nicht mehr die kranke der Reizbarkeit und Schlaflosigkeit.

So waren es gesunder Sinn und gesunde Eintracht, worin wir uns immer wieder begegneten.

Ein Wesen ist, nach Leibnitz, eine Entelechie, weil es seine Zustände strebend aus sich selbst entfaltet und eine gewisse Vollkommenheit in sich schließt. Bei einem anderen Philosophen ist Entelechie die Tendenz und Fähigkeit der Person, sich selbst zu verwirklichen. Wie weit ich auf diesem Wege damals gelangt war, ist zweifelhaft. Sicher ist, daß ich selten so im Augenblick gelebt, den Augenblick, kindhaft wiedergeboren, genossen habe.

Meine Seele war nur noch Lebenslust. Ein Bach mit grünem Ufer und Gänseblümchen, eine Libelle oder ein Schmetterling brachte größere Wonnen für mich als der ganze Süden. Einen Gang nach Hohenhaus, wo mich die Geliebte am Gitter erwartete, hätte ich gegen einen Empfang an der Pforte des Paradieses nicht ausgetauscht.

Meine Breslauer Zeiten waren in meinem Gedächtnis ausgelöscht. Ganz Schlesien lag nicht mehr in der Welt! Was ich dort erlebt haben mochte, fiel in ein Vorleben, von dem mich ein Tod und die darauffolgende Wiedergeburt getrennt hatten. Manchmal war es, als träfe mich eine Erinnerung, aber ich konnte und wollte sie nicht nachprüfen. Ähnliches geschieht etwa an einem Ort, den man in diesem Leben zum erstenmal betritt, wenn er einem plötzlich bekannt erscheint, was dann nur durch ein früheres Leben erklärlich sein würde.

Da war doch ein Mensch, der soundso aussah, sagte ich mir. Ein anderer hatte doch dieses Äußere und pflegte das und das zu sagen oder zu tun. Es gab einen Menschen, der Thilo hieß: war er nicht aus Wien und hat er mir nicht Turgenjew und anderes zu lesen gegeben? Es gab doch auch einen Hugo Schmidt? Ob er wohl noch am Leben ist? Was mag er tun? Eigentlich sehne ich mich nach ihm. Wir würden sehr fröhlich miteinander sein, Mary und die Schwestern würden viel Freude an ihm haben. Ein schöner und kluger Junge, mit der Liebe zum Schönen imprägniert. Sollte man da nicht einmal nachforschen?

Aber der Arme wird, wie immer, kein Geld haben. Nun, so rede ich mit Mary, wir laden ihn ein, wir schicken ihm das Geld für die Herreise und sorgen für seinen Unterhalt. Wir bezögen dann, vielleicht schlösse der junge Oskar Müller sich an, zu dreien, er, Hugo Schmidt und ich, eines der kleinen, lieblichen Dörfchen am Elbufer, die Nähe von Meißen wäre in Betracht zu ziehen, wir hätten auch Hohenhaus in der Nähe, und es würde ein Götterleben sein!

Einunddreißigstes Kapitel

So wurde denn Hugo Schmidt gleichsam ausgegraben. Als wirklich auf mein Telegramm nach Breslau seine Zusage kam, war es mir, als ob ich von einem Verschiedenen aus dem Jenseits Antwort erhielte. Als er in Dresden auftauchte, schien etwas wie eine Totenerweckung im Spiele zu sein.

Gruben hieß der kleine Ort unweit Meißen am linken Elbufer, wo wir drei frohsinnigen jungen Menschen, Oskar Müller, Hugo Schmidt und ich, alsbald Fuß faßten. Wenn man den Dampfer verlassen hatte, stieg man durch eine waldige Schlucht hinauf. In neuester Zeit waren hier Stahlquellen entdeckt worden, und ein ehemaliger Schuhmachermeister, jetzt Verweser der Postagentur, auf dessen Grund sie entsprangen, hatte sie fassen lassen und ein gar nicht kleines Logier- und Badehaus darüber gebaut.

Badegäste außer uns dreien sah man nicht.

Das Dörfchen hatte wenig Häuser und einen hübschen Baumbestand, was alles wie eine Insel im Gelände lag, von weitem, baumlosem Feld umgeben.

Schmidt war auf Landschaftsstudien aus, Oskar Müller hatte den dankenswerten Idealismus, sich mein fertiggewordenes Drama »Tiberius« ins reine diktieren zu lassen.

Es war eine hübsche Idylle, die wir gemeinsam in Gruben erlebten. »Es zogen drei Burschen wohl über den Rhein, bei einer Frau Wirtin, da kehrten sie ein ...« Nur das echte Volkslied im Sinne von »Des Knaben Wunderhorn« wäre würdig und fähig, sie zu gestalten.

Ich möchte glauben, wir waren damals die drei hübschesten Burschen weit und breit. Ludwig Richter hätte wohl jedem von uns ein Ränzel auf den Rücken gegeben und uns als wandernde Handwerksburschen oder besser als Studiosen, sogenannte Schützen, dargestellt oder aber so, wie wir waren, in Jugendblüte, jeden mit einem dichten Gelock hellen Haars.

Ja, wenn ich nur wüßte, was wir damals geredet, welche ewigen Fragen wir gelöst haben und warum wir so glücklich gewesen sind!

Ich bereitete einen kleinen Polterabendscherz für den Herbst zu Carls Hochzeit vor, in dem ich eine Gestalt, die ich selbst zu spielen gedachte, den »Leichtsinn« nannte. Der Begriff aber, der nur zeigt, welches Grauen ich vor dem römischen Schwersinn noch immer hatte und wie ich ihn ganz entschieden verwarf, deckte sich mit unserem seelischen Zustand nicht: er war Jugendbesitz, Gegenwartsfreude, Freundschaft, verbunden mit einem Bewußtsein, in die Schönheit der Welt, die Schönheit des deutschen Landes, die Schönheit des Sommers hineingeboren zu sein.

Es war noch mehr: Bezauberung, wie sie Eros nur selten gewährt.

Denn wir hatten noch nicht den ersten Tag in dem Badebereich des Posthalters zu Ende gelebt, als er uns auf der einsamen Dorfstraße drei unternehmende junge Kinder, zwischen sechzehn und achtzehn Jahren, die allerhübschesten Mädchen im Umkreis, entgegenschickte.

Mein Ehrgeiz schwieg. Oskar Müller war ein Mensch, dem die Sache, in diesem Fall das medizinische Studium, alles bedeutete. Hugo Schmidt suchte und fand überall das Schöne in der Natur, seine Kunstübung beglückte ihn, mehr begehrte er nicht.

Wenn so am ewig morgendlichen Himmel unserer Seelen kein Wölkchen stand, so war auch am wirklichen Himmel keines zu sehen. Die Vögel sangen, die Linden blühten und dufteten, mit brausendem Geräusch schwelgten die Bienen darin. Und die drei Mädchen, unsere drei weizenblonden, übermütigen Schicksalsschwestern, paßten uns, wo wir gingen und standen, auf den Weg.

Anderthalb Stunden zu Fuß entfernt, aber jenseits der Elbe, lag Hohenhaus. Es dort zu wissen, genügte beinah. Auch hatte die Trennungslinie des Stromes eine gewisse Wichtigkeit. Hier war eine andere, dem Jenseitsgestade merkwürdig fremde, unbekannte Welt, von der nichts über die gleitende Breite des Wassers hinüberhallte.

Des Sonntags pflegten wir überzufahren und mittags auf Hohenhaus zu sein. Da war alles so freundlich und lieb wie sonst, aber immer umgeben von einem festen und schweren Rahmen der Bürgerlichkeit.

Gern waren wir hier, und gern gingen wir wieder nach Gruben zurück.

»Hol über! Hol über!« riefen wir dann am Elbufer.

Der Fährmann kam und erfüllte unser Begehren, und bald darauf waren wir wieder vom Gelächter und Gelock unserer drei sorglosen Eintagsfliegen umhüllt.

War es Sünde gegen Mary oder Verrat an ihr, wenn ich es duldete, daß die übermütigste Roggenmuhme sich bei mir einhenkelte und an mich anschmiegte? Wenn es Sommer war und der Weizen volle Ähren neigte, die goldene Hitze des Mittags alles ineinanderschmolz, warum sollten da Jugend und Jugend, Übermut und Übermut, Frohsinn und Lust sich durch eine eisige Trennungsschicht auseinanderhalten?

Nein, dafür bestand weder im Himmel noch auf Erden eine Notwendigkeit.

Ja, wir waren frei und gewissenlos. Und diese Gewissenlosigkeit, die uns im Lebens- und Selbstgenuß sicher machte, einen Schuldbegriff überhaupt nicht aufkommen ließ, war mit das schönste Geschenk dieser Zeit.

Kläre, Käthe und Ännchen hießen sie, die uns naturwesenhaft, wie schöne Dämonen des Getreides, Kinder der Luft, des Wassers, des Bodens und der Sonne gleichsam, umflügelten.

Käthe hatte dieselben veilchenblauen Augen, die mein Vater besaß. Aus ihnen leuchtete ein kühner Wille, blitzte Entschlossenheit. Es war eine unnachahmliche, freie Geste, wenn sie ihr Lockengekringel stolz in den Nacken warf: triumphhafte Freude, aber verloren in Zärtlichkeit.

Der Postverwalter war Badeverwalter, Bademeister, Badearzt, Bürgermeister zugleich. Einige Dummschläue muß wohl in ihm gewesen sein, sonst hätte er den Gedanken, seine Quellen auszunützen, nicht so weit verwirklichen können. Uns erschien er beschränkt und gutmütig.

Die Postagentur war zugleich seine Wohnstube. Dort haben wir den Witwer zuweilen mit seinem eigenen schlechten Wein betrunken gemacht und persönlich zu Bett gebracht.

Hier schlief er sanft, während wir drei Gewissenlosen die Postagentur mit dem Glanzledersofa, dazu Kläre, Käthe und Ännchen für uns allein hatten.

Carl, der Gefreite, durfte außer mit Urlaubsschein das Weichbild von Dresden nicht verlassen. Er erschien trotzdem eines Nachmittags. Die Freude war groß, und das eingeleitete Trinkgelage nicht unerheblich. Carl, der gut mit seinem Feldwebel stand, hatte nichts zu fürchten, wenn er rechtzeitig wieder in Dresden war.

Er mußte eine bestimmte Bahnstation jenseits der Elbe vor Mitternacht erreicht haben, da am folgenden Morgen bereits um fünf die große Felddienstübung begann. Da aber dem Glücklichen keine Stunde schlägt, war die des Aufbruchs unbemerkt vorübergegangen. Als es Carl zum Bewußtsein kam, sprang er auf und schreckte nicht davor zurück, viereinhalb deutsche Meilen oder dreißig Kilometer im Dauerlauf zurückzulegen.

Wir nahmen den überschwenglichsten Abschied, und Carl, das Seitengewehr an die Hüfte drückend, stürmte unter Zurufen im Laufschritt davon und verschwand im Dunkel. Als er sein Ziel erreichte, war, wie er später erzählte, die Truppe schon angetreten, und er kam mit einem leichten Rüffel davon.

Die sechs- oder siebenstündige Felddienstübung hat er dann noch in überraschender Frische durchgehalten.

Das war Carl in seiner besten Epoche, wo seinem energischen Willen alles erreichbar schien.

In Meißen, auf einem Felsen über der Elbe, liegt die Albrechtsburg. Bis dorthin war es eine angenehme Fußwanderung am linken Elbufer. Wir besuchten den mittelalterlichen Bau, um geistig ein Wiedersehen mit James Marshall zu feiern, dem trunkenen Faun und Maler der Breslauer Kunstschule, der dort einige Wände mit historischen Szenen geschmückt hat. Ob und wie der Meister damals vor unserem kritischen Urteil bestand, weiß ich nicht.

Hugo Schmidt, der ihn noch vor kurzem in Breslau besucht hatte, erzählte von ihm.

Er hatte ein Zimmer, nicht wesentlich größer als sein Bett, in der Wohnung eines Dienstmannes inne. Der Packträger, wie man diese Berufsleute schlechthin nannte, hatte ihm einen Tisch und einen Stuhl unter dem einzigen, kleinen Fenster aufgebaut. Hier zwang er den alten Faun zu arbeiten. Er sorgte für alle nötigen Utensilien, betrachtete sich dafür aber auch als den gegebenen Eigentümer alles dessen, was der Meister an Zeichnungen und kleinen Gouachemalereien schuf.

Für Getränke ward Sorge getragen.

Der gerissene Eckensteher und Impresario fuhr selbstverständlich nicht übel dabei.

Die Kunstschule oder die Verwandtschaft kümmerte sich um die geniale Ruine nicht.

Wir hatten in Gruben noch manchen übermütigen Augenblick. Unter duftenden Büschen hatte sich der Wagen eines Puppentheaters für die Monate der Geschäftslosigkeit niedergelassen. Als wir in Gruben einzogen, stand er da und ebenso, als wir wieder davongingen.

Zuweilen bewogen wir den Besitzer und seine Frau, für Kläre, Käthe und Ännchen uns eine Extravorstellung abzuhalten. Natürlich fand sich ein, was von der Dorfjugend Wind davon bekam.

Die Leute hatten ein großes Repertoire, und so ließen wir uns auch den »Faust« vorspielen. Die Freude der lieben Kinder Kläre, Käthe und Ännchen war groß. Alle Liebe wurde von Hanswurst, alles Grauen und aller Haß wurde vom geschwänzten Satan und dem Zauberer Faust ausgelöst.

Dieses ganze, voraussetzungslose Natursein war im höchsten Grade ausruhend. Kläre, Käthe und Ännchen waren so herrlich unbeschwert, so ganz ohne geistiges Gepäck. Weil sie lebten, lebten sie! Sie liebten, weil eben eine Blume nicht anders kann und blühen muß. Fragliches gab es bei ihnen nicht. So heiter, feurig und fertig waren sie aus Gottes Händen hervorgegangen, zur Liebe bestimmt, zur Liebe gemacht und keiner anderen Glückseligkeit weder im Himmel noch auf der Erde gewärtig: begnadet mit der Bestimmung eines durch den Sommermorgen gaukelnden bunten Schmetterlings.

Die Grubener Idylle hatte bald ihr Ende erreicht. Die wenigen Stunden täglichen Diktats an Oskar Müller haben es nicht gestört. So stark war die Sonne, daß selbst der furchtbare Schatten eines Tiberius die Luft nicht abkühlen noch verdüstern konnte.

Ich verließ den Ort mit dem fertigen Drama in der Hand.

Zweiunddreißigstes Kapitel

Wir wurden von Kläre, Käthe und Ännchen bis an die Fähre der Elbe gebracht, deren Wasser für mich eine Lethe war. Ich hatte, wenn ich vom Jenseits herüberkam, einen Strom des Vergessens überquert, so daß mein Hohenhauser Glück meine Grubener Freuden nicht stören konnte. Fährmann und Boot brachten mich nun dorthin zurück. Kläre, Käthe und Ännchen winkten mit Locken und weißen Tüchelchen. Dann trank sie der Glanz des Sommers ein. Keiner von uns drei Burschen, die den Fuß aus dem Boot an das grüne Ufer setzten, hat eines der hübschen Kinder wiedergesehen.

Ich lebte noch immer in einem Männer-, will sagen Jünglingsbund. Ploetz hauste in Zürich, er war von Amerika zurückgekehrt. Die Kolonie Cabets hatte er nur noch im Zustand des Zerfalls angetroffen. »Bauen wir unseren Garten!« hatte der augenblickliche Leiter resigniert und achselzuckend zu Ploetz gesagt, wenn von sozialistischen Ideen, insonderheit von dem Cabetschen Experiment die Rede war. Dies Achselzucken und diese Resignation nahmen auch unserem Kolonialplan den Wind aus den Segeln. Ferdinand Simon diente um diese Zeit seine Militärpflicht in Breslau ab.

Carls Hochzeitstag, der herannahte, wurde von uns nicht mit reiner Freude vorausgesehen, denn er riß doch wohl die schwerste Lücke in unseren Freundeskreis. Wenn auch Martha, seine Braut, uns noch so freundlich gegenüberstand, blieb fraglich, wie sie sich darin als Ehefrau verhalten würde. Und Carl war fortan eine Doppelperson, man würde kaum noch mit ihm als mit einer Einheit zu rechnen haben, wodurch eine neue Lage geschaffen ward.

Die letzten acht Tage vor der Hochzeit, die wir Brüder und Freunde in Dresden zubrachten, waren denn auch, so heiter sie sich äußerlich gaben, nicht frei von Melancholie.

Noch einmal schlossen wir uns aneinander.

Max Müller, Carl, Ploetz, Ferdinand Simon und ich zogen gemeinsam in der Stadt umher, saßen in meiner Mansarde, machten Ausflüge oder bildeten eine Tafelrunde in dem oder jenem Bierlokal.

Die Debatten hörten nicht auf. Sie gingen nach unserer Gewohnheit regellos, keineswegs platonische Gespräche. Sie waren wirr, denn sie bauten sich vielfach auf unabänderlichen Gegensätzen persönlicher Anlage auf. Sie vollzogen sich lärmend, arteten wohl in Toben aus. Ihre Würze war ein derber Humor mit stehenden Redensarten, wie sie lange Gemeinsamkeit einer Gruppe ausbildet. So heftig aber der Kampf sich mitunter zu entflammen schien, er war doch nur Spiel. Es war eine Lust, ihn bis zur Ermüdung durchzufechten. Denn die gegeneinander wütenden Geister: in Wahrheit umarmten sie sich, weil sie der Freundschaftseros entfesselte.

Weshalb Carl und ich uns mit Ploetz und Simon in wesentlichen Punkten nicht einigen konnten, ist bei der vorhandenen Wesenssympathie eigentlich gleichgültig. Max Müller disputierte noch immer nicht. Eine Berührungsmöglichkeit mit Seelen wie Ploetz und Simon, erklärte er einfach, habe er nicht. Carl und ich haben dagegen immer gesucht, die Grenzen des von ihnen entschieden vertretenen wissenschaftlichen Materialismus zu überschreiten, indem wir zugleich ihren allezeit betonten Atheismus bekämpft haben. Ich glaube, auch Carl war, wie ich, damals schon hinter das Oberflächenwesen gewisser Worte gekommen und sah mehr in den Menschen als das Bild, das sie selbst von sich zeichneten und verzeichneten. Jedenfalls wirkten damals die Zentripetalkräfte in uns stärker ineinander, als es die zentrifugalen taten. Wir ließen durchaus nicht voneinander, wenn es auch vorkam, daß Gegensätze beim Nachhausewege auf der Straße noch nach Ausgleich suchten und der aufgehende Morgen das Wortgefecht noch immer im Gange sah.

Gewiß: wilde Gärungen, Geisire verwegener Gedanken, phantastische Wollungen, Sturm und Drang! Das verzweifelte Ringen um Antwort auf die Frage, ob der Wille frei oder unfrei sei, hörte nicht auf, womit zugleich die Frage erledigt war, ob es überhaupt einen Willen gebe oder nicht. – Aber es ist nicht das, was hier wichtig genommen werden muß, sondern das Wesen solcher streitender Jugendbünde, das eben im männlichen Eros beschlossen ist.

Ließen sich doch jederzeit die Ingredienzien solcher Gespräche, Probleme und Lösungen, wie gang und gäbe Rezepte für Getränke, zusammenstellen.

Das Wesen der Ehe, das Wesen der Freundschaft wurde diskutiert. Und hier war allerdings eine unmittelbare Lebensnot vorhanden: Carls Hochzeit warf ihre Schatten voraus. Dem Studenten der Philosophie war nicht unbekannt, durch welche Definition Immanuel Kant die Ehe entheiligt hat. Aber wir Idealisten sagten, das sei es nicht, nicht die vertragsmäßig festgelegte Sexualität, sondern auch in die Ehe müsse Freundschaft als Tragendes und Veredelndes eindringen.

Man hatte Angst vor der Abtötung der Fülle des geschlechtlichen Lebens zugunsten einer einzigen Frau. Der Mann sei polygam, es wäre das physiologisch durchaus begründet, und so habe die Frau als Freundin die Pflicht, dem Manne einige geschlechtliche Unabhängigkeiten zuzugestehen.

Dialektisch waren wir alle nur oberflächlich geschult. Von den ungeheuren Raffinements der Kunst begrifflichen Denkens wußten wir nichts. Liest man die Schrift des Aristoteles über Melissos, Zenon und Gorgias, so kann man der Meinung zuneigen, selbst Platon habe den Männern dieser Kunst das Wasser nicht gereicht. Wir kochten nur so von geistigen Gärungen, waren also immer noch mehr Most als Wein.

Die Vorbereitungen zu Carls Hochzeit machten mich nötig auf Hohenhaus.

Dort wurden wiederum nicht zu vergessende Zeiten gelebt. Ein volleres, unbeschwerteres Liebes- und Jugendglück ist gewiß nie von jemand genossen worden. Ebensowenig wird der alte, herrliche Bischofssitz nachher auch nur ähnlich frohe, überschwengliche Tage gesehen haben. In dem weiten Park an der Berglehne, der so mannigfache Landschaftsverstecke bot, hinter seiner alten schützenden Mauer, bin ich damals wieder ein Knabe gewesen. Nur daß ich nötigenfalls nicht mehr unter das Auge der Mutter, sondern unter die dunklen Blicke einer Geliebten und in ihre Arme flüchtete.

Wie oft hatte ich als Knabe unter rätselhaften Schauern einen ähnlichen Zustand herbeigewünscht! Er war nun wirklich und wahrhaftig da.

Ein Unfug stiftender Nichtsnutz, streifte ich meistens mit dem Tesching im Parke umher. Nach und nach wurde ich fast ein Kunstschütze. Auf große Entfernung schoß ich mit erbsengroßer Kugel den obersten Trieb der Fichten ab. Nur die Geliebte wußte, wer der Baumfrevler war, wenn die Schwestern sich über den Schaden wunderten, dessen Entstehung sie nicht begreifen konnten.

Leider schoß ich auch kleine Vögel tot, ich darf es nicht einmal verraten, welche Arten. Würger und Nußhäher hielt ich für Schädlinge, weshalb mein Gewissen sich weniger belastet fühlte, wenn ich sie aus der Luft herabholte, Geschöpfe, die sich des Lebens wohl um eben die Zeit in gleicher Unbeschwertheit erfreuten wie ich.

Papa Thienemann seligen Angedenkens liebte die Fahnenmasten. Er hißte im sächsischen Hohenhaus gerne die Reichsflagge, und die Töchter taten ihm nach. Sowohl neben dem alten, hochbedachten Hause wehte das Schwarzweißrot wie auch über dem Turm der Burgruine, in dessen Nische Mary und ich die ersten Küsse getauscht hatten. Da reizte es mich, meine Kunst auf die Probe zu stellen und weit oben am Mast die Flaggenschnur durchzuschießen. Ich höre noch heute das seltsame Singen der auseinanderspringenden Schnurenden, als es beim ersten Schuß gelang.

Ein Vetter der Mädchen, Fritz von Rogister, wartete ebenfalls auf Hohenhaus die Hochzeit ab. Etwas Besseres konnte dem schönen Menschen im Pagenalter nicht passieren. Er war ein Bewunderer meiner Kunst, auch im Scheibenschießen konnte er gegen mich nicht aufkommen. Sein Vater war bayrischer Major und er für die Militärkarriere bestimmt.

Ich war grausam genug, einem Eichhorn, das vorwitzig mit der Schnute über einen Starkasten aus dem hohen Nußbaum herunterblickte, eine Kugel durch das Mäulchen ins Hirn zu senden. Die Reue kam nach: sie änderte an dem Vergehen nichts.

Carl hatte den Rock des Königs ausgezogen. Eines Tages, durch unsere Leidenschaft angesteckt, schoß er mit der Doppelflinte aus dem gut versehenen Hohenhauser Waffenschrank mit sicherer Hand einen Nußhäher. Er stampfte, als der Vogel mit karmesinfarbenen Blutperlen im köstlich bunten Gefieder vor ihm lag, mit den Füßen, brüllte und wütete und verwünschte uns alle, die wir ihn, wie er meinte, zu diesem Bubenstreich veranlaßt hatten.

Auch ich ging oft mit der Doppelflinte aus. Tagelang lauerte ich einem Wespenbussard auf, der immer wieder über der kleinen, mit einer Glocke versehenen, aus rohen Fichtenstämmchen gemachten Kapelle schwebte, die auf Steingeröllen am Berge stand. Das Herzklopfen wollte mich zersprengen, als ich, den Finger am Drücker, lag, bevor ich, leider vergesslich, abdrückte.

Der Wespenbussard wurde vom Gärtner in der Falle hernach gefangen und hat, ausgestopft, mein Zimmer lange Jahre geschmückt.

Ich lebte also, wie ich mir eingestehen muß, gedankenlos meinen Urinstinkten hingegeben: Spiel, Jagd, Liebeslust.

Gerade darum fehlte mir nichts. Wiederum hätte es mögen immer so fortdauern.

Kein Wunsch wurde laut, er hätte ja doch nur störend gewirkt.

Die Geliebte pflegte immer gegen die zwölfte Stunde mit einem schönen Pokal in das sogenannte Burggärtchen zu gehen. Er war zur Hälfte mit Wein gefüllt. Sie selber, die Dunkle, von Schmetterlingen umflogen wie der Pokal, hielt diesen unter ein efeuumsponnenes Löwenmaul, bis er, von kaltem Wasser fast überfließend, mir von ihren lieben Händen gereicht wurde. Kein Trunk in der Welt, der labender sein konnte!

Carls Hochzeit kam, sie ging vorüber. Martha und ihr Gatte reisten nach Zürich ab, wo ein kleines Häuschen auf sie wartete. Mein Bruder suchte Verbindung mit dem Philosophen Richard Avenarius und liebäugelte mit der Universität, um vielleicht zunächst als Privatdozent dort zu wirken.

Es wurde nun still im alten Hohenhaus, nachdem es eben noch laut gewesen war, laut von den Streichen des Pagen Fritz von Rogister, die er den schönen Freundinnen der Geschwister Thienemann in aller Unschuld spielte, von Kostümierung, Einstudierung und Theaterspiel, vom Abschiedsgesang der alten Burschenherrlichkeit durch Carls Freunde und Kommilitonen, von Festreden, die das »Impavidi progrediamur!« endlos variierten. Und nun in der Stille kam die Liebe in ihrer höchsten Süße und Schwermut über mich und Marys Wesen und wurde im Welken des Herbstes zutiefst erlebt.

Der schönste Sommer klang lyrisch aus. Die Weinlese war vorüber, wir lasen uns Herbstfäden von den Kleidern. Die wehe Süße der Vergänglichkeit kam über uns, es regte sich der Dichter in mir. Die wirkliche Windharfe, die sich über der kleinen Kapelle bewegte, klang lauter und lauter, aber obgleich auch in mir alles schmerzvoll selig klang, konnte ich nichts von alledem festhalten: nur Mißlungenes brachte ich zu Papier.

Die Zeit des seligen Vegetierens war aus. Mehr und mehr regten sich alte Wollungen. Es zitterte etwas vom Vorgefühl eines neuen Anlaufs in mir. Man mußte doch eben wieder hinein, in den verantwortungsvollen, düsteren Kampf, in ein Leben der Spannungen und Belastungen.

Ich hatte ein kleines Gedicht im Kopf, das nicht gut zu hören war und die ruhestörenden Geisterrufe schilderte, die aus dem weiten Elbtal heraufklangen. Sie standen mit den brausenden Eilzügen und ihrem Heulen in Zusammenhang. Nach den Zügen maß man auf Hohenhaus die Stunden. Sie rasten nach Dresden von Berlin und rasten von Dresden nach Berlin.

Es war Berlin, das mich und mein Schicksal damals anforderte.

Weil ich die See gefürchtet hatte, war ich in Hamburg zur See gegangen. Weil sich Berlin wie ein ungeheurer, rätselhafter, düsterer Wirbel vor meine Seele gedrängt hatte, zog es mich unwiderstehlich dorthin. Dort mußte man schwimmen, kämpfen, bestehen lernen: oder man mochte untergehn.

Wie konnte dies aber über mich kommen, nachdem ich doch eben noch wunschlos gewesen war und mein Glück in bloßer Naturnähe, Liebe und Einfalt gesehen hatte? Hatte ich nicht vermieden, auch nur einen Seitenblick auf die Anmaßungen meiner bildnerischen Ziele zurückzuwerfen? Und kam mich, wenn es von ungefähr geschah, nicht ein Zittern an? Brachte mir nicht der Gedanke an das ewige Blau eines Himmels die schwärzeste Melancholie und einen Schauder, als ob ich mir, dem Pygmäen, eine der Arbeiten des Herakles zugemutet hätte? O nein, ich wollte nicht mehr den Gefesselten Prometheus spielen! Vielmehr graute mir vor ihm. Jetzt stürzte ich mich blind in diese mir Furcht erregende Stadt hinein, wo ich nur Großes und Arges ahnte.

Und ich war des gewiß: es mußte sein.

Und wirklich: der Wirbel packte mich fürchterlich. Ich wußte nicht, als ich Mary verließ, welche gefährliche Spanne Zeit ich vor mir hatte. Und ebensowenig wußte Mary, daß sie, anstatt mich schon jetzt mit kluger Vorsicht im Häuslichen einzufangen, nochmals mein Leben aufs Spiel setzte.

Dreiunddreißigstes Kapitel

Ferdinand Simon begleitete mich mit einem Stipendium der Schwestern nach Berlin. Unterwegs dorthin im Abteil dritter Klasse lernten wir einen originellen Reisenden kennen. Er war bedeutend älter als wir. Der große Zoologe Brehm war sein Freund. Er hatte an einigen von dessen Forschungsreisen teilgenommen, auch an jener, die Kronprinz Rudolf von Österreich mitmachte. Die Erzählungen des breiten, kerngesunden Forschers, Jägers und Gelehrten steigerten sich zu wirklicher Kunst. Als ich seine Gabe bewunderte, erklärte er, daß Brehm, der große Tierforscher, selbst sie in einem viel höheren Maße besessen habe. Sein »Tierleben« möge gut geschrieben sein, aber an seinen mündlichen Vortrag reiche es nicht heran.

Wir waren nach Berlin gekommen, wir wußten nicht wie, als wir in der Lehrter Bahnhofshalle ausstiegen. Eine doppelt so lange Reise würde uns ebenso schnell vergangen sein.

Wir kamen im Rosenthaler Viertel unter. Es ist eine Gegend, die man kennen muß, um zu wissen, daß sie mit dem Westen Berlins nicht in einem Atem zu nennen ist. Wir hatten Zimmer im ersten Stock und blickten auf einen Kirchhof hinaus.

Hugo Schmidt war ebenfalls in Berlin und besuchte die Königliche Kunstakademie. Ebenso Schidewitz, ein armer Pastorsohn und Mitschüler von der Breslauer Kunstschule. Wie er sich forthalf, weiß ich nicht. Vielleicht stand er bei einem Lithographen in der Lehre.

Simon und ich waren an der Universität immatrikuliert.

Simon schrieb an einer Arbeit über Mathematik, in der er viel Neues über ihr Wesen zu sagen glaubte. Ich begann eine Dichtung, die meine Pilgerreise nach Italien zum Gegenstand hatte und zum Muster »Child Harold's Pilgrimage«.

In einer Speisewirtschaft namens »Herkules«, unter einer Wölbung des Stadtbahnviadukts, nahmen Simon und ich unser Mittagessen ein, Suppe, Fisch und Fleisch, dazu ein kleines Glas Bier, für sechzig bis siebzig Pfennig. Es nährte jedenfalls seinen Mann, im übrigen war es, wie es war. Der kleine, runde Simon hörte nicht auf, über den »Herkules«, den »Herakles«, den »Augiasstall«, über den die Stadt- und Fernzüge donnerten, seine kaustischen Witze zu reißen.

Wenn wir Schidewitz dahin einluden, schwelgte der arme, immer hungrige Pastorsohn in Glückseligkeit. Er verfehlte nie, die Speisenfolge zweimal herunterzuessen. In diesem gesunden Jungen, der es wenn möglich höchstens bis zum Zeichenlehrer an einer Realschule bringen wollte, vereinigte sich naive Beschränktheit mit einer übermenschlichen Anspruchslosigkeit.

Er war entschlossen, von nichts zu leben, wenn es Vater und Mutter so wollten, und fast schien es, sie wollten es so.

Fast alle Abende verbrachten Hugo Schmidt, Simon und ich zusammen. Manchmal erschien auch Schidewitz, aber nur, wenn wir ihn einluden.

Produktiv waren diese Abende nicht. Das Münchner Bier,

das wir aus Maßkrügen tranken, unterstützte den Hang zu körperlicher und geistiger Schlafmützigkeit. Uns selbst überlassen und gleichsam in die Strömungen der Menge hineingezwungen, bewegten wir uns fast nur in den Bahnen der Banalität.

Wir besuchten die Bilse-Konzerte. Dort saßen die Männer hinter Bierseideln, die Frauen hinter Strickstrumpf und Kaffeetasse, Mütter brachten die Kinder mit. Aber Bilse, ehemals Militärkapellmeister, hatte ein von ihm gut geschultes Orchester in der Hand. Es hatte im Reich den besten Namen.

Die Banalität hörte auf, sobald der Meister den Taktstock erhob, um das Mittelstandspublikum des geräumigen Vergnügungsetablissements mit großer Musik zu speisen. Während die Klänge rauschten, wurde der Wirtschaftsbetrieb nicht abgestellt, nur daß die Kellner, wenn sie Bier oder Speisen brachten, auf leisen Sohlen einherschritten und sich mit den Gästen nur pantomimisch verständigten.

Es lagerte sich gleichsam eine zuckende Sinaiwolke über die Banalitätschicht des Mittelstands, und da wir die Konzerte nie versäumten, die in kurzen Abständen stattfanden, machten wir hier einen unvergeßlichen musikalischen Kursus durch, der einen großen Gewinn für uns alle brachte.

Durch den befrackten, ordenbesternten Militärkapellmeister, der sogar den Bogenstrich seiner Geiger exakt und einheitlich regelte, haben wir Haydn, Mozart, Gluck, Beethoven, Schubert, Weber, Wagner und Brahms kennengelernt. Und manche der Sinfonien, Ouvertüren und sonstigen Musikstükke konnten wir wieder und wieder genießen, bis sie uns vertraut waren.

Von allen Meistern war uns Beethoven am nächsten gegenwärtig. Wir sahen in ihm den erhaben ringenden Geist der Zeit. Er wurde uns damals mehr als ein Faust und überragte diesen an mythischer Kraft und kosmischer Dämonie. Er war uns der gigantische Rebell, der Blitze warf und Donner erregte gleich dem Wolkenversammler. Und zum viertenmal stieß ich wieder auf das Prometheische: den »Entfesselten Prometheus« von Lipiner hatte ich zuerst kennengelernt, den Goethischen etwa gleichzeitig, ihm folgte »Der gefesselte Prometheus« des Aischylos und diesem dann, in Menschennähe, Beethoven.

Und dieser Prometheus sang, obgleich gefesselt, doch frei in

Not, Kampf, Sieg und Untergang das große Menschheitslied. Es klang in mir und weckte sein Echo ebenso in Ferdinand Simon und Hugo Schmidt.

Wo blieb da dein Atheismus, mein lieber Ferdinand? Antworte mir, wenn du kannst, aus dem Jenseits, in das du längst hinübergewechselt bist!

Eine größere Erschließung als diese gab es nicht. Und wie sie sich plötzlich auftat im Osten Berlins, glich einem Wunder.

Eines Tages krönte sich diese Erschließung dann im Erlebnis der Neunten Sinfonie. Es war uns geglückt, zu einem der großen Konzerte in der Königlichen Oper Galerieplätze zu erobern, Ferdinand Simon, Schmidt und mir. Wir haben uns die Hände gepreßt, und während unsere bis zum Springen erschütterten jungen Seelen uns mit einer himmlischen Offenbarung gleichsam töten wollten, rannen uns Feuertränen über die Wangen: »Seid umschlungen, Millionen, diesen Kuß der ganzen Welt!«

Unaussprechlich, wie uns zumute war, als endlich Wort und Stimme, aus dem Chaos geboren, erklang und die Gottheit endlich mit der ersehnten Offenbarung ihr Schweigen brach: »Seid umschlungen, Millionen, diesen Kuß der ganzen Welt! Brüder – überm Sternenzelt muß ein lieber Vater wohnen!« – Was fühltest du damals, mein lieber atheistischer Ferdinand, als du mir fast bewußtlos die Hand drücktest? Und nun, wie die Heere der Erlösten in einer Marcia trionfale daherziehen und das »Freude, schöner Götterfunken!« jauchzend aufjubelt! Und dann der Schrei! und wieder der abreißende Schrei: »Freude! Freude!«

Die göttlich tönende Kuppel über dem Tempel der Menschheit heißt Beethoven.

Simon, der Stubenmalersohn, hatte sich durch die Realschule sozusagen emporgehungert. Er hatte dabei die Klassenskala im schnellsten Tempo zurückgelegt. Aber wenn er von seinem Aufstieg sprach, war ihm Verbissenheit anzumerken. Dieser Ingrimm stellte ihn später in den Ideenkreis der Sozialdemokratie. Zur Partei gehörte er nie, aber er konnte nicht anders, als instinktiv immer für den Unterdrückten Partei nehmen. Vor allem galt sein innerer Eifer der Emanzipation der Frau.

Eines Tages brachte Simon ein kleines Heftchen der Reclambibliothek, »Nora« von Ibsen, mit. Er war vor Begeisterung außer sich. Das Drama wurde uns eine helle Fanfare.

Zugleich war es das erste Henrik-Ibsen-Wetterleuchten. Mit fruchtbarem Regen und Wachstum sollte sein Werk dann später als Frühlingsgewitter heraufsteigen.

Er, Ibsen, dem dies Naturereignis zu verdanken ist, das im besonderen Deutschland überkam, hatte, als es wirklich erschien, das sechzigste Jahr schon hinter sich. Was Wunder! Wahres menschliches Wachstum im Geist hat mit dem eines Baumes Ähnlichkeit. Und eine Linde von zwanzig Jahren kann schwerlich an Kraft, Größe und Schönheit an eine andere heranreichen, die ein halbes Jahrtausendalter hinter sich hat.

Damals war in Berlin das Deutsche Theater in der Schumannstraße gegründet worden, gedacht als eine Stätte klassischer deutscher Bühnenkunst und wirklich als solche lebendig gemacht. In seine Sphäre stiegen wir aus den Bierwinkeln banalen Stumpfsinns immer wieder auf und erfuhren ähnliche Läuterungen wie anderwärts im Gebiet der Musik.

Für mich besonders aber hat das Deutsche Theater noch eine ganz andere Bedeutung gehabt: nämlich die einer Hohen Schule. Eine Bildungsstätte eben jener Kunst, der ja meine Neigungen und Bemühungen seit langem zustrebten: die bis jetzt zurückgelegten Etappen hießen »Konradin«, »Germanen und Römer«, »Tiberius«.

Die Tradition des Meiningischen Theaters nahm das Deutsche gewissermaßen wieder auf, und mir ging es ebenso. Auf höherer Stufe durfte sich nun fortsetzen, was sich während einer Breslauer Knabenzeit so glorreich begonnen hatte. Förster, Friedmann, Kainz hießen die großen Darsteller, die ich sah, Agnes Sorma, die Jürgens und die Geßner standen in ihrer Blüte.

Hohe Feste waren es, die damals im Deutschen Theater gefeiert wurden.

»Romeo und Julia« war eines davon. Heute habe ich Kainz als Romeo in bester Erinnerung, damals hat er mir nicht gefallen. Der junge Mensch wollte immer noch mehr gesehen werden, als er gesehen wurde. Er entschloß sich schwer, die Mitte der Bühne zu verlassen, und seine besondere Eitelkeit war sogar dem historischen Kostüm anzumerken, das er immer noch besonders herausputzte.

Auch schien mir dieser Romeo in der Lyrik der Liebe nicht

lyrisch genug, nicht erschüttert genug vom Elementaren der Leidenschaft.

Ich lernte den »Richter von Zalamea« kennen. Der reiche Bauer Pedro Crespo wurde von Förster dargestellt, Don Lope, der General, durch Friedmann zu einem unvergeßlichen Kabinettstück großer Schauspielkunst gemacht. Die unvergleichliche Gestalt des stämmigen Bauern Crespo mit seinem stämmigen Verstand, seiner stämmigen Moral, seiner stämmigen Männlichkeit, der den adligen Schänder seiner Tochter umbringen läßt, mußte sich unvergeßlich einprägen.

Nach dem echten Calderon folgte »Weh dem, der lügt!« von Grillparzer. Kainz als Küchenjunge Leon brillierte darin.

Von Schiller habe ich besonders den »Fiesko« in Erinnerung. Carl und ich liebten das Stück von je um seines Verrina willen.

In dieser nahen Beziehung zum Deutschen Theater, das wir mit Studentenbilletts zu ermäßigten Preisen oft besuchen konnten, sammelte sich das Ganze hie und da früher aufgenommener theatralischer Eindrücke. Ich mag meinen Freunden durch Reminiszenzen dieser Art, die, schauspielerisch vorgetragen, von mir vielfach ins Gespräch gemischt wurden, recht beschwerlich geworden sein. So hatte ich Barnay irgendwo als Uriel Acosta und in Hamburg Sonnenthal bei seinem Gastspiel in ebender Rolle gesehen. Und immer wieder sprach ich die ersten Worte der Rolle: »Stör' ich Euch, de Silva?« bald auf Barnays, bald auf Sonnenthals, bald auf meine Art, was Simon mir in gutmütigem Spott gern nachmachte. Daß er Uriel Acosta in »Uriel, was kost' das?« abwandelte, charakterisiert die eben unumgängliche Banalität unseres Freundschaftsjargons.

Nicht nur als Paraderolle liebte ich den Uriel, das Bekennerhafte an der Gestalt zog mich innig an. Wieder war da etwas dem rebellisch-prometheisch-beethovenisch Heilandhaften Verwandtes, dem ich verschrieben war.

Auch der andere Protestler gegen die sozial betonierte Oberschicht, der damals auf den Bühnen spukte, nämlich »Narziß« von Brachvogel, tat es mir an. Es ist erstaunlich, welche Fülle von Schatten der unendliche raumlose Raum der Seele beherbergen kann!

Es wird nun der zweiten Hohen Schule, der des Deutschen Theaters, die dritte, die wirkliche angefügt, wo ich bei Vahlen ein Kolleg über Plautus hörte, ferner einen Vortrag von Du

Bois-Reymond, gleichsam einen Menschheitskulturüberblick, im Auditorium maximum und schließlich Treitschke kennenlernte, der mit gewaltig bellender Stimme über die Französische Revolution und den Zug der Massen nach Versailles redete. Er war erschüttert und erschütterte. Die Einholung des Königs und der Königin Marie Antoinette nach Paris wurde dabei zur mächtig erregenden Gegenwart. Es würde unmöglich sein, all den Bildungselementen gerecht zu werden, die sich damals mit meinem Geiste verbanden. Sie erfüllten wie Sonnenstaub die Luft und wurden in jeder Sekunde unmerkbar eingeatmet. Auch Deussen habe ich damals gehört.

Leider war das Gefäß gefährdet, das all diese Elemente in sich sog. In Anbetracht des schweren römischen Winters und des Endes, das er im Krankenhaus am Kapitol genommen, hätte ich Grund gehabt, zehnfach Vorsicht mit meiner Gesundheit walten zu lassen. Aber meine Braut interessierte sich für Gesundheitspflege nicht, suchte und nahm in dieser Beziehung nicht den geringsten Einfluß auf mich, und ich selbst hatte, Körperpflege angehend, nicht die penible Sorgfalt und Pedanterie meines Vaters geerbt, sondern im Grunde die Gleichgültigkeit meiner Mutter.

Kurz, wir waren dabei, zu versumpfen: Schmidt, Simon und ich.

Unverhältnismäßig viel Bier und billiger Bodegawein wurden hinuntergeschüttet, so daß wir manchmal in einem nicht allzu würdigen Zustand vor der Haustür unseres Quartiers anlangten.

Das Wesen unserer Gelage war leider ein ganz anderes als das der römischen, in denen das Erlebnis der Ewigen Stadt immer gegenwärtig war. Einen Idealisten und Schöngeist im Stile des Bakteriologen Dietrich von Sehlen hatten wir nicht unter uns, seine Wohlerzogenheit hätte gewiß auf uns übergewirkt.

So stapften wir drei denn Abend für Abend in das Gewühle des Rosenthaler Viertels hinein, bald in diesen, bald in jenen Gurgeltrichter des Schlammbades hineingedreht. Aber wer davon nicht verschlungen wurde, konnte wohl, wenn er entronnen war, auf einen nicht ganz unbeträchtlichen Gewinst an Lebenserfahrung zurückblicken.

Vierunddreißigstes Kapitel

Die stärkste Warnung, die einem Menschen widerfahren kann, warnte mich nicht: der arme Pastorsohn Schidewitz wurde dicht an meiner Seite von den vergifteten Wässern hinweggespült.

Wir hatten am Abend den treuherzig-komischen Burschen wieder einmal unter uns. Er aß und trank mit besonderer Hingabe. Am Mittag des folgenden Tages rief mich ein Briefchen seiner Wirtin an sein Krankenbett. Ich traf ihn ohne Bewußtsein im Fieber.

Die Zeit meines römischen Niederbruchs jährte sich, als ich Schidewitz mit aufgesprungenen Lippen, wirre Worte ausstoßend, von hohem Fieber brennend, vor mir sich hilflos im Bette winden sah. Ich glaubte augenblicklich zu erkennen, daß er von derselben Krankheit befallen war wie damals ich. Ich fragte, ob man nicht einen Arzt geholt habe. Es war geschehen, der Arzt erschienen, aber er hatte nach kurzem Anblicken des Kranken nur gefragt, wer die Behandlung bezahlen würde, und, weil man darüber Auskunft nicht geben konnte, die Tür von außen zugemacht.

Ich verordnete kalte Umschläge, legte sie ihm selber mit Hilfe der Wirtin auf und beruhigte sie, als sie nun ihrerseits, den Verlust der fälligen Miete und kleiner Auslagen fürchtend, zu jammern begann.

Irgendwie war es mir möglich, aus den Briefschaften des armen Jungen seinen Heimatort und die Adresse des Vaters auszumitteln, so daß ich einen telegraphischen Notschrei an ihn richten konnte.

Ich sandte die Wirtin nach einem anderen Arzt, sie fand aber keinen, der ihr nach Erkenntnis der Sachlage folgen wollte. Der Abend brachte im Zustand des Kranken eine Verschlimmerung. Leider dachte ich nicht an ein Krankenhaus, als ich den Kranken verlassen mußte. Die Nacht bei ihm durchzuwachen hätte mir den Verstand geraubt. Der Vater käme ja morgen früh, dachte ich und sagte der Wirtin, sie möge für kalte Umschläge sorgen, bis er erscheine und sie für ihre Mühe belohnen werde. Ich selber wolle auch wieder beizeiten zur Stelle sein.

Der Kranke war bereits fortgeschafft, als ich am nächsten Morgen erschien. Etwas Fürchterliches war vor sich gegangen: man hatte Schidewitz im bloßen Hemd auf den Steinfliesen des Hauseingangs aufgefunden. Er mußte im Anfall eines Fieberdeliriums aufgesprungen sein, die eigene Tür und die des Entrees gefunden und aufgerissen haben und dann bei der herrschenden Winterkälte das Treppenhaus drei Stockwerke tief gelaufen, gestürzt, gerollt, zerschunden und halb totgeschlagen unten bewußtlos gelandet sein.

Gegen elf Uhr begaben Schmidt und ich uns ins jüdische Krankenhaus.

Ein junger Arzt erklärte, der morgens eingelieferte junge Mensch sei nicht zu retten gewesen. Man habe ihn, um das Fieber herunterzudrücken, noch in ein kaltes Bad gelegt. Er war tot, hatte ausgelitten und lag in der Totenhalle aufgebahrt. Als man uns fragte, ob wir ihn sehen wollten, bejahten wir.

Nie habe ich einen so furchtbaren Leichnam zu Gesicht bekommen. Kopf und Leib schienen mit verbranntem Schorf bedeckt. Er sah den Mumien ähnlich, die man in Pompeji ausgegraben und deren Form die verkrustete Asche festgehalten hat. Er war dem Inferno Berlins zum Opfer gefallen.

Der kleine Landpastor Schidewitz kam zu mir und bedankte sich. Das Ereignis selbst hat er auf eine seltsam gefaßte Weise hingenommen. Von dem Alten mit großen Lobeserhebungen bedacht, empfand ich dessenungeachtet über mein Verhalten keine Befriedigung. War ich viel besser als jene Ärzte, die den Kranken mit kaltem Zynismus sich selbst überlassen hatten? Sah ich nicht, wie es mit ihm stand und daß man ihn keinen Augenblick unbewacht lassen durfte?

Einige Wochen hindurch war ein jeder unserer Abende eine bleischwere Gedenkfeier für Schidewitz. Ohne ein Symbol wie das schwarze Granitkreuz für Georg Schubert in Lederose lastete das schwärzeste »Memento mori!« über uns und gab unserer Trinkstube etwas Grufthaftes. Kein sentimentales »Dein, Herr Jesu!« tröstete uns. Die Tatze, die wir am Werk gesehen hatten, war grausam, grausig und gnadenlos. Der Bravste, zum Entbehren und Darben Willigste wurde – war es zum Lohn oder Hohn? – darüber hinaus noch angefordert und in Höllenqualen lebendig zu Asche verbrannt: eines Pastors liebender Sohn, Sohn eines berufenen Dieners Gottes!

Dieses schwere Erlebnis kam einer äußersten Tiefenlotung gleich, die eine Stelle in meiner Seele wie einen jederzeit zu erweckenden schmerzhaften Grundklang zurückgelassen hat.

Lange wurden wir den Duft der Verwesung nicht los, und das Bewußtsein von der unvoraussehbaren Schnelligkeit eines unsichtbaren Nachrichters fuhr fort, uns zu beunruhigen. Heut, Montag, dachten wir, sitzen wir um den runden Tisch, haben Pläne, arbeiten, denken darauf hin, setzen ein langes Leben voraus, hoffen auf Glückseligkeit, Begegnungen mit Freunden und schönen Frauen, und Freitag können wir bereits unter der Erde sein ...

Es war, als ob wir uns jetzt erst recht ins Leben hineinwühlen, vom Leben nicht eine Stunde ablassen sollten.

»Lasset uns essen, trinken und fröhlich sein, denn morgen sind wir tot!« Es war, als wenn eine Stimme diesen Grundsatz in uns einbohren wollte. Ein dumpfer und finsterer Lebenshunger kam über uns. Er zog uns nicht nach oben, ins Licht, sondern schien uns dem Abgrund zu überantworten.

Der Sohn des Pastors primarius Späth in Breslau besuchte uns, derselbe, den ich als armer Hungerleider oft so sehr beneidet hatte, wenn er sich vor der Kunstschule im Vorgenuß lächelnd die Hände rieb, ehe er sich nach Hause zur wohlgedeckten Tafel aufmachte. In einer Weißbierkneipe des Rosenthaler Viertels fing unser Abend an, er wurde im Zentrum fortgesetzt. Wir gingen dann in die Bodega über, besuchten hernach das Café Keck, später das Riesenbierlokal der Bötzowbrauerei in der Schönhauser Allee, und dann erst, etwa nach ein Uhr nachts, zogen wir über Pankow hinaus ins Freie.

Die Nacht war schwarz, unsere Trunkenheit schwärzer und grausiger.

Die Nachtwächter in den Dörfern paktierten mit uns. Es ging so lange, bis ich die beinahe noch gefüllte Flasche Kognak wie einen Todfeind wütend an einem Prellstein zerschlug.

Der Gedanke, Schauspieler zu werden, hatte in mir mehr und mehr Boden gefaßt. Ich wünschte, aufzutreten, gesehen zu werden, schöne Gesten auszuführen und königliche Kostüme zu tragen. Ich wollte den Hamlet spielen, der ich vielleicht auch ein wenig war, aber man sagte, ich spräche zu sehr durch die Nase, und dieser Sprachfehler wäre mir hinderlich.

Ich suchte den Laryngologen Professor Krause auf. Der junge, schon recht namhafte Arzt behandelte mich. Dabei lenkte er seine Aufmerksamkeit nicht nur auf das Innere meiner Nase, wie es schien, sondern auf meine ganze Person. Er wußte nicht, wie ich lebte, er kannte mich nicht. Und doch wußte er es und kannte mich, wie sich herausstellte. Er fragte mich, was ich für einen Beruf hätte. Als ich ihm etwas verschwommen antwortete, sagte er kurz und scharf: »Sie sind also eine verfehlte Existenz!« – Als ich an einem der nächsten Tage wiederkam, hielt er mir eine längere, unzweideutige Ansprache:

»Sie führen ein unverantwortliches Bummelleben, junger Mann! Ihre Gesundheit ist nicht die stärkste, junger Mann! Wenn Sie es auch nur ein halbes Jahr so forttreiben, sind Sie nicht mehr ein junger, sondern ein toter Mann!«

Ich weiß nicht mehr, wie ich auf die Straße gekommen bin, ich sah dicht vor meinen Füßen den Abgrund klaffen. Und doch ist in diesem Winter meine erste epische Dichtung »Promethidenlos« beendet worden.

Jetzt wurde die Hochzeit vorbereitet.

Ein gesunder Mensch war ich damals also nicht. Die schlimmen Folgen des Typhus, hatte mein gefühlvoller kapitolinischer Krankenwärter gesagt, zeigen sich erst in den folgenden Jahren. Hatte ich irgend etwas getan, um dem vorzubeugen? Ich hatte sie eher mit aller Gewalt herbeigeführt.

Fünfunddreißigstes Kapitel

So ging ich mit meiner Braut aufs Standesamt, so wurde ich mit ihr in Dresden, am Altar der Frauenkirche, zusammengegeben. Der Geistliche nannte mich einen Meister der hohen Bildhauerkunst, der sich in Rom einen Namen gemacht habe und dem noch Großes bevorstehe. Wir waren darüber erstaunt: so hatte er meine nüchternen Unterlagen für seine Rede aufgebauscht.

Der Frack, den ich anhatte, war mir im letzten Augenblick vom Onkelchen Thienemann geliehen worden, natürlich paßte er mir nicht.

Es war im Mai. Das Hochzeitsdiner fand in einem besonderen Raume des Belvedere auf der Brühlschen Terrasse statt. Frida und Olga, die Schwestern der Braut, waren zugegen, dazu ein Onkel und ein Vetter Thienemann. Am Schlusse des Frühstücks erschien Max Müller wie zufällig.

Der Tag war schön. Ganz Dresden hatte sich auf den Terrassen und in den Sälen des Restaurants zusammengefunden. Militärs, Garden aller Waffengattungen strömten mit ihren Damen aus und ein.

Einen Augenblick trat ich auf den Gang. Es mochte bekanntgeworden sein, daß hier eine kleine Hochzeit gefeiert wurde und ich der überjugendliche Bräutigam war. So nahm man mich allgemein aufs Korn. Das tat ein Rittmeister, brauner Husar, ebenfalls, der mit seiner Dame vorüberging. Dann sagte er lachend und laut, zu ihr gewandt, so daß ich sie hören mußte, die unvergeßlichen Worte: »Der Kerl krepiert ja in den ersten acht Tagen!«

Man kann sich denken, in welcher Stimmung der Rest des Festes vorüberging.

Vierzehn Tage darauf bekam ich Bluthusten.

Unsere erste Wohnung lag im vierten Stock eines Moabiter Stadthauses. Die Aussicht war frei über die Stadtbahn hinweg und den ausgedehnten Güterbahnhof. Fast ununterbrochen donnerten Züge vorüber. Die Lage im eigenen Heim war neu und wurde von Mary und mir gleichermaßen als etwas empfunden, daran man sich zu gewöhnen hat. Die Wohnung war nicht gut gewählt, nicht im Hinblick auf mich, noch weniger auf Mary. Diese niedere vierte Etage mit einer Mansarde als Salon mußte Mary, die an das seigneurale Leben auf Hohenhaus gewöhnt war, wie ein Sturz ins Armenviertel vorkommen.

Sie klagte nicht, sie hielt tapfer aus.

Die Einrichtung der Zimmer war fürchterlich. Ich hatte mit Makartbuketts, roten und blauen Ampeln gewirtschaftet. Ein einziges Hausmädchen mußte kochen und zugleich die Zimmer in Ordnung halten. Kochen konnte sie aber nicht, und ihre Ordnungsliebe und ihr Sauberkeitsbedürfnis waren mangelhaft.

Der Berliner Puls war erregend und fortreißend. Besonders die Anforderungen an den Gehörsinn durch den unabänderlichen Stadtbahndonner waren ungeheuerlich. Berlin war von hier aus gesehen großartig, aber eine rechte Stätte für den Genuß der Flitterwochen konnte es kaum genannt werden.

Weshalb hatte ich mich für Berlin entschieden? Aus einer schicksalhaften Verbissenheit. Ich konnte nicht mehr los von Berlin. Hier, hier allein galt es zu kämpfen, zu siegen oder unterzugehen! Wie kam ich zu einer solchen instinkthaften Entschiedenheit, da sich doch zunächst höchstens für den Untergang begründete Aussicht zeigte?

Wie gesagt, eines Tages spuckte ich Blut. Die Prognose von

Professor Krause schien sich demnach zu bewahrheiten. Ich lief entsetzt um die Ecke zum ersten besten Arzt, der nicht besser war als jener, der Schidewitz, ohne es zu ahnen, auf dem Gewissen hat. Er zuckte die Achseln, nahm sein Honorar und hielt es für unter seiner Würde, mir irgendeinen beherzigenswerten Rat zu erteilen. Als sich dann mehrere Wochen lang kein Blut mehr im Taschentuch feststellen ließ, wurde der Zwischenfall vergessen.

Ich wollte mein Leben als Junggeselle nicht aufgeben. Noch waren Simon und Schmidt in Berlin. So wurde die arme Mary denn die vierte in unserer Kumpanei. Ich stand nicht an, ihr das zuzumuten. Wenn ich mit ihr dann eher als Schmidt und Simon den Heimweg antreten mußte, wand sich mir vor Schmerz um meine vermeintlich verlorene Freiheit das Herz in der Brust.

Immerhin spürte ich die entscheidende Wendung in meiner Entwicklung. Sie lag zunächst in der nun nicht mehr einfachen, sondern doppelten Verantwortung. Das naturhafte Vordrängen meines Wesens zur Entelechie verband sich mit einem neuen Pflichtgefühl für Mary, unsere kommende Familie und überhaupt unsere Zukunft. Es war schwer, dies der Geliebten glaubhaft zu machen, da sich auf dem dichterischen Wege, den ich nun einmal im Auge hatte, nichts überstürzen läßt.

Verbindungen zu Schriftstellern oder literarisch Gleichstrebenden hatte ich nicht. Ein in seinen dichterischen Neigungen mir ähnlicher Mensch wäre mir als Wunder erschienen, und ich konnte mir nicht denken, je einem solchen Bruder in Apoll zu begegnen.

Als es dann eines Tages doch geschah, nämlich als Adalbert von Hanstein auftauchte, war dies das fördersamste Ereignis für mich. Ich nannte ihn unbedenklich einen neuen Hölderlin, nachdem ich seine Gedichte gelesen hatte.

In Göhren auf der Insel Rügen nahmen Mary und ich im heißen Sommer Aufenthalt. Auch Carl und Martha waren von Zürich dorthin gekommen. Hugo Schmidt mit allen zum Landschaftsmalen nötigen Dingen verschönte die Zeit durch seine Gegenwart. Wir waren fünf heitere Kameraden, fünf von den sieben, denen »Promethidenlos« gewidmet war. Das Erstlingswerkchen war inzwischen auf meine Kosten gedruckt worden.

Einen größeren dramatischen oder epischen dichterischen Plan verfolgte ich nicht. Ich wurde zu sehr von allerlei äußeren Sorgen in Anspruch genommen. Ich schrieb kleine Sachen, wie »Bernstein und Koralle«, ein Gedichtchen, das ich als charakteristisch hier einordnen will. Den törichten Schluß, der mir einen Frieden für Zeit und Ewigkeit zu geben behauptete, werte man als juveniles Anhängsel.

Bernstein und Koralle

Ich stand im fernen Süden,
im heißen Wunderland,
ich suchte meinen Frieden,
ich übte meine Hand.

Statt milder Stimmen Schallen,
statt der ersehnten Ruh',
da glühten mir Korallen
aus dunklen Locken zu.

Sie glühten mir von weißer,
wollustgeschwellter Brust,
sie sprachen mir von heißer,
unbänd'ger Sinnenlust.

Ich fand in Südens Gluten
den süßen Frieden nicht;
mein Herz fing an zu bluten,
fahl ward mein Angesicht.

So kam es, daß gen Norden
ich an zu wandern fing;
hört, wie mir dort geworden,
was ich zu suchen ging.

In kühler Wogen Betten
Hab' ich mich eingewühlt
und die Korallenketten
vom Nacken mir gespült.

Und wie sie rings zergingen
in Nordens Wogen lind,

da hört' ich leise singen
am Strand ein Fischerkind.

Es ging mit stillen Schritten,
es spann mit weicher Hand,
und seine Blicke glitten
blauschimmernd übers Land.

Von seinem Halse blinkte
ein Kettlein blaß und rein,
aus blonden Locken winkte
ein kühler, bleicher Stein.

Und daß ich noch erwähne
das holde Wunderding:
eine klare Bernsteinträne
von jedem Ohre hing. –

Da bin ich hingesunken,
vom Friedenskuß geweiht;
da Hab' ich ihn getrunken
für Zeit und Ewigkeit.

Auch »Gewitterstimmungen am Meer« sagen etwas über mein damaliges Empfinden aus:

I

Düstre Wolken steigen,
Erd' und Himmel schweigen,
dumpf ergrollt das Meer;
schwüle Lüfte drücken,
und die Blumen nicken,
denn ihr Haupt ist schwer.

Aber du, o Sänger,
wird dir bang und bänger,
auf mit deinem Sang!
Zucken rote Feuer,
stimme deine Leier
nach dem Donnerklang!

II

Die Wolke sinket aufs Wasser
und küsset mit zuckendem Munde
die rings erbleichenden Wogen.
Die Segel senken sich nieder,
die Schiffe kriechen zum Strande
mit seufzenden Rahen und Tauen,
die Möwen höhnen und lachen,
die sprühenden Wellen streifend,
weil sich die Menschen beim Kusse
der Lüfte und Wasser verkriechen.

III

Kreischende Möwen jagen
über die schäumende See,
zürnende Wetter schlagen
ferne aus düsterer Höh'.

Flammende Ruten fahren
nieder ins bleierne Meer,
und mit fliegenden Haaren
jagen die Wogen daher.

Fliehen mit flatternden Mähnen,
schäumende Rosse, zum Strand;
wühlen mit zitternden Sehnen
schnaubend im Ufersand.

Immer schneller und schneller
jagen die Rosse der Flut;
immer heller und heller
bricht aus den Wolken die Glut.

IV

Ferne am Horizonte
steigen düstere Wolken,
grollend ballen sie mählich
höher und höher die Fäuste;
graue wolkige Fäuste

ballen sie über dem Eiland.
Und in dem Saale der Lüfte
hallen die dröhnenden Stimmen
wider und wälzen sich näher,
näher im mächtigen Gange.
Um die Geschicke der Menschen
reden sie einsam und ruhig,
und nach dem ewigen Rate
fallen die flammenden Geißeln,
schmelzend der Menschen Geschlechter.

Auch Zeilen wie diese sind irgendwie als echte Empfindung jener Zeit zu bewerten:

Und ich wandle vergessen
hart am Meeresgestad',
und ich suche vermessen
durch die Nacht meinen Pfad.

Es würde falsch sein anzunehmen, wir seien, und besonders ich sei, von solchen Stimmungen abgesehen, nicht heiter und übermütig gewesen. Nein, es war schlechthin eine glückliche Zeit, wenn auch der Wohlstand von Hohenhaus nicht mehr erreicht werden konnte.

Besonders war mir die Gegenwart Hugo Schmidts angenehm, da ich Gespräche über bildende Kunst mit ihm führen konnte, was mir immer noch Bedürfnis war.

An der Tagesordnung waren freilich auch die üblichen Exaltationen von Carl. Bei Überlandtouren sprang er gelegentlich aus dem Wagen, brach angeblich die Beziehungen ab und war dann meist früher am Ziel als wir, wo heiterste Friedensfeste gefeiert wurden.

Ich machte Touren zu Fuß, allein mit Mary. So verging der Sommer, bis wir wieder in unserer vierten Etage anlangten.

Eines Tages begegnete mir ein beinah vergessener Mann. Es war einer jener Brüder Demuth, die das Gut gegenüber dem Gasthof zur Preußischen Krone besaßen und es hatten aufgeben müssen. Die erbohrten und gefaßten Heilquellen und alle dazugehörigen Kuranlagen waren längst an die fürstlich-plessische Badeverwaltung übergegangen. Aber Ernst Demuth war noch immer ein breiter und schöner Mann. Auf dem Güterbahnhof unter uns hatte ein Großspediteur seine Stallungen, und hier war Demuth als Oberaufseher angestellt.

Seltsam, den Salzbrunner Bauernsohn, Jäger und Bonvivant als ein Stäubchen im Großstadtgewühle wiederzusehen, so gleichsam vor unsere Füße gespült!

Um das Rosenthaler Tor sah ich Berlin aus der Froschperspektive. Dort wurde man mit den Strömungen der Massen hin und her bewegt, jederzeit in Gefahr, darin zu versinken. Wie oft beim Scheine des nächtlichen Gaslichts habe ich mich von ihnen drängen und schieben lassen, von der unendlich bunten Fülle menschlicher Typen in Bann gehalten!

Ich hole ein kleines Erlebnis nach:

Ein älterer Mann, irgendeine der vielen Bassermannschen Gestalten, sprang vor mich hin und schrie mich an: »Wer regiert die Welt? Wer regiert die Welt?« war seine gleichsam drohende Frage.

Ich zuckte die Achseln: ich wisse es nicht.

Da griff er von oben in seinen Busen, das heißt hinter seine zerschlissenen Rockflügel, und riß eine Knute in die Höhe, die er triumphierend über sich hielt.

»Die regiert die Welt! Die regiert die Welt!« Damit stieß er sie wieder in ihr Versteck und war nach einer Verbeugung verschwunden.

Allerlei Szenen wie diese waren im Rosenthaler Viertel keine Seltenheit. Man war beinah kein einzelner mehr, sondern war in den Volkskörper, in die Volksseele einbezogen. Man erlebte hier weniger sich als das Volk und war mit ihm ein Puls, ein und dasselbe Schicksal geworden.

Wo ich nun wohnte, nahe den kulturellen Auswirkungen des Bürgertums und dem repräsentativen Teil des staatlichen wie des städtischen Lebens, sah man Berlin mehr aus der Vogelperspektive unter sich.

Die goldene Nike der Siegessäule leuchtete durch die Luft, im Gesichtskreis lagen der imposante Lehrter Bahnhof, der eiserne Bahnviadukt über die Spree, das Generalstabsgebäude und in nächster Nähe der gewaltige Ausstellungsglaspalast, in dem zu jener Zeit eine große internationale Kunstschau eröffnet war.

Täglich besuchte ich Hallen und Park mit Hugo Schmidt und meiner Frau, und so hatte ich denn Gelegenheit, nach den italienischen Eindrücken auch einen Eindruck von neuer Kunst zu bekommen und fand mich zum erstenmal in das allgemeine Werden auf diesem Gebiet eingefügt.

Noch war eine Klippe zu umschiffen, bevor ich meine neue Ehe in größerer Ruhe genießen konnte: die Gestellung beim Militär.

Man kann sich denken, welche Unruhe sich meiner und Marys bemächtigen mußte, als der Termin dafür herannahte. Er kam. Man erklärte mich für untauglich.

Leider trat, als diese große Sorge endlich beseitigt war, wieder Bluthusten bei mir auf, woraus sich ergab, daß die ärztliche Verfügung, die mich glücklich vom Militär befreite, auch eine düstere Seite hatte.

Ich mußte aufs Land, das war mir klar, sofern es mit mir nicht schnell bergab gehen sollte. So gaben wir denn die Wohnung auf, ohne Rücksicht auf einen langen Vertrag, und zogen in den Berliner Vorort Erkner.

Sechsunddreißigstes Kapitel

Diesem Wechsel des Wohnorts verdanke ich es nicht nur, daß ich mein Wesen bis zu seinen reifen Geistesleistungen entwickeln konnte, sondern daß ich überhaupt noch am Leben bin. Nicht nur meine ersten Geisteskinder, sondern auch drei von meinen vier Söhnen sind in Erkner geboren. Es lohnt vielleicht, die Hieroglyphe des neuen Lebensabschnitts zu prägen, der dort begann und, von einer glänzenden Episode durchbrochen, vollendet wurde: unter Hoffen und Ängsten, Gefahren, Kämpfen, Niederlagen und Siegen. Alles natürlich nur im eigensten Kreis.

Unser Leben war schön. Natur und Boden wirkten fruchtbar belebend auf uns. Wir waren entlegene Kolonisten.

Die märkische Erde nahm uns an, der märkische Kiefernforst nahm uns auf. Kanäle, schwarz und ohne Bewegung, laufen durch ihn hin, morastige Seen und große verlassene Tümpel unterbrechen ihn, mit Schlangenhäuten und Schlangen an ihren Ufern.

Es war im Herbst, als wir unsere abgelegene Villa bezogen und einrichteten.

Die Monotonie des Winters stand vor der Tür. Zu unserer Sicherheit hatte ich in einer Hamburger Menagerie zwei echte lappische Schlittenhunde gekauft, für unsere Begriffe wilde Geschöpfe, die einigermaßen im Zaum zu halten mir viel Mühe gekostet hat. Schlaf- und Wohnräume lagen im Parterre; der Schutz dieser beiden Wölfe wurde notwendig.

So war ich instinktgemäß zur Natur zurückgekehrt. Mary liebte wie ich das Landleben. Einsamkeiten und Verlassenheiten schreckten uns nicht. Das neue Dasein stand zu dem, das ich in Dresden, Rom und Hamburg geführt hatte, im geraden Gegensatz. Ich lebte ohne Aktivität. Der dreifache Kampf in Rom: mit dem nassen Ton, mit den Menschen und mit den Typhusbazillen, war nicht mehr.

Dafür rang ich mit dem Gespenst des Bluthustens. Es verfolgte mich überall. Stundenlange einsame Wege führten mich in Begleitung meiner Hunde durch den Kiefernforst: mein Leben, meine Lage, meine fernere Möglichkeit zu überdenken die beste Gelegenheit. Oft mitten im Forst richtete sich das grauenvolle Gespenst vor mir auf. Zitternd nahm ich da etwa auf einem Baumstumpf Platz, einen Blutsturz und mein vermeintliches Ende erwartend.

Es war ein ungeheurer Ernst, dem man sich bei dieser Lebensform, in dieser Landschaft gegenübersah. Das Ehemysterium, in dem sich das der Geburt ankündigte, verstärkte ihn. So bewegten sich meine durch kein äußeres Leben gestörten Meditationen von der Gegenwart in die Vergangenheit, von der Gegenwart in die Zukunft hinaus, gleichsam in einer Ellipse um die zwei Punkte: Geburt und Tod.

Monate ohne alle Zerstreuungen folgten sich. Der Begriff eines Kneiptisches war nur noch Erinnerung. Schmidt war nach München, Simon nach Zürich übergesiedelt. Freundesgespräche gab es nicht. Abend um Abend saß ich mit meiner Frau allein, wobei ich mir ein einziges Glas mit Wasser gemischten Weines zu trinken verstattete. Damals lebte man ohne elektrisches Licht, und die schwarze Nacht preßte sich unmittelbar um die Glocke der Petroleumlampe.

Um Mitternacht pfiffen einander draußen die Holzdiebe.

Nein, hier war kein Breslau, kein Dresden, kein Hamburg, geschweige ein Rom, wo jetzt noch, während wir bei der Lampe gruselten, die beleuchteten Wassermassen aus dem Neptunsbrunnen an der Mauer des Palazzo Poli rauschten und oben die Künstler im Saale beim offenen Fenster Kunstgespräche führten und aus bauchigen Korbflaschen Chianti tranken. Hier war kein belebter Gasthof zur Preußischen Krone, nicht einmal Lederose mit seinem Gutsleben und Pastorenverkehr. Es war gründlich Tabula rasa gemacht worden.

Und doch, dies alles entsprach jenem Zug in mir, der mich

immer wieder, wie öfter berichtet wurde, beschlichen hat: der Zug zu einem ländlich unkomplizierten Leben, fern von den zahllosen Spannungen und Bindungen, die das Leben im allgemeinen mit sich bringt. Nur habe ich mich getäuscht, wenn ich glaubte, die expansiven Kräfte meiner Natur auf diese Weise zu überwinden. Gewiß, ich beruhte fast nur in mir, aber die Enge, in die ich mich mit Mary verbannt hatte, schloß ein inneres Gewühle nicht aus, das zur Geburt drängte. Verborgen, verschüttet, unsichtbar gemacht wie ein Samenkorn, konnte ein neues Beginnen, Keimen, Drängen und Werden, ein neues Sein durchstoßen.

Dabei schwiegen die unmittelbaren Anforderungen des Lebens nicht. Sie waren ernst und vielfältig. Auch Mary war eines neuen Werdens Trägerin. So unterstand sie der wohl schwersten menschlichen Aufgabe. Würde das Herz der ehemals Bleichsüchtigen dem kommenden Tag gewachsen sein?

Mary war mutig, aber sie litt, was eben ein Weib unter diesem immer wiederkehrenden Schicksal zu leiden hat. In Liebe verbunden litt ich mit ihr, und so hat die Gemütslast eine bedrückende Schwere erreicht.

Das war nun die Zeit, die ich eigentlich als den Gipfel des Glücks im Geiste vor mir erblickt hatte.

Sie sah mich abwechselnd glaubenslos und hoffnungsvoll. Alles an unserer Existenz schien uns unsicher, fraglich, zweifelhaft. Ich wollte kein größeres literarisches Werk beginnen, weil das Gespenst meines Bluthustens mir zuraunte, daß ich es nie beenden würde. Jeden Augenblick konnte es, fürchtete ich, mit mir zu Ende sein.

Und also sahen wir beide unser Lebensschiff nicht in eine glückliche Fata Morgana hinein-, sondern einer schwarzen Klippe zugetrieben.

Eines Tages weinten wir beide, als ich das folgende Gedicht vorlas, das ich eben geschrieben hatte und das ein echter Ausdruck meiner Seelenverfassung von damals ist:

Wohin mein Blick durch Nebel sieht,
ich weiß es nicht, ich weiß es nicht,
wohin mein trüber Wunsch mich zieht:
In Dunkelheit? ins Sonnenlicht?

Ich weiß es nicht. – Manchmal im Dunst
schau' ich ein ödes Hügelgrab,

ein Holzkreuz drauf, bar aller Kunst;
wer weiß, was ich gesehen hab'?!

Manchmal auch schau' ich wolkenhoch,
wo feuerstirn'ge Berge stehn.
Ein Banner scheint zu winken, doch –
wer weiß – wer weiß, was ich gesehn?

Wir hatten unsere Schwäche, unsere Furcht in die Einsamkeit geflüchtet und fanden uns mit den schwersten Aufgaben unseres Lebens allein. Aber das Ganze war doch eine stille, fruchtbare Gärung, die, wenn sie ihr Gefäß nicht sprengte, zu einem Wein ausreifen konnte.

Ich weiß, daß die Flucht in die märkische Waldeinsamkeit meine Rettung war. Ich fühlte das bei jedem Atemzuge, bei jeder Wanderung, die ich unternahm, ich spürte es, wenn ich als einziger bei Mondschein auf dem verlassenen Karutzsee Schlittschuh lief. Alles wirkte zusammen zur Besinnung und Läuterung, selbst die tiefe Resignation, wie sie etwa in diesem Gedicht zum Ausdruck kommt:

Verlohnt's der Müh'? – Ich bleibe stehn.
Verlohnt's der Mühe, weiterzugehn?

Meine Hand ist wund, mein Herz ist matt;
für zu viel des Wahns es geschlagen hat.

Wohin? Wohin?... »Zum Licht! Zum Licht!«
Was soll das Suchen? Ihr findet's nicht.

Wohin? Wohin?... »Den Weg zum Ruhm!«
O beifallgieriges Märtyrertum!

Ihr stürmt vorbei, ihr lockt mich nach;
ich bin ein Falk, der nicht fliegen mag.

Oder auch in den folgenden Versen:

Die alte Nacht drückt stumm und schwer.
Ich will nicht klagen.
Denn wollt' ich klagen noch so sehr,
es wird nicht tagen.

Schwarz hängt der Birke Trauerflor
auf mich herunter.
Der Nachtwind klagt; es wird im Rohr
ein Fröschlein munter.

Das ist die Liebe: Aus dem Laub
der Birke sinken
kühlfeuchte Tränen, die im Staub
verloren blinken.

Das ist das Wissen: Glühwurm schwimmt
im eignen Glanze,
und was sein Lichtlein ihm beglimmt,
ihm ist's das Ganze.

O Menschengeist, Glühwürmelein,
die Welt erhellen,
du kannst es nicht, nur wunderklein
verlorne Stellen.

Das ist die Hoffnung: die im Moor,
ein Irrwisch, hüpfet,
bald in den Grund, bald draus hervor
von neuem schlüpfet.

Sie tanzt und gaukelt ruhlos schier;
drum will es scheinen,
und leider, leider scheint es mir,
sie lohne keinen.

Lichtbringer drei, wie sprüht ihr doch
so matte Funken.
Ach, eh ihr sterbet, seid ihr noch
in Nacht versunken.

Denn euer Leben ist allein
ein kurzes Blinken:
ein Ringen in der Todespein
vor dem Ertrinken.

Aber das wüste und wirre Kneipendasein, die Atmosphäre von Zigarren- und Bierdunst, lag für immer hinter mir, und das angefügte, aufschwunghafte Gedichtchen »Eislauf« spricht davon:

Auf spiegelndem Teiche
zieh' ich spiegelnde Gleise.
Der Kauz ruft leise.
Der Mond, der bleiche,
liegt über dem Teiche.

Im raschelnden Schilfe,
da weben die Mären,
da lachet der Sylphe
in silbernen Zähren,
tief innen im Schilfe.

Hei, fröhliches Kreisen,
dem Winde befohlen!
Glückseliges Reisen,
die Welt an den Sohlen,
in eigenen Kreisen!

Vergessen, vergeben,
im Mondlicht baden;
hingaukeln und schweben
auf nächtigen Pfaden!
Sich selber nur leben!

Als ich das erstemal von Italien zurückkehrte, kam es mir vor, als ob Deutschland in einer Kunstferne und Kunstfremde lebe. Die Atmosphäre, gehalten gegen den Reichtum Neapels, Roms, den von Florenz und Pisa, war leer. Man war gezwungen, gleichsam nach Luft zu schnappen. Bei der zweiten Rückkehr hatte die Atemnot erheblich nachgelassen. Nun aber, in Erkner, war das unmittelbare Leben in Haus und Natur vor alles getreten. Es zog mich nicht mehr nach Eindrücken großer bildender Kunst. Nichts war mehr da von meiner unstillbaren Ungeduld, die Werke der großen Gestalter zu sehen und ihnen nachzuringen. Keinen Moses von Michelangelo brauchte ich mehr, kein Griechenland suchte ich mehr mit der Seele. Wie nie gewesen war alles das.

Mein Haus, mein Weib, mein Studierzimmer, meine Hunde, Wald, traurige Seen und Kanäle, das Gespenst meiner Krankheit waren dafür eingetreten. Bei alledem drängten sich, wie schon gesagt, Zustände von Wehleidigkeit, Einschüchterung, kurz einer trübseligen Schwäche manchmal in den Vordergrund.

In diese Zeit fiel am neunten Februar eines harten Winters die Geburt meines ersten Sohnes. Der furchtbare Ernst eines solchen Ereignisses ist bekannt. Die lautlose Standhaftigkeit der Mutter war bewunderungswert. Hatten wir wohl in Hohenhaus, als wir uns fanden, in den acht glücklichen Breslauer Tagen, in den seligen Zeiten von Nieder-Salzbrunn diese furchtbare Stunde vorausgeahnt? War unser angeblich freier Willensentschluß nicht auf das Ziel eines fast übermenschlichen Glückes, einer Eudämonie, gerichtet gewesen? Und nun hatte, fast gegen unseren Willen, eine ganz andere Macht uns zu ihren Zwecken, zur Erhaltung der Gattung, gebraucht!

Die Weise Frau kam aus irgendeinem Waldwinkel. Sie half arme Schiffer- und Waldarbeiterweibern entbinden. Ich vergesse nie ihr zerknittertes Nornengesicht: es war hart und ernst und doch wiederum meist dem Weinen nahe. Diese Frau, die recht wohl eine Abgesandte der Erdmutter sein konnte, hat in der Tat alle Mütter, denen sie Hilfe brachte, und alle Kinder beweint, die sie ins erste Bad legte.

Nun, es ist mir also beschieden gewesen, in dem abgelegenen Hause am Waldrand das ohne Vergleich größte menschliche Mysterium zu erleben, das man voll erkannt und gefühlsmäßig erfaßt haben muß, ehe man von der Größe und dem Wesen des Daseins etwas begreifen kann.

So naturnah wie jetzt war ich noch nie. Durch das Mysterium der Geburt hatte sich mir dazu noch die Erde gleichsam aufgeschlossen. Die Wälder, Seen, Wiesen und Äcker atmeten in demselben Mysterium. Es lag in ihm eine irgendwie trostlose Großartigkeit, eine Erhabenheit, durch die man bis an das allerdings verschlossene Tor letzter Erkenntnisse gestellt wurde.

Utopische Vorstellungen hielten sich nicht. An Stelle der Utopie, die über unserem Jünglingsbunde geschwebt hatte, an Stelle aller in ihr verwirklicht gedachten Ideale trat – das Kind.

Mir war die Aufgabe eines Vaters zugeteilt. Wochen- und monatelang wurde meine Sorge und Tätigkeit fast allein von dem Kinde in Anspruch genommen. Es gemeinsam mit seiner

Mutter zu betreuen war meine erste vollwertig soziale Tätigkeit.

Ich entzog mich dieser Aufgabe nicht.

Ich entwickelte, auf eigenes Denken angewiesen, recht gesunde Grundsätze. Es schien, als ob die Erfahrung überwundener Vorleben aus mir wirke. Das Kind in mir liebte außerdem das Kind. Allerdings nicht mehr in dem Sinne, in dem ich schon als Knabe bei den kleinen Krauses und hernach bei Pastor Gauda sozusagen die Kinderfrau gemacht habe. Ich behandelte meinen kleinen Sohn Ivo resolut: fast bei jedem Wetter wurde sein Kinderwagen ins Freie geschoben. Er gewöhnte sich bald, nachts zu schlafen, da ich die Mutter gewaltsam hinderte, sein nächtliches Schreien zu beachten.

Mit einemmal umgab mich eine nüchterne, phantasmagorienbefreite Luft. Die intelligible Welt hatte der nackten Wirklichkeit Platz gemacht. Illusionen waren durch Pflichten verdrängt: nicht mehr durch jene der Einbildung, sondern durch andere, die in der unmittelbaren Not ihre Voraussetzung hatten.

Wunderlich genug würde es geklungen haben, hätte man aus dem Durcheinander seelischer Regungen und Richtungen jener Zeit eine harmonisch-disharmonische, stagnierend-fortschreitende Sinfonie gemacht.

Der Frühling kam, und wie immer hat er seine beglückende Macht ausgeübt. Mehr und mehr nahm ich die märkische Landschaft in mich auf und empfand ihre zarten Schönheiten.

Wir waren dankbar, Mary und ich: sie hatte bestanden, ich lebte noch. Meine Füße setzte ich wiederum mit größerer Zuversicht.

Damals erlebte ich den vollen Inhalt des Begriffs Familienglück. Empfand ich etwas unangenehm, so nur die Furcht vor der Wiederkehr des Leidens, das ich in mir trug.

Der Arzt und Bakteriologe Dietrich von Sehlen, mein römischer Freund, hatte meinen Wohnort ausfindig gemacht, und wir nahmen alte Beziehungen auf. Er besuchte uns, und wir brauten zu dreien eine Bowle mit Waldmeister. Und mit diesem Worte Waldmeister ist die ganze Frühlingsfreude, die wir damals genossen, ausgedrückt.

Das Zimmer und unsere Seelen erfüllte Waldmeisterduft.

Dietrich von Sehlen, der junge, prachtvolle Mann und Arzt, betrachtete und befühlte auf dem offenstehenden Altan Marys und mein gemeinsames Werk, unseren Sohn. Er sagte, daß er ganz nach Vorschrift und allen Regeln der Kunst gelungen sei. Das Diktum wurde ihm durch ein neues gerütteltes Maß des herrlichen Frühlingsgetränkes gelohnt.

Natürlich sprachen wir viel von Rom. Auf dem märkischen Sand erhob sich nun eigentlich zum ersten Male wieder die Vision der Ewigen Stadt. Das dort erlebte Gute und Schlimme wurde wie etwas Überwundenes heiter und überlegen besprochen. Die Istlers, die Nonnenbruchs, die Kopfs, die Weizenbergs waren Schemen und Anekdoten geworden.

Merkwürdig, daß der seltsame Nachbar und Junggeselle, Schöpfer des estnisch-lettischen Olymps, sich während meiner Niederlage im kapitolinischen Krankenhaus überhaupt nicht um mich gekümmert hatte. Er hatte nicht einmal nach meinem Befinden gefragt.

Aber nun erst eröffneten mir Mary und Sehlen, wie krank ich gewesen und daß sie eigentlich bereits Abschied von mir genommen hatten. Auch mein den Barditus singender Koloß, der cheruskische Held und Römerfeind, wurde belacht, der sich mitten in Rom so traurig und schwächlich betragen hatte, als er vornüber auf die Steinfliesen fiel: ein ominös symbolischer Vorfall, den man recht boshaft deuten konnte, wenn man ihn mit unseren verflossenen pangermanischen Idealen in Verbindung brachte.

Eine neue Grund- und Bodenschicht mit einer tragfähigen Ebene lag nun unter mir und über der Vergangenheit. Es war nicht mehr als ein Wurzelgebiet, das sich in sie und unter sie einsenkte, von dem aus sich nun der Stamm meines neuen Wachstums erst noch mit schwachen Zweigen, Blättern, Blüten und Früchten aufbaute.

Die Andacht zum Kleinen beherrschte mich. Hinter den Fenstern meiner Augen lag wieder der Knabe, der ich acht- und neunjährig war. Er hatte, um glücklich zu sein, keinen Michelangelo nötig, nicht die vatikanischen Marmorgötter noch die Stanzen des Raffael: eine sonnenbeschienene Rasenböschung mit gelben Blumen genügte ihm. Er horchte auf den Finkenschlag, freute sich der lärmenden Sperlinge beim Bad oder um den goldenen Pferdemist, entzückte sich an dem grünen Hauch, mit dem der Frühling die vereinzelten Birkenhaine färbte, und botanisierte durch Wald und Wiesen mit der Neugier des Kindes und dem überall kindlich staunenden Blick.

Der Besuch meines Vaters, der von Hamburg kam, fiel in diese Periode des Neubeginns und der Vereinfachung. Man merkte ihm an, daß er mit unserem Zustand zufrieden war und sich bei uns wohlfühlte. Wie wir lebten und seinen Enkel behandelten, fand er richtig und gut. Er liebte Mary, und sie sah in ihm einen richtigen Vater. Durch seine Gegenwart wurde das Kind, der Knabe, der Sohn in mir erst recht zum Leben erweckt. Nie hatte ich bisher meinen Vater so heiter, frei und glücklich gesehen. Der umschattende Ernst über seinem Wesen war nicht mehr. Auch mit ihm war eine Verjüngung vor sich gegangen. Sie zeigte ihn, so wie er einstmals war und immer hätte sein können, wenn es nicht übermäßige Sorgen verhindert hätten.

Wir erhielten ein Fäßchen Wein. Niemand war da, es in den Keller zu schaffen. Es lag im Garten. Die Vögel sangen, die Bienen summten, die Sonne schien, die Lappenhunde, Ziu und Fana, die Junge bekommen hatten, tummelten sich mit ihnen im Bereich der hohen Umgebungsplanken herum. Nun unternahmen es Freund Hugo Schmidt, der ebenfalls zu Besuch gekommen war, und ich, daß Fäßchen über die steinernen Stufen vor der Haustür hinaufzubewegen. Wir stellten uns unter der heiteren Teilnahme Marys und des Vaters überaus ungeschickt und mußten die Sache schließlich aufgeben.

Aber da streifte mein Vater plötzlich das Jackett von den Schultern, krempelte die Hemdsärmel bis über den Bizeps hinauf, wobei denn zwei männlich muskulöse Arme sichtbar wurden, griff das Fäßchen mit der Praxis eines Küfers an, was er seit fünfzig Jahren nicht getan hatte, und rollte es, mir nichts, dir nichts, leicht und sicher über die Treppe ins Haus und dann in den Keller hinunter.

Der junge Mann, der Volontär, der bei Philippi in Breslau Oxhofte ausgewaschen, Wein auf Flaschen gefüllt und Hoffmann von Fallersleben bedient hatte, war plötzlich wieder zutage getreten.

»Jaja, jaja, wir Alten sind auch nicht so ganz ohne!« sagte mein Vater, indem er sich triumphierend und lachend abputzte. Mit einem befreiten Atemholen zog er sich dann die Jacke an.

Siebenunddreißigstes Kapitel

Im Sommer fiel ein dunkler Schatten weniger auf mich als auf Mary. Hohenhaus war inzwischen verkauft worden, Frida

Thienemann und Olga hinunter nach Kötzschenbroda gezogen. Da kam die Nachricht, Frida sei erkrankt, die Krankheit sei ernst, hieß es nach einigen Wochen, und schließlich trat Mary die Reise zu einer hoffnungslos dem Tode geweihten Schwester an.

Ich war egoistisch genug, sie nicht zu begleiten.

Dagegen kam mir mit wunderlicher Plötzlichkeit die Idee, die Abwesenheit meiner jungen Frau zu einem Ausflug zu benutzen. Und plötzlich stand Schlesien, meine alte Heimat, die ich mit allem, was sie barg, nahezu vergessen hatte, wie ein Wunder vor mir auf: das Wunder daran war meine Jugend, meine Vergangenheit. Das zweite Wunder: man konnte dorthin, also in seine Jugend, seine Vergangenheit, zurückreisen. Gedacht, getan: ich holte Schmidt aus der Wohnung seines Bruders, des Postsekretärs, in Berlin. Gern genug war er bereit, die Reise mitzumachen, und bald danach fuhren wir in heiterster Stimmung vom Görlitzer Bahnhof ab.

In Hirschberg stiegen wir aus dem Zug. Wir gingen bis Bad Warmbrunn zu Fuß. Dort im Preußischen Hof nahmen wir unseren ersten Halt. Ein Gewitter hatte uns überrascht, kurz, mit jähen Schlägen, wie sie dort gelegentlich vorkommen. Aber wir waren nicht naß geworden. Im Unterstand einer kleinen Gaststube warteten wir den Regen ab. Ein recht ängstlicher Bürger ging unter Blitz und Donner in diesem Raum auf und ab. Als in der Tat das Wasser in rauschenden Stürzen draußen auf die Straße schlug, sagte er: »Das ist wolkenbruchartig!« und wiederholte: »Das ist ein Wolkenbruch!« Und so ging es, solange der Platzregen dauerte: »Wolkenbruchartig! Wolkenbruch!«

Wir hatten herzlich über die verborgene Angst des alten Männchens gelacht und taten es jetzt unter den Gästen des kleinen Speisesaals, als wir bei einer Flasche Rotwein unser Mittagbrot recht vergnüglich einnahmen.

Hier wurde uns an einem Tisch zwischen anderen Damen und Herren Gustav von Moser gezeigt. Ich bin bei dieser Gelegenheit einem wenn auch für die Zeit charakteristischen, doch äußerst juvenilen Zuge zum Opfer gefallen. Unfaßbar die Überhebung, ja die Verachtung, die ich gegen diesen harmlosen und so überaus liebenswürdigen Lustspieldichter empfand. Freilich waren wir zwei Persönlichkeiten, die gegensätzlicher nicht zu denken sind, Aber was hatte mir Gustav von Moser getan? und was seine talentvollen, allbeliebten Lustspiele? Und was hatte ich demgegenüber vorzuweisen?

Die Wanderung wurde fortgesetzt.

Da war nun wieder das alte Schlesien.

Es bestand wirklich noch mit seinen eigentümlichen, von allem übrigen abstechenden Sprachlauten, seinem vokalreichen, im Munde der Bauern schleppenden Dialekt. Das liebe alte Warmbrunn umgab mich wieder. Ich hatte die Gartentür der Villa Jungnitz geöffnet, wo ich als Knabe mit meinem Vater gewohnt hatte. Der Gärtner sagte, es gehöre den Jungnitzens längst nicht mehr. Da lag das Haus, in dem ich vor den Meinigen beim ersten Frühstück nach dem Genuß der schönen Butterhörnchen halb nackt einen Kosakentanz ausgeführt hatte. Es war noch derselbe Garten, in dem ich zuerst meinen Vater durch den nachgemachten Nachtigallenschlag meiner Kehle in heitere Verwunderung gesetzt hatte.

Von alledem sprach ich mit Schmidt. Ich schilderte ihm jenen wilden Rausch, der mich auf der Straße hinter Buchwald überkommen hatte, als ich erkannte, daß eine entgegenkommende Equipage unsere eigene war und meine sämtlichen Geschwister samt der Mutter beherbergte. Kein Wunder, wenn mich die maßlose Freude ums Leben gebracht hätte.

Es war ein Ausruhen, dieses gemeinsame Tafeln und Wandern mit Hugo Schmidt. Die Krankheit von Frida Thienemann hatte für mich nun einmal diese sonnige Kehrseite. Während die arme Frida dem Tode entgegendämmerte, war für mich und Hugo Schmidt das Atmen wohlig und friedevoll. Er sprach von München, von der »Allotria«, dem Hofbräuhaus und den großen Bräugärten, wo die Künstler ihre Bierschlachten austrugen, erzählte von Kaulbach, Lenbach und Piglheim, jenen Malern, die damals hauptsächlich genannt wurden. Josef Block und einige andere Besucher der Breslauer Kunstschule hatten in München ebenfalls Fuß gefaßt. Tragikomisches war davon zu erzählen. Überall spielten Weiber- und Modellgeschichten mit, die sich in München natürlich und ohne Tragik abwickelten. Der junge Boccaccio hätte daran mit uns seine Freude gehabt.

Der klarste Tag führte uns gegen das gewaltig und vielfältig vor uns liegende Gebirge zu, das man auf dem Wege von Warmbrunn nach Hermsdorf von der Schneekoppe bis zum Reifträger und Hochstein überblickt.

Unter der schönen Ruine Kynast traten wir in das enge Bergtal ein, durch das uns Gewässer in steinigem Bachbett entgegenstürzten. In etwa sechs- bis siebenhundert Meter der Talenge liegt Agnetendorf.

Wir nahmen dort unser Mittagbrot, und ich ahnte die fernen Schicksale nicht, die mich dereinst an diesen kleinen Gebirgswinkel binden sollten. Nachmittags erreichten wir den Gebirgsrücken – ich betrat ihn zum erstenmal – und stiegen, nachdem wir uns in der Peterbaude gestärkt hatten, nach dem herrlich-alpinen Spindelmühle ab.

Und nicht wie junge, hitzige, dem Wandersport verfallene Touristen verhielten wir uns nun, sondern wie Leute, die lieber betrachtend in Ruhe genießen.

Wir lebten in einem freundlichen Gasthaus, plaudernd oder auch schweigend nebeneinander, jeder für sich hin auch wohl ins Gras gestreckt, irgendein Buch genießend.

Ich weiß kein Bild, mit dem ich diese quietistische Woche inmitten der schönsten Gebirgsnatur in den Gang meines Lebens einreihen sollte. Sie steht in meinem Gedächtnis inselhaft.

Was sie auszeichnet, ist ein friedliches Seelengenügen, durchgeistigt stiller Daseinsgenuß, den Eros unaufdringlich und rein wie Bergluft durchdringt.

»Heirate nicht!« sagte ich zu Hugo Schmidt, der mir von einer Dame erzählte, die etwas Vermögen besaß und ihm nachsetzte. Sie lebte in England und wollte im Herbst nach Berlin kommen. Ein Sofakissen hatte sie mit Stickereien verziert und einstweilen vorausgeschickt. Ich warnte, ich machte den Diabolus. Schmidt verschwor sich, er lachte, ich brauche durchaus keine Angst zu haben. Dieses resolute Mädchen sei für ihn nicht im geringsten eine Gefahr, sagte er.

Im Frühjahr darauf war er leider verheiratet. Mit dem Tage seiner Hochzeit begann sein schweres Martyrium, das ihm bis zu seinem frühen Tode treu bleiben sollte.

Nach Erkner zurückgekehrt, empfing ich die Nachricht vom Tode Frida Thienemanns. Vier oder fünf Tage später war meine junge Frau wieder daheim, der Schmerz hatte eine neue berückende Schönheit über sie ausgegossen.

Wenn ich Schmidt vor der Ehe gewarnt habe, so galt diese Warnung nur für ihn. Mich selber hat sie gerettet, ja glücklich gemacht.

Ich lebte damals in einer durch die Nähe Berlins mit bedingten tragisch großen Phantasmagorie. Trat ich des Abends vor das Haus, so sah ich im Westen bei klarer Luft den Widerschein der Riesin blutrot am Himmel. Das wimmelnde Leben der Weltstadt, das ich ja aus vielen Vigilien kannte, lebte in mir. Mit einer Hellsicht, die vielleicht der eines Fiebernden glich, sah ich die wilden, schmerzlichen Verknäulungen ihres Innern. Was wurde nicht alles aus der drei deutsche Meilen entfernten Stadt an Elend und Jammer ans Ufer gespült! Kein Sommer verging, allein hier in Erkner, ohne daß ein von Fliegen umsummter, behoster und bekleideter Leichnam, meist der eines Selbstmörders, im Forst gefunden wurde.

Das ungeheure Lebewesen und Sterbewesen Berlin, wie gesagt, war mir alpartig gegenwärtig.

Meine Lapplandhunde, Ziu und Fana, gehörten mit in die Phantasmagorie. Das Leichenschauhaus, die Mordkommission, Polizeiberichte und Schwurgerichte spukten und geisterten durch die Vororte. Mordgesindel und Diebesgelichter trieb sich spürbar tags und nachts an der Großstadtperipherie herum, darunter die sogenannten Ballonmützen. Die Wolfshunde gaben mir Sicherheit.

Der Winter wurde uns wohl zu lang. Darum siedelten wir, ich glaube im Januar 87, mit Kind und Kegel nach Hamburg über, das heißt, wir luden uns bei den Eltern ein.

Die Wohnung war eng. Ich schlief auf dem Sofa in der Wohnstube. Romanideen wühlten und spukten in meinem Kopf. Daß ich zu einer ernsthaften Arbeit gekommen bin, glaube ich nicht. Es fehlte zunächst ein Arbeitsraum, ich konnte mich in dem kleinen Quartier nicht absondern.

Außerdem war mein Gesundheitszustand während dieses Hamburger Winters jämmerlich. Um meine Nerven zu beruhigen, verschrieb mir der Arzt Bromnatrium. Ich verlor das Rezept. Ein willfähriger Pharmazeut gab mir, was ich irrtümlich verlangt hatte: Bromkalium, wodurch er mich fast getötet hätte. Nachts überfiel mich rasendes Herzklopfen, so daß ich, in kalten Schweiß gebadet, vor Angst gegen die Wände stieß.

Ich litt an schrecklichen Magenschmerzen. Manchmal wand ich mich qualvoll auf der Erde, als ob mich jemand unter den Brustkorb getreten hätte. Aufrecht zu bleiben, wenn dieser Anfall kam, vermochte ich nicht. Ich schlief nicht im Bett.

Gustav Jäger in Stuttgart hatte einen dicken Wollsack konstruiert, der um den Hals geschlossen wurde.

Nach einiger Zeit brach bei Ivo, dem Säugling, infolge der damals schlechten Milchverhältnisse der Hansestadt Brechdurchfall aus, was unseren Zustand noch trostloser machte. Der gelbe Hamburger Nebel drang in die Zimmer und legte sich einem auf die Lungen. Vergeßlich wehrte sich das Gemüt gegen tagelange, bedrückende Finsternis.

Es waren die Folgen der Breslauer Hungerzeit, die Folgen des Typhus, auf die der freundliche Wärter in Rom auf dem kapitolinischen Krankenhaus mich glaubte vorbereiten zu müssen. Ganz gewiß sah es nicht gut mit mir aus.

Bei alledem unterlag ich den Geboten meines inneren Berufs, meiner literarischen Besessenheit. Zu Studienzwecken nahm ich meine Gewohnheit wieder auf, mich vor Tag vom Bett zu erheben und Streifzüge durch die Stadt zu machen. Man wird wissen, welche Ausbeute einem Beobachter und Betrachter eine Seestadt wie Hamburg zu geben vermag. Wenn ich einerseits Hypochonder war, medizinische Handbücher wälzte, mir die schwersten Krankheiten andichtete, war ich bei meinen nächtlichen Omnibusfahrten in Kälte und Nässe wiederum gegen mich selbst ganz rücksichtslos.

Ein solches Verhalten war widerspruchsvoll. Da aber mein künstlerischer Trieb in mir gleichsam das Leben selber war, so mußte er mich schließlich immer wieder, allen Hindernissen durch Krankheitsbeschwerden und Hypochondrien zum Trotz, fort- und emporreißen.

Auf meinen morgendlichen Fahrten nahm ich zuweilen meinen sechs- oder siebenjährigen Neffen Peter mit. Er ist im großen Weltkrieg gefallen. Ich begreife kaum, wie Georg, mein Bruder, und meine Schwägerin mir den Knaben zu so früher Stunde ausliefern konnten, und ebensowenig meine Unbesorgtheit wegen der damit verknüpften Verantwortung.

In Kälte und Nässe stiegen wir von Omnibus zu Omnibus, weite Strecken in Nebel und Dunst in Richtung Altona oder Wandsbek oder St. Pauli zurücklegend. Die kleinen Dampfer über die Innen- und Außenalster wurden benutzt, wo wir, in zugige Kabinen mit anderen Passagieren fröstelnd zusammengedrängt, halbe Stunden lang auf dem Wasser schaukelten.

Der Knabe fand Vergnügen daran, sonst hätte ich ihn nicht mit mir genommen. Ich liebte den Jungen, seine ruhig verständige Art war mir angenehm. Außerdem gab ich einer von meinem Vater überkommenen Neigung nach, mich im Umgang mit klugen Kindern zu verjüngen. Wochenlang hatte ja mein Vater in Warmbrunn und Teplitz im alleinigen Verkehr mit dem Kinde, das ich selbst damals war, sich wohlgefühlt. Die Freude an der Gemeinschaft mit dem kleinen Burschen und der Wunsch danach beruhte jedoch vor allem auch darauf, daß ich durch seine und meine Augen mehr als ohne die seinen sehen konnte.

Der Tag ernüchtert. Die Nachtgewerbe haben für viele starke Anziehungskraft. Aus ihnen gehen auch die meisten Verbrecher hervor, Einbrecher, Diebe, Hochstapler. Die Welt ist gleichsam ausgestorben des Nachts, und die wenigen Lebengebliebenen gleichen den Menschen des Tages nicht. Nicht nur haben sie ein ganz anderes nächtliches Lebensgefühl, sondern sie hängen auch daran wie der Opiumraucher an seinem Narkotikum.

Die Sinne sind reger in der Nacht. Wer wüßte nicht, daß das Wasser lauter rauscht, der eigene Atem, das eigene Herz stärker hörbar wird oder wieviel Licht und phantastisch gestaltende Helle man aus einer kleinen Kerze saugen kann. Der Tag nimmt dem Leben das Wunderbare.

Den Reiz des Neuen, Fremden, Wunderbaren aber suchte ich immer noch. Ich suchte ihn dort, wo sich die Welt des Tagmenschen mit der des Nachtmenschen vermischt und jede der beiden Welten auf die andere übergreift. Hier fanden meine luzideren Sinne ihr Feld der Beobachtung, und hier schnitt mein leidenschaftlich erregter Geist vermeintliche Ernten.

Kinder haben den genialen Zug, sie sehen wesentlich künstlerisch. So sehen heißt, nichts als bekannt voraussetzen. Mein kleiner Neffe vermochte das besser als ich und brauchte dazu nicht wie ich eine Verstandesoperation, weshalb ich mich seiner wie eines Zauberspiegels bediente.

Seine Bemerkungen warfen überallhin schnelle Strahlungen eigenen Lichts, das vieles mit seltsamer Kraft erschloß.

Dafür fand er dann auch überraschend treffende Ausdrükke. So zu sehen, das heißt, zu beleuchten und die sprachliche Prägung des Erkannten zu finden, war – naiverweise bei ihm, bei mir bewußt – unsere gemeinsame Leidenschaft.

Im großen ganzen blieb aber dieser Hamburger Aufenthalt wohl das Äußerste an Freudlosigkeit, wenn nicht Trostlosigkeit. Ob ich mit dem Leben davongekommen wäre, weiß ich nicht, der kleine Ivo sicherlich nicht, wenn der Arzt uns nicht Knall und Fall aus Hamburg verwiesen und nach Erkner geschickt hätte. Wir flüchteten also nach Erkner zurück.

Wirklich, wie durch ein Wunder behielt der Säugling in Erkner die erste Flasche Milch, die ihm gereicht wurde. Ja, er war von Stund an gesund.

In Erkner nahm ich mein altes Leben mit Wanderungen und Beobachtungen aller Art wieder auf. Ich machte mich mit den kleinen Leuten bekannt, Förstern, Fischern, Kätnerfamilien und Bahnwärtern, betrachtete eine Waschfrau, ein Spitalmütterchen eingehend und mit der gleichen Liebe, als wenn sie eine Trägerin von Szepter und Krone gewesen wäre. Ich unterhielt mich mit den Arbeitern einer nahen chemischen Fabrik über ihre Leiden, Freuden und Hoffnungen und fand hier, in nächster Nähe Berlins, besonders auf den einsamen Dörfern, ein Menschenwesen, das sich seit einem halben Jahrtausend und länger unverändert erhalten hatte. Daß es ein geeinigtes Deutschland gab, wußten sie nicht. Davon, daß ein Königreich Sachsen, ein Königreich Bayern, ein Königreich Württemberg bestand, hatten sie nie gehört. Es gab einen Kaiser in Berlin: viele wußten noch nichts davon.

Ich hatte Anwandlungen und Anfechtungen einer patriarchalischen Humanität. Ich quälte Mary, wir sollten das Hausmädchen an unserem Tische essen lassen. Als Mary endlich zustimmte, lehnte das Mädchen ab. So wurde es wenigstens veranlaßt, ihr Mittagessen nicht nach, sondern vor uns einzunehmen.

Solche Marotten mußten sich herumsprechen. Dazu hielt ich die Wochenschrift »Die Neue Zeit«, die den wissenschaftlichen Sozialismus vertrat.

Noch herrschte das Sozialistengesetz. Es war selbstverständlich, daß ich mit alledem den Ortsbehörden verdächtig wurde.

Meinen Roman hatte ich liegenlassen, er verwirrte sich und mich. Ich kam nicht zu Rande damit. Dagegen machte ich mich an kleinere Arbeiten.

Man hörte im Winter das Krachen im Eise der Seen weit über Land und das sogenannte Seegebrüll, das Tönen des Wassers unter dem Eise, »wie Tubaruf nach verlorener Schlacht. Es klang wie dumpfer Titanenzorn, wie Rolandsruf aus geborstenem Horn«. Und die Seen verlangten alljährlich Opfer. Da schilderte ich in einer kleinen Novelle, wie der Segelmacher Kielblock mit seiner Frau und seinem Kinde in einer Mondnacht einbrach und unterging.

Mein literarischer Ehrgeiz war nun brennend geworden. Er stachelte mich zu immer neuen Versuchen an. Ich hatte dem Deutschen Theater mein Drama »Tiberius« eingereicht und mit Dank und freundlichen Worten zurückerhalten. Das aber konnte mich nicht im geringsten entmutigen. Mein literarischer Eifer wurde nur noch heftiger angespornt. Während mein zweiter Sohn geboren wurde, schrieb ich an einer Novelle »Bahnwärter Thiel«, die ich im späteren Frühjahr beendete. Sie wurde von Michael Georg Conrad in München erworben und in seiner Zeitschrift abgedruckt.

Damit war ich als Schriftsteller in die Welt getreten.

Die arme Mary hatte unseren zweiten Sohn, wie den ersten, ohne alle ärztliche Hilfe am 22. April 1887 zur Welt gebracht. Nur die Norne aus dem Waldinnern hatte sich wieder eingefunden. Die Mutter, stumm, schweigend, ohne Laut, war ein Vorbild an Tapferkeit. Bei mir im Arbeitszimmer befand sich indessen ein Mensch, ein Jenenser Student, von Carl empfohlen, den ich durchaus nicht loswerden konnte. Er las mir seine Gedichte vor; es war läppisches Zeug, in dem mein Bruder Talent gesehen haben sollte.

Amtsvorsteher und Standesbeamter in Erkner war ein Herr von A., dem ich die Geburten meiner Söhne anzumelden hatte: ein politischer Heißsporn, der überall staatsgefährliche Elemente roch. Ich wurde bei pflichtmäßigen Begegnungen von ihm mit deutlicher Absicht kalt abgetan.

Ich entdeckte im Walde ein Nest von alten Kleidern. Sie mußten von Strolchen stammen, die sich hier umgezogen hatten. Törichterweise und in der Vermutung, dies könnte die Spur eines damals gesuchten Einbrechers sein, machte ich dem Herrn Amtsvorsteher persönlich Anzeige. Wie er das aufnahm, die Geringschätzung, die er meinem Bericht entgegenbrachte, die hochmütige Ablehnung, die er mir zuteil werden ließ, fand in einer Komödie, »Der Biberpelz«, die ich später schrieb, ihren Niederschlag.

Die äußerste Peripherie Berlins wies eine Menge brüchiger Existenzen auf. Ihr Studium bereicherte mich. Diese Bereicherung aber wurde in einigen Fällen durch eine gleichsam handgreifliche und darum schmerzhafte Belehrung herbeigeführt.

Als wir das Haus am Walde gemietet hatten, bat der Besitzer, ein alter, zu Geld gekommener Handwerker, ihn und seine Frau in einigen Zimmern des Dachgeschosses zu dulden, wo man sich ganz bescheiden und eingezogen betragen wollte. Mary war dagegen, ich jedoch hatte nicht das Herz, die rührende Bitte abzuschlagen.

Wir haben in Haus, Hof und Garten Ärger über Ärger davon gehabt.

Eines Tages setzten uns diese ständigen und ständig mißgünstigen Aufpasser fremde Leute in ihre Wohnung hinein, einen verkrachten hinkenden Forstmann, den man wohl einen Forstnarren nennen kann, und seine Frau. Er kleidete sich wie ein Förster, was er wie durch ein Wunder bewerkstelligte, da er nicht eine Faser des grünen Rockes bezahlt hatte. Zu seinen Gewehren und sonstigen Jagdutensilien, die er niemals gebrauchen konnte, war er auf ebendieselbe wunderbare Weise gelangt. In einem Gang nach dem nahen Walde mit seiner baumlangen Lebensgefährtin oder ohne sie, wobei der gestiefelte und gespornte Mann ein Waldhorn umhängte, bestand seine tägliche Tätigkeit. Und so hörte man immer wieder die Mißtöne zwischen den Bäumen hervordringen, die er unermüdlich dem Waldhorn entpreßte. Der üble, nicht unamüsante Mensch und seine aus Riga stammende, ihm bedingungslos hörige Frau hatten sich bald in unser Vertrauen schmarotzt und wurden, da sie das spärlichste Einkommen hatten, von unserer Köchin durchgefüttert.

Der Forstmann führte einen anderen dunklen Ehrenmann bei uns ein, mit dem ich arge Erfahrungen machte. Für mich ein Kursus im Fache menschlicher Schlechtigkeit. Aber ich schweige gern davon.

Achtunddreißigstes Kapitel

Ich will nun summarisch zusammenfassen, was über die Zeit in Erkner, insonderheit jene vor einer gewissen epochemachenden Reise nach Zürich, etwa nachzuholen ist. Es kommt dazu noch ein Hamburger Aufenthalt und einer in Putbus auf der Insel Rügen.

Nach diesem traf ich in Kötzschenbroda bei ihrer Schwester Olga mit Mary wieder zusammen. Körperlich und geistig erholt, war ich glücklich, wieder bei ihr zu sein.

Es gab leider einige Unstimmigkeiten, Debatten und mitten darin eine Katastrophe. Es drang mir in großen Mengen Blut aus dem Munde. Meine Gefühle waren dabei wunderlich. Ich lag auf dem Rücken, und mein Auge durchdrang die Zimmerdecke und machte so gleichsam meiner Seele die Bahn in den Sternenhimmel frei. Ich nahm an, es sei mein Ende.

Aber eine wunderliche Art von Triumph mengte sich meinem Zustand bei: nämlich, daß nun Mary der Ernst meiner Krankheit bewiesen sei.

Von da ab seltsamerweise habe ich nie mehr Blut gehustet.

Die Tage in Putbus hatten mich mit dem dortigen fürstlichen Theater und mit einer Schauspielgesellschaft in Verbindung gebracht. Mittelsmann war ein Schauspieler Reitzenstein. Ihn aber hatte ich bei dem ehemaligen Schauspieldirektor Alexander Heßler kennengelernt, der uns gemeinsam unterrichtete.

Reitzenstein war ein Verehrer meines Schauspielertalents. Alexander Heßler, weiland Direktor des Straßburger Königlichen Theaters, hatte aus einem Zusammenbruch seiner Vermögensumstände zahllose Kisten mit Kostümen und Requisiten, einen Fundus also, gerettet und auf dem Boden einer alten Kaserne untergebracht. Dahin ging ich von Erkner aus regelmäßig zum Schauspielunterricht.

Ich brauche davon nicht mehr zu sagen; eines meiner späteren Werke, »Die Ratten«, ist auf den Eindrücken dieses Milieus aufgebaut.

Der Anfall in Kötzschenbroda schien in der Tat eine Krise in meinem Krankheitszustand gewesen zu sein. Es ist von da ab aufwärtsgegangen. Wie ich damals glaubte, infolge einer gewissen Bewegungskur.

Damals war die Epoche des Hochrades. Aber es wurden schon niedere Räder und ein Dreirad auf den Markt gebracht. Ein solches Dreirad hab' ich erworben. Ich benutzte es täglich und verlängerte damit meinen Aktionsradius. Dabei fühlte ich mich von Woche zu Woche heiterer, stärker und widerstandsfähiger.

Auch in mein literarisches Wirken kam Ruhe und Stetigkeit.

Ein Zwischenfall soll noch flüchtig erwähnt werden: eine gerichtliche Vorladung. Ich wurde vom Untersuchungsrichter über allerlei Umstände vernommen, die sich in Breslauer politischen Zirkeln zugetragen hatten. In der Tat waren einige alte Bekannte dabei kompromittiert.

Ich wußte nicht das geringste davon.

Trotzdem hatte ich in dem späteren großen Sozialistenprozeß nochmals als Zeuge aufzutreten.

Dabei habe ich zum erstenmal Geld verdient, das heißt Zeugendiäten eingesteckt.

Bei dieser Gelegenheit sah ich ebenfalls zum erstenmal die meisten Häupter der Sozialdemokratie, wie denn überhaupt das Ganze dieser Monstreverhandlung höchst eindrucksvoll und belehrend war.

Man hat es wohl diesen Blättern entnommen, welchen wunderlich-wechselvollen Weg ich gegangen bin und daß ich schon in sehr früher Zeit mich allen Gefolgschaften entzogen habe. Ich hatte zuviel mit mir selbst zu tun.

Von früh auf in Opposition gedrängt, war ich ihr freilich auch heut noch verfallen. Ein ruhiger Bürger war ich und war ich nicht. Was ich dachte, war Neuerung. In keiner erlaubten noch unerlaubten Rubrik ließ es sich unterbringen. Stand ich dem Sozialismus nahe, so fühlte ich mich doch nicht als Sozialisten. Die Einzigkeit meines Wesens war es, auf der ich bestand und die ich gegen alles mit verzweifeltem Mut verteidigte.

Aber nun merkte ich plötzlich, ich sei nicht allein.

Jahre hindurch wußte ich nichts anderes, als daß mein vereinzeltes, absonderliches Streben mich hoffnungslos vereinsame. Der Gedanke, es könne andere geben, die ein ähnliches Schicksal zu tragen hätten, kam mir nicht. Mit einem Male aber tauchten solche Naturen an allen Ecken und Enden in Deutschland auf. Sie begrüßten einander durch Zurufe, Leuten ähnlich, die auf Verabredung einen Marsch zu einem bestimmten Treffpunkt unternommen haben und nun angekommen sind.

Eine Anthologie »Moderne Dichter-Charaktere«, herausgegeben von Wilhelm Arent, war einer unter anderen Beweisen dieses Zustandes. Lange Zeit ging ich wie unter dem Eindruck eines Mirakels herum.

Frühlingsnächtige Stunden...
Mächtig schwillt die Luft,
rings quillt aus kühlem Garten
der Erde süßer Duft.

In aufgebrochenen Schollen
gestaltet sich's bunt und reich,
durchs offene Fenster
rankt sich keimendes Rebengezweig.

Über die Borde drängt sich
das Wasser jach enteist,
und aus dem Walde quillt es
wie Maienglockengeist.

Schwarz über uns flattern die Wolken
wie Banner in heißer Schlacht,
als jagten flüchtige Reiter
wund durch die dunkle Nacht.

Die Lüfte brausen und mächtig
sausen sie hinterdrein,
so stürmen siegjubelnde Reiter
in fluchtzerrissene Reih'n.

Diese Verse von Julius Hart, einem jungen Dichter der Anthologie, geben etwas von der seelischen Atmosphäre wieder, die damals um uns war. Und ein anderes Gedicht aus Arents »Dichter-Charakteren« von Alfred Hugenberg, dem nachmaligen deutschnationalen Parteiführer, drückt das Ahnen aus, ja das unmittelbare Hoffen, das uns betörte:

Es tagt! Es tagt! Schon wogt's im Nebelmeer!
Die neue Welt, die kämpfend wir ersehnen,
wirft ihre Purpurstrahlen vor sich her:
o grüßet sie mit heil'gen Freudentränen!

Nicht ohne Fehl ist diese neue Welt,
nicht ohne Schuld und ohne tiefe Schmerzen,
doch ist ihr Geist von stolzer Kraft geschwellt
und frisches Leben glüht in ihrem Herzen.

Was sie mit goldnen Siegeskränzen ehrt,
bist du, o zwangbefreiter Mut der Jugend,
und was sie liebt und laut im Liede lehrt,
es ist die frei gewordene, schöne Tugend.

Es ist nicht zu vermeiden, auf die Anthologie näher einzugehen, der diese Proben entnommen sind. Ich fühlte sofort, sie war Fleisch von meinem Fleische, Geist von meinem Geiste. Und es ist meine eigene, in diesen Blättern verfolgte Entwicklung, die ihren Seelengrund ohne weiteres verständlich macht. Das in hohem Grade bedeutsame Zeitdokument enthielt viele Namen, deren Träger damit zum erstenmal in der Öffentlichkeit genannt wurden: Hermann Conradi, Karl Henckell, Wilhelm Arent, Julius Hart, Friedrich Adler, Johannes Bohne, Arno Holz, Oskar Jerschke, Heinrich Hart, Erich Hartleben, Alfred Hugenberg, Georg Gradnauer und andere.

Fast alle waren in meinem Alter und ihre Gemütslage der meinen nahe verwandt.

Höchstens daß ich einen Teil der Gärung, in dem sie noch standen, bereits überwunden und hinter mir hatte.

Ich verweise auf meine römische Zeit, wo sich mir die Synthese des Aischyleischen Prometheus mit Christus aufdrängte.

Obenhin gesehen, scheint es überaus seltsam und kaum begreiflich, wie ein solches Buch, das in die Glanzepoche von Deutschlands Aufstieg fällt, entstehen konnte, dessen erste Seite mit den Worten beginnt:

Ein freudlos erlösungheischend Geschlecht,
des Jahrhunderts verlorene Kinder …

und das wenige Zeilen später feststellt:

Rings graut nur unendliche Wüste! …

oder:

Die Welt schaut ihrem Morgen entgegen sehnsuchtsvoll,
wie einst der ersten Liebe dein Herz entgegenschwoll …

oder:

Hört ihr es nicht? In meinem Ohre bang
ewig tönt herber dumpfer Trommelklang …

oder:

Die düstren Wolken schreiten
drohend über das Land,
Schatten vorübergleiten
und fassen mein Gewand …

oder:

Der Pöbelhaß, der Pöbelwahn
hat dich ans Kreuz geschlagen,
das Schicksal tut das gleiche noch
mit uns an allen Tagen …

was sich auf Jesus Christus bezieht. Ferner wird von »des Lebens florumhüllten Stufen« gesprochen, von den »Sterbeliedern«, die der Freiheit gesungen werden:

… bis in flammender Pracht
aus Schlünden der Nacht
der Erlösung Sonne wird steigen!

Man ist vom »Daseinsekel« geschüttelt:

… als müßtest du
die Welt verfluchen, die dich eingewiegt

in deiner Jugend süße Märchenruh' –
um dich zu hartem Qualendienst zu wecken …

Man ringt »vom Sturm umtost, im nächt'gen Todestal«, hat »Titanenmut« und betet dann wiederum:

Komm über mich, o traumlos ew'ger Schlaf! … …

Es wird gedroht:

Ihr Narr'n! Es kommt die Stunde,
da wieder am Kreuze einmal
bluttriefend ein neuer Messias hängt,
im Herzen Prometheus-Qual!

Auch diesen, heißt es, habe die verfluchte Menschheit getötet. Er starb an der Schmach, zu erleben, wie von ihr der gottgeborene Geist verraten wurde.

Johannes Bohne bringt ein »Gebet an den Sturm«. Es wird überhaupt sehr viel inbrünstig gebetet in dieser Anthologie, und es gibt sehr viele Stürme und Gewitter.

> Hörst du des Herzens wildgepreßtes Ächzen,
> wie es erzuckt von alten Qualen?

wird Gott gefragt. Der Ruhm wird abgelehnt, wie ein wesenloses Traumgebilde. Es gibt Prophetien, wie von Karl August Hückinghaus, der folgendes »Gesicht« hat:

> Und plötzlich
> stand ich auf einem
> unendlichen, großen Friedhof ...
> Von Horizont zu Horizont
> reichte die Reihe der Gräber,
> und auf ihnen standen
> Kreuze und Male,
> und dazwischen glühten
> Lichter, als wäre
> der Tag aller Seelen.
> Wie ich nun hinblickte,
> sah ich, daß aus den Gräbern
> jedem wuchs eine Hand,
> eine anklagende Totenhand ...
>
> und so weiter.

Ist dies um 1885 eine Vorahnung des Weltkriegs? – Man hat Heimweh »nach der Heimat unterm Rasen«. Ja selbst Arno Holzens burschikose Lebenskraft läuft in das Bekenntnis aus:

> Einst schlug mein Herz wie eine Nachtigall!
> Doch ach, nun gleicht es einer Tränenurne!

Auch Oskar Jerschke gibt ein »Gebet«. Er bittet, zu den Reichen einen Propheten zu senden, der ein »Mene mene tekel« an ihre Wände schreibt. Denn wenn die Massen sich erheben ...

dann gilt nichts Heiliges mehr auf der Welt,
es stürzen Kirch' und Kapellen.
Die Liebe verroht und der Glaube zerschellt,
das Mitleid begraben die Wellen.

Heinrich Hart sagt:

Rings drängt so viele Kleinheit
in tausend Herzen sich,
wuchernd prahlt rings Gemeinheit ...

Und er endet die Zahl seiner Beiträge durch ein »Gespräch mit dem Tode«, in dem auch die Worte zu lesen sind:

Selig, wem Wunden schlug der Erde Lust.

Es gibt aber auch ein Aufbegehren und einen Optimismus und mancherlei Prophetie. Eine solche, die zugleich Anruf an das zwanzigste Jahrhundert ist, stammt ebenfalls von Heinrich Hart. Wie ungeheuer schmerzlich ist es heut, im Jahre 1930, das zu lesen, was im Jahre 1878 zuerst und dann 1884 in den »Dichter-Charakteren« veröffentlicht wurde. Nie ist eine enthusiastische Prophezeiung grausiger widerlegt worden.

Wirf die Tore auf, Jahrhundert,
komm herab, begrüßt, bewundert,
sonnenleuchtend, morgenklar.
Keine Krone trägst du golden,
doch ein Kranz von duftigholden
Frühlingsrosen schmückt dein Haar.

Ganz verwundet, ganz zerschlagen,
Herz und Mund verdorrt von Klagen,
ziehn wir müd' im Staub einher.
Unser Aug' erlischt in Tränen,
unsre Seele siecht vor Sehnen,
unser Haupt glüht fieberschwer.

...

Wirf die Tore auf, Jahrhundert,
komm herab, begrüßt, bewundert,
zeuch mit Morgensturmwind ein.

...
Wo du gehst, da öffnen alle
Tiefen sich mit heißem Schwalle
und des Abgrunds Nacht wird Tag ...

Wo du gehst, quillt Lust und Segen,
jedem Herzen rauscht's entgegen
wie des Lenzwinds tauig Warm.
Und der Winter geht zu Ende,
liebend reichen sich die Hände
Stark und Krank und Reich und Arm.

Und von Ost gen Westen fahren
Boten aller Völkerscharen –
unsrer Fehde sei's genug.
Kommt, den Gruß uns zu erwidern,
laßt uns Brüder sein mit Brüdern,
fahr zur Hölle, Macht und Lug.

»Schlagt die Zimbeln, spielt die Geigen«, heißt es nun weiter, es werde herrlich sein, »miteinander so zu bauen, einig, einig voll Vertrauen«. »Heil dem Tag, der so befreit« lautet der Schluß. Ähnlich singt Erich Hartleben. Er bringt den Protest, er bringt die Empörung:

Sträuben sollen wir uns wider das Eisenjoch,
dem der Gewohnheit Schmutz Würde des Alters lieh;
wen das steigende Licht grüßt,
nicht sehn' er die Nacht zurück!

Feigheit knechtet die Zeit, beuget der Nacken Kraft;
wenige wagen nur frei zu gestehen, was
längst ihr kühnerer Blick sah,
längst ihnen im Busen lebt.

Nun, wie gesagt, dies alles empfand ich, nach den zwei Jahrzehnte langen Erfahrungen mit mir selbst, verwandtschaftlich. Hier war meine wesentlich gleichaltrige geistige und dichterische Generation. Neben jedes dieser Gedichte konnte ich ein eigenes stellen von derselben Art. Eine Synthese der Anthologie war mein »Promethidenlos«, das ich auf eigene Kosten hatte drucken lassen.

»Gestorbenes Erz« wird bei mir ein Gedichtchen genannt, gemeint ist die Kirchenglocke. Gesagt wird:

Es geht, ein verlassener Armer,
ihr Ton durchs öde Land:
Er predigt vom großen Erbarmer,
den Gott aus dem Himmel gesandt.

Er predigt das Licht und den Frieden,
den Christus hat gebracht,
denn wieder gebietet hienieden
der grausame Krieg und die Nacht.

Es wird der Tod verherrlicht, Selbstmörder werden verteidigt. Das früher mitgeteilte »Verlohnt's der Müh'? – Ich bleibe stehn« gehört auch in die Anthologie. Friedrich Adler schreibt:

Doch was dies Blinken?!
Hast du's bedacht?
Ein seufzend Sinken
in Todesnacht.

Für jeden Zug der chaotisch gärenden Seelenverfassung mit ihrer brünstigen Natur-, Gottes- und Menschenliebe, wie sie die Anthologie zeigt, gab es Parallelismen in mir. Höchstens war ein gewisser Kristallisationsprozeß bei mir bereits weiter fortgeschritten: Naturliebe, Gottesliebe, Menschenliebe, Weltschmerz, Weltflucht.

Mit manchem der Dichtercharaktere wurde ich wieder in Erkner persönlich bekannt. So mit Heinrich und Julius Hart, Arno Holz und anderen. Sie beehrten mein Haus am Waldesrand.

Eines Tages erschienen zwei junge Leute, Max Marschalk und Emil Strauß, die in mir den Dichter einer Novelle, des »Bahnwärter Thiel«, begrüßen wollten.

»Ein Wunder, ein Wunder!« sagte ich zu Mary, als ich die jungen Herren ihr vorstellte.

Eines Tages – das Haus war voll, es wurde gegessen und billiger Mosel getrunken – kam die Nachricht, daß der ehemalige Vormund der Schwestern Thienemann, ein Naumburger

Thienemann, ihre Depots veruntreut habe. Das hieß so viel als: wir waren von Stund an mittellos, waren arm.

Ich kann nicht sagen, daß ich durch diese Hiobspost außer Fassung geraten bin. Ich glaube, meine Frau ebensowenig. Ich fühlte eben allbereits unter den Flügeln den frischen, den tragenden Wind.

Aber ich glaube, der nächste Tag brachte die Nachricht vom Hinscheiden der Augsburger Großmama, deren Nachlaß, wir wußten es, das Verlorene reichlich ersetzte.

Von Erkner aus kam ich oft nach Berlin. Und dort war ich in einen weiteren Kreis junger Literaten hineingewachsen. Er schloß sich in einem Verein zusammen. Bezeichnenderweise hieß er »Durch!« Die Harts, Karl Bleibtreu und andere gehörten ihm an.

Wir lasen einander Arbeiten vor, disputierten und hielten Vorträge.

Eine neue Ausgabe von Georg Büchner, besorgt durch Karl Emil Franzos, lag damals vor. Ich besprach sie in unserem Vereine.

Die »Dichter-Charaktere« sowohl wie alles, was irgendwie irgendwo mit ihnen zusammenhing, waren von der Presse geächtet, wurden verfolgt und nach Möglichkeit unter Gelächter begraben. Wir waren darüber nicht ungehalten, sondern sahen selbst in dieser Art von Beachtung unserer literarischen Revolution eine Förderung. Wir wußten, wir waren ins Leben getreten, und trugen die Gewißheit in uns, einer Sache zu dienen, deren Sieg nicht mehr ferne war.

Neununddreißigstes Kapitel

Wir wurden von meinem Bruder und meiner Schwägerin Martha nach Zürich zu kommen eingeladen. Wir sollten samt den zwei Söhnchen, die wir mitbrachten, Gäste ihres Hauses sein. Die Freie Straße – nomen est omen! –, wo die Geschwister wohnten, liegt am Zürichberg und ist umgeben von Wiesen und Wäldern.

Natürlich war das Wiedersehen mit Carl, Martha und meinen Freunden Ploetz und Simon das glücklichste.

Simon, der ebenfalls an die Universität Zürich übergesiedelt war, steckte, durch Alfred Ploetz angeregt, bereits wie dieser tief im medizinischen Studium.

Als Kuriosum sei erwähnt, daß der Zug, den wir von Berlin

nach Frankfurt benutzten, das Wunderwerk eines sogenannten Speisewagens eingestellt hatte. Wir staunten und waren entzückt darüber, nämlich Mary und ich. Leider aber, wie sich herausstellte, vertrug sie den Aufenthalt in dem schönen Gehäuse nicht.

Nichts von den Ingredienzien der »Modernen Dichter-Charaktere« spürte man zunächst in der Züricher Luft, sondern nur freudig hoffende Strebenskraft, keiner Traurigkeit zugänglich. Der Pendelausschlag der Seele bewegt sich nun einmal vom Licht zur Nacht und von Nacht zu Licht. Und die neue Umgebung schien zunächst nur den heitersten Tag zu beginnen.

Man war in der Schweiz, man war in einer landschaftlich unvergleichlich gebetteten Stadt. Ein mächtiger See warf die Bläue des Himmels zurück. Über ihm in der Ferne lag die schemenhaft leuchtende Kette der Alpen. Über den Stadtteil Enge wachte der grün bewaldete Ütliberg, den man unschwer ersteigen konnte. Noch beherrschte die Straßen das trauliche Schweizer Bürgerhaus. Ein solches hatten auch Carl und Martha inne. Empfängliche Jugend, als welche wir uns wohl bezeichnen konnten, spürte zum erstenmal den einzigartigen Geist schweizerischer Bürgerlichkeit. Mir zum mindesten ging es so. Und mir war, als sei ich darin geborgen.

Noch ahnte ich nicht, wie diese Züricher Zeit mein Leben und meine Erfahrung bereichern sollte, sowohl was die Fülle neuer Erscheinungen anbelangt, Persönlichkeiten verschiedenster Art, soziale Institutionen, Parteigebilde kämpferisch-politischer Art, als auch wissenschaftlich neue Gebiete.

Carl, Ploetz und Simon, verbunden mit einem Kreis von Studierenden, waren viel enger noch, als dies in Jena möglich war, um die Universität gruppiert. Und diese hatte damals, ich glaube fast als die erste, dem Frauenstudium ihre Hörsäle freigegeben.

Der Geist des Hauses, das Martha führte, war von einer überaus schönen Klarheit und Sauberkeit. Man muß bedenken, daß Simon und Ploetz, dann auch Mary, ich und die Kinder täglich hier ihre Mahlzeiten einnahmen. Ich habe nie von Martha ein Wort der Klage über zu viele Arbeit, ja überhaupt ein anders als freundlich gehaltenes Wort gehört. Niemals ist es an diesem Tisch junger Menschen formlos oder gar derb und roh hergegangen. Weil Martha ihren vornehm-einfachen

Stil unbewußt aufrechterhielt, haben sich auch ältere Leuchten der Wissenschaft im Bannkreis des Hauses wohlgefühlt. Solche, nicht nur der Züricher Universität, die Carl und dem Kreise um ihn besonders nahe standen, waren die Professoren Forel, Gaule und Richard Avenarius.

August Forel war Direktor des Burghölzli, der großen Züricher Irrenanstalt. Er ist es, dessen Erschließungen von überwiegendem Einfluß auf mich gewesen sind. Er hat mir ein unverlierbares Kapital von Wissen um die menschliche Psyche vermittelt.

Das kleine Haus meines Bruders Carl und meiner Schwägerin Martha in der Freien Straße wurde damals etwas wie eine platonische Akademie, die allerdings mehr den Geist des »Gartens«, will heißen des epikurischen Kreises atmete. Es liegt keine Übertreibung darin. Ploetz und Simon, die täglich aus ihren Kollegs kamen, verbanden ihn mit dem Gesamtinhalt der medizinischen Wissenschaft. Carl, nach täglichem Verkehr mit Richard Avenarius, wälzte ruhelos grundstürzende Probleme der Philosophie.

Es ist eine Dreizahl von Professoren, deren Geist gewissermaßen über dem Häuschen der drei Doktoren Carl, Ploetz und Simon schwebte. In einer anderen Dreizahl tauchten über mir und ihnen drei diese noch überstrahlende Sterne auf. Gottfried Keller, der von je in Zürich lebte, Conrad Ferdinand Meyer, der am nahen Seeufer in Kilchberg wohnte, und Arnold Böcklin, der seltsamerweise damals von Florenz nach Zürich übergesiedelt war.

Böcklin war mir von Grund aus bekannt, Keller genugsam, um ihn begeistert zu verehren. Mein Verhältnis zu Conrad Ferdinand Meyer hob erst an. Die Ehrfurcht aber, die wir dem Trio entgegenbrachten, streifte gleichmäßig an Vergötterung. Wir strebten, auch nur ihren Anblick zu erhaschen, hätten jedoch nie den Mut gehabt, solche Gottheiten anzusprechen.

So anders die Richtung des Weges auch war, den ich schon damals ging, ist doch das wesentliche und beglückte Erfassen der beiden Dichter in Zürich von uns erlebt worden. Sie wurden von uns – Ploetz vielleicht ausgenommen – leidenschaftlich gelesen und diskutiert.

Karl Henckell und Frank Wedekind sind die Namen von jungen, werdenden Dichtern, die damals von dem Hause in der Freien Straße angezogen wurden. Man traf sich natürlich auch in Lokalen außerhalb.

Aus den medizinischen Kreisen gruppierte sich um Ploetz mancherlei: Agnes Bluhm, Pauline Rüdin und ein gewisser Tomarkin, der möglicherweise zwischen der medizinischen Wissenschaft und dichterischen Ambitionen hin und her schwankte.

Ich habe die Entwicklung dieser drei Persönlichkeiten durch mein langes Leben verfolgen können.

Zu Ferdinand Simon fühlte sich eine bedeutsame Frau, Fräulein Winterhalter, ebenfalls Medizinerin, hingezogen. Die schöne, zarte und überaus kluge Person besaß eine männliche Eigenschaft, nämlich sie rauchte schwere Zigarren. Ich nenne sie, weil sie für die Vielfalt und Seltsamkeit der Gestalten unter den ersten Studentinnen Europas charakteristisch ist. Ich könnte noch viele andere nennen, aus Deutschland und überall her, hauptsächlich aber aus Rußland und Polen herzugeströmt. Es ist klar, daß der Verkehr mit ihnen unseren Gesichtskreis erweitern mußte.

Was hatten diese jungen Mädchen, besonders aus Rußland und Polen, durchzumachen und zu leisten gehabt, bevor sie an einer deutschen Hochschule in deutscher Sprache hören und verstehen konnten! Welchen Gefahren und Beschwerden hatten sie sich, um ihren Lernhunger zu befriedigen, nicht ausgesetzt!

Wenn ich mich frage, was ich in den vorerst nur angedeuteten Züricher Kreis mitbrachte und was mich schicksalhaft erfüllte, so war es natürlich literarischer Gestaltungstrieb. Ich hatte Zola, dann als ersten Russen Turgenjew, später Dostojewski und schließlich Tolstoi wesentlich in mich aufgenommen, wobei das größte Erlebnis, das mich immerwährend durchwühlte, Dostojewski blieb. In diesem Sinne, wie angedeutet, blieben Keller und Meyer zwar göttliche, aber peripherische Eindrücke.

Ich nun habe den Kreis um Carl mit Dostojewski und wieder mit Dostojewski infiziert. Die russischen und polnischen Studenten und Studentinnen hielten das Dostojewski-Feuer lebendig, und das Irrenhaus Burghölzli und der große Psychiater Forel warfen Scheiter hinein.

In meinem Gedicht »Promethidenlos« wird an einer gewissen Stelle ein Irrenhaus das »Haus der höchsten Weisheit dieser Welt« genannt – ein schauerlicher Doppelsinn, der mir heute nur zeigt, in welchen Tiefen eines Überpessimismus ich damals ächzte. Dies Haus der höchsten Weisheit dieser Welt habe ich also in Zürich trocken und nüchtern kennengelernt und werde später davon berichten.

Aber auch außerhalb seiner Mauern bin ich immer mit dem Notizbuch in der Hand, wo ich ging und stand, den psychischen Sonderbarkeiten der Menschen nachgegangen. Andere haben mir später gesagt, ich sei kaum ohne Notizbuch gesehen worden.

Zu den ersten Objekten meiner Studien gehörte die Heilsarmee. Immer wieder besuchte ich ihre Andachten. Die charakteristisch gekleideten Mädchen sangen die Kirchenlieder mit mänadischem Temperament, wobei sie die Schellentrommeln schwangen. Es kam ihre Zeitung »Der Kriegsruf« heraus, den ich lange gesammelt habe. Aber vor allem stießen sie immer wieder den gleichen jubelnden Lockruf aus, der, wie bekannt, »Komm zu Jesu! Komm zu Jesu!« lautet.

Jede Andacht unter der Leitung von männlichen und weiblichen Offizieren der Heilsarmee hatte zum Zweck, verstockte Sünder in den Zustand der Zerknirschung zu versetzen und ihr Damaskus herbeizuführen. Kam diese Gnade über ihn, so wurde der verlorene Sohn – oder die verlorene Tochter – mit aller Liebe zu den Geretteten herübergenommen, wo er dann aus reuigem Herzen eine mehr oder weniger lange, mehr oder weniger rührende öffentliche Beichte ablegte.

War dies nun oder war es kein Irresein? Es war jedenfalls bei Bekehrern wie Bekehrten eine Art Rausch, ein Zustand dionysischer Exaltation. Sie wirkte auf die zu Gewinnenden nicht durch Überzeugung, sondern durch Ansteckung.

Ganz allgemein lag damals in der Luft ein Hang zur Sektiererei.

Man sah auch in Zürich die Schüler des Naturmenschen und Anachoreten Dieffenbach. Ihre Haare wallten bis auf die Schultern. Wo man diese halbnackten Menschen sah und beobachtete, mußte man finden, daß ihnen etwas Fremdes, etwas Unberührbares anhaftete. Mir kam es vor, als hätten sie allenthalben die Tore ihrer Seelen zugemacht. August Forel stand nicht an, ihr Verhalten pathologisch zu nennen.

Und doch schien es, daß, abgesehen von der breiten Wirkung der Sozialdemokratie, das Weltverbesserertum in der Luft liege. So setzte sich Forel selbst, nicht ohne Fanatismus, für Frauenrecht und Antialkoholismus ein. Eine Welt ohne Wein, Bier und Schnaps, so schien es ihm, müsse gesund werden.

Das Frühlingshafte jener und besonders der Züricher Zeit bestand in einer immanenten Gläubigkeit. Soll ich die abgegriffene Dreizahl Glaube, Liebe, Hoffnung für sie beanspruchen? Ja! Denn wir waren davon erfüllt. Daß wir erst für die ferne Zukunft glaubten, liebten und hofften, was uns in göttlicher Jugendfülle umgab, ist uns damals kaum klargeworden. Fast mit jedem Schritt wurde damals ein neues Morgen gesucht und erlebt. Eine nagelneue Epoche ging über der Menschheit auf. Man suchte und fand überall das Neue.

Nie dagewesene Erkenntnis auch über den Menschen trat aus der Dunkelheit. So wurde das Gebiet der Hypnose durch Forel experimentell erforscht und vom wissenschaftlichen Standpunkt aus studiert. Es waren Wunder auf diesem Gebiet, die er in seinen Kollegs vorführte.

Aber auch sonst drangen Ahnungen ungeheuren technischen Fortschritts auf die Menschheit ein. Mein Bruder Georg aus Hamburg schrieb: Wir haben hier einen Explosionsmotor konstruiert. Sobald er einwandfrei gebrauchsfähig ist, brauchen wir keine Pferde mehr vor dem Wagen. Wir haben den lenkbaren Luftballon, wir haben blitzschnelle kleine Boote, ruderlos. Ja, wir werden wahrscheinlich ohne Ballon fliegen. Es schien Wahnsinn, aber wir glaubten daran.

Beinahe täglich brachten Ploetz und Simon Nachrichten in die Freie Straße über den märchenhaften Fortschritt teils der Chirurgie, teils der Bakteriologie. Bald werde man von den Geißeln der Menschen, den Seuchen, nur noch vom Hörensagen wissen. Diphtheritis, Blattern, Cholera, Lues würden binnen kurzem ausgestorben sein, ebenso die Tuberkulose, die verbreitetste aller Krankheiten. Man sei dem Erreger des Übels auf der Spur, weshalb ihre Schreckenstage gezählt seien.

Vierzigstes Kapitel

Es ist selbstverständlich, daß ein Verfolgen des eignen Lebensganges durch fünfundzwanzig Jahre, wie hier, Stückwerk bleiben muß. Seine sprachliche Darstellung um so mehr. Die stärksten unserer Erinnerungen werden aneinandergereiht, darunter jedoch liegt das eigentliche Wachstum unsichtbar, liegt das Unbewußte. Die Reihung selbst geschieht sozusagen auf dem Faden der Zeit. Könnten die darauf gereihten

Gegenstände nach Art von Perlen, Steinen und allen Arten von Früchten sichtbar gemacht werden, so würde die Kette sehr ungleich sein und einen harmonischen Anblick nicht abgeben.

Dies ist auch auf meinen Rückblick zutreffend.

Es kommt hinzu: wir dürfen das Nacheinander dieses Werks als Kette nicht ansprechen. Das Heute ist! das Morgen erwarten wir! das Gestern ist tot! es ist gewesen. Wir leben ja schließlich nur immer einen Tag, den der Gegenwart.

Ich sage das, damit uns die vielen, scheinbar nicht zu vereinenden Gegensätze, die Widersprüche und Scheingewinste eines Lebens nicht allzusehr anfechten.

Durch einen Querschnitt werden die Jahresringe eines Baumes, wird also sein Alter festgestellt. Für den Menschen und insonderheit dessen Geist fehlt in diesem Betrachte jede Möglichkeit.

Georg Büchners Werke, über die ich im Verein »Durch!« einen Vortrag gehalten habe, hatten mir gewaltigen Eindruck gemacht. Das unvergleichliche Denkmal, das er nach nur dreiundzwanzig Lebensjahren hinterlassen hat, die Novelle »Lenz«, das Wozzeck-Fragment hatten für mich die Bedeutung von großen Entdeckungen. Bei dem Kultus, den ich in Hamburg sowohl wie in Erkner mit Büchner trieb, kam in meine Reise nach Zürich etwas von der sakralen Vergeistigung einer Pilgerfahrt. Hier hatte Büchner gewirkt, und hier war er begraben.

Ich kannte die Abbildung seiner Grabstätte. Sie befand sich in freier Natur, nicht auf einem Kirchhofe, am Zürichberg. Bald nach der Ankunft hatte ich den »Epikurischen Garten« in meinen Kultus eingeweiht, und wir waren an Büchners Grab gezogen. Der meine war wohl seit Jahren der erste Kranz, den jemand hier niederlegte.

Georg Büchners Geist lebte nun mit uns, in uns, unter uns. Und wer ihn kennt, diesen wie glühende Lava aus chthonischen Tiefen emporgeschleuderten Dichtergeist, der darf sich vorstellen, daß er, bei allem Abstand seiner Einmaligkeit, ein Verwandter von uns gewesen ist. Er ward zum Heros unseres Heroons erhoben.

Das Grab Georg Büchners wurde für unseren Kreis, die werdenden Forscher und werdenden Dichter, ein ständiger Wallfahrtsort.

Unter den Dichtern hatte Karl Henckell bereits die volle Reife erlangt. Er schuf im Sinne Herweghs Gedichte mit erstaunlicher Leichtigkeit. Ihm war wirklich die Gabe des Worts und des Reims in den Schoß gefallen.

In den »Modernen Dichter-Charakteren« vertreten, hatte er deren zweite Einleitung geschrieben. Auf den Dichtern des Kreises, den dieses Buch vereine, schrieb er da, beruhe die Literatur und die Poesie der Zukunft, eine bedeutsame Literatur, eine große Poesie. »Die Geister erwachen«, hieß es mit Hutten; der Geist des Künstlers wiege mehr als das Werk seiner Kunst.

Henckell schien unkompliziert und war überaus gutmütig. Frank Wedekind, dessen Sarkasmus zuweilen beißend war, mokierte sich über die Langeweile, die Henckell ausstrahle.

Um so überraschender, um so naturhafter sprangen fertige Gedichte aus ihm, die der leidenschaftliche Atem sozialpolitischen Kampfes erfüllte.

Wir waren Wissenschaftler und Dichter. Politische Agitatoren in irgendwelchem Sinne waren wir nicht.

Das waren am Ende doch wohl die Russen, weiter oben am Zürichberg. Sie hungerten bei Zigaretten und Tee und führten nächtelang ihre Debatten. Aber wenn auch Berührungen ohne allzu große Reibung stattfanden, blieb uns das russische Wesen letzten Endes doch wesensfremd. Die Eudämonie, in der wir, mit Platon und Epikur, das höchste menschliche Ziel sahen, lag damals in einem gewissen Sinne über uns. Schlichthin gesagt, fühlten wir uns zu wohl, um uns in einen finsteren politischen Dogmatismus irgendwie einzulassen.

Ein Dichtwerk, das weiterhin auf uns von größtem Eindruck war, hatte den Amerikaner Walt Whitman zum Verfasser und trug den deutschen Titel »Grashalme«. Nicht zuletzt durch unsere Begeisterung hat es dann seinen Weg gemacht und ist in einer herrlichen Übertragung in den Bestand unserer Literatur übergegangen.

Versuche ich, mir die innere Lage deutlich zu machen, in der Bruder Carl sich damals befand, so komme ich zu dem Schluß, daß er wohl damals von den beiden Parolen – hie Wissenschaft! hie Dichtkunst! – zerrissen wurde. Aber den Mut, der Wissenschaft und praktischen Zielen zu entsagen, hatte er noch nicht. Ebensowenig den Mut zur Kunst und den

Glauben in dieser Beziehung an sich. Aus diesen Gründen war er vielleicht nicht so glücklich wie wir, weil innerlich ringend und disharmonisch.

Unser Leben im ganzen, unser soziales Mitgehen, unsere Verbundenheit mit gewissen utopischen Strömungen, lag ihm durchaus in keinem Sinn. Er ist niemals, soweit ich es überblicken kann, im Politischen irgendwie echt interessiert gewesen. Schwieg mein Bruder zu alledem, wenn er es bei uns im Gange sah, nun, so war er eben kein Spielverderber.

Natürlich nahm er teil an unserer allgemeinen Euphorie.

Nichts konnte sie eigentlich eindämmen oder wohl gar vernichten. Die Eindrücke aus den medizinischen Kliniken, von denen Simon und Ploetz tagtäglich berichteten, waren ernst genug. Meine Eindrücke im Burghölzli nicht minder. Alle aber wurden verdaut und mußten für unseren Fortschritt herhalten. Seinen Rhythmus, den Tritt seiner Sohlen in seiner frischen Entschlossenheit konnte man nie überhören, ob wir auch äußerlich noch so stillsaßen.

Im Burghölzli sah ich und unterschied nach und nach alle hauptsächlichsten Formen des Irreseins. Grausige Bilder waren darunter. An alle knüpfte ich wieder, nach meiner schlechten oder guten Gewohnheit, eigene Gedanken an. Einst wurde eine Paranoiakranke vorgeführt, deren Diagnose einer der studentischen Praktikanten stellen sollte. Er sprach wohl fünf oder zehn Minuten mit ihr, ohne daß sie anders als vernünftig antwortete. Schließlich sagte er, er könne von einer Krankheit nichts feststellen und würde sie seinerseits für gesund halten. Da sprang sie auf im höchsten Triumph und wurde nicht müde, ihm wieder und wieder recht zu geben. So sei es, sie sei wirklich kerngesund! Sie habe das Unglück, sagte die einfache Bauersfrau, eine natürliche Tochter Kaiser Friedrichs III. zu sein, sie sei auch deshalb in Berlin gewesen. Man erkläre sie für verrückt, weil sie dies der Wahrheit gemäß behaupte. Ihren zuverlässigen Zeugen glaube man nicht. Sie werde mißhandelt, sie sei völlig widerrechtlich im Irrenhause.

Diese Frau also hatte ihre fixe Idee und war in der Tat sonst völlig gesund. Sie konnte mit ihrer fixen Idee neunzig Jahre und darüber alt werden.

Hat nicht, ging es mir durch den Kopf, jeder Mensch seine fixe Idee? Der protestantische Geistliche so wie der Katholik? Der Philosoph, der Arzt, der Forscher? Und ist hier nicht zwischen Gesundheit und Krankheit nur ein gradueller Unterschied?

Es gibt neben der Proportionslehre für bildende Künstler, die das harmonische Maßverhältnis des menschlichen Körpers festzustellen sucht, leider keine dergleichen für die menschliche Seele, so daß man zwar ihre Entartung, aber nicht ihre normale, gesunde Form festzustellen vermag.

Ich sah eine maniakalische Frau, deren Alter man, während sie in ihren Exaltationen tanzte und sang, nicht feststellen konnte. Sie war das lebende Volkslied für mich. Eros hatte von ihr Besitz genommen. Sie ließ die süßesten, überirdisch hingebungsvollen Töne innig, fast girrend, aus ihrer Kehle hervortreten! Und außerdem erkannte ich die Mänade in ihr, sie stellte durchaus den Zustand dar, den Euripides in den »Bakchen« schildert.

Vierzehn Tage später wurde die schamlose Bakche als gesundet wiederum vorgestellt. – Sie hatte im Rausch der Krankheit dem Professor mit einem wilden Griff die Weste und Hose aufgerissen. Jetzt stand sie da, ein bescheidenes, schüchternes, äußerst dürftiges Muttelchen, dessen abgehärmtes Faltengesicht von einem halben Jahrhundert der Arbeit und des Leidens zeugte.

Das Kapitel der Lues ward uns durch Forel in seiner ganzen Grausigkeit aufgeschlagen. Der Zustand der Paralyse ist als eine ihrer ernstesten Folgen bekannt. Lebendig Tote, sahen wir die Opfer in ihren letzten Stadien herumliegen. Sie murmelten unverständliche Worte und wußten nicht, daß sie sich mit ihrem eigenen Kot, den sie sich vor die Augen hielten, belustigten. So endet im tiefsten Marasmus, was, abgesehen von dem selig-erotischen Akt, der den Keim der Krankheit legt, gleichsam mit einer universellen Euphorie beginnt.

Auch Kranke in diesem Beginn wurden uns gezeigt. Es gab nichts in der Welt, was sie nicht besaßen oder sich durch ein Machtwort verschaffen konnten. Sie hoben Lasten von vielen Zentnern mit spielender Leichtigkeit. Ein schwächlicher Mensch kroch unter den Flügel, der im Saale der Anstalt stand. Er kroch wieder hervor und hatte ihn nicht einen Zoll hoch gehoben. Aber er war überzeugt, er habe ihn als ein zweiter Herkules auf dem Rücken herumgetragen.

In einem Gewölbe des Burghölzli, das ein raubtierhaftes Arom erfüllte, sah ich ein junges, erregtes Weib. Sie sah uns nicht, sie war ganz allein. Plötzlich kroch sie die Wand hinauf und hing sich an das vergitterte Fenster. Ich hatte den Eindruck, ihr Dasein drücke sich in einem allgewaltigen Grausen aus. Sie lallte von Sonnen, Planeten und anderen Weltkörpern, vielleicht schoß sie selbst, das lebendige Entsetzen, in unendlicher Einsamkeit durch den grundlosen Raum.

Ich hörte Rufe, die nichts Menschliches an sich hatten: »Verflu-u-ucht! Verflu-u-ucht!«, und fand einen Mann hinter Eisengittern, der diese Rufe von morgens bis abends wiederholte. Seit Jahren wiederholte er sie. Er wußte nicht, daß er war, wo er war. Aber ich wußte es: in der Hölle.

Wie gesagt: die Woge des Elends, die immergegenwärtige Brandung des Jammers warf trotzdem damals nur leuchtenden Schaum an unseren Strand, den die Sonne vergoldet hatte. Aber wir waren ja auch Soldaten, die sich überzeugt hielten, wider Elend und Jammer der Menschheit ins Feld zu ziehen! Sollte ja damals doch das Paradies aus dem Jenseits ins Diesseits verlegt werden!

Vererbungsfragen sind schon damals in der Medizin und darüber hinaus viel diskutiert worden. Unter Forels und Ploetzens Führung auch in unserem Kreis. Die Degeneration im Bilde der Familien wurde, meines Erachtens zu Unrecht, meist auf den übertriebenen Genuß von Alkohol zurückgeführt. Aber der Kampf ums Dasein hat doch wohl andere Schädigungen in unendlicher Menge aufzuweisen, die den Kämpfer und also auch seine Nachkommen schwächen.

Der Idealismus Ploetzens überschlug sich eines Tags, und er teilte uns mit, daß er sich nach halbjähriger freier Abstinenz persönlich Forel gegenüber verpflichtet habe, alkoholische Getränke für immer zu meiden. Ich vermute, daß er dies Gelübde, das uns mit Bestürzung erfüllte, bis heut nicht gebrochen hat. Gelübde dieser Art abzulegen, wäre mir ebenso vorgekommen, als ob ich mich für das ganze Leben an eine Kette gelegt hätte. Kette bleibt Kette! Mag ihre Länge auch abertausend Kilometer sein. Jede Art von Gefangenschaft hätte ich immer als gegen die Ehre meines freien Willens gerichtet empfunden.

Unsere Tischgespräche, und nicht nur sie, beherrschte fortan die Alkoholdiskussion. Bei Spaziergängen, wenn gelacht wurde, ohne Alkohol, ward dies jedesmal durch Ploetz gleichsam triumphierend festgestellt: auch ohne Alkohol, wie man sähe, hieß es dann, könne der Mensch übermütig und heiter sein.

August Forel war zu jener Zeit neben Bernheim in Nancy der größte Vertreter der Hypnose in der Wissenschaft. Wir haben von ihm wahre Wunder gesehen. Die Materie ist bekannt und braucht nicht näher erörtert zu werden.

Die Wärterinnen des Burghölzli, traf er sie in den Gängen, sanken auf seinen Blick in Schlaf. Standen sie dann wie schlafende Säulen, empfingen sie seine Suggestion, um dann, erwacht, die absurdesten Dinge auszuführen.

Ein Jugendlicher wurde uns eines Tages in einem Kolleg über gerichtliche Medizin vorgeführt. Er sank in Schlaf, und Forel suggerierte ihm, er werde, erwacht, nicht fähig sein, sich vom Flecke zu rühren. Es war so, wie Forel befohlen hatte. Wiederum in Schlaf gesenkt, wurde dem Jungen suggeriert, ein in der zweiten Bank als dritter sitzender junger Arzt habe ihm ein Tuch gestohlen. Im Erwachen rührte der Junge sich nicht vom Fleck, faßte jedoch sogleich den vermeintlichen Dieb ins Auge. Er wurde gefragt: »Warum blickst du den Herrn so an?« – »Er hat mir mein Taschentuch gestohlen!« – Nun wurde ihm der Unsinn seiner Behauptung diesem ehrenwerten Herrn gegenüber klargemacht – er ließ nicht von seiner Beschuldigung. »Wo war es«, fragte Forel, »wo stahl dir der Herr dein Taschentuch?« Der Junge schilderte nun Ort und Zeit aufs genaueste, wo und wann der Diebstahl geschehen sei, und das war es, worauf der Psychiater hinauswollte. Die völlig überzeugende Sprache des angeblich Bestohlenen würde jeden Richter überzeugt haben und der junge schuldlose Arzt verurteilt worden sein.

Wiederum wurde der Junge in Schlaf versenkt, die Diebstahlgeschichte ihm ausgeredet. Du hast behauptet, wurde ihm nach dem Erwachen gesagt, es sei dir ein Tuch gestohlen worden und dort dieser junge Herr sei der Dieb.

Ich saß in der ersten Bank und konnte die Mienen des Jungen genau beobachten. Er brach über diese Behauptung in Gelächter aus. Es war klar, daß man sich einen Spaß mit ihm machen wollte.

Forel warf seine Sachen zusammen, winkte ab, das Kolleg war aus.

Nun zum Schlusse kam das Seltsame: im allgemeinen Aufbruch wurde klar, der Junge konnte sich nicht vom Platze rühren. Es war, als wäre er eingewurzelt. Versuche, sich loszumachen, schlugen fehl. Das Zauberwort, das ihn löste, hatte Forel zu sprechen vergessen. Es bedurfte dazu einer neuen Hypnose, einer neuen Suggestion.

So drang einen Winter lang Neues und immer wieder Neues auf mich ein.

Auch die Musik wurde nicht vernachlässigt. Zürich ist eine musikalische Stadt.

Einer der edelsten Männerchöre war damals von einem bedeutenden Dirigenten und Komponisten namens Hegar geschaffen worden und zu großer Berühmtheit gelangt.

Ich habe in Zürich Marcella Sembrich gehört. Sie war die allererste der Welt als Koloratursängerin.

Ich erzähle dies alles, um zu zeigen, wieviel heterogene Dinge damals in den Schmelztiegel meines Geistes geworfen wurden.

Inzwischen war der Winter vergangen. Das Züricher Volksfest des Sechseläutens kam heran. Der herrlichste Frühlingsmorgen überflutete die alte Stadt mit Festlichkeit.

Es ist ein Zunftfest, und noch hatte Zürich die schönsten Zunfthäuser. Es gibt nichts Traulicheres als diese Bauten, die man noch überall in den Städten der Schweiz finden kann. Die gewaltigen Glocken des Großmünsters und der anderen Kirchen werden, wenn mir recht ist, an diesem Tage nach langem Winter zuerst wieder um sechs statt um fünf Uhrnachmittags geläutet. Das Volksfest zu schildern würde zu weit führen. Genug, daß es in jedem Sinne ein solches ist. Das Patriziertum hat dabei die Führung. Ein großer Festzug zeigt allen Reichtum, allen Glanz, alle Schönheit, dessen es mächtig ist.

Früh zogen wir aus, um daran feiernd und schauend teilzunehmen.

Es sei hier ein kleiner Umstand berichtet:

Auf der Bahnhofstraße, vom Bahnhof nicht weit, vor dessen Eingang das Denkmal Eschers, des Erbauers der Gotthardbahn, errichtet ist, sah ich drei Männer vorsichtig Hand in Hand über den Damm schreiten. Ich erkannte, daß die hohe Gestalt, welche die kleinere und die kleinste sorgsam betreute, Arnold Böcklin war, die kleinere Conrad Ferdinand Meyer, Gottfried Keller aber die kleinste.

Der Festzug des Sechseläutens wurde erwartet, da es bereits gegen Mittag war. Das Trio indessen verschwand im Eingang einer kleinen Weinstube.

Sind sie wohl, um den Festzug zu sehen, wieder aufgetaucht?

So schön er ist, ich hätte gern die Stunde, die jene begnadeten drei beim Wein in ihrer inneren Festlichkeit miteinander verlebten, dafür eingetauscht!

»Die Geister erwachen, es ist eine Lust zu leben!« So riefen unsichtbare Stimmen überall während der Lutherzeit, und auch über unserer hallten die gleichen Rufe.

Das Heut und das Damals vermählten sich miteinander. Wir fühlten im Herzen die ewig alte, die ewig neue deutsche Reformation. Und so war denn der innere Weg zu Ulrich von Hutten gegeben.

Der äußere war nicht weit. Im Zürichsee liegt ja die Insel Ufenau, wo der zu Tode Gehetzte gestorben und begraben ist. Bald wurde die Wallfahrt auch an diese geweihte Stätte vom Kreise der Freien Straße angetreten.

Vom Ufer des herrlichen Zürichsees bis zur Ufenau ist nur eine kurze Überfahrt. Der Reformator Zwingli ist es gewesen, der über die letzten Lebenstage des Märtyrers Ulrich von Hutten seine helfende Hand gehalten hat. Er hat ihn zum Abt von Pfäffers gesandt, um die dortigen heißen Quellen gegen sein gallisches Leiden zu gebrauchen. Aber heftiger Regen, heißt es, habe sie kalt gemacht, und sie brachten ihm keine Linderung.

Der Mittellose kehrte, ausgestattet vom Abt, nach Zürich zurück, um sich bald darauf in die Hut eines Arztes und Pfarrers namens Hans Schneg, der die Ufenau einsam bewohnte, zu geben, wohin ihm der Tod auf dem Fuße nachfolgte.

Hier also auf diesem weltvergessenen Fleck grüner Erde, der sich kaum über das Wasser erhob – wir betraten ihn mit Erschütterung –, hat ein unsterblicher Kämpfergeist sein zeitliches Ende gefunden. Wir hörten das nie mehr verstummende Echo seines Wortes »Ich habs gewagt!« über Wasser und Erde.

Was hatte Ulrich von Hutten gewagt?

Wie wir es heißen Herzens untereinander und ihm vereint auffaßten, schloß die Antwort eine Vielfalt geistiger Elemente ein, bei denen allerdings der äußere Gegensatz zwischen einem Kaiserreich Deutscher Nation und dem römisch-katholischen Gottesreich nicht auszuschalten war, aber nicht ihre Wesenheit ausdrückte. Zwar sahen wir Hutten, selbst Lutheraner, als solchen an, aber als einen, der wie wir das Lutherium, wie wir sagten: objektiviert hatte.

Mochte sein wie unser Herz mit den deutschen Pulsen des Reformators gemeinsam schlagen – römische Dogmen durch deutsche Dogmen ersetzen wollten wir nicht! Wir sahen in ihm den Kämpfer für eine reine, unabhängige deutsche Geistigkeit: also für freie Forschung, freies Denken und freie Kunst. Er war uns der Humanist sowohl im ursprünglichen wie in dem damals üblichen Sinne der Wiederbelebung des Altertums mit seinen Philosophen, Dichtern und Künstlern. Theologengezänk mochten wir ebensowenig wie er. Freilich ahnte ich damals nichts von der gnadenlosen Wut sogenannter philosophischer Kämpfe.

Auch in unserem Kreise gab es Streiten und Widerspruch. Aber es steht doch meinem Nachdenken fest, daß wir die höchsten Güter der Kultur im Sinne göttlicher Toleranz in einem in sich fruchtbaren, in sich wachsenden Frieden suchten.

Eines Frühlingsmorgens von unsäglicher Lichtfülle, Jugend und Heiterkeit bestieg ich mein Dreirad, das mich gesund gemacht hatte, um auf dem linken Ufer bis Rapperswyl und zum Ende des Zürichsees vorzudringen. Es wurde von allen, die ich gemacht habe, wohl die lustigste Fahrt. Ich trat die Pedale, ich sang, ich jauchzte. Ein immerwährend glückseliges inneres Lachen beseligte mich. Es läge bei der Erinnerung nahe, Vergleiche über gesunde und kranke Euphorie anzustellen. Es war die gesündeste Euphorie!

Und doch hatte sie eine dunkle Folie.

Dorothea Trudel, eine Prophetin, quasi protestantische Heilige, lebte und starb in Männedorf. Kranke strömten bei ihr zusammen, die sie durch Gebet heilte. Ihre Tätigkeit wurde durch einen männlichen Heiligen fortgesetzt.

Während der Lederoser Tage meiner Jugend lebte sie noch und wurde im Hause der Schuberts, wie ich erzählt habe, viel genannt. Auch Schriften waren von ihr vorhanden, Traktätchen, die ich wohl erst in der Schweiz erhielt und die mich immerhin interessierten.

Wenn ich von einer dunklen Folie sprach, so mag man sich meiner Seelennöte und -qualen bei den Schuberts erinnern, meiner apokalyptischen Ängste vor den Schrecken des Jüngsten Gerichts und des Weltuntergangs, vor dem Reiche des

Antichrist und den grausigen Strafen der Hölle. Mochte auch meine Vernunft sich davon nicht einem Licht gleich auslöschen lassen, so konnte sie schwere Träume doch eben nicht gänzlich ausschalten.

Als ich die Fahrt zur Trudel beschloß, bewog mich dazu wohl ein Gefühl außer der Wißbegierde an sich, als ob ich doch einmal den Triumph meiner völligen Freiheit von dem Nachtmahr Lederoses genießen müßte. Es würde doch, schien mir, ein großes Vergnügen sein, schwindelfrei in den Abgrund der einstigen Nacht herniederzusehen. Übrigens hatte ich damals bereits so viel zusammengelesen, daß ich in den Traktätchen der Dorothea Trudel Züge feststellte, die der stoischen Philosophie nicht ferne standen, was mich irgendwie auf den Betrieb in der Männedorfer Anstalt neugierig machte.

In Männedorf angelangt, hatte ich es nicht schwer, den Trudelschen Häuserkomplex zu finden. Es hieß, die Anstalt sei überfüllt. Da grade, erklärte der dienende Geist, Bruder Soundso eine Andacht abhalte, dürfte er mich als Fremden nicht einlassen. Es war nicht schwer, ihm ein tiefberechtigtes Mißtrauen gegen mich anzumerken. Doch Zögern und Weigern half ihm nichts. Ich war entschlossen, den Betsaal zu finden und der Versammlung beizuwohnen, zumal ich bereits die Stimme des Predigers deutlich vernahm.

Der Betsaal glich einer größeren Schulstube, deren Bänke von Männern und Frauen aller Stände besetzt waren. Ich hatte mich leise eingeschlichen und hinter der letzten Reihe aufgestellt. Ein kerniger Schweizer, bärtig und vierschrötig, donnerte vom Katheder herab. Er glich durchaus einem wütenden Schulmeister. »Doktor Soundso!« rief er mit heftiger Stimme, »wie heißt die Stelle, auf die ich eben anspielte, im Evangelium?«

Die Antwort kam mit bebender Stimme.

»Falsch, mein Bester! Die Bibel nicht vernachlässigen! Justizrat Markuse! Gräfin Soundso!« So ging es weiter wie mit Schulkindern.

Ich dachte: Wie kann doch die Angst vor dem Tode so erniedrigen!

Ich wußte kaum wie, und schon war ich wieder draußen im Freien.

Meine Fahrt war wiederum Singen, Jauchzen und Dankgebet.

Bald betraf mich ein sündhaftes Abenteuer, wodurch irgendein Puck wohl das empfundene Grauen vor kriechendem Getier wieder wettmachen wollte. »Es lächelt der See, er ladet zum Bade.« Und die Badehose hatte mir Mary im Hinblick auf die immerhin lange Uferfahrt sorglich beigepackt. Ich traf in der Nähe eines Dorfes eine leere Badeanstalt.

Eine Erfrischung! Gedacht, getan.

Kaum schwamm ich in dem bezirkten Gebiete herum, mußte ich mit Entsetzen erkennen, daß ich in die Privatbadeanstalt eines Mädchenpensionats geraten war. Etwa zwanzig der hübschesten Kinder aller Nationen kamen lachend herein, ohne, so schien es, mich zu bemerken. Im Handumdrehen waren ihre Gewänder abgestreift und die Badetrikots sichtbar geworden, worauf mich dann sofort das lustigste Gewimmel lachender, prustender, sich im Wasser wälzender Nixen umschwamm.

Einundvierzigstes Kapitel

Der Grundzug unseres damaligen Wesens und Lebens war Gläubigkeit. So glaubten wir an den unaufhaltsamen Fortschritt der Menschheit. Wir glaubten an den Sieg der Naturwissenschaft und damit an die letzte Entschleierung der Natur. Der Sieg der Wahrheit, so glaubten wir, würde die Wahn- und Truggebilde auch auf den Gebieten religiöser Verblendung zunichte machen. Binnen kurzem, war unser Glaube, würde die Selbstzerfleischung der Menschheit durch Krieg nur noch ein überwundenes Kapitel der Geschichte sein. Wir glaubten an den Sieg der Brüderlichkeit, die wir ja unter uns schon quasi verwirklicht hatten. Glaubten, liebten und hofften wir doch aus Herzensgrund! Eines Tages würde das letzte Verbrechen mit dem letzten Verbrecher ausgestorben sein wie gewisse Epidemien infolge der Hygiene und sonstiger Prophylaxe der medizinischen Wissenschaft.

Dieser Optimismus war schlechthin Wirklichkeit. Man mag sich durch den scheinbar verzweifelten Pessimismus der »Modernen Dichter-Charaktere« nicht täuschen lassen.

Aber nicht nur wir, die ganze Epoche Ende der achtziger Jahre des vorigen Säkulums atmete Gläubigkeit. Auch Dorothea Trudel nahm in gewissem Sinne teil daran. Sie und die Ihren glaubten an ein Tausendjähriges Reich der Glückseligkeit auf Erden, das die Liebe des Heilands Jesus Christus regieren würde. An einen Regenten dachten wir nicht. Weder an Jesus noch einen anderen. Doch wir glaubten nicht anders als die Trudel an unser Tausendjähriges Reich. Nur waren tausend Jahre des Glücks zu wenig für unsere Ansprüche.

Die Welterneuerer, Weltverbesserer tauchten überall auf. Auch Nietzsche, dessen »Zarathustra« eines Tages als Zeitsymptom im Asyl der Freien Straße lag, gehörte darunter.

Der Kohlrabiapostel war ein anderes Extrem. Die Forderung einer asketischen Lebensform war mit dem Fleischverbot verbunden. Auch bei dieser Sekte war der damals weit verbreitete Wahlspruch »Rückkehr zur Natur!« mitwirkend.

Wo vom Glauben die Rede war, darf nicht vergessen werden, daß wir vor allem an uns selbst glaubten. Machte Carl davon eine Ausnahme? Ploetz, Simon und die anderen glaubten an sich. An die sieghafte medizinische Wissenschaft, die sie sieghaft handhaben würden. Ich glaubte an mich und den Sieg meiner Kunst, obgleich ich keinerlei Trümpfe vorerst in der Hand hatte.

Zwar ich schrieb an einem Roman, in dem ich wahrhaftig und bekenntnishaft, ähnlich wie Rousseau, auftreten wollte, auch auf sexuellem Gebiet. Die Krisen der Pubertät und der Jugend in diesem Betracht wollten mich gleichsam zum Ankläger, wenn nicht zum Retter aufrufen. Wir diskutierten zuweilen darüber. Ein Niederschlag jener Zeit und jenes Bereichs ist »Frühlings Erwachen« von Wedekind.

Er übertrifft mich an rücksichtsloser Wahrhaftigkeit.

Am ersten Pfingstfeiertag, wo bekanntlich die Jünger Jesu mit Zungen redeten, promenierte bei herrlichstem Sonnenschein ganz Zürich auf den Kaipromenaden. Hier tauchte plötzlich im härenen Gewande, Sandalen an den Füßen, mit auf den Schultern wallendem rötlichem Haar eine Art Apostel auf. So hätte Jesus können aussehen. Limbusartig wand sich eine Schnur um sein übrigens unbedecktes Haupt.

Als sich die Leute um ihn stauten, hielt dieser Heilige seine Pfingstpredigt. Etwas vom Pfingstgeist der Apostelgeschichte lag in der Luft. Es war wirklich, als ob man Anspruch auf eine neue weltbeglückende, welterlösende Frohe Botschaft hätte.

So ging denn ein Schauder durch uns hin, als dieser rotbärtige Heiland plötzlich mit rollenden Augen zu reden begann.

Was er gesprochen hat, wüßte ich heute nicht mehr genau. Jedenfalls hatte in ihm eine der vielen starken Hoffnungen der Zeit eine Stimme gefunden. Er redete gegen den Luxus, er mahnte zur Einfachheit, rief, man müsse zur Natur zurückkehren. Die Lebensweise müsse ihre naturwidrige und damit dem Göttlichen feindliche Form abstreifen.

»Fort«, sagte er, »mit der Kadaverfresserei! Der Mensch ist ein Fruchtesser!« Früchte, Körner, Gemüse solle er essen und der blutrünstigen Nahrung abschwören, die sein Verderben sei. Die soziale Frage sei gelöst, wenn man diesen Grundsätzen nachlebe. Natürlich verdammte er auch den Alkohol. Ebenso wurden Kaffee und Tee von seinem Bannstrahl aufgetrocknet. – »Euer Trunk«, so hieß es, »sei klares Quellwasser! Wollt ihr dem Menschen nicht glauben, der euch diese Heilslehre bringt, fragt einfach jedes beliebige Tier, und es wird euch überzeugend belehren!« Dies, schloß er, sei ein Anfang der Wiedergeburt, die aber hauptsächlich im Geist vorgehen müsse. Sei sie errungen, so bedeute das eine Neuerung ohnegleichen, ein höchstes Glück, die engste Verbindung mit Natur und Gott. Freilich, sie zu erlangen, bedürfe es einer entschlossenen Abkehr von der Welt, eines gewissenhaften Jüngertums und einer streng asketischen Nachfolge.

Nach diesen Worten war überraschenderweise ein gutgekleideter Züricher Patriziersohn hocherregt vor ihn hingetreten. Ich glaubte den reichen Jüngling vor Jesus zu sehen. Ich hörte nicht, was er zu dem Apostel sprach. Es muß aber eine ähnliche Frage wie: »Was soll ich tun, daß ich selig werde?« gewesen sein. Der Heiland hatte geantwortet: »Gehe hin, verkaufe deine Güter und gib dein Geld den Armen!« Der neue Apostel fuhr den Frager heftig abweisend an, wie wenn er von vornherein seine Kühnheit demütigen, die Unechtheit seines Entschlusses und die Schwäche seines Wesens brandmarken wolle. Er zeigte auf den Schlips des Jünglings, berührte den weißen Kragen, die Busennadel, die Fingerringe, die Berlokken an der Uhrkette, worauf der Jüngling sogleich dies alles mit zitternder Angst und Hast sich vom Leibe riß und irgendwo vorerst in den Taschen versteckte.

Ich weiß nicht, was weiter aus ihm geworden ist.

Solche Szenen, wenn nicht alltäglich, so doch da und dort sich ereignend, waren Zeichen der Zeit.

Ein Übermensch, nach der Forderung Nietzsches, zu dem die blonde Bestie die Vorstufe bildet, wenn sie nicht der Übermensch selber ist, war dieser Apostel freilich nicht.

Wo man aber seiner Spielart durch Zufall begegnete, erschien auch sogleich im Geiste der Übermensch als sein Gegenteil. Askese, je mehr verwirklicht, verschwindet um so mehr in die Einsamkeit. Sie war und ist in der Welt verbreitet. Die blonde Bestie, die weder Askese noch Weltflucht kennt, hatte freilich doch größere Aussicht, sich zu vermehren. Ob nicht der Übermensch vielleicht in einem allverbreiteten Typus der Roheit schon damals auf- und unterging?

Der Übermensch Nietzsches in seiner ideellen Konstruktion erschien mir nun keineswegs als gesünderer Gegensatz des Pfingstapostels, sondern vielmehr als der krankhafte. Hatte Richard Wagner am Ende für Nietzsches Übermenschen Modell gestanden? Es lohnt, die Worte herzusetzen, die Nietzsche schrieb, als er den großen Musikanten von dem Sockel herunterstieß, auf den er ihn selbst gestellt hatte.

»Richard Wagner, scheinbar der Siegreichste, in *Wahrheit* ein morschgewordner, verzweifelnder décadent, sank plötzlich, hilflos und zerbrochen, vor dem christlichen Kreuze nieder ... Hat denn kein Deutscher für dies schauerliche Schauspiel damals Augen im Kopfe, Mitgefühl in seinem Gewissen gehabt? War ich der einzige, der an ihm – *litt?*- ... Als ich allein weiterging, zitterte ich; nicht lange darauf war ich krank, mehr als krank, nämlich *müde,* – müde aus der unaufhaltsamen Enttäuschung über alles, was uns modernen Menschen zur Begeisterung übrigblieb, über die allerorts *vergeudete* Kraft, Arbeit, Hoffnung, Jugend, Liebe, müde aus Ekel vor der ganzen idealistischen Lügnerei und Gewissens-Verweichlichung, die hier wieder einmal den Sieg über einen der Tapfersten davongetragen hatte; müde endlich, und nicht am wenigsten, aus dem Gram eines unerbittlichen Argwohns – daß ich nunmehr verurteilt sei, tiefer zu mißtrauen, tiefer zu verachten, tiefer *allein* zu sein als je vorher. Denn ich hatte niemanden gehabt als Richard Wagner ...«

Man hat aus diesen bescheidenen Blättern ersehen, wie ich schon recht früh die christliche Entwürdigung und Bekämpfung des menschlichen Leibes und seiner Sinne ablehnte. Aber ich sagte mir, daß trotzdem jeder Papst noch immer von einem irdischen Vater gezeugt und von einer Mutter geboren wird. Auf diese Art wurde ja auch ein Schiller und ein Goethe gezeugt und geboren und der ganze deutsche Philosophenolymp, Musikhimmel und Dichterparnaß. Hie Kirche, hie Leben! Bleibt ja doch dieses immer das Stärkere!

Und ist es möglich, die musikalisch-dichterische Schöpfung »Parsifal« als einen Zusammenbruch vor dem Kreuz zu deuten? Sündenbekenntnis, Beichte, Reue und Bitten um Gnade haben wahrhaftig keine Kunstwerke nötig, um dazusein. Dies alles geschieht ohne Umstände in den Kirchen sowohl wie in den Versammlungen der Heilsarmee. Wagner hat einfach in seinem »Parsifal« einen kostbaren klingenden Mythos geschaffen, um den sich sein Geist schon lange bewegte. Auch sein »Lohengrin« zeugt davon. Und ist dieser Mythos, der vom Gral, von Rom aus gesehen, nicht Ketzerei? Und sind nicht die Gralsschwärmer von Innozenz III. durch den grausigen Albigenser-Kreuzzug wie Ungeziefer zertreten worden?

Nein, der weinerliche Vortrag schwerster Beleidigungen eines Freundes, von schwächlich-heuchlerischem Gewinsel gefolgt, der wahrhaftig nichts Übermenschliches an sich hat, konnte uns Junge damals nur abstoßen. Friedrich Nietzsche war nicht unser Mann.

Es fehlte uns auch damals die Zeit, subtile und komplizierte Gespinste des Gehirns, die wesentlich Selbstzweck schienen, zu verfolgen. Nein, wir hatten Besseres zu tun. Wir wollten blühen, wir wollten Frucht bringen. Um dies zu bewirken, mußten wir zugleich Bauer und Gärtner sein. Beide haben es mit dem Boden zu tun. Spaten und Wurzeln mußten ihn aufwühlen. Ja der Gärtner in uns schoß alles beiseite, was ihn von seiner Schollenarbeit ablenken konnte.

Wie eine Erleuchtung war der Entschluß zu diesem Verfahren eines Tages über mich gekommen. Man wird sich erinnern, wie man mich bedrängt hatte mit der Prophezeiung eines rettungslosen Epigonentums. Hatte doch der famose Gervinus gesagt, das Kapitel der Poesie in Deutschland sei durch Goethe ganz und gar abgeschlossen. Diesen Irrwahn, der meinen Weg wie eine Mauer versperren wollte, hinwegzuräumen, mühte mein Geist sich Tag und Nacht. Ich sah wohl das Epigonentum, sah alle die unfruchtbaren Nachahmer und grübelte nach über die Ursachen ihrer Unfruchtbarkeit. War ich nicht auch auf dem besten Wege dazu?

Da leuchtete mir am Himmel plötzlich ein Pünktchen auf wie ein Stern. Wenn du ein alter Mann geworden bist, und du hast ein Leben lang den großen Dichtern und ihren Höhenprodukten nachgestrebt, so wirst du vielleicht einmal etwas ganz von ihnen Verschiedenes, etwas unmittelbar Erdnahes hervorbringen.

Weiter im Anschluß hieran, also dieser verstiegenen Hoffnung verbunden, kam es mir vor, als ob alle Epigonen und auch wir den Boden unter den Füßen verloren hätten. Die Dichtwerke reihten sich horizontal, meinethalben wie Perlen an einem Faden sich reihen. Eine vertikale Ausdehnung hatten sie nicht. Bildlich gesprochen: sie hingen und saugten einander aus wie Vampire, statt wie Bäume getrennt zu stehen und Nahrung mit einem gesunden Wurzelsystem aus der Erde zu trinken.

Wie steht es mit dir nun? fragte ich mich.

Auch du bist ins Himmelblaue entrückt und hast höchstens einige kurze Luftwurzeln. Ob sie die Erde jemals erreichen und gar in sie eindringen können, weißt du nicht.

Jetzt aber hatte ich plötzlich die Kühnheit, nach allem Profanen, Humus- und Düngerartigen um mich zu greifen, das ich bisher nicht gesehen, weil ich es nicht für würdig erachtet hatte, in Bereiche der Dichtkunst einzugehen. Und abermals wie im Blitz erkannte ich meine weite und tiefe Lebensverwurzelung und daß es ebendieselbe sei, aus der mein Dichten sich nähren könne.

Auch fielen mir zur rechten Zeit die niederländischen Bilder in den Sälen der Krone ein.

So und nicht anders verlief der innere Zauber, der mich zu einem gesunden, verwurzelten Baum machte.

Und als ich »Die Macht der Finsternis« von Leo Tolstoi gelesen hatte, erkannte ich den Mann, der im Bodenständigen dort begonnen, womit ich nach langsam gewonnener Meisterschaft im Alter aufhören wollte.

Und wie man eine Statue, die auf dem Kopfe steht, auf die Füße stellt, so war es mir klar, daß ich mit der Scholle und ihren Produkten sogleich mein Werk beginnen müsse, statt im Alter es so zu vollenden.

Was ging das Geschwätz vom Naturalismus mich an? Aus Erde ist ja der Mensch gemacht, und es gibt keine Dichtung, ebensowenig wie eine Blüte und Frucht, sie sauge denn ihre Kraft aus der Erde!

Dieser Gedanke stand kaum gefestigt in mir, als ich aus einem Borger, ja Bettler ein recht wohlsituierter Gutsbesitzer geworden war. Ein immer wachsendes inneres, bisher unsichtbares Kapital gewann Sichtbarkeit. Meine Knabenzeit, die mir so gut wie entschwunden war, tauchte wieder auf, und in der Erinnerung an sie machte ich fast von Minute zu Minute neue Entdeckungen. Das ganze Ober-, Mittel- und Nieder-Salzbrunn entfaltete sich, durch die Salzbach getrennt in die Große und Kleine Seite. Der Gasthof zur Krone tauchte auf, das benachbarte Haus Elisenhof, die Brunnenhalle mit ihren Brunnenschöpfern. Die Schwestern der Mutter und der Großvater, somit der ganze Dachrödenshof. Die Schweizerei und ihre Pächterin und Schafferin, die der Fürst hineingesetzt hatte, ob verheiratet oder ledig, weiß ich nicht. Eine der eindrucksvollsten unter den Brunnenschöpfergestalten war ihr stattlicher, blondbärtiger Sohn, von dem man sagte, daß er zur Hälfte blaues Blut habe. Das herrliche Fürstensteiner Schloß tauchte auf mit seinen Bewohnern und seiner unvergleichlichen Lage. Aber vor allen Dingen die Dorfstraße, die Weberhütten und Bergmannsquartiere, diese das Ärmlichste vom Ärmlichen. Der Fuhrmann Krause sprach mich an, und der ganze mit Hausknechten, Kutschern, Wagen und Pferden belebte Kronenhof mit seinen Welten Unterm Saal. Die drängende Armut der Hintertreppe und mit alledem der Volksdialekt, der mir, wie ich mit Freuden erkannte, tief im Blute saß. Ich merkte nun, wo ich, schon eh ich die Sexta der Zwingerschule betrat, meine wahrhafte Lehrzeit vollendet hatte.

Hätte ich nicht beinahe gehandelt wie der Bauer, der das moorige Laub aus dem Korbe schüttelte, das Rübezahl hineingetan hat, und, nach Hause gekommen, nur noch einige Blättchen fand, aber sie waren von purem Golde?

Vor dieser Torheit bin ich bewahrt worden. Der alte, neuentdeckte Reichtum hat ausgehalten ein Leben lang und ist bis heute längst nicht verbraucht worden.

Auf der einen Seite von Salzbrunn die fürstliche Welt des Fürstensteins, sozusagen die Wohnung der Götter, auf der anderen das Industrie- und Grubengebiet von Waldenburg: die schwarzen Diamanten wurden von verwegenen, todesmutigen, damals bettelarmen Heloten aus fünfhundert Meter Tiefe unter der Erde heraufgeholt. Ich mußte erkennen, und fast konnte ich es nicht glauben, wie all das in beinah unendlicher Vielfalt zum Besitz meiner Vorstellungswelt geworden war. Und nun ging mein Bewußtsein durch alle diese ungehobenen Schätze der Phantasie, um auszuwählen, was meine Gestaltungskraft nicht ruhen ließ, oder nur zu empfangen, was sich fast ungesucht in sie eindrängte.

Die reichen Kohlenbauern von Weißstein drängten sich

ein, meine Landwirtszeit fing an, sich zu melden, es regten sich die Gestalten der Kunstschule. Es regte sich meine Verlobungsepoche, es regte sich Rom. Und ich bin fünfundsiebzig Jahre geworden, um, wie bereits angedeutet, zu erkennen: auch nur das erste Vierteljahrhundert meines Lebens im Sinne der Kunst auszuwerten, war mir eine Unmöglichkeit.

Ich habe ein Stück »Die Weber« geschrieben. In Zürich regte sich bereits sein embryonales Leben zugleich mit dem eines Bauerndramas, dem ich den Titel »Der Säemann« zu geben gedachte.

In und um Zürich blühte damals noch, und zwar seit dreihundert Jahren, die Seidenweberei. An den Stühlen saßen Handweber. An dem Hüttchen eines von ihnen ging ich mehrmals die Woche vorbei, wenn ich die Psychiatrische Klinik in der Irrenanstalt Burghölzli besuchte. Das Wuchten des Webstuhles hörte man durch die Wand dringen. Und eines sonnigen Morgens, erinnere ich mich, überfiel mich bei diesem Geräusch der Gedanke: du bist berufen, »Die Weber« zu schreiben! Der Gedanke führte sofort zum Entschluß.

Die schlesischen Weber von Langenbielau, die Ärmsten der Armen, und ihr Aufstand in den vierziger Jahren waren damals noch unvergessen in der Welt. Dazu hatte das Weberlied eines deutschen Dichters das Seinige beigetragen:

Altdeutschland, wir weben dein Leichentuch,
wir weben hinein den dreifachen Fluch,
wir weben, wir weben!

Meine Auffassung der Geschehnisse wich nun zwar von der des Liedes ab. Aber es gehörte immerhin Mut dazu, dieser in Preußen übel vermerkten Erinnerung, statt sie völlig auszulöschen, in einer Gestaltung neue Gegenwart, ja möglicherweise Dauer zu geben. Aber das soziale Drama, wenn auch zunächst nur ein leeres Schema, lag als Postulat in der Luft. Es real ins Leben zu rufen war damals eine Preisaufgabe, die gelöst zu haben so viel hieß wie der Initiator einer neuen Epoche sein. Bei diesem der alten Zeit konträren Beginnen – wir standen nach Karl Bleibtreu mitten in einer Revolution der Literatur – waren Zivilcourage und Bekennermut eine Selbstverständlichkeit. So konnten denn auch die glücklichste Ehe, in der ich lebte, die Rücksicht auf meine alten Eltern und meine

Kinder keinerlei Hemmungen meiner Berufung, mit der verwachsen ich fiel oder stand, bei mir einschalten.

Ich konnte »Die Weber«, ich konnte das Bauerndrama schreiben, denn wie gesagt, ich beherrschte den Volksdialekt. Ich würde ihn also, war mein Beschluß, in die Literatur einführen. Dabei dachte ich nicht an sogenannte Heimatkunst oder Dichtung, die den Dialekt als Kuriosum benützt und meistens von oben herab humoristisch auswertet, sondern dieser Volkston war mir die natur- und kunstgegebene, dem Hochdeutsch ebenbürtige Ausdrucksform, durch die das große Drama, die Tragödie ebenso wie durch Verse Goethes oder Schillers Gestalt gewinnen konnte. Ich wollte dem Dialekt seine Würde zurückgeben. Man mag entscheiden, ob es geschehen ist.

Friedrich Nietzsche rückt entschieden vom Mitleid ab, während Schopenhauer Mitleid für Liebe, Liebe für Mitleid hält. Diese Art Mitleid wird mir später »Die Weber« diktiert haben. Aber ebensosehr der Zwangsgedanke sozialer Gerechtigkeit.

Wie entsteht ein Gedanke dieser Art? Und wie entsteht er zugleich in aber und abermals Hunderttausenden? Vielleicht hat sich innerhalb einer Volksgemeinschaft durch die unkontrollierte millionenfache und aber millionenfache Seelenverletzung der schwächeren Volksteile ein gemeinsames heimliches Trauma gebildet, das auch bis in den stärkeren Volksteil hinein fühlbar wird. Dieses schmerzhafte Fühlen war allgemein. Auch wir wären ohne dies Fühlen nicht als Dichter zugleich gewissermaßen Bekenner geworden.

Ulrich von Hutten nannte das Schloß Franz von Sickingens »Herberge der Gerechtigkeit«.

Ein gewisser Karl Steinmetz war irgendwie an den Strand von Zürich gespült worden. Er gab einen Empfehlungsbrief bei meinem Freund Simon ab. Dieser brachte den kleinen, buckligen Menschen zu Carl in die Freie Straße.

Man sagte, er habe sich, von seinen Universitätsprofessoren gewarnt, aus Breslau davongemacht. Er war nämlich ein Genie auf den Gebieten der Mathematik und Physik, weshalb seine Lehrer nicht wollten, daß er für irgendwelche politischen Kindereien, die er vielleicht verübt hatte, ins Gefängnis gesteckt und seiner hohen Bestimmung entzogen würde.

Die ikarische Idee war längst von uns über Bord geworfen. Vielleicht war aber Steinmetz trotzdem noch ein letztes Opfer von ihr. Ist doch möglicherweise, was wir in Vancouver-Island zu verwirklichen dachten, im Sinne jenes Prozesses, bei dem ich Zeuge war, als Tarnung einer sozialdemokratischen Gruppenbildung verdächtigt worden.

Carl, der von den Gaben dieses anderen Karl geradezu hingerissen war, stützte ihn nun auf jede Weise. Steinmetz war fast täglicher Gast gleich Ploetz und Simon in seinem Haus.

Seltsamerweise hatte mein Bruder, nach Weber-Rumpe wie ich ohne praktischen Sinn, nicht nur für ihn Unterstützung bereit, sondern auch ausschlaggebende Ratschläge, deren Befolgung Steinmetz neben Edison zum berühmtesten Erfinder Amerikas gemacht hat. Den Namen Karl Proteus Steinmetz kennt noch heut in Amerika jedermann.

Als Kuriosum sei erwähnt, daß Karl Proteus Steinmetz wahrscheinlich Begründer der großen Kakteenmode, die sich über die ganze Welt erstreckt, geworden ist. In seinem Gewächshaus gab es nur Kakteen. Es waren nicht die schönen, blühenden, zarten Gewächse, die man in eleganten Läden sieht, sondern, wie es heißt, sehr häßliche, stachliche Säulen, mißgestaltete Zwiebelformen mit nadelscharfen, weißen Haaren, schlangenartig gewundene Schreckgespenster, an deren Zungen Bündel unnatürlich aussehender Früchte wie Krebsgeschwülste wucherten.

Kakteen standen in der Zeit meiner Jugend im Doppelfenster oder auf den Fensterbrettern der kleinen schlesischen Landleute und Handwerker und wurden von ihnen mit größter Liebe gepflegt. Sollte Steinmetz daran gedacht und so ein Stück Heimat um sich erweckt haben?

In Anwandlung eines gewissen Stolzes habe ich diesen Gast der Freien Straße und des improvisierten Epikurischen Gartens von Carl und Martha erwähnt, obgleich ich selbst kaum Beziehungen zu ihm hatte. Er zeigt, daß sich damals in unserem Kreise immerhin Jugend von einiger Zukunft zusammengefunden hatte. In diesem Zusammenhang sei noch erwähnt, daß der berühmte Karl Proteus Steinmetz schon im Jahre 1901 zum Präsidenten des amerikanischen Instituts für Elektroingenieure gewählt, im Jahr 1902 zum Ehrendoktor – Master of Arts – der Harvarduniversität ernannt wurde. »Die Universität verleiht Ihnen diesen akademischen Grad«, sagte Rektor Eliot, als dem bedeutendsten Elektroingenieur der Vereinigten Staaten und daher der Welt.«

Das wurde aus einem armen schlesischen Einwanderer.

Am Ende meiner Zürich betreffenden Erinnerung steht eine Apotheose der Schweiz. Bei einer Pfingsttour ist mir die ganze unaussprechliche Schönheit und Größe alpiner Natur aufgegangen. Zunächst das Wunder der Gotthardbahn, die uns bis nach Göschenen, dem Eingang des Gotthardtunnels, trug. Der Eindruck Luzerns mit seinem Pilatusberg und des betäubend grünen Vierwaldstätter Sees auf meine jugendlich empfänglichen Sinne machte mich glauben, nicht mehr auf der Erde, sondern auf einem anderen, paradiesnahen Planeten zu sein. Man war in Schönheit und Farbe ertrunken, man ging nicht, man schwebte vielmehr im Licht.

Wir stiegen von Göschenen am Rande der brausenden Reuß bis Andermatt und von da zum Gotthardhospiz und erklommen in Leinwandschuhen verwegenermaßen den Gipfel des Pizzo Centrale. Mein ganzes Leben zehrte von diesen Eindrükken. Es blieb die erste und letzte Bergtour, die ich gemacht habe. Wir erklommen den Rhonegletscher und stiegen alsdann über himmelnahes Gestein zum Grimselhospiz hinunter, das von oben gesehen wie die Hütte Charons am Styx den Eingang zur Unterwelt zu bewachen schien.

Nachwort

Gegen Mitte des Sommers sind wir, Mary und ich, wieder in Erkner eingezogen. Es ist nur wenig nachzuholen, bevor ich die Notizen über mein erstes Vierteljahrhundert abschließen kann.

Im Spätherbst des Jahres 1888 bot uns Tante Mathilde Jaschke, die mit meiner Schwester in Hamburg wohnte, weil die Damen auf Reisen gingen, ihre Wohnung an. Wir siedelten dankbar dorthin über, was jedoch einen abermals dunklen, überaus freudlosen Winter zur Folge hatte.

Beinahe hätte ich schon damals dem Leben meinen letzten Tribut im Tode gezahlt.

Ich hatte meinen Roman wieder aufgenommen, der, glaube ich, »Lorenz Lubota« heißen sollte. Es kam darin eine Jesus betreffende Episode vor, über der ich allmählich den ganzen Roman vergaß.

Ich schrieb in einer beinahe pathologischen Arbeitswut, erhob mich täglich um vier Uhr nachts, kochte mir Tee und saß gegen acht oder neun erst mit Mary beim Frühkaffee.

Dieses Verfahren, verbunden mit dem damals besonders argen Hamburger Nebel, zog mir einen Lungenkatarrh mit furchtbar quälendem Husten zu, bei dem mich Dietrich von Sehlen mit aller Sorgfalt betreute. Er war damals glücklicherweise in Hamburg in der Klinik von Unna Assistent.

Da hing nun an Stelle des Lichts und des Himmels von Luzern ein in Kreolinwasser getauchtes Zelttuch über meinem Bett, unter dem je wieder aufzutauchen eine verwegene Hoffnung schien. »So wechselt Paradieseshelle mit tiefer schauervoller Nacht!« Wiederum bin ich jedoch durch die Rückkehr nach Erkner gerettet worden.

Und hier hatte mit dem Frühling das halbe Jahr meines literarischen Durchbruchs begonnen. Es war eine Episode des äußersten Ernstes und der äußersten Heiterkeit. Ich hatte mit Entschlossenheit und Behagen mein Weißsteiner Bauerndrama »Der Säemann« in Angriff genommen, das in den sommerlich hellen Stunden vor Tage beinahe wie von selbst entstand.

Dem Geschick sei Dank, daß meine Arbeit auch durch die am 8. Juli 1889 erfolgte Geburt meines dritten Sohnes nicht gestört wurde. Wieder kam die Weise Frau, die Norne, aus der Tiefe des Kiefernwalds, und wieder bin ich selbst durch die Not zum hauptsächlichsten Geburtshelfer ernannt worden.

Ein gelegentlicher Verkehr mit Arno Holz und Johannes Schlaf wurde aufgenommen, aber es tauchten nun viele andere Gestalten auf, darunter Bruno Wille und Wilhelm Bölsche, die in regem Verkehr mit Damen aus allen Kreisen standen und sie gelegentlich von Berlin aus zu uns aufs Land mit herausbrachten. Auch die Gebrüder Hart waren da. Es wurden gemeinsam Sommernächte durchwacht, es wurde gelebt, geliebt und getrunken, Pläne wurden geschmiedet und diskutiert, und eines Tages konnte ich am Waldrand dieser gleichstrebenden Jugend mein Drama vorlesen, durch Arno Holz »Vor Sonnenaufgang« genannt. Es wurde damit in der Tat eine eigenartige, kräftige deutsche Literaturepoche eingeleitet.

Mich aber warf es schließlich in die breite und weite Öffentlichkeit, wo ich nun auf einer ganz anderen Ebene, wenn es mir beschieden wäre, die Erinnerungen an weiteres Kämpfen und weiteres Ringen im zweiten Vierteljahrhundert fortsetzen müßte.

BUCH DER LEIDENSCHAFT

Entstehungszeit: 1905, 1925–1929.

Erstveröffentlichung: Teildrucke 1907 in Zeitungen; unter dem Titel »Aus dem Tagebuche eines Edelmannes« auch in »Gesammelte Werke. Große Ausgabe 1922«.

Erste Einzelausgabe: Berlin, S. Fischer 1930.

Fratelli, a un tempo stesso, Amore e Morte
Ingenerò la sorte.
Cose quaggiù si belle
Altre il mondo non ha, non han le stelle.

Leopardi

Der Bewahrer dieses Tagebuches stammt aus einer französischen Flüchtlingsfamilie. Seinen Namen verrate ich nicht, da er ihn mit dem versiegelten Manuskript, das sein Nachlaß enthielt, nicht in Verbindung gebracht sehen will. Deutlich gesprochen: er verleugnet das hier zum erstenmal der Öffentlichkeit unterbreitete Tagebuch. Mit welchem Recht, entscheide ich nicht. Über die Gründe ließe sich streiten. Ich würde im gleichen Falle nicht so handeln. Leben, Lieben, Leiden ist allgemeines Menschenlos, und indem man dem Leben, Lieben und Leiden Worte verleiht, spricht man im Persönlichen doch nur das Allgemeine aus. Gewisse Dinge mit Schleiern verhüllen? Warum nicht, wenn es reiche und farbige Schleier sind! Aber dann nicht dort, wo es Wahrheit zu entschleiern gilt. Und dies, nämlich der Zwang dazu, das Bestreben, der Wahrheit ins Auge zu sehen, sich mit Wahrheit zu beruhigen, ist in den Selbstgesprächen dieses Tagebuches nicht zu verkennen.

Der Urgroßvater des Mannes, der diese Aufzeichnungen hinterließ, hat bereits eine Deutsche geheiratet, der Großvater, ein geschätzter Architekt, ebenfalls, der Vater eine Holländerin. Dies führe ich an, weil die so bedingte Blutmischung zu einer gewissen Schwere der Lebensauffassung, wie sie in den Meditationen zum Ausdruck kommt, recht wohl stimmen würde. Überhaupt: der Verewigte möge mir verzeihen, wenn ich ihn schließlich doch nicht für den Verwalter, sondern für den Verfasser des Tagebuches halten muß und seiner Blutmischung auch das wunderliche Versteckenspiel im Verhältnis zu seinem postumen Lebensdokument zuschreibe. Denn wollte er, wie während des Schreibens, Selbstgespräche zu Papier bringen, die das ewige Schweigen bedecken sollte, so liegt schon darin ein Widerspruch. Sie konnten freilich ein Atmen seiner Seele sein, das ihn vor dem Ersticken bewahrte. So mochte er sie immerhin dem Feuer überantworten, wenn sie ihren Dienst getan hatten. Statt dessen siegelte er sie ein.

Wer etwas einsiegelt und verwahrt, wünscht es natürlich zu erhalten. Erhalten aber sind diese Selbstgespräche nur dann, wenn sie eines Tages, von Siegel, Schnur und Umschlag befreit, lebendig hervortreten. Es verstößt also keinesfalls gegen die Pietät, das scheinbare Nein des Erblassers zu übergehen und, indem man seinen einsamen Seelenmanifestationen den Resonanzboden schicksalsverwandter Allgemeinheit gibt, seinen uneingestandenen wirklichen Letzten Willen zu erfüllen.

Das Manuskript ist nicht vollständig abgedruckt. Es lag mir daran, das Haupterlebnis herauszuschälen: ein Schwanken zwischen zwei Frauen, das sich seltsamerweise über zehn Jahre erstreckt, obgleich auf dem ersten Blatt scheinbar der Sieg einer von beiden entschieden ist. Dieser Fall ist verwikkelt genug und darf nicht, wie es im Original geschieht, vom Gestrüpp des Lebens überwuchert werden, wenn man ihn in seinem organischen Verlauf begreifen soll.

Ich möchte übrigens glauben, der Verfasser des Tagebuches würde in ebendieselbe Krisis verfallen sein, falls die beiden Frauen, hier Melitta und Anja genannt, zwei ganz andere gewesen wären. Er unterlag vielleicht einem Wachstumsprozeß seiner sich im Umbau erneuernden und ewig steigernden Natur und hätte, um nicht dabei zu scheitern, Anja erfinden müssen, wenn sie nicht glücklicherweise vorhanden gewesen wäre. Jedenfalls wird, wer bis zum Schlusse des Buches gelangt, unschwer erkennen, daß die Lebensbasis des Autors eine andere als die am Anfang ist. Sie ist höher, breiter und fester geworden. Auch die Welt um ihn her hat ein anderes Gesicht: das konnte nur ein Jahrzehnt harter innerer Kämpfe bewirken.

Agnetendorf, Oktober 1929.

Der Herausgeber

ERSTER TEIL

Grünthal, am 10. Dezember 1894.

Merkwürdig: die letzten acht Jahre meines Lebens erscheinen mir wie ein Tag, dagegen die Zeit von gestern zu heut durch Jahrzehnte getrennt auseinanderliegt. Mir ist, als wäre mein Reisewagen bei klarem Wetter allmählich hügelan gerollt, so daß die zurückgelegte Strecke von ihrem Ausgangspunkte an immer unter meinen Augen blieb, und plötzlich habe der Weg eine Biegung gemacht auf eine Art chinesischer Mauer zu, die Kutsche sei durch ein Tor gerollt und dieses habe sich, sobald sie hindurch war, für immer geschlossen und alles hinter mir versperrt.

Das hochverschneite Landhaus, darin ich dies schreibe, wird von mir, meiner Frau und den Kindern bewohnt, nicht zu vergessen mein Bruder Julius und seine Frau, die den östlichen Flügel für sich benützen. Gestern um die Dämmerung kam ich auf dem Bahnhof an, der tiefer im Tale liegt. Meine Frau, meine Kinder empfingen mich, und die ausgeruhten vierjährigen Litauer, die ich erst vor sechs Wochen gekauft habe, zogen den Schlitten, darin wir, in Pelzwerk wohl eingemummt, beieinandersaßen, mit Schellengeläute das Gebirge hinan. Weihnachten steht vor der Tür. Die Kinder lachten, forschten mich nach Geschenken aus, neckten und streichelten mich, indes meine Frau, im Gefühle mich wiederzuhaben, ein gesichertes Glück genoß.

Was bist denn du für ein Mensch? sprach ich zu mir. Äußerlich doch derselbe, denn die Gattin und die Kinder erkennen dich ganz für den, der du gewesen bist. Sie sind erfüllt von dem Jubel des Wiedersehens – und dir sitzt der Schmerz des Abschiedes wie ein unbeweglicher Stachel tief in der Brust! Warum erwärmt dich das volle und ahnungslose Vertrauen dieser hingegebenen Herzen nicht, sondern erzeugt einen ratlosen Schrecken in dir, wie etwas Furchtbares? Kannst du nicht, gewaltsam, ganz der Mann, ganz Gatte und Vater von ehedem wieder sein und in die vollkommene Harmonie dieser Seelen einstimmen?

Nein! – Es war, als habe irgendwo gegen die leichentuchartigen Schneeflächen der Talabhänge oder vor dem klaren und funkelnden Nachthimmel ein riesiges Haupt seine schweren

Locken verneinend geschüttelt, kurz ehe mein Blick es treffen konnte. Es geht nicht an, du bist für sie tot!

Ich kam aus Berlin. Ich hatte eine berufliche Angelegenheit zu einem überraschend glücklichen Ende geführt. Nun auf einmal waren wir hinsichtlich unseres Durchkommens sorgenfrei. Für mich bedeutet das nicht allzuviel, für meine Frau, die von Natur geneigt ist, sich Sorgen zu machen, desto mehr. Die Freude über den Vermögenszuwachs steigerte ihr für gewöhnlich ernstes Wesen schon während der Fahrt zu einer Art Ausgelassenheit. Sie sagte mir, zu Hause angelangt, unter der freundlichen Lampe im warmen Zimmer, ich solle fortan keinen Anlaß haben, sie wegen Niedergeschlagenheit und Trübsinns zu schelten, denn nun sehe sie meine Zukunft und die der Kinder gesichert nach Menschenmöglichkeit. Plötzlich stutzte sie aber und fragte mich, ob ich unpäßlich sei. Ich verneinte das. Allein soviel ich mir nun auch Mühe gab, wenigstens diesen Abend noch der alte zu scheinen, bemerkte ich doch, daß sie beunruhigt blieb und wie in uneingestandener Angst vor irgendeinem drohenden Unheil ihre häuslichen Obliegenheiten verrichtete.

Ich habe unter anderen Schwächen auch die, nichts Wesentliches verbergen zu können. Außerdem hatten meine Frau und ich uns in dem Versprechen geeinigt, unsere Herzen sollten einander jederzeit und ohne alle Hinterhältigkeit offen sein. Als ich daher, mit der Lüge im Herzen, nach einer ziemlich peinvollen Nacht mich erhoben hatte und meine Frau mit schmerzlicher Dringlichkeit mich geradezu nach der Ursache meines veränderten Wesens fragte, bekannte ich ihr, wie in der Tat ein Ereignis in mein Leben getreten sei, unerwartet und unabweisbar, von dem ich nicht wissen könne, ob es zugunsten unseres gemeinsamen Lebens auszuschalten sein werde oder nicht. Und nun ergriff ich entschlossen und wie unter einem Zwang das Messer des Operateurs und trennte mit einem grausamen Schnitt zum größten Teile die Vernetzungen unserer Seelen, indem ich erzählte, daß ich einer neuen, leidenschaftlichen Liebe verfallen sei.

Sie glaubte mir nicht. Und jetzt, wo die Wunde gerissen war und blutete, verband ich sie, und um die Frau, die ich fast so sehr liebte wie mich selbst, am Leben zu halten, gab ich ihr allerhand Stärkungsmittel und behandelte sie in jeder Beziehung wie ein verantwortungsvoller Arzt. Ich gab mir den Anschein, als nähme ich nun plötzlich die Sache leicht, als habe ich wirklich nur einen Scherz gemacht, schnitt aber doch, mit »wenn« und »vielleicht« das Unheil ins Bereich des Möglichen ziehend, verstohlen weiter Fäden entzwei, bis die arme Patientin im Fieber lag und alsbald mit ihrem Fieber mich ansteckte.

Ich habe ihr nun zum zwanzigstenmal gesagt, es sei, um uns nicht in der ersten Verwirrung unserer Seelen zugrunde zu richten, nötig, den ganzen Konflikt auf einige Stunden wenigstens als nicht vorhanden zu betrachten, und bin dann heraufgeeilt, um schreibend für einige Zeit die Sachen kühl und als fremde zu sehen und so, wenn auch vorübergehend nur, ihrer Herr zu sein.

Nachmittags.

Es will ihr nicht in den Kopf. Und wie sollte sie auch nach dem, was wir einander gewesen sind und miteinander durchlebt haben, glauben, daß ich ihr unwiderruflich und unwiederbringlich verloren sei?! Sie wollte den Namen des Mädchens wissen oder der Frau, die es mir angetan habe, und als sie ihn, hin- und herratend, endlich erfuhr, fiel sie erst recht aus allen Himmeln, denn sie begriff es nicht, daß ein so unbedeutendes, oberflächliches Menschenkind mich fesseln könne. Sie meinte, es würde sie nicht gewundert haben, wenn irgendeine reife und bedeutende Frau – sie nannte Namen – mir Eindruck gemacht hätte. Aber dieses unbeschriebene Blatt, dieses halbe Kind ohne jede Erfahrung und ohne Charakter, wie sie es kannte, als Rivalin zu denken, verletzte im Innersten ihren Stolz. Es ist nicht unedel, sondern durchaus nur natürlich, daß sie mit starker Geringschätzung und entrüstet von dem Mädchen sprach und ihr alle erdenklichen Fehler andichtete: Leichtsinn, Verliebtheit, Vergnügungssucht, und daß sie für ganz unmöglich erklärte, ein so nichtssagendes, leeres Ding könne Sinn und Verständnis für meine Art und Bedeutung haben.

Seltsam, mir wird sofort um einige Grade leichter zumut, wenn von der Geliebten, sei's auch im Bösen, überhaupt nur die Rede ist. Ich verteidige sie wenig, denn es liegt mir gar nichts daran, wenn andere sie für etwas Besonderes halten. Im Gegenteil, so habe ich sie desto mehr und ausschließlich für mich.

Ich sehe übrigens ein, daß ich als Mann und Familienvater alles Erdenkliche aufzuwenden schuldig bin, um mich von dieser Raserei zu befreien. Aber die Stärke, mit der sie von meinem Wesen Besitz ergriffen hat, läßt wenig Hoffnung nach dieser Seite. Andre Hoffnungen leuchten in mir auf, erneuern die Welt mit der Kraft eines unerhörten Feuerwerks und entschleiern Gegenden voll unbekannter, himmlischer Lockungen.

Ich bin über dreißig Jahre alt. Von meinen Kindern ist das älteste ein Junge von acht, das zweite ein Junge von sechs, das dritte ein Mädchen von kaum zwei Jahren. Vier Jahre war ich verlobt, woraus hervorgeht, daß ich zu denen gehörte, die warten können, und daß ich jung in die Ehe kam. Ich glaubte bisher durchaus nichts anderes, als daß nun mein ganzes Leben, und zwar bis zum letzten Atemzuge, in dieser Liebe gebunden sei. Außerhalb dieses festgefügten Familienweltsystems, darin meine Gattin für mich die Sonne, die Kinder und ich Planeten darstellten, lag für meine Begriffe nichts, was sein Bewegungsgesetz auch nur von fern zu ändern in der Lage war.

Es ist eigentlich gar nichts Festes in mir. Der entschiedene und gewisse Bau meiner Seele scheint von reißenden Wassern unterwühlt und hinweggespült, so daß ich statt fester Türme, Mauern, Gemächer und Stockwerke nichts als schwimmende Trümmer erblicke. Was soll ich tun? Ich sehe zu. Ich stehe in der Gewalt eines Naturereignisses, das um so furchtbarer ist, weil es äußerlich niemand bemerken kann. Ich sehe zu und hoffe und warte auf ein Wunder.

Mein ganzes Wesen unterliegt einer Umbildung. Worauf soll ich fußen?

Mitunter kommt mir das verwegene Spiel, das ich zu spielen gezwungen bin, in seiner Unerhörtheit zum Bewußtsein, und dann, muß ich sagen, schaudert es mich. Ich frage: wie wird der Ausgang sein? und finde darauf durchaus keine Antwort. Bringt mir den Arzt! Ihr solltet doch wissen, daß der Zustand, dem ich verfallen bin, ganz unabhängig von meinem Willen ist. Wenn ich ein Gift auf die Zunge nehme, so kann ich nicht hindern, daß es mein Blut zersetzt und meine Maschine zum Stillstand bringt. Man flöße mir Wein durch die Gurgel, und ich werde betrunken, mein Wille leiste auch einen noch so entschlossenen Widerstand. Ebenso ist es vergeblich, mit dem Willen gegen den Typhus zu kämpfen, sobald er, und zwar in starker Form, uns einmal ergriffen hat. Wir müssen uns seinem Verlauf unterwerfen und anheimstellen, ob wir davonkommen oder nicht.

Grünthal, am 11. Dezember 1894, vormittags.

Soeben sprach mein Bruder Julius mit mir. Es konnte ihm nicht verborgen bleiben, daß etwas zwischen uns ist, was den Geist, den Frieden, das Glück unseres ganzen Hauses in Frage stellt. Was ich ihm aufklärend sage, nimmt er nicht ernst. Er betont immer wieder, es sei ja vielleicht nicht so unerhört, daß ein Mann in meinen Jahren und Verhältnissen sich nochmals verliebe, aber es gebe doch nur eine ganz bestimmte Art, den daraus erwachsenden Konflikt zu lösen. Ich bin anderer Meinung. Er widerspricht, und wir reden stundenlang hin und her, ohne am Schlusse einig zu sein. Er fragt auch, was ich beginnen wolle, und bezeichnet es als Wahnsinn – wie es mir denn auch beinahe erscheint –, mein gegründetes Hauswesen, Frau und Kinder zu verlassen und planlos davonzuziehen. Allein noch während mir davor graut, vor der Unzuverlässigkeit und Wandelbarkeit der eigenen Natur und ihrer Härte, jubelt es in mir auf, so daß ich plötzlich nicht anders kann und von meinem neuen Glücke zu reden beginne. Ich reiße, selbst hingerissen, den Bruder fort und merke ihm an, daß die trunkenen Schilderungen schon genossener und noch bevorstehender Freuden der jungen Liebe ihn völlig einnehmen, bis er mit mir zu schwärmen beginnt und seine Absicht, mich umzustimmen, vorübergehend gänzlich vergißt.

Nachmittags.

Ich habe ein unbestimmtes Gefühl davon, daß ich meiner Umgebung wie ein Kranker erscheinen muß, vor allem meiner geliebten Frau, der ich kaum von der Seite weiche. Das unsichtbare Ereignis bildet ein neues Band zwischen uns, und indem wir darüber reden, verschränken sich unsere Seelen mit einer seit Jahren abhanden gekommenen Innigkeit. Oftmals graust mir vor dem, was ich ausspreche, zeigt es doch meist die Verblendung durch Leidenschaft mit allergrausamster Offenheit, während es gleichzeitig auch verwirrend ist und nach Irrsinn duftet. Es ist ja nur Wahrheit, wenn ich sage, daß gleichsam ein Quell der Liebe, der meine ganze Welt übernetzt, in mir zum Durchbruch gekommen ist. Es ist ja nur wahr, daß in mir das »Seid umschlungen, Millionen!« singt und klingt und dabei meine Frau für Hunderttausende gilt. Es zieht mich zu ihr, ich liebe sie. Wenn das Innerste zweier Seelen sich berührt, so gibt es eine physisch deutlich empfundene letzte Einigkeit, und ich glaube nicht, daß ich während der ganzen Dauer unseres Verhältnisses sie je mit gleicher Stärke empfand. Und doch! wie soll sie es mit der unausbleiblichen Trennung in Übereinstimmung bringen, von der im gleichen Atem die Rede ist? Während ich spreche, raunt es in mir: Gewiß, du liebst sie wie eine Sterbende. Ich erschrecke und hüte mich, diese nüchterne Stimme laut werden zu lassen.

Meine Frau und ich, wir tanzen in diesen Winterstunden einen gefährlichen Tanz. Wir laufen treppauf, treppab hintereinander her, umeinander herum, suchen einander im Reden und umschlingen einander schweigend in qualvoller Innigkeit. Was um uns vorgeht, beachten wir nicht. Es ist kein Winter um uns, kein Sommer um uns. Wir haben kein eigenes Dach über uns, keinen eigenen Grund unter unseren Füßen. Keine Freunde haben wir, keine Geschwister, keine Kinder. Die unerledigten Korrespondenzen häufen sich. Nicht ein Brief wird beantwortet. Wir haben keine Geschäfte, keine Interessen, keine Pflichten. Wir klammern uns nur aneinander wie Menschen, die über Bord gefallen sind und sich retten wollen. Meinethalben, sie wollen einander retten. Aber der eine kann schwimmen, der andre nicht. Und während der Schwimmer den anderen packt, befällt diesen die Todesangst, er klammert sich verzweiflungsvoll um den Retter, und jählings beginnt jener letzte Kampf, der alle Menschen zu Feinden macht.

Grünthal, am 12. Dezember 1894, vormittags.

Immer wieder gerate ich in Staunen über die vollkommen veränderte Art und Weise, mit der ich meine nächste Umgebung auffasse. Eines Tages erblickte ich bei einer Gebirgspartie von oben her dieses Tal und dachte, hier wäre gut Hütten bauen. Entzückt und begeistert stieg ich mit diesem Gedanken durch Wälder und über Wiesenpfade hinab und hatte binnen weniger Stunden das Bauernhaus mit dazugehörigen Ländereien, Grasflächen, Buchenhainen und Quellen käuflich an mich gebracht. Noch erinnere ich mich der unendlichen Freude von Frau und Kindern, als wir den schönen Grund unser eigen nannten und angefangen hatten mit dem Umbau der alten, zerfallenen Kate, die dann, aufs beste verwandelt, unser behagliches Heimwesen werden sollte. Ich dachte nicht anders, als daß keine Macht der Welt mich vor meinem Ende von diesem Asyl und Grund trennen sollte. Ich hatte dies ganze Haus Jahre vorher aus wünschlichen Träumereien in meiner Seele liebevoll aufgebaut und, während es, jedermann sichtbar, wirklich erstand, wochen- und monatelang dem Maurer auf seine Kelle, dem Zimmermann auf die Axt, dem Tischler auf seinen Hobel gesehen. Jedes Möbelstück in der freundlichen Zimmerflucht hatte ich selbst gekauft und gestellt, und es hing kein Bild an den Wänden, wozu ich nicht eigenhändig die Fuge für den Nagel gesucht und einige Nägel mit ungeduldigem Hammer gekrümmt hätte. – Wie sieht mir nun alles auf einmal fremd und gespenstisch aus!

Ich habe mein Buch, in das ich dies schreibe, auf ein altes Stehpult am Fenster gelegt. Mich umgibt ringsum meine liebevoll aufgestapelte Bücherei, die den Weg meines suchenden Geistes kennzeichnet. Stiche, Abgüsse griechischer Büsten, Photographien, allerhand Reiseerinnerungen liegen und stehen umher, und alles das bedeutet auf einmal für mich nur Plunder.

Grünthal, am 13. Dezember 1894, nachmittags.

Der heutige Tag hat mir den furchtbaren Ernst meiner Lage gezeigt, die ganze Zerrüttung meines bisherigen häuslichen Seins. Der Kampf zwischen mir und meiner Frau, Melitta, nimmt Formen an, die an Wahnsinn streifen. Ich höre von ihr bittere, schiefe und ungerechte Worte, die ich vergebens zu widerlegen suche. Ich stoße selbst bittere und ungerechte Worte aus, die sichtlich eine marternde Wirkung ausüben. Es kommt so weit, daß meine Frau einem hysterischen Anfall unterliegt und in schrecklicher, grotesker Weise zu tanzen beginnt. Das ist die Gefahr! Ein Zug der Schwermut war ihr bereits als Mädchen eigen. Damals erhöhte er ihren Reiz. Hernach kamen Monate, Jahre, wo dieser Gemütsausdruck sich auf mich übertrug und mein an sich heiteres Wesen in steter Abhängigkeit erhielt. Unsere Kinder waren einander schnell gefolgt, und das Abnorme der Zustände vor der Geburt und nach der Geburt hat die Mutter sehr angegriffen und sie gegen allerlei Einwirkungen, die das Gemüt berührten, wehrlos gemacht. Ich bin zu einer Zeit in den sogenannten Stand der heiligen Ehe getreten, wo junge Menschen gewöhnlich ihr Leben in Freiheit zu genießen beginnen. Aber was geht mich das alles in diesem Augenblick an, und was soll es damit? Will ich mich vor mir selbst entschuldigen? Es bedarf dessen nicht. Ich fühle in jedem Augenblick, daß ich einer Macht verfalle, also schuldlos bin. Melitta aber kann sich nicht mitteilen, sie kann ihr Herz nicht durch Schreiben erleichtern. Weshalb soll ich unedel sein und Anklagen in ein Buch setzen, ohne daß die Angegriffene Gelegenheit findet, sich zu verteidigen? Sie litt mehr als ich ... leidet mehr als ich! – Wer leidet wohl mehr als derjenige, der sein Leiden in sich verschließen muß? Ich sah dieses Leiden, wenn sie in wortloser Grübelei unruhigen Schrittes hin und her lief, von einer Zimmerecke zur anderen, wie eine Gefangene im Kerker, die dem Verhängnis nicht entrinnen kann. Sie sagt, ich hätte nur immer für die Mängel ihrer Natur Sinn gehabt, etwas Gutes in ihr niemals gesehen, ihr Wesen klein gemacht und erdrückt. Vergeblich beweise ich ihr in der Hitze des Streites das Gegenteil. Du hast mich, sage ich ihr, als einen nichtsbedeutenden, armen Jungen mit Entschlossenheit aufgegriffen. Dein Charakter war so, daß du der leidenschaftlichen Einreden deiner Verwandten nicht geachtet hast. Sie hielten mich alle für ein Geschöpf ohne Aussichten. Du glaubtest an mich! Du eröffnetest mir mit deiner Liebe und deiner Freigebigkeit die Welt, trotzdem du deswegen Spott genug zu erdulden hattest. Ich ging einen Weg, der im Sinne der Anschauung unserer Väter keiner war: denn was ist ein Mensch in den Augen eines guten Bürgers, der keinen bürgerlichen Beruf ergreift und sich mit Idealen befaßt, statt nach Rang, Gold und Titeln zu streben?! Wenn ich dieses und Ähnliches zu ihr gesagt hatte, wiederholte sie doch ganz unentwegt, ich wisse das Gute in ihr nicht zu würdigen.

Grünthal, am 14. Dezember 1894, vormittags.

Die Nacht war unruhig und zum Teil schlaflos. Ich fürchte, es wird überhaupt mit dem Schlaf des Gerechten auf Jahre hinaus vorüber sein. Der Kopf summt mir von allerhand süßen und zärtlichen Melodien, trotzdem die Wolke des Schicksals in mein Haus hereinlastet und etwas Drohendes überall mich berührt. Ich habe heut eine Aufgabe. Die Aufgabe ist, in das Postamt des nächsten Dorfes zu gehen und nachzufragen, ob ein bestimmter Brief für mich dort lagert. Ich bin sehr unruhig und gespannt. Das frische, geliebte Kind hat sich zwar mit so unzweideutiger Neigung für mich erklärt, daß irgendein Zweifel an seiner Festigkeit vernünftigerweise nicht zulässig ist. Allein wann wäre der Liebende wohl vernünftig! Seine Zweifel steigern sich, selbst wo er sieht, ins Absurde hinein, wieviel mehr, wenn der Gegenstand seiner Leidenschaft seinen Augen entzogen ist. Es kommt ihm in diesem Falle mitunter so vor, als habe er nur geträumt. Die vergangenen glücklichen Augenblicke erscheinen ihm unwirklich, und er wartet krampfhaft auf einen Liebesbrief als feste Bestätigung. So geht es mir. Was kann sich übrigens alles ereignen in einem Falle, wie unserer ist, der sie, wenn etwas ruchbar würde, sogleich in die bittersten Kämpfe mit den Ihren verwickeln müßte: Kämpfe, in denen ihr fester Wille vielleicht unterliegt. Geduld!

Das ganze Haus ist von einem eigentümlichen, schmerzlich-festlichen Licht erfüllt. In einem persönlich tieferen Sinne liegt etwas von Karfreitagszauber darin. Die Fähigkeit, die mir innewohnt, zugleich der Darsteller in der rätselhaften Dichtung des Lebens und der Zuschauer dieses Dramas zu sein, ermöglicht mir, nüchternen Auges eine Art Weihe über uns allen zu erkennen. Ringsum keine Spur von Banalität. Es gibt kein Familienheim, wo nicht Banalität, wie Weinstein das Innere eines Weinfasses, unmerklich die Wände, Dielen und Decken, Möbel und Menschen überzieht, so daß mit der Zeit die Seele darin, wie der Wein im Faß, keinen Platz mehr hat. Nun sind aber unsere Seelen ausgedehnt und lodern wie qualvoll selige Feuer.

Es ist seltsam, wie weit mein Wahnsinn geht. Aller Augenblicke nehme ich den »Westöstlichen Divan« oder den zweiten Teil »Faust« zur Hand und finde überall Worte, die mich in meiner entschlossenen Liebe bestätigen. Das wäre an sich nicht wunderlich, aber ich tue noch mehr. Ich beweise mit diesen Bestätigungen meiner gequälten Frau, die doch nur immer aus allem Totenglocken des eigenen Glückes klingen hört, daß ich auf rechtem Wege bin. Ich spreche von einem Früh-Frühling, der mir wieder beschieden sei, und gehe so weit, ihr anzuraten, auch einem solchen neuen Frühling entgegenzuwarten. Wir weinen dabei zuweilen in seligem Schmerz und küssen uns. Vor unseren Seelen tauchen die ersten Tage,

Monate und Jahre unserer Liebe auf. Wir leben in diesen vergangenen Zeiten zärtlich, als stünden wir mitten darin: Weißt du noch, wie du dich über die Gartenmauer herunterlehntest, mit dem schwarzen, seidigen Haar und dem bleichen Gesicht und in jenem Jäckchen, das wir Zebra nannten, weil es weich und gestreift wie das Fell eines Zebras war? Weißt du noch, wie lange ich winkte, sooft ich Abschied nahm? und aus dem Schnellzug heraus, gegen die Talabhänge hin, wo euer Landsitz sich stolz und behäbig erhob? Weißt du noch, wie ich dir an die Gebüsche im Garten allerhand Zettel mit Liebesworten befestigt hatte, die du finden solltest, nachdem ich bereits aus eurem Kreise wiederum in die Fremde entwichen sein würde? Weißt du noch? Erinnerst du dich an den Frühlingsmorgen, den Heidenturm und den ersten Kuß? Weißt du noch? Ja weißt du noch? – Und wir gedachten an tausenderlei entzückende Einzelheiten unseres wahrhaft romantischen Liebesglücks.

Nachmittags.

Ich besitze den ersten Brief. Ich glaube, ich war ziemlich unsicher, als ich am Schalter stand, und wie ich aus dem ländlichen Postamt auf die Straße gelangt bin, weiß ich nicht. Die Schriftzüge wirken nüchtern, bestimmt und männlich, durchaus nicht wie von der Hand einer Siebzehnjährigen. Der Inhalt des Briefes dagegen ist von einer entzückenden Frische und hinreißend, wie aus der Pistole geschossen, wenn dieses Bild in Dingen der Liebe erlaubt sein kann. Und was kann süßer und weiblicher sein als die zwei Worte der übrigens namenlosen Unterschrift: Dein Eigentum!

Es ist natürlich, daß ich mit diesem Text im Kopf entzückt, entrückt und beseligt bin. Denn es gibt keinen Fürsten, Kaiser und Gott, der mit einer so geschenkten, so gearteten Gabe durch gleiche Gnaden wetteifern könnte. Ich kann meine Freude nicht verbergen, und da meine Frau nicht weiß, woher meine überschwengliche Laune stammt, sieht sie darin ein Zeichen veränderter Sinnesart, das sie zu ihren Gunsten deutet, und heitert sich, wenn auch allmählich und schüchtern, mit mir auf.

Den Brief in der Brusttasche, schreite ich mit ihr in den Zimmern umher oder sitze zu ihren Füßen am Fenstertritt, auf dem ihr Nähtischchen steht, und bringe nur eitel rosige

Hoffnung zum Ausdruck, die mich erfüllt. Die Hindernisse, die Schwierigkeiten, die schweren Gefahren aller Art, mit denen unsere nächste Zukunft auf uns lauert, erkenne ich nicht an, überfliege ich. Ich sage einfach: Es wird alles gut werden! Dabei denke ich immer: Dein Eigentum ...

Ich habe ein tolles Gefühl in mir: vor Menschen sicherlich närrisch, schwerlich vor Gott. Mein Glück ist so groß, daß ich alles in seinem Gefühl vereinigen möchte. Ich möchte jedermann, aber vor allem denjenigen, die ich lieb habe, davon mitteilen. Ich glaube an arkadische Zustände, wo mein Glück wie eine leichte, bezauberte Luft alles zu ein und derselben göttlichen Trunkenheit in Liebe vereinigen kann. Indem ich dergleichen Ideen ausspreche, blickt meine Frau mich andächtig lauschend an, um schließlich, auf ihre Arbeit gebeugt, immer wieder leise, kaum merklich, den Kopf zu schütteln. – Dein Eigentum! Dein Eigentum!

Grünthal, am 15. Dezember 1894.

Besinne dich, komm zu dir selbst! Hat sich nicht eine betäubende Wolke auf dieses verschneite Haus gesenkt, die nicht nur meine Vernunft, sondern mich selbst ersticken will? Melitta schläft. Es ist gegen Mitternacht. Sie hat ein Schlafmittel eingenommen. Ich habe mein Lager oben unter dem Dach. Es ist mir mit vieler Mühe gelungen, mich für die Nacht zu isolieren. Wir dürften durch unsere Unruhe die Wirkung des Schlafmittels nicht in Frage stellen, behauptete ich.

Furchtbar zerrüttende Nächte liegen hinter uns. Mit ruhigem Vorbedacht nenne ich sie Höllen. Die Tage sind schlimm: noch eine kleine Anzahl solcher Nächte aber, das wäre der Tod! – auch dies geschrieben nach ruhigem Vorbedacht.

Wir wüteten heute gegen uns selbst. Ein Grimm, eine Wut gegen uns, gegen unsere Vergangenheit, gegen die ganze Nasführung durch das Schicksal war in uns aufgekommen, eine Zerstörungswut gegen alles, was darin glücklich war. Wir wollten das Gestern nicht mehr wahrhaben, nachdem es uns zum Heute geführt hatte, diesem schrecklichen Heut, das doch wohl auf dem Grunde allen Glückes tückisch gelauert hatte. Der Gedanke, dieses ganze Leben war ein gemeiner Betrug, einigte uns.

Wir verfielen darauf, ein großes Autodafé anzurichten. Stöße von Liebesbriefen mußten her. Es war ein Fieber, wir waren irrsinnig. Alle steckten noch in den Umschlägen. Schübe und Kassetten wurden mit einem sinnlosen Eifer um- und umgekehrt, unsere Hände fuhren wie Wiesel in ihre Schlupflöcher. Alles mußte vernichtet sein. Das kleinste Zettelchen, das von unserer Liebe hätte zeugen können, wurde dem Feuer überliefert.

Gut eine halbe Stunde lang und länger brannte der Papierberg hinterm Haus. Den Schnee zerschmelzend, hatte er sich bis zur nackten Wiesenkrume niedergesenkt. Wir standen dabei, die Kinder schürten das Feuer. So sündigten wir an den seligsten Jahren unseres Lebens, so vernichteten wir alle Wonnen, Sehnsüchte, Liebesbeteuerungen, alle diese heiligen Zeichen, bei denen der Gott der Götter uns die Hand geführt hatte.

Wie grausig doch das Lachen der ahnungslosen Kinder anmutete! Ich habe gesehen, wie sie unter Schmerzen von ihrer Mutter geboren wurden, habe sie gebadet, auf dem Arm getragen, trockengelegt, habe sie betreut, wenn sie krank waren – und morgen will ich mich nun von ihrer Mutter und somit auch von ihnen abwenden! Meiner Wege will ich gehen und sie allein lassen in der Welt! Ist dies eine Sache, die man ausführen, ja, auch nur ein Gedanke, den man denken kann?

Während das Feuer über dem Leichnam unserer Liebe zusammenschlug, der Wind hineinfuhr und die einzelnen papierenen Fetische der Vergangenheit auseinandertrieb, trug ich einen Fetisch verwandter Art heimlich auf der Brust, meinen Anja-Brief mit der Unterschrift »Dein Eigentum«, jenen, den ich verstohlen von der Post einer benachbarten Ortschaft geholt hatte. Und während die Kinder den einzelnen papierenen Flüchtlingen nachliefen und sie der Glut überlieferten, sprang dieser mit meinem Herzen, in dessen nächster Nähe er lag, wie der Reiter mit einem Füllen um. Heiß, heißer als irgendein im Feuer brennender war dieser Brief. Und wenn ich mir dessen bewußt werde, frage ich mich, wie es möglich ist, in einem Raum der Seele neben unendlichem Schmerz unendliches Glück zu beherbergen, wie es von diesem Zettelchen Anjas in jede Fiber meines Wesens schlug. Waren wir eigentlich und war ich eigentlich für das heute Geschehene noch verantwortlich? Ich fürchte nein, da ich nirgend einen Ausweg, nirgend ein Entrinnen sah. Ich hatte schreckliche Visionen. Sie bezogen sich auf mich selbst. Ich war der Henker, höllisch angeglüht, der in dem Feuer, darin er düster stocherte, nicht nur ein abstraktes, gewesenes Glück, sondern Weib, Kinder, Haus und Hof zu Asche werden sah. Und manchmal – es fehlte nicht viel – wollte er selbst in die Flamme hineinspringen.

Ich erschrak, als Melitta ihr Schlafmittel nahm. Mir kam der Gedanke: wenn es Gift wäre?! Wer weiß es, zu welcher Lösung ich einmal greife ...

Grünthal, am 16. Dezember 1894, morgens.

Eines ist ganz unabänderlich: ich muß fort. Mich graust es fast auszusprechen, aber weshalb sollte man sich selbst immer und immer schönfärberisch verfälschen: die Leute, mit denen ich hier zusammenlebe, sind mir ganz fremd. Sie verstehen mich nicht. Sie quälen mich. Sie verlangen Dinge von mir, die darauf hinauslaufen, ich solle eigenhändig meinem Dasein ein Ende machen. Vielleicht wissen sie nicht, was sie von mir verlangen, daß mein Leben ohne mein »Eigentum« so wenig im Bereich des Möglichen liegt wie das Atmen in einer Luft ohne Sauerstoff. Was geht mich das an? Warum sind sie in Dingen des Lebens so töricht und unerfahren? Nein, ich muß fort! Ich halte es nicht mehr aus im Bereiche der flehenden, rotgeweinten Augen meines Weibes. Das glückliche Lachen meiner ahnungslosen Kinder foltert mich. Das endlose Diskutieren mit Gattin und Bruder über das Unabänderliche macht mich mürbe bis zum Umsinken. Und wäre das alles nicht – ich muß zu ihr! Ich bin wie in einem unterirdischen Kerker hier, in den weder Sonne noch Mond dringen kann. Die Tage sind wie riesige Quadern, durch die ich mich mit den bloßen Nägeln ins Freie zu wühlen habe, und ich fühle, wie schon an Stunden, ja an Minuten mein Mut erliegt, meine Kraft versagt. Ich will zu ihr! Was geht mich das alles an: ob meine Frau sich abhärmt, ob meinem Bruder Unbequemlichkeiten und Sorgen erwachsen, ob meine Schwägerin sich mit Haß gegen mich erfüllt, ob meine Verwandten mich für wahnsinnig halten oder verbrecherisch! Ist doch die Frage für mich – und es genügt, wenn nur ich das weiß -: hie Leben, hie Sterben! Ich weiß gewiß, daß ich dem langsamen, martervollen Hinsterben der alten Existenz das schnelle durch einen Schuß unbedingt vorziehen würde. Wären die Meinen dann besser dran? Aber nein: ich will leben! ich will nicht sterben! Und ich habe überhaupt keine Wahl. Es gibt kein

Zurück. Ich fühle, daß über mich und über mein ferneres Leben im ewigen Rate entschieden ist. Die Mächte haben für mich die Entscheidung getroffen – ich fühle das. Ich fühle, daß kein Entrinnen ist.

In mir ist keinerlei Leichtsinn, wahrhaftig nicht. Ich kann behaupten, daß ich in einer Art tiefer Entschlossenheit die unentrinnbare Nähe des Schicksals empfinde und daß ich von klaren Befehlen starker Stimmen durch Tage und Nächte begleitet bin. Alle weisen mich vorwärts, keine zurück! Allein indem sie mich vorwärts weisen, versprechen sie nichts, sondern sie senden mich in eine wildzerklüftete, durch Gewölke und Sturm verdüsterte, undurchdringliche Welt hinaus, wo Kämpfe und Mühsale meiner warten.

Berlin, am 18. Dezember 1894.

Seit gestern bewohne ich ein möbliertes Zimmer in Berlin. Es ist frostig, wie diese Räumlichkeiten zu sein pflegen. Ich gelange zu meinem Tuskulum durch einen engen, nach Mänteln und Schuhwerk riechenden Korridor, den meistens fettige Dünste schwängern. Auf diese Weise fängt ein besonderes Martyrium für mich an.

Ich bin sehr verwöhnt, und indem ich um diese Jahreszeit ein behagliches Heimwesen aufgebe, wo alles meinen Gewohnheiten, Wünschen und Neigungen schmeichelte, mache ich mich eigentlich obdachlos. Ich weiß nicht, was für einen entsetzlichen Stil diese schwarzlackierten, mit gepreßtem rotbraunem Plüsch überzogenen Möbel darstellen wollen. Ich weiß überhaupt nicht, warum sie da sind und die Öldrucke an den Wänden, in protzigen Goldleisten, die Papierblumen und dickverstaubten Makartbuketts und das schreckliche Bric-à-brac an Nippes, kleinen Vasen, japanischen Fächern, gestickten Deckchen und so fort; denn ich würde lieber in der gut gescheuerten Stube eines Kätners wohnen als in dieser Räumlichkeit.

Nun, was habe ich weiter damit zu schaffen! Wenn ich die Feder absetze, mit der ich in dieses Buch schreibe, nehme ich meinen Mantel um, stülpe den Hut auf den Kopf und begebe mich in die Winternatur, hinaus vor die Stadt, an die weitgedehnten, zugefrorenen Havelseen, und zwar nicht allein. Ich werde dabei die Stimme meiner Geliebten hören, das lustige Geläut ihres Lachens, werde ihren energischen Gang, ihre aufrechte Haltung bewundern und im Bewußtsein ihrer Gegenwart geborgen sein. Am Rande der Seen werde ich Schlittschuhe an ihre kleinen Füße legen, die meinigen auf Schlittschuhe stellen, und wir werden meilenweit über das Eis davonschweben, losgelöst von der ganzen, überflüssigen Welt.

Als ich sie gestern traf, verabredetermaßen auf einem großen, belebten Platz, war ich im ersten Augenblick beinahe enttäuscht. Meine erhitzte Einbildungskraft hat ihr Bild dermaßen ins Außerirdische gesteigert, daß keine Wirklichkeit es erreichen kann. Kaum aber waren wir eine Viertelstunde nebeneinander hingewandelt, so trat ihr ganzer Zauber wieder in Kraft und riß mich hin von einem zum andern überschwenglichen Augenblick.

Sie ist eher groß als klein. Sie beugt das kindliche Haupt nicht nach vorn, wenn sie grüßt, sondern wirft es zurück, so daß ihre großen, trotzigen Augen kühn hervorstrahlen mit einem graden, entschlossenen Blick. Ihr Händedruck ist bieder und fest. Man fühlt den Freund, nicht, wie bei manchen Frauen, nur das Weib in der molluskenhaft weichen Hand. Ein Geist des Vertrauens geht von ihr aus, der von mir als eine neue Schönheit empfunden wird.

Ihr Bruder, wie Anja erzählt, hat sie zuweilen, als sie noch ein Kind war, auf hohe Schränke gestellt und ihr befohlen, herunterzuspringen: sie hat das immer sofort getan. Er fing sie mit den Händen auf, wodurch ihr vertrauender Sinn bestärkt wurde.

Ich weiß nicht, wie ich in meinem Alter plötzlich das Glück einer so wundersamen Verjüngung empfinden kann. Es ist, als befinde sich die ganze Natur um mich her im Stande der Erneuerung. Mit einemmal ist das rastlos Suchende aus meinem Wesen verschwunden, eingenommen und aufgesaugt von einer Erfüllung über Erwarten. Ich lese nichts mehr. Die hypochondrischen Grübeleien sozialistischer, ethischer, religiöser und philosophischer Essayisten erscheinen mir überflüssig oder gar wie häßliche, krankhafte Prozesse zur Vermehrung der Makulatur. Zuzeiten erscheint mir die geistige Produktion dieser Art einem Niagarafalle von Abwässern nicht unähnlich, und ich habe den Wunsch, daß irgendein bodenloser Abgrund sie verschluckt. Dies alles beschäftigt uns viel zu sehr in müßiger Weise und lenkt uns von dem einzigen Sinn des Lebens, von der Liebe, ab. Entzieht euch der Liebe nicht, das heißt: ergreift das Glück und verleugnet dagegen ebensowenig den Schmerz! In diesen Dingen geschieht das Aufblitzen der großen Mächte des Lichts und der Finsternis. Da kommt es vor, daß ein schnelles Leuchten dem Auge nachtbedeckte Paradiese enthüllt und jäher Schmerz die brennenden Höllen der Unterwelt. Ein anderes Dasein ist kein Leben!

Berlin, am 19. Dezember 1894.

Ich habe heute einen Brief von daheim. Jedes Wort darin hat Marter aus der Seele gepreßt, jedes ist aus einer unerhörten Bestürzung geboren. Es sind wenige, gleichsam weinende Zeilen einer verlassenen Frau. Ich sehe den Brief, der neben mir liegt, immer wieder an und greife mir nach dem Kopf, als müsse ich mich aus dem Schlafe erwecken.

Wie das doch nur alles gekommen ist!?

Melitta und ich waren gemeinsam hier in Berlin. Eines Tages ergriff sie die Flucht, da ihr der Trubel unerträglich geworden war. Sie reiste heim und ließ mich zurück. Wenn sie das nicht getan hätte, würden wir vielleicht dem Verhängnis entgangen sein.

Denn nun stand sie nicht mehr zwischen Anja und mir. Wir konnten uns sehen, sooft wir wollten, in Konzerten nebeneinandersitzen und in einer Kette von gefährlichen Gelegenheiten unsere Neigung anfachen, bis es schließlich zur entscheidenden Aussprache kam. Als wir eines Abends bei milder Luft das Kronprinzenufer hinuntergingen, erhielten unsere Worte einen verwickelten Sinn, der uns beiden schließlieh den Irrtum völlig benahm, wir seien einander gleichgültig.

Melittas Brief verlangt von mir eine Probezeit.

Geh nach der Schweiz, schreibt sie mir. Du brauchst nicht zu mir zu kommen, aber ich muß wissen, daß Du auch nicht bei Anja bist. Nach sechs oder acht Wochen entscheide Dich. Kehrst Du zurück, so wird alles vergeben und vergessen sein. Gehst Du zu Anja, habe ich mich damit abzufinden. – Wenn ich Dir je im Leben etwas gewesen bin, wirst Du mir diese Bitte nicht abschlagen.

Nein, gewiß nicht, das werde ich nicht. Ich werde sogar schon morgen nach Zürich abreisen. Anja freilich weiß es noch nicht.

Ich promenierte heute mit ihr unter den Säulen der Nationalgalerie, nachdem wir vorher Bilder betrachtet hatten. Erfüllt von den Eindrücken großer Kunst, empfanden wir eine beinahe unwiderstehliche Sehnsucht nach dem Lande ihrer herrlichsten Emanationen. In jeder Fiber zuckte uns unbändige Reiselust: »Kennst du das Land ...? Dahin, dahin möcht' ich mit dir ...«, und so fort und so fort.

Nun habe ich Anja mitzuteilen, daß ich ohne sie eine Reise antreten werde, daß ich mich von ihr trennen muß.

Es scheint mir ein Ding der Unmöglichkeit. Hierzubleiben jedoch ist ebensowohl ein Ding der Unmöglichkeit, oder ich habe etwas unwiderruflich Schweres im Zustand Melittas zu gewärtigen.

Ich bin in Netze verwickelt, die unzerreißlich sind. Ich bin in eiserne Netze verwickelt. Ich kann nichts tun, wenn es mich morgen in eine öde und leere Ferne reißen wird. Es wird mich von der Geliebten losreißen, was, in einem gewissen Sinne genommen, tödlich für mich ist. Es ist der Tod, den ich auf mich zu nehmen habe in dieser Probezeit. Die Stunden werden wie Grabsteine sein. Ich bin nicht frei, ich werde hart eingeschnürt. Ich bin ein Gefangener.

Und welches Los, daß ich Anja nun auch Schmerz bereiten, ihr wehtun muß!

Und wird sie verstehen, daß ich es muß?

Ja, ja, sie wird es verstehen!

In diesem Augenblick hat Melitta bereits mein Telegramm, das ihr meine Abreise meldet: nun brauche ich wenigstens nicht mehr zu erschrecken, wenn der Depeschenbote kommt.

Morgen also beginnt mein Leidensweg, dessen Ende ich nicht absehe. Das flüchtig blickende Auge, gute Melitta, mag dich in dieser Sache übermäßig und unbarmherzig belastet sehen. Es wird mir genügen müssen, meine sicherlich ebenso große Last stumm zu schleppen.

Zürich, am 24. Dezember 1894,
abends 10 ½ Uhr.

Halte fest diese Stunde, halte fest! Morgen ist sie Vergangenheit. Ein ängstliches Flattern ist in mir, Ausgestoßenheit, eine neue, große Einsamkeit.

Ich bin allein gewesen den ganzen Weihnachtstag. Worte, nur die allernotwendigsten, sind über meine Lippen gekommen im Verkehr mit dem Hotelportier und den Kellnern, die in Restaurants und Cafés mich bedient haben. Draußen ist Schlackerwetter. Es fällt Regen mit Schnee untermischt, man friert in der Nässe, Kälte und grauen Finsternis, so sehr man auch den Mantel um sich zusammenzieht.

Ich bin vormittags durch die Straßen geschlendert, ich bin nachmittags durch die Straßen geschlendert, immer einsam und ruhelos. Der See ist grau, seine Ufer von Nebeln verschlungen. Schon gegen vier sah ich hinter den Fenstern die ersten Christbäume aufleuchten.

Ich schreibe in einem engen, überheizten Hotelzimmer. Drei Wochen früher in meinem Leben und heut – welcher Unterschied! Bedrückt mich der Alp einer Morgenstunde, und werde ich etwa in einigen Augenblicken erwachen, vom Jubel meiner Kinder geweckt? Durchaus nicht, nein, ich bin wirklich wach, in jenem Zustand jedenfalls, den man nach Übereinkunft Wachen nennt.

Als das unwiderrufliche Wort in Berlin zu Anja gesprochen worden war, konnte ich da wohl den heutigen Abend mit seinem schrecklichen Ernst voraussehen? Ahnte ich, was dieser Schritt für Aufgaben, für Entsagungen – und wie bald! – nach sich ziehen würde? Verbannung, Heimat-, ja Obdachlosigkeit. Und als ich mit schmerzenden Beinen immer noch durch den Schlick der Straßen schritt, steigerte sich, je leerer sie von Menschen wurden, in mir das Gefühl von Verlassenheit.

Überall leuchteten nun die Christbäume, huschten hinter den Scheiben die Schatten derer, die sich aus der naßkalten Nacht in ihr Licht und ihre Wärme geflüchtet hatten. Und ich mußte der traurigen Stunde gedenken, die eine Mutter in den fernen schlesischen Bergen unter dem qualvollen Glanz dieser Weihnacht zu bestehen hatte.

Die Zähne knirschten mir aufeinander. Aber ich freute mich, daß ich litt. Es klingt paradox, dennoch ist es wahr: durch den fast unerträglichen Grad meines Leidens wurde mein Leiden gelindert.

Ich wollte das Leiden, ich sah eine Legitimation meines Tuns darin.

Leichten Kaufes werde ich aus diesem Handel ganz gewiß nicht herauskommen. Schon die unmittelbaren ersten Folgen beweisen das. Was daran Gewinn ist, muß sich gegen einen Verlust behaupten, der unübersehbar ist. Es gibt keinen Freund und keinen Verwandten, weder Vater, Mutter noch

Bruder, der mich verstehen wird. Sie werden mich aufgeben, weil sie mich für verrückt halten. Um Gewonnenes wahrhaft zu genießen, bedarf es einer glücklich durchgeführten schweren Amputation, einer Art Selbstverstümmelung. Verblendung, zu hoffen, ich könne lebend davonkommen! Tritt das beinahe Unmögliche dennoch ein, was muß die arme kleine Anja zu geben haben, wenn sie mir den Verlust ersetzen soll!

Wie unwahrscheinlich, wie seltsam dies alles ist! Warum habe ich mich eigentlich aus der Gemeinschaft der Menschen ausgeschlossen, statt in Grünthal zu sein?! Vor mir steht das verschneite Haus, stehen verwaiste Kinder, deren Weihnachtsfreude ihrer verlassenen Mutter das Herz brechen muß.

Und doch, und doch: es gibt kein Zurück! Jetzt die Farce in Grünthal mitzumachen würde mir unerträglich sein.

Diese besondere Mischung von Leiden und Liebe, in die ich geworfen bin, erzeugt in mir eine vielleicht gefährliche, aber doch köstliche Illumination. Sollte man glauben, daß ich mit einem Gefühl von Gehobenheit weniger durch die Menschen als über die Menschen hinschreite!? »Lasciate ogni speranza« ging mir durch den Sinn. Waren sie doch von dem Wunder der Wunde, die ich in mir trug, ausgeschlossen. Dieses bürgerliche Dahinleben sah ich als etwas Totes, Apparathaftes an. Ich allein stand in der Wiedergeburt. Mich hatte die harte, aber schöpferische Hand des Gottes berührt. Mein Wesen erklang davon in den Grundfesten. Wenn ich den dikken Rauch eines Cafés durchschritt, war mir, als müßten die Leute aufstehen, als müßten alle Wichtigtuer und Schwätzer ihren Beruf für erbärmlich erklären und ihm abschwören, angesichts der Perle des Erwählten und Erleuchteten, die ich auf der Stirne trug.

Soll ich erschrecken über meine so gesteigerten Zustände? Sind sie nicht eine große, neue, vielleicht die schwerste Gefahr? Und falls es mir nicht gelingt, sie einzudämmen, könnten sie nicht die Meinen oder Anjas Vormund auf den Gedanken bringen, mich mit Hilfe eines Psychiaters zu entmündigen? Diese Sorge ist eine der unzähligen, die meine Nächte schlaflos machen. Beruht sie jedoch auf Verfolgungswahn, so ist dadurch wiederum meine geistige Gesundheit in Frage gestellt.

Nein! Dies sind alles nur lästige Fliegen, die ich hinausjage. Ängste und Einbildungen dieser Art nenne ich jämmerlich und des großen Erlebens, das ich zu bewältigen habe, unwürdig. Ich stehe vielmehr in der Weihe einer tiefen Leidenschaft, der ich mich wert zu machen habe. Das ist ein irrationales Phänomen. Es hat immer die Menschen wie Zauberei, Verhexung oder Krankheit berührt, wo es aufgetreten ist. Junge Anjas sind auf Betreiben bestürzter und empörter Verwandter mit Hilfe törichter Pfaffen und Richter in Menge als Hexen verbrannt worden. Der Glaube an den Liebestrank mußte durch Jahrtausende herhalten, weil man die natürliche Macht einer großen Leidenschaft nicht begriff.

Sie hat mich gepackt. Sie verfährt ohne Rücksicht gegen irgend etwas in mir. Ich bin ihr Gefäß, bin ihr Haus, sie erfüllt mich und waltet in mir, wie der Gott Israels in der Stiftshütte. Ich kann nur staunen und über sie nachgrübeln. Fast kommt es mir unverhältnismäßig vor, in Anja, der kleinen Anja, die Ursache von dem allem zu sehen. Aber schließlich vermag ja ein Kind, dem ein Schwefelholz in die Finger fällt, eine Scheune in Brand zu stecken und Dörfer in Asche zu legen. Anja kann die Ursache, kann aber vielleicht auch nur der Anstoß sein.

Gute Nacht, Melitta! gute Nacht, meine Kinder! Gute Nacht auch, Anja, am Weihnachtsabend des Jahres achtzehnhundertvierundneunzig, der, solange ich Leben habe, nicht aus meinem Gedächtnis schwinden kann.

Zürich, am 25. Dezember 1894.

Ich habe heut in der Familie eines Freundes zu Mittag gespeist, der seit seiner Studentenzeit in Zürich lebt. Er ist Arzt und Dozent an der hiesigen Hochschule. Er hat es seit jeher vereinigen können, zugleich ein Frauenrechtler und Frauenverächter zu sein. Vor einigen Jahren hat er geheiratet, und zwar unternahm er den kühnen Schritt ziemlich unvermittelt zu einer Zeit, wo sein Hagestolzentum sich fast überschlug. Jetzt ist er der folgsamste Ehemann und nach wie vor ein rastloser Arbeiter.

Da es mir wohltut, meine einigermaßen kritische Lage einmal vor anderen auszubreiten und durchzusprechen, wie ich denn leider zu denen gehöre, denen ein volles Herz zu tragen, ohne daß der Mund davon überläuft, Mühe macht, habe ich ihn ins Vertrauen gezogen, und auf einsamen Gängen zu zweien am Seeufer oder die Hügel hinauf tauschen wir Rede und Gegenrede. Er hütet sich wohl, zu moralisieren oder mein

Tun als verwerflich zu brandmarken. Die Überfülle von Gründen dafür, mit denen ich ihn überschwemme, bewirkt wohl auch, daß er nicht zu Atem kommt.

Er kennt meine Frau. Das Verhältnis, in dem wir zueinander gestanden haben, hat sich ihm als das glücklichste eingeprägt. Er unterdrückt, wie mir vorkommt, ein Kopfschütteln, wenn ich es ihm in anderem Lichte darstelle.

Wir nehmen die Diskussionen unserer Züricher Jugendzeit wieder auf, an denen sich damals noch mein Bruder Julius leidenschaftlich beteiligte. Mich erlöst eine solche Unterhaltung einigermaßen durch ihre unpersönliche Oberflächlichkeit. Die Frage der Polygamie wird durchgesprochen. Ich finde die Einehe unzulänglich, und zwar von jedem Gesichtspunkt aus, dem materiellen sowohl als dem ethischen. Mündige Menschen mit dem Recht auf Persönlichkeit müssen die Freiheit haben, sage ich, zu zweien, zu dreien, zu vieren zusammenzutreten. In dem Bestreben, unerbittlich Geschiedenes zu vereinen, stelle ich Eheformen auf, die dem Wesen höhergearteter Menschen entsprechen sollen. Warum sollte Anja nicht in den Kreis meines Heimwesens als dritte eintreten können, frage ich. Würde nicht Anjas Lachen, Anjas Musik – sie ist Geigerin – das Haus mit neuem, frischem Leben erfüllt haben?! Ihr verständiger, heiterer, oftmals übermütiger Geist würde vielleicht sogar die Wolken des eigentümlichen Tiefsinns zerstreut haben, der Melitta auch in guten Zeiten zuweilen umfängt.

Er habe mit solchen Luftschlössern, sagt mein Freund, ein für allemal aufgeräumt. Mensch sei Mensch, und Weib sei Weib. Mit Engeln – mein Freund ist Atheist – sei weder hier noch im Jenseits zu rechnen.

Ich brause auf, da Anja in meinen Augen weit mehr als ein Engel ist. Ich fange an, sie begeistert zu schildern, ihre Schönheit, Anmut und Festigkeit. Ich schwöre, sie würde mir überallhin nachfolgen. Es bedarf nur des Rufes, sage ich, und sie tritt auf Gedeih und Verderb an meine Seite, würde selbst durch Not und Schmach von mir nicht loszureißen sein.

Ein überlegenes Lächeln des Freundes reizt mich auf das heftigste.

»Du glaubst mir nicht?«

»Nein, ich glaube dir nicht!« – Und er macht den Versuch, das Bild der Geliebten zu zerpflücken. Er tut das derb und rücksichtslos. Und nun ist das überlegene Lächeln auf meiner Seite. – »Ich wette, daß sie nicht kommt, wenn du rufst. Und wenn sie selbst käme, würde das höchstens ein Zeichen kindlicher Dummheit, sträflichen Leichtsinns oder gar von Verderbnis sein.«

Das war eine starke Lektion, die mir freilich gar keinen Eindruck machte.

»Entkleidet man die Welt, wie du«, sagte ich, »jeden Glaubens an eine höhere Menschlichkeit, so mag man ihr gleicherzeit Lebewohl sagen.«

»Julius und du, und du und Julius«, sagte er, »ihr wart leider immer von einer unbegreiflichen Gutgläubigkeit. Illusionisten wie ihr beide gibt es auf dieser Erde nicht mehr. Man könnte euch ausstellen und Entree nehmen!« – So war seine Art, er bewahrte noch die alte, derbe, studentische Offenheit.

Es war wohl zu merken, worauf er hinauswollte. So mußte er sprechen, wenn er jemand, was er verschwieg, seiner Meinung nach vor dem Sturz in den Abgrund retten wollte.

Diese Bemühungen danke ich ihm. Andererseits aber sehe ich, daß er mir ein Fremder geworden ist. Darum besteht zwar die alte Neigung zwischen uns, aber nicht mehr das alte Verstehen. Irgendeinen Zugang zu dem wahren Ereignis meines augenblicklichen Lebens hat er nicht.

Zürich, am 27. Dezember 1894.

Und solang du das nicht hast,
dieses: Stirb und werde!
bist du nur ein trüber Gast
auf der dunklen Erde.

Ich habe eben einen Freund in Enge, dem so geheißenen Stadtteil, besucht, dessen Anwesenheit ich erst am heutigen Morgen erfahren hatte. Ich war überrascht, ihn hier zu finden, denn er lebte bisher mit seiner Frau in einem Landhaus bei Berlin am Müggelsee. Ich konnte mir denken und fragte ihn deshalb nicht, warum er diese Gegend verlassen hat, um hier allein mit seinen Naturalien, ausgestopften Paradiesvögeln, Gürteltieren und Schmetterlingskästen, zu leben, darin Exoten in allen Farben schillern.

Also sind die Gerüchte wahr, die besagen, er habe seine Frau an einen seiner nächsten Freunde abtreten müssen. Auch er, dessen Gemütsverfassung, wie mir vorkam, eine heiter gelassene war, konnte sich nicht entschließen, auf diese Sache zurückzukommen, die ihn aus Deutschland vertrieben hatte. Aber die Themen, denen sich unsere Gespräche zuwandten, bewegten sich doch um das Trauma unserer Seelen herum.

Seltsam, er ist in der Lage Melittas und nicht in der meinen. Es wäre begreiflich, wenn er bei mir Halt und Hoffnung gesucht hätte, statt dessen suchte ich beides bei ihm: der Missetäter, der Sünder bei ihm, an dem man gesündigt, den man mißhandelt hatte. Er, der weise, menschenfreundliche, naturnahe Mann, hat mich mit Halt und Hoffnung ausgestattet.

Man empfand es bald, daß er Handlungen wie die seiner Frau und die meine, Geschicke wie das seine und Melittas als naturgegebene, sich immer wiederholende Erscheinungen sah, die man einfach hinnehmen müsse. Das ganze Zeughaus moralischer Waffen, zum Strafvollzuge bereit, von drohenden Paragraphen geschriebener und ungeschriebener Gesetzesvorschriften strotzend, die jederzeit tödlich gehandhabt werden konnten, war für meinen Freund nicht in der Welt. Er wäre nicht hier, wenn ihm die Abtrünnigkeit seiner Frau keinen Schmerz bereitet hätte. Man hat ihn, wie erzählt wurde, als ihm die nackte Wahrheit in Form einer groben Untreue zum Bewußtsein kam, kaum vor einem gewaltsamen Ende durch eigene Hand zu bewahren vermocht. Er unterlag beinah seinem Schmerz. Es war sein Schmerz, den er wie einen Bergsturz, ein Eisenbahnunglück, einen Schiffbruch, eine Verwundung durch Feuersbrunst oder dergleichen zu bewältigen hatte. Er starb daran oder kam davon. Niemandem aber, ich bin überzeugt, und also auch nicht seiner Frau, machte er, weder in Gedanken noch in Worten, Vorwürfe.

Das war es, weshalb einem in seiner Nähe wohl wurde. Wir tauschten anfangs allgemeine Gedanken aus, durch die, wie in manchen früheren Fällen, die Verwandtschaft unserer Denk- und Gefühlsweise klar wurde. Dann legte ich eine umfassende Beichte ab, die ihn in meine Lage einweihte. Er hatte ein schmunzelndes Lächeln wiedergewonnen, das ihm früher eigen war. Sein Auge hat dann gleichsam etwas ewig Lächelndes. Es spricht von gütig stillem, belustigtem Verstehen menschlicher Zustände und von verzeihender Ironie, bis es plötzlich der Ernst überkommt. In solchem Ernst ist es wahrhaft teilnehmend, wenngleich es dann vor sich nieder oder in die Ferne, nicht aber auf den gerichtet ist, dem die Teilnahme gilt. Vor diesem Ernste also habe ich mein ganzes Erlebnis ausgeschüttet.

Mir wäre zumut, als sei ich vorher nie mit Bewußtsein jung gewesen, sagte ich. Wie mich diese neue, so überraschende Lebensphase habe überkommen können, wisse ich nicht. Das Hinwegräumen einer letzten Fremdheit zwischen Anja und mir habe sie eingeleitet. Ein neuer Lebensraum habe sich aufgeschlossen, aus dem ich zwar in den alten zurückblicken, aber nicht zurücktreten könnte. Meinethalben gliche das einer Verzauberung, und ich könne von mir aus die Ratlosigkeit von Außenstehenden wohl begreifen, die sich im Mittelalter durch den Gedanken an Hexerei halfen und in meinem Falle Anja als Hexe verbrannt hätten. Ich könne auch den Gedanken an die Giftmischerei der sogenannten Liebestränke verstehen, erklärte ich.

Das Lächeln meines Freundes belebte sich. Er ließ sich eine Weile herzlich belustigt, wie mir schien, über Hexenwesen und Liebestränke des Mittelalters aus, Gebiete, auf denen er Bescheid wußte. Später kamen wir dann überein, daß man über das Wesen der Liebe im allgemeinen noch wenig wisse. In der Menge habe man davon eine rohe, im Bürgertum eine enge, in der Welt wissenschaftlicher Psychologie eine platte Vorstellung. Das Phänomen in seiner wahren und höchsten Entfaltung aber sei eine Seltenheit. Die großen Liebesgedichte der Weltgeschichte könne man an den Fingern herzählen. Aber – und nun kamen wir auf die vier Verse, die ich an die Spitze dieses Tagebuchblattes gesetzt habe:

Und solang du das nicht hast,
dieses: Stirb und werde!
bist du nur ein trüber Gast
auf der dunklen Erde.

Mein lächelnd wissender Freund zitierte sie.

Seitdem bin ich damit beschenkt. Sie sind die Bestätigung dessen, was mir als Erlebnis beschieden ist. Sie gehen mir immer durch den Sinn und werden mir fortan immer durch den Sinn gehen, mir, in dessen Dasein nun zum ersten Male dieses »Stirb und werde!« getreten ist. Kein Zweifel, ich fühlte mich, eh dies neue Sterben und Werden über mich gekommen war, als ein trüber Gast auf der dunklen Erde: nein, ich fühlte mich kaum als das, aber ich war es, wie ich nun im Rückblick erkenne.

Freilich, ein solcher Umsturz, ein solches Sterben und ein solches Neu-Werden ist nicht nur eine große und heilige, sondern auch eine gefahrvolle Aufgabe. Sie auf sich zu nehmen erfordert eine harte Entschlossenheit. Dennoch darf man sie nicht abweisen. »Merke auf den Sabbat deines Herzens, daß du ihn feierst«, sagt Schleiermacher, »und wenn sie dich halten, so mache dich frei oder gehe zugrunde!«

Das Sterben kann schnell oder langsam vor sich gehen. Langsames Sterben bedeutet einen langen, qualvollen Todeskampf. Wenn nicht irgendein Wunder geschieht, ist das, was in mir zum Tode verurteilt ist, in einem kurzen Kampfe nicht abzutun. Da ist Melitta, da sind die Kinder, mit tausend Fasern verwurzelt in mir, verwurzelt in meiner ganzen Familie. Denn die vater- und mutterlose Melitta hat mit einer rührend kindlichen Hingabe sich an meinen Vater und meine Mutter, als wären es ihre leiblichen Eltern, angeschlossen. Eine solche alles durchsetzende, tausendfältige Verschlungenheit und Verbundenheit spottet jeder Operation: wenn man sie trotzdem versucht, wie ich, so heißt das soviel, als die eigenen Lebensfundamente angreifen, an ihnen rütteln, auf die Gefahr hin, daß der ganze Bau über einem zusammenstürzt.

Alles dieses kam zwischen mir und meinem Freunde zur Erörterung. Der mögliche schlimme, der mögliche gute Ausgang meiner Sache wurde erwogen, wobei ich natürlich nur diesen im Auge hatte. In dem Bestreben, ihn als gesichert erscheinen zu lassen, ging ich schließlich dazu über, auf sophistische Weise für den Fall der Scheidung einen Vorteil für die Meinen herauszurechnen. Ich sei für die Erziehung von Kindern nicht geeignet, sagte ich. Meine Heftigkeit würde wahrscheinlich auf die Dauer eine Entfremdung zwischen mir und meinen Kindern hervorbringen. Mein Einfluß würde schädlich für sie sein. Sähe ich sie aber nur gelegentlich, so würde das eine Bewachung ohne Reibung ermöglichen, und unser Verhältnis könne sich bei einiger Umsicht und Vorsicht zu einer wahren und dauernden Freundschaft entwickeln. Auch die Beziehung zu Melitta könne recht wohl in eine solche Freundschaft übergehen. Der Versuch dagegen, ein Leben in enger Gemeinschaft aufrechtzuerhalten, müsse nervenzerrüttend und binnen kurzem zerstörend für uns beide sein.

Lächelnd gab mein Freund mir recht und folgte mir bis

zuletzt in die Höhen meiner Verstiegenheit. Anja war jung, sie wußte nichts von der Welt. Was für Gebiete des Geistes, was für reiche Lebensgenüsse, was für Schönheiten in Kunst und Natur konnte man ihr aufschließen und dadurch doppelt und dreifach sich selbst, denn es ist ja, wie ich weiß, in dem, wozu es uns drängt, was wir suchen und lieben, wonach wir hungern und dürsten und was wir begehren, keine Verschiedenheit. Sie ist arm, oder sagen wir mittellos. Zwar bin ich nicht reich, aber bemittelt genug, um ihr die Wunder Europas, die Wunder der Erde aufzuschließen. Nein, nein, es gibt kein Zurück.

Mein lieber philosophischer Freund, ich danke dir! Danke dir auch für dein Geleitwort, das mich fortan auf meiner gefährlichen Straße nicht mehr verlassen wird:

Und solang du das nicht hast,
dieses: Stirb und werde!
bist du nur ein trüber Gast
auf der dunklen Erde.

Berlin, am 30. Dezember 1894, nachts.

Ich bin wieder hier. Ein Vorfall, zugleich schrecklich und lächerlich, hat mich nach Berlin zurückgeführt. Am 27. abends war ich mit einem beinahe entscheidenden Abschiedsbrief an meine Frau drei- oder viermal an den Bahnhofsbriefkasten in Zürich getreten und hatte ihn endlich mit Entschluß, unter gewaltigem Herzklopfen, in seiner Öffnung verschwinden lassen. Es war darin gesagt, wie ich mich zunächst außerstande fühle, von Anja zu lassen und zurückzukehren. Unmittelbar darauf wurde mir im Hotel ein Brief Anjas überreicht, für den ich Strafporto zahlen mußte. Ich öffnete ihn, ich las und las, und die Wirkung war eine verheerende.

Sie, die Geliebte, teilte Erwägungen ihres jungen Vormunds mit, die sie sich, wie mir vorkam, zu eigen machte. Der Vormund, in berechtigter Sorge um sie, hatte gefragt, was aus unserer Verbindung werden solle. Es gäbe nur zwei Möglichkeiten ihrer Entwicklung, Konkubinat oder Ehe nämlich, von denen nur die zweite gangbar sei. Anja wäre nicht majorenn, und er, der Vormund, dürfe Dinge nicht zulassen, die ihren Ruf vernichten könnten. Übrigens müsse Duldung von seiner Seite auch den seinen aufs schwerste schädigen.

Ich sah in diesem Brief eine Absage. Wenn er jedoch keine Absage war und Anja durch ihn die Heirat erzwingen wollte, so war die Wirkung nicht minder fürchterlich. Damit hätte mein zynischer Freund, der an die volle und reine Hingabe eines Weibes nicht glauben wollte und hinter allem, was danach aussah, Berechnung witterte, einen Triumph zu verzeichnen gehabt. So war denn, wie mir schien, auf eine am allerwenigsten vorauszusehende Art die Katastrophe vorzeitig eingetreten.

Das Bild der Geliebten war gestürzt. Heut, wenn ich den Züricher Brief in Ruhe durchlese, sehe ich, Gott sei Dank, als Grund dafür nur noch krankhafte Kopflosigkeit. Die Erwägungen über Ehe und Konkubinat trafen mich in einem wehrlosen Augenblick. Übrigens waren wir ja nur erst etwas wie korrekte Brautleute. Eben hatte ich lange und schwer gekämpft und mir den beinahe grausamen Brief an Melitta abgerungen. Mit einem ehrlichen Willensakt, der mir fast einen physischen Schwindel erregte, hatte ich mich, indem ich ihn dem Postkasten übergab, davon losgemacht. Ich wußte, was für ein Opfer es war, das ich meiner neuen Liebe gebracht hatte, welche ernste, verhängnisvolle, ja, welche an Wahnsinn grenzende Handlung damit unter voller Verantwortung geschehen war. Da kamen diese Blätter, die, wie es sich mir nun einmal darstellte, von einem vulgären Mißtrauen imprägniert waren und durch Banalität der Gesinnung beleidigten. Sie rissen eine unüberbrückbare Ferne zwischen mir und Anja auf, ließen mich aber trotzdem erkennen, daß ich auf diese Weise zwar ernüchtert, nicht aber geheilt, sondern höchstens tiefer verwundet war.

Ich habe das Vorstehende wieder und wieder durchgelesen. Was ist geschehen, seit mir im Hotel der verhängnisvolle Brief überreicht wurde? Ich habe die ganze furchtbar verblendende Macht und Gefahr der Liebe kennengelernt. Das Bild der Geliebten war gestürzt, aber ich mußte es ja wieder aufrichten, falls ich mich wieder aufrichten wollte nach einem lebensgefährlichen Schlag.

Kaum fünfzehn Minuten, nachdem ich den Brief erbrochen hatte, saß ich im ersten besten Bummelzug, der nach Deutschland führte. Wenn zwei oder drei Stunden später ein Schnellzug abgegangen wäre, der mich einen halben Tag früher nach Berlin gebracht hätte: auf ihn zu warten würde ich nicht fähig gewesen sein.

Die qualvolle Spannung meiner Brust wurde erträglicher, als mein Zug ins Rollen kam. Es war ein gewöhnlicher Zug, wie gesagt, er hielt überall. Aber gerade darum hatte ich ein Coupé für mich allein.

Es sah einen Menschen, der nicht bei Sinnen war. Er unterhielt sich durchaus mit weiter nichts, als Fragen an das Schicksal zu stellen.

Er zählte auf Ja und Nein die Knöpfe seiner Weste ab. Er zählte die Plüschknöpfe auf den Sitzen. Er nahm Geldstücke aufs Geratewohl in die Hand und zählte sie ab. Er zählte eine Schachtel Streichhölzer ab. Er zählte ab und zählte ab und hörte nicht auf, sich an diesen Stumpfsinn wie an die letzte Planke eines Schiffbruchs anzuklammern. Die hauptsächlichste Frage aber war: Wird Anja auf dem Bahnhof sein?

Er fuhr die Nacht, er fuhr den Tag, ohne ein Auge zuzutun und in oftmals hörbarem Selbstgespräch. Sein Zustand während der zweiten Nachtfahrt verschlimmerte sich, und dann wieder, je mehr der Morgen und somit das Ziel sich annäherten.

Nun, ich begriff sehr wohl, daß die Krise, in der ich stand, keine gewöhnliche war. Mein kleiner Revolver, den mir vor Jahren seltsamerweise Melitta geschenkt hatte, war geladen. Ich wußte, sollte Anja mich nicht auf dem Lehrter Bahnhof erwarten – ich hatte ihr die Zeit meiner Ankunft telegraphisch mitgeteilt –, so war das eine deutliche Absage, und dann hätte ich den Lauf meiner Waffe nicht von meiner Schläfe, den Finger nicht von ihrem Drücker zurückzuhalten vermocht. Nie hatte die Stunde so unzweideutig mit mir gesprochen.

Nun, Anja erwartete mich.

Anja bringt den ganzen Tag und Abend bis in die Nacht hinein mit mir zu. Alle meine Befürchtungen sind von ihrem ersten Händedruck und Kuß in alle Winde geweht worden. Kein Wort von Ehe, kein Wort von Heiraten, kein Wort von einer Bedingung irgendwelcher Art. Sie gehört mir wieder bedingungslos als mein Eigentum, alles andre ist Diktat ihres Vormunds gewesen.

Berlin, am 5. Januar 1895.

Ich bin also wieder in Berlin, und meine Frau, an die ich fast jeden Tag schreibe, von der ich fast jeden Tag einen Brief erhalte, weiß, daß ich wieder mit Anja vereinigt bin. Wieviel

Wochen, Monate, Jahre wird nun jeder Tag die zwei überaus schweren, finsteren Stunden haben: die eine, in der ich den neuen Brief der Verlassenen empfange, und die, in der ich ihn beantworte.

Aber es steigen große, kühne Pläne in mir auf. Warum soll es denn nicht wirklich möglich sein, statt zu trennen, zu vereinen? Oh, ich ahne, wie schwer dergleichen Versuche sind und wieviel moralischen Mut sie erfordern. Aber ich habe moralischen Mut. Warum soll ich nicht an die alles versöhnende, alles einende Kraft der Liebe glauben? »Das nußbraune Mädchen« von Herder fällt mir ein, jenes Volkslied »vom Mädchen braun, die fest und traun! liebt, wie man lieben kann«. Der Geliebte setzt sie den schwersten Prüfungen aus. Er spricht ihr schließlich von seiner »Buhle«. Ohne Bedenken ist sie bereit, sowohl ihm als seiner Buhle zu dienen. Ohne Zweifel war so etwas einmal Wirklichkeit. Ich hörte, als wir jung verlobt waren, gemeinsam mit Melitta in Hamburg eine Geigerin. Das hübsche Kind hatte mich bezaubert. »Was würdest du tun«, fragte ich meine Braut, »wenn ich ohne dieses Mädchen nicht mehr sein könnte?« – »Ich würde sie um deinetwillen ebenso lieben wie du«, sagte sie. – War das nicht gesprochen wie »vom Mädchen braun, die fest und traun! liebt, wie man lieben kann«?

Ich habe nie in meinem Leben tiefer als damals und mit größerem Staunen, mit größerer Ergriffenheit in das Wunder der Liebe hineingeschaut.

War es also nicht möglich, eine Ehe zu dreien aufzubauen?

Die jüdisch-christlichen Erzväter hatten viele Frauen. Streng gesinnte Prediger im Zeitalter der Reformation vermochten in der Heiligen Schrift keinen Ausspruch zu finden, durch welchen die Ehegatten auf einen Mann und eine Frau beschränkt wurden.

Die Moslemin leben noch heut in Polygamie. Ich denke daran, ein Moslem zu werden. Es wäre ja nicht zum erstenmal, daß ein Mann in meinem Falle diesen Ausweg beschritten hat.

Auch Goethe hat sich mit dem Problem des Grafen von Gleichen beschäftigen müssen. Dieser kam aus dem Orient. Als er auf seine deutsche Stammburg zurückkehrte, brachte er seine orientalische Geliebte mit, der er Freiheit, Leben und Heimkehr zu verdanken hatte.

Was hätte mit dieser Frau, nach den Moralvorschriften der

Kirche in Ehedingen, geschehen müssen? Die Auskunft des Scheiterhaufens war wohl die nächstliegende.

Nein! das Leben ist nie mit dem starren Schema, und zwar in keinem seiner unzähligen Zweige, ausgekommen.

Charlottenburg, am 7. Januar 1895.

Sind wir am Ende doch Geächtete? Unsere Wirtin bedient Anja und mich mit Freundlichkeit. Sie ist eine hübsche, sympathische Frau, die zurückgezogen in einem Raume der kleinen Wohnung lebt. Ihr Mann mag Oberkellner, Portier oder etwas dergleichen sein. Die Frau besorgt mir das Frühstück, besorgt uns gelegentlich das Abendbrot. Man merkt ihr an, daß sie für unsere Lage Verständnis hat und sie nach Kräften berücksichtigt.

Anja und ich sind viel unterwegs. Ich leide dabei unter einer Art Verfolgungswahn. Die Furcht, Bekannten zu begegnen oder auch nur gesehen zu werden, treibt uns in die dunklen Hinterzimmer entlegener Konditoreien und in kleine, versteckte Weinstuben. Manchmal sitzen wir in solchen Lokalen viele Stunden lang, ganz unserer Liebe, unseren Plänen, unseren Sorgen hingegeben, und hüten uns wohl, den außer uns einzig Gegenwärtigen, nämlich den Kellner, aufzuwecken, wenn er entschlummert ist.

Leidenschaftlich Liebende sind meist ruhelos. Eigentlich wären wir ja in meinem möblierten Zimmer am ungestörtesten und am sichersten. Es tritt aber, wenn man eine Weile darin vereinigt ist, eine unerträgliche, maukige Schwüle ein. Um ihr zu entgehen, muß man durchaus und bei jedem Wetter ins Freie.

Es gibt noch anderes, dem man entgehen will. Jene endlosen, unfruchtbaren Erörterungen nämlich, welche die beste Lösung des schicksalsschweren Konfliktes zum Zwecke haben. Sie drehen sich bis zur letzten seelischen Ermattung endlos im Kreise herum, so daß man im Augenblick, wo man das Ziel erreicht zu haben glaubt, von vorne beginnen muß. Ein solcher Konflikt kann nur durch Zeit, Geduld und wieder Geduld gelöst werden.

Charlottenburg, am 8. Januar 1895.

Es ist Mitternacht. Ich habe soeben Anja nach Hause gebracht. Der heutige Tag war ein überaus köstlicher. Er führte uns schon am frühen Morgen nach Spandau hinaus, wo wir die Schlittschuhe anlegten, um bei klarem Sonnenschein eine Fahrt über die weite Fläche des Tegeler Sees anzutreten. Die Bahn war gut, wir sind sichere Läufer, und so durchlebten wir wieder Stunden einer befreiten Zeit.

»Sorgen können nicht Schlittschuh laufen«, sagte ich. Wir hatten in der Tat alle unsere Sorgen und Kümmernisse, hatten das Einstige und Künftige zurückgelassen und genossen ausschließlich die Gegenwart.

Der Glanz der See- und Schneefläche war so groß, daß Anja plötzlich von einem wütenden Kopfschmerz befallen wurde. Sie trug an ihrem schlanken Körper ein graues, mit grauem Krimmer besetztes Winterkleid, wozu ein Krimmerbarett gehörte. Der Kopfschmerz ließ nach, als ich es ihr vom Scheitel nahm.

Nie haben uns Pfannkuchen, haben uns große Tassen heißen Kaffees so gelabt wie heut in der überheizten Tegeler Gaststube, in die wir nach langer Fahrt eintraten.

Ich lege mich nieder. Ich werde den Brief meiner Frau, der geschlossen vor mir liegt, nicht mehr aufmachen.

Charlottenburg, am 11. Januar 1895.

Es ist wiederum Mitternacht. Es ist nach Mitternacht. Ich habe heut mit Anjas Mutter gesprochen. Sie ist eine wundervolle Frau. Aber meine Lage ihr gegenüber war nicht gerade angenehm. Verwitwet, lebt sie mit ihren Töchtern von einer sehr geringen Hinterlassenschaft, nachdem ihr Mann in den letzten Lebensjahren ein großes Vermögen verloren hatte.

Das heutige Zusammensein mit ihr und Anja war im großen und ganzen eine Peinlichkeit. Es mußte stattfinden, weil wir die Mutter als Bundesgenossin zu gewinnen hoffen. Auch wünschte die Mutter, um dem Fall mit vollem Verständnis gerecht werden zu können, von mir eingeweiht zu sein. Sich alledem zu verschließen, war ein Ding der Unmöglichkeit.

Wie aber verlief die Zusammenkunft?

Ihr Ort war die Nische in einem altertümlichen Restaurant. Anjas Mutter saß schwarz gekleidet vor einer roten Damastdraperie. Ich hatte ihr zur Linken, Anja ihr zur Rechten Platz genommen. Die ruhiggütige, in ihrem weißen Wellenscheitel immer noch schöne Frau stand Anja nicht gut, die überdies in Gegenwart der Mutter befangen war. Ihr Wesen schrumpfte gleichsam zusammen. Auch wurde sie durch die Art, mit der die Mutter sie bevormundete, klein gemacht.

Frau Lydia gilt als vorurteilslose Frau. In jungen Jahren Sängerin, sind ihr Leidenschaften vertraut, ist ihr Liebe etwas Heiliges. Trotzdem kamen wir beide im großen und ganzen aus dem Gebiete hölzerner und verlegener Phrasen nicht heraus.

Was für Unsinn habe ich nicht über meine Ehe zum besten gegeben! Ich würde es ruchloses Zeug nennen, wenn es nicht zu albern wäre. Danach hätte ich von Anfang an mit meiner Frau unglücklich gelebt. Sie habe kein Vertrauen zu mir gehabt. Sie habe weder an meine Tüchtigkeit noch an meine Talente geglaubt, bevor ich ihr beides bewiesen hätte. Das war ein Gemengsel, in dem wohl auch ein Körnchen Wahrheit ist, aber sein Wesensgehalt ist Lüge. Melitta hätte können ein Engel Gottes sein, ohne das Aufflammen einer Leidenschaft im Herzen eines Mannes verhüten zu können.

Es gab einen ernsten Augenblick. Frau Lydia unterlag einer tiefen Erschütterung: sie galt nicht etwa der Tochter, auch nicht den Gefahren, die jene lief, sondern Melitta, deren Bekanntschaft sie einmal gemacht hatte. Mit der ganzen Herzenssympathie einer Frau schien sie plötzlich die übermenschliche Aufgabe zu erfassen, die das Schicksal Melitta zuwälzte. Und die Dame ersparte mir nichts. Es war ihr bekannt, unter welchen Umständen Melitta mich mit ihrer Liebe beschenkt, gegen welche Widerstände sie die Ehe mit mir durchgesetzt hatte. Sie wies darauf hin, auf die Kinder hin, sie gedachte des Aufstiegs, den ich genommen, der Freude, mit welcher Melitta ihn begleitet hatte, und so fort.

Ich konnte ihr nur in allem recht geben. Gerade darum: was sollte ich antworten? Ich hätte ihr sagen müssen, was sie schon wußte und schließlich doch widerlegt haben wollte: Anlaß zu einer Verlobungstorte oder zu einem Familienfest ist diese bitter ernste Sache nicht. Hier handelt es sich um ein Etwas, das, stark wie der Tod, unterjocht und dabei nicht fragt, ob der Unterjochte oder wer sonst mit dem Leben davonkomme.

Nun, selbst wenn ich es gewollt hätte, in diesem Augenblick hätte ich es ihr nicht einmal zu sagen vermocht. Bei völligem Schweigen meiner neuen Leidenschaft weckte das so zu reinem Ausdruck gebrachte Mitgefühl die alte, heiße Neigung zu Melitta in mir, und es war, als ob sich die Geschichte unserer

Liebe und Ehe mit allem, was sie an Glück und Weh enthielt, in einen Schrei sieghafter Reue verwandeln wollte.

Es war mir danach minutenlang, als ob ich ohne die geringste Überwindung mich verabschieden, für immer von Anja trennen und zu den Meinen heimreisen könnte. Ich stellte mir vor, während ich allerlei leere, erkünstelte Dinge sprach, wie ich vor meinem verschneiten Gutshause ankommen und dort von den jubelnden Kindern, der noch immer fragend und düster blickenden Mutter empfangen würde. Liebste, sagte ich etwa zu meiner Frau, ich habe da irgendwelche tollen Kapriolen ausgeführt, verzeih mir, wir wollen weiter nicht daran denken. Alles ist wieder, wie es war.

Und wirklich, es liegt vor mir ein an meine Frau gerichteter Brief, der sie hoffnungsvoll stimmen muß. Es ist der erste Brief dieser Art, und ich glaube sogar, hierin etwas weitgehend. Hätte Anja diese Wirkung vorausgeahnt, sie hätte sich der Begegnung mit ihrer Mutter vielleicht widersetzt.

Köln, am 20. Januar 1895.

Ich bin auf dem Wege nach Paris. Ich habe dort einer Konferenz beizuwohnen. Ich hätte sie zwar hinausschieben können, aber ich ergriff die Gelegenheit, um die erneute Bitte meiner Frau um Innehaltung der Probezeit nicht unerfüllt zu lassen.

Das Alleinsein ist überdies ein Ausruhen. Es erleichtert mein Gewissen, den Wunsch meiner Frau befolgt zu haben, und da ich nicht mit Anja zusammen bin, belastet mich auch nicht das immerwährende Bewußtsein, an Melitta zu sündigen.

Ein Gefühl von Befreitsein ist in mir. Ich spreche mit niemand, hüte mich, Bindungen einzugehen, ich beobachte, lenke mich ab und kann mich allgemeinerem Denken hingeben.

Ich bin am Morgen, am Nachmittag und am Abend durch die belebten Gassen flaniert und habe natürlich den Dom besucht, unter dessen Masse sich mein Hotel zu ducken scheint. Ich hatte Stunden, in denen ich mich von keiner Sorge belastet fühlte. Allgemeines der Kunst, der Politik, die deutsche Kultur, die deutsche Vergangenheit überhaupt beschäftigten mich. Ich saß mit Behagen an der Wirtstafel. Ein Gang bestand in Würstchen und Sauerkraut, wozu ein Glas Bier gereicht wurde. Ich trank es aus. Ich trank auch eine oder anderthalb Flaschen Wein, einen ausgezeichneten Ingelheimer.

Man muß Zeit gewinnen, sagte ich mir, es kann am Ende noch alles gut werden.

Ich habe nach Tisch Zigaretten für Anja gekauft. Der Sendung ist dieses Verschen beigegeben:

Opfer der Liebe sollt ihr mir ziehn,
an Ihrem Munde dürft ihr verglühn.
Selig vor allen werdet ihr sein,
Liebe entzündet euch, äschert euch ein.

Ich bin sehr gespannt auf Paris, das ich zum erstenmal sehen werde. Vor einem Jahre freilich würde die Spannung eine freudigere gewesen sein, weil eben doch die heutige irgendwie mit dem Gedanken einer Verbannung verbunden ist. Trotzdem aber, ich freue mich. Es sollen in einer Unternehmung entscheidende Schritte getan werden. Und meine äußeren Angelegenheiten, die mir seit einiger Zeit keinerlei Interesse mehr einflößten, fangen mich wieder zu beschäftigen an.

Paris, am 23. Januar 1895.

Ich wohne im Grand Hôtel St-Lazare. Mein Freund, ein französischer Schriftsteller, der mich an der Gare St-Lazare empfing, hat mich hier untergebracht. Wir waren heute den ganzen Tag vereint und werden morgen und übermorgen wieder den ganzen Tag zusammen sein.

Nun merke ich doch, daß ich hier nicht, wie ich es wünschen würde, aufnahmefähig bin. Seltsam genug: mein inneres Schicksal meldet sich doppelt stark unter der betäubenden Menge äußerer Eindrücke. Ich wehre mich gegen diese Riesenstadt. Sie kann durchaus nicht in mich eindringen.

Ist sie schön oder häßlich, ich weiß es nicht. Warum vergeude ich hier meine Zeit? Warum lasse ich mich durch meinen guten Freund von Pontius zu Pilatus schleppen, von Restaurant zu Restaurant? Wenn die wimmelnden Menschen um mich her Ameisen wären, könnten sie mir nicht fremder, nicht störender sein.

Zuweilen ist mir unter dem Eindruck des Lärms um mich her, als seien ich und die Meinen schiffbrüchig und wir würden von den Fluten hinabgerissen oder hinweggespült.

Mein französischer Freund hat bemerkt, daß irgend etwas in mir nicht im Lote sein könne. Er hat gespürt, daß meine

Seele nur selten wirklich gegenwärtig ist. Verstohlenen Blikkes will er mich ausforschen. Dabei gibt er sich Mühe, mich aufzuheitern, was ja auch, nachdem wir eine Flasche Champagner auf mehrere Flaschen Bordeaux gesetzt haben, einige Male leidlich gelingt.

Paris, am 24. Januar 1895.

Mein Freund erzählt mir, es liege ein rekommandierter Brief für mich auf der Post. Die Nachricht interessiert mich nicht. Briefe von meiner Frau und von Anja sind meistens einfache. Übrigens habe ich beiden meine genaue Adresse mitgeteilt.

Ich bin tatsächlich nicht in Paris. Meine Seele ist abwechselnd in dem fernen, verschneiten Landhaus bei Weib und Kind und bei Anja, die ich mir mit der Geige am liebsten vorstelle.

Ich leide natürlich an Eifersucht. Ich gönne es eigentlich keinem Menschen, daß er auch nur mit Anja spricht. Quälende Vorstellungen solcher und ähnlicher Art verfolgen mich. Aller Augenblicke muß mich mein Freund gleichsam aufwecken. Fern von Anja bin ich eigentlich lebensunfähig: der Hauptstoff aus der Luftmischung, die meine Lunge braucht, fällt fort. Nie habe ich das Automatische, das Maschinelle meines somatischen Wesens so deutlich empfunden. Mein Körper erscheint mir seelenlos. Die Seele ist aber irgendwie noch daran befestigt, was sie immer wieder mit Bestürzung merkt.

Wir saßen in dem Restaurant, wo General Boulanger den Augenblick verpaßte, der ihn zum Diktator Frankreichs, ja vielleicht zu einem zweiten Napoleon machen konnte. Er tafelte mit seinen Freunden hier in einem oberen, abgeschlossenen Raum und wartete der Dinge, als der Fanatismus der Straße seine deutlichste Sprache redete. Die Stunde schlug und fand ihn schwach.

Vor einiger Zeit hat er sich nun auf dem Grabe seiner Geliebten eine Kugel durch den Kopf gejagt.

Es müssen ungeheure Leidenschaften in ihm gewogt haben. Zu viel für einen Mann, der ja gerade die allgemeinen Leidenschaften beherrschen und meistern sollte.

Die ganze europäische Presse brachte verachtungsvolle Nekrologe. Die letzte Tat des Generals wurde als erbärmliche Feigheit ausgelegt.

Ich kann diesen Kommentaren nicht beistimmen.

Wer eine solche Tat für Feigheit nimmt, hat nie wahrhaft gelebt.

Ich habe heute mein Geheimnis nicht mehr gewahrt. Mein Zustand war so befremdlich für meinen Freund, daß ich ihm eine Erklärung zu geben schließlich nicht mehr vermeiden konnte. Er hatte mich und meine Frau gemeinsam in Deutschland kennengelernt. Ihm war es vorgekommen und mußte es vorkommen, unser Verhältnis sei wolkenlos. Wir schienen ihm in einer glücklichen Jugend stehend, schienen heiter erwartungsvoll der Glücksvollendung unseres Daseins entgegenzuleben. Natürlich, daß er von meiner Eröffnung erschreckt, daß er bekümmert, ja in eine Art von Bestürzung versetzt wurde.

Aber ich war nun wenigstens in der Lage, mit ihm von allem zu sprechen, was mich bis dahin geheim ausschließlich beschäftigte. Unsere gemeinsamen Stunden waren nun auch nicht mehr jener quälenden Leere verfallen, unter der sie bisher gelitten hatten.

Paris, am 25. Januar 1895.

Ich merke es meinem Freunde an, daß er mich als einen Kranken betrachtet. Die Monomanie, mit der ich ihn jetzt in meinen Konflikt gleichsam hineindrehe, zeigt ihm wohl, wie ernst mein Zustand ist.

Er nahm mich heute mit sich in den Vorort Saint-Mandé, um mich seiner alten, verwitweten Mutter vorzustellen. Sie bewohnt mit ihren beiden Söhnen ein winziges Landhäuschen: ich schien, solange ich darin weilte, ihr dritter Sohn zu sein.

Ich lernte dort auch den jüngeren Bruder meines Freundes kennen, der Priester ist.

In dieser schönen, sanften alten Frau vereinigen sich Würde und zarteste Herzlichkeit. Ob ihr wohl mein Freund etwas von meiner Gemütslage und meinem Schicksal angedeutet hatte? Und dieser junge Bruder und Geistliche, dessen Jünglingskopf der Soutane zu spotten schien, hatte er nicht ein wenig zu viel Wärme, feine Schonung, Rücksicht und behutsam vorgebrachte Tröstungen für mich? Es mochte am Ende auch hier eine kleine Indiskretion des Bruders mit untergelaufen sein.

An Bord der »Möwe«, 4. Februar 1895.

Es stieg ein Morgen herauf zu mir
in der großen Stadt Paris,
ein Morgen, trüb wie der trübe Gram,
und der neblichte Ostwind blies:

der brachte ein Blatt, ein kleines Blatt
von einem jungen Reis,
hereingeschaukelt auf meinen Tisch
aus des Ostens Winter und Eis.

Wo kommst du her, du grünes Blatt,
so zart und unversehrt?
Von welchem Bäumchen nahm dich der Wind?
Wer hat dich mir beschert?

»Kennst du denn nicht den jungen Baum,
der mich gesendet hierher?
Stolz trägt er die Krone, sein Stämmchen ist
so grad wie des Jägers Speer.«

Ich kannte das Bäumchen, ich kannt' es wohl,
seiner Blätter und Blüten Duft.
Es stieg aus dem einen verwehten Blatt
der Frühling und füllte die Luft.

Ein Licht wie Gold, ein Hauch wie Gras
und grüner Maienschein
brach in mein ödes, fremdes Gemach
mit Klingen und Läuten herein.

Da flog ein Rabe herein zu mir,
schwarzflüglig, ins goldene Licht,
der brachte ein Blatt, ein rotes Blatt,
wie der sterbende Herbst sie bricht.

Wo bringst du her das rote Blatt,
du schwarzer Bote du?
Mir schlug das Herz so bang und weh,
und der Rabe krächzte mir zu:

»Kennst du denn nicht den edlen Baum,
der dir gegrünet hat?
der alle seine Früchte dir gab?
Es ist sein letztes Blatt!«

Ein leiser Schrei wie ein Todesruf
durchdrang die Frühlingsglut:
da weinte das Blatt, das rote Blatt,
einen roten Tropfen Blut.

Der Tropfen hing, und der Rabe flog
hin über das grüne Reis.
Der Tropfen fiel, und das grüne Blatt,
es ward wie Schnee so weiß.

Soweit ich blicke, kein Land um mich. Das Erlebnis, welches mich an Bord dieses Dampfers geführt, wird hoffentlich durch kein zweites ähnlicher Art künftig in Schatten gestellt werden.

Ich sitze an Deck, und diese Zeilen werden von mir nach meiner Gewohnheit mit Bleistift notiert, in ein Buch, das auf meinen Knien liegt.

Mein Ziel ist New York. Ich habe niemals daran gedacht, nach New York zu reisen. Und noch am 31. Januar hätte ich jeden ausgelacht, der mir gesagt haben würde, ich befände mich am 3. Februar bereits auf dem Atlantischen Ozean.

Ich trage einen mit Seide gesteppten Paletot. In meiner Kabine liegt ein kleines Köfferchen. Weder mit Geld noch Effekten, geschweige innerlich bin ich auf diese Reise vorbereitet. Ich kann nur denken, daß ich durch einen brutalen Griff des Schicksals an Bord dieses Schiffes geschleudert worden bin.

Es wird sicher gesteuert, dieses Schiff. Ich aber habe das Steuer verloren.

Warum soll ich nicht schreiben, wenn auch diese Zeilen vielleicht nie von einem anderen Menschen gelesen werden?! Warum soll ich nicht schreiben, wenn diese Tätigkeit mich erleichtert! Es ist mir, der ich hier keinen Menschen habe, mit dem ich reden kann, wohltätig, einen Teil der Last meines Erlebnisses auf fremde, imaginierte Schultern abzuwälzen. Aber ich rede ja mit mir selbst. Meine Schreiberei ist ja nur Selbstgespräch. In diesem Falle ist es so, als wenn jemand die bleierne Bürde, die seine rechte Achsel zu zerquetschen droht, auf seine beiden Schultern verteilt.

Das äußerliche Erlebnis, welches ich hinter mir habe und das etwa festzuhalten wäre, ist ein überaus einfaches.

Ich hatte mit meinem Freunde auf gewohnte Art in Paris weitergelebt, als er mich eines Nachmittags für einige Stunden im Hotel absetzte. Abends wollten wir, glaube ich, in die Oper gehen.

Im Postbüro des Hotels wurden mir zwei Briefe überreicht: wiederum gleichsam feindliche Brüder, die sich in meiner Brusttasche zu vertragen hatten, bis ich auf meinem Zimmer war.

Ich las zuerst Anjas Brief, da ich mich gleichsam durch einen frischen Trunk stärken wollte, bevor ich mich der schweren und schmerzlichen Aufgabe unterzog, einen Brief meiner Frau auf mich wirken zu lassen.

Noch hatte ich nicht die geringste Ahnung, welche eiserne Faust aus diesem Briefe emporfahren und gegen meine Stirn schmettern würde.

Ich öffnete also, ich las nun auch diesen Brief, worauf es mir vor den Augen buchstäblich schwarz wurde. Während der ersten Sekunden wußte ich nicht, ob ich das Opfer eines Attentats geworden oder ob die Decke des Raumes über mir zusammengebrochen war. Ich kämpfte um meine Besinnung, um meinen Verstand, um mein Leben wie ein Rasender. Mit Aufbietung einer verzweifelten Energie schwamm ich blind unter den Trümmern eines nächtlichen Schiffbruchs herum.

Es ist mir vollkommen gleichgültig, ob man diesen Zustand, wenn man seine Ursache erfährt, als einen unmännlichen bezeichnen will. Es gibt keinen Mann, keinen echten Mann, den er nicht überkommen könnte.

Als das erste schwache Verstandeslicht über dem Geschehenen schwebte, war mein Gefühl: nein, dies durfte nicht geschehen, eine solche furchtbare Grausamkeit habe ich um niemand, aber auch um niemand verdient! Nein: wer dieses mir zufügen konnte, der kannte entweder die Tragweite seines mörderischen Verfahrens nicht, oder aber er mußte mit der Möglichkeit eines tödlichen Ausganges für mich rechnen.

Und so richtete sich denn das dunkle Haupt meiner verlassenen Frau als das der Gorgo auf, deren Anblick den Menschen versteint.

Was stand nun eigentlich in dem Brief? Nur ein Kenner der Höhen und Tiefen der Menschennatur wird begreifen, wie ein so einfacher Inhalt solche Wirkungen haben konnte.

Also, was sagt der Brief meiner Frau?

Du hast, so schreibt sie ungefähr, durch Dein Verhalten gezeigt, daß ich auf eine Zukunft an Deiner Seite nicht mehr sicher rechnen kann. Ich vermag den Zustand der Ungewißheit nicht länger zu ertragen. Ich habe darum beschlossen, mein und meiner drei Kinder Leben auf eine neue Grundlage zu stellen. Unser Schiff verläßt, wenn alles gut geht, Hamburg am 31. Januar. Am 1. Februar wird es auf der Höhe von Southampton sein und dort Passagiere an Bord nehmen. Wir sollen bei glücklicher Fahrt am 8. oder 9. Februar in New York eintreffen. Was dort geschehen wird, weiß ich noch nicht. Ich habe eine Jugendfreundin verständigt, die dort verheiratet ist. Ich nehme an, sie wird mir die ersten Schritte auf fremdem Boden erleichtern. Ich konnte nicht anders handeln. Lebe wohl.

An Bord der »Möwe«, 5. Februar 1895.

Ich verließ mich sozusagen gestern in einem Zimmer des Hotels St-Lazare. Da ich ohne alle Beschönigung wahr zu sein entschlossen bin, will ich in der Schilderung jener Zustände fortfahren, in die ich durch den Brief meiner Frau geworfen wurde.

Der Schlag, welcher mich gänzlich unerwartet, gänzlich unvorbereitet und also gänzlich widerstandslos getroffen hat, war so stark, daß es eine Zeitlang zweifelhaft blieb, ob ich ihn lebend und, wenn lebend, mit gesundem Verstand überstehen würde. Die schrecklichste Angst, die mich inmitten der vollständigen Bestürzung und Verwirrung, in die ich geraten war, ergriff, war die Angst vor dem Irrenhaus. Im Begriff, mich umzuziehen, hatte ich meinen Hemdkragen abgeknöpft, meine Stiefel ausgezogen und einige Kleidungsstücke abgelegt. Da ich nun zwar nicht nach Hilfe schrie, aber doch irgendeine menschliche Hilfe suchte, wäre es notwendig gewesen, mich wieder salonfähig herzurichten. Dies aber war bei dem Zustand meines Gehirns in der ersten Viertelstunde ein Ding der Unmöglichkeit. Weder sah ich, noch fand ich einen Gegenstand, noch konnte ich, von dem Geschehnis hingenommen, irgendeinen der Handgriffe ausführen, die zum Anziehen von Schuhen und Kleidern notwendig sind.

Ich konnte tobsüchtig, ich konnte durch einen Schlagfluß verblödet werden. Ich stürzte also ans Waschbecken und goß mir Wasser und immer wieder Wasser über den Kopf. Ich hatte dann das Gefühl, ich müßte etwas schnell Wirkendes, Stärkendes zu mir nehmen. Ich fand die Klingel, ich ließ mir drei rohe Eier aufs Zimmer bringen und goß sie in aller Eile hinab.

Nachdem eine halbe Stunde vergangen war, wurde ich einigermaßen Herr über mich und konnte ein wenig gesammelter nachdenken. Ich las den Brief zum zweiten, zum dritten Male. Richtig, da stand es: der Dampfer sollte am 1. Februar in Southampton Passagiere an Bord nehmen.

Southampton, Southampton, wo war ich denn eigentlich? Wo lag Southampton, und welches Datum hatten wir heut?

Es stand im Augenblick bei mir fest, ich mußte versuchen nach Southampton zu kommen, die Flüchtlinge in Southampton abzufangen.

Aber wie kam man nach Southampton, und welches Datum hatten wir heut?

Ich drückte den Knopf der elektrischen Klingel. Der Kellner erschien. Er wußte es nicht oder war wenigstens seiner Sache nicht sicher.

Wenn nur mein Freund erscheinen möchte, wenn ich nur irgend jemandem mich anvertrauen könnte! Wenn mir nur irgendeine helfende Seele, eine helfende Hand zur Seite wäre! Wenn ich nur wenigstens die ungeheure Aufgabe, mich straßenmäßig anzukleiden, erst erledigt hätte!

Nach einiger Zeit stand ich nun wenigstens unten in der Hotelhalle und sprach mit einem deutschen Angestellten des Empfangsbüros. Es war wirklich der 1. Februar. Aber es war nicht möglich, Southampton noch am gleichen Tage zu erreichen. Man hatte drei Stunden Schnellzugfahrt bis Le Havre. Die Nacht verging mit der Überfahrt. Das Dampfboot konnte bei ruhiger See morgens in Southampton eintreffen.

Aber es war heut ja schon der 1. Februar, wo der große Überseedampfer Passagiere in Southampton aufnehmen sollte. Warum traf dieser Brief denn nicht vierundzwanzig Stunden früher ein? Ich wäre rechtzeitig an Bord des Dampfers erschienen, hätte meine Frau umarmt, ihr aufs neue meine ganze, ungeteilte, unendliche Liebe dargebracht, hätte die Kinder ans Herz gedrückt, und wir wären an Land gegangen.

In Southampton, oder wo es nun gerade war, würden wir

geblieben sein und hätten das unausdenkbare Glück unserer Wiedervereinigung gefeiert. Es wäre gewesen wie nach einem Gewittersturm, wenn die Sonne das Gewölk zerteilt, Not und Angst aus den Herzen flieht und der Regenbogen am Himmel steht. So finster, so trostlos mußte es werden, hätte ich dann zu meiner Frau gesagt, damit wir fähig wurden, ein so unaussprechliches Glück zu genießen, wie es uns jetzt beschieden ist. Wir hatten einen furchtbaren Traum. Wir sind erwacht, der Morgen ist da, verzehnfacht unsere Glückseligkeit!

Denn daß ich, wenn es überhaupt noch möglich war, zu den Meinen zurückkehren, daß ich von jetzt ab meiner armen, gemarterten, geliebten Frau ausschließlich gehören würde, daß mein weiteres Leben darin bestehen würde, nach Kräften wiedergutzumachen, was ich an ihr gesündigt, an ihr verbrochen hatte, darüber konnte in jenen Augenblicken kein Zweifel sein.

War es denn aber auch wirklich der 1. Februar? Fast hielt ich es für unmöglich, eine so furchtbare Härte des Schicksals vorauszusetzen. Und es war dennoch der 1. Februar. Der Dampfer konnte indes verspätet sein. Ich klammerte mich an diesen Gedanken wie ein zum Tode Verurteilter an den Gedanken der Begnadigung. Und in der Tat: der Herr im Empfangsbüro mußte zugeben, daß infolge schlechten Wetters, wenn auch sehr selten, von Cuxhaven bis Southampton Verspätungen bis zu vierundzwanzig Stunden vorkamen. Er nannte mir ein Verkehrsbüro, wo ich Genaues erfahren könne. Ich wurde von einem Hotelboy dorthin geführt.

Es war nicht zu ändern, ich hatte vor dem deutschen Angestellten eine ziemlich klägliche Rolle gespielt. Meine Zerrüttung konnte ihm nicht verborgen geblieben sein. Ich redete wirres Zeug durcheinander. Mir tanzte ja Nebel vor der Stirn, aus dem ich nur hin und wieder Gesichter, Köpfe, einzelne Glieder von Menschen, Teile von allerlei fremden Gegenständen auftauchen sah. Man hatte endlich den eingeschriebenen Brief, von dem mein Freund gesprochen hatte, im Hotelbüro deponiert, nachdem er acht Tage auf der Post gelagert hatte. Ich mußte wieder und wieder ansetzen, bevor ich meinen Namen unter die Empfangsbescheinigung setzen konnte, so tanzte der Federhalter in meiner Hand.

Wir standen in der Schiffsagentur. Kein Zweifel: nochmals wurde bestätigt, es war heut der 1. Februar. Die »Auguste Viktoria« sollte heut auf der Höhe von Southampton Passagiere aufnehmen. Ich wollte wissen, ob man wohl noch den Anschluß erreichen könnte. Wie ich das meine, fragte man mich. Ein Dampfer könne doch gelegentlich bei schlechtem Wetter verspätet sein. Die Herren hinter der Barre sahen mich und sahen einander befremdet an. Dann zuckte der eine ungläubig die Achseln. »Die ›Auguste Viktoria‹«, sagte er, »ist ein Doppelschrauber und ein nagelneues Schiff. Eine Verspätung von vierundzwanzig Stunden auf einer so kurzen Strecke ist ausgeschlossen, oder es müßte etwas ganz Außergewöhnliches ...« Aber er unterbrach sich und sagte dann: »Ich kann ja nachsehen.«

Er verschwand in den inneren Büros, kam wieder und sagte etwas, das ungefähr so auf mich wirkte, als ob man irgendeinen Giftstoff in meinen Blutkreislauf eingeführt hätte. Ich grüßte und tappte mich, ohne ein Wort zu sagen, davon.

»Die ›Auguste Viktoria‹ ist heute vormittag sechs Uhr dreißig auf der Höhe von Southampton eingetroffen und hat ihre Fahrt um sieben Uhr dreißig fortgesetzt.«

Ich traf in der Hotelhalle, Gott sei Dank, meinen Freund. Er erschrak, als er mich sah, und fragte sogleich, was geschehen sei. Es folgte nun eine halbe Stunde, in der wir die Lage von allen Seiten betrachteten, welche durch die unerhörte Tatsache geschaffen war, mit der ich ihn bekannt gemacht hatte.

Ohne diesen Freund würde ich, wie ich fest überzeugt bin, der Geistesumnachtung verfallen sein.

An Bord der »Möwe«, 6. Februar 1895.

Die Meinen, Frau und Kinder – um den Faden von gestern wieder aufzunehmen –, schwammen also, während ich in der Halle des Hotels mit meinem Freunde sprach, bereits auf dem Atlantischen Ozean. Keine Macht der Welt vermochte sie dort mehr zu erreichen noch gar zurückzubringen. Eine solche Art Trennung war eine ganz andere als jene, die ich bis dahin ertragen hatte. Diese war ein Weh, mit dem ich zu leben vermochte, die neue Trennung riß mir das Herz aus der Brust.

Ich glich jedenfalls einem schwer Verwundeten, der, wenn es nicht gelingt, das Blut zu stillen, verbluten muß. Unaufhaltsam schien es, unter stechenden Schmerzen, im Bewußtsein der unabwendbaren Tatsache hinzuschwinden, daß ein Schiff die Meinen mit jeder Minute weiter und weiter von mir entfernte, in die gefahrvollen Ödeneien des Ozeans und dann einer völlig fremden Welt.

So waren sie also mindestens für Wochen von mir losgerissen. Was auch immer da draußen mit ihnen geschehen mochte, ich konnte ihr Schicksal weder lindern noch teilen. Sie waren für mich lebendig tot und hinwiederum ich lebendig tot für sie.

Ich konnte nicht zu meiner armen Frau hineilen, konnte nicht vor ihr niederfallen und Abbitte tun. Ich konnte ihre furchtbaren Seelenqualen nicht durch das Bekenntnis meiner Reue und meiner neu erwachten, heißen, grenzenlosen Liebe in Freude verwandeln. Vielleicht unterlag sie ihren Qualen auf dieser Fahrt. Ein naher Verwandter von ihr hatte in ihrem Alter den Tod gesucht. Ging schließlich, was sie auf sich genommen hatte, nicht über Menschenkraft? Ich sah Gespenster, schreckliche Bilder drängten sich. Eine tote Frau wurde, auf ein Brett gebunden, ins Meer versenkt, drei Waisenkinder erreichten New York und mußten, wenn sie nicht etwa Verbrechern in die Hände gerieten, der Armenpflege zur Last fallen.

Dies war die peinvollste meiner Befürchtungen: meine Frau könnte dahingehen in der finsteren Trostlosigkeit ihres verlassenen und verratenen Herzens, ohne von meiner Sinneswandlung etwas erfahren zu haben, ohne von meiner Reue, meiner Rückkehr, meiner wiedergeborenen Liebe zu wissen, meiner ausschließlichen, leidenschaftlichen, ewigen Liebe zu ihr.

Aber wenn meine arme Frau mich liebte, wie konnte sie diesen furchtbaren Schlag führen?! dachte ich dann. Wenn sie mich einigermaßen kannte, wie konnte sie mir das tun? Wie konnte mein Bruder Julius das zulassen? Er war all die Zeit hindurch in nächster Nähe meiner Frau. Warum bin ich nicht von der drohenden Gefahr unterrichtet worden, als ich sie abzuwenden noch in der Lage war? Und warum hat meine Frau den folgenschweren Entschluß in einer Zeit gefaßt und durchgeführt, wo ich ihrem Wunsche gemäß von Anja getrennt lebte? Ich war ja eigentlich nur verreist, wie es auch früher oft geschehen ist. Sie lebte allein, ich lebte allein, der gesamte Konflikt war suspendiert.

Ich weiß nicht, wie weit ich meinen Freund in dies alles einweihte. Sein Bemühen ging darauf aus, mich zu beruhigen. »Du mußt dich fassen. Die Dinge sind schmerzlich, naturgemäß«, sagte er. »Aber sie sind weder trostlos noch hoffnungslos. Eine Fahrt nach Amerika auf einem modernen Ozeandampfer ist heute kein Wagnis mehr. Das viele Neue, was deine Frau zu sehen bekommt, wird sie in Anspruch nehmen und von ihrem Schmerz ablenken. Deine Schreckbilder haben eine minimale Wahrscheinlichkeit. Dagegen unterliegt es gar keinem Zweifel, ihr werdet euch binnen kurzem wiedersehen. Du siehst nur die Nachtseite deiner Angelegenheit. Aber sie hat auch eine Lichtseite: mit einem Schlage bist du über deinen Konflikt hinweg. Es ist vielleicht eine furchtbare, ist vielleicht eine Pferdekur, aber sie hat die Krise herbeigeführt, und eigentlich bist du bereits genesen.«

Mein Freund veranlaßte mich, zu essen, zu trinken, er verließ mich fortan keinen Augenblick. Wir gingen zusammen abermals nach der Schiffsagentur, um uns zu erkundigen, wann der nächste deutsche Amerikafahrer Southampton passiere. Der Schnelldampfer »Möwe«, ein älteres Schiff, passierte vermutlich am 3. Februar. Er konnte noch Passagiere aufnehmen, und so verließ ich die Agentur mit den Karten zur Überfahrt. Denn daß ich den Meinen nachreisen würde, war nicht einen Augenblick zweifelhaft.

Der Fahrschein in meiner Tasche brachte mir eine Erleichterung. Es war, als sei dadurch eine Art Verbindung zwischen mir und den Meinen hergestellt und als sei nun beinah die Wiedervereinigung sichergestellt. Trotzdem grauste mir bei dem Gedanken, noch etwa vierundzwanzig Stunden in Paris festgehalten zu sein. Ich fürchtete mich vor der kommenden Nacht, in der zu schlafen ich bei dem Zustande meines Hirns nicht die allergeringste Aussicht hatte. Noch immer war ich nicht sicher, ob es dem hereingebrochenen Ansturm standhalten konnte und ob ich nicht doch noch mit einer Gehirnentzündung abschließen würde. Mich erwartete außerdem jene entsetzliche Ungeduld, die jemand empfindet, der verstiegen, an einen bröckelnden Felsen geklammert, über dem Abgrund hängend, auf Rettung harrt. Ich lechzte mit allen Organen des Leibes und der Seele nach den Gefahren des Meeres, dem Ozean. Ich würde, den Fuß an Bord meines Dampfers, wie ich fühlte, zur Hälfte genesen sein. Von diesem Augenblick an schwamm ich ja mit den Meinen auf ein und demselben Meere, hatte das Element und seine Gefahren mit ihnen gemein. Je mehr es dann stürmte, je mehr ich geschüttelt wurde, um so besser für mich. Dann brauchte ich wenigstens nichts vor ihnen vorauszuhaben. Solange sie schwammen, haßte ich festes Land, weil es unbeweglich und sicherer war, und es schien mir, als ob ich es nie geliebt hätte.

Wir saßen bei Tisch, mein Freund und ich, und da zog ich zufällig mit dem Taschentuch jenen Brief aus der Tasche, den ich acht Tage nicht abgeholt hatte. Es war unterblieben, weil man mir sagte, daß er aus Bremen sei, wo mein ältester Bruder, Marcus, seinen Geschäftsbetrieb hat. Wir waren entzweit, hatten im letzten Vierteljahr öfters heftige Briefe gewechselt, und ich war nun eben nicht ungeduldig, wie ich meinte, das neuste Dokument dieser Art in Empfang zu nehmen.

Nun aber, endlich, erbrach ich den Brief und mußte zu meinem Schmerz erkennen, wie unrecht ich in diesem Falle getan, denn gerade dieser geringgeschätzte und zurückgestellte Brief war dazu bestimmt, mich über die Absichten meiner Frau rechtzeitig aufzuklären. Mein Bruder schrieb: »Es geht nicht an, was Du mit Deiner Frau auch für Differenzen gehabt haben magst, daß sie ohne Deinen Willen ins Ausland geht, vor allem aber, daß sie Deine drei Kinder ins Ausland verschleppt. Dazu hat sie kein Recht, und noch bist Du der Vater, und Ihr seid nicht geschieden, die Verfügung über Deine drei Kinder hast Du allein. Zwar sollte mir das Versprechen abgenommen werden, Dir gegenüber von der Sache zu schweigen, aber da ich dies als ein Verbrechen gegen Dich und Deine Kinder betrachten muß, schweige ich nicht ...«, und so ging es fort.

Ich würde also, rechtzeitig in Besitz des Briefes gelangt, schon in den ersten Pariser Tagen von der drohenden Gefahr unterrichtet gewesen sein und hätte die Katastrophe verhindern können. Die Vorsehung hat es anders bestimmt und mir, indem sie mein Ahnungsvermögen mit Blindheit schlug, den Brief meines Bruders unterschlagen.

Es kam nun doch die gefürchtete Nacht, vor der ich mich gern gerettet hätte, indem ich mit meinem Freund bis zum Morgen beisammenblieb. Aber wie es nun einmal ist bei Menschen, die an einem Unglück nur mittelbar teilnehmen, es kommt der Augenblick, wo sie ihre Pflicht nach Kräften getan zu haben glauben, wo sie an sich selbst denken, wo die Natur ihr Recht fordert und sie ermüdet in ihre gewohnte Bequemlichkeit zurücksinken. In solchen Augenblicken muß der Verlaßne erkennen, daß im großen ganzen die empfundene Anteilnahme, genau besehen, nur Grimasse, nur eine Maske war und daß er durchaus nur auf sich selber gestellt, auf sich selbst angewiesen bleibt. Dieser Augenblick ist ein furchtbarer, denn nun stürzen sich die Dämonen von allen Seiten wütend wie auf ein wehrloses Opfer herein, und es gilt einen Kampf ohne Beistand auf Tod und Leben.

So ist denn auch diese schrecklichste aller meiner bisherigen Nächte mir nicht erspart geblieben, und diese »noche triste« ist nun für immer mit der großen Stadt Paris verknüpft.

Es war ein giftiges, ein unsäglich peinvolles Licht, das in meinem Hirn brannte. Ich hatte das Gefühl, ohne Stirn zu sein. Ich irrte durch eine zerstörte Stadt. Natürlich suchte ich meine Frau. Ich hatte ihrer Seele etwas Schreckliches angetan, und sie war, wie ich glaubte, mit dem letzten Entschluß der Verzweiflung ins Dunkel davongerannt. Ich lief mit dem nutzlosen, bettelnden Schrei des Herzens an Kanälen und Brückengeländern hin, die Schwärze der Nacht anflehend, sie möge mich meine geliebte Frau finden lassen, ehe sie Zeit hätte, den letzten Schritt der Verzweiflung zu tun. Verzweiflung, Verzweiflung und immer wieder Verzweiflung ist es gewesen, durch die ich in dieser Nacht gejagt, gehetzt und im Traume gepeitscht wurde. Ich sah den Vater, die Mutter im Traum. Ich sah meinen Vater mich streng, gläsern und vorwurfsvoll anblicken. Ich hörte meine Mutter weinen und Gott auf eine rührend einfache Weise bitten, er möge sie endlich von der Welt nehmen.

Meine Augen, wenn ich erwachte, schienen zwei brennende Höhlen zu sein. Wenn ich danach etwa wieder einschlummerte, war es, um sofort wieder aufzufahren. Wer kennt nicht diese schreckhaften Unterbrechungen des Schlafs, die uns jedesmal den letzten bewußten Augenblick vor einem schweren Unglück vorgaukeln. Ich wollte lieber alle Gewalt anwenden, um wach zu bleiben, als noch einmal auf solche Weise geweckt werden. Aber schon träumte ich wieder, in der Meinung, ich wache noch. Eine Stimme sagte: Es wird Blut geben, es wird Blut geben! Eine andere: Du bist charakterlos und bist würdelos. Kein Teufel konnte grausamer, kein Vandale roher und wilder im Zerstören sein. Du hast gewütet wie ein Mordbrenner gegen dich selbst, dein ganzes Haus, unter dessen Trümmern dein Weib, deine Kinder, deine Eltern, deine Ehre, deine Treue, deine Liebe, deine Vergangenheit, Gegenwart und Zukunft begraben liegen!

Ja, es war wirklich Heulen und Zähneklappern in dieser Nacht. Herr, sende Lazarum, daß er die Spitze seines Fingers ins Wasser tauche und kühle meine Zunge, betete ich. Aber die Bitte war vergebens. Ich war der Mörder meiner Frau. Zwar fragte ich immer wieder: Warum hast du mir das getan? Und ich fragte mich selbst, warum sie mir das angetan habe, warum sie mich in diese Höllen, die meine Seele mit brennenden Zungen aufzehrten, hinabgestoßen habe. Damit konnte ich meine Schuld nicht abwaschen, und schließlich lag ich nicht darum in diesen Höllen, weil ich Weib und Kinder auf hoher See wußte, sondern weil in den wüsten Bildern dieser Nacht meine Frau bereits ein Opfer meiner Schuld geworden schien und ihrem Leben ein Ende gemacht hatte. Es war jenes fürchterliche »Zu spät, zu spät!«, das mich folterte und mir nur den Ausweg zu lassen schien, mit dem ein Judas Ischariot sein erbärmliches Dasein austilgte.

Auch diese Nacht ist vorübergegangen, und siehe da, ich lebe noch. Ich erhob mich vom Bett, als ein klarer Morgen über Paris heraufdämmerte. Ich fühlte mich leer, fühlte mich ebenso ausgebrannt wie ausgeweint. Die Höllen der Nacht verloschen, und mit dem wachsenden Tageslicht fühlte ich den Wunsch zu leben, die leise Hoffnung auf Begnadung in mir aufsteigen. Vielleicht mußte ich diese Prüfung erleben, wie Saulus sein Damaskus erlebte. Seltsam, mein Schicksal, die Schrecken und Martern dieser Nacht ließen mir wiederum jene Empfindung zurück, die mich über den gemeinen Alltag und Alltagsmenschen weit erhob. Beinahe kam es mir nun vor, als seien mir diese Dinge nicht von einem gehässigen Strafrichter zudiktiert, sondern als sei ich, als der Auserwählte einer Gottheit, gewürdigt worden, höchstem Dasein entgegenzuwachsen.

Nachdem ich ein Bad genommen, ging eine Verjüngungswelle durch mich hin. Mein Lebenswille war aufgewacht. Ich vermochte den Entschluß zu fassen, mein Schicksal mutig auf mich zu nehmen und ihm mit Aufbietung aller meiner Kräfte standzuhalten. Ich nahm ein reichliches Frühstück ein, das ich mir gleichsam zudiktierte, weil ich, von der psychophysischen Einheit des menschlichen Organismus überzeugt, der Seele durch den Körper neue Kräfte zuführen wollte. Auch fing ich an – die furchtbare Bilderflucht der Nacht war, Gott sei Dank, verdrängt durch das Tageslicht –, meine Lage mit kühlem Verstande zu untersuchen. Ich prüfte aufs neue den

Brief meiner Frau und glaubte zwischen den Zeilen zu lesen, daß der getane Schritt keineswegs die Trennung, sondern die Wiedervereinigung zum Zwecke habe. Wenn das so war, brauchte ich eine Verzweiflungstat meiner Frau gegen sich selbst nicht mehr zu fürchten. Die andere Furcht, dem Schiff könne auf dem Ozean ein Unglück zustoßen, war ja vielleicht insoweit provinziell, als sie nicht über die Sorge hinaus berechtigt war, die sich meldet, wenn man einen geliebten Menschen mit dem Wunsche »Glückliche Reise!« der Eisenbahn anvertraut. Und so hatte ja meine Lage vielleicht gar nicht das Tragische, das ich ihr in der ersten Bestürzung andichtete.

Gleich nach dem Frühstück kam mein Freund. Er hatte aus irgendeinem Grunde seinen Bruder, den jungen Geistlichen, mitgebracht. Die beiden nahmen mich zwischen sich und halfen mir bei Abwicklung meiner Geschäfte, wozu noch der ganze Tag bis zum Abend verfügbar war. Der Zug nach Le Havre verließ gegen sechs Uhr abends Paris.

Schon heute weiß ich nicht mehr, wie wir den Tag verbracht haben. Meine beiden Freunde verließen mich jedenfalls nicht. Nach dem Mittagessen im Café trafen wir einen mir bekannten Theaterdirektor aus Berlin, der von hier Stücke, Pariser Ware, in der Reichshauptstadt einführt. Er beeilte sich, meinen Freunden zu versichern, daß weder er noch seine Frau Preußen oder Deutsche seien, mußte aber erleben, daß seine Frau, wahrheitsliebender als er, seine Behauptung mutig bestritt.

Sie sei Preußin, sagte sie, denn sie sei Oberschlesierin. Der Mann bemühte sich dann vergeblich, sie von ihrer Behauptung abzubringen und ihr einzureden, daß sie über ihr Geburtsland nicht genügend unterrichtet sei.

Meine Freunde sagten beim Herausgehen, daß diese Würdelosigkeit, die man leider vielfach bei Deutschen beobachte, die nach Paris kämen, die Abneigung gegen die Sieger von 70/71 zu verstärken geeignet sei.

Mein Gemüt war inzwischen ruhiger und freier geworden, da ich der Aussicht enthoben war, die kommende Nacht in einem stillstehenden Bette, preisgegeben der Wut meiner Einbildungen, zubringen zu müssen. Um neun oder zehn Uhr sollte ich in Le Havre sein, dort erwartete uns bereits das Boot, mit dem die Überfahrt nach Southampton ohne Verzug angetreten werden konnte. Das gab zielstrebige Bewegung, körperliche Beschäftigung. Jeder Schritt, jede Minute führte mich den Meinen näher und somit der Wiedervereinigung.

Meine Freunde standen auf dem Perron, wohin sie mich treulich begleitet hatten, bis endlich der Zug in Bewegung geriet. Es wurde mit Taschentüchern gewinkt, bis wir uns aus dem Gesicht schwanden.

Mit dem Anrollen und Fortrollen der Räder kam über mich ein befreites, tiefes, zuversichtliches Aufatmen.

Doch nun, gleichsam sicher verstaut und gewiß, dem rechten Ziele entgegenzueilen, ohne daß ich deshalb mich weiter zu sorgen oder etwas zu tun brauchte, nun fühlte ich eine Stelle in mir, die schmerzhafter wurde, je weiter die Reise in der neuen, gesicherten Richtung ging. Langsam, langsam, nicht lange danach, als der Zug mit sechzig Kilometer Geschwindigkeit durch die mondbeglänzte Winterebene rauschte, stieg ein kleines, unterdrücktes, vergessenes und verratenes Bildchen in mir auf, das Köpfchen Anjas, das sich auf seinem feinen Hälschen neigte. Mit diesem Augenblick fing das seltsame Schaukeln in mir an, das auch hier auf dem Schiff nicht nachlassen will und das ich vielleicht am besten so schildere: Zwischen zwei Brunnen ist ein Pfahl aufgestellt. Quer auf dem Pfahl ist eine Stange angebracht, an deren beiden Enden je ein Eimer in jeden der Brunnen hängt. Irgendeine unsichtbare Kraft bewegt nach gewissen längeren Zwischenräumen die Querstange. Sie drückt das rechte Ende herab, worauf der rechte Eimer im rechten Brunnen versinkt und der linke Eimer sich über den linken erhebt und, mit Wasser gefüllt, sichtbar wird – sie drückt das linke Ende der Stange herab, der linke Eimer versinkt alsdann, und der rechte steigt über seinen Brunnen ans Tageslicht. Solche Brunnen mußten in mir sein und die Vorrichtung über den Brunnen, die bald Weib und Kind aus dem Dunkel in die Helle des Bewußtseins hob und Anja ins Dunkel versenkte, bald wieder diese zur Beherrscherin der bewußten Seele machte und Weib und Kind in der Nacht des Unbewußten verschwinden ließ. Seltsam, in hohem Grade beunruhigend, wie ich diesem Wechselspiel, das ganz ohne mein Zutun sich vollzieht, gleichsam unbeteiligt zuschauen kann.

Es war etwa nach der ersten halben Stunde Fahrt, als Anjas Bild zum ersten Male wieder meine Blicke auf sich und rückwärts zog und als meine Seele, vor diesem Bild neuerdings hinschmelzend, ihre Härte abstreifte. Hatte ich denn nicht diese Macht, dieses Bild für endgültig überwunden angesehen? Und nun schien es mit einem stummen, traurig bitteren Lächeln seine Herrschaft wiederum anzutreten. Zwei seltsame Augen richteten sich auf mich, die dunkel, groß, schweigend und feucht waren, gleich darauf von der Wimper fast ganz verdeckt, darunter ein kindlicher Mund, dessen wehe Süße ein kaum merklicher Anflug von Spott noch betörender machte. Ich war bestürzt, ich war fassungslos. Ein kurzer Brief mit der sachlichen Nachricht von dem Geschehenen und meiner Amerikafahrt war von Paris aus an Anja abgegangen. Ich hätte an meinen Hausverwalter nicht anteilloser schreiben können. Jetzt mußte ich mit Schrekken bemerken, welcher Täuschung ich unterlegen war. Hatte nicht meine Reue dieses furchtbare Bild im Wasser ihrer Tränen aufgelöst? Hatten es nicht die brennenden Zungen der durchlebten höllischen Nacht aufgeleckt und verdunstet? Hatte ich es nicht beinahe verflucht, es gleichsam wie eine Pestleiche mit dem ungelöschten, fressenden Kalk meines Hasses überschüttet und eingesargt? Jetzt schlug ich mir mit der Faust vor den Kopf, daß mein Nachbar im Seitengange des Wagens, der durchs Nebenfenster in die Nacht blickte, mich befremdet anglotzte. Nein, dies Bildnis war nicht in Salzwasser aufgelöst, in der Hölle verdunstet oder für immer eingesargt. Es war da und belehrte mich durch einen glühendkalten Fieberschauer über seine gnadenlose Unsterblichkeit. Ich wollte mich gegen den Dämon auflehnen. Bald schmolz aber aller Trotz dahin, und mir wurde klar, daß ich über ein neues Trennungsweh und über eine neue, schwere Abschiedsstunde nicht in diebischer Weise hinwegkommen konnte. Mehr und mehr, mit weicher, süßer und sanfter Gewalt, zog Anja in meine Seele ein und bemächtigte sich des verlorenen Reichs. Und nach und nach stieg alles und alles, was ich mit ihr erlebt hatte, in mir auf. Ich sah ihren Unglauben, ihren leisen Schreck, ihr tiefes Befremden, ihr kurzes, peinvolles Nachdenken im Augenblick, nachdem sie den Abschiedsbrief gelesen haben würde. Die Verzweiflung jedoch blieb aus. Ich hatte von ihr nicht Verzweiflung, das glaubte ich genau zu wissen, sondern Verachtung zu gewärtigen. Ich sah sie nur kurz und resolut den Kopf in den Nacken werfen, vielleicht ein paar Schluckbewegungen machen und wortlos, ohne sich irgend jemandem mitzuteilen, etwas Nützliches tun.

Ich glaubte, ich hätte Anja entsagt. Allein sofern ich ihr nicht entsagt hätte, war sie doch nun verloren für mich. Nicht allein mußte sie sich nach Empfang meines Briefes als frei betrachten, sondern es war nur natürlich, Schmerz und Gram, wenn beides bestand, im Rausch der Berliner Wintervergnügungen zu betäuben. Und ich biß mir die Lippen bei dem Gedanken wund, der Mund eines anderen könnte entweihen, was der meine genossen, und womöglich Früchte pflücken, die zu rauben ich mir versagt hatte.

Bei solchen Betrachtungen war es mir, als wenn ich aus dem Zuge hinausspringen müßte. Plötzlich fühlte ich mich gebunden wie ein Tier, das man gegen seinen Willen da- oder dorthin schleppt. Mich schleppte man also über den Ozean nach Amerika. Ich bin kein Tier, ich bin ein Mensch. Und wenn die Vorwärtsbewegung des Zuges vorher befreiend auf mich gewirkt hatte, so schien sie jetzt der brutale Ausdruck meiner Gefangenschaft. Man riß mich von Europa los. Man riß mich von meiner Liebe los. Man riß mich von meinem Glücke los. Man riß mich von meiner Zukunft los, man riß mich von meinem Leben los, man riß mich von mir selber los. Es gibt in der alten Kriminaljustiz eine furchtbare Todesart: zwei auseinanderstehende junge Bäume werden gegeneinander herangebogen und an die Spitze eines jeden ein Arm des Delinquenten mit unzerreißlichen Tauen gebunden. Dann läßt man beide Bäume zurückschnellen. Der Zustand des Delinquenten nun, ins Seelische übertragen, trat bei mir ein.

Gott sei Dank, er war kein bleibender. Nach einiger Zeit verblaßten das Bild und die beherrschende Kraft Anjas wiederum: der eine Eimer der seltsamen Schaukel, die ich geschildert habe, verschwand, und der andere allein schien im Dasein zu schweben. Nun gehörte ich wieder meiner Frau, meinen Kindern an. Es beglückte mich – ich hätte die eilenden Räder dafür streicheln mögen –, daß ich gleichsam auf der Jagd nach ihnen begriffen war. Ich war auf der Jagd nach dem Glücke begriffen, und ich würde es sicher einholen.

Ich sah das Sternbild des Großen Bären am Nachthimmel. Durch dieses Sternbild bin ich drei- oder viermal in Augenblicken meines Lebens, über die ich nicht hinwegzukommen fürchtete, auf eine seltsame Weise getröstet worden. Ich werde dich wiedersehen, sagte ich mir, und mich bei deinem Anblick an die schwere Krisis dieses Augenblicks nur noch erinnern. Ungeheuer zwar scheint mir jetzt der Berg, scheint mir die Arbeit, die ich zu überwinden habe, aber ich werde dich, du Sternbild, wiedersehen und mich nur noch an ein Längstvollbrachtes erinnern.

Ich begab mich in den Speisewagen, aß und trank. Das Diner war vorüber. An einigen Tischen in dem verqualmten Raum lärmten kartenspielende Kaufleute. Es ist mir bei meiner Gemüts- und Nervenlage schwerer als sonst, ohne peinlichen Widerwillen solchen brutalen Vorgängen beizuwohnen. Aber bald gewann der Wein, dem ich zusprach, seine Macht über mich: es gelang mir, eine Arbeitspause in der Schicksalsfron, die mich unterjocht hatte, durchzusetzen.

Ich trank also, und am Himmel der Große Bär begleitete mich. Ich hing mich mit den Augen an ihn, nachdem ich immer wieder durch Hauch und Hand das Fenster von Eiskristallen befreit hatte. Sei getrost, klang es nun wieder in mir, was du jetzt durchzukämpfen hast, wird deinen Gesichtskreis erweitern, dich auf unverwelkliche Weise bereichern. Und es war, als ob die Orchestermusik, die bei nächtlichen Bahnfahrten nicht selten unsrem inneren Ohr auf fast übersinnlichsinnliche Weise hörbar wird, geradezu in freudig triumphalen Rhythmen zustimmte.

Le Havre. Im gemeinsamen Schlafraum des Dampfbootes beherrschte mich wieder besonders stark das Gefühl, gefesselt zu sein. Unter all diesen fremden Menschen, die nach und nach hinter die Vorhänge der Kojen krochen, konnte man sich wie auf ein Sklavenschiff verfrachtet vorkommen. Man war nur noch Masse, nicht der Einzelne. Aber zugleich fühlte man sich, mehr als in Einsamkeit, verlassen. Die nackte Selbstsucht des Einzelnen, zutage tretend in unbedingter Brutalität, mit der jeder dem anderen kleine Reisevorteile abzugewinnen suchte, ließ deutlich werden, was Menschenbruder von Menschenbruder im Ernstfalle zu erwarten hat.

Ich stand auf, als die Luke über mir, grau wie ein starblindes Auge, sichtbar ward. Auf Deck war es windig, unbehaglich und kalt. Der Schatten, der ferne gedehnt über die Wasseröde stieg, war die englische Küste. Hatte ich je geahnt, welche Umstände, welcher Zwang, welches Schicksal mich veranlassen würden, meinen Fuß auf diese Küste zu setzen?

Ich beeile mich, über die Eindrücke unserer Landung im Morgengrauen und meines Aufenthaltes in Southampton hinwegzukommen. Abschieds- und Ermunterungsbriefe meiner

Eltern und meines Bruders Julius erreichten mich. In dem des Bruders stand:

> Heinrich, der Wagen bricht! –
> Nein, Herr, der Wagen nicht,
> es ist ein Band von meinem Herzen,
> das da lag in großen Schmerzen,
> als Ihr in dem Brunnen saßt,
> als Ihr eine Fretsche wast.

Gewiß, ein Band mochte gesprungen sein, aber das Zitat meines Bruders Julius – es stammt aus einem Grimmschen Märchen – erregte mir höchstens Bitterkeit. Meine Seele verzieh ihm nicht, daß er mich über den Schlag, der gegen mich geführt werden sollte, nicht aufgeklärt, daß er in diese furchtbare Kur, durch die mein Leben aufs Spiel gesetzt wurde, einwilligte. Ich kann mir noch jetzt keinen Begriff machen, welche Geistesverfassung, welche Gründe ihm eine solche Handlung ermöglichten. »Heinrich, der Wagen bricht!« Gut, aber hatte er nicht bewußt darauf hingewirkt, daß die Achsen meines Wagens, daß mein Wagen brechen mußte? Der Gedanke an eine solche Absicht empörte mich. Wie konnte mein Bruder sich erlauben, meinen Wagen zu zerbrechen oder nicht zu verhindern, daß es geschah? Wie konnte er, der heimtückisch diesen schweren Unglücksfall hatte herbeiführen helfen, den trösten wollen, der mit zerbrochenen Gliedern auf der Straße lag?

> Heinrich, der Wagen bricht! –
> Nein, Herr, der Wagen nicht.

Dies empfand ich wie Hohn, über einen besiegten Gegner ausgegossen.

> Es ist ein Band von meinem Herzen,
> das da lag in großen Schmerzen.

Schön. Eigentlich hatte ich ja aber gar kein Band um mein Herz gehabt. Vielmehr war mein Herz über seine Grenzen getreten, übergeflossen. Und wie konnte er wissen, tausend Kilometer und mehr in Luftlinie von hier entfernt, ob mich sein Brief nicht in einer englischen Irrenzelle erreichte. Nein, nein!

wenn etwas zerbrach, mein lieber Bruder, so war es vielmehr das Band zwischen mir und dir. So wie du handeltest, handelt nicht Bruderliebe, sondern höchstens trauriges Ungeschick. So einfach, wie es dir scheinen will, sind Schicksale nicht zu unterbinden, hinwegzudekretieren oder auszuradieren. Indem ich dies schreibe, trage ich in mir wiederum den Beweis davon.

Und nun gar:

Als Ihr in dem Brunnen saßt,
als Ihr eine Fretsche wast.

Weder habe ich in einem Brunnen gesessen, noch bin ich je ein Frosch gewesen. Aber der Prosaschluß dieses Bruderbriefes war das Ärgste an Ahnungslosigkeit und der Gipfel der ganzen gutgemeinten Unwissenheit. »Das Band ist also vom Herzen«, hieß es da, »wir sind tief glücklich, sehen mit innigem Behagen in Gedanken ...« Nun genug! schon allein das Wort »Behagen« in diesem Augenblick mußte mir den Magen umwenden.

Ich hatte in einem kleinen Gasthaus am Hafen ein Zimmer genommen. Ein großes Doppelbett stand darin. Das Wasser gefror in der Waschschüssel. Hier wollte ich die Abfahrtsstunde des kleinen Salondampfers abwarten, der uns an den großen Ozeanfahrer bringen sollte. Nun, in diesem Zimmer hatte ich wiederum schwere Stunden. Jenes Schwanken, von dem ich bereits gesprochen habe – es wurde durch die zwei Brunnen und die beiden Eimer verbildlicht –, also jenes Schwanken fing wieder an, in welchem abwechselnd das Haupt meiner Frau und das Bild Anjas auftauchten. Mit dem Antlitz meiner Frau erschienen jedesmal nicht nur meine Kinder, es erschien unser Landhaus, erschien das gemeinsame Leben, das wir geführt hatten, von der ersten Begegnung an. An die Verlobung dachte ich, an die ganze zum Teil unsagbar glückliche Zeit, die zwischen Verlobung und Hochzeit lag, kurz, alles und alles tauchte auf und machte sich auf rätselhafte Weise in einem Augenblick gegenwärtig, was mit unserer Liebe und Ehe zusammenhing. Alle Beteuerungen, Versicherungen, Schwüre, die unser Band fester geschlungen hatten, traten anklagend vor mich hin, alle Wohltaten, die ich empfangen, alle gemeinsamen Freuden und Hoffnungen, auch die qualvollen Schmerzen, die meine Frau in den Geburtsstunden unserer Kinder hatte erleiden müssen. – Aber mit dem Antlitz Anjas tauchte dann eine neue, eine ganz andere Welt empor. Die Melancholien, die Ängste, die Sorgen, der Kleinmut, die Selbstquälerei, die Verfinsterungen, unter denen meine Frau so bitter litt und die alle mitzuleiden ich durch unser Zusammenleben verurteilt war, waren nicht mehr. Anjas Seele war heitere Zuversicht, Gegenwartsfreude und ganz ohne jenen Sorgenapparat, ohne den ich – auch von meinen Eltern her kannte ich ihn – eine Ehe für unmöglich gehalten hatte. Anja scheint ohne jedes Lebensprogramm, ohne alle bürgerlichen, materiellen Ansprüche, durch und durch Glaube und Zuversicht. Sie fragt nicht, sie fordert nicht, sie befürchtet nicht. Ob ich arm oder reich werde, geht sie und ihre Liebe nichts an. Jeder Augenblick unserer Gemeinsamkeit erschien uns beiden als Vollkommenheit.

Ich sah das große Doppelbett, und leidenschaftliche Illusionen marterten mich. Die gefährliche Frage tauchte wirklich auf: Warum läßt du dich eigentlich über den Ozean nachziehen? Hat sie es, die gegen dich solche rücksichtslosen Schläge führt, um dich verdient? Du würdest gewiß nicht deinen Fuß auf das große Schiff setzen, wenn Anja jetzt hier wäre und du in ihrem vollen Besitz.

In der Gegend des Herzens, am Hemd mit einer Nadel befestigt, trug ich ein kleines, seidenes Taschentuch. Ich habe es wieder dort angeheftet, nachdem ich es in Paris, im ersten Wirbel der Ereignisse, mit Abscheu von mir getan hatte. Das öde Zimmer in Southampton hat die Raserei meiner Küsse, die Raserei meiner Tränen, meiner Sehnsucht gesehen. Ich schrieb der Geliebten, ich fühle ihr Tuch auf meinem Herzen wie ihre warme, treue Hand, und sie begleite mich über den Ozean. Er war nicht mehr kalt und lapidar, dieser Brief, und Anja konnte vielleicht aus ihm ersehen, daß für sie nicht alles verloren war.

Und wiederum stieg das Bild meiner Frau empor, und es gab ein furchtbares, immer schneller werdendes Schaukeln, einen Wechsel, ganz unabhängig von mir, der mir, wie einem unbeteiligten Zuschauer, die alte Angst, ich könne den Verstand verlieren, wiederum nahebrachte.

Habe ich nun einigermaßen die Ereignisse nachgeholt, die in ihrer Aufeinanderfolge zu hastend und in ihren Wirkungen zu stark waren, um sie sogleich festzuhalten? Ich denke nein. Höchstens zum geringeren Teil. Aber Hauptsache ist, ich lebe, habe das Schlimmste einigermaßen überwunden.

Heinrich, der Wagen bricht! –
Nein, Herr, der Wagen nicht.

So weit wenigstens hast du, mein Bruder, wahr geredet.

An Bord der »Möwe«, 7. Februar 1895.

Es ist noch nicht Tag. Schon beginne ich meine Bleistiftnotizen. Ich sitze an Deck in meinem seidengesteppten Luxuspaletot. Eigentlich ist es tragikomisch, sich vorzustellen, in welchem inneren und äußeren Zustand ich auf das Schiff gespült worden bin. Meine Reiseeffekten sind für Hotels, Theater, Salons bestimmt. Und nun sitze ich hier beim Morgengrauen, den Rücken an eine lackierte Metallwand gelehnt, im Aufruhr einer kosmischen Wüste.

Der Dampfer rollt, als müsse sich das Schiff, wie eine Spule, um seine Längsachse ganz herumdrehen. Es wäre allerdings fraglich, ob ich dann auf der anderen Seite wiederum mit heraufkäme. Was läßt sich von solchen äußeren Umständen sagen, als daß sie einigermaßen großartig, aber im Grunde trostlos sind. Der Himmel ist grau und hängt sehr tief. Die mächtig bewegte und doch so monotone Hügellandschaft des Ozeans kommt mir vor wie eine gleichmäßig in Gang gehaltene Maschinerie. Eine ziemlich furchtbare, menschenfeindliche Maschinerie. Am Anfang schuf Gott Himmel und Erde. Die Erde war wüst und leer, und der Geist Gottes schwebte auf dem Wasser. Von dem Geist Gottes über diesen Urgewässern spüre ich nichts. Jedenfalls nicht, soweit irgendeine Beziehung zu Mensch, Menschenschicksal und Menschengeist in Frage kommt. Ganz ungeheuer scheint darum immer wieder die Kühnheit, die den Menschen dazu geführt hat, sich in die fürchterliche Gottlosigkeit der Urgewässer hineinzuwagen, in die nackte Verlassenheit. Nein, die Tatsache wird auch nicht erklärt durch eine einzige psychische Eigenschaft. Kühnheit setzt ein Ziel voraus. Ein Ziel aber setzt eine Lockung voraus. Eine Lockung setzt Not und Leiden voraus. Der Weg zwischen Not und Lockung setzt den Glauben, den Glauben an ein Ziel voraus. Der Glaube aber gibt den Beweis, daß Ziel von Illusion kaum verschieden ist. Nicht also Vernunft, Verstand und Mut haben das menschenfremde Meer der Menschheit dienstbar gemacht: der Wahnsinn, der menschliche Fieberwahnsinn, die menschliche Tollheit und Blindheit haben es der Menschheit dienstbar gemacht.

Mein Steward bringt mir einen gewaltigen Tassenkopf voll heißen, ungezuckerten Tees herauf, eine Menge Zwieback füllt meine Hand und verschwindet in meiner Paletottasche, die ein unangenehmes samtenes Futter hat.

Die Menschen wurden also, wie ich aus dem vorher Geschriebenen folgere, ungefähr auf dieselbe Weise wie ich, gleichsam willenlos rollend, zu Entdeckern und Überwindern des Weltmeers gemacht, wie ich in den Faden oder das Gewebe der Schicksalsschwestern verwickelt. Ich gehe weiter und sage: Überall und immer hat den Menschen, wie mich, Eros über Länder und Meere geführt. Die Netze der Parzen sind von Fäden gewebt, die Fäden aus Fäden zusammengesponnen. Die aus den Locken des Eros gesponnenen sind auch in diesem Gewebe die stärksten. Meine Seele ist bis zum Zerreißen von ihnen gespannt. Weniger, weil ich Furcht vor dem Tode habe, als weil ich in dieser Weise gebunden bin, möchte ich nicht auf dem Meere Schiffbruch erleiden und untergehen. Deshalb werde ich zum Feigling, zum Jämmerling, wenn ich mir diese Möglichkeit ausmale.

An Bord der »Möwe«, 7. Februar 1895, nachmittags.

Wir laufen höchstens noch die halbe Geschwindigkeit. Ich bin außer den Matrosen und überhaupt Seeleuten der einzige Mensch an Deck. Ich glaube, man sieht mich für mutig an, aber es erfordert für mich einen viel größeren Mut, in die dumpfen Kabinen hinabzukriechen. Hier oben ist zwar ein ziemlich wüster Wassergraus, aber die Luft ist erfrischend und stählern.

Es waren nur wenige Leute bei Tisch. Vielleicht wird es mir einmal möglich sein, wenn das Versprechen des Großen Bären wahr werden sollte und ich vom sichern Port einst auf diese Reise zurückblicke, die Menschen zu schildern, die mit mir an Bord der »Möwe« sind, voran den Kapitän und die ausgezeichneten Offiziere. Es lohnt sich wohl, einen solchen Ozeanüberwinder auf seiner Fahrt, seine Leistung und menschliche Fracht und den Geist festzuhalten, der die erzwungene Menschengemeinschaft an Bord durchdringt.

Aber von meiner Seelenverfassung abgesehen, gibt es nun seit zwei oder drei Tagen für mich auch keine physischen Ruhepunkte. Mein Stuhl, ja ich selbst werde angebunden, oder ich muß mich irgendwo anklammern, wenn ich nicht Hals und Beine brechen soll. Es ist nicht anders, ob ich nun esse, trinke, in der Koje liege, schreibe oder irgendwelches Bedürfnis verrichte. Das so in dauernder Vibration erhaltene Nervensystem wirkt natürlich auf mein Bewußtsein, bedingt die Vorstellungen, die Gedanken, die Ideen, die Erinnerungen und Assoziationen, die in meinem Geiste auftauchen. Ich kann bemerken, daß ich, wie in meinem äußeren Leben, so auch innerlich die Zügel verloren habe. In mir sind völlig freie Mächte, die sich kaleidoskopisch darstellen. Das innere Auge zwar beobachtet kühl, aber sonst wird allmählich die Macht der Vernunft, die Macht des Verstandes ausgeschaltet. Zum Beispiel nimmt ein wachsender Aberglaube in mir geradezu köhlerhafte Formen an. Ich mache das Ja oder Nein, das Glück oder Unglück meiner Zukunft fortwährend und immer wieder von Kleinigkeiten abhängig: ob ein Streichholz brennt, ob sich meine Zigarette entzündet oder nicht, ob die Zahnstocher in einem Gefäß, die Knöpfe, die Buchstaben einer Zeile, die Zeilen einer Seite, die Glieder meiner Uhrkette eine gerade Zahl ergeben oder nicht, ob eine Spritzwelle, die entstehen wird, wenn das Vorderteil des Schiffes sich in den nächsten Wogenberg vergräbt, das viertel, das halbe, das ganze Schiff überfliegen wird oder nicht. In alledem und unzähligen andern Dingen möchte ich Zeichen des Himmels sehen, Zeichen einer göttlichen Macht, die mir im voraus den Gang meines Schicksals mit einem ungeheuren Anteil an meiner Wenigkeit mitteilen will.

An Bord der »Möwe«, 8. Februar 1895.

Das schlechte Wetter und die See gehen mit einer unverkennbaren Hartnäckigkeit gegen uns an. Wir haben von den dreitausend Seemeilen, die zurückzulegen sind, erst einen kleinen Teil hinter uns.

Ich stelle allerlei Betrachtungen über die Psyche des Seefahrers an. Die See ist ihm eine feindliche Macht, das Schiff eine lebendige, befreundete Persönlichkeit. Je zäher der Kampf zwischen diesem und der See sich gestaltet und je länger er dauert, um so zermürbter wird die Seele des Seefahrers. Allmählich erleidet sie eine Umlagerung. Die Verstandeskräfte, deren er auf dem Lande sicher zu sein glaubte, verflüchtigen sich. Er personifiziert die See, personifiziert das Schiff, fängt an, die eine Person mit Haß, die andre mit zärtlicher Liebe zu betrachten. Er streichelt das Schiff. Er belobt das Schiff. Er sagt, indem er Tränen der Rührung verschluckt: Du braves, braves Schiff!, wenn es wieder und wieder den gewaltigen Widerstand eines Wellenberges gebrochen hat. Allein es sind deren Legionen, die feindlichen Heere in ungeheurer Übermacht. Wohin man den Blick wendet, nichts als Feinde. Unten der Feind, ringsum auf allen Seiten der Feind, oben der Feind, der rasende Böen über das knackende und ächzende Fahrzeug herabsendet. Auch der Sturm wird personifiziert. Er läßt schwarze Mächte, dunkles Gewölk von überallher das Schiff angreifen. Sie suchen es zum Kentern zu bringen, zu zerbrechen, in die Tiefe zu drücken, die Schraube, das Steuerruder abzuschlagen, es um jeden Preis aufzuhalten. Hunderte von Dämonen scheinen sich zusammenzutun und führen ein Stück aus, wonach es scheint, als sei das Schiff wider einen Felsen gelaufen. Man hört die Menschen im Innern aufkreischen.

Ich habe diese Seereise unvorbereitet angetreten: nicht von einem freien Entschluß, von einem starken, frohen Willen getragen, sondern zwangsmäßig und willenlos. Darum ist es vielleicht nicht richtig, wenn ich meine Zustände verallgemeinere. Meine Seele war bereits krank, verwundet, zerrissen, als ich das Schiff betrat, was Wunder, wenn sie mich jetzt, mehr und mehr geschwächt und zugleich fieberhaft aufgeregt, mit allerlei Wahngebilden ängstet. Es ist eben immer noch nicht ausgemacht, ob mir nach alledem mein gesunder Verstand erhalten bleiben kann. Ich stelle mir vor, die Schraube bricht. Wir würden steuerlos in der aufgeregten See umhergetrieben. Und mit Grauen wird mir bewußt, daß ich Gleichmut, Passivität, Geduld, Mut, Vertrauen, wie sie ein solcher Zustand verlangen würde, nicht aufbringen könnte. Entweder man bindet mich, sperrt mich ein, sage ich mir, oder ich stürze mich ohne Besinnen vom Bord hinunter. Sollte ich aber gar in ein Rettungsboot, und wäre die Rettung flugs gewiß, aus der Unerträglichkeit eines solchen Seelenzustandes gäbe es für mich nur eine Rettung: in die Bewußtlosigkeit. Dies wäre unmännlich, wäre feig. Gewiß, ich bin feig, gewiß, ich bin unmännlich. Die Frage ist, warum ich es bin. Weil ich mir den

Tod, den Untergang in diesem Augenblick nicht vorstellen kann. Ich darf nicht sterben, ohne den Ausgleich in meinem Konflikt gefunden und mein Weib, meine Kinder wiedergesehen zu haben. Und wäre ich nicht verflucht und verdammt in alle Ewigkeit, wenn ich Anja in der Welt zurückließe, wenn ich sie hergeben, einem anderen Manne überlassen müßte? Ist nicht mein ganzes Wesen durchsetzt von einer unerträglichen, übermenschlichen Ungeduld? Kann man sterben mit solcher Ungeduld? Kann man Ruhe finden mit solcher marternden Ungeduld? Vor dieser alles fressenden, alles verschlingenden Ungeduld wird alles um mich, Schiff, Menschen, See, zu einem einzigen, häßlichen Hindernis, die himmlische Stunde des Ausgleichs zu erleben, die Stunde des Wiedersehens, Wiedertastens, Wiedervereinens mit Weib und Kind, und dann die Stunde des Durstlöschens jenes leidenschaftlichen, höllisch-folternden Durstes nach Ihr, jenes Durstlöschens ... jenes Durstlöschens ... Stürbe ich mit diesem qualvollen, ungelöschten Durst, den der Tod nicht stillen kann, was sollte mich dann im Jenseits erwarten? Solche und ähnliche Ängste lodern mit einer so stechenden Glut in mir, daß mich lähmender Schrecken packt und feige Angst des Soldaten, der aus Furcht vor der Kugel sich selbst eine Kugel durch die Schläfe jagt.

An Bord der »Möwe«, 9. Februar 1895.

Das Wetter ist ärger und ärger geworden. Die Passagiere des Schiffes, mit denen ich sprechen mußte, weil ich sie nicht umgehen konnte, bieten Bilder der Angst und der Vertrauenslosigkeit. Rettungsboote sind abgeschlagen. Einer von den beiden Notmasten des Dampfers ist über Bord. Der Gedanke, einmal wieder Land zu sehen, in den Hudson einzulaufen, womöglich am Kai zu liegen, erscheint fast als eine Absurdität. Das Chaos von Sturm, Eis, Schnee, Regen und Sturzseen, von Windgepfeif und Sirenengeheul hat augenblicklich, Gott sei Dank, etwas nachgelassen.

Ich habe mich wieder an Deck heraufgemacht. Ich bin samt meinem Stuhl an einer Rückwand befestigt. Wenn ich sage, der Sturm habe nachgelassen, so schaukelt trotzdem die gigantische Schaukel, auf der ich sitze, noch toll genug. Dies aber mag schließlich sein, wie es will. Nicht deshalb halte ich meinen Bleistift in der Hand und habe mein Tagebuch auf den Knien. Ich will, ohne Erbarmen gegen mich, schriftlich festhalten, wie und warum ich vor mir selber verächtlich geworden bin. Ich werde es um so viel weniger sein, als Wahrhaftigkeit gegen mich diese Zeilen auszeichnet.

Wirklich habe ich kaum etwas Eigenes oder Achtungswertes übrigbehalten außer meiner Wahrhaftigkeit. Sie wird getragen von einem Überbleibsel meiner Willenskraft. Vielleicht kann sich der Gestürzte eines Tages daran wiederaufrichten. Das Verächtliche trug sich in meiner Kabine zu. Es war wieder die Zeit, wo meine Vorstellungswelt sich ausschließlich mit Weib und Kindern beschäftigte. Tausend selige Augenblicke aus dem Liebesleben mit meinem Weibe, aus dem häuslichen Leben mit ihr und den Kindern umgaukelten mich. Dies Eden hatte ich preisgegeben. Um nicht herausgeschleudert zu werden, auf mein Bett gezwängt, verwünschte ich einmal wieder, was ich getan hatte. Es drang Wasser in meine Kabine ein. Die Bewegungen meines Käfigs schienen fort und fort zuzunehmen. Steigende Not, steigende Angst, schwindende Hoffnung erhöhten mein Bewußtsein von Strafwürdigkeit. Was ich getan hatte, schien mir eine unverzeihliche Schlechtigkeit, und ich glaubte, daß Gott es ebenso ansähe. Mit einem Male verfiel ich, und zwar mit einer Gewalt ohnegleichen, jenem Schifferaberglauben, wonach es bei solchen fortgesetzten Stürmen, bei solcher dämonischen Hartnäckigkeit der See weniger auf das Schiff als auf irgendeinen Schuldigen im Schiff abgesehen ist. Da ist kein Zweifel, ich bin der Schuldige, dachte ich. Dieses gute Schiff ist gefährdet, solange ich darauf bin, und es wäre gerettet, wenn man mich über Bord würfe. Der Angstschweiß perlt mir bereits auf der Stirn. Ich höre Stimmen im Korridor. Ich glaube Worte zu verstehen, wonach man bereits auf der Suche nach dem Schuldigen sei. Die Photographie Anjas, durch glühende Küsse ramponiert, liegt, vom Bett zu erreichen, im Netz über mir. Daneben ein kleiner Bleistift, ein Notizbuch: Geschenke von ihr, die mir Fetische sind. Scheu wie ein Dieb in der Nacht erhebe ich mich und raffe diese Dinge zusammen. Ich schleiche mich wie ein Verbrecher an Deck. Aber nicht etwa, um mich für das Schiff zu opfern – ich weiß nicht, um welche Nachtstunde es sein mußte –, sondern um Anja zu opfern. Ich zerriß ihr Bild und ließ die Schnitzel von einer Bö über Bord jagen. Bleistift und Notizbuch flogen hinterdrein. Aus erbärmlicher Feigheit habe ich Anja in effigie hingemeuchelt. Mag es ein Akt nervöser Zerrüttung, mag es die Handlungsweise eines Unzurechnungsfähigen sein, der Ekel vor ihr liegt mir doch auf der Zunge. Es scheint mir, mit diesem Verrat erreichte ich den Tiefpunkt der Erbärmlichkeit.

Und schließlich, wen betrog ich damit? Jene Erinnye, die mich zu suchen schien, um mich in den Ozean zu versenken, mir ein furchtbares, unausdenkbares Los zu bereiten, indem sie meinen Leichnam verlassen, vergessen umhertrieb zwischen den taumelnden Bergen der See? Ist nicht meine Sünde, meine Schuld, ist nicht Anjas Bild noch immer mit mir verwachsen?

An Bord der »Möwe«, 10. Februar 1895.

Mein Sein ist gebrochen, mein Haupt ist leer –
Sonne, du klagende Flamme!
Es trifft mich dein Blick zwischen Wolken und Meer,
Sonne, du klagende Flamme!
Schwer rollet das Schiff, und es wälzt sich dahin,
ich habe vergessen, wer ich bin –
Sonne, du klagende Flamme!

Du weinst nur verblassend, verdammest mich nicht,
Sonne, du klagende Flamme!
Meinen Gram zu durchdringen gilt dir Pflicht,
Sonne, du grausame Flamme!
Du beklagst meine Welt, du beklagst ihre Not,
lässest fließen dein Blut, so heiß, so rot,
Sonne, du leidende Flamme!

Du verscheuchst meinen Schlaf in der schwärzesten Nacht,
Sonne, du stechende Flamme!
entblößest die Wunde, die du mir gemacht,
Sonne, du schreckliche Flamme!
Erweitere nicht ihren blutenden Rand,
nimm weg, nimm weg deine brennende Hand,
Sonne, du fressende Flamme!

Du lohst mir im Haupt, dort erblindest du nie,
Sonne, du rasende Flamme!
Wie ertrag' ich dich dort oder lösche dich, wie?
Sonne, du tosende Flamme!
Laß ab, du allmächtig wütendes Licht,
sonst zerbricht dein Gefäß, deine Wohnung zerbricht,
Sonne, du heilige Flamme!

Versink in die gläsernen Berge der See,
Sonne, du ewige Flamme!
Laß ruhn meine Schuld, mein verzweifeltes Weh,
Sonne, du rastlose Flamme!
Gewähre der Nacht, zu ersticken mein Leid:
nimm von mir, nimm von mir dein flammendes Kleid,
Sonne, barmherzige Flamme!

Laß ruhen den Mann, seine Qual, seine Last,
Sonne, barmherzige Flamme!
Schlummernd umarmt er des Schiffes Mast –
Sonne, barmherzige Flamme!
Mag er träumen, so gut er's vermag,
und morgen erschaff ihm den neuen Tag,
Sonne, du herrliche Flamme!

Dann mache ihn stark, daß er seiner sich freut,
Sonne, du jubelnde Flamme!
und laß ihn rufen, befreit und erneut:
Sonne, du jubelnde Flamme!
Ich höre es raunen in mir: Es sei!
und lasse erschallen mein Jubelgeschrei:
Sonne, du jauchzende Flamme!

Grand Union Hotel, New York, am 15. Februar 1895

Ich habe den Fuß auf festem Lande. Es ist früher Morgen. Gestern mittag gegen zwölf Uhr hat die »Möwe« am Kai in Hoboken festgemacht. Etwas Unglaubliches scheint wahr geworden: der Graus dieser Seefahrt liegt wie ein Spuk hinter mir.

Seit dem 10. habe ich nichts mehr aufgezeichnet. Ich hatte dazu in dem Tohuwabohu der letzten Tage weder die Fähigkeit noch die Möglichkeit. Ich war zu einem Frachtstück geworden.

Zehn oder zwanzig Seemeilen vor der herrlichen Einfahrt in den Hudson klarte das Wetter auf. Die See ward ruhig, Möwen und andere Seevögel tummelten sich, Segel und Dampfer belebten die Fläche, alles erhielt den Charakter des Heiteren, Festlichen. Die Musik kam an Deck. Unter frohen und mutigen Klängen lief unser Schiff, fast ohne zu schaukeln, dahin.

Vielleicht wird die Zeit kommen, wo ich das Überwältigende dieser Hafeneinfahrt schildern kann. Heut vermag ich es nicht, da ich allzusehr an mein eigenstes Schicksal gefesselt und mit ihm beschäftigt bin.

Wir passierten die Freiheitsstatue, das Gewimmel der gewaltigen Fähren im Hafen. Wir sahen die ersten Wolkenkratzer. Es ging eine Welle von Energie, eine Art Eroberungslust durch mich hin, ein Kolumbus-Gefühl sozusagen. Dann aber wurde mein Auge von dem sich immer mehr nähernden, immer größer werdenden Kai angezogen, wo, Kopf an Kopf, eine Menschenmenge das viele Tage überfällige Schiff erwartete. Ich wußte, unter den Wartenden an der Schwelle des neuen Erdteils stand mein Weib. Mit diesem Augenblick war die Seefahrt vergessen, Anja vergessen, Paris vergessen und was man mir angetan, und alles, was mich umgab, inbegriffen New York und Amerika, war zur bloßen Staffage geworden. Erwartung, eine mein ganzes Wesen erschütternde Vorfreude überwältigten mich. Ich hätte aufjauchzen mögen, in einer nie gefühlten, tränenüberströmten Wonne und Dankbarkeit. Nun mußte ein neues Leben anfangen. Schüchtern sah ich mich um und machte mich nach Kräften unscheinbar, um die Menschen von dem, was in mir vorging, nichts merken zu lassen. Aber ich fürchtete, daß es unmöglich sei, das zitternde Glück, den rasenden Jubel, das weinende Dankgebet meines Innern geheimzuhalten. Nie fühlte ich je etwas annähernd Ähnliches. Ohne die Schuld, das Elend, die Not, die Gefahr, die ich hinter mir hatte, würde ich diese Möglichkeit meines Wesens, diesen hymnisch-überirdischen Ausbruch von letzter Glückseligkeit niemals kennengelernt, nie entdeckt haben.

Kurze Zeit danach, das Schiff hatte am Kai festgemacht, hing mir mein gelbgelockter, achtjähriger Sohn Malte an der Brust, aber nicht Melitta, die, so sehr ich mich umblickte, nirgend auftauchte.

Dr. Hüttenrauch hatte den Jungen von Springfield, wohin meine Frau zunächst gegangen war, nach New York gebracht.

Ob Melitta, wenn sie mir diese Enttäuschung bereitete, mich strafen wollte, weiß ich nicht. Es wäre dann keinesfalls die Art, wie der verlorene Sohn im Alten Testament bei seiner Heimkehr und im Neuen der Sünder, welcher Buße tut, behandelt werden. Ich hatte Not, vor Hüttenrauch meiner Betretenheit Herr zu werden. Es gelang mir durch Maltes Gegenwart.

Melitta hat einen Fehler gemacht. Sie hat einen folgenschweren Fehler gemacht, hat böse Gedanken in mir aufgerufen. Eine frostige Welle der Entfremdung stieg in mir auf. Die erste Nacht in Amerika hatte ich mir als möglicherweise schlaflos gedacht, aber gewiß nicht so, wie ich sie durchwacht habe. War eine Frau, der es möglich ist, in einem solchen Augenblick die Beleidigte zu spielen, sich berechnend und geizig zurückzuhalten, statt mir beim ersten Schritt auf fremden Boden wortlos um den Hals zu fallen, der Martyrien wert, die ich um ihretwillen erlitten, des Opfers, das ich ihr gebracht habe? Wenn es so stand, waren dann nicht meine Bangnisse, meine marternden Sorgen, meine unerträglichen Ängste um sie lächerlich? Lag nicht in einem solchen Verhalten eben die Lieblosigkeit, die Melitta den beinahe tückischen Streich ihrer Flucht möglich gemacht hatte zu einer Zeit, als ich auf ihren Wunsch von Anja getrennt lebte? Zum Teufel, glaubte man etwa jetzt das Heft in Händen zu halten, hielt mich für besiegt und wollte mich diesen Zustand fühlen lassen? Habe ich noch nicht genug gelitten, und ist mir eine Art Canossa zugedacht? Um Himmels willen, ich mag das nicht ausdenken. Aber wenn etwas Ähnliches in der Luft läge, ich wäre von meinen Gefühlsduseleien sofort geheilt.

»Deine Frau ist noch sehr erschöpft«, sagte mein Freund, »ich riet ihr ab, nach New York mitzukommen.« – Immerhin, immerhin! es waren seit ihrer Ankunft fünf Tage vergangen, und die Bahn von Springfield fährt kaum ein paar Stunden bis New York: bin ich Melitta nicht ohne Besinnen, wie von einer mir unbewußten Macht hingerissen, nachgefolgt? über dreitausend Seemeilen nachgereist? und die entsprechende Kraft bei ihr reicht nicht hin, sie mir auch nur auf Steinwurfsweite entgegenzubringen? Hat sie mir noch nicht genug Bitteres angetan? Und mußte sie denn nicht zittern bei der Frage, wie ich den Schlag überstehen würde, und nun, da er überstanden war, befreit von Ängsten, erlöst und glücklich sein? Und wenn sie erlöst und glücklich war, wie konnte sie in kalter Geduld ausharren, statt mir gleichsam im Flug ihre Verzeihung entgegenzutragen und meine Verzeihung zu erhalten?

Ich habe in dieser Nacht auch darüber gesonnen, wie Anja im gleichen Falle gehandelt hätte. Es heißt, daß Ratten Stahl zernagen. Anja würde Stahl zernagt haben, um rechtzeitig am Landungsplatze zu sein.

Springfield, am 17. Februar 1895.

Indes ich dies schreibe, sind meine Frau und ich wieder vereint, die Höllen, die ich durchschritten habe, Vergangenheit. Wir sind im ersten Stock eines kleinen Holzhauses untergebracht. Ich kann die Decke des einzigen Raumes, den wir bewohnen, mit der Hand erreichen. Er wird durch einen Anthrazitofen, dessen Kohle ich glühen sehe, mit einer tropischen Wärme erfüllt. Fünf Feldbettstellen sind quer zur Länge des Raumes aufgestellt. Hinter einem Vorhang ist fließendes Wasser und ein Gaskocher. Draußen zählt man fünfzehn Grad unter Null, es schneit, und Schneemassen häufen sich, wie ich es in Europa nicht erlebt habe.

Sie benutzen hier eine neue Art von elektrischer Bahn. Auf dem Wagen ist eine Stange und auf dieser eine Rolle angebracht. Die Rolle läuft zischend und fortwährend blaue Blitze erzeugend eine Drahtschnur entlang, die durch ein Netzsystem zwischen Masten über der Straße festgehalten wird. Doch genug, ich bin ja kein Techniker.

Es war immerhin ein seltsamer Augenblick, als ich meine Frau in dieser Umgebung wiedersah. Die Tür war verschlossen. Ich mußte anklopfen. Erst als ich es mehrmals getan hatte, öffnete sie, beinahe, als ob sie mich nicht erwarte: Als wir aber einander sahen, gab es kein Halten mehr.

Mein Freund hatte mich bis zur Haustür geführt und die Kinder dann mit sich genommen. Melitta und ich waren also allein. Die Straßenbeleuchtung brannte schon, das Zimmer empfing sein Licht von dort und von der Glut des Anthrazitofens. Die Versöhnung war eine wortlose.

Hinter dem Vorhang ist meine Frau bei dem Licht einer Kerze und dem bläulichen Schimmer des Gaskochers mit der Bereitung des Abendessens beschäftigt. Es muß hier alles aufs einfachste hergerichtet werden, denn wir, in Europa immerhin wohlhabend, sind im Dollarlande beinahe arm. Hier erhält man für einen Dollar das, was drüben höchstens eine Mark kostet.

Es ist mir zumut, als seien wir Auswanderer, eine in eiserner Liebe verbundene Kolonistenfamilie, die in der Neuen Welt ein neues Leben beginnen will.

Mich durchdringt eine tiefe Ruhe, eine tiefe Befriedigung. Mag es bei uns nun auch ärmlich zugehen, wir sind wieder vereint, und das ist die Hauptsache. Ich ruhe aus in einem Gefühl der Geborgenheit. Wie herrlich ist das, wie himmlisch beglückend ist das: jede Empfindung hat ihre konfliktlose Einheit wiedererhalten. Da ist die Frau, die mich zu meinem Glücke für sich und die Kinder wiedererobert hat. Ihr Mittel war ein bedenkliches, aber die Liebe gab es ihr ein, der Erfolg hat ihr recht gegeben.

Wie gesagt, die Kinder sind, ich glaube, um etwas einzukaufen, noch einmal, behütet von meinem Freunde, fortgestürmt. Nicht mit einem Wort hat ihre Mutter ihnen die wahre Ursache ihrer Reise verraten. Und so ist sie ihnen eine Naturgegebenheit, über die sie sich keine Gedanken machen. Jedenfalls ist der Papa wieder da, das erzeugt einen endlosen Wirbel von Fröhlichkeit.

Ich höre die Kinder auf der Treppe.

Ich danke dir, Gott! Ich danke dir, Gott!

Springfield, am 18. Februar 1895.

Das Land gefällt mir. Alles berührt mich heimatlich. Auf jedem Abhang rodeln die Schulbuben. Die unvorhergesehene Entwicklung meiner Lebensverhältnisse hat mich hierhergeführt und meine Familie und mich gleichsam auf eine neue Basis gestellt. »Amerika, du hast es besser«, sagt Goethe, »als Europa, das alte, hast keine verfallene Schlösser und keine Basalte.« Sollte man nicht in dem unbeabsichtigt Erreichten einen Wink sehen, auf diesem Boden ein neues Leben vollbewußt zu beginnen und aufzubauen? Liegt darin nicht etwas unendlich Lockendes und ebenso Spannendes? Den alten Müllhaufen der Jahrtausende, mit dessen Aufräumung Europa nicht fertig werden kann, dessen Miasmenluft die klarsten Gehirne schwächt und vergiftet, hätte man, nicht anders als einen Eimer Kehricht, über Bord geworfen. Mein Name wird in Europa genannt, ich stehe in der Öffentlichkeit. Erfolge und Mißerfolge haben mich abwechselnd erhoben oder gedemütigt. Ich würde alle diese Fäden zerreißen, zerschneiden und die leere Hülse meines Namens als gelegentlichen Spielball zurücklassen. Ich hätte, wie Hans im Glück, meinen Mühlstein in den Brunnen geworfen, wäre frei von jeder Last, die mich knechten will. In Europa war ich gleichsam Raupe, in Amerika bin ich Puppe, binnen kurzem bin ich vielleicht Schmetterling. Man ist jünger hier, ich bin jünger hier. Ich möchte das Bild ausstreichen, das ich gemalt habe, das Haus abtragen, das ich baute, meine Baupläne ins Feuer werfen, womöglich meinen Namen ändern, meiner Religion absagen, und so fort. Vergeßt mich, vergeßt mich, ihr, meine Europäer! Ihr lieben Deutschen, vergeßt mich, vergeßt mich! Und möge ich auch euch nie ins Bewußtsein dringen, ihr Amerikaner! Meine Tat, mein Glück: ungesehen, ungekannt, ungenannt sollen sie sein. Und nun muß ich noch einmal, zum letzten Male, deiner gedenken, du arme, kleine, enttäuschte Europäerin. Ich hab dich geliebt, Anja, das ist gewiß. Aber ich habe dich nur enttäuscht und nicht betrogen. Du bist jung, jung. Ich weiß, die Erfahrung, die du gemacht hast, überwindest du schnell. Die Trennung kommt noch zur rechten Zeit. Später würde sie dir vielleicht unheilbare Wunden zurücklassen.

Es ist eine unabänderliche Tatsache: ich habe Anja wie Schneewittchen in meiner Seele aufgebahrt. Der Vorgang hatte eine geradezu beunruhigende Anschaulichkeit. Sie lag mit Myrte und Brautschleier in einen Glassarg gebettet da. In diesem Augenblick aber wußte ich, daß sie für mich gestorben war. Schneewittchen ist wieder auferstanden, einerlei: dies ist eine wirklich Tote, sie wird nimmermehr auferstehen. Und so habe ich ihr Lebewohl gesagt.

Niemals wird dein Andenken in mir verlöschen, Anja, nie, nie! Nie wird dein Glassarg, du süße, heilige Braut meiner Seele, in ein anderes Grab gelegt werden als das meiner Brust. Niemand braucht davon zu wissen, daß ich bis ans Ende meiner Tage an deinem Sarge beten werde. Nur allein das wird mir die Kraft geben, mein neues Leben aufzubauen, daß ich es auf Entsagung gründe. Auf Entsagung gründe ich mein Leben, du meine süße, tote, hingeopferte Braut. Und indem ich täglich meine Andachten an deinem Sarge, im Anblick deiner Schönheit halte, werde ich diesen Grundsatz erneuern. Ich werde mein Dasein zu einem Rausch der Entsagung machen.

Lebe denn ewig, ewig wohl!

Springfield, am 21. Februar 1895.

Zwischen meiner Frau und mir ist eine stille Harmonie. Eigentlich ist dies ein Zustand, den wir nur aus den Jahren kennen, in denen wir verlobt waren. Nach der Hochzeit, der nur acht oder zehn Gäste beiwohnten, setzten die üblichen Meinungsverschiedenheiten ein. Die Frau will den Haushalt so, der Mann will ihn anders geführt wissen. In den ersten Tagen wird ungenießbares Essen auf den Tisch gebracht. Man hat eine Wohnung im vierten Stock eines Hauses, an dem in jeder Minute ein Stadtbahnzug oder Fernzug vorüberdonnert. Das Lebensniveau verändert sich. Die Frau ist nun nicht mehr das verwöhnte, reiche Mädchen, sondern ganz einfach die Ehefrau. Die Ehefrau eines Mannes etwa, der den Kampf um Dasein und Geltung erst antreten muß. Die Umstände sind eng, der Lärm und die Flitterwochen machen nervös. Dem Taumel der Nächte folgt Ermüdung und Reizbarkeit. Die Frau will sparen. Der Mann ist nicht engherzig. Wie wird es gehen, wie werden wir auskommen? Du wirst ja einst Geld verdienen, aber heut verdienst du noch nichts. Und übrigens bist du ein Idealist. Was soll werden, wenn meine Mittel zu Ende sind? Es kündigt sich an, was der Sinn der Ehe ist: Ängste, Besorgnisse, Unbehagen. Man sorgt, man grübelt, wie man alles einrichtet, und schon ist, bevor man zu irgendeinem Schlusse gekommen ist, das erste große Ereignis im Anzuge. Das geht alles zu schnell, wer will da zu Atem kommen?! Die nahen Leiden der Frau werfen Schatten voraus. Mit dem Frühling ist es nichts mehr, der drückende, brütende Sommer ist da. Gewitterwolken belasten den Himmel. Eine schöne, liebe, junge Frau geht in Tränen umher. Sie hat sich alles ganz anders gedacht, ist ihr anzumerken. Noch hält der Mann die Beziehungen aufrecht zu den Freunden seiner ledigen Zeit. Sie finden die Form nicht, welche der jungen Frau nicht verletzend sein würde. Sie wendet den Blick voller Sehnsucht auf ihr Mädchendasein zurück, der Mann auf die einstigen Männerfreundschaften. Es kostet lange Kämpfe, bevor diese Kinderkrankheiten der Ehe überwunden sind.

Völlig anders geworden ist unsere Beziehung seit der Wiedervereinigung. Das abgeklungene Gewitter hat, scheint es, meiner Frau gezeigt, wie töricht es war, wesentlich glückliche Zeiten mit Sorgenqualm zu beladen, statt für jeden Atemzug dankbar zu sein. Die Luft ist also gereinigt worden. Wir leben schweigsam und einig hin, keine Meinungsverschiedenheit ist mehr auszufechten.

Ich vermeide es, Anklagen auszusprechen, wie immer auch Melittas hinterhältige Flucht mich noch zuweilen wurmen mag. Und wozu soll es schließlich führen, ihrem harmonischen Wesen das Bewußtsein eines Vergehens einzuhämmern?! Sie würde höchstens in ihren alten Kleinheitswahn, ihren Selbstverkleinerungstrieb zurückfallen und mir sagen: Du weißt ja, ein wie überflüssiger, unbedeutender, wertloser Mensch ich bin.

Nein, wir leben in Harmonie. Wir haben eine Mauser, eine Katharsis durchgemacht. In unseren Gesprächen wurde bisher Anjas kaum gedacht. Dagegen beschäftigt uns die Frage, ob wir nicht in Amerika unser Glück versuchen, uns hierher verpflanzen sollen. Wir spüren, daß damit die an sich nicht große Gefahr eines Rückfalls in meine Verfehlung ausgeschlossen sein würde.

Ich habe den Abschiedsbrief an Anja geschrieben unter ausdrücklicher Billigung meiner Frau. Es geht natürlich nicht an, dem armen Kinde den Trennungsschritt und -schnitt in seiner eisernen Notwendigkeit unerklärt zu lassen. Meine Frau begreift, ich möchte von dem enttäuschten Mädchen nicht verachtet, sondern verstanden sein.

Ich habe ein kleines Tischchen an eines der beiden Fenster gerückt. Als ich daran Platz genommen und, vor mir Tintenfaß und Papier, den Federhalter ergriffen hatte – seltsam, da glaubte ich in Anjas Nähe zu sein. Dies ist eine Überraschung für mich, von der ich natürlich schweigen werde.

Zwischen mir und Anja liegt ja der ganze Atlantische Ozean. Und doch, die Berührung des Tisches, der Tischplatte, des Papiers, welches alles das Medium meiner Seele ist und an Anja gerichtete Worte trägt, hebt auf eine fast wunderbare Weise die unendlichen Fernen auf, und ich ertappe mich oft dabei, wenn ich kopfschüttelnd dieses ganze Gerät untersuche, um sein Geheimnis zu erforschen.

Morgen wird mir ein Raum im Dachgeschoß zur Verfügung gestellt, wo ich arbeiten will. Ich werde mir einen großen Tisch und einige hier sehr billige leichte amerikanische Möbel kaufen und ihn einigermaßen einrichten. Ich freue mich schon darauf, dort mehrere Stunden des Tages, nach alter Gewohnheit, mit meinen Gedanken allein zu sein.

Springfield, am 23. Februar 1895.

Mein Arbeitszimmer ist gerichtet. Ein langer Tisch ziert es wie einen Beratungsraum. Als einziger Ratsherr aber sitze ich selbst daran und berate mich mit mir selber. Ich bin allein und nicht allein. Unnötig zu sagen, daß man unter lebhaften Menschen einsamer ist. Unter lebhaften Menschen ist man einsamer. Will man ihnen nahebleiben, wahrhaft in ihrer Gesellschaft sein, muß man sich von ihnen gelegentlich absondern. Diese Erfahrung hat für das häusliche Leben erhöhte Wichtigkeit.

Nein, ich berate mich nicht nur mit mir selbst. Es ist gradezu ein Zudrang von Seelen nach meinem Tisch. Eltern, Brüder, Freunde, Berufsgenossen gehen aus und ein, ebenso Frau und Kinder, obgleich körperlich von mir getrennt und meine Klausur peinlich respektierend.

Arbeite ich? Was arbeite ich? Oder habe ich Arbeit nur vorgeschützt, um mir dies Refugium zu erobern?

Es hat mich nach dieser Zelle gezogen, wie es den Hirsch nach frischem Wasser verlangt. Wie hinterhältig kann Eros sein! Mit welcher verborgenen Tücke legt er uns und anderen seine Schlingen! Mir ward sein Streich bald deutlich genug.

Ich hatte bereits kein gutes Gewissen mehr, als ich Melitta mit Eifer und Liebe alle Zurüstungen treffen sah, um mir den stillen Aufenthalt so behaglich wie möglich zu machen. Sie ahnte nicht, welcher gefährlichen Schwäche sie dadurch Vorschub leistete und welcher scheinbar überwundenen Macht sie mich auslieferte.

Laßt uns nicht gleich die Büchse ins Korn werfen! Melitta hat Rosen auf den Tisch gestellt. Es sind solche Rosen, wie ich sie in Europa bisher nicht gesehen habe. Der lange Stengel, auf dem das Köpfchen sitzt, ist von einem fast giftigen Grün, die Rose selbst klein und rot wie Blut.

Und was wurden mir diese Rosen, kaum daß ich sie sah, kaum daß Melitta gegangen war und ich die Tür hinter ihr verriegelt hatte!

Ich blickte sie an, als ob ich eine Erscheinung sähe, und ich möchte vermuten, ich sei bis unter die Nägel weiß geworden. Dann nahm ich Platz, blätterte Manuskripte und Bücher durch, schob sie geräuschvoll hin und her, kurz, markierte Harmlosigkeit. Nach einer Weile erhob ich mich und trat an die Türe, um zu lauschen.

Es ist hier oben kein zweiter Raum, der Flur war still, einen Kommenden hätte das Knarren der Holztreppe anzeigen müssen.

Warum war ich eigentlich aufgeregt? Warum pochte mein Herz auf angstvolle Weise? So muß es etwa einem Priester ergehen, dessen Triebe auf dem Punkt sind, ihn und sein Keuschheitsgelübde nach langer Gegenwehr zu überwältigen, und der sich im sicheren Verstecke dem geliebten Gegenstand und der Sünde ausgeliefert sieht.

Die Wahrheit ist, ich konnte von der Idee nicht loskommen, daß sich Anjas Schönheit dieser Rosen bedient habe, um sich mir so zu offenbaren.

Scheu, zitternd und mit schlechtem Gewissen, Melitta unzählige Male um Verzeihung bittend, hob ich eine der Rosen aus dem Glas und verwühlte die Lippen in ihrem Schoß.

Laßt uns nicht gleich die Büchse ins Korn werfen!

Die ewige Stadt der Liebe wird zwar mitunter in einem Tage erbaut, aber sie kann nicht in einem Tage zerstört werden. Gewiß, die Tote ist auferstanden. Der Sarg aus Glas in meinem Innern ist leer. Das glühende Leben der Liebe hat mir den heißen, purpurnen Mund gereicht. Ihn zerwühle ich nun mit wütenden Küssen. Mein Entschluß ist hinweggefegt, der Entsagungsgedanke zerflattert. In dieser stillen Kammer schwelge ich in der verbotenen Frucht, fröne ich mit Inbrunst der Sünde, verrate zum zweiten, zum dritten, zum hundertsten Male mein Weib.

Soeben bin ich wieder die knarrende Treppe heraufgestiegen. Ich wundre mich, daß meine Frau von dem Kultus, den ich treibe, von dem Verrat, den ich übe, von der Hörigkeit, in die ich wieder verfallen bin, keine Ahnung hat. Ich bin zerstreut, abwesend in ihrer Gegenwart. Mich beherrscht nur der eine Gedanke: wie kommst du nur immer wieder in die Kammer hinauf, an den Mund deiner Rose, deiner Geliebten?

Aber laßt uns die Büchse nicht ins Korn werfen!

Springfield, am 25. Februar 1895.

Wiederum sitze ich in meinem Refugium, teils in der Fron meiner Leidenschaft, teils im Kampf mit ihr. Da ich hier getreulich Buch führe, will ich jetzt einen Umstand nachholen, der von ihrer Macht Zeugnis gibt. Noch kann ich mich nämlich nicht entschließen, eine Idolatrie aufzugeben, der ich verfallen bin. Während ich dies mit der Rechten schreibe, fühle ich mit der Linken nach meiner linken Brusttasche, wo, unter dem Hemd, immer noch jenes seidene Tüchelchen befestigt ist, das mir Anja bei der Abreise von Berlin gegeben hat.

Ohne es auf dem Herzen zu spüren, hätte ich am Ende den Entschluß, den Boden Europas zu verlassen, nicht zu fassen vermocht. Ohne es auf dem Herzen zu spüren, es von Zeit zu Zeit mit der Hand sanft und innig dawiderzudrücken, hätte ich während der Seereise meine äußere, meine innere Haltung kaum bewahrt. Ich behandle mein Idol natürlich mit allergrößter Heimlichkeit, was besonders am Abend, beim Auskleiden, da wir in engem Raume wie die Eskimos hausen, eine recht peinliche Schlauheit erfordert. Eines Tages, ich gebe die Hoffnung nicht auf, ich halte zähe an dem Glauben fest, werde ich auch dieses Fetisches ledig sein.

Immerhin, da zu jener Zeit auch die Empfindungen entschwunden sein werden, die mich mit ihm verbinden, der Zauber erloschen sein wird, der ihm innewohnt, darf ich es mich nicht verdrießen lassen, etwas davon festzuhalten, solange die seltsame Beziehung noch in Blüte ist. Ich gestehe mir demnach, das Tüchelchen auf meiner Brust wird nicht als Tuch empfunden. Es ist also kein toter Gegenstand. Es pulsiert Blut, es zuckt gleichsam weiches und zärtliches Leben in ihm. Die Verwandlung des Tuches ist eine vollkommene, denn ob ich es an die Stirn oder an den Mund bringe, überall und immer gehen Ströme des Lebens von ihm aus. Es kommt kein Augenblick, wo es versagt und also das Tüchlein zum bloßen Tuche wird. Etwas Objektives rechtfertigt diese für mich doch so vollkommen wirkliche Tatsache nicht. Also schafft Wahnsinn Wirklichkeit. Der Pfeil des Eros, das Gift des Eros schafft diese Wirklichkeit durch den Wahnsinn, mit dem er sein Opfer umnachtet.

Ich glaube, man bucht dergleichen Dinge unter die Verirrungen eines Triebes, dem alles und jedwedes Leben auf Erden und wo immer sein Dasein verdankt. Seine Verirrungen sind sehr vielfältige, und freilich ist es nicht ausgemacht, ob man sie mit Recht oder nur aus menschlicher Beschränktheit Verirrungen nennt. Stellt man sich die Macht, Dauer, die unendlichen, universellen Inhalte des Lebens vor, so wird man nur mit einer gewissen Überheblichkeit hoffen können, den Trieb, der sie schuf, zu schulmeistern.

Das Feuer vermag die Erde in nichts aufzulösen und dich

mit ihr, ohne daß dich deshalb eine Schuld träfe. Beherbergst du aber den dir angemessenen Teil, so hast du in ihm das Schaffende, das dich Gestaltende. Ähnlich ist es mit dem Feuer der Leidenschaft. Es kann dich erbauen und beseligen, es kann dich beseligen und zerstören: zugegeben, daß ich in dieser Beziehung noch immer gefährdet bin.

Unterliege ich nicht zugleich wiederum einer Art von Verfolgungswahn? Man hat mir als Kind einen übertriebenen Respekt, eine sklavische Angst vor Obrigkeit, Gesetz, Moralgeboten und dergleichen beigebracht. Der Zustand, in dem ich bin, macht es mir stündlich deutlich, daß er mich außerhalb alles Normalen stellt. Daraus erwächst mir die Vorstellung von Bedrohungen, Bedrohungen durch Gesetz und Gesetzesgewalt. Ich habe Psychiatrie gehört. Nicht nur bei dieser Gelegenheit habe ich die Not und das Elend von Menschen gesehen, die man gegen ihren Willen in Irrenanstalten hält. Etwas in mir beständig Nagendes wollte mich, wie mir schien, wiederum darauf aufmerksam machen, ich könne auch wohl einem ähnlichen Schicksal anheimfallen, wenn nicht das Feuer in mir gelöscht würde. In meinem abgeschlossenen Raume, den ich vielleicht nicht hätte beziehen sollen, ertappe ich mich auf Vorstellungen, die ich bei jedem anderen als unumstößliche Zeichen von Geisteskrankheit ansehen würde.

Sollte die ganze Krisis etwa in jeder Beziehung über meine Kräfte gehen? Sachte, sachte, brenne meinethalben mein Herz, den Kopf aber wollen wir kühl behalten. Jeder Mensch hat Stunden, in welchen seine Meinungen, seine Empfindungen, seine Wünsche und Handlungen von denen eines Irrenhäuslers nicht zu unterscheiden sind. Noch habe ich das Steuer in der Hand, noch kann ich der festen Hoffnung sein, den sicheren Hafen zu gewinnen. –

Ob Anja mir wohl auf meinen Brief antworten wird? Ich habe Grund, das zu wünschen, weil ich mit Hilfe ihres Briefes und weiterer Briefe von ihr meine Heilung um so schneller und sicherer bewerkstelligen kann. Wie man eine Trennung auf Zeit von einem geliebten Menschen leicht erträgt und eine Trennung durch den Tod viel schwerer erträgt, so kann man sich leichter damit abfinden, eine Leidenschaft in den Stand einer Freundschaft herabzudrücken, als die Aufgabe zu unternehmen, sie mit Stumpf und Stiel auszurotten. Der geliebte Gegenstand stirbt damit nicht, denn er stirbt der Freundschaft nicht. Ist er aber der Leidenschaft gestorben, so ist er nur diesem Teil der Leidenschaft gestorben, der nicht in der Freundschaft lebendig ist.

Irgendwo wird gesagt, eine Wunde sei durch die Berührung mit dem gleichen Speere zu heilen, der sie gerissen habe. Nach diesem Grundsatz soll mir der Brief Anjas, sollen mir selbst weitere Briefe Anjas gleichsam als heilende Berührungen willkommen sein. Auch Melitta ist dieses Verfahren einleuchtend. Mit einer Zartheit, einem Verständnis ohnegleichen geht sie auf meine Gedanken ein. Sie sagte gestern, das Bekenntnis meiner noch nicht ganz gewichenen Neigung flöße ihr viel mehr Vertrauen ein, als wenn ich diese ganz ableugnete. Wie ich aber die ganze Angelegenheit abwickeln wolle, solle mir ganz und gar überlassen bleiben.

Ich mache mit Melitta zuweilen Spaziergänge. Ein junges Liebespaar könnte bei einem solchen Anlaß nicht zärtlicher sein. Gestern hatte sie plötzlich Tränen im Auge. Wir hatten allerlei Pläne gemacht, unser Landhaus im Geiste umgebaut, den Beschluß gefaßt, eine Wohnung in Dresden oder auch etwa in Weimar zu mieten. – »Was rührt dich so plötzlich?« fragte ich. – »Anja!« gab sie mir zuckenden Mundes zur Antwort. »Nun, ich habe auch Qualen ausgestanden«, fuhr sie fort, »nochmals könnte ich sie nicht durchmachen. Und ich habe das ältere Anrecht auf dich. Und wäre ich nicht, dann sind doch die Kinder da.«

Springfield, am 26. Februar 1895.

Ich finde, daß die Zeit hier ein bißchen langsam vergeht. Allerlei gibt es zwar zu erwägen, zu planen und zu beschließen, aber irgendwie bleibt in mir eine nagende Ungeduld. Dabei darf ich mit mir zufrieden sein. Deutlich fühle ich von Tag zu Tag den Gesundungsprozeß fortschreiten. Noch immer zwar warte ich auf den Brief und zähle die Tage, nach deren Verlauf ich ihn frühestens erhalten kann. Es würde mir eben lieber sein, wenn ich die Lösung von der Geliebten nach und nach durchführen könnte, nicht überstürzt, um ihr weniger weh zu tun. Schreibt sie nicht, und es wäre ja möglich, daß sie in meiner Amerikafahrt den endgültigen Bruch gesehen hat, so ist es mir recht, und ich werde dann ganz gewiß der Kraft nicht ermangeln, dieser Wendung zu begegnen. Beinahe setze ich sie voraus.

Wir erwägen weiter, ob wir in Amerika bleiben und hier unser Leben neu aufbauen sollen. Ich sehe die Deutschen hier als eine Herde ohne Hirten an. Ein Mensch wie ich hätte unter ihnen vielleicht eine Aufgabe. Im kaiserlichen und militaristischen Deutschland habe ich sie nicht. So glanzvoll es auch nach außen ist, so wenig kann dieser Glanz erwärmen, und besonders nach innen kann er einem schlichten, menschlich denkenden Manne nur Augenschmerzen verursachen. Warum soll ich lügen? Ich hasse diese eitle, dünkelhafte, herausfordernde, ganz und gar schwachköpfige, säbelrasselnde Militärdiktatur mit der Kotillonpracht ihrer Uniformen und Orden, die dem eigenen Staatsbürger täglich und stündlich, als wäre er eine wilde Bestie, mit dem aufgepflanzten Bajonette droht. Ich möchte immer diese finster gereizten Grimmböcke von Militärs fragen: Wer tut euch denn was? Man kann in Deutschland augenblicklich nur mittels eines wohlbegründeten philosophischen Gleichmuts Menschenwürde aufrechterhalten, da eben diese Menschenwürde in dem herrschenden System die seinen Bestand am meisten gefährdende Sache ist.

Meine Jungens haben sich inzwischen auf amerikanischem Boden heimisch gemacht. Heute gegen die Mittagszeit sah ich eine Wolke von Gassenbuben im Gewirr der Hauptstraße hinter einem Gefährt herlärmen, dessen Kutscher sich gegen das kleine Gelichter in irgendeiner Weise vergangen hatte. Ich sah näher zu und erkannte zu meinem nicht geringen Erstaunen meine Sprößlinge unter den Hauptschreiern.

So in ganz neue Verhältnisse hineinzuwachsen hat im Grunde den größten Reiz. Meine Frau ist der gleichen Meinung. Ich habe mir ein Reißbrett, Schiene, Zwecken etc. gekauft und fange an, allerlei zu entwerfen, damit ich gelegentlich etwas zeigen und, wenn ich geschäftliche Verbindungen anknüpfen sollte, vorlegen kann. Im allgemeinen sollen die nichtdeutschen amerikanischen Kreise gegen den Deutschen ablehnend sein. Ich bin aber optimistisch genug zu glauben, man könne mit etwas Tüchtigem – selbst wenn dies wahr sein sollte – durchdringen, und übrigens würde ich ja meine Hauptaufgabe in der Verbindung mit dem amerikanischen Deutschtum sehen. Dieses Deutschtum zu zentralisieren, zu stärken, es seiner selbst bewußt zu machen, ihm einen Begriff von seiner Macht zu geben, diese Macht in kulturelle Tat umzusetzen, kulturelle Tat für Amerika, freilich auch darüber hinaus für die ganze Erde, wäre das nicht eine große Aufgabe?

So weit bin ich nun übrigens auch schon amerikanisch, daß mich der praktische Erfolg, daß mich der Dollar nicht gleichgültig läßt. Ich baue täglich und stündlich Luftschlösser! Richtig ist, ich habe in Europa von den zahllosen Bauten dieser Art wirklich schon einen und den anderen auf den festen Erdboden heruntergezogen, aber grade jetzt befinde ich mich wieder einmal in einer Geistesverfassung, wo solche Luftschlösser in krankhafter Menge und ungeheuersten Dimensionen um mich emporwuchern. Oft zwinge ich mich nur mit dem Aufwand größter Willenskraft auf den Boden der Wirklichkeit zurück.

Zum Beispiel, auf dem Reißbrett neben mir zeigt sich im Entwurf ein mit dorischen Säulenhallen ausgestatteter Bau, den ich allen Ernstes, unbeschadet meiner amerikanischen Pläne, auf einer Insel in der Ostsee errichten möchte, die nur mir und den Meinen gehören soll. Einen solchen Plan zu verwirklichen liegt nicht außerhalb jeder Möglichkeit. Dagegen liegt außerhalb jeder Möglichkeit, was ich unter dem Begriff »die Meinen« verstehe. Unter »die Meinen« denke ich mir einen Freundeskreis, den ich noch immer, vielleicht mit zweifelhafter Berechtigung, in meine Träume möglicher Glückseligkeiten einbeziehe. Er wird von Jugendfreunden gebildet. Es sind jene jungen Menschen, denen ich mich auf der Schule, der Universität, der polytechnischen Hochschule innig, in gleicher Gesinnung verband, wie sie sich mir verbunden fühlten. Aber ich will nicht abschweifen. Übrigens gehört mein älterer Bruder, nicht so mein ältester, in den Kreis.

Was uns verbindet und verband, ist eine gemeinsame Utopie. Hier ließe sich manches über das Wesen der Utopie sagen, die keineswegs nur eine müßige Spielerei für Phantasten ist. Jeder, er sei, wer er wolle, arbeitet täglich an seiner Utopie. Die Belege zu finden dürfte nicht schwerfallen. Und ebenso arbeitet die Masse, die Nation, die Menschheit an ihrer Utopie, wofür nicht nur Religionen den Beweis liefern. Über jedem Dorf, wieviel mehr über jeder Stadt, schwebt millionenfältig die Utopie. Wir waren jung, wir waren glückselig. Auf Grund dieses Umstandes, auf Grund der Neigung, die uns zusammenschloß, erstrebten wir eine noch höhere, ja die höchste Glückseligkeit. Bei unserem Lebensgefühl und leidenschaftlichen Anspruch auf nahe Erfüllungen war ihre Verlegung in ein Jenseits nicht angängig. Es bewegte uns Ungeduld. Es konnte nicht anders sein zu einer Zeit, wo wir das andre Geschlecht nur erst als Traumgebilde umarmt hatten. Der Jünglingsbund, den wir bildeten, mußte, durch Sympathie geschaffen, naturgemäß kommunistisch sein. Da gab es nichts, materiell oder ideell, was wir uns gegenseitig nicht mitteilten. Auch von außen wurde am Ende die Idee des Kommunismus, wie sie zur gangbaren Geistesmünze geworden ist, in unseren Bund gebracht. Wir faßten sie leidenschaftlich auf, um sie in unserem Sinne zu erfüllen und auszubauen. Das Chaos, das uns umgab, schien uns seelenlos und überlebt zu sein. Wir wollten fliehen, wollten ein neues Leben anfangen, am liebsten auf einer entlegenen Insel im Ozean. Bei dem, was wir planten, wären wir im Bereiche der christlichen Zivilisation gestört, ja verfemt worden. Ich erinnere mich, daß wir die Ehe nicht dulden wollten, ebenso, daß wir die Weltverneinung des Christentums mit ihrer Verachtung des Leibes und der natürlichen Triebe als verderblichen Wahnsinn bekämpften.

Unter »die Meinen« also verstand ich Freunde, verstand ich schöne junge Frauen, die, einem Liebes- und Schönheitskultus hingegeben, meine Insel bevölkern sollten. Marmorstufen führten von meinem tempelartigen Wohngebäude ins Meer. Nachts wurden auf den Treppenpfeilern gewaltige Feuerbekken in Brand gehalten. Der Wohntempel hatte ein säulenumgebenes, weites und herrliches Atrium, das mystischen Bädern dienen sollte. Weshalb plane ich gerade jetzt eine solche Wunderlichkeit? Und warum vertiefe ich mich mit Eifer und Fleiß in die Lösung der architektonischen Aufgaben, als ob sie ein Rockefeller bei mir bestellt hätte? Weil ich, solange ich diesen Ernst und Eifer aufwende, die Utopie zum Teil verwirkliche. Darin liegt ein Quietiv, denn: natürlich ist auf jener Insel, in jenem göttlichen Tempelheim und Kult auch die Unvereinbarkeit meiner Liebe zu Melitta und zu Anja ausgeglichen. Dagegen kommt die Vertiefung in meine Aufgabe einer Betäubung gleich, sie tötet Zeit und schaltet quälende Unruhen aus, die ja schließlich noch immer ihr Wesen treiben.

Springfield, am 1. März 1895.

Ja, sie treiben noch immer ihr Wesen, ich meine die quälenden Unruhen, von denen ich auf dem letzten Tagebuchblatt gesprochen habe, trotzdem, wie ebensowenig zu verkennen ist, die Klärung der Atmosphäre fortschreitet. Mit dem Briefe, den ich noch immer erwarte, wie auch sein Inhalt beschaffen sei, wird endgültig Klarheit eintreten. Es würde freilich bedauerlich sein, wenn ein Brief überhaupt nicht einträfe. Das könnte den Abschluß, die endliche Klärung, den endlichen Frieden beträchtlich hinausschieben. Ich würde den Gedanken nicht loswerden, von Anja als Schwächling verworfen zu sein. Sie ist vielleicht zu gesund, um sich von dem inneren Kampf, den ich kämpfen mußte, von den Mächten, die dabei im Spiele sind, den rechten Begriff zu machen.

Wäre es zu ertragen, von ihr verachtet, von ihr verworfen zu sein? Schwerlich, wenn ich je nach Europa zurückkehre. Eine Entfremdung, eine Gleichgültigkeit, eine Erkältung, wie sie vorher eingetreten sein müßte, vermag ich mir einstweilen nicht vorzustellen nach dem, was nun einmal zwischen uns gewesen ist. Die Blutsverwandtschaft von Geschwistern verleugnet sich nicht, und wenn sie sich noch so feindlich begegnen. Der körperlichen Verwandtschaft und Ähnlichkeit entspricht eine seelische, eine Gemeinsamkeit, die man beinahe Einheit nennen kann, wiederum unbeschadet aller Schicksale, die eine feindliche Trennung bewirkt haben. Welche Umstände außer der Gleichheit des Blutes diese Einheit bewirkten, ist hier gleichgültig: genug, daß sie durch nichts wiederaufzuheben ist. Es ist das gleiche mit einem echten Liebespaar. Die einmal gewonnene Einheit ist durch nichts wiederaufzuheben. Wie immer sich mein äußeres Schicksal gestalten mag, irgendwie werden Anja und ich stets verbunden sein.

Der Bruder, die Mutter, die Schwester können sich gegen Anja vereinigt und ihr Schweigen erzwungen haben. Vielleicht ist auch der Vormund wieder ins Mittel getreten. Es gibt noch diese und jene andre Möglichkeit, die Anja am Schreiben verhindern könnte. Sie könnte infolge der Katastrophe nervenkrank geworden sein. Mußte ihr nicht der jähe Bruch, dessen innere Gründe ihr verborgen waren, als eine Brutalität erscheinen, die alle ihre Begriffe von Liebe, Treue und Manneswürde über den Haufen warf? Eine furchtbare Angst erfaßt mich bei dieser Möglichkeit. Es gäbe kein Weiterleben für mich, wäre sie Wirklichkeit geworden. Dies ist so wahr, daß ich innerlich schaudere. Und wenn ich sehe, wie meine Frau die Gefahr nicht ahnt, die im Augenblick all unsere neuen Hoffnungen und Entwürfe zunichte machen kann, so gerate ich manchmal in einen Zustand, der sie veranlaßt, besorgte Fragen an mich zu richten. Dann zuckt es in mir. Ich möchte aufschreien, weil die Vision der mehr als fünftausend Kilometer breiten Wasserfläche, die mich von der Geliebten trennt, mich gleichsam erschlägt und die Unmöglichkeit, hilfreich an der Seite Anjas zu stehen, furchtbar an meinen Nerven reißt.

Springfield, am 10. März 1895.

Noch immer habe ich keinen Brief. Ich lasse mir, meiner Frau gegenüber, nichts merken von der Pein, die mir das Warten verursacht. Wer weiß, wie lange ich das noch durchsetzen kann. Mein Brief mag verlorengegangen sein. Anjas Brief kann verlorengegangen sein. Auch sind die Schiffe meist überfällig bei dem üblen Wetter, das in dieser Jahreszeit das gewöhnliche ist. Doch Erwägungen dieser Art bringen nur vorübergehend Beruhigung. Dadurch wird meine Seele von ihrem Marterpfahle nicht losgelöst. Wirklich steht sie am Marterpfahl, den Blick auf den Ozean gerichtet. Was meiner Seele widerfährt, was sie empfindet, was sie tut, sieht mir äußerlich niemand an. In Wirklichkeit ist für mich außer dem feindlichen Kosmos nur noch ihr Schicksal vorhanden. Manchmal ist es, als ob sie auch diesen, den Kosmos, sprengen und auflösen wollte, nachdem sie längst den unzulänglichen kleinen Körper, in dem sie lebt, verflüchtigt hat. Mehr und mehr aber ist ihr Schicksal Verdüsterung. Ich lache, ich rede albernes Zeug, suche mich, meine Frau, meine Kinder, das ärztliche Ehepaar Hüttenrauch zu belustigen, und innen spüre ich die kosmische Nacht und das Grauen der Abgründe, in die wir hineingeboren sind. Wie kann man, frage ich mich, von dem Erscheinen oder Nichterscheinen eines albernen Blättchens Papier so abhängen? Hätte ich zu wählen, ob es erscheinen oder nicht erscheinen sollte, selbst wenn es mein Todesurteil enthielte, ich würde es leidenschaftlich herbeirufen. Und wenn es erschiene, würde ich zum ersten Male den ungeheuren weißen Fittich eines fast allmächtigen, schöpferischen Engels zu sehen glauben, mit dem Zauberwort Licht auf der Zunge.

Sollte mir vorbehalten sein, nach Jahren einmal diese Zeilen zu lesen, ich fürchte, ich werde sie kaum verstehen. Schon heute sehe ich ihren Gehalt als krankhaft an.

Springfield, am 15. März 1895.

Gestern kam der erwartete Brief. Es war gegen zehn Uhr am Vormittag. Es ist jetzt beinahe ebendieselbe Tageszeit. Trotzdem bin ich noch weit entfernt davon, etwas Geordnetes über das Ereignis denken oder sagen zu können.

Welche brutale Kraft in einem Briefe verborgen sein kann, darüber habe ich in Paris meine erste große Erfahrung gemacht. Gestern machte ich meine zweite. Anjas Brief versetzte mich, und tatsächlich auch meine Frau, in einen wahren Taumel von Glück.

Mit einem Schlage waren alle beklemmenden Dünste, zusammenschnürenden Ängste, alle düster lastenden Gewölke vom Himmel genommen.

Ich habe den Brief, nur wenige Stellen ausgenommen, meiner Frau gezeigt. Woran liegt es nur, daß wir beide gleichermaßen durch seinen Inhalt erlöst wurden? Ganz einfach: dieser Inhalt ist kerngesund und vollständig unsentimental.

Der ganze Vorfall, der ganze Abfall, die fluchtartige Reise und ihre Tragik: sie werden mit keinem Worte berührt. Und was man überhaupt nicht erwähnt, daran läßt sich auch keine Erörterung knüpfen. Man ist ganz einfach über den großen Teich gereist, worin durchaus nichts Tragisches liegt, nicht einmal etwas Außergewöhnliches. So wird auch, nachdem das Psychische ausgeschaltet ist, vom Physischen kaum Notiz genommen. Das Schreiben atmet eine so erfrischende Unbefangenheit, ja Nüchternheit, als ob es einem ganz gewöhnlichen Briefwechsel etwa zwischen Berlin und Dresden sein Dasein verdankte.

Der Umstand hat geradezu etwas Erheiterndes, außer daß er etwas Verblüffendes hat, besonders wenn ich mir vorstelle, welche finsteren Sorgen ich mir um Anjas willen gemacht habe. Da ich an ihrer Liebe zu mir nicht zweifelte, wie hätte ich an den bitteren Wirkungen einer Enttäuschung zweifeln können, die ihr meine Flucht machen mußte. Ich klagte mich an, ich verurteilte mich, mich marterte der Gedanke, daß ich das junge Geschöpf durch meinen Vertrauensbruch vielleicht tödlich verwundet hätte. Aber der heitere, lebensvolle Ton des Briefes widersprach alledem oder verriet jedenfalls nichts davon.

Wie ich eben wiederum feststelle, enthält er allerdings auch nichts, was ihn über den Ton einer braven und fröhlichen Gemeinschaft erhebt. Über den Händedruck geht er nicht hinaus, von Küssen ist diesmal abgesehen. Aber auch diese besonderen Umstände lassen sich als Ausdruck einer widerfahrenen Kränkung beim besten Willen nicht auslegen. Dazu atmet der Brief zu viel lustige Kameradschaftlichkeit.

Dies schreibe ich natürlicherweise in meinem Refugium, meiner Dachkammer. Sie ist ganz und gar von dem Geist des Briefes, von der gesunden Frische Anjas erfüllt. Wie sollte es anders sein, als daß ich mit den Blättern, welche die energischen Zeichen ihrer Hand aufweisen, Idolatrie treibe. Der Liebende neigt zur Selbstquälerei. So ist mir der Gedanke gekommen, ob ich auch wirklich mit meiner Freude über die Art des Briefes nicht der Betrogene bin. Kann da wirklich Liebe sein, wo ein so großes Unvermögen vorhanden scheint, ein solches Ereignis wie das obwaltende in seiner Schwere zu begreifen? wo ein solches Ereignis nicht den geringsten Eindruck gemacht zu haben scheint? Ja, sage ich mir und bin dessen gewiß: da kann wohl wirkliche Liebe sein. Ich kenne Anja hinreichend. Ich kenne ihren klugen Instinkt, der ihr diesmal alles Lamentieren verboten hat, ja, aus Rücksicht auf mich verboten hat, auf irgendein Für und Wider, Recht oder Unrecht, ja, auch nur auf irgendeine Erörterung der neugeschaffenen Sachlage einzugehen. Ich sage ausdrücklich, in Rücksicht auf mich. Hat sie mir doch mehr als einmal gesagt, daß meine Gemütsanlage mich, verglichen mit jedem anderen, bei jedem irgend gegebenen Seelenkonflikt zu hundertfachem Leiden verurteile. So will sie eben nichts anderes als: Da bin ich, ich bin ganz einfach zur Stelle! gesagt haben. Wenn du mich brauchst, ich bin zur Stelle. Brauchst du mich nicht, so macht es nichts. Wenigstens ist das nicht deine Sache, ob es mir etwas macht oder nicht. Und dafür, daß es sich so zu mir stellt, möchte ich dem tapferen Mädchen den Fuß küssen.

Schließlich gibt mir freilich ein ganz winzig kleines getrocknetes Veilchen mit einer ebenso winzigen Haarsträhne zwischen Seidenpapier, Dinge, die ich beiseite geschafft und in meiner Brieftasche versteckt habe, in dieser Sache eine gewisse Sicherheit. Und die beiden Schlußworte: »Dein Eigentum.«

Springfield, am 16. März 1895.

Unsere befreite, erlöste Stimmung hält an. Die Spannung, der ich enthoben bin und die sich auf meine Frau übertrug, hat sich zugleich auch von ihr gelöst. Dem ganzen Konflikt ist jedenfalls für den Augenblick wieder seine Schwere genommen. Wo man vor wenigen Tagen im Grunde eigentlich keinen Ausweg sah, ist plötzlich eine breite Straße freigelegt. Und wo eine unberechenbare Bindung dunkel empfunden wurde, ist nun das volle Gefühl der Freiheit da. Denn das bittere Schuldgefühl Anja gegenüber hat sich als gegenstandslos erwiesen. Wir sehen beide, Melitta und ich, daß die Verlassene und Betrogene sich weder verlassen noch betrogen fühlt und irgendeine Forderung, irgendein Anspruch von ihr keinesfalls zu befürchten ist. Meine Frau, so scheint mir, faßt die neue Lage dahin auf, als sei ich nunmehr in aller Form und endgültig freigegeben.

Ich wiege mich mit ihr in dem heiteren Zustand neugewonnener Ruhe und Sicherheit. Es ist mir zeitweilig so zumut, als ob ich einen alpdruckartigen Traum und nichts anderes überwunden und hinter mir hätte. An alpdruckartigen Träumen leide ich. In wie manchen Nächten, wenn ich davon befallen war und, in qualvoller Lähmung ächzend, nicht aufwachen konnte, hat meine Frau mich durch Anruf und Rütteln zum Bewußtsein gebracht. Etwas Ähnliches ist es auch jetzt mit mir. Nur daß die Erweckung diesmal von jemand anderem ausgegangen ist.

Eigentlich ist es unbegreiflich, wie ich dieses bißchen Liebschaft so aufbauschen und die Besuchsreise meiner Frau nach Amerika auf einem der komfortabelsten, hochmodernen Doppelschrauber so tragisch nehmen konnte. Hätte mich nicht in Paris die Nachricht davon bei einem Haar um den Verstand gebracht? Ist das nicht geradezu lächerlich? Wie kann man um Gottes willen so unmännlich sein und, kaum daß die Gäule des Schicksals ein bißchen in schnellere Gangart geraten, die Zügel sogleich verlieren und schleifen lassen? Dies grenzt wahrhaftig an Jämmerlichkeit. Da seht euch dies tapfere Mädchen an. Und mag sich jeder ein Beispiel nehmen, wie man einer Schicksalswendung, meinethalben von ernsterer Art, begegnen soll: aufrechten Kopfes, mit freier Stirne. Oh, ich sehe dich vor mir mit deiner aufrechten Haltung und deinem schnellen Stakkatoschritt, mein liebes Kind, dem freien und kühnen Blick, der nicht daran denkt, sich vor irgendwem oder irgend etwas beiseitezuwenden oder gar in den Staub zu senken. Ich will bei dir in die Lehre gehn. War nicht Gefühlsduselei das Wort, das mein Vater uns Jünglingen immer wieder entgegenschleuderte, um eine gewisse Familienanlage, die er kannte, zu bekämpfen? Ich weiß nicht, ob mein Vater den Begriff Gefühlsduselei auf eine Eigenschaft seiner oder der Familie meiner Mutter anwandte. Sicher ist, daß ich meine Mutter schon als kleiner junge viel seufzen und klagen, viel Vergangenes betrauern, Zukünftiges fürchten hörte und vor allem viel Tränen vergießen sah. Die Jähzornsausbrüche meines Vaters – er neigte wie jeder Mann und vielleicht etwas mehr als jeder dazu –, die, mit Fug oder nicht, sich oft durch eine gewisse Schmerzensseligkeit meiner Mutter entfesselten, verschlimmerten diesen Zustand bei ihr, und somit verschlimmerten sie sich selber. Wie gerne wäre er von seinen Zornesausbrüchen durch eine Anja erlöst worden. Die Eigenschaften, die sie besitzt, würden meinen Vater von seinem Erbübel geheilt haben. Er bohrte sich gern mit wachsender Heftigkeit, düster-prophetisch drohend, in die tragische Seite des Lebens hinein, eine Sucht, die, wie Feuer durch Wasser, gelöscht worden wäre, wenn er ein Wesen wie Anja zur Seite gehabt hätte.

Springfield, am 17. März 1895.

Noch haben wir klaren Winterfrost. Der Schnee liegt hoch, er blendet und glitzert. Die Räder der Lastwagen auf der Straße knirschen und klimpern wie über Scherben darüber hin. Über diesen Wintertagen liegt Heiterkeit. Der Frühling ist schon darin enthalten. In unseren Seelen spiegelt sich jedenfalls ein solches gläubig-hoffnungsgewisses Mysterium. Irgendwie wird sich alles verjüngen, erneuern, ausgleichen.

Wir gehen nach Europa zurück. Aufgegeben ist der Gedanke, hier in Amerika unser Leben fortzusetzen. Die Heimat lockt. Sie taucht mit ihren Strömen, Ebenen, Wäldern, Hügelungen und Gebirgszügen stündlich vor unserem inneren Auge auf. Zu unsrer Heimat gehört aber nicht nur Deutschland, sondern der ganze unvergleichlich reiche und liebliche Kontinent mit seinem Kranz von alten Kulturländern und ihrer wurzelhaften Gegenwart und Vergangenheit. Wenn ich mit meiner Frau oder meinem Freund, dem Arzt, durch den Schnee stapfe, so ist ein enthusiastisches Blühen in mir, ein Zustand, der sich auf meine Begleiter meist überträgt. Meine Wachträume sind dann nicht nur architektonisch, sondern auch plastisch-bildnerisch. Nicht nur, daß ich den

Wolkenkuckucksbau meiner griechisch-römischen Villa fortsetze, sondern ich entwerfe auch allerhand plastischen Bildschmuck, der sie schmücken soll. Der Bildhauer wacht wieder in mir auf. Eine allgemein bildnerisch-produktive Welle läßt die Fülle aller Neigungen, denen ich jemals unterlag, in mir aufstehen. Vollebendig steigt der Grieche, steigt der Römer, steigt der Florentiner in mir empor und nimmt sein altes Dasein wieder auf. Im Grunde, glaube ich, neigen alle Begabungen zur Universalität. Ich weiß davon ein Lied zu singen, selbst in meinen geringen Verhältnissen. Die Synthese oder, wenn es erlaubt ist, das Amalgam der Innenwelt dieser Tage ist wiederum Zeugnis davon. Indem sich Menschenschicksale romanhaft oder in dramatischen Szenen vor meinem inneren Blick entwickeln und darstellen, bin ich dichterisch, und mich überkommt eine Leidenschaft, sie gestaltend festzuhalten. Unter solchen Gesichten sehe ich mich, zugleich den Mann im Bildhauerkittel, sein vollendetes Werk in Ton und sein Leben atmendes Modell im Atelier stehen, und es liegt bei mir, ob ich in der Situation im Bildhauer oder in seinem klassizistischen Werk aufgehen will. Klassizistisch, was ist denn das? Es ist ein Wort, und es wirkt herabsetzend. Mir fällt zum Beispiel das göttliche Werk von Schadow, ein Grabmal zu Berlin in der Dorotheenstädtischen Kirche, ein. Es ist von überirdischem Adel, von außerirdischer Herrlichkeit, von fast beispielloser Meisterschaft und dem schönsten griechischen ebenbürtig. Man wird ihm in keiner Weise gerecht, wenn man es mit der Marke klassizistisch bedruckt und im Kellergewölbe der Kunst magaziniert.

Aber ich sprach von der Synthese der Künste in mir, dem Amalgam. Meine Bronzen, meine marmornen Bildsäulen nehmen Leben an. Ich kann sie in der Erstarrung nicht festhalten. Sie schreiten, springen, tanzen, begegnen, bekämpfen sich, unterliegen der Lebensnot und Liebesleidenschaft, verwandeln sich in Fleisch und Blut, kurz, haben Schicksale.

Mitten im Schnee, wie gesagt, ist das Drängen, Quellen und Glucksen eines überall aufdringenden Frühlings in mir. Ich brauche, so stark ist das Drängen, oft viele Stunden lang nicht an meine besondere Verwickelung, also weder an Anja noch an Melitta zu denken. Ich selbst bin mir wieder mein Ein und Alles, bin mir in wahrem und gesundem Egotismus zum einzigen Wunder des Lebens geworden.

Washington, am 28. März 1895.

Die befreite Stimmung hält an. Ich habe gewissermaßen die Arme wieder freibekommen. Eine große Anzahl gleichsam in das Nichts verflüchtigter Interessen ist wieder da. Ich nehme wiederum teil an vielerlei Dingen, die mich nicht unmittelbar anlangen, Dingen der Kunst und Wissenschaft, Dingen des öffentlichen Lebens.

Es ist alles wieder fast ganz wie sonst geworden. Wir suchen Eindrücke, Melitta und ich, und finden Eindrücke. Die Seele mit ihrer Alleinherrschaft und ihrem Schicksal tritt zurück. Trotzdem habe ich nicht Lust, New York, Philadelphia, Washington, kurz, meine Reiseeindrücke zu schildern. Sie finden schließlich doch keinen neuen Spiegel in mir. Natur bleibt Natur. Ich habe fast immer das gleiche gute Verhältnis zu ihr. Die Verknäulung der Zivilisation von New York, wo sich unter den Hieben einer unsichtbaren Peitsche, unter der Lokkung des Dollar-Zuckerbrots der Mensch um den Menschen dreht, ist mir schreckenerregend.

Und nun die Frauen. Man sagt, die Amerikanerinnen seien schön. Die Leidenschaft für Anja, mag sie im Schwinden sein oder nicht, hat mir jedoch keinen Blick, keinen Sinn, keinen Nerv für irgendein anderes, neues Weibwesen übriggelassen.

Washington, das Kapitol, der höchste Gerichtshof, der Senat, das Unterhaus, ernste, eindrucksvolle Dinge. Die große Bank der Vereinigten Staaten, ein Keller, in dem mir, gedeckt von Revolverläufen, eine Note von einer Million Dollar in die Hand gegeben wurde. Das Weiße Haus, die schlichte Villa des Präsidenten, unser kleines Hotel, ein behagliches, anheimelndes, deutsches Provinzialhotel, von einem deutschen Wirte geleitet, das Washington-Denkmal, alles da und dort isoliert im Stadtbereich, ohne Zusammenhang. Schließlich die Nigger, die südliche, weiche Luft. Gott sei Dank, übermorgen werden wir abreisen. Im Grunde ist mir das alles ja gleichgültig. Denn schließlich, ich möchte lieber heut als morgen nach Europa zurück.

Washington, am 29. März 1895.

Mein Freund Hüttenrauch, durch und durch Demokrat, schwelgt hier im Zentrum der Demokratie. Es ist wohl ihr Weltzentrum. Der zweite Tag, an welchem wir hier verweilen, hat mir die bürgerlich-demokratische Wärme des Ortes fühlbar gemacht. Gott weiß, womit es zusammenhängt, daß es mich immer reizt, mein Leben auf einem neuen Boden ganz neu anzufangen: ich glaube, mit irgend etwas in meinem Zustand, dessen ich überdrüssig bin. Wäre mein Leben ein Brief oder ein angefangenes Bild, ich könnte es einfach zerreißen und ein neues anfangen. Der Bildhauer zerschlägt, wenn es ihm nicht behagt, sein Tonmodell. Eine Rechnung, die nicht aufgeht, wird durchgestrichen. Zu alledem neigt meine Natur. In jedem Neubeginn liegt ein großer Reiz. In der Luft liegen dann noch alle Hoffnungen und alle Möglichkeiten, und sie sind unbeschränkt, sind grenzenlos. Ein begonnener Bau, ein begonnenes Werk zwingen selbst den Meister unter ihr Gesetz. Alles abschütteln, vergessen, was man war und was man ist, und da scheint gerade Washington für einen Neubeginn und eine Natur wie die meine der Ort.

Und warum das? Weil etwas Schlichtes, Kontemplatives diese Stadt beherrscht, weil ihre quietistische Atmosphäre etwas so Produktives in sich zu schließen scheint und weil diese Verbindung meinem Wesen so angenehm ist. Das Weiße Haus: das Oberhaupt eines Weltteils residiert in ihm. Dieser hohe Bewohner, das Haus, seine Umgebung: schlichte, phrasenlose Bürgerlichkeit, edle, wesenhafte Einfachheit. In dieser beinahe ländlichen Stadt werden die Geschicke eines Weltteils entschieden, und wenn ein denkender Kopf lange genug an diesem Orte ist, so muß es dahin kommen, daß er beteiligt wird an den hier getroffenen Entscheidungen.

Ich seufze auf. Ich möchte den gordischen Knoten lieber zerhauen, zu dem sich der Faden meines Lebens verwickelt hat. Ich möchte den Kopf aus der Schlinge ziehen, ich möchte meinem Schicksal entlaufen. Ich möchte den Kopf in den Sand stecken wie ein Vogel Strauß. Das sind die Ursachen, warum ich mit einem Neubeginn und mit den Alleen, Plätzen, Parkanlagen und Villen dieser Stadt liebäugele.

Springfield, am 7. April 1895.

Wir sind wieder in S. Ein Brief von Anja hat mich einigermaßen aufgestört.

Sie hat auf einer großen Gesellschaft Sarasate kennengelernt. Sie hat eine große Hochzeit mitgemacht und sich wundervoll amüsiert. Ein junger Professor, Arzt an der Charité, hat ihr besonders den Hof gemacht. Ich habe sie selbst in Gesellschaft gesehen und weiß, wie leicht sie Männern den Kopf zu verdrehen vermag. Der junge Professor hat bei der Mutter Besuch gemacht: am meisten Ängste erzeugt mir der dritte Bericht.

Aber das Ärgste kommt zum Schluß: sie ist nämlich beim Tanzen ausgeglitten, ist mit dem Kopfe gegen eine Klavierkante geschlagen, und man hat sie nach einer tiefen Ohnmacht nach Hause gebracht. Sie liegt zu Bett, und da sie sich in der kritischen Zeit mehrmals übergab, schloß der Arzt auf Gehirnerschütterung. Es hat sich Gott sei Dank nicht bewahrheitet, denn sie schreibt acht Tage später, nachdem die Gefahr vorüber ist. Wer ist ihr Arzt? Der junge Professor von der Charité, der ihr auf der Hochzeit den Hof machte.

Wir haben auf dem Doppelschrauber »Auguste Viktoria«, der am 21. April Hoboken verläßt, Plätze belegt.

Es ist mir nicht möglich, den Zustand der Unklarheit länger auszuhalten und immer aufs neue mit Gespenstern kämpfen zu müssen, die selbst am hellen Tage, aber besonders des Nachts um mich aus dem Nichts hervorwachsen.

An Bord der »Auguste Viktoria«, 23. April 1895.

Es ist nicht die stärkste Phase der Leidenschaft, viel eher eine abklingende, eine versöhnende, wenn die Seele lyrisch wird. »Kleiner Elfen Geistergröße eilet, wo sie helfen kann«, liest man bei Goethe. Nun, mein Wesen hat sich in den letzten Wochen auf dem amerikanischen Kontinent recht viel in lyrischen Schwebungen hin und her bewegt. Sie bedeuten eine Art Kultus meiner selbst, eine Art Selbstgenuß. Diese Schwebungen sind musikalisch, auch ohne Musik. Aber die Musik kommt ihnen entgegen. Mein Bruder Julius, den ich jetzt in meinen Heimatbergen weiß und wohl bald wiedersehen werde, unterliegt diesem Entgegenkommen, sooft er auch nur einen Musikautomaten hört. Er stützt sogleich den Kopf in die Hand und kann nicht umhin, lyrisch zu zerfließen. Wie gesagt: auch mich beherrschte vielfach in den letzten Wochen lyrische Zerflossenheit. Nicht nur, daß ich Volkslieder dudelte, innerlich oder im Traume hörte, sondern ich konnte auch selbst nicht umhin, gefühlsduselige Gedichte, wie mein Vater sagen würde, niederzuschreiben und sehnsuchtssüße Klänge in mir zu gebären. Ich weiß nicht, wie ich mich dazu stellen soll. Etwa dies alles als Weichlichkeit ablehnen? Aber wenn es ein Leben gibt, gibt es auch Erlebnisse. Und solche sind zugleich innerlich und äußerlich. Ohne Innerlichkeit sind es keine Erlebnisse. Und es müssen innerliche Entdeckungen mittels innerlicher Offenbarungen sein. Ohne neu zu sein, sind es ebensowenig Erlebnisse. Nein, es liegt mir ganz fern, die lyrischen Schwingungen der letzten Wochen zu entwerten und geringschätzig abzutun. Es sind eben wahre Erlebnisse. Es sind Entdeckungen, Offenbarungen. Einerlei, ob dieses Tagebuch einmal in die Hände eines Unberufenen gerät oder nicht und ob er dann von Hysterie oder ähnlichen schönen Dingen sprechen wird oder nicht, wenn ich mir hier eine sehr tränenreiche Zerflossenheit eingestehe und dennoch diese Zerflossenheit auch an sich für reich halte. Das, was man Persönlichkeit nennen mag, war dabei fast gänzlich in mir aufgelöst. Der Begriff Weltschmerz hat niemals für einen echten Gemütszustand dieser Art ausgereicht, auch nicht, bevor er, wie heut, zur Banalität erniedrigt wurde. Immerhin erstreckte sich mein lyrisches Wehgefühl wirklich über das Wesen der Welt. Es war Entsagung darin, Trennung, Verlust, Abschied, Erkenntnis von alledem als dem Wesen des Lebens, und als ob das Wesen des Lebens sich auch so noch als Leben erweisen wollte, es war Wollust und Wonne darin.

Damit ist nicht genug gesagt. Die Stärke, die Neuartigkeit der Anwendung der Affekte war das Merkwürdige. Ich darf wohl sagen: im Lichte dieser Gefühle stand die Welt durch einen neuen schöpferischen Akt erschlossen da. Die sogenannten fünf Sinne, die ja meistens die empfangenen Reize dem Verstande überantworten, schienen in den Dienst eines anderen Erkenntnisorganes gestellt. Wie mir vorkommt, eines Organes, dem, noch mehr als dem Verstande, Übersinnliches aus den Sinnen zu ziehen gegeben ist. Die Verbindung von Seele und Welt ist nicht nur unendlich wunderbar, sondern auch inniger. Irgend etwas ist da, was in gleichsam brünstiger Verschmelzung zu Einem mit Allem wird. Durchstoße ich noch eine dünne Wand, so erkenne ich vielleicht, daß eine Art Vermählung meiner mit der Welt im Gange gewesen ist, und dann war das neue Erkenntnisorgan vielleicht eben nichts anderes als die Liebe.

Es war die Liebe, es ist gewiß.

Kein Wort vermag die Größe, die Ergriffenheit meines Zustandes auszudrücken. Im Dom zu Padua sah ich ein kniendes

Weib, eine prächtige Bäuerin. Der Priester schob ihr die Hostie in den Mund. In diesem Augenblick ward sie verwandelt. Sie war nicht verzückt, sie war nicht vertieft, einem betenden Mohammedaner gleich. Aber sie erlebte etwas, dies war zu erkennen, wofür keine Sprache Worte hatte. Irgendein elementarer Grundquell in Abgrundtiefen war aufgebrochen. Sie war entrückt, ertrunken darin.

So bin ich denn wieder meinem besonderen Schicksal ganz nahegerückt. Ein ähnlicher Grundquell hatte ja auch in mir den Weg zum Licht gesucht. Auch die Bäuerin sah ich ja nach kurzer Zeit wieder in nüchternem Gespräch vor der Kirche stehen. Der sterbliche Leib kann, ohne in Asche verwandelt zu werden, den unenthüllten Eros nicht lange beherbergen. Und so ist es mir wiederum gegeben, vom Aufbrechen und Ineinanderfließen der Liebesströme Anja und Melitta bis zur lyrischen Überschwemmung nüchtern zu reden. Der Strom der Heimatliebe, des Heimwehs trat hinzu, in der Fremde aufgebrochen, ein Geriesel von zahllosen Quellen, Liebe zu Vater, Mutter, Geschwistern, Freunden, zur eigenen entschwundenen Jugend, und schon wiederum das Gefühl des Ebbens aller dieser Ströme und Quellen über kurz oder lang.

An Bord der »Auguste Viktoria«, 26. April 1895.

Unter gleichmäßig schönem Wetter vollzieht sich unsere Fahrt. So finster, stürmisch und gefahrvoll die Reise nach New York in jeder Beziehung war, so heiter, glanzvoll und ruhig ist diese, die uns dem alten Kontinent wieder entgegenträgt. Sind ihr Glanz, ihre Heiterkeit, ihr Friede trügerisch?

Was sehe ich in den lieben, dunklen, schwer zu ergründenden Augen meiner Frau? Ohne Zweifel, in ihrem Wesen liegt eine weiche Ausgeglichenheit. Ihre Erscheinung erregt auf dem großen Dampfer einiges Aufsehen. Sie ist von südlicher Üppigkeit. Die tiefe Schwärze des Haares sticht von dem vollen, bleichen Oval des Gesichtes ab. Man verfolgt sie mit den Augen, wo sie mit einem gleichsam schwebenden Gange vorüberwandelt. Melitta liebt Schmuck. Sie trägt an den Ohrläppchen goldene Ringe, die in der Größe zwischen Fingerringen und kleinen Armbändern die Mitte halten. Man zerbricht sich die Köpfe, von welcher Nationalität sie wohl sein könnte. Nein, keine Italienerin, eher noch eine Spanierin. Aber auch keine europäische Spanierin, eine Kreolin möglicherweise. Der

Nasenrücken, von dem Treffpunkt der tiefschwarzen Brauen bis zur Spitze, ist breit und kurz, die reine Stirn eher niedrig als hoch, rund und edel das Kinn, das Kinn einer Berenike. Melittas Handgelenke sind breit, das rechte von einem es ganz verbergenden, schweren und mattgoldenen Armband umzirkt. Goldene Ringe mit breiten Steinen schmücken die fraulich weiche, gepflegte Hand.

Ganz gewiß, Melittas Erscheinung ist anziehend. Dabei hat sie eine verbindliche Art, Freundlichkeiten zu quittieren, die man ihr von allen Seiten zu erweisen sucht. Ich werde bei alledem übersehen, wie mir scheint. Ich verhehle mir nicht, daß ich Grund habe, auf eine Frau wie sie stolz zu sein.

Die Kinder sind überall wohlgelitten auf dem schönen und großen deutschen Schiff. Sie teilen den Schlafraum mit ihrer Mutter. Beim Aufstehen und beim Schlafengehen herrscht die größte Behaglichkeit. Es wird viel gelacht und mit Betten geworfen. Alledem sieht Melitta zu mit einer weichen, schweigsam ... soll ich sagen: schweigsam-resignierten Freundlichkeit? Ihr Wesen hat etwas geduldvoll Wartendes.

Frau Hüttenrauch ist in der Neuen Welt geblieben, aber nur, um die Zelte endgültig abzubrechen, während Hüttenrauch mit uns nach Europa reist. Das Zusammensein mit ihm während der köstlichen Fahrt ist wie immer höchst anregend. Oft, wenn wir Melitta aus der Ferne beobachten, nimmt er Gelegenheit, mir gründlich den Kopf zu waschen, daß ich je daran gedacht hätte, eine so schöne und liebreizende Frau gegen irgendein dunkles X oder Y auszutauschen. Er sagt: Siehst du nicht, wie du von allen Seiten beneidet wirst?

Wirklich, ich hätte es nie geglaubt: Anjas Bild ist nur noch sehr schwach in mir. Nie habe ich so wie während dieser sorglos-glanzvollen Seereise erkannt, wie blind ich meinem eigenen Reichtum gegenüber bisher gewesen bin. Fast wünsche ich, diese Reise möchte sich über so viel Monate, als sie Tage dauert, ausdehnen. Bin ich nicht stolz auf Weib und Kind? Auf den Ältesten, meinen schönen Knaben mit dem blonden Pagenhaar, dem sie alle huldigen? Ein so ausgeglichenes, stilles Wohlbehagen wie in diesen zweiten und besseren Flitterwochen empfand ich nie. Und bis zur Verliebtheit, gestehe ich mir ein, geht das neuerstandene, mit einer schweren Wonne gesättigte, neuartig süße Gefühl, womit mich Melittas Anblick beschenkt.

Sollte eine Genesung, eine volle Genesung möglich sein? Müßte nicht, wenn ich das Opfer zu bringen imstande bin, die Innigkeit unserer Verbindung sich steigern? Diese neue Phase der Liebe aber, würde sie nicht mit einem neuen, zweiten, früher nicht gekannten Blühen durch uns hinfluten? Wir waren Kinder. Jetzt hätte uns nicht Standesbeamter noch Geistlicher, sondern die Schmerzenserfahrung, der Schmerz verbunden und nach peinvoller Trennung durch reinere Gluten wieder geeint. Auch hier wieder etwas von der Wollust der zehnfachen Freude im Herzen der verzeihenden Frau über den Sünder, der Buße tut, verbunden mit der ewig zitternden Dankbarkeit für den Verzicht, der, um ihretwillen geschehen, ein ihr immer dargebrachtes Opfer ist. Im Mann dagegen, in mir, der große Selbsterweis der Kraft, der höchsten Kraft im Menschen, mit der er sich selbst zu überwinden vermag. Mit diesem Beweise, gefestigt und stolz, würde ich jetzt erst Melitta einen wahren und ganzen Mann darbringen, und damit würde neben den äußerlichen Weihen die echte, höchste, innerliche Weihe über uns gekommen sein.

Ich hatte das Buch bereits zugeklappt. Nun will ich für irgendeine künftige Zeit, wann ich diese Seiten vielleicht wiedersehe, auch einen Zweifel noch aufzeichnen, der mir soeben gekommen ist: haben meine Empfindungen vielleicht nur deshalb diesen Grad von Wärme wieder erreicht, weil unter der Schwelle meines Bewußtseins doch die sichere Erwartung ruht, Anja bald wiederzusehen?

Berlin, am 2. Mai 1895.

Wären wir immer so fortgereist, ich hätte nichts dagegen gehabt. Meine Bahn wäre die Bahn des Schiffes gewesen, meine Grenzen der Schiffsbord. Niemandem hätte ich wehgetan, meinem Weibe und meinen Kindern angehört, einen Freund hatte ich an der Seite.

Nun also, heute sitze ich in Berlin in einem Hotelzimmer des dritten Stocks: Mullgardinen, Waschtisch, Wasserkrüge und Wasserflasche, knarrende Bettstelle. Das Gasthaus ist alt, am Karlsplatz gelegen, der Tag war heiß, die Nacht ist heiß, in den Straßen der Trubel des Nachtlebens.

Nun also: heut sitze ich in Berlin und habe Anja wiedergesehen, bin etwa von mittags an, wo ich ihrer überschlanken, ziemlich eckigen Formen auf dem Lehrter Bahnhof ansichtig wurde, bis Mitternacht mit ihr zusammengewesen. Meine Frau mit den Kindern ist nach Grünthal vorausgereist.

Ich müßte lügen, wenn ich sagen sollte, daß in den jüngst verlebten Stunden etwas gewesen wäre, was die Seelenkrisen des letzten halben Jahres mir selbst nachträglich rechtfertigen könnte. Die Seele zaudert, es hinzuschreiben: »Tant de bruit pour une omelette«, und es ist auch natürlich ein Wort, das sich in meinem Falle nicht rechtfertigt. Aber ein solcher Maitag, eigentlich ist es ein Junitag, mit einer verbotenen Liebe in und um Berlin ist eigentlich dann am schönsten, wenn er überstanden ist. Was sind das für eigentümliche Wendungen, die ich hier zu Papier bringe? Es sind die Äußerungen einer tiefen Traurigkeit, wie sie mich manchmal in dieser Riesenstadt überfällt. Sie ist vielleicht eine Folge der Müdigkeit. Allein sie nimmt einen gefährlichen Umfang an, diese Müdigkeit. Es ist eine Lebensmüdigkeit. Es ist jene tiefe Ernüchterung, die, wenn nicht neue Illusionen sie ablösen, ein langes Fortvegetieren unmöglich macht. Die alte Leier, möchte man sagen, wenn man sich den Kreislauf des Tages auf seine nackten, nüchternen Tatsachen reduziert. Immer das gleiche, immer das gleiche. Man steigt aus dem Bett, man zieht sich an – um sich auszuziehen und wieder ins Bett zu steigen. Lohnt es, daß sich der Körper, daß sich die Seele in der Zwischenzeit Lasten aufbürden, die so schwer sind, daß man sogar am Tage schlafen möchte, was einem nicht einmal nachts mehr möglich ist?

Anja ist eben noch sehr jung, von Reflexionen nicht angefressen. Ich war ganz erstaunt, zu erkennen, wie ahnungslos-oberflächlich, wie lustig sie mir entgegentrat. Ich verzichtete augenblicklich auf den Versuch, ihr einen Begriff von dem zu geben, was ich durchgemacht hatte.

Ich nahm eine Droschke, und wir fuhren nach Pankow hinaus. Der schöne Park und die Einsamkeit waren es, die mich anlockten. Mit Anja gesehen zu werden ist mir unangenehm. Was aber in solchen Fällen geschieht, geschah auch in unserem Falle. Die verschwiegensten Gänge wurden aufgesucht, die verschwiegensten Bänke eingenommen. Da aber in öffentlichen Parkanlagen kein Weg und keine Bank sich als hinreichend geborgen erweisen, so wird damit gewechselt bis zur inneren und äußeren Abgeschlagenheit. Hat die Müdigkeit ihren höchsten Grad erreicht, so begibt man sich auf die Restaurantsuche. Man sieht sich erst das eine, das zweite, dann das dritte von außen an. Ist man beim dritten angelangt, hält man das erste für das richtige. Hat man das erste wieder erreicht, denkt man, das dritte wird wohl doch das richtige sein. Endlich ist man dann doch in irgendeinem Gastzimmerwinkel untergebracht.

Ein solcher Zustand entbehrt nicht des Typischen. So sahen wir denn auch Pärchen genug, die in unserem Falle waren und da und dort, besonders im Restaurant, nicht gerade mit ausgeprägtem Selbstbewußtsein auftraten. Anja war hierin eine Ausnahme. Ich dagegen gehörte, gleichsam von mir selber losgelöst, in die Schar der schlechten Gewissen mitten hinein.

Ich darf nicht behaupten, ich hätte diesem tristen Gastspiel unter den Deklassierten der Liebe irgendeinen Geschmack abgewonnen. Schon die Blicke sind kein Vergnügen, mit denen man von allerlei Leuten und Ständen gemustert wird. Sitzt man nebeneinander, durchaus wie sich's gehört, auf einer Bank, so schreitet meistens besonders langsamen Schrittes ein Schutzmann vorüber, in dessen durchbohrendem Auge unschwer die Worte »Ich werde Sie aufschreiben!« oder gar »Ich sollte Sie arretieren!« zu lesen sind. Möchte er einen doch arretieren! Anders ist, was einem jungen Mädchen aus guter Familie damit angetan werden kann.

Höchst peinlich ist dieses Gefühl der Obdachlosigkeit, der Rechtlosigkeit. Man würde dieses Gefühl nicht haben, wenn man mit einem Mädchen spazierenginge, mit dem man durch keinerlei leidenschaftliche Neigung verbunden wäre.

Wo stehe ich eigentlich in diesem Augenblick?

Die unterbrochene Beziehung ist wieder angeknüpft. Es ist nichts geschehen oder besprochen worden, was über das hinausgeht, was jedes gewöhnliche Liebespärchen tut oder bespricht. Man küßt sich, man hat die Hände ineinandergelegt, man genießt die Gemeinsamkeit und versichert sich seines Besitzes, soweit dies bei Versprochenen gestattet ist. Tant de bruit pour une omelette: warum hat sich eigentlich um diesen Tatbestand eine so gefährliche Tragik zusammengezogen?

Bin ich nicht eigentlich etwas enttäuscht, daß Anja von dieser ganzen Tragik und ihren Leiden keine Ahnung zu haben scheint und überhaupt keinerlei Neugier äußert, das zu erfahren, was in der Zeit der Trennung vor sich gegangen ist? Wie tief, wie bedeutend, dagegen gehalten, steht Melitta vor meiner Seele in diesem Augenblick! Geadelt durch eine Kette unendlicher Leiden, fast tödlich verwundet und verzeihend zugleich. Was hat mir Hüttenrauch nicht alles von ihrer körperlichen Erschöpfung bei Ankunft in Springfield mitgeteilt. Frau Hüttenrauch mußte ihr die Kleider ausziehen, als sie mit den Kindern das Ziel erreicht hatte. Kaum eingetreten, war sie unausgekleidet wie tot auf das nächste Bett gesunken und erst nach vierundzwanzig Stunden wieder aufgewacht.

Wie gesagt: nicht die geringste Notiz nimmt Anja von alledem. Damit ist es mir selbst in Frage gestellt. Es nimmt sich merkwürdig unnütz aus, gewissermaßen höchst überflüssig.

Sie ist zu jung. Der Seelenraum reicht noch nicht hin, um ein so voluminöses Leidensschicksal zu begreifen oder gar in sich aufzunehmen.

Habe ich eigentlich in der Blindheit meines ersten Rausches gesehen, daß sie noch ganz ein Backfisch ist? Ohne sie zu erkennen, hatte mein Blick sie mehrmals gestreift, als ich aus dem Coupéfenster sah. Gott weiß es, was für ein überirdisches Glanzphänomen ich erwartet hatte. Schließlich gestand ich mir ein, daß wirklich das und das kleine Mädchen unter den vielen, die den Bahnsteig bevölkerten, eben doch die Ersehnte war.

So bohnenstangenmäßig unproportioniert hatte ich sie nicht in Erinnerung. Der kleine Kopf, die eckigen Schultern, die Hüften vielleicht zu breit, die Füße zu lang, ein solches Ensemble hatte mir keineswegs vorgeschwebt. Das graue Wollkleidchen, ein ebenfalls graues Barettchen machten beinahe den Eindruck von Dürftigkeit. Aber mir fallen die Augen zu. Ich bin übermüdet und ungerecht, ich denke, wir wollen den Morgen abwarten.

Grünthal, am 9. Mai 1895.

Als wenn nichts vorgefallen wäre, wohne ich wieder in meinem Haus und verbringe die Tage mit meiner Familie. Ich habe in diesem Buche geblättert und kaum für wahr halten können, was seit dem Tage der Wintersonnenwende, also seit nicht viel mehr als vier Monaten geschehen ist. Alles geht wiederum seinen Gang, als wäre er nie unterbrochen worden.

Es ist damit eigentlich alles gesagt, und ich könnte das Tagebuch wieder zuklappen. Über das Wesen der Zeit zu philosophieren, was naheläge, bin ich nicht aufgelegt. Auch darüber wäre manches zu sagen, wie es mit der Realität von etwas Vergangenem beschaffen ist.

Der Mai ist diesmal ein wirklicher Mai. Zwar auf den Gebirgskämmen liegt noch Schnee, aber:

Unter der Berge Schnee und Eis
schluchzen die Vögel frühlingsheiß.

Überall gurgeln und glucksen die Schmelzwasser, das Grün der unendlichen Wiesen ist neu und darüber die duftenden Wolken der Obstblüte. Andere Wolken gibt es nicht.

Die Macht der Heimat, die Macht der Laren ist groß: erwärmende und beglückende Mächte, die in Behagen und stilles Genügen einlullen.

Hiermit ist freilich die Wirkung dieser Mächte nur obenhin berührt. Es strömt ein unendlicher Segen von ihnen aus. Was mich betrifft, ich bin ganz einfach glückselig, zu Hause zu sein, und auch Melitten ist ein ähnlicher Zustand anzumerken.

Von dem Schicksal, mit dem wir den Winter über gerungen haben, sprechen wir nicht.

Wir hoffen auf die Wirkung der Zeit. Im übrigen ist dies eine gewiß: das Haus, das mir in den kritischen Tagen des Dezember fremd und feindlich geworden war, zeigt uns wieder das alte Gesicht, und wir genießen in ihm den erwärmenden Geist familiärer Geborgenheit.

Kann dieser Zustand dauernd sein, oder genießen wir ihn nach unseren stürmischen Fahrten auf zwei Meeren als wohlverdiente Rast, um, komme was wolle, uns zu stärken? Unterliegen wir ohne unser Zutun einem wohlbegründeten Rhythmus der Natur, der ein erhaltungsgemäßer ist und diese Kampfpause uns aufnötigt?

Über meinem Verkehr mit Melitta und den Kindern liegt jedenfalls wieder der Geist der Häuslichkeit, der Familie, der Liebe und in dem, was man nicht gern mit dem Worte Ehe bezeichnen will, eine rührend-süße Erneuerung. Wir haben verlernt zu diskutieren. Es ist, als hielte uns die gleiche, geheime Angst davon ab, etwas Verborgenes aufzudecken, was unser friedliches Glück am Ende gar Lügen strafen könnte.

Als ob nichts geschehen wäre, haben mich meine Freunde in Berlin wieder aufgenommen. Keiner beging eine Taktlosigkeit, indem er auch nur nach dem Grunde meiner Amerikareise gefragt hätte. Von vielen Seiten trat man mit neuen

Unternehmungen an mich heran, bei denen man sich meiner Mitwirkung zu versichern wünschte.

Ich habe in Bremen meinen ältesten Bruder, Marcus, wiedergesehen, dessen warnender Brief leider von mir nicht rechtzeitig eröffnet wurde. Marcus allein hat das Herz auf dem rechten Fleck gehabt. Der Dienst, den er mir leisten wollte und im moralischen Sinne, wenn auch ohne Erfolg, geleistet hat, wird ihm von mir nicht vergessen werden und hat uns einander nähergebracht. Er hat schwer zu kämpfen, sein Vermögen ist nicht groß genug, um starke Fehlschläge auszuhalten. Die Erschütterung scheint eingetreten zu sein. Er klagte mir sehr, allein er hat Hoffnungen. So führte er mich in ein kleines, abgelegenes Gäßchen der alten Stadt, wir traten durch Schlosserwerkstätten bei einem ungeheuer dicken Manne ein, der an einem Schraubstock arbeitete. Die Wände seiner dämmerigen Werkstatt, einer kleinen Stube, waren von oben bis unten mit Instrumenten behängt. Dieser Erfinder, von bleierner Haut, massig bis zur Unbeweglichkeit, ist an sich eine Monstrosität. Seine Versuche, an die mein Bruder glaubt, haben bereits dessen halbes Vermögen verschlungen. Er hat in der Tat schon zum dritten oder vierten Male einen kleinen Motor konstruiert, dessen ungeheure Kraftentwicklung aus einer ununterbrochenen Explosion kleiner Benzinmengen herrühren soll, die, auf glühendes Metall tropfend, schnell verdunsten. Man hat den letzten der konstruierten Motoren in einen Straßenbahnwagen eingebaut, der tatsächlich bei dem Versuche mit Leichtigkeit eine ziemliche Strecke bewegt wurde, bis leider der Motor in Stücke ging. »Es handelt sich nur noch darum«, sagte mein Bruder, als wir das erfinderische Monstrum verlassen hatten, »für den Motor ein Metall oder eine Legierung zu finden, die dem inneren Druck dauernd widersteht.

Wenn wir dann einmal so weit sind«, fuhr er fort, »dann dürften wir bald auf ein Patent zu pochen haben, das seine Besitzer zu Milliardären macht. Die Eisenbahn wird überflüssig, der Motor wird in alle Gefährte eingebaut, und noch zwei technische Probleme sind damit gelöst, woran sich die Menschheit bisher vergeblich versuchte: nicht nur die Lenkbarkeit des Luftschiffes wird erreicht, sondern wir werden auch ohne Ballon mittels des Motors endlich fliegen.«

Alles dieses mag richtig sein, aber ich fürchte, daß der bekannte enthusiastische Optimismus meines ältesten Bruders die Verwirklichung solcher Wunder in einer zu nahen Frist ins Auge faßt. Darüber wird noch mancher Erfinder und mancher Unternehmer zugrunde gehen.

Ich habe in Bremen auch meinen Vater und meine Mutter gesehen. Mein Vater ist im Begriff, sich von Marcus loszulösen, in dessen Geschäft er arbeitet, und in eine Kleinstadt überzusiedeln. Wie immer: Unstimmigkeiten zwischen Vater und Sohn sind schuld daran.

Auch bei diesem Wiedersehen bin ich ähnlich wie bei dem mit Anja einigermaßen befremdet worden, weil ich auch hier erkennen mußte, daß meine Eheschicksale nicht so grundstürzend gewirkt hatten, als ich vermutete. Hätte ich mich in meinen Gedanken hier nicht einer Übertreibung schuldig gemacht, so hätte dies meine Lage erheblich erleichtert.

Meinen Bruder Julius habe ich wegen seines Verhaltens in dem hoffentlich überwundenen schweren Konflikt mehrmals auf Wanderungen zur Rede gestellt und ihm besonders sein »Heinrich, der Wagen bricht ...«, womit er mich in einem Brief nach Southampton beglückt hatte, vorgehalten. Aber meine Entrüstung begriff er nicht. Mag sein, ich schritt gesund und frisch neben ihm. Er dachte: Du lebst, und das ist wohl die Hauptsache! und sah keinen Grund, sogenannten Verfehlungen nachzugehen, die weit zurücklagen und überdies das günstige Endergebnis nicht verhindert hatten.

Konnte und mochte mein ewig grüblerischer Bruder sich in Vergangenes so wenig hineinversetzen, mit welchem Recht war ich ein wenig enttäuscht und gereizt, als es mir nicht gelang, Anja, die doch eigentlich noch ein Backfisch war, von dem Leiden einen Begriff zu geben, das ich fern von ihr durchgemacht habe?!

Grünthal, am 2. Juni 1895.

Mein Freund Jean Morel aus Paris ist hier. Derselbe, der mir, verbunden mit seinem Bruder, in Paris so liebevoll beigestanden hat. Der Franzose gefällt sich sehr in unserem ländlichen Aufenthalt. Er ist sehr befriedigt, zu sehen, wie sich alles zwischen mir und Melitta ausgeglichen hat. Dies, wie er mir offen gesteht, ist schon in den kritischen Pariser Tagen sein Wunsch gewesen. Weder er noch sein Bruder haben das natürlich zu äußern gewagt, weil mein Zustand damals allzu bedenklicher Art gewesen sei. Er versichert mich, sie hätten beide ernste Sorge um mich gehabt.

Sollte ich etwa nicht wissen, daß es berechtigt war?

Wie gesagt, Jean Morel gefällt sich hier. Weite Wiesen und Wälder, wie er sie zu sehen bekommt, kannte er nicht. Ausflüge führen uns bis über die Waldgrenze, und er genießt die leichte, stählerne Luft, den weiten Ausblick auf Berge und Ebenen nach Böhmen, nach der Lausitz hinein und in die Gebiete von Preußisch-Schlesien. Auch das mit Flechten patinierte wilde Trümmergestein, das Knieholz und die Sumpfwiesen des alten Granitrückens ziehen ihn an. Auf unseren Gängen wird mancherlei durchgesprochen. Er behauptet, ich sähe trotz der angenehmen Umstände, in denen ich lebe, und der kräftigen Luft dieser Berge immer noch etwas kränklich aus. Und in der Tat – wir haben uns bei einem der Photographen, die man meist bei den Berggasthäusern findet, photographieren lassen – nach meinem Bilde muß ich es zugeben. Ein Gefühl von überschüssiger Lebenskraft habe ich nicht.

Trotzdem: ich arbeite fieberhaft. Ich wälze zur Tages- und Nachtzeit Entwürfe. Und man kann mich sogar in heiterster, übersprudelnder Laune antreffen.

Von Anja erhalte ich jetzt nur selten einen Brief. Sie hat eine Reise zu Verwandten angetreten, die im Osten Deutschlands begütert sind. Es steht in den Briefen etwa dies: Wir haben im Pastorhause zu Stablau einen Geburtstag gefeiert. Es ist bis morgens um fünf getanzt worden. Der junge Vikar X. hat mich nach Hause gebracht. – Es heißt: Ich reite mit Onkel Heinrich aus. Er ist fünfzehn Jahre jünger als seine Frau, er ist mit Tante Berta sehr unglücklich. Er sagt, seit ich da sei, lebe er auf. – Es wird berichtet: Ich bin drei Tage lang mit den Söhnen des Pastors, zwei Vettern, die Studenten sind, mit Dr. Soundso und mit Gott weiß wem teils zu Wagen, teils zu Fuß über Land gewesen. Wir haben den und den und den und den Onkel und die und die Tante besucht, und überall ist es hoch hergegangen. – Es heißt auch: Wenn ich immer in der Gegend wäre, würde es nicht so langweilig sein.

Nun, solche Berichte sind mir nicht gleichgültig. Sie erzeugen ein nicht gerade immer gegenwärtiges nagendes Gefühl und stören mitunter meine Ruhe. Schließlich bleibe ich aber Herr der Umstände. Was sollte ich denn auch anderes tun? Kann ich von Anja verlangen, das Leben einer Nonne zu führen, sich womöglich einmauern zu lassen, solange ich mich im Schoße meiner Familie, als wäre sie gar nicht da, einem sommerlichen Wohlleben hingebe? Und wenn ich auf solche Gedanken verfiele, es wäre das letzte, worauf eine heiter freie Natur wie die ihre einginge.

Die Art, wie ich mit Melitta von Anja rede, hat wieder jene Unbefangenheit wie damals, als sie für uns noch das kleine, unbedeutende Mädchen war, dem wir ein bißchen in der Gesellschaft forthelfen wollten. Freilich bewegen wir uns dabei mit einer gewissen Vorsicht wie über einer Eisdecke, deren Tragfähigkeit noch nicht ganz sicher ist. »Nun Gott«, sagt Melitta, »sie wird einen Pastor oder den jungen Arzt heiraten, vielleicht einen Gutsbesitzerssohn, lange ledig bleiben wird sie nicht.« Ich hatte die Kühnheit – oder dachte ich wirklich so? – ein »Je eher, je besser« hinzuzusetzen. Und wirklich, ein solcher Abschluß der ganzen Krise würde mir, wenn er auch immer noch einer nicht ganz leichten Operation gleichkäme, beinah willkommen sein.

Einmal, nur noch einmal vor der Trennung möchte ich sie aber doch wiedersehen. Mag sie dann ihren Pastor heiraten. Soll ich und muß ich von ihr los, dann möchte ich wenigstens ganz und mit voller Genugtuung von ihr loskommen. Ich brauche es mir selbst nicht zu sagen, was mit diesen Worten gesagt und verborgen ist.

Völlige Ruhe, völlige Erlösung von ihr halte ich nur für möglich, wenn diese Genugtuung vorausginge. Sie zu nehmen, bedeutet etwas Ähnliches wie der sabinische Frauenraub, unverblümt jedoch: eine Niederträchtigkeit. Ist das so? Ich habe das Wort gleichsam gegen meinen Willen hingeschrieben. Ich wäre also ein Mann, der, was ich bisher für völlig ausgeschlossen gehalten habe, einer bewußten Niedertracht fähig ist.

Ja! ja! ich bin dieser Mann! Ich würde, wenn mir heut die gefürchtete Verlobungsanzeige ins Haus flöge, mit den abgefeimtesten Mitteln vorgehen und versuchen, mein Ziel zu erreichen. Für Gewissensskrupel und Gewissensqualen wäre ja nachher Zeit genug. Den Raub, wie er seiner Natur nach einmal ist, könnte mir jedenfalls niemand mehr abjagen.

Immerhin würde meine Tat in den Augen der meisten eine verbrecherische Handlung sein, die, würde sie bekannt, mich moralisch vernichten könnte. Ein junges Mädchen, noch unter Vormundschaft, einem Ehrenmanne verlobt, womöglich einem Seelsorger, würde dann von einem Schurken zu Fall gebracht. Dennoch, zu ändern wäre nichts, wenn das, was wir an die Wand malen, einträte. Dann wäre ich eben ganz einfach nicht mehr Herr über mich.

In der Stille meines Zimmers, über dem Blatt meines Tagebuchs, manifestiert sich mir ganz deutlich jene neue Wesenheit, über die ich in einem gegebenen Fall nicht Herr werden könnte. Sie ist blind, taub, hart und gebieterisch. Sie will nichts wissen von alledem, was ich sonst bin und darstelle. Keine Verpflichtung, die ich Menschen und Dingen gegenüber eingegangen bin, erkennt sie an. Komme, was wolle, aber es geschieht, was geschehen muß! ist der einzige Leitspruch ihres unbeugsamen Willens.

Ich schreibe und denke Torheiten – still!

Bromberg, am 22. Juni 1895, abends 8 Uhr.

Ich bin Knall und Fall abgereist. Und jetzt bin ich hier. Mein Freund Morel hat seltsame Augen gemacht, als ich Abschied nahm und ihn bei den Meinen sitzenließ. Auch meine Frau hat seltsame Augen gemacht. Ich weiß nicht, mit welchem Lügengewebe ich beide abspeiste.

Aber in mir war eine finstere Entschlossenheit. Sie war plötzlich da, diese Entschlossenheit. Es war etwas Hartes, Unbeugsames, etwas ganz ohne Lyrik über mich gekommen. Um meinen Willen durchzusetzen, würde ich über Leichen gegangen sein. Bedenklichkeiten jedweder Art waren hinweggefegt. Keinerlei Reflexionen trieben mehr ihr Wesen oder Unwesen in meinem Seelenraum. Die Atmosphäre darin war gnadenlos leer, kalt und rein. Irgendwo tief in meinem Innern lag, der Vereisung verfallen, meine Gefühls- und Vorstellungswelt und damit auch die Frage, um deren Lösung ich mich all die Zeit her nutzlos abmühte. Eine eisige, harte Trockenheit hatte alles in sich aufgenommen.

Und da ich schon einmal diese frostige, eisklare Winterwildnis heraufbeschworen habe, so will ich auch noch den ausgehungerten Wolf hineinsetzen. Es war in mir ein einziger Trieb, und noch diesen Augenblick ist er der einzige. Er ist so beherrschend und stark, wie es der Hunger des Raubtieres ist.

Es ist nicht nötig, zu sagen, worum es sich handelt. Ich selber weiß es, und damit genug. Dieser ausgehungerte Wolf ist da und spricht seine Sprache. Wir wissen, daß dies keine eigentliche Sprache ist, aber sie ist mehr als Sprache. Der hungerkranke Wolf ist da. Sein Opfer muß fallen, Mensch oder Tier. Oder aber, es gibt keine andre Wahl, ich selbst muß zugrunde gehen.

Ich hätte Mutter, Bruder und vor allem Vormund zu berücksichtigen. Ich hätte die Gebote der Sitte und Sittlichkeit zu berücksichtigen, die im großen und ganzen anzuerkennen und zu halten mir bisher selbstverständliche Pflicht gewesen ist. Aber die Furcht vor Menschen und Geboten besteht in dieser Sache nicht mehr. Ein hungernder Wolf hat gleichsam in einer kahlen Wüste mit gierig schillernden Lichtern sein Opfer unabirrbar ins Auge gefaßt.

Anja schrieb, sie werde vom Lande hereinkommen. Das soll morgen vormittag sein. Ihr neuester Brief ist beinah noch flüchtiger als die meisten in letzter Zeit. Es ist zu ersehen, es würde ihr kaum viel ausgemacht haben, wenn sich mein Kommen noch über Wochen verzögert hätte. Wenigstens drängt sich der Eindruck mir auf.

Die Frage entsteht: Ist Anja gegen dich abgekühlt? Die Antwort sagt: Vielleicht ist Anja gegen dich abgekühlt. Aber in der nächsten Sekunde schon erfährt diese Antwort eine jähe und schreckliche Steigerung: Ja, Anja ist gegen dich abgekühlt. Nur ein urteilsloser Narr wie du konnte sich darüber hinwegtäuschen. In Wahrheit sind ihre Briefe nichts weiter als die Vertuschung dieser Tatsache, als der Versuch, den jähen Bruch zu vermeiden, um unvermerkt gleichsam die Sache im Sande verlaufen zu lassen. Anja ist nicht nur abgekühlt, sie gehört in Wahrheit schon einem anderen. Und nun tritt vor den inneren Blick Gesicht auf Gesicht, von denen eines Anja beim Verlobungsfest im Pastorhause, das andre bei einem ebensolchen Fest im Gutshause zeigt, ein Pastor ist hier, dort ein Gutsbesitzer der Auserwählte. Ein drittes Gesicht zeigt Anja im Wagen des jungen Kreisarztes, der sie mit auf die Praxis genommen hat und eben das Jawort von ihr erhält. Solche Vorstellungen bekommen sogleich den Rang von Tatsachen, obgleich ja höchstens eine davon ihn behaupten könnte. Und so wirken sie auch mit der niederschmetternden Kraft einer Tatsache herzerstarrend in mich zurück.

Der objektive Betrachter in mir, der beinahe den Dienst versagt, neigt zur Kapitulation. Der Verstand will wissen: der Glaube, ein junges, lebenshungriges Mädchen von Anjas

Art und Unerschrockenheit werde sich, umworben von heiteren, hübschen, gesunden und wohlsituierten Landmenschen, mir bewahren, sei geradezu eine Lächerlichkeit. Muß ihr nicht jeder freie, kraftvolle Mann, der, ohne schwere Konflikte zu gewärtigen, sein Leben mit dem ihren verbinden kann, genehmer sein als ich, der ihr bisher nur ein eigentlich unerreichliches Ziel weisen kann? Darf ich außerdem sagen, daß ich ihr einen anderen Beweis als den meines Wankelmutes gegeben habe? Und muß es mir überdies nicht mehr als verständlich erscheinen, bei der Macht, die das hübsche junge Kind über mich gewonnen hat, die Männer, die sich ihr nähern, von der gleichen Macht unterjocht zu sehen? Kurz und gut, wenn ich morgen auf dem Bahnhof den Zug erwarte, mit dem sie, meinem Vorschlag gemäß, eintreffen soll, so geht es wieder einmal auf Leben und Tod. Bleibt sie aus – nun, so darf ich vielleicht noch nicht alles aufgeben, aber ich werde einige Kraft brauchen, um dem Augenblick gewachsen zu sein.

Was geschieht in Wahrheit, wenn sie nicht aus dem Zuge steigt?

Ich habe dann die Wahl zwischen Tollheit und Erbärmlichkeit. Ich hätte sogar beides bestimmt zu gewärtigen. Das tollste Beginnen, das sich denken läßt und zu dem ich mich ohne Besinnen entschließen müßte, würde unfehlbar in Ohnmacht enden und also mit Erbärmlichkeit. Oder wie sollten sich die Zustände anders entwickeln, wenn ich im Kreise ihrer derben Gutsbesitzer, Ärzte und vierschrötigen Pastorensöhne auftauchte? wenn ich vielleicht verwildert und zerstört, was sicher wäre, falls ich sie aufstöbern könnte, bei ihrer Verlobungsfeier auftauchte? wenn ich unvermittelt vor ihr selbst auftauchte, etwa in einem Augenblick, wo sie Hand in Hand mit dem Bräutigam steht und gerade ein Toast auf sie mit erhobenen Gläsern ausgebracht worden ist? Ich würde nichts weiter tun als sie anstarren. Anfänglich könnte ich sie nur anstarren. Es müßte sich dann ja zeigen, ob sie mir noch gehört oder mir ewig verloren ist. Ein furchtbares Wort, dies »ewig verloren«! Was tue ich aber, wenn sie erschrickt und an die gewölbte Brust ihres Pfarrersohnes flüchtet? Dann zöge ich etwa den Revolver heraus, den Melitta als Braut mir gegeben hat. Nicht um irgend jemandes Glück, sondern nur um mein eigenes Leiden abzutun. Ich würde sagen: Anja, komm mit! Du kannst keinem andern, nur mir gehören. Anja, du weißt es, also betrüge doch dich und andere nicht! Anja, komm mit! komm mit auf die Landstraße! Durch Feuer und Wasser, durch Rosen und Kot, durch Flüsse und Meere, durch Täler und Berge, durch Himmel und Höllen will ich fortan nicht von deiner Seite gehn. Nicht einmal der Tod soll mich von dir scheiden!

Was würde geschehen, wenn Anja auch jetzt noch schwiege? oder wenn sie mit einem Lachen antwortete? Die breiten Luthermänner, die vierschrötigen Pastoren von Westpreußen mit ihren Enakskindern von Söhnen, die breitschultrigen Gutsbesitzer, Gutsinspektoren und jovialen Landärzte würden über mich herfallen. Man hätte mir wahrscheinlich bereits am Beginn die Waffe von rückwärts aus der Hand gedreht, ich flöge hinaus, hinaus vor die Tür. Der Lärm wäre groß, Hundegeheul des ganzen Dorfes empfinge mich. Aber ich müßte wiederum gegen den Eingang anrennen. Wetterharte Fäuste würden mich wieder und wieder zurückstoßen: einen Betrunkenen, einen Irren, einen entsprungenen Zuchthäusler. Inzwischen wäre vielleicht die Nacht hereingebrochen. Ich würde mich schließlich noch einmal flüchten wollen und es bewerkstelligen, und dann schliche ich mich ganz gewiß, von Hunden verfolgt, selbst wie ein Hund um den Wohnort Anjas herum. Ich hörte vielleicht die betrunkenen und grölenden Gäste heimgehen ... genug! Bis zu welchen schrecklichen Phantasmagorien steigert sich Eifersucht!

Berlin, am 30. Juni 1895.

Was habe ich von mir selbst gewußt, und was weiß der Mensch überhaupt von sich selbst? Ebensogut könnte ich sagen: Was weiß der Mensch von Haß und von Liebe, was kann er Erschöpfendes wissen von den unendlichen Möglichkeiten der Pein und der Lust? Haben mir die Wochen vor meiner Reise die Liebesleidenschaft als eine schleichende Krankheit offenbart, so hat sich mir nun ihre Erfüllung gezeigt.

Ich übergehe das Warten, bei dem sich jene schon erwähnten Ausschweifungen der Phantasie erneuerten.

Als Anja, äußerst einfach gekleidet, in der herben Frische ihrer Jahre, mit einem schlecht verschnürten Pappkarton, ihrem überhaupt einzigen Reisegepäck, in Bromberg aus dem Lokalzuge stieg, wurden alle Gespenster ins Nichts gefegt. Es fiel während der ersten Stunde kein Wort, aus dem man auf eine Entscheidung hätte schließen können, die unausgesprochen zwischen uns lag. Natürlich dachten wir nicht in Bromberg zu bleiben. Ein möglichst versteckter, stiller, ländlicher Ort schwebte uns vor. Aber schon mit dem ersten Schritt von der Bahnhofstraße in die Stadt beschlich uns wiederum das schlechte Gewissen von Geächteten. Kurz darauf hatten wir uns glücklich in mein Hotel hineingewagt, den Pappkarton dem Portier übergeben und saßen im verstecktesten Winkel des Restaurants, wo gerade das Mittagessen serviert wurde.

Anja erzählte lustig und viel von ihren Erlebnissen. Dieser Ohm und jener Ohm wurde geschildert, diese oder jene Großtante oder Tante mit ihrer Eigenart; aber so, wie wir uns unterhielten, ohne daß der leiseste zärtliche Blick oder die leiseste Berührung stattgefunden hätte, würde man höchstens einen legitimen Onkel mit seiner legitimen Nichte in uns haben vermuten können. Nach Tisch begaben wir uns in die Stadt, nahmen den Kaffee in einer Konditorei, es wurde mir dies und jenes Haus einer wohlsituierten Verwandten gezeigt, und ein gewisses inneres Zögern, eine gewisse Unschlüssigkeit brachte es mit sich, daß wir zum Abendbrot noch in einem Bromberger Restaurant saßen und die Abreise auf den kommenden Morgen verschoben hatten. Anja nächtigte im Hotel. Ich verlangte für sie, es war Gott sei Dank schon spät, beim Portier ein Zimmer, nicht ohne lächerliche Verlegenheit. Der Pappkarton wurde ihr nachgetragen, wir nahmen kurz und hölzern Abschied auf dem Korridor, und ich fand mich gleich darauf in meinem Zimmer. Hier atmete ich mit einem deutlichen Gefühl der Entspannung mehrmals auf.

Der Mensch ist eigentlich immer allein. Trotzdem: jeder zweite Mensch hat die Macht, seine Seele wie einen Wocken Flachs aus sich heraus und auf eine Spule zu spinnen. Dann bleibt nicht mehr allzuviel übrig von ihr. Darum muß sich der Mensch unbedingt zuzeiten von seinen Mitmenschen und gegen seine Mitmenschen absperren dürfen. Und am wichtigsten ist diese Absperrungsmöglichkeit, wenn der Körper ermüdet ist, mit dem vollen Recht, den Schlaf zu suchen. Liebesnächte bilden die Ausnahme.

Mit Anja bin ich nun sechs Tage lang, außer im Schlaf, vereinigt gewesen. Diese Notiz, wie alle auf dem heutigen Blatt, mache ich in Berlin. Erst auf der Fahrt hierher – Anja ist wieder zu Verwandten gegangen – bin ich zu mir selbst gekommen. Ich habe Zeit, denn ich bleibe einige Tage hier, um zwischen Bromberg und Grünthal eine gewisse Entfernung zu legen. Der Gegensatz ist zu groß und die Veränderung, die mein ganzes Wesen erlitten hat: es bedarf einer neutralen Sphäre, um sich allmählich rückbilden und das frühere Sein wenigstens einigermaßen glaubhaft spielen zu können.

Wir zogen, Anja und ich, in der Bromberger Gegend zu Fuß herum. Da man das Geld in meiner Tasche nicht sehen konnte, hätte man uns, ich trug den Pappkarton, grau vom Staube der heißen Landstraße, für Vagabunden nehmen können. In einer Beziehung waren wir es, denn was uns versklavte und zugleich bedrückte, ist etwas wesentlich Lichtscheues. Es sucht den Versteck, es lechzt nach Verborgenheit. Je mehr sich der Staub auf den Schuhen häuft, die Fußschmerzen zunehmen, Schweiß den Rücken herunterläuft, um so stärker wird das Paria-, wird das Vagabundengefühl.

Wo kamen wir mit unserem Pappkarton nicht überall hin auf unserer Wanderung, immer weitergetrieben, durch Dörfer und Marktflecken, wahrhaft ausgestoßen, ziellos und obdachlos! Denn wir wagten es nicht, jemand um Quartier anzugehen vor der Dunkelheit, und Ende Juni wird es spät dunkel.

Beinahe vergessen hätte ich, daß Anja ihre Geige im Kasten mit sich trug, wodurch wir an fahrende Bettelmusikanten erinnerten. Wir lachten viel, wenn wir uns vorstellten, auf welche Weise wir leicht einer Ebbe in unserer Kasse aufhelfen könnten: Anja hätte vor den Häusern und in Höfen aufgespielt, und ich würde dazu gesungen haben, schlecht und recht, ungefähr so klangvoll, wie es auf der Studentenkneipe geschieht. Eines Abends waren wir wieder einmal, verstaubt und wegmüde, aber glücklich, in einem Dorfgasthaus angelangt. Wir nahmen im leeren Tanzsaal des Hauses unser Abendbrot. Im Gastzimmer, durch eine Türe von uns getrennt, saßen die Honoratioren. Der freundliche Wirt hatte Verständnis für uns. Der Himmel weiß es, wieso ich meinen Wunsch, Anjas Geige zu hören, nicht unterdrücken konnte, da wir doch alle Ursache hatten, uns still zu verhalten.

Aber o Schrecken! Als sie geendet hatte, stürzten der Arzt und der junge Pastor des Ortes herein. Es war ein Rausch der Begeisterung. Man stellte sich vor, man wollte mehr hören. Der Lehrer war zugleich Organist und begann Anja von Bach und Händel zu schwärmen. Ich legte ihr und mir ein und denselben Namen bei, den ich mir in New York gemerkt hatte, und überließ es den Herren, als wir uns gleich darauf zurückzogen, über die Frage nachzudenken, ob wir Onkel und Nichte seien oder ein junges Ehepaar.

Morgens, kaum war es Tag geworden, mußten wir wieder in den brennenden Staub der Straße hinaus. Scheu und innerlich gehetzt, wie wir immer waren, fühlten wir uns am sichersten zwischen den Ortschaften, außer wenn ein berittener, uns mit den Augen scharf aufs Ziel nehmender Gendarm vorüberkam. Er hätte uns leicht sistieren können, wenn er geruhte, uns für verdächtig zu nehmen. Dann hätten wir an der Seite des Pferdes Schritt halten müssen, und man hätte möglicherweise, falls man unsere Personalien – wir hatten keine Papiere – nicht einwandfrei feststellen konnte, uns bis zur Klärung der Sache in Polizeigewahrsam gebracht. Es genügt, sich einer Schuld bewußt zu sein, bestünde sie auch nur in einem Verstoß gegen das Herkommen, um sich von aller Welt für verfolgt zu halten. Besonders wenn man, wie in unserem Falle, in einem immerwährenden Zustand hohen Fiebers ist. So grenzten wir überall an das Häßliche mit dem Schönheitsdurst in der Brust, mit der Überempfindlichkeit unserer Seelen an das Alltäglich-Rohe und schließlich mit der Reinheit unserer Empfindungen an Abschaum und Schmutz.

Anja und ich hatten uns irgendwo in der Heide wie andere Ausflügler niedergelassen, als ein Gymnasiast vorüberkam, es mochte ein Quartaner sein, der mich, ohne daß ihn jemand gereizt hätte, mit einem gemeinen Ausdruck belegte. Es war ein Wort, durch das die tiefe Verderbtheit seiner dreizehnjährigen Seele sich kundmachte. Ich würde meiner Art gemäß den Jungen sofort durchgebleut haben. Aber die Zweideutigkeit der Situation, in der ich war, band meine rächende Hand.

»Ich bin einen Tyrannen losgeworden«, hat Platon im Alter gesagt, als ihn jene Kraft verließ, durch die allein sich das Leben der Gattung erhalten kann. Mir ist, als sei ein bleierner Mantel von meinen Schultern gefallen, der sie eine glühende Woche lang belastet hat. Es war eine Fron, womit ich mich abzufinden hatte. Hat jemand diese Macht nie erlebt, so ist er nur in den kindlichen Eros von Eleusis, aber nicht in die ganzen Mysterien eingeweiht.

Ich atme auf, bin ihnen entronnen, aus dem Reich der Deklassierten Gott sei Dank wieder aufgetaucht. Den Fuß auf der Erde, spüre ich außerdem wieder den Boden des Rechts und damit die alte Kraft und Sicherheit.

Von den Paradiesen, deren Tore unter der unabwendbaren Tyrannei und furchtbaren Hörigkeit solcher Tage erschlossen werden, rede ich nicht. Nur ihr Endergebnis berühre ich noch. Wie durch ein läuterndes Feuer ist mein Wesen von allen giftigen Dünsten, dem Nagen und Zerren unerfüllter Wünsche, dem Reißen verzweifelnder Begierden gereinigt und befreit worden. Es herrscht ein anderer Geist in mir, dessen innerster Kern fortan unangreifbar ist. Denn nicht einmal Götter vermögen es ungeschehen zu machen, wenn man die Frucht vom Baume des Lebens genossen hat.

Grünthal, am 3. Juli 1895.

Eben habe ich eine recht häßliche Szene erlebt. Benommen von der Erinnerung schicksalsschwerer Erfüllungen, war sie mir auf eine unausdrückbare Weise abstoßend. Melitta nämlich suchte irgend etwas in den Taschen meines Sommerpaletots, und statt dessen, was sie suchte, war es ein Paar zartduftender Damenglacés, das sie ans Licht brachte. Natürlich sind es Anjas Handschuhe. Ich weiß nicht, wie sie dorthin gekommen und dort geblieben sind. Das sagte ich auch mit gutem Recht. Natürlich hatten wir anderes zu tun auf unseren Irrfahrten, als uns um den Verbleib von Handschuhen zu bekümmern. Andrerseits mußte Melitta meine Behauptung, ich wisse nicht, wie diese Glacés den Weg in meine Taschen gefunden hätten, wie das freche Leugnen eines Ertappten vorkommen. Kurz, dieser Fund machte ihr klar, wo ich in der Zeit meines Fernseins gewesen bin.

So ist denn das Kartenhaus unseres neubegründeten Familiendaseins jäh zerstört worden.

Grünthal, am 28. September 1895.

Soeben ist eine Epoche meines Lebens schmerzlich abgeschlossen. Der Haushalt in Grünthal ist aufgelöst. Ich schreibe dies in der verödeten Wohnung, die jahrelang ein so still geborgenes, warmes Familienleben beherbergte.

Ich bin soeben von Hirschberg zurück, wohin ich Frau und Kinder zur Bahn begleitet hatte. Sie sind nach Dresden in ihr neues Domizil abgereist.

Der Wind von den Bergen klagt ums Haus, der Abend dämmert. Ich habe, ohne eine Störung fürchten zu müssen, Zeit, die Räume und Wände des lieben Hauses noch einmal abzuhorchen und abzuklopfen. Einst ließ ich hier Melitta auf den Trümmern unseres Glückes zurück. Diesmal muß ich, von ihr verlassen, noch den Abend über und durch die Nacht hier aushalten.

Ich denke an Melittas schönes dunkles Haupt, wie es, umgeben von den blonden Scheiteln unserer Kinder, aus dem Coupéfenster sah. Die Augen aller, nicht nur die meinen, wurden von diesem Bilde angezogen. Und dann, als der Zug in Bewegung kam und das Abschiedswinken einsetzte, gewann da nicht jedermann den Eindruck innigsten Familienglücks? Aber man verstand den Sinn dieses Winkens nicht, der sich mir um so marternder mitteilte. Denn die Frau am Fenster winkte nicht so, wie man es bei Abschieden tut, sondern sie winkte und hatte ihre Kinder angewiesen, das gleiche zu tun, wie man winkt, wenn man jemand zu sich und nach sich ziehen will. Das, was zwischen Melitta und mir unausgesprochen geblieben war, ob nämlich ihr neues Dresdner Heim als Witwensitz zu verstehen wäre, war von diesem für mich qualvollen Winken die Ursache. Sie hatte alles, alles verziehen und wollte mich trotz allem und allem wiedergewinnen für die alte Gemeinsamkeit. So viel Liebe, so viel Verzeihen! – und auf meiner Seite ein schreckliches Hellsehen, wie nutzlos dieser Aufwand einer großen Seele an mich verschwendet wurde. Wo sie hoffte, war für mich Hoffnungslosigkeit, verzweifelndes Wissen, wo sie glaubte.

Warum bin ich Melitta über den Atlantischen Ozean nachgereist? Ihre Leiden sind dadurch verlängert, ihre Widerstandskraft vermindert, ihr Stolz gedemütigt worden. Die Absicht, daß es so sein sollte, hatte ich natürlich nicht, denn ich hielt den Konflikt durch die Reise für abgeschlossen. Für Melittas und der Kinder Verbleiben in Amerika bestand sowieso keine Möglichkeit. Sie wären bei unseren für jenes Land geringen Mitteln bald dem Mangel verfallen. Melittas Amerikafahrt war ein Verzweiflungsschritt, der in keinem Falle gut ausschlagen konnte.

Seit den Tagen um Bromberg kommt für mich eine Trennung von Anja nicht mehr in Betracht. Aber vorläufig auch die Scheidung von Melitta nicht. Jetzt kämpft sie bewußt und würde, auch wenn ich es dringend wünschte, mich nicht freigeben. Man muß auf Zeit und Zukunft vertrauen, wenn man an einer Lösung dieser Verknotungen nicht verzweifeln will.

Berlin, am 10. Oktober 1895.

Anja ist nun Schauspielerin. Sie glaubt Talent für diesen Beruf zu besitzen, und nachdem sie bei einem hiesigen Bühnenleiter vorgesprochen, wurde sie engagiert.

Unter dieser Wendung der Dinge leide ich.

Es ist so gekommen aus vielen Ursachen. Eine von ihnen, die hauptsächlichste, besteht wohl darin, daß die Ehe eben zwischen Anja und mir nicht erörtert wird.

Ich habe mir eine kleine Hinterhauswohnung gemietet und notdürftig eingerichtet, nicht weit vom Joachimsthalschen Gymnasium. Die Frau des Portiers besorgt das Aufräumen, den Morgenkaffee koche ich selbst. Manchmal ist Anja schon zum Frühstück da, und dann besorgen wir das gemeinsam.

Ich kann hier arbeiten, arbeite viel, Anja studiert ihre Rollen hier und bleibt tagsüber an meiner Seite. Dann kommt das Theater, kommt der Dienst. Nachher bringe ich sie bis an die Tür der Wohnung ihrer Mutter zurück.

In einer kleinen Weinstube am Kurfürstendamm essen wir unser Mittagbrot, abends werden wir da- und dorthin verschlagen oder kaufen uns etwas ein, womit wir uns in unser Hinterhausversteck zurückziehen.

Wir leben also in engster Kameradschaftlichkeit.

Nicht leicht ist es für mich, wenn ich sie abends ins Theater ziehen lassen muß. Wer wüßte nicht, was das Theater ist, besonders hinter der Bühne ist, was für Gefahren dort auf ein junges Mädchen warten. Ich hole sie vom Theater ab. Es kommt vor, daß ich nicht in die Stadt hineinfahre, sondern sie am Bahnhof Bellevue oder am Bahnhof Zoologischer Garten erwarte. Wenn sie sich dann gelegentlich verspätet, ein Zug nach dem andern in die Halle tobt, hält und weiterrollt, ohne daß sie vom Trittbrett herunterspringt, wird der Zustand, in den ich gerate, ein krankhafter. Ich kann so wenig dagegen aufkommen, daß ich die sich überstürzenden Einbildungen, trotzdem ich sie selbst für unsinnig halte, in ihrer Wirkung als Tatsachen fühle. Ich stelle mir einen bestimmten, dann einen zweiten, dann einen dritten wohlbekannten Schauspieler, ihren Kollegen, vor, talentvolle, witzige, reizvolle Menschen, die Routiniers im Umgang mit Frauen sind, und gestehe mir ein, es sei eines Dümmlings würdig, anzunehmen, ein frisches Mädchen, wie Anja ist, werde ihren Zudringlichkeiten gegenüber standhalten. Was tat, um die Fremdheit auszuschalten und andere Hindernisse hinwegzuräumen, nicht allein der im Theater übliche Duz-Jargon? Unter den Schauspielern herrscht, solange sie auf den Brettern sind, eine sehr begreifliche Kameradschaftlichkeit. Durch ihre jeweilige Rolle werden sie vor dem Auftritt, während des Auftritts und nach dem Auftritt in einem Erregungszustand erhalten. Jene Verbindung aber, die unter den Mitspielern eines Stückes naturgemäß während der über Wochen dauernden, täglichen Proben sich herausbilden muß und die das gemeinsame öffentliche Auftreten dann noch festigt, kommt hinzu und schafft eine Atmosphäre, die gegenseitige Annäherungen zu einer fast selbstverständlichen Erscheinung macht. Hat man sich auf der Bühne umarmt und geküßt, warum soll man es nicht in ganzem und halbem Scherz, in halbem und ganzem Ernst hinter der Bühne tun?! Witz und Scherz feiern ja hinter der Bühne Orgien, und man würde begründeterweise eine Schauspielerin kameradschaftlich fallenlassen, die einen gewagten Scherz krummnehmen oder anders als durch Humor parieren wollte.

Witz und Scherz feiern hinter der Bühne Orgien: ist diese Behauptung zu stark oder nicht? Sie ist nicht zu stark, wie ich glaube. Der Kulissenhumor wird durch vielerlei Gründe bedingt, worunter natürlich die witzigen Köpfe der Schauspieler obenan stehen. Diese Köpfe haben sich in eine tragische oder komische Rolle hineingelebt, und wenn ihre Träger von der Bühne abtreten, so suchen sie den Kontrast, und es ist oft ein derbes Witzwort, das den Tragiker wieder zum natürlichen Menschen macht. Wer wüßte nicht überdies, wie bei erregten Nerven tieftragische Gelegenheiten durch unaufhaltsames krampfhaftes Gelächter Unterbrechung erleiden. Der tragische Schauspieler tobt sich nicht selten hinter der Bühne, besonders nach dem Auftritt, in allen erdenklichen Humoren aus, wogegen vor dem Auftritt der Galgenhumor allein das Seine tut. Dagegen ist ein tiefer Seufzer, wie man mir sagt, das erste, was man hört, wenn ein gewisser Komiker, während das Publikum noch gleichsam wiehernd unter den Bänken liegt, von der Bühne in die Kulisse getreten ist.

Ich merke, ich bin etwas abgekommen. Ich wollte den Versuch machen, einen Zustand zu schildern und womöglich loszuwerden, indem ich seine Absurdität mir klarmache. Ich sehe Anja nach jedem Stadtbahnzuge, dem sie nicht entsteigt, in einer ärgeren Situation. Erst ist es ein Kuß, dann ist es eine Umarmung, was ich deutlich im Geiste vor mir sehe. Der schöne junge Schauspieler X., der sich in seiner Wohnung vor dem Zudrang der Berliner Backfische kaum retten kann, hat Anja nach dem Theater eingeladen, und sie sitzen bei Dressel oder in einem anderen Restaurant. Was danach geschieht, das mag Gott wissen. Das Schlimmste ist: wie soll ich sie finden? Ist es menschenmöglich, alle Restaurants, alle Chambres séparées von Berlin heute noch abzusuchen? Und ich gerate über Anja in maßlose Wut. Meine Wut gegen den Schauspieler, übrigens mein Freund, ist noch viel maßloser. Ich werde noch einen Zug abwarten, dann eine Droschke nehmen, nach Hause eilen, meinen Revolver zu mir stecken, nach der Stadt fahren, die Lieblingswinkel meines Freundes absuchen und – hol' mich der Teufel! –, sollte ich eine unliebsame Überraschung erleben, in das Chambre séparée, in die Box hineinknallen ...

Aber da steigt meistens Anja ahnungslos aus dem Abteil auf den Bahnsteig herunter.

Dresden, am 18. Oktober 1895.

Melitta hat mit den Kindern eine hübsche Etage bezogen. Ich besitze zum erstenmal mein eignes Schlafzimmer. Seit gestern abend bin ich hier. Ich weiß, daß es nur auf wenige Tage ist, und doch habe ich ein Gefühl der Geborgenheit.

Meine Kinder scherzen und lachen mit ihrem Vater ahnungslos. Meine Frau erkennt, daß ich mich bei ihr, in der neuen Umgebung, wohlfühle. Ihr Wesen ist von einer stillen, warmen Gleichmäßigkeit. Sie hat, wie es scheint, den Gedanken an Anja und unseren Konflikt ausgeschaltet und ist sich schlüssig geworden, mit dem, was für sie übriggeblieben ist, zunächst zufrieden zu sein.

Welche Beruhigung kann ein umfriedetes Hauswesen mitteilen! Bevor ich das unter den jetzigen, lebenserschwerenden Umständen erfuhr, wußte ich es nicht. Einen Mann wie mich kann nur der Grund und Geist der Familie stark machen.

Jetzt, da ich, wenn auch nach eigenem Willen ausgestoßen, in dieser Welt nur zu Gaste bin, spüre ich wie nie ihren Wert und den ganzen Verlust, den ich auf mich nehme.

Wie kommt es, daß diese Zimmerflucht in einem Mietskasten, die Melitta mit den Kindern vor wenigen Wochen bezogen hat, mich so warm und altvertraut anmutet? Trat ich nicht, von einem fremden Dienstmädchen im Entree begrüßt, trotzdem wie in den Raum meiner eigenen Seele ein? Nein, meine eigene Seele ist es nicht. Wenn es im Seelischen etwas dem Mutterschoß Entsprechendes geben könnte, so ließe sich hiermit ein Vergleich wagen. Oder man würde auf eine Art Nestbrutgefühl zurückgehen, das ein gemeinsames Erzeugnis von Vater, Mutter und Kindern im Neste ist. Ich schreibe dies alles hin und berühre damit nur leicht das Mysterium. Die Flurtür hinter mir zudrückend, begriff ich mit allem, was ich bin und darstelle, daß ich der Fremde entronnen war.

»My house is my castle«, sagt der Engländer. Mit vollem Auf- und Ausatmen genieße ich wieder einmal dies Gefühl. Der Friede, die Ruhe, die Sicherheit, die mich umgeben und alle schmerzhaften Anspannungen zunächst einmal auflösen, zeigen mir deutlich, zu welcher Kraftverschwendung ich in meinem entwurzelten Dasein sonst gezwungen bin.

Die fruchtbare Wärme der Häuslichkeit, die umfriedete Legitimität in ihrer nicht einmal beachtenswerten Selbstverständlichkeit würden fast die Gesamtheit meiner Kräfte für die Aufgaben meines Berufes frei machen. Denn diese Aufgaben, dieser Beruf, deren Eigenart und Bedingungen ich in die Buchführung dieser Blätter nicht verwickeln will, stellen an mich die härtesten Ansprüche. Es gibt auf dieser Bahn kein Zurück. Gäbe es übrigens ein Zurück, so würde es für mich keines sein.

Meine Bahn, mein Ziel und die dazugehörigen Aufgaben angehend, wächst mir hier Zwölfmännerkraft: Melitta selbst hat ein großes Verdienst daran. Sie ist in meine Arbeit hineingewachsen. Es ist, als ob die Aura ihres Heimwesens, die unsere leiblichen Kinder hervorbrachte, auch das beste Klima für meine geistigen Ernten wäre.

Wir haben heut einen Freund aus Norwegen zu Tisch gehabt. Es ist ein verehrungswürdiger Mann, dessen Gegenwart meiner Frau und mir ein Fest bedeutet. Bei einem angenehmen Moselwein saßen wir so ziemlich den ganzen Nachmittag und haben auch das Problem der Polygamie durchgesprochen.

Melitta sagt, wenn eine Frau wirklich liebe, sei sie mit irgendeiner anderen zu teilen unfähig. Ich hüte mich wohl, ihr zu antworten, die Tatsache sei in ihrem Fall schon vorhanden, und sie schicke sich an, ihr mehr und mehr gewachsen zu sein. Gerade Frauen, sage ich, die von einer leidenschaftlichen Liebe befallen sind, suchen den Genuß des Gegenstandes ihrer

Liebe um jeden Preis. Ich nenne ihr Namen von Männern, die sie kennt und die gerade deshalb, weil sie nicht gewillt sind, irgendeiner Frau treu zu sein, von vielen mit leidenschaftlicher Inbrunst geliebt werden. Ich weise auf die Gepflogenheiten der Mohammedaner, ja der Mormonen hin wo polygame Einrichtungen keine anderen Mängel als die eben immer vorhandenen, allgemein menschlichen aufweisen. Liebe ist übrigens Liebe, sage ich. Ebenso wie jedes unter fünf Kindern die ganze und nicht den fünften Teil der Liebe einer Mutter erhält, so kann es recht wohl mit zwei Frauen gegenüber einem Manne sein.

Melitta scheint ihrer Liebe zu mir eine tiefe Duldung abgewonnen zu haben. Gespräche wie diese werden zwar in den Kreisen von Künstlern und Gelehrten oft und immer geführt. Aber Melitta weiß recht wohl, wie es sich hier um mehr als bloße Gespräche handelt. Ich spüre es, wie sie leidet und ernsthaft nachgrübelt und ihre Kraft in Erwägung zieht, wenn sie sich einer Ehe zu dreien anpassen sollte. Irgendwie scheint ihr im ganzen die neue Lage doch hoffnungsvoller zu sein, ist es doch so, als wolle ich an ihr und den Kindern festhalten. Und wenn sie sich gewissenhaft mit dem Gedanken einer Gemeinschaft zu dreien beschäftigt, tut sie es möglicherweise nur deshalb, weil sie der Zeit vertraut und der Meinung ist, ein solcher Versuch würde gerade den Sieg des Altgewohnten beschleunigen. So zählen wir beide in entgegengesetzter Richtung auf die Wirkung der Zeit. Mich soll sie nach Melittas Erwartung leise, leise von Anja loslösen, nach meiner Erwartung Melitta von mir.

Dresden, am 20. Oktober 1895.

Ich liebe diese Stadt. Nicht nur liebe ich sie, weil ich sie an der Seite meines Vaters in frühester Jugend sah, sondern aus vielen anderen Gründen. Sooft ich die kurze Bahnfahrt von Berlin hierher hinter mir habe, unterliegt mein Wesen einer Veränderung. Ich bin jünger als in Berlin, ich bin deutscher als in Berlin, ich fühle Boden unter den Füßen. Irgendwie geht meine Seele in die Stadt und Landschaft über und wiederum diese in meine Seele.

Habe ich gut daran getan, meine Frau gerade hierher zu verpflanzen, wenn ich meine Loslösung von ihr und ihre von mir betreiben wollte? Habe ich nicht immer eine Art Heimweh, wenn ich, fern von dieser Stadt, an sie denke? Und nun Melitta mit den Kindern hier wohnt, tritt es nicht verstärkend zu dem natürlichen Heimweh nach meiner Familie?

Melitta hat in einem der schönsten alten Herrensitze der Lößnitz, der ihrem Vater gehörte, einen Teil ihrer Jugend verlebt. In den Gärten und Weinbergen, die ihn umgaben, habe ich sie kennengelernt. Das Besitztum ist leider verkauft. Wir haben aber gestern einen Ausflug dahin unternommen, an der Parkmauer zu klingeln gewagt, und da die Herrschaft abwesend ist, hat der Gärtner uns und die Kinder eingelassen.

Die Phylloxera hat den Weinberg zerstört, Parkwege und Rasen lagen unter gelben Polstern und Teppichen gefallener Blätter, ein herbstlicher Sonnenblick fiel hie und da in dies melancholische Reich der Vergangenheit, was mit der Grundstimmung unserer Gemüter – ich denke dabei nicht an die Kinder – recht wohl übereinkommen wollte. Aber natürlich gibt es dabei doch, aus Edelmoder und Herbstfäden hervor, ein fremdartig wunderliches Neublühen: ein schwermütig süßer Zauber, dem Melitta und ich denn auch, Hand in Hand schreitend, verfallen sind.

Mich selbst zu belügen, kann der Zweck dieser Aufzeichnungen nicht sein. Deshalb muß ich mir bekennen, daß ich heute wieder zu der Ansicht neige, es wäre vielleicht für mich besser, wenn ich Anja niemals gesehen hätte. Wie rein, wie klar, wie in sich einig und wie gelassen, ja mühelos hätte sich dann mein Leben aufgebaut. Und wenn ich nur einmal solchen Erwägungen mich anheimgebe, so ist es ein kleiner Schritt, mich zu fragen: Gibt es für die Loslösung von Anja noch eine Möglichkeit?

Nein, es gibt keine Möglichkeit.

Die Mutter, der Bruder Anjas würden es ganz gewiß begreifen, es wahrscheinlich sogar begrüßen, wenn ich mich loslöste und an meiner Familie festhielte. Ein solcher Entschluß fände am Ende nach meinem ganzen Verhalten ihre Billigung. Welche Bedeutung aber hätte im Verhältnis zwischen Anja und mir ein solcher Entschluß? Wir könnten das Wort Loslösung ohne weiteres aus unserem Sprachschatz hinauswerfen, da es für uns eine inhaltlose Hülse ist. Eifersucht auf meine Frau und Familie kennt Anja nicht. Den Anspruch, ich müsse mich von ihr losreißen, stellt sie nicht. Anja sagt, selbst wenn sie gezwungen würde, sich anderweitig zu verheiraten, es könnte an unsrer Beziehung nichts ändern. Nichts, was es auch sei, würde sie hindern, auf meinen leisesten Wink hin mein eigen zu sein.

Die Einheit, in der wir uns verbunden fühlen, ist in der Tat irgendwie eine natürliche. Verstandesoperationen und Willensakte, wie immer geartet, wenn sie sich gegen diese Einheit richten wollen, haben alle dasselbe Schicksal, nämlich sich aufzulösen ins Nichts. Als Mittel gegen diese Macht sind sie untauglich.

Trotzdem nehme ich hier ein Betragen an, als ob kein Abschied von Dresden und von den Meinen nahe wäre. Und wie schon gesagt, ich grüble darüber nach, wie Unzuvereinbarendes am Ende doch zu vereinen sei.

Jeden Morgen vor dem ersten Frühstück führt mich mein Weg durch die sogenannte Bürgerwiese in die Alleen des Großen Gartens, der in seiner herbstlichen Schönheit unvergleichlich ist. Es war in der Bürgerwiese, wo ich vor mehr als einem Jahrzehnt Melitta meine Liebe gestand. Die schöne Erbin war so erschrocken, daß sie sich unwillkürlich auf dem Absatz herumdrehte und den Weg in entgegengesetzter Richtung fortsetzte, eine Wendung, die ich natürlich mitmachte. Bald aber kamen wir in die alte Richtung zurück und endeten im sogenannten japanischen Palais, wo Abgüsse von Monumentalwerken des Bildhauers Rietschel, insbesondere seines Luther, zu sehen sind. Im Gips- und Staubgeruch des Museumsraumes konnte ich fühlen, wie ein Etwas in der Seele des jungen Mädchens an der Zerstreuung aller Bedenken arbeitete und endlich, wortlos, in der Duldung zarter Annäherung das ja zum Ausdruck kam.

Damals war ich ein junger Fant. Es kam mir bei, ich mochte es wohl von irgendeinem Roman her im Gedächtnis haben, ein düsteres Bild von mir zu entwerfen und mich damit interessant zu machen. Ohne es selber zu glauben, sagte ich ihr, daß ich ruhelos, unberechenbar, ja gefährlich und gefährdet sei und daß eine Frau, die sich mir verbände, sich auf Leiden und Schmerzen gefaßt machen müsse. Oder sprach vielleicht doch, ohne daß ich es wollte und wußte, damals der Geist der Wahrheit aus mir?

Heute haben jedenfalls Prophezeiung und Warnung sich gründlich bewahrheitet.

Vor einigen Stunden sind Melitta und ich den uns so bekannten Schicksalsweg gemeinsam gewandert. Wir haben die Stelle wiederzufinden gesucht, wo es zu der folgenschweren

Kehrtwendung kam, wir haben die Schelle des Rietschel-Museums gezogen und sind zu bewußter Erinnerungsfeier unter die Gipskolosse getreten, deren Staubdecke erheblich dicker geworden ist.

Ganz gewiß ist der Frühling schön. Aber das schwermütig-süße Herbstliche dieser Stunde hat uns doch wiederum rätselhaft innig die Hände ineinandergefügt.

Später auf der Wanderung kreuz und quer durch den Großen Garten erwogen wir wieder und wieder das Gleichen-Problem. Sollte es ganz unmöglich sein, in schöner, stiller Landschaft irgendwo hier in der Umgegend ein gemeinsames Leben zu dreien auf eine edle und harmonische Weise zu verwirklichen? Man fände gewiß einen ähnlich verschwiegenen, durch weite Mauern abgeschlossenen alten Herrensitz wie den, in welchem Melitta groß geworden ist. Und warum sollte man sich denn nicht durch ernstes Arbeiten an sich selbst zu dieser zweifellos edlen Form der Lösung eines Konfliktes durchringen, einer edleren und humaneren Form, als der brutale und blutige Trennungsriß sein würde?! Oder steht Zerreißen, Trennen, Vernichten höher als Heilen, Versöhnen, Vereinen und Aufbauen?

Bußbek, am 2. März 1896.

Wie ich sehe, habe ich den Winter vorübergehen lassen, ohne etwas zu notieren. Ich befinde mich augenblicklich in einem Orte bei Bremen, Bußbek, im Hause meines ältesten Bruders, unter Verhältnissen, die nicht erquicklich sind. Gerade das Unerquickliche aber drückt mir meist die Feder in die Hand. Man blättert in den noch unbeschriebenen Seiten des Buches, faßt ihrer ein Dutzend zwischen die Finger und sagt sich, wenn diese erst beschrieben sind, liegen die augenblicklichen Übelstände schon wieder in der Vergangenheit.

Also, mein Bruder Marcus hat seine Zahlungen einstellen müssen. Verschiedene resultatlose Unternehmungen haben sein Vermögen geschluckt. Eine kleine Bankfirma und zwei seiner Kompagnons, die, weil sie kein Geld besaßen, auch keines verlieren konnten, einigen sich, indem sie meinen ausgesogenen Bruder hinauswerfen und seinem Schicksal überlassen.

Er hat sich hier eine hübsche Villa gebaut, in der aber nun kein Ziegelstein mehr sein eigen ist. Der Maurermeister, der Zimmermeister, der Tischler, der Ofensetzer wollen Geld, die Klingel geht alle Augenblicke. Meine Schwägerin hat die größte Not, das Eindringen der Lieferanten zu verhindern, die Lüge aufrechtzuerhalten, daß mein Bruder nach Bremen gefahren, also nicht zu Hause sei. Er und ich aber stehen während dieser Zeit in seinem höchst behaglich eingerichteten Arbeits- und Rauchzimmer und beschäftigen uns, indem wir mit einer Gummipistole nach dem Spiegel schießen. Was sollen wir schließlich anderes tun?

Mein Bruder, aber vor allem die kleine Bankfirma hat mich hergerufen. Ihre Chefs versuchten, bei einer Konferenz gestern in den Büros, mich einzuschüchtern. Nun sollte ich bluten, weil von meinem Bruder nichts mehr zu holen war. Ich denke mir aber, daß ich besser tue, keinen nutzlosen Versuch zu machen, den Sturz ins Leere aufzuhalten, sondern die fraglichen Summen für die spätere Unterstützung meines Bruders und seiner Familie aufzuheben.

Oder schießen wir nach dem Spiegel, weil die bittere Lage uns eine Art Galgenhumor aufnötigt? Gewiß, ich hätte sie mit einem Schlage verändern können, wenn ich mein halbes oder ganzes Vermögen zu ihrer Sanierung verwandt oder aber eine Bürgschaft in ähnlicher Höhe übernommen hätte. Davon konnte jedoch schon im Hinblick auf Melitta und die Kinder nicht die Rede sein. Während des Schießens wurden von Marcus die Verhältnisse sprunghaft dargelegt. Industrielle Unternehmungen, die im Aufblühen begriffen sind, litten an Kapitalmangel. »Es ist kein Zweifel«, sagte Marcus, »daß meine Kompagnons, nachdem sie mich glücklich hinausgeworfen, die nötigen Gelder beschaffen und binnen kurzem große Gewinne einstecken werden. Hundertfünfzigtausend Mark würden mich nicht nur retten, sie würden meine Stellung im Konzern unantastbar machen und den in hohem Grade lukrativen Fortgang des Ganzen gewährleisten.« Schließlich legte mein Bruder dar, was für Chancen man aus Kapitalmangel hatte aus der Hand geben müssen.

Es ist recht merkwürdig, zu wissen, daß man die Macht in Händen hat, einen vom Unglück erdrückten Menschen durch ein Wort in einen glücklichen umzuwandeln, einen ohnmächtigen und besiegten in einen aufrechten und tatkräftigen. Ich könnte die von bitterem Kummer niedergedrückte, von schwerer Enttäuschung zermalmte Frau meines Bruders mit zwei Worten aus der Nacht ihres Unglücks zu neuem Leben aufwecken. Ich könnte der Familie, welche im Augenblick im

Orte bereits allgemein gemieden wird, im Handumdrehen die verlorene Achtung wieder verschaffen. Es gab mehr als einen Augenblick, wo es mir schwer war, dieser Verlockung nicht nachzugeben. Würde auch alles, dachte ich, über Jahr und Tag wieder auf dem jetzigen Standpunkt anlangen, und würde damit mein Vermögen verloren sein: einmal sich als Retter gefühlt, einmal eine solche Macht ausgeübt zu haben, Dank und Glück der Geretteten erlebt zu haben, wäre vielleicht nicht zu teuer bezahlt.

Statt dessen wird morgen wieder von früh bis abends die Hausklingel in Bewegung sein. Der Schlächter wird kommen, der Bäcker, der Milchmann, die Gemüsefrau, aber nicht um Waren ins Haus zu bringen, sondern um Rechnungsbeträge einzufordern, die über Jahr und Tag aufgelaufen sind. Dann wird man meinen Bruder mit Weib und Kind aus dem ihm so lieb gewordenen Heimwesen hinauswerfen. Mein Bruder ist Pilzkenner: Pilze zu suchen, um seine Kinder damit satt zu machen, das höchstens bleibt ihm dann.

Dies alles ist bitter, aber es muß sich zwangsmäßig abwikkeln.

Es kommt hinzu, daß mein Bruder in seinem Wesen irgendwie verändert, irgendwie nicht mehr der alte ist. Ich sehe mich einem etwas aufgeschwemmten Manne gegenüber, der nicht mehr ganz leicht atmet, dessen Humore mehr resignieren als vorwärtsdrängen. Manchmal kommt es mir vor, als ob mitten in der peinlichen Katastrophe eine Art befreienden Aufatmens an ihm festzustellen sei.

Man konnte die Sache kommen sehen. Je unklarer seine Verhältnisse wurden; um so mehr wurde Marcus in einen Zustand krampfhafter Selbsttäuschung hineingehetzt, der sich in einer peinlich berührenden Großsprecherei äußerte. Einige Jahre war er mit seinem Anhang eine hier beinahe populäre Figur. Man kann nicht sagen, daß dieser Anhang einen besonders vertrauenerweckenden Eindruck machte. Ich habe den Bruder öfters unter seinen Leuten das große Wort führen hören, und mir war recht unwohl dabei. Er pflegte dann wieder und wieder mit lauter Stimme Bilanzen zu ziehen, alle seine Kreditposten aufzuzählen, sein Haus und sein Mobiliar abzuschätzen, unsichere Zukunftsaussichten als sichere Tatsachen zu buchen, und so fort.

Ich war, bevor ich heute morgen hier ankam, in den Bremer Geschäftsbüros. Von manchem altbekannten Gesicht wurde ich mit mattem Lächeln empfangen, von anderen recht seltsam angeblickt. Der kleine Bankier, der nun dort als unumschränkter Gebieter waltet, zog mich in sein Privatbüro, wo er und die Kompagnons mich bearbeiteten. Der Bankier, der, entweder um kein Geld zu verlieren oder um welches zu gewinnen, offensichtlich den ganzen Betrieb in seine Hand bekommen will, suchte mich zu größeren Einlagen zu bewegen. Als er damit nicht weiterkam, ging er dazu über, mir verblümt mit der Möglichkeit eines gerichtlichen Nachspiels zu drohen, das für meinen Bruder bedenklich ausgehen könnte. Ich sollte an meinen guten Namen denken und an den Flekken, der eben doch in diesem Falle auf der ganzen Familie haften würde. Aber da kam er bei mir nicht an. Nicht nur, um ihm die Lust zu einem ähnlichen Erpressungsversuch für immer zu nehmen, sondern weil ich wirklich so denke, sagte ich ihm: »Hat mein Bruder Dinge getan, wie es ja gelegentlich im Geschäftsleben vorkommen soll, die ihn mit dem Strafrecht in Konflikt bringen können, so mag er die Folgen auf sich nehmen. Stellt man ihn also unter Anklage und erweist sich seine Schuld, die übrigens nicht besteht, so bleibt er trotzdem mein Bruder, und ich werde, sobald er seine Buße, wie immer sie ausfallen möge, hinter sich hat, ihm meine Hilfe in jeder nur möglichen Weise zuwenden. Er wird dann, durch Erfahrung gewitzigt und vermöge der hohen Intelligenz, die ihm eigen ist, den Lebenskampf mit entschlossenem Mut wiederaufnehmen.« – Von der Sache war nicht weiter die Rede. Das Ganze bleibt immerhin eine unerfreuliche Zugabe.

Ich habe gerade genug mit mir selber zu tun. Nachdem das Schicksal den Wurm in meine Ehe brachte, schreitet die Vermorschung des einen Pfeilers unserer Familie unaufhaltsam fort, während hier ein anderer Pfeiler bereits zusammengebrochen ist. Soll mir dabei nicht ein wenig ängstlich zumute sein? Eins ist gewiß, ich muß mich so schnell wie möglich aus dieser trostlosen Atmosphäre herausflüchten.

Bußbek, am 3. März 1896, vormittags.

Alles durch die Gegenwart Verdrängte hat mich heute nacht in Träumen heimgesucht. Ich muß eilen, bevor es versinkt, wenn ich etwas davon festhalten will. Erstens: der Schreckenstag in Paris, als ich von der Amerikareise meiner Frau und meiner Kinder erfuhr, spukte wiederum. Dieses Erlebnis hat sich ein für allemal in mir festgesetzt. Fast jeder meiner Träume trägt Elemente davon. Wiederum kreisten meine Traumbilder um den Gedanken »zu spät« herum. Melitta war im Zustand letzter Verzweiflung mit dem Entschluß, sich das Leben zu nehmen, davongerannt. Ich wußte, daß ich sie in der großen, nächtlichen Stadt nicht mehr auffinden konnte. Es gab also keine Möglichkeit, sie mit dem einen Wort, das ich jetzt wußte, zu beglücken. Ich vermochte nicht mehr wortlos meine Brust aufzureißen und zu sagen: Da hast du mein ganzes Herz. Nichts ist darin, was nicht dir gehört! Es war zu spät. Kein noch so lauter Aufschrei der Seelennot vermochte sie mehr zu erreichen. –

Nun, Gott sei Dank, Melitta lebt. Es hat eine Art Versöhnung mit dem Schicksal stattgefunden. Nach meinen Eindrücken zu urteilen, hat der lindernde Einfluß der Zeit sein Werk getan. Melitta gestaltet sich mehr und mehr ein stilles, harmonisches Sein in der schönen, von der Elbe durchflossenen Gartenstadt. In dieser Beziehung darf ich aufatmen.

Aber in meinem Traum wurde Alp durch Alp abgelöst. Anja ging an der Seite eines anderen in enger Verstrickung an mir vorbei und kannte mich nicht. Ich rief sie an, sie kannte mich nicht. Ich schrie, ich geriet in Raserei. Ich erinnerte sie an unsere erste Begegnung, erinnerte sie an die Stunde, wo ich ihr meine Liebe bekannt hatte, an das, was ich um ihretwillen gelitten hatte, erinnerte sie an alle die Dinge, von denen nur sie und ich wissen – sie kannte mich nicht. Ich schleuderte mein Inneres rasend aus mir heraus, Herz, Nieren, Hirn und damit meine ganze Seele. Als mein Wesen so mit dem letzten Versuch, die Mauer der Fremdheit zu durchschlagen, scheiterte, fand ich mich schweißgebadet hier im Hause des Bruders auf.

Meine Nächte sind überhaupt nicht gut, und auch meine Tage lassen zu wünschen übrig. Zwar ist in meinem Konflikt eine Art Stillstand eingetreten, ein Zustand, mit dem sich leben läßt. Aber in meinen Nerven, unabhängig davon, scheinen sich Nachwehen überstandener Zeiten geltend zu machen. Anfallsweise überkommen mich seltsame Stimmungen, zum Beispiel eine Art Lebensangst. Dann werde ich von dem Gedanken gepeinigt, das Leben könne ein endloser Zustand sein, von dem zu erlösen nicht einmal der Tod die Macht hätte. Das ist wohl der Ausdruck einer Seelenermattung, einer Seelenmüdigkeit, die sich sträubt, den beschwerlichen, aussichtslosen Weg durch das Dornengestrüpp des Daseins fortzusetzen. Übrigens machte mich schon als Kind meine Mutter zum Mitwisser ähnlicher Zustände, die also wohl als Erbe auf mich gekommen sind.

Da ist es nun Anja allein, vor der diese lebensfeindlichen Mächte davonflüchten. Seltsamerweise gerade sie, durch deren Vorhandensein die Last meines Schicksals vervielfältigt worden ist. Ich hätte mich also mit etwas beschwert, wodurch allein sich mein Herz und Gemüt erleichtern kann. Darum hat Anjas Frische, ihr mutiger Schritt, ihr durch keine Reflexion geschwächter Lebenssinn mich wohl so unwiderstehlich angezogen, ihre Davidhaftigkeit, die sie, wie ich ahnen mochte, befähigte, Sauls schwarze Stunden hinwegzuscheuchen. Das letzte und höchste Mittel dazu ist ihr Geigenton, dieser von allen Feuern des Himmels gespeiste Klang, den ihr niemand zutrauen würde.

Ich wollte von meinen schlechten Tagen und Nächten reden und bin wieder bei Anja angelangt. Der Weg zu ihr ist noch immer der Rettungsweg. Ich mag mich mit Arbeit, Kummer, Verwirrungen und Verdüsterungen aller Art herumschlagen bis zur Hoffnungslosigkeit, schließlich hellt sich an irgendeiner Seite das Himmelsgewölbe auf, und in meiner Hand ruht gleichsam die Türklinke zu Anjas Haus.

Bußbek, am 3. März 1896, nachmittags.

Noch bin ich hier festgebunden. Mein Bruder hält seinen Nachmittagsschlaf. Meine Schwägerin ist ausgegangen, um die Lebensmittellieferanten zu bezahlen, wozu ich einiges vorgestreckt habe. So wird wenigstens hier im Ort Ruhe sein.

Mein sonst fast nur in allerlei Humoren schillernder Bruder Marcus legte mir heute plötzlich eine längere Beichte ab. Tief erschrocken war ich und bin es noch, weil ich erkennen mußte, wie vollständig Marcus unserem Vater entfremdet ist.

»Rede mir nicht mehr von Kindesliebe«, sagte Marcus. »Mir soll man damit nicht mehr kommen. Ich habe diese Lüge viel zu lange mit mir durchs Leben geschleppt. Rede mir nicht von Dankbarkeit, die ich Vater und Mutter schuldig wäre. Die Mutter hat mich geboren, gewiß. Das hat ihr vielleicht sehr weh getan. Ich habe sie nicht darum gebeten. Und als sie merkte, daß sie mich zu erwarten hatte, war sie möglicherweise, wie die meisten Frauen, sehr unglücklich.

Vater hat mich seit meinem achtzehnten Jahre ausgenutzt. Ich denke gar nicht mehr dran, mir in dieser Beziehung etwa aus Kindesliebe ein X für ein U zu machen. Ich war in einer Volontärstelle, große Reederei, Auswandererbüro, und so fort. Ich merkte, daß ich vorwärtskam, ich merkte, daß ich Erfahrungen machte. Da rief er mich in diese verdammte Klitsche nach Weißenborn. Da mußte ich zwei Lehrjahre meines Lebens mit Gastwirtspielen in dieser Wanzen- und Flohbude zubringen, mußte mit diesen Schwindsuchtskrächzern, die Haus und Betten verseuchten, schöntun, um Pfennige schachern und stundenlang scharwenzeln und schwatzen, um einen Dreier zu retten, den sie mir an Logis und Mittagessen abhandeln wollten. Die Zeit war versäumt, der Anschluß verpaßt, als ich endlich wieder frei wurde. Dann machten wir unsere Heiraten. Ich wollte arbeiten. Unreif trat ich ins Geschäftsleben. Das erste Lehrgeld kostete mich das halbe Vermögen. Vater hängte sich an mich an. Mutter und er kamen nach Bremen, er trat ins Geschäft, das heißt, er nahm ein Gehalt entgegen wie ein Oberregierungsrat, obgleich er doch fünftes Rad am Wagen war. Außer daß er große Worte machte, habe ich nichts gesehen, was auf eine Arbeit hindeutete. Tu das nicht, tu das nicht! hat er gesagt. Von Wechselreiterei hat er gesprochen. Das ist gefährlich, das ist verhängnisvoll, hat er gesagt. Fall nicht ins Wasser! sagt man zu einem, der am Ertrinken ist. Klugscheißen ist leicht, Bessermachen ist eine andre Sache. Als er merkte, ich werde nun bald einen Kampf auf Leben und Tod durchzurackern haben, der vielleicht nicht sehr komfortabel für einen älteren Herrn wäre, da hat er nicht etwa gesagt: Guter Marcus, ich war lange Jahre dein Kostgänger, ich habe die gute Zeit mit dir durchgemacht: nun zähle auf mich in der schlechten. Nein! sondern als das erste, das zweite, das dritte Leck in die Schiffswand kam, da dachte er sich: Die Sache wird mulmig … und – da verließen die Ratten das Schiff.

Ich sage dir«, schrie mich mein beichtender Bruder an, »Vater und ich, wir haben uns einmal mit geballten Fäusten, Auge in Auge gegenübergestanden. Ich habe ihn angeschrien: ›Dir, deinem niederträchtigen Egoismus, verdanke ich, wenn ich untergehe, meinen Untergang. Mein Blut über dich! Mein Blut über dich!‹ habe ich gebrüllt. – ›Du warst ein Nichtsnutz von Jugend an!‹ schrie er dagegen. ›Ich habe dir dein Ende im Gefängnis, dein Ende am Galgen nicht einmal, sondern hunderttausendmal vorausgesagt!‹ – Was meinst du wohl, was ich da getan habe? Ich habe ein einziges Mal aufgelacht, dann habe ich mich, es war im Büro, weggedreht und habe ihn stehenlassen. Mit den Worten habe ich ihn dann stehenlassen: er möge doch dafür sorgen, daß aller überflüssige Ballast je eher je lieber aus dem Schiff käme.«

Als er das gesagt hatte, war das runde, volle Gesicht meines Bruders klein geworden, jeder Tropfen Blut war daraus gewichen. Selbst seine Lippen schienen mir weiß.

Ich dachte an Vater, der nun still mit Mutter in Liegnitz lebt. Meine Verehrung für ihn ist groß. Welche harten Kämpfe, Erlebnisse und Stürme müssen vorausgegangen sein, um das ganze Kapital kindlicher Liebe, das ja auch in der Seele meines Bruders Marcus vorhanden war, so in alle Winde zu jagen!

Dann begann er aufs neue zu sprechen. »Damals«, sagte er, »als Vater mir geschrieben hatte, daß ich in Weißenborn nötig sei, hätte ich ihm: Ja Kuchen! zurückdrahten sollen. Ich roch aber noch nach Muttermilch und lag geistig noch in den Windeln. Und in diesen verwünschten zwei Jahren, die ich – der Teufel hol' sie! – aus kindlicher Pietät mir aufgehalst hatte, hätte ich mich bei einem Haare tatsächlich ins Zuchthaus oder – es lebe die Prophetie unseres lieben Papas! – an den Galgen gebracht.«

Ich fragte Marcus, was denn da vorgefallen sei.

»Ich habe bisher zu niemand von dieser Geschichte gesprochen«, sagte er. »Es scheint aber mit mir so zu gehen wie mit allen Ertrinkenden, daß ihnen nämlich in den letzten Augenblicken ihr ganzes Leben noch einmal zum Bewußtsein kommt.

Es war eine Minute vor Table d'hote. Beide Hotelsäle waren mit Menschen gefüllt. Da ließen die Kellner sich im Büro melden. Nun, die befrackte Gesellschaft trat ein. Der Sprecher sagte, sie bäten um ihr Gehalt, sie würden sogleich den Dienst verlassen.

Ich betrachtete mir den Rädelsführer einen Augenblick. Im nächsten sah ich, wie mir vorkam, sämtliche Kellner davonstieben. Durch ein Guckloch fiel mir auf, daß die Arbeit in den Sälen fieberhaft im Gange war. Aber etwas zog sich immer wieder wie eine Qualle vor meinen Augen zusammen und verbreiterte sich, und inmitten dieser Erscheinung – ich sehe alles so deutlich, als ob es vor zwei Minuten geschehen wäre – lag irgend etwas, das einer schwarzen, formlosen Masse glich. Ich fragte mich: Was ist das für eine formlose Masse, die hier im Büro auf der Erde liegt? Dann sah ich: es war ein befrackter Mann, und langsam, langsam dämmerte mir, es mußte der Rädelsführer sein, dem irgend etwas geschehen war. Aber nein, ich hatte ihn ja nicht mit einem Faustschlag, aber mit einer Ohrfeige niedergeschlagen, die im Effekt einem Faustschlag glich.

Der Rädelsführer regte sich nicht. Ich verschloß das Büro, ich besprengte sein Gesicht, ich versuchte ihm Kognak einzuflößen, ich erkannte plötzlich, daß ich nicht mehr ein Sohn aus guter Familie, sondern ein Totschläger war. Ich durchlief blitzschnell die Wege im Geist, welche vom Steckenpferdchen bis zur Galgenschlinge heraufführen, und so fort und so fort. Draußen hörte ich Klappern, Klirren und Rennen bei Table d'hote, stellte wiederum durch das Guckloch fest, daß alle Gäste ordnungsgemäß bedient wurden, und sagte mir, daß in diesem Augenblick die meisten Hotelzimmer leer, die Flure und Treppen verlassen seien. Somit bestehe vielleicht die Möglichkeit, den toten Kellner unbemerkt in seine Kammer hinaufzuschaffen. Ich schloß das Büro hinter mir ab, untersuchte die Treppen bis zum Boden, wo ich die Kammer des Kellners, die verschlossen war, gewaltsam zu öffnen hatte, was mir seltsamerweise sofort gelang.

Nun also: ich habe mir tatsächlich den befrackten Toten auf den Rücken geladen und habe diese Last zwei Stockwerke hoch bis in die Dachkammer transportiert, und du kannst mir glauben, daß ich hie und da im Leben etwas Angenehmeres getan habe. Ich wurde ruhiger, als er auf dem Bette lag, und nun tat ich etwas, was ganz in der Ordnung war, ich rannte zum Arzt hinüber, fand ihn zu Haus, sagte ihm, was geschehen war, und als wir die Kammer des Toten betraten, war dieser zwar noch wie vorher ganz regungslos, aber er hatte sich eine nasse Kompresse auf die Stirn gelegt.

Und, du magst es mir glauben oder nicht: eine Stunde später putzte er Gläser.«

Berlin, am 10. März 1896.

Anja wird im Theater nicht genügend beschäftigt. Sie ist ungehalten deswegen, was man ihr nicht verdenken kann. In meiner Ansicht über ihre Begabung als Schauspielerin bin ich schwankend geworden. Ich hatte bis vorgestern abend vermieden, sie auf der Bühne anzusehen. Ich bin nicht eigentlich sentimental oder nervenschwach, aber ich glaubte, ich würde dabei irgendwie aus der Haut fahren.

Also vorgestern abend sah ich sie. In einer Loge versteckt, erwartete ich mit Herzklopfen ihr Erscheinen. Plötzlich, ich begriff es nicht gleich, kam sie aus der Kulisse gefegt.

Anja bewegte sich und sprach in dem Salon, den die Bühne darstellte, als ob sie bei sich zu Hause wäre. Dieses Alleinsein, dieses scheinbare Ausschalten des Publikums, dies völlige Nichtbeachten des Fehlens der vierten Zimmerwand ist mir nur noch bei der allergrößten in ihrem Fach aufgefallen.

Unbeachtet und ungesehen von Anja, wie ich gekommen, schlich ich mich aus dem Theater fort. Gestern sprach ich von dem empfangenen guten Eindruck mit ihrem Direktor. Dr. Mahn ist nicht meiner Ansicht.

Wenn aus Anja etwas werden solle, sagte er, dann müsse sie in die Provinz. Das sei die rechte Schule für sie. Dort könne sie sich durch alle Rollen hindurchspielen. Dort müsse sie jeden Tag vor das Publikum und werde sich die Routine aneignen, ohne die nun einmal das Theaterspielen nicht denkbar sei. Man müsse sich auf der Bühne heimisch machen, müsse lernen, auf dem Theater zu Hause zu sein.

Eine Weile stritt ich mit Mahn, denn das war es ja eben, was ich bei Anja in überraschendem Maße gefunden hatte. Man braucht schließlich nicht zu lernen, was man schon kann. Man schickt keinen Frosch in eine Schwimmschule. Schließlich aber war Mahn der Theatermann und ich nur der Laie, und ich konnte mir nicht verhehlen, worauf er hinauswollte.

So machte ich also mit Anja Pläne, da ja schließlich etwas geschehen muß. Ich bin dafür, daß sie ihr Geigenstudium fortsetze, aber sie selbst, ihr Bruder und ihre Familie sind einig darin, es sei besser für sie, auf dem nun einmal betretenen Wege weiterzugehn. Ich habe nach Hannover geschrieben und einem mir befreundeten Dramaturgen Anjas Begabung im besten Lichte dargestellt.

Aber welchen Unsinn betreiben wir eigentlich? Was können denn bei unserer innigen Verbindung noch für getrennte Ziele übrigbleiben? Kann ich im Ernst daran glauben, ich werde in Berlin leben und Anja werde in Hannover sein? Freilich suche ich meinen Pflichten zu genügen, und allerlei Erfolge, die zu verzeichnen sind, auch Angriffe, die man gegen mich richtet, beweisen, daß meine Hände nicht müßig sind. Schließlich aber würde alles das ohne Anjas immerwährende Gegenwart nicht zustande kommen.

Nicht, daß sie mich etwa zur Arbeit irgendwie anregte oder gar anhielte, aber eine Lunge atmet eben nicht ohne den nötigen Sauerstoff. Es ist nur ein scheinbarer Widerspruch, wenn ich sage, die Liebe zu Anja hat mich um jeden Ehrgeiz gebracht, und es ist wiederum sie, um deretwillen ich von einem gesteigerten Ehrgeiz befallen bin. Irgendein imaginäres Etwas, nicht zu trennen von Eros, war das, wozu mein Ehrgeiz mir früher das Mittel erschien. Dieses imaginäre Etwas ist verschwunden: die Geliebte nimmt seine Stelle ein. Aber nun möchte mein Ehrgeiz, der mit meiner Liebe ein und dasselbe geworden ist, alle Schönheit, allen Glanz, allen Ruhm, alle Macht auf mich herabreißen, um es vor Anjas Füßen auszubreiten.

Ich lese das, und wer immer es so obenhin liest, mag denken, daß ich hier sehr gewöhnliche Liebesphrasen hingesetzt habe. Es ist mir gleich, ich suche und brauche vor mir selbst dafür keine Legitimation. Genug, daß die hier zugrunde liegende Empfindung eine kühl und objektiv gefaßte Tatsache ist. Ich stelle fest, die Glorifizierungsversuche, der leidenschaftliche Hang, Teppiche, Perlen, Juwelen, Brokate, Seiden, kurz, jeden Reichtum der Erde mit den Gedichten der Dichter, den Tönen der Sänger vor Anja hinzuschütten, ist innerlich zwangsmäßig bis zur Peinigung. Mir ist, als wäre es schwere Versündigung an ihr und mir, diese Zeugenschaft unserer Liebe nicht öffentlich abzulegen. Alles, was ich entwerfe und ausführe, gilt nur ihr.

Ist so eigener Ehrgeiz durch Ehrgeiz für Anja abgelöst, so wird er wiederum nicht selten durch eine fast unüberwindliche Neigung zur Weltflucht aufgehoben: Weltflucht, selbstverständlich mit ihr. Sooft dieser leidenschaftliche Zug und Wunsch von uns Besitz ergreift – auch Anja wird von ihm ergriffen –, scheint uns außer der Sonne, der Himmelsluft, außer einem grünen Wiesenplan und einem Häuschen darauf alles, aber auch alles überflüssig. Unsere Liebe gleichsam vor den Menschen retten, geizig verstecken möchten wir. Man könnte irgendwo an den Hängen des Ural, in der Cyrenaika, in Peru oder sonstwo eine kleine Hütte bewohnen. Es war uns zumut, als vergeudeten wir, solange wir das nicht hatten, den Reichtum unserer kostbaren Zeit. Und was mich betrifft, ich möchte sogar in solchen Augenblicken aus meinem Geist allen nutzlosen Ballast hinauswerfen. Was brauche ich diese tausendfältige geistige Belastung und Ausrüstung, denke ich dann, wenn ich alle diese törichten, künstlich gezüchteten Bedürfnisse, welche das Kulturleben ausmachen, nicht mehr anerkenne, nicht mehr habe, nicht mehr befriedigen will. Was sollen mir alle diese eingebildeten Werte, denen ich unter Mühen, Leiden, Verbitterungen, Kränkungen rastlos nachjage, diese Verstaubungen, Verunreinigungen, Verwundungen und Verstrickungen, durch die man sich durcharbeiten muß? Ich brauche ja keine Eisenbahn und dann natürlich erst recht keine Fahrkarte. Und dann auch das Geld nicht dafür, das ich mir sonst mühsam erarbeiten muß. Was brauche ich gemalte Bilder und Photographien, solange ich gute Augen im Kopfe habe? Sehe ich nicht Anja? und Bilder um Bilder in der Natur? Der Blinde nun wieder kann mit gemalten Bildern auch nichts anfangen. Musik! nun ja: es gibt einen Bach, es gibt Haydn, Mozart, Beethoven. Aber die Stimme und Geige Anjas, meine eigene Stimme, Gesang der Vögel, Flüstern der Baumkronen, Rauschen des Meeres, Glucksen der Bäche, Gebrüll der Kuh ist auch Musik. Was kann ich dafür, wenn ich hierin bescheiden bin? Was kann ich dafür, wenn ich sogar, in den Rausch meiner Liebe gehüllt, mir nicht einmal bescheiden vorkomme, sondern mich auf eine unaussprechliche Weise beschenkt fühle?

Berlin ist finster, neblig und regnerisch. Wie Obdachlose wandern Anja und ich noch immer in allen Teilen der Stadt, allen Ausstellungen und Museen herum. Gestern promenierten wir lange, um dem Regen zu entgehen, wiederum in dem Säulengang der Nationalgalerie und machten Pläne und Pläne für die Flucht aus der Welt. Wir wollen ausschließlich uns allein leben. Hier in Berlin haben wir allerdings auch schon einen Anfang gemacht. Ich entziehe mich fast ganz meinen Freunden, außer wo es beruflich unmöglich ist. Wir wollen aber von allem fort. Was ist uns der deutsche Kaiser, das Kaiserreich, die hundertundein Kanonenschüsse, die man im Lustgarten wegen der Geburt eines Prinzen löst?! Wir wollen von keinem Berlin, keinem Theater, keinem Konzert, keiner Familie, keiner Politik, keinem Beruf wissen. Am liebsten wäre es uns, wenn um uns eine uns völlig unverständliche Sprache gesprochen würde und unsere Sprache unserer Umgebung ebenso unverständlich bliebe. Wir möchten nur uns, der Natur und

Gott gegenüber Menschen, möchten eigentlich Adam und Eva im Garten Eden sein.

Wie würde sich dann der Garten der Erde ganz anders um uns ausbreiten, die Kuppel des Himmels sich in ganz anderem Sinne über uns auftürmen! Dann erst stünden wir ganz im Zentrum des großen Mysteriums. Wortlos würden wir in es hineinwachsen und schließlich voll und endgültig eins mit ihm sein.

Berlin, am 14. März 1896.

Es grunelt. Der Frühling ist in der Luft. Ich habe nur eine ungefähre Vorstellung davon, was ich zuletzt niedergeschrieben. Sie ist hinreichend, um mir bewußt werden zu lassen, daß das, was mir jetzt durch die Seele geht, kaum damit recht in Einklang zu bringen ist. Das Bewußtsein gleicht einer Bühne, auf die immer neue Schauspieler steigen, neue Gestalten, die sich aufspielen, als ob nun die Bühne auf ewig von ihnen beherrscht werden würde, die aber bald daraus ins Dunkel zurücktauchen. Derer, die im Dunkel auf ihr Stichwort warten, sind Legion, zahlreich sind sie, wie in Ägypten Fliegen und Heuschrecken.

Freilich, um bei dem Bilde zu bleiben, gibt es Lieblingsdekorationen und Lieblingsschauspieler. Es können Gedanken, können affektive Regungen, können Bilder, können Töne sein. Augenblicklich ist, wie ich mir eingestehe, eine meiner Lieblingsdekorationen wieder aus dem Nebel getreten.

Die Bühne stellt mein Haus, abwechselnd von innen und außen gesehen, stellt meinen Garten in Grünthal dar. Ein anderer Eros als jener, dem ich zuletzt huldigte, hat auf der Bühne die Oberhand und gibt den Dingen Wärme und Licht. Melitta erscheint in der Dekoration. Ich selbst erscheine mit meinen Kindern. Wir sind aus dem Hause getreten, um den blauen, weißen und braunen Krokus zu betrachten, der am nassen Abhang, dicht unter der Schneegrenze, aus der Erde sprießt.

Soll ich es leugnen, ich sehne mich, von einem anderen Eros wiederum in Besitz genommen, nach Melitta, nach den Kindern, nach Grünthal zurück. Und wahr und wahrhaftig, mir taucht der Gedanke auf, es könne sich mit der Übersiedlung Anjas nach Hannover doch wohl eine völlige Loslösung vorbereiten.

Pfingsten und die großen Ferien werden Melitta und die Kinder in Grünthal zubringen. Wie waren doch diese Sommerzeiten auf den Bergwiesen, in den Bergwäldern und auf dem Gebirgskamm immer so wundervoll! wie befreiend, köstlich und festlich die weiten Wanderungen! Ich weiß nicht, ob ich mich mehr nach meiner Familie oder nach den landschaftlichen Herrlichkeiten meiner Heimat zurücksehne.

Wie aber werde ich es ertragen, wenn Anja in Hannover ist? in einer Umgebung, wo ich ihren Namen nicht einmal nennen darf und mich stellen muß, als ob ich ihre Existenz vergessen hätte?

Ich könnte mich wieder dem Sport zuwenden. Ich habe als einer der ersten in Deutschland auf Skiern gestanden und Tennis gespielt. Ich werde mit meinen Jungens mich in Tennis- und Fußballkämpfe stürzen. Wir werden Bowlen ansetzen in unserem kleinen Buchenwald, Wein und Bier trinken und Picknicks abhalten. Ich werde Freunde einladen, und ich werde versuchen, den alten Übermut meiner Jugend auferstehen zu lassen. Die Freude Melittas, die Freude der Kinder, die ihren Vater wiederhaben, wird mir Anjas Lachen ersetzen, das ich freilich entbehren müßte.

Wie schön und geschlossen man solch einen grünen, von Bergen umgebenen Sommer mit Arbeit und Genuß gestalten kann. Übrigens werde ich mir ein kräftiges schottisches Pony zulegen und weite Ritte in die morgendlichen Wälder tun. Beim ersten besten Bach, wie sie dort überall mit großem Wasserreichtum von den Höhen stürzen, werde ich vom Pferd und ins Bad steigen. Ich werde halbe Tage lang und länger so mit mir allein zubringen und mit niemandem als der Einsamkeit und der Natur in Liebe verbunden sein. Auch bei dieser Art und Weise zu leben kommt ein Eros in Frage, der darüber die Herrschaft hat. Ich kenne ihn. Ich weiß recht gut, bis zu welchem Grade ich seinen Wonnen verfallen kann, weiß auch, daß ich keiner Art von Leben und Dasein gewachsen bin, wenn ich nicht regelmäßig und rhythmisch unter sein göttliches Szepter zurückkehre. Er vertieft, vereinfacht, weitet und beruhigt das Lebensbereich. Am Ende könnte die Harmonie, die er gibt, über alles Zerrüttende, leidenschaftlich Zerrissene, Disharmonische am ehesten Herr werden.

Mein Freund, der Dramaturg aus Hannover, ist hier gewesen. Er hat, nach einem Gespräch mit ihr und mir, Anja vom

Fleck weg engagiert, wodurch denn nun also der Würfel gefallen ist. Am ersten Mai soll sie ins Engagement treten.

Und wiederum habe ich das Gefühl, als ob ich einen elektrischen Draht angefaßt hätte. Trennung! Trennung! Trennung! Drei Schläge sind es, und die Erkenntnis des Wortes, vom ersten zum zweiten, zum dritten der Schläge, steigert sich. Beim dritten der Schläge ist es mir, als ob ich vor einem Abgrund zurücktaumle. Mir klingen die Ohren, ich schließe die Augen, ich sehe nichts.

Auf welche Wege bin ich geraten? Was will ich tun? Nicht mehr und nicht weniger, als alle erdenklichen Mittel und Kräfte gegen Anja feindlich aufrufen. Den Kauf eines Gaules, eines schönen Bildes, einer Bronze, eines holländischen Bogens aus Zitronenholz, allerlei Spielzeug blicke ich unter diesem Gesichtspunkt an. Einen Arbeitstempel im Garten will ich mir bauen, Gewächshäuser einrichten, einen sogenannten Kunstgärtner anstellen, alles, um mich zu betäuben, zu beschäftigen, von dem Gedanken an Anja und von meiner Liebeskrankheit abzulenken. Es soll mich Anja vergessen lassen, vergessen, daß ich dieses Geschöpf, das sich mir in vertrauender Liebe hingeschenkt, betrogen, roh in die Welt hinausgestoßen, schutzlos unter wilde Tiere geschleudert habe. Und für den Fall, daß sie ihnen entrinnen, von ihnen gehetzt flehend und schreiend an meine Tür pochen sollte, verrammle ich schon von vornherein diese Tür. Ich verrammle sie mit Tischen, Picknickkörben, Wein- und Bierflaschen, Bildern, Bronzen, neuen Büchern und Bücherschränken. Reißbretter und Reißschienen baue ich dahinter auf, ein Gaul und verschiedene Philosophen werden quer und lang dahintergestellt. Eine Schar von Freunden mit Ideen, Plänen, Malerpinseln und Schriftstellerfedern, Mikroskopen, Seziermessern, vor allem aber Wein- und Biergläser in der Hand, sind bereit zur Verteidigung. So gedenken wir Anjas Angriff abzuschlagen. Ich selber aber werde durch ein Dachfenster gucken und zu meiner Geliebten hinunterbrüllen: Ich kenne dich nicht!

Da habe ich mich ja wirklich in eine überaus anmutsvolle Lage hineingedacht. Aber was würde nun Anja sagen, wenn sie gehetzt, zerlumpt und mit wunden Füßen zur Burg des tapferen Mannes und zu seiner Dachzimmerluke emporblickte? Nichts weiter als: Geliebter, betrüge dich nicht! Dich kann außer dem Tode und dem Wahnsinn keine Macht Himmels oder Erden mehr von mir loslösen!

Ich fürchte, mein Liebling, du hast recht. Sooft ich einsehe und begreife, daß wir einen langen, langen Weg vor uns haben, der uns doch vielleicht niemals ganz vereinigt, niemals ohne die bitter schmerzlichsten Schuldgefühle unsere Liebe genießen läßt, und sooft ich dann eine Art und Weise der Loslösung finden will, komme ich, wenn ich diese erkannt zu haben glaube, jedesmal zu einem Punkt, wo mir durch eine blinde Wand jede Aussicht genommen ist. Ich sehe dann höchstens einen Menschen, der eine Art Harakiri vollzieht und sich die Aufgabe stellt, sich selbst Herz und Lunge aus dem Leibe zu nehmen, ohne daran zugrunde zu gehen. Dieser Mensch aber bin ich selbst.

Liegnitz, am 25. März 1896.

Ich bin gleichsam wieder zum Kinde geworden. Es ist wohl immer so, wenn ein erwachsener Mensch wieder in das Haus seiner Eltern kommt.

Das Hauswesen wirkt ein wenig trübselig.

Ich gedenke des armen Bruders Marcus, der Auftritte, die es zwischen Vater und ihm gegeben hat, der Not, in die er geraten ist, und bin erstaunt, wie sehr der Vater sein Schicksal, ja seinen Namen auszuschalten imstande ist, nicht nur aus dem Gespräch, wie mir scheint, sondern auch aus seinen Gedanken.

Natürlich bin ich froh, daß wir aller Voraussicht nach Vater und Mutter bei ihren bescheidenen Ansprüchen vor dem Mangel bewahren können. Vater, wie ich deutlich merke, hat in dieser Beziehung Vertrauen zu mir. Er ist ja nun über siebzig Jahr, das gibt ihm ein Recht auf den Ruhestand.

Er hat sich eins von den kürzlich erfundenen Velozipeden gekauft, fährt bereits recht gut und macht ausgedehnte Touren. Meine Mutter findet das lächerlich.

Meine Schwester und eine ältere Freundin, Tante Henschke, haben sich in dem Badeort Schlierke, nicht weit von hier, niedergelassen. Sie waren heut tagsüber da. Ich verehre meinen Vater und fühle, besonders in seiner Gegenwart, ihn noch immer als Autorität. Meine Schwester treibt einen Kultus mit ihm. Er sitzt am Fenster, er geht, er steht, sie weist mich mit himmelnden Augen auf ihn hin und flüstert mir zu: Der gute Vater! Wie er sich wäscht, pflegt, kleidet, wie er das spärliche weiße Haupthaar frisiert, den dichten weißen Schnurrbart trägt, das alles, was meine Mutter belächelt, erregt ihr Bewunderung. Sie sagt: Sieh dir die andern Männer an, und dann betrachte dir unsern Vater! Er ist der geborene Aristokrat.

Es ist richtig, daß sich mein Vater mit gutem Geschmack zu kleiden pflegt, und zwar seinem Alter angemessen. Einen Anzug schlechter Machart oder von anderem als bestem Tuch zu tragen wäre ihm ein Ding der Unmöglichkeit. Wäsche, Handschuhe, Fußbekleidung, Kopfbedeckung, alles ist von bester Eigenschaft. Mehrere Stunden braucht er zum An- und Auskleiden. Jeder Gegenstand wird dabei eine Art Heiligtum. Kein Dienstmädchen und kein Hausdiener kann sich rühmen, meinem Vater während der letzten zwanzig Jahre einen Schuh geputzt, einen Anzug ausgeklopft und gebürstet zu haben. Mit einer Bürstensammlung und allen wohlgepflegten Utensilien werden alle diese Dinge eigenhändig ausgeführt.

Natürlich macht eine solche Bekleidungskultur trotz aller Schonung der Gegenstände eine nicht ganz geringe Jahresausgabe notwendig, besonders da mein Vater immer mehrere nagelneue Hüte, nagelneue Anzüge und Mäntel sowie einige Paar nagelneue Schuhe in Vorrat hält.

Während der letzten zwanzig Jahre sind meiner Mutter vielleicht zweimal je ein Paar neue Filzschuhe geschenkt worden. Alle vier oder fünf Jahre benützte sie etwa einmal ein mindestens dreißig Jahre altes schwarzes Seidenkleid. Nie habe ich meine Mutter oder jemand anders für meine Mutter einen Hut, eine Blume, ein Kleid, ein Paar Schuhe, ein Stück Wäsche anschaffen sehen. Sie benützte einzig und allein jenen alten Bestand, den sie in die Ehe mitgebracht und, wo es nötig und möglich war, persönlich mit Fingerhut, Nadel, Zwirn und Schere den neuen Verhältnissen angepaßt hatte.

Oft sagt meine Mutter, wenn sie freies, eigenes Vermögen besäße, über das sie jederzeit verfügen könne, würde sie vielleicht nicht so bescheiden sein. Aber es gäbe nichts so Furchtbares, als jemand anders um Geld bitten zu müssen. Um das aber zu vermeiden, habe sie sich mehr auf das Haus beschränkt, sich vereinfacht und jede Art Eitelkeit abgelegt.

Mein Vater ist übrigens Sammler geworden. Es sind alle Arten von Tischlerhobeln, die er zusammengetragen hat. Er hat solche Werkzeuge winzig klein und andere über meterlang. Ich gebe zu, daß es Kunstwerke und daß sie schön zu sehen sind. Natürlich werden sie nicht benützt, sondern nur, um sie bewundern zu lassen, hervorgeholt. Der Sammler gibt sie nicht aus der Hand, er läßt niemand auch nur mit der Fingerspitze darankommen, er dreht sie, wendet sie, so daß der Betrachter sie von jeder Seite bestaunen kann, worauf er mit der Rechten etwa darüber hinstreichelt und sie, als ob sie zerbrechliches Glas wären, wieder in ihre Behälter legt.

Warum sehe ich denn nur das Gesicht meines Bruders Marcus immer, zu sonderbarer Grimasse verzerrt, über die geruhsame Hobelsammlung hinwegblicken?

Wir haben den Abend in einer kleinen, dämmrig-behaglichen Weinstube, natürlich ohne Mutter, zugebracht, wo man recht billig offene spanische Weine trinken kann: mein Vater, meine Schwester, Tante Henschke, die ein immer gut gelauntes, kluges, gebildetes altes Fräulein ist, und ich.

Wir waren durch den Geist des Elternhauses vereint, verbunden, zusammengehalten, und es bildete sich jene Atmosphäre um uns, die uns während unserer Kindheit Lebensluft bedeutete. Daß es mit Marcus nicht gut stand, wurde nicht erwähnt, daß ich in einer vollkommen glücklichen Ehe lebe, vorausgesetzt.

Es war viel Hoffen, Wünschen und Planen in der Luft. Vater gedenkt ebenfalls in den Badeort Schlierke überzusiedeln, wo er vor zweiundsechzig Jahren in die Volksschule gegangen ist. Er rückte mit der Frage heraus, ob ich nicht in Schlierke ein gewisses kleines Haus mit Garten, natürlich auf meinen Namen, erwerben und ihn und die Mutter hineinsetzen wolle? Er nannte den Preis, und ich sagte zu. Es war kein geringer Augenblick, die Freude zu fühlen, die man erregt hatte und die mein Vater unter dem ihm eigenen gemessenen Wesen doch nicht zu verbergen verstand.

Kurz, es war Liebe, Erneuerung, irgendwie Jugend und Neubeginn in der Luft. Die Gläser wurden geleert und gefüllt und auf das Leben im neuen Hause angestoßen.

»Wundervoll«, sagte meine Schwester, »wie wir nun alle wieder in ein und derselben Gegend der alten Heimat landen werden! Vater und Mutter, Tante Henschke und ich in Schlierke unten, du in Grünthal mit Weib und Kind und außerdem Julius mit seiner lieben Lore.«

Man lobte die schöne Landschaft der bergigen Gegend. Man hatte den kleinen, freundlichen Badeort, Mutter erreichte in zwei Minuten die Promenade. Dort konnte sie, wenn sie wollte, täglich sitzen und im Freien schöne Musik hören. Es war ein hübsches Theater da. Man trank seinen Kaffee in den Anlagen mit dem Wall des Gebirges vor Augen.

Wie sehr ich doch mit solchen Plänen und Aussichten einverstanden bin! Wie sehr ich sie zu den meinen mache! Bald, als wäre ich noch das Kind im Elternhaus, bald, als wäre ich Vater und Mutter selbst und ginge daran, mir einen friedlichen Lebensabend vorzubereiten. Wir haben eben trotz aller Eruptionen und Kämpfe innerhalb der Familie einen ausgesprochenen Familiensinn. Bei unserer etwas aus dem Durchschnitt fallenden Art sind wir mehr als andere auf uns angewiesen.

»Paßt auf, es wird gut werden«, sagte meine Schwester. »Paßt auf, es wird eine glückliche Zeit werden. Es ist das Beste, was wir tun konnten. Und paß auf!« sagte meine Schwester zu mir, »auch du mit Melitta und den Kindern, ihr werdet bald Dresden satt haben und in das schöne, schöne Grünthal zurückkommen.«

»Ich bin froh«, sagte der Vater, »mit Mutter einen Platz zu finden, von dem uns niemand verjagen kann und wo wir in Frieden die paar Jahre, die wir etwa noch zu leben haben, verbringen können.« – Und auch ich, wie gesagt, bin mit mir zufrieden und mit dem, was zu tun mir in dieser Sache zugefallen ist: ein langes Leben voller Mühen und Sorgen liegt hinter meinem Elternpaar, und ich bin vom Schicksal berufen, ihnen dieses mühevolle Dasein durch einen abendlichen Glanz zu verklären.

Grünthal, am 28. März 1896.

Ich bin heraufgekommen, um einmal wieder nach dem Rechten zu sehen. Ein Teil des Hauses wird noch immer von Julius und seiner Frau bewohnt. Die Räume unsrer alten Wohnung sind unverändert geblieben. Die Frau des Hausmannes hat sie in Ordnung gebracht und mein Bett überzogen.

Ich fange mit solchen nebensächlichen Umständen an, weil ich ruhig werden will. Denn was ich hier mit meinem Bruder und meiner Schwägerin erlebte, war sicher nicht das, was ich gesucht habe. Ich bin auch im Grunde gar nicht hier, um nach dem Rechten zu sehen. Ich wollte ein oder zwei besinnliche Tage in dem von mir so geliebten und mir so werten Hause zubringen.

Auch darum kam ich natürlich herauf, weil ich mit Vater in Schlierke, also in nächster Nähe war. Das Haus ist gekauft, und Vater ist nach Liegnitz zurückgereist.

Der Empfang, der mir gestern gegen Mittag durch Bruder und Schwägerin zuteil wurde, ist wohl unter allen, mit denen man mir jemals begegnete, der frostigste. Schließlich war ich im eigenen Haus. Ich hätte sonst folgern müssen, mein Besuch sei hier unwillkommen und mir liege es ob, durch schleunigstes Schließen der Tür von außen diesem Umstand Rechnung zu tragen.

So weit geht meine Feinfühligkeit nun freilich nicht.

Es stürmt, es regnet, es schneit dazwischen, es ziehen Nebel, aber schließlich sitze ich in meinem lieben, alten, geheizten Arbeitsraum und habe mir von der Hausmannsfrau einen Grog brauen lassen.

Ich konnte natürlich nicht verstehen, wieso ich einen solchen Empfang verdient hatte. Er stellt im übrigen eine Erfahrung dar, auf die ich durch keinen einzigen Präzedenzfall im Verkehr mit meinen Geschwistern vorbereitet bin. Schon als ich das Mittagessen am Tisch meines Bruders genießen mußte, konnte ich mir ohne Schwierigkeiten einbilden, ich sei ein seinen Freitisch hinunterwürgender Bettelstudent. Beinahe hätte ich alles wieder herausgegeben.

Ich wurde belehrt: Julius sei nun in meinem Hause an Ruhe gewöhnt. Auch sei er in eine Arbeit vertieft, deren Mißlingen er fürchte, sofern er gerade jetzt gestört werde.

Mein Bruder leidet an einer ungewöhnlichen Reizbarkeit. Ich bin ihm in der öffentlichen Geltung ein wenig vorausgeeilt, trotzdem er, als der Ältere, immer, wenn auch im ganzen mit Sympathie, auf mich herniedergesehen hat. Schon dadurch ist sein gutes Verhältnis zu mir gestört, verkehrt und verwandelt worden. Er hat mich gestützt, mich gefördert und in jeder Weise ermutigt, solange ich unterstützungs-, förderungs- und ermutigungsbedürftig war: als ich es plötzlich nicht mehr war, konnte man sehen, daß dieser Umstand schwere Verwirrungen bei ihm anrichtete.

Ohne Ehrgeiz kein irgendwie geartetes Wirken in der Welt. Ehrgeiz ist eine Kraft oder Leidenschaft, welche teils lockt, teils mit der neunschwänzigen Katze vorwärtstreibt. Mit der neunschwänzigen Katze wird mein Bruder Julius erbarmungslos vorwärtsgetrieben, seit ich ihm einige Nasenlängen zuvorgekommen bin.

Schon durch meine Erzählung von dem Hauskauf, der soeben zustande gekommen war, hatte ich ihn aufs schwerste gereizt. Als ich voraussetzte, er werde sich darüber freuen, war ich töricht genug, die unzähligen Wucherungen seines Ehrgeizes nicht in Betracht zu ziehen. Er neidete mir den Augenblick, wo ich etwas Gutes für unsere Eltern hatte tun können: was er nicht getan hatte und auch nicht hätte tun können, aber doch leidenschaftlich gern getan haben würde.

Er gönnte mir nichts, weder äußeren noch inneren Gewinn, was sich aus den besonderen Glücksumständen ergab, durch die mich das Schicksal vor ihm – ungerecht, wie immer! – auszeichnete. Er wollte nicht nur der bessere Gelehrte, Fachmann und Praktiker sein, sondern auch der bessere Vater, Gatte, Freund, Bruder und Sohn. Bruder allerdings nicht auf mich, sondern auf meine anderen Geschwister bezogen.

Seine Frau leidet zwar an alledem: das gequälte, gepeitschte und reizbare Wesen meines Bruders macht auch ihr das Leben nicht leicht. Die Schläge der neunschwänzigen Katze aber fühlt sie womöglich noch schmerzhafter, weil sie von ihnen, aus Liebe zu meinem Bruder, in meinem Bruder noch stärker als er getroffen wird.

Ob meine Schwägerin Lore deshalb zu einer wirklichen Abneigung gegen mich übergegangen ist, weiß ich nicht. Das Auge des Wohlwollens schenkt sie mir jedenfalls nicht.

Nun, ich glaube, ich kann mich allmählich dem Kern meines heutigen Themas annähern.

Nachdem sich mir der Vormittag so wenig erfreulich gestaltet hatte, erlebte ich den eigentlichen Widersinn erst am Nachmittag.

Ich schäme mich, ihn erlebt zu haben, und noch mehr, ihm in keiner Weise durch Ruhe und Haltung gewachsen gewesen zu sein. Der wäre kein Mann, der sich zum zweiten Male so verhalten würde, aber auch der wäre kein Mann, der nicht den Mut hätte, sich die ganze Wahrheit einzugestehen.

Mein Bruder hat mit dem Vermögen seiner Frau, wie sich bei dem Vorfall gestern nachmittag herausstellte, noch weniger gut gewirtschaftet, als ich vermutete. Die Art, wie er um einen Teil seines Kapitals gekommen ist, hängt zweifellos mit einer edlen Gesinnung zusammen, die ihn seinen Freunden gegenüber allzu freigebig macht. So hat er auch an Marcus jüngst wieder mehr als ich getan. Gestern nachmittag nun wurde von ihm eine sehr erhebliche Summe eingefordert, für die er im Interesse irgend jemandes Bürgschaft geleistet hat. Natürlich, daß er nicht aus noch ein wußte.

Ziemlich verändert, versöhnlich gestimmt, trat er am Nachmittag bei mir ein. Und ohne viel Umstände, indem er eine hohe Geldsumme und den Zahlungszwang als eine Kleinigkeit hinstellte, verlangte er mit der Selbstverständlichkeit des älteren Bruders, daß ich einspringen sollte. Davon konnte nun nicht die Rede sein.

Das Vermögen meiner Frau gehört ihr. Wenn es angegriffen ist, so bin ich mit Erfolg dabei, das Fehlende zu ergänzen. Gerade wie die Dinge nun einmal liegen, muß die materielle Freiheit meiner Frau besonders gesichert sein. Natürlich die Kinder einbegriffen.

In aller Ruhe erklärte ich also meinem Bruder, daß ich eine Möglichkeit, ihm aus meinen Mitteln zu helfen, nicht ins Auge fassen könne. Mein Bruder ging, und ich setzte mich wieder an meinen Tisch, um eine gewisse Arbeit fortzusetzen.

Dabei überlegte ich mir, wie meinem Bruder auf andere Weise etwa zu helfen sei. Er war ja durchaus nicht mittellos. Das Zugebrachte der Frau mußte zum großen Teil noch vorhanden sein, aber wohl auf ungeschickte Weise festgelegt. Er hatte davon gesprochen, ich solle auf das Grünthaler Haus eine Hypothek nehmen. Aber gerade in diesem Hause liegt ein Teil des Vermögens meiner Frau, und ich hatte kein Recht, dies Vermögen durch eine Hypothek zu halbieren, indem ich den Erlös im Sinne meines Bruders auf Nimmerwiedersehen hinauswürfe.

Über dies alles dachte ich nach, als ich Türen schlagen und trampeln hörte und fast im selben Augenblick geballte Fäuste und, ich möchte sagen, schäumende Mäuler – ich hatte mich unwillkürlich vom Tisch erhoben – dicht unter meinen Augen sah. Das waren keine gesunden Menschen, sondern es waren Tobsüchtige im Zustande sinnloser Raserei. Mein Bruder brüllte, schrie, spie, meine Schwägerin kreischte, krähte, spie und schrie. Ich habe manches gesehen, aber ich ahnte nicht, daß es einen solchen Zustand gibt, geschweige daß Menschen in ihn geraten können.

Einen Augenblick fragte ich mich, ob denn dieser entstellte Mensch mein Bruder sein könne, er, der über Philosophen und Forscher, von Thales bis Kant und Fichte herauf, so schön zu sprechen verstand! ob diese Frau meine Schwägerin sei, die ich, sie mochte jetzt fünfundzwanzig sein, als ein fast unirdisch zartes, achtzehnjähriges Mädchen gekannt hatte, deren größter Reiz ein feines, in sich gekehrtes Wesen war.

Die ganze Erscheinung, die ich so plötzlich und gänzlich unerwartet vor mir sah und für die ich eine Erklärung noch jetzt nicht finde, gewann für meinen Blick etwas an sich so Grausiges, daß eine Art panischer Schrecken mich anpackte. Hier hatten sich zwei mir im Grunde liebe Menschen in zwei Unholde verwandelt: es schien da plötzlich eine Verkleidung von zwei wirklichen Höllenboten gefallen zu sein, die sich bis dahin nur zweier Golems bedient hatten, meines sogenannten Bruders und meiner sogenannten Schwägerin. Was als Grimasse, Entstellung, keuchender, wutspeiender Haß, Drohung, tödlicher Blick, Gewalttätigkeit, ja Mordsucht auf mich eintobte, blieb eine Unerklärlichkeit, die mich in eine bis dahin nicht gekannte Bestürzung versetzte. Ich glaube, es war der Grund meines Grauens, daß ich gleichsam zwei rasende Leichname mit ertöteten Seelen vor mir sah, die ich dereinst im Leben gekannt und geliebt hatte. Dann war es, als ob das gleiche, was diese Seelen getötet hatte, auch meine Seele erwürgen wolle, worauf auch ich die Besinnung verlor und vom Wahnsinn der Angst ergriffen wurde. So wich ich mit allen Zeichen läppisch-kindischer Todesangst an die Wand zurück, und mein Arbeitszimmer, das Zimmer meiner Entwürfe und Werke, war für Minuten in den Käfig eines Tollhauses umgewandelt.

Ich traf neulich einen befreundeten Künstler, der das Erdbeben auf der Insel Ischia erlebt hatte. Er saß mit Freunden beim Wein um den Tisch, als der Tisch mit den Freunden in einem sich plötzlich öffnenden Abgrund verschwand: er selbst blieb an dessen Rande zurück und hat die Freunde nie wiedergesehen. »Sehen Sie«, sagte er mir, als wir im Gewühle der Linden hinschritten, »hier, dort, da, oben, unten, nirgend, wo ich auch gehe, stehe, liege, habe ich seit jenem Erlebnis noch das Gefühl der Sicherheit. Ich werde es nie zurückgewinnen. Ich werde nie wieder die Erde so sehen, wie ich sie vor dem Ereignis gesehen habe.« – Ebensowenig werde ich meinen Bruder und meine Schwägerin, wie den Menschen überhaupt, jemals wieder so sehen, wie ich ihn vor meinem gestrigen Erlebnis sah.

Ich habe den Menschen kennengelernt, wie er außerhalb alles dessen sein würde, womit die sogenannte Zivilisation seine Seele frisiert, parfümiert, wäscht, schminkt, kastriert und kostümiert, womit sie seine Seele im ganzen und einzelnen vor allem maskiert. Mit einem Ruck versank mir gestern die ganze große Lüge der Zivilisation, geschweige daß noch irgend etwas sichtbar, riechbar, hörbar, schmeckbar und tastbar an Kultur erinnert hätte.

Ich fürchte, ich fürchte, daß mein Bruder Julius und meine Schwägerin heute in meinem Innern durch Selbstmord geendet sind.

Mit welchem unerwarteten Resultat verlasse ich diese Gegend, die uns im Dämmer der Liegnitzer Weinstube wieder einmal so allversöhnlich und freundlich-lockend vorschwebte!

Bad Schlierke, am 30. April 2896.

Das ist es also nun, was ich in dem für meine Eltern neuerworbenen Hause zuerst erleben sollte: Stunden bei verschlossener Tür, während deren ich, ein tätiger, vierunddreißigjähriger Mann, mir nur immer, um nicht hörbar zu werden, das Taschentuch wie einen Knebel in den Mund stoßen mußte. Ich will ja nur eine Art Spiegel für mich selbst aufbewahren: weshalb sollte ich denn nicht von Weinkrämpfen reden, die mich geschüttelt haben?! In diesem Augenblick bin ich ausgewunden und ausgeweint.

Weder die Griechen noch die Römer hielten das Tränenvergießen für unmännlich. Unsere Zeit meint in dieser Beziehung männlicher und würdiger geworden zu sein, aber sie ist nur stumpfer geworden.

Kurz und gut, ich habe aus Herzensgrunde geweint und geweint und schäme mich nicht, geweint zu haben.

Was aber ist davon die Ursache?

Daß Anja nach Hannover gegangen ist!

Wenn Anja in Berlin ist und ich in Dresden, in Liegnitz oder hier, hat mich niemals ein solcher Paroxysmus übermächtigt. Ich habe nie mehr als das natürliche, durchaus nicht unerträgliche Trennungsweh gefühlt, das mich an gelegentlich heiterem Wohlbehagen nicht hindern konnte.

Heut bin ich gebrochen, fühle unerträglichen Schmerz in der Brust.

Anja und ich haben vor der Trennung mehrere Tage in der Verborgenheit einer kleinen Stadt gelebt. Irgendwie hatten wir beide das Gefühl davon, daß der nahe Abschied ein anderer als alle früheren sein sollte. Es war ein Gefühl, das den Stunden, die wir durchlebten, durchliebten, durchlitten, eine schwer erträgliche Schmerzenswollust gab. Endlich brachte ich Anja zur Bahn. Der Zug rückte an und bewegte sich, ich folgte ihm qualvoll und trostlos mit den Augen. Als ich aber den Bahnsteig verlassen und im Freien eine nahe Böschung erstiegen hatte, schob sich der Zug noch einmal zurück, und ich konnte Anja, die mich nicht sah, beobachten, wie sie, allein im Coupé, sich über ihr Handtäschchen bog, sich schneuzte und die Augen trocknete.

Abermals mußte ich Anja sehen, die mich wieder nicht sah und, allerlei ordnend, sich immer noch, wie es schien, mit ihren Augen zu schaffen machte, als der Zug nun wirklich seines Weges fuhr. Daß ich sie sah und nicht mehr von ihr gesehen wurde, daß mir also solcherart unsere Zukunft, das Einander-Gestorbensein im Leben, im Zufallssymbol vor Augen stand, raubte mir nun meine Fassung durchaus.

Denn das ist, wie gesagt, der Punkt: es liegt nicht einer der bei uns üblichen Abschiede hinter mir, sondern, obgleich unausgesprochen, ein anderer. Unausgesprochenes, Unaussprechliches ist es, was diesen Trennungsaugenblicken ihren Charakter gab. Wir wußten, ohne es einzugestehen, daß diese Lösung den Beginn unseres Auseinanderlebens bedeuten sollte und jeder von uns einen anderen Weg beschritt: ich rückwärts gewandt, Anja dagegen in die weite, feindliche Welt.

Was hat uns zu diesem Schritte gedrängt? Das aussichtslose und mühselige Einerlei unseres Provisoriums. Aber wurden wir denn überhaupt dazu gedrängt? Gott weiß, wie es kam, daß wir eines Tages die Möglichkeit einer Lockerung unserer Bindung erörterten. In alle Ewigkeit konnte es nicht so weitergehen. Wessen Geduld aber, als wir bis dahin gelangt waren, Anjas oder meine, mag zuerst gerissen sein? Wir stellten uns eine furchtbare Aufgabe.

Der heimliche Wühler war ich, wie ich fürchte. Die Idee hatte sich nun einmal in mir festgesetzt, sie hatte sich in mich eingenistet. Das ganze Frühjahr hindurch bedrängte sie mich, es war, als sei ich von ihr besessen. Am Ende hatte die Krise jetzt ihren Abschluß erreicht, überraschenderweise, vielleicht wie etwa eines Tages plötzlich das Fieber eines Kranken weicht und die Genesung gesichert ist. Es mochten auch andere Ursachen mitwirken. Der Niederbruch meines

Bruders in Bußbek rief meine familienerhaltenden Instinkte auf. Das wankende Haus sollte wenigstens, soweit ich dazu mitwirken konnte, einen unversehrten Pfeiler behalten. Ich empfand überdies eine gewisse Unlust, in der alten Weise fortzuschlingern, ein Nicht-mehr-Wollen, gipfelnd in einem jähen Eigensinn.

Damit bin ich dem Tiefpunkt, dem äußersten Tiefstand meines Wesens in dieser Sache nahegekommen. Die Übersiedlung Anjas nach Hannover bot mir die Gelegenheit zu einer ganz gewöhnlichen Niedertracht. Jetzt konnte man Anja ganz einfach abschieben. Jedermann wäre damit befriedigt, und die ganze ärgerliche Angelegenheit würde im Sande versickert sein.

Ich wollte Anja kaltblütig aufopfern. Ich zeihe mich eines Aktes bewußter Brutalität, der überdies noch Verrat und schnödester Undank ist. Einen Fall dieser Art gibt es in meinem sonstigen Leben nicht. Aber er hat sein Gutes gehabt. In diesem Augenblick erweist er selbst seine Undurchführbarkeit.

Ich öffnete meiner guten Mutter, die wohl mein krampfhaftes Schluchzen gehört hatte und zu mir hereinwollte. Eh sie begriff, worum es ging, goß ich einen Schwall von empörten, entrüsteten, verzweifelten Worten über sie aus, der sie wohl tiefer betroffen hätte, wenn sie nicht ähnliche Ausbrüche bei ihren Söhnen öfters erlebt hätte.

Ich tat, da sie die Repräsentantin der Familie war, als ob sie an dem Versuche schuld wäre, den ich um dieser willen unternommen hatte. In Übertreibungen ohne Maß warf ich ihr, die von der Sache nichts wußte, vor, man treibe mich in Zugeständnisse hinein, die einem Menschen wie mir das Leben zur Hölle, ja überhaupt unmöglich machen konnten. Sie wollte wissen, auf welche Fälle das zuträfe. Auf eine doppelte Hinrichtung trifft es zu, tobte ich, auf meine und Anjas Opferung!

Sie konnte mit dieser Eröffnung nichts anfangen.

»Ihr verlangt«, fuhr ich fort, »daß ich in der Gabeldeichsel meine Familie durch die Welt ziehe, an den Göpel gespannt, ihr Brotgetreide dreschen soll. Dabei muß ich immer und immer im Kreise herumgehen, und man legt mir noch Scheuklappen an. Aber ich bin kein versklavtes Tier, weder ein Ackergaul noch ein Packesel, ich bin sozusagen Gottes Ebenbild, Ställe sind für mich keine Wohnungen!«

»Wieso denn Ställe?« fragte die Mutter.

»An den Göpel, in die Deichsel, in die Sielen, an die Zugblätter, in den Stall wollt ihr mich. Aber ich bin an Freiheit gewöhnt, bin an Steppen und Höhen gewöhnt, bin nicht als Gaul, sondern höchstens als Reiter an den Sattel gewöhnt. Ich habe Größeres vor als ein Dasein mit Kachelofen und Bratäpfeln. Ich bin anderer Dinge gewürdigt worden, schmeckend, riechend, sehend, hörend, als euch allen miteinander, Melitta inbegriffen, auch nur zu ahnen gegeben ist!«

»Nun ja, das mag sein«, sagte meine Mutter. »Aber was Melitta angeht: versündige dich nicht.«

»Wer spricht davon, wer sich an mir versündigt? Wenn ich sterbe, begräbt man mich. Es wird niemand länger als fünf Minuten beschäftigen, die Frage zu beantworten, woran ich gestorben bin, und wenn ich an gebrochenem Herzen gestorben wäre.«

»So leicht stirbt man an gebrochenem Herzen nicht. Im übrigen aber sorge nur, daß nicht etwa jemand anders auf diese Art sterben muß.«

»Mag sterben, wer will, das ist mir gleichgültig. Diese ewigen Drohungen, Warnungen und Beängstigungen schrecken mich nicht. Anja ist auch seit dem Augenblicke tot, an dem sie mich aus dem Gesichtskreis verloren hat. Und wie du mich siehst, bin ich ebenfalls tot, gute Mutter, und wenn ich noch so sehr schreie und mit den Armen herumfuchtele.«

Die Mutter strich mir mit ihren gichtischen Händen über den Kopf und sagte: »Du hast es nicht leicht, lieber Junge.«

»Alles hängt, saugt, zehrt, reißt an mir. Alle tun es, nur Anja nicht. Und gerade sie habe ich fortgestoßen. Alles hängt sich mit stummen Bitten an mich, will mich belasten, macht mir Vorschriften. Anja allein macht mir keine Vorschriften, bittet um nichts und belastet mich nicht. Und eben deshalb wird sie geopfert, sie, die allein unter allen meinen Schritt beflügeln, meine Seele begeistern, mein Gemüt überschäumend froh machen kann.«

Was meine Mutter darauf erwiderte, hätte wohl einen gröber besaiteten Menschen, als ich bin, zur Besinnung gebracht.

»Siehst du, ich habe Vater abgeraten. Das Haus ist hübsch, er freut sich darüber, eine kleine Gartenwohnung hätte mich aber ebenso glücklich gemacht, und das hätte dich doch wenigstens nicht noch von unserer Seite mit einer neuen Last bedrückt.«

Ich bat meine Mutter um Entschuldigung.

Es schlug mir aufs Herz, wie sehr dieser erste, gleichsam erinnyengepeitschte Besuch ihr die Freude daran und an meiner Wohltat verbittern mußte.

Ich wurde ruhig, und da mein Vater abwesend war, hatte ich Zeit, ihr die Sachlage zu entwickeln.

Ich gab ihr von Anjas Wesen eine Schilderung, erzählte von ihrer Sprödigkeit, ihrer Tapferkeit, aber auch von der Ergebenheit, durch die sie gänzlich in mir aufgehe. Meine Liebe sei, sagte ich, zu einem Teil auch väterlich. Sie in Hannover am Theater zu wissen bedeute Unruhe und Kummer für mich, nicht so aus moralischen Gründen, als weil mir bekannt sei, welches Martyrium sich mit dem Bühnenberuf verbinde. Und übrigens wisse ich eben einfach nicht, wie ich leben solle ohne sie.

Die Mutter sagte: »Mein guter Junge, du tust mir ja leid. Ich wünschte, meine drei Söhne hätten weniger Begabung und weniger zarte Seelen als Lebensmitgift bekommen. Ihr seid leider zum Glück nicht gemacht, Ruhe und Frieden gibt's für euch nicht. Das Wort Behaglichkeit oder gar Gemütlichkeit hat für euch jeden Sinn verloren, und mein himmlischer Vater weiß, in wie mancher Nacht und wie manchem Gebet ich ihn um das, was euch fehlt, gebeten habe. Ich weiß nicht, was aus alledem noch einmal werden wird. Da liegt das Gold, vor euren Füßen liegt das Gold, ein gutes Geschick hat es euch vor die Füße gelegt, aber ihr mögt es nicht aufheben. Statt dessen ist es, als flöget ihr rechts und links vom Wege auf alles, worin ein Unglück oder gar Unheil stecken kann.«

Ich warf dazwischen: »Mutter, ein großer Dichter sagt: Nichts vermag jemand, der kein Unglück erfahren hat.«

»Ach, geh mir mit deinen großen Dichtern. Diesem Satze nach gibt es ja überhaupt keinen Menschen, der nichts vermag, und zwar, weil es keinen gibt, der kein Leid erfahren hat. Und ich zum Beispiel, lieber Titus, müßte wer weiß wie viel vermögend sein, wenn das Wort deines großen Dichters zuträfe.

Mein Vater und meine Mutter liebten einander noch im siebzigsten Jahr mit der innigsten Zärtlichkeit. Nie haben wir Kinder etwas anderes in ihrem Zusammenleben gesehen als Harmonie. Wir lebten bescheiden, lebten zufrieden, und keiner dachte daran, aus dem schlichten bürgerlichen Kreise auch nur in Gedanken herauszutreten. Für alles das habt ihr keinen Sinn. Nichts ist euch heilig, alles wollt ihr von frischem durchdenken. Ihr leidet an einer schrecklichen Ruhelosigkeit. Da fandet ihr eure lieben Frauen, es fiel euch gleichsam ein sonst nur in Märchenbüchern vorkommendes Glück in den Schoß: Marcus, Julius und du, ihr wurdet auf einmal sorgenfrei. Eure Frauen waren unabhängig und wohlhabend, eure Frauen waren brav, lieb und gut, ihr konntet euch keine besseren wünschen. Das ist also, dachte man, ein Wink von Gott, jetzt würdet ihr auch zu Ruhe und Frieden kommen. Nun sieh, was aus Marcus und seiner Familie geworden ist: sie wissen nicht, wie sie satt werden sollen. Julius ist durch sein unbefriedigtes Streben unglücklich. Materiell aber wird er möglicherweise eines Tages dorthin gelangen, wo Marcus gelandet ist. Und du? Aber wie es mit dir steht, mußt du ja selbst wissen!«

Nach kurzem Stillschweigen fuhr meine Mutter fort:

»Dir ist es in einem, ist es im anderen Sinne geglückt. Du hast auch mit deiner Arbeit Erfolg, deine Sachen bringen dir schöne Vorteile. Aber nun kehrst du dich plötzlich gegen dich, erschwerst deine Aufgaben, gefährdest durch dein leidenschaftliches Wesen und durch das, was du dir aufbündelst, alles, was du hast und bist!«

Ich habe die Worte meiner Mutter ungefähr so niedergeschrieben, wie sie gesprochen worden sind. Ich sah mich durch sie getröstet und habe Fassung wiedergewonnen.

Grünthal, am 3. Mai 1896.

Pfingsten, das liebliche Fest, ist gekommen. Insofern wenigstens, als Melitta und die Kinder bereits zu den Pfingstferien hier eingetroffen sind. Leider steht Melittas immerhin sichtbare Pfingstfreude, die Heiterkeit meiner Jungens, das überwältigende Grünen und Blühen in der Natur zu meinem Innern in peinlichem Gegensatz. Es ist unverkennbar, Melitta glaubt wieder einmal, es sei durch Anjas Entfernung nach Hannover ein wichtiger Schritt nach vorwärts geschehen, natürlich im Sinne ihrer Hoffnung. Sie ahnt nicht, wie es in Wahrheit damit beschaffen ist.

Wir teilen noch immer mit Julius das gleiche Haus. Trotzdem unsere Wohnungen eng beieinanderliegen, vermeide ich nach dem, was neulich geschehen ist, eine Begegnung mit ihm und Lore nach Möglichkeit. Wie seltsam, bis zu welchem

Grade der Kälte unsere Beziehung gediehen ist. Als Knaben lebten wir fast wie Zwillinge, Zwillinge freilich mit einem Altersunterschied. Ich litt unter dem älteren Bruder, wie ein Zwilling wohl kaum unter einem Bruder gelitten hätte. Ich litt manchmal furchtbar unter ihm. Da man uns gemeinsam nach Bunzlau auf ein und dieselbe Schule, in ein und dieselbe Pension, in ein und dieselbe Stube gesteckt hatte, so mußten sich alle die Übel ergeben, die bei engem Zusammenwohnen unvermeidlich sind. Auch die Schrecken wie manchen Ehelebens lassen sich zurückführen auf räumlich beengtes Zusammensein.

Es kam dann Gott sei Dank eine andere Zeit: Studenten- und Studienjahre, in denen aus dem ungleichen Brüderpaar ein wirkliches Freundespaar geworden war. Leider ist nun auch dieser Zustand vorüber.

Wäre es anders, ich würde die fortwährenden Kämpfe meines Gemütes nicht so allein auszutragen haben. Oft sind sie zu physischen Martern gesteigert, und ich bin nahe daran, den Versuch zu machen, eine Art Befreiung herbeizuführen, indem ich meine Seele in die des Bruders ausschütte. Dann aber muß ich mir jedesmal eingestehen, die Seele meines Bruders Julius, seine Freundschaft für mich sind tot.

Hat mich Julius nicht geliebt, auf alle mögliche Weise gefördert, sich nicht beinahe vernarrt in mich gezeigt? Hat er nicht Studenten und Professoren begeistert auf mich hingewiesen? Hat er nicht ihnen und mir unentwegt meinen kommenden Ruhm, wie er es nannte, prophezeit? und als mein erstes Werk entstanden war, hat er nicht in Briefen an mich frohlockt und mich beglückwünscht aus Herzensgrund? Und nun, kaum ein halbes Jahr, nachdem mein Name in der Öffentlichkeit ein wenig genannt wurde, dieses willensstarke, kalte, entschiedene Abwenden!

Weiß mein Bruder, gegen welche Lasten ich mich zu stemmen habe, wenn ich nicht erdrückt werden will? Er weiß es nicht, und er will es nicht wissen. Ich bin nicht mehr: er hat mich in der eisigen Taygetosschlucht seiner Seele abgewürgt. Mein Bruder ist zum Spartaner geworden. Er hat keinen Sinn, weder Auge noch Ohr noch Gefühl mehr für mich. Er würde den Schuß nicht hören, wenn ich auf den Gedanken käme, in den Tod zu gehen.

Gott weiß es, ob ich die Wonnen dieser Pfingstzeit auch nur noch durch einige Tage, ohne verrückt zu werden, aushalte.

Ich möchte fort. Ich möchte alle diese zerrenden, zupfenden, reißenden, schneidenden, Hohn oder Neid blickenden Mächte, Bindungen, Anmaßungen abschütteln, dieses klebrige, dumpfe, muffige, feindlich-freundliche Familiensein, dieses glühende Netz, in das verwickelt, wir blöde und sinnlos herumstolpern.

Was gehen mich Melittas bettelnde Blicke an? Ich bin ausgeraubt. Kann ein Ausgeraubter, ein Bettler etwas hinschenken? Ich bin leer. Körper und Seele sind ausgeweidet. Wenn etwas darin ist, so ist es außer dem Nichts nur der Schmerz. Außer dem Nichts nur die Schmerzensunendlichkeit. Wozu soll ich essen, wozu soll ich trinken? Wozu soll ich Luft schnappen, wo keine ist? Wozu soll ein Toter vor Toten Grimassen und Worte machen?

Schmiedeberg-Stern, am 7. Mai 1896.

Ich bin hierher nach einer mehrtägigen Gebirgswanderung gelangt, die ich mit Freunden unternommen habe: Professor S., Dr. T. und einige andere Herren hatten sich in Grünthal zusammengefunden, so unternahmen wir diese Bergpartie.

Die Zeit stand still. Sie wollte nicht fortschreiten. Ich konnte kein Ende der acht oder zehn Ferientage absehen, die ich noch vor mir hatte. Die Beengung wuchs. Ersticken oder durchbrechen: eines von beiden mußte binnen kurzem geschehen sein. Die Lüge, in der ich lebe, bei diesem Zustand meines Innern aufrechtzuerhalten, wurde schwerer und schwerer mit jedem Augenblick. Ich mußte mich stellen, als ob ich mit Leib und Seele bei Weib und Kindern sei, während doch nichts als mein Körpergewicht noch zugegen war. Es war keine Sehnsucht mehr, was mich zu der fernen Geliebten zog, mir wurde vielmehr die Seele von einer unwiderstehlichen Kraft erbarmungslos aus dem Leibe gezogen. Dabei war ich voller Ängste um sie und Bangigkeit.

Ich sagte mir, wenn ich mich dieser Fußpartie anschließe, so werde ich zwei, drei Tage Zeit im Handumdrehen getötet haben. Ich werde den Teufel betrügen und dreien seiner alphaften Höllengeburten, die er mir in den Weg stellte, ein Schnippchen schlagen. Diesen Eisen-, Phosphor-, Schwefelgeruch, den sie mir zu atmen geben, werde ich in reine Bergluft umwandeln. Auf den Höhen verliert sich wohl auch der Rost- und Stahlgeschmack, der mir widerlich in der trockenen Mundhöhle sitzt. Übrigens bin ich doch wohl körperlich krank. Ich sehe wirklich nicht nur auf den Photographien höchst jämmerlich aus, sondern auch hier im Spiegel meines Hotelzimmers. Mein Spiegelbild zeigt einen abgemagerten, ausgemergelten Mann, dessen Augen tief in den Höhlen liegen. Sein Gesichtsausdruck ist müde und trübselig. Allzu deutlich zeigt sich unter der schlaffen Haut die Schädelform. Über den Zahnreihen schließen zwar die Lippen noch, aber es fehlt am Ende nicht viel, so sage ich mir, und dieses fleischlose Haupt könnte einem Künstler als Modell dienen, der einen Totentanz malen will.

Wenn ich nun Lust und Muße hätte, könnte ich meine Erfahrungen darüber ausführlich behandeln, inwieweit der Körper auf die Seele, die Seele auf den Körper wirken kann. Aber ich mag mich auf alle die Subtilitäten, die darüber im Schwang gehen, nicht einlassen. Ohne alle Frage ist jedenfalls, gleichviel ob man Seele und Körper als getrennt oder als Einheit auffassen will, daß etwas Immaterielles, wenigstens etwas, das sich den Sinnen entzieht, vermögend ist, schwere physische Störungen zu verursachen. Oder welche materiellen Qualitäten will man den drei Worten: Sorge, Kummer, Gram zusprechen, von denen eines allein den stärksten und gesündesten Körper zugrunde richten kann?

Oder könnte in meinem Falle ein Arzt helfen? Gesetzt, ich ließe einen Arzt rufen. Ich sagte ihm etwa so und so und das und das. Etwa diese und jene Beschwerden fühle ich. Ich esse nicht, und wenn ich esse, so widersteht es mir, und gelegentlich wird mir übel. Was ich gegessen habe, verdaue ich nicht. Ich bekomme davon nur Sodbrennen und fortgesetztes Aufstoßen. Ich schlafe nicht, das heißt, ich lege mich todmüde zu Bett, verliere das Bewußtsein, und wenn ich erwache, liegen zwei Stunden Schlaf hinter mir. Den ganzen übrigen Teil der Nacht aber bin ich den Dämonen meiner Sorgen, meines Kummers, meines Grams ausgeliefert. Ich habe ein peinigendes Gefühl auf der Brust. Die Art des Schmerzes ist nicht zu beschreiben. Er ist nicht stillstehend. Man könnte ihn mit einem Schmerzgewölke vergleichen, das sich ausdehnt und zusammenzieht und auch wohl einmal für ein paar Stunden verschwinden kann. Darauf verschriebe mir der Arzt wahrscheinlich Natron oder Salzsäure, er drückte mir sein Lieblingsschlafmittel in die Hand und vielleicht eine zweite Chemikalie, die bestimmt wäre, auf das Sonnengeflecht oder irgendeinen anderen Nervenkomplex zu wirken. Seine Behandlung würde vollständig nutzlos sein. Die Salzsäure würde ebensowenig wie das Natron wirken, die Chemikalien so lange, als die Lähmungen durch sie vorhielten, aber da ich schließlich wieder aufwachen müßte oder mich durch Chemikalien endgültig abtöten, so würde bald alles wieder beim alten sein.

Sagte indessen dieser Arzt: Ich befehle Ihnen, steigen Sie sofort auf die Bahn, und verlassen Sie den Zug erst, wenn Sie in Hannover sind, alles Weitere wird sich finden: im Zug bereits wäre ich zur Hälfte, bei der Ankunft in Hannover zu dreiviertel, in der Gegenwart Anjas ganz gesund.

Habe ich nun dem Teufel wirklich ein Schnippchen geschlagen mit dieser Wanderung? Ich hätte wahrscheinlich zu Hause noch mehr gelitten. Ich leide ja schließlich am ärgsten, wenn ich, an einen Ort gebunden, meiner Ruhelosigkeit, meiner Rastlosigkeit nicht nachgeben kann. Aber der Geruch und Geschmack der Carceri – Piranesis Stiche schweben mir vor – hat sich auch auf den sogenannten Bergeshöhen nicht verloren. Ich habe mich schwatzend, lachend, Galgenhumore um mich verbreitend, hin- und fortgeschleppt, die Natur, die Gegenwart meiner Freunde, die Unternehmung als sinnlos empfunden, ja, ich war eine bloße Maschinerie, die, ich möchte sagen, einen bleiernen Tod in selbstauferlegter Tortur über die Berge von einem Ort zum andern trug.

Berlin, am 16. Mai 1896.

Ich sollte im Abschiednehmen doch wohl allmählich Übung bekommen. Wiederum liegen zwei Abschiede, der von Melitta und der von Anja, hinter mir. Ich hatte Melitta und die Kinder in den Zug gesetzt und bestieg selbst einen anderen, der mich zu Anja nach Hannover bringen sollte. Endlich war ich befreit, hatte aber während der Fahrt noch mit der Erinnerung an die wiederum so bedeutsam winkenden, gleichsam bettelnden Hände und Arme zu tun, die auch diesmal bei Abfahrt des Zuges mein Herz erweichen sollten. Bald aber war ich bei Anja – von der ich nun auch schon wieder geschieden bin. Der Zustand aber, in dem ich mich seit der Trennung wiederum befinde, spricht nicht dafür, daß mir Abschiednehmen eine geläufige Sache geworden ist.

Wie werde ich mich nach dem, was über mich hingegangen ist, in den platten Alltag zurückfinden? Noch schwingt mein ganzes Wesen davon. Schon auf dem Wege zu Anja, ahnte ich doch nicht, was mich erwartete. Ich spürte die Macht nicht vor, die sich an mir – sage ich zerstörend? oder sage ich beseligend? – offenbaren sollte. Das Leben mag durch und durch Offenbarung sein, aber nicht dasselbe oder gar alles wird jedem enthüllt. Die wenigsten werden in sich die Tiefen der Liebe voll erfahren. Der nehme alle Kraft zusammen, daß er nicht verkohle, wenn ihn die brennende Hand des Liebesgottes berührt.

Von Anja entfernt, stehe ich trotzdem noch mitten im Mysterium. Glaubte ich je an die Möglichkeit, Anja entbehren zu können, so bin ich eines anderen belehrt. Der Dämon in ihr hat mir seine wachsende Macht gezeigt: und er ist ein Tyrann ohne Gnade.

Scheu wie Diebsvolk trafen wir uns. Wie Tiere des Feldes, die inmitten des Straßengewühls Bestürzung und Angst befällt, suchten wir die Peripherie der Stadt zu gewinnen. Auf Feldwegen strichen wir zwischen Büschen, Bächen und Wiesen hin. Die Spannung war durch den Gedanken der Trennung unerträglich geworden. Die Lösung und Erlösung davon überfiel uns mit einer tiefen Benommenheit. Anja erzählte, was sie inzwischen erlebt hatte. Wir stapften auf Dörfer und nahe Ortschaften zu, wo wir Versteck und Obdach für die Nacht finden wollten. Und wirklich bot sich, die Nacht war bereits eingefallen, ein Gasthaus, dessen Räume von Blechmusik durchtobt waren, und jener verständnisvolle Wirt, der nicht fragt, woher und wohin.

Die Nacht ist keines Menschen Freund? – Sie war meine und Anjas Freundin, als sie undurchdringlich über uns zusammenschlug.

Die wesentlichsten Ereignisse unseres Lebens, so Geburt und Tod, liegen für uns in Dunkelheit. Wir erfahren das Tiefste, wenn der Sinn des Auges, der Sinn des Gehörs unbeschäftigt ist, wenn die Form zergeht, außer im Getast, also im Gefühl, wo dann eigene und fremde Körperlichkeit fast nur so erkannt und begriffen werden. Auch der Sinn des Geruches entdeckt sich dann, und gegenseitiges heißes Zusammenschmelzen scheint das blinde Geheimnis des Lebens aufzuschließen.

In der wahren Umarmung zweier Menschen bleibt ein Letztes immer noch unerfüllt. Hingebung des einen an den anderen will Besitzergreifung sein. Sie ist aber auch ein Versuch, sich wegzuwerfen, eines Befreiens von sich selbst. Und dieser Versuch ist von Not, Angst, Wut, ja Verzweiflung erzwungen. Man wirft sich weg, will das Andere, das Höhere, das Höchste im bloßen Genusse sein. Statt der Erfüllung aber umfängt uns am Ende Bewußtlosigkeit, und das Letzte der Schönheit, das wir für alle Zeiten uns einprägen möchten, wird nach kurzem, versengendem Aufleuchten durch das Nichts abgelöst.

Noch sind die vergangenen Nächte, noch ist die Blindheit und Betäubung dieser Nächte in mir, so daß mein äußeres Auge, ohne Verbundenheit mit meiner innersten Seele, zugleich sieht und nicht sieht oder nur seelenlose Gespenster sieht. Es war entthront, es ist in seine Hoheitsrechte noch nicht wieder eingesetzt. Noch immer herrscht das gleichsam übersichtig gewordene Gefühl. Jedes kleinste Teilchen meines körperlichen Wesens ist Medium visionärer Fühlungen, durch die ein anderes Wesen, ein lebendiges Bild deutlich gegenwärtig wird. Noch habe ich keine Beziehung zum Straßenlärm, zu den Glocken der Gedächtniskirche, die mir gegenüberliegt, menschliche Sprache vermag sich vor meinem Ohr über den Wert leeren Geräusches nicht hinauszuheben. Aber dieses Ohr liegt noch immer gepreßt an das schlagende Geheimnis einer Brust. Es kann sich an der rätselhaften Arbeit jenes inneren Lebewesens, das mit Systole und Diastole keinen Augenblick nachlassen darf, nicht satthören. Es behorcht weiter verzückt und erschreckt jenen unbegreiflichen Puls, ohne den im Himmel und auf Erden kein Leben ist.

Die meisten sind Stümper in der Liebe. Sie wissen nichts von der dunklen Erdglut, die in ihr ist. Sie ist wesentlich nächtig, irdisch, ja, mehr noch unterirdisch. Meinethalb sei der blinde Maulwurf, der im Humus Gänge gräbt, ihr Symbol. Sie ist eng verhaftet mit dem Gebiet, wo die Keime schwellen und Wurzeln fortkriechen, dem Welten, Himmel, Menschen, Pflanzen und Tiere gebärenden Mutterschoß. Ein betrogener Betrüger ist der, der in den Armen seiner Geliebten nicht ganz ein Gedanke ist: Du bist die Erwählte für mein Kind! Und ein Golem ist die Geliebte, die nicht ebenso denkt: Du bist der erwählte Schöpfer in mir, der mich zur Mutter erheben soll! Ja, so verbinden wir uns mit den Müttern. Wir sind den furchtbaren, allgebärenden Müttern nah, verbunden mit den glühenden Magmen des Erdinnern. Wer solcher Dinge gewürdigt wurde, ist in den Kern der Schöpfung eingedrungen.

Ein Letztes in der Liebe, sagte ich, bleibe unerfüllt. Deshalb ist uns beschieden, wie auch mir, immer wieder zur Qual der Entbehrung aufzuwachen.

Herthasruh auf Rügen, am 3. Juli 1896.

Es ist hier sehr schön. Der Vollmond steht über dem Meer, nicht über dem freien, sondern über dem Greifswalder Bodden. Es ist nachts gegen zwölf Uhr. Ich schreibe bei einem Kerzenflämmchen, das hie und da ein Lufthauch durchs offene Fenster herein in Bewegung setzt. Das Inselchen Vilm liegt mir gegenüber.

Ein Nachschlagen in diesem Tagebuch hat mich belehrt, was für Pläne ich mit dem kleinen Eiland gehabt habe. So seltsam sie immerhin auch gewesen sein mögen, daß ich nun hier bin und lebe, ist noch seltsamer. Das Inselchen ist in der Tat eine kleine Kostbarkeit: mit Bäumen in Urwaldmaßen bestanden, von milden und lockenden Fluten umspült.

Die Blätter habe ich leider nicht mitgebracht, auf denen die Niederschläge meiner amerikanischen Träumereien mit Grund und Aufriß meines Wohntempels zu finden sind. Aber ich sehe im Geist das Bauwerk trotzdem zwischen den Bäumen hindurch übers Wasser schimmern.

Was wollte ich doch in ihm verwirklichen? Ich denke, ein Stück antikes Griechentum in der häßlich-christlich-verworrenen Welt. Mein Tempel hatte ein säulenumgebenes Atrium, das seligen Bädern dienen sollte. Götter aus Marmor sollten in ihm sich spiegeln. Marmorstufen führten hinab ins Meer, an deren Seiten nachts auf breiten Pilastern in mächtigen Feuerbecken Pechflammen schwelen und lodern sollten. Eine Stätte der Liebe, eine Stätte der Schönheit, eine Stätte der Lust schwebte mir damals vor, und indem ich mit Zirkel und Schiene arbeitete, wurde das Unglaubliche so lange glaubhaft, als das geschah. Es war eine imaginierte Wirklichkeit, in die ich mich damals retten konnte.

Eben bin ich im selbstgeruderten Boot aus einem Fischerdorf zurückgekehrt, wohin ich Anja und ihre Mutter, die dort eine Sommerwohnung innehaben, gebracht hatte. Die beiden Damen waren bei mir im Herthasruher Kurhaus zum Abendbrot. Es verwirklicht sich also zum ersten Male, was wir bisher vergeblich ersehnt haben, nämlich in einer sommerlich schönen Natur ungestört vereint zu sein.

Anja hat ihr Verhältnis zum Theater, nicht nur zu dem von Hannover, vollständig gelöst und wird sich wieder allein der Musik widmen. Sie und ihre Mutter fühlen sich glücklich hier, und auch ich lebe in einem einzigen Hochgefühl. Man mag hier den Blick hinwenden, wo immer man will, er kehrt gleichsam gebadet in Schönheit zurück.

Ich habe aus voller Kehle und Seele gesungen, als ich die Damen abgesetzt hatte und mein Boot über die stille Wasserbahn, unter taghellem Mondlicht, zurückruderte. Es war ein italienisches Lied. Die Gegend hat um diese Jahreszeit südlichen Reiz. Verstünde ich Griechisch, hätte ich griechisch gesungen. Das sogenannte Kurhaus, in dem ich jetzt bin und auf das ich mein Boot hinsteuerte, stammt aus der Schinkel-Zeit und ist einem griechischen Tempel nachgebildet. Da kein anderes Gebäude in der Nähe ist, wird durch dieses die Gegend gleichsam in eine griechische Landschaft verwandelt.

Melitta, begleitet von meinem Ältesten, Malte, ist bei gemeinsamen Freunden in Norwegen, eine Fahrt, die sie gern unternahm und lange geplant hatte. Ihre Briefe gereichen mir zur Beruhigung. Sie wohnt in einem von drei Blockhäusern, die fernab von anderen menschlichen Anwesen unweit eines Bergsees errichtet sind, der, überfüllt mit Fischen, die tägliche Kost liefert. Unsere nordischen Freunde betreiben natürlich auch Landwirtschaft. Die großartig einfache Lebensform lenkt Melitta, so scheint es, von ihrem bisher gewohnten Denken, Sorgen und Leben ab und wirkt befreiend auf ihr Gemüt.

So ist also eine Vertagung des Konfliktes und seiner möglichen Lösungen durchgesetzt, und wir können einmal alle in jeder Beziehung aufatmen.

Herthasruh, am 5. Juli 1896.

Wieder habe ich einen goldenen Tag hinter mir: einen lichtüberfüllten, lichttrunkenen.

Ich traf eine Magd, die ihren grasbeschwerten Karren niedergesetzt hatte. Sie war stark und rothaarig, von der Art jener Weiber, deren Schopf die römischen Damen zu stehlen pflegten. Erst näher gekommen, begriff ich, weshalb diese wilde Gudrune, die ganz allein war, abwechselnd lauschte und dann, von maßlosem Staunen geschüttelt, schreiend auflachte. Der Vorgang war rätselhaft und packend in seiner Ursprünglichkeit. Allmählich wurde mir klar, was dieses Naturkind so gebannt und verstört hatte. Es waren die Triller und Läufe von Anjas Geige, war das Schluchzen ihrer Kantilene, was sie sich nicht erklären konnte. Das Gehörte, aus einer Fischerhütte hervordringend, löste einen Rausch der Befremdung und des Entzückens bei ihr aus, der aber, als handle es sich bei dem Gehörten um die seltsame Entartung eines Tierlautes, in Belustigung gipfelte: »Eine Katze, eine Katze!« kreischte die Magd immer wieder auf platt. Es war tatsächlich für sie eine Katze, die ihr Winseln, Greinen, Knurren und nächtlich liebevolles Miauen bis in diese nie geahnten Möglichkeiten gesteigert hatte.

Ein kleiner Zwischenfall ist zu nennen, der Gott sei Dank keine ernste Bedeutung hat. Wir setzten auf einer Fähre über nach dem Inselchen Vilm. Während der Fahrt, nachdem Anja einige Male unerwartet heftig geniest hatte, fiel sie um. Mir schien es weniger eine Ohnmacht als ein Aussetzen des Bewußtseins zu sein. Als sie nach Sekunden wieder zur Besinnung kam, war der Ausdruck ihrer Augen besonders merkwürdig. Wäre irgend etwas unvergeßlich, so müßte es dieser Ausdruck sein: als ob eine Seele aus unendlichen Tiefen und Fernen zum ersten Male auftauche. Sie schien in wenigen Augenblicken Jahrtausende des Vergessens abzutun.

Sie selber macht nicht viel daraus. In ihrer Familie wird man leicht ohnmächtig. Anja sagt, sie fühle sich nach einem solchen Anfall mehr als nach einem tiefen und langen Schlaf ausgeruht.

Auf dem Inselchen ist, mit dem kleinen Gutsbetrieb verbunden, eine Gastwirtschaft. Ich habe dort beim Mittagessen, nicht gerade angenehm berührt, einen Bekannten aus Grünthal getroffen. Es ist dies ein Herr, der seit langem in ständigen Wirren mit seiner Familie lebt. Er hat mehrere Scheidungen hinter sich und sorgt fortgesetzt für üble Nachrede. Doch schließlich schien mir der Mann nicht unangenehm. Er näherte sich mir mit einer schlichten und offenen Freundlichkeit. In Grünthal sind wir stets aneinander vorübergegangen.

Natürlich habe ich ihn Anja vorgestellt, und beide, nach der heiteren Unterhaltung zu schließen, schienen einander zu gefallen.

Ich hatte übrigens heute einen kleinen Konflikt am Strande in Herthasruh. Vor einer Fischerkate war eine Henne an einem Pflock festgemacht, man hatte ihr eine Schlinge um den Fuß gelegt und das andere Ende der kurzen Schnur an dem Pflocke befestigt. Eine Menge kleiner Hühnchen waren um die Alte her, die sich durch ständiges Reißen entsetzlich quälte, um von dem Pflocke loszukommen. Ich hielt mich ein wenig darüber auf und versuchte, ein in der Nähe Kartoffeln schälendes Weib zu bewegen, die Henne frei zu machen. Ich stieß auf heftigen Widerstand.

Was weiter? Es hat mich ein wenig verstimmt, aber ich habe weiß Gott nichts Neues gesehen und hätte mich, in Betracht der viel schlimmeren Dinge ähnlicher Art in Spanien oder Süditalien, vielleicht besser nicht eingemischt. Die eine befreite Henne könnte ja doch das Los der andern weder in Gegenwart noch Zukunft verbessern.

Und was sind das alles für Kleinigkeiten, besser kleinliche Äußerlichkeiten! Ich beruhe doch schließlich ganz in Ihr, so sehr beruhe ich in ihr und in mir, daß der frühere Antrieb, nach außen zu wirken, wunderlicherweise fast ausgeschaltet ist. Das bedeutet natürlich eine Gefahr für mich. Immerhin, mit oder ohne illusionistisches Ziel, schließlich ist mir ja Arbeit zur zweiten Natur geworden. Auch kann ich mit einem neuen Antrieb einigermaßen rechnen, der an Stelle des verlorenen getreten ist: das ist ein sonderbarer Bekenntnisdrang. Nicht allein, weil ich allenthalben spüre, daß man von Anjas Wert und von dem Wunder, zu dem sie mein Leben gemacht hat, keine Ahnung hat, sondern weil ich das Wunder überhaupt glorifizieren muß, wenn ich nicht zerstört werden will. Für mich allein vermag ich nicht damit fertig zu werden. Immerfort spricht eine Stimme in mir, wie sie in Paulus nach dem Tage von Damaskus gesprochen haben mag: Du bist eines Lichtes teilhaftig geworden, damit es durch dich aller Welt leuchte! Und auch ich, gewiß nicht weniger als der Apostel, bin mir dabei der menschliche Kräfte überschreitenden Aufgabe wohl bewußt.

Sie ist unlöslich verbunden mit mir. Ich muß ihr dienen. Von den ungeschickten Versuchen an, die dem und jenem nüchternen Kopf unter meinen Freunden Anjas Wert anpreisen, bis zu den Tempelbauten der Seele auf Insel Vilm, bis zu all der phantastischen Pracht der Städte und Paläste, die ich für sie im Geiste errichte, der Geschmeide und köstlichen Stoffe, die ich vor ihr ausschütte und mit denen ich sie bekleide und schmücke, von den einfachsten Annehmlichkeiten an, die ich ihr zu bereiten suche, bis zu den raffiniertesten aller Genüsse, die ich für sie ausdenke, Teppiche, Salbungen, marmorne Bäder des Orients, lebendige schwarze Sklaven, regungslose griechische Bildsäulen: alles und alles dient dieser Aufgabe. Diese steigert sich bis zu einer heilig unentrinnbaren Pflicht und hat nichts zu tun mit Eitelkeit. Ich lege südliche Gärten der Seele für Anja an. Und wenn über ihnen eine andere Sonne als die unsre leuchtet, über Zypressenalleen leuchtet, über Wegen leuchtet, die durch den Schatten alter Zedern, Steineichen und Kastanien in blaues Licht getaucht werden, wenn ich mit Anja über diese Wege zwischen Gebüschen von Lorbeer, Judenkirsche, Eibe und Ölweide lustwandle bis zu gewaltigen Wasserfällen, welche die Wipfel der über und über blühenden Blauglockenbäume mit Diamantstaub bedecken, so bin ich mit ihr ganz allein. Mit ihr allein und doch nicht allein. Denn, einem asiatischen Herrscher nicht unähnlich, muß ich dabei die Gewißheit haben, daß ich jeden Augenblick die Völker der Erde zu Anjas Füßen werfen, die Erde selbst zum Schemel ihrer Füße machen kann. Was ich ausschließlich und ganz allein besitzen muß, um zu leben, daran soll doch seltsamerweise die ganze Welt teilhaben. Durch sie soll der Gegenstand meiner Liebe erhöht, vergottet und in dieser Erhöhung und Vergottung, die der Gegenstand fordern kann, mir noch köstlicher gemacht werden.

Berlin, am 27. Juli 1896.

Die Sommerwochen von Rügen liegen hinter mir. Es ist leider ein Mißton, womit ihre Harmonie geendet hat.

Eine helle und warme Mondnacht lag über der Küste von Herthasruh. Wir begleiteten Anja nach Hause, nachdem wir heitere Stunden auf der Terrasse zwischen den weißen Säulen des Kurhauses zugebracht hatten. Der Abschied zog sich ein bißchen hin, die Gesellschaft konnte nicht gleich auseinanderfinden. Gelächter und hallende Zurufe belebten eine Zeitlang die verzauberte Nacht.

In der Nähe des Landungsplatzes von Herthasruh machten plötzlich Fischer, die zum gemeinsamen Fischfang auslaufen wollten, einen rüden Lärm, der in Gejohl und Gepfeife ausartete. Es war nicht zu verkennen, daß man durch dieses Verhalten herausfordern wollte. Die Damen und Herren unserer Gesellschaft, Maler, Schauspieler und junge Gelehrte, sollten als eine moralisch niedrigstehende Kategorie beschimpft werden.

Ein Hin und Wider entwickelte sich. Es wurden von unserer Seite Worte wie »Rowdy« ausgesprochen. Ein besonders reichlicher Schnapsgenuß, die Lindheit und Klarheit der Nacht mochten die Geister der Fischer belebt haben, kurz: der Handel nahm zu an Heftigkeit. Es fehlte nicht viel, und das Ganze endete in einer Schlägerei, bei der wir, da wir nicht unerlaubte Waffen gebrauchen wollten – Boxen hatten wir nicht gelernt –, überaus übel gefahren wären. Ein junger Fischer besonders befand sich im Zustand einer besinnungslos trunkenen, gleichsam blutunterlaufenen Raserei und wurde am Ende nur noch durch die Besonneneren seiner Berufsgenossen von Gewalttätigkeiten zurückgehalten.

Als die Wut zu verebben begann, die ärgste Gefahr vorüber war, die Sache in ein immerhin noch rohes, aber im Grunde versöhnliches Parlamentieren sich aufgelöst hatte, wurden auf seiten der Fischer Auffassungen laut, die mir, ich gestehe, das Haar zu Berge trieben. Wir glaubten uns nicht zu täuschen, wenn wir den Eindruck gewannen, einer Art zufällig entbrannten nordischen Haberfeldtreibens gegenüberzustehen, das sich gegen Anja und mich richtete. Es wurden Worte laut, daß es doch eine Schande sei und so fort, ein Familienvater mit Kindern … verlassene Frau … einem jungen Ding nachlaufen … und dergleichen mehr.

Hierin lag, für meine Begriffe, eine ausgesuchte Art von Erniedrigung, der ich während der noch übrigen Stunden der Nacht bis zum Gedanken der Aufgabe meiner selbst unterlag. Nie bin ich dem Ende aus Ekel so nahe gewesen. Es gab einen Februartag, eine Februarnacht in Paris, da hing mein Leben an einem noch dünneren Faden. Allein meine Angst war nur die, daß er reißen könnte. Daran, ihn etwa selbst zu zerschneiden, dachte ich nicht. Wogegen ich diesmal nur schwer meine Hand, meine Schere zurückhalten konnte, weil alles und alles, die ganze Summe meines Lebensschicksals in eine übelriechende Materie heruntergezerrt worden war.

Ich hatte mich gegen eine Tierquälerei empört und eine Fischersfrau darauf hingewiesen, daß es grausam sei, eine Henne, wie sie es getan, mit einer kurzen Schnur um den Fuß an einem Pflock zu befestigen. Dieser Erziehungsversuch hatte mir den Haß der Ehemänner zugezogen. Ich war im Gasthaus der Insel Vilm einem wegen Ehewirren berüchtigten

Mann mit besonderer Freundlichkeit gegenübergetreten. Er hatte zum Dank dafür jedem, der sie hören wollte, am Wirtstisch, auf der Fähre, auf dem Fischerboot meine Geschichte mit den ärgsten Entstellungen aufgetischt, um mir einen guten Leumund zu machen. Aus diesen zwei Wurzeln schoß ein Abenteuer hervor, das mir beinahe einen Tod durch Erbrechen, einen Lebensverzicht aus Ekel bereitet hätte.

Der Morgen, der nach diesem Erlebnis heraufdämmerte, sah greulich aus. Er sah widerwärtig aus, er sah schmutzig aus.

Grünthal, am 26. September 1896.

Ein seltsamer Tag hat sein Ende erreicht. Melitta, von ihrer Reise nach Norwegen heimgekehrt, verbringt die Michaelisferien mit den Kindern hier. Nicht ohne eigenen Antrieb dazu habe auch ich mich eingefunden. Mein Vater und ein Onkel Schulte waren hier, ein Gutsbesitzer und frommer Mann, mit der Schwester meiner Mutter verheiratet. Ein ungewöhnlicher Fall ist schon darum dieser Besuch, weil mein Vater während eines langen Lebens sich nur wenig mit dem Schwager berührt hatte.

Die Frömmigkeit dieses Onkels war durchaus nicht von der zelotisch finsteren Art. Ein zweifelsfreier, kindlicher Glaube ließ sein von Natur fröhliches Herz unangetastet, wodurch er selbst meinem so ganz anders gearteten Vater Achtung abnötigte.

Also: es hatten die beiden Herren gemeinsam den Weg zu uns angetreten. Es ist gleichgültig, was den Onkel nach Schlierke geführt hatte. Der Herbsttag war schön und eine Verlockung das Gebirge hinauf. Ob mein Vater Anlaß zu der gemeinsamen Bergfahrt gegeben hatte, ob es den Onkel zu mir zog, dessen Gut ich oftmals besucht hatte, ließ sich im Augenblick nicht feststellen. Immerhin, im Wesen meines Vaters ist seit einiger Zeit eine merkbare Wandlung eingetreten. Er scheint mit vollem Bewußtsein seinen Lebensabend erreicht und mit Welt und Menschen seinen Frieden gemacht zu haben.

Man muß meinen Vater mit seinem martialischen Schnurrbart und seinem unbeweglich strengen Gesicht genau kennen, wenn man Empfindungen oder Gemütsbewegungen bei ihm feststellen will. Er war aber doch wohl stolz, dem Schwager sein hübsches Haus in Schlierke zeigen zu können, und stolzer, daß er ihm sagen konnte: ich verdanke es meinem Sohn. Dessen »Glück« wollte er ihm dann auch wohl vor Augen bringen.

So saßen wir denn heut, Sonntag mittag, der Vater, der Onkel, Lore, Bruder Julius, Melitta, ich und die Kinder um den Tisch herum, und es wurde sogar Champagner getrunken. Die beiden alten Herren überkam eine mir an ihnen ganz neue, herzliche Aufgeschlossenheit. Wir jüngeren Leute wurden dadurch in den Bann ihres Lebensschicksals hineingezogen. Über unserer Gesellschaft lag, von diesen beiden Alten ausgehend, die Aura einer friedvoll heiteren, unverbitterten Resignation. Wir sahen und hörten zwei Menschen, die eigentlich schon mit dem Leben, von dem sie nur noch ein bißchen Abendröte verlangten, abgeschlossen hatten. Für mich lag über diesen Stunden Schicksalhaftigkeit. Ich habe nicht Zeit, neben dieses Tagebuch Erlebnis an Erlebnis, Roman an Roman zu setzen. Nach dem, was ich mit Onkel und Tante Schulte von Kindesbeinen an, während eines Zeitraumes von fast dreißig Jahren, erlebt und erfahren hatte, mußte mir diese Bewirtung des Onkels an meinem Tisch unwahrscheinlich vorkommen. Hätte ich doch als armer, nicht einmal hoffnungsvoller Junge, der das Gnadenbrot dieser Verwandten aß, eine solche Möglichkeit nicht annehmen können.

Das ist nun freilich dabei nicht die Hauptsache. Was die Alten fühlen und sehen, fühle und sehe ich. Ich fühle und sehe, worüber sie staunen. Glücksumstände, so scheint es ihnen, entwickeln sich hier, wie sie ihnen selber versagt blieben. Die milde Überlegenheit, die ironisch gütige Herablassung des Onkels von einst ist in Respekt umgeschlagen, der höchstens nur noch die einstige blinde Geringschätzung ironisiert. Wie alles sich so entwickeln konnte, versteht er nicht. Jeder Zugang zu diesem Ereignis ist ihm verschlossen. Aber das sozusagen innere Kopfschütteln nimmt ihm nicht seine Bewunderung. Fremd, fremd, gänzlich fremd bleibt ihm meine Welt. Aber er muß sie mit heimlichem Staunen gelten lassen. Wie gesagt: was die Alten fühlen und sehen, fühle und sehe ich, auch das noch, was sie nicht fühlen und sehen, nämlich das ganze, wahre Schicksal, das in mir verwirklicht ist. Wie aber würde mein Onkel erschrecken, wenn ich nur einen Zipfel des Vorhangs lüftete, der darüber liegt!

Ob mein Vater von dem wahren Stande meiner inneren Kämpfe weiß, kann ich nicht sagen, ich glaube es nicht. Ich meine, er ist der Ansicht, die Sache mit Anja sei vorüber, sei eine Episode, weiter nichts.

Melitta steht gütig lächelnd dem Hauswesen vor. Sie hat immer etwas für alte, gepflegte Herren übrig gehabt, und sie fühlen sich wohl in ihrer Nähe. Sie errötet oder erblaßt bei jedem freundlichen Wort, das an sie gerichtet wird. Aber das entsagende Wesen der alten Herren ist im Grunde das ihrige. Es liegt nichts darin, wodurch sie verwirrt oder auch nur beängstigt würde.

Sonst ist es mitunter erstaunlich, welche Geringfügigkeiten genügen, um das Gleichgewicht ihres Wesens zu stören, Harmonie in tiefe Verstimmung zu verwandeln. War dies in unseren glücklichen Zeiten der Fall, um wieviel mehr jetzt, wo sie so überaus Schweres durch meine Schuld oder mein Schicksal zu ertragen und zu verbergen hat. Was krankhaft schien, ist heut natürlich. Ihr Gemüt ist so zart und so tief, daß die leiseste Schwingung anderer Seelen im Raum von ihr empfunden wird. Und die schmerzlichen Fortsetzungen solcher Schwingungen: sie haben mir oft das Leben in tagelanges Leid verkehrt.

Melitta ist Vater kindlich zugetan, und das weiche, gütige Wesen des Onkels tut ihr wohl. Auch ging der Geist jener Stunde, welche die beiden Alten durchlebten, mehr und mehr in uns ein. Wir fühlten, daß sie sich vielleicht zum ersten Male in einem langen Leben wahrhaft begegneten und daß dieses erste Mal auch das letzte sein würde. Und daß die alten Herren es selbst fühlten, wie wir übereinstimmend zu erkennen glaubten, war das seltsamste.

Die friedfertige Harmonie dieser beiden Gezeichneten ging auch auf Julius und Lore über, wie denn überhaupt verwandtschaftliches Anhaften bei Julius stärker als bei mir entwickelt ist. Daß Vater so aufgeschlossen und Onkel Schulte zugegen war, nahm auch dem Verhältnis des Bruders zu mir einen Teil seiner Bitterkeit. Es schien, als hätten wir etwas Trennendes nicht erlebt und wären zehn Jahre jünger geworden.

Ich blättre in diesem Tagebuch. Schreibe ich eigentlich, um am Leben zu bleiben, oder lebe ich, um es zu schreiben? Das eine, das andere gelegentlich. Ich neige indessen der Ansicht zu, der erste Antrieb sei ausschlaggebend.

Das, womit ich mich abends hinlege und des Morgens aufwache, das, worauf ich hundertmal des Tages zurückkomme und woran sich die Träume meiner Nächte immer wieder klammern, ist der absurde Wunsch, innig Gewünschtes fortzuschaffen, heiß Umschlungenes zu verstoßen, nie zu Vereinendes zu vereinen, aus der Zahl zwei die Zahl eins zu machen.

Eine Belehrung ziehe ich aus diesen stets mißlingenden Versuchen nicht.

Vor kurzem habe ich wieder einen solchen Versuch eingesargt: nach dem hannoveranischen Abenteuer stürzte ich mich von neuem auf das Gleichen-Problem. Diesmal ging ich vom Wort zur Tat über: ich veranlaßte, ich bewog, ja ich zwang Anja und Melitta, Briefe zu wechseln. Das sollte zu einer ersten Begegnung und dann zu einer dauernden Freundschaft der Auftakt sein. Es gelang mir, Melitta zu bestimmen, den ersten Schritt zu tun. Was muß es die Arme gekostet haben!

Mich zu ernüchtern vermochte auch Anja nicht, die alles Geplante ohne eigentlichen Anteil entgegennahm, obgleich sie Melittas Brief beantwortete. Im Grunde waren ja beide Briefe, mit denen ich mir eine Erfüllung vorgaukelte, mein Diktat. Mir die Augen zu öffnen war erst das Werk meines Freundes Hüttenrauch. Ginge ich weiter in dieser Sache, sagte er, so wäre es wohl möglich, bei Melitta durchzusetzen, daß sie etwas auf sich nähme, was über ihre Kräfte gehe. Er warne aber vor diesem Versuch: sie habe ihm unter vier Augen gestanden, daß sie fest entschlossen sei, das einzige, was ihr noch übrigbliebe, schnell zu tun, wenn sie fühle, einer Begegnung mit Anja nicht gewachsen zu sein.

ZWEITER TEIL

Venedig, am 6. Februar 1897.

Wir sind in Venedig eingelaufen. Die phantastische Wasserstadt, die ich zum ersten Male sehe, ist mir nun also eine Wirklichkeit. Anjas Jugend ist von den Prokurazien umrahmt, von märchenhaften Gebäuden orientalischer Gotik umstellt, von Glockentürmen und Kirchenkuppeln überragt und schaukelt auf Gondeln durch die Straßen. Ihre und meine Augen, wenn wir sie aufschlagen, treffen auf die Wunder Tintorettos, Veroneses und Tizians. Wir schwimmen gleichsam im Glanz zwischen zwei Himmeln hin, und wenn wir schreiten, sind Marmorstufen unserer Füße tägliches Brot.

Anja ist in einem Hotel untergebracht, während ich ein Zimmer an der Piazza San Marco innehabe. Es ist nachts zwölf Uhr, ich bin allein. Der Fasching lärmt, der Platz scheint in einen Ballsaal verwandelt. Kinder treiben Kreisel, als ob es Tag wäre.

Wenn ich den Blick durch die Scheiben des hohen Fensters meines kahlen, großartig-ungemütlichen Zimmers in den Procuratie vecchie über den Platz schweifen lasse, welch ein buntes Farben- und Maskengewimmel! Pierrots, Kolombinen, grotesk verlarvt oder nur mit der seidenen Halbmaske, ziehen in lachenden, schwatzenden, lärmenden Zügen, nicht ohne Gitarrengeschnarr und Mandolinengeklimper, umher oder stehen in Gruppen beieinander. Die farbenbunten Cafés unter den Lauben strotzen von Licht, und auch sonst ist die Piazza hell erleuchtet.

Wie kommt es nun, daß wir wirklich und wahrhaftig hier gelandet sind? Säulen und Säulengänge sind schuld daran. Sieht man dorische, ionische oder korinthische Säulen im Nordlandnebel, so mag es kommen, daß man einige Tage später im Lande der Säulen und Tempel erwacht. Es waren wiederum die Kolonnaden vor der Nationalgalerie, die es uns antaten, als wir, in ihrem Schutz umherwandelnd, den stürzenden Regen abwarteten, nachdem wir die Museen besucht hatten. Die dort erfahrenen Eindrücke wirkten auch diesmal mit, uns im Gedanken an unser Berliner Winterdasein etwas wie Verbannung oder Gefangenschaft empfinden zu lassen und, verbunden damit, den unwiderstehlichen Drang zur Flucht.

Ich schilderte Anja die Wunder von Rom, malte Neapel, Capri, Herkulanum und Pompeji aus, schwor, wer den Süden nicht kenne, wisse noch nicht, was Leben sei. Auch der sei nur halb, der im Norden nicht die Erinnerung an den glücklichen Himmel Griechenlands und Italiens in sich habe. Wir froren. Unsere Liebe fror. Das naßkalte Wetter drang uns bis auf die Haut, wir mußten uns endlich einmal trocknen. Wir litten allenthalben an einem Gefühl der Obdachlosigkeit: wir wollten einen glückseligen Wandel unter Palmen, an goldenen Gestaden azurner Golfe daraus machen. Jetzt galt es zu schwelgen, denn wir hatten genug gedarbt.

Wir wurden von einem Wirbel gepackt! Wir hatten es satt, mit dem Reichtum unserer Liebe in Finsternissen, zwischen Gossen und Traufen herumzuirren, waren es müde, uns immer wieder von den Blutegelbissen unseres Gewissens erholen zu müssen. Wir warfen es von uns und traten es tot. Marmorne Götter tauchten auf: ein weißes Winken weißer Hände versprach uns Berauschten den wahren Rausch. Wir fühlten, sie unbeachtet lassen war Todsünde! sie beachten aber und ihnen folgen: Auferstehung, Himmelfahrt! Das eine die Hölle, die Verdammnis für ewig, in diesem gar nicht hoch genug zu bewertenden Leben mit seiner Nimmerwiederkehr ein Verlust, der nicht zu ermessen war – das andere ein Jubel, ein Aufschrei des Glücks, eine Vollkommenheit.

Es war eine Woge, die uns ergriff: wir würden uns hingegeben haben, und wenn wir gewußt hätten, wir müssen an einer Klippe zerschellen!

Wie ungeheure Schwärme von Zugvögeln fuhren die Argumente auf uns ein, unwiderstehlich durch ihre Masse und den schwirrenden Schlag ihrer Flügel, durch die Wucht ihres Schwunges nach Süden fortreißend. Es war mit uns nicht mehr zu paktieren: kein Zugang führte in unsere Benommenheit.

Bedenken konnten dem Sturme nicht standhalten, sie hatten uns lange genug wie ein widerwärtiger Leim an den Boden geklebt: mochte Melitta, wenn sie von unserer Flucht in die Freude erfuhr, noch so bitter betroffen sein.

Ja, und abermals ja: ich hatte recht, mich einmal ganz der Misere zu entraffen, einmal die Verzweiflung abzuschütteln, die eben doch in Berlin unser Begleiter ist. Was haben Anja und ich mit der Trübsal ausgehender und betrogener Existenzen zu tun?! Was gehen uns alte Männer an, die beschränkt und friedlich auf dem Boden ihres Verzichts vegetieren? oder jenes Donna-Anna-Schicksal in Mozarts »Don Juan«, das sich immer und ewig wiederholt? Hatten wir nicht das Recht, den göttlichen Keim der Freude, den wir beherbergen, einmal an die Sonne zu tragen, statt in Nebel und Kälte immer nur mühsam seiner Verkümmerung entgegenzuarbeiten? Es war ein helles Aufblitzen inneren Lichts, als ich nicht nur das Recht, sondern sogar die Pflicht, das zu tun, deutlich empfand.

Nun auf einmal steht Anja ganz in meinem Schutz. Aller Widerstand der Familie ist von uns beiden zunichte gemacht. Niemand fragt mehr, auch nicht der Vormund, was Anja tut, wo Anja weilt, wenn sie mit mir zusammen ist. Wir sind ein fest verbundenes Paar, freilich zunächst ohne Sinn und Vermögen für alles das, was mit dem Gedanken einer Ehe verbunden ist. Das Bohemientum ist unser Bereich mit allen seinen besonderen Reizen.

Erlösend und befreiend ist die Festivitas dieser Stadt, für Anja und mich das wahrhaft entfaltende Element dessen, was in uns ist. Überall Gold, Purpur und Hermelin, überall Veronese, Tintoretto und Tizian, Tintoretto, Tizian, Veronese. Ein Rausch von lebenbejahender Fülle, Macht der Freude, die ich überall der Geliebten gleichsam zu Füßen legen kann.

Liebe ist eine Trunkenheit, Begeisterung ist eine Trunkenheit, diese Stadt Venedig aber ist eine einzige Trunkenheit: mit der himmlischen Liebe Mariens hat sie nur zu tun, soweit sie irdisch ist. Denn diese meergeborene Stadt ist die Aphrodite unter den Städten. Aber Pracht und Prunk, der juwelenbesetzte, schwere Mantel, der sie bedeckt, ist einer Königin des Himmels ebenso würdig. Prunkbeladen ist in Venedig selbst die Luft, wenn einmal die Sonne Venedigs alle seine Zauber entbindet.

Ich lehne es ab, an die schlammigen Kummerstraßen im nordischen Nebel zu denken. Ich schüttle mich. Dies und das aber aus jenem Bereich läßt sich besonders in nächtlichen Stunden nicht ganz ausschalten. Vor etwa acht Tagen bin ich von Dresden aufgebrochen, nachdem ich meiner Pflicht genügt und einige Tage bei Melitta und den Kindern zugebracht hatte. Sie mag glauben, obgleich ich davon nicht gesprochen habe, daß ich aus beruflichen Gründen und ohne Anja nach dem Süden gegangen bin.

Widerwillig besuchte ich mit Melitta eine gegossene Schlittschuhbahn, wo man zum gräßlichen Lärm einiger Blechinstrumente gegen zehn Pfennig Eintrittsgeld Bogen schlagen durfte. Dieser vereiste Bauplatz, umgeben von einem hohen Plankenzaun, war ein überaus häßlicher Aufenthalt. Aller Augenblicke wurde man durch das Einfahrt fordernde Heulen eines Zuges auf dem nahen Viadukt stumm und taub gemacht. Das jämmerliche Wintervergnügen, das Melitta genügen mußte, schlug mir aufs Herz, der Braunkohlenrauch auf die Lungen. Glück, Freude und Sonne in vollen Zügen zu schlürfen, während Melitta hier verstoßen und einsam herumhumpeln würde, schien mir zeitweilig eine Unmöglichkeit. Es kam der Abschied, es kam die Abreise. Die Kinder waren zur Schule gegangen. Melitta hatte es vorgezogen, um die Schmerzen des Abschieds nicht zu verlängern, statt mit mir auf den Bahnhof, allein auf die Eisbahn zu gehn. Ich sollte ihr im Vorbeifahren, auf dem Viadukt, aus dem Fenster des Schnellzugs winken.

Es war an einem nebelgrauen, feuchtfinsteren Vormittag, als der Zug aus der Halle fuhr. Der schwarze Qualm unserer Maschine, die heftig fauchte, stürzte sich gleichsam kopfüber in die wenig belebten Straßenzüge längs des Viaduktes hinab. Bekannte Gegenden tauchten auf, jetzt das Haus, in dem meine Frau wohnte, dann, mir stockte der Atem, die Eisbahn hinter dem schmutzigen Plankenzaun. Und nun auf der leeren Fläche, in schwarzem Barett, schwarzer Pelzjacke und türkischem Schal, eine einzige, einsam humpelnde Frau. Wir winkten, winkten ...!

Ich hatte nicht gedacht, daß mir noch einmal ein Abschied von Melitta so stechend schwer werden würde. In diesem Augenblick wollte ich wieder die Tafel meines Schicksals mit einem Schwamm reinigen und alles außer dem Namen Melitta auslöschen.

Gott sei Dank war ich allein im Coupé. So konnte ich mit den Zähnen knirschen, konnte die Tränen der Wut und des Ingrimms abtrocknen, die mir den Blick verschleiert hatten, als der türkische Schal zu winken begann. Selten ist wohl so stark und so schmerzhaft an meinem Herzen gerissen worden!

Nun, da ist er ja wieder, der Schatten, den das stärkste Licht nicht auflösen, sondern nur vertiefen kann. Ich denke, ich gehe zu Bett, um nicht womöglich zum Verräter zu werden an dieser mir vom Himmel geschenkten, göttlichen

Zeit. Freilich, der wäre zum Übermenschen erhoben, der sie ohne den feinen, trübenden Schleier vor der Sonne, der sie im verlorenen Stande der Unschuld genießen könnte. – Oder nicht ...?

Rom, am 22. Februar 1897.

Regen, Schauder, schlechte Nacht. Leute wie ich werden ein gewisses unheimliches Reisegepäck nicht los, wenn sie sich auch noch so viele Mühe gegeben haben, es daheim zu lassen. Mein Gedächtnis ist zu gut. Zu dem guten Gedächtnis kommt nun hier in Rom noch das sogenannte Hundegedächtnis. Ein wesentlicher Teil meines Jugendlebens und -leidens hat sich auf dem römischen Boden abgespielt. Ein heiterkühnes Streben brachte mich mit achtzehn Jahren hierher. Als mich zum erstenmal der Lärm dieser ewigen Stadt umrauschte, weckte sie eine Empfindung eigener Bedeutung in mir. Es war das Gefühl für das ungeheure Schicksal dieser Stadt, das sich mir mitteilte, obgleich ich dieses Schicksal damals wie heute nur zu ahnen vermochte. Einerlei, das Gefühl war da: und so hatte ich groß fühlen gelernt, ganz gleich, ob ich in dem Objekt irrte oder nicht, das ich ihm unterschob. Aber wie man, in einem Sturme wandernd, selbst gleichsam zum Sturme wird, hatte ich ganz recht, mir nach Maßgabe meiner Gefühlserfahrung Wichtigkeit zuzubilligen.

Über den Korso bewegen sich jetzt die Maskenzüge des Karnevals. Um dieselbe Zeit vor siebzehn Jahren hatte mein mächtiger Römerrausch sein Ende erreicht. Es wäre beinahe ein Ende mit Schrecken geworden.

Eines Morgens wachte ich in meinem zellenartigen Zimmerchen mit hohem Fieber auf, nachdem ich am Abend vorher, als letztes Mittel gegen ein immer wachsendes Unbehagen, einen langen Dauerlauf ausgeführt hatte. Meine Wirtin verständigte einen Freund. Der Arzt, den er brachte, forderte Überführung in ein Krankenhaus. Meine Braut, damals in Rom, wurde von meinem Zustand unterrichtet – es war dieselbe Melitta, die nun vielleicht wieder auf dem greulich vernebelten Bauplatz humpelt –, Freund Seebaum trug den schwer an Typhus Erkrankten über die Treppe in die Droschke hinab, um ihn in das Deutsche Hospital einzuliefern. Noch weiß ich genau, wie auf der Fahrt über den Korso aller Augenblicke Schellenkappen und Pritschen in den Wagen hineinlärmten oder Lapilli gegen die Fenster hagelten.

Alles ist wie gestern geschehen und doch, wie gesagt, siebzehn Jahre her.

Ich hatte heut also eine schlechte Nacht. Die aufgestörten Bilder dieser Nacht ließen mich vergessen, daß siebzehn Jahre vergangen sind, und im Aufschrecken war es mir, als käme nun erst jener Morgen, wo ich die Wirtin an meinem Bett die Hände ringen, dann Freund Seebaum und den Arzt erscheinen, endlich meine Braut, Melitta, in der Bestürzung und Angst ihres Herzens sah. Hundertmal erlebte ich wiederum, in Schweiß gebadet, die langsame Fahrt durch das Faschingsgewimmel und alles, was dem Zusammenbruch vorangegangen war. In diese quälend überfüllte Traumeswelt ergoß sich nun als ein schwarzer Strom alles das, was ich, in Paris, auf dem Meer und überhaupt seit dem Eintritt Anjas in mein Leben, andere leiden gemacht und selber gelitten hatte.

Was zog mich eigentlich nochmals nach diesem Rom und heißt mich die düsteren Todesschauer noch einmal durchkosten, die ich damals empfunden habe? –

Ein Brief meines Vaters ist angelangt. Er teilt mit, daß Onkel Schulte gestorben sei.

Er schließt den Brief: »Wir Alten müssen ja nun alle das Feld räumen, das ist natürlich. Der Gedanke daran stört meine Lebensfreudigkeit nicht. Ich freue mich des Tages, der mir in mäßiger Gesundheit verliehen wird, und sage nur: Walt's Gott!«

Da fängt sie schon an sich auszuwirken, die Stimmung, die über dem Besuch meines Vaters und meines Onkels Schulte in Grünthal lag.

Der erste Blitz ist aus dem heiter-schweren Himmel des Verzichtes herabgezuckt. Ich finde die Haltung und philosophische Ruhe meines Vaters bewundernswert, aber ich bin noch nicht alt genug, um den Todesgedanken, die hier überall um mich aufschießen, ohne Schauder und Furcht zu begegnen.

Rom, am 28. Februar 1897.

Der gestrige Tag ließ sich heiterer an und ist ebenso zu Ende gegangen. Auf Regentrübe ist Sonne gefolgt. Im allgemeinen bleibt es dabei, daß die Außen- und Innendinge gleichermaßen von der Art der Beleuchtung, der Luftmischung, der Temperatur, kurz, vom Klima abhängen. Außerdem steckt eine Grippe in mir, die vielleicht ihren Höhepunkt überschritten hat.

Anja und ich besuchten Freunde, die in ähnlicher Lage sind wie wir, einen Maler Emmerich Rauscher und seine Geliebte, in der Via Flaminia. Diese beiden Menschen, wenn man von der Kunst des Malens absehen will, besitzen eigentlich nichts als ihre Schönheit und ihre Leidenschaft.

Sie haben sich in einem halb zerbröckelten kleinen Hause in der orientalisch wirkenden, zerbröckelnden Straßenflucht vorstadtmäßig eingenistet. Sie bewohnen zwei Räume von geradezu klassischer Dürftigkeit. Auf den roten Fliesen des einen die Feldbettstelle und Matratze darauf, welche nachts die Liebenden trägt. Als Decken müssen Mäntel und andere Kleidungsstücke herhalten. Der andere Raum ist das Studio. Der einzige Tisch und einige nach italienischer Art unpolierte, strohgeflochtene Bauernstühle können frei gemacht werden, wenn man ein Gelage veranstalten will, wozu es denn gestern auch gekommen ist.

Nachdem die erste Wiedersehensfreude vorüber war, zogen wir aus, um einzukaufen, und kamen mit den erforderlichen Korbflaschen, Brot-, Butter- und Salamimengen heim. Ein andrer »alter Römer« und Freund kam hinzu, der die Eigenschaften eines Malers mit denen eines Forschers vereinigt, da er ernste botanische Schriften geschrieben hat. Und so wurden Stunden begonnen, durchlebt und ausgekostet, die selten sind.

In diesen kahlen Räumen eines römischen Armenviertels hatte der größte und früheste unter den Göttern, hatte Eros sein Quartier aufgeschlagen. Die zauberische Jüdin aus Odessa, Geliebte des Freundes, war so weiß wie Milch und so schwarz wie die Nacht. Schwarzes Feuer brannte in ihren Augen. Wenn es jemals Lemuren gegeben hat, so wie Esther Naëmi mußten sie aussehen. Sechsundzwanzig Jahre höchstens war diese blutlos-wächserne Frau, die ihren Mann verlassen hatte. Das zarte, grade Näschen, der feine, süße, immer gefährlich zuckende Mund waren von solcher Feinheit und Vielfältigkeit des Linienspiels, daß jedes andere weibliche Antlitz dagegen derb wirkte.

Ihr verlassener Mann hatte dieses gefährliche Rassenwunder in Zürich kennengelernt, wo sie unter den frühesten Studentinnen eine war, auch damals in Rußland bereits verheiratet, um von den Eltern frei zu werden und einen Auslandspaß zu erhalten. Sie war durch und durch revolutionär, auch im Moralischen, und hielt sich hierin für nur sich selbst verantwortlich.

Ich war nicht froh, als in Gestalt dieser Jüdin das Verhängnis über Rauscher kam. Von Anfang an war es unwahrscheinlich, daß gerade er, verheiratet und Vater von Kindern wie ich, sich jemals dem Gewebe einer solchen Spinne entreißen würde.

Die Spinne ist eine Blutsaugerin. Auch diese Spinne, wie alle anderen. Das Aussehen meines Freundes bestätigt das. Es gibt keinen Mann, der die Gefahr, in der er schwebt, nicht fühlen sollte. Was mit dem vampirisch genossenen Blut geschieht, weiß man nicht, da es Esther Naëmis Farbe nicht ändert.

Alle Bedenken aber, alle Sorgen und Befürchtungen versanken in den immer höher gehenden Wellen unseres Symposions. Gegenwart, eine glückliche und erhöhte Gegenwart, ließ Vergangenheit und Zukunft nicht zurücktreten, nahm sie vielmehr beide in sich auf, aber nur, um sie in ihrem Feuer zu verzehren und als eine Art Freudenopfer verlodern zu lassen. Das große Gastmahl Platons, bei dem ein Sokrates, Alkibiades und Aristophanes unter den Gästen waren, muß es sich gefallen lassen, wenn die meisten kleineren Gastmähler, bei denen Künstler und sonstige Freunde des Schönen zusammen sind, sich ihm verwandt fühlen. Unser Kreis war klein, wenig liegt an den Namen derer, die sich im Laufe des Abends noch anfanden. Genug, sie waren von einem Geist erfüllt, und das, was in Gestalt zweier leidenschaftlich liebender Paare im Zentrum stand, ist ja wohl, wie man bei dem höchsten Priester des Schönen lernen kann, etwas, wodurch man dem wahren Sein und dem Schönen an sich am nächsten kommt. Wir tranken den dunklen südlichen Wein, und so wurden nur immer Libationen und abermals Libationen dargebracht, bis wir Zuzug aus den ewigen Reichen erhielten: Perikles, Pheidias, Platon, ja Sokrates selbst tauchte auf, Winckelmann fand sich oft zitiert, Goethe ersah die Gelegenheit, sich an den Feuern zu erneuen, die hier genährt wurden, und mischte nicht selten seine Stimme unter die unsrigen. Wir beiden irregulären Paare verbrachten hier eine heilige Nacht unter allerhöchster Legitimation. Wußten wir auch am Morgen nicht, was wir gefühlt und genossen hatten, da die Flamme erlischt, wenn der Brennstoff verzehrt worden ist, so zweifelte dennoch keiner, daß wir Stunden der höchsten Befreiung gelebt hatten.

Emmerich Rauscher hatte wohl einen Aufschwung notwendig. Bei weitem nicht alle Künstler hier in Rom sind von der Art, daß sich die Geister Winckelmanns und Goethes unter ihnen wohlfühlen könnten. Es ist da ein kleiner philiströser Ring, der sich auftraggierig um die deutsche Botschaft herumlagert und Rauscher nach Kräften Schwierigkeiten bereitet. Hier macht ihn das Verhältnis, in dem er lebt, anstößig. Was sie alles selbst auf dem Gewissen haben, stört diese Kollegen nicht. Seinem Antrag, in den deutschen Künstlerverein aufgenommen zu werden, hat man also nicht stattgegeben und, um das zu rechtfertigen, Rauscher noch besonders verleumdet: er lasse sich von der Geliebten aushalten.

Niemand weiß besser als ich, daß dies die infamste Lüge ist. Ich kenne die Quellen seiner Bezüge. Niederträchtigkeit aber muß sich ausleben, und wer wüßte nicht, daß eine wenn auch nur moralische Steinigung durchzuführen ein gesuchtes Vergnügen ist.

Wie ein Stahlbad hat der gestrige Abend auf Rauscher gewirkt. Er scheint mir ein anderer Mensch geworden. Er hat einen festen Schritt und Blick und, was die Zukunft angeht, neue Zuversicht.

Sorrent, am 2. März 1897.
Albergo Cocumella.

Es ist viel unausgesprochen geblieben aus den letzten Tagen und wird es am Ende bleiben für immer. Unausschöpfbar ist dieser Zusammenklang von Gegenwart und Vergangenheit, die ich in Rom erleben mußte. Allzuviel drang dort auf mich ein.

Es scheint mir, daß ich hier in Sorrent, insonderheit in der Cocumella – so heißt mein Hotel – den Ort gefunden habe, wo es sich im Verborgenen leben und arbeiten läßt. Wie unaussprechlich die Schönheit des Ortes ist! Fast leidet man Schmerzen unter der Größe und Süße der Eindrücke. Kaum faßlich, daß man dies alles nun vielleicht wochen- und monatelang täglich wiedersehen und genießen soll: am Morgen, am Tag und am Abend zuletzt, während die Sonne sinkt, versunken ist und über dichten Gärten von Zitronen und Apfelsinen die Fläche des Meeres verlischt. Heute tönte und schluchzte dazu ein Sprosser, eine italienische Nachtigall.

Cocumella: mit Behagen schreibe ich das Wort. Wie wohlig umfriedend ist mir schon jetzt dieser Begriff. Ich schreibe, und alles ist ruhig um mich, sitze wie der Mönch in der Zelle. Die Tür ist geöffnet auf ein flaches Terrassendach, ich höre den lauen Regen träufeln.

Jesuiten haben dies ehemalige Kloster bewohnt. Es ist eine morgenländische Anlage, die von heiter verschlossenem Lebensgenusse spricht.

Wir heutigen Nutznießer und Bewohner der Cocumella-Herberge haben den Vorteil von dieser schön verzweigten, weiten mönchischen Anlage. Ich bin kein Mönch, denn wenn ich, von meiner Zelle aus, das Dach überschreite, gelange ich an Anjas Tür, die keine Nonne ist.

Und doch ist mönchisches Wesen auch in mir, dessen ich hier froh werde.

Fast vollkommen ist meine Ruhe und Abgeschlossenheit. Diesen Zustand verbürgt den meisten Bewohnern die klösterlich durchdachte Architektur, ihre stillen Winkel und Andachtsplätze.

Das Gärtchen der Cocumella stößt an den Rand des hohen Steilufers. Im Innern der weichen Felsmassen führt ein Gang mit Treppen und Treppchen, offenen Söllern und Loggien zum Strande hinab. Die kleine Spiaggia gehört zum Hotel und ist außerdem nur noch vom Meere zugänglich. In den Loggien und Söllern genießt man die tiefste Einsamkeit und mehr noch am Strand, den ich deshalb besonders liebe.

Riesige Felsmauern schließen ihn ein, in denen Natur und Architektur sich zu einer seltsamen Phantasmagorie verbinden. Riesige Strebepfeiler sind bis zur Höhe geführt, Vorsprünge zeigen kräftige Rundtürme, an schwindelerregenden Schroffen öffnen sich Höhlen mit Geländern gegen das Meer hinaus. Die ganze natürlich-künstliche Bastion trägt überdies malerischen Schmuck von Bäumen und Schlingpflanzen, sie hängen gleich Wimpern über den Öffnungen und langen mit Strähnen und Ketten von Blüten zur Tiefe hinab.

Auf der kleinen Marina sonnen Anja und ich uns oft stundenlang. Wir waren gewöhnt, da uns niemand bisher gestört hatte, sie als unser Privateigentum zu betrachten. Heute nun fanden wir dort ein Pärchen der üblichen Hochzeitsreisenden vor. Der geschniegelte Ehemann gab sich als Maler aus, er stand wenigstens hinter einer Staffelei. Die junge Gattin im knappen Tailormade-Kleide hatte sich in der Nähe niedergelassen. Ich hoffe zu Gott, daß sie morgen verduftet sein werden.

Sorrent, am 3. März 1897.
Albergo Cocumella.

Mein erster Eindruck hat mich getäuscht. Das geschieht mir nicht selten, wie ich allmählich anzunehmen Grund habe. In dem Maler, auf den ich gestern an der Marina stieß, habe ich einen liebenswürdigen Gentleman und Künstler kennengelernt. Wir haben unsere Gedecke zusammengelegt, da auch seine reizende Frau und Anja Freundschaft geschlossen haben.

Der junge Preysing, mit Vornamen Götz, der übrigens ein gesunder Bajuware ist, trat auf mich zu und richtete Grüße von Emmerich Rauscher aus, mit dem er in Rom zusammen war. Merkwürdig, Rauscher hat mir von Preysing nie gesprochen. Seine Bekanntschaft mit ihm geht auf München zurück.

Der Verkehr mit dem jungen, schönen Paar ist sehr wohltuend. Sie ist eine lebenslustige Österreicherin, die, wie Anja, gut lachen kann, Preysing nicht nur ein talentvoller Maler, sondern auch ein gebildeter Mann, der viel in der Welt herumgekommen ist. Er hat Humor und weiß zu erzählen.

Übrigens aber ist er ein Mensch, der das Herz auf dem rechten Flecke hat. Das beweist die Art, wie er von Emmerich Rauscher spricht und immer wieder erwägt, wie man ihm aus der jämmerlichen Lage, in die er geraten ist, heraushelfen könnte. Wenn er auf Esther Naëmi kommt, gerät er in Erbitterung.

Er wünscht ihr den Tod, ja, er behauptet, sie sei schon tot und habe deshalb kein Recht zu leben. Er zitiert die Braut von Korinth:

Ist's um den geschehn,
muß nach andern gehn,
und das junge Volk erliegt der Wut.

Er will jedoch Rauscher nicht nur von ihr, sondern auch von seiner eigenen Frau losmachen. Rauscher sei zu gut, um im Broterwerb für die Familie auf- und unterzugehen. Es stellt sich heraus, wir haben für diesen leider etwas willensschwachen jungen Menschen die gleiche Vorliebe.

»Wäre nicht dieses durchtriebene, höchst gefährliche Weibe«, sagt Preysing, »so könnte man Rauscher herkommen lassen. Für ihn würde das eine Erlösung, für uns das größte Vergnügen sein, aber sie läßt ihn nicht los, hält ihn fest, wo er ist, oder hängt sich ihm an.« Er schließt: »Ich habe das sichere Vorgefühl, daß die Sache für Rauscher das traurigste Ende nehmen muß, wenn es nicht bald gelingt, ihn aus den Fängen dieser Harpyie zu reißen.«

Es wurde darüber gestritten, ob Rauscher in seiner Liebe glücklich sei oder ob er sich nur in sein unvermeidliches Schicksal ergeben habe.

Eigentlich ist es recht von außen her, wie Preysing über Rauscher spricht, eine Art, in die ich seltsamerweise einstimme. Inwiefern soll diese Sache weniger berechtigt und gefahrvoller als die meine sein? Irgendwie schmeckt die Atmosphäre um dieses fieberhaft überhitzte Paar allerdings nach Untergang: was dermaßen lodert, muß schnell verbrennen. Hier ist nicht wie bei uns ein Neubeginn an ein Ende geknüpft, sondern hier scheint ein Ausgang, scheint das Ende selber zu sein.

Irgendwie haben die Atmungsorgane meiner Ehe für den Weg, den ich vor mir sehe, nicht ausgelangt. Anja mit ihren frischen Kräften ist eingesprungen. Die Lebensreise wird in einem ganz neuen, schnelleren Rhythmus fortgesetzt. Ich weiß, daß Melitta zu dieser Gangart nicht fähig ist und ihr sowohl für den Weg als für das neue, ferner und höher gesetzte Ziel die Kräfte fehlen. Auch ohne Anja, wie ich jetzt sicher glaube, würde ich das erkannt haben, und eines Tages hätte ich, Melitta zurücklassend, meinen Weg allein fortgesetzt.

Es ist eine gewisse Schwermut in mir, über die ich mich nicht beklage. Seit Rom hat sie wieder Gewalt über mich. Ist sie vielleicht eine Frucht von Italien? Ihr Wesen ist viel zu allgemein, als daß ich sie aus meinen besonderen Umständen herleiten könnte.

Es ist nicht eigentlich eine Verdüsterung, wie sie zuzeiten Melitta gefährlich wird. Sie hat Weite und Größe und erhebt auch wohl, indem sie bedrückt. Sie gab mir jüngst in Florenz in der Sagrestia nuova und in Rom vor der Pietà des Michelangelo die Fähigkeit, diesem Titanen des Schmerzes nachzufühlen. Die Schwermut des nordisch bewölkten, nächtlichen Tages mag furchtbar sein. Die Schwermut des unbewölkten Himmels, wie sie ein Dante, ein Michelangelo auf sich zu nehmen hatten, übersteigt sie an Furchtbarkeit.

Grato m'è il sonno, e più l'esser di sasso,
mentre che il danno e la vergogna dura;
non veder, non sentir m'è gran ventura,
però non mi destar, deh, parla basso!

Das ist eine übergroße, überirdische Müde!

Meine Schwermut, die bald zu meinem kranken und verarmten Bruder Marcus, bald zu meinem um eine Chimäre wütend ringenden Bruder Julius, bald zu Melitta in die Ferne schweift, bringt in unseren heiteren Kreis immer wieder allzu ernste Gesprächsthemen. Länger als ein Jahrzehnt begleitet mich auf allen meinen Wegen der »Gefesselte Prometheus« des Aischylos. Da ist ein Gott, ein aufsässiger Gigant von Hephaistos auf Befehl des Zeus an eine Felswand über dem Meer geschmiedet. Dort besucht ihn täglich ein riesiger Geier, der seinen Leib zerreißt und an seiner Leber frißt. Im Symbole liebten die Alten das Gräßliche. Warum ergriff ich diese Gestalt, bewahrte ich diese Gestalt, umfange ich diese Gestalt noch heut mit Leidenschaft?

In allen Gestalten des Michelangelo, und zwar nur in den seinen, ist das Prometheische. Wir sprachen davon, und Anja veranlaßte mich, den neugewonnenen Freunden Notizen über die Pietà vorzulesen. Eigentümlicherweise sah ich diesmal in der Ewigen Stadt nichts als die Pietà. Auch in dem kahlen, öden, seelenlosen Barock der Peterskirche, das sich nicht einmal zu dem ihm wesenhaften leeren Pathos steigert, sah ich sie allein. Man sollte sie wegnehmen und um sie allein und für sie allein einen Tempel bauen.

Alles Titanentum des Titanen ist hier zerbrochen vor einer rätselhaften Übermacht. Keine Madonna irgendwelchen Meisters hat die unergründliche Tiefe dieser Pietà. Diese Maria ist Wissende, Erdmutter, Gottesmutter. Nicht zerbrochen, sondern nur ruhig geworden in übermenschlicher Leidenskraft. Und plötzlich, in einem Augenblick, kam es mir vor, als sei sie der Gestalt gewordene Genius Michelangelos in seiner tiefsten und eigensten Schöne.

Sorrent, am 16. März 1897.
Albergo Cocumella.

Hohe Zeiten, glückselige Zeiten, göttliche Zeiten! Getragen von Jugend, Liebe und Schönheit, haben wir eine Lustfahrt erlebt und leider nun hinter uns. Anja und Frau Preysing im Wagenfond, Preysing und ich auf den Rücksitzen, bewegten wir uns unter heitersten Gesprächen langsam fort, überm Meer, auf der schönsten Felsenstraße der Welt, Positano vorbei, um den ersten Tag in Amalfi zu enden. Im allerglücklichsten Zustand, der Menschen vielleicht geschenkt werden kann, im heitersten Zentrum irdischen Seins und aller Erfüllungen, brannten wir innerlich gleichsam von Ungenügsamkeit und schwelgten in allen Möglichkeiten glückseligen Lebens. Wieviel Schlösser haben wir nicht in die Luft und auf die strahlenden Felsterrassen zur Linken gebaut, Inseln besiedelt, die aus dem wogenden Blau der Tiefe zur Rechten tauchten, und viele andere im Glanze des himmlischen Raums! Irdische Menschen aber überhaupt noch zu sein, mochten wir auf der Terrasse des Kapuzinerklosters in Amalfi, jetzt einer Herberge, nicht mehr annehmen, als wir uns im nächtlichen Mondschein und in einer balsamischen Luft ohnegleichen förmlich auflösten: von einer ähnlichen, überweltlichen Möglichkeit irdischen Atmens hatten wir bis dahin nicht gewußt.

Gegen diesen Zustand, der alles in uns zum Schweigen brachte, was nicht Empfindung war, erschien alles grob, was selbst Liebe in unserer Lage zu bieten hat. Wir schlossen kein Auge in dieser Nacht und waren am Morgen, als wir in unserem Landauer saßen, beinahe froh, solchen fast unerträglichen Wonnen ins grelle, derbe, formenscharfe Tagesleben entronnen zu sein.

Am zweiten Abend nahm uns das alte Albergo del Sole in Pompeji auf, das ich aus meiner Frühzeit kenne. Niccolò Erre, der alte Wirt, lebt nicht mehr. Er liebte die Künstler und diese ihn, und wenn sie zu tief in die Kreide gekommen waren, so beschmierten sie irgendeine Wand seines Gasthofs mit sogenannter Malerei und lösten sich dadurch aus.

Durch dieses seltsame Museum wurden unsere Humore lebhaft aufgeregt, und wir fanden uns, im Gegensatz zum vergangenen Abend, in eine überlebte, aber sehr wirkliche, von unverwüstlicher Lebensfreude getragene Künstlerwelt zurückversetzt. Da wir, Preysing und ich, einst darin heimisch waren, schwelgten wir in Erinnerungen, kramten Malergeschichten aus, wie sie seit Boccaccio immer wieder vorkommen, und zogen unsere Damen, die keine Spielverderber sind, in einen Wirbel von Lustigkeit. Diesmal waren wir ohne allen Vorbehalt Zigeuner geworden und genossen das tiefe, sorgenlose Behagen des Augenblicks.

Tags darauf erstiegen wir den Vesuv, das heißt, wir bedienten uns kleiner Pferde, die uns treulich hinauftrugen. Allmählich kamen wir in die Regionen der erkalteten Schlakkenfelder und Laven, die in ihrer Trostlosigkeit die Welt, die unter uns lag, zu einem unwahrscheinlichen Traum machten.

Alle diese Aschen- und Schlackenberge, auf denen nicht der kleinste Grashalm Fuß fassen kann, waren von den Kyklopen, die man im Innern des Berges rumoren hörte, durch die Esse gequetscht oder von ihren Fäusten und Schaufeln in gewaltigem Bogen herausgeschleudert worden. Unwillkürlich griff ich nach der Vorstellung solcher Dämonen, mit denen die Griechen selbst trostlos fürchterliche Höllen bevölkerten. Man wurde dadurch einigermaßen von dem furchtbaren Klange des »Lasciate ogni speranza« abgelenkt. Hephaistos-Humore drängten sich auf, und wir lachten über den zu beneidenden Götterschmied, der eine Aphrodite zur Frau hatte, die ihn, ihrem Wesen gemäß, zwar mit aller Welt betrog, aber dem hitzigen und erhitzten Mann, sooft er nur wollte, ihre unsterblichen Reize zu kosten gab. Mit nicht geringem Vergnügen stellten wir uns die ewig sündlose Sünderin, mit Ares in flagranti ertappt, im kunstvollen Netze des Gatten vor, das den beiden in eins verschlungenen Leibern auseinanderzukommen unmöglich machte. Ist ins Bereich erbarmungsloser Naturmächte je ein Volk wie die Griechen mit Götterhumoren sieghaft eingedrungen? Nehmt sie hinweg, und sogleich umgibt uns tödliche Wüste und Finsternis.

Hie Amalfi, hie Vesuv, die Ruinen des schwelgerischen Pompeji an seinem Fuße: nicht zuviel Wesens von sich selber und seinen kleinen Beschwerden zu machen würde angesichts dieser Lage zu empfehlen sein. Oder sollten wir uns fortgesetzt über das beklagen, was mit dem Dasein unlöslich verbunden ist? Was wäre der Tag ohne die Nacht, seine Folie?! Was wäre das Leben ohne den Tod?! Wäre ein Anfang möglich ohne ein Ende? ohne Entbehren ein Genuß? ein Gewinst ohne den immer drohenden Verlust?

Auf der höchsten Spitze des Feuerberges, mit der weitesten Aussicht über Land und Meer, war ich geneigt, mir die völlige Absolution von jener Schuld zu erteilen, deren Last noch am Kraterrande, bis wohin ich sie mitgeschleppt hatte, auf mir lag.

Sorrent, am 19. März 1897,
Albergo Cocumella.

Wir haben an die Idylle von Sorrent wieder angeknüpft und sie fortgesetzt. Gestern hörten wir Tasso, Ottaverime aus dem »Befreiten Jerusalem«. Es war ein Steinmetzmeister, der sie, umgeben von seinen Gesellen, zwischen behauenen und unbehauenen Steinen, zwischen Grabkreuzen und Marmorengeln aus dem Gedächtnis sprach. Außer den Preysings und uns hörten sie noch ein Droschkenkutscher und ein Zollbeamter.

Was der Steinmetz sprach, daß er es sprach und wie er es sprach, hatte etwas Erstaunliches. Dabei war es ein Vorgang, der beinahe nüchtern, selbstverständlich und ohne alles Pathos vorüberging.

Am Morgen hatten wir, im warmen Sande unserer kleinen Marina hingestreckt, also in märchenhafter Umgebung, in einem Märchen aus Tausendundeiner Nacht geschwelgt, dem von Aladin und der Wunderlampe. Den Blick auf das blaue Wasser gerichtet, den Tummelplatz für Dämonen, Zauberer und Abenteurer, um uns die steilen Wände der Felsen mit ihren Höhlen, Stützpfeilern, Treppen und Söllern, konnten wir uns des Wesenhaften dieser Erzählung ganz anders bemächtigen als der Leser im Norden, der, mit dem Rücken am warmen Ofen, im Stübchen sinnt.

Abwechselnd lasen Preysing und ich.

Realität der Gestalten, naive, tiefe Symbolik, die auch die Zauber- und Wunderwelt umfaßt und wirklich macht, endlich eine seltene Kunst der Komposition sind das, was in dieser großen Dichtung sogleich in die Augen fällt. Ihre höchste Schönheit aber vollendet sich in dem ewigen Gegenstand, den sie entfaltet.

Aladin beginnt als Nichtsnutz. Er führt sich als Knabe so übel, daß der Vater sich darüber zu Tode grämt, der Schneider, weil sein Sohn kein Schneider werden will. Schicksal in seiner grausen Wunderlichkeit läßt den Alten hinsterben, ohne ihm den leisesten Wink davon zu geben, daß sein Sohn dereinst den Thron des Kalifen besteigen wird.

Von einem so herben und richtigen Zuge abgesehen, ist zu bewundern, wie der Dichter die Linie Aladin edel und ebenfalls richtig führt. Er läßt ihn innerlich und wahrhaft vom Taugenichts zum Kalifen werden, bevor das Glück ihn dazu macht.

Die Kräfte der Wunderlampe werden anfangs nur sparsam gebraucht, allmählich mehr und schließlich zu zwei Hauptleistungen vorgefordert: ein geringer Teil ihrer wahren Kraft. Hierdurch bleibt Aladin der Herr ihrer Wunder und der Anteil, den wir nehmen, seiner menschlichen Art bewahrt. Man verehrt die Klugheit des Jünglings und Mannes, seine sittliche Kraft und Heiterkeit, die maßvoll begehrt und den steilen, gefährlichen Pfad des Glückes sicher wandelt. Man erfreut sich der von ihm bewahrten inneren Harmonie, die sich selber adelt.

Immer wird der Anteil des Hörers vornehmlich an alles Menschliche geknüpft, nächst Aladin an seine Mutter. Schicksal und Wunder unterbrechen den natürlichen Verlauf der Ereignisse nur, ähnlich wie im Leben, an gewissen entscheidenden Wendungen.

Aladins Mutter ist mehr als das: sie ist die Mutter überhaupt und als solche eine der ergreifendsten Gestalten der Weltliteratur. Wie sie sich gegen den Sohn verhält, als der Vater gestorben ist, wie sie dem Zauberer begegnet, der Wunderlampe gegenüber handelt, wie sie den Gedanken Aladins, die Tochter des Sultans zu heiraten, ihm auszureden sucht, die geplante Werbung Wahnsinn nennt, sich weigert, sie zu überbringen und dann doch sechzig Tage im Diwan harrt, bis sie ebendiese Werbung anbringen kann: das alles zeigt Wahrheit und Schönheit in tiefster Verbundenheit.

Und dann der Sultan, ein eifriger und tätiger Mann, ein edler Mensch voller Größe und Güte. Er hat eine kindliche Freude an Aladin, liebt ihn heißer als seine Schätze, ist im Verhältnis zu seiner Tochter väterlich und wird denn doch einmal recht zornig, als ihm Palast und Tochter entführt worden sind.

Wie natürlich folgen sich die Wünsche Aladins: er ist begraben und wünscht sich ans Licht, er hat Hunger und wünscht zu essen. In der Liebe aber und durch die Liebe erst werden seine höheren Wünsche befreit. Nun hofft und begehrt er, göttliche Kräfte auszunützen, durch sie zu wirken, zu beglükken und mitzuteilen, sonst nichts.

Diese Art des Wachstums haben alle großen Naturen mit ihm gemein. Sie sprengen das Dunkel, sie greifen für sich, was notwendig ist, sie gewinnen in der Liebe und durch die Liebe höhere Kräfte, die sie der Menschheit opfern und hinschenken.

Und ich? Ich klopfe bescheiden an die Türe eines Hauses, wo die hohen Träger ähnlicher Schicksale versammelt sind.

Sorrent, am 23. März 1897.
Albergo Cocumella.

Ich will noch ein wenig die Feder neben meinen Gedanken herlaufen lassen. Sie mag ihre Spur ziehen, damit ich später einmal, wenn es mir beschieden sein sollte, den Weg wiederfinde, den mein Denken genommen hat. Der letzte Abend in der Cocumella ist da, der letzte Abend in Sorrent. Morgen verlassen wir den alten Häuserkomplex mit seinen Winkeln, Gängen, Treppchen und flachen Dächern. Auf eines von ihnen führt, wie gesagt, die augenblicklich geöffnete Tür meiner Zelle hinaus, die mir lange Zeit ein angenehmes und friedliches Asyl gewesen ist. Es machte mir nichts aus, wenn bei Regen die Decke naß wurde und zu tropfen begann, bei Sturm aber ein gewisser Leinwandhimmel mit farbigen Engelchen, der sie bedeckte, sich wie ein loses Segel klatschend bewegte. Nun freilich verlasse ich ohne Bedauern diesen mir liebgewordenen Raum und das weitverzweigte gastliche Kloster.

Wie gesagt, es war mir ein lieber Aufenthalt. Ungestört konnten wir einander angehören, Anja und ich, hatten gleichgestimmte Freunde getroffen, fanden zu den gehörigen Zeiten den Tisch gedeckt. Eine Fülle unausgenützter Räumlichkeiten, die zu unserer Verfügung standen, ermöglichte uns, beim Tee, beim Chianti, wann immer wir wollten, im kleinsten Kreise allein zu sein, als ob wir ein Privathaus bewohnten.

Die Reise führt, Gott sei Dank nur in Etappen, nach Norden zurück. Naturgemäß kann der Gedanke unserer Rückkehr die Seele nicht allzusehr beflügeln. Hatte ich doch in der schönen Gegenwart dieser Fremde meine Sorgen fast abgestreift und gewisse Fesseln, die ich nun wieder auf mich nehme. Aber was hilft es, die Zeit ist um.

Man ist in Italien. Laulicher Frühling, weicher Regen wechseln mit jenem unerhörten Glanz über Golf und Küste, der nur diesem Lande eigen ist. An einem leuchtenden Morgen erhebt man sich und findet sein Inneres grau, lustlos und anteillos. Obgleich man nun fast allen Reizen des Lebens empfindungslos gegenübersteht, hat diese Art Kirchhofsruhe mit Gemütsruhe keine Ähnlichkeit. Vielmehr ist man auf eine Weise beunruhigt, die eigentlich beunruhigender als die meisten anderen Arten und Weisen von Unruhe ist.

Irgendein Ablauf hat sich vollendet, irgendein Intervall ist erreicht, es besteht eine Art Entzauberung. Aus dem Licht, aus der Landschaft, aus dem Liebesleben, aus den Beziehungen der Freundschaft, ja des Ehrgeizes ist der Antrieb herausgenommen. Man kann weder wünschen noch wollen, weil Ehre, Ruhm, Reichtum keinen Reiz mehr besitzen. Jenes Organ, das im Menschen die große Illusion, den großen Majaschleier gebiert, hat ausgesetzt. Was aber fängt man mit einem Dasein an, aus dem der schöne Schein, die begeisternde Täuschung, der seligmachende Glaube verschwunden sind!

Um einer solchen Leere zu entgehen, fliegt man nicht plötzlich wie ein Vogel auf, man schleppt sich eher mechanisch fort, auf ähnliche Weise wie ein großes, schwer bewegliches Schiff, das in einer Region der Windstille nach dem kläglichen Auskunftsmittel des Ruders greift.

Eine Begräbnisstimmung ist in mir, wenn ich auf das Dach hinaustrete und meine Augen unter dem Sternenhimmel über die Wunder des südlichen Golfes schweifen lasse, die nichtssagend für mich geworden sind. Auch das Genossene erscheint entwertet, wie denn ebensowenig das Künftige Anziehungskraft besitzt.

Man fragt sich, gleichsam hilflos aufgestört, wie man die verlorenen Paradiese der Illusionen retten, sich und die verwelkte Welt zu neuem Blühen bringen soll. Durch den Verstand, in dessen Gebiet sich ein Wissen von dem Verlust geflüchtet hat, ist das schöpferische »Fiat« nicht zu ersetzen. Nun, wir müssen geduldig abwarten.

Oder sind wir dazu verurteilt, alle Quellen der Erde leer zu trinken und doch den brennenden Durst nicht loszuwerden, der uns quält?

Soana, am 15. April 1897.

Es lohnt vielleicht festzuhalten, unter welchen Umständen ich diese Zeilen schreibe. Es ist ein Uhr nachts. Mich umgibt ein sehr einfacher Raum: Bett, Waschständer, gelb gebohnerter Brettfußboden mit breiten Ritzen. Vor mir ein Ausziehtisch, darauf Bücher, Schreibzeug und sonstiges Zubehör. Die Fenster klirren, das Haus erbebt von Zeit zu Zeit. Ein kleines Haus, ein winziges »Sanatorium«, welches ein Schweizer erbaut hat, der über das ärztliche Physikum nicht hinausgekommen ist.

Anja und ich sind, neben einer distinguierten jungen Engländerin, die einzigen Gäste dieser engen, weltverlorenen Schweizer Pension.

Anja schläft, wie ich hoffen will. Mir selbst ist es ein, sagen wir ruhig, erhabener Genuß, den Frühlingsaufruhr der Natur zu erleben. Ich habe weißen, starken Waadtländer Wein getrunken, der auf die Nerven geht. Seine Wirkung scheint der ähnlich zu sein, die vom Absinth berichtet wird. Ich darf nicht sagen, ich tränke vorsichtig. Ich brauche zuweilen Betäubung. Aber Betäubung ist nicht das richtige Wort: ich rette, ich steigere mich gern in jenen Bewußtseinszustand, den wir Rausch nennen. In diesem Augenblick befinde ich mich zum Beispiel in solch einem Rausch.

Aber was ist denn eigentlich Rausch?

Gerade er ist es, der mir nicht ermöglicht, jetzt eine klare Definition des Wortes zu geben. Dagegen kann ich recht wohl dies und das über die Veränderungen meines Wesens aussagen, die er mit sich bringt. Die ungeheure, immer wieder aufleuchtende jähe Lichtfülle der Blitze zum Beispiel, die in unregelmäßigen Zwischenräumen einander folgen und gleichsam jagen, dieses mitunter von allgewaltigem Donner begleitete Phänomen, das mich, nüchtern, erschrecken, peinlich erregen, ängstigen würde, hält mich nun in einem Zustand tiefster Verzückung fest, und anstatt mir wie sonst das Gefühl eigener Nichtigkeit aufzuzwingen, scheint es mich in das Reich übermächtiger Naturgewalten emporzuheben.

Ich sitze hier, ein wenig dabei mit der Feder kritzelnd, bei jedem Blitz, bei jedem Donner von einer dämonischen, göttlich furchtlosen Freude erfüllt, und kann verfolgen, wie ich, gleichsam ein Demiurg, das ganze Schauspiel auf mich beziehend, durch unwillkürliche Ausrufe und Trümmer von Selbstgesprächen mit: Herrlich! Prachtvoll! Göttlich! Zensuren erteile, wie mir der Donner Gelächter abnötigt, wie ich da capo sage, zu leisem, innigem Beifall die Flächen der Hände zusammenschlage, und so fort.

Meine zwei Stearinkerzen sind umgeben von Finsternis. In das ununterbrochene Rauschen des Regens, der in die Weinberge träuft, mischt sich das Rauschen eines nahen Wasserfalls. Er ist aber fern genug und sein Geräusch abgedämpft genug, um nicht zerreißend in die fremde, nächtliche Monotonie der Stunde einzugreifen. Was die Finsternisse in sich bergen, kenne ich. Unser Haus ist an einen steilen Abhang gestellt. Die Felsterrassen, Steilwände und Abstürze des Monte Generoso liegen ihm hallend gegenüber. Der Blitz bringt jedesmal für diese ganze verborgene Felsenwildnis vollkommen tageshelle Gegenwart.

Gestern abend brannte der Monte Generoso in wahrer Sinaibrunst. Alle Nebel verschwanden, und Klarheit umgab die aufgetürmten Gesteinsmassen. Sie traten nahe, magisch nahe, und das Buschwerk, das, noch unbelaubt, in rostbraunen Flekken die Schroffen überzieht, leuchtete. Grünspangrün traten gewisse Grasflächen hervor. Wie eine Ziege, die sich verstiegen hat, sitzt ein weißes Gebäude im Geklipp. Es strahlte, als habe es eigenes Licht. Nichts drängt sich hier zwischen den Menschen und die Urnatur. Der Aufruhr aber, der mich in dieser Stunde umgibt, und die Begnadung des Weltaugenblickes, in dem ich lebe, würdigt mich gleichsam der Teilnahme an einem erhabenen Schöpfungsakt.

Ich kenne das Datum meiner Geburt, die Anzahl der Jahre, die ich gelebt habe, die Zeit, welche seit Christi Geburt vergangen ist. Wenn wir nun aber Jahrtausende, Jahrmillionen hinzudenken, so ist in alledem das nicht enthalten, was ich als Weltstunde oder Weltsekunde bezeichne. Es ist vielmehr das, was ein Augenblick ist, was niemals war und was nie wiederkehrt. Mit keinerlei Kreislauf weder der Tage noch der Jahre ist es verbunden.

Was steht nun eigentlich auf dem Papier? Ich werde es später vergeblich zu verstehen suchen. Und nur wenn mich ähnliche, innere Blitze erleuchten wie die wirklichen dieser Nacht, werde ich von dem chaotischen Reichtum und der gärend-schöpferischen Großartigkeit etwas wissen, deren erhabenes Medium ich bin. Wäre ich Musiker, was ich im Grunde eigentlich sein möchte, ein sinfonisches Gleichnis würde diesem grundlosen Erlebnis, dieser Nachtstunde, dieser Vigilie besser gerecht werden.

Ein neuer Blitz! Ist es nicht wie der Widerschein des erhabenen Flügelschlags eines Cherubs? Und was sind das für Fühlungen und für Phantasien? Würde ich sie wohl haben, wenn ich nicht dieses Trauma, diese immer offene Liebeswunde in mir hätte? Es ist freilich eine Metapher, denn eine wirkliche blutende Wunde ist es nicht. Aber in dieser Metapher, in diesem Bilde der Wunde wird das Schicksal, das Menschenschicksal überhaupt, wie in keinem anderen gekennzeichnet.

Hunderte Meilen von mir entfernt schläft oder wacht in diesem Augenblick ein verlassenes Weib. Noch sind unsere Seelen aufs engste verhaftet. Im nahen Zimmer, nebenan, schläft ein anderes Weib, dem ich ganz unlöslich verbunden bin. Ich habe Briefe erhalten. Man hat die Taufe meiner Kinder nachgeholt. Es würgt mich ein bißchen, daß ich nicht dabeigewesen bin. Ich, der Vater, bin nicht dabeigewesen. Es ist mein Bruder Julius, der mich – wieder muß ich etwas hinabschlucken – bei dem feierlichen Aktus vertreten hat. Ein Usurpator, ein Eindringling! Was geht ihn mein Weib, was gehen ihn meine Kinder an? Der Brief, den er mir geschrieben hat, ist ein Hohn. Ich liebe, leide, empfinde, umfasse meine Geliebten, wie er es niemals vermag noch begreifen wird. Er aber spielt dafür den Mitleidigen. Er schlürft aber eigentlich mit frechen, vollen, herausfordernden Zügen den Schaum von dem Becher meines mir vom Geschick geraubten Familienglückes.

In meiner Seele haben sich vermählt
Schmerz und die Lust: o liebe, goldne Zeit,
da Schmerz noch Schmerz war, Lust noch Lust. Nun ist
die Lust das Weh und ach! das Weh die Lust. –
Ein lichter Engel fliegt von Ost herauf,
gleich hebt ein schwarzer sich aus Westens Tor,
und in die weiche Krone duftiger Lilien,
womit mich jener krönet, windet dieser
oh! scharfe Stacheln. –
Gott schnitt, des Himmels Tropfen drin zu fangen,
aus Quassiaholz mir meinen Becher: ihn
und keinen andern darf ich künftig leeren,
der macht mir bitter selbst den Honigseim!

Aber ich will nicht ins Enge und allzu Persönliche zurückfallen und lieber schlafen gehn.

Nürnberg, am 20. Mai 1897.

Die Winterreise mit Anja ist in dieser Viertelstunde abgeschlossen.

Ich bin allein. Ihr kleines, liebes Gesicht kämpfte tapfer wie immer gegen die Tränen, als sie mir noch einmal aus dem Fenster die Hand reichte. Augenblicklich ist sie für mich nur noch eine Vorstellung. Ich weiß nun wirklich nicht, was ich soll und wozu ich noch auf der Erde bin. Aus meinem Uhrwerk ist die Feder, aus meinem Leben der Sinn genommen.

Mein ganzes Wesen faßt gleichsam ins Leere nach ihr. Einige Stunden bin ich noch gefesselt an diese wunderbare alte deutsche Stadt, über der sich Gewölke murrend auftürmen, während die Sonne auf mich heruntersticht. Aber was ist sie mir in diesem Augenblick? Die überschwengliche Fülle der Obstblüte im alten Stadtgraben, das gleichsam jauchzende Wipfelgrün, das an dem alten, rötlichbraunen Gemäuer von Brücken, Türmen und Burgen brandet, an dem ich mich mit Anja nicht satt sehen konnte, läßt mich jetzt anteillos. Wenn ich erst wieder auf den Eisenschienen rolle, wird mir wohler sein. Schon indem ich diese Zeilen schreibe und damit die Zeit töte, genieße ich eine gewisse Beruhigung. Ich überzeuge mich, daß ich gleichsam im Handumdrehen das jetzt Geschriebene, als in der Vergangenheit liegend, durchlesen werde. Und dann wird auch diese peinliche Übergangsstunde vorüber sein.

Ich habe mich also, das ist der Punkt, in ein mir völlig entfremdetes Gestern zurückzufinden. Die im großen ganzen so glückliche Ungebundenheit der letzten Monate wird von unabwendbarem Lebensernst abgelöst. War es nicht eine Zeit der Wunder? ein einziges Wunder? Ein so schönes und freies Dasein unter eigenster Verantwortung hat im bürgerlich geregelten Gange des Lebens keine Stätte.

Morgen werde ich nun also Melitta und die Kinder in ihrem Dresdner Hauswesen wiedersehen. Aber der Ort, an den die Sehnsucht mancher Stunden, etwa im Anblick der Schönheiten südlicher Natur oder auch in schlaflosen Nächten, meine Seele getragen hat, will mich heute durchaus nicht anlokken. Ich verhehle mir nicht, er steht, fast zu meinem Entsetzen, vor mir wie ein fremdes, leeres Haus, wie eine Flucht unbewohnter, gespenstiger Zimmer, die ich durchschreiten muß.

In der Tat, ich muß dieses Haus durchschreiten. Aber daß ich es eben nur durchschreiten werde, entlastet und beflügelt mich. Indem ich eile, es zu betreten, und alles in mir voll peinlicher Ungeduld danach drängt, fliehe ich eigentlich bereits vor dem, was ich erreichen möchte. Bin ich für eine solche Entfremdung, einen solchen Verrat an dir, arme, heißgeliebte Melitta, verantwortlich? Wenn ich die Jahreszeiten, Kälte, Hitze, Tag, Nacht, Sonnenschein und Finsternis in all ihrer Mannigfaltigkeit betrachte, Regen, Gewitter, Schloßen, Schnee, Wiesengrün und Sandwüste auf mich wirken lasse, so bin ich mir bewußt, ein völlig einflußloser Betrachter dieser Erscheinungen zu sein: darf ich mir, mit Rücksicht auf Werden und Vergehen in der Natur und die fortgesetzte Wandlung der eigenen Seele, die gleiche Unverantwortlichkeit zubilligen? Ich weiß es nicht. Der Blick des Betrachters aber ist jedenfalls das einzige in mir, dem ich eine Art Unveränderlichkeit zuschreibe.

Wentdorf bei Hamburg, am 2. Juli 1897.

»Es war ein Mann im Lande Uz ...«

»Aktien, Aktien, kaufe diese Masut-Aktien!« sagt mein Bruder Marcus. »Es dauert nicht lange, so heizt die ganze Kriegs- und Handelsmarine der Welt nicht mehr mit Kohle, sondern mit Masut!« – Er selbst besitzt einen wertlosen Stoß solcher Aktien. Sonst ist Marcus jetzt ganz und gar auf Unterstützung angewiesen. Die kleinen Summen von einer Tante seiner Frau treffen nie anders ein als gewürzt mit Vorwürfen. Aber Marcus macht Pläne, hofft und hofft. Er, den das Glück verlassen, gibt sich überdies viel damit ab, anderen Leuten zu ihrem Glück zu verhelfen.

Melitta und ich wohnen hier in einem einfachen Gasthof. Es schien mir diesmal angemessener, uns hier statt in Dresden zu treffen, in Wentdorf, wo Marcus ein kleines, billiges Häuschen an Wald und Wasser gemietet hat. Sein Geist ist klar, aber seinem Körper sind deutliche Zeichen des Verfalls aufgeprägt. Er ist von allen seinen geschäftlichen Beziehungen losgelöst. Ein Leiden, das ich schon damals in Bußbek dunkel gespürt habe, ist inzwischen auf eine erschreckende Weise fortgeschritten.

Melitta und ich werden durch den Verkehr mit Marcus, der Schwägerin und den Kindern von uns selbst abgelenkt. Hier ist man dem letzten Ernst von alledem nah, was man im festlichen Lichte Italiens noch unter großen Symbolen betrachten konnte.

Marcus atmet kurz, der Kopf des starken Mannes ist zwischen die Schultern gesunken. Er weist mir beim Zubettgehen seine Waden, die er seine Wasserkannen nennt. Er drückt den Finger in das Fleisch und zeigt mir, wie sich die Vertiefungen nur langsam ausgleichen.

Er weiß genau, wie es mit ihm steht, aber Todesfurcht ist ihm nicht anzumerken.

Im tiefen Blauschwarz ihres Haares und der Weiße ihres ovalen Gesichts, immer dunkel gekleidet, geht Melitta wie das verkörperte Schicksal herum. Dennoch ist ihre Stimmung gleichmäßig. Wie ich glaube, ist es ein neuer, harter Entschluß, der sie aufrechterhält. Sie, die einst mit den Kindern nach Amerika die Flucht ergriff, wo sie wahrscheinlich mit ihnen zugrunde gegangen wäre, beherrscht jetzt eine andere, entgegengesetzte Entschlossenheit, mich um keinen Preis der Welt loszulassen. Sie hat den Kampf mit Bewußtsein aufgenommen und stützt sich auf ebendenselben unbeugsamen Geist, der, sobald wir über Paris sprechen, sich geltend macht. Ich sage ihr: Deine Handlungsweise von damals war ein Attentat auf mein Leben! Dann sieht sie mich an, und ihr starres Auge leugnet es nicht. Sie würde nicht mit der Wimper gezuckt haben, wenn dieser Streich mich tödlich getroffen hätte.

Wie gesagt, dieser aus einem entschlossenen Verzicht geborene, unbeugsame Willensakt gibt ihr die neue Sicherheit. Die Hingebung, die sie einst geübt, die Fügsamkeit, der sie sich gegen ihre Natur befleißigte, der verletzliche Stolz, der lieber den Geliebten als den kleinsten Teil seiner Liebe hergeben wollte, sind nicht mehr. Ihr Ersatz ist Härte und meinetwegen die Grausamkeit, der Entschluß: ich werde ihn nie der anderen ausliefern, ich besitze ihn, ich binde ihn! er hat den Kindern und mir zu dienen, so wird es heut, morgen und immer sein!

Die tiefe Entfremdung, die aus diesem neuen Wesen hervorgeht, stört mich im Grunde nicht, wird doch mein Leben dadurch erleichtert.

Im ebenerdigen Häuschen meines Bruders Marcus stehen sechs Kinderbetten. Drei Knaben und drei Mädchen tummeln sich tags im Garten herum. Man ist in einer überaus seltsamen Atmosphäre. Ein Vater, noch nicht vierzig Jahr und schon von der Hand des Todes berührt, im Reigen umtanzt von schönen, gesunden Kindern. Eine Frau aus Patrizierkreisen, die klaglos zu ihm hält und den ganzen Haushalt allein bestreitet.

Dazu ist Marcus ein Philosoph, eine Art Hedoniker, der niemand in seiner Umgebung traurig werden läßt. Sein Lieblingsbuch besteht aus den wenigen Seiten des Predigers Salomo, den er nie von der Seite läßt. »Ich habe das Meinige dahin«, sagt er mir. Und dann, mit dem Prediger fortfahrend:

»Denn wer hat fröhlicher gegessen, getrunken und sich ergötzt als ich!« So kann man Marcus nichts Lieberes tun, als ihm ein festliches Mahl zu geben mit guten Gerichten und gutem Wein, dem er grundsätzlich nicht entsagt, obgleich er ihm ärztlich verboten ist. Und es gibt keinen zweiten Menschen, der bei einer blumengeschmückten, besetzten Tafel die Welt und ihre Miseren, inbegriffen seine eigenen, so ganz und gar vergißt.

So wurde das Familienfrühstück in unserem Hotel gestern sehr ausgedehnt. Marcus schwelgte in Hummern und Sekt und erging sich in allen seinen Humoren.

Durch Melittas verdüsterte und verdüsternde Gegenwart und die Ausgelassenheit des zum Tode Verurteilten hatte das kleine Gelage, bei dem ich kein Spielverderber war, doch, was ich natürlich nicht merken ließ, etwas Unheimliches. Caroline, die Schwägerin, war übrigens Geburtstagskind. Betrachte ich sie, eine der drei jungen Frauen, die den Aufschwung in unsere Familie brachten, so dauert mich ihr trauriges Los.

Sie, ihre Liebe, ihr Vermögen, war gleichsam die Woge, auf der Marcus aus Dunkelheit ins Licht, aus dem Bereich der Tiefe in das höherer Möglichkeiten gehoben wurde. Heut ist diese Woge zurückgeebbt und kann sich niemals wieder erheben. Aber Caroline weiß es nicht oder beklagt sich wenigstens nicht.

Innerlich erlebtes Leiden macht groß. Der letzte Ernst, der nun mit dem Wesen meines Bruders eins geworden ist, läßt ihn seine geschäftlichen Mißerfolge als Geringfügigkeiten ansehen. Auch sein Zorn gegen unseren Vater ist abgekühlt. Etwas wie Naturnähe, Gottesnähe, allgemeines Verstehen brachte die Todesnähe über ihn. Er forscht in den Sternen, behorcht die Stimme der Wälder, gibt sich tiefen Betrachtungen hin, wobei allerdings nicht selten eine ihm eingeborene wilde Lebenslust in erschreckenden, manchmal gruseligen Einfällen zum Durchbruch kommt. »Ich schreie noch aus der Nasenquetsche heraus!« sagte er lustig gestikulierend beim Geburtstagsmahl. Obgleich niemand wußte, was er mit diesem Ausdruck meinte, war es doch keinem zweifelhaft. Ein eisiger Grufthauch ging durch den Raum.

Venedig und hier, Sorrent und hier: welcher Gegensatz! Wie ertrage ich diese Atmosphäre des Stillstands und des Niedergangs!?

Ich will meinen Zustand in ein Bild fassen.

Auf einer leuchtenden Meeresfläche schwimmt Melitta mit schwarzen Segeln auf schwarzem Boot, ich aber daneben im bloßen Wasser. Die Sonne steht nicht am Himmel, sondern sie liegt am Grunde des Meeres. Das ist die Sphäre Anjas in meinem Innern. Eine Insel von grauem Gewölk steht am Himmel: auf sie, die ein dunkles, schweres Familienschicksal verbildlicht, wird überdies noch der Schatten des schwarzen Schiffes geworfen. Melitta, Marcus und Caroline haben nur den Blick dorthin, während ich vornehmlich durch das untere Leuchten gesättigt werde.

»Es war ein Mann im Lande Uz ...«

Berlin-Grunewald, am 8. August 1897.

Ich bewohne ein möbliertes Zimmer in Grunewald. Aus irgendeinem Grunde wollte ich die Bibel nachschlagen, fand aber keine in meinen Koffern. Ich führe ja schließlich eine Kofferexistenz. Die Pensionsdame konnte mir aushelfen. Hiob. Ich schlug das Buch Hiob auf. Was ich sonst suchte, war vergessen. Ich las es durch und fühlte die tiefste Erschütterung.

Man pflegt vom »armen Hiob« zu reden. Dann wäre auch Prometheus, der an den Kaukasus geschmiedet ist, dem der Geier die Leber behackt, etwa »armer Prometheus« zu nennen. Der aber ist nicht arm, dessen Titanentrotz durch übermenschliche Qualen nicht gebrochen wird.

Auch Hiobs, des anderen Titanen, Trotz wird nicht gebrochen. Der Schluß des Berichtes oder Gedichtes, worin er zur Demut umgebogen wird, trägt den Stempel der Fälschung allzu deutlich. Hiobs Gott verhält sich zum Zeus des Prometheus etwa wie das Universum zu dem Planeten, auf dem wir heimisch sind.

Bin ich ein Sünder? heult er. Bin ich denn gottlos? warum leide ich denn solch vergebliche Plage? Seine Töchter wollen ihm einreden, daß er gottlos sei und dieser Gottlosigkeit wegen leide. Nein, wahrhaftig, ruft er, ich bin nicht los von Gott! Warum suchest Du meine Sünden, schreit er zu Gott, als wäre ich gottlos, so Du doch weißt, wie ich nicht gottlos sei, so doch niemand ist, der sich aus Deiner Hand erretten möge?

Dieser Titan wird groß durch die Erkenntnis seiner Nichtigkeit vor Gott. Anzunehmen, ein Mensch könne gottlos sein, erscheint ihm die aberwitzigste Lästerung, deren menschlicher Hochmut fähig ist.

Er, Gott, ist eins und alles, alles und eins! klagt Hiob. Es ist niemand außer ihm. Wer will ihm antworten? Und er macht es, wie er will. Und wenn er mir gleich vergilt, was ich verdient habe, so ist sein noch mehr dahinten.

Habe ich ein einziges Teil wirklich an der mir zugeschriebenen Sünde, will ich mir einen winzigen Teil davon in aller Demut zumessen, noch mehr, noch bei weitem mehr daran ist von Gott. Zeus ist ein kleinerer Demiurg. Aber entpersönlicht hat auch Hiob seinen Gott noch nicht. Nur hat er ihm gleichsam die Persönlichkeit als Maske gegeben, während Alles in Allem seine Wahrheit ist.

Hiob, der sich sündlos fühlt, vollkommen sündlos, weil unlöslich aus Gott, wird in seiner schrecklichen Erleuchtung zu einem grauenvollen Hymnus auf Gottes Allmacht und Größe, seines Peinigers, hingerissen. Aus den Furchtbarkeiten der Verwesung und Zersetzung bei lebendigem Leibe heult seine markerstarrende Stimme Gottes Lob. Er ist Gott allzu nah und so der weiseste unter den Menschen geworden. Aber er hält sich selbst nicht dafür: Kehret euch alle her und kommt, ich werde doch keinen Weisen unter euch finden! Er fährt fort: Wo will man aber Weisheit finden und wo die Stätte des Verstandes? Niemand weiß, wo sie liegt, und wird nicht gefunden im Lande der Lebendigen. Der Abgrund spricht: Sie ist in mir nicht. Und das Meer spricht: Sie ist nicht bei mir! Nur die Verbannung und der Tod sprechen: Wir haben mit unseren Ohren ihr Gerücht gehört.

Hiob also hat an der Stätte der Verbannung durch sein übermenschliches Leiden etwas wie ein Gerücht vom Bestehen der Weisheit gehört.

Unter den furchtbaren Gottesoffenbarungen seiner martervollen Stunden wird Hiobs Wesen ins Übermenschliche gedehnt. Aber er hält nichts von seinem nutzlosen Sehertum. Will denn nicht ein Ende haben mein kurzes Leben und von mir lassen, daß ich ein wenig erquicket würde? Er will nicht sehen, er will nicht dieses furchtbar grelle Licht: Warum ist das Licht gegeben dem Mühseligen und das Leben den betrübten Herzen, die des Todes warten, und er kommt nicht, und grüben ihn wohl aus dem Verborgenen? Auf das Drängen seiner Tröster: Sage, Gott ist voll Güte! Gott ist gerecht!

Sage: Ich habe seine Strafe verdient! ist Hiobs Schweigen die einzige Antwort.

Aber ich greife auf seine letzten Worte über den Tod zurück: Die des Todes warten, und er kommt nicht, und grüben ihn wohl aus dem Verborgenen! Es klingt paradox, und doch ist es wahr: der Tod ist dem Leben die allerunumgänglichste Notwendigkeit. Wäre er nicht in der Welt, wir würden die Erde nicht mehr nach Kohle noch nach Gold noch den Himmelsraum nach Göttern und Himmeln durchwühlen, sondern einzig und ganz allein nach ihm.

Ich weiß nicht, woran es liegt, aber mich überfällt, besonders des Morgens nach dem Aufstehen, jetzt wieder eine neue, seltsame Art von Müdigkeit. Mein Tageskreislauf, mein Wochenkreislauf, der Monats- und Jahreskreislauf liegen wie Gebirgswall hinter Gebirgswall vor mir, und die Aufgabe lautet, diese alle, unter Zwang und mit Lasten beschwert, zu übersteigen: Arbeit, Mühsal, Schweiß – eine unlösliche Aufgabe, deren Lösung sogar sinnlos ist.

Diese Lebensmüdigkeit geht über ein Menschenleben hinaus. Wenn ich des Morgens den mit Wasser vollgesogenen Schwamm über meinen Scheitel ausdrücke, so packt mich zuweilen Grauen in der peinlichen Ahnung, die Vollendung dieses Lebens durch den Tod könne der Anfang eines neuen sein. –

Von Marcus erhalte ich eben einen Brief. Es befindet sich dieser Bericht darin:

»Du erinnerst Dich an Emilie, unser kleines, etwas leichtfertiges Dienstmädchen. Caroline war eine Geldsumme abhanden gekommen. Der Schlüssel des Faches, darin sie verwahrt worden war, lag in ihrem Nähtischchen. Der Wachtmeister nahm Emilie ins Gebet, da man eigentlich nur auf sie Verdacht haben konnte. Aber das Mädchen leugnete hartnäckig. Die Sache schien damit abgetan. Vor drei Tagen nun kam das Mädchen von einem Ausgang nicht zurück. Ihre Freundin wurde zugleich vermißt, die im Nachbarhause bedienstet war. Du weißt, daß ein tiefer, schwarzer Graben hinter unserem Hause fließt. In diesem träge schleichenden Wasser, einige Kilometer flußabwärts von uns, hat man die beiden jungen Frauenzimmer nackt, mit Wäscheleinen aneinandergebunden, tot aufgefunden.«

Du weißt, daß ein tiefer, schwarzer Graben hinter unserem Hause fließt …

Berlin-Grunewald, am 1. Oktober 1897.

Ich trage zu Neste, will sagen, richte mir hier eine Wohnung ein. Das ist ein großer Schritt, der mich viel Kopfzerbrechen und viel Überwindung gekostet hat.

Ich bin, nachdem ich sie in Dresden öfters besucht habe, wieder einige Tage mit Melitta und den Kindern in Grünthal gewesen. Auch hier hat es wegen der neuen Wohnung Kämpfe gegeben. Melitta sieht nicht mit Unrecht in meinem Entschluß, mich hier seßhaft zu machen, einen Umstand, durch den ihre Hoffnung auf meine Rückkehr sehr verringert wird.

»Niemals werden die Kinder einen Fuß über die Schwelle deiner neuen Wohnung setzen!« sagt Melitta mit Bitterkeit. – »Für diese Maßregel liegt kein Grund vor, da ich allein wohne«, sage ich. »Was ich mir da schaffe, ist ja nur ein Strohwitwer- oder Junggesellenheim. Eine Umgebung, in der ich mich einigermaßen zu Hause fühle, brauche ich. Nicht nur, weil ich dem vogelfreien, gehetzten Zustand entgehen, sondern auch, weil ich arbeiten muß.«

Der junge Mensch, Künstler, Möbelzeichner, Innenarchitekt, der mir fünf Parterrezimmer mit Holzdecken, Paneelen, Kaminanlagen und so weiter versieht, ist ein Original, dessen Umgang mir viel Vergnügen macht. Den Fortschritt der Arbeit verfolge ich, wobei ich jedoch vor jedem Betreten der Wohnung einen entschiedenen Widerwillen hinabzuwürgen habe. Der Maurer, die Tischler gehen und hocken singend und pfeifend in den Zimmern herum, und während ich unter ihnen stehe und mir das warme, behaglich reiche, recht anspruchsvolle Heim vorstelle, das im Entstehen begriffen ist, kann ich einer tiefen, schmerzlichen Bewegung kaum Herr werden bei dem Gedanken, daß ich es mit Melitta und den Kindern nicht teilen kann.

Aus dieser Empfindung aber wächst eine zweite Unmöglichkeit, nämlich mit Anja die Wohnung zu teilen.

Seltsam, daß ich seit meiner Rückkehr von Amerika noch nicht weitergediehen bin. Der Konflikt hat eine schleichende Art angenommen.

Berlin-Grunewald, am 6. Oktober 1897.

Es ist etwas Sonderbares um ein Krankenbett. Die Welt in seinem Bereich ist verändert. Nachdem ich vor kurzem bei

Marcus davon Zeuge gewesen bin, alsdann die Aura erlebt habe, die um das Schmerzenslager des kranken Hiob gewaltig ist, sitze ich nun öfter am Bett einer leidenden Frau, dem der Frau Lydia, Anjas Mutter.

Es besteht keine Gefahr, daß Anja diese Zeilen zu Gesicht bekommt. Den ganzen Ernst des Zustandes nämlich, in dem sich ihre Mutter befindet, kennt sie noch nicht. Freund Hüttenrauch hat sie untersucht und eine Wucherung irgendwo in der Magengegend festgestellt, die zum Tode führen muß. Er sagte es mir, ließ aber einstweilen die Familie Anjas im ungewissen.

Es ist der Gang der Natur, wenn eine Mutter von ihren Kindern, vom Leben scheiden muß. Frau Lydia aber ist kaum sechzig Jahr. Ohne das tückische Übel, das sie befallen hat, könnte sie noch Jahrzehnte leben, um so mehr, da man in ihrer Familie langlebig ist. Ihre Mutter ist wenig vor dem hundertsten Lebensjahr gestorben.

Noch vor kurzem glich Frau Lydia einer schönen, stolzen, ebenmäßig gebauten Römerin, noch kündete sich die Matrone nicht an. Auch jetzt scheint sie eine Frau, deren Lebenskraft unzeitig gebrochen werden soll.

Anjas Bruder und auch sie selbst ahnen vielleicht das von Hüttenrauch Unausgesprochene. Daß die Kranke selbst den schlimmsten Ausgang ins Auge faßt, ist nicht zweifelhaft. Der Blick würde es sagen, womit sie manchmal in meinem verweilt, aber es klingt auch aus ihren Worten. Es kann am Ende nur diesen Sinn haben, wenn sie von ihrer nahen großen Reise spricht. Und schließlich hat sie Anja unzweideutig erklärt: »Jetzt, wo ich mit deinem Freunde auf guten Fuß komme, ihn kennenlerne und gern habe, ist es aus, und ich muß fort.«

Was um solche Krankenbetten am schwersten ertragen wird, ist jene Entbundenheit des Gefühlslebens, die uns kaum mehr denken, sondern immer nur fühlen, fühlen läßt. Eine so spröde, herbe und tapfere Natur selbst wie Anja ist dem fortwährenden Überfluten durch Gefühle und wieder Gefühle willenlos preisgegeben. Sie lacht, wenn sie weint, und weint, wenn sie lacht. Liebe, Mitleid, Trennungsweh, Angst vor dem nahen Unbekannten, Bewußtsein des drohenden schwersten Augenblicks durchdringen einander und lösen sich voneinander. Auch überträgt sich das Kranksein des Kranken auf die sorgenden Seelen, die um ihn sind. Die fremdartig peinvollen Phantasien seines fiebernden Hirns, seiner marternden

Schwäche übertragen sich. Der Wirbel wird auch den Helfern spürbar und gefährlich, und es ist, als wolle er sie in den Abgrund ziehn.

Die Quellader der Kindesliebe ist bei Anja angeschlagen und, man möchte sagen, verblutet sich. Alles strömt jetzt der Mutter zu, bis zur Ausgewundenheit. Wir wissen, daß dieses feierlich wehe Geschehen ein typisches ist: es bestehen, mit Würde und Treue bestehen, und andererseits es überstehen ist wiederum eine der unumgänglichsten Aufgaben. Wir sind alle unter dem Eindruck einer überkommenen, heiligen Menschenpflicht, die wir als etwas Selbstverständliches hinnehmen, obgleich wir bisher noch nie zu ihrem und einem ähnlichen Dienst gebraucht wurden: dem beizustehen, der dem ungeheuren Augenblick der Trennung vom Dasein entgegengeht. Dieses Geschehnis ist so groß, daß alles andere daneben nichtig wird. Solange der mystische Dienst daran im Gange bleibt, ist man mit allen Ansprüchen profanen Daseins ausgeschlossen. Kaum wage ich Anja anzurühren, als wäre sie eine Priesterin.

In der Pflege und Sorge um ihre Mutter, ob sie mir gleich wenig Zeit von ihrer Zeit widmen kann, vergißt mich Anja trotzdem nicht. Ich erhalte Nachrichten, Briefe, Zettel. Neben der Emsigkeit in der Pflege der Sterbenden geht eine gleiche Emsigkeit im Dienst unserer Liebe her. Und zwar in der Form, die unter solchen Umständen möglich ist. Wie doch die Schrift und das schriftliche Wort eines leidenschaftlich geliebten Menschen zauberhaft und verzaubernd ist! Stundenweise wird das öde Zimmer meiner Pension, in dem ich vereinsamt und harrend sitze, durch ein Stückchen Papier und einige Bleistiftstriche darauf in eine leuchtende Camera mystica verwandelt, in der die Geliebte gegenwärtig ist und meine ganze Seele besitzt.

Grünthal, am 19. Dezember 1897.

Was ist das? Ich bin allein. Es ist nachts zwölf Uhr genau, und ich bin allein. Wo bin ich allein? Draußen ist eine glitzernde Stille. Weite, bläuliche Schneeflächen liegen unterm Mond. Es ist Vollmond, der Himmel rein, die bekannte Kuppel auf die alte Weise mit Sternbildern und Milchstraße ausgeziert.

Ich bin in Grünthal. Heute morgen war ich noch in Berlin,

sah Anja und ihre kranke Mutter. Nun sitze ich hier in der Einsamkeit meines alten Studierzimmers. Was sonst noch das Haus mit mir teilt, ist schlafen gegangen oder eben dabei. Noch knistern zuweilen die alten Rohrdecken.

Sonst aber ist alles Stille, außerhalb der Fenster alles lautloser, mächtiger, einsamer Glanz. Die Uhr steht still. Welcher Gegensatz zu Berlin!

Die Dezembertage vor drei Jahren, jene schicksalhafte Zeit, jene Lebenswende steht vor mir. Sind seitdem wirklich nicht mehr als drei Jahre hingegangen? Was habe ich alles weniger äußerlich als innen erlebt in so kurzer Zeit!

Da! fliegen da nicht im Mondschein Fetzen verkohlten Papiers, Reste von Briefumschlägen und Briefen herum, von unsichtbaren Hauchen bewegt? Das einstige Autodafé, das sich in die Schneefläche einbrannte, hat noch immer nicht seine Arbeit ganz getan und scheinbar allerlei Unverbrennliches übriggelassen.

Ist man von Leidenschaften, den damit verbundenen Kämpfen, Sorgen und Gefahren wachgehalten, so dehnt sich die Zeit. Es ist wie mit einer Nacht, die dem gesunden Schläfer eigentlich einen Augenblick, nachdem er sich niedergelegt, zu Ende ist, dem Schlaflosen aber wie ein endloser Zeitraum, erfüllt mit peinvollem Wahnsinn, erscheint.

Melitta ist hier, die Kinder sind hier, wir wollen Weihnachten zusammen feiern. Es besteht diesmal keine Gefahr, wie vor drei Jahren um die gleiche Zeit, ich könne noch vor dem Fest davongehen.

Auch Marcus, seine Caroline und ihre Kinder sind hier. Ich habe diesen Familientag vor einigen Wochen beschlossen, in die Wege geleitet und nun zustande gebracht. Ich wollte, daß Vater und Marcus sich versöhnen, ich wollte beiden und allen Beteiligten eine Freude machen. Die ausgeglichene Güte des kranken Marcus hat überdies bewirkt, daß ich selbst meinem Herzen nachgeben und beiseitesetzen konnte, was ich mit Julius und Lore Bittres erlebt habe.

Marcus hat Vater und Mutter in Schlierke besucht, Vater hat ihn wiedergesehen. Alle waren erschüttert und tief gerührt, sie umarmten sich unter Tränen. Von Konflikten kann angesichts des veränderten Bildes, das der kranke Marcus bietet, nicht mehr die Rede sein.

Das kleine Berghaus ist bis unters Dach mit Besuchern vollgepackt. Hüttenrauch ist mit Marcus, gleichsam als Leibarzt, gekommen. Er hat seine Frau, eine Schweizerin, mitgebracht. Und so müssen Sofas, auf die Erde gelegte Matratzen und anderes als Schlafgelegenheiten herhalten.

Gleich als Marcus aus seinen Decken und Pelzen geschält worden war und das Haus betrat, wurde Doktor Hüttenrauchs Hilfe nötig. Die Tagereise von Hamburg, die Erregungen des Wiedersehens, die dünne, stählerne Bergesluft fielen ihm aufs Herz. Durch eine Tasse giftschwarzen Kaffees kam es wieder ins Gleichgewicht.

Wie gesagt, ich sitze allein. Wenn ich mich in meinem Studierzimmer umsehe, wo alles, Bücher, Abgüsse nach Antiken, Stehpult, Teppich, noch seine alten Plätze hat, könnte ich recht gut meinen, daß die letzten drei Jahre nichts geschehen und alles beim alten geblieben sei. Die Empfindung der Traumhaftigkeit allen Lebens drängt sich in solcher Stunde auf.

Was ist der eigentliche, heimliche Sinn dieses Familientages? Er schwebte mir vor als ein Abschiedsfest. Innere Trennungen sind vorhanden und werden sich weiten. Äußere und innere Trennungen stehen nahe bevor. Wie der Blick auf Marcus, der Blick auf die alten Eltern zeigt, Trennungen von solcher Art, die nur Kinderglaube zu überwinden hoffen mag. Aber gerade darum wollte ich alle noch einmal in Liebe, Freundschaft und Freude festlich vereinen, bevor das Bindeband reißt.

So gefaßt, ist dieses begonnene Fest unter unendlich vielen sogenannten Festen das einzige wahre und wirkliche.

Im Hausflur stehen drei große Kisten, jede einige Zentner schwer. Den Inhalt habe ich in verschiedenen Delikateßgeschäften der Potsdamer und der Französischen Straße zusammen mit Anja ausgesucht. Das Haus liegt einsam: ich wollte, daß wir in jeder Beziehung gut versorgt und verproviantiert wären und sich die Mühen des Wirtschaftens dadurch vereinfachten. Welche Erleichterung ist es für mich, daß Anja so klug und fern von allem hysterischen Wesen ist. Alle diese guten Dinge, Prager Schinken, Pasteten, feine Wurstwaren, Gemüse, Kaviar, Mirabellenbüchsen, Weine, Liköre, Punschessenzen, waren ja schließlich für Festlichkeiten bestimmt, die sie nicht mitmachte. Ihre eigene Mutter liegt krank auf den Tod. Wenn ich trotzdem dergleichen Feste durchführte, war es nicht eigentlich kalt und gefühllos von mir? Und lag es nicht nahe, einen Beweis für meine Verwurzelung in der Familie, für eine unüberwindliche Neigung nach der ihr feindlichen Seite zu sehen? Aber weder ein Vorwurf noch auch nur ein Wort des Nichtverstehens, des Befremdens über das, was ich unternahm, ist über ihre Lippen gekommen. Sie wählte aus, sie stellte zusammen, sie ermutigte, wo ich zweifelte, es konnte alles gar nicht reichlich und üppig genug für uns sein. Wenn ich mir dagegen die Gefühle vorstelle, die ihrem unbefangen vernünftigen Wohlwollen in einem ähnlichen Falle antworten würden!

Wie stark, wie stark ist in dieser Stille und an diesem Ort mein allgemeines Liebesgefühl! Immer wieder habe ich mit Erschütterung dieses »Seid umschlungen, Millionen!« der Neunten Symphonie gehört. Auch in solche Weiten ist hier mein Herz geweitet. Das aber, was ich wirklich umschlinge und in dieser stillen Stunde an meiner Brust, in meinem Herzen vereine, hat eine andre naturgegebene Wirklichkeit. Da ist mein Weib, da sind meine Kinder, da sind meine Brüder, da sind meine Neffen und Nichten, da ist mein Vater und meine Mutter, da ist Hüttenrauch, mein Freund. Und über dem allem schwebt, schwebt: über den Sternen, unter den Sternen der Winternacht – es ist nicht zu ändern – die süße Geliebte!

Grünthal, am 22. Dezember 1897.

Es kommt mir vor, als wären wir alle in einem Zustand krankhaften Nervenlebens. Er ist dem ähnlich, welcher eintritt, wenn man sich etwa zu ungewöhnlicher Stunde nachts wecken lassen muß und sich erhoben hat, um eine Reise anzutreten oder irgendeiner Pflicht zu genügen. Die bekannte Umgebung, alles im Hause und außer dem Hause, bekommt dann ein anderes Gesicht. Auch die Menschen bekommen ein anderes Gesicht. So ungewöhnlich ist der Zustand unseres Zusammenseins.

Äußerlich geht es zu wie etwa in einer kleinen Schweizer Pension. Wir essen an einer gemeinsamen Tafel, das heißt, Bruder Julius und seine Frau, die ja das Haus jetzt allein bewohnen, wirtschaften der Einfachheit halber nicht abgesondert. Die Kinder tummeln sich draußen im Schnee auf Schlitten und Schneeschuhen. Gestern haben Melitta und ich mit dem Ehepaar Hüttenrauch eine Bergpartie gemacht und sind von der bekannten Neuen Baude auf Kammhöhe wie üblich im sausenden Tempo zu Tale gerodelt.

Heute, am Mittwoch, war Festtafel. Die Eltern hatten sich angesagt, da sie Weihnachten und Silvester in aller Stille zu Hause verbringen wollen. Vater fürchtet die Aufregung.

Die Festtafel gegen zwei Uhr mittags hatte einen stillen, gewissermaßen gedämpften Verlauf. Die alten Unstimmigkeiten zwischen Vater und Marcus, die ja doch mit den Lebensereignissen der letzten Jahre innig verflochten sind, durften nicht berührt werden, und so war der Gesprächsstoff zusammengeschmolzen. Die Wintersonne schien übrigens auf den Tisch, und der Weißwein funkelte in den Römern.

Leider können sich Julius und Lore nicht von einer gewissen Gekniffenheit frei machen. Es kommt mir vor, als ob sie das, was sie zwar mitgenießen, doch mit scheelen Augen betrachten, soweit ich nämlich der Urheber bin. Obgleich das Grünthaler Häuschen mir gehört, kommt ihnen meine Verfügung darüber wahrscheinlich wie ein unerlaubter Eingriff vor. Mehr freilich als Idee denn als Auswirkung. Nur hätte sie statt von mir von Julius und Lore ausgehen, ins Werk gesetzt und durchgeführt werden sollen. Es scheint ihnen peinlich, statt Gastgeber, unter den Geladenen zu sein.

Wenn mich das nun freilich betrübt, so soll es mir doch nicht die Freude verderben an dem, was geschehen ist. Es gewährt mir tiefe Genugtuung. Viele warme Händedrücke von Vater, Mutter, Marcus, Caroline und auch von Melitta sagen mir, daß ich das Rechte getroffen habe. Marcus genießt die Tage trotz seines Leidens mit einer breiten, philosophischen Sorglosigkeit. Man fühlt ihm an, welche Last ihm durch die Versöhnung mit Vater und durch die Aufhebung seiner Vereinsamung von der Brust genommen ist. –

Frau Lydia, wie mir Anja schreibt, ist ins Krankenhaus überführt worden, wo sie operiert werden soll. »Da wird eben noch, bevor sie stirbt, ein Chirurg fünfhundert Mark verdienen!« sagt, nachdem er es erfahren, Hüttenrauch.

Ich hatte heut einen schlechten Traum. Gegen das Haus, in dem wir wohnen, rückten im Mondschein von allen Seiten Skorpione an. Man durfte den Fuß nicht aus der Tür setzen.

Grünthal, am 27. Dezember 1897.

Es ist gegen 11 Uhr vormittags. Gestern bin ich spät schlafen gegangen. Der übrige Teil der Nacht wurde recht lang durch Schlaflosigkeit und mehrere alpdruckhafte Beängstigungen, mit denen ich nach längeren oder kürzeren Zeitspannen beim Erwachen zu ringen hatte. An solchen Zuständen leide ich. Man kann nicht erwachen, man ist gelähmt, halb bewußt gelähmt. Man schreit, von einem Traumbild beängstigt oder nur deshalb, weil man gelähmt ist und nicht erwachen kann. Es würde schwer sein, die Fälle solcher Alpängste zusammenzuzählen, die ich erleiden mußte. Sie scheinen Rückstände keineswegs freundlicher Erlebnisse aus anderen, früheren Entwicklungsstufen unserer Art zu sein und sind keine angenehme Zugabe.

Das Haus ist leer. Man tummelt sich allgemein draußen im Schnee. Selbst Marcus ist in einen sogenannten Hörnerschlitten gesetzt worden, der durch die strahlende Winterlandschaft von einem Gaule gezogen wird. Ich aber habe mich in mein Zimmer eingeschlossen.

Es ist wieder eine Art Alp, der trotz des Wachens immer noch auf mir liegt und mit dem ich einsam ringen, von dem ich mich befreien muß.

Die Spannung in der Atmosphäre dieser seltsamen Woche steigert sich. Die Räume des Hauses scheinen Akkumulatoren, seine erwachsenen Bewohner Batterien zu sein. Dieses Zusammenziehen eines schon auseinandergelebten Familienkreises drängt vielleicht naturgemäß zur Explosion.

Ich bin erregt. Gerade deshalb aber ist ein kühler und klarer Kopf notwendig, wenn ich der Sache Herr werden und unbefangen wieder unter die Meinen treten will.

Die echte Familie ist und bleibt ein sehr kompliziertes Ding, eines, das man mit äußerster Vorsicht behandeln muß. Es stellt sich freundlich und harmlos dar, sofern man der Übereinkunft genügt, was es verschließt, nicht aufzustören. Wenn man Seelisches mit Materiellem vergleichen will, so mag man an die halkyonische Ruhe und Heiterkeit des Meeres denken, das so Fürchterliches verbirgt.

Es überkommen mich Taucherneigungen.

Aber der Mensch versuche die Götter nicht und begehre nimmer und nimmer zu schauen, was sie gnädig bedecken mit Nacht und Grauen. Ein moderner Kyniker, der behaupten würde, auf Gewohnheit und Selbstsucht, keineswegs auf Liebe beruhe Familienzusammenhang, würde durchaus nicht immer recht behalten, in den meisten Fällen sicherlich. Wären diese erzenen Bindungen nicht so stark, sie könnten die zerstörenden Zentrifugalkräfte nicht in Grenzen halten,

Kräfte, unter die Neid, Überhebung, Abneigung des allzu Verwandten und allzu Bekannten und schließlich der Haß zu rechnen sind, Haß, in den sich ja Liebe so leicht verwandelt.

Will man mit seiner Familie leben, so bedarf es einer gewissen Oberflächlichkeit. Weder darf das Auge noch die innere Vorstellung noch der Gedanke noch das Gefühl allzu tief in sie eindringen. Kinder könnten von einem ungefähren Blick in die Seele gewisser Väter oder Mütter den Tod davontragen. Väter könnten dabei, besonders wenn sie Besitz zu hinterlassen haben, denselben, nämlich ihren eigenen Tod, in den mörderischen Augen und Gedanken ihrer Söhne sitzen sehen. Seltsame Dinge könnte entdecken, wer sich über das Verhältnis zwischen Müttern und Töchtern unterrichten will. Und Bruderhaß ist ein Haß, gleichsam ein Amalgam aus Liebe und Haß, der in seiner ausgesuchten Furchtbarkeit unter die besterfundenen Martern der Hölle zu rechnen ist.

Vielleicht ist es gar nicht die Ehrsucht in Julius, die ihn auf dem Wege des Bruderhasses vorwärtstreibt. Stecken nicht öfters Frauen dahinter? Ist es vielleicht nur Lore, die mir meine äußere Geltung, meinen wachsenden äußeren Wohlstand nicht verzeiht? Wären wir beide unbeweibt, ein Vorfall wie gestern wäre gewiß nicht eingetreten.

Nachdem es nun aber geschehen ist, nachdem ich dies Urteil über die verborgene Substanz der Familie ausgesprochen habe, kann ich nun eigentlich wieder mit ihr, in ihr heiter und harmlos sein?

Weil ich es sein will, werde ich es sein. Alle diese Menschen, auch innerhalb der Familie, sind schließlich Leidende. Ihr Menschentum haben sie nicht gewählt, und irgendein Drang nach dem Höheren, Besseren steckt noch in allen selbstischen Strebungen. Zwar verdüstert sich weiter das allgemeine Familienbild, wenn ich die unsichtbaren Risse betrachte, durch welche die einzelnen, scheinbar verbundenen Paare tatsächlich geschieden sind. Ich beiße die Zähne zusammen, wenn ich es hinschreibe. Mein vierundsiebzig Jahre alter Vater hat noch vor anderthalb Jahren meiner Schwester im geheimen die Absicht, sich von meiner Mutter zu trennen, ausgesprochen: ein Gedanke, der einem Sohne unfaßbar ist. Und doch klafft derselbe viel breitere Riß, ein Spalt, ein Abgrund, zwischen Melitta und mir, und die Kinder haben damit zu rechnen. – Und mitunter hört man das Gras wachsen! Ich höre das Gras wachsen, das sich über dem Grabe der Ehe Lores mit Julius ausbreiten wird. Die Zerwürfnisse sprechen bereits ihre Sprache. Und endlich sehe ich den sich immer erweiternden Riß zwischen dem Ehepaar Hüttenrauch. Hüttenrauchs Frau versteht sich nicht mit seiner Mutter, die ein armes, von Geistesschwäche befallenes Weibchen ist. Die Mutter soll fort. Aber Hüttenrauch will sie nicht von sich lassen. Deswegen werden sie eines nahen Tages ganz gewiß auseinandergehn.

Also – es knackt, knallt, kracht überall in dem engverbundenen Familien- und Freundesraum, wie in den Möbeln eines erwärmten Zimmers, wenn die Winterkälte, der kristallklare Atem des Todes, hereingelassen wird.

Was was es eigentlich, was gestern zu diesem wüsten Tumult beim Abendessen den Anlaß gab?

Mann mit zugeknöpften Taschen,
dir tut niemand was zulieb:
Hand wird nur von Hand gewaschen;
wenn du nehmen willst, so gib!

Diese Verse von Goethe waren die schuldig-schuldlose Ursache.

Es geht immer sehr lebhaft zu bei Tisch. Gestern saßen wir zehn Personen an der Tafel, da meine Schwester gekommen und der Lehrer des Ortes eingeladen war. Wir Brüder sind Leute, welche einander keine Ruhe geben und zu einer behaglichen, inhaltslosen Unterhaltung nicht fähig sind. Wir leiden alle drei an Einfällen, sprechen nur wirklich Gedachtes, meist augenblicks erst Gefundenes, und zwar lebhaft, aus. Es wird gestritten: wir kämpfen für unsere Behauptungen. Wir tun es nicht lau, sondern meistens mit Heftigkeit. Unter uns Brüdern ist Julius der heftigste, aber man ist daran gewöhnt. Marcus ist eine Vollnatur, breiter, überlegener, ruhiger, aber viel gefährlicher als Julius, wenn einmal, wie die Kellnergeschichte beweist, der Jähzorn über ihn kommt. Gestern verbreitete sich das Gespräch über Pädagogik, Naturwissenschaften, Literatur, Anarchie, Sozialismus und Militär, kurzum, die Stimmung war angeregt, unsere neun Kinder an ihrem Tisch im Nebenzimmer aßen, lärmten und amüsierten sich, der Einklang ließ nichts zu wünschen übrig, trotz ziemlich geräuschvoller Vielstimmigkeit.

Ich saß an einer der Schmalseiten der Tafel. Beim Platznehmen hatte Marcus übermütiger- und unvorsichtigerweise laut gesagt: »Titus« – das ist meine Wenigkeit –, »steige auf deinen Präsidentensitz!« Obgleich ich den Fauxpas, da ich die automatische Wirkung eines solchen Wortes auf Julius kenne, nach Kräften zu vertuschen suchte, war es nicht mehr zu verhindern, daß Julius blaß, sein heiteres Lächeln starr wurde, daß er sich schweigend niedersetzte und, gleichsam abwesend, mehrmals mit der Hand über den rotblonden Schnurrbart und das dürftige Ziegenbärtchen fuhr. Dann blickte er abwechselnd, unter Innehaltung einer betonten Schweigsamkeit, an seiner Umgebung unbeteiligt, die Decke oder Lore an und kaute an seinen langen Bartenden, die er zu diesem Zweck zwischen die Lippen strich.

Dieses Verhalten kenne ich. Es ließ durchaus nichts Gutes vermuten.

Immerhin, nach dem Fisch schien die Sache so ziemlich vergessen zu sein. Hatte ich mich nun, um dieses Ziel zu erreichen, zu lebhaft gezeigt und dadurch Öl in die Lampe seines Ärgers gegossen, jedenfalls trat er nach dem Braten zu allem und jedem, was ich sagte, in die entschiedenste Opposition. Ich will nicht behaupten, daß er mit vollem Bewußtsein Streit suchte. Er ist nun einmal der ältere Bruder, der gewöhnt war, schon als Knabe von höherer Stelle auf mich herabzusehen, wenn er mich auch zu fördern suchte. Meine führende Rolle in diesen Tagen, wie gesagt, wurmte ihn. Es traf seine allerempfindlichste Stelle, als ich nun noch äußerlich, wenn auch nur im Scherz, zum Präsidenten proklamiert wurde. Die Sache war auf die Spitze getrieben, es konnte so nicht weitergehen.

Kurz und gut, Julius rieb sich nach jeder Behauptung, die ich tat, nach jedem Satz, jedem Worte an mir, nichts, aber auch gar nichts wollte er gelten lassen. Ich fühlte natürlich genau, wo es hinauswollte. Julius wollte beweisen, wollte es sozusagen ad oculos demonstrieren, daß er noch immer der Überlegene, daß er und nicht ich der »Präsident« dieses Kreises war.

Stets neigte Julius zur Gewaltsamkeit. Seine geistige Gewandtheit erlaubte ihm, sich für seine Willkürakte eine moralische Begründung zurechtzumachen. Sein ganzes Verhalten gestern bei Tisch ging schließlich auf einen großen Willkürakt, auf eine unantastbare Feststellung seiner alten Macht hinaus. Von Fall zu Fall wurde er diktatorischer. Als ich einen meiner Jungens zurechtweisen mußte, wies er seinerseits vor dem Jungen den Vater, das heißt mich selbst zurecht und wurde nur immer angriffslustiger, als ich ihn darauf aufmerksam machte, daß er meine Autorität vor dem Kinde herabsetze. Die Spannung hatte bei diesem Vorgang bereits einen hohen Grad erreicht, und besonders der Gast und freundliche Lehrer des Ortes wußte nicht recht mehr, wie er es anstellen sollte, damit er nach Möglichkeit unbeteiligt, ja ungegenwärtig erschien.

Der Ton, womit Julius mich vor meinen Kindern abkanzelte, genügte noch nicht, so aufreizend, so unmöglich er war, um die Katastrophe herbeizuführen. Ich verlor meine Selbstbeherrschung nicht. Dies ist für den Unbeherrschten sehr aufreizend. Ich schickte den Jungen, der schließlich doch mehr dem Vater als dem Onkel gehorchte, zurück an den Kindertisch, wodurch sich Julius' Verwundung vertiefte, und nahm einen Anlauf, den Tafelfreuden und der geselligen Heiterkeit wieder zu ihrem Recht zu verhelfen.

Ich weiß nicht mehr, wo das Gespräch sich nun hinwandte. Ich versuchte Marcus aufzuheitern, der während der peinlichen Szene geschwiegen, aber auf eine mir Sorge machende Art und Weise mehrmals die Farbe gewechselt hatte. Dies glückte mir auch nach einiger Zeit. Die allgemeine Unterhaltung bewegte sich bald wieder in den Bahnen der Harmlosigkeit, wenn sich auch Julius daran nicht beteiligte. Der Lehrer erzählte Melitta alte Geschichten, die er in den Stunden mit ihren und meinen Kindern erlebt hatte. Die Kinder tumultuierten wie vorher. Plötzlich kreiste irgendein Gespräch um Goethe herum und, Gott weiß es, in welchem Zusammenhang, zitierte ich die bereits oben notierten Worte:

Mann mit zugeknöpften Taschen,
dir tut niemand was zulieb:
Hand wird nur von Hand gewaschen;
wenn du nehmen willst, so gib!

Als ich, wieder völlig bei guter Laune, von der Leber weg diese Verse gesprochen hatte, sprang Julius auf, riß dabei die Decke beinah vom Tisch, so daß mehrere Gläser in Scherben gingen, schrie zwei- oder dreimal die Worte zu mir herüber: »Pfui, schäme dich!« und war in der nächsten Sekunde verschwunden. Daß seinem Bruder Marcus eine solche Szene im Augenblick todbringend sein konnte, daran dachte er nicht.

Eine Grabesstille war eingetreten.

Als diese Grabesstille kaum empfunden worden war, erhob sich meine Schwägerin Lore vom Tisch, zerknüllte die Serviette, warf sie zur Erde und entfernte sich, den Stuhl dabei umstoßend, nachdem sie, allerdings nur ein einziges Mal, auf das allerheftigste »Pfui!« gesagt hatte.

Die Grabesstille trat nochmals ein.

Was nun geschah, war den Zurückbleibenden doppelt unverständlich. Frau Hüttenrauch nämlich erhob sich schweigend vom Tisch und folgte den beiden auf brüske Weise. Marcus' bärtiger Pflanzerkopf blähte im Atmungsbedürfnis die Backen, er schien wie mit Kalkmilch bestrichen zu sein.

Ich erhob mich und wollte zu reden beginnen. Da stürzte, völlig bewußtlos vor Wut, Julius wieder herein.

Auf die nun folgende Art und Weise suchte der Bruder meinem Charakter gerecht zu werden. Er durchschaue mich wohl, sagte er. Alles, was ich tue, diese ganze Veranstaltung, sei aus den nichtswürdigsten, nichtsnutzigsten und schmutzigsten Beweggründen hervorgegangen. Ich sei durch und durch schmutzig, korrupt und durch meine Gelderfolge verdorben. Ich möge nur nicht den Irrtum begehen, mir meine erbärmlichen Spielgewinste als Verdienst anzurechnen. Der Zufall, schrie er, der bloße Zufall habe mir die Pfennige in die Taschen getan, mit denen ich jetzt wie ein Hansnarr, ein Hanswurst, ein Jahrmarktsbudenbesitzer, ein Marktschreier, ein Tapezierlehrling tagaus, tagein herumklimpere. Ob ich wohl glaube, daß diese paar Kisten voll Fresserei ihn zum Parasiten, zum armen Verwandten, zum Mitesser herabwürdigen könnten, der sich von mir nach meinem Belieben hinter die Ohren schlagen und abwechselnd vor den Bauch und in den Hintern treten lasse. »Behalt dir deine Würste! behalt dir deine Pasteten! behalt dir deinen verfluchten Kaviar!« brüllte er. »Eher sterbe ich Hungers, als daß ich mich noch weiter von dir mit Almosenspeise versehen, von dir regalieren und dafür malträtieren lasse! Ich will dir sagen, wenn du es noch nicht weißt, was du bist: ein Gernegroß! eine Null! ein Nichts! Was du weißt und kannst, habe ich, nur ich dir eingetrichtert. Ich muß dir das sagen, du mußt das hören, du mußt dir das klarmachen, damit du nicht in die Versuchung kommst, dich, durch eine falsche Vorstellung von dir selbst, etwa noch blöder und dümmer zu machen. Mir steht es zu, alles steht mir zu, alles und alles ist mein und ganz allein mein, was du dir in deinem lächerlichen und kindischen Dünkel anmaßest.«

Unter einem solchen Hagel von bösartigem Unsinn, von blinder Wut steht man wie unter einer Naturgewalt, und solche ist nicht zu widerlegen. Man sieht einen Zustand von Besessenheit und glaubt an die Herrschaft wilder Dämonen. Schließlich sind wir ja auch in den sogenannten Zwölf Nächten. Waren etwa die Skorpione, die ich im Traume sah, wie sie von allen Seiten gegen das Haus herankrochen, jene verkappten, tückischen Unholde, die uns hernach aneinanderhetzten? In den Zwölf Nächten, heißt es, walten sie frei. Nun böse Geister, einstmals Götter, sind ihnen christliche Häuser von Weihnachten bis zum Hahnenschrei des sechsten Januar sozusagen freigegeben. Mit Wacholder haben wir nicht geräuchert. Einen Zauberschutz gegen dieses Gelichter von Hexen und Kobolden haben wir nicht ums Haus gelegt. Unkirchlich, wie wir sind, haben wir Kruzifixe, um sie zu vertreiben, nicht hier. Es gelang ihnen jedenfalls, unsere Familien- und Festgemeinschaft dermaßen zu umnachten und zu verwirren, daß ein Ende mit Schrecken nur wie durch ein Wunder vermieden ward.

Marcus, der bis dahin alles in sich hineingewürgt hatte, stand plötzlich wie ein Verstorbener da. Und was er hervorstieß, was er und wie er schrie, das war von der Art, daß uns allen das Blut in den Adern gerinnen wollte. Hier wäre die Grenze! Das ginge zu weit! Julius habe ihm allerdings viel Gutes getan, aber das käme hier nicht in Frage. Hier überschreite er, Julius, alle Grenzen der Denkbarkeit und des möglicherweise noch Erduldbaren. Mit einem Schlage vernichte er in ihm, Marcus, alle Gefühle und Verpflichtungen zur Dankbarkeit. Dies Betragen sei so, sagte er, daß der Mann, der es sich erlaube, in eine verschlossene Zelle mit den dicksten Eisenstäben statt der Fenster hineingehöre. Für dieses Betragen rechtfertige sich kein noch so bescheidener Versuch zur Entschuldigung. Er habe mit solchen Leuten nichts zu tun und bitte, ihn nicht mehr zu inkommodieren.

Da er wankte, lief alles herzu, voran der völlig niedergedonnerte Julius, ihn zu stützen. Man gab ihm recht, man beruhigte ihn, Hüttenrauch rief nach schwarzem Kaffee, Melitta weinte, die heulenden Jüngsten wurden von Lore besänftigt und hinausgeführt, der Lehrer versuchte, ohne beachtet zu werden, sich von den Damen des Hauses zu verabschieden. Als sich die Tür hinter Marcus geschlossen hatte, hörte ich, der ich auf meinem Platz geblieben war, wie ihn auf dem Flur ein Asthmaanfall überkam, und erkannte, daß er noch immer alle helfenden Hände von sich stieß. Julius wurde durch die wieder geöffnete Tür von Hüttenrauch zurückgedrückt, und ich muß gestehen, daß der bittere Gallengeschmack, der mir in die Kehle stieg, als ich den nun so veränderten, nun so bestürzten, kleinlaut gewordenen Bruder wiedersah, dessen Unbeherrschtheit ihn vielleicht zu Marcus' Mörder gemacht hatte, nichts zu wünschen übrigließ. Dieses Schlimmste, Gott sei Dank, ist ihm erspart geblieben.

Ich höre Schellen. Der Schlitten meines Bruders Marcus hält vor der Tür. Hüttenrauch hat nachts über in seinem Zimmer geschlafen. Es ist nebenan. Es gab Gelauf, es wurde gesprochen, dem Patienten wurden Medikamente eingeflößt. Aber heut morgen schien die Gefahr vorüber, der Anfall überwunden zu sein. »Was mich betrifft«, sagte Hüttenrauch, »ich hatte erwartet, es wäre das Ende. Doch hat er's dieses Mal noch geschafft. Unmittelbare Lebensgefahr besteht nicht mehr.«

Marcus selbst ist bei guter Laune. Auf den gestrigen Vorfall hat er nur mit zwei Worten Bezug genommen, als er ins Frühstückszimmer geführt wurde: »Kinder, ich habe nun mal eine Ochsennatur!«

»Es war ein Mann im Lande Uz ...«

Grünthal, am 29. Dezember 1897.

Das Wetter ist gleichmäßig kalt und klar. Wenn ich in den Schnee hinaustrete, in die blendende Helligkeit, so ist mir doch anders zumute als in weniger mit Schicksalsbewußtheit belasteten Zeiten. Die Sonne ist uns ja wohl zu einer selbstverständlichen Erscheinung geworden. Zuweilen, und so auch in diesen Tagen, erfasse ich sie als einen am Tage scheinenden Stern, ja eigentlich als Kometen, dessen Kopf nur sichtbar ist.

Und wenn ich das noch immer gequälte Wesen meines Bruders Julius betrachte, so scheint es mir viel Saturnisches zu haben, wie mir denn unsre ganze Familie unter dem Einfluß des fernsten und merkwürdigsten aller Planeten, des Saturn, zu stehen scheint. Das allerschwerste, allertiefgründigste, allervielfältigste Menschenschicksal ergibt sich ja unter der Strahlung Saturns im Erleiden und Handeln gleich gewaltsam. Melancholie, Tränen, Verworrenheit sind unter ihm heimisch. Der humor melancholicus kommt von der Milz, die dem Saturn untersteht. Er schafft Träume, Träume, Träume, heitere Träume, schwermütige Träume, nichtige und solche, welche hellsehend sind. Julius hat sich von Jugend auf, so gesellig er im übrigen scheint, gern von seiner Umgebung abgesondert. Auch jetzt, wo gesellige Berührung ja doch der Zweck dieser Familientage ist, ist Julius viel allein. Zu anderer Zeit als die anderen verläßt er das Haus, zu anderer kehrt er wieder heim. Selbst unbemerkt, sehe ich ihn oft mit der ihm eigenen Versonnenheit durch den Schnee dahinstapfen. Ich weiß, er bemerkt mich erst im letzten Augenblick, wenn ich ihm nachgehe oder entgegenkomme. Er ist dann zunächst immer freundlich zerstreut, und man kann es ihm jedesmal anmerken, er werde es dankbar empfinden, wenn man ihn weiter sich selbst überließe. Sein Blick ist dann gleich wieder grüblerisch nach innen gekehrt, dort gibt es immer vieles zu schaffen.

Es ist das ganze, schwere, reiche, verworrene saturnische Erbe in ihm, was immer wieder der Ordnung und Schlichtung bedarf. Es sind diese Innengewalten, die zugleich äußere Mächte sind und sich dem inneren Blick nicht nur als immerwährende Gegenstände staunender Betrachtung darbieten, sondern auch, da es Naturkräfte sind, der Bezähmung, Begrenzung, Versöhnung und Harmonisierung bedürfen: – wenn sie ihr Gefäß nicht zersprengen sollen.

Ich habe vorgestern etwas gleichsam über das Haupt der Medusa niedergeschrieben, das unter dem Oberflächenleben einer Familie verborgen sein kann. Heute nenne ich es das Saturnische. Kein Wunder, daß man sich in den Tagen, da das Licht der Welt geboren ist (Lux crescit: diese Formel findet sich in der christlichen Weihnachtspredigt, dem griechischen Kalender und in heidnischer Liturgie!), an astrale Verbundenheiten erinnert. Zogen doch noch vor wenigen Tagen die drei Könige, »Kaspar, Balzer, Melcher zart«, umher, die den Stern des Heilands gesehen haben und, von ihm geführt, das göttliche Kind in der Krippe vorfanden. Also nochmals: Saturn! Saturn! Ich verstehe meinen Bruder besser im Zeichen saturnischer Besessenheit als im Zeichen moderner Psychiatrie. Er, der mir immer, von der Hand des Dämons gezeichnet, zu irgendeinem großen Schicksal berufen schien, erlangt vor meinem Urteil als leidender Träger planetarer Einflüsse höhere Bedeutsamkeit. Eine solche Betrachtungsart macht ihn zu einem Gegenstand reiner Teilnahme. Das, was unpersönlich an ihm wird, weitet und, ich möchte sagen, heiligt seine Persönlichkeit und bringt alles andere in mir zum Schweigen außer einer liebevollen Verbundenheit. O dieses saturnische Mittelalter! Wie hat es den Menschen groß gemacht! Um seinetwillen und um ihn herum war das Weltall geschaffen, wodurch nun freilich der Mensch zum allzu schwachen Träger eines kosmischen Schicksals ausersehen ward. Das ist eine Last, die auch Atlas nur symbolisch zu tragen imstande ist. Dieses Schicksal, diese leidende Verbundenheit mit dem All mußte die Erlöseridee gebären, die einen höheren Ausdruck als den uralten indischen niemals gefunden hat.

Immer wieder, wenn der Christbaum brennt, gibt es einen unaussprechlichen Augenblick. Es ist, als ob ein Erkenntnisorgan, das sonst nicht in Erscheinung tritt, uns im besonderen Licht einen einzigen kurzen Einblick gewährte. Nicht durch das Auge, durch das Gefühl. Und wenn man diese unbedingt mystische Erfahrung umschreiben will, so könnte man sagen, es sei ein gedankenschnelles Durchbrechen und Wiederverschwinden sonst unzugänglicher, außermenschlicher Zustände. –

Ich will meinem Bruder alles verzeihen. Wenn ich bedenke, wie ich ihn angesichts der Lichter des Weihnachtsbaumes ergriffen und leidend sah, wie er an sich und anderen trägt, wie er, bewußt und unbewußt, dem ganzen Menschenschicksal verhaftet ist, wie alles in ihm nach Erlösung schreit: für sich, für die anderen, für die Welt, wenn ich bedenke, zu welchen Höhen der Menschheitshoffnung der begeisterte Jüngling uns andere ehemals hinreißen konnte, welche kristallreine Lauterkeit im Wollen und Handeln ihn auszeichnete, so muß ich bekennen, daß ich, was sein Wollen und Ringen anbelangt, einem zweiten Menschen wie ihm nicht begegnet bin.

Es ist ja richtig, daß er den furchtbaren Ausbrüchen seiner Natur nicht mehr wie früher gewachsen ist. Der lichte Genius, der immer bei ihm die Führung wieder übernahm, verdichtet sich nicht mehr zur Sichtbarkeit. Seine Fackel, wenn er nicht gar vertrieben ist, hat die Leuchtkraft verloren. Nach einem Auftritt wie dem letzten würde Julius vor zehn Jahren Reue und Bedauern gezeigt und, soweit er mich betraf, mich durch Zurücknahme aller Beleidigungen versöhnt haben. Eine Regung der Art zeigt er heute nicht.

Aber wie gesagt: er ist ein Gefäß für Mysterien, er kämpft einen nicht gewöhnlichen Kampf, er trägt ein nicht gewöhnliches Schicksal. Es sind finstere Dämonen, mit denen er zu kämpfen hat, und ein dauerndes schweres Ringen zeigt sich in jedem seiner Züge. Und wo er zurückstößt, ist es nicht vielleicht darum, weil die Welt allenthalben die tiefen Liebeskräfte seiner Seele zurückgestoßen hat? Kräfte, die allerdings von Reizbarkeiten aller Art umgeben sind. Habe ich ihm doch oft gesagt: »Julius, du bist wie ein Mensch ohne Haut. Berührt man dich nur, und geschähe es auch mit der äußersten Vorsicht, schreist du sofort wie ein Besessener.«

Grünthal, am 2. Januar 1898.

Es ist heute, am sogenannten zweiten Neujahrstag, eine gewisse Stille eingetreten. Die festlichen Hindernisse des Lebens liegen hinter uns. So merkwürdig inhaltsschwer und auch schön sie waren, sind sie doch einer Hügelkette nicht unähnlich, die nun überstiegen ist. Die Ebene des kommenden Jahres eröffnet sich.

Der Silvesterabend war doch wohl von allen erlebten der merkwürdigste. Selbst das grübelgrämliche Wesen meines Bruders Julius hatte einer heiter-ernsten Vertiefung Platz gemacht. Ein neues Jahr fängt ja schließlich mit jedem Tage an, und ein Blick in die Zukunft, die immer dunkel bleibt, drängt die gleichen Fragen auf und das gleiche Nachdenken. Dennoch weckt der Zeitpunkt, wo es in der Silvesternacht vom vereinsamten und verschneiten Kirchturm zwölfe schlägt, alles dieses viel tiefer auf.

Der Christbaum war mit frischen Lichtern besteckt worden und erhielt um Mitternacht nochmals seinen Weihnachtsglanz, während draußen Prosit-Neujahr-Rufe durch die verschneiten Täler hallten. Wir hielten die Kinder zum Singen an, wobei zwischen den sangesfrohen Vettern eine Art Wettstreit entstand, der, mit verschiedenen Soli ausgetragen, schließlich einen meiner Jungens, Willfried, die Palme erringen ließ. Er sang das Lied »O wie ist es kalt geworden ...«.

O wie ist es kalt geworden
und so traurig, öd und leer!
Rauhe Winde wehn von Norden,
und die Sonne scheint nicht mehr.
Schöner Frühling, komm doch wieder,
lieber Frühling, komm doch bald,
bring uns Blumen, Laub und Lieder,
schmücke wieder Feld und Wald!

Die Stimme des Knaben ist von der Art, strömt eine solche Unschuld und Reinheit aus, daß sich unser aller Ergriffenheit bemächtigte. Es zuckte bedenklich um Marcus' Mund – wir hatten den armen Mann aus dem Lande Uz in einen alten Familienlehnstuhl gesetzt –, Julius drückte sich unauffällig ins Nebenzimmer, während ich selbst, unter dem verworrenen Zudrang von Gefühlen, nach Fassung rang. Was sieht, was fühlt, was faßt man nicht alles zusammen in einem solchen Augenblick, der schließlich im Mitleid mit allem und allen und nicht zuletzt mit sich selbst gipfelt.

Wir hatten, Hüttenrauch, Julius und ich, in einer balcchischen Raserei unser »Prosit Neujahr« wild in die sternklare Nacht hinausgeschrien. Inzwischen kam der Christbaum in Brand, eine Bowle wurde zubereitet aus heißem Rotwein, in den man Zucker, zerschmolzen in brennendem Rum, tropfte. Dies brachte uns auf den Gedanken des Bleigießens. Der gläubige Unglaube, der uns beherrschte, ermöglichte uns diese Spielerei, trotz der gefährlichen Brüchigkeit unserer inneren Zustände. Es wurde sogleich nach Blei gesucht, eine Waschschüssel mit Wasser herzugetragen, dazu die nötigen Blechlöffel, und bald bewies das zischende Geräusch der im Wasser verschwindenden und erkaltenden Bleitropfen und das Gelächter der Kinder, daß der Orakelbetrieb im Gange war.

Aus dem tief Verharrenden dieser Tage waren alle nun plötzlich losgelöst, und auch die räumliche Gemeinschaft wurde bereits als Beengung empfunden. Jeder Gedanke drängte voll Ungeduld in die Zukunft der Zeit und des Raumes hinaus. Man konnte es gleichsam nicht ertragen, in der natürlichen und gegebenen Stufenfolge der Ereignisse sich langsam gegen das Neue hinzubewegen. Man zögerte nicht, den Dienst von Dämonen in Anspruch zu nehmen, den unsichtbaren Blitz ihrer jeden Raumes spottenden Flügelschläge, um Kommendes jetzt schon, wenigstens ahnungsweise, vorwegzunehmen. In ein wahres Fieber geriet der Rationalist und Atheist Hüttenrauch, so daß Julius und ich ihn deshalb hänselten.

Merkwürdig war in jedem Betracht die Geisterstunde von zwölf bis eins. Auch ohne das Bleigießen schienen mir die Schleier der Zukunft hinweggenommen. Daß Marcus am kommenden Silvester noch unter den Lebenden sein würde, war nicht anzunehmen. Und doch hatte ich ein Gefühl, er mache irgendwie die Umkehr aus tiefster Nacht zum Lichte mit, aus der Enge rings umschließender Finsterkeit in die weiten Gebiete kommenden Lichtes. Die Hüttenrauchs zeigten sich besonders erregt. Sie haben, da sie beide körperlich kräftig sind, die Gewohnheit, im Scherz zu boxen, ja miteinander zu ringen, wenn sie übermütig sind. Es geht dabei gar nicht weichlich zu, es kommt vielmehr darauf an, kräftige Püffe auszuteilen und ohne Mucksen zu erdulden. Wenn dabei auch der Rahmen einer scherzhaften Tollheit nicht überschritten wird, so gibt es doch Griffe und Blicke dabei, in denen der Ingrimm des Kampfes nicht nur etwas Gespieltes ist. Wir lachten viel über dieses Ringerpaar, ich freilich mit gemischten Gefühlen. Ein wahrer und tiefer Gegensatz verbarg sich, durch die Umstände einigermaßen verharscht, in dieser etwas gesuchten Saturnalie. Es war mehr als fraglich, ob ähnliche Kämpfe am nächsten Silvester noch stattfinden würden.

O wie ist es kalt geworden
und so traurig, öd und leer!

Was mich betrifft, so regten sich in mir, ohne daß ich es jemand von meiner Umgebung ahnen ließ, weitesten Ausmaßes Feuerflügel.

Rauhe Winde wehn von Norden,
und die Sonne scheint nicht mehr.

Spinoza sagt, Trauer sei eine Leidenschaft, durch welche die Seele zu geringerer Vollkommenheit übergehe. Und weil dies so sei, strebe die Seele, »soviel sie kann, sich das vorzustellen, was die Wirkungskraft des Körpers vermehrt oder förderte. Das aber ist Freude, durch welche auch die Seele zu größerer Vollkommenheit übergeht. Der Affekt der Freude, mit Bezug auf Seele und Körper zugleich, ist auch Lust und Heiterkeit.

Schöner Frühling, komm doch wieder,
lieber Frühling, komm doch bald,
bring uns Blumen, Laub und Lieder,
schmücke wieder Feld und Wald!

Liebe ist nichts anderes als Freude, begleitet von der Idee einer äußeren Ursache: Anja!

Meine Feuerflügel weiten sich und fahren dahin, meine Seele kann nichts mehr halten: nicht der Gedanke an die arme, einer neuen Verlassenheit entgegenlebende Melitta, nicht der Gedanke an den armen Hiob, meinen Bruder, nicht der Gedanke an Anjas wahrscheinlich todgeweihte Mutter löscht ihn aus. Mag sein, ihr Schicksal vollendet sich in der Nacht, das meine drängt, strebt und fliegt nach dem Lichte, der schneeichte Wall der Alpen liegt unter mir, ein großer Zugvogel fliegt nach dem Süden. Dort erwarte ich die Geliebte, ich fühle, dort werde ich sie im Arm halten, wenn sie des Dienstes am Krankenbett der Mutter enthoben ist.

Beim Bleiguß kam für Hüttenrauchs Frau ein Schiff heraus, mit vollem Wind in den Segeln. Als sie es sorgfältig zwischen die Fingerspitzen beider Hände nahm, brach der Rumpf mitten entzwei. Was ich mir goß, nannte man einstimmig einen Zugvogel.

Berlin, am 6. Februar 1898.

Schnelldampfer »Möwe«, der auf der Höhe von Southampton noch Passagiere aufgenommen hat, ist wenige Stunden später, nachts, im Kanal, wahrscheinlich bei Nebel, von einem Kohlenschiff gerammt worden und gesunken. Gerettet sind von der Besatzung zwei Mann und nur wenige Passagiere.

Als ich diese Nachricht las – im ersten Augenblick begriff ich sie nicht, wenigstens nicht in ihrer ganzen Tragweite. Gleich darauf fiel die furchtbare Wirklichkeit, die hinter diesen wenigen Schriftzeichen steckte, wie ein zusammenstürzendes Gebäude über mich hin.

Schnelldampfer »Möwe«, das war jenes Schiff, mit dem ich vor drei Jahren etwa um dieselbe Zeit den Ozean überquert hatte. Ich gehörte damals in jene Gruppe von Passagieren, die sich auf der Höhe von Southampton einschifften. Als ich das große schwimmende Haus bestiegen hatte, ging ich sogleich beruhigt zu Bett, eingelullt von einem Gefühl der Geborgenheit. Der Untergang eines so gewaltigen Organismus schien vor Gott und Menschen ein Ding der Unmöglichkeit. Und doch waren die Passagiere diesmal schon nach wenigen Stunden mit dem Ruf »Save your souls! Rettet eure Seelen!« geweckt worden. Für den Körper, den irdischen Leib, gab es eine Rettung nicht mehr.

Schnelldampfer »Möwe« ist untergegangen, vor drei Jahren mein Lebens-, mein Schicksalsschiff! Von seinem Steuer, seiner Schraubenwelle, der Festigkeit seiner Wanten, der Zuverlässigkeit seines Kapitäns und seiner Offiziere war während zweier aufwühlender und aufgewühlter Wochen alles, was ich bin und habe, abhängig. Heut sehe ich es als Gespensterschiff, sehe es mit völliger Deutlichkeit, als ob es nicht gesunken sein könnte. Jede Einzelheit des auf Gedeih und Verderb verbundenen Gemeinwesens ist mir volle Gegenwart.

Ich schließe die Augen: und da schwimmt, kämpft in voller Fahrt das Gespensterschiff. Sein Vorderteil wird über den Kamm eines hohen Wellenberges ins Leere hinausgeschoben. Es kippt vornüber und stößt mit der Spitze in den unteren Teil des nächsten Wellenberges hinein. Die Schraube hinten braust dabei in der Luft. Schwere Fahrt! Schwere Fahrt! Aber es läßt nicht nach, es tut gute Arbeit, das Gespensterschiff. Unsere »Möwe« ist brav, sie wird uns ans Ziel bringen.

Dort steht Herr von Rössel, der Kapitän, dort der Erste Offizier, ein nervig harter, vornehmer Mann, verkörperte Pflicht, verkörperte Furchtlosigkeit. Sie leiten noch immer mein Gespensterschiff. Ihre Namen nennen die Zeitungen, ihre Leichen sind noch nicht angeschwemmt.

Ein Schiffsjunge trat zum Kapitän, wie es heißt, und brachte ihm einen Schwimmgürtel. Kapitän von Rössel sagte zu ihm: »Ich danke, mein Sohn, ich brauche ihn nicht.«

Er sagte plötzlich »mein Sohn« zu dem Schiffsjungen.

Nun liegt der Schnelldampfer »Möwe« mit der großen Wunde in seinen Wanten am Meeresgrund. Ich werde zum Taucher und gehe darin spazieren.

Im Rauchzimmer schwimmen Fische umher. Sie untersuchen blöde, was von und unter den Plüschpolstern ist, die Likörflaschen von der Bar, die Zigarrenkisten und Aschbecher. Natur ist in sich blind, wo sich der Geist, die hochgebietende Vernunft, nicht geboren hat. Natur ist sich selber tot, wo sie nicht vergeistigt wird. Auch diese »Möwe«, die eine Zeitlang mein Schicksal vorwärtsgetragen hat, ist damals Natur, vergeistigt, gewesen, während sie heut wiederum entgeistigt, der toten Natur verfallen ist.

Einstmals war sie mein Seelenraum. Ich und das wirkliche Schiff waren eins geworden. Hilfreich trug es mich über den Ozean, erhielt mich dem Leben, trug mich der besseren Zukunft entgegen. Sollte ich mit diesem tätigen, starken Geistleib nicht dankbar zeit meines Lebens verbunden sein und trauern um ihn wie um einen Toten?

Die »Möwe« hat meinen Wahnsinn gesehen, als meine Halluzinationen sich gleichsam selbständig machten und meine kühle Vernunft erlag. Ich war ein Nichts in ihr und noch weniger ein Etwas auf dem weiten Ozean und am allerwenigsten eine Sache von Wichtigkeit auf dem Meere des Lebens. Aber das alles interessiert mich nicht. Was ich nicht bin, hat keine Bedeutung für mich. Auf das, was ich bin, allein bin ich angewiesen. Und so bin ich denn alles, was für mich ist, und das ist überhaupt nicht, was nicht für mich ist. Darum darf sich der Mensch zum Gotte machen.

Es war nicht die Natur, die mich rettete und in ihre Arme nahm, als die »Möwe« mich über das Wasser trug, es war der Geist, der Menschengeist, aus dem ihr Organismus geboren wurde. Durch ihn allein schwebte ich sicher über der furchtbaren Tiefe des Ozeans und konnte so seine schreckliche Größe bewundern.

Mein Seelenschiff liegt nun auf dem Grunde des Ozeans. Man könnte es zertrümmerten Geist nennen. Das ist es für den, der das Wesenlose der Materie vom Wesenhaften zu trennen weiß. Ich werde seiner noch oft gedenken.

Aber ich bin nicht dort, wo das Gestern hinter mir in Trümmer gesunken ist. Ich bin hier, führe den Griffel, schreibe und lese. Das verdanke ich freilich nicht dem Geist, sondern einer anderen Macht, die über allen Ozeanen und Schiffen erhaben und wirkend ist. Und solange sie mich bejaht, kann mich das Nein irgendeiner geringeren Welt nichts anfechten.

Nürnberg, den 19. März 1898.

Man hat bei Anjas Mutter einen operativen Eingriff gemacht und dabei festgestellt, daß die wirklich geplante Operation nutzlos wäre. Nach Schließung der Wunde wurde die

Kranke in ihre Wohnung zurückgebracht, die sie nun lebend nicht mehr verlassen wird. Aus der Narkose erwacht, küßte sie, in dem Gedanken, gerettet zu sein, dem Chirurgen inbrünstig die Hand.

Wie kommt es, daß ich Anja in so schwerer Zeit allein lasse? Es gibt verschiedene Gründe dafür. Und wenn ich auch den Gedanken, dabei von einem gewissen Egoismus geleitet zu sein, mir selbst gegenüber nicht ableugne, so ist er doch nicht die wichtigste Ursache. Eher eine Art Selbsterhaltungstrieb, der sich auf Anja und mich bezieht. Sich zwischen den gebieterischen Forderungen der nun kommenden schweren Stunden und mir zu teilen, müßte, wie ich beobachten konnte, über Anjas Kräfte gehn.

Beistand vermag ich ihr nicht zu leisten. Meine Stellung in der Familie ist nicht derart, daß ich, ohne Befremden zu erregen, im Kreis der Verwandten auftreten könnte. Ich würde also, wenn ich in der Nähe bliebe, von den engeren Trauerfeiern ausgeschlossen sein und müßte bei den erweiterten Fremdheit heucheln.

Wir sind auf dem Wege nach Italien, mein Freund Dr. Joël und ich. Leider – so ist das Leben! – läßt es sich ungefähr voraussehen, wann Anja nachfolgen wird.

Während sie nun aber unter dem Banne schmerzensdüsterer Pflichterfüllung und schwerer Trübsal ist, schenkt sich hier in dieser wundervollen alten Stadt zwei gleichgestimmten Menschen – nochmals sage ich: so ist das Leben! – eine wahrhaft festliche Zeit. Joël, beinahe zehn Jahre jünger als ich, sieht die Wunder von Nürnberg zum erstenmal, und ich mache dabei den Cicerone.

Wir haben es nun so weit gebracht, daß uns hinter dem Nürnberg von 1450 bis 1550 das Nürnberg von heut versunken ist. Wir verkehren dagegen mit Dürer und Pirckheimer, laden uns in die Werkstätten ein, wo der Erzgießer Peter Vischer mit seinen Söhnen, und zwar am Sebaldusgrabe, arbeitet. Wir vergessen nicht den Schuster Hans Sachs, und wenn wir in das magisch verzaubernde Wasser seiner Schusterkugeln, hinter denen das Öllämpchen knistert, hineinblicken, so sehen wir einen anderen Mann, der wie kein zweiter in diese Umgebung hineingehört und einen Hans Sachs in sich trägt. Ich sage getrost, daß Goethe überhaupt der unsichtbar-gegenwärtige Dritte in unserem Bunde ist.

Goethes »Faust«, wie wir in der Sebalduskirche vor dem

Sebaldusgrabe übereinkamen, ist ein diesem aufs engste verwandtes Gebilde der Renaissance. Renaissance aber sind diese beiden Werke allein insofern, als sie den Inhalt, die Ganzheit, die Materialisation, den Niederschlag zweier individueller Seelen darstellen. Im übrigen enthalten sie alle Elemente des christlichen Mittelalters. Mir scheint überhaupt die sogenannte Renaissance nicht eigentlich darin zu bestehen, daß antike, heidnische Elemente sich im Christentum erneuern, weil die römisch-katholische Kirche selbst durchaus nichts anderes als Gnosis ist, eine Geistesballung, in der sich jüdisch-christliche und griechisch-heidnisch-christliche Elemente unlöslich durchdringen.

Da Joël und ich tagsüber zusammen sind und eine Menge von Eindrücken durchsprechen, würde es schwerhalten, auch nur die Wegspur dieser Wanderungen im Geiste nachzuzeichnen. Vom Himmel durch die Welt zur Hölle erstreckt sich dieser tägliche Weg und von da aus wiederum zurück.

Durch den Sieg des Protestantismus, glaubten wir zu erkennen, habe die Kunst den schwersten Schlag erhalten. Damit sei ein Gebiet der Seele, vielleicht die gewaltigste Sprache der Seele verstummt. Ein traditionelles, ununterbrochenes Sein weiter Seelenreiche sei dadurch zerstört worden und so wenig mehr vorhanden, daß nicht einmal der Ausdruck »tot« noch anwendbar auf ihr Nichtsein ist. So steht der taube Mensch von heut zum Beispiel vor dem stummen Sebaldusgrab.

Die ganze neuere Philosophie, sagte ich, von Spinoza bis zu Herbert Spencer herauf, hat die Wirklichkeit des Objektes nicht erhärten können. Daß die subjektive Existenz von der objektiven geschieden sei, nennt Spencer einen realistischen Schluß. Die physischen Erscheinungen sind ihm Zeichen, höchstens Symbole einer sogenannt objektiven Existenz. Diese bleibt vollkommen unbekannt. Bewußtsein ist nur ein sehr roher Maßstab für die Außendinge bei ihm. Es liegt also alles im Subjektiven, wobei, wenn von Symbolen und Zeichen mit Fug die Rede ist, äußere Realitäten allerdings vorausgesetzt bleiben müssen.

Nun, der Mythos ist die lebendige Kehrseite einer solchen Auffassung. Eigentlich ist er die Vorderseite, welche diese Erkenntnis zur toten Kehrseite hat. Und so steigen wir, Joël und ich, täglich, stündlich in den großen Mythos des Mittelalters.

Im Mittelpunkt stehen die Dome und Bauhütten. Die Wasserspeier lösen sich los und gehen, steigen, fliegen, kriechen des Nachts, Dämonen mit Adler-, Schafs- und Hundsköpfen, Krallen und Hufen, über die Dächer und durch die Gassen. Hinter den bläulich phosphoreszierenden Kirchenfenstern halten tote Heilige, aus den Krypten steigend, Messen ab. Man hört die Gesänge der Nonnen und Mönche. Auf der Mauer der Pegnitzbrücke sitzt, mit dem Rückenende überm Wasser, ein höchst ordinärer Satanas. Er hat seinen Schwanz in die Flut gehängt, und Pegnitzweibchen benützen ihn wie einen Strick, um emporzuklimmen. Am Tage sogar, unter den Fleischbänken, erkennen wir hier in einem kleinen, verhutzelten Bauern mit gespaltenem linkem Ohr den Wassergeist Schlitzöhrchen. Ein hübsches Bürgermädchen, das auf dem Markte Pfefferkuchen kauft, kann uns mit ihrem feuchten Rocksaum nicht verbergen, daß sie ein Naturwesen, eine Nixfrau und mit dem Wassermann auf dem Grunde der Pegnitz verehelicht ist. Sie weiß, daß wir wissen, und sieht uns an. Aber ihr Mund ist auf eine saugende, satyrhaft-dämonische Weise verführerisch. Wir haben Grund, uns in acht zu nehmen.

Kein Zweifel, daß es Hexen gibt. Man sieht sie mit fetten Schweinen am Strick daherkommen. Und über dem allem, hinter dem allem, überall: das furchtbar an die Kreuzespfähle genagelte Erlöserbild, mit seinem Blut, Eiter, seinen dornengespickten Gliedmaßen Martern und Verwesung ausschreiend auf gräßliche Grünewaldische Art. Diese ewig offene Wunde, dieses alle Innerlichkeit, alle Tränen, alle verzückte Liebesraserei gebärende, ewig fließende Trauma des Mittelalters, mit Wasser, Blut, Eiter, Essigschwamm zusammen: das ewig fließende Licht!

Mindestens einmal des Tages finden wir uns im »Bratwurstglöckl«. Man sitzt dort enggedrängt um den Tisch und erquickt sich an Tucherbier und Bratwürstchen. Gestern hatten wir unter uns einen entlassenen oder entlaufenen Fremdenlegionär. Er wurde in dem Maße gesprächiger, als wir seinem Geldbeutel nachhalfen. Die Wurstportionen und die Krüge Bier mehrten sich. Es war von dem neuen Deutschen Reich bei diesem Burschen wenig zu spüren, der noch völlig in den Humoren der »Facetiae«, des »Rollwagenbüchleins« und der »Briefe der Dunkelmänner« wurzelte. Er spielte sich in einer unserem historischen Bedürfnis sehr entgegenkommenden

Art und Weise auf den »miles gloriosus« hinaus und log, sein Deutsch mit französischen Brocken mischend, in einer höchst vollkommenen Art.

Daß er wirklich in Marokko und da herum gedient hatte, war nicht zweifelhaft. Arabische Brocken flogen umher, und die Schilderungen der Städte, der Märsche, der Gefechte, der Militärstationen im Atlas und in den Oasen der Wüste waren zu anschaulich, als daß sie hätten können erfunden oder, was bei einem Mann seiner Art sowieso ganz unmöglich war, erlesen sein.

»Seltsam«, sagte ich später zu Joël, als wir wieder zu zweien allein saßen, »wie gespenstisch in gewisser Beziehung eine solche Erscheinung ist: ein lebendiger Mensch aus versunkener Zeit. Was zieht einen solchen Menschen nach Afrika, heißt ihn, sich in die mohammedanische Welt stürzen, macht ihn zu einem Mischmasch von Gotik und Tausendundeiner Nacht? Isa ist bei ihm Jesus Christ. ›Inschallah‹ ist sein zweites Wort. Als er wegging, grüßte er mit ›Salaam‹. Eine große Rolle spielte bei ihm ein Zauberer, ein Marabut, der Dämonen beschwor und ihm die Zukunft genau voraussagte. Sein Aberglaube war ungeheuer, und doch schimpfte er auf die Mollas und ebenso auf die katholischen Pfaffen und gab ihnen alle Namen, mit denen man Lügner, Betrüger, Räuber und Diebe irgend belegen kann. Nie wird er trotz allem vergessen, sich beim Eintritt in die Kirche mit den in Weihwasser eingetauchten Fingern zu bekreuzigen. Er könnte ein Stammesgenosse der Westgoten aus dem achten Jahrhundert sein, als diese Spanien an die Araber abtreten mußten.«

Joël wies auf den alten Gedanken hin, wonach alle historischen Epochen ihre Vertreter unter den Gegenwartsmenschen hätten. So ist es gewiß, und wir stimmten in dieser Annahme überein. Was daraus folgt, ist auf der Hand liegend. Also sollen wir weniger oder wenigstens nicht ausschließlich alte Pergamente studieren, sondern unser Forscherauge auf die Inhalte der ins Unendliche mannigfaltigen Menschenköpfe richten, welche die unzugänglichsten, geheimnisvollsten und lebendigsten historischen Archive sind.

Einem verwandten Bestreben verdanke ich dieses Tagebuch. Aber das Urlebendige bleibt eben doch das gesprochene Wort: und zwar das naive, aus reinem Mitteilungstrieb gesprochene. Also die immer und immer wieder mit allen Ausdrücken der Geringschätzung bedachte Masse: welch ein ungeheures, unerschöpfliches Erntefeld! wie unübersehbar die mögliche Ausbeute! welches uferlose Mysterium!

Bellagio, am 27. März 1898.
Villa Serbelloni.

Gestern sind wir hier angekommen. Die Dunkelheit herrschte bereits, als wir den mächtig aufrauschenden Park der Villa Serbelloni betraten, die in ein Hotel umgewandelt ist. Der düstere Bau mit den langen Korridoren, nur erst zum Teil in Betrieb genommen, begrüßte in uns, Joël und mir, wie es schien, die ersten Gäste. Es stellte sich allerdings heut morgen heraus: ein Engländer ist noch hier, der mit acht oder zehn Terriers einige kleine ebenerdige Zimmer bewohnt.

Unsere Ankunft, unser einsames Abendessen in dem mit schweren Möbeln und Portieren ausgestatteten düsteren Raum standen in einem unerwarteten Gegensatz zu den sonstigen Eindrücken unserer Fahrt. Man hätte glauben können, in einem weltentlegenen schottischen Schlosse zu sein, in dem düstere Geister umgehen, Gespenster einer blutgetränkten Vergangenheit.

Nichts aber hätte unseren Neigungen, der abenteuerlichen Losgelöstheit unserer Seelen mehr entsprechen können. Von allen Seiten drängten die Gespenster unseres Lebens in diese willkommene Atmosphäre und nahmen ihre Färbung an. Dieser junge Mensch aus Schneidemühl ist zwar nicht in die gleichen Konflikte wie ich verwickelt, aber sein von Natur schwereres Blut, die tragische Erbschaft des Judentums, sein Entwicklungsgang zum Gipfel einer ungewöhnlichen Geistigkeit haben einen Leidens- und Schicksalsweg auferlegt. Er ebensowenig wie ich empfinden das Leben als eine flache und breite Bequemlichkeit. Wir wünschen es auch nicht als das zu empfinden. Vielmehr sehen wir es nur insofern als wertvoll an, als wir es für eine Idee, die es steigern kann oder darüber hinausgeht, einsetzen und wenn nicht hinwerfen, so doch dafür verbrauchen können.

Schließlich hat jeder Mensch, wie gesagt, seine Utopie. Sie ist eine Fata Morgana meinethalben. Mit trügerischen Oasen und Seen lockt sie den Wüstenwanderer zu sich hin. Aber die meisten verdursten keineswegs, die ihr zustreben, wenn sie auch nur immer wieder die wirkliche Oase finden, niemals die Spiegelung, niemals die Utopie, die nach wie vor hinter allem

Erreichten unerreichlich ist: ein unumgänglicher Hausrat der wandernden Seele.

Nun also, wir widmeten uns, wie fast immer, den Gedanken und überhaupt Möglichkeiten, durch die sich, wie wir glauben, das Leben über sich selbst hinaus steigern läßt, und taten es schließlich im Sinne von Wanderern, denen das trügerische Wesen der Luftspiegelungen trotzdem nichts Fremdes ist: was wir indessen seit Wochen geübt haben und weiter tun werden, das auf eine dämonische Weise einmal gleichsam zu vollenden, wie in ein Metakosmion in die Fata Morgana, die Utopie mitten hineinzusteigen, sie in einem Akt schönen Wahnsinns wirklich auf Stunden zu erobern, gaben wir uns, ohne Gläser und Flaschen zu zählen, im Schlosse des blutigen Than von Cawdor dem Genusse hin.

Der Butler, der einzige Kellner, der alte Diener Daniel aus dem Räuber-Drama Schillers, schlich auf unhörbaren Sohlen und brachte getreulich bis lange nach Mitternacht, was wir wieder und wieder zu haben wünschten. Aus den dämmrigen Winkeln des hohen und dumpfen Raumes traten nacheinander beschworene Geister hervor, Geister von Toten, Geister von Lebenden, Geister in einer solchen Menge und Deutlichkeit, daß man erstaunen muß, welche Völker von Schatten das Hirn auch nur eines Menschen beherbergen kann.

Tremezzo, 11. April 1898. Ostern.
Villa Cornelia.

Anja ist hier. Die Mutter ist am 28. März ihren Leiden erlegen. Villa Serbelloni mit der schönen Halbinsel, wo ich mit Joël bis vor kurzem gewohnt habe, liegt uns nun schräg gegenüber, jenseits des Sees. Wir haben das Haus, in dem wir sind, für längere Zeit gemietet und wohnen, Anja, Joël und ich, allein darin.

Bis Bellinzona bin ich Anja entgegengeeilt und habe sie auf dem Bahnsteig glücklich in Empfang genommen. Wir durchlebten nun etwa zweimal vierundzwanzig Stunden, in denen Leben und Tod, Trübsal und Glück, Liebeswahnsinn und harte Wirklichkeit unlöslich verbunden gewesen sind. Es schlugen Dinge hinein, die an das Italien der Romantik und an die Zeit erinnerten, wo Liebe und Romantik dasselbe bedeuteten. Der Rausch des Wiedersehens und Wiederbesitzens blühte neben der grundlosen Kluft, die eine Trennung für ewig gerissen hatte.

Etwas anderes trat hinzu. Welche Veränderung geht mit einem Mädchen vor, das, bereits vaterlos, nun seine Mutter verloren hat! In Trümmern hinter ihr liegt das Elternhaus. Anja ist einsam und schutzlos geworden. Denn nun hat sie plötzlich auch keinen Bruder und keine Schwestern mehr. Die Familie ist auseinandergefallen.

Niemals würde Anja sagen: Titus, ich habe fortan nur dich. Aber wer sollte verkennen, daß es wirklich so ist. Sie verrät es mit keinem Wort, um so weniger kann es ihr Wesen verbergen. Mit einer ganz anderen Inbrunst und Hingabe, mit einem ganz anderen Vertrauen umfängt sie mich.

Wir werden hier von einer prachtvollen Frau aus dem Volke, einer Böhmin, bedient, die einen Italiener geheiratet hat. Sie ist die Kastellanin des Hauses. Die häuslichen Arbeiten, inbegriffen die Küche, werden von ihr aufs beste besorgt. Wir, Joël, die Geliebte und ich, bilden fast zu allen Stunden des Tages ein angeregtes Trifolium mit dem einzigen Wunsch, in unserer Dreieinsamkeit nicht gestört zu werden.

Das Häuschen selbst war ehedem Eigentum eines napoleonischen Generals, der hier seine Tage beschlossen hat. Die hübschen Zimmer enthalten Empiremöbel. Unzählige Kupferstiche an den Wänden, alle aus den Ruhmestagen Napoleons, offenbaren die leidenschaftliche Liebe des Generals zu seinem einstigen Kaiser und Herrn. »Une belle époque« steht unter einem Holzschnitt, welcher den ersten Napoleon, gestiefelt und gespornt, auf einem Adler stehend zeigt. Nur in dieser Epoche wünscht er zu leben: die Mauern, welche die spätere dem alten, verbitterten Haudegen ausschließen mußten, strahlen die geliebte schöne Epoche aus Hunderten von Rahmen und Rähmchen nach innen aus, wozu eine Unzahl von Souvenirs kommen, Degenquasten, Sporen, Schärpen und Miniaturen auf Porzellan, die in Vitrinen verschlossen sind. Den Abschluß macht »Marche du cortège funèbre, une véritable marche triomphale, de Napoléon, dans les Champs Elysées à Paris, le 15 décembre 1840«, womit die schöne Epoche noch einen schmerzlich erhabenen Nachklang fand.

Der Wandel dieser Tage ist leicht. Was kann es Schöneres geben, als im Augenblicke des Lebens durch das Leben selber belohnt zu werden, zu wissen, wozu man lebt, indem man lebt. Alles trägt hier dazu bei, diesen Zustand zu gewährleisten, vor allem die süße, weiche, an sich beglückende Natur um uns her. Die köstliche Luft, das blau flutende Licht überall, der farbig immaterielle Zauber der Obstblüte, das zitternde Schilf, die Pracht und Macht des Ganzen vollkommen in Schönheit aufgelöst. Dahinter und über allem gegen Norden die blendend weiße Fata Morgana der Alpen, so nahe also der Tod, die Schnee- und Eiswüste, wo Leben sich nicht mehr erhalten kann. Dies alles an jedem Morgen begrüßen dürfen, bis zum Abend darin versinken, um nachts, im Scheine des Mondes, eine noch bei weitem märchenhaftere Welt in staunendem Schweigen zu genießen, genügt gewiß, um die Frage nach dem Sinne des Lebens aufzuheben. Wir aber sind drei Menschen, aus dem Gewöhnlichen und Banalen des Daseins ausgeschieden, dem Zwange des Alltäglichen entflohen und entrückt, durch die Abgeschlossenheit und Art unseres Wohnens sogar in eine andere, schöne Epoche, »une belle époque«, abgesunken und hingeschieden. Wir lieben einander. Wir sind miteinander harmonisch eingestimmt. Joël genießt den Süden zum erstenmal. Aus dem Auge des einen holt der andere Vertiefung. Wir haben alle genug gelitten, um uns des wundervollen, beglückenden Gegensatzes eines solchen Daseins voll und innig fühlend bewußt zu sein. Und nun ich, der letzte von den dreien, würde nicht einmal, mit Anja vereint, mit ihr zum ersten Male unter eigenem, schützendem Dach, aller der äußeren Wonnen bedürfen. Aber wie erfüllen sie uns unter solchen Umständen, und wie werden sie wiederum von uns erfüllt!

Tremezzo, 13. April 1898.
Villa Cornelia.

Eben hat das Orchester den letzten Satz einer Symphonie gespielt. Jetzt stimmen die Musikanten für ein neues Stück: eine Katzenmusik löste die göttliche Eingebung Schuberts, die Unvollendete, ab. Noch besser! die Musikanten zanken sich. Sie schlagen einander die Fiedelbögen und Notenblätter um die Ohren. Die Instrumente selbst werden zu Waffen. Wie bei homerischen Helden und Kämpfen sausen Schimpfworte, Kotwürfen ähnlich, hin und her.

Was will ich eigentlich damit sagen?

Was immer und überall in uns und außer uns überwunden

werden muß, wenn wir zur Harmonie gelangen wollen, das ist Anarchie.

Schon mit zehn Jahren und früher habe ich über mich nachgedacht. Ich fange keineswegs jetzt erst damit an. Mit sechzehn Jahren wußte ich, daß ich eine Menge Anlagen, auch zum Schlimmen, in mir hatte, ja daß es nicht viele Verbrechen gibt, die außerhalb des Bereiches liegen, denen der beste aller Menschen in einem unbewachten, hemmungslosen Augenblick nicht verfallen könnte. Es kommt also darauf an, die inneren Bestien, Triebe, Regungen, Gedanken an ihren Ketten, in ihren Käfigen, hinter ihren Gittern und Maulkörben festzuhalten.

Sollte ein Mensch diese Zeilen lesen, so wird er finden, daß sie ein Spiegel seines Inneren sind. Weil aber irgendein Affekt in ihm sich vielleicht mit einer Lüge verbinden wird, gerät er in Wut und bestreitet das.

Ich leide wieder einmal an niederdrückenden Stimmungen.

Man hat mir den verwilderten Nachbargarten zur Verfügung gestellt. Nun also: inmitten dieser Einsamkeit fallen die Musikanten in meinem Innern, fallen die Bestien meines Innern wütend übereinander her – und schließlich auch über mich, ihren Dirigenten und Bändiger. Für diesen hat das Schwäche, Übelkeit, Blutverlust, Ekel an allem, besonders am Leben im Gefolge.

Ich fülle hier eine offenkundige Lücke in meinem Tagebuch, vielleicht aber mit zu großen Worten aus. Rückwärts brauche ich nicht zu blättern, da ja schließlich alles hier Geschriebene noch in mir ist. Der Rhythmus aber, in dem sich meine anarchischen Stunden wiederholen, ist ganz gewiß in diesen Blättern nicht innegehalten. Sie treten regelmäßig, nach nicht allzu langen Zwischenräumen auf und enden jedesmal mit dem äußersten Tiefpunkt meiner Lust zu leben. Es kommt darauf an, diese dunklen Stunden zu überwinden.

Von Dresden kommen Briefe mit Anklagen. Hätte ich nicht vielleicht besser getan, diese Sache mit Anja gar nicht erst anzufangen? War nicht die Gelegenheit zum Abbruch gegeben mit der Fahrt über den Ozean? Häusliche Harmonie, bürgerliches Behagen, wohlhabender und wohlhäbiger Lebensgenuß im Kreise der Meinen wäre mir durch die Achtung der Welt veredelt worden, ein so klug durchdachtes und geführtes Leben hätte mich zu einem sorgenlosen, tätig-glücklichen Mann gemacht. Ich habe mir selbst mein Leben zerstört, den zu dreiviertel vollendeten Bau meines Glückes eingerissen.

Wo sind meine Kinder? Ich sehe sie nicht. Und doch brauche ich den Umgang mit Kindern, um jung zu bleiben. Wo sind die geselligen Kreise, in denen ich meinen Stolz hätte können spazierenführen, das Echo, den Erfolg meines Lebens hätte erfahren können? Heute drücke ich mich mit einem krampfhaft an mich gezogenen Freunde voll feiger Furcht in Verstecken herum, bin heimatlos, ja fast landflüchtig geworden.

O diese Musikanten, Dämonen, Bauchredner! Der eine schreit: Du hast das Vermögen deiner Frau hinausgeworfen! Du hast drei Haushalte zu bestreiten und den vierten, von Bruder Marcus, zum Teil. Merkst du nicht, daß du immer magerer, immer reizbarer, immer hohlwangiger wirst? Wie willst du deine Berufsarbeit durchführen, die es dir einzig ermöglicht, deinen, Anjas, Melittas und den Haushalt des Bruders Marcus über Wasser zu halten? Was aber dann, wenn du zusammenbrichst? Dann bleibt für euch alle die Straße, die Armenfürsorge!

Mag sein, ich bin körperlich nicht auf der Höhe. Das Leben ist, wie es heißt, ein bewegliches Gleichgewicht. Körperschwäche macht willensschwach. Der Waagebalken ist allen Anstößen feindlicher Mächte preisgegeben. Ich kann mir indes nicht verhehlen, daß meine schlechte Gesundheit eine Folge der fortgesetzten Zermürbung des Gemütes ist. Dieses schreckliche Kreiseldenken, das immer wieder die unlösliche Frage lösen will, schlägt auf den Magen, schlägt auf das Herz, unterhält im unteren Brustkorb ein Gefühl der Übelkeit. Mir ist schlecht, Kinder! will ich wieder und wieder sagen, schweige aber, um Anja und Joël nicht zu erschrecken, und stürze wohl einen Kognak hinunter.

Beim Mittagessen war ich einsilbig. Ich mußte mir sagen, daß meine Schweigsamkeit, meine mangelnde Eßlust Anja und Joël zu irritieren und zu bedrücken geeignet waren. Anja hielt sich lange zurück, dann wollte sie wissen, an was ich dächte. Ich gab zur Antwort: »Ich weiß es nicht.« Diese Antwort war keine Antwort. Anja und Joël stocherten daraufhin verstimmt und verletzt im Essen herum. Ich hätte nicht gut geschlafen, fügte ich an.

Anja fühlte die Richtung meiner Gedanken.

Als Joël nun eine Frage nach meinem körperlichen Befinden tat, konnte ich nicht mehr an mich halten. Ich unterlag einer Störung des Gleichgewichts. Ich müsse mir eingestehen, erklärte ich, was ich mir nicht verbergen könne. Alle Selbsttäuschung helfe nichts. Ich sei am Ende mit meinen Kräften. Ich hätte es mir und andern zu verbergen gesucht, aber es sei leider eine Tatsache: mich vergifte ein Ekel an allem und allem. Die produktiven Kräfte meines Geistes seien versiegt, ich hätte frivol damit gewirtschaftet. Es mache mir aber im Grunde nichts. Ich sagte: »Es klingt nichts mehr in mir oder so viel und so wenig wie bei einer Glocke, die Sprünge hat.« Ich hätte versucht, allerlei grobe Lügen, als ob ich einer Leidenschaft, einer Liebe, einer Tat, einer folgerichtigen, fleißigen Arbeit noch fähig wäre, aufrechtzuerhalten. Nichts von alledem liege mehr im Bereich meiner Möglichkeit, nicht die Hingabe, geschweige die Treue. Lediglich unüberlegt und frivol und nahezu verbrecherisch hätte ich Anja in meinen verderblichen Strudel gezogen. Ich sei einfach ein Bankrotteur, der, längst völlig verarmt und mittellos, seinen Gläubigern einen Reichtum erlogen habe.

Anja stand auf und verließ den Raum. Joël aber sah mich mit einem gleichsam entfremdeten, tief erstaunten Blicke an, der weite Entfernungen zwischen uns legte.

Wie seltsam, daß aus drei innig verbundenen Seelen in wenigen Augenblicken drei vollständig Fremde werden können!

Schwarze Stunde in Villa Cornelia.

Tremezzo, am 13. April 1898, zwölf Uhr nachts.
Villa Cornelia.

Anja schläft, Joël schläft. Der Zwischenfall ist wieder ausgeglichen.

Habe ich Bruder Julius sowie meine ganze Familie vor einiger Zeit als unter dem Einfluß des Planeten Saturn angesehen, so hat sich das wiederum bestätigt. Denn heute an Anja weniger maßlos und übel gehandelt zu haben als bei der jüngsten Grünthaler Tischszene Julius an uns, darf ich mir nicht zubilligen. Ich kam zur Besinnung in dem Augenblick, als ich es um Anjas lieben und tapferen Mund zucken sah – aber da war sie auch schon verschwunden.

In ebendemselben Augenblick, nicht früher, nicht später, war auch die ganze Fülle der Neigung, die Liebe zu ihr wieder da. Wie ein gestauter Quell brach sie aus, unaufhaltsam mein

Wesen zu ihr fortreißend. Ich ging ihr nach, ich kniete vor ihr und leistete tausendfache Abbitte, ihre Stirn, ihren Mund, ihre Hände mit Küssen versöhnend.

Und so bin ich über den toten Punkt auch dieses Tages wieder hinweg.

Bei lauen Naturen können Vorgänge wie der, dessen Urheber jüngst mein Bruder, und der, dessen Urheber ich am heutigen Tage war, nicht stattfinden. Ihr Verlauf, wenn ich bis zum Bewußtwerden meines Geistes in das Vergangene zurückblicke, scheint sie beinahe als wesentlich und für die Erhaltung gegenseitiger Neigung organisch notwendig auszuweisen.

Aber ich werde jedenfalls weiter an meiner Erziehung arbeiten und nehme mir also aufs neue vor, Depressionen, Mutlosigkeiten, Kleinmutstimmungen bei mir selbst zu verbergen und bei mir selbst durchzukämpfen.

Tremezzo, am 15. April 1898.
Villa Cornelia.

Die prächtige böhmische Beschließerin der Villa Cornelia hat uns die Bücher- und Autographensammlung gezeigt, die der einstige Besitzer des Hauses, jener ehemalige napoleonische General, hinterlassen hat. Alles dreht sich naturgemäß auch hier um das Idol des alten Haudegens. Joël bekam bei dieser Gelegenheit ein vergilbtes Heftchen in die Hand, dessen Inhalt, in englischer Sprache geschrieben, allerdings davon eine Ausnahme darstellte. Einen gewissen Brief ins Deutsche zu übertragen reizte ihn und wurde ihm von unserer verständigen Adoptivmutter gern erlaubt. Es handelt sich um das Schreiben eines jungen Lords, in Paris verfaßt und an einen unverheirateten Onkel in England gerichtet. Gestern schon konnte ihn Joël in deutscher Sprache vorlesen, als wir, wie üblich, nach dem Abendbrot unsere kleine Akademie zu dreien eröffneten. Der Gentleman, der, reich, unabhängig und von hohem Stande, vor ungefähr achtzig Jahren seine Jugend in Paris genossen haben muß, macht seinem Onkel Eröffnungen über eine gewisse Marion, mit der er ein Liebesverhältnis angefangen hat. Ich war verblüfft, denn, von vielen andersgearteten Umständen abgesehen, schien es mir doch in mancher Beziehung, als ob ich in einen Spiegel hineinblickte. Das Vergnügen, das ich aus diesem Grunde an dem frisch heruntergeredeten Briefe fand, bewog mich, ihn abzuschreiben, und ich reihe ihn hiermit unter die Dokumente von Tremezzo ein. Leider ist sein Schluß verlorengegangen, und wir bleiben darüber im unklaren, wie die Sache geendet hat.

Brief des jungen Lord B. aus Paris
an seinen unverheirateten Onkel, Lord S. in London

Geliebter Onkel!

Aus einer Anzahl von guten Gründen bin ich hier in Paris. Ich höre an der Sorbonne, ich besuche die Kunstsammlungen, ich vervollkommne mich in der französischen Sprache, indem ich nur französische Bücher lese, mich in die Gesellschaft stürze und fast jeden Abend im Theater zu sehen bin. Schließlich und endlich aber bin ich hier, um zu leben und zu genießen, und Du bist es gewesen, dessen Erzählungen am Kamin mir die Leidenschaft für diese wunderbare Stadt eingeflößt und der mir, eingehüllt in viele unschätzbare Ratschläge, seinen Segen hierher mitgegeben hat.

Bereits in einem meiner ersten Briefe schrieb ich Dir etwas von einer gewissen Marion. Mit einem dergleichen Namen aufwarten zu können hätte sicher noch etwas Zeit gehabt. Aber Du warst durchaus nicht erstaunt. Das Leben sei kurz, sagtest Du, und Paris sei nicht die Stadt, um in solchen Dingen Zeit zu verlieren. »Ich gratuliere Dir zu Deiner Marion, und mögest Du alle Himmel aller Himmelbetten der Jugend mit ihr durchfliegen.«

Seit September bin ich nun hier. Heute, wo ich diese Zeilen schreibe, ist es um die Mitte des Januar. Ich habe, nachdem ich Dir einmal Marions Namen nannte, vermieden, auf sie zurückzukommen. Du wirst angenommen haben, ich sei ihrer längst müde geworden und inzwischen tändelnderweise von Blume zu Blume weitergeflogen, meinen Schnabel nach Art der Kolibris in immer neue Kelche versenkend.

Das ist, bester Onkel, nicht der Fall.

Da wirst Du nun freilich bedenklich den Kopf schütteln: er, der als gläubiger, hoffnungsvoller Schüler zu meinen Füßen saß, hat doch wohl meine Lehren, meine Mahnungen, meine Leitgedanken in den Wind geschlagen, jedenfalls aber nicht mit der genügenden Gewissenhaftigkeit befolgt. – Wenn Du solche Gedanken hast, so ist es schwer, Dir darauf zu antworten. Einerseits habe ich immer genau darauf zu achten versucht, Deiner aus reicher Erfahrung stammenden Weisheit nachzuleben. Andererseits bin ich nicht imstande, heute mit der Freiheit des Hedonikers Aristipp vor Dich hinzutreten, der Dein unsterbliches Vorbild ist. Ich würde lügen, wenn ich Dir sagte, daß ich zwar Lais besitze, aber nicht von ihr besessen bin.

Onkel, ich bin von Lais besessen.

Du wirst wissen wollen, inwiefern.

Du sprachst mir oft von dem Reiz der Pariserin. Sie spiegle sich, sagtest Du, ganz und gar in der anmutigen Oberflächlichkeit ihrer Konversation. Sie sei durch Grazie, Unpersönlichkeit und leidenschaftliche Hingabe mehr an die Liebe als an den Geliebten bezaubernd. Alle diese Züge, den letzten ausgenommen, sind zutreffend bei Marion. Denn nur ich und nur ich genieße voll und ganz ihre Hingabe.

Sie ist eine kleine Schauspielerin an der Comédie Française, wie Du weißt. Es ist möglich, daß sie Karriere machen würde. Ich habe sie nicht zuerst im Theater, sondern, ganz im Gegenteil, in der Kirche kennengelernt. Meine Zugehörigkeit zur High Church hindert mich nicht, das Zeremonial des römisch-katholischen Glaubens mitzumachen, wenn ich eine katholische Kirche betrete. So bin ich, nach berühmten Mustern, unweit der kleinen Marion, weil ich mich von ihr angezogen fühlte – natürlich war es in Notre-Dame –, als der Priester den Kelch emporhob, niedergekniet. Wir sahen uns von der Seite an, und auf der Stelle war alles entschieden.

Nun ja, wirst Du sagen, warum denn nicht?! Ach, lieber Onkel, wenn es nur das wäre! Es ist ja richtig, daß die Schnelligkeit, mit welcher dergleichen Verbindungen eingegangen werden, meist für ihre kurze Dauer und die Leichtigkeit ihrer Lösung spricht. Erschrick nicht, wenn sich in meinem Gedankengang das Wort Ehe nicht ganz vermeiden läßt. Ehen, sagt man, werden im Himmel geschlossen. Nun kann ja von einer Ehe zwischen mir und Marion in Deinen Augen allerdings nicht die Rede sein, aber die Vorstellung läßt mich nicht los, wir seien da, in der mächtigen Kathedrale, nebeneinander kniend, von einer höheren Macht ohne unser Wissen und Wollen zusammengegeben und gewissermaßen getraut worden.

Sie nennt mich François. Daß ich den Lordtitel führe, weiß sie nicht. Hierin habe ich Deinen Rat, bester Onkel, besonders genau durchführen können. Du rietest mir: Wenn Du lernen, leben, lieben willst, so steige weniger in die Gesellschaft hinauf als in sie hinab. Dort aber begibt man sich aller überordnenden Titel und Auszeichnungen, oder man bleibt ein Fremder und zieht enttäuscht und mit langer Nase ab. Dies ist ein Rat, der mir das wahre, echte, volle Leben erschlossen hat.

Onkel, ich dachte, eine kleine Liebschaft zu entrieren. Es ist etwas ganz anderes daraus geworden. Ich bin unter die Auswirkung irgendeiner himmlischen Macht, eines Planeten geraten. Ich weiß nicht, ob es die Venus ist. Dann wäre sie wohl in eine Verbindung mit Saturn getreten, den, wie ich neulich gelesen habe, die Babylonier Stern der Nemesis nannten oder so. Ich sollte es, sagtest Du, in der Liebe nie recht ernst werden lassen. Nun, wenn dies ein Spiel ist, was ich erlebe, so ist es ein Spiel der Katze mit der Maus, und ich bin wahrhaftig dabei nicht die Katze.

Warum soll ich mich aber bemühen, Dir meine innen und außen veränderten Zustände deutlich zu machen? Du würdest, wenn Du nicht auch auf diesem Gebiet Erfahrung hättest, mich kaum, so wie Du es tatest, davor gewarnt haben. Nur ein Kind, das sich den Finger daran verbrannt hat, kennt das Licht. Also: Gott grüße Dich, liebes Kind!

Es kommt mir sehr gelegen, dies Licht, um es zum Symbole meines Erlebnisses zu erheben. Seit ich Marion kenne, sehe ich Paris in einem neuen Licht, sehe ich mich in einem neuen Licht, ganz zu schweigen davon, was ich nach meiner Verwandlung durch Marion oder durch die Konjunktion von Saturn und Venus alles in einem neuen Lichte sehe: meine Lordschaft, Eure Lordschaft, meine ganze Verwandtschaft, England, die ganze Welt.

Das Bild von der Katze und der Maus bezieht sich übrigens nur auf mein Ausgeliefertsein an sich. Ich bin fremden Mächten ausgeliefert. Sie können mich einzig und allein durch das Medium der Seele reich und glücklich oder arm machen und zur Verzweiflung treiben. Einstweilen haben sie mich reich, reich, reich gemacht!

Mit dem Reichtum standen aber die Sorgen auf. Ich habe nicht geglaubt, daß so ein bißchen Liebschaft eine solche Revolution an Haupt und Gliedern hervorrufen kann. Früher lebte ich sorgenfrei, weil ich nichts zu verlieren hatte. Heute ist – von wem? vom Teufel? – eine Gedankenfabrik in mir errichtet, in der mit Tag- und Nachtschicht durchgearbeitet wird.

Fragst Du, warum ich nicht in den vorigen Zustand zurücktrete, so ist das für mich ebenso, als ob Du mich fragtest, warum ich mir nicht einen Strick um den Hals lege und mich erdrossele. Ich würde das Leben aufgeben, wenn ich das neue Leben aufgeben müßte, da ein anderes seitdem für mich nicht mehr vorhanden ist.

Du hattest auch zu Deiner Zeit Deine Marion. Sie hat Dir sogar einen Sohn geschenkt. Du pflegtest immer lächelnd zu sagen: zwar hättest Du ihn nur bis zu einem Alter von einem Jahre und drei Monaten gekannt, aber Du wärest überzeugt, Du könntest mit ihm, was die Beherrschung der französischen Sprache anbelangt, nicht mehr konkurrieren. Eines Tages bist Du, ohne daß Deine Marion etwas davon erfuhr, über den Kanal zurückgereist, allerdings nicht ohne vorher ihr und dem Kinde ein kleines Vermögen auszuwerfen, das beide der Sorge um das tägliche Brot enthob.

Ein solcher Ausgang wäre für mich ein Ding der Unmöglichkeit.

Du kannst Dir von den bezaubernden Reizen, von der bestrickenden Jugend meiner Marion keinen Begriff machen. Dabei besitzt sie einen überlegenen Geist und in ihm jede Grazie und Schalkhaftigkeit. Selbstverständlich, daß sie mir hierin und noch in manchem anderen weit überlegen ist. Aber da höre ich Dich lachen: das wolle nichts sagen.

Ihr Gedächtnis ist wunderbar. Sie liest eine Rolle durch und hat sie im Kopfe. Ich kann Dir aber gar nicht sagen, was sie sonst noch alles im Kopfe hat. Wo man nicht hindenkt, sogar bis hinein in die Politik, zeigt sie Interesse und gute Kenntnisse. Sie weiß mehr von unseren englischen Staatsmännern als ich und hat sogar ihre Bücher gelesen. Sie spielt Violine, sie spielt Klavier, sie hat eine zauberhafte Singstimme, ihre Chansons stellen sie neben die erste Chansonette, obgleich sie ein zartes Geschöpf und heut noch nicht achtzehn Jahre ist. Sie könnte als Drahtseilkünstlerin auftreten. Seit etwa vier Wochen gebe ich ihr Reitunterricht. Heute springt sie bereits mit so überlegener Sicherheit, daß selbst Lady Cromwell einpacken könnte. Sie kleidet sich mit vollendeter Anmut und ist dabei ohne Eitelkeit, wie sie denn auch, trotz aller ungewöhnlichen Gaben, ohne allen Dünkel ist. Und nun erst jene Reize, von denen sich nicht einmal in einem vertraulichen

Briefe reden läßt! Onkel, Onkel, Du würdest wahnsinnig! Die Musen, welche die Tage beherrschen, werden des Nachts von den Grazien durchaus entthront. Psyche, Aphrodite, der ganze griechische Olymp ist an solchen Nächten beteiligt, an diesem von der Sonne durchglühten Inselmarmor, der beweglich ist. So absurd es klingt und so wenig Verwandtes ich mit Kandaules habe, zuweilen leide ich körperlichen Schmerz unter diesen Blitzen von Schönheit eines fremden, seligen Gestirns, von dem sie zu kommen scheint. Ich möchte sie fast, nämlich diese Erlebnisse, unerhörte Botschaften, verzückt in die Welt hinausschreien. Kannst Du mir sagen, warum einem siebzehnjährigen Dinge vor Stumpfsinn der Speichel aus dem Munde läuft, während es eine andere Siebzehnjährige geben kann, die der Inbegriff aller irdischen und himmlischen Begabungen ist?

Dieser Dithyrambus, wie ich weiß, wird Dir nur Dein bekanntes allwissendes Lächeln abnötigen. Ich darf mich aber dabei nicht aufhalten. Es gibt Dinge, die der Mentor meiner Jugend wissen muß. Das große Wunder und damit die große Wendung, die größte Erneuerung und Wandlung meines bisherigen Lebens ist eingetreten. Ich lebe eine früher nicht einmal geahnte Gegenwart, und keine Zukunft ohne Marion könnte für mich eine Zukunft sein.

Ich bin noch nicht vierundzwanzig Jahre. Vorschriften in bezug auf den Stand der Familien, deren Töchter für mich als Gattinnen in Betracht kommen, sind nicht mit dem Besitze verbunden, dessen Erbe ich bin. Daß ich trotzdem Marion, allein schon als Französin und überhaupt, nur nach schweren Kämpfen als Herrin von Alston und Longford werde durchsetzen können, ist selbstverständlich. Solche Kämpfe scheue ich nicht: weder mit noch ohne Bundesgenossen.

Damit ist nun wohl das Hauptsächlichste von dem zu Deiner Kenntnis gebracht, was Du wissen mußt, nämlich, daß ich Marion heirate.

Wenn Du nun, nachdem Du diesen Passus gelesen, von Deinem bekannten Kaminsessel aufspringen, dem alten Joe klingeln, einen Familienrat zusammenrufen und mich schließlich mit dem ganzen Familienrat hier in Paris überfallen solltest, so ändert das nicht das geringste daran. Gott sei Dank habe ich ein hübsches Hotel auf dem Boulevard St. Germain und einen französischen Koch, der sich ebensowenig wie ich vor Euch fürchten wird und ebensowohl wie ich bereit sein wird,

Euch den Mund zu stopfen, allerdings mit bedeutend delikateren Dingen als ich. Was Euch aber bei keiner Tafel außerdem erspart werden kann, ist Marion.

Onkel, ihre Mutter ist krank. Sie wird vielleicht binnen wenigen Wochen nicht mehr am Leben sein. Ich habe für beide ein hübsches Quartier gemietet, das, so hell, heiter und elegant es ist, doch nun durch das Schmerzenslager der Mutter einen etwas spitalartigen Charakter bekommen hat. Eine Krankenschwester, die nach Karbol riecht, öffnet Dir etwa die Tür, und klingelt es, wenn Du in der Wohnung bist, so läßt man gewiß den Arzt herein, oder es kommt etwas aus der Apotheke. Es ist nun erstaunlich, wie Marion zugleich das höchste Glück und den tiefsten Schmerz mit ihrem Wesen umschließen kann. Denn wie sie mich liebt, ist noch niemand geliebt worden. Um meinetwillen würfe sie alles hin. Ihr Bruder, ein junger Kleriker, hat es mir unter Kopfschütteln ausgesprochen. Ich, sagte sie, sei ihr Gott, ihre Religion, ihre Mutter, ihre Kunst und ihr Vaterland. Ihren Schauspielberuf wird sie nächstens aufgeben. Bei alledem ist sie in Tränen gebadet. Ihre Augen stehen fast immer voll Tränen, wenn sie nicht um die Kranke beschäftigt ist. Und wenn sie mit dem Lachen des Glücks dich stürmisch umfängt, so kann sie das Schluchzen trotzdem nicht zurückhalten.

Es ist Natur, es ist Wildheit in ihr. Du mußt nicht glauben, daß sie etwa eines dieser bekannten französischen Püppchen ist. Eine ihrer Großmütter hat sich der französische Großvater und alte Gallier wahrscheinlich aus der Tungusensteppe mitgebracht. Daher hat sie das Elementare und Kraftvolle in der Leidenschaft, was sie für mich zu rauben, Hühner zu stehlen, zu hungern, zu morden, zu sterben befähigen würde. Du glaubst natürlich an solche Märchenerzählungen Deines Neffen nicht. Du nimmst an, sie wisse, wer ich sei, und fuße darauf in ihrem Verhalten. Nun, daß ich einigermaßen vermögend bin, kann ihr kaum noch verborgen sein. Meinen Stand, meinen Lordtitel kennt sie noch immer nicht. Trotzdem aber, ich schwöre zu Gott: stellte ich mich heute als Bettler und etwas noch Schlimmeres heraus, sie würde, um mich über Wasser zu halten ... ja, was würde sie denn? – sie würde sogar auf die ... kein Wort weiter! kurz: sie würde sich unbedenklich für mich aufopfern.

Nun ja, ich weiß, was Du sagen wirst: daß man solche Eigenschaften gewiß für einen Zigeuner und Strauchdieb brauche, für eine künftige Lady Alston und Longford nicht. Ich aber brauche sie, lieber Onkel. In ihnen manifestiert sich jenes unlösbare Ineinandersein, ohne das eine Liebe keine ist und ebensowenig eine Ehe. Mann und Weib, heißt es, sollen sein ein Leib, und ich setze hinzu: eine Seele.

Mit einer Leidenschaft, einer Passion in ihren Anfängen auszukommen ist keine Kleinigkeit. Es ist, lache nicht, weder physisch noch psychisch eine Kleinigkeit. Bis zum achtzehnten, zwanzigsten, zweiundzwanzigsten Jahre wird der Mann langsam aufgebaut. Nun erlebt er in Wochen, in Tagen, in Stunden eine Körper und Seele um und um stürzende, eruptiv-explosiv-revolutionäre Umbildung. Ich schreibe Dir etwas ausführlicher, weil ich nun einmal grade dabei bin und übrigens Deine Gepflogenheit kenne, Briefen solcher Art besondere Beachtung zu schenken und ihnen einen Platz in Deinem Archiv einzuräumen. Eigentlich habe ich zum Schreiben so gut wie gar keine Zeit. So wird, weil das Leben nun einmal weitergeht und neue Schichten sich über die alten legen, was ich erlebe, für mich eines Tages nicht mehr im Geiste gegenwärtig, greifbar, faßbar sein, bis eben auf das, was ich etwa in Briefen wie diesem gelegentlich wiederfinde. Werde ich aber selbst aus den Briefen die ganze Macht der Erschütterung wieder herauslesen, der ich jetzt preisgegeben bin?

Mein ganzes Wesen ist eine ungeheure Erschütterung, die, einer Erderschütterung ähnlich, alles und alles mit Einsturz bedroht. Die Kräfte des Abgrunds sind befreit und leben in der Entfesselung. Gut englisch ausgedrückt, lieber Onkel, ich komme mir manchmal so sehr wie ein Tollhäusler vor, daß ich plötzlich zusammenschrecke und mir der Kopf in den Nacken fährt, weil ich, wie den Hundefänger mit seinem Netz, den Narrenhausvorsteher mit seiner Zwangsjacke hinter mir her glaube.

Ich werde vielleicht diesen Brief nicht absenden. Er bietet, wenn ich, wie es mich fortzufahren reizt, in meinen Bekenntnissen wirklich fortfahre, Euch und allen vielleicht eine Handhabe, mich zu entmündigen, wenn Euch das etwa dienlich erscheint. Ich betone aber, daß, wenn Leidenschaft allerdings mit einer Krankheit viel Ähnliches hat, sie eine gesunde Krankheit ist. Sie wird ertragen, sie wird überwunden, sie steigert sogar das Wesen des Menschen und vollendet es, wenn der Mensch, was er soll, dieser naturnotwendigen Krisis gewachsen ist. Die durch neun Monate laufende Krisis im Leben eines Weibes, das empfangen hat und schließlich unter Wehen gebiert, ist ein analoger Fall. Ich glaube sogar, daß auch wir gebären, aber freilich nur unter dem Schein des Gleichen in uns den neuen Menschen und Mann hervorbringen. Hier wie dort das Mysterium der Geburt, das in beiden Fällen mit Lebensgefahr verbunden ist.

Man nehme allein die Explosionen des Trieblebens. Ich will kein Engländer sein, lieber Onkel, wenn das nicht allein schon Wahnwitz ist. Ich bin zum Skelett abgemagert. Der Dienst, den niemand von mir verlangt, ist fürchterlich. Aber warum ist er fürchterlich? Weil er Genüsse betäubender, verwirrender, völlig betörender Art in sich schließt, die uns bis dahin nicht bekannt waren und nach denen man also mit lechzender Gier immer wieder verlangt, zugleich gehetzt von quälender Angst, sie könnten einem durch Tücke des Schicksals plötzlich entzogen werden. Diese Angst ist meist eine vollständig sinnlose. Nur dann aber ist man von ihr befreit, wenn man den geliebten Gegenstand umfangen und buchstäblich gefangen hält.

Onkel, ich bin wahrhaftig kein Zyniker, aber ich komme mir manchmal wie einer vor. Es handelt sich da um Dinge, die, wenn man sie mir von andern erzählt hätte, mir Schlüsse von Verworfenheit und dergleichen aufgedrängt hätten, obgleich alles vielleicht nur auf eine erheblich gesteigerte Temperatur, also beschleunigten Puls und beschleunigtes Lebenstempo zurückzuführen ist. Jawohl, es handelt sich hier um ein Fieber, eine vertrocknende Fieberglut, einen vertrocknenden Schlund, eine brennende Wut, einen Wüstendurst, ja einen Durst wie jenen des reichen Mannes in der Hölle, den Lazarus nicht durch einen Tropfen Wassers lindern darf ... Ein solcher Durst also sucht überall mit kühner, mit frecher Rücksichtslosigkeit und Waghalsigkeit seine Befriedigung: dort, wo zwei Türen davon der Arzt mit der Krankenschwester am Bette der Mutter steht, dort, wo jeden Augenblick die Klingel des Inspizienten Marion auf die Bühne rufen kann, nachts oder gegen Morgen unter Apachengefahr auf den Bänken des Bois de Boulogne, in der Eisenbahn, im Getreidefeld, kurz überall, lieber Onkel, wo Ort und Augenblick mit der Distinktion eines Lords nicht entfernt in Übereinstimmung zu bringen sind. Und auch Marion ist im Kloster erzogen ...

Schließlich entbehrt dieses alles nicht der Sinnlosigkeit. Du weißt, unser alter deutscher Diener Krause ist mit mir, den Vater sich seinerzeit aus Hannover mitbrachte: sein Takt und seine Ergebenheit sind über jeden Zweifel erhaben. Und eine Menge Schlafräume, von einem erfahrenen, freundlichen alten Mädchen bedient, atmen die vollkommenste Diskretion. Was ist zu tun? Dieser Eros scheint sich im Bereiche des wilden Zufalls und außerhalb aller abgesteckten Grenzen des Hergebrachten und Verpflichtenden am wohlsten zu fühlen.

Willst Du mir glauben, daß, während ich auf der einen Seite von dem Gedanken eines neuen, höheren Lebens, einer tätigen, nach höchsten Zielen ringenden Zukunft besessen bin, ich zugleich eine ausgesprochene Neigung zum Vulgären bekommen habe? Wir sind nicht nur oft in Moulin Rouge zu sehen, nicht nur in den Studentenkneipen des Quartier Latin, sondern auch in Montmartre-Lokalen, wo sogenannte Künstler, Straßendirnen und Apachen ständige Gäste sind. Dort unter allerlei Pärchen als eben auch so ein Pärchen zu sitzen ist ein schwer zu beschreibendes Vergnügen für uns. Diese Leute von der Straße, Gassensänger, Zeitungsverkäufer, Leierkastenmänner, Dirnen und Zuhälter, sind von einer vollendeten Höflichkeit. Fällt Marion etwas auf die Erde, gleich bücken sich vier, fünf Köpfe danach. Man bietet uns Zigaretten an, bettelnde Eindringlinge stoßen auf eine selbstverständliche Freigebigkeit. Vielleicht mehr, als Dir gut scheint, habe ich mir, wie Du siehst, Deinen Rat, in die Tiefe der Gesellschaft zu tauchen, zu Gemüte geführt.

Hiermit schließt leider das erfrischende Dokument.

Dresden, am 12. Mai 1898.

Die Stadt blüht, und ringsum ist Harmonie. Melitta ist dankbar für meine Gegenwart, wir freuen uns einfach der schönen Jahreszeit, besuchen Theater und Restaurants und machen mit den Kindern Ausflüge.

Meine Winterreise mit Anja und Joël erfuhr zuletzt eine schöne Steigerung. Es war mir gelungen, den blonden Siegfried, Emmerich Rauscher, von den beiden um ihn kämpfenden Frauen für einige Wochen loszumachen, und als er mit Feldstuhl, Staffelei und Malkasten, Utensilien, die er seine Malgebeine nannte, in Lugano aus dem Zuge sprang, schien er so heiter, zuversichtlich und sorgenfrei wie in seiner besten Zeit.

Etwas Aufschwunghaftes kam durch Rauscher in unseren Kreis. Man wundert sich nicht, daß die Frauen ihm nachstellen. Irgendwie wird man froh und festlich gestimmt in seiner Gegenwart. Wenn ihn die wunderbare Luft und Natur von Lugano entzücken, so ist das ein Grund, um doppelt und dreifach von ihr beglückt zu sein. Meine heimliche Freude war groß, wenn ich ihn an irgendeiner schönen Stelle, an der Straße nach Cassarate etwa, hinter seiner Staffelei beobachten konnte, in Ausübung seiner Kunst, die er infolge seiner Ehewirren fast aufgegeben hatte. Das wiedergewonnene freie Dasein gefiel ihm so gut, daß er allerlei kühne Pläne äußerte. Er habe von den Frauen eigentlich nie etwas wissen wollen und sei schließlich nur immer in ihre Schlingen gefallen. Nun fühle er, wie eine ganz entschiedene Wendung seiner versklavten Umstände sich ankündige. Noch einmal müsse er zwar nach Berlin zurück, dann werde er aber auf lange Zeit hinaus für jedermann unauffindbar sein. Eine naturnahe Lebens- und Arbeitsperiode in den völlig fremden Verhältnissen irgendeiner Südseeinsel schwebt ihm vor, etwa nach dem Vorbilde Gauguins, der sich und seine Kunst in selbstgewählter Verbannung auf Tahiti erneuert.

Es ist das einzige, was ihn retten kann.

Unvergeßliche Abende haben wir in der Nische einer stillen italienischen Trattoria zugebracht, am runden Tisch, um die Korbflasche herum, im Holzkohlenduft der nahen Bratküche, im Genuß italienischer Speisen und schöner Früchte und vor allem unser selbst. In diesen bedeutsamen Stunden, die sich meist bis tief in die Nacht fortsetzten, schwieg jeder andere Wunsch als der, möglichst lange in einem Zustand zu verweilen, der uns, wie eben unserer, wunschlos machte. Er enthielt ein Genügen, dessen Wesenhaftes schwer auszusprechen ist. Es steigt vielleicht aus der Kraft, alles Miserable des Daseins auszuschließen, alles Gute, Große und Schöne zu lieben, gastlich zu hegen und, als einzigen Gegenstand endloser, heiterer Gespräche, zu verehren.

Auch im Verkehr mit Melitta besteht in guten Zeiten diese Möglichkeit, und wer uns in diesen Tagen begegnet, die ich, ohne die Nemesis herauszufordern, als gute bezeichnen möchte, würde nichts von der Tragik ahnen, die in uns verborgen ist. So ist es mir eben doch gelungen, durch die überwiegende Versöhnungstendenz gegenüber dem Unvereinbaren unserer Zustände, Melitta eine verhältnismäßig heitere Lebensform zu erkämpfen, was meine instinktive Absicht gewesen ist.

Wir sprechen von Rauscher, sprechen von Joël, den ich ihr vorgestellt habe, sprechen sogar von unserer Luganeser Tafelrunde, inbegriffen Anja, mit Unbefangenheit. Melitta denkt mich in Berlin zu besuchen, was mich allerdings in mancherlei Peinlichkeiten verwickeln würde.

Übrigens hat sie sich hier einen angenehmen Kreis geschaffen, ist beliebt und wird verehrt, besucht Ateliers von Malern und Bildhauern, Menschen, die ohne Vorurteile, strebsam und heiter sind und durch die sie in das lebendigste Leben verwickelt wird.

Berlin-Grunewald, am 5. Juli 1898.

Seit einigen Tagen bin ich in meiner neuen Wohnung in Grunewald. Ein tiefer Schatten ist gleich zu Anfang hineingefallen.

Anja kam gegen Mittag aus der Stadt. Ohne auf meine Begrüßung einzugehen, ließ sie es zu, daß ich ihr aus dem Mäntelchen half. Ein bißchen befremdet durch ihre Schweigsamkeit, wollte ich eben eine Frage tun, als sie mir die Pupille ihres linken Auges zeigte. Sie war erweitert. Ich erschrak. Ein Augenarzt hatte ihr Atropin hineingegeben.

Es habe sich ein schwarzer Fleck vor dem Auge eingefunden, sagte sie, sie habe sogleich den Arzt aufgesucht und dieser einen Netzhautriß festgestellt. Hoffnung, daß der schwarze Fleck sich verlieren werde, habe er ihr nicht zu geben vermocht.

Sie hielt sich nicht mehr, begreiflicherweise: Anja brach in Tränen aus. Sie dürfe nun nicht mehr lesen und schreiben, womit auch der Beruf als Geigerin unterbunden sei. Sie könne fortan weder turnen noch radfahren, was ihr doch bei ihrer Freude an sportlichen Dingen eine große Entsagung bedeute. Dabei hatte der Arzt zur Vorsicht gemahnt, es könnten, würde sie außer acht gelassen, neue Netzhautrisse und also neue Verfinsterungsflecken auftreten.

Also auch Anja ist nun von einem Hiobsschicksal gestreift worden.

Ihren großen, dunklen Augen sah man es niemals an, daß

sie kurzsichtig sind. Man sieht ihnen auch den neuen Defekt nicht an. Natürlich erging ich mich in allen möglichen und unmöglichen Tröstungen, wobei auch diese Tatsache immer wieder törichterweise Erwähnung fand. Gewöhnung, sagte ich, werde sie bald das kleine Sehhindernis bis zur Unbemerklichkeit überwinden lassen. Und wirklich: an eine solche Möglichkeit und Wahrscheinlichkeit glaube ich. Ich beschwor sie vor allem, nicht zu weinen. Ein gleichsam monatelanges Sterben der Mutter und das ewige Weinen aus Nervenschwäche und Abschiedsweh machte ich für das eingetretene Übel verantwortlich. Ich liebe, liebe Anja und fühle es tausendfach in einem solchen Augenblick. Was aber sagt ein Liebender etwa zum andern unter solchen Umständen? Geliebte, ich bin dein zweites Ich. Du wirst mit meinen Augen sehen, soweit dich die deinen im Stich lassen. Ich bin du, du bist ich. Ich werde keinen Beruf mehr haben in der Welt, als dir, nur dir zu Diensten zu sein.

Und wirklich, Anjas Liebe zu mir, meine Liebe zu ihr hat ihr schon im Laufe des heutigen Nachmittags mindestens zu einer verständigen Fassung durchgeholfen. Stundenlang war ich um sie bemüht, und schließlich hatte sich ihr resoluter Lebensmut wiedereingestellt. Immerhin: kaum glaubten wir, ein wenig festeren Boden unter den Füßen zu fühlen, mit einer Menge von Widerständen fertig geworden zu sein, die ärgsten Hindernisse aus unserem Weg geräumt zu haben, da trifft von irgendwoher ein Pfeil aus dem Hinterhalt und reißt eine neue, unheilbare Wunde.

Schlierke, am 28. Juli 1898.

Vor wenig Tagen, am fünfundzwanzigsten, traf ich meinen Vater im Lehnstuhl am offenen Fenster sitzend an. Er war etwas bleicher als gewöhnlich. Seine angeschwollenen Beine waren hochgelegt. Er betrachtete die ihm so liebe Gegend, wie es mir schien, mit einer gelassenen Heiterkeit. »Es ist hübsch, daß du noch mal kommst!« sagte er. Dann sprachen wir still und friedlich zusammen. Es war das erste Mal, daß er in meiner Gegenwart Anja erwähnte, und zwar mit den Worten: »Wo hast du denn deine Kleine zurückgelassen?« Es lag eine Uhrkette auf dem Tisch, über dem sich der schwarze Schrank mit dem von meinem Vater geschätzten Tischlerwerkzeug erhob. Er wußte, daß ich die Kette von jeher bewundert hatte. Ich tat es wieder, gewohnheitsgemäß. Er bemerkte wie beiläufig: »Nimm sie dir! Aber nimm sie dir gleich!« wiederholte er und ruhte nicht eher, als bis ich sie an der Weste befestigt hatte.

Mutter weckte mich in der folgenden Nacht, weil Vater unruhig und von Beängstigungen befallen wurde. Wir setzten ihn auf den Großvaterstuhl im Wohnzimmer. Er schien beruhigt und hieß uns zu Bette gehn. Am Morgen wurde der Arzt geholt. Ich sah Vater erst, als er schon bei ihm war. Man hatte ihm das sogenannte türkische Tuch meiner Mutter um die Schultern gelegt, er saß auf dem ärmlichen Diwan seines kleinen Arbeitszimmerchens. Seine Beine waren in Decken gewickelt. Ich setzte mich ihm zur Seite und griff seine Hand. Der Arzt hatte Knie an Knie mit ihm auf einem Rohrstuhl Platz genommen.

Seine Untersuchung hatte, wie er sagte, nichts Erhebliches festgestellt. Die kleine Indisposition ginge wohl bald vorüber. Da, unter seinen Händen und Worten, eigentlich ohne Ankündigung, brach der große Anfall aus. Immer schneller senkte und hob sich des Kranken Brust. Er glaubte die letzte Stunde gekommen. Gott gebe, daß es seine schwerste gewesen ist. Jedes Ausstoßen des Atems war ein unfreiwilliger Schmerzensschrei, jedes Einholen der Luft ein Rasseln und Röcheln: beides drang durch das ganze Haus. Kopfnickend sah er uns in den Pausen an, wie: ja, ja, nun ist es wirklich soweit, daran ist nun eben nichts mehr zu ändern. Und nachdem er die sehnsüchtig erwartete, vom Arzt verschriebene Medizin eingenommen, sagte er: »Keine Linderung!« Dabei hing sein Auge an der Medizinflasche mit verzweifelter Hoffnung und furchtbarer Seelenangst. Man hatte ihm jetzt die eiskalten Hände an eine mit heißem Wasser gefüllte grüne Brunnenflasche gelegt, die zufällig das Etikett einer Mineralquelle trug, die vor Jahren uns gehört hatte. Nie vergesse ich dieses »Keine Linderung!«. Es kam aber doch eine Linderung. Die Hände des Kranken krampften sich, der Kopf ward von einer fremden Macht nach hinten geworfen, das Auge brach, und die Lebensfrist, die ihm vielleicht noch gegeben war, schätzte der Arzt nach Sekunden. Allein der Kranke sank nur in einen tiefen Schlaf, und bis heut ist ein ähnlicher Anfall nicht wiedergekehrt.

»Wenn nur nicht noch allzuviel Leiden vor dem Ende durchzukämpfen sind!« hat Vater gestern zu Mutter gesagt.

»Das Ende ist mir nicht fürchterlich, was dann kommt, darauf bin ich vorbereitet.«

Heute morgen, als er erwachte, lehnte er jede Unterhaltung mit der Begründung ab, man solle ihn dort lassen, wo er sei, und nicht wieder ins Leben zurückreißen. Vater war allezeit ein beherrschter Mensch, der keinen schlimmeren Vorwurf kannte als den der »Gefühlsduselei«. Aber nun hatte er eine Landschaft, einen Garten gesehen, eine Empfindung von Wonne gehabt, von der er sich nicht mehr trennen wollte. Kissen und Rollen mußten verlegt werden. Auf alle mögliche Weise wurde versucht, die Lage wiederzufinden, in der ihm das Wunder zuteil wurde. »Es war Kindheit!« sagte er.

Ist es vielleicht doch Rekonvaleszenz, die ja mit vielen Zeichen jugendlicher Erneuerung verbunden ist? Ein altes Weibchen von denen, die nie fehlen, wo ein Todesfall in der Luft liegt, ist allerdings nicht der gleichen Meinung. Er habe das Paradies gesehen, sagte sie, in das er in wenigen Tagen eingehen werde.

Vor einigen Tagen noch war ich bei Anja in Grunewald. In den partiellen Verlust der Sehkraft des einen ihrer lieben, schönen Augen hat sie sich tapfer hineingefunden. Was aber noch immer in ihre Seele seinen Schatten wirft, das ist das Krankenlager, der Tod ihrer Mutter. Nicht nur ihre Träume, sondern auch gewisse schreckhafte Nervenerregungen am hellichten Tage zeugen davon.

Sie hat mich auf meiner Reise hierher bis Königswusterhausen begleitet. Während der Fahrt erzählte sie mir: sie habe Violine geübt und sei plötzlich unterbrochen worden. Oder besser: sie unterbrach sich selbst und war nicht imstande weiterzuspielen, weil irgendein Ton, ein Klingelzeichen ihr plötzlich die Mutter gegenwärtig gemacht habe. Sie wollte nun wissen, was es gewesen sei, und erfuhr, die in der Küche tätige Wienerin habe unversehens eine Handklingel vom Tische gestoßen. Es war ebendieselbe Klingel, die wochenlang am Krankenbett der Mutter gestanden hatte und von ihr gebraucht worden war, wenn sie jemand herbeirufen wollte.

Ich habe während der schweren Stunden meines Vaters immer wieder an die sonderbare Schelle von Anjas Mutter denken müssen, die der Köchin vom Tische fiel.

Berlin-Grunewald, am 3. Oktober 1898.

Was ist alles geschehen inzwischen?! Nichts, als daß mein Vater gestorben ist.

Seit ich Bewußtsein habe und darin das Bild meines Vaters trug, war in mir die Furcht vor dem, was jetzt eingetreten ist. Nun aber ist es bereits vorüber: es erschien wie der Dieb in der Nacht, und schon entferne ich mich weiter und weiter davon, förmlich mit Siebenmeilenschritten. Auch die Zeit des Wartens und Fürchtens scheint mir nun wie ein Augenblick. Irgendwo stehen die Worte zu lesen: »Das, was nach tausend Jahren geschehen wird, das wird schnell eintreffen.«

Ich habe die Totenmaske meines Vaters nehmen lassen und hier in meiner engen, gewölbten Mönchsbibliothek aufbewahrt. Wenn ich den Deckel der kleinen, altertümlichen Truhe öffne, darin sie geborgen ist, und sie aus ihrer Hülle von schwarzem Samt herausschäle, so tritt ein unaufhaltsames, automatisches Tränenfließen bei mir ein, ein eigentümliches, mir völlig unbekanntes Phänomen, das so lange dauert, als ich sie anblicke.

Die Nachricht, es sei wiederum eine Wendung zum Schlimmen eingetreten, erreichte mich abends auf Hiddensee. Nach einer forcierten Reise traf ich vierundzwanzig Stunden später in Schlierke ein und habe den Vater noch lebend getroffen. Es war nicht zu erkennen, ob er an meinem Kommen noch Anteil nahm.

Im Morgengrauen trat dann das Erwartete ein. Der Kranke wünschte, daß Schwester Balbina, eine Nonne, ihn im Bett aufrichte. Er schob die Füße aus dem Bett heraus und saß auf dessen Kante, als ob er aufstehen wollte, als der Tod ihn traf. So, noch lebenswarm, fanden ihn Julius und ich, die der schreckliche Ruf unserer Schwester »Vater stirbt!« aus dem Schlaf gerissen hatte. Der Tod hatte eben die Stunde bei Tagesgrauen gewählt, die sich mein Vater als die nun einmal nicht zu umgehende letzte immer gewünscht hatte.

Ich fühlte die letzte Wärme in ihm. Die Nonne flüsterte: »Nur nicht laut sprechen.« Wie ein weißer Vorhang sank es über seinen Scheitel, seine Stirn, sein Gesicht und weiter allmählich herab.

Es kam der Arzt, der den Tod meines Vaters attestieren mußte. Warum fiel eine kurze Angst mich an, als der Arzt den Leichnam behorchte? Wie, wenn das Herz noch schlüge, der Tote erwachte und das furchtbare Leiden aufs neue anfinge? Es war eine überspannte Befürchtung, aber schon der bloße Gedanke an eine solche Möglichkeit flößte mir Grauen ein.

Um elf Uhr früh war Vater bereits aufgebahrt, um zwölf Uhr das Begräbnis bestellt, um ein Uhr der Platz auf dem Kirchhof ausgesucht. In mir stieg eine Woge von Haß, wie ich ihn kaum je gefühlt, beim Anblick des Totengräbers auf. Im Verhandeln mit ihm verlor sie sich.

Wir haben Vater am dritten Tage, vor und mit Aufgang der Sonne, also früh gegen fünf, zur Ruhe gebracht.

Um dreiviertel fünf betrat ich die Straße. Es herrschte eine graue, tiefe Dämmerung. Hinter großen Gewölken ahnte man Licht. Ich ging allein. Blasse Himmelsstellen waren sichtbar. Da begannen die Glocken eines Kirchturms zu läuten, wie wir es angeordnet hatten. Jeder Ton, der erscholl, war allein für ihn. Da brach alles Rätsel, alle Liebe in mir auf.

Auch davon hatte Vater zuweilen gesprochen, daß er wünsche, bei Morgengrauen beerdigt zu werden. Er wollte des Glaubens schon leben und ihn durch die letzte Fahrt betont wissen, am Anfang eines großen Morgens zu sein. Wären wir doch eine Dämmerstunde früher aufgestanden! Das erwachte Leben der Gasse beleidigte mich. Schon als sie den Toten aus seinem Hause heraustrugen, gab mir der Zynismus des Alltags einen Schlag vor die Brust. Ein Kutscher des Leichenwagens auf der gegenüberliegenden Straßenseite schlug sein Wasser ab. Arbeiter, lebhaft sprechend, überholten dann den Leichenzug und rissen flüchtig die Mützen herunter. Alles und alles, die glotzenden Blicke der Neugierigen, die berufliche Beileidsmiene des Pastors, die sogenannten Leidtragenden – alles und alles, mit dem Stempel des Alltäglichen behaftet, beleidigte mich.

Nun, auch das ist vorübergegangen.

Grünthal, den 24. Juli 1899.

Das Gestern hab' ich verloren,
das Morgen muß ich suchen gehn,
eine bange Stunde ist mir gewiß.

Es gewittert und wetterleuchtet. Von Zeit zu Zeit rauscht ein Platzregen über das Haus und in die Wipfel der hundertjährigen Linden vor dem Fenster. Es ist eine halbe Stunde vor Mitternacht. Eine schwere kosmische Bangnis zwingt mir die Feder in die Hand. An dieses Tagebuch habe ich lange nicht gedacht. Wie lange nicht? Die letzte Eintragung stammt, wie ich sehe, vom 3. Oktober vergangenen Jahres, was darin steht, weiß ich nicht. Zwischen heut und damals liegen neuneinhalb Monate.

Ich bin wieder Hausvater. Melitta und die Kinder schlafen nebenan. Sie schlafen. Man schläft inmitten der Bangnisse, Gefahren und Furchtbarkeiten des Lebens. Die letzten Monate waren voll davon.

Es gewittert, wie gesagt. Es blitzt, und ich zucke zusammen. Man hat wohl Grund zusammenzuzucken, wenn plötzlich der Himmel zerreißt und Verderben herniederfährt. War es denn darauf abgesehen, als die Sonne schien und der Monat Mai die Menschen beglückte?

Caroline mit ihren Kindern ist hier. Sie ist Witwe geworden. Ich habe sie nach neun schweren Tagen – darunter die letzten, die Marcus zu leben hatte – von Wentdorf hierher geleitet. Mutter und Kinder sind über mir, in den engen Dachkammern, untergebracht.

Der Todeskampf meines Bruders Marcus war ein furchtbarer. Genug davon. Wie kommt es, daß Menschen solche übermenschlichen Foltern zu erdulden haben? Sein lautes Röcheln wurde während dreimal vierundzwanzig Stunden in allen Nachbarhäusern gehört und ließ die Leute des Nachts nicht schlafen.

Ein Brief meines Bruders traf mich vor vierzehn Tagen hier, noch eigenhändig von ihm geschrieben. Er legte die Sorge für die Seinen in meine Hand. Es war das einzige, was man aus den wirren Zeilen herauslesen konnte. Caroline schrieb, er sei erkrankt. Da mich die Fassung des brüderlichen Briefes das Allerschlimmste ahnen ließ, ja, da ich in ihm den letzten Notschrei erkannte, trat ich sogleich die Reise nach Wentdorf an.

Beruhigen über das Schicksal der Seinen konnte ich ihn nicht mehr, der Todeskampf war bereits eingetreten.

Ich schreibe bei einem Petroleumlämpchen. Überallher, als wenn dieses noch gelöscht werden sollte, drängt und drückt eine tiefe, heiße, feuchte Finsternis. Verirrte Insekten, Käfer, Nachtschwärmer taumeln herein. Leben wir denn nicht auch am hellichten Tag in einer ähnlich erstickenden Nachtschwärze, die selbst den Raum nur durch die Bewegung der Luft ahnen läßt?

Eben hat es wieder geblitzt. Alles, der Garten, das Tal, die Wiesenbäche, die Berglehnen, die Hütten, Fernes und Nahes, lag für einen Augenblick wie unter dem hellsten, ruhigsten Mittagslicht. Schon hat alles die Nacht wieder eingeschluckt. Wenn man rückwärts blickt, ist es dann etwa anders mit unserem Leben?

Die meisten Menschen unterliegen wohl immer wieder, Gott sei Dank, möchte man sagen, ein und demselben Gedankengang: Gewiß, mein Vater, meine Tochter, mein Vorgesetzter starb. Das hat seine Nachteile und hat seine Vorteile. Sonst geht mich die Sache am Ende nichts an. Ein furchtbares Unglück ist geschehen, es sind Bergleute verschüttet worden. Bei einem Eisenbahnunglück sind viele Menschen, darunter Bekannte, zerquetscht, verbrannt, zerrissen worden, sind auf entsetzliche Weise zugrunde gegangen. Man liest das des Morgens in den Zeitungen. Natürlich, wozu sind die Zeitungen da? Das Zeitunglesen hat seine Zeit. Man wird deshalb nicht eine Minute später vom Frühstück aufstehen. Daß einem selber etwas dergleichen passieren könnte, damit rechnet man ja eigentlich nicht, gewöhnt, selbst wenn man an die eisernen Notwendigkeiten, die Naturgesetze denkt, sich stillschweigend auszunehmen. Da aber plötzlich, mit einem Male, spürt man ganz nahe eine furchtbare, unversöhnliche Macht, die man ebensowohl einen unversöhnlichen Feind nennen könnte, die in einem Augenblick dem einen armen Gimpel die Belehrung und dem andern die Vernichtung bringt. Sie hat lange gezögert, aber nun ist sie gekommen!

Mir ist, als müßte diese schadenfrohe, gnadenlose Macht, dieser von Tücke und Wut weißglühende Dämon und alles zermalmende höllische Scharfrichter im nächsten Augenblick hervortreten und an mir vollstrecken, was seines Amtes ist.

In Wentdorf, nach schlimmsten Tagen und schlaflosen Nächten, in denen ich nur immer Gott bitten konnte, den Bruder vom Leben zu erlösen, traf mich ganz unvermittelt die Nachricht von meines Freundes Emmerich Rauscher schwerer Erkrankung und am Tage darauf von seinem Tode. Überdies ist am gleichen Tage, als mein Bruder starb, ein Blitz in eine der Linden vor unserem Hause gefahren, hat Äste abgeschlagen und einen Pfosten der Laube geschält, in der meine Mutter und meine Schwester saßen, die, halb betäubt, mit dem Schrecken davonkamen. Kann man sich da des Gedankens erwehren, daß man durch irgendeinen geheimen Urteilsspruch – Vater, Mutter, Schwester, Bruder, Freund – dem Verderber zur Exekution überantwortet worden sei?!

Welche Ahnungen, welche näher und näher dringenden Drohungen!

Emmerich Rauscher also ist tot, dessen seelische Gesundung in den hoffnungsvollen Luganeser Tagen so nahe schien. Er starb in dem furchtbaren Coma diabeticum an einer schnell verlaufenden Zuckerruhr. Nach dem lustigen Abschied in Leipzig, auf der Rückreise von Italien, mit dem allerfröhlichsten, zuversichtlichen Ruf »Auf Wiedersehen!« habe ich ihn aus den Augen verloren. Nun wird sein Fehlen im Kreise der Lebenden fast zur Unbegreiflichkeit. Man muß auf die düsteren Ahnungen, die in der römischen Zeit seine krampfhaften Umstände hervorriefen, zurückkommen, wenn man diesen jähen Ausgang verstehen will. So betrachtet, ist Rauscher ein Mann, den Liebe getötet hat.

Kann mir das Unerwartete, kaum Gefürchtete nicht ebenso nahe wie Rauscher sein? Ist nicht die Macht, deren Joch ich trage, die nämliche?

Sollten wir wirklich noch von Verantwortung reden bei alledem? Ich bin völlig verzagt, völlig eingeschüchtert. Meine Konflikte, ob Anja, ob Melitta, scheinen mir lächerlich. Anjas, meine und Melittas Schmerzen um dieser Sache willen erscheinen mir lächerlich. Im Grubenlichte dieser Nacht, in den Bedrängnissen und Erschließungen dieser Nacht treten sie mir als ein unverschämter, herausfordernder Dünkel vor die Seele, gemacht, die Nemesis auf uns herabzurufen. Was einigen wir uns nicht, was lieben und beglücken wir uns nicht nach allen unseren Kräften in dieser furchtbaren Abhängigkeit, in dieser kurzen Gnadenfrist, deren Ende im Tausendstel eines Augenblicks ohne Kündigung eintreten kann? Warum bin ich hier, und Anja ist tot? Ich dulde, daß sie für mich tot ist, obgleich sie lebendig ist. Oder ist ein Mensch, der nicht bei uns ist, für uns nicht so lange tot, als er nicht bei uns ist? Und ist dieser Verlust wiedergutzumachen? Kann ich Anja für die Zeit je wieder lebendig machen, in der sie für mich tot gewesen ist?

Was wühlt, wimmelt, atmet, ächzt, träumt, weint, wartet, lauert, wird, wächst und stirbt nicht alles im Bauch der Nacht! Die Zimmerdecke knirscht über mir. Ich höre ein weinendes Kinderstimmchen. Die arme Witwe läuft hin und her, um erwachte Kinder, die sich fürchten, zu beruhigen. Wo ist bei solchen Umdrängungen, solchen Gefühlen von Begrabensein unter feindlichen Mächten der Welt die sogenannte Kultur? Die Geschichte, die Geographie, das Einmaleins, der Darwinismus, die allgemeine Wehrpflicht, die Errungenschaften der Technik, der Antisemitismus haben nichts dabei zu tun. Dagegen ist das Gefühl, das elementare Gefühl der Ohnmacht da des auf Gnade und Ungnade Preisgegebenen. Mag sein, daß die Zerknirschung, die Urangst, das Zittern, das damit verbunden ist, in die Gebiete des Religiösen hinüberführen.

Ich schließe ab. Ich rufe die Bewußtlosigkeit. Doch kann ich die Hoffnung, im Licht zu erwachen, nicht aufgeben.

Dresden, am 12. November 1899.

Es ist eine neue Welle, Woge, Flut, Sorge oder Freude, die mich heute trägt. Ihr tieferes Wesen muß noch geheim bleiben. Es ist nicht mehr die einsaugende, rückwärts treibende, rückwärts reißende, einschlürfende, nächtliche Ebbe, deren Opfer ich noch jüngst in Grünthal war, mit den dumpfen Gewitterschlägen, so hörbaren als unhörbaren. Sind dies etwa zu große Worte? Ja, wenn sie klein wirken: denn es gibt keine Worte, groß genug, um an das Leben und an das Lebensschicksal auch nur eines Menschen heranzureichen. Es ist ein bloßer Gedanke, eine Wirklichkeit des Gedankens, die Idee von etwas, das sich raunend, nicht einmal flüsternd ankündigt. Dieser Gedanke freilich, diese Idee hat in einem irdischen Keime ihren Ausgangspunkt. Das Geheimnis bleibt ungelüftet. Aber die Woge, die große, vorwärts tragende Woge ist da, die große Flut.

Wenn ich das Geheimnis nicht einmal diesen nur mir bekannten Blättern anvertraue, so ist es nicht darum, weil das, was daran eine große Tatsache ist, von unberufenen Augen entdeckt werden könnte. Nein, es ist das Zarte daran, das Wunderbare, das Heilige darin, was vorerst selbst den Weg in die Hieroglyphe des Griffels scheut, sich fast vor mir selbst geheimhalten möchte. Dieses Erlebnis zartester Geistigkeit läßt jeden Vergleich als zu grob erscheinen, den man heranzöge, um es verständlich zu machen, mit der Rosenknospe etwa, die, fest verschlossen, allein von ihrem Inhalt weiß, mit den märzlichen Frühlingsschauern beim Anblick eines Krokusfeldes am Rande der Schneegrenze! Diese Vita nuova, in deren Inneres das Geheimnis gebettet, mit der es verbunden ist, läßt sich vielleicht durch lyrische Poesie oder, was das gleiche ist, durch Musik ausdrücken.

Das Weib ist vom Manne befruchtet worden. Der männliche Keim wurde von je im weiblichen Körper zur Reife gebracht. Später hat dann die Seele des Weibes die Seele des Mannes befruchtet, einen weiblichen Keim in sie gelegt, dem die Veredlung dieser Seele, ihre Beseligung, wenn sie beseligt ist, ihre Besänftigung, wenn sie besänftigt ist, allein zu danken ist. Kinder können wir nicht zur Welt bringen. Seltsamerweise blieb unser beneidenswertes Geschlecht verschont von dieser furchtbaren Aufgabe. Aber etwas Analoges zum Werden, Wachsen und Geborenwerden des Liebeskeimes tritt in der Seele des echten Mannes ein, wenn er von der Seele eines geliebten Weibes erkannt worden ist. Mit diesem Vorgang im Leben des Mannes ist Freude im allerzartesten Betracht verknüpft.

Ich meine nicht Herrennaturen mit Schnauzbärten, die den Begriff des Männlichen, das sie verehren, mit Zorn, Härte und Dickfelligkeit und nur den Begriff des Weiblichen, das sie verachten, mit Weichheit, Güte und Zartheit verbinden: ihre Härte, ihr Zorn, ihre Dickfelligkeit machen sie keineswegs weiser und retten sie ebensowenig vom Tod, wie Weichheit, Güte und Zartheit zum Toren machen oder ein frühes Sterben nach sich ziehen. Und übrigens, Männer mit wetterfestesten Ansichten sind oft und oft jämmerlich verstrickt in die allerweichliste, allerfeigste Bigotterie, während Heldentaten erstaunlichster Art von Weichlingen getan werden.

Es ist eine neue Welle, Woge, Flut, Sorge oder Freude, die mich heute trägt. Ihr tieferes Wesen muß noch geheim bleiben. Wenn ich aber die Sorge darum herausgreife, so kann ich mir nicht verhehlen, daß sie, wenn auch von Freude und Hoffnung getragen, eine bitterschwere ist.

Denn das Schöne, wovon ich schweige, ist doch auch dazu verurteilt, alles Häßlichste in der Welt wider sich aufzurufen. Sollen wir sagen, das Dichten und Trachten des menschlichen Herzens ist böse von Jugend auf, und das sei die Ursache? Sagen wir lieber, das Dichten und Trachten des menschlichen Herzens ist wirr von Jugend auf.

Ich lebe hier im Kreise meiner Familie. Mag sein, daß ein

gewisser Trieb, gleichsam Nester zu bauen, mit dem unausgesprochenen Neuen zusammenhängt, das in mein Leben getreten ist. Ich habe einen Bauplatz an der Elbe gekauft und bin eben wieder mit Melitta und den Kindern dort gewesen, um ihn zu besichtigen. Was für ein wunderliches Quiproquo! Oder ist es kein Quiproquo, wenn ich eigentlich ein Asyl für jemand anderen und noch jemand anderen gemeinsam mit mir errichten will, es aber für Melitta und mich errichte? Aber der Trieb ist unwiderstehlich. Er ähnelt, wie gesagt, einem Zustand, wie es das Nesterbauen und Zu-Neste-Tragen der Vögel ist.

In einem solchen Zustand verdichtet sich Jugend, deren Wesen Hoffnung ist, deren Wesen wiederum Heiterkeit. So bin ich denn unter dem erwärmten Blicke Melittas – es ist ein milder, schneefreier Tag – auf dem Rasen und zwischen den Obstbäumen des Bauplatzes mit den Kindern herumgetollt.

Welches grausame Versteckenspiel fordert doch von uns mitunter die Wirklichkeit! Man ist gezwungen, jemand in den Taumel einer Hoffnung zu verwickeln, deren Verwirklichung auf Kosten seines Lebensglückes geht, ihn an einer Erneuerung teilnehmen zu lassen, die für ihn nicht nur keine ist, sondern dazu führen muß, die letzte Möglichkeit einer solchen für ihn auszuschließen. Und doch ist meine Absicht durchaus nicht, zu täuschen. Ich möchte Melitta, ich möchte die Kinder allen Ernstes an dem neuen Lebensabschnitt und Aufschwung teilnehmen lassen, der sich ankündigt. Dies ist noch möglich im Augenblick. Aber wird es noch möglich sein und sich fortsetzen lassen, wenn der Keimpunkt des kommenden Aufbaues nicht mehr zu verbergen ist?

Ein hübsches Landhaus mit freier Aussicht über den belebten Strom soll für Melitta und die Kinder errichtet werden. Und zwar soll es deshalb errichtet werden, weil ich für Anja und mich ein Landhaus in meiner Heimatgegend bauen will. Dies zu tun, uns beide endlich unter dem gleichen Dach zu vereinigen, ergibt sich als eine Notwendigkeit. Doch könnte ich mir die Verwirklichung dieses Planes nicht abringen, wenn ich nicht Melitta und die Kinder vorher aus der dürftigen Etage herausgenommen und in gleicher Weise versorgt hätte. Selbstverständlich, daß der Bau von zwei Villen zugleich meine materiellen Kräfte aufs äußerste anspannen muß.

Diese Seite der Sache indessen belastet mich nicht. Ich fühle Kräfte, ich fühle Gewißheiten, Steigerungen der Arbeit,

Wirkung ins Allgemeine, ich fühle Zukunft unter den Flügeln trotz alledem, besitze Freunde, habe Hilfsquellen und werde ganz gewiß das durchsetzen, weshalb mein ganzes Wesen Wille und nur Wille geworden ist.

Melitta ahnt die wahre Ursache meines Handelns nicht. Ihr forschender Blick, den ich auch heute auf dem Grund und Boden ihres künftigen Hauses immer wieder auf mir ruhen fühlte, kann unmöglich dahinterkommen. Ihre zaghafte Deutung geht, bitter genug für sie und mich, dahin, als ob ich nunmehr die Anstalten träfe, meine Genie- oder Künstlerfahrten aufzugeben, um auf neuer, besserer Basis ein Bürgerleben mit ihr und den Kindern aufzubauen. Natürlich halte ich die andere kommende Gründung, zu der diese nur eine Stufe ist, vor Melitta geheim.

Mein Gewissen ist rein. Ich bin mir mit Sicherheit bewußt, daß ich kein frevelhaftes Spiel spiele, sondern versuche, diejenigen in dem Kreis meines Lebens und meiner Sorge festzuhalten, mit denen mich Pflicht und Liebe nach wie vor verbunden halten. Die Kraft aber, über Melittas Kopf hinweg zu entscheiden, geht keineswegs aus Willkür hervor, sondern ebenfalls aus Liebe und Pflicht, die mich gleichermaßen mit Anja verbinden.

Dieser sonderbare Instinkt, dessen belebter, angefachter, betäubter, undurchsichtiger Ausdruck ich augenblicklich bin, ist sicherlich etwas, das samt seinem Ausgangspunkte irgendwie schicksalsmäßig zweckhaft ist. Er löst und er hebt sich aus einer Zeit, wo der Boden gleichsam unter den Füßen wankte und Geräusche des Berstens und Brechens laut wurden, nicht anders als unter den Hufen eines Reiters über dem Bodensee. In einer Zeit oder nach einer Zeit, wo die dumpfen Paukenschläge des Todes die Welt zu einer einzigen Drohung machten, gebiert sich der Lebenskeim, um alle sonnenhaft aufwärtsdringenden, vertrauenden und liebenden Regungen um sich zu sammeln, trotz alledem und alledem!

Soll ich Melitta die Wahrheit sagen, die sie in wenigen Monaten doch erfahren muß?

Dresden, am 13. November 1899.

Ich habe Melitta die Wahrheit gesagt.

Auf einmal muß ich erkennen, wie zäh ihre Liebe und Hoffnung und wie noch ganz ungebrochen sie ist. Alle die hinter uns liegenden Kämpfe, endgültigen Regelungen und Abschlüsse haben den Glauben, daß sich das Ausgebrochene wieder zurückfinden, das Krummgebogene wieder gerade machen ließe, nicht zerstören, nicht einmal schwächen können. Der ganze Konflikt, die alte, umgekehrte Zwickmühle ist wieder da. Man ist selber in ihr der Stein, der immer, wenn er das eine vollkommen macht, die Einheit des anderen zerstört: hätte ich wohl geglaubt, daß Melitta noch einmal so heftig gegen die Zerstörung aufstehen würde?

Es kann am Ende nicht anders sein. Ruhiges Nachdenken, wie es jetzt, da ich hinter verschlossener Tür schreibe, wieder möglich ist, bestätigt mir das. Dadurch, daß Anja sich Mutter fühlt, ist eine neue Lage gegeben, eine Wirklichkeit, gegen die gehalten alle noch so bestimmten, noch so heftigen Auseinandersetzungen zwischen mir und Melitta gegenstandslose Luftgebilde sind. Mit solchen hatte Melitta sich abgefunden. Mochten sie sich durch Jahre fortsetzen, sie legten der Rückkehr alter Zustände kein neues Hindernis in den Weg. Das aber geschah durch die neue Tatsache.

Wie hilflos, wie unkompliziert und wie wenig dem Leben gewachsen ist das Seelenvermögen, das man metaphorisch als Herz bezeichnet. Um und um erblindet, erkennt es nur seinen Gegenstand. Es lehnt jede Hilfe des Verstandes ab in den besonderen Nöten, denen es unterworfen ist, und gerät doch, mit oder ohne solche Hilfe, in immer dasselbe Netz von Irrwegen nur tiefer hinein. Alles, was Melitta in ihrer Abwehr tut und spricht, ist zweckwidrig. Die Härte, mit der sie das Schuldlose schuldig macht, entfremdet sie mir. Was gleichsam das Kapital unserer Liebe und Ehe retten soll, hilft es, im Gegenteil, abtragen. Müßte sie denn nicht wissen, daß mich jeder Schlag gegen das Ungeborene im Allerheiligsten meiner Seele und Liebe treffen und verwunden muß?

Allzuleicht überschlägt sich Leidenschaft und gerät in den Zustand von Raserei, der sie gegen sich selbst bewaffnet.

Freilich ist es nicht leicht, womit sich Melitta abzufinden hat. Das Mittel geduldigen Ausharrens, von dem sie die Lösung unseres Konfliktes erwartete, hilft gegen den neuen, schuldlosen, ungeborenen Gegner nicht. Aber es mag auch Frauen geben, Mütter, die durch das bloße Wesen der Mutterschaft, selbst wenn es sich mit einer Rivalin verbindet, zu Mitgefühlen bewegt und über ihren engen Egoismus erhoben werden. Anzeichen solcher Art zeigt Melitta nicht.

Es lohnt, einen Blick in mich selber zu tun. Es ist beinah so, als ob ich, und nicht die Geliebte, das Kind gebären sollte. Trägt sie es wirklich, so trage ich seine Idee in mir. Und wenn ich ebendiese Idee heut vor Melitta enthüllt habe, so geschah es im Dienste der Idee, geschah es, nicht nur die kommende Inkarnation der Idee vorzubereiten, sondern den Empfang und den Weg des entstandenen Geschöpfes in der Welt. Vielleicht würde Melitta, habe ich, wie ich jetzt erkenne, gedacht, etwas ganz Wunderbares tun, es würde vielleicht etwas menschlich Großes, menschlich Allversöhnendes, tief Verstehendes über sie kommen und sie befähigen zu erkennen, wie unabwendbar göttlich, heilig, glückselig und schwer, unendlich schwer für Anja und mich das Gegebene zu tragen sein würde. Das Wunderbare indes ist nicht eingetreten.

Im großen ganzen habe ich diese Eröffnung nur ungern und mit Widerstreben gemacht. Das Pflänzchen der Hoffnung, das Pflänzchen der Freude, das Pflänzchen des Glückes ist noch allzu zart, als daß man es gern dem Eishauch konträrer Winde aussetzen möchte. Ich habe dabei vielmehr einem harten Gebote der Pflicht gehorcht, das sich, wenn nicht heute oder morgen, so doch übermorgen durchsetzen müßte. Außerdem vertrage ich selbst eine Lüge durch bloßes Verschweigen nur kurze Zeit.

Welche stillen und innigen Ereignisse gingen dieser Feuertaufe der neuen Schicksalsphase voraus? Zweifel, Sorgen und dann gewonnene Klarheit über das, womit man sich abfinden mußte. Abfinden ist in dem Sinne gemeint, der nun einmal für höher organisierte Menschen durch die illegitime Lage und die damit gegebenen widerwärtigen Kämpfe gegen das nichtsnutzige Vorurteil der Welt gegeben ist. Aber die Besinnung war kurz, die Freude brach durch, und der entschlossene Mut für das kommende Geschenk unserer Liebe trat hervor, um sich durch keine Drohung noch Finte niederer Mächte fortan mehr beirren zu lassen. Es war ein Glück, ein Rausch, ein Fest, als Anja und ich bis dahin gelangt waren und, im Refektorium meiner Wohnung einander gegenübersitzend, das Gegebene als Begnadung willkommen hießen und den kommenden Kämpfen und Mühsalen mit einer Art Überschwang ins Auge blickten: auch dem großen Ernst, dem ein Weib in solcher Lage gegenübersteht, wo sie ja doch ihr eigenes Leben wagen muß. Bis gegen Abend saßen wir, von den Mysterien des Werdens unmittelbar berührt, bei

Tisch und ließen sogar die Gläser klingen, dem Gegenwärtig-Ungegenwärtigen kleine Libationen darbringend und dem, was einstweilen weder weiblich noch männlich war, allerlei Namen des einen und anderen Geschlechtes im vorhinein aussuchend.

Was man nicht sieht, nicht persönlich erlebt, davon ist der Begriff meist schattenhaft. So macht sich auch Melitta nicht den rechten Begriff davon, welcher unabwendbaren Macht sie gegenübersteht. Oder verbirgt sie es selbst vor sich selber? Jedenfalls nimmt sie den Kampf gegen diese Macht mit allen erdenklichen Mitteln auf. Die Heftigkeit, die Verwicklung und Endlosigkeit des Gesprächs bringen es mit sich, daß alle Seiten der Frage bis zur Geisteszerrüttung erörtert werden. Für die physische Gefahr, die Anja droht, hat sie keinen Sinn. Ebendieselbe Frau läßt sich hier zu keiner Art Teilnahme bereit finden, die selbst in legitimer Ehe, sooft sie sich Mutter fühlte, in begreiflicher Angst vor den kommenden Sorgen und Nöten fast verzweifelte. Welche Erschwerung des Lebens das Kind zu bewältigen haben werde, wenn es außer der Ehe geboren würde, auch das, wie sie sagte, ginge sie nicht das mindeste an. Sie lehnte sogar jede Erwägung darüber ab, ob es nicht ihre wie meine Pflicht wäre, des Kindes wegen sich scheiden zu lassen. Sie werde das nie und nimmer tun. Sie sähe recht wohl, daß die ganze Sache nichts anderes als ein kalter, raffiniert ertüftelter Schachzug sei, den Anja gegen sie ausspiele. Sie solle nur ja nicht glauben, daß sie, Melitta, dawider nicht auf der Hut wäre. Anjas Kind interessiere sie nicht, sie habe ja ihre eigenen Kinder.

Ich selbst bin natürlich in einer Verfassung, die man als ganz normal kaum mehr bezeichnen kann. Der Zustand Anjas, die Würde, mit der sie ihn trägt, erschüttern mich. Die verdoppelte und verdreifachte Sorge um sie ist eigentlich mit einer vielfach gesteigerten Liebe gleichbedeutend. Diese Liebe fließt auch auf die Meinen über und findet ihren Ausdruck in dem Drange, ihnen zum Beispiel durch den Villenbau wohlzutun. Aber das Herz, wie gesagt, ist dumm, und auch ich kann von mir nicht behaupten, in Behandlung seiner Angelegenheiten dem kühlen Verstande den Vorrang gelassen zu haben.

Berlin-Grunewald, am 3. Januar 1900.

Es ist zwei Stunden nach Mitternacht. Ein Tag hat begonnen, dessen Ende für mich eine Entscheidung bringen wird. Ich gehe auf die Art meines Berufes nicht ein, mit dem sie zusammenhängt. Es handelt sich um ein Werk, über dessen Gelingen oder Mißlingen, Erfolg oder Mißerfolg gleichsam coram publico das Urteil gefällt werden soll.

Alle Kerzen meiner einsamen Wohnung sind in Brand gesteckt, im Speisezimmer und im Wohnzimmer auf den Kronleuchtern, auf Handleuchtern in der kleinen dazwischenliegenden Mönchszelle und Bibliothek. Hier sitze ich und schreibe wiederum in dies Buch, nachdem ich eben zum soundsovielten Male mein Testament für den Todesfall durchgesehen und abgeändert habe.

Sind es nicht Schlachten, vor denen man immer wieder steht und die man immer wieder durchkämpfen muß? Ein »echter Hausvater« wird, da ihr Ausgang unsicher ist, seine Angelegenheiten beizeiten ordnen.

Ordnen? Das wäre zuviel gesagt. Er wird versuchen, der Anarchie nach seinem Tode wenigstens einigermaßen mildernd entgegenzutreten.

Ich denke hauptsächlich an Anja und an die Sicherungen, die sie und das kommende Kind schützen sollen, wenn ich nicht mehr am Leben bin.

Eine Abendgesellschaft, die wir gaben, endete schon nach elf Uhr. Dann habe ich Anja nach Hause gebracht und, zurückgekehrt, zwei Stunden geschlafen. Das ist die kurze Frist, die mir seit Wochen und Wochen beschieden ist und nach der ich, regelmäßig erwachend, so munter wie am Tage bin.

Immer kann das nun freilich nicht so fortgehen.

Ich habe eben eine hunderthändige Seelenbeschäftigung, wenn diese Metapher gestattet ist: die ideelle für meinen Beruf, die materielle, die mit ihr verbunden ist, die sorgende, die Melitta und die Erziehung meiner Kinder betrifft, die sorgende, die Anja betrifft, die sorgende, die mich selbst betrifft, da ich körperlich ziemlich erholungsbedürftig bin und mich nur durch stärkste Anspannung meines Willens aufrechterhalte. Weiter wird meine Seele durch die Witwe meines Bruders Marcus und ihre Kinder sorgend beschäftigt. Auch Julius gibt ihr Arbeit, dessen Schritt äußerst unsicher ist, dessen Zustände arger Verwirrung entgegengehen. Rauscher ist hin, aber auch dort ist nach seinem Tode ein Söhnchen von Esther Naëmi erschienen, ein engelhaft schönes, leider krankes Kind, das Sorge macht.

Aber die schwerste, am stärksten lastende Aufgabe bezieht sich auf Anja und die nun kommende kritische Zeit, die, an sich ein Martyrium, in unserer Lage doppelt und dreifach ein solches ist und Aufbietung aller Liebe, Umsicht und Fürsorge fordert. Bei alledem immer die Angst, es könne in Dresden etwas Schreckliches eintreten. Melittas Anlage an und für sich, verbunden mit dem Druck der Ereignisse, der nun wieder beinah so stark wie am Anfang unseres Konfliktes ist, können sie immerhin zu irgendeiner unwiderruflichen Handlung hinreißen.

Unter den Gästen, die vor noch nicht drei Stunden die jetzt so verlassenen Räume belebten, befand sich diesmal auch Götz Preysing, mit dem wir seit den Tagen von Sorrent in Beziehung geblieben sind. Er kam ohne seine schöne Frau, die seltsamerweise in Zürich studiert. Sie habe, sagte er, plötzlich sich die Marotte, Ärztin zu werden, in den Kopf gesetzt.

Wie sich doch seit den Sorrentiner Tagen das kaleidoskopische Bild unseres Lebenskreises bereits verändert hat! Wir sprachen von Rauschers Liebesidyll in Rom und dann – welcher ungeheure Schritt! – von den schrecklichen Brunhild-Kriemhild-Szenen, die sich über dem Totenbette dieses blonden Siegfried zwischen seiner angetrauten Frau und Esther Naëmi abgespielt hatten. Sie waren in Gegenwart des Toten sozusagen mit Nägeln und Zähnen aneinandergeraten.

Dieses Leben, sagte ich, und insonderheit diese Stadt Berlin kocht von Leidenschaft.

Wie anders die Welt doch aussieht, wenn man sich des Nachts zu ungewöhnlicher Stunde erhebt. Man ist gleichsam den Müttern, den innersten Quellen der Dinge, näher. Es ist, als sei man von der Oberfläche des Lebensmeeres in seine Tiefe gesunken und dort zu einem neuen, magischen Tiefenleben aufgewacht.

Berlin-Grunewald, am 4. Januar 1900.

Der Graus ist vorübergezogen, das Urteil gesprochen, das ich gestern noch zu erwarten hatte. Die Öffentlichkeit des Welttheaters hat über mich gestritten wie über einen Gladiator. Mir ist zumute wie einem, der im Kampfe gegen afrikanische Löwen und Tiger unterlag, von ihnen zerrissen und darüber noch von dem ganzen Amphitheater ausgezischt wurde.

Dabei bin ich im Frack. Bei gewissen Hinrichtungen ist nämlich nicht nur der Scharfrichter im Frack, sondern auch der Verurteilte. Genug davon. In zwei Tagen lasse ich Berlin hinter mir.

Es ist hohe Zeit. Wie gestern, ist es genau zwei Uhr. Wie gestern habe ich alle Kerzen in meiner Wohnung entzündet. Ich komme mir vor wie eingeschlossen in einer wohnlich ausgestatteten, magisch erleuchteten Gruft.

Eben habe ich Anja nach Hause gebracht. Ich war abgehetzt, zerrüttet, zerstört. Aber irgendwie hat mein heutiges Schicksal Anjas Neigung – Mitleid ist Liebe! – leidenschaftlich gesteigert. Das wurde zur Marter, wurde zur Qual für mich. Es gibt keinen noch so geliebten Menschen, den man nicht zuweilen bitterlich hassen muß. Gott sei Dank, daß endlich außer mir niemand als meine alte Wirtschafterin in der Wohnung ist.

Ich bin Schmerz, Wut, Haß, Ekel, Abscheu, Lebensüberdruß durch und durch. Wäre es nicht das beste, wenn ich, statt daß mir andre fortwährend Streiche spielen, dem Leben, der Welt, dem Himmel und dem engen Kreise der Meinen einen Streich spielte? Sie närren mich, sagt Hamlet, daß mir die Geduld reißt. – Still!

Was ist das für ein Wort: still? Könnte ich es sagen als ein großer Magier: Still! – Still, ihr Verfolger, ihr Neider, ihr Pharisäer, ihr Schlechtmacher und Besserwisser, ihr Sorgen, ihr Stimmen nutzloser Bemühungen, Hader, Zank, Streit, still! still!

»Übers Niederträchtige niemand sich beklage«, sagt Goethe. Doch, doch! ich beklage mich. Ich bin den Nichtsnutzigkeiten, Schurkereien und Gemeinheiten des Lebens nicht gewachsen. Ich bin wehleidig! Alles tut mir weh, weh, weh! Wenn ich eine Harfe mit tausend Saiten wäre und man spielte darauf, wie man auf mir spielt: schreien, schreien vor Schmerz würde jede Saite! Diese ganze nutzlose Qual des Daseins sei verflucht!

Ich fürchte mich vor dem Bett. Jemand wollte keinen Posten auf einem Ozeandampfer annehmen, ob er auch noch so viel Geld verdiene: eine Seereise habe zu viele schlechte Momente. Das kann ich bezeugen: meine Fahrt nach Amerika.

Nein, ich gehe heut nicht zu Bett. Auch meine Lebens- und Landreise hat zu viele schlechte Momente, und nicht nur damals in Paris war mir das Bett etwas Ähnliches wie der glühende Rost des heiligen Laurentius.

Bin ich denn überhaupt seit jener Zeit auch nur um einen Schritt weitergekommen? Würge ich mich nicht noch immer hoffnungslos in der gleichen Schlinge herum?

Mit meinem öffentlichen Mißlingen ist eine äußerliche Hoffnung zusammengebrochen. Ein wenig Gelingen auf einer Seite hätte mir gerade in diesen Zeiten unendlich wohlgetan. Schließlich aber, mein eigner augenblicklicher Zusammenbruch ist noch kläglicher. Wo bleibt denn mein bißchen Philosophie? Habe ich mir nicht eine ganze Sammlung von Krükken, Latwergen, Pflastern, Salben und Balsamtöpfen, Tropfen und Pillen angelegt? Wo bleibt mein Seneca? Marc Aurel? »Verursacht dir ein Gegenstand der Außenwelt Leid, so ist er es nicht, der dich beunruhigt, sondern dein Urteil darüber.« Schön gesagt, schwer getan. »Wenn es dir Leid bringt, daß du nicht wirken kannst, wie es dir vernünftig erscheint, warum nicht lieber wirken, wie es eben geht, als sich dem Leide hingeben?« Leicht gesagt, schwer getan! »Kann ich nicht wirken, wie ich will, hat das Leben für mich keinen Wert.« – »Nun, so verlaß das Leben freundlich, wie wenn du es vollbracht hättest, in milder Stimmung gegen deine Widersacher!« Leicht gesagt, schwer getan.

Das kalte Licht einer Gaslaterne dringt von der Straße herein. Jenseits düstern die Grunewaldkiefern, diese Besen, zwischen die hinein sich von Zeit zu Zeit der Inhalt Berlins ergießt, um jedesmal, wie Ebbe nach Flut, zurückzuweichen. Was haben sie nicht alles gesehen! Wieviel Trümmer, Scherben, Leichen und sonstiges Strandgut des Lebens ist nicht in diesem furchtbaren Walde zurückgeblieben und abgelagert worden! Nein, ich will nicht, ich sträube mich, eines von diesen Dutzendopfern abzugeben und morgen den Polizeibericht zu bereichern.

Soana, am 17. Februar 1900.

Ich lebe mit Anja unter den düsternden und nebelnden Schroffen des Monte Generoso im Bergversteck. Draußen glitzert lockerer Schnee, der tagsüber, mit Regen untermischt, gefallen ist. So geschieht es hier öfters im Winter. Morgen um die Mittagszeit wird die weiße Decke nicht mehr vorhanden sein. Wie gesagt, wir liegen hier im Versteck. Wir haben uns vor der Welt verkrochen. Das ärmliche kleine Sanatorium, von dem braven Schweizer Arzte geführt, paßt gerade für uns, in seiner verlassenen Enge und Trostlosigkeit. Außer uns hat es keine Gäste.

Weshalb müssen wir uns verkriechen? Diesmal mag wohl ein Grund alle anderen überwiegen, die dabei mitwirkten. Es ist der Tyrann, der, ob auch unsichtbar, gegenwärtig ist, und zwar, ob auch unsichtbar, als Tyrann! Aber schließlich haben wir uns auch schon früher hier erholt, winzig geworden in der überragenden Größe der Allnatur, die auch persönliche Schicksale kleiner, weil allgemeiner macht und ihre Lasten somit verringert.

Man pflegt in Badeorte zu gehen, um den vom Kampfe des Lebens ramponierten und abgenutzten Leib zu erneuern. Was wir hier bisher gesucht und gefunden haben, war gleichsam ein Seelenbad. Und es ist ja auch wirklich ein ziemlich hoher Wall zwischen hier und den Kampfplätzen Niflheims, den man durch eine Röhre im Gestein, Gotthardtunnel genannt, von Norden nach Süden durchschlieft, so daß man, von Staub, Schweiß, Blut und Wunden abgeschnitten, sich Bädern und Waschungen der Seele hingeben kann.

Nun ja, das ist eine Überlegung, die triftige, ehemals fast allein wirkende Gründe für unsern hiesigen Aufenthalt zu finden weiß. Er wurde aber auch deshalb gewählt, weil er vor den Verfolgungen der Welt einige Sicherheit bietet. Und damit komme ich auf den Punkt, komme auf den Tyrannen, von dem ich anfangs gesprochen habe und dessen Anspruch und Macht täglich stärker und stärker wird.

Deshalb ist es heute nicht so schlechthin wahr, das Seelenbad!

Ich heiße der Mangel.
Ich heiße die Schuld.
Ich heiße die Sorge.
Ich heiße die Not.

Die vier grauen Schwestern, die sich mit solchen Worten vorstellen, sind jedenfalls dieses Mal unsere Badeweiber.

Leide ich wohl ein wenig an Verfolgungswahn?

Mangel? Er steht nun wohl gerade nicht vor der Tür. Immerhin tritt sein Gespenst immer wieder aus Briefen Melittas hervor, die es seltsamerweise seit der Stunde unserer Verheiratung an alle Wände zu malen nicht müde ward. Die Gewöhnung an Besitz liegt der Enkelin Augsburger Patrizier nun einmal im Blut und der Zwang, sich immer wieder nach Kräften zehnfach und tausendfach vor dem gefürchteten Mangel zu verbarrikadieren. Ich selbst war dieserhalb, was meine Person betrifft, von je ziemlich gleichgültig, wenngleich ich natürlich auch meine Träume vom Reichtum eines Krösus gehegt habe. Nun aber haben wir, bevor ich selber »verdiente«, etwas gedankenlos von Melittas Vermögen drauflosgelebt, und so ist es beträchtlich zusammengeschmolzen, und ich fühle die Pflicht, der ich auch teilweise schon genügt habe, es nach und nach wiederherzustellen. Aber diese Beweise vom Ernste meines guten Willens genügen nicht, ihre Furcht zu beschwichtigen.

Da kommt nun freilich auch mit dem ersten warmen Lüftchen der Hausbau an der Elbe in Gang. Durch Hypotheken und Baugelder ist alles im großen und ganzen gesichert, aber ich habe durch diese Marotte des Gemüts erhebliche Lasten auf mich genommen. Und daß Voranschläge bei Bauten überschritten werden, ist eine Alltäglichkeit. Melitta hält mich von jeher für unpraktisch, obgleich sie einen Beweis dafür nicht in Händen hat. Sie sagt, ich sei ein Illusionist: was ich im Hinblick auf Kunst gelten lasse. Aber ihre furchtbeladene, schwarzseherische Anlage meint damit den Optimismus in mir, der mich, blinder Gläubigkeit, zu gewagtesten Unternehmungen fortreiße.

Nun ja, vielleicht habe ich etwas am Leibe wie einen blindbeflügelten Schritt. Es ist in mir bei allem Erleiden, bei allem Erdulden ein Geist des Vordringens. Meine Fregatte liegt nicht im Hafen, sie hat Fahrt, wie man sagt, und ich bin ihr Steuermann. Was würde Melitta sagen und schreiben, wenn sie wüßte, daß ich für Anja, mich und das kommende Kind ein Asyl, eine Herberge, eine Burg in der Nähe von Grünthal plane? Sie würde glauben, es sei hohe Zeit, mich zu entmündigen.

Warum soll ich es mir verbergen: ich gehe in der Tat mit einem gewissen gläubigen Leichtsinn in diese und manche andere Unternehmungen hinein, keineswegs sicher, daß sie mir nicht über den Kopf wachsen, weshalb Melittas Sorgeninstinkte nicht durchaus unberechtigt sind. Aber Nachtwandler darf man nicht anrufen.

Sorgen und Ängste, wie sie Melitta hegt, kennt Anja nicht. Ihre Überlegungen gehen über die Erfordernisse der Stunde nicht hinaus. Furcht, eines Tages in Not geraten zu können oder nicht satt zu werden, hat sie mir niemals ausgedrückt. Das ist eine große Hilfe für mich.

Kein Gedanke, der an Vorwurf oder auch nur an Klage, des Kindes wegen, streifen könnte, ist je über ihre Lippen gekommen.

Und weiter: ihr ganzes Wesen ist unter der wachsenden Veränderung schon heute nichts als schlichte, stille, selbstverständliche, stolze, unbeirrbare, unberührbare Mütterlichkeit. Ich muß sie nur immer heimlich anstaunen. Welche Haltung, welche Ruhe, welche Würde, welcher Ernst, obgleich sie auch körperlich leiden muß. Das große Mysterium ist fühlbar über ihr. Und was sehe ich nicht alles daneben klein werden!

Anja ist eine Frau geworden. Wie die ihr sonst eigenen schnellen Bewegungen sich verbieten, so hat auch ihr schlagfertig schneller Geist den Rhythmus der Ruhe und Würde erhalten. Ihre Worte, Atemzüge und Schritte sind still und gedankenvoll. Mir ist ein ganz neuer Mensch geschenkt worden, an dem sich mir die ganze Hoheit des weiblichen Berufes offenbart.

Soana, am 20. Februar 1900.

Regen, Kälte, schlechtes Wetter, öde und kalte Zimmer, schlechte Betten, schlechtes Essen, Verlassenheit! Anja braucht Pflege und hat nichts als meine Unbeholfenheit und höchstens einmal das Mädchen oder den dicken Wirt mit der Wärmflasche. Ein bißchen Tee, ein bißchen Semmel, das ist alles, was sie seit Wochen zu sich nimmt. Kein Arzt, keine Hilfe weit und breit, was Anja auch immer zustoßen mag. Schwere Tage, qualvolle Nächte! Aber wo sollen wir schließlich hinflüchten?

Anja könnte sich in die Behandlung eines Arztes geben. Es gibt Institute genug in der Schweiz, wo eine Frau ungestört ihre Stunde erwarten kann. Aber wir trennen uns nicht voneinander. Gerade jetzt kann sie nicht ohne mich sein und ich ohne sie ebensowenig. Wenn sie wieder reisefähig ist, wollen wir nach einem anderen Asyl auf die Suche gehen.

Soana, am 22. Februar 1900.

Ich habe heute wieder seltsam geträumt. Jetzt, im Wachen, werden meine Träume Gegenstand des Nachdenkens. »Gegenstände« in bezug auf Träume, ein seltsames Wort. Aber ich weiß augenblicklich kein besseres. Träume: das ist der Teil des menschlichen Wesens, der sich durchaus selbst begnügt. Es ist derjenige Inhalt des Geistes, der Realität vortäuscht. Es ist der vollkommen allein schöpferische Teil des Geistes, der auf Regungen hin tätig wird, aber nicht dadurch, daß Objekte von den fünf Sinnen ergriffen werden. Am Tage durchschreitet das Bewußtsein wie ein Mann mit einem Lämpchen die äußere Welt, in der Nacht die innere. Aber was ist das für ein Mann, der die innere Welt mit dem Lämpchen durchschreitet? Ein anderer, ganz unsichtbarer und doppelt schöpferischer, der Objekt und Beleuchtung zugleich bedeutet.

Ich kann mein Ich bei diesem inneren Vorgang nicht ausschließen. Was ist nun aber wohl dieses Ich? Ich treibe keine wissenschaftliche Psychologie. Herbart sagt, das Ich sei durchaus kein wirkliches Wesen, ebensowenig die Seele selbst: es beruhe dagegen auf einem Geschehen der Seele. Aber nicht einmal als ein ursprüngliches Geschehen der Seele sei es anzusprechen. Es sei zum Beispiel beim Säugling nicht da, sondern kristallisiere sich erst aus den Niederschlägen während der Sukzession der übrigen Lebensvorgänge. Das reine Ich sei lediglich ein Werk der Spekulation. Es gäbe nur ein sogenanntes empirisches Ich: es bestünde aus der Summe seiner Vorstellungen, Begehrungen und Gefühle, oder sagen wir, aus der Summe seiner Erfahrungen. Seltsam, daß wir trotz alledem immer das reine Ich voraussetzen. Meinethalben: beim Säugling ist es nicht da, aber im Tiefschlaf ist es auch nicht da. Warum soll man nicht einen geschliffenen Diamanten in dickem Seidenpapier unsichtbar aufbewahren und ihn in einem gegebenen Augenblick herauswickeln?!

Während meiner Träume ist mein Ich das Lämpchen, als Bewußtsein gedacht: dieses Bewußtsein erstreckt sich auf Empfindungen des Gesichts, des Gehörs, des Geruchs, des Geschmacks und des Tastgefühls, ohne daß die Sinne durch wirkliche Gegenstände beschäftigt sind.

So entsteht eine zweite Welt. Ist es vielleicht die einzig wirkliche Welt, von der andern, der zweiten, der trügerischen, die wir nicht kennen, noch kennen werden, unabhängig? Sie ist ebenso weit, ebenso reich, makrokosmisch und mikrokosmisch ebenso ausgestattet wie die äußere. Sie bietet Details bis in die Fäden eines Rockes, eines Hemdes, eines seidenen Taschentuchs. Ja, sie bietet weit mehr als die wirkliche Welt, da sie uns den Luftraum ebenso wie die Tiefen des Meeres erschließt, in die wir uns mühelos versenken, während wir ebenso mühelos, und zwar ohne Flügel, uns in die Lüfte erheben können.

In ihrem Traumbesitz besteht und besitzt sich die Persönlichkeit. Und darum hat jeder mehr als nur das Recht, Träumer zu sein. Es ist für ein großes Leben, für ein Aus-dem-Grunde-Leben notwendig, immer wieder in die allüberflutende Traumsee hinabzutauchen. Wie sollten Erfahrungen des wirklichen Lebens einen Wert, einen Klang, kurz Poesie erhalten, ohne mit dieser magischen Flut getauft zu werden! Wie eng und beschränkt, wie klein, blöde, stumpf, zerbrökkelt, zerstückelt müßte ohne das Traumreservoir, ohne den Zauber des unerschöpflichen unterirdischen Stroms das Dasein hinlaufen. Ohne den schöpferischen Durchbruch der Universalität des Traumes würde der Mensch kein Mensch geworden sein.

Was wissenschaftlich trockene Menschen über Träume aussagen, interessiert mich nicht. Man kann am Rande des Traumsees verharren und nie von seinem Wasser geweiht werden. Auch will ich nichts wissen vom Handwerk der Traumdeuter. Sie führen das Wunder der Träume auf eine Zukunftsbanalität zurück, wie die Psychologen auf eine ursächliche Banalität, also auf eine in der Vergangenheit. Ich gebe mir nur von der Universalität Rechenschaft, in welche das Traumleben den zusammenfassenden Geist versetzt.

Also: ich bin im Traum, um mit dem düstersten Erfahrungsgebiete anzufangen, erschossen, von rückwärts erdolcht, kurz, auf alle möglichen Arten und Weisen getötet worden und habe ebensooft das Ereignis des Todes bis zur Bewußtlosigkeit durchgemacht. Ich bin mit dem Pferd, mit dem Rad gestürzt, mit oder ohne Pferd und Rad in Abgründe, Gletscherspalten und dergleichen kopfüber hineingeschleudert worden. Immer wieder habe ich erfahren, wie einem in dem Augenblick zumute ist, wo das Unglück eben geschieht und nicht mehr zu wenden ist. Es wäre ein Ding der Unmöglichkeit, auch nur einen Teil von diesem Erleben mit allen seinen minuziösen Einzelheiten darzustellen. Man hebt im Traum eine Hand voll Sand, und hätte man die entsprechende, jahrelange Zeit, so könnte man seine Körner zählen, die einer ganz bestimmten Summe entsprechen würden.

Ich komme nun zu den andere betreffenden Todesfällen: Bevor mein Vater wirklich starb, wie oft habe ich, in Weinen aufgelöst, an seinem Totenbett, seinem Sarge, seinem Katafalk gestanden! Dasselbe geschah bei meiner Mutter, die heut noch lebt. Welche Menge schwerster Erfahrungen ringsherum, die mich wissend gemacht haben, bevor ich irgendeinen wirklichen Todesfall erfuhr, der dann keineswegs stärker, sondern milder wirkte.

Und dann, bevor die Liebe in mein Leben trat: wie viele Liebchen habe ich nicht in Träumen gehabt, so süß, zärtlich, gütig, jung und schön, daß der Abschied auf ewig, den ich von ihnen jedesmal beim Erwachen nehmen mußte, mir nicht leicht wurde! Es half nichts – so vollkommen war ihre Existenz –, mir zu sagen, daß ich mich in ein Geschöpf meiner eigenen Phantasie verliebt hätte, das ja schließlich, wenn auch im zerteilten Zustand, noch in mir sei. Es war mir, als wenn mich ein wirkliches Wesen besucht, geküßt, umarmt und hingebend geliebt hätte. Viele Tage, oft wochenlang, gingen mir diese Erscheinungen nach. Ich gedachte ihrer mit bitter schmerzender Wehmut und Entsagung. Dies alles geht über die enge menschliche Erfahrungsmöglichkeit bereits weit hinaus.

Nun aber hatte ich schon als Kind kosmische Träume, hatte eine Größenvorstellung, eine Größenempfindung, die eine noch so unsinnige Zahl der bekannten Weltraummessungen mir heut nicht mehr vermitteln kann. Später – da diese Träume mir noch heute wirklicher als jede erlebte Wirklichkeit vor der Seele stehen und mir noch immer die gleiche Größenvorstellung, die gleiche Empfindung ungeheurer Massenausdehnungen geben – glaubte ich zu dem Schlusse berechtigt zu sein, daß man, fünf- oder sechsjährig, den kosmischen Ursprüngen näher sei und die Erinnerung an sie noch unverhüllter bei sich trage. Nun also: in einer Zeit, wo mir noch die Welt mit dem allerengsten Horizont zu Ende war, ich einen Blick in den nächtlichen Himmel wohl kaum mit Bewußtsein getan habe, sah ich Weltkörper riesenhaftester Art in mir kreisen, die mir noch nach dem Erwachen Schreie des Entsetzens, Schreie des Staunens, Rufe der Bewunderung abnötigten.

So habe ich, lange bevor ich den Pizzo Centrale in Leinwandschuhen mühsam bestieg, im Traum auf unendlich höheren Bergen gestanden: damit verbunden ist meist ein Schwindelgefühl. Was ist überhaupt das Schwindelgefühl? Ist es nicht etwas, dem eine Realität entspricht und das wir um unserer Erhaltung willen überwunden haben? Der Mann, der über das Turmseil geht, hat es ebenfalls überwunden, sonst würde er auf das Pflaster hinabstürzen.

Und enthält nicht der Traum den unendlichen Raum und in ihm Myriaden von Welten, Myriaden von Göttern und Menschen, Dingen, von denen in der wirklichen Welt nichts sichtbar geworden ist? Darum ist der Traum keineswegs nur der Inbegriff aller Erfahrungen der Wirklichkeit, sondern unendlich viel mehr und etwas ganz anderes!

Nehmen wir nun die Oberfläche der Erde, soweit sie Landschaft zu nennen ist. Ich weiß ungefähr von den Landschaftstypen, die meinem offenen Auge im Leben vorgekommen sind, etwa: Schlesien, Gebirge und Ebene, Oder, Elbe, Teile von anderen großen Flußläufen, Städte, Blicke auf die Hochalpen, Ostseegebiete, Seereise um Europa herum. Wie mit einem Scheinwerfer vermag sie noch heut mein inneres Auge in einem fast zeitlosen Augenblick zu übergehen. Ich sehe Landschaften aller Art, von den Landschaften meiner Träume ist keine darunter. Bin ich selber in meinen Träumen der einzige Demiurg und Weltschöpfer? In gewissem Sinne, aber in einem höheren Sinne nur Medium. Andere Planeten, andere Weltzeitaugenblicke, andere Sphären sind es, aus denen meine Traumlandschaften hervorgegangen, in welche sie hineingeboren sind. Die mir bekannte Flora sehe ich wohl darin, aber in einem ganz anderen, fremden Lichte. Die rote Tulpe hat ein ganz anderes Rot, die Hyazinthe ein anderes Blau. Wenn mir Anja oder Melitta in einer solchen Landschaft begegnen, so haben sie wohl mit ihren Urbildern eine mir unverkennbare Ähnlichkeit, sie sind aber nicht mehr Menschen, sondern Göttinnen. Und dementsprechend ist auch meine Empfindung süßer, heißer, und zwar von einem neuen Feuer, und selig geworden. Ich werde hier nicht diese Landschaften schildern, in denen meine ganze Seele, seelenhaft innig verbunden mit jedem Blatt, Wassertropfen, Sonnenstrahl, Grashalm oder Sandkorn, hängt: das abgenutzte Wort »paradiesisch« dafür einsetzen hieße ihr Wesen nicht verdeutlichen. Genug daß alle diese Landschaften meines Innern eine zweite, andere Erde ausmachen, auf deren heiligen und seligen Fluren – ein Geschenk meiner Träume – ich mich auch im Wachen ergehen kann. – Mein Leben fängt in den sechziger Jahren dieses Jahrhunderts an: wie kommt es, daß ich heut so alt wie die Menschheit zu sein glaube?! Das läppische nahe Datum hemmt mich nicht, ich gehe drei, vier, fünf Jahrtausende, Jahrmillionen in die Vergangenheit. Ich lasse die Diluvialperiode, die Bronze-, die Steinzeit, die Zeit des Pithekanthropos hinter mir, kurz, ich bin »so alt wie der Westerwald«, und das alles aus Gnaden meines Traumlebens. Eine so ungeheure Welle wirft die nächtliche Traumwelt in die trockene Wüste des Lebens herauf und hinein, alles in Zauberprismen spiegelnd.

Aber der Traum enthüllt auch das Furchtbare. Schrekken, Schrecken ohne Ende, nie im Leben erlebt, dringen ein. Metzgereien, Zerschmetterungen, Totschläge, Folterkeller, Bergstürze, blutige Henker und Henkerwerkzeuge. Sie lassen mich Verbrechen begehen, Verbrechen hehlen. Ich muß mich verstecken, ich habe Häscher hinter mir. Ich werde überführt und zum Richtplatz geschleppt. Und wenn ich in Schweiß gebadet erwache, glaube ich dem schrecklichen Verhängnis eines früheren Lebens entflohen zu sein.

Soana, am 4. März 1900.

Götz Preysing war zwei Tage hier und ist heut wieder abgereist.

Ich gedenke des schönen Paares auf der kleinen Marina der Cocumella. Was es zu verkörpern schien, war Glück, Jugend, vornehme Unabhängigkeit, ein Paradigma von alledem, das junge Paar auf der Hochzeitsreise. Es war der beneidenswerte Fall, den man immerhin auf Reisen manchmal sieht, wo der schöne Mensch den ebenbürtigen schönen Menschen gefunden hat. Eine Bevorzugung dieser Art schien mir damals beinah herausfordernd. Nun also: die schöne Frau ist tot. Die vornehm schlanke Gestalt in dem Tailormade-Kleide liegt heute unter der Erde und modert. Aber sie ist nicht einmal leicht dahingelangt und hat vorher manches zu erdulden gehabt. Das Ende hat sie dann selbst bestimmt.

Preysing hat uns aus keinem anderen Grunde besucht, als um uns sein Herz auszuschütten.

Er lebte von seiner Frau geschieden. Es war nicht recht

darüber klarzuwerden, wann die Scheidung betrieben und durchgesetzt worden ist. Wahrscheinlich schon vor unserer letzten Begegnung. Die elegante und schöne Frau Preysing studierte, wie schon gesagt, in Zürich, um sich zu zerstreuen und abzulenken.

Preysing erwies sich bei seinen Konfessionen mächtig erregt. Aus allerlei Andeutungen löste sich aber, außer der tragischen Katastrophe, nicht volle Klarheit über die Einzelheiten heraus. Die schöne, bei ihrem Tode etwa zweiundzwanzigjährige Frau war jedenfalls diskreter Geburt, die Tochter eines Fürsten S. und einer Erzherzogin. Dieser Umstand schien Folgen gehabt zu haben, die Preysings Rolle bei der Heirat problematisch erscheinen ließen und sein Gewissen belasteten. Das Mädchen war im Kloster erzogen, hatte dann, wie es scheint, allein unter der Protektion des Vaters in Wien gelebt, bis Preysing sie, Gott weiß unter welchen Bedingungen, übernommen hatte.

Sie war blond, blauäugig, licht, vollendete Dame, flotte Reiterin, hatte das frohe Wiener Blut, und dennoch unterlag sie der tiefsten Verdüsterung. In Zürich ist nun ein Student in Erscheinung getreten, der ihr zum Verhängnis geworden ist.

Zu den Unbegreiflichkeiten und labyrinthischen Verzweigungen der liebenden Seele und ihrer Konflikte gehört auch das Sich-Trennen, obgleich man durch leidenschaftliche Neigung unlöslich verbunden ist. So war die Studentin mit dem Maler und der Maler mit ihr in Verbindung geblieben. So hing die Verstoßene nach wie vor mit leidenschaftlicher Liebe an ihm, und so geriet sie in meine Lage, nämlich, wie ich zwischen Frauen, zwischen zwei feindliche Männer.

Preysing erzählt: »Wir waren übereingekommen, ich und meine geschiedene Frau, als unabhängige Freunde eine gemeinsame Reise um die Welt anzutreten, die etwa auf anderthalb Jahre berechnet war. Wir dachten uns dies als neue Probezeit. Glückte die Probe und fanden wir uns am Schluß der Reise in unserem gemeinsamen Leben bestärkt, so wollten wir uns abermals heiraten.«

Solche Pläne und Proben tragen den Charakter einer ganz besonderen Unbegreiflichkeit, die nur aus dem Seelenfieber der Leidenschaft erklärbar ist. Weiter läßt sich davon nichts sagen. Das Unverständliche aber: in dem Seelenringen der Liebenden hat es seine Verständlichkeit.

Es war drei Uhr nachts: Schlackerwetter mit Schnee vermischt im Monat Januar. Preysing begab sich mit dem Hotelwagen nach der Bahn, wo er – es war in München – seine von Zürich kommende ehemalige Frau erwartete. Sie kommt, sie fliegt ihm glückselig um den Hals. Man fährt ins Hotel, erregt von der Freude des Wiederfindens. Preysing hat einen Imbiß und Wein zurechtstellen lassen. Morgen will man die Reise nach Bremen und von da nach New York antreten. Man ist guter Dinge, speist und trinkt. Wiedersehen und Stille der Nacht fordern, wie immer, ihre Rechte.

Wiedersehen, Wiederhaben, Wiederbesitzen, Wiedergenießen und Stille der Nacht!

Da geschieht es, das Unerwartete.

Es klopft. Der Nachtportier reicht eine Karte herein. Man sieht sich an, man versteht das nicht. Ein cand. med.! – Preysing liest, der Name ist ihm unbekannt. Nun liest auch Frau Preysing die Karte.

Das Folgende muß man in der Erzählung Preysings gehört haben. Frau Preysing lacht auf. Sie findet sich scheinbar belustigt. »Das ist ein Irrtum«, sagt sie zu ihrem Mann. »Bitte, nur einen Augenblick!« Darauf schlägt sie sich oberflächlich den Mantel um und ist im Nu aus dem Zimmer verschwunden.

Preysing weiß nicht, ob, als sie heiter wieder erscheint, zwei, drei oder fünf Minuten vergangen sind; mehr, sagt er, können es nicht gewesen sein. Und schon fliegt sie ihm wieder in die Arme. Aber da wird sie ihm plötzlich so schwer … Und ob er es glauben will oder nicht, ob er zu Stein erstarrt oder nicht, er fühlt, er hat eine Tote im Arme.

Sie hatte dem unlösbaren Dilemma durch schnell wirkendes Gift ein Ende gemacht.

Das Erlebnis ist ungeheuer! Schwer, sich vorzustellen, wie jemand es überwinden kann.

Die Tote wurde in aller Stille aus dem Hotel geschafft. Ein Skandal ist vermieden worden. –

Das Auge Preysings ist nicht mehr das alte, der ganze stämmige bajuwarische Mensch nicht mehr im Gleichgewicht. Mehrere Nächte, gesteht er mir, habe er, unsinnig vor Schmerz, mit den leeren Kleidern seiner toten Frau im Bett gelegen, als ob er etwas von ihr damit festhalten oder wiedergewinnen könne, und vielleicht nur durch diesen Fetischismus sei er bewahrt geblieben vor dem völligen Niederbruch.

Wird er sich wieder ins Leben zurückfinden?

Er hatte, als das Schlimmste geschah, ein Porträt des Prinzregenten beendet und dafür den Titel Professor erhalten. Nun sollte die Reise um die Welt, zu der er mit vielen Empfehlungen ausgestattet war, ihm Ruhm, Geld und Frieden bringen. Nach der Heimkehr erwartete ihn eine Anstellung unter den berühmten Lehrern der Akademie.

Preysing schwieg lange, als er auch das erzählt hatte, und stürzte ein Glas des schweren Waadtländer Weins hinunter.

In mir wurde vieles aufgewühlt. Unwillkürlich vermischte sich Melittas Gestalt mit der jener unglückseligen Frau, die Ratlosigkeit in den Tod gejagt hatte. Wer konnte sich dafür verbürgen, daß bei Melitta diese Gefahr vorüber war?!

Vielleicht aber ist sogar etwas Schönes, etwas Großes, etwas Erhabenes um diese Gefahrenzonen des Lebens, wenn aus den Tiefen des Wesens die Gefühle schmerzhaft, wehvoll, brennend und auch wieder lustvoll aufbranden, wenn ein rätselvolles und peinlich groß geartetes Traumleben den Schlaf ersetzt, darin alle Geheimnisse des Urlebens brodeln und wiederum die Gefühle frei, mächtig, farbig und magisch bildergebärend wogen, dem von Stürmen aufgerissenen Meere gleich: große Worte, die wiederum an die Größe der Sache nicht heranreichen. Nennt das jemand sentimental? Glaubt jemand, ohne Gefühle zu sein? Genau so weit ist er ohne Gefühl, als der Mensch ohne Leben ist. Das Leben ist selbst ein bloßes Gefühl.

Wo werden wir unser Kind zur Welt bringen?

Preysing rät, wir sollen die Villa Diodati in der Nähe von Genf mieten, die Lord Byron einige Zeit beherbergt hat. Er kennt das Haus. Genf hat ausgezeichnete Ärzte. Man müßte selbst wirtschaften, eine Schwester und Dienstleute engagieren oder aus Deutschland nachkommen lassen. Es ist ein Gedanke, der aus manchen Gründen zu erwägen ist.

Genf, am 17. März 1900.

Wir haben mit Entschluß den Weg hierher gemacht. Die Gänge und Türspalten des großen Hotels, in dem wir wohnen, singen, klappern und brechen in stoßweises Greinen aus. Die Bise heult. Die unzähligen Windfänger auf den Dächern der Stadt Genf bewegen sich und schicken hie und da Quietschgeräusche in die sausenden Straßen. Es fehlte nicht viel, und der gewaltige Bergwind hätte uns, als wir aus der Stadt zurückkehrten, mitsamt unserem Droschkenwägelchen von der Brücke in die Rhone geweht.

Frau Trigloff ist heute gekommen. Frau Trigloff ist meine Wirtschafterin. Ich habe sie zunächst zur Dienstleistung bei Anja ausersehen, deren Befinden weibliche Hilfe nötig macht.

Die Gegenwart der immerhin erfahrenen Frau bringt eine gewisse Beruhigung.

Wir hatten das nachgerade notwendig.

Es ist hier nicht wie in Soana. Die große Welt, das große Hotel legt uns allerhand Rücksichten auf. Wir sind nicht als Ehepaar eingeschrieben, dürfen deshalb nicht auffallen, die äußere Form nicht außer acht lassen. Ich muß mit Besuchen in Anjas Zimmer vorsichtig sein, da die Hotelbediensteten Augen haben, und so konnte ich der Geliebten nur wenig Beistand leisten.

So führen wir auch getrennte Rechnungen.

Bei einer Lage wie der unseren ist vielleicht das allerärgste, in der Hand jedes übelwollenden Menschen zu sein. Man kann sich nicht eigentlich wehren, wenn man beleidigt wird. Noch sind wir von niemand beleidigt worden. Aber die Angst, unverschämt und verächtlich behandelt zu werden, ist immer wach. Das Personal jeden Hotels kennt die Verfassung genau, in der solche Paare wie wir sich befinden, und rechnet in solchen Fällen, daß man es mit besonders hohen Trinkgeldern, gewissermaßen Schweigegeldern, abfindet. Jeden Augenblick kann trotzdem ein Kellner oder ein sonstiger Hausbeamter erscheinen, der einem ein Briefchen des Direktors oder des Besitzers bringt, in dem man ersucht wird, das Hotel zu verlassen. Dann hätte man eine Erniedrigung zu quittieren, die nicht so leicht zu verwinden ist, und wäre außerdem obdachlos.

Ich hätte nie gedacht, in welcher banalen Bequemlichkeit des Glücks legitime Hochzeitsreisende sich befinden. Diese Bevorzugten ahnen es nicht.

Wir haben die Byron-Villa besucht: ein Gespensterhaus mit Täfelungen und Wandschränken. Gewiß, man wäre darin geborgen. Wenigstens Anja würde darin geborgen sein, denn ich würde wohl kaum im gleichen Hause mit ihr wohnen dürfen. Aber Anja fürchtet sich vor dem Ticken des Holzwurms und, wie gesagt, vor den Gespenstern einer versunkenen Zeit, denen sie nachts ausgeliefert sein würde. Selbst die Aussicht, dem großen Lord auf diese Weise als Geist zu begegnen, lockt sie nicht.

Es würde eine Glorie um das Kind legen, wenn es hier geboren würde. Manfred Diodatus könnte es heißen, falls es ein Knabe, Allegra, falls es ein Mädchen wäre. Manfred nach dem Drama des großen Dichters, Diodatus nach dem Ort der Geburt oder Allegra nach Byrons Tochter. Aber dieser Gedanke überwindet Anjas Schauder vor dem berühmten Hause nicht.

So wird dieser Plan also fallengelassen, und immer noch wissen wir nicht, wohin.

Unsere Hilflosigkeit ist auf dem Höhepunkt.

Wir erwägen dies, wir erwägen das. Manchmal ist es so weit, daß wir Schritte einleiten, werden aber im letzten Augenblick abgeschreckt. Die Erörterung dieser Frage, wohin mit uns, wird von morgens bis abends kaum ausgesetzt. Und nun, nachdem wir aus Deutschland geflohen, um in den kommenden schweren Zeiten verborgen zu sein, wollen wir plötzlich dahin zurück.

Pallanza, 1. Osterfeiertag 1900.

Anja ist mit Frau Trigloff von Genf nach Luzern vorausgegangen. Ich hatte mir meinen nun schon dreizehnjährigen ältesten Sohn in Begleitung eines jungen Verwandten, Lenz, nach Lausanne bestellt, habe die beiden dort in Empfang genommen und bin, ich weiß eigentlich nicht warum, mit ihnen hierher gereist. Malte ist ein verständiger Junge geworden. Trotz des Sorgenzustandes oder auch wohl gerade wegen des Sorgenzustandes, in dem ich bin, war der brennende Wunsch, ihn bei mir zu haben, nicht zu beschwichtigen. Gewisse Dinge unternimmt man aus keinem anderen Grunde, als weil man sie nicht unterlassen kann. So war meine Absicht – und diese ist teilweise durchgeführt –, als ich den Jungen zu mir beschied, ihn in die Sachlage einzuweihen.

Die Spannung, in der ich mich befand, ging – hat sie nun wirklich nachgelassen? – bis zur Unerträglichkeit. Eine Belehrung Maltes, eine Erklärung und Eröffnung meiner Lage sollte sie lindern. Ich wollte ihm eine Art Verständnis vermitteln und sein Vertrauen gewinnen, indem ich ihm das meine, und zwar wie einem erwachsenen Menschen, entgegenbrachte. Gelang es mir, so ist damit einer absichtlich oder unabsichtlich falschen und gehässigen Darstellung vorgebeugt, und ich glaube, es ist mir gelungen.

Hätte ich warten sollen, bis aus dem Knaben ein Jüngling

geworden ist, irgendwelcher erziehlicher Gründe wegen? Es bleibt mir vielleicht dazu keine Zeit. Nicht nur, wenn ich zum soundsovielten Male mein Testament revidiere, sondern auch, wenn ich Malte in mein Schicksal einweihe, geschieht es hauptsächlich mit Rücksicht auf den Todesfall.

Ich bin nicht gesund. Ein unangenehmer Husten verläßt mich nicht. Ich vermeide, mich untersuchen zu lassen, obgleich ich öfters in verdächtigen Nachtschweißen liege, in der Furcht, man könnte feststellen, daß meine Lungen nicht in Ordnung sind. Gegen Speisen hege ich Widerwillen. Ich leide an immerwährendem Aufstoßen. Nur das Trinken gibt mir sozusagen eine Lebensmöglichkeit.

Ich kann nicht einsehen, warum man einen dreizehnjährigen Knaben nicht zum Mitwisser schwerer, gewissenhaft durchkämpfter Schicksale machen sollte. Das Wissen vom Schicksal seines Vaters und vom Kampf seines Vaters kann ihm in ähnlichen Fällen Trost bringen und ihn gegen sie stark machen. Freilich ist dies wohl kaum der Grund, weshalb ich auf den sonnenbrennenden Wegen der Gegend das Herz meinem Sohne väterlich ausschütte. Eigentlich weiß ich nicht aus noch ein und suche die Stütze, als welche mir nun mein Junge herhalten muß.

Und wirklich, der dreizehnjährige Bursche ist mein Freund. In einer Art platonischen Frage-und-Antwort-Spiels sind seine Äußerungen warm und leidenschaftslos, wie mir vorkommt, gerecht nach beiden Seiten. Natürlich hat er sich seit der Amerikafahrt und dem Wiedersehen in Hoboken die Jahre hindurch über die Art, wie Vater und Mutter lebten, Gedanken gemacht. Er ist mit ihnen der Wahrheit ziemlich nahegekommen. Es ist üblich, vom Scharfsinn der Kinder, vom Scharfsinn eines Dreizehnjährigen gering zu denken. Unendlich sind aber die Eindrücke und Erfahrungen, die er bis hierher mit frischen Sinnen, frischem Verstande und schnellem Urteil bereits bewältigt hat. Hatte ich ihm etwas Neues zu sagen? Wahrscheinlich habe ich nur im gerechten Vortrag unserer Geschichte Ordnung und Ruhe in das von ihm schon Gewußte gebracht.

Ich war beflissen, gerecht zu sein. Und es ward mir nicht schwer, den Gedanken der Schuld nach beiden, ja nach drei Seiten auszuschalten. Nichts, was ihm Anteil und Liebe an seiner Mutter irgend schmälern konnte, brachte ich vor. Und so darf ich mich wohl im großen und ganzen begründeter

Hoffnung hingeben, daß auch nach dem, was bevorsteht, Entfremdung zwischen uns nicht eintreten wird.

Das Fernsein von Anja fällt mir schwer. Andrerseits tritt, wenn auch in schwächerer Form als früher, jene Erleichterung ein, die immer mit dem Fernsein von beiden Frauen verbunden war.

Der Dresdner Bau ist in Angriff genommen. Malte berichtet manches davon. Die Mauern sind bereits einige Fuß hoch über der Erde. Seine Mutter nimmt, wie Malte erzählt, großen Anteil daran. Im Mai aber wird der Bau in Waldbach begonnen, den ich mit Anja gemeinsam zu bewohnen entschlossen bin. Die Pläne dafür sind durchgesprochen, und, seltsam genug, gerade aus meiner allertiefsten Hilflosigkeit heraus habe ich heut den unwiderruflichen Auftrag zum Beginn einem Berliner Architekten erteilt und die erste Bausumme angewiesen.

Wir wohnen in einem großen Hotel, das voller Menschen ist. Malte ist groß und ein schöner Junge. Lenz, der Maler, bleich, bartlos, mit tintenschwarzem Schopf, wird, wie ich erfuhr, für einen Abbate und seinen Erzieher gehalten.

Natürlich gibt es da frohe Momente. Ein dreizehnjähriger Junge kann nicht traurig sein, wenn er zum erstenmal Ostern an den Ufern des Lago Maggiore verlebt, und ebensowenig ein Maler im gleichen Fall. Der Schönheit von Isola Madre und Isola Bella, den beiden Inseljuwelen, widersteht keine Traurigkeit, und wenn man in ihrer Nähe ist, ist man trotz allem und allem belebt vom elysischen Hauch seliger Eilande.

Waldbach im Riesengebirge, am 16. Mai 1900.

Es hat lange gedauert und unendlich viel Sorge gekostet, bis ich in diesem einsamen Bauernhäuschen gelandet bin. Es ist das letzte und höchste des Dorfes, wenige Schritte vom Waldrand gelegen. Wenn ich von hier eine kleine Stunde parallel dem Streifen des alten Granitgebirges durch den Wald wandere, treffe ich auf ein ebenso kleines, ebenso verborgenes Bauernhaus, das, wie meines, so ziemlich am äußersten Ende oder Anfang des Nachbardorfes gelegen ist. Von dort hierher und von hier dorthin kann man verkehren, ohne andre Menschen zu treffen als einen Förster, einen Waldarbeiter, ein altes Weibchen mit einer Hucke Holz oder einen mit Rucksack und Stock bewehrten einsamen Wanderer hier und da. So muß es sein, wenn wir ungestört und ungesehen einander besuchen wollen. Anja nämlich ist in jenem anderen Häuschen untergebracht.

Wir haben einige Tage gesucht, ein Verwandter Anjas und ich, bis wir diese Verstecke gefunden hatten.

Von der einen hauptsächlichsten Sorge: werde ich Anja behalten? sind einstweilen alle anderen zurückgedrängt. Jede Trennung, wenn ich tagsüber bei ihr gewesen bin, ist fast so schwer wie eine endgültige. Das Wetter ist schön, und so pflegt sie mich denn meist ein Stück durch den Wald zu begleiten, obgleich ihr das Gehen beschwerlich wird. Aber Anja ist schön im Zustand der Mutterschaft, und ich muß sie betrachten wie eine Heilige. Ein schlichter Ernst, eine Feierlichkeit ist über ihr, eine dienend stille Ergebenheit, die sich selbst mit der Möglichkeit eines nahen Todes abfindet. »Sollte es kommen«, sagt sie, »daß unser Kind lebt, ich aber nicht mehr bin, um meiner Liebe und meines Todes willen versprich mir, Titus, daß du es nie von dir lassen wirst!«

Die Krisis aber rückt näher und näher. Ich verberge mir nicht, daß morgen, übermorgen, in fünf, in sechs, in acht Tagen auch bei mir die letzte aller irdischen Entscheidungen vielleicht gefallen ist.

Nach langer Zeit zum ersten Male habe ich heut wiederum das Buch meiner Aufzeichnungen aus dem Koffer geholt. Diese Eintragung kann recht lang werden. Ich denke heut nacht nicht schlafen zu gehen. Ein Dauerzustand von allertiefsten Spannungen und Erregungen des Gemüts liegt hinter mir, den man vielleicht einen hohen, voll belebten nennen kann, aber ganz gewiß auch einen zerrüttenden. Es steht mit mir so, daß an Schlafen kaum noch zu denken ist.

Mein Sekretär namens Leisegang ist bei mir. Er sorgt in freundlicher Weise für mich. Er hat mir ein kleines Abendbrot auf den Tisch gestellt. Die gute Stube des Bauern ist mir eingeräumt, oben im Giebel liegt mein Schlafzimmer. Ein durch viele Granittrümmer immer wieder gestautes Bergwasser schickt sein Rauschen herein. Hinter ihm erhebt sich ein gewaltiger Block, genannt Tümmelstein, auf dem sich das ärmliche Anwesen eines Gebirgshäuslers festklammert. Hier und da tritt es im bleichen Lichte hervor, wenn schwache Gewölke den Mond freigeben, wo dann auch der breite Bach ein fließendes, schäumendes, stäubendes, gurgelndes Silber wird.

War nicht Heimweh vielleicht der stärkste Grund, weshalb ich hierhergekommen bin?

Anja ist gleichfalls gut versorgt. In der Küche ihres Häuschens schaltet mit einem ländlichen Mädchen meine Wirtschafterin. Eine mir und Anja befreundete Ärztin geht ihr eigentlich nicht von der Seite. Ein weiterer Schutz für sie ist ein naher Verwandter und seine Frau. Der Arzt des Ortes ist verständigt worden, und in Berlin ist ein junger Professor und Freund der Familie, zu dem sie besonderes Vertrauen hat, bereit, sich auf Anruf hierherzubegeben.

Warum ich dies eigentlich niederschreibe? Weil ich überhaupt schreiben, etwas tun, mich ablenken will. Diese Sorgen, diese Belastungen, Ängste und Bangigkeiten, Schicksalsstunden und Gehetztheiten machen müde und stumpfsinnig. Und so findet man nicht einmal mehr den Zugang zu dem, was einen bis zum Rande erfüllt, vermag sich nicht auszusprechen, nicht zu erleichtern.

Das Dorf Waldbach wird von drei Bergbächen in drei Täler zerrissen. Über dem von hier weitest entlegenen wird morgen der Grundstein zu unserm neuen Asyle gelegt. Das Haus, nach den Plänen, ist burgartig. Gebe Gott, daß es, im Sinne seines Zweckes, nach seiner Vollendung nicht überflüssig geworden ist. Man plant und baut, als ob man unsterblich wäre und sein Schicksal fest in der Hand hätte. Aber wer kann auch nur für den Ausgang dessen gutsagen, was vielleicht morgen geschehen wird?!

Schlierke erreicht man von hier in etwa anderthalb Stunden. Aber bei dem, was geschieht, bleiben Mutter, Schwester und Bruder ausgeschaltet. Sie können mit ihren ängstlich schweigenden Mienen und frostig abgewandten Gesichtern mir weder Trost noch Stütze sein.

Waldbach, am 18. Mai 1900.

Was ist mir eben begegnet, eben geschehen?

In diesem Augenblick bin ich von drüben zurückgekehrt. Ich war bis in die Nähe ihres Häuschens gelangt, das jetzt ihre Folterkammer ist. Dort hörte ich etwas wie den Schrei eines Tieres unterm Messer, der mich in blindem, feigem Entsetzen aus dem Bereich des Hauses fort in den Wald jagte.

Aber wo ich auch war, ich hörte den Laut, wo ich auch bin, ich höre das arme, gemarterte Tier schreien.

Wir trennten uns gestern abend gegen sieben Uhr. Der Abschied war uns besonders schwer. Wir schieden an einer Stelle des Weges, die etwa in der Mitte zwischen Anjas Wohnort Silberlehne und Waldbach liegt. Auf einer grünen, gestrichenen Bank, die dort steht, saßen und sprachen wir miteinander, bis Anjas Verwandter und seine Frau erschienen, um ihr auf dem Rückweg zur Seite zu sein. Wieder und wieder sah sie sich um und winkte mit ihrem grünen Schleier, ehe sie meinen Blicken entschwand.

Heute untertags mußte ich allerlei Liegengebliebenes aufarbeiten. Das hatte ich ihr schon gestern gesagt. Zwischen fünf und sechs Uhr sollten wir uns auf der bekannten Wald- und Bergstraße entgegenkommen. Im ersten Viertel des Weges traf ich sie nicht. Als im zweiten Viertel ebenfalls nichts von Anja zu sehen war, trotzdem ich mich etwas verspätet hatte, wurde ich unruhig.

Ich hatte die Pausen des Bauplans in der Tasche. Ich wollte ihr zeigen, wie die Lage und Art ihrer eigenen, besonderen Zimmer beschaffen sein würde. Ich dachte, daß sie die Vorstellung dessen, was bei gutem Ausgang hinter der schweren Stunde lag, erfreuen und von dem Gedanken an diese ablenken müßte.

Als ich nun aber bei jeder Wendung des Weges vergeblich nach ihrem Anblick geschmachtet hatte, nestelte sich mehr und mehr die Angst an mich, es könne in Silberlehne nicht alles in Ordnung sein. Ich wußte, wenn Anja mir nicht entgegenkommt, so kann sie nur physischer Zwang davon abhalten. Es gibt keine andere Erklärung bei ihr.

Was ich erlebte und was ich empfinde, auszudrücken, steht in der Macht von Worten, in der Macht einer Sprache nicht.

Auf dem letzten Viertel des Weges zu ihr war ich nicht ein normaler Mensch. Die Natur bekam eine Sprache: die Wand zwischen ihrer Seele und meiner schien niedergerissen. Im Gebirge wurde ein Baum gefällt. Der Gongton des Falles, der über das unendliche Waldgebiet bis zu mir herunterhallte, war das, weshalb er gefällt worden war, nämlich die mir in dieser Weltsekunde zugedachte Mitteilung. Nun war ich von dem, was sich zutrug, unterrichtet. Ein Rauschen, das durch die Fichten ging und ihre Zweige auf unzweideutige Art bewegte, war die allgemeine Teilnahme, die der große Schicksalsaugenblick, in dem Anja und ich und ein drittes Wesen nunmehr standen, im Walde erregte. Es ging ein Erwachen, Sich-Ermannen, ein geistiges Gegenwärtigwerden durch die Reiche des scheinbar Unbeseelten. Ich staunte, ich konnte es nicht begreifen, wie es jemals möglich war, alle diese Geräusche und Bewegungen für etwas anderes als Winke, Anrufe, Ermutigungen, Tröstungen und darüber hinaus für Andeutungen eines wahren, höheren Daseins zu halten. Bethlehem, die Schalmeien und Gesänge der Hirten auf dem Felde, die Erscheinung der Engel mit dem Ruf »Ehre sei Gott in der Höhe, Friede auf Erden und den Menschen ein Wohlgefallen!« schienen, noch unsichtbar, nahe zu sein und auf den Augenblick ihrer Betätigung nur zu warten. Schenke ich meinem Fall hierdurch nicht wieder eine allzu große Bedeutsamkeit? Ich meine nicht. Denn auch die traulich erhabene Legende von Bethlehem ist aus dem tiefen Erleben einer einzigen Menschenseele entstanden, und ein Vorgang, der im Allerheiligsten geschieht, verliert, auch wenn er sich täglich und stündlich erneuert, wie das Geborenwerden von Menschen, nur in den Augen des von Grund aus Unheiligen etwas von seiner Heiligkeit.

Aber ich schweife ab, ich verwirre mich. Ich wollte schildern, in welchen Zustand ich durch die Ahnung der Wahrheit versetzt wurde. Es ist der, in dem ich auch noch im gegenwärtigen Augenblicke bin. Das Rauschen des Baches vor der Tür, der Flug eines Vogels, das Gurren einer Haustaube unterm Fenster, das Blitzen einer Lichtbrechung unter den Porzellan- und Glasschätzen der bäuerlichen Vitrine, die mein Zimmer schmückt, alles ist das Verhalten von Mitwissenden. Unzählige Augenblicke solcher sinnlichen Zeichen lösen sich ab, gleichsam wie immer neue Bulletins, ausgegeben am Bette Anjas, von dem großen Geist der Verantwortlichkeit, von den Myriaden bedienender Hände der Natur übermittelt.

Wer ruft da? Mit lauten Schlägen wird an der Haustür angepocht. Leisegang geht hinaus, um zu öffnen ...

★

Ein Kärtchen, und ich bin wieder, der ich gewesen bin. Das Kärtchen besagt: Ein gesunder Knabe ist angekommen. Die Mutter befindet sich, den Umständen angemessen, wohl.

Schalmeien, Hirten, Engel: Ehre sei Gott in der Höhe, Friede auf Erden und den Menschen ein Wohlgefallen!

Tutti, himmlische Chöre! Te deum laudamus! Te deum laudamus! Gott! Gott! Amen, Amen, Amen. Te deum laudamus! Te deum laudamus! Lauter, lauter: Bäche, Vögel, Bäume, Gras, Himmel, Erde: Te deum laudamus!

Waldbach, am 2. Juni 1900.

Ich habe einen ungeheuren Brummschädel. Im Hause »Zur schönen Aussicht«, wie die Geburtsstätte meines Sohnes Manfred Diodatus heißt, wurde sozusagen ein Tauffest ohne Pastor gefeiert. War es eigentlich im Hinblick auf die Wöchnerin, die oben im Giebelzimmer wohnt, richtig, daß wir in dem darunterliegenden Raum zu ebener Erde bis gegen drei Uhr morgens einen so wüsten Lärm machten? So ungefähr gegen den Schluß zerschmetterte ich noch, nachdem ich es auf das Wohl des Täuflings geleert und weil es nach diesem Akt niemand mehr gebrauchen sollte, mein Glas an der Wand.

Niemals wurde ein Erdenbürger von seiner ersten, geheimnisvollen Anmeldung an bis zu seinem Eintritt in die Welt mit größerer Freude willkommen geheißen.

Wie schön doch Anja in ihrer Schwäche ist! Welche ungeahnte neue Macht gewinnt ihre neue Schönheit über mich! Wie rührend zurückhaltend ist ihre Hilflosigkeit! Dieses der Stille bedürftige, tiefe, zarte Glück behält für den etwas derben, bakchantischen Kreis ihrer Umgebung ein schonendes Verstehen, wogegen sie mir allerdings mitunter eine sorgenvolle Klage, der angeblich lieblosen Betreuung des Kindes wegen, ins Ohr flüstert.

Irgendein plötzlicher Impuls hatte noch spät am Abend meinen Bruder Julius von Grünthal nach dem Hause »Zur schönen Aussicht« geführt. Man wandert von da vier Stunden dorthin. Etwas dergleichen trotz aller Widerstände der Umgebung plötzlich zu tun und so einer guten Regung zu folgen liegt von je in seiner Art. Vielleicht war es nun sogar seine Gegenwart, wodurch meine an sich frohe Laune so gesteigert wurde, daß ich schließlich ganz aus dem Häuschen kam.

In dieser Nacht, in welcher das Schicksalhafte hinter den dünnen Mauern, inmitten der weiten, rauschenden Bergwälder von uns so aufwühlend empfunden wurde, waren wir beide, mein Bruder und ich, wieder die alten begeisterten Jünglinge, und dieser kleine, fauchende Säugling, den die sauber gekleidete weise Frau einen Augenblick herunter an unseren

Tisch brachte, wo wir ihn bewunderten, war uns gleichsam der göttliche Ausdruck des Selbstbestimmungsrechts höheren Menschentums.

Im übrigen ist es erstaunlich, welche Veränderung mein Wesen durch das Dasein des Kindes erfährt: der letzte Rest einer Unsicherheit in der Frage, ob recht oder unrecht, wohl oder übel, vorwärts oder rückwärts, auf mein und Anjas Verhältnis bezogen, ist mit dem Dasein des Kindes aus der Welt geschafft. Es braucht keines Pfarrers, keines Beichtigers, wo der Schöpfer selbst ein Geschöpf nach seinem Ebenbilde hervorgerufen hat. Wer dies nicht fühlt, ist nicht einmal in den äußersten Vorhof wahren Wissens eingetreten.

Nun aber heißt es, dieses Knäblein wie ein neuer Christophorus auf den Nacken nehmen und durch allerlei rauschende Bergwässer rettend hindurchtragen, ähnlich dem, das unter meinen Fenstern zu Tale stürzt. Wird mir das Knäblein einstmals zu schwer werden?

Manfred Diodatus, die Burg – das Kastell, würde Don Quijote sagen – auf dem Hügel zwischen dem zweiten und dritten Bergbach des Dorfes, zu dem die Werkleute eben den Grund legen, wird für dich errichtet! Nicht nur, daß du der Urheber des Gedankens dazu bist, du bist Bauherr, bist Architekt und Nutznießer. Anja und ich sind nur gleichsam die Anhängsel.

Waldbach, am 22. Juli 1900.

Das Haus ist gar kein Ding an sich selbst, sondern nur eine Erscheinung, d. i. Vorstellung, deren transzendentaler Gegenstand unbekannt ist.

Immanuel Kant

Wasserwaage und Lot, Lot, Wasserwaage und Bindfaden. Der Bindfaden macht die idealen Linien materiell. Waagrechte Linien, genau nach der Wasserwaage ausgewogen, senkrechte Linien genau nach dem Lot. Die Spinne aber, welche das webt, ist der Maurerpolier, ist ein kleiner, flinker, beweglicher Mann. Er scheint mitten in seine Netze verstrickt. Was er webt, sind die Grund- und Aufrißlinien meines künftigen Hauses. Danach werden die Fundamente gelegt, aus denen Mauern hervorwachsen.

Dieser Eindruck ist überholt. Heute, als ich mit Anja, die wieder leidlich wohlauf ist, den Bauplatz besuchte, ragten bereits kleine und große Werkstücke aus Granit über den Boden hervor. Arbeiter sahen wir nicht, da es Sonntag war. Wir schritten in rechteckigen Feldern, den Grundflächen unserer künftigen Zimmer, umher und konnten bequem von einem zum anderen steigen. Es gelang uns dagegen nicht, uns das künftige Haus auf Grund dieses nüchternen Zirkelwerkes lokkend und wohnlich vorzustellen.

Das Gras des Hügels, auf dem die Fundamente sich abzeichnen, war von Tritten zerquetscht, von Hufen zerwühlt und von Räderspuren durchfurcht. Rohe Granitblöcke lagen umher oder Trümmer von solchen, durch Meißel oder Dynamit gesprengt. Hier und da auch fertige Werkstücke. Regelmäßig aufgeschichtete, nach Tausenden zählende Ziegel standen herum. Alles war mit vieler Mühe, vielen Menschen- und Pferdekräften herbeigeschafft worden. Die Fuhrknechte gaben dabei ihre wildesten Schreie, die brabantischen Pferde ihre letzten Kräfte her. Der Bauplatz war ohne Rücksicht auf Zufahrtsstraßen gewählt worden.

Hatte Julius auch wohl dabei ein wenig an sich gedacht, als er mich darin bestärkte, meine neuen Wurzeln hier und nicht in Grünthal einzusenken, oder mir eifrig wegen des Grundstückes mit dem Bauern verhandeln half? Und Schwester Charlotte, die an Julius mehr als an irgendeinem anderen Menschen hing, was war ihr wohl, als sie später mit großer Federgewandtheit den Kauf mit dem Bauern perfekt machte, durch den Kopf geblitzt? Dachte sie nicht am Ende daran, daß Julius dadurch aller Wahrscheinlichkeit nach in Grünthal und in meinem Grünthaler Hause Alleinherrscher wurde? Wie dem auch sei, ich hätte es nie über mich vermocht, dort mit Anja einzuziehen, wo ich einst mit Melitta gehaust hatte.

Genug. Ich stehe und gehe mit Anja auf dem neuen Lebensgrund. Wir wollen etwas von der Zukunft vorwegnehmen, die sich schneckenhausartig schützend um und über Manfred Diodatus wölben soll. Ich sprach Anja, die noch immer weich und ein wenig müde ist, von dem Schnurengewebe des flinken Maurerpoliers, der, ohne es zu ahnen, an unserem künftigen Schicksal wob. Und wer unter allen, die für diesen Bau zusammentragen, ahnt etwas davon!

Der Tag ist schön. Kirchenglocken klingen aus fernen Tälern herauf. Vor uns liegt der Wall des Gebirges mit der Kleinen und Großen Schneegrube, der Großen Sturmhaube und dem Hohen Rad. Gegenüber, durch einen Bergbach getrennt, liegt ein Haus, in dessen Kellerlokal italienische Arbeiter singen: das Feuer und die Schönheit ihres Gesanges sowie ihrer Stimmen ist in diesen Bereichen ein fremder Laut. Es sind jene Leute, die man für den Bau unseres neuen Asyls herangezogen hat.

Italienische Hände also erbauen das deutsche Asyl. An einem gewissen Punkte meines Schicksals sind sie da und greifen ein. Ich war ebenso erstaunt über sie und über ihr Auftauchen wie der ganze kleine Ort. Und überhaupt, was wurde da plötzlich in seiner Mitte ganz ohne alle Vorbereitung, gänzlich überraschend, für ein gewaltiger Bau errichtet?! Er war wohl gewaltig, da man ja nur kleine, geduckte Hütten zum Vergleich hatte. Was stellte er vor? Weshalb wurde er gerade hier errichtet, in einer abgelegenen Welt, die noch nicht einmal durch die Landstraße mit dem allgemeinen Verkehrsnetz verbunden ist? Es mußte den Leuten vorkommen, als sei der Mond vom Himmel und mitten in ihr Dorf gefallen. Um ihn anzufeinden, war er zu groß, aber es mochte doch in Waldbach Leute geben, die das versuchten und Unrat witterten. Anja meinte sogar, wir säßen doch ein wenig zu sehr mitten in dem kleinen dörflerischen Ameisenhaufen drin.

Sofern ich alles dessen gedenke, widerstrebt es einigermaßen meiner Bescheidenheit. Es meldet sich eine Stimme in mir, die in alledem einen unverhältnismäßig großen Aufwand sieht um etwas herum, das eigentlich nur eine schlichte Angelegenheit der Seelen ist. Dieser planende Architektenkopf, dieser Maurermeister und Zimmermeister, dieser Maurerpolier und Zimmerpolier, diese Zimmerleute und Maurer, diese deutschen und italienischen Arbeiter, Handlanger, Tischler, Schlosser, Schmiede, Maler, Elektrotechniker und so fort anderthalb Jahre lang beinahe nur für mich beschäftigt: ich leugne nicht, daß mich neulich in ihrem Getriebe etwas wie böses Gewissen, zum mindesten eine leise Verlegenheit befallen hat. Nun, die Sache ist jetzt im Zug, und es gibt kein Aufhalten.

Bin ich eigentlich, sind wir eigentlich anspruchsvoll?

Wenn ich diese Frage stelle, so meldet sich als Antwort das Nein. Das sehr entschiedene Nein weist auf Manfred Diodatus' sowie unseren hilfsbedürftigen Zustand hin, auf die feindlichen Mächte in Gestalt von giftigen Zungen, vor denen uns eine Burg schützen soll. Und der alte Höhlenbewohner Mensch braucht auch auf höherer Stufe die Höhle, die ihn umgrenzt, sichert und dadurch auf ihre Weise befreit. Vielleicht half sich nicht nur die Sprache auf durch den gleichsam spiegelhaften Widerhall von der Höhlenwand, sondern es wurde auch das erste Schriftzeichen, das erste Bild einer Höhlenwand eingeritzt und anvertraut. Kurz, wir wollen uns ein- und ausleben und dadurch, inmitten der allgemeinen, unsere eigenste, ausschließende Welt gründen. Eitelkeitsgefühle, Fassadengefühle haben wir nicht.

Die gerade Linie gibt es nicht, außer in unserem Kopf, ebensowenig den rechten Winkel. Sie gehören ins Reich der Idee. Und ins Reich der Ideen gehört unser künftiges und jedes menschliche Haus, ins Reich der Ideen, die verwirklicht sind. Ich durfte, mit Anja auf der Grundfläche des unseren stehend, es mit gutem Gewissen und vollem Recht, trotz der harten Hände, die es mühsam erbauen, und des Schweißes, der darum von Mensch und Tier noch fließen wird, eine hohe und reine Idee nennen.

Berlin-Grunewald, am 10. Januar 1901.

Ich schreibe im Bett. Auf einer Reise nach Waldbach habe ich mir eine Grippe zugezogen. Es konnte kaum anders sein, wir waren für einen Winter, wie er im Gebirge tobte, nicht vorbereitet. Ein Jugendfreund, ein Musiker, begleitete mich.

Ich war allein, ich hatte ihn nötig.

In der phantastischen Bilder- und Hieroglyphensprache des Traums, wie sie ein Romantiker nennt, tritt bei mir in diesen Tagen eine nächtlich umheulte, in Schneegestöber und stürmender Finsternis fast begrabene Ruine auf, deren Fenster mit Brettern notdürftig verschlagen sind, in deren verfallenen Kaminen Feuer jagen und fieberhaft huschende Lichtflecken über zermorschte Decken und Wände öder Räume ausstreuen.

Diese Ruine ist nichts anderes als das Nachbild meiner Burg, die im Gebirge errichtet wird, nur daß es nicht so schauerlich und so trostlos ist wie der Eindruck, den ich bei unserem Besuch von ihr hatte.

Bei einem Schneesturm, der mit höchster Gewalt von der Sturmhaube und von den Schneegruben herunterfiel, kämpfte sich unser Wagen von Quolsdorf gegen Waldbach hinauf. Wir blieben stehen, die Pferde mußten verschnaufen. Dann ermannten sie sich und krochen wie Schnecken weiter bergan. Der Landauer konnte geschlossen keinen Schutz bieten. Es war Tag, und doch schien es zuweilen Nacht zu sein. Der Luftdruck verhielt einem manchmal den Atem. Höchstens auf meinen Seefahrten hatte ich Ähnliches kennengelernt.

Aber von einem gewissen Gasthof Waldbachs an kamen wir nur noch zu Fuß, mit Aufbietung aller Kräfte bergan. Schließlich erreichten wir so durch einen Graus, gegen den der weiter unten erlebte nichts bedeutet, den schneeverwehten, von Schneewolken umrasten Bau, in dessen Innerem – er ist unter Dach, seine Fensteröffnungen hat man mit Brettern vernagelt – man tatsächlich trotz des Wetters arbeitete.

Ein Durcheinander von lauten Geräuschen begrüßte uns, als wir eintraten. Das Niedersausen von Hämmern auf Nagelköpfe, das lauter und lauter wird, je weiter der Nagel in das Holz getrieben ist, und ehe es abschließt, am lautesten, wenn Nagelkopf und Holz eine Ebene sind, das Fallen von Brettern, das Rauschen und Fegen von Tischlerhobeln, das Schelten des Maurerpoliers: dies alles verbindet sich mit dem bissigen Pfeifen und Greinen des ausgesperrten Sturmwetters, das immer wieder Wolken von Flocken durch alle Ritzen treibt. Leitern, Gerüste tragen uns. In einem Saal, der frei liegt, wird am Kamin Leim gekocht. Das Feuer dazu wird mit Hobelspänen in Gang erhalten. Selten in meinem Leben hat etwas einen so bis zum Erfrieren frostigen, grönländisch öden und, im Höhlenlicht des frühen Winterabends, einen so infernalischen Eindruck gemacht. In dieser Gegend ein Haus zu errichten mutete wie der Gedanke eines Tollhäuslers an, und ich bin mir als solcher vorgekommen. Kurz, jeder Hammerschlag, jeder Hobelzug in dem finsteren, wilden Werdezustand des Neubaus tat mir weh, und es war mir, als müßte ich den Handwerkern in den Arm fallen und Hammer, Säge, Hobel und Maurerkelle aufhalten.

Ich floh, ich suchte so schnell wie möglich wieder ins Tal zu kommen.

Auch in meinen Fieberträumen herrscht dieser unüberwindliche Widerspruch. Mein arbeitender Geist sucht vergeblich über ihn hinwegzugelangen. Ich will etwas, was ich zugleich nicht will. Aber der Versuch, es nicht zu wollen, stößt jedesmal auf ein hartes, unüberwindliches Hindernis.

Auch dieser Traum, der mit einem angstvollen Auffahren endet, hat sich in den Fiebernächten der letzten Woche oft wiederholt: Anja und ich, Manfred Diodatus abwechselnd tragend, schleppen uns mit dem Kinde durch das Schneegestöber zu unserem Asyl hinauf. Wir finden es, wie ich es gefunden habe, ins Furchtbare gesteigert, an eine Bulge des Dante erinnernd. Es ist das Gegenteil eines Asyls, eine Ruine mit offenem Dach, in der nicht ein regen-, schnee- oder sturmsicherer Winkel für uns zu finden ist.

Soana, am 25. Februar 1901.

Wiederum sind wir geflohen, Anja und ich, haben uns aus Nebel und Nacht hierhergerettet. Unsere Lage ist nicht mehr die vom vergangenen Jahr, als wir ruhelos mit dem Ungeborenen herumirrten. Wir ließen den kleinen Manfred Diodatus in Anjas Wohnung in der Hut einer zuverlässigen Pflegerin. Täglich wird er von einer Ärztin besucht, wöchentlich mehrmals sehen befreundete Frauen nach ihm.

Das Dresdner Haus ist von Melitta und den Kindern bezogen worden. Ich habe sie wenige Tage später besucht und das neue Asyl mit den Meinen durch ein kleines Fest eingeweiht. Dabei probierten die Kinder den großen Hallenkamin, indem sie ihn dermaßen mit Holz vollstopften, daß die Flamme, wie Nachbarn feststellten, aus dem Schornstein schlug.

Ich unterlasse es, meine innere Lage bei dieser nun vollendeten Neugründung und während der kleinen Feier zu schildern. Ein in Dresden praktizierender Arzt, dessen Frau, eine Ärztin, und ihre beiden Kinder, Knabe und Mädchen, waren da, und die überschäumende Freude der Jugend wirkte ansteckend. Die Tage dieses Besuches sind eigentlich ohne erhebliche Störungen vorübergegangen.

Was Melitta übrigens denkt und was in ihr vorgeht, durchschaue ich nicht. Sie scheint sich der neuen Phase unseres Verhältnisses bewußt zu verschließen. Auch weiß ich nicht, inwieweit sie von den Vorgängen in Silberlehne und Waldbach unterrichtet ist.

Das Wohnen und Hausen in dem neuen, schönen Asyl an der Elbe hatte sehr viel Anheimelndes. Welch ein ausgesuchtes, befriedetes Glück täuschte der Zustand, in dem wir lebten, uns vor! Zimmer und Söller mit Blicken über den belebten Strom, jenseits an steigenden Ufern die Albrechtsschlösser, die schöne, lebenslustige alte Königsstadt ringsumher. Was mußte ich dagegen empfinden, wenn ich an die sturmumraste Höhlung in Waldbach dachte, drin die Dämonen hobelten, sägten und hämmerten?! Das konnte vielleicht eine Burg werden, zu Schutz und Trutz in die kosmischen Ödeneien der Lebenswildnis hinausgerückt, aber niemals konnte sich darin wie hier echtes Bürgerglück und wahres, warmes Bürgerbehagen entwickeln.

In dieses schöne Landhaus am Fluß fiel man wie in ein gemachtes Bett, solange es einem gelingen konnte, den gegebenen Zustand für voll zu nehmen. Dort fand auch die müde Seele ihre volle Bequemlichkeit. Denken und Sprache ruhten in dem lustig-saloppen Verkehrston aus, der sich in Familienkreisen bildet. Nöte und Mühe, diesen Zustand aufrechtzuerhalten, etwa gar zu rechtfertigen, gab es nicht. Alles, was in Waldbach mit vielem Für und Wider erwogen und gegen Widerstände der ganzen Welt durchgesetzt werden mußte, ergab sich in diesem Heimwesen ganz von selbst. Man brauchte die Schlafmütze tagelang nicht von den Ohren zu ziehen, und der ordnungsmäßige, selbstverständliche Gang des bürgerlichen Anwesens erlitt trotzdem keine Einbuße.

Der Bergfried, wie Anja und ich unser Asyl in Waldbach nennen wollen, ist durchaus eine Gründung für sich. Er steht nach Bestimmung und Lage außerhalb des Bürgertums. Er hat einen festen, gedrungenen Turm, der die Dämonen schrecken und einer Welt von Feinden Trotz bieten soll. Er riecht nach Wehrgängen, Bastionen und Schießscharten. Sein Inneres, wenn erst der Bergfried einmal bewohnbar ist, denke ich mir heimlich-unheimlich, eine Stätte bedrohter Sicherheit.

Anja hat nichts dagegen, wie sie sagt, wenn ich nach unserer Rückkehr im Frühjahr einige Wochen in Dresden zubringe. Ich gestehe mir ein, daß mein Zug nach Waldbach augenblicklich ein schwächerer ist. Während mich das eine vertraulich lockt, sendet mir das andere leise Schauder. Die Seele aber, die das helle, freundliche Haus am Elbufer, wie eine Taube ihren Söller, am Tage umkreist, umschwebt den Bergfried des Nachts mit Fledermausaugen, Fledermauszähnen und Fledermausflügeln.

Melitta und ich, wir haben uns viel in dem großen Arbeitsraum aufgehalten, der in dem neuen Hause für mich vorhanden ist. War es nicht, wenigstens was mich betrifft, unsinnig, wenn wir über die beste Art, ihn einzurichten, uns berieten und nachdachten? oder wenn ich mich selber darin am Werk, in friedlich-fruchtbarer Arbeit sah, als ob ich noch Herr meiner selber wäre? Die Kinder, hieß es, durften hier ungerufen nicht hereinkommen, höchstens wenn sie etwa, mir das zweite Frühstück zu bringen, von Melitta beauftragt waren. Aber nur selten würde das sein, da sie es mir wohl immer persönlich darbieten würde. Es ist nicht zu leugnen, daß sie eine sorgliche Hausfrau ist, was man von Anja nicht sagen kann.

Ich freue mich sehr auf die kommende Dresdner Frühlingszeit. Sie, ich möchte sagen, gedankenlos auszukosten soll meine Aufgabe sein.

Gott sei Dank durchleben Anja und ich nun ebenfalls einigermaßen ruhige Zeit. Wir können uns, weniger aufgewühlt, unseren Aufgaben hingeben. Ich arbeite viel, und Anja übt den ganzen Tag.

Uns beglückt eine Ruhe nach dem Sturm. Über Manfred Diodatus, ein wohlgebildetes Kind, kommen täglich gute Nachrichten. Anlaß zu irgendwelchen besonderen Sorgen seines Befindens wegen gibt er nicht. Anders ist es mit dem, was seine Zukunft betrifft. Aber morgen ist auch noch ein Tag.

Soeben erhalte ich einen Brief, in dem Melitta mir mitteilt, sie erwarte mich etwa Mitte März, ich möge nur nicht zu lange ausbleiben. Die Kinder bestürmen sie täglich mit Fragen, wann ich denn endlich heimkehren werde.

Dresden, Haus an der Elbe, am 22. März 1901.

Melitta hat mir eine derbe und nicht mißzuverstehende Lehre gegeben. Begreife ich gleich nach ihrem letzten Brief ihre Handlungsweise nicht, so muß ich mir doch bekennen, sie ist willensstark und durchgreifend. Hatte ich mich wieder einmal in törichte Illusionen eingelullt, so bin ich, womit mir recht geschieht, gründlich ernüchtert worden. Der Nachtwandler ist vom Dache gestürzt, von dem unsanften Anruf Melittens geweckt.

Ich schreibe dies im neuen Haus an der Elbe, im Morgendämmer, nach einer durchwachten Nacht. Meine Lage ist ebenso übel wie lächerlich. War diese Sache von Melitta vorbedacht, so bin ich in eine Falle gegangen. Gewann sie im letzten Augenblicke nicht die Kraft, mich wiederzusehen, und verließ aus diesem Grunde das Haus, wie geschehen ist, so wird man sie einer solchen Bosheit nicht beschuldigen. Wie es immer auch sei, im Grunde muß ich ihr für eine so klare Sprache dankbar sein, für den Trennungsschnitt, den sie mit entschiedener Hand nun gezogen hat.

Es scheint festzustehen, daß Melitta bei ihrer Schwester in Leipzig ist. Indem sie mir das Haus allein überließ, hat sie es mir für immer verschlossen. Damit ist meiner viel zu lange getriebenen Pendel- und Zwickmühlenpolitik ein Ziel gesetzt.

Wer der irrigen Meinung ist, eine Stufe abwärts steigen zu müssen, und so vorwärts schreitet, kann sich das Bein brechen. Als mich Melitta auf dem Dresdner Hauptbahnhof nicht erwartete, habe ich keinen Verdacht geschöpft, denn ich war gewiß, sie in unserem Hause anzutreffen. Als mir das Gartentor, das Hausportal geöffnet wurde, war ich dessen immer noch gewiß. Die Begrüßung der Kinder mochte etwas weniger stürmisch als früher sein, ins Bewußtsein kam es mir nicht, da ich in der nächsten Minute ihre Mutter zu sehen erwartete.

In der Halle mit dem großen Kamin war sie nicht. Ich dachte, sie sei in ihrem Zimmer. Ahnungslos stieg ich die Treppe hinauf.

Oben traf ich auf das Hausmädchen. Sie öffnete mir den Raum, in dem man für mich das Nachtlager aufgeschlagen hatte.

Noch immer nichts ahnend, fragte ich nach der gnädigen Frau.

Ihr Gesicht war ein wenig befremdet – oder war es schadenfroh? – bei dem Bericht, die gnädige Frau sei irgendwohin gereist.

Melitta hatte mir damit nicht den Stuhl, wohl aber das neue Haus vor die Tür gesetzt. Sie hatte es mir vor die Füße geworfen. In ihrem Verhalten lag der Gedanke: Genieße dein Recht, genieße dein Haus – aber ohne mich. Lieber, als dies alles mit dir zu teilen, bin ich obdachlos. Hatte sie mir das früher verborgen? oder war es ihr jetzt erst eingefallen?

Eine leichte Bestürzung muß bei dieser Nachricht in meinem Betragen sichtbar geworden sein.

Was mir hier hinunterzuwürgen vorbehalten war, hatte mit dem Streich von Paris eine verzweifelte Ähnlichkeit. Auch die Wirkung, obgleich schließlich weniger stark, war eine ähnliche. War Melitta wirklich nach Leipzig zu ihrer

Schwester gereist, so hätte sie mir doch wohl müssen einige ihren Schritt erklärende Zeilen zurücklassen. So aber hatte sie mit der peinlichen Überraschung gerechnet, der sie mich aussetzte. Sie konnte mich überdies noch tiefer treffen, wenn Angst, mich trotz der Hoffnungslosigkeit unserer Umstände wiederzusehen, sie im letzten Augenblick gepackt und einen Zusammenbruch bewirkt hatte. Wer konnte dann wissen, ob sie nicht vielleicht irgend etwas Überspanntes getan hatte! Wenn auch das sogenannte Gift, das unser Freund Dr. Hüttenrauch ihr vor Jahren gegeben, nur gestoßener Zucker war, das Elbufer war ja in der Nähe.

Ich rief sogleich Malte in mein Schlafzimmer. Er beruhigte mich: die Mutter sei gestern schon nach Leipzig zu Tante E. gereist, man habe sie und ihren Koffer an die Droschke gebracht, sie wolle etwa acht Tage fortbleiben.

Ich aß mit den Kindern zusammen ein ziemlich trauriges Abendbrot. Wären sie nicht gewesen, ich hätte mein Quartier in das nächste Hotel verlegt, denn ich konnte es kaum im Hause aushalten. Der böse Blick der gekränkten Frau schien es in eine Ruine, in ein Verlies verwandelt zu haben, in dem die Seele inmitten einer Galgenfinsternis gemartert wurde. Nunmehr war zwischen dem winterlichen Bergfried und diesem Hause kein Unterschied. Melitta selbst hatte die Dämonen herbeigerufen und ihnen durch einen Wink ihrer Laune Einlaß gewährt.

Ich weiß, welcher Wendepunkt heut erreicht worden ist. Mag Melitta auch wirklich, während ich hier wach sitze, in dem behaglichen Heim ihrer Schwester einen traumlosen Schlaf schlafen, mag in mir nicht nur die Angst um ihr Leben, sondern auch meine egoistische Enttäuschung überwunden sein, in dieser Stunde muß ich mir sagen, daß die wirkliche Trennung von Melitta eingetreten ist. Sie aber, die ich zu sehen, zu umarmen hoffte, werde ich nun, wie ich mit einer taghellen Einsicht schmerzhaft erkenne, nicht wiedersehn.

Waldbach, am 8. Juli 1901.

Wäre ich nicht so tief ins Leben verstrickt, ich könnte nun wohl mein Waldbuch schreiben, meine Upanishad, nach Art indischer Einsiedler. So aber kann mein augenblicklicher Zustand nur vorübergehend sein.

Seit Wochen lebe ich hier allein in demselben kleinen Bauernhaus am Ende oder Anfang des Dorfes, das ich bei Manfred Diodatus' Geburt innehatte. Der Bach vor der Tür füllt wieder Tag und Nacht meine Wohnung mit seinem Rauschen. Im Dorfwirtshaus nehme ich meine Mittagsmahlzeit ein, im übrigen sorgt Leisegang für mich. In wenigen Wochen wird der Bergfried, im westlichen Teile des Dorfes gelegen, bewohnbar sein.

Meine Beschäftigung ist, im einsamen Wohnen und Wandern dieser Zeit, nach vorwärts und rückwärts ordnen, planen, versenken und denken. Ich denke vor und denke zurück, überdenke mein Leben in der Vergangenheit, verfolge es bis ans mögliche Ende und gehe nach Art meiner mitgeborenen Wesenheit noch darüber hinaus. Ich spreche mit niemand, außer das Notwendigste, aber unablässig vollzieht sich ein schweigender Dialog in mir, der nur endet, wenn ich gleichsam zu den Füßen Platons sitze und seine Gespräche in mich aufnehme.

Mindestens einmal täglich besuche ich das neue Haus. Sein Gesicht ist freundlich geworden, obgleich es einen feierlichen und vielleicht ein wenig zu anspruchsvollen Charakter hat. Immerhin ist es bereits ein Stück von mir, und meine gestaltende Phantasie ist unlöslich damit verbunden. Melittens unvermutet harte Lehre trägt ihre Frucht. Der Zwiespalt meines Innern ist nicht mehr, und nur noch dem Bergfried allein gehört meine ganze, ungeteilte, äußerliche und innere Wirksamkeit. Hic Rhodus, hic salta! ist der kategorische Imperativ, dem ich nun ohne ernsthafte Störung nachlebe.

Aber ich bin wie ein Mann, ein Kapitän, dessen Schiff noch nicht fertig zur Reise ist, und kann mich inzwischen der Muße hingeben.

Ist nicht Vorwärtsdenken das Denken als Illusion und Rückwärtsdenken das wahre Denken? Die Summe meiner Erfahrungen, deren letztes Resultat mein augenblickliches Denken ist, liegt nicht vor, sondern hinter mir. Unter dem Blitz des Gedankens entschleiert sich die Vergangenheit und werden willkürlich zusammengestellte Bilder dieser Vergangenheit in die absolute Leere der Zukunft geworfen, wodurch eine Täuschung von Wirklichkeit in der ewig leeren Zukunft zustande kommt. Zukunft ist immer das, was nicht ist. Daher auch ein Voraussagen der Zukunft immer nur soviel heißt, als mit nichts in das Nichts hineinleuchten. Dagegen blättre und blättre ich immer wieder in den Seiten des Tagebuches meines

Lebens herum, aus dem ja dieses nur ein winziger Ausschnitt ist. Solange ich aber in dieser versteckten Hütte bin, sind es die Ereignisse um die Geburt von Manfred Diodatus, mit denen ich hauptsächlich zu tun habe.

Das Lichtbild des kleinen Putto liegt vor mir. Ich muß es immer wieder ansehen. Es kommt mir vor, als ob sich aus diesem so wohlgeborenen Wesen etwas Außergewöhnliches entwickeln müßte. Nun, jedes wahrhafte Elternpaar sieht in seinem Erstling etwas wie den Heiland der Welt. Es sorgt für die Glorie selbst, die das Kind in der Krippe umgeben hat.

Anja wird in Berlin durch ihr Studium festgehalten. Ich denke, daß der Einzug ins neue Haus in etwa vier Wochen geschehen wird. Einstweilen ist sie mit ihrem Astralleib hier. Die Stunden und Tage um das Geburtshaus in Silberlehne, länger als ein Jahr nun zurückliegend, haben sich unverwischbar eingeprägt. Immer noch sind sie mir gegenwärtig. Zwar, die weiten Bergwälder verharren längst nicht mehr in ihrer Verzauberung. Aber ich vergesse es nie, wie sie plötzlich Sprache bekamen und die trennende Wand zwischen ihrer und meiner Seele verschwunden war. Ich vergesse den Gongton nicht, um dessentwillen eine alte Bergfichte fallen mußte. Ich blickte damals durch eine offene Tür, die sich seitdem wieder geschlossen hat, in Gebiete hinein, die uns im allgemeinen nicht zugänglich sind, Gebiete jedoch, die dem Menschen von einst vielleicht offenstanden, wodurch sein Leben möglicherweise in einer verlorengegangenen Naturverbundenheit gestanden hat.

Ich besuche nicht selten die grüne Bank, auf der ich mit Anja saß, bevor sie ihrer Stunde entgegenging. Ist es nicht seltsam, wenn mich dort jedesmal das Abschiedsweh übermannt, das eigentlich erst durch das Ereignis des folgenden Tages seine Vertiefung gefunden hat? daß es mich übermannt, obgleich Anja lebt, gesund und froh ihre Studien treibt, sich des Kindes freut und mir unverloren ist? Und so betrachtet, rückwärts: wieviel unnütze Schmerzen sind erlitten, wieviel zwecklose Ängste ertragen worden, und wie viele Gefühle sind lebendig in uns, deren Gegenstände auf Irrtum beruhen, nie vorhanden waren oder längst entschwunden sind! Gedanken entstehen und verschwinden schnell, Gefühle, einmal geboren, haben ein langes Leben: davon besonders, sooft ich darin blättere, überzeugt mich dies Tagebuch. Ist es nicht immer wieder ein Versuch, gewisser Gefühle Herr zu werden, deren Macht nicht zu brechen ist?

Unter dem billigen Hausrat meines niedrigen Bauernzimmers nimmt sich der Colleoni des Verrocchio, eine große Photographie im Rahmen, die ich an die Wand gehängt habe, seltsam aus. Der Anblick des Bildes hat eine stählende Wirkung auf mich. Ein geharnischter und behelmter Mann, straff und aufrecht im Sitz, wie der Gaul, den er reitet, Bronze durch und durch, blickt geradeaus, den Feldherrnstab in der Hand, in der Richtung, die der erzene Schritt seines Rosses nimmt. Alles an diesem Monument ist gesammelte Kraft, unaufhaltsam vorwärtsdrängender Wille, ist Verkörperung einer Entschlossenheit, die dem Kampfe des Lebens in jeder möglichen Form gewachsen ist. Aber mache ich mich nicht vor mir selbst lächerlich, wenn ich mir in meinen kleinen Seelenkämpfen solche Beispiele vorhalte? Es möchte sein, wenn nicht allzuoft solche Recken, die allen Stürmen der Schlachten zu trotzen wußten und getrotzt haben, sich schwächer als ich in ihrem Verhältnis zum Weibe erwiesen hätten.

Waldbach, am 15. August 1901.

Brennbar ist sie, die Seele, und ebenso ist sie verbrennbar,
und die meine, versengt, stirbt wohl morgen dahin.
Allzulange, mir scheint, hat das glühende Hemd sie getragen:
ach, der löschende Guß kommt, wie ich fürchte, zu spät!

Eine sonderbare Gemütsverfassung gibt mir zu denken. Die Natur im ganzen und einzelnen macht mir jetzt vielfach den Eindruck des Unheimlichen. Unheimlich scheint mir der graue, wandernde Himmel, der die Luft schon um sechs Uhr nachmittags, wie im Winter, verfinstert. Unheimlich scheinen mir die Glut und der glühende Sturm, in dem der Landmann draußen sein Heu mäht. Überhaupt diese heiße, mühselige, unter Donner und Blitz stehende, schweißtriefende Tätigkeit! Man ist gezwungen, sich der Kleider zu entledigen. Man ist hinter heißen Mauern zur Nacktheit gezwungen. Das ist der natürliche Zustand. Man sagt, die heißen Sümpfe des Planeten Venus lägen beinahe in Nacht, unter einer für die Sonne undurchdringlichen Wolkenschicht. In diesen Sümpfen geilen und zeugen nackte Tiere. Das Leben ist dort vielleicht nichts als Geilheit, Geschlechtswut und Angst. Dunkle Zeugung, schwarze Zeugung: das furchtbarste aller Mysterien, schon weil es dem Tode vorarbeitet. Es sind auch Seligkeiten dabei, Ahnungen, aber alles düster, bang und unheimlich. Die heiße, brausende Luft riecht nach Eisen! Angst! Steht irgend etwas bevor, was zu fürchten ist? Etwas dergleichen steht immer bevor. Ich bin heiß und naß. Adam und Eva waren nackt. Eva reichte Adam den Apfel, und dann schämten sie sich. Jedes wahre Weib gibt noch heute dem Manne den Apfel, und also steht es an Kühnheit der Eva nicht nach. Wollust: aber auch hier lauert in der nackten Verschlingung die nackte Angst. Ich halte in Grunewald einen Rosella-Papagei, der von Zeit zu Zeit bei Sonnenaufgang furchtbar kreischt. Der neuseeländische Bart-Papagei reißt lebendige Hammel auf und nährt sich vom Talg ihrer Nieren. Wie kommt man auf solche beängstigenden Vorstellungen? Ich weiß es nicht. Man kommt eben darauf. Man wird sie nicht los. Manchmal hört man schon morgens das herzversteinernde Gebrüll eines Schweins, das in einem der Kätneranwesen geschlachtet wird oder glaubt, daß es geschlachtet werden soll. Die Gedanken verfallen auf Blut und Schlächterei. Beinah riecht es danach. Es riecht weniger nach Leichen als nach Mord. Meine Gemütslage, die seltsam fremde Art meiner Vorstellungen gibt mir zu denken, wie gesagt. Die Welt hat ein anderes Gesicht bekommen. Oder ich sehe mittels eines Organes, das sich krankhaft erschlossen hat. Bin ich gesund, oder bin ich krank? Ich neige dazu, mich für gesund zu halten. – Julius mit der ältesten Tochter meines verstorbenen Bruders waren da. Ich hätte sie gern allein gesprochen. Ich sagte, daß sie mich doch in einigen Tagen nochmals besuchen möge. Das ginge nicht, aus den und den Gründen, sagte Julius, und schob sogleich einen Riegel vor.

Nun ist Melitta auf Island! Was tut es mir?! Die Zeit ist vorüber, wo sie mich, wie damals über den Ozean, nach sich zog. Alles verstehen heißt alles verzeihen: also lerne man nur verstehen. Ich will verstehen und also verzeihen bis zur Charakterlosigkeit. Je näher man jemandem steht, je schwerer ist das. Immerhin sollten Versöhnungsfeste regelmäßig gefeiert werden. Wir alle haben uns viel zu verzeihen, alle haben sich viel zu verzeihen.

Nicht anklagen, niemand verklagen! Auch sich nicht anklagen, auch sich nicht verklagen! Überhaupt nicht immer im ewig Gestrigen wühlen, wie in einem beizenden Rauch ausbrodelnden heißen Sumpf!

Verzeih auch dem, der dir nicht verzeiht: ich will auch meinem Bruder verzeihen, was zu verzeihen und was nicht zu verzeihen ist. Ich will keinem unverzeihlichen Ereignis, das mir nach Maßgabe der verursachten Schmerzen bedeutend erscheint, eine solche Bedeutung beimessen. Du sollst lieben, nicht urteilen. Urteilen heißt nichts anderes als richten und meistens zugrunde richten.

Ich fasse Vorsätze. Ich habe viele gute Vorsätze in diesem seltsamen Kampf zwischen meinem Bruder und mir, zwischen mir und aller Welt gefaßt. Vielleicht waren es schlechte, und nur dieser neue ist gut. Ich will sehen, ob irgendein Vorsatz noch wirksam ist.

Ich gehe zu Bett. Bei mir ist Besuchstag jede Nacht, die Säle meiner Träume sind vollgefüllt: Männer, Frauen, Kostüme aller Zeitalter. Irgendwie ist das ein seltsames Wesen, vielleicht klimatisch, ich weiß es nicht.

Berlin-Grunewald, am 18. Januar 1902.

Alles stockt. Es ist eine trostlose Zeit. Ich liege zu Bett. Der Wind heult. Um Schutz vor seiner Wucht und seinem Lärm zu finden, habe ich ein Hinterzimmer zu meiner Krankenstube gemacht. Mir ist übel zumute. Ich habe eine traurige Muße, zu lesen und zu schreiben. Beides wird mir schwer. Dagegen sind meine Gedanken und meine Vorstellungen aufgestört.

Meine Schwäche ist groß. Mich plagt ein Darmübel. Wie wird das werden, wenn ich in wenigen Tagen gewisse offizielle Reisen antreten muß?

Die vorige Eintragung stammt, wie ich sehe, vom 15. August vergangenen Jahres. Dazwischen liegt sehr, sehr viel, wovon zu reden, auch nur andeutungsweise zu reden, viel mehr Zeit und viel mehr Papier notwendig wäre, als mir jetzt zur Verfügung steht. Es handelt sich dabei, wie immer, um Neues und Altes: den alten Span, den alten Gram, die alte Freude, die alte Arbeit, den neuen Kampf neben dem alten Kampf.

Bei alledem bin ich krank geworden.

Es wäre ein etwas grausamer Streich der Vorsehung, wenn ich jetzt, nach all diesen Jahren und so nahe dem Ziel, scheitern sollte.

Der letzte Zwist mit Julius fällt mir ein. Mich würgt die

Empörung, wenn ich nur daran denke. Nichts in der Welt hinterläßt mir einen so gallebitteren Nachgeschmack, als wenn ich wieder einmal seine Maßlosigkeit zu erdulden hatte. Ich sprach von einem Buche, das er nicht kannte. Er bekämpfte und entwertete es aber trotzdem mit Entschiedenheit. Jeden Versuch, das Werkchen ins richtige Licht zu stellen, erstickte der Schwall seiner Heftigkeit. Da wurde von mir in irgendeinem Zusammenhang der Name Jakob Böhmes genannt. Julius schimpfte ihn einen eingebildeten und törichten Schuster. Ich nannte diesen Ausspruch eine Nichtsnutzigkeit und sagte ihm, wenn ich nicht wüßte, daß er mein Bruder sei, so würde ich glauben, daß er von dem berüchtigten Pastor primarius Richter in Görlitz abstamme, der den erlauchten Schuster mit seinem Haß verfolgt habe. Der Erfolg war, daß nun Böhme von ihm als ein kleines Dreierlichtchen bezeichnet ward.

Der alte Jammer, die alte Not! Geheimes Motiv: die Eigenliebe, die in etwas anderem Guten und Großen eine Schmälerung des eigenen Ansehens findet.

Überall sehe ich Zerwürfnis, Erregung, undurchdringliche Wirrnis des Bösartigen, Hände, die sich beschwörend oder drohend geballt emporstrecken, weil irgend etwas in meinem Geschick ihnen Wut erregt. –

Vor einiger Zeit sind eine Reihe von Totenmasken angekommen, darunter auch die Beethovens. Anja war erschüttert und weinte, als sie sie sah. Auch Beethoven hatte einen Bruder, dazu hatte er einen Neffen, den er liebte. Vielleicht sind Bruderzwiste das Fürchterlichste, was über Menschen verhängt werden kann.

»Durch ihn ist doch am meisten hindurchgegangen«, sagte Anja bei Beethovens Maske. Sie schloß: »Mit diesem Antlitz hat er noch die zehnte Symphonie gehört.«

Meine Mutter war krank, und wir hatten Sorgen. »Titus«, sagte sie, als sie, aus der Bewußtlosigkeit und Wirrnis hoher Fiebergrade entronnen, der Genesung entgegensah, »Titus, ich war so gewiß und so froh, daß es nun mit mir endlich zu Ende ginge, und nun habe ich mich doch wieder getäuscht und muß noch einmal ins Leben zurück.«

Das ist alles sehr arg, und wenn Anja nicht bei mir ist, fällt es mir doppelt bleiern aufs Herz.

Aber: auf einem Schlackenberge sitzend, bauen wir unsern Himmel! Unser Leben ist Himmelsfron: blind, wollen wir sehend werden, taub, wollen wir hören lernen. Allein und einsam, wollen wir mit allem einig werden. Kämpfend, wollen wir den Frieden, und so immer weiter fort.

Das Fieberthermometer zeigt bei mir 38,5. Wer wüßte nicht, wie solche Temperaturen den Geist qualvoll rege machen. Ohnmacht läßt die Sorgen ins Unüberwindliche anwachsen, die sonst gesunder Wille überwältigen kann. Alles, was ich sehe, ist unheimlich: die offene Bodenluke eines Hauses, als ich noch auf den Beinen war, mit der darin verborgenen Finsternis jagte mir Grabesschauer ein.

Ich bat Melitta um eine Anleihe, ich brauche Mittel für fällige Baugelder. Sie schreibt, und ich halte den Brief in der Hand: »Wovon sollen wir leben, wenn Du einmal nicht mehr bist?!« Ihre Ablehnung berührt mich nicht, da ich inzwischen die Sache auf eine andere Weise geregelt habe. Da sie aber nicht weiß, daß ich bettlägerig bin, ist ihre Bemerkung vielleicht kassandrisch.

An der Wand meines Krankenzimmers hängt eine Uhr. Sie ist über hundert Jahre alt und hat vielleicht früher einem Schiffskapitän gehört, der seinen Ruhestand genoß. Ihr Kasten ist etwa meterlang, die handtellergroße, runde Messingscheibe des Perpendikels blitzt unten in einem kleinen Fenster auf, sooft sie hin- und widerschaukelt. Das Zifferblatt gleicht einem alten guten Gesicht mit Großmutterbemalungen. Dort, wo die weißen Scheitellöckchen der alten Dame sein würden, schwanken, zugleich mit dem Perpendikel, sehr geruhig zinnerne Segelschiffchen hin und her, so einen behaglichen Seesturm etwa auf der Höhe von Helgoland ausführend, dessen rote Felsen und Häuser sichtbar sind. Bei diesem Anblick dachte der Hamburger oder Bremer Kapitän, der das Uhrwerk besaß, vom behaglichen Ofen, mit gewärmtem Rücken, im sicheren Häuschen, auf festem Land, der Stürme, die er hinter sich hatte. Auch ich habe die Uhr oft angeschaut, aber nichts von der Seelenruhe ihres ersten Besitzers ist bisher in mich eingezogen.

Berlin-Grunewald, am 22. Juli 1902.

Seit dem 18. März, also seit vier Monaten, bin ich, Ausnahmen abgerechnet, nicht auf den Beinen gewesen. In Ospedaletti kam ich zum Liegen. Als mich der Arzt aufstehen ließ, reiste ich nach Lugano. Dort lag ich Monate. Zwei Ärzte und ein Pfleger betreuten mich. Da das Fieber nicht wich, trat ich die Heimreise an, um hier sofort wieder ins Bett gesteckt zu werden. Die Materie oder Substanz meiner Körperlichkeit wog noch ungefähr hundert Pfund.

Heut nun kann ich wieder umhergehen.

Es ist irgendwie schmachvoll, krank zu sein, hauptsächlich wegen der Hilflosigkeit. Man ist auf das Mitleid seiner Umgebung angewiesen. Man ist auf die Verfassung eines Säuglings zurückverwiesen, der ohne unausgesetzte Hilfe anderer notwendig zugrunde gehen muß.

Nun, meine hiesigen Freunde haben sich meiner sogleich mit großer Entschiedenheit angenommen, so daß meine Krankheit erkannt und ihre kunstgerechte Behandlung in die Wege geleitet werden konnte. Von der Hungerkur der Kurpfuscher wurde ich sofort auf kräftige Nahrungszufuhr gesetzt, und seit sechs oder sieben Wochen bin ich ganz einfach gemästet worden.

Noch ist mir nicht wohl in meinem Fett. Es umgibt mich wie Watte, in fremden Schichten. Ich bin sozusagen davon eingehüllt. Ich muß es mir erst durch Bewegung, Gewohnheit, Willensdurchdringung zu eigen machen. Auch hat das lange Liegen meine Fußsohlen taub gemacht. Und so stört mich auch dort beim Schreiten ein unangenehmes Wattegefühl.

Der Sommer ist heiß. Den wolkenlosen Monaten in Lugano, die mich mit ihrem Einerlei des Krankenzimmers peinigten, sind nun zwei ebensolche gefolgt, die mich aber doch vorwärtsgebracht haben.

Daß ich bereits mit einem Fuße im Grabe gestanden habe, ist gewiß.

In Lugano erkannte ich meinen Zustand noch nicht. Ich hätte stutzig werden müssen, als mir mein Pfleger, ein Schweizer, davon sprach, welche Summen dem Begleiter eines in Lugano Verstorbenen beim Transport nach Deutschland für gewöhnlich gezahlt würden. Ich bin überzeugt, er hat die Hoffnung, dieses Honorar auch bei mir einzustreichen, bis zuletzt festgehalten. Und hätte mir Gott den Gedanken der schnellen Flucht nicht eingegeben, ich würde den Armen nicht enttäuscht haben. Immerhin dachte auch ich an die Möglichkeit eines schlimmsten Ausganges. Besonders wurde ich dabei durch die Sorge um Anja und Manfred Diodatus beängstigt: mittellos würden sie dastehen, da mit einer Hilfe von der anderen Seite nicht zu rechnen war. Heut war das Kind in liebevollste Fürsorge eingehüllt durch Anja und die erfahrenste, gütigste Kinderpflegerin. Stürbe ich, so hatten Kind und Mutter kein Asyl, man würde beide selbst aus dem auf Manfred Diodatus wartenden Bergfried hinausweisen.

Gott sei Dank, daß ich nun wenigstens soweit wieder auf den Beinen bin und begründete Hoffnung habe, ganz zu genesen.

Ich spreche die einfachste Wahrheit aus, wenn ich sage, daß meine Krankheit, mein Zusammenbruch eine Revolte des Körpers gegen die endlos fortgesetzten Leiden und Kämpfe meiner Seele war. Nun aber, deutlich spüre ich es, baut sich ein neuer Körper auf, und es wird mit ihm ein neuer Mensch geboren werden, der eine unzerrissene Seele besitzt und ein ganzes, rundes, kräftiges Herz im Brustkasten.

Gewisse Naturen, wie Goethe sagt, durchleben verschiedene Pubertätsperioden. Die Entwicklung meines Körpers scheint in der Tat in eine neue eingetreten zu sein, um sich nun erst in ihr mit dem vierzigsten Lebensjahr zu vollenden. Ich war schmal und flachbrüstig, nun ist mein Brustkorb breit und gewölbt. Ich frage mich, an mir hinunterblickend, ob ich wirklich der Mensch von gestern bin.

Nicht einmal Anja gab sich, solange wir in Lugano waren, von dem Zustand, in dem ich war, Rechenschaft.

Ich hatte Malte hinbestellt, der nun mit ihr in gutem Einvernehmen ist, und die beiden, heiter angelegt, vertrieben sich miteinander die Zeit, ohne an etwas Schlimmes zu denken. Wie es in Wahrheit mit mir stand, das wurde ihnen erst hier deutlich, und von da ab wurde Anja meine strenge, unermüdliche Pflegerin.

Bänglich, kleinlich, ängstlich, aber auch zugleich – vorausgesetzt, daß man weiterlebt – fruchtbar für das Leben der Seele ist eine Zeit, in der die Krankheit herrschend ist. Die bängliche Frage: Wirst du wieder in Besitz der verlorenen Kräfte gelangen, wieder ein Mensch und Mann werden? mit Hartnäckigkeit immer wieder gestellt, bleibt ebenso hartnäckig ohne Antwort. Anja brachte mir vor einigen Tagen von einem Waldspaziergang in einem flachen Kistchen einige Erdschollen mit den darin verwurzelten Moosen und Schachtelhalmen, die wiederzusehen meine quälende Sehnsucht war. Ich habe es immer als eine Seelenwohltat empfunden, das Auge während des langsamen Wanderns über die Vegetation der Waldgräben und Bachränder mit ihren Schachtelhalmen, Gräsern, Vergißmeinnicht-Wolken und phantastisch bemoosten feuchten Steinblöcken hingleiten zu lassen. Diese fremde, schöne, in sich so köstlich genügsame Welt, die mich durch Form und Farbe entzückte, hatte zugleich die Kraft, mich zu beruhigen. Unzählige Male bin ich durch diese wunderreiche Weide der Augen von meinem persönlichen Schicksal abgezogen und also auch gestärkt worden. Noch sind meine Nerven indessen so schwach, daß der Anblick der begrünten Erdstükke mir, in der Art wie ehemals die Totenmaske meines Vaters, hemmungsloses Weinen verursachte, vielleicht weil ich dies erzwungene Wiedersehen, wobei die Waldscholle sich, ganz gegen ihre Natur, in rührender Weise zu mir, statt ich zu ihr, bewegt hatte, doch nur als einen erschwerten Abschied empfinden konnte. – Das Bängliche aber und das Bange kommt daher, daß man sowohl seinem eigenen sterblichen Wesen als dem Abgrund des Todes näher ist. Das Somatische oder sagen wir Körperliche, das beim gesunden Menschen eine nur gelegentlich ins Bewußtsein dringende Allgemein- oder Sonderempfindung ist, nimmt das Bewußtsein des Kranken fast völlig ein und wird von ihm ununterbrochen beobachtet. Fast nur noch im eigenen Körper gibt es für ihn Ereignisse. Allein aus diesem Gebiete steigen für ihn die Sinneseindrücke, Überraschungen, Wünsche, Fragen, Hoffnungen, Enttäuschungen und Befürchtungen auf: das macht den Kranken für andere so unsympathisch.

Gott sei Dank, indem ich dies niederschreibe, zwar noch immer schwach, aber außer Bett, blicke ich bereits auf diese Zustände wie auf etwas Überwundenes zurück: also fangen sie an, mir fruchtbar zu werden.

Und wie gesagt, neben dem Zwang zum Kleinlichen und Erbärmlichen in Gedanken und Empfindungen gehen andre Erfahrungen im Verlaufe der Krankheit einher, die durchaus nicht beglückend, aber jedenfalls großartig sind. Es würde lohnen, etwas über die Veränderung bekannter Sinneseindrücke in solchen Krankheitszeiten festzuhalten, in denen neue Gerüche, neue Geschmacksempfindungen, neue Tastgefühle, Laute und Gesichte auftauchen. Die Färbung aller dieser Wahrnehmungen geschieht von innen heraus. Trotzdem erscheinen sie neu und fremdartig. Ja, was denen des Gesichtes vor allem anhaftet, ist die Fremdartigkeit. So verändert waren zum Beispiel die Räume meiner Wohnung, daß sie sich eher wie ein Verlies ausnahmen. Sie atmeten, ich möchte sagen, eine katakombenartige Furchtbarkeit.

Damit ist es genug für die seit langer Zeit erste Zwiesprache eines noch immer nicht zu seiner alten Kraft Erstandenen, wenn auch Wiedergeborenen, mit seinem Tagebuch. Immerhin will ich versuchen, die Feder, die ich wieder ergriffen habe, nachdem das Gespenst der Schwäche sie mir aus der Hand genommen, noch ein Stückchen weiterzuführen. Über dieses Gespenst nämlich, das Gespenst der Schwäche, und seine durchweg unheimliche Wesensart würde ich gern etwas aussagen. Ich bin eine Kreatur, die immer noch von dem hämisch grimassierenden Gespenst der Schwäche besessen ist. Es ist eines, das nicht außerhalb des Körpers erscheint, sondern in ihm, und zwar in allen seinen Teilen, Wohnung nimmt. Seine Tätigkeit, die zugleich Bosheit und Tücke ist, beruht darin, sich überall gegen den Willen zu setzen. So nahm es mir eben die Feder aus der Hand, so zwingt es mich, ein Buch, dessen Inhalt ich mir aneignen will, nachdem ich kaum eine halbe Seite gelesen, wegzulegen. Mich hungert und dürstet nach Musik. Ich bitte Anja, mir irgendein Adagio vorzuspielen, während ich vor der Tür auf die Loggia gebettet bin. Das graue Gespenst der Schwäche badet mich in Tränen und Schweiß und zwingt die Spielende aufzuhören, weil mir Musik zu einem unerträglichen Lärme wird. Es macht dagegen auf eigene Faust klingende und rauschende Musik in meinem Gehör oder unterhält sich mit dessen Betäubungen. Ich sitze bei Tisch und muß plötzlich Gabel und Messer weglegen, um mich an ihm festzuhalten, weil das Gespenst der Schwäche ihn und mit ihm das ganze Zimmer wie eine Schiffskabine ins Schwanken bringt. Wellen von Kraft, Wellen von Hoffnung, Wellen glücklicher Voraussichten schwellen auf, und plötzlich deckt das spinnwebgraue Gespenst der Schwäche seinen spinnwebgrauen Mantel darüber, seine grauen, undurchdringlichen Nebel, in denen alles und alles versinkt. Jede Stufe macht es einem zum Feind, wenn man sie besteigen muß, und jegliches Ziel, von denen fast alle schwer- oder unerreichlich sind.

Bergfried, am 2. September 1902.

Mein ganzes Wesen ist Dankbarkeit! »Damit du dankbar würdest ...«, sagt Gott zum Propheten im Koran. Darum also belehrte er ihn. Was hatte ich alles durchzumachen, welche

Schule durch ein Jahrzehnt, das vergangen ist! Nun stehe ich hier, auf neuem Grunde, im neuen Haus, durch dessen Tür ich, von unsichtbaren Händen geführt, gestern eingetreten bin. Wer ist es, wer hat dies Haus erbaut? Manfred Diodatus? ich? oder wer? In diesem Augenblick weiß ich es nicht. Es ist entstanden, es ist geworden, die Zeit, die Umstände und wiederum die Zeit schufen dies steinerne Mysterium. Setzte ich nicht meine Hoffnung auf die Macht der Zeit? Nun, so hat sie Erfüllung gefunden.

Die Krankheit, der ich beinahe erlegen wäre, hat mich in einem gewissen Sinne erneuert und rein gebrannt. Eine Art Wiedergeburt wurde eingeleitet und durchgeführt. Meine Sinne haben ihre verlorengegangene Feinheit wiedererlangt, so daß ich in eine neue Welt hineinwachse. Ein nicht mitzuteilendes sublimes Wesen durchzittert mich, eine mit innerem Staunen verbundene stumme Heiterkeit. »Damit du dankbar würdest ...«, sagt der Koran. Mein ganzes Wesen ist Dankbarkeit, denn wie konnte ich so bewahrt werden!

Die erste Nacht im Bergfried liegt hinter mir. Mein sogenannter Schlaf war ein Traumwachen. Statt daß ich mich unterm Dach des Hauses geborgen gefühlt hätte, war ich in meinem Bewußtsein selbst das Haus. Der Bergfried und ich unterschieden sich nicht, wir waren ein und dasselbe geworden. Das setzte mich dem nächtlich gestirnten Himmel, dem Schicksalsweg der Planeten, der kristallklaren, scharfen Bergluft aus. Ein Körper und nackt waren der Bergfried und ich und so dem offenen Weltraum preisgegeben.

Erst nach dem Erwachen wurde ich wieder die soundso genannte, soundso gestaltete bürgerliche Persönlichkeit. Es war nicht schwer, meinen nächtlichen Zustand zu deuten.

Das Wetter ist gestern umgeschlagen. Die Luft von Norden hat Kälte und Klarheit mitgebracht. Den Wechsel leiteten Blitze und Regen ein. Das Haus überwölbte ein Regenbogen, als ich mich gestern ihm näherte. Es heißt, Gott ließ diesen Farbenhalbkreis entstehen zum Zeichen, daß er mit uns Frieden gemacht habe. So gering ich bin und so groß die Gottheit ist, nahm auch ich ihn für mich als Friedenszeichen. Die Zeit der Versöhnung ist angebrochen.

Es ist gegen Abend, und ich schreibe dies in der Bibliothek, durch deren hohe Fenster Wälder und Berge hereingrüßen. Wann hatte ich je ein solches Lebensgefühl?! Etwa, nachdem ich Melitta geheiratet, in den ersten Tagen, als ich mich plötzlich mit ihr auf dem Boden des gemeinsamen Hauswesens fand? Nein, denn es war etwas Schweres, Wirres, Fremdes, was damals in mir seinen Anspruch erhob. Damals bestand meine Zukunft zwar auch in Verpflichtungen, aber wie und wodurch und mit welchem Erfolg ich sie durchsetzen konnte, wußte ich nicht. Die Aufgaben, die heut vor mir liegen, sind an sich bedeutend schwieriger, nur nicht für meine Kraft, die sich inzwischen gesteigert hat. Sie scheint sich mit den Fundamenten des Bergfried unter seinem Dach über mir zu vervielfachen. Bei diesem Erlebnis fällt mir der feste Punkt des Archimedes ein, der ermöglichen würde, die Welt aus den Angeln zu heben.

In überraschender Weise offenbaren sich mir Segen und Macht der Seßhaftigkeit. War sie es nicht, die ich am 9. Dezember 1894 einbüßte, dem Tag, an dem meine Irrfahrten anfingen? Also erlebe ich heut die große Stunde, in der sie beendet sind. War sie es nicht, nämlich die Seßhaftigkeit, die neue Verwurzelung, die ich oft mit verzweifelnder Seele gesucht habe und die nun, so Gott will, gefunden ist? Nun flüchte ich nicht mehr vor der Welt, ich stelle mich nun vielmehr der Welt. Mein Haus, meine Burg! Ein Weichen, Flüchten, Dukken oder Versteckenspielen gibt es ferner nicht. Mit diesen Mauern werde ich Weib und Kind und mein Recht auf Selbstbestimmung bis zum letzten Tropfen Blutes verteidigen.

So haben Anja und Manfred Diodatus nicht nur eine Heimat, sondern ich habe meine Heimat wiedergefunden: ein Umstand, der für uns alle vielleicht der wichtigste ist. Die Wälder, die uns umgeben, sind meine Wälder, obgleich sie nach dem Gesetz Eigentum eines anderen sind. Diese Berge sind meine Berge, mein Himmel ist der Himmel über mir. Und alles das zusammen hat eine Seele, die meine Seele ist: wie hätte sie sich sonst, wie bei meines Sohnes Geburt, teilnahmsvoll zu offenbaren vermocht? Dies ist die wahre Erde, deren Berührung Antaios unüberwindlich machte, weil sie ihm jeweilen alle verlorene Kraft wiedergab. Ich betrachte sie als die köstlichste Bundesgenossenschaft in den Kämpfen, die ja bei keinem Menschen aufhören.

Alles läßt sich hier anders an. Gewiß, einer der Laren meines verflossenen Hauses muß seine Stätte auch hier haben. Opfer der Erinnerung werden ihm zu seiner Zeit gern und mit Andacht dargebracht. Malte, der hier ist und den Bergfried in diesen Tagen allein mit mir bewohnt, hat gleichsam diesen Lar überführt. Sonst aber stehen die Nischen bereit für neue Hausgötter. Ganz anders als in irgendeinem früheren scheint mir mit dem heutigen Augenblick ein Anfang begründet zu sein. Gleichsam wie Nebel sehe ich die Vergangenheit unter mir um den Felsen des Bergfried wogen, der auf seinem Standort darüber erhaben steht. Aber selbst die Nebel und damit alle Wirklichkeiten meines früheren Daseins schwinden dahin. Und was gedankenlos übernommene Traditionen aller Art betrifft, angehend Verwandtschaft, Freundschaft, Lebenshaltung, Ethik, Kunst, so hat mich davon ein Schnitt getrennt, gleichsam wie durch gespannte Saiten, die höchstens mit einem leisen Aufschrei davonwimmern.

Eine große Last sentimentalen Erbes, weichlicher Familiensüßlichkeiten und kümmerlicher Verbundenheiten ist auf einmal abgestreift. Nur scheinbar frei und losgelöst, schleppte ich mich bisher immer noch mit den Eierschalen des Kleinbürgertums und hatte den Mut zu mir selbst nicht gewonnen. Heute erst ist mein Selbstbewußtsein ganz erwacht. Voll bewußt will ich fortan mein inneres und äußeres Sein aufbauen. Gelingt der Bau, so ist es, dem Bergfried verwandt, ein Werk meiner neuen Gestaltungskraft und wird einen großen, neuen Sinn haben, der allem Schalen, Abgestandenen, Hergebrachten überlegen ist. In diesen erregten Stunden, wo ein Stück Erde als ungeteiltes Eigentum unter mir, der schützende Bergfried um mich ist, fühle ich mich zum ersten Male selbst als mein Eigentum, dessen Verwaltung und Verwendung ganz allein meine Sache ist. Wenn es wahr ist, daß der Mensch im Menschen erst gefunden werden muß, so habe ich jetzt und hier diesen Fund gemacht.

Ich bereite das Haus für den Empfang von Manfred Diodatus und seiner Mutter vor. Sie sollen die ganze Anlage wirtlich und wohnlich finden. Frau Trigloff ist in die halb unterirdische Küche eingezogen und waltet bereits mit einigen Mädchen darin. Einen jungen Glasbläser, den ich kannte, habe ich als Helfer angenommen. Der Zwang, nach dem Rechten zu sehen, Nötiges da und dort anzuordnen, treibt mich in dem neuen, fremden Gebäude treppauf, treppab.

Als ich mit Malte an einem der Fenster stand, ging ein abendliches Gewitter mit mächtigen Schlägen und heiligem Aufleuchten über das Gebirge gegen die Schneekoppe hin. Es war alles so wunderbar großartig. Und dann, als es dunkel geworden war, fielen in Schwärmen die Sternschnuppen. Es war, als könnte der ausgestirnte Himmel seine Sterne nicht mehr festhalten, gelockert und abgelöst fielen sie als ein goldener Regen herab. Alles ist groß, ernst, feierlich und tief bedeutsam in dieser Zeit. Ich nehme es hin zur Weihe des Hauses.

Bergfried, am 7. Januar 1903.

Diese Blätter sind nun eigentlich Vigilien oder Nachtwachen. Ich hatte zu leben und zu arbeiten, darum habe ich lange nicht an sie gedacht. Anja, Manfred Diodatus und ich bewohnen nun unseren Bergfried beinahe ein halbes Jahr. In dieser Zeit haben das Leben und wir an seiner Beseelung gearbeitet. Er ist gleichsam der Bauch eines mystischen Instrumentes, das gespielt sein will. Von außen spielt die wild-kapriziöse Laune des leidenschaftlich bewegten Klimas unserer Berge auf ihm, Stürme, Schneetreiben, ungeheure Gewitterböen mit Wasserstürzen, Vereisungen und tausend Düsterkeiten treibender Gewölke und wechselnden Lichts.

Der Kampf und der Trotz dieser Burg gegen die feindlichen Mächte der Natur ist ein Studium. Sie steht auf einem Granitrücken zwischen Gletscherbächen. Die Schneegruben über uns, wo sie entspringen, und das ganze Tal sind altes Gletschergebiet. Im Garten sind alte Granitblöcke von mächtigen Ausmaßen stehengeblieben. Die Arbeit des Wassers zeigt sich in runden Näpfen darin, sogenannten Gletschertöpfen. Hier, wo Eis und Wasser bei der Schmelze seit Millionen von Jahren ihren Weg nehmen, stürzt sich immer wieder der wilde, launische Föhn hinab, nachdem eine langgezogene Wolke, ähnlich einer Watterolle den Kontur des Gebirgskammes deckend, Tage vorher sichtbar gewesen ist.

Im Herbst hat uns ein solcher Föhn das Dach abgedeckt. Vom Asyle des Manfred Diodatus flogen die Ziegel stundenlang in die Schwärze der Nacht und zerschellten krachend auf den Terrassen. Wenn Rhea den jungen Zeus auf dem kretischen Ida birgt und durch die Korybanten Lärm schlagen läßt, damit Saturn des Kindes Geschrei nicht vernimmt, so konnte der Lärm nicht furchtbarer sein.

Das Dach ist gedeckt, die Ziegel sind besser befestigt worden. Das Haus auf seinem vorgeschobenen Posten scheint den Bergdämonen, die es immer wieder berennen, gewachsen zu sein. Was der Bergfried nicht ausschließen kann, was er in einer düsteren Größe zum Ausdruck bringt, ja zu steigern vermag, ist das Kosmische. Ich kenne kein Haus und keinen Ort, wo es so machtvoll gegenwärtig wäre. Mehrere Hausmädchen baten schon nach einigen Tagen um ihre Entlassung, weil sie, wie in einem Gespensterschloß nachts von irrenden Geistern geängstigt, am Tage nicht froh wurden. Wirklich scheint das Gebäude, scheinen seine Räume heute bereits uralt zu sein. Und wir, die wir treu und gern darin aushalten, Frau Trigloff, Leisegang, mein Sekretär, der Bursche Franz, ein Hausmädchen, ein dummes Fräulein, das Manfred Diodatus betreut, Anja und ich, werden aller Augenblicke von unerklärlichen Poch- und Klopfgeräuschen, eigentümlichem Geplärr und Gegrein beunruhigt.

Es ist ein Uhr nachts. Ich habe mein Buch auf ein Stehpult gelegt und schreite zuweilen, während der Sturm auf die hohen Fenster drückt, auf und ab. Dabei frage ich mich, wieso es möglich sei, daß dünne Scheiben einen Luftdruck wie diesen aushalten. Der Bursche Franz, dessen Schlafraum unter der Bibliothek gelegen ist, behauptet jedem gegenüber, der es hören will, daß, auch wenn ich längst schlafen gegangen bin, ununterbrochen bis zum Morgen Tritte eines auf und ab Schreitenden in der Bibliothek gehört werden.

Das Haus ist also schon ziemlich beseelt, aber nicht nur von Kobolden oder Klopfgeistern, sondern auch Gott sei Dank von anderen, die höheren Ranges sind. So zum Beispiel vom Geist der Musik, den Anja mit ihrer Geige entbindet.

Alle guten Geister loben den Herrn in diesem Hause, und so lobe ich alle guten Geister darin. Es sind ihrer genug, und wir freuen uns dieses Larariums. Diese guten Gottheiten überdauern nicht nur alle Unbilden der wild und launisch wechselnden Natur, deren Sturmzeichen beinahe nicht abreißen, sondern sie sind es auch, die bewirken, daß keine ihrer Schönheiten dem Hause verlorengeht.

Nirgend habe ich mit den Großartigkeiten der Natur im Zarten und Rauhen, im Guten und Argen so verbunden gelebt. Mit dem Glanze der Sternschnuppen, der sogenannten August-Schwärme, auch Tränen des heiligen Laurentius, fing es an. Dann im Oktober klangen die Räume von morgens bis abends von dem Geläute der Herden, die draußen in der Herbstsonne weideten. Dann ging über dem ersten, still gefallenen Schnee die Sonne auf. Das Haus stand im Glanze von Diamantfeldern. Wir durchlebten im Innern des durchsonnten Gebäudes und außerhalb eine Jahreszeit, die wir nicht mehr kannten und die man einen Schneefrühling nennen muß. Wenn wir nach Berlin gereist waren, kamen wir gern hierher zurück und wurden schon im Dezember von leuchtender Winterstille empfangen. Arbeitszimmer, die ein schöner Morgen so heiter macht, habe ich bisher nicht gekannt und ebensowenig ihre himmlische, friedliche Stille.

Durch Wochen geht Anja gleichsam mit einem zufriedenen, unbewußten Summen der Seele herum, weil unsere Liebe zum ersten Male auf einem gesicherten Grunde sich selbst genießt.

Bergfried, am 13. Januar 1904.

Ich setze mich nieder, um ein Ereignis von gestern festzuhalten, so gut ich kann. Es war ein grauer, grämlicher Tag mit großflockigem Schneetreiben, an dem es nicht eigentlich einmal hell wurde, als mir, ganz wider alles Erwarten bei solchem Wetter, ein Fremder gemeldet wurde.

Die Karte enthielt einen Namen, den ich vor Jahren von meiner Mutter gehört hatte, und obgleich mir der Besuch irgendwie unwillkommen, ja unheimlich war, beschloß ich, ihn anzunehmen. Schließlich hatte sich doch der Mann auch schon mit dem Vordringen bis hier herauf Mühe gemacht.

Der Liebesnarr

Ich ließ ihn ins Speisezimmer führen, weil es vom Eingang des Hauses das nächste ist. Beim Lichte der Kerzen eines dreiarmigen Messingleuchters erkannte ich einen starken, bärtigen Mann, der mich mit stechenden, typisch schielenden Augen anblickte. Auch mein Instinkt, wenn nicht mein Kursus in der Psychiatrie, würde mir sofort gezeigt haben, daß ich keinen normalen Menschen vor mir hatte. Bei der Riesenhaftigkeit der Person war ich verloren, wenn er etwa in einem Anfall von Verfolgungswahn sich über mich warf.

So begrüßte ich ihn mit ausgesuchtester Herzlichkeit und bat ihn zugleich, mich, ehe ich ihm zur Verfügung stünde, einen Augenblick zu entschuldigen. Diesen Augenblick benützte ich, um Leisegang, meinen Sekretär, und Franz, den Burschen, hinter der geschlossenen Tür aufzupflanzen. Auf Anruf sollten sie, mit kräftigen Stöcken bewaffnet, an meiner Seite sein.

Dann trat ich entschlossen, wie ein Raubtierbändiger in den Käfig, in das dämmrige Zimmer zurück, wo der bedenkliche Fremde meiner wartete.

Er fing sogleich sehr heftig und leidenschaftlich zu reden an.

Nachdem er mich mehrmals bei Namen genannt hatte, ging es etwa auf folgende Weise fort:

»Ich habe etwas auf dem Herzen, etwas ganz Gewaltiges, wovon ich nur Ihnen gegenüber reden kann. Es gibt keinen Menschen im ganzen Kreise, in der ganzen Provinz außer Ihnen, ja, im ganzen Reiche gibt es keinen, dem ich ein solches Vertrauen, außer Ihnen, entgegenzubringen vermöchte. Ich bin der und der, heiße soundso, bin in guten Verhältnissen, bin verheiratet, bin schon zum zweiten Male verheiratet, wenn Sie wollen, Familienvater, meine Kinder sind wohlerzogen, Töchterschule, Gymnasium. Manche sagen, ich wäre ein Lebemann. Nun, meinethalben ein Lebemann, sagen wir meinethalben, ich bin ein Lebemann. Was ganz Gewaltiges, sage ich Ihnen, es ist was Gewaltiges, was ich Ihnen vortragen will.

Bereits meine erste Frau war schön, meine zweite aber bei weitem schöner. Ich habe die schönsten Frauen im Kreise, in der ganzen Provinz gehabt. Es war anerkannt, sie waren die schönsten. Meine zweite habe ich natürlich noch und lebe in glücklichster Ehe mit ihr.«

Das wäre sehr zu begrüßen, sagte ich, und ein Mann, dem es so gut gehe, könne sich gratulieren. Ich sah diesen funkelnden Augen und diesen geballten Fäusten an oder glaubte es ihnen anzusehen, daß ich verloren sein würde, wenn ich irgendeine seiner Behauptungen bezweifelte. Er fuhr fort: »Die schönsten Frauen im ganzen Kreise!« und verbesserte sich durch: »Die schönsten Frauen der Welt!

Also nehmen wir an, ich bin Lebemann. Ich sitze also mal eines Tages ... nein, es war oben in Niklasdorf, ich schreite auf einem einsamen Waldwege, passen Sie auf, die Sache ist merkwürdig! Plötzlich, höre ich, schreitet es hinter mir her. Ich höre es deutlich hinter mir herschreiten. Schön! Gut! Ich drehe mich also um, obgleich mir die Sache nicht ganz geheuer ist oder weil sie mir nicht ganz geheuer ist. Was soll ich sagen? Es ist eine Frau, eben auch ein bildschönes Weib, das hinter mir herschreitet.

Ich gehe langsam, bleibe zurück. Schön! Gut! Sie schreitet vorüber. Ich lüfte den Hut, denn schließlich, man weiß ja, was sich gehört, ich sehe sie an, sie sieht mich an, irgendwo biegt sie ab und ist verschwunden.

Ich sah sofort, daß dies nicht eine beliebige Dame war. Schließlich hat man dafür einen Blick. Ich will mich weiter darüber nicht auslassen. Ich kenne Damen aus hohen Kreisen, ich habe Damen allerhöchster Kreise aus nächster Nähe gesehen. Aber lassen wir das, zunächst ist das gleichgültig.«

Ich stimmte ihm höchst beflissen zu und war ganz seiner Meinung, es sei zunächst gleichgültig.

Draußen war es stocknacht, und der Sturm wurde heftiger. Außer einem Dackelhunde von noch nicht einem halben Jahr und den beiden Helden hinter der Tür waren nur weibliche Wesen im Hause. Anjas Energie, die in den oberen Zimmern mit Manfred Diodatus vollauf beschäftigt war, wollte ich zunächst nicht beanspruchen.

»Ich wußte also, woran ich war, und«, fuhr er fort, »habe deshalb auch den Hut fast bis zur Erde gezogen. Ich sage nicht mehr, weil ich mich schließlich nicht ohne Not oder überhaupt nicht – nein, überhaupt nicht! – an der Ehrfurcht, die man gegen allerhöchste Personen untertänigst empfinden muß, vergehen will.

Vierzehn Tage später, denken Sie sich, befinde ich mich in der Gegend von Erdmannsdorf. Im Buchwalder Park, in Richtung auf Schmiedeberg, sehe ich wieder ein schönes Weib vor mir hergehen. Ich gehe vorbei. Diesmal bin ich's, der sie überholt, der Hut fliegt mir gleichsam von selber vom Kopf, und – was glauben Sie? – es ist wieder dieselbe Persönlichkeit.

Sie werden mir hoffentlich nicht sagen wollen, daß dies ein Spiel des Zufalls ist.«

Ganz gewiß nicht, ich wollte das nicht!

»Zufall hin, Zufall her, bei solchen Sachen gibt es bestimmte Anhalte. Warf die Dame ein Auge auf mich? Das ist so schlechthin nicht anzunehmen. Sie würden ganz recht haben, wenn Sie die gegenteilige Ansicht zu vertreten nicht umhin könnten. Schließlich bin ich ja doch nur bürgerlich, es wäre nicht üblich in hohen und höchsten Kreisen. Hölle und Teufel, es gibt aber Ausnahmen! Ausnahmen hier und Ausnahmen dort, und Ehen werden im Himmel geschlossen.«

Der Fremde schlug mit der Faust auf den Tisch, und ich hörte die Lauscher hinter der Tür flüstern.

»Sie werden es nie erfahren, wer die Dame gewesen ist. Sehen Sie meine Muskeln an. Stählerne Arme, stählerne Muskeln.

Hier, versuchen Sie mal meine Waden zusammenzudrücken! Nicht auf der Folter könnte man von mir erfahren, wer die Dame gewesen ist. Zwicken Sie mich mit glühenden Zangen: ein Hundsfott, wenn ich auch nur den Anfangsbuchstaben ihres Vornamens von mir gebe.«

Ich sagte, ein Ehrenmann täte das nicht.

»Nein, ein Ehrenmann tut das nicht. Aber erst recht nicht der, der, wie sich allmählich herausstellen wird, noch eine Kleinigkeit mehr ist als ein gewöhnlicher Ehrenmann. Schön! Gut! Ich schweige davon. Aber in meinem Stammbaum stehen immerhin seltsame Dinge.

Wir wissen nicht, wer die Dame ist. Ich betone bei dem, was kommt, ganz besonders: wir wissen nicht, wer die Dame ist.

Ich sitze in einer Konditorei. In unserer Kreisstadt unten, mit Stadträten. Ganz einfach, vierzehn Tage später sitze ich mit befreundeten Bürgern in einer Konditorei. Plötzlich kommt sie herein. Natürlich inkognito. Man schaut sich an, die Stadträte stecken die Köpfe zusammen, die Verkäuferinnen tuscheln hinter dem Ladentisch. Die Fremde bestellt eine Tasse Kaffee.

Ich sah nun sofort, daß ich mich irgendwie getäuscht hatte. Ganz gewiß waren die Stadträte da, aber ob es wirklich Stadträte waren, weiß ich nicht. Ich glaube es nicht, ich glaube es nicht. Nein, ich weiß es, sie waren es nicht. Unsereins merkt das schon an den Schnuten. Und wenn ich erst solche Manöver erkannt habe, bin ich gewohnt, dies und das in der Stille dagegen zu tun.

Diesmal ging es glatt, und die Stadträte waren im Hui verschwunden.

Sie merken, was hier im Gange ist?«

Natürlich, wie sollte ich das nicht merken!

»So war ich denn mit der Dame allein.

Sehen Sie, ich bin Lebemann. Es kommt in Betracht, daß meine Gewalt über weibliche Wesen eine fast unbegrenzte ist. Ich bin nicht eitel, aber was hilft es: als Mann bin ich schön. Wir haben nur schöne Männer in unserer Familie. Was kann ich dafür, wenn ich auf der Stelle erkannte, was die Dame in die Konditorei führte. Meinen Sie, daß es bei einer so hohen Person der Bliemchenkaffee und der altbackene Kuchen gewesen ist? Schlagt mich tot: ich bin es gewesen!

Meine Kühnheit war geradezu grauenhaft. Die Dame war

etwa dreißigjährig. Ich verschweige die Titel, die ich ihr selbstverständlich bei der Anrede gab. Gewiß, es war vielleicht unüberlegt. Die Dame erblaßte und wollte aufstehen. Sie blieb, denn ich sah meinen Fehler ein und wäre bei einem Haar vor ihr niedergestürzt, sie fußfällig um Verzeihung zu bitten. Ich sagte nun laut, um abzulenken und auch vor den Ohren der Verkäuferinnen die Sache ins Banale zu ziehen: ›Sie haben einen beneidenswerten Appetit, gnädige Frau, ich habe Sie geradezu höchlich bewundert.‹

Die Dame verstand mich. Das Wagnis war groß. Es hätte ebensoleicht können anders ausfallen. Sie verzog keine Miene, zahlte und ging. Ich folgte ihr nun bis auf die Straße. Dort hatten wir einen kleinen Wortwechsel mit einem geradezu ungeheuren Resultat, das ich mit mir ins Grab nehmen muß.

Gekrönte Häupter, Herr X., hiermit habe ich vor Ihnen das Wort ›gekrönte Häupter‹ ausgesprochen. Ich sage noch einmal, gekrönte Häupter! Ich würde es aber niemand raten, an anderer Stelle irgendwie laut werden zu lassen, daß ich hier das Wort ›gekrönte Häupter‹ gebraucht habe ...«

Er kam mir nahe, ich hörte ihn keuchen. In der Einsamkeit des gotischen Zimmers, dessen Winkel das Kerzenlicht nicht aufhellen konnte, unter den heftigen und feindlichen Geräuschen der Schneeböen gegen die Fenster, blitzten mich seine Augen drohend an.

»Gekrönte Häupter«, fuhr er fort, »wer das erlebt, ein Lebemann, der unter den Baldachinen auf Polstern von Scharlach ... weiter sage ich nichts. Andre werden behaupten, ein Lebemann, eine unbefriedigte Frau, die Bedürfnisse hat, ein Trinkgeld an den Portier, ein Hotelzimmer. Schön! Gut! Es freut mich. Es kommt mir gelegen, es paßt mir sozusagen in den Kram, wenn es so betrachtet wird. Diese Schwätzer sind nicht meine Feinde. Andre, ganz andre Feinde, mächtige Feinde, allmächtige Feinde, Feinde, die unsichtbar in die Ferne wirken können – aber ich bin gewappnet, ich bin auf der Hut! –, solche furchtbaren Feinde habe ich gegen mich aufgebracht.

Sie dürfen es ahnen, wenn auch nicht wissen, zu welchen erhabenen Verbrechen ich hinauf- oder meinethalben hinabgerissen worden bin. Aber sie sagte zu mir, was ja schließlich auch in der Hitze des Liebeskampfes das Gegebene war: ›Georg, du bist schöner als jeder Edelmann!‹ Ich heiße Georg, nämlich Georg ist mein Vorname. Und sie fügte hinzu: ›Nun muß ich dich grafen.‹ Sie meinte damit in den Grafenstand erheben oder wenigstens zum Baron machen. ›Ich muß dich erheben, damit ich keine Gefallene bin.‹

Als wir uns trennten, sagte sie: ›Du erfährst von mir, aber frage mich nicht nach meinem Namen. Es könnte, wenn du ihn wüßtest, von furchtbaren Folgen für dich sein, und es würde mich hindern, für dich zu wirken. Ich rechne damit, daß man dich bald, wie gesagt, zum Grafen und dann vielleicht zum Oberpräsidenten der Provinz – übrigens hast du dann ganz die Wahl –, vielleicht auch zum Gouverneur von Straßburg machen wird. Hohenlohe ist alt, und wir könnten uns dort, auch natürlich inkognito, öfters sehen.‹ Sie hatte mich verpflichtet, im Zimmer zu bleiben, als sie den Gasthof verließ, ich durfte auch nicht aus dem Fenster sehen, aber hier konnte ich doch nicht umhin, die Gardine ein wenig beiseitezuschlagen. Und als es geschehen, wußt' ich genug.

Das war gegen Ostern, vergangenes Jahr. Und nun geben Sie acht, nun kommt das Gewaltige, kommen die dunklen Mächte, denen ich preisgegeben worden bin. Doch ich weiß ihre Schläge zu parieren.

Nachdem ich drei Monate lang die Ungenannte weder gesehen noch etwas von ihr erfahren hatte, lief ein patschuliduftendes anonymes Billet doux bei mir ein.

Nun, ich war ein anderer Mensch, ein anderer Mann geworden in der Zwischenzeit. Meine gute Frau, die ich innig liebe, sagte: ›Du wirst dich noch ruinieren, Georg.‹ Ich gab nämlich drei-, vier-, fünffach soviel Geld als bisher an den Schneider aus. Es war natürlich, daß ich meinen bis dahin gepflegten Verkehr nicht gerade in alter Weise fortsetzte. Die Leute sahen es mir ja schließlich an, daß ich nicht mehr derselbe war. Selbstverständlich fuhr ich nur noch erster Klasse. Ich war immer ein bißchen als der übergeschnappte Georg bekannt, aber nun hatte ich ganz verspielt, da ja die Leute nicht Bescheid wußten. Wichen nun meine Bürgersleutchen und Konsorten mehr und mehr von mir zurück, so konnte ich sehen, konnte erleben, wie sich Reichsgrafen und überhaupt die Majoratsherren Schlesiens, wo sie nur konnten, an mich anvetterten.«

Hier sah mich der Fremde an wie ein Nußknacker und fing mit den Zähnen zu knirschen an.

Ich tat, als wär' ich ganz Ohr, denn ich fürchtete mich. Aber ich war wirklich auch ganz Ohr, weil mich die Erzählung des Fremden gefangennahm. Meine angstvolle Sorge jedoch war das Ende. Was war der Grund, weshalb der Verrückte gekommen war, und was führte er schließlich und endlich im Schilde?

»Richtig, ich sprach von dem Billet doux ...«

Das Knirschen verstummte, als der immer grimmig blikkende Mensch seine Rede fortsetzte.

»Als ich es mehrmals berochen, entziffert – das war nicht ganz leicht – und in den Fingern gedreht hatte, sagte ich ohne Zögern, a tempo, sofort zu meiner Frau: ›Käthe, ich muß auf der Stelle abreisen!‹ Natürlich, Sie wissen, wie Frauen sind. ›Bist du verrückt, Georg?‹ gab sie zur Antwort. ›Du steckst eben die Semmel in den Mund‹ – ich hatte tatsächlich die erste Frühstücksbuttersemmel noch nicht aufgegessen –, ›in diesem Augenblick hast du davon gesprochen, daß wir einen Ausflug nach Görlitz machen wollen, und jetzt schreist du: Abreisen!, ohne daß etwas geschehen ist.‹ Sie müssen wissen, das Blättchen kam nicht durch den Briefträger, ich fand es ganz einfach in der Jackettasche, als ich nach meinem Schnupftuch griff. ›Wohin willst du denn reisen?‹ fragte die Frau. Ich hütete mich natürlich zu sagen, daß mein Ziel Ostende ist. Ostende! woher nimmt man das Geld für Ostende? Mein Geschäft ist solid, mein Geschäft geht gut, aber ich hatte in letzter Zeit eben ein bißchen zu viel herausgenommen. Schließlich, da ich ja wußte, was auf dem Spiele steht, rannte ich von Pontius zu Pilatus, und so konnte ich fünf- oder sechstausend Mark gegen das Pfand meiner Lebensversicherung flüssigmachen.

Nun geben Sie acht, nun fing die geheime Intrige zum erstenmal, und zwar an der Schwelle meines eigenen Hauses an. Sie fing sich an, als ich über die Schwelle ein-, zwei-, drei-, viermal nicht hinauskonnte. Herr X., ich nahm Anlauf, nahm wieder Anlauf, eins, zwei, drei, vier! und konnte nicht über die Schwelle hinaus. Ich wußte sogleich, es war der Feind. Aber passen Sie auf, ich sollte noch viel mehr Feinde bekommen. Sie werden ja sehen, ob ich aufschneide. Es ist da ein Mensch, ich sage nicht wo, ein Hypnotiseur, ein Mensch, gar nicht so dumm, der sich auf Telepathie versteht. Ich werde mich hüten, ihn zu nennen. Das möchte er wohl, es würde seine Kraft verzehnfachen. Schluß damit. Augenblicklich sitzt er in einer Gefängniszelle. Aber das macht nichts: er spielt Klavier, und die Puppen tanzen ...«

Dem Erzähler trat ein leichter Schaum in die Mundwinkel. Es hing ihm eine schwarze Haarsträhne tief in die Stirn. Diese perlte. Auch roch er nach Schweiß. Sein Düffelpaletot, den er noch anhatte, durchnäßt von dem nun auf ihm zerschmolzenen Schnee, gab ein penetrantes Arom.

»Er spielt Klavier, und die Puppen tanzen. Und was für Puppen!« fährt er fort. »Sie müssen erst einmal wissen, was das für Puppen sind. Die ersten Namen, Sie meinen vielleicht Geheimräte, meinen Gelehrte, meinen Künstler? Immer höher hinauf. Offiziere, Generale, mag sein, auch ein General ist darunter. Im übrigen immer höher hinauf. Ein Fürst? Schon eher! Ein Herzog, ein Prinz? Wir kommen der Wahrheit immer näher. Nun werden Sie denken, Herr X., händeringend werden Sie denken, o bliebe der tolle Mensch doch zu Haus! Schön! Gut! Aber ein Ritter, ein fahrender Ritter bleibt nicht zu Haus, wenn seine Dame ihn ruft, wenn eine hohe Dame ihn ruft, ihm durch unsichtbare Boten und Zeichen verständlich macht, daß sie gefangen sitzt.

Wissen Sie«, unterbrach er sich, »was in Deutschland im Gange ist?« Er wollte sagen: Sie Waisenknabe wissen es nicht.

»Wenn Sie es erfahren wollen«, fährt er fort, »so denken Sie immer das Gegenteil von alledem, was ich jetzt sage. Ganz genau immer das Gegenteil: etwas ganz Geringfügiges, ganz Minimales bereitet sich vor! Etwas, bei dem ein kleiner Mann zum Führer ausersehen ist, mit dem ich als der sogenannte übergeschnappte Schorsch nicht das allergeringste zu tun habe! Eine hohe Dame liebt diesen Mann und ist vom Geschicke ausersehen, ihm den Weg zur Rettung des Landes zu ebnen. Ich schwöre, daß ich der Mann nicht bin! – So ist es, denken Sie nun, was Sie wollen.

Aber glauben Sie nicht, wenn ich zum Beispiel der Mann wäre, daß ich dann der Mann bin, gegen den Ruf des Schicksals taub zu sein! Und wenn die Welt voll Teufel wäre. Gott helfe mir, Amen! Hier stehe ich, und so fort, und so fort. Punktum also. Sie wissen genug.

Ich hatte fünftausend Mark in der Tasche. Ich hätte es eigentlich für die Begleichung eines Wechsels aufheben müssen, der drei Tage später fällig war. Ich schaffte mir aber in Berlin noch einige Kleinigkeiten, einen eleganten Koffer und eine sehr schöne Reisetasche an. Überhaupt, es war eine Sache des Auftretens.

Natürlich Ostende, das erste Hotel. Ich war im Coupé mit einem jungen Herrn ins Gespräch gekommen. Ich hatte sofort erkannt, wer er war. Ich will mich näher darüber nicht auslassen. Es war eben eine in die Augen fallende unverkennbare Ähnlichkeit. Unser Kaiser hat es gesagt. Er muß es wissen. Und ich wiederhole es Ihnen dreimal, nämlich, daß Blut dikker als Wasser ist. Blut ist dicker als Wasser, Herr X. ...«

Damit griff er mir, wie mit zwei Schraubstöcken, um die Gelenke. Er ließ Gott sei Dank los, als ich ihm lebhaft und herzlich zustimmte.

»Nie werde ich etwa ›Geliebte‹ sagen. Es gibt für die Hoheit, die sich zu mir herabgelassen hatte, gibt für das, was nach mir rief und dem ich blindlings folgen mußte, kein Wort. Eine gewisse Beatrice hat sich, glaub' ich, zu einem Dichter, der, glaube ich, Italiener war, aus dem Paradiese herabgelassen. Dichter sind Dichter. Was geht es mich an? Hier, wo diese ungeheure, diese ungeheuer gewaltige, immense Wahrheit, diese geradezu grandiose Tatsache ist.

Da saß der Bruder. Ich starrte ihn an. Ich konnte jegliche Linie ihres hochadligen ... entschuldigen Sie, ich verspreche mich, und es genügt, wenn ich sage, ich konnte jede Linie nachziehen.

Aber der Bursche kannte mich.

Ich hatte es mit einer allmächtigen Clique zu tun. Wie gesagt, die prinzlichen Blicke waren sprechend. Sie waren vielsagend, peinlich vielsagend. Ich konnte mir hinter die Ohren schreiben: Dein Freund ist der gute Junge nicht. Er weiß, weshalb du gekommen bist, er wird dich umgehend avisieren und seinen Standesgenossen verraten, obgleich er allerhöchst nur verschwindend wenige hat.

Ich entschloß mich, ihn anzureden.

›Wollen Eure Kaiserliche und Königliche Hoheit allerhuldvollst so gnädig und herablassend sein‹, sagte ich, ›einem in Ehrfurcht ersterbenden, allzeit getreuen und dienstwilligst gehorsamsten Untertanen zwei Worte der Rechtfertigung zu gestatten?‹

Was glauben Sie, meine Lippen bewegten sich nicht.

Aber da wölbte sich meine Brust. Da fühlte der tolle Schorsch – sie nennen mich auch den tollen Schorsch – sein Herz pochen. Wen eine solche Schwester ruft, und wem eine solche Flamme im Busen lodert ... Gott nicht und auch der Teufel nicht, geschweige zehn Brüder konnten mich da zurückhalten. Damit war ich im reinen, und nun nahm ich entschlossen den Kampf auf der ganzen Linie auf.

Ich hatte Geld. Selbstverständlich sofort am Abend französischer Sekt. An runden Tischen saßen die Herrschaften. Ich war unterrichtet. Die Namen von Lords, Großherzögen, Fürstinnen, kaiserlichen Prinzen schwirrten durch die Luft. Vollkommen überflüssig für mich. Ich wußte ja, wen ich hier treffen würde. Die Herrschaften sahen herüber und tuschelten. Aber ich tat, als bemerkte ich nichts. ›Kellner‹, sage ich, ›bringen Sie mir noch zwei Dutzend Austern, und bringen Sie eine andere Flasche Sekt! Die erste ist schlecht, sie schmeckt nach dem Pfropfen.‹ Der Kellner bedauert, probiert und behauptet, er schmecke nichts. Ich schreie: ›Ich habe Sie nicht gefragt, Sie Esel! Fort mit dem miserablen Gesöff! Ich zahle den Sekt!‹

Parbleu, das wirkte wie eine Bombe.

›Weiß man denn hier nicht‹, sagte ich laut, ›wie man mit Männern aus höheren Kreisen umgehen muß?‹

Und nun geben Sie acht! Was war die Folge? Auf meinem Zimmer lag ein Kuvert und in dem Kuvert wiederum ein Billett, auf dem gesagt wurde, daß leider das Zimmer anderweitig vergeben sei und auch leider ein anderes Zimmer für mich nicht frei wäre ...«

Er blinzte mich an: »Begreifen Sie was?«

Natürlich begriff ich alles sofort und suchte sein geheimnisvoll lauerndes Grinsen und Nicken nachzumachen.

»Also das war der erste Schlag. Ich ließ meine Sachen in einem Wagen fortschaffen und ging zu Fuß den Strand entlang in der Richtung des neuen Hotels, in dem ein Zimmer für mich vorhanden war. Alle Welt war am Strand. Man konnte kaum durchkommen. Komtessen, Grafen, Lords und Herzöge, kurz, doppelt und dreifach die ganze Gesellschaft, der ganze hohe und allerhöchste Klüngel, der eifersüchtig und gegen mich im Harnisch war.

Nun, sehen Sie, ich bin ein Kerl. Mein Exterieur kann es mit jedem Herzog aufnehmen. Wenn ich auf meinem Weg einen Stein traf, und es lagen viele Steine da, sagte ich in dem allerschneidigsten Ton, natürlich ganz von oben herab: ›Ah, Fürst von J., bitte gehen Sie mir aus dem Wege, Fürst!‹ und schleuderte den Stein verächtlich mit dem Fuße fort. Ein neuer Stein: Herzog von Toggenburg. ›Lieber Herzog, entfernen Sie sich!‹ und auch er tat es im weiten Bogen. Ein dritter Stein: ›Verzeihung, Prinz, freie Bahn dem Tüchtigen!‹ Ein Esel kriegte den Stein an die Schnauze, als ich ihn mit der Spitze des Fußes wie einen Fußball befördert hatte. Es sammelten sich natürlich Menschen. Der ganze Strand wurde aufmerksam. ›Königliche Hoheit, empfehlen Sie sich! Ich habe nicht Lust, mir von jedem beliebigen meine Karriere verstellen zu lassen.‹ Ein Rollstein flog wie ein Vogel hinweg. Ich sah, wie gewisse Leute bleich wurden, aber ich habe diesen boshaften Gegencoup durchgeführt und die Sache lange fortgesetzt.

In dem neuen Hotel war ein kluger Hausdiener. Ich sah es ihm an, man konnte ihn ins Vertrauen ziehn. Er war für die Sache Feuer und Flamme, als er mein erstes Goldstück in der Hand hatte und das zweite, falls ich mit ihm zufrieden wäre, in Aussicht sah. Er sollte die Wohnung der Dame ermitteln, die man aus guten Gründen verborgen hielt. Schließlich kam er zurück und nannte mir einen kleinen, etwa eine Meile entfernt gelegenen Ort, an dem sich nur ein Gasthof befände, in den sich die Dame zurückgezogen hatte, um in der Stille auf jemand zu warten, wie man ihm ganz bestimmt versichert hatte.«

Meinen Gedanken, daß man auf diese Art und Weise auch in dem zweiten Hotel den übergeschnappten Schorsch loswerden wollte, verriet ich nicht.

»Als ich diese Gewißheit hatte«, fuhr er fort, »brach ich zunächst mal mehreren Flaschen Champagner die Hälse. Unmöglich zu sagen, wieviel Austern ich geschluckt habe. Der Direktor schlug mir vor, in die Kneipstube des Hotels zu gehen, und bezeichnend für die Gewalt und Erhabenheit meiner Empfindung und meines Selbstbewußtseins war – und nicht zu vergessen der nahen Erfüllungen –, daß die Leute umher mir wie Kutscher vorkamen. Schließlich tranken sie alle mit, wobei der Champagner in Strömen floß. Hochs und Hochs wurden ausgebracht auf das, was die nahe Zukunft für mich im Schoße hatte.

Wieder war mein Gepäck vorausgekutscht, ich zog es vor, ihm per pedes apostolorum zu folgen.

An diesen Weg, es war Nacht, werde ich denken, Herr X.! Stocknacht, man sah nicht die Hand vor den Augen. Dann war so ein Schimmer da vom Meerleuchten. Und schließlich, als sich das Auge gewöhnt hatte und eine hellere Wolke am Himmel die Stelle verriet, wo die Mondsichel sein mochte, sah man etwas entfernt eine in der Richtung des Strandes laufende dunkle Mauer, den Wald. Und da, da merkte ich, was hier, gerade hier Entscheidendes auf mich wartete. Ich spürte fast, wie mich der schwarze Schurke, der Satan in der Gefängniszelle, in seinen verfluchten Klauen hielt. Warum hatte ich keine Droschke genommen oder war mit der Bahn gereist?! Aber nein, das war nur die Falle, in die ich im letzten Augenblick vor Erreichung des Ziels gelockt werden sollte. Nun, Sie können mir glauben, als ich das erst einmal erkannt hatte, war ich entschlossen, durchzubrechen.

›Georg, nicht weiter! Georg, nicht weiter!‹ schrie es aus dem Wald.«

Der Fremde schrie so laut, daß, was der Schreier durchaus nicht bemerkte, die beiden Lauscher die Tür öffneten. Sie zogen sich auf ein Zeichen von mir zurück. Der Mensch fuhr fort: »Auf die Worte ›Georg, nicht weiter! Georg, nicht weiter!‹ gab ich mit Stentorstimme zur Antwort: ›Nun erst recht! dir zum Trotz! nun erst recht!‹

›Ich steche dich ins Gehirn!‹ schrie es aus dem Wald, worauf ich zurückgab: ›Stich, stich, stich!‹

›Hänge dich auf! Hänge dich auf!‹ kam nun wieder die Stimme aus dem Wald, ›denn die Dame, von der du faselst, gibt es nicht. Oder geh ins Wasser, du hast es ja nahe!‹

›Halt deinen Rachen, Satanas!‹ gab ich brüllend zur Antwort. Bei alledem lief ich wie rasend am Strande fort. – ›Esel, die Dame verachtet dich!‹ – ›Nicht so sehr wie ich dich!‹ gab ich auf diese unverschämte Invektive dieses säuischen Hundes von einem abgerichteten Kielkropf oder was er war, zurück. ›Himmeldonnerwetter nochmal, kann man denn nicht mehr nachts, ohne von diesem Pack belästigt zu werden, einen kleinen Spaziergang machen?‹

Nein, das war es nun freilich nicht. Schließlich handelte er in höherem Auftrage.

Ich habe den Burschen zum Schweigen gebracht.

Wollen Sie wissen, wie? Auf die allergewöhnlichste Weise.

Schreien Sie mal! Schreien Sie mich mal wütend an! Wollen Sie mich mal bitte gefälligst wütend anschrein! Bitte gefälligst, schreien Sie doch!«

Er meinte tatsächlich mich mit dieser Aufforderung, obgleich mir das längere Zeit nicht klarwurde. Schreien, auf Befehl schreien wollte ich nun natürlich nicht. Schließlich hätte das ja im Hause das größte Entsetzen hervorgerufen.

Aber der Kerl wurde immer dringlicher: »Schreien Sie doch, zum Teufel nochmal, und stellen Sie sich nicht zimperlich! Ich will Ihnen zeigen, wie man solche Schreier zum Schweigen bringt!«

Er griff in die Tasche, und ich dachte nicht anders, als im nächsten Augenblick einen Revolver zu sehen. Du bist hin, wenn du schreist, war mein erster Gedanke. Und hätte ich geschrien, ich lebte nicht mehr. Ich zwang mich, ganz leise zu sagen: »Sie haben wahrscheinlich ganz lustig und heiter in das Waldversteck des Gesellen hineingeknallt.«

»Das tat ich. Ein Unfug sondergleichen. Ich schlug eine ungeheure Lache auf, weil ich an seinem Schweigen merkte, daß es ihm in die Hosen ging. Aber, das muß ich sagen, er lachte wieder. Er lachte, bevor er endgültig schwieg. Auf eine Weise lachte der Hund, die ich lieber zum zweiten Male nicht hören möchte.

Im selben Augenblick war ich vor meinem erleuchteten Gasthause angelangt.

Ich traf gewöhnliche Leute im Gastzimmer. Notabene, ich habe vergessen, daß ich wieder fünf-, sechs-, siebenmal Anlauf nahm, ehe ich über die Schwelle des Hauses kam. Nämlich ich wurde von Armen und Fäusten, unsichtbaren Armen und Fäusten zurückgehalten. Aber ich merkte, daß ich jemandem alle Zähne aus dem Rachen geschlagen haben mußte, als ich um mich hieb.

Kein Zweifel, ich war am rechten Orte. Nicht nur, weil ich das Haus, das Gastzimmer erst zu erkämpfen hatte, sondern weil ich, hineingelangt, sofort erkannte, wes Geistes Kinder ich hier beisammen fand. Ich ließ natürlich Champagner auffahren.

Das war das reinste Kostümfest, Herr X. Da war ein Förster, ein dicker Wirt, die Wirtin, gekleidet wie eine Innsbruckerin. Sie rauchte Pfeife und lächelte nur, als ich ihr ein Glas Sekt in den Busen schüttete. Ein hübscher Bursche, ein Zitherspieler, war so polizeiwidrig, saumäßig dumm, daß er glaubte, ich erkenne ihn nicht. Wollen Sie wissen, wer er war?« – Der Erzähler drückte den Mund an mein Ohr und hauchte kaum hörbar hinein: »Der Bruder!« Dann trat er zurück, schlug die Hand auf das Herz und bekräftigte mit zwei brüllenden Schwüren: »Auf Ehr und Gewissen, der Bruder! der Prinz!!

Ha! ...«

Er knöpfte an seinem Überrock, als sei er zu Ende und wolle gehen.

»Es saßen noch andere Leute da. Wie diese Leute mich zu behandeln versuchten, entbindet mich heute der Schweigepflicht. Sie mögen wissen, ich habe Ihre Majestät, die Tirolerin, sans façon geradezu mit dem ihr zukommenden Titel angeredet. Mochten sie ihre Komödie spielen, meinethalben, nur nicht mit mir. ›Ihre kaiserliche Majestät‹, sagte ich, ›haben sich allergütigst herbeigelassen‹, sagte ich, ›höchstselbst in einem untertänigst äußerst gelungenen kleinen Mummenschanz Ihre Teilnahme nicht zu versagen. Ich stelle mich ebenfalls gern zur Verfügung‹, sagte ich. – ›Wie gefällt dir der Herr, lieber Nikolaus?‹ wandte sie sich an den Wirt, bei dem es nicht schwerhielt, zu erkennen, daß sein Umfang nicht von Fleisch und Fett, sondern von einigen Federkissen herrührte. Der Zar war in Frankfurt voriges Jahr. Er war nach Ostende herübergekommen. Einen Irrtum gab es da nicht.

Bis dahin hatte der Zar mich bedient. Nun, sah ich, erschien die Kellnerin, die sofort mit der Wirtin, die sie hinausweisen wollte, einen Wortwechsel hatte. ›Was willst du denn, Trine?‹ sagte Ihre Majestät zu der sogenannten Magd, die ein Tuch unterm Kinn herum und über dem Kopf zusammengebunden hatte. ›Was willst du denn, Trine? Geh schlafen, du kannst doch hier nicht bedienen, wenn du Ziegenpeter hast, du wirst uns noch alle zusammen anstecken.‹

Ein Blitz, ein Blick, mein Plan war gemacht.

Die Verkleidung konnte nicht besser sein. Mit Erlaubnis zu sagen, die richtige Rotznase. Schlumpig, dreckig, mieserig und dazu noch die Backe aufgetrieben wie von einem Kartoffelkloß. Die Gesellschaft schien aber sehr zufrieden damit. Trotzdem wurde sie eigentlich mit einer unverkennbaren Ängstlichkeit von der ganzen Gesellschaft hinausgewiesen und schleunigst aus meinem Gesichtskreis gebracht.

Mein Zweck war in anderthalb Stunden erreicht, die ganze hochmögende Rasselbande lag unter den Tischen. Und wissen Sie was, ich habe das auf ganz einfache Weise zuwege gebracht. Ich forderte sie auf, auf das Wohl unseres Allerhöchsten Herrn einen Ganzen zu trinken, des Zaren einen Ganzen zu trinken, des Kaisers Franz Joseph einen Ganzen zu trinken, des Kronprinzen Friedrich einen Halben zu trinken, auf meine huldvolle Herrin eine ganze Flasche zu trinken, und so fort und so fort, bis alles stockhagelmäßig besoffen war. Dann begab ich mich ganz gelassen, von niemand gehindert und als ob nichts geschehen wäre« – er zwinkerte, wie ich bisher noch niemand im Leben zwinkern sah, er zwinkerte diebisch, er zwinkerte grimmig und lüstern –, »begab ich mich ganz gelassen, sagte ich, begab mich tatsächlich ohne weiteres zu meiner quietschvergnügten Magd in die Koje hinauf.

Unten lag das Gesindel und schnarchte.

Am nächsten Morgen kam Kavallerie, und ich mußte, Hals über Kopf, das Feld räumen. Meinen Spaß freilich hatte ich weg.«

»Haben Sie«, fragte ich, »Ihr Geld wieder mit zurückgebracht?«

»Ich mußte vierter Klasse zurückreisen. Ich habe Ihrer Majestät die letzten zweitausend Mark an einer diskreten Stelle des Nachttischchens deponiert. Ich mußte das tun, es war das mindeste.

Nun also, warum ich gekommen bin. Sagen Sie, was raten Sie mir? Soll ich über die Grenze gehen, oder soll ich ganz einfach nach Berlin und die Leitung des Reiches in die Hand nehmen?«

»Aber, aber«, sagte ich, »natürlich nehmen Sie die Leitung des Reiches sofort in die Hand.«

Er schien befriedigt, nahm seinen Hut und war einen Augenblick später verschwunden.

Bergfried, den 19. September 1904.

Eine neue, stille Schönheit erfüllt mein Haus. Eine neue, stille Schönheit erfüllt unser Haus. Mit allen seinen Räumen, mit allen seinen Mauern, vom Fundament bis zum Dachziegel ist eine Veränderung vorgegangen. Das Material des Hauses ist über Nacht ein ganz anderes geworden. Niemals hätte ich eine solche Verwandlung für möglich gehalten.

Seit gestern erst darf ich von diesem Baue sagen, er stehe fest. Seit gestern erst atmen wir darin eine miasmenfreie Luft; Sporen, die sich auf die Organe der Seele legen, sie reizen und entzünden, schweben nicht mehr darin herum. Das Geschwebe, wie der Planktonforscher das Plankton im Wasser nennt, ist fort und trübt ferner die Klarheit des Elementes nicht.

Was ist geschehen? Was hat sich ereignet? Warum ist dieses Haus nun eine feste Burg, eine erst wahrhaft feste geworden in dem Augenblick, wo sie nicht mehr belagert wird? Gerade die Feinde, um derentwillen sie errichtet worden ist, sind nun abgezogen. Das Atmen geschieht mit einer Leichtigkeit, die ich seit einem Jahrzehnt nicht gekannt habe. Dieselbe Leichtigkeit ist in die Bewegungen meines Körpers eingezogen. Ich gehe aufrecht und befreit, wie jemand, der mit einer niederziehenden, bleiernen Last im Wachen und Schlafen behaftet gewesen ist, die er nun abgeworfen hat. Er hat seine Arme, seine Schultern, seinen Nacken freibekommen, Aufgaben zu bewältigen, die er früher mit und trotz der bleiernen Last bewältigen mußte.

Dies niederschreibend, sitze ich in dem runden, braungetäfelten Turmzimmer an meinem Arbeitstisch, auf dem gleichen Lehnstuhl, den gestern der Standesbeamte eingenommen hat. Von diesem Tisch und von dieser Stelle aus bin ich gestern mittag mit Anja getraut worden.

Der Standesbeamte Herr H. hatte angeboten, um jedes Aufsehen zu vermeiden, wie das Gesetz ihm freistelle, die Formalitäten der Trauung im Bergfried selbst vorzunehmen. Und das wird ewig wahr bleiben, daß dies ernste Refugium während dieser Viertelstunde wirklich zu einer Art Kirche wurde.

Es ist vormittags und jene tiefe Stille um mich, die nur diesem Hause zuweilen eigen ist, eine an Verlassenheit grenzende Stille, und, da wir nun einmal in Bildern (τὸ σύμβολον: das Sinnbild) zu denken und zu sprechen gezwungen sind, darf ich sagen, daß man die Anwesenheit eines heiligen Boten, die Kraft seiner Aura, auch nun er geschieden ist, noch überall spüren kann. Sie wird diesem kleinen Steinhaufen nie vor seinem Einsturz ganz verlorengehn.

Dieser Angelus hat die Verwandlung, von der ich sprach, der Räume, der granitnen Fundamente, der Ziegelsteine, der Dachsparren, des Lichtes, das durch die Fenster dringt, der Luft, die ich atme, mit sich gebracht und ein ätherzartes neues Element, reiner als Luft und Licht, zurückgelassen. Auch die Stille, von der ich schrieb, ist von der unaussprechlichen Heiterkeit dieser Gnadengabe erfüllt.

Wie die Scheidung erreicht wurde? Durch kluge Politik meines juristischen Freundes und durch Melittas Sinnesänderung. Sie hielt es nun doch wohl für nutzlos, weiterzukämpfen. Schon ihre Flucht vor meinem letzten Besuch in Dresden deutete darauf hin.

Praktische Rücksichten mochten mitsprechen.

So ist es also den Jahren doch gelungen, ein friedliches Auseinandergehen herbeizuführen. Aber der langsame Lösungsprozeß, den ich um Melittas willen gewählt habe, hätte mich fast das Leben gekostet.

Ich bin bewegt, wenn ich denke, wie ich geführt worden bin. Aber, werden gewisse Philosophen sagen, es gibt keine Führung, es gibt keine Vorsehung, höchstens eine Notwendigkeit. Nun, ich bin hier im Bereich des Persönlichen und Lebendigen, soweit es zu erfüllen und zu erleben ist. Und so bin ich erschüttert davon, daß dieses Haus nun meine und Anjas Hochzeitskapelle und unser steinerner Trauzeuge geworden ist. Es hat damit seinen höchsten Zweck erfüllt, seine letzte Weihe erhalten.

So ist ein nunmehr zehnjähriges bitteres Ringen zum Abschluß gebracht.

In der großen Halle oder Diele vollzog sich das kleine Hochzeitsmahl, dem der Standesbeamte, Anjas Bruder, Justizrat J. und zwei befreundete Ehepaare beiwohnten.

Eine Teilnahme meiner Familie fand nicht statt.

NEUE LEIDENSCHAFT

(Editorische Bemerkung)

[Bei dem folgenden Paralipomenon zum »Buch der Leidenschaft« handelt es sich um die verworfene Fortsetzung, anschließend an CA VII, 449.
Überlieferung: h und T in Nachlaß-Nr. 413, Fasz. b und c.
Erstveröffentlichung unter dem Titel »Neue Leidenschaft« in: G. Hauptmann, Die großen Beichten. Berlin 1966. S. 1017–1073.

Entstehungszeit: 1928/1929 (nach G. Hauptmann, Das gesammelte Werk
Ausgabe letzter Hand. Berlin 1942, Bd. 12, S. 1).
Textgrundlage: h.]

[VERWORFENE FORTSETZUNG]

Walenstein, den 30. August 1905.

Eigentümlicherweise bin ich nun, wo der große Konflikt seinen Ausgleich gefunden hat und Lella vor Gott und Menschen mir gehört, allerlei kleinen Anfällen des Eros ausgesetzt, die mich in Versuchung führen, gegen das Gebot treuer Liebe zu verstoßen: Du sollst nicht andere Götter haben neben mir. Ich leide an einer gewissen Reizbarkeit gegenüber dem allgemein Reizenden. Dieses und jenes hübsche Mädchen, wie es einem in Haus, Wald und Wiese immer begegnen kann, läßt immerhin unerlaubte Wünsche und Neigungen wach werden. Eine Aura von Poesie, die sie jedesmal umgibt, will mich in sich hineinlocken.

Als Lella und ich sozusagen legitim wurden, traten wir nicht ohne Wehmut, ohne Abschiedsschmerz aus dem freien Zustand liebevoller Zusammengehörigkeit heraus. Wir schworen uns, daß unsere Liebe durch das Band der Ehe keine Abschwächung erfahren werde. Dieser gewissermaßen rohe gesetzliche Zwang, so versicherten wir einander, sollte nie an Stelle der unendlich zahlreichen, innigen Verzweigungen unserer Seele treten dürfen. Amen! sage ich heute wie immer – und so soll es und wird es geschehen.

Die kleinen Plänkeleien des Eros bedeuten nichts. Ich fühle mich auch durch sie nicht ernstlich beunruhigt. Die Einehe ist viel mehr ein psychisches als ein physisches Institut, oder sie ist keine wahre Einehe. Mag immerhin der Zweck, Kinder zu zeugen und aufzuziehen, ein physischer sein, die physische Verbindung muß sehr bald bei einer wahrhaften Ehe in das Psychische übertreten. Und diese nun vorhandene psychische Einheitlichkeit kann nun, selbst ganz ohne physische Verbindung, einen solchen Grad erreichen, daß der eine von zwei solchermaßen Seelenverbundenen, wenn der andere stirbt, ebenfalls nicht mehr fähig zu leben ist. Aber auch in einem solchen Verhältnis wäre der Mann kein Mann, wenn er beim Anblick des immer neuen schönen weiblichen Nachwuchses seiner Nation im Sinnlichen unberührt bliebe.

Suche ich eigentlich für mein Johannistriebchen eine Entschuldigung? Das würde mir durchaus nicht zukommen.

Schließlich übe ich eine Beherrschung über mich aus, die im Sinne der Tugend alten Stiles durchaus verdienstlich ist. Nicht so im Sinne der Natur, die sich schließlich nicht ungestraft mißhandeln läßt.

Die Erzväter Abraham, Isaak und Jakob sind große Patriarchen mit vielen Frauen gewesen. Und Gott sprach zu Israel: Du sollst zum großen Volke werden, und ich will deinem Samen die Welt eingeben. Die Lenden eines Mannes sind wirklich befähigt, ein Volk zu zeugen, wenn genügend Frauen dazu vorhanden sind, während das Umgekehrte nicht möglich ist. Aber ich hänge meinen kleinen, ja schließlich nur phantasiemäßigen Ungezogenheiten im Bereich der erotischen Sphäre allzu schwere Gewichte an.

Der Monat August ist heiß. Heute mittag, ein Uhr, hatten wir eine Sonnenfinsternis. Es sind vielleicht kosmische Dinge, die alles in mir so seltsam aufregen. Seltsame Träume besuchen mich. Ihre Eindrücke übertreffen fast die des Tages und beschäftigen beinah ausschließlich meinen wachen Geist. Es sind Träume, in denen Erotisches überwiegt. Sollte meine Lektüre daran die Schuld tragen?

»Stella« von Goethe beschäftigt mich. Hier ist eine tiefe kraftvolle Schönheit der Liebesleidenschaft. »Romeo und Julia« hat mehr Abenteuer und Phantasmagorie, weniger Blut, Nerven, zitterndes Fleisch, Angst, weibliche Schönheit, Qual, Schrei, Menschlichkeit. Hier traf ich auch wieder auf das alte Graf-von-Gleichen-Problem, das ich durch jahrelanges Grübeln und Planen vergeblich zu lösen versuchte. »Claudine von Villa Bella« las ich wiederum. Gestalten aus den »Gesta Romanorum« wollen mich Tag und Nacht nicht loslassen: Ein König Antiochus, der seine Tochter mißbraucht und gefangen hält und ihre Freier verfolgt und tötet. Während meiner Vigilien werde ich fast zum Dichter und werfe Szenen aus asiatischen Geheimkulten auf das Papier, wo sich in unterirdischen Wölbungen, in Gewölken narkotischen Qualms Priesterorgien abspielen, wütende Mysterien phallischer Art, bei denen die Tochter des Antiochus als gnadenlose Göttin zugegen ist. Die Zeichnungen Beardsleys erregen mich, die aus den Wollüsten eines lungenkranken Genies hervorgegangen sind. Aber es ist nun bei alledem die Frage, ob die Beschäftigung mit allen diesen Dingen und die Verwickelung in sie es ist, wodurch ich mein Triebleben aufpeitsche, oder ob dieses Triebleben mich nach alledem greifen läßt.

Seltsame Dinge stehen in meinen Notizbüchern. Da finde ich zum Beispiel das Wort Libido. Ich finde ein Zitat aus »Menos Klage um Diotima« von Hölderlin: »Wenn das Fest sich beseelt und Fluten der Liebe sich regen …« Hier steht »O süße Waldgeliebte« zu lesen. Was bedeutet das? Und eigentümlicherweise kommt mir ein älteres Heft in die Hand, in dem ich lese: »Der 20. Januar 1895 ist der schwerste Tag meines bisherigen Lebens gewesen. Paris, Hotel Terminus, Gare St. Lazare, Zimmer No. 329.« Ich glaube, mit den Vorgängen, die dazu führten, beginnt dieses Tagebuch.

So ist es, ich habe mich überzeugt. Versunkene Kämpfe, versunkenes Leiden, das nicht mehr ist. Heut ist nun, Gott sei Dank, die Periode, die unwahrscheinlich lange Periode dieses schweren großen und qualvoll schönen Liebesschicksals abgeschlossen. Und so sollte ich auch dieses Tagebuch abschließen und, wenn schon nicht verbrennen, so doch verschnürt und versiegelt zu meinem Testament in das Safe des Notars legen. Wie kommt es und was hat es für einen Sinn, daß ich am glücklichen Ziel, im endlich erlangten Frieden, im Zustand bürgerlich legitimierter Sicherheit, nun doch noch am einsamen Meditieren Lust habe? Meditiere ich nicht ohne Gegenstand?

Aber meine erotische Unruhe, meine gegenstandslosen Triebe, langen sie nicht gleichsam nach neuem Stoff für innere und äußere Kämpfe aus und legen den Verdacht nahe, Ruhe gewähre ihnen und somit auch mir keine Befriedigung?

Ob die eigentümliche, lauernd ahndevolle Gemütsverfassung, in der ich mich befinde, kosmisch ist und mit der Sonnenfinsternis zusammenhängt? Als der Schatten des Mondes über die Erde kam, war es kein Schatten, wie ihn irgendein irdisches Ding werfen kann. Die Tiere, die Bäume, die Grashalme, wie mir vorkam, ängsteten sich, so, als berühre sie etwas sonst Unsichtbares und Körperloses leibhaftig. Und ähnlich geht es auch mir. Es ist, als ob ich von etwas, das körperlos in der Zukunft harrt, berührt würde.

Niemals liest Lella, selbst wenn ich es offen liegen lasse, in diesem Tagebuch. Und ich würde nicht wünschen, daß sie es liest. Hätte ich etwa ein schlechtes Gewissen? Nein. Aber sie würde durch eine gewisse Verdrießlichkeit, ein gewisses Unbefriedigtsein, kurz, durch die seltsame Stockung im Zustand meines Gemüts, der hier nicht zu verbergen war, vielleicht beunruhigt werden.

Walenstein, 1. September 1905.

Es hat eine Grippe in mir gesteckt. Sie ist gestern zum Ausbruch gekommen. Das Fieber ist nicht sehr hoch, aber ich liege zu Bett und höre fortwährend traurige Gesänge. – Traurige Gesänge höre ich, traurig ohne Grund und Ursache. Oder ist es vielleicht immer und überall begründeter, wenn man traurig anstatt heiter ist? Alles ist mir plötzlich so fremd. Natürlich habe ich diesen Zustand schon früher wiederholt durchgemacht. Aber ich bin auch in anderer Beziehung umgestellt. Der Walenstein, mein Asyl, meine Burg, die Schöpfung meines Sohnes Manfred Diodatus und aller meiner guten Genien, liegt über mir wie ein Steinhaufen, eine drückende, quetschende, begrabende Last. Ich möchte sie abwerfen, möchte frei werden! Wie eine Larve erscheine ich mir, die sich aus dem Stamm einer Eiche ans Licht bohren muß, um als Schmetterling aufzufliegen. Freilich, an dieses Auffliegen glaube ich nicht.

Das Tagebuch liegt auf meiner Bettdecke. Es ist traurig, wie eng und gruftig sich alles darum zusammenschließt. »Ich habe keine Lust am Manne – und am Weibe auch nicht.« Der Löwe weicht dem Löwen aus, der Mensch aber kann dem Menschen nicht ausweichen. Es ist alles so monoton, so langweilig. Ich fange an, mehr als je das Wesen des englischen Spleen zu begreifen. Es ist Langeweile aus Überdruß.

Man sollte, besonders in Amerika, neben der Statue der Freiheit eine noch viel riesigere der Langeweile aufrichten, die unendlich viel mächtiger als die Freiheit ist. Ich bin gespannt, wie man ihrer da drüben auf die Dauer Herr werden wird. Aber was geht mich das alles an?! Ich habe mit mir selber zu tun. Wie vereinigt man die Leere und Nichtigkeit alles Seins mit dem Leiden und Kämpfen, das man um seinetwillen auf sich nehmen muß? Oder bedarf man gerade des Leidens und Kämpfens, um nicht dem Spleen zu verfallen, der Langeweile, dem geistigen oder leiblichen Tod?

Mein Bruder Veit sitzt drüben in Grünthal in meinem Haus. Er macht daraus eine Menschenfalle. Sein Seelengeiz, sein Seelenhunger, seine Sucht, Menschen zu gewinnen und zu beherrschen, gebietet ihm das. Es besuchen ihn viele, in der Meinung, zu mir zu kommen. Er hält sie fest, er läßt sie nicht weiter, er versperrt ihnen den Weg zu mir. Naiverweise tut er das, schließlich bin ich ihm dankbar dafür. Ich bin es, obgleich

ich ihn um seine ungebrochene Menschenfreundlichkeit und, ich möchte sagen, um seinen gesunden, unersättlichen seelischen Kannibalismus beneide.

Ich träumte etwas vom Faden des Lebens vergangene Nacht. Ich lebte ihn, ich verfolgte ihn. Ich bin der Knäuel und übersah ihn, soweit er abgewickelt ist, streckenweise. Bald hing er hoch und straff in der Sonne, dann war er unterirdisch weitergeführt, hier ging er durch Wasser, dort durch Feuer, jemand, ein Tier, ein Mensch, trat mit dem Fuße darauf, er selber ward glühend, er selber erlosch, durch Scheren bedroht, verunreinigt und so fort und so fort.

Im Hause ist jene eigentümliche Stimmung, die eintritt, wenn herrliche Sommertage durch kalte, regnerisch finstere plötzlich abgelöst worden sind, der Hausherr Influenza hat, ein Dienstmädchen abreisen muß, weil der Vater im Sterben liegt, und in der Küche eine neue Köchin aufgezogen ist. Zur Trostlosigkeit kommt die Widerlichkeit: ein Wegverlegungsprozeß mit Gebirgsbauern. Gott sei Dank höre ich die Geige Lellas klingen und, nicht nur in Erinnerung an den vorgestrigen Wege-Termin, das Gegrunz des Kaliban. Kaliban, Kaliban, Kaliban-ban-ban! Schuberts Musik und der stumpfsinnige Tiermensch, welcher Gegensatz! Mehr wie von der Grippe brauche ich vielleicht die Erholung von Kaliban. Kaliban, Kaliban mit dem Mistkarren! Warum bohrt die Verzweiflung in mir über soviel wüste Häßlichkeit? Warum wohl meine Seele so wehleidig, überzärtlich geworden ist? Dämon der Schwäche, was verfolgst du mich?!

Und doch, dieses Jahr war ein reiches Jahr. Zum Beispiel wurde ich im Frühjahr nach Oxford zur Entgegennahme des Ehrendoktorgrades eingeladen. Gesunde Tage in London, Oxford und England überhaupt haben mir Freude, neue Freunde und Ehren eingebracht, nicht zu vergessen reiche Eindrücke. Alles habe ich mit unverbrauchten Sinnen aufgefaßt und mit höchstem Vergnügen genossen. Wie kommt es, daß dies alles in meinem jetzigen Zustand keinen Reiz mehr für mich hat? Liegt es an diesem Hause, das ich liebe, dem ich dankbar bin, das mich aber nicht eigentlich fröhlich macht? Es ist mehr durch Verdienste um mich, Lella und Manfred Diodatus und durch den feierlichen Ernst seiner Räume, durch den es die Seele vertieft, als durch häusliche Wärme ausgezeichnet. Nun gar dringen die hypochondrischen Gespenster beängstigend aus allen Spalten und Winkeln hervor.

Wie war es doch damals, als der Walenstein im Bau begriffen war und ich ihn in Begleitung eines Freundes zum erstenmal besuchte? Die Pferde unseres Wagens hatten sich durch einen rasenden Schneesturm nicht bis zu dem Hause durchkämpfen können. Wir hatten es mühsam zu Fuß erreicht. Durch die Bretterverschalungen der Fenster pfiff, heulte, tobte der Wind, den Hobel, die Säge, den Hammer fast übertönend. Schnee und Hobelspäne, in den Räumen umhergetrieben, vermischten sich. Ich bereute, den Bau begonnen zu haben. Zu bereuen habe ich heute nichts, aber etwas von der Unwirtlichkeit jener Stunde ist am Walenstein hängengeblieben.

Mit einem Wort: Ich muß nach der Stadt. Es geht Lella ähnlich, wir brauchen Reize! Bücher, Kunstwerke, Hausmusik, gelegentliche Besuche inmitten von Wäldern, Bergen, einsamen Stürmen nähren den Geist auf die Dauer nicht. Ein Ermüden tritt ein, ein Sich-fallen-Lassen, ein Zustand wie der, in dem ich bin und der mit seiner Trostlosigkeit nun hoffentlich bald überwunden ist.

Berlin, 13. September 1905.

Gewölk und Blitz? Was bedeutet das? Nichts, nichts und wieder nichts. Höchstens allerhand Flausen, die zu bekämpfen sind. Ein Gedanke verfolgt mich aber jedenfalls: Ich möchte den Walenstein verkaufen.

Warum ich ihn eigentlich verkaufen möchte, weiß ich nicht. Ich begegnete meinem Freunde K. Er verlangt von mir ich weiß nicht was für eine öffentliche Tat. Aber vielleicht weiß ich es, wie so manches, was nicht hierher gehört und wovon ich in diesen Blättern schweige. Aber er sagt mir zugleich geradezu, ich gefalle ihm nicht. Es käme ihm vor, ich sei, er gebraucht den Ausdruck, lädiert.

Ich sah »Hidalla« von Wedekind, ein Stück, in dem er selbst als Schauspieler mitwirkte. Ein grausiges Vergnügen, diese Spinne inmitten ihres eigenen Netzes, und darin endlich erwürgend, mehrere Stunden lang zappeln zu sehen.

Ich weiß nicht warum, aber auch mir ist, als wenn ich irgendwie ein Spinnennetz von mir abschütteln müßte. Ich nenne lieber den Namen nicht. Aber das ist Vogel-Strauß-Politik. Bin ich lädiert oder nicht lädiert?

Darf ich es niederschreiben, ohne Gefahr eines renommistischen Selbstbetrugs? Warum nicht, wenn es die Wahrheit ist, daß mir heut der Gedanke kam, mich vor die Räder eines Omnibus hinzuwerfen und so meinem Leben ein Ende zu machen.

»Du Kleine, Feine, Sonderliche, zartknöchelig Blonde, Jugendliche!«

Meine Lage ist fürchterlich.

Ich blättere in diesem Tagebuch. Soll ich noch einmal dort hinabsteigen, wo ich vor etwa elf Jahren dieses Buch begann, um wieder ebensoviel Blätter mit den Niederschlägen meiner Seelenkämpfe in abermals soviel Jahren zu bedecken? Und soll dabei Lella, die geliebte Lella nun ihrerseits die Stelle Melittas einnehmen? Werde ich zum anderen Mal eine Leidenschaft ernst nehmen, wenn die sich überleben konnte, die mich zehn Jahre lang rastlos um Lella kämpfen ließ? Aber wenn sie mich dennoch packt und wenn ich gleichsam ihr Raub werde! Ehe ich Lella dies zuleide tue, töte ich mich.

Zu zweien habt ihr eine Weile die Welt allein: wenn aber nun die Wahrheit dieses Satzes über mich kommt, wenn ich außer ihr, die ich jetzt kenne und nicht nenne, nichts mehr sehe, fühle, höre in der ganzen Welt – was geschieht denn dann? Wird denn dann nicht auch Lella verschwunden sein? und werde ich mich auch dann noch töten?

Eine unaussprechliche niedere Feigheit kommt mich an. Ich fürchte mich, mir die Lage einzugestehen, die schreckliche Entzauberung, die auf der einen Seite eingetreten ist und die schon fortgeschrittene Verzauberung auf der anderen. Dennoch mag ich und will ich die Feder nicht innehalten, weil mich das bewußte Aufnehmen, das bewußte Durchdenken und Niederschreiben meiner Zustände nicht nur ablenkt und beschäftigt, sondern zum Beherrscher dieser Zustände machen kann. Laßt uns ihnen, lasset uns dem Feind ins Auge sehen, ihn durch Wahrheit schwächen, durch Wahrheit abschlagen, seine Waffen mit dem Schilde des Bewußtseins auffangen, dadurch Zeit gewinnen und inzwischen den Schwur erneuern, den nun einmal mein ganzes Wesen Lella geschworen hat.

Freilich zeigt sich im Lichte der neuen, daß die einstige Leidenschaft für Lella nach Farbe und Kraft zur Glückseligkeit nicht mehr vorhanden ist. Keiner von uns hat die Wandlung bemerkt, da sie mit den Jahren und schleichend gekommen ist. Bin ich ungerecht? oder haben wir wirklich, nachdem endlich alle Hindernisse unseres Weges zum gemeinsamen Glück überwunden waren, in unserer Verblendung nicht erkannt, daß es inzwischen abhanden gekommen war?

Ich hörte traurige Gesänge, lese ich wenige Seiten früher in diesem Tagebuch. Ich höre traurige Gesänge. Denn was Lella und mir, wenn ich der Sache nicht gleich am Anfang Herr werde, an Martern bevorstehen würde, müßte alles in Schatten stellen, was bisher von uns beiden bewältigt worden ist. Aber das kleine, neue Idol, das goldgemähnte, süße Bildchen scheint unzerstörbar zu sein. In meinem Notizbuch lese ich: »So erhob es sich am ersten Tage, am zweiten wiederum, am dritten war es stärker als je. Seine Macht ist unheimlich, denn mich macht sie nahezu ohnmächtig.«

Ich bin voll Abschied. Der ganze schwere Abschied von Melitta lebt auf in mir, und der ganz unausdenkbare Abschied von Lella, der nicht nur unsere Trennung, sondern ihren und meinen Tod bedeutet, womit der Abschied vom Leben überhaupt, von der Welt überhaupt gegeben ist. Hier geht kein Weg. Also werde ich dieses Neue abkapseln. Sein neues gefährliches Licht, seine unaufhaltsame Dynamik werde ich benützen, um in meiner Erinnerung überwundenes Liebesleiden, genossenes Liebesglück, unser ganzes Liebesschicksal wieder aufleben zu lassen. So könnte man einen verheerenden Strom etwa geistig fruchtbar machen.

Sind dies nicht alles fromme Vorsätze? Ist die Zeit nicht versäumt, ist die Zeit nicht tot, wo ich nicht – du! du! – bei dir bin? Aber nein, das Leben selbst, das Leben ist versäumt, wo ich nicht bei dir bin. – Nein! nein! nein! – und doch! Es brennt mein Kopf, und die Liebe brennt. Man legt sich nieder, um zu vergessen. Man erwacht des Morgens: das Unheil ist wieder da. Man würde eine Erleichterung, eine Erlösung empfinden, wüßte man ihren Vornamen und könnte ihn immer wieder aussprechen. Wo das tiefste Geheimnis geboten ist, wie sonderbar, will man laut werden, will Zeugnis ablegen, als wenn man die Macht sonst verriete, der man mit Leib und Seele verfallen ist. Man will an dem Ort sein, wo sie wohnt, nur um unter dem gleichen Stadtnamen begriffen zu werden. Aber nichts Grob-Sinnliches meldet sich. Manchmal nehme ich alles als etwas Harmloses. Ich freue mich, daß du um mich schwebst und Liebeszaubernetze webst. Nein, in Wahrheit: ich bin verwundet. Die Wunde ist da, die Wunde brennt, am Morgen, am Tage, am Abend, mitternachts. Fremd steht mein Haus auf seinem Hügel, der Walenstein, wenn ich an ihn denke. Du bist das Leben, er ist der Tod.

Berlin, den 19. September 1905.

Lella ahnt heute noch nicht, welche tiefe Veränderung mit mir vorgegangen, noch die heimliche Krankheit, die mich ergriffen hat. Sie liebt Berlin und hat schon lange den Wunsch gehabt, wieder einmal den Winter hier zuzubringen. Es ist ja schließlich ihre Vaterstadt, und sie ist ja auch der Schauplatz unserer frühen Liebesleiden und -freuden gewesen. Und also sah sie nichts Arges darin, als ich vorschlug, aus ganz bestimmten Gründen vorschlug, den Gedanken sogleich zu verwirklichen und in eine sogenannte möblierte Wohnung einzuziehen. Dies ist geschehen, und ich habe nun die Möglichkeit, immer in der Nähe meines Idols zu sein.

Abzureisen war für mich ein Ding der Unmöglichkeit, auch wenn mich nicht allerlei geschäftliche Bindungen gehalten hätten. Aber der Entschluß, den ich, nicht ohne die schlaue Niedertracht heimlicher Sündhaftigkeit, gemeinsam mit Lella zu fassen schien, ist durchaus keine Kapitulation. Ich kann von dem Gifte, das ich im Blute habe, sage ich mir, nur geheilt werden, wenn ich zu einem Serum aus dem Blute jenes Wesens gelangen kann, dessen Stich mich verwundete.

»Es ist das eigentliche Wesen des Griechen, nichts zu verschleiern«, sagt Plinius. Indem ich versuche, mir nichts zu verschleiern und später auch Lella meine Lage nicht zu verschleiern, hoffe ich einen gesunden Kampf durchzufechten und meinethalben auf griechisch-heitere Art einen Sieg über mich und das zu erringen, was die kaum erst schwer errungene tragfähige Form meines Daseins zerstören will.

Augenblicklich steht es schlimm.

Die Enge der möblierten Wohnung bringt es mit sich, daß Lella und ich im gleichen Zimmer schlafen müssen. Fast weigert sich meine Hand, es niederzuschreiben, aber wenn ich des Nachts erwache, so liegt eine völlig Fremde neben mir. Bin ich eigentlich überhaupt ein normaler Mensch, wenn Leidenschaften mich mit solcher Gewalt unterwerfen können? War ich nicht glücklich, den aufwühlenden Kämpfen der letzten zehn Jahre endlich entronnen zu sein? sicher gemacht in der Annahme, meinen Tribut an Leid, Not und Kopfzerbrechen um der Liebe willen reichlich bezahlt zu haben, auch im Glauben an die allgemeine Regel sicher gemacht, daß eine Krankheit, wie etwa Scharlach, wenn sie den Körper einmal befallen hat, diesen zugleich für weitere Anfälle desselben Übels unangreifbar macht? Nein, ich bin gewiß nicht normal, wenigstens nicht im Augenblick Denn nichts von dem, was mir gestern wertvoll schien und wichtig war, scheint mir heute noch eines Hinblicks wert. Ich zucke zusammen, ich schaudere, ich frage mich, ob ich wahnsinnig bin, wenn ich Lella ahnungslos von unseren gemeinsamen Hoffnungen, Wünschen und Plänen reden höre, was uns zur täglichen Gewohnheit geworden ist. Wir haben uns eine Reise nach Spanien vorgesetzt. Ihre Ausmalung aller großen, erwarteten Eindrücke und Reisefreuden berühren mich wie die fröhlichen Wanderpläne eines Gefangenen, der glaubt, am folgenden Tage entlassen zu werden, in Wahrheit aber, was er nicht weiß, zum Tode verurteilt ist. Und ich, wenn dieser Vergleich zu Recht besteht, ich selber wäre alsdann ihr Henker.

Muß man die Liebesleidenschaft nicht hassen, wenn sie statt in heiterer, frühlingsholder Schönheit furchtbar wie der Schwarze Tod über uns kommt? oder wie der Häscher, der in den Kerker tritt, um die eisernen Ketten und Ringe nachzusehen, die er selber um unsere Glieder geschmiedet hat? oder wie die rasende Gier eines ausgehungerten Wolfes im sibirischen Winter oder der lechzende Durst eines in der Wüste Verschmachtenden? Schreibe, schreibe, töte die Zeit, schütte dein Inneres in Worten aus, erörtere und beleuchte von allen Seiten immer denselben Gegenstand, an den nun deine Seele doch Tag und Nacht gefesselt ist! Ist es nicht am Ende zu hoffen, daß sich sein Reiz, seine Magie, seine Anziehungskraft, kurz, seine Macht endlich erschöpfen muß?

Ich sah das schöne junge Kind, das den goldenen Haarschwall bis zu den Knien fließen läßt und das ich Minka nennen will, bisher im ganzen ein-, zwei-, drei-, viermal. Das erstemal in einer Theaterprobe, zu der mich Brecht, mein alter Freund, der Schauspieldirektor Brecht, eingeladen hatte. Er hat die Kleine in Wien engagiert. Man probierte ein Stück von Ibsen, »Die Wildente«. Sie kam, nachdem sie probiert hatte, ins Parkett, wurde mir vorgestellt und setzte sich neben mich. Sofort erkannte ich, ein von Gott mit Gewalt über Leben und Tod ausgestatteter Engel hatte neben mir Platz genommen, dessen bloßes Wort, dessen bloßer Wink mich widerstandslos knechtete. Es war nach dieser Begegnung, als ich meinem Freunde K. einen lädierten Eindruck machte und als ich mich, meinen weit schlimmeren, hoffnungslosen Zustand erkennend, unter die Räder eines Wagenmonstrums des

Linden-Verkehrs werfen und allem Schrecklich-Unausweichlichen damit ausweichen wollte.

20. September 1905.

Es schwirren Gerüchte durch die Luft, sie sei verlobt. Mein Fall kompliziert sich bedeutend, wenn es so ist. Trotzdem ich mir sage, daß ich sie bis vor wenig Tagen überhaupt nicht gekannt habe, brenne ich diesem Ungenannten und Ungekannten gegenüber bereits in einer unsinnigen Eifersucht. Nicht genug, daß ich unter ihm leide, wie jemand, der sich durch ihn im Lebensmark angegriffen sieht, sondern er hat zugleich einen Grad von Wut und Haß in mir erweckt, wie ich ihn bisher nicht gekannt habe. Meine Gedanken schrecken in den Ausbrüchen dieses Hasses vor nichts zurück. Die Erde ist eben einfach zu klein für ihn und mich, und der eine von uns muß weichen. Ich verwarf das Duell und hielt es für eine anachronistische Barbarei. Ich konnte mir keinen Fall denken, den man nicht auf friedlichem Wege durch Vergleich aus der Welt schaffen könnte. Hier ist zum erstenmal ein anderer Fall. Man kann gewiß nicht erwarten, daß mein Rivale weichen wird. Von mir aber ist es erst recht nicht vorauszusetzen.

Ich schlage mich mit Gespenstern herum. Die kleine Minka ahnt nicht, bis zu welchem Grade ich ihr verfallen bin. Ich habe ihr nicht den leisesten Anlaß, das leiseste Zeichen gegeben, aus dem sie auch nur entnehmen könnte, sie habe mir irgendwie Eindruck gemacht. Von dem Schadenfeuer, das mein Inneres auszuhöhlen droht, ist bisher noch nicht ein Wölkchen Rauch nach außen gedrungen. Kein Mensch würde wissen, auch Lella nicht, wenn man mich überfahren auf der Straße fände, welchen Grund ich gehabt hätte, aus der Welt zu gehen. Eine plötzliche Geistesumnachtung würde in dessen Ermangelung herhalten müssen.

Ist sie wirklich verlobt und taucht ihr Bräutigam etwa hier auf, dann gnade ihm Gott: er muß mir vor den Lauf des Revolvers!

Nachdem ich diese Zeilen wiederum durchgelesen, muß ich mir die Gefahren eingestehen, die meiner Geistesgesundheit drohen, wenn ich dieses gegenstandslose, marternde Phantasieren nicht abzudrosseln imstande bin. Ein Psychiater würde, wenn er in die Heimlichkeiten meines Zustandes eindringen könnte, keinen Augenblick zögern, eine der Zellen seiner

Anstalten für mich bereitmachen zu lassen. Nun, ich will die Hoffnung nicht aufgeben, mein eigener Arzt und, weiß ich auch zunächst nicht auf welche Weise, mein eigener Retter zu sein.

Ich muß sie wieder und wieder sehen, wieder und wieder mit ihr sprechen und so anstelle der wuchernden, der betörenden Illusionen eine nüchterne Wahrheit setzen. So entliebt sich der Bildhauer in dem sachlichen Studium seines Modells, dessen Formen er auswendig lernt, entliebt sich der Porträtist, der ein hübsches Lärvchen in Ton modelliert oder auf die Leinwand bannt, weil das scharfe und rücksichtslose Sehen ihn an der Form ermüdet und übersättigt hat. Wie soll ich es aber anfangen und mit ihr zusammensein, ohne bei meinem Freunde Brecht und bei Lella Verdacht zu erregen? Brecht selber scheint mir übrigens von diesem Kinde, dieser bezaubernden Inkarnation von Schönheit und Unschuld nicht unberührt geblieben zu sein. Schließlich und endlich bleibt die Hauptfrage offen, ob Minka selber sich nicht etwa abweisend gegen mich verhalten wird.

22. September 1905.

»Wir sahen uns an.«

Man hatte mich in das Allerheiligste des Theaters, das Empfangszimmer meines Freundes Brecht, geführt, wo zu meiner Überraschung Minka auf ihn wartete. Was wir sprachen, war ziemlich gleichgültig, aber nicht so – was ich an die Spitze dieses Blattes geschrieben habe – die vier Worte: »Wir sahen uns an.«

Seitdem habe ich die Stunden in hoffnungslos verzehrender Sehnsucht, mit Seufzen und physischen Übelbefinden zugebracht.

Der Blick, der unsere Seelen verband, hatte von ihr aus irgendwie etwas Flehendes. Den Gedanken, daß mich aus ihrem Innern etwas beinah verzweifelt anflehte, werd' ich nicht los. Mein ganzes Mitleid ist aufgerufen. Sie ist eine süße, junge, hilflos Schutzflehende, ein Bildnis kindlicher Reine, das vom überhimmlischen Ort in die sumpfigen Niederungen irdischen Daseins herabgesunken ist. Diesen Blick vergesse ich nicht, dessen Herkunft und Inhalt ihr vielleicht selbst nicht bewußt wurde. Das ist ja das Bitterste, dachte ich, als ich dieses zarte, so gebrechliche heilige Bildnis unbefleckter Reine betrachtete, daß ein solcher Bewohner anderer Sphären seines Ursprungs vergessen kann. Und wie es sich selbst in seinem Adel und seiner Abkunft nicht begreift, so wird es von seiner niederen, platten Umgebung erst recht nicht begriffen. Schmutzige Blikke, unverschämte, gemeine Gedanken, rohe Griffe roher Hände tasten es an. Göttlich Schönes und unberührbar Hohes wird zum Ziele jeglicher Gemeinheit und tierischer Genußsucht herabgedrückt. Und hierin liegt beschlossen, was meinen Fall so ungewöhnlich macht und wodurch ihm gleichsam der unabwendbare Charakter einer Bestimmung gegeben ist. Es ist niemand, wie ich auf Schritt und Tritt im banalen Verkehr der Menschen mit ihr bemerken kann, der von ihrem göttlichen Wesen eine Ahnung hat, der vom Strahl unsterblicher Schönheit im Anschaun dieses Kindes wie ich versehrt würde. Sie könnte eine von Keleos' Töchtern sein, welche die Große Mutter Demeter in das Haus ihres königlichen Vaters einführten. Demo etwa mit dem Safrangelock ums Haupt. Und es gibt keinen Menschen, dem sie halb unbewußt mit dem Geheimnis ihrer Abkunft das schwere Verhängnis, unter dem sie steht, wie mir durch ein Flehen aus Seelentiefen verraten hätte. Arme Lella! arme Lella! Kann ich diesem Flehen gegenüber, dieser Offenbarung gegenüber, diesem Rufe gegenüber abweisend oder auch nur gleichgültig sein? Mag sein, daß dieser meteorische Geist im stinkenden Dunste der Erde sowieso bald verlöschen muß. Aber es lohnt vielleicht zu sterben, wenn man seinen Glanz dadurch auch nur eine kurze Sekunde länger erhalten kann. Und wie erst, wenn diese Jungfrau Immaculata zur himmlischen Hochzeit mit mir bestimmt wäre?!

24. September 1905.

Es zieht mich zu ihr. Wie soll ich es anfangen, um zu leben, wenn ich nicht in ihrer Nähe bin?! Die Nüchternheit meiner Tage, die schreiende Leere und Nüchternheit meiner Stunden, die gähnende Öde meiner Minuten foltert mich bis zur Unerträglichkeit. Die Aura meiner Beziehung zu Lella ist hinweggefegt. Wann war es doch, als dieses Etwas aus meiner Seele trat und sich mit dem verband, das aus Lellas Seele hervorgegangen war? In diesem gemeinsamen Äther, oder wie man es nennen mag, genossen wir eines gemeinsamen Zaubers, einer Beglückung in Schönheit, einer heiteren Gemeinsamkeit, durch welche die Grenzen unserer beiden Persönlichkeiten gleichsam aufgehoben wurden. Heut erzeugen wir diesen Äther nicht mehr. Und so fehlt uns das beglückend verbindende Medium. Blind leben wir nebeneinander hin, blind gehen wir aneinander vorüber.

Und doch sträube ich mich um Lellas willen gegen das Ungeheure, das mich mit der schrecklichen Macht von Sirenengesängen für immer von ihrer Seite reißen will. Wäre ich nicht so ganz allein, hätte ich nur Gefährten, die mich am Mast unseres Lebensschiffes – einen zweiten Odysseus – anbinden könnten! Manchmal ist mir, ich besäße die Kraft zur Resignation. Dann aber befällt mich ein Gram, mich befällt ein Gram, eine Hoffnungslosigkeit, eine Verzweiflung, die wie ein Moor ist, in das ich bis über den Kopf zu versinken in Gefahr stehe.

Gestern war ich bei jemand, einem Gatten, auf dessen Schreibtisch das Bild seiner Ehegattin seit vielen, vielen Jahren modert: ist dies ein Ziel für Lella und mich? Nein! Es ist nicht nötig, dies Tagebuch rückwärts durchzublättern, um festzustellen, was eine laue Trägheitsehe von unserer Verbindung unterscheidet. War ich nicht glücklich, den Lohn ihrer unermüdeten Treue, den Lohn ihrer selbstlosen Hingabe, die geduldig-zufrieden selbst auf äußere Legitimation verzichtete, nun mit verdoppelter Liebe über sie auszuschütten? Hoffte ich nicht, sie mehr und mehr vor der Welt glorifizieren zu können und diesem Beginnen die ganze Kraft meiner Gaben zu widmen? War es nicht der freudig erkannte Sinn meines Lebens? Sollte nun sie und ich um diesen endlich mühsam erkämpften, wohlverdienten, tragbaren Lebensgrund urplötzlich betrogen sein und abermals Wirrnis, eine viel schlimmere als die überwundene, über uns herfallen?

Ich brauche nur dergleichen gesunden Gedanken Raum zu geben, gleich fühle ich die Seele der anderen wie einen ängstlichen Vogel um sein Nest flattern, über dem der Kopf einer Schlange sichtbar geworden ist. Ich stoße diese Seele zurück. Ich kämpfe verzweifelt gegen die Liebe, wodurch ich mich gegen ihren Geist versündige. Ich dränge meine eigene Seele auf jede Weise von ihrem neuen Idole ab mit dem Gedanken an Reisen, Arbeit und physische Schwächungen. Aber wenn ich sie weit verdrängt wähne, legt sie sich wieder zärtlich und fest um ihren vergötterten Gegenstand. Umgehe ich sie? Wie kann ich geheilt werden? Sie muß mich in ihre Arme nehmen, aus denen allein ich die Freiheit wieder empfangen kann. Ich werde zu ihr gehen und sagen: Habe Mitleid, mache mich frei von dir.

Und wenn sie daraufhin sagt: Sei frei! so wird dies Wort eine göttliche Kraft haben. Ich werde das Leben mit Lella wieder aufnehmen können, weil es mir von ihr geschenkt worden ist. Wie schwindet doch alles, Glanz, Ruhm, Equipagen, Reiter, kaiserliche Feste, materielle Sorge vor den wahren Ereignissen der Seele zur Nichtigkeit! Auf alles und alles, hätte diese Liebesbegnadung mich als unabhängigen Mann gefunden, würde ich voll Mitleid herabblicken. Könnte ich aber mein ganzes früheres Leben wie Schrift von einer Schiefertafel wegwischen, ich meine, ich würde mich kaum enthalten können, es zu tun. So aber liegen die Dinge nicht. Es heißt also gegen diese neue Gewalt, sei sie eine des Himmels oder der Hölle, sei sie Eros selber, bis aufs Blut weiter ankämpfen.

Sie kennt mich nicht, und vielleicht verachtet sie mich. Wenn sie indessen zu mir käme und etwa sagte: Lege mich sicher an dein Herz, gib mir ein Obdach an deiner Brust, sei mein Führer, ich bleibe bei dir, ich gehe mit dir in alle Ewigkeit! – was könnte ich sagen im Hinblick auf meinen Verrat an Lella: Mein Herz ist ein Stein, eine Stachelwiege ist meine Brust! Und wo sollt' ich dich hinführen, ich weiß keinen Weg, ich traue keinem Wege mehr!

Eine Frau, die durch Streichholzschachteln bettelte und an einer Hauswand lehnte, sah mich vorhin auf der Straße mit einem kläglichen Blick an. Bist du auch unglücklich? dachte ich, ein wenig erleichtert, und griff in die Tasche.

Berlin, 22. Oktober 1905.

Heute habe ich mit Lella eine Aussprache gehabt. Ich hatte so viel von einem blauen Jäckchen und einem blauen Röckchen gesprochen, ein Kostüm, in dem ich Minka mehrmals begegnet war, daß eine lange von ihr gefühlte Unruhe zum Ausbruch kam. Sie wollte wissen, warum ich im allgemeinen so wortkarg geworden sei, keinen Anteil mehr an den Sorgen unseres Hauswesens, an der Erziehung des Manfred Diodatus und den hundert kleinen Dingen nähme, die wir sonst immer wieder gemeinsam durchsprachen. Mir aber war dies schweigende Lügen mit der Zeit unerträglich geworden, und ich faßte den Entschluß oder wurde dazu getrieben, den mir unter allen Menschen am nächsten stehenden, wenn es ihm auch den bittersten Schmerz verursachen mußte, ins Vertrauen zu ziehen.

Nicht aus Feigheit hatte ich das bisher nicht getan. Ich

hoffte ohne sie fertig zu werden, und wenn ich dann Sieger geworden und jede Gefahr überwunden war, wollte ich ihr mein Herz ausschütten.

Gott sei Dank habe ich es aber nun nicht weiter hinausgeschoben, denn die heutige Aussprache bedeutet für mich eine große Erleichterung.

Das Verhalten Lellas in dieser Sache nimmt mir eine Last von der Seele und erfüllt mich zugleich mit stiller Bewunderung. Sie schien gefaßt. Aus einer gewissen Nachdenklichkeit lösten sich stille, besonnene Worte als Zeugnis dafür, daß sie den Ernst und die Schwere meiner Lage ohne Vorwurf richtig auffaßte. In jahrelangem Umgang mit ihr habe ich ja ihren tiefen Respekt, ich möchte sagen ihre Ehrfurcht vor allem, was das Stigma einer echten Passion an sich trägt, kennengelernt. Aber ich war nicht gewiß, ob sie in einem Falle, der sie selber um alles berauben konnte, nicht die Besinnung verlieren würde. Das, wie gesagt, war durchaus nicht der Fall. Sie staunte nicht, sie entsetzte sich nicht, sie drohte nicht, sie zieh mich keines Vergehens des Betruges, des Verrates, der Untreue – dies hätten ja bisher auch nur Gedankensünden sein können –, sie lief nicht aufgeregt und verzweifelt hin und her, ihr Vertrauen bereuend, alles anklagend und verwünschend. Ich konnte nicht herausfinden, ob sie ganz begriff, wie groß die Gefahr für unser Zusammenleben bereits geworden war. Aber ich wußte sofort, ich war nun in meinem Kampfe nicht mehr allein und ich würde in ihr auch hier wie in allem seit einem Jahrzehnt den treusten Kameraden zur Seite haben.

Sie fand es nicht komisch, daß ich aus dieser Geschichte ein solches Wesens machte, obgleich ich mit meinem Idol bisher nur unverfängliche Worte gewechselt hatte. Auch in unserer Liebe, bevor wir uns ineinander unlöslich verflochten, war ja auf beiden Seiten ein langes, heimliches Schwelen vorausgegangen. So stellten wir denn Erwägungen an, die schließlich in einen Schlachtplan dem zerstörenden Ansturm dieses Feindes gegenüber sich verdichteten. Ein wesentlich Gutes, über alles Sonstige weit hinausgehend, hat diese Aussprache mit sich gebracht. Ich habe tief und bestimmt erkannt, eine Trennung von Lella kommt nicht in Frage. Nachdem aber diese klare Erkenntnis sieghaft in mir aufgegangen war, konnte mir nur noch daran liegen, Lella darüber zu belehren, wie sie mich zu behandeln hätte, damit meine Krankheit mit einer völligen Genesung und nicht mit dem Tode endige. Jede

Krankheit muß mit sich selbst, die Pflegerin und der Arzt mit dem Kranken unendliche Geduld haben. Also habe Geduld und immer wieder Geduld mit mir.

Ich sagte ihr weiter, man kann eine Krankheit, die einem nun einmal im Blute sitzt, auch mit dem stärksten Willen nicht abbrechen. Auch eine Flucht in diesem Stadium gibt es nicht. Man muß vielmehr allen noch so hohen Fiebergraden die Stirn bieten und bei weisem Gebrauch von Medikamenten der Krisis entgegenwarten.

Nun wohl, das war ein gesundes Bad, ein Stahlbad in dem alten, erprobten, köstlichen Element innig treuer Genossenschaft, und, ich will nicht voreilig sein, vielleicht bringt es die Heilung schneller, als ich bisher zu hoffen gewagt habe.

Berlin, 23. Oktober 1905.

Ein anderer Heilungsprozeß ist eingeleitet. Ich schreibe ein Schnee-, Winter- und Sturmmärchen. Es gibt keinen Menschen von Bildung, der nicht unter dem Drucke der Umstände gelegentlich zum Dichter geworden ist. Dieses Fabulieren, von dem niemand, nicht einmal Lella, weiß, ist eine der Medizinen, die mein Instinkt mir unter die Hand gegeben hat. Ich kann nur sehr wenig schlafen, mag meine Berufsarbeit mich noch so müde gemacht haben. Dann fangen regellose Phantasien an, in denen der blonde Haarschwall meines Idols und das blaue Kleidchen keine Minute zu bannen sind. Diesem Chaos gehe ich zu Leibe und bringe am Schreibtisch nach Kräften Ordnung hinein. Schon die Aktivität des Ordnungstriebes beruhigt mich. Die Ordnung selber schlingt ähnlich einer Glockenform die glühende Glockenspeise meiner Phantasien in sich hinein, um sie zu formen und abzukühlen. Freilich, auch diese Art Nachtwachen sind eine Pferdekur. Das, was ich niederschreibe, ist wahrscheinlich lächerlich. Aber ich bossele, streiche und schreibe wie ein Besessener. Ich habe kaum vier, fünf Stunden Schlaf, und wenn ich erwache, wühlt der Galimathias dieses Gebildes, als wäre die Arbeit nicht unterbrochen, in meinem Kopf. Aber ich segne das Surrogat, weil es mir die Abwesenheit des echten Objektes weniger empfindlich macht.

Minka ist in diesem Märchen ein Gebilde, so makellos, wie es aus Gottes Händen hervorgegangen ist. Ins Bereich der Menschen verschlagen, fallen sogleich alle Unholde über es her. Nicht gerade deshalb, weil sie es hassen oder vernichten wollen, aber daß sie es eben besudeln und schließlich vernichten müssen, liegt bedauerlicherweise in ihrer Natur. Darunter habe ich allerdings einen reinen Toren eingeführt, der mit dem seligen, leider sterblichen Geist durch flüchtige Entzükkungen verbunden wird, und am Ende auch einen Weisen, der von himmlischer Liebe erregt, das überirdische Wesen des seligen Mägdleins wohl erkennt, aber es doch nicht retten kann. So wird die Substitutin Minkas am Ende im Totentanze des Lebens umgebracht, während der erblindete Tor, der ich selber bin, mit ihrem unsterblichen Bilde vor der Seele weiterwandert, durch die Winterkälte der Erde, Schnee, Sturm und Finsternis.

Es befreit mich, diese schreckliche Zerstörerin meines Lebens wenigstens im Bilde aus der Welt geschafft zu haben.

Berlin, 2. Dezember 1905.

Es ist früh fünf Uhr. Die Nacht war so gut wie schlaflos. Wie viele solche Nächte liegen jetzt schon hinter mir! Ich habe bisher nichts gewußt von dem aushöhlenden Brande einer unbefriedigten Leidenschaft. Mein Märchen ist eine Kinderei. Seine Blätter verpuffen wie die einer alten Schwarte im Kamin. Da ist ein Wesen, das, ohne es zu wissen, mich an sich gefesselt hält, ohne es zu wissen, mich lähmt und foltert. Wie kann jemand, der es nicht weiß, solche Macht ausüben?! Ich reiße an meinen glühenden Ketten, ich will los, ich will los! Plötzlich glaube ich, frei zu sein, weil die Kette verlängert ist, aber ich werde mitten in meinem Rasen vom Halsband zurückgerissen. Alle meine Gedanken sind Hörige. Ich lasse die Feder übers Papier laufen, nur um beschäftigt zu sein. Wenn ich eine halbe Stunde nicht an sie gedacht habe, empfinde ich Genugtuung. Aber sofort ist sie wieder da. Immer wieder nehme ich mir vor, einen gewaltsamen Schluß zu machen, sogleich aber träume ich wachend weiter von ihr. Ich habe das Bedürfnis zu beichten. Gestern sah ich sie und sprach mit ihr. Sprach über nichts und wieder nichts. Kann sie ahnen, daß ich dem geistigen und physischen Zusammenbruch nahe bin? Ich lebte, lachte, dachte, dichtete, aß, schlief gut, was weiß ich, glaubte zu leiden und wußte nicht, was leiden ist, ehe ich diesem dämonisch zerstörenden Zustand ausgeliefert war. Jeden Schlaf, jede Decke, die Augenlider zieht mir dieses unheilvolle Engelsbild von den Augen weg, und ich muß Stunde um Stunde furchtbar hell sehen. Ich schlafe ein, und sie ist da, erfüllt meinen ganzen Traum. Ich wache auf, und mein Wachen, der ganze Tag ist von ihr erfüllt. Was tue ich nicht, um mich loszuwinden! Ich stehe auf, zünde kein Licht an, mache mich durch Bewegungen müde in der tintenschwarzen Nacht, aber die Schwärze kann alles an mir, nur mein inneres kraterhaftes Brennen nicht auslöschen. Dies sind andere Mächte, ganz andere, Mächte unedler, grausamer Art, nicht die, denen ich früher begegnet und unterlegen bin. Ich werde verfolgt, es ist irgend etwas, das Rache an mir nehmen will. Ich hasse sie, ich mag sie nicht. Ich werde verdummt durch ihre Gegenwart, aber – ihre Abwesenheit vernichtet mich.

Berlin, 5. Dezember 1905.

Was ich heute erfuhr, wird mir vielleicht zugute kommen. Der Zufall wollte, daß ich sie vom Theater nach Hause begleiten konnte. Sie fror, und das naßkalte Wetter machte ihr Näschen tropfen und verschönerte sie nicht. In ihrem Geplapper lag keine Musik, sondern eher etwas wie das Geklapper hölzerner Stricknadeln. Sie trug Pakete, sie schleppte sich. Sie sagte, sie kenne kein Heimatsgefühl. Der regelmäßige Dienst am Theater sei schwer für sie, da sie nie in eine öffentliche Schule gegangen sei. Arbeit und Pünktlichkeit seien ihr fremde Begriffe. Alles sei langweilig, alles gähne in Wien, und doch habe sie dort manches Gute erlebt. Zuletzt war ihr Vater Gouverneur. Kaum war die Familie irgendwo eingewohnt, als sie schon wieder in eine andere Garnison versetzt wurde. Das Regiment glich einer Familie. Natürlich waren in Menge hübsche Offiziere da, aber sie konnte sich doch nicht ausleben, sagte sie, weil sie von der Mutter zu sehr bewacht wurde.

Nun, ich werde umlernen müssen. Denn geradezu gesagt: mit der Heiligkeit dieses himmlischen Wesens scheint es nicht weit her zu sein. Und wenn ich sie trotzdem noch für einen Engel halten muß, so doch höchstens für einen gefallenen.

Hat mich der kurze Weg mit ihr am Ende gesund gemacht?

Jedenfalls fühle ich im Augenblick keine zerrende und quälende Bindung mehr in mir. Diesmal hat Eros mir Sand in die Augen gestreut, wenn er mich für den redlich erkämpften Reichtum, den ich in Lella und Manfred Diodatus besitze, in meiner Arbeit, meinen Freunden und meinem Hauswesen, blind machen konnte.

Dabei zeigt sich Lella weiterhin verstehend und klug. Nach meiner Erfahrung auf dem Spaziergang steht fest: ihr menschlicher Wert überragt und erdrückt diese kleine Schauspielerin, die Dinge sagte und ahnen ließ, mit kindlichen Lippen gleichgültig ausplauderte, die ich für Aufschneidereien und Lüge nicht halten kann, die aber, wenn sie es wären, eine kaum geringere Verderbnis enthüllen würden.

Ich muß mehr erfahren, alles, die ganze Wahrheit erfahren, und sei es auch nur, um durch diese gallenbittere Medizin gesund zu werden.

Warum sie zum Theater gegangen sei? Um sich auszuleben. Ich hatte nicht nötig zu fragen, was unter diesem Ausleben zu verstehen wäre.

Heute nacht werde ich ruhig schlafen, wie ich sicher bin.

8. Dezember 1905.

Heute war ein Tag der Enthüllungen: während einer Generalprobe im Theater, zu der Brecht mich geladen hatte, und nachher. Wenn alles wahr ist, was die kleine, süße, unbefleckte Madonne mir in den Zwischenakten gebeichtet hat, so kann sie keinem Manne, alt oder jung, arm oder reich, zerlumpt oder geschniegelt, dumm oder genial, wenn er nur winkt, widerstehen. Sie sagt, sie wolle das Leben genießen, um nicht umsonst gelebt zu haben, wenn sie – wer könne das wissen! – schon in der Jugend sterben müsse.

Ihr Bekenntnis tiefster Verderbnis, das sie ohne Zögern, mit der offensten Miene tut, entbehrt nicht einer gewissen Kühnheit und Großartigkeit. Aber es deckt die Hölle auf, in die ich, könnte ich nicht meiner Leidenschaft Herr werden, eingehen würde.

Oder hat Gott mich vielleicht zum Hirten und Retter dieses verlorenen Schäfleins bestellt?

Gefährliche Gymnasiastenideen, die gelegentlich bei der ersten Berührung mit den öffentlichen Dirnen der Straße auftauchen, die aber, nüchtern gesehen, Wahnwitz sind. Was wird aus mir, wenn ich nun trotz alledem und alledem das Gift dieser Liebesnarrheit nicht aus meinen Adern entfernen kann und mich an diesen minderwertigen weiblichen Nichtsnutz wegwerfe? Ich würde am Ende so weit entehrt, entwürdigt, erniedrigt sein, daß nur Strick oder Kugel mein Elend besiegeln könnten.

Und während mir dies durch die Seele ging – wird man es glauben? –, kam mich zugleich ein unüberwindliches Verlangen nach dem Besitz einer Locke ihres blonden Haares an. Ein Vermögen hätte ich dafür hingeworfen. Sogleich auch meldete sich der feige, liebedienernde Kuppler Verstand mit einer Beschönigung. Der Besitz dieser Locke werde mich über den Verlust dessen, was ich nie besitzen könne, hinwegtrösten.

»Heute war ein Tag der Enthüllungen«, so leitete ich die Notizen dieses Tages ein. Und eine davon, nämlich dieser Enthüllungen, hat für mich einen Grad von Gefährlichkeit, wie er bisher nicht im Spiele gewesen ist. Ich glaube zu fühlen, zu erkennen, da und dort zu spüren, von Minka anders als andere betrachtet zu werden. Etwas in ihrem Wesen drängt sich gleichsam leise, heimlich, furchtsam, ängstlich bettelnd, an mich heran. Ein verstohlener Blick, eine ganz zarte Berührung ihrer Hand, ein Senken ihrer Lippen auf meinen Handrücken, ohne ihn zu berühren, aber in solche Nähe, daß höchstens der Raum für ein dünnes Blättchen Papier übrigbleibt, so daß ich ihre Wärme und ihren Hauch spüre, scheint mir wie ein scheues Mahnen um Hilfe zu sein. Und wieder glaube ich den verschlagenen Geist aus überhimmlischen Sphären zu sehen, der halb bewußt dem Verlangen nach der verlorenen Reinheit nachgeben muß, und vielleicht – warum sollte das nicht möglich sein?! – hat dies Verlangen die Form einer echten Liebe, einer Liebe zu mir angenommen.

Und könnte ich eine solche Mahnung bei dem, was ich für sie fühle, und sei es auch unter den Steinwürfen der ganzen Welt, unbeantwortet lassen?

10. Dezember 1905.

Sie ist mehr eine Törin, als daß sie etwas anderes ist. Man wird sie lieber bei ihren noch nicht siebzehn Jahren eine Törin nennen, als daß man sie mit anderen häßlichen Namen bedenken möchte, obgleich ihr Sündenregister, wenn man ihrer eigenen Erzählung glauben will, immer länger und unbegreiflicher wird.

Ihre Mutter bewohnt ein kleines Quartier, Küche und zwei Zimmer, in einem Hinterhaus. Zwei Stockwerke höher liegt ein ebensolches Quartier, das Minka innehat. Da sie als Schauspielerin die Verdienerin ist, hat sie es bei der Mutter durchsetzen können. In dieser sehr ärmlichen engen Wohnung habe ich heute die Kleine besucht. Durch diese gefährliche Neuerung hätte eine neue Phase meiner Beziehung zu dem schönen Kinde anfangen können, was aber nun, wie ich sicher glaube, vermieden ist.

Nun ja, ich habe die Kleine geküßt. Sich ganz allein in abgeschlossenen Räumen mit einem solchen Wesen zu befinden und sich wie ein Stockfisch zu verhalten ist lächerlich. Auch waren gewisse Worte, gewisse Bekenntnisse nicht zu vermeiden, die mit solchen Fällen einhergehen, obgleich sie durch die Sachlage selbst überholt und also überflüssig sind.

Wir tranken Tee, betrachteten Photographien von albernen Jünglingen, es wurde ein langes und breites von einem Perser in Karlsbad erzählt, von diesem und jenem und noch jemand, Leuten, die sie ausgenützt hatten. Zwischendurch kam in der Funktion eines Anstandspolizisten die Mutter herauf, um dann sogleich wieder zu verschwinden und einen ungestörten Zwischenraum von jedesmal reichlich einer halben Stunde zu beliebigem Gebrauch freizulassen. Der Aufenthalt in den zwei kleinen Löchern nebst Küche war jämmerlich, und es wurde mir manchmal schwer, nicht lachend die Hände über meine eigene Torheit zusammenzuschlagen und nicht Knall und Fall auf und davon zu gehen. Von den Höhen des Lebens, wo Glück, Liebe und Schönheit thronen, steige ich in ein muffiges, stickiges Elend hinab und nehme das unsaubere Gemisch einer sozusagen erotischen Volksküche, einen übelriechenden Sudel zum Ersatz für köstliche Speisen und edle Weine, wie sie der Tisch eines Königs besser nicht bieten kann.

Um aber hier nur einigermaßen in Geltung zu kommen, muß ich mich mit allen erdenklichen Mitteln der Verstellung klein und dumm machen. In meiner Erniedrigung tue ich so, als ob mir die Nichtigkeit ihres Gesprächs keine Langeweile machte und als ob ihre fortgesetzten gräßlichen Konfessionen mir keinen Ekel erzeugten. Nun gut, sie schläft bei der Pensionsmutter, wie sie erzählt. Sie schleicht sich davon und legt sich ins Bett zu einem Zimmerherrn, der sie aber entrüstet hinausbefördert. Ein zweiter, den sie mit ihrem Besuche beehrt, tut ihr nichts, er läßt sie im Hemdchen am Fenster stehen und frieren und kümmert sich weiter nicht um sie. Aber die folgenden Tage nimmt er sie auf nächtliche Reisen durch schlechte Häuser mit. Eine Art Angst treibt sie immer wieder zu alledem … Nun, meinetwegen, was soll ich damit!?

Ich weiß, daß sie eine Hure ist. Was aber eine Hure ist, darüber braucht mich niemand mehr aufklären.

Kurz, in diesem Rahmen, bei ihrem sogenannten Tee, wurde ich vor mir selbst lächerlich. Und so war es nicht uneben, diesen Besuch trotz seiner Gefahren in anderer Beziehung ins Werk zu setzen. Die krampfigen Verzerrungen meiner Seele und meiner Glieder, wie ich deutlich spüre, lösen sich. Vergötternde Glorifizierung kann gegen unsaubere Bettwäsche, gegen die Gerüche von Nachttisch und Ausguß und dem, was in der kleinsten Wohnung vorhanden ist, nicht aufkommen. Löcher in den Strümpfen, schmuddlige Waschtische mit borstenlosen Zahnbürsten fördern sie nicht. Und so habe ich, wie ich glaube und hoffe, jetzt eine Kur hinter mir, die anschlagen wird. Ich fühle eine erschreckende Ernüchterung, peinlich bei dem Gedanken, daß ein Verhältnis nun leider eingeleitet ist und nicht sogleich wieder abgebrochen werden kann, obgleich es tatsächlich mit dem Beginne zugleich verstorben ist. Und darum nun diese Ängste, Sorgen, wirkliche Tränenergüsse und Schlaflosigkeit. Welche Enttäuschung! welche kahle Entgeisterung!

Ich, der ich fürchtete zu verlodern an dieser Leidenschaft, habe nun nicht einmal so viel davon zurückbehalten, daß ich hoffen kann, sie wenigstens eine Zeitlang glaubhaft zu spielen, eine Aufgabe, die ebenso unabwendbar als widerwärtig ist.

Höchstens schwebt etwas Goldblondes, Leuchtendes noch als schmerzlicher Rest vor meiner Seele.

11. Dezember 1905.

Fast eine Unbegreiflichkeit. Merkwürdig: gestern glaubte ich frei geworden zu sein, wiegte mich in einer überraschend gewonnenen völligen Sicherheit. Heut dagegen hat meine Hilflosigkeit den höchsten Grad erreicht. Unvermittelte Tränenausbrüche unaufhaltsamer Art überkamen mich. Es war wie eine Auflösung. Das aber, worüber ich weinte, war sie, sie! Ihr Leben, ihr Elend, der ganze Jammer ihres vertanen Daseins war es, der so über mich kam.

Berlin, 13. Januar 1906.

»Ich höre traurige Gesänge«: diese Worte finde ich unterm ersten September in diesem Tagebuch. Ich höre traurige Gesänge. Sollten es wohl Vorahnungen gewesen sein einer in trüber Gärung gleichsam brodelnden langen Winterzeit? Immer habe ich seitdem traurige Gesänge im Untergrund meines Wesens gehört, und noch heute ist es nicht anders: ich höre und höre traurige Gesänge. Seit etwa vier Wochen vermied ich dies Tagebuch. Es beruhigte mich, wie alles, was bereits darin geschrieben stand, vorübergegangen war und ebendas Leid und Leiden, welches im Augenblick meine Hand führte, nach zehn oder zwölf Seiten oder auch schon auf der nächsten Seite Vergangenheit sein würde. Auf der vorigen Seite gab es Tränen, wovon die Buchstaben ausgelaufen sind. Heute herrscht in mir dagegen eine wüstenhafte Trockenheit. Demnächst mag auch diese Dürre etwa wieder behoben werden.

Ich besuche sie jeden Tag. Es ist also ein Gewohnheitsverhältnis zwischen mir und Minka entstanden, das nun schon mehr als vier Wochen andauert.

Die Linie dieser Liebesbeziehung läuft bis jetzt noch der anderen, die mich mit Lella verbindet, parallel. Aber es werden doch auch zwischen Minka und mir gewisse romantische Afrika-Pläne erörtert, darunter der, eine einsame Farm in der Kapkolonie zu erwerben, um uns beide dahin zurückzuziehen.

Sie verhält sich zu diesem Gedanken nicht ablehnend.

Nach wie vor sind die mit ihr verbrachten Stunden, außer soweit sie erotisch sind, trivial. Die Kleine hat keine Musik im Leibe. Wenn ich von ihr gehe, denke ich es mir jedesmal leicht, nicht zurückzukehren, aber wenn die Stunde kommt, können mich weder Gott noch Menschen zurückhalten.

Ich mache mich immer nach Tisch auf den Weg, um die Zeit, wo ich sonst mich zum Mittagsschlaf niederzulegen pflegte. Lella kennt mein Ziel, verhindert mich aber trotzdem am Gehen nicht. Freilich versucht sie dies und das, um mich zu bewegen, im Hause zu bleiben, aber, wie ich mir nicht ohne Rührung gestehe, fast mehr in Sorge um meine Gesundheit als aus Eifersucht. Von Minka redet sie in einer derben, beinah wegwerfenden Art, als ob die Bedeutung dieses Geschöpfes als ernsthafte Rivalität nicht in Betracht käme.

Wenn ich den neuesten Gang zu der sonderbaren Geliebten antrete, die, wie ich nun weiß, noch immer andere so wie mich empfängt, verspreche ich mir, es werde mein letzter sein. Ich lüge mir vor, ich wolle nur noch einmal, das letzte Mal von ihrem süßen Antlitz, dem Schwall ihres goldenen Haars, der Weiße ihres zarten, gebrechlichen Körpers Abschied nehmen.

Es war kein geringer Schlag für mich, als ich die Spuren anderer Besucher, darunter eines nahen Freundes, in ihrem ärmlichen Quartier feststellen mußte. Und gerade diesem Freunde hatte ich den ganzen furchtbaren, folgenschweren Ernst meiner Leidenschaft im tiefsten Freundesvertrauen dargelegt. Lella und mich beherrscht bereits eine Art Lethargie. Es scheint, wir sind beide Fatalisten geworden. Übermüdete Affekte beruhigen sich. Ich höre traurige Gesänge: das ist alles, was augenblicklich von den Erregungen dieses peinlichen Konfliktes übriggeblieben ist.

Natürlich fürchte ich noch immer vor allem die Nacht. Im Traum umschlich ich heute einen Bauernhof. War ich ein Wolf oder ein Mensch mit verbrecherischen Absichten? Die Knechte, die mich durch das Zwielicht des Morgengrauens bemerkt hatten, stürzten sich wütend mit Messern auf mich. Da flog ich, aber nicht hoch genug. Sie schleuderten lange Messer nach mir. Eines durchdrang mir den Arm, ich zog es heraus und warf es hinunter. Mein Flug wurde mühsamer. Die Verfolger, immer noch Messer werfend, ließen nicht nach. Sie zielten nach meinen nackten Sohlen und trafen ein-, zwei-, drei-, viermal mit Sicherheit. Ich wachte auf, über und über in Schweiß gebadet.

Was bedeutet das? Man bringe mir einen Traumdeuter. Zu meinen augenblicklichen Zuständen hat dieses Nachtgesicht eigentlich keinen Bezug. Vielleicht würde aber ein Joseph sagen: Du hast dich aus deinem eigenen Hause als ein Paria ausgeschlossen. Der Versuch, dich in deinem räudigen Zustand nun wiederum einzuschleichen, wird von den gesunden Wächtern des Herdes und der Hausehre so abgeschlagen, wie es geschehen ist.

Bin ich vielleicht nicht nur psychisch, sondern auch wirklich physisch krank?

Wie soll alles werden? Lassen wir diese Sache bis auf weiteres in der nun gewonnenen Monotonie hinschleichen. Vielleicht zehrt sie sich so in sich selber auf, versickert, ist eines Tages nicht mehr vorhanden. Wenn nur nicht Lella, wie es manchmal den Anschein hat, mehr und mehr an gesundem und gutem Willen und an Kraft, diese Angelegenheit durchzukämpfen, verliert!

»Ich höre traurige Gesänge ...«

Wo ist Melitta? – Nicht mehr vorhanden, in Nebeln der Ferne versunken.

Berlin, den 2. Februar 1906.

Gestern war ich bei Gründung eines Künstlerklubs. Ein Kreis ausgezeichneter, ernster und namhafter Maler und Bildhauer war um mich. Es sind die besten unserer Epoche. Nach vielen Jahren genoß ich wieder zum ersten Male, an meine römische Zeit erinnert, den besonderen Reiz einer solchen Vereinigung. Ich wurde zum Ehrenmitglied des Klubs ernannt, wobei man ein herzliches Hoch auf mich ausbrachte.

Irgendwo im Koran wird von Leuten erzählt, die, glaube ich, in einer Schlacht gefallen waren, von Gott oder Mohammed aber wiedererweckt wurden. Sie hatten nicht mehr den alten Blick, eine gewisse gespenstische Dunkelheit, verbunden mit Grauen, hatte sich in ihr Sehen gemischt, das sie selbst im grellen Licht der Wüstensonne nicht loswurden.

Ähnlich erging es mir bei meiner Wiedererweckung zu einer entglittenen römischen Jugendzeit, der ich vor vielen Jahren gestorben bin.

Oder hat dieser Zwielichtsblick, der mit dem Grauen verschwistert ist, eine andere, näherliegende Ursache? Ist es die heimliche Hörigkeit, der ich verfallen bin, diese Knechtschaft, die mich entwürdigt und mir alles sinnvolle Wirken zwecklos und deshalb schal erscheinen läßt? Ist mir die Kraft, im Freien, Großen und Schönen gläubig wie diese heiteren Künstlermenschen zu leben, abhanden gekommen? Ja, im Augenblick ganz gewiß.

Dieses Geschenk des Eros, an dem ich so schwer und mühsam zu schleppen habe, hat diesmal nicht meinen Sinn für die freie, weite, göttliche Schönheit der Welt aufgeschlossen, sondern für alles Fragwürdige, alles Zerstörerische und Häßliche. Selbst zum Galeerensträfling geworden, kommen mir auch die andern nicht anders vor.

Man hat einen Menschen eingeladen, dessen dämonisches Wirken einen im allgemeinen unheilvollen Charakter hat und das sich auch immer wieder gegen mich richtet. Sein Kopf erinnert an gewisse gotische Wasserspeiergebilde, etwa das eines Hundsaffen. Man wollte eine Versöhnung herbeiführen. Ich habe den Menschen niemals befehdet, aber dieser wohlmeinende, gutgesinnte Kreis wollte, daß auch er, dessen große Eigenschaften man hier achtete, mich nicht mehr befehden sollte. Diese Erscheinung rechtfertigte gleichsam meinen sonnenlosen, mit dem Dunkel der unteren Welten imprägnierten, mit seherischem Grauen gesättigten Toten- und Gespensterblick. Von diesem Manne, wenn man ihn überhaupt einen Mann nennen kann, zu Minka hinüber gingen Linien. Von ihr wie ihm ist zu sagen, daß sie so wenig Musik wie ein zersprungener irdener Topf in sich haben. Selbst die Weingläser, mit denen sie etwa anstoßen, klingen nicht. Eine Blume hat Duft, Farbe, höchste Anmut der Form und holde Bewegungen. Ein gesunder Baum ist der Ausdruck ruhiger Ergebung und gelassener Kraft. Der vergebliche Ruf eines Rindes nach dem geraubten Kälbchen geht einem fühlenden Menschen ans Herz. Aber zu einem Insekt, einem noch so herrlich opalisierenden Laufkäfer haben wir keine Beziehungen. Arme geradherzige, herzlich naive Männer, glaubt ihr, man könne durch einen noch so großen Aufwand von Gemüt selbst dem menschlichen Insekt ein Herz geben?

Aber das Umgekehrte kann geschehen, was mir, wie ich fürchte, zugestoßen ist. Das dämonische Menscheninsekt kann einen wie der Laufkäfer seinen Bruder von rückwärts nach und nach aushöhlen. Die unsichtbaren Freßzangen solcher lemurischen Wesen sind fürchterlich. Aber man stirbt nicht wie der Bruder Laufkäfer, sondern man ist nur selber zum fremden, gnadenlosen Insekt geworden.

Hätte ich, während ich es führe, je geglaubt, in dieses Tagebuch solche Zeilen schreiben zu können?

Ich kenne mein Elend und komme nicht los. Ich erkenne und verfolge die ovidische Metamorphose, die mit mir eingeleitet ist, ohne irgendwelche Mittel gegen diese Umbildung. Noch weiß ich ganz gut, daß meine Seele einmal im weiten Ozean der Luft, in den Wassern des Weltmeeres, in allen Höhen und Tiefen des Himmels und der Erde zu Hause gewesen ist, innig liebte, glaubte und hoffte, nach immer höheren, herrlicheren, heiligen Dingen griff. Aber enger und enger zieht es sich um mich zusammen. So mag einem Fische, etwa einem Lachs, zumute sein, der aus dem Meere in einen Fluß getreten, dort liebegierig aufwärts geschwommen ist, ebenso dann in einem Nebenfluß, bis er unglückseligerweise durch einen Kanal einen etwa durch Überschwemmung entstandenen Teich erreicht, dessen Zugang über Erwarten schnell austrocknet und ihn zum Gefangenen macht. Auch der Teich nimmt nun langsam, langsam aber unaufhaltsam ab durch Verdunstung und Versickerung, und unter wachsenden Qualen der Enge und des Lufthungers, muß der Fisch zugrunde gehen.

Noch denken wir manchmal an Afrika. Was würde das aber anderes als geradezu die Sucht nach dem Teich, nach dem Tümpel sein?!

Und schließlich, was wäre es anderes als der feige Instinkt eines Hundes, der seinen Knochen beiseite bringt, oder die klägliche Handlung eines Kapitäns, der das ihm anvertraute Schiff aus Fahrlässigkeit und Gewissenlosigkeit mit allen Insassen auf eine Klippe gefahren und dann verlassen hat, um sich selber und seinen Raub zu retten und zu verstecken. Unter Menschen, Brüdern, Freunden, Leuten, die ihn früher geliebt und geehrt haben, würde er sich der Verachtung aussetzen.

11. Februar 1906.

Ich war vormittag bei ihr. Sie liegt zu Bett, ist krank. Ein kleines Mädchen, zwölfjährig, eine Russin, pflegt sie, wie es scheint. Die Pflegerin hat für die Kranke eine merkbare Schwärmerei.

Ich teilte heut diese Schwärmerei, denn es schien etwas in ihr aufzuwachen, etwas Einfaches, Gutes, Echtes, das mir den Eindruck gab, als ob sie sich jetzt erst fände und am Ende eine ganz andere sein könne, als sie bis diese Stunde schien. Ihr Köpfchen, das, in eine Goldwelle gebettet, auf dem Kissen lag, schien in seiner unsäglichen Reinheit alle Selbstbezichtigungen als ruchlose Lügen niederzuschlagen.

Auch gestern lag sie zu Bett, und schon gestern hatte ihr Wesen die wundervolle Einfachheit, die bis dahin nie an ihr zu bemerken war. Wie hell du alles überstrahlst, du süßes Haupt!

Es ruht im weichen Gold so rein
ein süßes Bild aus Elfenbein:
ich möchte wohl das Kissen sein.

Von diesem Haupte aus wird ihr ganzes Wesen rein und neu werden.

Nach dem Besuch bei ihr waren Lella und ich in einem Hotel, wo Frau D. ein Lied ihres Mannes Eugen d'Albert sang: ich sah nur dies Haupt. Die Musik war einzig und allein seine Glorifikation.

Eine Empfindung der Zugehörigkeit, des Verwachsenseins

auf eine tiefe, unmittelbare Art hat sich heute wunderbarerweise eingestellt.

14. Februar 1906.

Arme Lella! Die Aussichten für unsere gemeinsame Zukunft trüben sich. Die beiden Liebesschicksale laufen nicht mehr ganz parallel, die Linien streben auseinander. Und wenn dies beginnt und sich fortsetzt, so weiß man, welche ungeheure Entfernung sich nach und nach dazwischenlegt. Vielleicht muß ich handeln, schnell handeln, um sie mit eiserner Hand für mich zurückzugewinnen und festzuhalten.

Es ist viereinhalb Uhr morgens. Ich durchlebte eine schwere Nacht. In mir steht eine dumpfe Verzweiflung, ein tiefer, unbeweglicher Gram.

Gestern war ich bei ihr. Sie war gut, weich und hingebend. Ein Schauspieler N. hatte sie besucht, sie hatte mit ihm Tee getrunken. Durch Zufall hatte ich N. getroffen, der ein bekannter Liebling der Frauen ist. Und wirklich, er sagte, er ginge zu einer Dame zum Tee, verschwieg aber, daß es Minka wäre.

»Wann hast du dich mit N. wieder verabredet?« fragte ich. Lange sträubte sie sich auf mancherlei Art, es einzugestehen, dann aber sagte sie: »Nun, morgen.«

Wenn ein Mädchen wie sie einen jungen Menschen Mittwoch zum ersten, Freitag zum zweiten Male zu sich lädt, so weiß man, was die Glocke geschlagen hat.

Ich sitze und schreibe in tiefer Nacht. Ein Grauen packt mich vor der tiefen Umstrickung, in die ich geraten bin. Es ist beinahe ein tödliches Würgen! Wie löse ich mich? wie löse ich mich?

Was kommt es mir eigentlich darauf an, wenn ein Hund mehr oder weniger zu der läufigen Hündin kommt?

»Bleibe bei mir!« flüsterte sie mit einem Mal, als sie merkte, wie es nach ihrer Eröffnung in mir stand.

Lella sieht mein Elend, und ihre Güte ist grenzenlos. Es ist, als denke sie nur an mich und mein Wohl und schalte sich aus. Es ist neben der alten eine neue Schönheit in ihr erwacht, in die ich zurück will. Und ich schreie zu dir, Gott: Ich will, will, will in sie zurück!

Ich mache ein Ende. Vielleicht verlasse ich Berlin morgen schon. Aber die Frage ist: Mit wem?

17. Februar 1906.

Ich bin immer noch da und wiederum bei ihr gewesen. Aber auch das Ende ist da. Ein Abschied, nicht ohne tiefe Rührung, liegt hinter mir.

Das Spiel ist aus. Noch spüre ich ihren lieben, letzten Händedruck in der Droschke. Wir waren beide entschlossen, uns in der alten Weise nicht mehr wiederzusehen.

Ich weiß und weiß es eigentlich nicht, wie das so plötzlich gekommen ist. Freilich mußte es einmal kommen, denn schließlich sank ich tiefer und tiefer in einen grundlosen Sumpf hinein.

Der Schauspieler N. schwebte wiederum überall in der Luft. Sie wollte ihn nicht wieder einladen, sie hatte ihn aber eingeladen, er sollte ihr Noten bringen, die Noten nicht bringen, sie habe ihm für morgen abgeschrieben, sie habe ihm nicht abgeschrieben, und so fort.

Da klang es in mir: Laß fahren dahin, laß fahren dahin! Aber ihr Angesicht leuchtete hell wie am ersten Schöpfungstag, leuchtete wie das einer Heiligen, war betörend und fremd und überirdisch wie je, und die Reinheit dieses Gebildes war wie ein Zwang, anzubeten.

Ein junger Mensch, der sie heiraten wollte, nahm Anstoß an ihrem Vorleben. »Ich machte ihm weis«, so sagte sie, »daß ich zu retten sei!« Bald ächzte er unter dem Joche der Liebe zu ihr. Sie dachte nicht daran, ihn zu heiraten, sondern durchaus nur an seinen unzugänglichen, keuschen Freund. Diesen wollte sie zu Fall bringen. Er wurde ihr schließlich von dem betörten Liebhaber zugeführt, nachdem er ihn lange als das Vorbild eines tadellosen Wandels gerühmt hatte. Nun führte sie ihren Vorsatz aus.

Der betrogene Liebhaber machte einen Selbstmordversuch, der Verführte wurde ihr hündischer Sklave. Die Freundschaft beider war zerstört.

Hegt sie am Ende doch eine etwas tiefere Neigung für mich?

Mir bleibt kein Zweifel, sie möchte mich heiraten. Aber was ein Mann wie ich opfern würde, wenn er das täte, welche ungeheure Aufgabe er sich aufbündeln würde in dem Versuch, sie zum Menschen zu machen, und im Kampfe gegen die Welt, davon ahnt sie nichts. »Wir müßten«, sage ich, »weit von hier fort.« Sie dagegen: »Ach, was, sie werden uns die Fenster nicht einschmeißen!«

Was geschehen ist, habe ich Lella mitgeteilt: »Es ist gekommen, wie ich es dir von Beginn an gesagt habe!« Ich mußte erkennen, auch wenn ich Lella behalten wollte, war es höchste Zeit. Das zeigte die etwas empfindungslose Art, mit der sie die Wendung zu ihren Gunsten entgegennahm. Sie sah mich mit einem ruhigen, forschenden Blicke an, dem sich nicht der leiseste Hauch von Freude oder gar Wärme beimischte. Hat sich in ihrem stillen Kampf vielleicht das Kapital ihrer Liebe zu mir selbst verbraucht?

Ich bin also frei! –

Und wie ist mir in meiner Freiheit zumute? – Wie einem, der vor den Kopf geschlagen ist.

Sie nahm die Hand nicht aus der meinen, solange wir in der Droschke nebeneinander saßen. In ihrem Druck lag eine ihrem spröden Wesen bisher fremde Zärtlichkeit.

Wir schreiben heute den 17. Februar. Am 21. gedenke ich, die Zelte hier abzubrechen und nach dem Walenstein heimzukehren.

20. Februar 1906.

Ich liege zu Bett. An Abreise morgen ist nicht zu denken. Ein ungeheures Chaos ist über mich hereingebrochen. Mein Tagebuch liegt auf der Bettdecke. Unter vierzig Grad Fieber schreibe ich. Bei solcher Temperatur würden andere bewußtlos sein, was mir lieber wäre. Aber so sehe ich alles klar, klar, allzu klar. Nur den Ausweg aus alledem sehe ich nicht.

Am folgenden Tage, als ich von Minka endgültig Abschied genommen hatte, erhielt ich eine Rohrpost von ihr. Ich möge mich eilig zu ihr verfügen, weil sie noch einmal meinen Rat brauche. Ich war erschrocken, ich war erlöst, und natürlich stürmte ich zu ihr hin.

Ich mußte lachen, als ich die Stengel der Märzenbecher noch im Glase sah, die sie mit einer kleinen Schere am Tage vorher, gleichsam symbolisch das Ende unserer Liebesblütenträume andeutend, geköpft hatte. Und stürmisch hing sie an meinem Halse.

Das dauerte nur einen Augenblick. Und nun geschah etwas voll Poesie. Im Nu waren ihr die Kleider vom Körper geglitten. Wie eine Nixe enthüllte sie sich. Da stand, von goldenen Fluten umquollen, halb Wasserweibchen, halb eine magdliche Marie von der Hand eines deutschen Meisters, ein süßes Bild.

Ich glaube nicht, daß ich ein solches Elfenbeinweiß, eine zarte Haut wie diese mit rosigen Tupfen wie hier, je gesehen habe. Ich widerstand diesem Zauber nicht, auf den sich ja natürlich diese Lilith, diese Teufelin, die vor Eva war, zu keinem anderen Zweck, als um mich wieder und für immer einzufangen, besonnen hatte. Und nun war sie still, natürlich, hingebend, offen wie nie, durchaus vereinfacht im ganzen Wesen, erklärte mir, sie werde mir treu, ganz treu und in allem und jedem folgsam sein. Und dann setzte sie noch hinzu, sie habe mich liebgewonnen wie nie einen Menschen. »Was ist denn mein Vorleben?« sagte sie. »Man sagt, ich sei ein schlechtes Mädchen. Wäre ich ein Junge, man würde sagen, daß ich ein fescher Junge sei.«

Erst gegen Abend, ganz betrunken und betört von Liebe, kam ich dann nach Hause zurück

»Wo kommst du her?« sagte Lella, als sie mich sah.

Was sollte ich nach unserer gestrigen Aussprache zunächst anderes tun als lügen?! Es schien mir geboten, um Weiterungen aus dem Wege zu gehen. Und das tat ich denn auch. Aber sie hatte nun den Verdacht, ich hätte gestern und immer ein falsches Spiel mit ihr gespielt. Und so verlor sie die Herrschaft über sich zum ersten Male im Verlaufe dieser Angelegenheit.

»Aber wie siehst du eigentlich aus!« sagte sie.

»Wie sehe ich aus? wie soll ich aussehen?«

»Du bist heiß, du bist krank!« und sie holte einen Fieberthermometer herbei.

Das Quecksilber stieg über vierzig Grad.

Ich hatte von diesem Fieberzustand, während ich bei Minka war, nicht die geringste Empfindung gehabt.

Ich war ohne Zeifel schwer erkrankt, und Lella hatte den ernsten und gefährlichen Zustand, in dem ich mich befand, festgestellt. Aber nun war sie einmal im Zuge ihrer hemmungslosen Leidenschaft. Alles Gestaute schien auszubrechen: Anklage, Kränkung, Wut, Eifersucht. Und sie fuhr fort in ihrer Inquisition, ohne Rücksicht darauf, was etwa mit mir geschehen konnte. Sie wollte wissen, wo ich gewesen sei.

Aber ich log und log und log.

So gab mir denn Lella nun ein Schauspiel von gnadenloser Grausamkeit, das mir auch hier die Worte Opheliens »Wir wissen wohl, was wir sind, aber nicht, was wir werden können« nahelegte. Nie und nimmer hätte ich ihr eine unsinnige Grausamkeit dieser Art zugetraut.

Ihre Inquisition war geradezu mörderisch. Ich konnte vor vielem Leugnen fast kein Wort mehr hervorbringen. Ich rede-te nur noch unter Schmerzen, tonlos, denn das Übel verschloß mir fast den Hals. Der Arzt erschien und rettete mich vor weiteren unerbittlichen Anfällen.

Lella ist seitdem wieder normal. Von mir ist das leider nicht zu sagen, da ich immer noch hohe Temperaturen habe, alles um mich, wie schon gesagt, chaotisch verworren ist und der Brand meiner Leidenschaft den Fiebergraden entsprechend flammt.

Ich will zu ihr, zu ihr – und bin an das Krankenbett geschmiedet. Freilich habe ich einen Trost. Gott sei Dank, Lella ahnt es nicht, welcher Trost mir geworden ist. Während sie ausgegangen war, eine Stunde Luft zu schöpfen, brachte der Briefträger einen eingeschriebenen Brief in einem Leinencouvert, wie man es bei Wertsendungen gebraucht. Es war von Minka, der man gesagt hatte, daß ich krank liege, und enthielt eine große Locke ihres safrangoldigen Haars.

Mit dieser Locke, von dieser Locke, durch diese Locke, in dieser Locke lebe ich. Diese Locke läßt mich nicht sterben, sie wird mich gesund machen. Ich denke an sie und sonst an nichts, drücke sie an die bloße Brust und verstecke sie unter der Matratze, sooft man mir die Kissen zurechtrücken muß.

Die schwere Laryngitis, die mich befallen hat, hat meine Lungen in Mitleidenschaft gezogen, mein altes Übel ist wieder aufgeflammt, und der Arzt hat mir Aussicht auf eine Liegekur gemacht von mindestens mehreren Monaten.

Walenstein, 20. März 1906.

Zwingende Umstände, nicht mein Wille, haben mich hierher zurückgebracht. Aber ich segne diese Umstände, segne die Krankheit, die mich in unserer Burg, in unserem Bergasyl geborgen und gefangen hält. Der Graus dieses Winters hätte ein schlimmes Ende genommen, wenn nicht der Himmel gleichsam diesen Ausweg gefunden hätte, die Krankheit meiner Seele in eine physische zu verwandeln, die gebieterisch Ruhe und Pflege verlangt.

Es wäre vielleicht verfrüht zu sagen, daß die Krankheit der Seele damit bereits endgültig überwunden ist. Noch muß das Leinencouvert mit der Locke wieder und wieder herhalten. Ich bekomme hie und da einen Brief und beantworte ihn mit

Lellas Zustimmung. In der Hauptsache aber habe ich doch mit mir zu tun und mit der Sorge darum, wie ich am schnellsten wieder gesund werde. Während meiner Liegekuren lese ich viel und habe im übrigen Muße nachzudenken. So frage ich mich, ob mein nun wieder offenkundiges Leiden nicht schon im September des vergangenen Jahres oder gar schon früher schleichend begonnen hat und ob die Art, wie ich dieser Liebesleidenschaft verfallen konnte, nicht vielleicht ursächlich damit zusammenhängt. Dann wäre auch diese zweite Krankheit nach der ersten, die mich kurz vor dem Abschluß jahrzehntelanger Konflikte niederwarf, noch eine Folge ebendieser zerrüttenden Konflikte gewesen.

Damit, auch wenn dies wirklich wäre, ist die neue leidenschaftliche Verstrickung dieses Winters aber noch nicht aus der Welt.

Lella ist still, sorgt in jeder Beziehung für mich, ohne doch ganz die alte Unbefangenheit wiedergewonnen zu haben. Und noch habe auch ich sie nicht.

Seltsam die Veränderung, die wiederum die Atmosphäre des Hauses erfahren hat. Aber wie soll man schildern, was mit Worten nicht auszudrücken ist! Und doch hat man nur Worte, nichts anderes, auch in einer Unterredung mit sich selbst. Man blickt sich also nach Worten um. Ich stoße auf das Wort Seelenstoff, was ein Unding ist. Entweder Seele oder Stoff. Und doch hat das metaphorische Wesen der Sprache fast nur solche Undinge. Wo und wann hätte man je das Geistige anders als materiell gefaßt! Es ist selbst in der Musik nicht anders. Am nächsten läge trotzdem, wenn ich die Atmosphäre des Hauses, wie sie jetzt ist, erkennbar machen wollte, der Vergleich mit Musik Aus den traurigen Chorälen, die ich im Herbst hier hörte, ist eine eigentümliche Symphonie geworden, in welcher Urnen, Gräber, Todesgedanken, große Schicksale, vorsichtig wartende Hoffnungen, zaghafter Glaube, Enttäuschung, Verzicht und Entbehrung leise hauchende Stimmen erhalten haben. In dieser Symphonie aber und durch ihre Musik lebend, schweben Gestalten umher, die man auch Seelen nennen könnte, von drei Frauen geführt, darunter auch Lella, nicht aber der körperlichen, die im Hause ist.

Liegt es an mir, daß mir jedes Haus innen gewissermaßen chthonisch ist? und besonders jedes, das ich einrichte? Aber ist nicht wirklich das Haus jedes geistigen Menschen von abgeschiedenen Geistern bewohnt? Ich übergehe das Gespensterdasein, das Gespensterkonzil einer Bibliothek, das Gespensterdasein der Landschaftsbilder und der Porträts an der Wand, das Gespensterdasein der alten kirchlichen Holzschnitzereien, der Steinzeitwaffen und -urnen, die ich gesammelt habe, der etruskischen Vasen und so fort. Es kommt das Gespensterdasein eigenen vergangenen Lebens und seiner gegenständlichen Erinnerungen dazu, die ferne Länder, große und kleine Städte, Aufenthalte in unzähligen, verschiedenen Gelassen gespenstisch gegenwärtig machen. Am meisten jedoch geistern in einem Hause Menschen, die darin aus und ein gegangen sind. Und wenn ich selbst mit Lella allein in dem kleinen gotischen Speisezimmer zu Abend esse, bin ich gewiß nicht mit ihr allein, sondern alle, die jemals an unserer Tafel gesessen haben, sitzen eigentlich, wenn auch manchmal bis zur Unsichtbarkeit verblassend, immer daran. Mit dem Aufenthalt in einem Hause verbindet sich gewiß ein altes Höhlengefühl, und schließlich ist dies auch ein altes Gräbergefühl. Und diese Empfindungen steigern sich, wenn das reine apollinische Licht meistens so schwach wie in unseren Klimaten durch die Fenster blickt und man künstliches Licht selbst am Tage gebrauchen muß. Die Höhle, das Haus der Lebenden, das der Toten ist ganz gewiß das Ei, aus dem Geist und Geister, alle und alle, wie sie Himmel und Erde bewohnen, entstanden sind.

Mit alledem ist aber die neue Atmosphäre des Walenstein noch nicht deutlich gemacht. Seine Geister, könnte man etwa sagen, sind im Vergleich zu früher verdrossen und unlustig, vielleicht sogar noch mehr müde und schwach.

Es ist meine Gewohnheit nicht, dieses Buch rückwärts zu durchblättern, wie ich es mit dem inneren Buche des Lebens tue, das keine Blätter hat. Darum schwebt mir auch nur verworren vor, was ich über die Ursachen der Entstehung des Walenstein niedergeschrieben habe. Manfred Diodatus sollte, glaube ich, sein eigentlicher Erbauer gewesen sein. Nun gut, indem er sich unserer Liebe bediente, schuf er sich für sein Wachsen und Werden ein festes Asyl, aber es wurde zugleich für Lella und mich Asyl, das will heißen, für unsere Liebe, nach außen hin eine Burg zu Schutz und Trutz.

Innen dagegen sollte es neben seinem praktisch schönen Beruf eine Art Seelentempel, eine Art Pantheon darstellen. Nach Belieben und jedesmal mit Recht hätte ich den Walenstein Haus des Lebens, Haus der Liebe, Haus der Arbeit,

Haus der Freude, Haus der Weisheit, Haus der Freiheit, aber auch Haus der Verzweiflung nennen können. Als es nur erst in meinem Kopf existierte, wollte ich, und zwar seltsamerweise in die Fenster des Speiseraums, die ehernen Sätze des Predigers Salomo eingraben lassen:

Ein jegliches hat seine Zeit, und alles Vornehmen unter dem Himmel hat seine Stunde. Geborenwerden hat seine Zeit, Sterben hat seine Zeit. Pflanzen hat seine Zeit, Ausrotten des Gepflanzten hat seine Zeit. Würgen hat seine Zeit, Heilen hat seine Zeit. Einreißen hat seine Zeit, Bauen hat seine Zeit. Weinen hat seine Zeit, Lachen hat seine Zeit. Wehklagen hat seine Zeit, Tanzen hat seine Zeit. Steine zerstreuen hat seine Zeit, Steine sammeln hat seine Zeit. Küssen und Herzen hat seine Zeit, Herzenstrennung hat seine Zeit. Suchen, Finden, Behalten, Verlieren, Wegwerfen hat seine Zeit. Zunähen hat seine Zeit, Zerreißen hat seine Zeit. Schweigen hat seine Zeit, Reden hat seine Zeit. Lieben hat seine Zeit, Hassen hat seine Zeit. Streit und Friede haben ihre Zeit. Man drehe und wende sich, wie man wolle, darüber kann man nicht hinauskommen.

Wer wollte bezweifeln, daß dies ein Ausdruck der Verzweiflung ist.

Aber in der Gesetzmäßigkeit dieser Zustände, die zur Verzweiflung führen und die von dem Willen des einzelnen unabhängig sind, liegt der Trost, welcher am Ende dieser furchtbaren Liste zugleich mit der Verzweiflung und aus der Verzweiflung geboren wird. Ich hatte Grund und habe ihn heut, diesen Trost zu suchen und mir nutzbar zu machen.

Schon in sehr jungen Jahren habe ich auf dem Grund meiner stillen Verzweiflung aufgebaut, nachdem ich mit ihr und trotz ihrer weiter zu leben beschlossen hatte.

Schon sehr früh wandte ich mich und sahe, wie es unter der Sonne zugehet, daß zum Laufen nicht hilft schnell sein, im Streite nicht hilft stark sein, zur Nahrung nicht hilft geschickt sein, zum Reichtum nicht hilft klug sein. Ein Ding gut durchzuführen, dazu hilft nicht, daß jemand angenehm sei, sondern an Zeit und Glück liegt alles. Aber seine Zeit weiß der Mensch nicht, sondern er wird berückt von böser Zeit oder von guter Zeit, wird in eine oder die andere hineingerissen, wie der Fisch von Angelhaken und Angelschnur.

Sollte es keinen Trost in sich schließen, wenn man sein eigenes frühes und spätes Schicksal von gespenstischer Hand eines vor Jahrtausenden Verstorbenen in erzene Tafeln eingezeichnet sieht? Und darum wollte ich diese Sätze ebendieser gespenstischen Hand an den Fenstern unseres Speisezimmers sehen, von der Sonne draußen transparent gemacht, ins Innere hineinleuchtend. In das frohe Mahl beim vollen Glase sollten sie gleichsam die heilige Verzweiflung hineintragen und damit ihren Trost, den der Prediger selbst in die Worte kleidet: Darum lobte ich die Freude, daß der Mensch nichts Besseres hat unter der Sonne denn essen und trinken und fröhlich sein. Oder: Wer auf den Wind achtet, der säet nicht, und wer auf die Wolken achtet, der erntet nicht.

Ich habe, wie ich mir eingestehe, für mein geringes Einzelleben immer recht anspruchsvolle, eigentlich übergewaltige Stützen herangezogen. Auch Hiob, der ungeheure Hiob, der Bruder des Gefesselten Prometheus von Aischylos ist als Pfeiler in meinen Seelentempel eingebaut, um das Gewölbe der Verzweiflung und des Trostes vor dem Zusammenbrechen zu bewahren.

Natürlich bin ich nicht fieberfrei. Das Thermometer zeigt gegen Abend noch immer etwas unter oder etwas über achtunddreißig Grad. Das gibt den Erscheinungen im Walenstein etwas Erregtes, bald etwas Seufzendes und Huschendes, viel Grimassierendes, alles mit einem leisen Pulse der Angst verknüpft. Gegen Abend besucht mich täglich der Arzt, um doch wohl nach einer gewissen Zeitspanne einen Rückgang der Erscheinungen in den Atmungsorganen festzustellen. Das ganze Daseinsgefühl hat etwas Stockendes, Provisorisches, Unentschiedenes, das mit der bekannten drückenden Stille vor einem Gewitter Ähnlichkeit hat.

Jene drei Schatten, die mit mir den Walenstein bewohnen, haben mich übrigens heut nacht in einem schönen Traum besucht. Von jenseits eines breiten grünen Stromes kam Melitta, über die eilenden Wogen schreitend, zu mir. Sie trug ein schönes, geblümtes Kleid und hatte den zarten, schwebenden Gang, der ihr immer eigen war, an Bilder von Botticelli erinnernd. Sie schien zugleich Vestalin und Weib. Auf einem blumigen Rasen diesseits des Stromes saß Lella, Laute spielend, neben mir. Es schien sich hier nur um Seelen zu handeln, und beider Seelen, Melittas und ihre, schienen in irgendeinem Fluidum ganz eins zu sein. Da war es, als ginge die Sonne auf: in einem Boot kam die dritte, die blonde Sünderin, stromab geschwommen. Sie verbreitete, so als wäre sie der Sonne entflossen, eine goldene Helligkeit. Ihr Nachen trieb auf uns andere am Ufer zu. Nichts hinderte mich, die drei Geliebten in einem Geiste zu umfassen und zu beherbergen.

Walenstein, 7. April 1906.

Ich muß still sitzen und still liegen, während die andern in der sogenannten großen Welt weiter hüpfen und springen. Übrigens fühle ich den Abstand von den Berliner Ereignissen dieses Winters bereits wohltätig. An eine eigentliche Arbeit zu gehen, erlaubt mir leider mein Gesundheitszustand noch nicht. Ist es einmal so weit, dann wird auch meine innere Heilung schneller fortschreiten.

Mit Lella in unserer Burg zu sein gibt mir eine tiefe Beruhigung, wenn auch die alte Gemeinsamkeit, die alte Einheit, das alte Glück noch nicht wiedergewonnen ist. Noch geht sogar die Magnetnadel des Willens hin und her, nicht von einem, sondern von verschiedenen Punkten angezogen. Aber »es ist meinem Herrn ein leichtes, daß er mich leite und in dieser Sache der Wahrheit näher führe«, sagt in der achtzehnten Sure, genannt »Die Höhle«, der Koran.

Es ist natürlich, daß ich alles, was ich denke, sinne, hörend und lesend aufnehme, auf mein augenblickliches Geschick beziehe und daß ich überall Seelenstärkungen ausfindig zu machen suche.

Was ist doch dieser Berliner Winter für eine seltsame Ballung gewesen! seltsam und ungeheuerlich! Die vielen stillen Stunden, denen ich hier ausgeliefert bin, brausen und gären gleichsam von den Erinnerungen daran. Menschen, Menschen und wieder Menschen, durcheinander eilend, rennend, stehenbleibend, sich rufend, sich anschreiend, sich ausweichend, rollende Räder, Autohupen, Pferdeskelette vor klapprigen Wagen, Gestank von giftigen Gasen in der Luft, Lärm, Lärm, Lärm in der Luft, eine gekrönte Frau hat ein Kind geboren, hundertundein Kanonenschüsse werden deshalb dem allgemeinen Lärm zugefügt, hundertundein Kinder sterben dagegen im selben Augenblick, durch schlechte Luft, Nahrung und Mangel an Pflege zugrunde gerichtet, und davon wird nicht die geringste Notiz genommen. Lella und ich fahren hin und her, kriechen in unzählige Höhlungen aller Art, in der einen wird mit vielen Instrumenten Musik gemacht, in der andern von vielen Menschen Theater gespielt vor vielen Hunderten von Zuhörern und Zuschauern. Ihr Atem verbraucht und verdirbt die Luft, und während sich ihre Seelen meinetwegen befreien und erheben, wird ihr Blut leichter oder schwerer, oftmals tödlich durch Miasmen verseucht. Korken werden von den Flaschen entfernt, nächtliche Gastmähler werden gefeiert, Schmerzen gelitten, Ärzte befragt, Blinddärme werden herausgeschnitten, Zähne gezogen und plombiert, Einlagen gegen verbildete Füße in die Schuhe gelegt, Zeitungsblätter werden dreimal des Tages verschlungen, das Leichenschauhaus stellt jeden Tag einen Selbstmörder oder irgendeinen Toten aus, dessen Personalien nicht zu ergründen sind. Die Stadtbahn donnert und reißt uns da- und dorthin – und alles dies ist nur ein schwacher Versuch, die Summe von Leistungen und Geschehnissen und Erlebnissen und Gefährnissen vorstellbar zu machen, die in der Riesenstadt zu überwinden sind. Die Liebe in jeder Form, auch der käuflichen, nicht zu vergessen. Dehnt sich nicht, wenn wir die Liebe einen Sonnenaufgang nennen wollen, meist sofort, nachdem sie erschienen, eine dunkle Wolke von Tragik darüber aus? Fast überall, nicht nur in einzelnen Fällen. Besonders in einer großen Stadt zeigt fast alles, was man in Straßen und an öffentlichen Orten von Liebe sieht, Liebe und Not im engsten Verband. Not und Liebe, Liebe und Not. Allermeistens die materielle Not. Aber auch fast immer die andere, von der Unberechenbarkeit dieser Leidenschaft herrührende, die sie in allen möglichen Arten und Abarten zur unerlaubten Liebe macht. Aber die Liebe ist ja an sich eine tiefere, ja die tiefste Not. »Aus tiefer Not schrei' ich zu dir!« Auch dieser Schrei ist ein Schrei der Liebe. Weckt Liebe nicht ein Verlangen von solcher Gewalt und aus so mystischen Tiefen auf, daß seine Befriedigung überhaupt nicht möglich ist, und muß diese sogenannte Befriedigung nicht immer mit Enttäuschung enden? Selbst der Gewinn, die Besitzergreifung des geliebten Gegenstandes gelingt uns nicht, und wir sind, wie oft, der Verzweiflung nah, wenn wir dessen innegeworden sind. Mann und Weib sind ein Leib? keineswegs besteht dies Wort zu Recht. Es behauptet etwas, das, je leidenschaftlicher der Wunsch danach, je größer, je glühender die Liebe, um so ferner rückt. Unersättlichkeit ist das Wesen der Liebe, und zwar deshalb, weil ihr letzter Hunger, ihr letzter Durst ewig unstillbar ist.

Immer ist Liebe etwas Fleischliches. Sie gehört ins Leben, ins Gefühl, ins Bereich der Sinne, ins Unausgesprochene, nicht ins Bereich der Abstraktion. Darum mußte schließlich Gott auch Mensch werden, um das »Kindlein, liebet euch untereinander« sprechen zu können. Aber was wir nun liebend suchen, voll Gier und Verlangen suchen, das, wußte Jesus, ist wieder im Menschen der Gott. Ich will den Gott im Menschen sehen, das ist das einzige Licht der Liebe. Und nur in der Liebe sieht man ihn. Aber natürlich in ihrem höchsten, edelsten Grade der Leidenschaft.

Es ist gut, daß ich nun nicht mehr so sehr über meinen Einzelfall als über das große Phänomen Liebe überhaupt nachdenke. Vielleicht aber klärt sich durch das Allgemeine auch der Einzelfall. Wahrscheinlich ist das Verlangen nach dem Göttlichen in der Liebe nie so sehr als in diesem letzten, dritten, großen Falle meines Lebens offenkundig und glühend gewesen. Von Beginn an glaubte ich ein Wesen höherer Art, einen heiligen Engel in Minka zu sehen. Die Schönheit eines Engels, die Hoheit eines Engels, die Lauterkeit eines Engels verzückte mich, und das war es, was ich umarmen wollte. Ich wollte in eine Gottheit eingehen und begehrte die Gottheit für mich. Und gerade da widerfuhr es mir, daß ich in eine Kloake gestoßen wurde.

Gemeine Späße, die ein solches Schicksal im Geist der Gasse und Gosse hervorrufen kann, berühren den schrecklichen Ernst der Sache nicht. Ganze Dreckhöllen müßten aufwiehern, wenn sie nun wie bei mir festzustellen hätten, wie die geile Schnute gemeiner Wollust mir den Glauben an den dahinter verborgenen Gott nicht zu nehmen vermag.

Walenstein, 16. April 1906.

Nach so vielen Dingen habe [ich] gerungen, die schließlich erlangt wurden. Um ein Kleinod zu sichern, das mir geworden ist, habe ich, nie ermüdet, mit den Händen meiner Seele Ziegelstein um Ziegelstein zusammengetragen und endlich das Haus darum gebaut. Ich war glücklich und ruhig, als ich das Juwel in seiner Fassung wie in einem Sakramentshäuschen leuchten sah. Damit hatte ich endlich das gewonnen, was mir von allen feindlichen und wirren Mächten bestritten worden war. Ich hatte zudem die eigene Ruhe gewonnen, weil für Lella und Manfred Diodatus die Sicherheit gewonnen worden war. Dann kam dieses unerwartete Erdbeben. Noch steht das Haus, aber auch die Erschütterungen des Grund und Bodens wiederholen sich noch. Soll man wieder bauen, wieder gründen, wenn das Erbaute zum Trümmerhaufen geworden ist? Nun ja, das ist freilich Menschenlos. Aber soll man es wirklich weitertragen?

Ich bin eben immer noch körperlich krank, kränker aber noch an der Seele. Die Medzin ist verschlossen, oder sie ist unerreichlich fern. Wo ich wirklich bin, dort bin ich nicht. Mein Geist wird aus Fernen schmerzhaft angesaugt, das nicht zu Erlangende dominiert.

Die Kleine, Blonde, Ferne schreibt: »Nun zu mir. Du weißt, daß meine Vergangenheit eine Krankheit war, eine notwendige wahrscheinlich. Vielleicht ist mir die brutale Sinnlichkeit in Fleisch und Blut übergegangen. Vielleicht! Jedenfalls aber ist das nicht meine Natur. Ich fühle mich nicht wohl in diesem halben Gefühl: bin ich Frau oder Mädchen oder Kind? Ich will vergessen, was so plötzlich auf mich eingestürmt ist. Ich will ein guter, ganzer Mensch werden. Ich habe doch nicht die freie Selbstnatur, wie ich es mir in meinem Wahn einbildete. Um mich nach den Gewesenen wiederzufinden, bedarf es einer großen Umwälzung. Unser Erlebnis hat mich zur Einsicht gebracht: das ist viel, vielleicht alles, jedenfalls die Hauptsache.«

Gestern abend kam dieser Brief. Ist da nicht eine Schutzflehende, wie ich sie in dem allerersten Blick, den wir tauschten, empfand? und zugleich eine Vertrauende und schließlich eine geläuterte Sünderin, die nur verrohtes Gefühl zurückstoßen könnte? Und ist nicht durch diese Zeilen der ganze, vielleicht schon entschwindende Konflikt wieder in nächste Nähe herückt?

Heute nacht hatte ich diesen Traum:

Moira! Moira! Mit einem Freunde bei gespenstischem Mondlicht über aufgepflügte Äcker schreitend, vernahmen wir plötzlich den Ruf: Moira! Moira! Neben uns lief ein Weg, den wir nicht benutzten. Der Ruf Moira! wiederholte sich. Wir liefen und blickten hinter uns. Von einem höher gelegenen Walde, der hinter uns dunkelte, lösten sich schwarze Vögel los. Sie waren es, die den Ruf ausstießen. Eine schreckliche Angst überkam uns. Wir liefen, als gälte es unser Leben. Aber näher und näher kam es wie von riesigen Krähen: Moira! Moira! Wir hatten nur Taschenmesser, die wir öffneten. Ich machte beide Klingen zugleich bereit, um mich im Notfall besser zu verteidigen. Da fegten die furchtbaren Vögel heran, aber seitlich vorbei und über uns immer Moira! Moira! Moira! lärmend. Wir duckten uns, und da erwachte ich, von Angst im Innersten aufgewühlt.

Ich schlage in griechischen Mythologien nach und überzeuge mich, daß Moiren und Erinnyen ungefähr das gleiche sind und zu den Schicksalsgöttern gehören.

Schleichen Erinnyen um den Walenstein? Büße ich etwa alte Schuld? Ist es Melitta, deren Geist und deren Anklage nicht zur Ruhe kommt und vom Himmel Vergeltung fordert? Eins ist gewiß: laut oder schweigend erfüllt es die Räume des Hauses und den Luftraum umher: Moira! Moira!

Walenstein, 18. April 1906.

Ich habe viel Zeit, nachzudenken. Das Auge meiner Seele läuft wie der Scheinwerfer einen langen Weg so mein Leben ab, soweit es mir ins Bewußtsein getreten ist. Ich verweile bei den Schicksalen, welche die ersten Blätter dieses Buches einnehmen, stelle mir vor, was damals geschehen ist und wie mich die Leidenschaft zu Lella zwang, mein eigenes Haus und damit Melittas Lebensglück zu zerstören.

Sie hatte große Verdienste um mich. Und wenn es im Leben etwas gäbe wie Dankbarkeit, ich hätte sie fühlen, sie Melitta gegenüber ausüben müssen. Aber ich habe sie weder gefühlt noch ausgeübt.

Reue spüre ich deshalb auch heute nicht.

Ist dies nun ein Beweis von »moral insanity«? Jedenfalls könnte es wohl nichts schaden, wenn ich nun mehr als elf Jahre nach meinem Verrat an Melitta wenigstens in der Stille einmal mit mir selbst ins Gericht ginge.

Mein erstes Bekenntnis heißt: ein Schuldgefühl hatte und habe ich heute noch nicht.

Also wiederum »moral insanity«? Und doch ging ich damals mit einer offenen und entschlossenen Härte vor, die mir heute ebenso unbegreiflich als unsympathisch ist. Es war nicht die Härte des Starken, sondern es war eine Härte der Schwäche. Die Härte des Starken hätte sich gegen mich selbst kehren, nicht auf Melitta richten müssen.

Und da drängt sich mir die Befürchtung auf, daß die Härte des Starken überhaupt nicht meine Sache ist.

Dieses Tagebuch, das sozusagen eine dauernde Krisis der Seele ist, scheint mir in seinen unzähligen Schwankungen, die alle Äußerungen von Schwäche sind, ein gültiges Zeugnis dafür abzulegen. So wiederum auch und ganz besonders die letzte Phase, seit dieser himmlische kleine Höllenbote in mein Leben getreten ist.

Oder liegt etwa doch eine Art Stärke darin, daß ich mich selbst zu meinem Objekt gemacht habe?

Damals in Southampton vor meinem abenteuerlichen Aufbruch nach Amerika erreichte mich der Abschiedsbrief eines Freundes, der damit seinen letzten Abschied nahm. Er schrieb ungefähr: Ich habe eine kleine Geldschuld an Dich abzutragen. Erlasse sie bitte meinem Vater, wenn ich gestorben bin. Ich lebe höchstens noch vierzehn Tage. Soweit es mir möglich ist, werde ich die Erlebnisse und Erfahrungen meines Todeskampfes aufzeichnen. Vielleicht kann die Wissenschaft (der Freund war Arzt) davon Gebrauch machen. Ich habe meinen Vater verpflichtet, das eventuelle Manuskript Dir zuzustellen. Sollte eine Kommunikation aus dem Jenseits möglich sein, so wirst Du das durch mich selbst erfahren. Bleibt alles ruhig, so magst Du ungefähr sicher annehmen, daß es mit dem ganzen berühmten Jenseits eine windige Sache ist.

Mein Freund, der mit einundzwanzig Jahren starb, war vierzehn Tage vor seinem Ende ganz gewiß körperlich schwach und gebrochen. Aber sein Brief, in dem er sich selbst zum Objekt wurde, war der Ausdruck hoher moralischer Kraft, wie nicht zu leugnen ist. Darf ich nun meiner Art, mit mir zu verfahren, eine Verwandtschaft zubilligen mit der Art, wie mein Freund mit sich verfuhr?

Um der Wahrheit die Ehre zu geben: nein! Dieses Tagebuch, diese Objektivierung meiner selbst ist kein Zeichen von Kraft, sondern wesentlich eine Selbstverhätschelung. Indem ich meine eigenen Zustände über Gebühr wichtig nehme, stütze ich den Verdacht, meine Liebe zu Melitta, Lella und Minka möchte im Grunde nur Selbstliebe sein. Vielleicht nicht nur, aber zum größten Teil.

Ein wenig von dem Charakter der Kraft hat am Ende mein Hang zur Wahrhaftigkeit. Aber er gerade wieder malt Seite für Seite das Bild meiner Schwäche. All dies Herumspringen mit Ja und Nein bietet überall ein Bild der Verwirrung und krankhafter Unzuverlässigkeit. Trotzdem, indem ich nicht schwankte, es zu enthüllen, habe ich immerhin eine kleine Kraftprobe abgelegt.

Sonst aber hat Not mir die Feder geführt. Und so ist gleichsam jeder Federzug ein Zeugnis doppelter Schwäche geworden, dreifacher Schwäche möglichenfalls, da ich, indem ich mein willenloses Verhalten als unabänderlich gelten ließ, auch die Verantwortung dafür abstreifte.

Da aber Schwäche eben, ihrem Wesen nach, Schwäche ist, so kann ich sie zwar als solche sehen, kann sie mißbilligen und mir dafür eine göttliche Stärke wünschen, doch ich kann sie als Schuld mir nicht anrechnen. Und darum bleiben auch die Erinnyen der verflossenen Nacht bloße Traumbilder. Eine wirkliche Bedeutung von Rächern einer wirklichen Schuld gewinnen sie für mich nicht.

Walenstein, 22. April 1906.

Mysterium

Es ist eine sinnliche Schwüle in mir. Diese sinnliche Schwüle, die vielleicht etwas Krankhaftes an sich hat, hatte sich heute durch Worte und lange Gespräche auf L. übertragen. In ihr, ebendieser zitternden Schwüle, hatte sich heut das Graf-von-Gleichen-Problem gleichsam aufgelöst. Meine Ideen waren nach den heutigen Begriffen Amoral. Das Einverständnis ging dahin, den ehelichen Raum zu erweitern. In den Augen Lellas habe ich, und zwar zum überhaupt ersten Male in meinem Leben, mit einem seltsamen Schauder die Sphinx gesehen.

Was wissen wir eigentlich voneinander?

Was habe ich von Melitta gewußt? was weiß ich von Lella? und nun Minka, was weiß ich von ihr? Ich weiß, daß die schwarze Melitta mit dem ewig bleichen Gesicht am schwersten an sich und dem Leben trug, daß die dunkelbraune Lella ihm gegenüber entschlossen und mutig ist, daß aber Minka einen Heißhunger nach dem Leben in sich hat. Melitta kam aus dem reichen Bürgertum, das meinethalben auf allen Meeren Schiffe laufen hat, aber selber am liebsten den sicheren Hafen nicht verläßt. Lella dagegen hätte sich ohne Furcht und Zaudern auf jegliches Meer gewagt, mit Wind und Wellen zu kämpfen bereit und ganz gewiß ohne Klagen ausdauernd. Minka dagegen sieht das Leben allein im Genusse der Liebe. Hat sie diesen Genuß, so genügt es ihr, und sie merkt es nicht oder achtet nicht darauf, wie sie vom Leben gepackt und herumgeworfen wird. Vergleichbar einem toten Gegenstand, scheint sie sich nicht zu fragen, wo sie zu guter Letzt enden wird.

Melitta hat eine Lella gefehlt, und Lella wiederum eine Minka, während Minka den moralischen Ernst und die ethische Tiefe von Melitta wohl gebrauchen könnte oder wenigstens etwas davon.

Aber ich überschrieb diesen kleinen Traktat »Mysterium«. Jede dieser Frauen bleibt ein Mysterium. Aber das große Mysterium der Überschrift würde darin liegen, daß die seelische Einheit dieser drei Gestalten im Raum meiner Seele, ihr Zusammenwohnen darin, auch im Physischen sich verwirklichte.

Mit diesem Gedanken, der auf einem schwülen seelisch-körperlichen Erlebnis beruht, ist dem manischen und monomanischen Treiben in diesen Blättern wahrscheinlich nur eine neue Unbegreiflichkeit hinzugefügt. Aber obgleich irrational, ist sie für mich keine Unbegreiflichkeit, und eine andere Bestimmung, als mich an mich selbst zu erinnern, haben die Blätter nicht.

Warum sollte man eigensinnig an einem allzu simplen Bauplan der Seele festhalten, wenn weder seine Grundfläche noch sein Grundriß noch der Raum und die Räume seines Aufrisses den Anforderungen eines höher, weiter und reicher gestalteten Daseins genügen können? Und warum sollte man nicht diesem Bauplan und Bau ein wirkliches Haus, eine neue physische Form der Familie ausfindig machen?

Freilich gilt, was ich sage, nur individuell. Natürlich hat auch das mit den Problemen der Allgemeinheit zu tun, höchstens aber in zweiter Linie. Ein Gras, das nach Formung strebt, tut es nicht deshalb, um in der Gestalt von Weizen erst in die Scheuern gefahren, vom Müller zermahlen und zu Brot verbacken zu werden.

Deutlich gesagt, ich spüre noch immer in mir den Hausvater. Es bleibt ein ungestilltes Verlangen in mir, zu sammeln, zu retten, zu beherbergen. Es ist nicht einzusehen, warum man, statt dies zu tun, immer hinter sich lassen, Hagar in die Wüste stoßen, eine Ertrinkende ohne Hilfe lassen und Völker von lebendig Toten schaffen muß!

Ich lebe den Briefen Minkas entgegen. Wenn sie ausbleiben, ist der Tag ein kaum zu übersteigendes Hindernis für mich. Allmählich und schließlich auch durch den letzten Brief hat sich meine Liebe zu ihr wiederum immer mehr in ein quälendes Mitleid umgewandelt. Immer wieder, auch wenn ich tagelang nicht an sie gedacht habe, beinahe völlig frei von ihr gewesen bin, führt mich plötzlich der jähe Schmerz tiefen Mitleids zu ihr zurück

Im Grunde bin ich nun wohl doch töricht und urteilslos und streife mit meinen Meditationen ans Kindische. Oder könnte ein Leben mit diesen drei Frauen zusammen in einem Hause menschenmöglich sein? Warum also solchen Unsinn aushekken! Hat mich mein Schicksal, mein Erleben, die Erfahrung vieler schwerer Jahre mit ihren Folgen im einzelnen und im ganzen nicht weitergebracht und vor allem nicht klüger gemacht?

Vernunft und Verstand: das Leben überhäuft sie mit Aufgaben. Sie gleichen vielleicht Leuchttürmen, mitten im Meere aufgestellt. Aber da gibt es Stürme, Nebel und Regenböen wilder Leidenschaft. Hoffentlich ist mein Leuchtturm nicht, indem ich noch von ihm spreche, bereits unterwühlt und ins Meer gestürzt!

Walenstein, 25. April 1906.

Soeben war eine arme Leidende hier, eine große, blonde, ältere Dame, die mich sprechen wollte. Das Wetter war gut, und so hatte ich die Unterredung in den Garten verlegt. Als wir uns gegenüber saßen, erzählte sie ganz einfach und ohne besondere Erregung, sie werde von einer bestimmten Person aus der Ferne hypnotisiert. »Ich bin vierzig Jahr«, sagte sie, »leidlich gesunder Konstitution und habe mein Auskommen. Ich hasse niemand, ich liebe die Menschen und die Natur, und so lebe ich gern. Es wäre mir lieb, wenn ich nicht soviel denken müßte.« Denkend dem Zwang zum Denken entgegenwirken und dadurch ihn zu besiegen sei schwer.

»Ich werde leider«, fuhr sie fort, »wie ich schon sagte, aus der Ferne hypnotisiert. Daraus werden Sie schließen, daß ich verfolgt werde. In der Tat, ich werde verfolgt. Es ist ein Fräulein von Prittwitz, die mich verfolgt.« Sie unterbrach sich, weil unten am Wirtschaftgebäude ein Hahn krähte. Sie sah mich an und wies mit dem Finger dorthin. »Das ist sie wieder, hören Sie nur. Aber ich kann dawider nichts machen, es erregt mich deshalb auch nicht.«

Der Paranoia-Fall interessierte mich, und ich störte deshalb so wenig wie möglich ihre Bekenntnisse.

»Fräulein von Prittwitz«, erzählte sie weiter, »ist in einer

Irrenanstalt untergebracht. Man hatte mich widerrechtlich dort ebenfalls eingesperrt und neben Fräulein von Prittwitz einlogiert. Diese arme Irre hat eine ungeheure Macht. Sie hat eine Kraft, die unglaublich ist, und könnte mich jederzeit vernichten.«

Sie sagte das alles mit der größten Nüchternheit, suchte auch keine Hilfe bei mir, sondern hatte nur eben den Wunsch, sich einmal auszusprechen.

»Wenn Fräulein von Prittwitz will«, fuhr sie fort, »so verbreitet sie mitten im heißen Sommer Eiseskälte um mich. Und dann zwingt sie mich zum Beispiel, bei zwanzig Grad Wärme eine dicke Pudelmütze aufzusetzen. Denken Sie, was das heißen will. Im eisigen Winter dagegen zwingt sie mich, ohne Hut zu gehen.«

Die Dame nieste fünf-, sechsmal hintereinander.

»Das ist sie, das ist sie!« erklärte sie wieder. »Sie läßt mich niesen, sooft sie will. Sie ist manchmal gut«, ging es fort, »wirft mir zum Beispiel ein Veilchen auf die Straße und zwingt mich, es aufzuheben. Aber schließlich, im großen und ganzen ist es doch eine fortgesetzte Belästigung.«

Die Dame ist fort, und ich mache mir meine Gedanken. Man würde dieses arme Fräulein von Prittwitz vor zweihundert Jahren sicherlich als Hexe verbrannt haben, und zwar auf die schlichte und ganz bestimmte Aussage dieser Dame hin. Sie würde sie selbstverständlich beschwören und nicht einmal einen falschen Eid leisten.

Ganz gewiß, die Dame ist wahnsinnig.

Mich aber halte ich nicht für wahnsinnig, trotzdem auch ich in ähnlicher Weise von einem fernen Wesen abhängig bin und von gewissen kleinen Zeichen hoffnungsvoll beglückt oder deprimiert werde, die ich auf Gedanken und Absichten dieses fernen Wesens zurückführe.

Seit gestern bin ich ein neuer Mensch geworden. Das Gefühl der Gefangenschaft vergiftete mir den Aufenthalt im Walenstein. Jeder Ort in der Welt, der allerschönste nicht ausgenommen, wird ein freudloser Ort, wenn man in seine Grenzen gebunden ist. Das ist wohl der Grund, weshalb diese ganze letzte Epoche im Walenstein, abgesehen von allem übrigen, stockend und verdrießlich gewesen ist.

Gestern bin ich nun frei geworden. Krankheitserscheinungen an den Atmungsorganen seien nicht mehr festzustellen, sagte der Arzt.

Minka, deren Briefe von Berlin und später von Wien kamen, wo Brecht mit seiner Truppe ein Gastspiel gab, sind jetzt von einem Seebad auf Rügen datiert. Es hängt nun allein von meinem Willen ab, dorthin zu reisen und sie wiederzusehen, was übrigens schon mit Lella besprochen und beschlossen ist.

Soll man nach Gründen dafür suchen?

Der hauptsächlichste, elementare dürfte wohl auf der Hand liegen. Die Stärke, wie gesagt, die gegen mich selbst sieghaft wäre und mich zurückhielte, besitze ich nicht. Eine Stimme aber sagt mir zugleich, daß dieser Weg nicht vermeidbar sei, auch wenn ich die völlige Freiheit von Minka wiedererlangen wollte.

Ich bin gesund. Das Bewußtsein, wieder gesund zu sein, schenkt mir ein neues Lebensgefühl. Das Glück der Bewegungsfreiheit beunruhigt mich aufs herrlichste. Mit einem Male sind alle narkotischen Dämpfe aus der Luft, und etwas Beflügeltes in mir badet sich bereits in den gesunden Weiten des Raumes und in den salzigen Wogen des Meeres. In dieser Verfassung muß ich Minka wiedersehen und nochmals nachprüfen, und zwar in der freien, gesunden Natur nachprüfen, was an meiner Beziehung zu ihr Gesundes oder Übersteigerung, Überreizung und kränklich Aufgepeitschtes gewesen ist.

Während ich die entscheidende Reise unternehme, schicke ich Lella und Manfred Diodatus nach Westerland. Es ist eine eigentümliche, goldene Ahnung in mir, sie werden mich dort nach einem Umwege als Wiedergeborenen begrüßen können.

Schon heut ist keine Afrikasehnsucht mehr in mir. Fort mit aller schwächlich phantastischen Resignation. Bei klarem Tage lebe ich eine vollgeschenkte Gegenwart. Ich denke nun nicht mehr dran, mich mit irgendeinem erotischen Spielzeug zu verstecken und vor aller Welt zurückzuziehen.

Ich möchte glauben, es will ein gesunder und heiterer Egoismus in mir die Oberhand gewinnen, wenn auch das andere, die ferne Macht, die irre Macht, die irrationale Macht, Fräulein von Prittwitz, noch nicht überwunden ist. Und ähnlich wie die arme Dame mit ihr stehe ich noch immer mit Minka in Kontakt. Sie wirft mir ein Veilchen in den Weg, das ich dankend aufhebe und an den Mund drücke. Sie läßt mich niesen, wenn ich die angstvoll zweifelnde Frage stelle: Werde ich dich wiedersehen? Aha, das ist sie, denke ich, wenn ich mir aus Versehen den Winterpaletot statt des Sommerpaletots überziehe. Und Anacamptis pyramidalis, die kleine Orchidee unserer Wiesen, läßt mich bei einem Spaziergang glücklich betroffen stillstehen, weil sie geradezu ihre Vertreterin wird, ihr Symbol, und mir auf mystische, aber unverkennbare Weise ihre Liebesgrüße bringt.

Das alles sind Narrheiten, süße Narrheiten.

Wie gesagt, ich werde leider aus der Ferne noch immer hypnotisiert. Daraus kann man schließen, daß ich verfolgt werde. In der Tat, ich werde verfolgt.

So ungefähr sagte die Dame ja wohl.

Und dann sagte sie noch: Es wäre mir lieb, wenn ich nicht soviel denken müßte. Denkend dem Zwang zum Denken entgegenwirken und ihn dadurch besiegen ist schwer!

Heringsdorf, Kurhaus, 12. Juni 1906.

Seit Jahren zum ersten Male wieder von Lella getrennt. Heute ist sie in Hamburg, ich aber bin in Heringsdorf. Morgen früh gehe ich zu Schiff nach Binz, und sie mit Manfred Diodatus begibt sich ebenfalls zur See, von Hamburg über Helgoland nach Insel Sylt.

Ist es nicht eine überraschend gesunde Empfindung, einmal losgelöst und allein zu sein? Nun merkt man erst, wie über Gebühr, solange man nicht allein ist, man sich selbst entfremdet und anderen hörig ist. Man sollte mehr auf sich halten, meine ich, sich öfter und noch entschlossener isolieren, Entfernungen zwischen sich und die übrigen, alle ohne Ausnahme, legen, sowohl geistig als körperlich. Man würde dann nicht nur sehen, wer und was man ist, sondern man würde das eigene Ich stärken. Es wäre die gleiche Methode, wie sie der Forstmann, wenn er einen Baum zu kräftigem Wachstum bringen will, anwendet, indem er um ihn her alles ausreutet, was ihn verdämmen will.

Stärke deine Liebe zum eigenen Ich, und du wirst dein eigenes Ich stärken.

Es ist Abend und fast zehn Uhr. Unter den offenen Fenstern summt das Strandleben. Drüben plätschert das perlmuttfarbene Meer. Darüber Himmel, Musik, blaue Helligkeit.

In gewisser Beziehung, hier, schwimmend in diesem menschlichen Genußleben, ist andererseits meine Verbindung mit der Welt enger geworden. Es ist aber eine Verbindung ohne Obligo, die eine heitere, sinnliche Teilnahme in voller persönlicher Freiheit möglich macht. Dabei lenkt die heitere Fülle der Gesichte vom eigenen Schicksal ab, auch insofern entlastend, als es, dieses Schicksal nämlich, wenn auch in abgewandelter Form, in zahllosen Wiederholungen sichtbar wird. Gemeint sind alle die lebenslustigen Pärchen, die sich hier in sehr großer Menge zu mehr oder weniger kurzem Genuß der Liebe zusammengefunden haben.

Warum eigentlich immer alles so tragisch schwernehmen? Dringt nicht eine herrliche Welle von belehrendem Leichtsinn aus jedem tanzenden Mückenschwarm und ebenso von der summenden Strandpromenade herauf? Und besitze ich nicht von Natur eine mehr heiter tiefe als tragisch tiefe Anlage? Und vor allem: Habe ich nicht das Recht und die Pflicht, den Kontur der eigenen Persönlichkeit ein wenig mehr zu bewahren?

Die Kraft meines Leichtsinns, meines heiter-ernsten Glaubens, meiner Beschwingung für die Bereiche der Freude, die Kraft meiner frohen Selbständigkeit ist zwar nicht gebrochen, aber durch drei Dinge stark gefährdet und jedenfalls eingeschränkt worden: erstens durch die Schule während meiner Knabenzeit, zweitens durch die schwere Gemütsart meiner ersten Frau und schließlich und endlich durch meinen Beruf, der mich in einen schweren moralischen Kampf mit gewissen Mächten der öffentlichen Meinung verwickelt hielt, der humorlos ist und der im Gebiete des Moralischen auf Tod und Leben geht. Diese drei Dinge haben mich doch einigermaßen mürbe gemacht und in einen nicht hinreichend widerstandskräftigen Zustand versetzt, der mich zu einer leichten Beute leidenschaftlicher Mächte werden ließ.

Ich habe dies seit langem erkannt. Mich trotz allem doch zu behaupten, persönlich und widerstandskräftig zu gestalten, habe ich allerlei Mittel versucht, und schließlich gibt es auch Kräfte in mir, die ich immer wieder aufrufen konnte und die insofern auch Erfolg hatten, als ich auch heute noch am Leben bin.

Das Ich oder Selbst, oder wie wir es nennen wollen, bleibt eine Abstraktion. Und wenn ich von einer Stärkung dieser Abstraktion geredet habe, so geschah dies nur obenhin, denn es kommt im Grunde doch darauf an, etwas Wirkliches in sich zu wissen, das der Stärkung zugänglich ist. Ein Begriff aber ist das nicht. Da ich nun aber heute gewisse Gedanken und morgen andere Gedanken habe, übermorgen aber vielleicht solche, die ich und andere vielleicht für tiefer und bedeutsamer halten als die heutigen, und so fort, warum soll ich nicht heute von etwas Zeugnis ablegen, das vielleicht nur subjektiven Charakter hat.

Vielleicht kann man sein eigenes Selbst weder stärken noch schwächen, sondern nur pflegen und vernachlässigen. Setzen wir für »unser Selbst« einmal »unser Genius«. Wenn man eine Spur seines Ich als Begriff im Bewußtsein hat, so kann man vielleicht auch vom Wesen des Genius dort etwas finden, das aber irgendwie durch die Vorstellungskraft zu erfassen sein müßte. Und so trage ich denn eine Gestalt in mir, die immer die gleichen, unveränderlich jungen, kindhaft jünglingshaften Wesenszüge hat und der ein unveränderlicher, unsterblicher Glanz anhaftet. In dieser Gestalt bin und lebe ich eigentlich. Man kann sagen, daß ihr die immerhin große Summe des von mir im Leben Erfahrenen und Erlernten nur wie etwas ganz Geringfügiges, wesentlich Bedeutungsloses anhaftet und ihr auch zum Beispiel Veränderungen des Körpers durch Krankheit und Alter nichts anhaben. Wenn ich mich in dem Spiegel sehe – ich nähere mich dem fünfzigsten Lebensjahre an –, so ist es mein Genius, der Antlitz und Formen, die er mit göttlichem Auge sieht, als etwas nicht gerade Fremdes nimmt, aber doch als etwas, das außer ihm ist und sein Wesen durchaus nicht berührt. Diese unveränderliche Form, dieses schöne innere Wissen und Sein, das göttliche Kraft genug besitzt, sich dem wandelbaren Wirtskörper einzuprägen, ist nicht an dessen Geburtstag, sondern irgendeines Tages erheblich später geboren worden. Der ganz persönliche Eindruck ist, als ob er infolge irgendeines Willensaktes das fertige, ihm genehme Haus erst bezogen hatte. Wer es fassen mag, mag es fassen. Gewiß ist, daß im Menschen Knabe, Jüngling, Greis etwas unabänderlich junges ist, und weshalb sollen wir glauben, daß ein ewig Junges, gleichsam Ungeborenes dem Tod unterliegt?

Nicht immer freilich sieht man unverhüllt den eigenen Genius. Wenn er heut sichtbar und gegenwärtig ist, darf ich es dann nicht als gutes Zeichen auslegen?

Sei mir gegrüßt, mein Genius! Überall warst du mir gegenwärtig! alles Gute, Edle, Große, kurz, alles Schöne kommt von dir! Kot, Jammer, Welten von Ungeziefer berühren dich nicht! Stürme geschwänzter Dämonen mit Pranken und Hauern bewegen kaum das Gold deiner Locken und vermögen das Lächeln nicht zu trüben, das deine unsterbliche Lippe kräuselt!

Unverändert bist du in mir, bist von Jugend an mit mir geschritten. Alle Glücksfälle meines Lebens wurden von dir, der göttliches Glück in sich trägt, mit dem heiteren, spielerischen Dank eines Unbeschenkbaren aufgenommen. Wenn wir irre reden, wir Menschen, so reden wir wahr: und so rede ich irre und sage, ich weiß nicht, ob du und ich eines oder zwei Wesen sind. Sind wir zwei, so bin ich durch deine unverbrüchliche Kameradschaft der himmlischen Führung sicher. Sind wir aber eines, so bin ich selbst ein zur Erde verschlagener Gott.

Wenn ich, während draußen Musik und Gesang erklingt und die See leuchtet, die geschriebenen Zeilen durchlese, so erscheinen sie mir nicht, wie vielleicht jedem anderen, Verstiegenheit. Ich bin nur erstaunt, wie schnell die Einsamkeit mich zu mir selbst zu steigern vermochte. Es ist wie ein großes unsterbliches Leuchten, was mich erfüllt. Es ist wie ein Glänzen ohne Ende. »Du wirst schon bei mir wachen und eine Sonne machen«, singt das Kirchenlied. Und Goethe singt: »Wen du nicht verlässest, Genius ...« Selten bin ich so ganz wie heut den dumpfigen und dunstigen Bereichen verwirrender und würgengelhafter Mächte dieses irdischen Seins enthoben gewesen.

Heringsdorf, den 13. Juni 1906, morgens 10 Uhr.

Der Dampfer nach Binz ist ohne mich abgegangen. Jahrzehntelange Kämpfe, alte und neue, liegen wie ein ungesunder Spuk hinter mir. Von hier und heute aber soll sich mein neues Leben anfangen.

Ich habe den Dampfer mit großer Ruhe die Taue lösen und abgleiten gesehen, obgleich er mich, wenn ich ihn bestiegen hätte, zu Minka gebracht haben würde. Das Alleinsein hat mich auf überraschende Weise verändert und stark gemacht.

Ich bin heute den Strand nach Norden entlang gewandert. Mein Entschluß, auch morgen nicht die Überfahrt zu der kleinen Teufelin anzutreten, bestärkte sich. Mehr und mehr überkam mich Freiheitsgefühl und Übermut. Mit Vergnügen sah ich das weiße Schiff in der Ferne kleiner und kleiner werden, bis es zuletzt gänzlich im weißen Dufte verschwand. So soll es mit dem geschehen, dachte ich mir, das allzulange und schwer auf mir gelastet hat.

Es war ein Gebiet von hohen Laubbäumen, in dem ich mich später niederließ. Ich genoß, auf den grünenden Boden gestreckt, das Gefühl meiner Freiheit in vollen Zügen. Was ich in diesen Augenblicken ohne alles Beiwerk zu empfinden schien, war das, dessen Epiphanie ich gestern erlebte, mein Genius! Weder Materie noch Fleischesfülle noch irgend etwas, das mit Lebensalter, Wachstum, Kämpfen und Unterliegen zusammenhängt, war an ihm haften geblieben. Es war, als habe er immer nur, seit vierzig und mehr Jahren, sich selbst erlebt und seine in sich selbst verzückte heitere Göttlichkeit. Nie hatte er sich an Frauen durch Versprechungen und Gesetze binden lassen, nie hatte er sich unter endlosen, sträflingshaften Martern in Kämpfen langer Jahre von ihnen losgelöst.

Ich würde dies Tagebuch ganz gewiß verbrennen, wenn ich damit alles, was es enthält, auslöschen könnte, um den himmlischen Zustand glückseliger Leere bleibend zu machen, wie er mich auf dem sonnigen Rasen unter den hochgewölbten Buchenwipfeln im Angesichte des weiten Meeres überkommen hat.

Was ist der Kern, die Quintessenz eines solchen Augenblicks? Eine völlige, wenn auch irrationale Zuversicht. Jetzt ungefähr muß das Schiff an der Landungsbrücke in Binz anlegen. Natürlich muß die Kleine enttäuscht sein, denn sie erwartet mich. Unverkennbar ihr reiches, blondes Haar, man sieht es aus der drängenden, plappernden Menge hervorleuchten. Lella und Manfred Diodatus sind dagegen kaum erst über Cuxhaven hinaus. Wieder, wie schon einmal, lasse ich Weib und Kind, ein anderes Weib und ein anderes Kind, auf dem Meere schaukeln, während ich im Trockenen bin. Wie seltsam, daß ich für Melitta in diesen neuen Zusammenhängen ein Gefühl überhaupt nicht mehr aufbringe. Wie sagt der Prediger? Alles hat seine Zeit!

Heringsdorf, 14. Juni 1906.

Der Dampfer nach Binz hat wieder ohne mich abgestoßen. Aber ich hatte diesmal doch den Fahrschein bereits in der Hand. Da ich mir aber absichtlich Zeit ließ, an Bord zu gehen, wurden, gerade als ich es endlich tun wollte, die Brücken fortgezogen.

Wie glücklich bin ich, daß es so ist: Fahre hin, fahre hin, kleines Gondelschiffchen!

Lella telegrafiert aus Westerland. Jedes Wort atmet Seesalz

und Meeresfrische. Sie hat mit Manfred Diodatus gebadet. Auch ich, wenn ich diese Eintragungen beschlossen habe, werde gleichsam lechzend zum zweiten Male ins Wasser gehen. Baden! Schwimmen! Tauchen! Sich abspülen! Dann wird ins Kurhaus zu Tisch gegangen und zu Beginn des Frühstücks werden zwei Dutzend Austern und eine Flasche Chablis gekauft. Gleich nach dem Frühstück aber reise ich zunächst in der Richtung nach Hamburg ab.

Hamburg, 16. Juni 1906.

Castrum doloris! Castrum doloris! diese beiden Worte gingen mir während der gestrigen langen Fahrt auf Bummelzügen wie immerwährende dumpfe Glockenschläge etwa einer Glockenboje durch den Kopf. Es war aber so, als ob sich mein eigenes Lebensfahrzeug, Gott sei Dank, immer weiter von dieser Glockenboje entfernte.

Castrum doloris! Castrum doloris! Im Gebrause der Alster, der Alsterstraße und des Jungfernstiegs, im Sirenengeheul des gewaltigen Hafens kann sich das ferne Geräusch kaum noch durchsetzen.

Gott im Himmel sei Dank, ich lasse für diesmal und hoffentlich auf lange das Castrum doloris hinter mir. Hätte es eine äußere Realität, nichts würde mich hindern, Matratze, Kissen und Überzüge, das ganze Castrum doloris samt allem Ungeziefer darin mit Petroleum zu übergießen, anzustecken und keinen Löschversuch zu machen, bis es nur noch ein Häuflein Asche wäre. A propos Asche: da fällt mir Bruder Daniel ein, den man auf mein Betreiben einäscherte und dessen Urne im hiesigen Krematorium ich heute besucht habe.

Castrum doloris! Castrum doloris! schlägt die Boje noch einmal an.

Ich habe Seidenpapier, einen dicken Pappendeckel, eine Rolle Spagat und einige Stangen Siegellack eingekauft, um heut und hier dieses Tagebuch einzuschlagen, fest zu verschnüren und zu versiegeln. So wird es unter Verschluß in ein Bankfach gelegt. Ich aber erkläre mich fortan frei von allem, was gestrig ist, im Vertrauen auf meinen Genius und schwöre mir in jedem Betracht: Vita nova incipit!

Schon morgen überspülen die salzigen Wellen der Nordsee zugleich Lella, Manfred Diodatus und mich.